U0829366

Les Misérables

悲惨世界

〔上〕

[法国] 维克多·雨果 著　潘丽珍 译

译林出版社

图书在版编目（CIP）数据

悲惨世界 /（法）维克多·雨果著；潘丽珍译 .—
南京：译林出版社，2023.8
（雨果精选集）
ISBN 978-7-5447-9716-0

Ⅰ.①悲… Ⅱ.①维… ②潘… Ⅲ.①长篇小说－法国－近代 Ⅳ.①I565.44

中国国家版本馆 CIP 数据核字（2023）第 084537 号

悲惨世界 ［法国］维克多·雨果 / 著 潘丽珍 / 译

责任编辑 唐洋洋
装帧设计 周伟伟
校 对 梅 娟
责任印制 颜 亮

原文出版 Gallimard, 1951
出版发行 译林出版社
地 址 南京市湖南路 1 号 A 楼
邮 箱 yilin@yilin.com
网 址 www.yilin.com
市场热线 025-86633278
排 版 南京展望文化发展有限公司
印 刷 苏州市越洋印刷有限公司
开 本 890 毫米 ×1240 毫米 1/32
印 张 45.375
插 页 10
版 次 2023 年 8 月第 1 版
印 次 2023 年 8 月第 1 次印刷
书 号 ISBN 978-7-5447-9716-0
定 价 149.00 元（上、下册）

版权所有 · 侵权必究
译林版图书若有印装错误可向出版社调换。质量热线：025-83658316

扫码收听音频讲解
（可供三个微信号扫码免费收听）

讲解人：张新木，南京大学二级教授、博士生导师，文科学术委员，政府特殊津贴专家。曾任南京大学外国语学院副院长、中国驻法国大使馆一等秘书，中国法国文学研究会副会长。2005年获法国政府棕榈教育勋章（骑士），2008年获江苏省第三届紫金文学奖翻译奖。研究领域为语言学、符号学与法国文学。出版译著《巴黎圣母院》《游荡的影子》《论诱惑》《模糊性的道德》《文学的政治》《景观社会》等50余部，发表学术论文70多篇，出版专著《法国小说符号学分析》《普鲁斯特的美学》等。

译序

维克多·雨果（1802—1885）在法国文学史上占有举足轻重的地位，是法国最伟大的抒情诗人，十九世纪最杰出的小说家之一。他的一生几乎跨越了整个十九世纪，他以“生命和创作生涯之长、才华之横溢、作品之多样而统治着十九世纪”。雨果的声名响遍整个世界，正如波德莱尔所说的：“维克多·雨果是一个无国界的天才。”

雨果于一八〇二年出生于贝桑松。他父亲是拿破仑帝国的将军和伯爵，长期远离家人，征战南北。他母亲是天主教徒和保王派，带着几个孩子生活在巴黎，对少年雨果影响很深。雨果从小爱好文学，中学时就开始写诗，十四岁就立下宏志，要“成为夏多布里昂”。在他漫长的一生中，雨果创作了大量的诗歌、小说、戏剧、文艺理论等，“不同的历史时期在他的文学活动中都打下了烙印，使他的整个作品构成了十九世纪法国政治和社会变化的一个侧影”。

雨果自己将其一生分为三个阶段：流亡前、流亡中和流亡后。我们不妨也照此将他的创作生涯划分为三个阶段。

第一阶段从青年时期到一八五一年十二月。由于受母亲的宗教信仰和政治观点的影响，雨果初期的创作明显带有保守甚至反动倾向。一八四八年前，他一直在君主立宪制和共和政体之间摇摆不定，直到一八四八年二月，巴黎无产阶级革命推翻了七月王朝，他才坚定地站到共和立场上，完成了从保王派到共和派的过渡，并于一八五〇年坚定地转向民主主义，这使他成了众矢之的，被说成是“蛊惑人心的政客”“赤色分子”。这一时期他出版的诗集有《短曲和民谣集》(1826)、《东方集》(1829)、《秋叶集》(1831)、《黄昏之歌》(1835) 等；戏剧有《欧那尼》(1830)、《国王取乐》(1832)、《玛丽蓉·德·洛尔墨》(1833) 等；小说有《死囚末日记》(1829)、《巴黎圣母院》(1830) 等。尤其引人注目的，是在一八二七年，他借他的《克伦威尔》剧本出版之际，发表了举世闻名的《〈克伦威尔〉序》，提出了浪漫主义的文学主张，宣扬“庄严崇高和荒诞滑稽自然结合”的对照原则。这一序言成了反伪古典主义的经典檄文，标志着积极浪漫主义开始向戏剧舞台进军。这一浪漫主义的主张，不仅体现在他的诗歌和戏剧中，还体现在小说创作上，《巴黎圣母院》便是他运用美与丑、善与恶这一浪漫主义对照原则的杰出范例。

一八四三年至一八五一年期间，雨果冷淡文学创作，将兴趣转向政治，先后成为法兰西封臣、制宪会议议员，积极支持路易-拿破仑·波拿巴竞选总统。可是，出于思想形态和个人方面的原因，他突然转向左派，揭露路易-拿破仑的野心和阴谋。一八五一年十二月二日，路易-拿破仑发动反革命政变，宣布帝制，雨果及其政派发表宣言，奋力抵制，最后他被驱逐出境，开始长达十九年的流亡生活(1851—1870)，从而也开始了他创作的第二阶段。

在流亡期间，他继续鞭挞拿破仑三世的独裁统治。同时，艰苦的流亡生活使雨果的才华更臻成熟，他的许多享誉世界的杰作都是在流亡时期创作和完成的。一八五二年，他发表了嘲讽拿破仑三世的小册子《小拿破仑》。一八五三年，出版了政治讽刺诗集《惩罚集》，以充满激情的嘲讽笔调，表达了他对拿破仑三世的蔑视和仇恨，对自由的热爱和信念。在此期间，其他诗集也相继问世，如《静观集》(1856)、《咏史集》(1859)、《林陌集》(1865) 等，以及长篇小说《悲惨世界》

（1862）、《海上劳工》（1866）、《笑面人》（1869）。一八五九年，他拒绝接受拿破仑三世的大赦，直到一八七〇年普法战争爆发，拿破仑三世垮台，第三共和国成立，雨果才回到阔别十九年的祖国，巴黎人民纷纷拥到火车站，热烈欢迎他们喜爱的作家凯旋。

一八七〇年至一八八五年，为雨果生命和创作生涯的第三阶段。他热情投入反普鲁士的斗争中。巴黎公社成立时，他对公社的历史意义并不理解，但当公社惨遭镇压时，他却将自己在布鲁塞尔的住宅敞开大门，作为受迫害、遭流放的公社社员的避难所。在这生命的最后阶段，雨果创作并发表了多部诗集：《凶年集》（1872）、《怜孙集》（1877）、《灵台集》（1881）等。此外，长篇小说《九三年》也于一八七四年问世。在他最后的作品中，雨果仍一如既往，坚定地站在人民和进步力量一边，这就是为什么至今他的作品仍那样广为流传，那样深得民心。

《悲惨世界》是一部震撼人心的皇皇巨著。全书共分五部。第一部《芳蒂娜》，第二部《珂赛特》，第三部《马里尤斯》，第四部《普吕梅街儿女情　圣德尼街英雄血》，第五部《让·瓦让》。小说叙述了刑满释放犯让·瓦让的悲惨故事。一七九五年，修树工让·瓦让为饥饿所迫，偷了面包店一块面包，而蹲了十九年苦役牢。一八一五年，让·瓦让刑满释放，投宿迪涅，遭众人拒绝，却受到迪涅主教热情接待，可他临走时偷了主教的银餐具而再次被捕。面对警察的调查，迪涅主教声称这银餐具是他送与客人的，甚至还把一对银烛台也送给了让·瓦让，以赎他的灵魂。

几年后，让·瓦让化名马德兰，成了小城滨海蒙特勒伊的市长。他开了一家玻璃饰物厂，发明了一项新工艺，大办慈善事业，促进了小城的繁荣。他厂里女工芳蒂娜因有个私生女而被解雇。芳蒂娜的女儿珂赛特寄养在蒙费梅的客店主泰纳迪埃家。为了付女儿的抚养费，芳蒂娜沦落为娼，又遭警探雅韦尔逮捕，后被马德兰先生解救，终因患重病而死在马德兰先生的医院里，临终前她将女儿托付给了市长先生。雅韦尔怀疑马德兰是让·瓦让。这时，一个叫尚马蒂厄的老头被指控偷了一根苹果枝，并被认定就是让·瓦让。马德兰先生经过一夜激烈的思想斗争，前往法庭自首。于是，他又再次被捕，投入土伦苦役牢。一次，他冒险救了一位水手后乘机逃跑。人们以为他已淹死海中。逃出后（于是他成了在逃犯），他去泰纳迪埃家寻找珂赛特。此时，珂赛特已八岁，受尽了泰纳迪埃夫妇的折磨。让·瓦让用重金向泰纳迪埃赎回珂赛特，把她带到巴黎，在偏僻的戈博旧宅租了个房间。后来，他怀疑自己受到雅韦尔警探的跟踪，并已被他识破，便东逃西躲，情急之中躲进一家修道院，改名福施勒旺，当了园丁，在那里隐居下来，而珂赛特则进了修道院的寄宿学校读书。五年后，他们离开修道院，在普吕梅街租了座房子。这时，马里尤斯出现了。

马里尤斯的父亲在滑铁卢战场上曾被拿破仑册封为上校和男爵。马里尤斯从小同外祖父吉诺曼先生生活在一起。外祖父是个极端保王派，禁止他看望他的父亲蓬梅西男爵。受外祖父影响，他也成了保王派。后来，他从一位教区财产管理员那里得知他父亲很爱他，但为时已晚，父亲已经去世。于是，马里尤斯开始狂热崇拜拿破仑，并离家出走，与外祖父断绝了关系。他接触了 ABC 友社后，又转向共和派。

马里尤斯常去卢森堡公园散步，遇见了珂赛特，并爱上了她。让·瓦让识破了马里尤斯的“阴谋”，带着珂赛特搬了家。在泰纳迪埃的大女儿埃波妮的帮助下，马里尤斯找到了珂赛特的住址。于是一场热恋开始了。

由于害怕被警方发现，让·瓦让再次搬家。一本吸墨纸使他发现了珂赛特和马里尤斯的恋情，他痛苦万分，只想一死。马里尤斯那边也只求一死，因为他外祖父拒绝了他和珂赛特的婚事。这时（一八三二年六月），酝酿已久的人民起义爆发了。马里尤斯随 ABC 友社的革命者参加了街垒战。让·瓦让看到马里尤斯写给珂赛特的诀别信，也去了街垒。密探雅韦尔为了侦查也去了那里。在街垒战中，

ABC友社的人全部壮烈牺牲。雅韦尔被起义者逮捕并判以死刑，由让·瓦让执行。让·瓦让出于人道将他释放。马里尤斯身负重伤，昏迷不醒，也被让·瓦让从下水道里救出。一出下水道，他就被等在那里的雅韦尔抓住。雅韦尔满足让·瓦让的要求，将马里尤斯送回他的外祖父家里。雅韦尔被让·瓦让的人格力量所震撼，放了他一条生路，却又无法面对自己的职责，最终投塞纳河自尽。

六个月后，马里尤斯伤口痊愈，并与外祖父言归于好。在外祖父和让·瓦让的安排下，两位恋人终结连理。让·瓦让向马里尤斯坦白了自己的苦役犯身份，但遭到马里尤斯的误解。从此，让·瓦让失去了他心爱的珂赛特，终日郁郁寡欢，日见衰弱。一八三五年六月，马里尤斯终于知道让·瓦让是他的救命恩人，等他偕同珂赛特去看他时，他已奄奄一息。让·瓦让躺在珂赛特怀里离开了黑暗的人间，孤独地躺在拉雪兹公墓一个偏僻的角落里，任"荒草掩埋，雨水刷尽"。

《悲惨世界》从十九世纪三十年代初开始酝酿到一八六二年问世，前后经历三十余年。这一时期正是法国的多事之秋，期间发生过多次革命，政权也在王权制和共和制之间来回变动，雨果的思想也随时代的变动而发生了深刻的变化。因此，一八六二年出版的《悲惨世界》，与雨果酝酿这部小说的初衷有天壤之别。

早在一八三二年三月，雨果就与出版商朗杜埃尔和戈斯兰商谈出版一部两卷的小说，但没有明确书名。据说是一部"刑罚"小说，讲一个穷人犯了罪，受到法律的折磨，千方百计想摆脱法律的惩罚。这部小说尚未开始便"夭折"了，因为雨果意识到光谴责刑罚是不够的，还要知道一个人为什么会犯罪。于是，他开始研究这个问题，最终决定写一部社会小说。他一边呼吁要改革刑法，一边更自觉地观察人民的生存状况，"缓慢而坚持不懈地"搜集素材。从雨果的笔记中，可以看到关于苦役释放犯皮埃尔·莫兰的记载。这是一位穷苦农民，一八〇一年，因饥饿而从一家面包铺的橱窗里偷了一块面包，被判五年苦役，刑满释放后，受到迪涅主教米奥利斯的接待。这个皮埃尔·莫兰便成了让·瓦让的原型，而米奥利斯主教则为米里埃主教的塑造提供了素材。此外，在《见闻录》中，他在一八四二年一月九日记下了一个妓女被逮捕的细节，是他出面求情，才使妓女获释。这一细节也写进了小说，成为马德兰市长要求雅韦尔释放芳蒂娜的依据。他还做了许多调查研究：参观比塞特监狱，向法学家请教，了解土伦苦役牢的情况，以及苦役犯的生活条件，等等。

一八四五年十一月，雨果动手写了。小说最初的名字是《让·特雷让》。一八四七年，他和那两位出版商将一八三二年签订的合同进行确认和修改，并首次用《贫困》命名小说。一切顺利，预计一八四八年初第一部将付梓。可这时他停止往下写了，因为他想参加巴黎议会关于监狱新条例的辩论，再则，一八四八年二月二十一日爆发了一场革命，推翻了路易-菲利普的统治。历史进入了新阶段，雨果的生活和思想也进入了新的阶段。他几乎停止一切文学创作而改为从政。这一搁置又是好几年。直到一八五四年，这时他已流亡国外，在一部小册子的封面上宣布《悲惨世界》即将出版。从此，《贫困》易名为《悲惨世界》。可能是因为“《贫困》这个名字比较抽象，带点哲学或社会学的意味，而《悲惨世界》与人有更直接的关系”吧。应该说，小说名称的变化，反映了雨果对人的认识前进了一大步。他真正开始续写小说是在一八六〇年。雨果自己在同年四月二十四日庄严地宣布：“我花了七个月的时间，将在我头脑里写的作品反复思考，理出头绪，使得十二年前写的和我今天将要写的绝对统一……今天，我开始续写（但愿能一写到底）在一八四八年中断的作品。”果然，雨果这次一写到底。一八六二年六月三十日，《悲惨世界》这部鸿篇巨制终于在比利时问世。

小说出版后，引起了强烈的反响。各种批评指责似排枪般射向雨果，有的说“这是部政治小说”，还有的说“这是部流氓史诗”，有的认为“书中描写的事已过时”，还有的认为“雨果想创造一种只属于他自己的语言，二十年后不会再有人看懂”，如此等等，不一而足。路易-波拿巴的第二帝国无法阻止小说出版，因为它是在国外出版的，但却千方百计阻挠它在法国传播。更有甚者，《爱国者》杂志将《悲惨世界》说成是一部“危险之作”，敦促政府禁止其“进入法国”。可是，这些都难以阻挡小说的成功，尤其是该书普及本问世后，受到小说的真正读者——人民大众的热烈欢迎，也只有他们才真正看得懂这部以人民为主角的小说。小说问世至今一百四十多年过去了，虽然开始时它受到过一些磨难，在二十世纪也有过一段时间沉寂，但是，人们继续在读这部“法国文学史上最杰出的小说”。不仅是在法国本土，它的影响可以说遍及全球。就拿我国来说，自从一九五八年李丹的全译本问世至今，近几年又有好几个译本相继问世。可见今天人们仍然爱读《悲惨世界》。

《悲惨世界》以浪漫主义和现实主义相结合的手法，塑造了一群受苦受难的底层人物。这部小说有两个目的：一是叙述让·瓦让的故事；二是抨击社会。应该说这两个意图完成得很圆满。

雨果在一八五一年指出：“一个不愿让人批评的社会，好比一位讳疾忌医的病人。”因此，让·瓦让的故事不可能仅仅是个人的故事，而是被压迫被蹂躏者的一种象征，是对不公正社会的无情鞭挞。雨果的这一思想在这部书的前言中得到了淋漓尽致的阐述：

“只要由法律和习俗造成的社会惩罚依然存在，在文明鼎盛时期人为地制造地狱，在神赋的命运之上人为地妄加噩运；只要本世纪的三大问题——男人因贫困而沉沦，女人因饥饿而堕落，儿童因无知而凋败——得不到解决；只要在有些地区，社会窒息的现象依然存在，换句话说，从更广义的角度看，只要地球上还存在着愚昧和贫困，像本书这一类作品就不会是无益的。”

这里，雨果深刻地揭露了他那个时代存在的社会问题：贫困使男人沦为罪犯，饥饿使女人沦落为娼，得不到教育使儿童愚昧无知。他认为，贫困和无知是社会的万恶之源。他把社会底层比作“社会的第三台仓”，“藏污纳垢的大洞窟”，生活在那里的人因“无知和贫困”而变成“魔鬼”，在深渊里“吼叫着、寻觅着、摸索着、啃啮着”，“从受苦受难而走向犯罪”，干起“偷盗、卖淫、谋杀”的罪恶勾当，最终而成为“撒旦”。“在愚昧无知消灭之前，这个藏污纳垢的大洞窟就不会消失。”他在书中多次提到对儿童的教育问题，大声疾呼社会要重视全民教育，要用“光明”来医治社会“疾病”，用光明来“净化心灵”，“照亮心灵”，而“一切普照社会的光明，皆源自科学、文学、艺术、教育”。他要人们做出选择，“是要法兰西的儿女，还是巴黎的流浪儿，要光明中的烈焰，还是黑暗中的磷火”。虽然雨果提出的方法过于理想化，但在他那个时代应该说是一种进步的表现。

让·瓦让是小说的核心人物，整个故事围绕他而展开。他因贫困和饥饿偷了一块面包，又因这区区小罪被判了五年苦役，多次越狱多次加刑，使他在狱中待了十九年，不公正的刑罚使他由好人变成一个仇恨社会，出狱后只想报仇的坏人；米里埃主教的感化则使他从坏人转变为一个善人和圣人；而珂赛特的出现好似太阳，温暖了这位老苦役犯的心，使他坚定地朝着光明前进。我们认为，让·瓦让这个人物从总体上看还是可信的，具有一种震撼人心的力量。

小说还塑造了其他许多有血有肉、栩栩如生的人物：米里埃主教、芳蒂娜、珂赛特、马里尤斯、加弗洛什、吉诺曼先生、马伯夫大爷、福施勒旺老爹等等，还有一群革命者，还有作为反衬的雅韦尔、泰纳迪埃夫妇。这些人物各具鲜明的个性。米里埃主教献身上帝和人类的精神可敬可佩；芳蒂娜的悲惨遭遇令人同情；加弗洛什的机智顽皮使人忍俊不禁，而他在街垒战中所表现的英雄主义精神又是多么可歌可泣（这里要提一笔的是，因为雨果成功地塑造了流浪儿加弗洛什这个典型，Gavroche 这个专有名词已成为流浪巴黎街头顽童的代名词，并已转为普通名词，被收进了词典中）；珂赛特和马里尤斯的爱情感人肺腑，而后来对让·瓦让的忘恩负义虽情有可原，但更让人愤愤不平；吉诺曼先生、马伯夫大爷、福施勒旺老爹这些漫画式人物，让人觉得可亲可爱，又常常令人发噱；泰纳迪埃夫妇这对从资产者落入下层社会、干尽坏事的败类，让人觉得可憎可恨；雅韦尔对让·瓦让一刻不停的迫害使人感到可恶可气，但另一方面，他的恪尽职守的职业道德有时也让人觉得可敬。所有这些大大小小的人物，无不充满了生命力。

小说的另一个特点，是在情节的展开中插进了许多冗长的介绍和议论。可以说，只要有机会，雨果便会停下叙述故事，用十几页乃至几十页的篇幅，论述一个历史事件，介绍一些专门知识，而这个事件，这些知识，有时与故事情节只有很少一点儿联系。例如，为了介绍马里尤斯的父亲如何被泰纳迪埃无意中救了一命，以便为以后的情节做铺垫，雨果详细叙述了滑铁卢战役；为把让·瓦让引进修道院，他又不胜其烦地介绍修道院的历史及其清规戒律；为让一群盗贼讲俚语，他可以说写了一篇关于俚语的论文；为使让·瓦让从下水道救出马里尤斯，他又琐屑地讲述了巴黎下水道的历史，如此等等。诚然，这些阐述不乏真实的一面，尤其是《滑铁卢》那一卷（为真实描绘一八一五年六月十八日滑铁卢战役的宏伟画面及拿破仑的这一灭顶之灾，雨果曾于一八六一年五月二十二日亲自到圣约翰高地实地考察，并到比利时王家图书馆搜集资料），使我们在读这些章节时，也会增加一些历史知识。但是，总的来看，这些介绍和议论过于繁杂，过于细碎。

为译这部鸿篇巨制，我前后花了四年时间。原以为雨果的语言不如普鲁斯特的语言晦涩，不如蒙田古老，译过了《追忆似水年华》和《蒙田随笔全集》，又译过雨果的《巴黎圣母院》，再译《悲惨世界》当不会太难。谁知《悲惨世界》真有不少让译者头痛得感到“悲惨”的地方。且不说译任何作品都会遇到的难懂和难译的句子和段落，需要一丝不苟地查阅法语词典，领会其含义，精确地译出来；且不说那些涉及历史、专门知识的章节，需要认认真真地查阅百科全书，做出准确的翻译和注释；且不说作者为逼真地描绘社会底层的生活而有意塞进他的作品中的俚语，给译者带来了难以逾越的困难；就连一些个别的词和词语也让人伤透了脑筋。比如，小说开头第一个词，即第一部第一卷的标题 Un juste，该译成什么，让我从开译到最后校订都处在举棋不定中。有的译本译成《一个正直的人》，还有的译成《义人》，但我觉得这里 un juste 的意思应该包含“正直的人”和“笃信宗教的人”这双重意义，可又实在找不到一个词把这双重意思完美地表达出来；寄出清样后，又写信给编辑定译成“善人”。可是，即使几经思考定译成“善人”，心中仍还忐忑不安。

又如，第三部第七卷中出现的 patron-minette。这个词属于俚语，小说中是黑道上的人给一个四人强盗团伙起的绰号。有的译本译成“猫老板”，还有的译成“咪老板”，都把 patron 译成“老板”。其实，patron-minette 即是 potron-minet 的讹音，也即是 potron-jaquet，意思是“黎明，拂晓”。查《按字母顺序排列的法语类语词典》，发现 potron 源自拉丁语的 posterio，意即“屁股”，而 minet 意即“猫”，jaquet 意即“松鼠”。若将 potron-minet（potron-jaquet）译成汉语，即是“当猫（松鼠）露出屁股的时候”，法汉词典通常译成“黎明，拂晓”。根据词源，我们把 patron-minette 译成“猫露屁股”，是为使译文带点俚语的味道。在第三部第七卷第四章中，有一段文字专门阐述了 patron-minette 的意思：“‘猫露屁股’，这是黑道给这四人起的名字。在日渐消失的古老而荒诞的俗语中，‘猫露屁股’即拂晓，正如‘犬狼之间’即傍晚。‘猫露屁股’的称呼，可能出自他们干坏事结束的时刻，因为黎明正是幽灵消失，强盗分手的时刻……”从这段文字，可以看出“猫露屁股”也许是一个较为可取的译法。

再如本书的“作者序”，短短数行，却浓缩着雨果写这部小说的宗旨，可是译起来却煞费脑筋，尤其关于雨果提出的社会三大问题，即 la dégradation de l’homme par le prolétariat, la déchéance de la femme par la faim, l'atrophie de l'enfant par la nuit 的译法，其中尤以 l'atrophie de l'enfant par la nuit 最难理解和翻译。按法语词典的解释，l'atrophie 的意思是“萎缩，衰退”；但从小说中的有关段落看，l'atrophie 应该是 la dégradation, la déchéance 的同义词，也是表达“堕落”之意。此外，法语中的 la nuit 原义为“黑夜，黑暗”，但雨果在这里想表达的意思是“缺少教育”，由于缺少教育，儿童就会无知，就可能变成坏人。理解不易，译起来则更难，因为既要考虑到意思，又要传达原文的对称结构。就为了这三句话的翻译，在校完并寄出清样后，还和编辑多次电话联系，改来改去，最后定为“男人因贫困而沉沦，女人因饥饿而堕落，儿童因无知而凋败”。

小说中类似这样难译的词语不胜枚举。仅此三例可以说明翻译这部巨著之艰难。但愿这个译本不要太有负于这部鸿篇巨制，有负于九泉之下的大文豪雨果。

作者序

只要由法律和习俗造成的社会惩罚依然存在，在文明鼎盛时期人为地制造地狱，在神赋的命运之上人为地妄加噩运；只要本世纪的三大问题——男人因贫困而沉沦，女人因饥饿而堕落，儿童因无知而凋败——得不到解决；只要在有些地区，社会窒息的现象依然存在，换句话说，从更广义的角度看，只要地球上还存在着愚昧和贫困，像本书这一类作品就不会是无益的。

一八六二年一月一日于奥特维尔别居

目录

第一部　芳蒂娜

第二部　珂赛特

第一卷　滑铁卢

第三部　马里尤斯

第八卷　作恶的穷人

第一部

芳蒂娜

第一卷　善人

一　米里埃先生

一八一五年，夏尔-弗朗索瓦-比安维尼·米里埃先生在迪涅[①]任主教。这是个七十五岁的老人。自一八〇六年起，他就是迪涅的主教了。

当他赴任迪涅主教时，对他有些传闻。尽管这个细节与我们要叙述的故事并无实质的关系，但在这里有必要提一提，哪怕是为了精确和全面。大凡传闻，不管是真是假，不仅同被传者所做的事有关，而且常涉及到他们的生活，尤其是他们的命运。米里埃先生的父亲是埃克斯[②]法院的参事，一位穿袍贵族。他父亲为让他继承父业，在他十八或二十岁那年，就早早给他娶了亲。这在穿袍贵族中是较为流行的做法。米里埃先生虽已成婚，据说仍不绝绯闻。他身材不高，却仪表堂堂，风度翩翩，才智横溢。他的整个青年时代，都是在社交界蹉跎岁月，混迹于女人中间。大革命[③]爆发了，事态迅猛发展，穿袍贵族惨遭杀戮，他们被逐出家园，走投无路，四下逃亡。革命一爆发，夏尔·米里埃先生便逃亡意大利。他妻子罹肺病已久，客死异国他乡。他们无儿无女。此后，米里埃

① 迪涅在法国东南部，为上阿尔卑斯-普罗旺省的省会。

② 埃克斯市位于法国南部。

③ 指一七八九年的法国资产阶级革命。

先生的命运如何呢？法国旧制度分崩离析，他个人家破人亡，九三年悲剧[1]层出不穷，而这些可怖的悲剧，在流亡异国的法国人远远看来，更是面目狰狞，令人倍感恐怖：这一切是不是使他萌生了弃尘绝世的念头？国家的灾难可能影响到个人的生命和财产，但不会使人心灰意冷，可有时，某些神秘而可怕的打击，却会使人心力交瘁，万念俱灰；米里埃先生有生以来只有欢乐和温情，他是不是也遭到了这样的打击而变得心灰意冷了呢？关于这一切，谁也说不清楚。大家只知道，他从意大利回来时，就是神甫了。

一八〇四年，米里埃先生在B镇（布里尼奥尔镇）当本堂神甫。他年事已高，过着深居简出的生活。

就在拿破仑即将加冕前，米里埃先生为了教区的一件不知什么小事去了趟巴黎。他代表教民，去拜见一些达官贵人，其中有费什红衣主教[2]。一天，令人尊敬的米里埃神甫在会客室里等待红衣主教接见，恰遇皇上来探望舅父。拿破仑见这位老人好奇地注视自己，便转过脸来，突然问道：

"盯着我看的这位老头是谁？"

"陛下，"米里埃先生说，"您在看一个老头，而我在看一个伟人。彼此都受益。"

当晚，皇帝向红衣主教问明神甫的姓名，不久，米里埃先生便被任命为迪涅的主教，他得此消息，深感惊讶。

再说，有关米里埃先生早年生活的流言蜚语，哪些是真，哪些是假，无人知晓。熟悉米里埃一家大革命前情况的人家很少。

任何人初到一个人多口杂、缺乏头脑的小城，总会引来许多谣传。米里埃先生只得忍受那些飞短流长。他必须忍受，尽管他是主教，而且恰恰因为他是主教。说到底，关于他的那些闲话，也许仅仅是闲话而已，

---

① 一七九三年，法国革命党人实行恐怖政策，大量处死贵族。路易十六国王就是在那一年被处死的。

② 费什（1763—1839），法国红衣主教，拿破仑一世的舅父。

因为这些话不外乎是一些传闻、废话、闲言碎语，甚至连闲言碎语也算不上，照语汇丰富的南方人的说法，只是不经之谈罢了。

不管怎样，他在迪涅居住和任主教九个年头后，所有这些流言蜚语，这些始为小城百姓茶余饭后津津乐道的题材，已被人们彻底遗忘，无人再敢提起，甚至无人再敢想起。

米里埃先生来迪涅时，带来了一位老姑娘巴蒂斯蒂娜小姐。那是他的妹妹，比他小十岁。

他们只有一个女用人，马格卢瓦太太，与巴蒂斯蒂娜小姐同岁。马格卢瓦太太起初是“本堂神甫的女用人”，现在身兼二职：小姐的女仆和大人的管家。

巴蒂斯蒂娜小姐身材瘦长，面容苍白，性情温和。她是“可敬”二字的理想化身，但不能说可敬可佩，因为一个女人可敬可佩，似乎必须先为人母。她从没漂亮过。她一生都替教会行善，最终，连她的身体也披上了一层洁白和光辉，年迈时，就有了一种所谓的“慈祥之美”。年轻时的清癯，到了中年，就成了清澈透明，使她看上去有如天使。与其说她是一个有躯体的处女，毋宁说是一个灵魂。她的躯体仿如影子，几乎一无女性的特征，仅有些许透着微光的物质，大眼睛总是低垂着，她不过是一个灵魂存在于人间的借口。

马格卢瓦太太是个又矮又白又胖的老妇，成天忙忙碌碌，总是气喘吁吁，一则因为忙不及履，二则因为有哮喘病。

米里埃先生到任后，根据帝国法令的规定，被恭恭敬敬地安顿在主教府内。因为帝国法令规定，主教的待遇仅次于旅长。市长和法院院长对他进行了初次拜访，他也初次拜会了将军和省长。

安顿停当，全城对主教行动拭目以待了。

二　米里埃先生变成比安维尼大人

迪涅的主教府与医院毗邻。这是座石头建筑，屋宇轩昂，美轮美奂，由亨利·皮热大人建于上世纪初。亨利·皮热是巴黎大学神学博士、西莫修道院院长，一七一二年，他是迪涅的主教。这是一座名副其实的领主宅第。那些套房、客厅和卧室，那个无比宽敞的院落以及供人散步的古佛罗伦萨风格的曲折拱廊，那些树木苍翠的花园，都显得无比气派。饭厅在楼下，朝向花园，是一条富丽堂皇的长廊。一七一四年七月二十九日，亨利·皮热主教大人在这里款宴过几位贵宾，他们是：安布伦亲王兼主教夏尔·布吕拉·德·让利大人、格拉斯的主教嘉布遣会修士安托万·德·梅格里尼大人、莱兰隐修院院长和法兰西隐修院院长菲利普·德·旺多姆大人、万斯男爵兼主教弗朗索瓦·德·贝通·德·克里翁大人、格朗代夫的主教塞扎尔·德·萨布兰·德·福卡基埃大人、御前日常讲道师祈祷室神甫塞内兹的主教让·索南大人。这七位德高望重人物的肖像给这个大厅锦上添花，而“一七一四年七月二十九日”这个值得纪念的日子，用金字镌刻在一张白大理石桌上。

医院是一座又窄又矮的两层楼房，有一个小花园。

到任三天后，米里埃主教参观了医院。参观结束，他把医院院长请到家里。

“院长先生，”他对他说，“现在贵院有多少病人？”

“二十六个，大人。”

“这正是我所数到的。”主教说。

“床挨床，挤得很。”院长说。

“这正是我所注意到的。”

“病房就像是卧室，空气很不流通。”

“这正是我所感觉到的。”

“还有，花园太小，当有阳光时，容纳不了康复期的病人。”

“这正是我所想到的。”

“瘟疫蔓延时，比如今年是斑疹伤寒，两年前是粟粒热，有时，病人多达百来个，遇到这种情况，就招架不住了。”

“这正是我所考虑到的。”

“有什么办法呢，大人？”院长说，“只好将就了。”

这场谈话是在主教府楼下那间长廊式饭厅里进行的。主教沉默片刻，蓦然转向医院院长。

“先生，”他说，“您看，这间饭厅能放多少张床？”

“大人的饭厅？”院长瞠目结舌，大声说。

主教环视大厅，仿佛在用目光进行测量和计算。

“足可放二十张！”他像是自言自语。接着，他又提高嗓门：“听我说，院长先生，我谈谈我的看法。这显然是个错误。你们有二十六个病人，却只有五六间小病房。我们只有三个人，却占了五六十人的地方。我告诉您，这是个错误。您到我这里来，我住到您那里去。把我的房子还给我。这里是您的医院。”

翌日，二十六个穷人便在主教府中安顿下来，主教则搬进了医院。

米里埃先生一无所有，他家的财产被那场革命毁于一旦。他妹妹领取五百法郎的终身年金，这刚够她在本堂神甫家里的个人开销。米里埃先生作为主教，从国家领取一万五千法郎的年薪。就在他迁居医院的那天，他对这笔钱做了一劳永逸的分配。我们把他亲拟的一张清单抄录如下：

家用支出清单

小修院	1500 利弗[①]
传教团	100 利弗
蒙迪迪埃遣使会	100 利弗
巴黎外国传教团研究班	200 利弗
圣灵会	150 利弗
圣地宗教团体	100 利弗
各慈母会	300 利弗
另：阿尔勒慈母会	50 利弗
改善监狱	400 利弗

① 利弗为当时的一种货币，相当于一法郎。

慰抚和解救囚犯	500 利弗
解救负债入狱的家长	1000 利弗
补助本主教区贫苦教师的薪俸	2000 利弗
上阿尔卑斯省粮仓	100 利弗
迪涅、马诺斯克、锡斯特龙地区	
免费教育穷苦女孩子圣母会	1500 利弗
施舍穷人	6000 利弗
个人开支	1000 利弗
	共计: 15000 利弗

米里埃先生任迪涅主教期间，几乎都是这样来安排他的收入的。如上所见，他把这称作"家用支出"。

对这样的安排，巴蒂斯蒂娜小姐绝对服从。对于这位圣女，迪涅的主教先生既是兄长又是主教；从自然的角度说，他是她的朋友，按教会的角度讲，他是她的上司。很简单，她热爱他，崇拜他。他讲话时，她俯首恭听；他行动时，她涉足其间。只有女仆马格卢瓦太太偶尔嘀咕几句。刚才已看到，主教先生只留给自己一千利弗，加上巴蒂斯蒂娜小姐的年金，每年不过一千五百法郎。这两个老妇和一个老头就靠这一千五百法郎清苦度日。

而且，若有乡村本堂神甫来迪涅，主教先生还有办法招待他们。那是多亏了马格卢瓦太太省吃俭用和巴蒂斯蒂娜小姐精打细算。

一天，——他到迪涅快三个月了——主教说：

"就这点钱，太拮据了。"

"就是嘛！"马格卢瓦太太大声说，"大人在城里办事，到教区巡视，省里应给车马补贴，大人从没申请过。这在从前的主教可是惯例。"

"对，"主教说，"您言之有理，马格卢瓦太太。"

他提出了申请。

不久，省议会研究他的申请，投票通过每年给他补助三千法郎，立项为：主教先生马车、驿车和教区巡视补贴。

当地资产阶级对此议论纷纷。一位帝国元老院[①]议员，曾赞成雾月十八政变[②]，并在迪涅城郊领取优厚年俸的原五百人院[③]议员，给司祭比戈·德·普雷阿纳先生写了封措词激烈的密函。我们将原文节录如下：

"车马补贴？在一个不到四千人的城市里，要它干什么？驿车和巡视补贴？首先，有必要巡视吗？其次，山区如何跑驿车？连路都没有，只能骑马。阿努堡迪朗斯河上的那座桥，勉强能过牛车。这些神甫都是一路货，又贪又啬。这一个起初装得像个正人君子。现在和其他人没有两样了。他要马车，要驿车。他和从前的主教一样，要过奢侈的生活。啊！这帮狗神甫！伯爵先生，只有等皇上给我们肃清了这些狗神甫，事情才能做好。打倒教皇！（当时和罗马正在闹矛盾。[④]）至于我，我只拥护皇帝一人……"

可是，这件事使马格卢瓦太太高兴不已。"这下好了，"她对巴蒂斯蒂娜说，"大人以前只为别人考虑。最后是该考虑一下自己了。该施舍的全施舍了。这三千利弗总算可以归我们了！"

当天晚上，主教写了张清单交给他妹妹。内容如下：

马车和教区巡视补贴

医院病人肉汤	1500 利弗
埃克斯慈母会	250 利弗
德拉基尼扬慈母会	250 利弗
弃儿	500 利弗
孤儿	500 利弗
	共计：3000 利弗

---

① 指拿破仑帝国的元老院，由二十四人组成。

② 法兰西共和国八年雾月十八日，即公元一七九九年十一月九日，拿破仑发动政变，开始了独裁统治。

③ 一七九五年十月，新兴资产阶级的热月党投票选举成立了元老院和五百人院。

④ 一八〇四年，教皇庇护七世到巴黎给拿破仑加冕，后被拘禁在法国。

这就是米里埃先生给那笔钱做的预算。

至于主教不固定的额外收入：结婚公告、特免费、简略洗礼费、布道费、教堂或小教堂祝圣费、婚礼费，等等，因为是用来施舍穷人的，主教便向富人狠狠收取。

不久，捐款接踵而来。有钱的和没钱的都来叩米里埃先生的门，前者来捐款，后者来寻求施舍。不到一年，主教便成了一切善行的司库和一切救济款的出纳。一笔笔巨款都由他经手，但这丝毫没能改变他的生活方式，只保证基本需要，从不增添多余东西。

不仅如此。因为底层的贫困总是多于上层的博爱，捐款尚未收进便已支出，不啻雨水落在旱地上；尽管他常有钱收进，却总是没有钱。于是，他就省吃俭用。

按照惯例，主教们在写训谕和书信时，总喜欢把自己的教名写在头上。因此，出于一种本能，当地的穷人在米里埃主教的一连串名字中，深情地选择了他们认为有意义的名字，只叫他比安维尼[①]大人。我们也一样，必要时也这样称呼他。况且，主教也很喜欢这个称呼。他说："我喜欢这个名字。'比安维尼'修正了'大人'。"

我们不敢说这里所做的描绘完全真实，只能说大致相像。

三　好主教遇到穷教区

主教先生的马车变成了施舍，但他对辖区的巡视并没减少。迪涅教区的工作是很艰苦的。平原少，山地多，几乎没有公路，这一点，刚才已提到了。三十二个本堂区，四十一个副本堂区，二百八十五个附属教堂。巡视起来绝非易事。主教先生却做到了。若在附近巡视，他就步行，平原上就坐马车，山区就骑驴子。那两个老妪陪他一同前往。如果路途过于艰难，他就一个人去。一天，他骑着毛驴，来到塞内兹。这个城市，

---

① 比安维尼是 Bienvenu 的音译，意为"受欢迎的人"。

从前是主教府所在地。那时候，米里埃主教囊空如洗，除了驴子，不可能有别的装备。塞内兹市长来到主教府门口相迎，见他从驴背上下来，便用气愤的目光看着他。还有几个市民也围着他哄笑。“市长先生，”主教说，“各位市民先生，我知道你们为什么气愤。你们觉得，一个穷教士骑驴是出于自负，因为那是耶稣-基督的坐骑。我向你们保证，我骑驴是迫不得已，并不是为图虚荣。”

在巡视中，他待人宽容而温和，很少说教，只是同人交谈。他从不把任何品德放到不可攀登的高度，也从不舍近即远，去寻找论据和榜样。对一乡的人，常以他们的邻乡为榜样。有些地方对穷人漠不关心，他就说：“瞧人家布里昂松人！他们优待穷人和孤儿寡母，让他们比别人提前三天开镰刈草。那些人的房屋塌了，就无偿给他们重盖。因此，他们受到上帝的保佑。整整一个世纪，那里没有发生过一起凶杀案。”

有些村庄的人贪心不足，斤斤计较，他便说：“瞧人家昂布伦人！收获季节，谁家的儿子在军队服兵役，女儿在城里帮佣，父亲生病干不了活，本堂神甫就在布道时，托大家帮帮忙。星期天，做完弥撒，全村不分男女老少，都跑到田里，帮那位可怜的人收割，然后把麦粒和麦秸搬进他家的谷仓里。”遇到因金钱和遗产问题四分五裂的家庭，他说：“瞧瞧德沃尼的山民吧！那地方穷乡僻壤，五十年不闻莺声。可是，不管谁家死了父亲，男孩子们便出外谋生，把家产留给女孩子，好让她们能找到丈夫。”有些乡镇的人爱打官司，农民们为打官司倾家荡产，他便对他们说：“你们瞧瞧凯拉谷的农民！他们安分守己。三千人住在那山谷里。上帝！就像是一个小小的共和国。他们不知道法官，也不知道庭丁。镇长包办一切。他分摊捐税，抽税合情合理。他裁决纠纷、分配遗产和进行判决时，分文不取。大家对他服服帖帖，因为他公正无私，而他周围的农民忠厚老实。”若遇到没有教师的乡村，他仍举凯拉谷的人为例：“你们知道他们是怎么做的吗？”他说：“一个十二或十五户的小村一般供不起教师，便由乡里聘请一些教师供全乡使用。他们一个个村庄奔跑，这里八天，那里十天，巡回施教。这些教师去集市买东西，我在那里遇见过他们。他们帽子的饰带上插着鹅毛笔，一看便知是干什么的。教语文的只插一支，教语文和算术的插两支，既教语文和算术，还教拉丁语的插三支。那些人是大学问家。不识字太丢人了！学一学凯拉谷人的做法吧。”

他这样讲着，既严肃又慈祥，缺少实例时，就创造些比喻，言简意赅，形象丰富，开门见山。真可谓具有耶稣-基督的口才，不仅自己确信无疑，而且令人心悦诚服。

四 言行一致

他的言谈亲切而愉快。他说的话，两位和他一起生活的老妇都能听懂。他笑的样子，就像个小学生。马格卢瓦太太通常称他“大人”。一天，他从安乐椅上起来，到书架上去找一本书。那书放在上面一层搁板上。主教个子比较小，够不着。“马格卢瓦太太，”他说，“给我搬张椅子来。本大人够不着这块搁板。”

他有个远房亲戚德·洛伯爵夫人。这位夫人一有机会，便要如数家珍般地在他面前列举她三个儿子所谓“有希望继承的遗产”。她有几位尊亲，年事已高，行将就木，她的三个儿子顺理成章成了他们的继承人。最小的儿子可望从一位姨婆那里继承整整十万利弗的年金，老二被指定继承舅父的公爵头衔，老大则继承外祖父的贵族爵位。通常，主教总是静静地听她炫耀，做母亲的这种炫耀无伤大雅，也情有可原。可是，有一天，德·洛夫人又唠叨开了这些遗产和“希望”，主教似乎比平时更加若有所思。她不耐烦地停住话头，问道：“上帝！您在想什么，我的表兄？”主教说：“我在想一句奇怪的话，我想是圣奥古斯丁说的：‘把你的希望寄托在绝不可能继承的人身上。’”

还有一次，他收到当地一位贵族的讣告。看到长长一页纸上，除了写着死者的各种头衔外，还罗列了所有亲属的所有封号和爵位，便嚷了起来：“死人的脊背多么结实啊！让他轻松愉快地背那么多头衔！人真够聪明的，竟用坟墓来满足自己的虚荣心！”

遇到合适的机会，他会说一两句意味严肃的俏皮话。一次封斋节，有个年轻的副本堂神甫来到迪涅，在大教堂里布道。他颇有口才。他讲的主题是施舍。他劝说富人要接济穷人，以便将来不下地狱，而进天堂。他尽量把地狱说得可怕之极，将天堂描绘得妙不可言，令人神往。在听众中，有一个歇业的富商，有时放放高利贷。此人名叫热博朗先生，他做粗呢、哔叽、斜纹呢和加斯盖呢生意，赚了五十万。热博朗先生一辈子没施舍过一个穷人。那次布道后，人们发现，每个星期日，他都给在大教堂门口行乞的几个老妪一个铜板。六个叫花子分一个铜板。一天，主教见他在施舍，便笑着对他妹妹说："热博朗先生在买一个铜板的天堂哩。"

只要是慈善方面的事，即便碰到钉子，他也不气馁，总能说出一些发人深省的话。一天，他在市里的一个贵族沙龙里为穷人募捐。在座的有尚泰西埃侯爵。此人年事已高，家财万贯，但十分吝啬。他本事很大，既是极端保王派，又是极端的伏尔泰信徒。这种人不是绝无仅有。主教走到他跟前，碰了碰他的胳膊："侯爵先生，您得给我捐点什么吧。"侯爵转过脸，冷冰冰地回答："大人，我有我自己的穷人。"主教说："那就把他们捐给我吧。"

一天，他在大教堂布道：

"敬爱的弟兄们，善良的朋友们，在法国，有一百三十二万所农舍只开三个口，一百八十一万七千所开两个口，一个门，一扇窗，还有三十四万六千所棚屋只开一个口，那就是门。这都是所谓的门窗税造成的。让穷人、老妇和小孩住进这种陋屋，不发烧不生病才怪呢！唉！上帝把空气赐给每个人，法律却要让他们用钱买。我不指责法律，但我赞美上帝。在伊泽尔省、瓦尔省、上下阿尔卑斯山省，农民连独轮车都没有，运肥靠人的肩膀。他们没有蜡烛，用松枝和蘸有树脂的绳子点火照明。在多菲内省的整个山区都是这样。他们做一次面包，吃六个月，是用干牛粪烤熟的。冬天，他们用斧子把面包劈开，在水中浸泡二十四小时后才能吃。弟兄们，发发慈悲吧！瞧瞧你们周围，多少人在遭罪！"

他是普罗旺斯人，毫不费力就学会了南部地区的各种方言。他学下朗格多克人说："Eh bé, moussu, sès sagé?"①学下阿尔卑斯山人说："Onté anaras passa?"②学上多菲内人说："Puerte un bouen moutou embe un bouen froumage grase."③百姓听了非常高兴，这为他接近各种人提供了方便。他走进茅屋，来到山区，就像到了自己家里。他善于用最粗俗的方言，讲最伟大的事。他讲各种方言的时候，也就进入了所有人的心灵。

此外，他对上流社会的人和平民百姓一视同仁。

他从不匆匆忙忙不顾实际情况地乱加批评。他常说："我们来看看问题出在哪里。"

正如他常常戏称的那样，他是一个"前罪人"，绝不唱严守清规的高调。他大声宣讲一种教义，但不像那些冷酷的卫道士们双眉颦蹙。他的教义大致可归结为：

"人的肉体既是重负，又是诱惑。人拖着它，屈服于它。"

"人应该监督、约束、抑制自己的肉体，不到最后关头决不服从。即使这样，人仍可能犯错误，但这种错误是可以宽恕的。这是一种失足，但这是跪着的，可用祈祷来赎罪。"

"做一个圣人，是例外；做一个善人，是规定。可以徘徊、失责、犯错误，但要做一个善人。"

"尽量少犯罪，这是人的戒律；绝对不犯罪，这是天使的梦想。尘世间的一切都有罪。罪恶好比是引力。"

当看到大家吵吵嚷嚷，怒形于色，他就笑吟吟地说："哟！哟！这显然是人人都会犯的大罪。这种惊慌失措，急于抗议，恰恰是为了掩饰自己的伪善。"

他对妇女和穷人特别宽容，因为他们受到人类社会的压迫。他说："妻子、孩子、仆人、弱者、穷人和无知者犯错误，是丈夫、父亲、主人、强者、富人和有学问的人造成的。"

---

① "嘿，先生，变老实了？"

② "你去哪儿了？"

③ "我带来了肥羊和好奶酪。"

他还说：“对于没有知识的人，你们应尽量教给他们知识。社会不办义务教育是有罪的。是社会制造了黑暗，它应对此负责。人的心灵充满黑暗就会犯罪。真正有罪的，并非是犯罪的人，而是造成他心灵黑暗的人。”

正如我们所见，主教判断事物的方式与众不同。我猜想，他是从福音书里学来的。

一天，在一家沙龙里，他听到人们议论一件刑事诉讼案。那案子正在调查中，不久就要对簿公堂。一个穷人，为了他深爱的一个女人和他们的一个孩子，走投无路，铸造了假币。那时候，铸假币乃是死罪。那女人第一次使用他制造的假币，就被发现了。警方把她拘留了，但只掌握她的犯罪证据。只有她能够指控她的情人，她一招供，他就完了。她矢口否认。人们反复逼问。她依然矢口否认。检察官心生一计。他伪造了情夫不忠的证据，巧妙地出示了一些情书的片段，终于使那不幸的女人相信她有一个情敌，那个男人是个负心郎。于是，嫉妒激起了她无比的愤怒，她终于告发了情夫，供认了一切，证实了一切。那男人彻底完了。不久，他将和他的同谋一起在埃克斯市受审。大家议论着这件事，无不称赞法官聪明能干，说他善于利用嫉妒之心，以激起愤怒，查明真相，利用复仇情绪，来伸张正义。主教默默听完大家议论，便问：

“这一对男女在哪里受审？”

“在重罪法庭。”

他又问：“那么，检察官又在哪里受审呢？”

迪涅发生了一起惨案。一名男子因杀人被判死刑。那不幸的人并非真正的读书人，但也不是一点文化都没有。他曾在集市上卖卖艺，代人写写信。此案引起了全城的极大关注。行刑前一天，监狱的指导神甫病了。得有个神甫帮助受刑人度过最后时刻。人们去找本堂神甫。他拒绝了，好像还说：“这不关我的事。我对这件苦差事和这个江湖骗子不屑一顾。我自己也病了。况且，这不是我管的事。”此话传到了主教耳朵里。主教说：“本堂神甫先生说得对。这不是他管的事，而是我的事。”

他马上去监狱，来到“江湖骗子”的黑牢里。他喊他的名字，握住他的手，同他说话。他在犯人身边整整待了一天一夜，忘了吃饭和睡眠，替犯人的灵魂向上帝祈祷，恳求犯人为自己的灵魂祷告。他同他讲了许多最简单也是最正确的道理。他是父亲、兄长和朋友，只在祝圣时才是主教。他教育他，宽慰他，安抚他。那人就要绝望地死去。死对于他犹如万丈深渊。他站在阴森森的悬崖边，浑身颤抖，恐惧得直往后退。他还没无知到对死麻木不仁的程度。被判处死刑对他是强烈的震动，仿佛把他周围那堵将我们同神秘世界隔开的所谓生命之墙震得到处是缺口。他不停地从这些不祥的缺口里，瞧一眼人间外面的世界，看到的是无穷无尽的黑暗。现在，主教让他看到了一线光明。

翌日，人们来提犯人，主教仍在那里。他随犯人离开牢房。他身披紫斗篷，颈上挂着主教十字架，同那五花大绑的犯人并肩出现在人群面前。

他同他一起上了囚车，一起上了断头台。那受刑者昨天还愁眉苦脸，垂头丧气，现在却容光焕发，精神饱满。他感到自己的灵魂已获宽恕，他期待上帝的出现。主教拥抱他。当铡刀快要落下时，他对他说："被人杀死的，上帝会使他复活。被兄弟们赶走的，将回到上帝身边。祈祷吧，相信上帝吧！进入永生吧！上帝就在这里。"他走下断头台时，他的目光让民众望而肃立。最令人起敬的，不知道是他苍白的面容，还是安详的神态。他回到他笑称为他的"宫殿"的陋居，对他妹妹说："刚才，我以主教身份举行了一场祈祷仪式。"

大凡最高尚的事，往往最难被人理解，因此，城里有人对主教的举动说三道四，说他是装模作样。不过，那仅是贵族沙龙里的闲言碎语。民众却感动不已，赞叹不绝。对于神圣的行为，人民向来不会从坏的方面去理解。

至于主教本人，他因为目睹了断头刑罚，受到深深的打击，心情久久不能平静。

的确，断头台，只要它矗立在那里，就会使人产生幻觉。尚未亲眼看见断头刑时，我们对死刑多少可以无动于衷，不置可否。但是，只要看见过一次，就会受到强烈的震撼，不得不做出决定，表示赞成或反对。

有些人赞不绝口，如迈斯特尔[①]，另一些人则厌恶之至，如贝卡里亚[②]。断头刑是法律的具体化，它叫“制裁”，它不是中立的，也不让人中立。谁看见它，都会浑身颤栗。那是一种最神秘的颤栗。一切社会问题，都围绕那把铡刀提出疑问。断头台不是一个构架。断头台不是一部机器。断头台不是由木头、铁和绳索构成的无生命的机械。它似乎是一种有生命的东西，具有一种不可思议的创造性。这个构架好像看得见，这部机器好像听得见，这个机械似乎有意识，这些木头、铁和绳索仿佛有愿望。断头台的存在会使人噩梦丛生，它显得狰狞可怖，同它的所作所为混为一体。断头台是刽子手的同谋；它一口把人吞进；它食人肉，喝人血。断头台是法官和木匠制造的怪物，是靠制造死亡来维持自己可怕生活的幽灵。

因此，那次断头刑给主教的印象极其可怕而深刻，以至于行刑的第二天，乃至以后许多天，他看上去依然郁郁不乐。他在那一刻显示出来的极其安详的神态，现已荡然无存，社会正义的幽灵对他纠缠不放。平时，他每次办完事回来，总是心满意足，神采飞扬，可这次，他似乎深感内疚。他常常自言自语，嘟囔着凄恻的独白。一天晚上，他妹妹听到他说了一段话，记录了下来：“我没想到会如此可怕。我不该只埋头于神的法律，而不关心人的法律。人有什么权利过问未知世界？”

随着时间的推移，这些印象淡薄了，可能已然消失。可是人们发现，主教后来一直避而不从那刑场经过。

不管什么时候，都可以把米里埃先生叫到病人和临终者的床边。他知道这是他最崇高的责任和工作。孤儿寡母的家庭毋庸请他，他自己会去。他会坐在失去爱妻的丈夫，失去孩子的母亲身边，默默待上好几个小时。他知道什么时候应该沉默，也知道什么时候应该说话。啊！可敬的人，多么善解人意！他不想用忘却来消除痛苦，而是用希望来使痛苦变得高尚和可敬。他说：“你转身去看死者时，要注意方式。不要去想他

---

① 迈斯特尔（1753—1821），法国神学家。

② 贝卡里亚（1738—1794），意大利法学家，启蒙运动的代表人物。

们会腐烂，而是要目光专注。你会看到，你死去的亲人正在天上发出生命之光。”他知道，信仰能使人身心健康。对于绝望的人，他总是设法给予劝告和安抚，让他们看安于命运的人，使他们把俯视墓穴的痛苦，变成仰望星星的痛苦。

五　比安维尼大人舍不得换新教袍

米里埃先生的家庭生活和公众生活一样，都受同样的思想支配。有机会就近观察的人，看到迪涅的主教先生甘于清贫的生活，会感到那是庄严而动人的一幕。

同所有的老人及大部分思想家一样，他睡眠很少。时间虽少，却睡得很沉。早晨，他先默祷一小时，然后做弥撒，或在大教堂，或在他的祈祷室里。做完弥撒，他就用早餐。一片蘸着牛奶的黑面包，奶是自家的牛产的。吃完就开始工作。

做主教的是个大忙人。每天都要接见主教区的教务秘书，通常是一个议事司铎，此外，几乎每天都要接见助理主教。他要监督修会，授予特权，审查一系列教会图书：祈祷书、教理问答、日课经等等；还要写训谕，批准讲道申请，协调本堂神甫和镇长的关系，还要处理教务和行政方面的信函，一边是国家，一边是罗马教廷。总之，他日理万机，忙得不可开交。

在他日理万机，应付完祈祷和日课经之后，剩下的时间首先给予穷人、病人和痛苦的人。再有空闲，他就用来劳动。时而在园子里锄锄土，时而读一读，写一写。对于这两种劳动，他只用一个词来称呼，把这叫作“从事园艺”。“精神是一块园地。”他如是说。

十二点，他用午餐。午餐和早餐一样简单。

下午两点，如果天气好，便走出去散散步，或在乡间，或在城里，常常走进穷人的破屋里。只见他独自漫步，低头沉思，拄着长长的拐杖，身上穿着又软又暖的紫棉袍，脚上穿着紫色长袜和笨重的鞋子，头上戴着主教平顶帽，三只角上分别垂着一束菠菜籽形的金色流苏。

他在哪里出现，哪里就有欢乐，仿佛他经过时，带来了温暖和光明。孩童和老叟来到门口迎接他，有如在迎接太阳。他为大家祝福，大家也为他祝福。谁需要帮助，人们就给他指主教的住所。

他随处停留，同小男孩和小女孩交谈，向他们的母亲微笑。他有钱时，便去看望穷人，没钱时，就去拜访富人。

他舍不得换新教袍，又不想让人发现自己捉襟见肘，每次外出，总要套上那件紫棉袍。这在夏天就够他受了。

晚上八点半，他和他妹妹共进晚餐，马格卢瓦太太站在后面侍候。再没有比这顿饭更简单的了。不过，遇到主教请某个本堂神甫吃饭，马格卢瓦太太便乘机为主教大人做些美味可口的湖鱼或山里的野味。不管哪个本堂神甫，都是做好菜的借口，主教也不干涉。除此以外，他平时的晚饭，一般只有水煮蔬菜和素油汤。因此，城里有人说："主教不吃本堂神甫菜的时候，吃得和苦修教士一样。"

晚饭后，他同巴蒂斯蒂娜小姐和马格卢瓦太太聊半小时，然后回房去写一写，有时写在活页纸上，有时则写在书的页边。他很有文学修养，学识相当渊博。他留下了五六部相当珍贵的手稿，其中有一篇论文，研究《创世记》第一章第一节中的一句话："起初，上帝的灵漂浮在水上。"他比较了三种译文：阿拉伯文本是"上帝的风吹来"，弗拉维尤斯·约瑟夫[①]写成"天上一阵风吹向大地"，翁克洛斯的迦勒底译文是"来自上帝的一阵风在水面上吹过"。在另一篇论文中，他研究托勒密的主教雨果的神学著作，该雨果是本书作者的曾叔父。米里埃先生的研究证实，上个世纪，不少以巴雷库的笔名出版的小册子，均出自雨果主教之手。

他在阅读的时候，不管读的是什么书，常常会突然陷入沉思，沉思完毕，总要在书的页边写几行字。他写的内容往往和那本书毫无关系。我们手头就有他写的一条注释，写在一部四开本书的页边，书名为《日耳曼勋爵和克林顿将军、科恩沃里斯将军及美洲驻地海军上将的书信

① 约瑟夫是一世纪末的犹太历史学家。

集》，凡尔赛普安索出版社，巴黎奥古斯丁沿河马路皮索出版社。

其注如下：

“啊！永生的您啊！

“《传道书》称您为万能，《马加比传》称您为造物主，《以弗所书》称您为自由，《巴录书》称您为无限，《诗篇》称您为智慧和真理，《约翰福音》称您为光明，《列王纪》称您为天主，《出埃及记》叫您为天公，《利未记》叫您为神圣，《以斯帖记》叫您为正义，《创世记》称您为上帝，人类称您为天父，但是，所罗门称您为慈悲，在您所有的名称中，这是最美的一个。”

将近晚上九点，两个女人上楼回她们各自的房间休息，让主教独自在楼下待到天明。

这里，我们有必要如实介绍一下迪涅主教先生的住所。

六　他让谁看守屋子

前面说过，主教的住宅分上下两层。楼上楼下各三间，还有一个顶楼。屋后有一个七公亩左右大小的园子。两位老妇住楼上，主教住楼下。楼下第一间临街，用作饭厅，第二间为主教的卧室，还有一间是他的祈祷室。从祈祷室里出来，得经过卧室，而从卧室里出来，得经过饭厅。祈祷室靠里面的地方，有一个关闭的凹室，里面放着一张床，用来待客。乡下的本堂神甫因私事或堂区公事来迪涅，主教先生就让他们睡这张床。

原来医院的药房，是从正屋延伸到园子的一座小屋，现改成厨房和食物贮藏室。

此外，园子里有一个牛棚，从前是医院的厨房，主教在里面养了两头奶牛。不管产多少奶，每天早晨，都要分一半给医院的病人。他说：“这是我缴的什一税。”

他的卧室很大，寒冬腊月很难烧暖和。迪涅的木材很贵，他便想了个主意，在牛棚里用板隔出一个小间，隆冬季节，他就在那里度过夜晚。

他称之为“冬斋”。

这冬斋和饭厅一样，只有一张白木方桌和四张麦秸坐垫的椅子。但在饭厅里，还陈设着一个涂有淡红胶画颜料的旧碗柜。还有一个与这一模一样的碗柜，恰到好处地铺了块小桌布，再加了些假花边，主教把它放到祈祷室里当祭台用了。

前来忏悔的有钱妇女和迪涅的女圣徒，常常凑些钱，让主教大人在祈祷室里安一个漂亮的新祭台。他每次收下钱，全部送给了穷人。“最漂亮的祭台，莫过于因受安慰而感谢上帝的苦难灵魂。”主教如是说。

在祈祷室里，有两张麦秸垫的祷告椅，在卧室里，有一张也是麦秸坐垫的安乐椅。偶尔，主教同时要接待七八个客人，省长，或将军，或驻军参谋人员，或小修院的几个学生，就得把冬斋里的椅子、祈祷室里的祷告椅或卧室里的安乐椅拿过来。这样，最多可以收集到十一张椅子。每次有客人来，总要把一间屋子搬空。

有时来了十二个人。为掩饰窘境，若是冬天，主教就站在壁炉前，若是夏天，他就建议到园子里去转一转。

在关闭的凹室里，还有张椅子，但垫子的麦秸漏掉了一半，并且只有三条腿，靠着墙才能坐人。在巴蒂斯蒂娜小姐的房里也有一张木安乐椅，从前也曾涂着金漆，套着花缎，但这张椅子很大，楼梯又很窄，是从窗口弄上楼的，因此，它不能作为备用椅子。

巴蒂斯蒂娜曾有个奢望，想买一套客厅用的、乌德勒支黄蔷薇花丝绒面的、有着天鹅颈般细腿的桃花心木安乐椅，再配上一张长沙发。但至少要花五百法郎。她看到为买这套家具，五年才省下四十二法郎零十苏，最后只得放弃了。再说，谁又能实现自己的理想呢？

没有比主教的卧室更容易想象的了。一扇落地窗朝向园子，对着落地窗的是床。那是一张医院用的铁床，绿哔叽布作天盖。在床后的暗处，帘子后面，放着梳妆用具，从这些用品，可以看出一个曾是上流社会人士的高雅习惯。两扇门，一扇在壁炉旁，通往祈祷室，另一扇在书柜旁，通向饭厅。书柜是个大玻璃橱，里面装满了书。壁炉通常不生火，木框漆成大理石花纹，炉内有一对搁柴的铁架，铁架两头呈花瓶状，上面刻有花叶和细槽，从前镀了银晕线而银光闪闪，这是主教享有的奢侈品。壁炉上方通常放镜子的地方，挂着一个掉了银的耶稣像铜十字架，钉在一块破黑丝绒上，装在一个褪了色的镀金木框里。落地窗旁，放着一张大桌子，桌上有一个墨水瓶，堆着杂乱的纸张和厚厚的书。桌前放着那张麦秸坐垫的安乐椅。床前有张祷告椅，是从祈祷室里搬来的。

床两侧的墙上，挂着两幅画像，镶在椭圆形的镜框里。画像旁边，在灰白色的背景上，题有几个金色小字，表明画像是何人。其中一个是德·夏里奥修士，他是圣克洛德的主教，另一个是图尔托教士，他是阿格德的代主教，夏尔特尔教区西多修会格朗尚隐修院院长。米里埃主教继医院病人住进这房间时，看到这些画像，没有把它们摘下来。一则他们是神甫，二则这医院可能是他们捐赠的，这两个理由足以使他对他们不胜敬重。关于这两个人物，他只知道他们于同一天，即一七八五年四月二十七日，受国王恩宠，一个封为圣克洛德的主教，另一个授予有俸禄的圣职。马格卢瓦太太把镜框摘下来掸灰尘，在格朗尚隐修院院长画像的背面，主教发现四个小面团粘着一张方纸，从这张年久发黄、墨迹很淡的纸上，他知道了他们的特殊身份。

在他的窗上，挂着粗毛呢的老式窗帘，破烂不堪。买新的要花钱，为了省下这笔开销，马格卢瓦太太只得在中间缝了缝，恰好缝成了十字架图形。主教常常指给人看。“这多好啊！”他说。

不管楼上还是楼下，所有房间，无一例外地用石灰浆刷成白色。这是兵营和医院流行的做法。

可是，最近几年，马格卢瓦太太在巴蒂斯蒂娜小姐的套间里，在刷了石灰浆的墙纸下，又发现了用作装饰的几幅画，这在后面还要谈到。这座房子成为医院之前，曾是市民接待室，所以装饰着这些画。各个房间都铺着红砖，每星期擦洗一遍。床前都放着草垫子。这房子有两个女人料理，从上到下，窗明几净，纤尘不染。这是主教允许的唯一奢侈。他说：“这对穷人的利益毫无损害。”

不过，我们得承认，他从前的财产至今还剩下六副银餐具和一个大汤勺，马格卢瓦太太每天看着它们在白桌布上闪闪发光，心里有说不出的高兴。既然我们在如实地描绘迪涅的主教，就应该提一提他不止一次说过的话："要我不用银餐具吃饭，恐怕很难做到。"

除了银餐具，还有一对实心的大银烛台，是一个姑婆遗下来的。银烛台上插着两支大蜡烛，通常放在主教卧室的壁炉上。每逢有人来吃晚饭，马格卢瓦太太便点亮蜡烛，把银烛台放到餐桌上。

在主教的卧室里，床头有一个小壁橱。每天晚上，马格卢瓦太太把六副银餐具和大汤勺塞进这壁橱里。要说明的是，壁橱的钥匙是从不拿走的。

我们谈到的建筑物丑陋不堪，园子的景色受到了破坏。园内四条小路构成一个十字，从一个污水槽向四周伸展。另一条小路沿白色围墙环绕园子。那几条小路把园子切成方方正正的四块，边沿上都种着黄杨树。在其中三块地里，马格卢瓦太太种了蔬菜，在第四块地里，主教种了花。园子里零零星星散布着几棵果树。

一次，马格卢瓦太太温和地打趣说："大人，您什么都充分利用，可这块地却没派用场。种些蔬菜也比种花好呀。"主教回答说："马格卢瓦太太，您错了。美丽和实用一样有用。"停了一会儿，他又说："也许更有用。"

那块四方形土地，有三四个花坛，主教先生为它们花费的时间几乎和看书一样多。他常常一待就是一两个钟头，修枝，锄草，刨出一个个小坑，放进一粒粒种子。他对虫子，不像园艺人那样仇视。此外，他丝毫也不奢望精通植物学。他不懂分类和固体病理学，根本不想在图尔讷福尔[①]和自然分类法之间做抉择，不以胞果说反对子叶说，以朱西厄[②]反对林奈[③]。他不研究植物，只是喜欢花而已。他非常敬重科学家，但更敬重没有知识的人，从不厚此薄彼。在夏天的傍晚，他总拿着一个绿漆白铁壶，给他的花坛浇水。

屋里所有的门都不上锁。前面说过，饭厅的门正对着大教堂的广场。

---

① 图尔讷福尔（1656—1708），法国植物学家。

② 朱厄西（1699—1777），法国植物学家。

③ 林奈（1707—1778），瑞典生物学家，是植物和动物分类学的鼻祖。

从前，那门上装有铁锁和铁闩，就像牢门一样。主教把那些铁家伙统统拆了，从此，那扇门不分昼夜，只用一个碰锁关闭。不管是谁，也不论什么时候，一推便能进入。起初，那两个老妇见这门从不关闭，惶恐不安。但主教对她们说："你们想闩门的话，可以在你们的房门上装门闩。"最后，她们也和他一样放心了，至少表面是这样。不过，马格卢瓦太太有时仍不免感到恐惧不安。至于主教，他曾在一本《圣经》的页边写过三行字，清楚地阐述了，或者说至少点明了他的想法："医生的门绝不应该关闭，神甫的门应该永远敞开，这便是二者的差别。"

他还在另一本叫《医学的哲学》的书里写了另一段话："我不和他们一样也是医生吗？我也有我的病人。首先，我有他们的病人，他们称之为病人。其次，我还有我自己的病人，我称之为不幸人。"

在另一个地方，他写道："有人向你求宿，绝不要问他的名字。需要求宿的人，最忌讳别人问名字。"

一天，一个令人尊敬的本堂神甫，忘了是库卢布鲁，还是蓬皮埃里，大概是受了马格卢瓦太太的怂恿，竟然问主教大人，让大门昼夜向任何人敞开，是不是有失谨慎，他家里的防卫如此之差，怕不怕出什么事。主教严肃而温和地拍拍他的肩，对他说："**如果上帝都不看守这房子，任何人看守都无济于事**[①]。"说完，他就把话题岔开了。

他常常说："龙骑兵队长有龙骑兵队长的勇敢，神甫有神甫的勇敢。"接着又说："只是，我们的勇敢应该是心境恬静。"

七 克拉瓦特

这里，我们自然要说到一件事，因为它最清楚地说明迪涅的主教先生是怎样一个人。

加斯帕·贝这帮土匪曾在奥利乌尔峡谷横行霸道，为非作歹。他们

---

① 原文为拉丁语。

被歼灭后，有个叫克拉瓦特的首领躲进了山里。他和土匪的残部在尼斯伯爵领地藏了一段时间后，转而到了意大利的皮埃蒙特，后又突然出现在法国的巴塞罗内特一带。有人先后在若齐埃和图伊尔见到过他。他躲在鹰轭山的岩洞里，他从那里下来，经过于贝和于贝特小山谷，对那一带的大小村庄进行骚扰。他甚至一直走到昂布伦，有天夜里闯入一个大教堂，将圣器室抢劫一空。他的土匪行径使乡民们惊恐不安。宪兵队跟踪追击，但一无所获。他次次都能逃之夭夭。有时，他还拼命抵抗。这是一个天不怕地不怕的歹徒。正当人心惶惶的时候，米里埃主教来到此地。他是到乡里来巡视的。在夏斯特拉，镇长来找他，劝他返回去。克拉瓦特盘踞在山里，一直到阿尔什，乃至更远的地方。哪怕派人护送，也十分危险。三四个宪兵肯定会白白送死。

“所以我打算一个人去，不要人护送。”他说。

“您真要去，大人？”镇长大声说。

“非常想，绝不带护卫，一个小时后就动身。”

“动身？”

“动身。”

“一个人？”

“一个人。”

“大人！可别这样。”

主教接着又说：

“那边山里有一个很小的贫穷小镇，我有三年没去了。他们都是我的朋友。温和而正直的牧羊人。他们放羊，三十只中，只有一只属于他们自己。他们纺羊毛线，五颜六色，非常漂亮。他们用六孔小笛吹山歌。他们需要有人不时同他们谈谈慈悲的上帝。一个主教畏葸不前，他们会怎么说？我要是不去，他们会怎么说？”

“可是，大人，有强盗呀！遇到强盗怎么办！”

“对，”主教说，“我想到了。您说得对。我可以去会会他们。他们也需要有人同他们谈谈慈悲的上帝。”

“大人，可他们是一伙土匪！一群狼！”

“镇长先生，也许耶稣就是要我去放这群狼的。谁知道上帝的旨意呢？”

“大人，他们会抢劫您的。”

“我一无所有。”

“他们会杀死您的。”

“一个一路上喃喃自语、装腔作势的神甫老头？啊！有什么用？”

“啊！上帝！万一遇到他们怎么办！”

“我就要求他们给我的穷人们施舍！”

“大人，以上帝的名义，不要去那里了！会有生命危险的。”

“镇长先生，”主教说，“就这个？我在世上不是为了守着我的生命，而是为了守着世人的灵魂。”

没有办法，只好让他去了。他走了，只有一个孩子做伴，是自告奋勇给他带路的。乡民们对他的固执议论纷纷，大家都吓坏了。

他不想带他的妹妹和马格卢瓦太太一起去。他骑着驴子，翻山越岭，没有遇见一个人，安然无恙地到达了他那些“好朋友”牧羊人的住地。他待了半个月，讲道，行圣事，教育人，劝导人。就要离开的时候，他决定以主教的身份，主持唱感恩赞美诗仪式。他和那里的本堂神甫谈了此事。可是没有祭服，怎么做呢？可供他使用的是一个寒酸的乡村圣器室，只有几件破旧的缝着假饰绦的缎纹祭披。

“不管它了！”主教说，“本堂神甫先生，在主日讲道时，我们把这事宣布一下。总有办法解决的。”

人们又到附近的教堂里去找。即使把这些穷教区的所有华丽的祭披都拿来，也不够装备在大教堂里唱圣歌的人。

就在大家束手无策的时候，两个骑马的陌生人，运来了一个大箱子，放在本堂神甫的家门口，说是交给主教先生，放下就走了。打开箱子，里面有一件金丝斗篷、一顶镶有钻石的主教帽、一个大主教十字架、一支华丽的权杖，一个月前，昂布伦圣母院圣器室被盗的法衣全部都在。箱内有一张字条，写着：克拉瓦特献给比安维尼大人。

“我说会解决的吧。”主教说。接着，他又笑着补充说：“有件祭师的白法衣，我就满足了，上帝却送来了大主教的祭袍。”

“大人，”本堂神甫摇摇头，笑了笑，咕哝道，“上帝，或是魔鬼。”

主教凝视着神甫，武断地说：“是上帝！”

当他回夏斯特拉镇去的时候，一路上，都有人好奇地跑来瞧他。他在这个镇子的本堂神甫家里，又见到了巴蒂斯蒂娜小姐和马格卢瓦太太，她们翘首盼他回来。他对他妹妹说：

“你看，我没说错吧？穷教士两手空空到穷山民那里去，回来时双手满载。我去时，带着对上帝的信任，却带回来一个大教堂的珍宝。”

那天晚上，直到就寝前他还在说：“决不要怕小偷和凶手。那是外部的危险，是小的危险。要怕就该怕自己。偏见便是小偷，恶习便是凶手。最大的危险在我们的内心。脑袋或钱包受到威胁有什么要紧！对我们心灵构成威胁的危险，才是我们要想的。”

他又转身对他妹妹说：“妹妹，做教士的不能有防人之心。他们所做的，是上帝允许的。认为有危险时，只要祈祷上帝就行了。不是为自己祈祷，而是为我们的兄弟，希望他们不要因为我们而犯错误。”

况且，他一生中很少做过什么大事。我们把知道的事叙述了。但通常，他总是在同样的时刻，做同样的事。一年中的一个月，和他一天中的一个小时毫无二致。

至于昂布伦大教堂那些“财宝”的下落，若有人问起这个问题，我们就难以回答了。那是些很漂亮的东西，令人爱不释手，抢来用于穷人该是很不错的。再说，它们本来就被人抢走了。这件冒险的事已完成了一半，现在只需把盗窃的方向变一变，让它向穷人靠近一步。关于这个问题，我们不做断言。不过，有人在主教的纸堆里，发现了一条若明若暗的旁注，可能与这件事有关，内容如下：“问题是要知道，这东西应该还给大教堂，还是送给医院。”

八　酒后谈哲学

前面提到的那位元老院议员，是一个精明干练之人。他遵循自己的道路勇往直前，遇到诸如良心、信义、公正、义务之类的障碍，从来无所顾忌。他朝着既定目标前进，在他升官发财的道路上，从未犹豫过一次。他当过检察官，功成名就后，为人也渐趋温和。他人并不坏，总是尽量给儿子、女婿、亲戚乃至朋友们帮些小忙，明智地抓住生活中的好时机、好机会和好运气。其余的事在他看来都是愚蠢的。他挺风趣，也有些学问，自以为是伊壁鸠鲁[①]的弟子，其实，充其量也不过是皮戈-勒布伦[②]的产物。对于无穷和永恒的事物，对于"主教老头子的废话"，他常常饶有风趣地冷嘲热讽。有时当着米里埃先生的面，他也和蔼而又武断地加以嘲笑，主教则洗耳恭听。

记不清是在哪次半官方的仪式上，某某伯爵（就是那位议员）和米里埃先生都到省长府上参加宴会。用甜食时，那位议员虽仍神态端庄，却微有醉意，大声说道：

"真的，主教先生，我们聊一聊吧。一个议员和一个主教四目对视，很难不眉来眼去。我们俩都能预卜未来。我要向你坦白一件事。我有我的哲学。"

"您说得对，"主教回答，"谈论哲学时，总是睡下来的。议员先生，那您现在躺在大红床上啰。"

议员受到激励，接着又说：

"让我们当个好好先生吧。"

"哪怕是好好魔鬼。"主教说。

"我向您宣布，"议员继续说，"阿尔让侯爵、皮浪、霍布斯和内戎[③]先生都不是粗野之徒。在我的书房里，我那些哲学家的书都有，切口全是烫金的。"

"跟你一样，伯爵先生。"主教打断他说。

---

① 伊壁鸠鲁（公元前341—前270），古希腊唯物主义哲学家，认为人生在于享受，主张避免痛苦。

② 皮戈-勒布伦（1753—1835），法国喜剧和小说作家，其淫秽的快乐名噪一时。

③ 阿尔让侯爵（1704—1771），法国冒险家和文人。皮浪（公元前365—前275），古希腊怀疑主义哲学家。霍布斯（1588—1679），英国机械唯物主义哲学家。内戎（1738—1810），狄德罗的好友和著作出版人。

议员接着又说：

“我不喜欢狄德罗[①]。他是空想家、演说家和革命家，但骨子里却相信上帝。他比伏尔泰还要相信宗教。伏尔泰嘲讽尼达姆[②]，可他错了，因为尼达姆的鳗鱼发生论证明了上帝的无用。在一匙面糊里加一滴醋，便可代替上帝**造出光明**[③]。假如那滴醋更大一些，那匙面糊更多一些，就能造出世界了。人就是那鳗鱼。那么何必还要永恒的天主呢？主教先生，我对耶和华的假说感到厌烦。它只能产生空洞浅薄之人。打倒万物之主！它令我心烦。乌有万岁！它叫我心宁。我要对您推心置腹，好好向我的牧师忏悔，我向你承认，我是个通情达理的人。我对您的耶稣不感兴趣，他总是唠唠叨叨，劝人克己和牺牲。这是吝啬鬼对乞丐的劝告。克己！为什么要克己？牺牲！为谁牺牲？我从没见过一只狼会为另一只狼的幸福自我牺牲。还是自然一些好。我们身处顶峰，就要有高于一切的哲学。假如只看到别人的鼻子尖，身处顶峰有什么用？让我们快快乐乐地生活吧。生活就是一切。我决不相信，在另一个地方，在天上，在那边，在某处，还有另一个未来。啊！假如我听信别人的劝告，具有克己和牺牲的精神，那我一举一动都得小心谨慎，就要绞尽脑汁，弄清楚是善还是恶，公正还是不公正，合法还是不合法。为什么呢？因为我将来必须汇报我的行为。什么时候？等我死后。多美的梦！我死后，谁能抓得住我？你让影子的手抓一把骨灰我看看。我们都是过来人，都撩起过爱西丝女神[④]的衬裙，说实话，世上无所谓善与恶，只生长着树木花草。还是寻求真实吧。深入挖掘，穷根究底。应该去发现真理，掘地三尺，抓住真理。那样，它会给你带来无上的快乐。那样，你会变成强者，会朗声大笑。我这人非常坦率。主教先生，说人能永生不死，那是无稽之谈。啊！多么动人的诺言！您要信就信吧！那是给亚当的空头支票！人

---

① 狄德罗（1713—1784），法国杰出的哲学家，机械唯物主义的代表人物，无神论者，百科全书派领袖，法国资产阶级革命的思想家之一。

② 尼达姆（1713—1781），英国博物学家，是自然发生学说和活力论的坚定拥护者。

③ 原文为拉丁语。

④ 爱西丝是古埃及著名的女神，万物之主。

是灵魂，将变成天使，肩胛骨上会长出两只蓝色的翅膀。那么，帮我个忙，德尔图良[①]是不是说过，享有真福的人会从一个星球到另一个星球？好吧。我们将成为天上的蚂蚱。我们会看见上帝。等等，等等。什么天堂！那是胡扯！什么上帝！那是莫大的谎言！这些话，我肯定不会在《箴言报》上谈的，当然！但在朋友之间我会嘀咕几句。**在朋友之间**[②]。为进天堂而牺牲地上的利益，那是弃物逐影。上无限的当！我才不那么傻呢。我是虚无。我叫虚无伯爵先生，元老院的议员。我出世前存在吗？不。我死后存在吗？不。我是什么？我是一撮土，被某个有机体聚合在一起。我在尘世间要做什么？我可以选择。不是受苦就是享乐。痛苦把我引向哪里？引向虚无。那我就要受一辈子的苦。快乐把我引向哪里？也是虚无。可我能享一辈子的乐。我已做了选择。我选择了吃，不然就要被吃掉。与其做草，不如做牙齿。这正是我明智的地方。死了就听其自然，掘墓人在等着呢，那是我们大家的先贤祠，一切都掉进那个大坑里。死了。**完了**[③]。人一死万事皆完。那是一切化为乌有的地方。请相信我，人死了就不再存在。说什么那里有人要同我说事儿，我想起来就要发笑。这是奶妈们胡编的。用妖怪来吓唬孩子，用耶和华来吓唬大人。不，我们的明天是黑暗。坟墓的后面是虚无，对谁都一样。你生前是萨丹纳帕路斯[④]也罢，圣味增爵[⑤]也罢，一死就不存在了。这是真的。因此，首先要享受生活。当我们拥有自己时，就要充分利用。我告诉您，主教先生，我的确有我的哲学，我有我的哲学家。我不会受一些废话的迷惑。但是，那些下等人，那些叫花子、穷光蛋、可怜虫，他们确实需要一些东西。有人便造了些传说、鬼怪、灵魂、永生、天堂、星宿等无稽之谈，来让他们囫囵吞下。他们细细咀嚼，把它们涂在干面包上。一无所有的人有仁慈的上帝。聊胜于无吧。我丝毫也不反对，但我守着我的内戎先

---

① 德尔图良（约 150—222），基督教卫道士，最早期的基督教作家之一。

② 原文为拉丁语。

③ 原文为拉丁语。

④ 萨丹纳帕路斯（前 668—前 626），西亚古国亚述的国王。

⑤ 圣味增爵（1581—1660），法国天主教遣使会和仁爱会的创始人。

生。仁慈的上帝对老百姓是有用的。”

主教拍手叫好。

“高论！”他大声说，“您那套唯物主义真是好极了！妙极了！不是谁想要就要得来的。啊！谁有了它，就不会上当受骗了，就不会愚蠢地像小加图[①]那样遭到放逐，像埃蒂安纳[②]那样被石头砸死，像贞德[③]那样被活活烧死。一个人掌握了这个妙不可言的唯物主义，就可以高高兴兴地对自己的行为不负责任，可以无忧无虑地吞噬一切，地位、闲职、爵位、用正当或非正当手段获得的权力，可以为金钱而出尔反尔，为功利而背叛朋友，昧尽天良，还觉得其乐无穷，等这些都消化后，就进入坟墓。多么惬意！议员先生，我这些话不是冲着您来的。但我不能不祝贺您。你们这些贵族大老爷，正如您所说的，你们有自己的一套哲学，那样精美，那样可口，只有富人才能消受，可用来做成各种调味品，使人生的种种快乐变得更美味可口。这套哲学是由特殊的勘探家从很深的地底下挖掘出来的。好在你们挺宽宏大量，不认为平民百姓把信仰上帝当作自己的哲学是坏事情，认为穷人吃不起香菌烧火鸡，还可以吃栗子烧鹅。”

九　妹妹谈哥哥

为使大家了解迪涅主教先生的家庭情况，了解那两位圣女如何自觉地、无须他开口地将自己的行为和思想，甚至女人易受惊吓的本能，屈从于主教的习惯和意志，最好是把巴蒂斯蒂娜写给她儿时的朋友布瓦舍弗龙子爵夫人的信抄录下来。那封信就在我们手中。

---

① 小加图（前95—前46），罗马共和国末期的政治家和演说家，是共和制度的积极护卫者，长期对抗恺撒，以诚实、坚忍闻名。

② 埃蒂安纳为基督教的一个殉道者，最后死在耶路撒冷。

③ 贞德为法英两国百年战争期间法国的民族女英雄，一四三一年被俘而被活活烧死。

仁慈的夫人，我们天天都在念叨您。这是我们的习惯，但还有另外一个理由。您想象一下，马格卢瓦太太在洗刷打扫天花板和墙壁时，发现了一些东西。现在，这两个糊着旧墙纸，刷过石灰水的房间，同您的城堡相比毫不逊色了。马格卢瓦太太把墙纸全撕掉了。在墙纸下面发现了一些东西。我的客厅里没有家具，我们用来晾衣服，它有十五尺高，十八尺见方，天花板昔日涂了金色，和您家一样，也有搁栅。从前做医院时，天花板上蒙了层布。还有我们祖母时代流行的细木护壁板。但值得一看的是我的房间。马格卢瓦太太在至少有十层的墙纸下面发现了一些画，虽称不上好画，但还说得过去。画的是忒勒玛科斯被密涅瓦[①]封为骑士的场面。另一幅是他在花园里。花园的名字我记不清了。总之，那是罗马贵妇们只去一夜的地方。我该怎么对您说呢？那上面有罗马的男男女女（此处有个字看不清），及他们的随从。马格卢瓦太太把它们揩得干干净净，今年夏天，她还要把损坏的地方补一补，重新上上油漆，这样，我的房间将变成一个真正的博物馆了。她在顶楼的一个角落里，还发现了两张半边靠墙的古式蜗形腿木桌子。但重上一次金漆，要花十二利弗，还不如把这钱送给穷人。再说，样子也很难看，我宁愿要一张红木圆桌。

我一直都很快乐。我哥哥心地非常善良。他把一切都给了穷人和病人。我们过得很拮据。这里的冬天很难熬，确实应为缺衣少食的人做些事。我们还算有火，有灯。您看，这已够舒服的了。

我哥哥有他自己的习惯。他聊天时，常说一个主教应该这样。您想想，家里的门从来不关。谁都可以进来，一进门，便是我哥哥的屋子。哪怕是夜里，他也不害怕。照他的说法，这是他的勇敢。

他不愿我和马格卢瓦太太为他担心。他随时都有危险，可他甚至不愿我们露出担忧的神色。我们得理解他。

他常常雨天出门，在雨水中行走，冬天还要东奔西走。他不怕

---

① 忒勒玛科斯是希腊神话中的英雄奥德修斯之子。密涅瓦是罗马神话中的艺术和智慧女神，即希腊神话中的雅典娜。

走夜路，不怕路途危险，遇到坏人。

去年，他只身一人，去了一个盗贼出没的地方。他不愿带我们去。他去了半个月。大家以为他死了，可他安然无恙地回来了，什么事也没发生。他还说："你们瞧我是怎样被抢的！"他打开一只箱子，里面装满了昂布伦大教堂的宝物，是强盗们送给他的。

那次他回来时，我和他的几位朋友走出两里①路去迎接他，我禁不住数落了他几句。当然我很小心，等车子开动发出声音时才说的，生怕别人听见。

起初，我心里老想，任何危险都挡不住他，真让人受不了。现在，我已习以为常。马格卢瓦太太有时还要阻挠他，我就给她使眼色让她别管他。他想冒险，就让他去冒吧。我带着马格卢瓦太太回家，我回到我的房间，为他祷告，然后进入梦乡。我心里很平静，因为我知道，万一他遇到不测，我是不会活下去的。我将随我的哥哥和主教一起去见仁慈的上帝。马格卢瓦太太对他的冒险做法比我更难适应，她说他这样做太不谨慎。但现在她也习惯了。我们俩一起为他祈祷，一起提心吊胆，然后我们进入梦乡。魔鬼想进我们家，就让它进吧。再说，在我们家里有什么好怕的呢？有一个人总和我们在一起，他是世上最强的人。魔鬼可以进来，但仁慈的上帝住在这里。

对我来说，这就够了。现在，我哥哥甚至无须对我说一句话。他不说话，我都知道他的心思，我们把自己献给了上帝。

同一个胸怀坦荡的人在一起，就应该这样。

您打听福克斯家的情况，我问过我哥哥了。您知道，他什么都知道，什么都记得清清楚楚，因为他一直是忠实的保王派。的确，那是康城财政区的一个历史悠久的诺曼底世家。从拉乌尔·德·福克斯、让·德·福克斯、托马·德·福克斯到今天，已有五百年了。他们都是贵族，其中一个是罗什福尔的领主。最后一个是居伊–艾蒂

① 这里，两里指两法里。一法里约等于四公里。以后文中出现的“里”均指法里。

安-亚历山大，当过骑兵团长，在布列塔尼的近卫骑兵队里也干过什么。他的女儿玛丽-路易丝嫁给了阿德里安-夏尔·德·格拉蒙，他是路易·德·格拉蒙公爵的儿子，那公爵是法兰西封臣，近卫军上校，陆军少将。福克斯也写作福克或富克。

仁慈的夫人，请代求贵戚红衣主教先生为我们祈祷。至于您亲爱的西尔瓦妮，她没给我写信是对的，她待在您身边的时间很短。希望她身体健康，按您的要求学习，永远爱我。您转达的问候我已知悉。我感到很高兴。我的身体不算太坏，但我一天比一天消瘦。再见，纸已写满，就此搁笔。祝万事如意。

巴蒂斯蒂娜

一八……年十月十六日于迪涅

又及：您的小姑同她的新家仍在此地。您的侄孙非常可爱。您知道吗？他快五岁了。昨天，他看见一匹马经过，腿上绑着护膝，他说："它膝盖上的是什么呀？"这孩子真讨人喜欢！他弟弟拖着破扫把，当作马车，在屋里走来走去，嘴里还吆喝着："吁！"

从信中可以看出，这两个女人懂得服从主教的生活方式；女人对男人的了解，胜过男人对自己的了解，这是女人特有的本领。迪涅的主教表面看来一向温和质朴，但常常做出一些伟大勇敢的惊人之举，却仿佛连他自己都没料到。她们胆战心惊，但任他去做。有时，马格卢瓦太太试图劝阻，但总是在他做之前，绝不在做的中间和做完之后。一件事开始做了，她们从不打扰他，连个手势也不会有。有时候，无须他开口，甚至连他自己——因为他非常纯朴——也许还没意识到，她们就会隐隐感到他在行主教之职。于是，她们静静地待在家里，犹如两个影子。她们盲目地为他服务，如果消失即意味着服从，她们就会消失。凭着她们极其敏锐的本能，她们知道有时对他表示关切，可能会妨碍他的行动。她们了解他，不是说了解他的思想，而是他的性格，因此，明知他会有危险，也不再去管他。她们把他托付给了上帝。

况且，巴蒂斯蒂娜在她的信里说了，如果她哥哥死了，她会随他而去。马格卢瓦太太虽没这样说，但她知道她也会这样做。

十　主教面对闻所未闻的思想

在巴蒂斯蒂娜小姐写那封信后不久，主教先生又做了一件事。照全城人的说法，这件事的危险甚于上次去强盗出没的山中。

在迪涅附近的乡下，有个离群索居的人。此人曾是——我们不回避刺耳的字眼——国民公会[①]议员。他姓G。

在迪涅这个小世界里，谈起国民公会议员G来，总有点心惊肉跳。一个国民公会议员，能想象得出是什么样子吗？那是在以“你”和“公民”相称的年代。此人近乎妖魔鬼怪。他虽没投票处死国王，但也差不了多少。他是半个弑君者。那时候，他不可一世。合法王朝复辟[②]后，怎么没有把他送上重罪法庭？没砍他的头倒也罢了，处理从宽嘛，可也该让他终身流放呀。真是个教训！如此等等，不一而足。再说，他是个无神论者，那些人全这样——这都是蠢鹅对秃鹫的说长道短。

那么，G究竟是不是秃鹫呢？他离群索居，看起来真有点野蛮的味道，据此判断，可以说他是个秃鹫。他对处死国王没投赞成票，因此没被列入流放的名册中，得以留在法国。

他住的地方非常偏僻，在一个荒凉的山沟里，离城三刻钟，周围没有一个村庄，没有一条道路。据说，他有一块地，一个洞，一个窝。没有邻居，甚至没有人路过。他住进那个山沟后，通往那里的小路便隐没在荒草中了。人们谈起那个地方，如同在谈刽子手的魔窟。

---

① 国民公会成立于一七九二年九月二十一日，由人民大会选举产生。会议宣布法兰西共和国成立，判处路易十六国王和玛丽-安托瓦内特王后断头刑。

② 一八一四年，拿破仑帝国灭亡，王室复辟，路易十八回国称王。

可主教却陷入沉思。他经常眺望天边的那个地方，一丛树木标志着那位老国民公会议员居住的山沟。他说：“那里住着一个孤独的灵魂。”

可他心里还补上一句：“我得去看看他。”

但老实说，这个念头初看合乎情理，可经过一番思考后，他又觉得它奇怪而荒谬，有点儿令人反感。因为他内心也赞成大家的看法，那位国民公会议员使他产生了一种近乎仇恨的感觉，用反感二字最恰如其分，虽说他自己若明若暗。

可是，羊身上有疥疮，牧羊人就应该望而却步吗？不能。可那又是怎样的一头羊啊！

善良的主教不知所措。有时，他朝那个方向走去，然后又转身回来了。

一天，一个牧童模样的男孩来找医生，他是在那破屋里侍候国民公会议员的，说那老坏蛋快死了，他已全身瘫痪，过不了夜了。这消息在城里不胫而走，有些人还说：“谢天谢地！”

主教拿起拐杖，披上棉袍（前面说过，他的教袍太旧，再者，天一黑就会起风），他就出发了。

主教走到那个遭人唾弃的地方时，太阳就要落山了。他看到那巢穴就在眼前，禁不住心怦怦直跳。他跨过一条水沟，越过一道篱笆，掀开一扇栅门，走进一个荒芜的小园子，大胆地朝前走了几步，突然，他在荒地的尽头，一片高大的荆棘丛后面，看见了那个巢穴。

这是一个低矮而穷困的小窝棚，却干干净净，正面钉着一个葡萄架。

门前有张旧轮椅，一种农家用的扶手椅，坐着一位白发苍苍的老头，向着太阳微笑。

在老头身旁，站着一个小男孩，就是那位小牧童，正在把一罐牛奶递给他。

主教正在观望，忽听见那老头提高嗓门说：“谢谢，我什么都不需要了。”他边说，边把笑脸从太阳转向孩子。

主教向前走去。老头听到脚步声，转过头来，脸上顿时露出万分惊讶的神色。他把历尽一辈子沧桑后可能有的惊讶都凝聚在脸上了。

"我来这里后,"他说,"第一次有人上我的家。先生,您是谁?"

主教回答:

"我叫比安维尼·米里埃。"

"比安维尼·米里埃!听说过这个名字。您就是老百姓所叫的比安维尼主教大人吗?"

"是我。"

老头微笑着说:

"这么说,您也是我的主教了?"

"可以说吧。"

"请进,先生。"

国民公会议员向主教伸出手,但主教没同他握手,只是说:

"看来我受骗了,但我很高兴。看您的样子,您肯定没病。"

"先生,"老头说,"我会好的。"

他停了会儿,又说:

"过三个钟头,我就要死了。"

继而又说:

"我略懂医道。我知道临终是什么情形。昨天,我只是脚发冷,可今天已冷到膝盖了。现在,我感到我的腰部直发冷。冷到胸口就会死的。太阳很美,是不是?我让人把我推到外面,是想最后看一眼世界。您可以同我说话,这累不着我。您来看一个快死的人,这很好。这个时刻应该有人在场。谁都有怪癖,我想坚持到黎明。可我知道,我最多只有三个小时了。那时天就黑了。可这有什么关系!死是很简单的事。用不着早晨。好吧。我就在星光下死去吧。"

老头转向牧童。

"你去睡吧。昨天你一夜没睡。你累了。"

孩子进屋去了。

老头目送孩子进屋,又喃喃自语般地说:

"他睡觉的时候,我死去。这两种睡眠,能友好相处。"

主教本该激动的,但他却没有。他不相信这样的死法有上帝的存在。

我不想隐瞒，宽大的胸怀也会有细微的矛盾，也应加以指出：平时，遇到这种情况，有人称他为主教大人，他会付之一笑，可现在那人没称他主教大人，他却有点不舒服，差点想反过来喊他一声“公民”。他想带着气愤的心情坦率地同他谈一谈，那是医生和神甫惯常的心情，但这对他却是少有的。不管怎样，这个人，这个国民公会的议员，这个人民的代表，曾是个不可一世的人物。主教的神情骤然严肃起来，这在他也许是生平第一次。

可是，那位议员却谦和而友好地打量他。从这种神态中，可以分辨出即将化作骨灰的人特有的谦恭态度。

而主教呢，他平时力戒有好奇心，他认为对人好奇会使人受到冒犯，可此刻却情不自禁地端详起这位议员来。他这样仔细端详，并非出自同情，如果面对另一个人，他也许会受到良心的谴责。但这是个国民公会议员，他感到，这样的人似乎已不受法律的保护，甚至也不值得同情。

G 已是八十岁高龄，但神态镇静，声如洪钟，几乎腰不弯背不驼，生物学家见了，会惊讶不已。那场革命有过许多像这样与时代相称的人。我们感到，这个老人是个久经考验的人。尽管快要死了，仍保持着健康的一切特征。他目光炯炯，声调有力，肩膀的动作非常强健，这一切，会使死神望而却步。伊斯兰教中接引亡灵的天使阿兹拉埃尔见了会调头就走，以为走错了门。G 似乎要死了，因为他很想死。他在临终时，仍很自由。只有两条腿不能动弹。黑暗抓住了他的腿。脚已经死了，凉了，但脑袋依然生机勃勃，思维依然清清楚楚。在这庄严的时刻，G 就像东方神话中的那位国王，上半身是肉体，下半身是石躯。

一旁有块石头，主教坐了下来，突然开始了谈话。

“祝贺您，”他用谴责的语气说，“您总算没有投处死国王的票。”

议员似乎没有注意到这“总算”二字隐含的讽刺意味。他做了回答。脸上的笑容已全部消失。

“不要太祝贺我，先生。我可是投了消灭暴君的票的。”

一个语气严厉，另一个语气严肃。

“您想说什么？”

“我想说，人有一个暴君，那就是愚昧。对这个暴君，我是赞成处以死刑的。这个暴君孕育了王权，是从错误中产生的权力，而知识的权力则是来自真理。人只应该接受知识的统治。”

“还有良心。”主教补充说。

“一回事。良心是我们身上与生俱来的知识。”

比安维尼大人听着，有点吃惊，这个语言对他来说太新鲜了。

议员继续说：

“至于处死路易十六，我没投赞成票。我认为我无权处死一个人，但我感到我有义务消灭罪恶。我投了赞成消灭暴君的票。也就是说，妇女要结束卖淫，男人要结束奴役，孩子要结束愚昧。我之所以投票赞成共和国，就是因为赞成这些。我赞成博爱、和谐、曙光！我为消灭偏见和谬误出了力。谬误和偏见的崩溃带来光明。我们这些人推翻了旧世界。旧世界是装满贫困的罐子，一旦在人类身上推翻，就成了一个装满欢乐的坛子。”

“混杂的欢乐。”主教说。

“您也可以说成混乱的欢乐。可是今天，从那次灾难性的复辟，即所谓一八一四年的复辟以来，可以说连欢乐的影子都没了。可惜，这件事做得不彻底，这点我承认。我们摧毁了旧制度，但没能在思想上把它彻底消灭。仅仅革除流弊是不够的，还应该改变习俗。风车不在了，但风还在吹。”

“你们摧毁了。这也许是有用的，但这种摧毁夹杂着泄私愤，我不敢恭维。”

“主教先生，权力是会发怒的，权力的发怒是一种进步的因素。这没什么，不管怎么说，法国这场革命，是基督诞生以来人类向前迈进的最有力的一步。它是不彻底，但非常崇高。它让人看到了一切闻所未闻的社会现象。它使人变得温和。它给人以启迪，使人平静、安宁。它让文明的洪流席卷大地。这是一场有益的革命。法兰西的这场革命，是对人类的认可。”

主教情不自禁地嗫嚅道：

“是吗？九三年①？”

议员在椅子上直起身子，庄严的神情中略带悲伤，他拼尽临终者的全部力气，大声说：

“啊！您终于说了！九三年！我一直等着您说呢。一千五百年中积起了一片乌云。过了十五个世纪，才云开雾散。您却谴责那声惊雷。”

主教感到自己心中有种东西熄灭了，尽管他不一定承认。不过他仍保持镇定。他回答说：

“法官代表正义说话，主教代表慈悲说话，而慈悲是更高尚的正义。雷霆不应该击错目标。”

他眼睛紧盯着议员，又说：

“那么路易十七②呢？”

议员伸出手，抓住主教的胳膊：

“路易十七！哈！您在为谁哭泣？为那无辜的孩子？那您就哭泣吧。我和您一起哭泣。是为王子？我就要考虑考虑了。依我看，路易十五的这个孙子，这个无辜的孩子，只因他是路易十五的孙子这条唯一的罪名，而在圣殿骑士寺院里备受折磨，他这个痛苦，与卡图什③的弟弟所受的痛苦相比，并不更痛苦；卡图什的弟弟，同样是无辜的孩子，只因他是卡图什的弟弟，却被吊死在河滩广场上。”

“先生，”主教说，“我不喜欢用人的名字做比较。”

“卡图什？路易十五？这两个人中，您替谁鸣冤？”

这时出现了沉默。主教真有些后悔来这里了。然而，他隐隐感到自己受到了一种奇妙的震动。

议员接着又说：

“嗳！神甫先生，您不喜欢赤裸裸的事实。基督却喜欢。他拿起一根荆条，给圣殿清除灰尘。他的鞭子电光四射，赤裸裸地道明了真理。当

---

① 指一七九三年，是革命进入高潮、处死路易十六的那年。

② 路易十七是路易十六的儿子，一七九五年他十岁时死在监里。

③ 卡图什（1693—1721），人民武装起义的领袖，一七二一年被捕，被判死刑。

他大声喊‘**让孩子们来我这里**[①]’时，他并没对孩子厚此薄彼。他会乐意将巴拉巴[②]的儿子和希律[③]的儿子一视同仁。先生，无辜本身便是冠冕。不是非得殿下才无辜。不管是衣衫褴褛的穷人，还是法国王室的子孙，他们的无辜都不可辱没。”

“这倒是真的。”主教低声说。

“我坚持我的看法。”G议员继续说。“您提到了路易十七。让我们统一一下看法。我们是不是要为所有的无辜者、所有的殉难者、所有的孩子、所有上层的和下层的人哭泣？这我同意。但是，我同您说过了，应该追溯到九三年以前。在路易十七之前，我们就应该流泪了。我和您一起为国王的孩子们哭泣，只要您同我一起为老百姓的孩子们流泪。”

“我为所有的孩子流泪。”

“不分轻重！”G嚷了起来。“如果天平要倾斜的话，也要倾向人民一边。他们受苦的时间更久。”

又是一阵沉默。还是议员先开口。他用一只胳膊支着轮椅，直起身子，用大拇指和弯曲的食指捏住脸颊，就像人们在审问和审判时下意识做的那样，并用凝聚着临终全部力量的目光紧逼主教，向他提出质问。这几乎是一场爆发。

“是的，先生，人民受苦的时间已经很久了。再说，喂，问题还不止这些，您为什么来这里，向我问这问那，同我谈路易十七？我又不认识您。我来到这个地方后，一直孤独地生活在这围墙里，从来足不出户，除了这个照顾我的孩子，我看不见任何人。您的名字，我的确隐隐约约听说过，应该说名声还不错。可是这不说明问题。精明的人有的是办法让老实的民众上当受骗。对了，我没听到您车子的声音，您把它停在那边路口的树丛后面了吧。我跟您说，我不认识您。刚才您说您是主教，

---

① 原文为拉丁语。这是耶稣对那些不准孩子听道的教徒说的话。

② 据《圣经》记载，巴拉巴是名囚犯，因偷窃而被判死刑。耶稣受审时，他正待处决。总督彼拉多每逢逾越节要释放一名囚犯，祭司和长老便挑唆众人，要求释放巴拉巴，处死耶稣。于是他被释放了。

③ 希律为纪元前的犹太国王。

可这丝毫也不能向我说明您的人格。总之，我要再问您一遍。您是谁？您是一个主教，也就是教会的要人，像您这样的人，穿金戴银，饰纹章，拿年金，受俸禄——迪涅的主教，一万五千法郎的固定收入，一万法郎的额外收入，一共有两万五千法郎——有厨师，有仆役，有佳肴美酒，星期五吃黑水鸡，外出坐华丽的马车，前呼后拥，趾高气扬，您有豪华的住宅，借着基督的名义乘坐四轮马车，可耶稣自己却光着脚走路！您是一个高级教士，年金、官邸、骏马、侍从、佳肴，人生的一切享受，您应有尽有，和别人没有两样。您像别人那样享受这一切，这很好，不过，这很说明问题，或者说还不够说明问题。这还不足以使我了解您内在的和主要的品质。您来这里，大概是为了开导我。我在同谁讲话？您是谁？”

主教低下头，答道：“**我是一条蚯蚓**[①]。”

“一条坐四轮马车的蚯蚓！”议员咕哝了一句。

现在轮到议员变得仁慈，主教变得谦恭了。

主教和气地继续说：

“就算是吧，先生。不过，您给我解释一下，我那辆停在树丛后面的马车，我的美味佳肴和星期五吃的黑水鸡，我的两万五千法郎的年金，我的官邸和仆役，这些怎能证明仁慈不是美德，宽容不是义务，九三年不是冷酷无情呢？”

议员把手放到额头上，仿佛要驱走一块阴影。

“在回答您之前，”他说，“我先要请求您原谅。刚才我不该那样，先生。您来我家，您是我的客人。我应该以礼相待。您对我的看法提出异议，我只应该反驳您的论据。您的财富和享受，是我在辩论中可用来反驳您的有利条件，可是，高雅的做法是弃之不用。我向您保证不再提那些事了。”

“谢谢您。”主教说。

G 接着又说：

“您刚才要我做解释，那就来解释吧。我们谈到哪里了？您刚才说什

---

① 原文为拉丁语。

么了？您说九三年冷酷无情，是不是？”

“对，冷酷无情。”主教说。“马拉[①]为断头台拍手叫好，您怎么看？”

“龙骑兵迫害新教徒时，波舒埃[②]高唱赞歌，那您又怎么看？”

回答毫不留情，有如一把钢刀直插目标。主教为之一震。他没有反击，但G以这种方式提到波舒埃，使他很不舒服。最优秀的人也有崇拜的偶像，有时，当他们的偶像做出不合逻辑的事时，他们会隐隐感到受了伤害。

议员开始喘气了。他已奄奄一息，临终的呼吸不畅使他说话断断续续。可从他的眼睛看，他的神志依然很清醒。他继续说：

“再随便扯扯吧，我很想聊一聊。那场革命，从总体上说，是对人类的极大肯定，可惜九三年后退了。您认为那一年冷酷无情，那整个君主制度呢，先生？不也一样吗？卡里埃[③]是强盗，那您怎么称呼蒙特韦尔[④]呢？富基埃-坦维尔[⑤]是无赖，那您又怎么看拉穆瓦尼翁-巴维尔[⑥]呢？马亚尔[⑦]可恶之极，可是请问索尔-塔瓦纳[⑧]呢？迪歇纳老头[⑨]残暴凶狠，那么，您怎么形容勒泰利耶神甫[⑩]？屠夫儒尔丹[⑪]是个魔鬼，那卢瓦侯爵[⑫]也不比他逊色呀？先生，先生，我对玛丽-安托瓦内特公主和王后深表同情，但我对那位胡格诺派的可怜女人也很同情。先生，那位妇女有一个吃奶的孩子，一六八五年，在路易十四的统治下，她被绑在一根柱子上，

---

① 马拉（1743—1793），法国政治家，雅各宾派领袖之一，被群众誉为“人民之友”。

② 波舒埃（1627—1704），法国神学家和作家，天主教的护卫者。

③ 卡里埃（1756—1794），国民公会代表，一七九四年被判刑。

④ 蒙特韦尔是十七世纪末法国朗格多克地区新教徒的迫害者。

⑤ 富基埃-坦维尔为十八世纪末革命法庭的起诉人。

⑥ 拉穆瓦尼翁-巴维尔（1648—1724），法国朗格多克地区总督，血腥镇压新教徒。

⑦ 马亚尔是一七九二年九月大屠杀的执行者。

⑧ 索尔-塔瓦纳为一五七二年巴托罗缪屠杀案的主谋之一。

⑨ 迪歇纳老头原是笑剧中的一个普通人形象，后来成了平民的通称。

⑩ 勒泰利耶神甫（1643—1719），路易十四的忏悔神甫，曾怂恿路易十四毁坏王家港。

⑪ 屠夫儒尔丹原名马蒂厄·儒弗（1749—1794），一七九一年法国阿维尼翁大屠杀主犯，后被人叫作屠夫儒尔丹。

⑫ 卢瓦（1641—1691），路易十四的军事大臣。

上身一丝不挂，孩子丢在一旁。她的乳房胀满乳汁，她的心里充满忧虑。孩子饿得脸色苍白，看见母亲的乳房，喘息着，啼哭着。刽子手要那位既是母亲又是乳娘的妇女发誓放弃新教，让她在放弃孩子和放弃信仰中做选择。用惩罚坦塔罗斯[①]的手段来对付一位母亲，您对此有何感想？先生，请记住：法国革命自有它的道理。它的愤怒，将来会得到宽恕的。它的成果是创造了一个最美好的世界。在它最可怕的鞭挞中，包含着对人类的爱抚。我简要说一说。我不继续了，我的道理很充分。再说，我就要死了。”

议员将目光离开主教，用几句心平气和的话来结束他的想法：

“是的，进步的暴行叫作革命。暴行结束后，人们会承认，人类受到了粗暴的对待，可是却前进了。”

议员全然不知，他刚才的一席话已把主教心中的堡垒一一冲破了。然而还剩下一个，这个堡垒是比安维尼大人进行抵抗的最后一招，他坚守这块阵地，又像开始时那样生硬地说：

“进步必须信仰上帝。善事不能由不信教的人来侍奉。无神论者引导人类只会引入歧途。”

老议员没做回答。他打了个战。他望望天空，眼中慢慢生出泪水。当泪水蓄满眼眶时，就沿着苍白的脸颊往下流，茫然的目光望着深不可测的天穹，他几乎是语不成声地喃喃自语道：

“你啊！理想！只有你才存在！”

主教受到了一种难以言喻的震动。

一阵静默后，老人向天边伸出一根指头，说：

“无限是存在的。它就在那里。假如无限中没有我，那我就是它的界石，它就不再是无限了。换句话说，它就不再存在。然而它却是存在的。因此，它之中就有我。无限中的这个我，便是上帝。”

那临终的人说这最后几句话时，声音非常洪亮，还有一种心醉神迷

① 坦塔罗斯为希腊神话中的吕狄亚王。因把自己的儿子剁碎了给神吃，触怒主神宙斯，罚他永世站在水中。想喝水时水退下，想吃果子时，头上那棵果树的树枝便升高。

的颤动，仿佛看见了什么人似的。说完，他闭上了眼睛。因为说话太用劲，耗尽了他的力气。显然，他所剩下的几个钟头的生命，就在那顷刻之间消耗殆尽。他刚才说的那几句话，缩短了他同就要去会合的那个人的距离。最后的时刻到了。

主教意识到了，时间紧迫，他是以神甫的身份来的，从最初的极端冷淡，渐渐变得激动不已。他凝视那双紧闭的眼睛，拿起那只枯皱冰冷的手，向临终的人俯下身子：

"这一时刻是上帝的。如果我们这次见面一无所获，您不觉得遗憾吗？"

议员睁开眼睛。脸上露出严肃而忧郁的神情。

"主教先生，"他缓慢地说，与其说是因为衰弱，不如说为了保持尊严，"我的一生都是在研究、思索和冥想中度过的。六十岁时，祖国向我发出召唤，命令我参与国家事务。我服从了。有陋习，我斗争过；有暴政，我摧毁过；有权利和原则，我宣布和承认过。国土遭受侵犯时，我保卫过；法兰西遭到威胁时，我挺身而出过。我过去不富，现在很穷。我曾是国家的主宰之一，国库里堆满了货币，墙被金子和银子挤得快要倒塌，只好用支柱来撑住，可我却在枯树街上吃饭，每餐二十二苏。我帮助受压迫的人，安慰受苦的人。我撕毁过祭坛上的桌布，这是事实，但那是为了替祖国包扎伤口。我从来都支持人类向光明前进，有时我也无情地抵制过进步。必要时，我也保护过我的对手——你们这些人。在弗兰德的彼得热姆，就在墨洛温王朝夏宫的旧址上，有一个都市派的修道院，名叫圣克莱尔-昂-博利厄修道院，一七九三年，我就拯救过它。我尽我力量做了我应该做的事，尽我所能做了善事。后来，我遭到驱逐、围捕、追赶，受到迫害、诽谤、嘲笑，我被人起哄，被人诅咒，被剥夺了人权。我白发苍苍，多少年来，我感到许多人认为有权蔑视我，在无知的可怜的群众看来，我是个该下地狱的罪人。我不恨任何人，但是，既然人们恨我，我就离群索居。现在我八十六岁了，就要死了。您来要我做什么？"

"为您祝福。"主教说。

说完，他跪了下来。

当主教抬起头时，议员的脸色已变得异常庄严。他刚刚停止了呼吸。

主教回到家里，陷入难以名状的思绪中。他祈祷了一整夜。第二天，有几个正直而好奇的人想同他讲讲G议员，他只是指了指天空。从此，他对弱小和受苦的人更加亲切和慈爱。

只要有人影射那位“姓G的老恶棍”，他都会感到异常不安。谁能说得清楚，那位老人在他面前坦露的思想，那崇高的意识在他的意识中引起的反应，对他的自我完善会不会起到一些作用。

主教的这次“走访”自然在当地的小圈子里引起了议论：

“这样一个临终者的床前，也是主教该去的地方？让他皈依宗教怎么可能呢？所有的革命党都是死不悔改的。去那里干什么？有什么好看的？他对被魔鬼摄取灵魂的人就那么好奇？”

一天，一位自以为幽默的老太太，冒冒失失地同他开了个玩笑：“大人，有人问主教阁下什么时候戴红帽子。”主教回答：“啊！啊！这可是一种强烈的颜色。幸亏鄙视红帽子的人倒还崇拜红法冠。”

十一　一点保留意见

若凭以上所述，就断定比安维尼主教大人是个“对哲学感兴趣的主教”或是“拥护革命的神甫”，那就错了。他同G议员的会面，或称作同G的会合，不过给他带来了一种惊讶，使他变得更加和蔼可亲罢了。

比安维尼大人绝不是政治家，但在此有必要简单说一说他在重大事件上的态度——假如他想过要有态度的话。

让我们回忆一下几年前的事。

米里埃先生升任主教后不久，拿破仑皇帝封他为男爵，同时受封的还有另外几个主教。大家知道，教皇于一八〇九年七月五日夜里被捕，因此，米里埃先生被拿破仑召来巴黎，参加法意两国的主教会议。会议在巴黎圣母院举行，一八一一年六月十五日召开第一次会议，由费什红衣主教主持。到会的有九十五位主教，米里埃先生是其中之一。但他只参加了一次大会和三四次特别会议。他是一位山区的主教，生活在大自然中，过惯了粗犷和贫困的生活，在那些显贵中间，他发表的见解似乎与大会的气氛不相融合。他很快就回到了迪涅。有人问他为何如此快就回来，他回答说："我在那里碍手碍脚。我把外面的空气带给了他们。他们感到我是一扇敞开的门。"

还有一次，他说："叫我怎么办？那些主教都是王公贵族，而我不过是一个可怜的农民主教。"

事实上，他不讨那些人喜欢。他说了许多让人不可理解的话。一天晚上，他在一位最有地位的同仁家里，突然冒出这样几句话："漂亮的挂钟！漂亮的地毯！仆人们穿如此漂亮的制服！不嫌麻烦吗？啊！我真不想听这些无用的东西在我耳边不停叫喊：有人在挨饿！有人在受冻！还有穷人！还有穷人！"

附带说一下，仇视奢华不一定明智。这可能会导致对艺术的仇视。不过，在教士们看来，豪华是一种罪过，除非要显示身份和参加宗教仪式。习惯用豪华的东西，会使人感到没有真正的爱德。神甫富有是不合情理的。神甫应接触穷人。他成天和各种不幸、厄运、贫苦打交道，身上能不留一点清贫的痕迹，正如劳动能不沾上一点尘土吗？怎能想象，一个人站在火盆旁能不感到暖和；一个工人一直在炉边干活，能不烧焦一根头发，不熏黑一个指头，不流一滴汗，不落一粒灰尘在脸上。作为神甫，尤其是主教，有无爱德的第一个标志，便是贫苦。

这大概就是迪涅主教的想法。

此外不要相信，在某些敏感的问题上他会迎合所谓的"当代思潮"。他很少参与当时的神学争论，凡是牵涉教会和国家的问题，他总是保持沉默；如果一定要他表态，人们会发现，他似乎更倾向教皇极权主义，而不是法国教会自主。既然在给他画像，再说我们不想隐瞒，因而不得不补充一点：他对日渐衰落的拿破仑态度冷漠。从一八一三年起，他对反对拿破仑的一切活动，都持赞同或欢迎态度。拿破仑从厄尔巴岛回国时，他没去路旁迎接。在"百日帝政①"期间，他没有命令本教区的信徒

① 拿破仑一八一五年三月一日在茹安登陆，六月二十二日第二次退位。这一时期称作"百日帝政"。

为皇帝祈祷。

除了妹妹巴蒂斯蒂娜小姐外，他还有两个兄弟，一个是将军，另一个是省长。他常给他们写信。有段时间，他同第一个关系很僵，因为他那位兄弟在普罗旺斯省当驻军司令的时候，拿破仑在戛纳登陆，他率领一千二百人追捕皇帝，却似乎有意让他逃走了。他写给另一个兄弟的信更是充满深情。这位前省长，是个正直高尚的人，他隐居在巴黎，住在加塞特街。

因此，比安维尼大人也有心存偏见、痛苦和忧虑的时候。时代的偏见，也曾把阴影投入到他那专注于上帝的温和而博大的胸怀中。诚然，这样一个人是不该有政治观点的。请不要误解我们的想法，我们丝毫也没把所谓的“政治观点”，同对进步的热望混为一谈，也没有同那些爱国的、民主的和人道的崇高信仰混为一谈；在今天，这些信仰是任何理解和宽容的基础。有些问题同本书的内容只有间接的联系，我们不去深谈，只简单提一点：假如比安维尼主教大人不是保王派，假如他的目光始终安详地凝视上帝，超越动荡不安的人世之外，能够清楚地看到真理、正义和仁慈这三道纯洁的光辉，这该有多好啊！

即使我们承认，上帝创造比安维尼大人，绝不是为了让他担任政治公职，但是，他在拿破仑处于权力的巅峰时，若能以权利和自由的名义，对他提出抗议，高傲地表示反对，为了正义甘冒危险进行抵抗，我们也许会表示谅解和钦佩。可是，反对一个失势的人，终究不如反对一个得势的人更得人心。我们只喜欢有风险的战斗。在任何情况下，只有最先参加战斗的人，才有权在最后时刻消灭敌人。在昌盛时期没有顽强谴责，在垮台时期，就应闭口不语。获得胜利的人，才有权审判失败的人。至于我们，当上帝采取行动，给予打击时，我们就听其自然。一八一二年使我们平静下来。一八一三年，那个素来沉默不语的立法机构，在国难当头时，居然鼓起勇气，打破沉默，这只能使人愤慨，叫人如何拍手欢迎？一八一四年，面对背叛的元帅，面对先是奉若神明，继又大加侮辱，从一个泥坑陷入另一个泥坑的元老院，面对先是无限崇拜，后又畏缩退避，向偶像吐唾沫的人，我们应该别转脑袋，不予理睬。一八一五年，灭顶之灾已不可避免，法国因灾难临头而浑身战栗，人们隐约看到滑铁卢已向拿破仑打开大门，在这种情况下，军队和人民向那个背运的人致以壮烈的欢迎，是没有什么可笑的，即使对那位暴君持有保留看法，可是，在国家濒于灭亡之际，一个伟大的民族和一个伟大的人物互相拥抱，紧密团结，自有其庄严和动人之处，像迪涅主教那样心肠的人，恐怕不应该持否定态度吧。

除了这点，他对任何事从来都是正确、真实、公正、机智、谦逊和自重的。他乐善好施，慈悲为怀，这是另一种仁德。他是一位神甫，一个贤明之士，一个真正的人。尽管我们刚才批评了他的政治观点，并且随时准备进行严肃的评论，但是应该说，他仍然是一个宽容和随和的人，也许比我们这些在这里说长道短的人做得更好——迪涅市政府的看门人是拿破仑皇帝安置的，原是王宫卫队的一名下级军官，获得过奥斯特里茨荣誉勋章，是一个强硬的波拿巴分子。这个可怜虫，一有机会，就要说一些未经思考的话，那是被当时的法律视为“煽动性言论”的。自从皇帝的侧面像从荣誉勋章上消失后，照他的说法，他就再也不穿“制服”，以免挂上那枚十字勋章。他亲手虔敬地把皇帝的人头像从拿破仑颁给他的那枚十字勋章上取下来，宁可留下一个洞，也决不用其他东西替代。他说：“我宁死也不在我胸口挂上那三个癞蛤蟆！”他常常大声嘲讽路易十八。他说：“套英国护膝的老痛风病鬼！快拖着辫子滚到普鲁士去吧！”他非常得意，因为他把最憎恨的两样东西——普鲁士和英国——用进同一句诅咒中了。他因为骂得太多，最后丢了差事。他家里没有吃的，只好带着妻儿流落街头。主教把他叫来，温和地说了他几句，派他去当了大教堂的侍卫。

在迪涅教区，米里埃先生是名副其实的牧师，大家的朋友。

九年中，比安维尼大人坚持行为圣洁，态度和蔼，因此，迪涅城上上下下对他就像对父亲那样崇敬而亲切。连他对拿破仑的态度也被人民接受和心照不宣地原谅了。他们是善良而懦弱的羔羊，他们崇拜他们的皇帝，但也热爱他们的主教。

十二　比安维尼大人门庭冷落

大凡主教，周围总有一帮小教士，就像将军身旁总有一群年轻军官一样。那位可爱的圣弗朗西斯·德·塞尔斯[①]在什么地方说过，他们是一群"毛头神甫"。任何行业的成功者都有一群追随者。没有一个有权势的人没有亲信，没有一笔财富没有人追求。谋求前程的人，围着已飞黄腾达的人转悠。任何一个大主教都有自己的幕僚。任何一个有点影响的主教，身边总有一帮学生充当天使，在主教身边转来转去维持秩序，为笑容满面的主教大人站岗放哨。得到主教的赏识，当副助祭便成功在望。得步步高升嘛。要当上帝的使徒，先得当议事司铎。

世上有权贵，教会有显贵。他们是受宠的主教，金玉满堂，坐收年息，精明强干，深得上层社会的欢心。当然他们很会祈祷，但也善于乞求，很不谨慎地让整个教区的人登门求见。他们是教堂和外交界的联系纽带，与其说是神甫，不如说是教士，与其说是主教，不如说是高级教士。接近他们的人鸿运高照！他们是颇有信誉的人，在等待升任显职的过程中，他们把有油水的堂区、教士的职位、代主教的头衔、牧师的职位和大教堂的差事，雨滴般地洒给周围那些献殷勤和受宠爱的人，也就是善于讨好奉承的年轻人。他们前进，他们的附庸也跟着前进；那完全是一个运行的太阳系。他们的光辉将他们的随从也染上了红色。他们飞黄腾达了，他们身后的人也得到升迁。保护者的教区越大，宠儿的堂区也越大。最终的目标是罗马。他们从主教变成大主教，再变成红衣主教，他们带着你去参加教皇的选举，你进入教会最高法院，你有白羊毛披带，你成了红衣主教的门徒和侍从，你成了主教大人，从主教大人到红衣主教阁下只差一步，在红衣主教阁下到教皇陛下之间只隔着一场选举。任

---

① 圣弗朗西斯·德·塞尔斯（1567—1622），法国天主教教士、日内瓦主教。一九二三年，被教皇庇护十一世宣布为作家的主保圣人。

何一个戴小圆帽的教士，都可梦想成为戴三重冠的教皇。今天，唯有教士能够一步一步变成国王。那是怎样的国王啊！那是至高无上的国王。因此，修道院是一个培养野心的场所！多少羞怯的唱诗童子，多少年轻的教士，都在头上顶了一个佩蕾特的奶罐子[1]！野心太容易自诩为神的召唤，谁知道呢，也许是诚心诚意的，可它傻呵呵的，也会自欺欺人。

米里埃大人卑微，清贫，与众不同，不在主教显贵之列。他身边没有一个年轻的教士，这就很说明问题了。我们说过，他在巴黎“一无成就”。没有一个青年愿把自己的前程嫁接到这个孤独的老人身上。没有一株野心勃勃的树苗愿在他的庇护下长出绿叶。他的司铎，他的代理主教，都是善良的老头，和他一样有点像平民百姓，守着这个出不了红衣主教的教区，他们和主教十分相像，唯一不同的是他们的前途已经结束，而他的前途已经完成。年轻人感到在米里埃大人身边难以成长，他们刚离开神学院，被主教授予神职后，便设法让人推荐到埃克斯或奥什的大主教那里去，很快就离开了他。因为，我们再说一遍，谁都想有人在后面推一把。与一个过于忘我的圣人为邻，那是危险的；他可能把无可救药的贫穷传染给你，你的关节就会僵硬，无法再往上爬；总之，你即使不愿意，也得克己忘我；对于这样的德行，人们就像躲避疥疮那样躲得远远的。这就是米里埃大人门庭冷落之缘由。我们生活在一个阴暗的社会中。腐败的社会从上到下一点一滴对人的教育便是要获得成功。

顺便说一下，成功是一件相当丑恶的东西。它形似功绩，这一假象使人受到迷惑。在民众眼里，成功差不多意味着最高权力。成功这一貌似才华的东西，历史也受到了它的欺骗。只有尤维纳利斯[2]和塔西佗[3]对它低声抱怨过。当今，有一种几乎是官方的哲学进入到成功的家里，穿上制服，给它当起了奴仆，在候见厅里为它效劳。成功吧，这是理论。

---

① 佩蕾特是拉封丹一则寓言中的送奶姑娘。她头顶奶罐去卖牛奶，梦想卖了牛奶买鸡蛋，鸡蛋孵出小鸡，等鸡长大换成猪，等猪长大换成牛，牛又生出小牛。这一憧憬使她高兴得跳起来，牛奶罐摔到了地上，结果是一场空欢喜。

② 尤维纳利斯（约 60—约 140），罗马讽刺诗人。

③ 塔西佗（约 55—约 120），罗马历史学家。

飞黄腾达必须要有才华。你中了头彩，就是一个能干的人。谁获得胜利，谁就受人尊敬。你生来走运，就会有一切。你有运气，就会有其他。你事事如意，别人就认为你伟大。当代的许多赞扬都是鼠目寸光，只有五六个例外，他们是世纪的辉煌。镀了金的，便是金子。你是谁，这无关紧要，只要你是成功者。民众是上了年岁的那喀索斯[①]，只会顾影自怜，赞赏庸俗。不管你是谁，也不管你在哪方面获得成功，民众便会齐声喝彩，一上来就说你是奇才，把你比作摩西、埃斯库罗斯、但丁、米开朗琪罗或拿破仑。一个公证人变成议员，一个冒牌高乃依写了一部《梯里达底二世》，一个太监嫔妃成群，一个穿军装的普律多姆[②]侥幸打赢了决定时代命运的一仗，一个药剂师发明了纸板鞋垫，冒充皮鞋垫，卖给桑布尔-默兹的驻军，获得四十万利弗的年金，一个流动小贩娶了高利贷，一个当父亲，一个当母亲，生出七八百万不义之财，一个传道士因为说话发齉，当上了主教，一个名门的管家，离任时成了富翁，就被任命为财政大臣：凡此种种，都被称作天才，正如把穆斯克通[③]的嘴脸称作美，把克洛狄乌斯[④]的仪态称作威严一样。他们把鸭掌在烂泥里踩出的印迹，同天上的星星混为一谈。

十三　他的信仰

迪涅的主教是不是正统派教徒，无须进行考查。面对这样一颗心，我们只有敬佩。对于一个心地正直的人，听其言，就应信其心。而且，他对宗教的信仰是那样虔诚，那样不同于我们，只要知道了他的某些品德，就可承认，人类的一切美德都可在他身上发展。

对于这个教理，那个奥义，他是如何看的？这些内心深处的秘密，

---

① 那喀索斯是希腊神话中的美少年，爱怜自己的水中倒影，最后憔悴而死。

② 普律多姆为法国作家莫尼埃小说中的人物，平庸而自负，好用教训人的口吻说些蠢话。

③ 穆斯克通是大仲马小说《二十年后》中的人物，一位好吃懒做的仆人。

④ 克洛狄乌斯（前 10—54），罗马皇帝，历史学家。相貌平庸，举止笨拙，趣味粗俗。

只有坟墓才知道，因为灵魂是赤裸裸地进入坟墓的。但有一点可以肯定，他决不会用虚伪的态度，来解决信仰上的难题。钻石是不可能腐蚀的。他尽心尽力地相信上帝。他常常大声说："**要相信上帝**[①]!"再说，他在行善中得到了极大的满足，他感到于心无愧，并听到一个低低的声音在说：你和上帝在一起。

应该指出的是，可以说，在信仰之外，和在信仰之上，主教有一种**过分的仁爱**[②]。正由于这种过分的仁爱，他被那些"严肃的人"、"认真的人"和"理智的人"认为是有缺陷的。这几个字眼，是最受我们这个悲惨世界宠爱的，在这个世界里，自私自利反倒被那些卖弄学问的人推崇备至。这过分的仁爱究竟是什么呢？是一种安详的仁慈，前面说过，它超越人的范畴，有时延伸到物。他对什么都不蔑视。只要是上帝创造的，他都宽大为怀。任何人，即使是最优秀的人，对动物都会情不自禁地表现出冷酷无情。这是许多神甫的习性，但迪涅的主教却绝不这样。当然，他还没达到婆罗门教的那般境界，但似乎对《传道书》中的一句话深思熟虑过："我们知道动物魂归哪里吗？"看到丑陋的外形和丑恶的天性，他从不慌乱和气愤。相反，他会激动，甚至可以说感动。他会陷入沉思，仿佛要在生命的表象之外，寻找如此丑陋的原因、缘由和理由。有时，他似乎请求上帝加以替代。对于大自然中还存在的许多混乱现象，他不气不恼地进行观察，就像一个语言学家在辨读隐迹书稿。他会陷入沉思，有时冒出一句奇怪的话。一天早晨，他在园子里，以为旁边没有人，其实他妹妹跟在他后面，他没看见。突然，他停下来，望着地上的一样东西。这是一个大蜘蛛，黑乎乎，毛茸茸，样子委实可怕。他妹妹听见他说："可怜的东西！这不是它的错。"

这种出自仁慈之心的近乎神圣的孩子气的话，为什么不能说呢？就算是幼稚吧，可这种崇高的幼稚，正是阿西西的圣方济各[③]和马可·奥勒

---

① 原文是拉丁语。

② 原文为拉丁语。

③ 阿西西的圣方济各（1181—1226），天主教方济各会方济各女修会的创始人，意大利主保圣人。

留[1]曾经有过的。一天，为了不踩着一只蚂蚁，竟把脚给扭了。

这个善人就是这样生活的。有时，他在园子里睡着了，没有比这最令人肃然起敬的了。

据传，比安维尼大人年轻时，甚至在壮年时期，曾是一个非常冲动，甚至有点粗暴的人。他这种对一切都宽容温和的品质，与其说是与生俱来，毋宁说是在人生道路上，渐渐被一种伟大的信念渗透心田，一点一滴积累的结果。因为人的性格也和岩石一样，可以被水滴穿成一个个窟窿。这些窟窿是不可磨灭的，这些积累是不可摧毁的。

一八一五年，前面好像说过，他七十五岁，但看上去不到六十。他个儿不高，有点发福。为了避免发胖，他经常走很多路。他步履矫健，背几乎没有驼，我们不想对此说什么结论性的话；格列高利十六世[2]到了八十岁，仍然腰背笔直，满脸笑容，却照样是一个坏主教。比安维尼大人被民众称为长着一副“漂亮面孔”，但他和蔼可亲，以至于人们忘记了他长得漂亮。

他这种孩童般的快乐，是他的一种魅力，这在前面说过了。当他像这样愉快地与人交谈时，在他身边人们丝毫也不感到拘束，仿佛他整个人都散发出快乐。他肤色红润，笑时露出一口皓齿，这使他平添几分开朗随和的神态；这种神态，若是在一个成年人身上，会被称作“老好人”，若是一个老头，会被叫作“好老头”。大家记得，他给拿破仑留下的就是这个印象。的确，初次看到他，第一个印象便觉得他是个慈眉善目的老头。但是，只要在他身边待上几小时，看到他沉思的样子，他的形象就会渐渐改变，让人感到有一种难以名状的威严。他那严肃的宽额头，由于满头银发而令人敬畏，现在，因沉思的神态而更让人肃然起敬。仁慈之中显出威严，但仁慈依然光彩不减。你会感到激动，就好像见到了一个笑容满面的天使，缓缓舒展双翅，一面不停地向你发出微笑。你会油然而生敬意，那是不可言喻的崇敬之情，你会感到站在你面前的，

---

① 马可·奥勒留（121—180），罗马皇帝和哲学家。

② 格列高利十六世（1765—1846），罗马教皇（1831—1846）。

是一个百折不挠、饱经沧桑、宽容仁慈的人，他的思想是那样博大，除了温良和善，就不会有别的了。

我们看到，他一天到晚忙忙碌碌，祈祷，举行仪式，进行施舍，安慰悲痛的人，在园子里种菜，博爱，节俭，待客，克己，信任，学习，工作，这一切，充满了他的每一天。“充满”一词用得恰如其分，可以肯定，主教的一天，充满了善良的思想、善良的话语、善良的行动，满得都要溢出来了。但是，晚上，当那两个女人回房休息后，如果因为天冷或下雨，他睡前不能再到园子里去待上一两个小时，那这一天就不能算是完整的。对他来说，睡觉前，面对夜空的壮丽景色进行默想，这似乎成了一种宗教礼仪。有时，夜已很深，如果两位老姑娘尚未入睡，会听到他在园中的小径上走来走去。他独自一人，沉思默想，心平如镜，怀着崇敬的心情，将自己内心的宁静同太空的宁静进行比较，在黑暗中，他看到星斗有形的光辉，也感受到上帝无形的光辉，内心无比激动，向着来自未知世界的思想敞开自己的心扉。这时候，花儿向夜色献出芬芳，而他献出自己的心；他那颗心，犹如点燃的一盏灯，在满天星斗的黑夜中发出光芒，天地万物光辉灿烂，他身临其间，不觉悠然神往，此时此刻，连他自己也未必说得清楚内心的想法；他感到有一些东西从他身上飞走，还有一些东西来到他的身上。深邃的灵魂在同深邃的宇宙进行神秘的交流！

他想到上帝的伟大和存在。想到未来的无限，觉得神秘莫测；想起已逝的无限，更觉深不可测。他想起了在他眼下向四面八方延伸的种种无限；他并不想了解不可了解的东西，而是用眼睛默默注视。他不研究上帝，只为之目眩神迷。他思考着原子的奇妙结合；原子的结合，产生出形形色色的物质，在确定物质的形态中显示出力量，在整体中创造出个体，在空间中创造出匀称，在无限中创造出无数，通过光产生美。原子不停地结合和分离，也就有了生命和死亡。

他背靠残败的葡萄架，坐在一张木凳上，透过那些果树孱弱佝偻的身影，凝视满天星斗。这几亩园地，尽管树木稀疏，拥挤着残棚破屋，但他珍爱备至，有它足矣！

这位老人很少有空闲的时间，就在那一点点的空闲中，白天要照管园地，晚上要沉思默想，他还希求别的什么呢？在这块天空作盖的狭窄园地上，他不是可以轮流在上帝最优美的作品和最崇高的作品中崇拜上帝吗？这难道还不够吗？还奢求什么呢？小小的园地供他散步，无限的穹苍供他遐想。脚下可供耕种和采摘，头上可供研究和思索。地上有几朵花儿，天上有无数星星。

十四　他的思想

最后再啰唆几句。

我们要讲的这个细节，尤其在我们这个时代，用现在时髦的话来说，可能会赋予迪涅的主教一副“泛神论者”的面孔，不管是贬是褒，会使人相信他有一套特别的人生哲学，那是本世纪特有的人生哲学之一，那些思想时常会在孤独的人身上萌芽、形成和发展，直至取代宗教，因此，我们要强调一点：凡是认识比安维尼主教的人，都认为不能允许自己对他有这样的想法。给这个人引路的，是他的心。他的智慧是从他心中发出的光辉。

他没有理论，但有许多善行。深奥的思辨使人晕头转向；毫无迹象表明他涉猎过有关来世论的作品。基督的使徒可以无所畏惧，主教却应小心翼翼。他大概有所顾忌，不敢过分探究本该由大智大慧的人研究的问题。玄学的大门可怕而神圣，幽暗的洞口张着大嘴，但有个声音在对你这个人生旅途的过客说：“不要进去。”谁进去，谁就会遭殃！那些天才们在高深莫测的抽象和纯理论的研究中，可以说站在教条之上，向上帝提出自己的想法。他们祈祷时敢于和上帝争论。他们对上帝的崇拜带着疑问。这是直接与上帝对话的宗教，对于企图攀登的人来说，充满了忧虑和责任。

人的思考永无止境。人在思考时，冒着风险分析和钻研自己所赞叹的东西。几乎可以说，由于一种绝妙的反作用，人的思考令大自然也眼花目眩。我们周围神秘的世界，能吐其所纳，瞻望者很可能也被瞻望。不管怎样，尘世间有些人——是普通的人吗？——在梦幻的尽头清楚地望见了绝对的巅峰，看见了连绵不断、惊心动魄的山峦。比安维尼大人绝对不是这样的人。比安维尼大人不是天才。他对这些超凡的思想可能望而生畏，有一些甚至像斯维登堡和帕斯卡[①]这样伟大的人，都因为沉湎于这些思想而精神失常。当然，这些威力无比的空想对人的道德自有好处，通过这些险峻的道路，人们越来越臻于完美。可比安维尼大人选择了一条捷径：《福音书》。

他丝毫不想让他的祭披打上以利亚[②]法衣的褶皱。他对变化莫测的世事不做任何预测。他不想将星星点点的微光凝聚成火焰。他丝毫不是先知和星相家。这个卑微的人有一颗爱心，仅此而已。

他把祈祷扩大到想使自己成为超凡脱俗的人，这是可能的。但是，怎么祈祷都不会过分，正如怎么爱都不会过分一样；如果说祈祷的内容超出经文便是异端邪说，那么，圣德肋撒和圣哲罗姆不就成了异端分子了吗？

他对痛苦的人和临终的人关怀备至。在他看来世界是一种广泛的疾病。他觉得到处在发烧，他四处诊察病痛，但不想识破谜底，而是尽力包扎伤口。人世间的景象惨不忍睹，他心中充满了同情。他一心想为自己也为别人找到一个同情和安慰人的最好方式。在这个善良和非凡的神甫看来，世界是一个悲惨的寻求安慰的永恒主题。

有些人致力于开采金矿，他则致力于发掘同情。悲惨的世界便是他的矿藏。遍地存在的痛苦，不过是他行善的好机会。“你们要互相热爱。”他宣称，这“互爱”概括了一切，无须再有别的。这就是他的全部教义。一天，那个自以为是“哲学家”的人，前面提到过的那位元老院议员，对迪涅的主教说：“你瞧一瞧这个世界吧，你争我夺，尔虞我诈，最

① 斯维登堡（1688—1772），瑞典著名科学家、神秘主义者、哲学家和神学家。帕斯卡（1623—1662），法国数学家、物理学家、哲学家和作家。

② 据《圣经》记载，以利亚为犹太先知。

强者最有头脑。您那个'互爱'是蠢话。”比安维尼大人不做争辩，只是回答：“好吧，如果说这是蠢话，灵魂就应藏于其中，正如珍珠藏于蚌壳里一样。”因此，他藏在“互爱”中，生活在里面，绝对心满意足，将那些既诱人又吓人的奇妙问题撇之一旁，例如，抽象观念不可预测的前景，形而上学的危险，所有这些将使徒引向上帝、无神论者引向虚无的深奥理论：命运、善恶、人与人的争斗、人的良知、动物的梦游症、人死后的转化、坟墓对生命的概括、前世的爱情不可理解地转到后世的“我”身上、本质、实体、虚无和存在、灵魂、自然、自由、必需。那都是莫测高深的问题，人类思想的巨神们在潜心研究；那是个无底深渊，卢克莱修①、魔奴、圣保罗和但丁②曾以炯炯的目光凝视过，那透亮的目光，注视着无限，仿佛迸发出许多星星。

比安维尼大人只是一个普普通通的人，他从外面观察到了这些神秘的问题，但不探索，不讨论，也不扰乱自己的思想。但在他的心中，却对幽冥非常敬畏。

① 卢克莱修（约前99—约前55），罗马诗人，唯物主义者，无神论者。魔奴，印度神话中人类的祖始。圣保罗，上帝的使徒，活动期为一世纪。

② 但丁（1265—1321），意大利诗人。

第二卷　坠落

一　赶了一天路

一八一五年十月初的一天，太阳落山前一小时，一个步行的旅客来到了迪涅这个小城。此刻，只有少数几个市民站在门口或窗前，不安地看着这个人经过。像这样衣衫褴褛的行人实在少见。他中等身材，健壮结实，正值盛年。他可能有四十六七岁。一顶皮鸭舌帽压得低低的，遮住了半个脸；这张因风吹日晒而变得黝黑的脸上淌满了汗水。他穿着黄粗布衬衫，领子上系着一个小银锚，露出了毛茸茸的胸部；领带扭得像根绳子，蓝斜纹布的裤子已经磨损，一个膝头已发白，另一个已有破洞，灰色的工装破烂不堪，一只胳臂肘上用麻线缝了块绿呢；他背了个簇新的军用包，鼓鼓囊囊，并且扣得紧紧的，手里拿了根疙里疙瘩的粗棍子，光着脚穿了双钉了钉的鞋子，头发很短，胡须很长。

汗水、炎热、步行、尘土，给这破烂的一身增添了一种难以名状的肮脏。

头发虽然很短，但根根竖着，因为剃光的头发重新长了出来，似乎有一些时候没有理了。

没有人认识他。显然只是个过路客。他从哪里来？从南方。可能是从海边。因为他进入迪涅时，和七个月前拿破仑皇帝从戛纳去巴黎走的是同一条街。他想必赶了一整天路，看上去疲惫不堪。在城郊的老镇上，有几个妇女见他在加桑迪大马路的树荫下歇了歇，又在街尽头的水池里喝了点水。他一定渴极了，因为跟在他后面的几个孩子，见他走了二百步，在集市广场的水池旁又停下来喝了水。

到了普瓦施韦街拐角处，他向左拐，径直朝市政府走去。他走进市政府，一刻钟后从里面出来。一个宪兵坐在门口的长石凳上；三月四日，德鲁奥将军[①]曾站在这个长凳上向惊慌失措的迪涅市民宣读过茹安湾宣言[②]。那人经过时，脱下帽子，恭敬地向宪兵行了个礼。

宪兵没有理他，只是仔细地将他打量了一番，又用目光送了他一程，然后进市府里面去了。

那时候，迪涅有一家豪华旅馆，名叫科尔巴十字架。旅馆老板叫雅甘·拉巴尔，迪涅市的人都说他是另一个拉巴尔的亲戚。那另一个拉巴尔曾是拿破仑的近卫骑兵，在格勒诺布尔开了一家三太子旅馆。拿破仑登陆时，当地对这家三太子旅馆曾有许多传闻。人们传说，那年一月，贝特朗将军曾乔装车夫，多次来这家旅馆，给一些士兵颁发十字勋章，向一些市民们散发拿破仑金币。事实上，拿破仑来到格勒诺布尔后，坚持不下榻在省政府大厦；他谢过市长，说是去他认识的一个正直人那里，结果去了三太子旅馆。三太子旅馆的拉巴尔真是蓬荜生辉，他那份殊荣反射到百公里外的科尔巴十字架旅馆的拉巴尔。迪涅城里有人说，他是格勒诺布尔那位拉巴尔的表兄弟。

那人向这家旅馆走去，那是当地最好的旅馆。他走进厨房，厨房的门正好临街。所有的炉灶都生了火，壁炉里大火熊熊，烧得很欢。店主同时也是领班，忙得不亦乐乎，既要照管壁炉，又要照应烧菜，正在为运货马车夫们准备一顿丰盛的晚餐。车夫们喧闹的说笑声从隔壁屋里传进厨房里。旅行过的人都知道，谁也没有运货马车夫吃得好。一只肥肥的旱獭，夹在一串白鹧鸪和松鸡中间，穿在一根铁钎上，在壁炉的柴火上转动。炉子上正在烧着两条洛泽湖的大鲤鱼和一条阿洛兹湖的鳟鱼。

---

① 德鲁奥（1774—1847），法国将军。曾陪拿破仑流放到厄尔巴岛。

② 茹安湾在戛纳附近。拿破仑在戛纳登陆时，在此发表了宣言。

店主听见门打开，又来了一位客人，头也没抬地问道：

“先生要来点什么？”

“吃饭和过夜。”那人说。

“再容易不过了。”店主回答。这时，他才回过头，将来人从头到脚打量了一番，又加了一句：“……要付钱。”

那人从工装口袋里掏出一只很大的皮钱包，回答说：

“我有钱。”

“那好，请稍候。”店主说。

那人把钱包放回口袋，取下背包，放在门边的地上，手里仍拿着那根棍子，去坐到壁炉旁的一张小矮凳上。迪涅是山区。十月的夜晚非常寒冷。

然而，店主走来走去，眼睛却在审视这位客人。

“就好了吗？”那人问。

“就好了。”店主说。

新来的客人背对着店主在烤火，可敬的店主雅甘·拉巴尔从口袋里掏出一支铅笔，从窗旁的小桌子上拿起一张旧报纸，撕下一个角，在页边的空白处写了一两行字，折起来，但没封口，然后把这张破纸交给一个孩子，看来是店里的学徒和小伙计。店主在孩子的耳边嘀咕了一句，那孩子就一溜烟朝市府跑去了。

这一切，那旅客全没看见。

他又问了一遍：“就好了吗？”

“就好了。”店主说。

孩子回来了。他带回了那张字条。店主急忙打开，就像在等待答复一样。他似乎很用心地读了字条，然后摇了摇头，沉思片刻。最后，他向旅客走了一步，那旅客似乎在沉思默想，有些心神不宁。

“先生，我不能留您住宿。”店主说。

那人微微直起身子。

“怎么！怕我不付钱？要不要先付？我有钱，我跟您说。”

“不是这个。”

“那么是什么？”

“您有钱……”

“是的。”那人说。

“可我没有房间。”店主说。

那人心平气和地说：“让我住马厩好了。”

“不行。”

“为什么？”

“地方全给马占了。”

“阁楼上有个角落也行，”那人又说，“给我一捆麦秸。吃完晚饭再说吧。”

“我不能给您吃的。”

他说这话的语气挺有分寸，但很坚决，外乡人感到问题严重了。他站了起来。

“啊！我都快饿死了，我。天一亮我就上路了。走了十二里。我付钱嘛。我要吃饭。”

“我什么也没有。”店主说。

那人哈哈大笑，把身子转向炉灶。

“什么也没有！这是什么？”

“这都是有人订的。”

“谁？”

“赶大车的先生们。”

“多少人？”

“十二个。”

“这都够二十个人吃。”

“他们全包了，钱也付过了。”

那人又重新坐下，仍然低声地说：

“我是在旅馆里，我饿了，我不走。”

这时，店主俯身凑到他耳边说：“离开这里！”那语气使他打了个寒战。

旅客此刻正弯着腰，用一头包了铁皮的棍子拨弄着几根火炭。他蓦地转过脸，正要张口反驳，那店主眼睛看着他，依然低声地对他说：“听着，别啰唆了。您要我说出您的名字吗？您叫让·瓦让。现在，您要我说出您是谁吗？看见您进来，我就有些怀疑了，我叫人去了市政府，这就是人家给我的答复。您认不认得字？”

说着，他把那张已经打开的从旅馆到市厅来回转了一圈的字条递过去。那人瞟了一眼。店主停了会儿又说：

“我向来以礼待人。离开这里！”

那人低下头，捡起他放在地上的背包，离开了旅馆。

他上了大街，沿着房屋，漫无目的地朝前走去，就像受了侮辱的人，神情非常忧郁。他一次头也没有回。假如他回头的话，就会看见科尔巴十字架旅馆的老板站在门口，正用指头指着他，激动地说着话，旅馆里的所有客人和街上的所有行人都围在他身边。他如果看到那群人不信任和慌张的目光，就会猜到，他的到来马上会在迪涅传得满城风雨。

这一切，他什么也没看见。心中忧郁的人是不会朝后看的。他们深深知道，厄运总跟在他们后面。

他像这样走了一阵，一次也没停下，漫无目的地穿过一条条陌生的街道，忘记了疲倦，人悲伤时常常会这样。突然，他感到饥饿难忍。黑夜正在降临。他四下张望，看看有没有地方可以过夜。

漂亮的旅馆已向他关上大门。他想找一家简陋的酒店，一家寒碜的咖啡馆。

恰好街尽头亮起了灯光。一根松枝，挂在一个直角铁架上，显露在黄昏灰蒙蒙的天空中。他向那里走去。

果然是家小酒店。在夏福街上。

旅客停了一会儿，从玻璃窗往里面张望。酒店的大厅又低又矮，一张桌子上放着一盏灯，壁炉里大火熊熊，灯光和火光照亮了屋子。有几个顾客在喝酒。店主在烤火。一只铁锅挂在一个吊钩上，大火烧得它吱吱响。

这家酒店似乎也是客栈，可从两个门进去。一个门临街，另一个通往一个小院子，院子里到处是粪。那旅客不敢从临街的门进去。他溜进院子，又停了停，然后怯生生地提起碰锁，把门推开。

“谁？”店主问。

“一个想吃饭和住宿的人。”

“很好。这里可以吃饭和睡觉。”

他走进酒店。正在喝酒的顾客都回过头来。一边是灯光，另一边是火光，把他照得清清楚楚。趁他解包的时候，大家把他打量了一番。

店主对他说：“这里有火。晚饭正在锅里煮着呢。过来暖暖身子吧，老兄。”

他走过去坐到炉子边。他把两只累坏了的脚伸到火前。一股香味从锅子里溢出。他的鸭舌帽压得很低，从他露出的那部分脸上，隐约可见一种惬意的神情，同那因饱经风霜而形成的令人心碎的神情混合在一起。

此外，这张脸显得坚强刚毅，但郁郁不乐。这是一种复杂而奇特的神情，乍一看觉得挺谦卑，最后又觉得很严肃。眼睛在眉毛下炯炯发光，犹如一堆火光在荆棘丛中闪烁。

可是，喝酒的人中有一个鱼贩子，他在进夏福街的这家酒店之前，先去把马寄存在拉巴尔旅馆的马厩里了。碰巧，那天早晨，他遇见过这个满面倦容的外乡人，那是在从阿斯湾到……（我忘记是哪里了，可能是埃斯库布隆）的路上。他们相遇的时候，那外乡人似乎疲惫不堪，要求搭一段车。可鱼贩子没予理睬，反而加快了步伐。半小时前，他也是围在雅甘·拉巴尔身边的那些人中的一个，他还把上午这场不愉快的相遇，向科尔巴十字架旅馆的那些人做了叙述。这时，他从座位上向酒店老板做了个难以觉察的手势。老板走到他跟前。他们低声交谈了几句。那外乡人早已陷入了沉思。

店主回到壁炉旁，粗暴地拍了拍他的肩，对他说：

“你得离开这里。”

外乡人转过脸，和气地问道：

“哦！您知道了？……”

“对。”

“那家旅馆把我撵出来了。”

“这里也要把你撵出去。”

“您要我去哪里？”

“别的地方。”

那人拿起棍子和背包，离开了酒店。

他出去的时候，有几个孩子向他扔石头，他们是从科尔巴旅馆跟过来的，好像在等他出来。他生气地回过头，举起棍子吓唬他们。孩子们小鸟般地四散了。

他从监牢前面走过。门口挂着一根铁链，下面系着一口钟。他敲钟。

门上的一扇小窗打开了。

“狱卒先生，”他恭恭敬敬地摘下帽子，说道，“您能给我打开门，让我住一夜吗？”

一个声音回答：

“监牢不是旅馆。让人把您抓住，我就给您开门。”

小窗又合上了。

他走进一条小街，那里有许多花园。有几个花园只用绿篱围着，使这条街显得生气勃勃。在这些花园和绿篱中间，他看见一座二层小楼房，窗口亮着灯光。他像在那家小酒店里那样，从窗口向里面望了望。这是一间粉刷得雪白的大卧室，一张床上铺着一块印花布床单，一个角落里放着一只摇篮，几张木椅，墙上挂着一支双响猎枪。房间中央有一张桌子，桌上摆着饭菜。一盏铜灯照亮了粗布做的台布，锡酒壶闪着银光，里面装满了酒，褐色的汤罐冒着热气。桌旁坐着一个四十来岁的男子，有一张快乐和开朗的脸，一个孩子在他膝上蹦跳。他身边有位少妇，在给另一个孩子喂奶。父亲在大笑，孩子在欢笑，母亲在微笑。

看着这温馨祥和的情景，外乡人出了一会儿神。他心里闪过什么念头？只有他自己才知道。也许他在想这个快乐的家庭可能会接待他，在这洋溢着幸福的地方，也许能找到一点儿同情。

他轻轻叩了叩窗玻璃。

没人听见。

他又叩了一下。

他听见那少妇说："老公，好像有人敲门。"

"没有。"丈夫回答。

他又叩了第三下。

丈夫站起来，拿起灯，走到门口，把门打开。

此人高头大马，既是农民，又是手艺人。他围着宽大的皮围裙，一直围到左肩膀，围裙下端撩起，用腰带束着，就像是一个口袋，里面鼓鼓囊囊，放着各式各样的东西：一把铁锤、一块红手帕、一个火药壶。他仰着头，翻领衬衣敞开着，露出了白净光滑、如公牛般粗壮的脖子。他长着浓浓的眉毛，蓄着黑黑的络腮胡子，眼珠凸出，口鼻活像野兽的吻部，脸上露出一种难以言表的称心如意的神态。

"先生，"那过路人说，"对不起。您能给我一盆汤，让我在花园那边的棚子里过一夜吗？我付钱。您说行不行？我付钱，行不行？"

"您是谁？"主人问。

那人回答："我从皮伊-穆瓦松来。我走了整整一天。走了十二里。行不行？我付钱，行不行？"

"我不会拒绝留宿一个肯付钱的规矩人。"那农民说。"不过，您为什么不去客店呢？"

"都客满了。"

"算了！怎么可能？今天又不是赶集，也没有庙会。您去过拉巴尔那里了吗？"

"去过。"

"怎么样？"

旅客尴尬地回答：

"不知道，他没让我住。"

"没去夏福街的那家什么酒店？"

外乡人更尴尬了。他结结巴巴说：

"也没让我住。"

农民的脸上出现了不信任的神态。他从头到脚把那人打量了一遍，突然，他战栗着喊道：

“您就是那个人？”

他又看了一下外乡人，后退三步，把灯放在桌上，从墙上取下猎枪。

他刚说完“您就是那个人”，他妻子就站了起来，把两个孩子搂在怀里，赶紧躲到丈夫的身后，惊恐地看着外乡人，露着胸脯，睁大着惊慌的眼睛，喃喃地说：“Tso-maraude[1].”

这不过是一瞬间的事。屋主人像审视毒蛇一般将那人打量了一会，然后又回到门口，对他说：

“快滚！”

“行行好，给我一杯水。”那人又说。

“给你一枪！”那农民说。

接着，他砰地关上门，外乡人听到他插上了两重门闩。过了一会儿，百叶窗也关上了，还听见用铁杆加固的声音。

天越来越黑。阿尔卑斯山的寒风呼呼地刮着。在暮色中，外乡人依稀看见街边的一个花园里有一间小茅屋，像是用草皮块垒成的。他毅然跨过木栅栏，进了花园里。他走近小茅屋。门又矮又窄，很像养路工人在路边建造的小棚屋。他可能真以为是某个养路工人的住处。他又冷又饿。肚子饿就不去管它了，但至少可以在里面避风寒。这种棚子一般晚上是没有人的。他趴下来，爬进屋子。里面挺暖和，还有一张相当不错的麦秸床。他在这床上躺了一会，动也动不了，因为太疲倦了。但他还背着背包，躺着不舒服，再说，这是一个现成的枕头，他就开始解下一条背带。这时，他听到一声凶恶的吼叫。他抬起头，一只大狗的脑袋出现在昏暗的门口。

原来这是狗窝。

他本来就身强力壮，令人望而生畏，这时他抡起棍子当武器，把背包当盾牌，好歹离开了狗窝。他那身破衣服撕得更破了。

他走出花园，是倒退着出去的。为了吓唬那只狗，他不得不挥动木

---

① 阿尔卑斯山区方言，意为“野猫”。——原注

棍，剑术教练们把这种棍术称作“隐蔽的玫瑰”。

他好不容易跨过栅栏，回到街上，举目无亲，没有住处，无家可归，无处藏身，连那张麦秸床和那个可怜的狗窝也不容他栖身。他坐到——不如说跌到——一块石头上，有个行人好像听见他喊了一句：“我连一条狗都不如！”

他很快又站起来，继续往前走。他出了城，希望能在田野里找到一棵树或一个草垛，好在那里避避风寒。

他这样慢慢地走了一阵，始终没有抬头。当他感到已远离人的住所，才抬起头来，四下张望。他已在一块田里。前面是一个布满麦茬的低丘。庄稼收割完后，那山丘就像剃光头发的脑袋。

天边黑沉沉的；那不只是天色，还有一团团低云，仿佛贴在山丘上，冉冉上升，渐渐布满天空。但是，因为月亮即将升起，而且，天穹上还残留着黄昏的余晖，这些云团在上空形成白蒙蒙的拱穹，向大地投下一片微光。

因此，地上比天空更亮一些，造成一种特别阴森可怖的效果，而那荒凉贫瘠的山丘，白蒙蒙一团，呈现在黑暗的天际。这一切是那样丑恶、渺小、凄凉和狭隘。田野里，山丘上，只有一棵歪歪扭扭、丑陋不堪的孤树，在离旅客几步路的地方索索发抖。

这个人显然不会有细腻的智力和思想，不会像别人那样对事物神秘的外表产生感觉，可是，这天空，这山丘，这平原，这孤树，是那样荒凉凄惨，那人伫立沉思一会后，就突然往回走了。有时候大自然似乎也会充满敌意。

他从原路返回。迪涅的城门全都关闭了。迪涅在宗教战争中受过多次围困，但到了一八一五年仍围着旧城墙，侧翼有方形箭楼，但后来全都拆毁了。他从一个缺口进了城。

那时可能是晚上八点钟。因为他不认识街道，便又开始漫无目的地转悠。

他这样转到了省政厅，而后来到了神学院。经过大教堂广场时，他向教堂扬了扬拳头。

在这广场的角上，有一个印刷厂。当年，拿破仑皇帝和帝国近卫军致军队的宣言书，就是在这家印刷厂首次排印的。那些宣言书是由皇帝亲授，从厄尔巴岛带到迪涅的。

他已精疲力竭，也不再抱任何希望，就躺在印刷厂门口的长石凳上。

这时，一个老太太从教堂里出来。她见这个人躺在黑暗中，便问道："您在这里干什么，朋友？"

他粗暴而怒气冲冲地回答："您没看见吗，老太太？我在睡觉。"

这个名副其实的老太太，是R侯爵夫人。

"在这石凳上？"

"我睡了十九年木板床，"那人说，"今天要睡一睡石板床。"

"您当过兵？"

"是的，老太太。当过兵。"

"为什么不去住客店？"

"没钱。"

"唉！"R夫人说，"我钱包里只有四个苏。"

"四个苏也好啊。"

那人接过钱。R夫人又说：

"这几个钱是不够您住店的。您总试过了吧？您在这里过夜是不行的。您现在肯定又冷又饿。就没有人出于怜悯让您住一夜？"

"我敲遍了所有的门。"

"怎么样？"

"到处碰壁。"

那"老太太"碰了碰那人的胳膊，指了指广场对面主教府旁边的那座小楼。

"所有的门您都敲了？"她说。

"是的。"

"那个门敲了吗？"

"没有。"

"那就去敲吧。"

二　聪明人要谨慎

那天晚上，迪涅的主教先生在城里散完步后，就把自己关在房里，一直到很晚。他正在写一部关于"义务"的巨著，遗憾的是这本书没有完成。他把神甫和圣师们关于这个严肃问题的论述仔细地研读。他的书分两部分，第一部分是人人应尽的义务，第二部分是每个人根据自己所属的阶层应尽的义务。人人应尽的义务是最重要的义务。共有四种。圣马太指出，一是对上帝的义务（《马太福音》第六章），二是对自己的义务（《马太福音》第五章第二十九和三十节），三是对同胞的义务（《马太福音》第七章第十二节），四是对创造物的义务（《马太福音》第六章第二十和二十五节）。至于其他义务，主教在别的著作中发现有阐述和规定：君王和臣民的义务，在《罗马人书》里；法官、妻子、母亲和青年男子的义务，在圣保罗的著作中；丈夫、父亲、子女和奴仆的义务，在《以弗所书》中；信徒的义务，在《希伯来书》中；处女的义务，在《哥林多书》中。他煞费苦心，想把这些规定编成一个和谐的整体，介绍给世人。

八点钟他还在工作，膝头摊着一本厚书，很不舒服地在一些小方纸上写着什么。这时，马格卢瓦太太进来了，按照她的习惯，将放在床边壁橱里的银餐具拿走。过了一会儿，他感到餐具已摆好，他妹妹可能在等他了，便合上书，起身去饭厅。

饭厅是个长方形的屋子，内有壁炉，门临街（这在前面说过了），窗向着园子。

果然，马格卢瓦太太就快摆好餐具了。

她边忙着开饭，边同巴蒂斯蒂娜小姐聊天。

壁炉旁有张桌子，桌上放着一盏灯。壁炉里火烧得很旺。

这两个女人都已年逾六十，不难想象她们的模样：马格卢瓦太太又矮又胖，性情急躁；巴蒂斯蒂娜小姐温和瘦弱，比她的兄弟稍高一点，穿着一条褐色的丝裙，那是一八〇六年的流行色，还是在巴黎买的，一直穿到现在。让我们借用通俗的字眼来对她们做一概括：马格卢瓦太太像“农妇”，巴蒂斯蒂娜小姐像“贵妇”；这两个表达方式言简意赅地说出了要用一页纸才能表达的思想。马格卢瓦太太头戴一顶白礼帽，脖子上挂着金十字架——主教家里唯一的首饰，穿一身黑粗呢连衣裙，袖子又宽又短，领口露出雪白的围巾，围一条红绿方格棉布围裙，腰间系一根绿带子，另外还有一块相同布料的胸巾，两枚别针别住上面的两个角，脚上穿着马赛妇女常穿的大鞋和黄袜子。巴蒂斯蒂娜小姐的连衣裙是照一八一六年的图样裁剪的，上身短短的，腰围紧紧的，垫肩厚厚的，纽扣用狭带扣住。她戴着孩童式卷发套，以遮住她的灰发。马格卢瓦太太看上去聪明、急躁和善良；两个嘴角一高一低，上唇比下唇厚，这使她显得急躁而容易冲动。只要主教大人不说话，她就讲个不停，既毕恭毕敬，又无拘无束；但只要主教一说话，正如大家看到的，她就和那老小姐一样，立即变得唯命是从。至于巴蒂斯蒂娜小姐，她什么话也不说，只满足于服从和迎合她的兄长。她年轻时也不漂亮。她有一双鼓鼓的蓝眼睛，一个长长的鹰钩鼻；但是，她的整个脸，整个人，我们在一开始说过了，散发着一种难以名状的善良。她生来就温和善良，但信仰、慈悲、希望这温暖人心的三大美德，渐渐把她的善良升到圣洁的高度。造化使她成为一头绵羊，而宗教把她变成了天使。可怜的圣女！一去不再复返的美好回忆！

那天晚上发生在主教府的事，巴蒂斯蒂娜小姐后来无数次讲起过，有几个人现在还活着，对那件事的细枝末节仍记忆犹新。

主教先生进入饭厅时，马格卢瓦太太正讲得起劲。她所谈的事，“小姐”早已听惯了，主教也听得耳朵生茧了。那就是大门上的碰锁。

看来，马格卢瓦太太去买晚餐的食物时，在好几个地方听到了议论。说是一个外表像坏蛋的人在城里逛游，一个形迹可疑的流浪汉来到了迪涅，现在大概在城里的某个地方，今天夜里有人想晚回家，可能会倒霉。还说现在的治安很不好，因为省长和市长不和，都想弄出点事来损害对方。因此，聪明人必须自己搞好治安，自己保护自己，要小心谨慎，关好门窗，上好锁，插好闩，“紧闭门户”。

马格卢瓦太太特别强调最后一句话。但主教是从房间里来，身上有点冷，便坐到壁炉跟前烤起火来，心里在想别的事。马格卢瓦太太说那句话是想引起主教的重视，但主教却没有反应。她又重复了一遍。这时，巴蒂斯蒂娜小姐既想使马格卢瓦太太高兴，又不想得罪她的兄长，便怯生生地试探性地说：

“哥哥，您听见马格卢瓦太太说的话了吗？”

“模模糊糊听到一点。”主教回答。

说完，他把椅子转过来一些，两只手放在膝盖上，抬头看着老女仆，下面的炉火照亮了他那张友善而快乐的面孔：“好吧。怎么啦？出什么事了？我们有什么大的危险了？”

于是，马格卢瓦太太又把那故事从头到尾讲了一遍，无意中又添了些油加了些醋。据说有一个波希米亚人，一个流浪汉，一个危险的叫花子，现在正在城里游荡。他到雅甘·拉巴尔的客店投宿，拉巴尔没让他住。有人看见他是从加桑迪林荫大道过来的，傍晚时分，他在城里转悠。一个面目狰狞、作恶多端的坏蛋。

“真的吗？”

主教这么一问，马格卢瓦太太便来了劲；她觉得这表明主教也有点紧张了，于是得意地继续说：

“是的，大人。这是真的。今天夜里，城里会出事的。大家都这么说。还有，现在治安很不好（重复这点很重要）。住在一个山区，夜里连路灯都没有！晚上怎么出门？黑洞洞的，像在烘炉里。我这样说，大人，小姐也这样说……”

“我，”妹妹打断她说，“我什么也没说。我哥哥做什么都是对的。”

马格卢瓦太太就像没听见抗议似的继续往下说。

“我们说，我们的屋子很不安全。大人同意的话，我去把锁匠保兰·米兹布瓦找来，让他把原来的门闩重新装上去。那些东西都在，一会儿就好了。我说得要有门闩，大人，哪怕就今天一夜；因为，我说，大门只用碰锁，外面来的人一推就开，没有比这更可怕的了。而且，大人总习惯说‘进来’，哪怕是深更半夜，啊！上帝！不用征得同意……”

这时，有人用力敲了一下门。

“进来。”主教说。

三　唯命是从的英雄气概

门开了。

门开得很猛，很大，似乎推门的人使了很大的劲儿，下了很大的决心。

一个人走了进来。

这个人，我们已认识了。就是刚才那位到处求宿的外乡人。

他进来后，向前走了一步就又停下了，让他身后的门敞开着。他肩上背着背包，手里拿着棍子，眼里露出粗鲁、坚定、疲倦和暴躁的神态。壁炉里的火照着他。他面目可憎。他的出现是个不祥之兆。

马格卢瓦太太连喊的力气都没了。她愣在那里，浑身颤抖。

巴蒂斯蒂娜小姐转过头，看见那人进来，吓得差点站起来，然后，她又慢慢地将脑袋转向壁炉，开始看她的哥哥，她的脸又变得异常平静而安详了。

主教用平静的目光看着那个人。

他正要开口，可能想问来人需要什么，那人却双手按在棍子上，挨个看了看主教和两个女人，不等主教说话，便大声说：

“听着。我叫让·瓦让。我是苦役犯。我在苦役牢里待了十九年。四天前刚释放，我要去蓬塔利埃，那是我的目的地。我从土伦来，走了四天了。今天走了十二里。傍晚来到这里，我去过一个客栈，被赶了出来，因为我向市政府出示了我的黄通行证。我是照章办事。我又去了另一个客栈。人家对我说：‘滚开！’两家都一样，谁都不让我住。我去过监狱，狱卒没有开门。我到过狗窝。那条狗咬了我，把我赶了出来，就像是人似的。好像它知道我是谁。我又跑到田野里，打算露宿一夜。但天上没有星星。我想要下雨了，又没有仁慈的上帝来阻止下雨。我回到城里，想找个门洞过夜。我到了那个广场上，正想睡到一块石头上。一个老太太给我指了您的房子，对我说：‘去敲那家的门。’于是我就敲了门。这是什么地方？是旅馆吗？我有钱，我积存的钱。一百零九法郎十五苏，是我在苦役牢里干了十九年苦活挣的。我会付钱的。这有什么？我有钱。我累极了，走了十二里，我饿坏了。您能让我留下吗？”

“马格卢瓦太太，”主教说，“再放一副餐具。”

那人向前走了三步，走到桌上的灯旁边。

“听着，”他像没听懂主教的话似的说道，“不要这样。您没听见吗？我是坐过牢的，是个苦役犯。我是从苦役牢里来的。”

他从口袋里掏出一张黄纸，把它打开。

“这是我的通行证。您看到了，是黄的。这让我到哪里都会被人赶走。您要看看吗？我认得字，我。我是在牢里学会的。那里有所学校，谁愿意去就可以去。听着，这就是通行证上写的：‘让·瓦让，刑满释放犯，原籍……’这同您没关系……‘服了十九年苦役。破门盗窃，五年。四次企图越狱，十四年。此人十分危险。’这就是上面写的。大家都把我赶了出来。您愿意接待我吗，您？这里是旅馆吗？您愿意给我吃和住吗？您有马厩吗？”

“马格卢瓦太太，”主教说，“给凹室的床铺上白被单。”

前面说了，这两个女人的服从已到了盲目的程度。

马格卢瓦太太出去执行命令了。

主教向那人转过身。

“先生，坐下来暖暖身子。一会儿就开饭，您吃饭时，就给您铺床。”

这时，那人全都明白了。他的脸，一直是那样阴沉和严肃，此刻露出了满意、怀疑和快乐的神色，变得非常奇特。他就像一个精神失常的人，喃喃自语：

“真的吗？什么！您留我下来？您不赶我走？一个苦役犯！您叫我先生！您不用‘你’称呼我！别人总对我说：‘滚开，你这条狗！’我原以为您会赶我走的。因此，我一上来就说明我是谁。呵！真是个好女人！是她给我指了这里！我有晚饭吃了！我有一张床了！一张有褥子、有被单的床！和大家一样！我有十九年没睡过床了！您真的不赶我走吗？你们一家都是好人！再说我有钱。我一定会付钱的。对不起，店主先生，您贵姓？您要多少，我就付多少。您是个好人。您是店主，是不是？”

“我是这里的神甫。”主教说。

“神甫！”那人又说。“呵！您是一个好神甫！那么，您不要我付钱了？是本堂神甫，对不对？这个大教堂的神甫？嘿！真的，您看我多笨！我没看见您头上的教士帽！”

他边说边把背包和棍子放到一个角落里，然后把通行证放进口袋，坐了下来。巴蒂斯蒂娜小姐温和地看着他。他又说：

“本堂神甫先生，您很人道。您不歧视人。一个善良的神甫，实在难得。那么，您不要我付钱了？”

“不要，”主教说，“留着您花吧。您有多少？您不是对我说有一百零九个法郎吗？”

“再加十五苏。”那人补充说。

“一百零九法郎十五苏。用了多少时间挣来的？”

“十九年。”

“十九年！”

主教深深叹了口气。

那人接着又说：“这些钱我都还没动呢。四天来，我只花了二十五苏，那是我在格拉斯帮人卸车挣的。既然您是神甫，我就告诉您，我们牢里有一个指导神甫。有一天，我还见过一个主教。大家都叫他‘大人’。那是马赛马若尔教堂的主教，是领导神甫的神甫。您知道，对不起，我说的话不好听，可是，对我来说，离我实在太远了。——您明白，我们这些人！——他在监牢中央的一个祭坛上做弥撒，头上戴着个尖尖的玩意儿，是金的。那东西在中午的太阳底下闪闪发光。我们排着队，三面有大炮瞄着我们，引爆线也点着了。我们看不清楚。他对我们讲话，但他站得太靠里，我们听不见。这就是主教。”

在他讲话的时候，主教去把大门关上了，因为它一直开着。

马格卢瓦太太又进来了。她拿来一副餐具，放在桌上。

“马格卢瓦太太，”主教说，“把这副餐具放到最靠近火的地方。”接着，他又转身对那人说：“阿尔卑斯山区夜里风很大。您大概冷了吧，先生。”

每当主教用温和而低沉的声音，彬彬有礼地喊“先生”时，那人的面孔就会一亮。称一个苦役犯为“先生”，不啻赐给美杜莎号[①]的遇难者一杯水。人在耻辱中渴望尊重。

“这盏灯不大亮。”主教说。

马格卢瓦太太心领神会，就去主教大人的卧室里取来了那副银烛台，点着后放在桌子上。

“本堂神甫先生，”那人说，“您是个好人。您不鄙视我。您让我住在您家里。您为我点蜡烛。而我明确告诉了您我从哪里来，我是个不受欢迎的人。”

主教坐在他身旁，轻轻拍了拍他的手。“您本可以不对我说您是谁的。这不是我的家，这是耶稣-基督的家。这个门不问进来的人有没有名字，而是问他有没有痛苦。您有痛苦，您又饿又渴，您就是受欢迎的人。不用感谢我，不要对我说我让您住在我家里。在这里，除了需要庇护的人，谁都不是在自己家里。您来这里，我要对您说，您在这里比我更是在自己的家里。这里的一切都是您的。我有什么必要知道您的名字呢？再说，在您告诉我您的名字之前，我就知道您的一个名字了。”

那人惊讶得睁大了眼睛。

“真的？您知道我叫什么？”

“是的，”主教回答，“您叫我的兄弟。”

“瞧，本堂神甫先生！”那人大声说，“我进来时饿极了，可是，您对我那么好，我现在都不饿了，全都过去了。”

“您吃了很多苦吧？”

“呵！穿着红号衣，脚上拖着铁球，睡觉只有一块板，挨热挨冷，受苦受累，囚徒，棍棒！动不动就给你套上双重锁链。一句话说得不对，

---

① 美杜莎号是船名，一八一六年七月二日，在距非洲西岸四十海里的地方遇险。

就要关黑牢。即使卧床不起，也要套上锁链。连狗都比我快乐！十九年！我都四十六岁了。现在还背着黄通行证！就这样。”

“是的，”主教说，“您出来的地方的确很悲惨。听我说。在天上，一个满面是泪、悔过自新的罪人，要比一百个穿白袍的善人还要快乐。如果您带着对人类的仇恨和愤怒走出那个痛苦的地方，那您值得可怜；若是怀着仁慈、愉快、平静的想法出来，那您比我们任何人更可贵。”

马格卢瓦太太已摆好晚饭了。一盆用水、食油、面包和盐煮成的清汤，一点儿肥肉，一块羊肉，几只无花果，一块新鲜的奶酪和一大块黑麦面包。她还自作主张，在主教先生的日常饭菜之外，加了一瓶莫夫陈酒。

主教突然喜形于色，那是好客的人特有的神态。他高兴地说：“开饭！”每当有外人来吃饭，他总让客人坐在他右边，这次仍然这样。巴蒂斯蒂娜小姐平静而自然地坐到他的左边。

主教先做祷告，然后，按习惯亲自给大家盛汤。那人狼吞虎咽地吃了起来。

突然，主教说：“我觉得桌上还少点什么。”

的确，马格卢瓦太太只放了三副必须用的餐具。但是，主教留客吃饭时，总习惯在桌布上面摆六副银餐具，这是无辜的摆阔。在这个把清苦升华到神圣的温馨而严肃的家里，这种优雅的摆阔，是一种不无魅力的孩子气。

马格卢瓦太太心知其意，一句话也没说就出去了。不一会儿，主教要的另外三副银餐具已对称地摆到三位就餐者面前，在桌布上闪闪发光了。

四　蓬塔利埃的奶酪制造业

为使大家对餐桌上发生的事有所了解，最好还是转录一段巴蒂斯蒂娜小姐写给德·布瓦舍弗龙夫人的信，它朴实而详细地叙述了苦役犯和主教之间的谈话：

……那人旁若无人，狼吞虎咽地吃着。可他喝完汤后却说：

“仁慈上帝的神甫先生，这一切对我来说真是太好了，但我得说，那些不愿让我同他们一起吃饭的马车夫吃得可比您好。”

私下里说说，这句话我听了有点不舒服。我哥哥回答说：

“他们比我辛苦。”

“不，”那人又说，“他们比您有钱。您很穷，我看得出来。您大概连本堂神甫都不是。您是本堂神甫吗？啊！假如仁慈的上帝公正的话，您应该是本堂神甫。”

“仁慈的上帝何止公正。”我哥哥说。

过了一会，他又说：

“让·瓦让先生，您去蓬塔利埃，是不是？”

“那是规定的路线。”

我相信那人是这样说的。接着他又说：

“明天天不亮我就要上路。旅途很艰难。夜里很冷，白天却很热。”

“您去的地方很不错。”我哥哥说。“大革命时期，我家毁了，我先逃到了弗朗什-孔泰，在那里待了一段时间，靠双手劳动过日子。那时我很有毅力。我找到了活干。活儿很多，有造纸厂、制革厂、酒厂、大钟表厂、炼钢厂、炼铜厂，炼铁厂就至少有二十个，其中四个分别在洛德、夏蒂永、奥丹库和伯尔，规模都很大……”

我想我没说错，这正是我哥哥提到的地名。接着，他停住话头，对我说：

“亲爱的妹妹，那里不是有我们的亲戚吗？”

我回答说：

“以前是有的。有一个德·吕斯内先生，革命前，他是蓬塔利埃的守将。”

“不错，”我哥哥说，“但到了九三年，什么亲戚也没了，只剩下自己的双手。我做过工。在蓬塔利埃，就是您要去的地方，让·瓦让先生，有一种非常古朴、非常迷人的工业，我的妹妹。那就是奶酪工场，那里的人称作果品厂（Fruitières）。”

于是，我哥哥边叫那人吃，边向他详细介绍蓬塔利埃的奶酪工场。“有两种。一种叫大仓，那是富人的工场，有四五十头奶牛，一夏天能产七八千块奶酪。还有一种叫奶酪合作工场，那是穷人的工场，住在半山腰的农民把他们的奶牛集中起来，共同分享产品；他们雇用一个制奶酪的人，叫作‘格吕兰’；格吕兰每天向合作社员收三次奶，把数量记在一块双面木板上；四月底开始制造奶酪，六月中旬制奶酪的人把他们的奶牛牵进山里。”

那人吃着吃着恢复了精神。我哥哥让他喝了点莫夫酒，他自己从来不喝，说那酒太贵。我哥哥以您所熟悉的轻松愉快的神情向他做了详细介绍，言谈间透着在我看来和蔼可亲的礼貌。他多次提到了“格吕兰”的优越地位，仿佛想让那人明白这是他的一个归宿，但又不直截了当地劝他这样做。有件事使我很吃惊。那人的身份我对您说过了。可我哥哥只是在他进来时提到过耶稣，在吃晚饭的整个过程中，在整个晚上，他一句话也没影射那人的身份，也没告诉他自己是谁。这显然是说教的好机会，拿主教的威风来压一压苦役犯，给他留下深刻的印象。换了别人，既然这个可怜人落到你的手上，就会逮住机会，在为他的身体提供食粮的同时，也为他的心灵提供养分，对他进行一些训诫和劝导，或者怜悯同情一番，勉励他今后好好做人。我哥哥甚至没问他的籍贯和身世。因为在他的经历中，必定犯过错误，我哥哥似乎尽量避免使他回忆过去。因此，当我的哥哥谈到蓬塔利埃的山民离上天如何近，工作如何愉快，还说他们如何幸福，因为他们清白纯洁，说到这里，他突然停了下来，担心他脱口而出的这句话会伤害那个人。我反复思考，终于明白了我哥哥的心思。他心里可能想，那个叫让·瓦让的人，心里只有痛苦，最好给他排忧解愁，使他相信——哪怕是暂时的——他和别人是一样的人，在他眼里是普通的人。这难道不是慈悲心肠吗？仁慈的夫人，他这样体贴入微，坚持不说教，不训诫，不含沙射影，这里面难道没有真正福音的意味吗？当一个人内心有痛苦，最完美的同情，难道不是不去触及他的痛处吗？我觉得，这就是我哥哥内心的想法。不管怎样，我可以说的是，就算他有这些想法，他也丝毫没有流露出来，哪怕是对我。那天晚上，他自始至终跟平时没有两样，他和这个让·瓦让共进晚餐时，他的神态和举止，同他和热代翁院长先生或本堂神甫先生共进晚餐时完全一样。

晚餐快结束时，大家正吃着无花果，有人叩门了。是热博大婶，怀里抱着她的孩子。我哥哥吻了吻孩子的额头，又向我借了十五苏给热博大婶。那人没大注意。他不再说话，看上去十分疲倦。可怜的热博大婶走后，我兄弟念了饭后经，然后转身对那人说："您大概很想睡觉了。"马格卢瓦太太很快撤掉餐具。我明白我们应该离开，好让那旅客睡觉，于是，我和马格卢瓦太太上楼去了。过了一会儿，我又让马格卢瓦太太把我房里那张黑森林的狍子皮给那人送去。夜里很冷，这张狍子皮能御寒。可惜已旧了，毛全脱光了。这还是我哥哥在德国的图特林根买的，那里离多瑙河的发源地很近。我吃饭时用的那把象牙柄小刀，也是在那里买的。

马格卢瓦太太差不多立刻就回来了，我们在晾衣服的屋子里做了祷告，然后没有说什么，各自回房里去了。

五　心境恬然

和妹妹道过晚安后，比安维尼大人从桌上拿起一个银烛台，把另一个递给他的客人，对他说：

"先生，我领您去房间。"

那人跟在他后面。

前面曾讲过房子的布局，去那间有凹室的祈祷室，或从里面出来，必须经过主教的卧室。

他们经过这个房间时，马格卢瓦太太正在把银餐具塞进床头的壁橱里。这是她每天就寝前留心做的最后一件事。

主教把客人安顿在凹室里。一张洁白干净的床已铺好。那人把烛台放到小桌子上。

“行了，”主教说，“好好睡一觉。明天早晨动身前，喝一杯我们家自产的热牛奶。”

“谢谢，神甫先生。”那人说。

他刚说完这句非常平和的话，却突然而毫无过渡地做了个奇怪的动作，那两个圣女在场的话，一定会吓得魄散魂飞。即使是今天，我们也很难理解他当时为什么这样。是想警告还是威胁？或者仅仅出于一种本能的连他自己也若明若暗的冲动？他突然转向老人，交叉双臂，粗野的目光盯着他的房东，嘶哑着嗓门喊道：

“嗳！真的！您让我住在您家，像这样，离您那么近！”

他停了停，令人毛骨悚然地哈哈大笑，继而又说：

“您想清楚了吗？谁对您说我没杀过人？”

主教抬头望望天花板，回答道：

“那是上帝的事。”

然后，他庄严地翕动着嘴唇，像是在祈祷，又像是自言自语，伸出右手的两个指头为那人祝福，可那人头也不低。接着，他回自己的房里去了，没有回头，没有朝后看一眼。

当凹室有人住时，就把哔叽布料的大帷幔拉上，遮住祭坛。主教经过帷幔前面时，跪下来做了个简短的祷告。

过了一会儿，他来到园子里。他散着步，遐想着，沉思着，他的心灵和思想完全沉浸在上帝专为黑夜中醒着的人展示的伟大而神秘的世界里。

至于那人，他实在累极了，甚至连洁白舒服的被单都没用上。他用鼻孔吹灭灯（这是囚犯们的习惯），和衣倒在床上，立即就呼呼睡着了。

主教从园子回屋时，已是半夜。

几分钟后，小楼里的一切都熟睡了。

六　让·瓦让

快到半夜时，让·瓦让醒了。

让·瓦让出生在布里的一个贫苦农民家庭。幼时没念过书。成年后，他在法弗罗勒当修树工。他母亲叫让娜·马蒂厄，父亲叫让·瓦让或弗拉让。这个姓可能是绰号，由 Voilà Jean[①] 缩合而成。

让·瓦让生来喜欢沉思，但并不忧郁，这大概是感情丰富的人特有的性格。然而，让·瓦让多少有点无精打采、无所作为的样子，至少表面如此。他从小父母双亡。母亲因患产褥热，没得到治疗而撒手人世。父亲也是修树工人，是从树上掉下来摔死的。让·瓦让只剩下一个姐姐，是个寡妇，带着七个孩子，有男孩也有女孩。让·瓦让是姐姐养大的，姐夫活着时，他吃住都在姐姐家。后来姐夫去世了。七个孩子中，老大八岁，最小的一岁。那时，让·瓦让刚满二十五岁。他代行父职，扶持姐姐，以报抚育之恩。这是很自然的事，就像是一种义务，但让·瓦让多少有点抱怨的情绪。就这样，他在艰苦而报酬微薄的劳动中消磨着自己的青春。他家乡的人从没见过他有"女朋友"。他没时间谈情说爱。

晚上，他拖着疲惫的身子回到家里，闷头吃饭，一声不吭。他吃饭时，他的姐姐让娜大婶常常把他汤里最好的东西，如瘦肉、肥肉、菜心，都捞出来给她的一个孩子吃。他任其这样做，只当什么也没看见，头也不抬地吃着，脑袋几乎埋在汤里，长长的头发遮住了他的眼睛，散落在汤盆周围。在法弗罗勒，街对面离瓦让家的茅屋不远的地方，有个叫玛丽-克洛德的农妇，瓦让家的孩子常常挨饿，有时他们会以母亲的名义，去向玛丽-克洛德借一升牛奶，躲到某个篱笆后面或路角上，你争我夺地喝起来，喝得匆匆忙忙，弄得小女孩们的围裙和脖子上都是奶。母亲若知道了这种欺骗行为，总要狠狠惩罚他们。让·瓦让尽管性情粗暴，喜欢咕哝，但他还是瞒着姐姐，将奶钱付给玛丽-克洛德，孩子们也就免挨一顿惩罚。

在修树的季节里，他一天可挣二十四苏，在其他时候，他就给人收割，做小工，放牛，干苦力活。他尽自己所能。他姐姐也干活，带着七个孩子，有什么办法呢？这是悲惨的一家，被贫困包围，越包越紧。有

---

① Voilà Jean 为法语，意为"这是让"。

年冬天非常难熬。让·瓦让找不到活干。家里断了粮。没有面包。一点也没有。可有七个孩子哪！

一个星期日的晚上，在法弗罗勒的教堂广场，面包铺老板莫贝·伊扎博正要睡觉，忽听得装了铁栅的玻璃橱窗发出一声巨响。他及时赶到，只见玻璃橱窗被拳头敲出一个窟窿，一只手从窟窿里伸进来。那只手抓起一块面包就跑。伊扎博连忙追出去，小偷拼命逃跑，伊扎博紧追不放，终于逮住了他。小偷已扔掉面包，但他的胳膊还在流血。这就是让·瓦让。

这事发生在一七九五年。让·瓦让因“夜间破门盗窃民居”罪，被送上当时的法庭。他有一支枪，枪法赛过世上任何枪手，多少也是个偷猎者，这些都对他很不利。人们对偷猎者抱有成见，这也是合情合理的。偷猎者和走私者一样，同强盗相差无几。不过，顺便说一句，这些人和城里凶恶的杀人犯相比，还是有根本区别的。偷猎者生活在森林里，走私者生活在山里或海上。城市造就腐败的人，也就产生了凶恶的人。高山、大海、森林造就野蛮的人。它们助长人的野性，但常常不毁灭人性。

让·瓦让被宣判有罪。法律的条文是很明确的。在我们的文明中，有一些极其可怕的时刻；那是刑法宣告罪犯毁灭的时刻。一个有思想的生灵，遭到社会无可弥补的彻底抛弃，这是多么悲伤的时刻啊！让·瓦让被判五年苦役。

一七九六年四月二十二日，巴黎全城欢呼意大利方面军总指挥在蒙特诺特[①]大获胜利，共和四年花月二日，督政府在致五百人院的咨文中，把那位总指挥的名字写成了布奥拿巴[②]。就在同一天，在比塞特监狱，一批犯人被铐上了一条长铁链。让·瓦让就在这条铁链上。当时的一位狱卒，现已年近九旬，仍清楚地记得这个不幸的人，他被铐在大院北角第四条链子的末端。他和其他囚犯一样坐在地上。他对自己的处境一无所知，只知道非常可怕。在这对一切懵然无知的可怜人的思想上，可能也

---

① 蒙特诺特是意大利的一个村镇。当时欧洲联盟军从意大利和莱茵河两方面进攻法国，拿破仑从意大利出击，在意大利境内击溃奥地利军队后，直逼维也纳，用一年时间，迫使奥地利求和。

② 指拿破仑。拿破仑是科西嘉岛人，他的姓 Bonaparte（波拿巴），在科西嘉写作 Buonaparte（布奥拿巴）。当时拿破仑还不很有名，所以他的姓写错了。

朦胧感到有过火的东西。当有人给他套上枷锁，用锤子在他脑后梆梆地敲钉子时，他哭了，哭得透不过气，说不出话，只是不时地重复：“我是法弗罗勒的修树工人。”然后，他一面呜呜咽咽，一面伸出右手，逐次降低地按七次，仿佛在触摸七个高矮不一的脑袋。这个动作似乎告诉人们，他做的任何事情，都是为了养活那七个孩子。

他被押往土伦。他脖子上套着铁链，坐着一辆大车，行走了二十七天。在土伦，他穿上了红囚衣。他生命里有过的一切都消失了，甚至连姓名也没有了。他不再是让·瓦让，而成了24601。他姐姐怎样了呢？七个孩子怎样了呢？谁会管这些事呢？幼树齐根锯掉，它那撮嫩叶会变成什么呢？

千篇一律的故事。这些可怜的生灵，上帝的创造物，从此无依无靠，无人引导，无处栖身，听凭命运的摆布。谁知道呢？也许各自随处漂泊，渐渐陷入寒冷的迷雾中，孤独的命运被迷雾吞噬，在人类悲惨的道路上，像所有不幸的人那样，渐渐消失在凄凉的黑暗中。他们离乡背井。家乡的钟楼已把他们遗忘。地边的界石已把他们遗忘。在苦役牢里待了几年后，让·瓦让自己也把他们忘了。这颗心里曾有过伤口，现在有一个伤疤。如此而已。他在土伦服刑的过程中，只有一次听人提起过他的姐姐。我想，那是在他囚禁第四年的年底。我已记不清他是通过什么途径得到消息的。他家有个熟人见到过他姐姐。她在巴黎，住在圣苏皮斯教堂附近的一条穷街上，叫然德尔街。她身边只有一个孩子，一个小男孩，最小的。其他六个在哪里？她自己也未必知道。每天清晨，她去木鞋街三号的一个印刷厂，她在那里当折页工和装订工。早晨六点就得到达厂里，冬天时，天还没有亮。印刷厂里有所学校，她把七岁的小男孩先送到学校。只是她六点要到厂里，学校七点才开门，那孩子要在院子里等一个小时；要是冬天，黑咕隆咚的，在外面，待一个小时！孩子不让带进厂里，说是会碍手碍脚。工人们早晨经过，看见一个可怜的孩子坐在石板地上，困得东倒西歪，常常在黑暗中趴在书篮上睡着了。遇到下雨天，门房老太太可怜他，就把他叫进她的陋室，里面只有一张破床、一个纺车和两张木椅，孩子便在一个角落里睡觉，怀里搂着猫，这样可以暖和一些。七点钟，学校开门，他就进去。这便是让·瓦让听到的关于他姐姐的事。一天，有人同他谈了这些事，这不啻一道亮光，就像一扇窗子突然打开，他看到了他爱过的亲人的命运，但随即又合上了；从此再没听人谈起过，那一次就成了永远。他再也没有他们的消息，再也没有看见过他们，再也没有遇见过他们。在这令人肝肠寸断的故事里，我们也不会再看见他们了。

在这第四个年头快结束时，轮到让·瓦让越狱了。他的牢友们帮助他逃走，在这悲惨的地方这是常有的事。他逃了出去，在田野里自由地游荡了两天。可那是怎样的自由啊！后面有人追捕，一步一回头，稍有动静便浑身颤抖，整日提心吊胆，怕看到冒烟的屋顶、过路的行人；怕听见狗吠声、马蹄声、钟鸣声；怕天亮，因为看得见，怕黑夜，因为看不见；怕大路、小道、树丛、睡眠。第二天晚上，他又被抓获。他已三十六个小时没吃没睡了。港口法庭因越狱罪加判他三年徒刑，前后加起来就成了八年。到了第六年，又轮到他越狱了。他仍利用了，但没成功。晚点名时他不在。人们鸣炮示警，夜巡队在一条正在建造的大船的龙骨里找到了他。他奋力抵抗，但最终还是被苦役牢的看守们抓住了。越狱加拒捕。根据特别法的规定，他又被加刑五年，其中两年要戴双重铁链。十三年。第十年，又轮到他越狱，他又一次利用。又没有成功。这一回又加刑三年。十六年。最后，我想是他入狱后的第十三年，他试了最后一次，四小时后就又被逮住了。这四个小时，使他又加刑三年。十九年。一八一五年十月，他刑满释放。他是一七九六年因敲碎一块玻璃拿走一块面包而锒铛入狱的。

这里插一段题外话。本书作者研究过刑法以及法律如何将人罚入地狱的问题，在研究中，曾两次碰到过因偷一块面包而造成终身悲剧的案情。克洛德·格[①]偷了一块面包；让·瓦让偷了一块面包。据英国的一份统计，在伦敦，五次偷窃中，有四次是因饥饿直接引起的。

让·瓦让入狱时哭泣颤抖，出狱时无动于衷。进去时悲痛绝望，出

① 克洛德·格是雨果一八三四年出版的小说《克洛德·格》中的主人公。

狱时忧郁阴沉。

在这个人的心灵中有什么变化呢?

七　绝望背后

我们试图作一剖析。

社会既然造成了这些问题，就应该加以正视。

我们前面说过，让·瓦让没有知识，但并不愚笨。他的思想天生也被智慧的光辉照亮。厄运也会放出光芒，使他思想的微光变得更亮。在棍棒下，在铁链下，在黑牢里，在疲劳时，在苦役场的烈日晒烤下，躺在囚犯的木板床上，他沉思默想，反省自己。

他自己组成了法庭。

他首先审判的是自己。

他承认，他并非无罪，并没受到不公正的惩罚。他承认自己做得太过分，应该受到谴责；假如他向人家要一块面包，人家不一定会拒绝；无论如何，他应该等待，或求得怜悯，或找一份工作；以“肚子饿了能等吗?”为理由，是站不住脚的；首先，真正饿死的人是很少的；其次，不幸也罢，快乐也罢，人生来就有顽强的忍受力，可以长期忍受精神和肉体上的痛苦却不会死亡；因此他应该耐心等待，哪怕是为了那几个可怜的孩子；像他这样一个微不足道的可怜人，去和整个社会搏斗，以为去抢去偷便可摆脱贫困，无疑是一种失去理智的行为；无论如何，通往罪恶的大门，是摆脱贫困的危险之门；总而言之，他错了。

接着他又想:

在他不幸的遭遇中，有错的难道就他自己?首先，他很勤劳，却没有工作，他很勤快，却没有面包，这难道还不严重?其次，自己虽然做错了事，且供认不讳，但惩罚是不是太残忍，太过分了?法律判刑的过分，比起罪犯犯罪的过分来，是不是有过之而无不及?在天平的秤盘上，刑罚这一端的砝码是不是太重了?判刑过重，不就等于抵消了罪行，使情况转了个向，惩罚者的错误取代了犯罪者的错误，犯罪的人成了受害的人，债务人成了债权人，侵犯权利的人反而有了权利？因为一次次越狱，刑罚就一次次加重，最终会不会成为一种最强者对最弱者的谋杀，一种社会对个人的罪行，一种每天周而复始的罪行，一种延续十九年的罪行？

他思量，人类社会难道有权使它的成员一方面要忍受它的毫无远见，另一方面又要忍受它的太有远见，让一个穷人永远处于缺乏和过分之中，要么缺乏工作，要么过分惩罚？财富的分配全凭偶然，社会如此对待得到的最少，因而也最应该照顾的成员，是不是有失偏颇？

当他提出并解决了这些问题后，便对社会进行了判决。

他判决社会应该承受他的仇恨。

他把自己遭受的命运归罪于社会。他暗暗思忖，有朝一日，他会毫不犹豫地找它算账。他对自己说，他造成的损失，同他遭受的损失相比，两者之间是不平衡的。他得出结论，他受的惩罚事实上不是不公平，而是极不公正。

人可以毫无道理地发怒；人可以毫无情由地生气；但是，人若无理由，是不会愤慨的。让·瓦让感到愤慨。

况且，人类社会从来只会伤害他。它从来只让他看到发怒的面孔，即所谓的正义，它总向打击的对象出示这副面孔。人们同他接触，只是为了伤害他。他同人的每次接触，对他都是打击。从他孩提时代起，从他的母亲和姐姐开始，他从没听到过一句友好的话，也没遇到过一道仁慈的目光。经过一次次痛苦，他渐渐确信生活是一场战争，在这场战争中，他惨遭失败。他只剩下仇恨这个武器了。他决定在苦役牢里把这武器磨得又尖又快，出狱时一起带走。

无知兄弟会[①]在土伦为苦役犯办了一所学校，向那些有志学习的不幸人教授最必需的课程。让·瓦让是那些有志者中的一个。他上学时四十岁，他学习读、写、算。他感到，智慧增加了，仇恨也增加了。在某些

① 无知兄弟会产生于一六八〇年，为法国一天主教团体的绰号。

情况下，教育和智慧可为恶推波助澜。

还有一件令人悲伤的事：他审判了给他造成不幸的社会之后，又开始审判上帝，因为是上帝创造了社会。

他也对上帝进行了判决。

就这样，在十九年的折磨和奴役中，他的灵魂在升华的同时，也堕落了。一边进入的是光明，另一边进入的是黑暗。

我们已看到了，让·瓦让并非生来就是恶人。初进苦役牢时，他还是善良的。他在判决社会时，感到自己变凶恶了；在判决上帝时，感到自己已不再相信宗教了。

这里，我们很难不好好思考一下。

人的本性能像这样彻头彻尾地改变吗？上帝创造的性本善良的人，能被人变成恶人吗？人的灵魂可能被命运彻底改变，命运不好灵魂也会变坏吗？人的心灵可能被巨大的不幸压得蜷曲萎缩而变得丑陋无比，正如在低矮的拱门下脊椎会变畸形一样吗？在人的心灵中，尤其是在让·瓦让的心灵中，有没有一点基本的火星，一种神圣的成分，在人间不怕腐蚀，在另一个世界永生不灭，善可以使它发育成长，把它点燃，使它熊熊燃烧，发出灿烂的光辉，但恶决不能把它完全扑灭？

这是些严肃而深奥的问题。对这最后一个问题，任何一个生理学家，只要在土伦见过让·瓦让休息时的神情，都会毫不犹豫地做出否定的回答；对让·瓦让来说，休息的时间，也就是沉思默想的时间，他双手交叉在胸口，坐在绞盘的横杆上，铁链的末端放在衣袋里以免拖在地上，这个忧郁严肃、沉默寡言、沉思默想的苦役犯，这个被法律遗弃的人，用愤怒的目光看着人类，这个被人类文明罚入地狱的人，以严厉的目光看着上天。

当然，而且我们也不想隐瞒，这个去土伦观察的生理学家，可能会看到一种不可救药的痛苦，也许会为这个受法律伤害的人鸣冤叫屈，但他绝不会试一试医治的办法；他可能会看到那人的心灵上有伤口，但他会掉过头去，不予理睬；他会像地狱门口的但丁，尽管上帝在每个人的脑门上写着“希望”二字，他会把这两个字从这个人的生命中抹去。

刚才，我们试图剖析了让·瓦让的心态，以便使我们的读者有所了解，可是，让·瓦让自己是否也和我们一样清楚呢？构成他内心痛苦的种种因素，在它们形成之后以及形成的过程中，他是否看得一清二楚呢？他的思想是一步步发展的，他随着思想的变化时起时伏，渐渐变得心绪郁结，多少年来，他的内心世界一直处于这种郁闷的状态中，这个粗野而没文化的人，是否明确知道自己思想的这种演变呢？是否清楚意识到他内心曾有的变化以及现在所有的骚动呢？对此，我们不敢肯定，甚至认为是不可能的。让·瓦让太愚昧无知了，即使经历了那么多苦难，他对许多事依然稀里糊涂。有时候，他甚至不知道他有什么感觉。让·瓦让处在深深的黑暗中，他在黑暗中痛苦，他在黑暗中仇恨，可以说，他仇恨面前的一切。他习惯生活在这种黑暗中，像瞎子和梦游者那样在黑暗中摸索。不过，他有时会因自身或外界的缘故，而突然怒火冲天，或痛不欲生，一道惨淡的光线一闪而过，刹那间照亮了他的整个心灵，他在一种可怖而凄然的光线下，看到了他的周围，他的前后左右，看到他的命运布满了险恶的深渊，前途一片漆黑。

那道光闪过后，他又沉入了黑暗，他在哪里？他又全然不知了。

这样的刑罚，起支配作用的是冷酷无情，会使人变得粗野，使人发生令人瞠目结舌的变化，渐渐变成一头野兽。有时会变成一头猛兽。让·瓦让执拗地几次三番地企图越狱，就足以证明法律对于人的心灵产生的这种奇特的作用。让·瓦让一而再，再而三地越狱，那样毫无用处，那样缺乏理智，可只要有机会，他就逃跑，全然不顾及后果，不考虑以前失败的教训。犹如一头狼，发现笼子开着，就难以抑制地冲出去。他的本能对他说："快逃出去！"可理智却会对他说："不要逃跑！"可逃跑的欲望不可抗拒，理智已不存在，只剩下本能，只剩下兽性起作用了。一旦又被抓住，他所遭受的新的严厉的惩罚，只会使他更加惊恐不安。

有一个细节不应漏掉，那就是他力大无比，苦役牢里无人比得上他。干苦活累活时，比如放缆绳，卷绞盘，让·瓦让一个顶四个。他的背可以扛起和顶起很重的东西，必要时可以代替千斤顶，那工具从前被称为"骄子"。顺便说一下，巴黎菜市场附近有条骄子山街，就源于这个工具的名称。他的牢友们给他起了个绰号，叫他千斤让。有一次，土伦市政府的阳台正在维修，支撑这个阳台的令人叹为观止的女像柱出自皮热[①]之手，可是其中一根脱了开来，快要掉下来了。让·瓦让碰巧在那里，他用肩膀顶住那根柱子，使工人有时间赶来修理。

他不仅力大无穷，更是身手敏捷。有些苦役犯日夜梦想越狱逃跑，最终把力量和灵巧结合在一起，形成了一门真正的学问。这是肌肉的学问。那些羡慕飞虫飞鸟的囚犯们，每天都在练习这种神秘的静力学技能。爬垂直的墙壁，在常人几乎看不见凹凸的地方找到支点，这是让·瓦让的拿手好戏。在一个墙角处，他利用背力和腿力，胳膊肘和脚后跟紧贴着石头的凹凸处，令人不可思议地一直爬到四楼。有时，他像这样一直爬到监牢的屋顶上。

他很少说话，也很少笑。一年中他只笑一两次，那也必须有特别激动的事；那是苦役犯凄惨的笑声，犹如魔鬼大笑时的回声。看他笑的神情，会以为他正在全神贯注地凝望一个可怕的东西。

他的确全神贯注。

他的性格残缺不全，他的智力受到压抑，通过这病态的理解力，他依稀感到有一种可怕的东西压在他的身上。他在有点儿惨淡光线的半明半暗中匍匐前进，每每转动脖子，尽量抬起头时，总是恐怖而又愤怒地看到，在他的头顶上方，压着许多可怕的东西，法律、偏见、人和事，那是些崇山峻岭，层层叠叠，无边无际，分不清它们的轮廓，黑压压的一堆使他望而心悸；那不是别的，而是被我们叫作奇妙的金字塔的人类文明。在这乌七八糟、丑陋无比的一堆东西中，在一些高不可攀的高原上，这里那里，忽近忽远，他辨出了个别的人群，个别的细节，被强烈的光线照亮，这儿是狱卒及其棍棒、宪兵及其屠刀，那边是戴主教冠冕的大主教，最高处，在类似太阳的东西中间，是头戴冠冕、令人眼花目眩的皇帝。他感到，这些遥远的光辉，不仅不能驱散他的黑夜，反而使黑夜更加阴沉，黑上加黑。所有这些，法律、偏见、一件件事、一个个

---

① 皮热（1620—1694），法国最有特色的巴洛克雕刻家、画家和建筑师。

人、一样样东西，按照上帝赋予人类文明的复杂而神秘的运动方式，在他头顶上走来走去，把他践踏、压扁，残酷中带着说不出的安详，冷漠中带着说不出的无情。那些被法律摈弃的人，所有落入厄运深渊、打入十八层地狱、无人关心的可怜人，无不感到人类社会的全部重力压在他们头上；这个社会，在地狱外面的人看来，是多么美好，但在底层的人看来，却是多么可怕。

让·瓦让在这种境况下思索，那会是一种什么性质的思索呢？

假如磨盘下的谷粒有思想的话，那它想的也许正是让·瓦让所想的。

凡此种种，充满鬼怪的现实，充满现实的幻景，最终为他创造了一种难以言表的内心世界。

他在做苦役时，常常会停下来。他开始沉思。他的理智比从前更成熟，但也更混乱，常常会产生反抗情绪。他感到，他所发生的一切是多么荒唐，他周围的一切是多么怪诞。他常对自己说，这是一场梦。他望着站在几步路以外的狱卒，觉得那狱卒就像个幽灵，突然，那幽灵给了他一棍子。

眼前的大自然对他来说几乎不存在。可以说，对让·瓦让而言，无所谓太阳、晴朗的夏日、灿烂的天空，无所谓四月凉爽的拂晓。他心灵的一点光，通常不知是从哪里照进来的。

最后，假如把刚才所谈的事情中可做概括的进行概括，做出肯定的结论的话，那么我们只能指出，让·瓦让，法弗罗勒的从不伤人的修树工，土伦的令人恐惧的苦役犯，经过十九年苦役生活的造就，具备了做两种坏事的本领：第一种坏事是快速的、不假思索的、糊里糊涂的，完全是本能的反应，是对所受苦难的报复；第二种坏事是认真的、严肃的，是在良心上经过反复挣扎，并用苦难造成的错误观点深思熟虑过的。他预谋干坏事时，要连续经过说理、下决心和坚持三个阶段，只有性格刚毅的人才能走完这三个阶段。他的动力是长期积累的愤愤不平，心灵的郁郁不乐，对不公正待遇的耿耿于怀，对他人，甚至对善良的、无辜的和正直的人所抱的对抗情绪，如果真有这种人的话。他思想的出发点和归宿，是对人类法律的仇恨。这种仇恨，如果没有神意加以阻止，到一定时候会发展成对社会的仇恨，继而是对人类的仇恨，再变成对天地万物的仇恨，表现为一种朦胧的、延绵的、野兽般的危害欲，不问是谁，见到人就要危害。——正如我们看到的，那张通行证上说让·瓦让是“非常危险的人”，不是没有道理的。

年复一年，让·瓦让的心渐渐地，却又是不可避免地变得越来越干涸。心一干涸，眼睛也随着干涸。他出狱时，已有十九年没掉过一滴泪了。

八 海涛与黑夜

有人掉进海里了！

这有什么！船是不会停的。风在呼啸，这黑蒙蒙的船有一条航道，它不得不按既定方向继续前进。它驶走了。

那人时隐时现，时沉时浮，他呼叫着，他伸出胳膊，人们却听不见；船在专心操作，在暴风雨中颠簸前进，水手和乘客已看不见那落水的人；在茫茫无际的波涛中，那人的头不过是一个黑点。

他在深渊发出绝望的呼叫。那驶去的帆船，多么像幽灵！他望着它，发疯似的望着它。它驶远了，越来越淡，越来越小。刚才他还在船上，他是其中的一个船员，他和其他船员一起，在甲板上走来走去，他有他的一份空气和阳光，他活着。可是，发生什么事了？他滑了一下，跌入海里，于是就完了。

他在汹涌的海水中。他脚下的一切都在躲避和崩裂。海涛被大风撕碎撕裂，可怕地将他团团包围，把他卷进深渊，海水犹如褴褛的衣衫，在他头上波动，波涛犹如低贱的民众，向他口吐唾沫，黑乎乎的巨洞就要把他吞没。每次下沉，他都隐约看见黑沉沉的深渊；一些见所未见的可怕植物抓住他，缠住他的脚，把他拉过去；他感到自己变成了深渊，变成了浪花，浪头把他抛来掷去，他喝着苦涩的海水，卑劣的海洋定要把他淹没，庞然大物在拿他垂危的生命寻开心。他觉得，这整个大海便是仇恨。

然而，他奋力搏击，他试图自卫，他试图挺住，他竭尽全力，他划动着双臂。他很快就精疲力竭，但仍和永不疲劳的大海进行搏斗。

那条船在哪里？在那里。在灰暗的天际，依稀可辨它的影子。

狂风在呼啸，浪花一股脑儿压到他身上。他抬起头，只见灰蒙蒙的云层。他奄奄一息，望着发疯的大海。他已被疯狂的大海置于死地。他听到人类闻所未闻的声音，仿佛来自尘世之外，来自不知什么可怕的地方。

云层中有鸟儿，正如苦难人生的上空有天使，可它们又能为他做什么？它们飞着，唱着，翱翔着，可他却在发出垂死的喘息。

他感到他被两个无限埋葬，一个是海洋，一个是天空，海洋是坟墓，天空是裹尸布。

夜幕降临。他已游了好几个小时了，他已精疲力竭；那条船，那远处的载着人的东西，已消失得无影无踪。他独自一人在黄昏可怕的深渊中，他在往下沉，他越来越僵硬，他扭动着，他依稀感到他身底下是冥冥世界中的妖魔鬼怪，他大声呼叫。

没有人了。上帝在哪里？

他呼叫着。来人哪！来人哪！他不停地呼叫。天边什么也没有。天上什么也没有。

他向空间、波涛、海藻、暗礁发出哀求，但它们是聋子；他向暴风雨发出哀求，但暴风雨沉着坚定，只服从无限的指挥。

在他周围，是黑暗、轻雾、孤独，是无知无觉的狂风暴雨的喧嚣，是无边无际的汹涌澎湃的波涛。在他心中，是恐怖和疲劳。在他脚下，是坠落。没有支点。他想象着尸体在漫无边际冥府中的种种神秘的历险。无尽的寒冷冻得他不能动弹。他的手痉挛着，紧紧握住，但握住的是虚无。狂风、乌云、漩涡、气流、无用的星星！怎么办？绝望的人会自暴自弃，万念俱灰的人会决心一死，心灰意冷，不再反抗，听凭命运的摆布，从此沉入凄恻的深渊，被大海吞噬。

啊，永不改变行程的人类社会！它在行进中，抛下多少生命和灵魂！那是怎样的海洋啊，多少被法律抛弃的人坠入其中！那里阴森可怖，毫无救助！啊，道义的沦丧！

大海是社会法律抛掷受苦人的冷酷无情的黑夜。大海是无尽无止的苦难。

灵魂在这深渊中漂泊，会变成一具僵尸。谁来使他起死回生呢?

九　新的创伤

让·瓦让出狱的时刻到了，他耳朵听到一句奇怪的话：“你自由了。”这一时刻真是异乎寻常，难以置信，一道强烈的光线，一道活人世界真正的光线，突然射进他的心里。可这道光很快就黯淡了。让·瓦让想到自由，不禁目眩神迷。他以为将会有新的生命。但他很快就明白拿一张黄通行证的自由意味着什么。

在获得自由这件事上，他遇到了许多辛酸事。他计算过，他在苦役牢里的积存金，总数可达一百七十一法郎。应该指出的是，他忘了把节假日休息扣除了，十九年，共要扣除二十四法郎。总而言之，这笔钱七扣八扣，最后只剩下一百零九法郎十五苏，这就是他出狱时拿到的钱。

他什么也不明白，以为吃了亏。说得明白些，他有被抢的感觉。

出狱的第二天，在格拉斯，他看见一家橙花精厂门口有人在卸货。他提出帮忙。这活很急，人家同意了。他干了起来。他聪明、强壮、灵活，他尽量把活干好，老板似乎很满意。他正干得起劲，一个宪兵经过，见他面生，问他要证件。他只好出示黄通行证。接着，让·瓦让又继续干活了。在这之前，他问过一位工人，干这活一天挣多少。那人回答：“三十苏。”因为第二天一大早还得赶路，那天晚上，他去找橙花精厂老板要工钱。老板没有说话，给了他二十五苏。他提出抗议。老板回答：“给你这么多够好的了。”他坚持。老板看着他，对他说：“当心班房！”

他又一次感到受到了抢劫。

社会和国家克扣他的积存金，将他大偷大抢了一次。现在，轮到个人来对他小偷小抢了。

释放不等于解脱。他走出了监狱，但并没有走出判决。

这就是他在格拉斯的遭遇。他在迪涅的遭遇，我们已经知道了。

十　那人醒了

大教堂的时钟敲响半夜两点时，让·瓦让醒了。

他这么早醒来，是因为床太舒服了。他快二十年没睡床了，虽然没脱衣服，但他的感觉实在太新鲜，不可能不影响他的睡眠。

他睡了四个多小时，疲劳已经消除。他已养成习惯，睡觉时间不长。

他睁开眼，在黑暗中看了看四周，然后又合上眼想再睡一会儿。

人在白天受了太多的刺激，那些事扰得你心绪不宁，你可以睡着，但醒后就不容易再睡着了。睡意来过一次，很难来第二次。这正是让·瓦让所处的情况。他再也睡不着了，于是开始胡思乱想。

他的思绪正是混乱的时候。一群模糊不清的东西在他的脑海里翻腾。往事新事浮上心头，杂乱无章，毫无条理，它们不再有形状，无限膨胀，继而仿佛突然消失在汹涌的浊水中。他想起了许多事，但有一件事反复出现，将其他事赶跑。这件事，我们现在就作交待：他注意到了马格卢瓦太太放在桌上的六副银餐具和那个大汤勺。

那六副银餐具萦绕在他心头——它们就在那里——近在咫尺——他穿过隔壁的房间，到这间屋里来睡觉时，老女仆正在把它们放进床头的小壁橱里——他注意到了这个壁橱——从饭厅进来，就在右边——它们是实心的——是旧银器——加上那把大汤勺，至少可卖二百法郎——是他在牢里十九年所挣的两倍——说实话，假如“官府”没有“抢”他的话，他还可以多挣些。

他脑海里犹豫着，斗争着，折腾了足足一小时。三点钟敲响了。他又睁开眼睛，猛地坐起来，伸手摸了摸扔在凹室角落里的背包，然后垂下双腿，脚踩在地上，不知怎的，就坐在了床边上。

他这样坐着沉思了好一会；如果有人看见他像这样呆坐在黑暗中，

沉睡的屋子里只有他一人醒着，会感到有种不祥的意味。突然，他弯下腰，脱掉鞋，将它们轻轻放在床前的草垫上，接着又陷入了沉思，坐着一动也不动。

在这丑恶的沉思中，刚才提到的那些念头，在他的脑海里不停地翻腾，进进出出，出出进进，对他施加着压力。不知怎么的，就像人们在遐想时会机械而顽固地出现同一个想法那样，他也想到了在牢里认识的一个名叫布勒韦的苦役犯，那人的裤子只用一根针织棉背带吊着。背带的格子图案不断地浮现在他的脑海里。

他就这样坐着想着，要不是时钟敲了一下，报告一刻或半点钟，他也许会像这样坐到天明。这钟声仿佛在对他说："行动吧！"

他站起来，又犹豫了一会儿，竖起耳朵听了听。屋里毫无动静。于是，他慢步径直朝依稀可辨的窗口走去。夜色并不很黑，天上有一轮圆圆的月亮，风儿驱赶着大片乌云从月亮上奔跑而过。因此，屋外，月亮时隐时现，时暗时明，屋内，笼罩着薄暮般的微光。这昏暗的亮光，足以使人在里面辨清方向。由于月亮不时被乌云遮蔽，那微光忽强忽弱，就像从气窗里射进地窖里的光线，因为气窗前不断有行人来来往往，地窖里的黯淡光线也断断续续。让·瓦让走到窗边，把窗子仔细看了看。窗外是园子，窗上没有铁条，按照当地的习惯，只用一个小小的插销扣住。他打开窗，一股寒风夺窗而进，他赶紧把窗关上。他凝视园子，那目光与其说在凝视，不如说在研究。园子围着白墙，墙很低，很容易翻过去。园子尽头，围墙外面，依稀可见几个树梢，间距相等，这说明园子外面是一条林荫大道，或是一条种着树的小街。

观察完毕，他做了个动作，表示决心已定，回到床边，拿起背包，把它打开，在里面摸了摸，掏出一样东西，把它放在床上，又把鞋子塞进一只衣袋里，扣好背包，背在肩上，戴上帽子，把帽舌压到眼睛上，伸手摸他的棍子，把它放到窗角上，然后又回到床边，坚定地抓住刚才放在床上的东西。好像是一根短铁棒，像长矛那样一端磨得很尖。

黑暗中，很难看清这铁棒是用来干什么的。是一根撬棒？或是大头棒？

若是白天，就能认出这其实是矿工用的烛台。那时候，苦役犯常被派去开采土伦周围山上的岩石，使用采矿工具屡见不鲜。矿工的烛台是铁制的，下端是尖的，以便能插进岩石里。

他用右手拿着烛台，屏气息声，蹑手蹑脚，向隔壁的房间走去。我们知道，那是主教的卧室。走到门口，他发现门虚掩着。主教根本就没关门。

十一　他做什么

让·瓦让侧耳细听。没有一点动静。

他推门。

他用手指轻轻推了推，就像想进门的猫儿那样，鬼鬼祟祟，提心吊胆。

门在推力下，微微地无声地动了动，门缝也就扩大了一点。

他等了等，接着又推了推，这次胆子更大了些。

门继续打开，不发出一点声音。现在，门缝已大到可以过人了。可是门边有一张小桌子，与门形成一个角度，妨碍他过去。

让·瓦让意识到这个问题。得用力把门开得再大些。

他打定主意，又推了一下，比前两次用的力气更大。这一次，一个不够润滑的铰链在黑暗中突然发出长长的嘶哑的叫声。

让·瓦让吓了一跳。这铰链的声音传进他的耳朵，那样洪亮，那样巨大，不啻向他吹起了最后审判的号声。

最初，那声音被无限夸大，他差点以为那铰链活了，突然获得了异乎寻常的生命，像狗一样狂吠起来，向大家发出警告，想把熟睡的人唤醒。

他停下来，浑身发抖，惊慌失措，原先踮着脚尖，现在脚跟着了地。他听见太阳穴里像有两把铁锤在砰砰地敲打，他感到胸腔里呼出的气息声，就像岩洞里冲出的风声那样呼呼作响。他觉得，这怒气冲冲的铰链发出的可怕吼声，犹如地震，会把全屋子的人震醒；门被他推开后，惊慌失措，连呼救命；那老头就要醒来，两位老妇就要大呼大叫，右邻左舍就会来救助；不到一刻钟，消息会传遍全城，宪兵队就会出动。有那么一会儿，他真以为自己完蛋了。

他呆若木鸡，不知所措，不敢移动脚步。几分钟过去了。门开得很大。他壮胆看了看房间。一切如旧。他侧耳谛听。屋里毫无动静。锈铰链发出的声音没有把任何人惊醒。

第一个危险过去了，但他依然心慌意乱。不过他没有后退。就在他以为自己完蛋时，他也没有后退。他只想赶快完事。他迈前一步，走进了房间。

房里寂然无声。这里那里，可以辨出一团团模糊不清的东西，若在白天，就可看到，那是散乱在一张桌上的纸张、几部打开的书、堆在一张小板凳上的几本书、放在一张安乐椅上的衣服、一张祷告用的跪凳，可那些东西此时此刻就成了一个个黑乎乎的角落和白花花的广场。让·瓦让小心翼翼地向前走去，以免碰到家具。他听见房间深处，传来熟睡的主教均匀而安详的呼吸声。

他戛然止步。他已来到床边。没想到这样快就到了。

有时候，大自然会巧妙而阴沉地、恰到时候地用其效果和景致来干预我们的行动，仿佛要我们多加思考。半个小时以来，大片乌云遮住了天空。可是，当让·瓦让走到主教床前时，那片乌云仿佛故意撕裂，一道月光透过长窗，蓦然照亮了主教苍白的脸。他睡得非常安详。下阿尔卑斯山一带夜间非常寒冷，主教躺在床上，似穿非穿着一件棕色羊毛衣，从肩上一直盖到手腕上。他脑袋仰卧在枕头上，一副沉睡的样子。一只手垂在床边，这只戴着主教戒指的手做过多少善事和圣事。他脸上闪耀着满足、希望和快乐。那不只是微笑，而是一种光辉。一种看不见的光照在他额头上，发出难以言表的反光。善人睡觉时，心灵在瞻望神秘的天空。

那神秘的天空在主教脸上有一道反光。

主教同时也像光一样透明，因为那天空就在他心里。那天空，就是他的信仰。

当月光与这内心的光辉可以说重叠的时候，熟睡的主教仿佛被一圈光包围。然而，这圈光非常柔和，朦朦胧胧，难以形容。这天上的月亮，这似睡非睡的大地，这静谧的园子，这宁静的屋子，这一时间，这一时刻，这寂静，都给这智者令人肃然起敬的睡眠，增添了一种庄严而难以言喻的东西，使他银白的头发、紧闭的双眼、充满希望和信任的面孔、老人的脑袋和孩子的睡容，笼罩在壮丽而宁静的光环中。

他这种无意展示的庄严神态，几乎可与神灵争艳斗丽。

让·瓦让在黑暗中，手里拿着铁烛台，呆呆地站着，被这灿烂的老人吓得不敢动弹。他从没见过这样的情景。老人的信任使他惊恐万分。一个意识混乱、心绪郁结、处在作恶边缘的人，瞻望一个善人睡眠，这壮丽的情景，是精神世界从未见过的。

主教一个人睡在房里，有这样一个人为邻，却睡得如此深沉，这里面有一种崇高的东西，让·瓦让也模模糊糊地，却又是不可抗拒地感觉到了。

谁也说不清楚他内心的想法，恐怕连他自己也未必知道。要了解他此刻在想什么，就必须想象一下最狂暴的人遇到最温和的人时会怎样想。就是从他的脸上，也很难明确地看出什么。那是一种惊讶愕然的神色。他只是望着。仅此而已。至于他在想什么，是不可能猜到的。但有一点很清楚，他很激动，很震惊。但这是什么性质的激动呢?

他目不转睛地看着老人。从他的面部表情和神态中唯一可以看到的，是一种令人费解的犹豫不决。似乎他在两个深渊之间踌躇不定，一个是自绝，一个是自救。他好像已做好准备，要么敲碎主教的脑袋，要么吻主教的手。

过了一会儿，他左手慢慢举起，脱掉帽子，又慢慢放下。他左手拿着帽子，右手拿着铁烛台，粗野的脑袋上竖着乱蓬蓬的头发，他又陷入了沉思。

在这可怕的目光注视下，主教依然睡得很安详。

壁炉上方有一个耶稣受难十字架，在月光照映下依稀可辨，受难的耶稣仿佛向他们张开双臂，为一个人祝福，为另一个人赦罪。

突然，让·瓦让重新戴上帽子，不再看主教一眼，沿着床快步朝床头旁的模糊可见的壁橱走去。他举起铁烛台，好像要撬锁。钥匙就在锁上。他打开锁，首先映入眼帘的是放银餐具的篮子。他拿起篮子，大步穿过房间，不再小心翼翼，也顾不得会弄出声音。他到了门口，走进祈祷室，打开窗子，拿起棍子，跨过楼下的窗台，把银餐具放进背包里，扔掉篮子，穿过园子，猛虎似的越墙逃跑了。

十二　主教拯救灵魂

翌日，比安维尼大人迎着初升的太阳，在园子里散步。马格卢瓦太太慌里慌张地向他跑来。“大人，大人，”她喊道，“大人知道银餐具的篮子到哪里去了吗？”“知道呀。”主教说。“谢天谢地！”她说，“我还以为丢了。”主教刚在一个花坛上捡到了篮子。他把它交给马格卢瓦太太。“喏！”“怎么？”她说，“空的！银餐具呢？”“啊！”主教又说，“原来您问的是银餐具？我不知道它们在哪里。”“仁慈的上帝！被人偷走了！是昨晚的那个人偷的。”

说完，她用一个惊慌的老人可能有的敏捷，一转眼跑到祈祷室，跑进凹室，又跑了回来。主教已弯下腰，心疼地察看一棵辣根菜，那篮子掉到花坛上时，把它压断了。听到马格卢瓦太太大叫大嚷，他又站了起来。

“大人，那人走了！把银餐具偷走了！”

她叫嚷着，视线落到园子的一个角上，那里有越墙的痕迹。墙头的人字架拉掉了。

“瞧！他是从那里跑掉的。他翻过墙到了科什菲莱街！啊！真该死！他偷走了我们的银餐具！”

主教没有吭气，过了一会儿，他抬起严肃的眼睛，和颜悦色地对马格卢瓦太太说：

“首先，这银餐具是我们的吗？”

马格卢瓦太太瞠目结舌。又是一阵沉默，接着，主教继续说：

“马格卢瓦太太，这银餐具我长期占有，这是不对的。它们属于穷人。那人是谁？显然是穷人。”

“耶稣！”马格卢瓦太太当即反驳，“又不是为了我和小姐。我们无所谓。是为了大人。现在大人用什么吃饭呢？”

主教惊讶地瞧着她。

“这有什么？不是还有锡餐具吗？”

马格卢瓦太太耸了耸肩。

“锡有股臭味。”

“那就用铁的。”

马格卢瓦太太做了一个意味深长的鬼脸。

“铁有股怪味。”

“那好，”主教说，“就用木头的。”

过了一会儿，主教在让·瓦让昨夜吃饭的桌子上用早餐。他妹妹一言不发，马格卢瓦太太低声嘀咕，比安维尼大人边吃，边乐呵呵地对她们说，面包蘸牛奶，连木勺和木叉都用不着。

“不知是怎么想的！”马格卢瓦太太一边来回忙着，一边喃喃自语，“招待这样一个人！还让他睡在自己身旁！幸亏只偷了些东西！啊，上帝！想起来都后怕！”

兄妹二人正要离开餐桌，突然听到有人敲门。

“请进。”主教说。

门打开了。一群奇怪而粗暴的人出现在门口。其中三个人揪着第四个人的衣领。那三个人是宪兵，另一个是让·瓦让。

门外还有个宪兵班长，可能是带队的。他进了屋，走到主教跟前，行了个军礼。

“主教大人……”他说。

让·瓦让神情忧郁，显得垂头丧气，一听到这个称呼，大吃一惊，便抬起头。

“主教大人？”他喃喃地说，“这么说，他不是本堂神甫……”

“不准说话！”一个宪兵说，“这是主教大人。”

这时，比安维尼大人以他这样岁数的人可能有的最快速度，赶紧迎上去。

“啊！是您！”他看着让·瓦让，大声说，“看到您很高兴。怎么！那对烛台我不是也送给您了吗，也是银的，可以卖二百法郎哪。您怎么没同餐具一起拿走？”

让·瓦让张大眼睛，看着年高德劭的主教，那神情是任何人类语言都难以描绘的。

“主教大人，”宪兵班长说，“这人说的是实话吗？我们遇到了他。他就像在逃跑似的。我们拦住他检查了。发现了这套银餐具……”

主教微笑着打断他说：

“他没给你们说，这是一个神甫老头送给他的吗？他还在他家里过了一夜。我明白是怎么回事。你们把他带回来了？这是个误会。”

“既然这样，”班长又说，“我们可以放他走了吧？”

“当然。”主教回答。

宪兵们放了让·瓦让，可他却往后退。

“真的放我走了吗？”他说，声音含糊不清，仿佛在说梦话。

“是的，放你走了，你没听见？”一个宪兵说。

“我的朋友，”主教又说，“走之前，别忘了您的烛台。拿上吧。”

他走到壁炉跟前，拿起那对银烛台，交给让·瓦让。那两个妇人看着他，不说一句话，不做一个手势，也不用眼色打扰主教。

让·瓦让浑身颤抖。他神态迷惘，机械地接过那对银烛台。

“现在，您放心走吧。”主教说，“对了，朋友，以后再来时，不必从园子里进来。您随时可以从街上的那个门进出。它白天黑夜都只用碰锁关着。”

他又转身对宪兵们说：

“诸位也可以走了。”

宪兵们走远了。

让·瓦让好像要昏过去了。

主教走到他跟前，低声对他说：

“您答应过我，您要用这钱使自己变成一个诚实的人，可不要忘了啊，千万不要忘了啊。”

让·瓦让想不起来有过什么承诺，一下愣住了。主教说这些话时，加重了语气。接着，他又郑重地说：

“让·瓦让，我的兄弟，从今往后，您不再属于恶，而是属于善了。我是在赎您的灵魂，我把它从阴暗而堕落的思想里赎回来，交还给上帝。”

十三　小热尔韦

让·瓦让逃跑似的出了城。他在田野里匆匆走着，不问大路小路，遇到路就走，也没察觉走来走去却在走回头路。他这样游荡了一上午，没有吃饭，也不觉饥饿。许多新的感受折磨着他。他感到有点生气，却不知道在同谁生气。他说不清楚是受到了感动，还是遭到了侮辱。他不时感到有一种受感动的怪怪的感觉，他斗争着，用他在过去二十年中养成的冷酷无情来与之对抗。这种心绪使他厌倦。他遭遇到的不公正的命运，早已使他心如死灰，现在，他不无忧虑地感到，这种可怕的平静已开始动摇。他问自己，取而代之的将是什么呢？有时他想，倒不如仍在监狱里待着，和宪兵们在一起，而不是现在这个样子，那样，他会少一些心烦意乱。尽管已是深冬，但在树篱中间，这里那里，仍有一些迟开的花朵，他经过时，闻到一股香味，勾起了他对童年的回忆。这些往事，好久没在他脑海里出现了，使他感到几乎难以忍受。

在整整一天中，一些难以表达的想法，在他头脑中越积越多。

太阳西斜，地上最小的卵石也拉长了身影。让·瓦让坐在一丛灌木后面，周围是荒无人烟的橙黄色的原野。只有阿尔卑斯山矗立在天际。甚至望不见远处村庄的钟楼。让·瓦让离迪涅可能有三里地。一条小路穿过原野，从灌木丛不远处经过。

他在沉思。这种沉思的神情，加上他褴褛的衣衫，会使过路人吓得魂不附体。忽然，他听到一个欢快的声音。

他转过头，看见小路上走来一个萨瓦[①]小孩，十来岁，唱着歌，腰里挂着一把手摇弦琴，身上背着一个旱獭箱。他是一个四乡漂泊的流浪儿，生性温和快乐，裤腿上的窟窿里露出了膝盖。

孩子唱着歌，不时地停下来，用手里的几枚硬币，玩抛小骨游戏。这几枚硬币大概是他的全部财产了。其中一枚是四十苏的角子。

孩子停在灌木丛旁，却没看见让·瓦让。他把那些硬币抛起来。之前抛硬币，他每次都相当灵巧地用手背接住了。

悲惨世界这次，那四十苏的角子没有接住，滚向树丛，停在让·瓦让脚边。

让·瓦让把脚踩在上面。

可是，孩子的眼睛一直跟着那枚钱币，看见让·瓦让把脚踩在上面了。

他毫不惊讶，朝那人走去。

这地方很偏僻。纵目远望，平原和小路上没有人影。只有一群鸟儿从高空飞过，传来微弱的鸣叫声。孩子背朝太阳，阳光给他的头发披上缕缕金丝，血红的光辉把让·瓦让蛮横粗野的脸染成了深红色。

“先生，我的角子呢？”小萨瓦人说，语气充满了孩子特有的天真无知的信任。

“你叫什么？”让·瓦让问。

“小热尔韦，先生。”

“走开！”让·瓦让说。

“先生，”孩子又说，“还我角子。”

让·瓦让低下头，不做回答。

孩子又说：

“我的角子呢，先生？”

让·瓦让仍然看着地上。

---

① 萨瓦为法国东南部地区名。

“我的角子！”孩子嚷了起来，“我的银角子！我的钱！”

让·瓦让仿佛没听见似的。孩子抓住他的衣领，使劲摇他。同时，他想用力踢开踩着他那枚钱币的钉了铁掌的大鞋。

“我要我的角子！四十苏的角子！”

孩子哭了。让·瓦让抬起头。他仍然坐着。他目光模糊。他惊讶地打量孩子，然后伸手拿起棍子，骇人地大叫一声：“谁？”

“是我，先生。”孩子回答，“小热尔韦！是我！是我！请把四十苏还给我！抬抬脚！”

接着，尽管是个孩子，他被激怒了，几乎以威胁的口吻说：

“您抬不抬脚？抬抬脚！听见没有？”

“呀！又是你？”让·瓦让说，他蓦地站起来，但脚依然踩在钱币上。他又加了一句：“还不快逃走！”

孩子惊恐地看看他，浑身哆嗦起来。他愣了几秒钟，就拔腿逃跑了，不敢回头，也不敢叫喊。

可他跑了一段路，就喘不过气来了，只好停下来。让·瓦让虽在沉思，仍听到了孩子的惨哭声。

过了一会儿，孩子消失了。

太阳已然落山。

暮色笼罩着让·瓦让。他一天没吃东西了，可能还发着烧。

他站着不动。孩子逃走后，他没有改变过姿势。他呼吸间时长，不均匀，胸膛一起一伏。他目光停在前面十一二步远的地方，仿佛在专心研究掉在草丛里的一块蓝色碎陶片的形状。突然，他打了个寒战。他感觉到了夜晚的寒意。

他把帽子往下拉了拉，下意识地把工装的前襟拉拢，扣好扣子，迈前一步，弯腰从地上捡起棍子。

这时，他看见了那四十苏的角子，被他的脚踩得一半陷进地里，正在石子中间闪闪发光。他像被电击了一下。

“这是什么？”他喃喃而语。

他向后退了三步，又停下来，眼睛盯着刚才他脚踩着的地方。这个在黑暗中闪烁的东西，仿佛是一只眼睛，睁得大大的在望着他。

过了几分钟，他抽搐着猛地扑向银币，抓住它，站起来，开始眺望远处的原野，朝天际四下张望。他站着，瑟瑟发抖，有如一只受惊的野兽在寻找避难所。

他什么也没看见。夜幕降临。原野朦朦胧胧，冒着寒气，紫色的雾霭在暮色中冉冉升起。

他“啊”了一声，急忙朝孩子消失的方向走去。走了百来步，他停下来，看了看，还是什么也没看见。

于是，他用全力高喊：“小热尔韦！小热尔韦！”

他停住叫喊，等了等。

没有应答。

旷野荒凉阴沉。他被广阔的原野包围。四周什么也没有，只有望不穿的黑暗，吼不破的寂静。

凛冽的北风呼啸着，使得周围的一切生气萧索。灌木猛烈摇动着细弱的胳膊，仿佛在威胁和追逐着一个人。

他继续往前走，接着又跑了起来。他跑跑停停，在孤寂的原野上喊叫着，声音之大之悲痛，是从未听到过的。他喊着：“小热尔韦！小热尔韦！”

那孩子如果听见他的喊叫，一定会感到害怕而躲起来。但他可能已走远了。

他遇见一个骑马的神甫。他上前对他说：

“神甫先生，您看见有个孩子经过吗？”

“没有。”神甫回答。

“一个叫热尔韦的孩子？”

“我什么人也没遇到。”

他从背包里拿出两枚五法郎的钱币，交给神甫。

“本堂神甫先生，这钱给您的穷人。——本堂神甫先生，那孩子大概有十岁，我想，他有一只旱獭，还有一把手摇弦琴。他朝那边去了。是个萨瓦孩子，您知道吗？”

“我根本没看见。”

“小热尔韦？会不会是附近村子里的？能不能告诉我？”

“照您说的样子，我的朋友，那就是一个外乡孩子了。他们是过路客。谁也不认识他们。”

让·瓦让急忙取出另外两枚五法郎钱币，交给神甫。

“给您的穷人。”他说。

而后他又失态地说：

“教士先生，叫人把我抓起来吧。我是小偷。”

神甫用马刺狠狠刺了刺马，吓得逃跑了。

让·瓦让又朝刚才的方向继续奔跑。

他这样跑了一段路，寻找着，呼唤着，叫喊着，但没有遇到一个人。有两三次，他向原野上的某一个点跑去，以为是一个卧着或蹲着的人，结果却是匍匐在地的灌木或岩石。最后，他来到了一个三岔路口，停了下来。月亮已经升起。他朝远处张望，最后又一次高喊：“小热尔韦！小热尔韦！”他的喊声消失在夜雾中，连回声都没有。他又低声呼唤：“小热尔韦！”但声音微弱，含含糊糊。这是他最后一次努力。他突然双腿一软，仿佛他的内疚骤然变成了无形的压力，压在他的身上。他精疲力竭，瘫倒在一块大岩石上，手揪住头发，脸埋在双膝中间，大声喊道：“我是混蛋！”

他心里非常难过，哭了起来。十九年来，他这是第一次哭。

大家知道，让·瓦让从主教家中出来时，他的思想已不再是从前那样了。他无法弄明白他内心发生的变化。他对主教超凡的行为和温和的言语，采取抗拒的态度。“您答应过我要成为诚实的人。我是在赎您的灵魂。我把它从邪恶的思想中拯救出来，交给仁慈的上帝。”这些话不断地在他耳畔回响。他用傲慢来对抗这非凡的宽容，这傲气是我们身上罪恶的堡垒。他朦朦胧胧地感到，主教的宽恕是使他产生动摇的最猛烈的袭击和最可怕的进攻；如果他抵抗这一宽恕，他就将永远冷酷无情；如若让步，就要放弃多年来别人的行为使他日积月累的、他自得其乐的满腔仇恨；这一次必须决出个胜负来，在他的恶和那人的善之间，一场战斗已经开始，这是一场大决战。

他脑海里闪着这些朦胧的思想，一面像醉汉那样跌跌撞撞地向前走。当他像这样目光迷乱地向前走时，是不是清楚地看到了他在迪涅的奇遇可能带来的后果呢？在人生的某些时候，会有一些神秘的声音来警告或骚扰我们，他是不是也听到了这些嗡嗡的声音呢？是不是有个声音在他的耳畔说，刚才他经历了命运的庄严时刻，再没有中间道路可走，从今以后，要么成为最好的人，要么就做最坏的人；也可以说，现在，他要么做得比主教更好，要么比苦役犯更坏；他想变好，就得成为天使，如果坚持为恶，就得变成魔鬼？

在此，我们要把前面说过的问题再提一下：在他的思想中，是否也朦朦胧胧有一丁点儿这样的想法呢？诚然，我们说过，不幸会使人变得聪明，但让·瓦让是否就能弄清楚我们指出的这一切，那就很难说了。即使他有这些想法，那也只是模模糊糊，而不是清清楚楚，而且只会使他陷入一种难以忍受的、几乎是痛苦的惶惑不安中。他刚从苦役牢这个丑恶和黑暗的怪物中出来，主教就给他的灵魂带来了苦恼，正如从黑暗中出来，强烈的亮光刺痛了他的眼睛一样。未来的生活，一种有可能实现的纯洁而灿烂的生活，展现在他眼前，使他惶惶不安，浑身颤栗。他的确茫然不知所措。正如猫头鹰骤然看见太阳升起会目眩神迷，这个苦役犯也因看到了美德而眼花缭乱，晕头晕脑。

有一点可以肯定，也是他未曾料到的，那就是他已不再是从前那个人了，他身上的一切都发生了变化，主教同他讲过话，而且深深打动了他的心，这个事实他是无法推翻的。

就在这种思想状态下，他遇见了小热尔韦，抢走了他的四十苏。为什么？他肯定无法解释。是因为他从牢里带出来的丑恶思想在起最后的作用，做最后的挣扎？是一种残余的冲动，力学上所谓的“惯力”在起作用？的确如此，不过也可能没这么复杂。简单地说，抢钱的不是他，不是人，而是野兽；当心智被无数新奇的念头纠缠，正在苦苦挣扎时，那野兽出于习惯和本能，糊里糊涂地把脚放到了那枚硬币上。当心智清醒过来，看见这一野蛮行径时，让·瓦让不安地后退几步，发出了恐怖的叫声。

因为，抢那个孩子的钱这种事，他本来是不可能再做的了。这个奇怪的现象，只有在他那种思想状况下才会发生。

不管怎么说，他做的这件坏事，对他起到了决定性的作用。它突然穿透并驱散了他心智上的混乱，把黑暗和光明分放两边，对他混乱的内心产生了影响，正如某些化学试剂能对某种混合物发生作用，使一种物质沉淀，另一种物质变得清晰可见。

最初，他还没来得及反省和思考，就像要逃跑似的，发狂般地奔跑起来，想找到孩子，把钱还给他。后来，当他发现这是白费力气，他便绝望地停了下来。当他大声吼叫"我是混蛋"时，他已经看到了自己的丑态，他已离开自己，觉得自己成了幽灵，他看见了那个活生生的、面目狰狞的苦役犯让·瓦让，手里拿着棍子，腰里束着工作服，背上背着背包，里面塞满了偷来的东西，脸色坚定而忧郁，满脑子罪恶的计划。

我们已看到，由于遭受太多的不幸，让·瓦让常常幻觉丛生。因此，他刚才似乎又产生了幻觉。他真的看见让·瓦让出现在他面前，看到了那张凶恶的嘴脸。他差点问自己那人是谁，他感到非常厌恶。

当人们陷入深深的幻觉中时，就会脱离现实。那是汹涌澎湃，又是极其平静的时刻。让·瓦让就处于这样的时刻。他已看不见周围真实的事物，他所看到的外界事物，正是出现在他脑海里的影像。

可以说，他面对面地注视着自己。同时，穿过幻觉，在神秘的心灵深处，他仿佛看见有个亮光。他起初以为是火炬。他更仔细地注视这出现在他意识中的亮光，发现它是个人，这个火炬便是主教。

他的意识轮番注视面前的两个人，一个是主教，一个是让·瓦让。要削弱第二个人的气势，非得主教才行。这种神思恍惚，有一种奇异的效果，他的幻觉越是延长，主教在他眼里就变得越来越高大，越来越灿烂，而让·瓦让则愈来愈渺小，愈来愈模糊，到后来就只剩下一个影子，最后突然消失了。只剩下主教一人了。他用灿烂的光辉，照亮了这可怜人的整个心灵。

让·瓦让哭了很久。他泪如雨下，号啕大哭，比一个女人更软弱，比一个孩子更恐惧。

他哭着哭着，脑子越来越明亮，那亮光是异乎寻常的，既令人陶醉，又使人害怕。他从前的生活、第一次犯罪、漫长的赎罪、外表变得迟钝、内心变得冷酷、出狱、复仇计划、主教家发生的事、最后干的一件坏事——抢了一个孩子四十苏，这个罪行发生在主教对他宽恕之后，更显得卑鄙和丑恶——所有这一切，都回到了他的脑海里，他看得清清楚楚，他从没看得这样清楚过。他审视自己的一生，感到他的一生丑恶无比；他审视自己的灵魂，感到他的灵魂令人厌恶。但是，和煦的阳光照亮了他的生命和灵魂。他仿佛在天堂的照耀下，看到了撒旦。

他像这样哭了多久？哭完后他做了什么？他去了哪里？没有人知道。只有一点似乎可以肯定：有个到格勒诺布尔去运货的车夫，那天夜里三点钟到达了迪涅，当他经过主教府所在的街时，看见有个人在黑暗中跪在比安维尼大人家门口的石头路面上，好像在做祈祷。

第三卷　一八一七年

一　一八一七年

一八一七年，路易十八以君王的沉着和自豪，把这一年称作他登基的第二十二个年头。[①]这一年，布吕吉埃·德·索松先生[②]名噪一时。所有的假发店无不希望重新时兴头发上扑白粉和御鸟式假发，把店铺刷成天蓝色，画上百合花[③]。对林奇伯爵[④]来说，这是个单纯的年代：作为教堂财产管理人，每星期日，他穿着法兰西封臣的礼服，佩着红绶带，挺着长鼻子，照例坐在圣日耳曼-德-普雷堂区财产管理委员席上，那种威严的形象，是有光辉建树的人所特有的。林奇先生的光辉业绩是这样的：他当波尔多市长时，于一八一四年三月十二日，就过早地把他的城市献给了昂古莱姆公爵[⑤]。于是他成了元老院议员。一八一七年，四五六岁的男孩时兴戴有护耳的山羊皮大鸭舌帽，很像爱斯基摩人的烟囱帽。法国军

---

① 路易十八是路易十六的弟弟，他在一八一五年拿破仑逊位后才回法国登基。但他不承认王室的统治有中断，认为他的王位应从一七九五年路易十七死在狱中之日算起。因此，他说一八一七年是他即位的第二十二个年头。

② 布吕吉埃·德·索松（1773—1824），曾翻译过莎士比亚的悲剧。

③ 百合花为法国波旁王朝的标志。贵族都戴假发，假发上扑白粉。

④ 林奇伯爵（1749—1835），波尔多市长，保王派。

⑤ 昂古莱姆公爵是路易十八的侄子。一八一四年三月，英国军队从西班牙侵入法国南部，昂古莱姆公爵随英国人一起进了波尔多。波尔多资产阶级将波尔多献给了英国人。

队也像奥地利人那样穿起了白制服，团改称军团，不再用番号，而用各省的名称命名。拿破仑在圣赫勒拿岛，英国人拒绝为他提供绿呢，他只好将旧衣服翻过个面来穿。在一八一七年，佩莱格里尼声震歌坛，比戈蒂妮小姐技震舞坛，波蒂埃红极一时，奥德利尚未成名。继福里奥佐之后，萨基夫人[①]名扬遐迩。在法国还有一些普鲁士人。德拉洛[②]先生成了名人。普莱尼埃、卡博诺、托勒龙[③]被斩了手，又砍了头，显示了王权的合法性。侍从长德·塔列朗亲王[④]和钦命财政大臣路易神甫，就像两个占卜师那样，心照不宣，相视而笑；一七九〇年七月十四日，两人曾在练兵场为联盟节[⑤]举行过弥撒，塔列朗为主祭，路易为副祭。到了一八一七年，在这个练兵场的平行侧道上，几根大木柱躺在草丛中，风吹雨打，渐渐腐烂，蓝色的底上依稀可辨金鹰和金蜂的图案。两年前，拿破仑召开“五月”会议，这些木柱是用来支撑演讲台的。它们到处都有烧伤的痕迹，那是驻扎在大石子附近的奥地利军队露营时造成的。其中两三根给奥地利士兵烤过手，已在营火中化为灰烬。引人注目的是，这次“五月”会议却在六月召开，地点在练兵场。在这一八一七年，有两件事家喻户晓：一是图凯出版伏尔泰选集，二是把宪章刻在鼻烟盒上。震惊巴黎的最新事件，是多登的弑兄案，他把他兄弟的头颅扔进花市的水池里。海军部开始调查美杜莎号战舰遇难事件[⑥]，这次调查使舰长肖马雷丢

---

① 佩莱格里尼为那不勒斯歌手，当时正在巴黎演出。比戈蒂妮是舞蹈家。波蒂埃和奥德利是喜剧演员。福里奥佐和萨基夫人是第一帝国时期最著名的杂技演员。

② 德拉洛（1772—1842），法国极端保王派，《辩论日报》的编辑。

③ 普莱尼埃、卡博诺和托勒龙，秘密会社成员，因赞成处死路易十六，而被处死。当时，对弑王者的刑罚是斩手又砍头。

④ 塔列朗（1754—1838），法国政治家和外交家，在法国大革命时期、拿破仑时期、波旁王朝复辟时期和路易十八时期都任过要职。一八一四年三月俄普联军攻入巴黎，塔列朗组织临时内阁，迎接路易十八回国。

⑤ 一七八九年法国资产阶级革命，各城市建立联盟，七月十四日为联盟节。

⑥ 美杜莎号战舰于一八一六年六月十七日从法国出发，开往塞内加尔，七月二日遇难。舰长肖马雷是最先乘救生艇逃跑的人中的一个。热里科画了一幅美杜莎遇难的画，在一八一九年的画展中展出。

尽脸面，画家热里科出尽风头。塞夫[①]上校赴埃及，变成了苏莱曼帕夏。竖琴街的公共浴室给一个箍桶匠做了店铺。在克吕尼公馆八角塔的平台上，仍可以看见一间小木屋，曾是梅西埃的观象台，路易十六时期，他是海军部的天文官。迪拉斯公爵夫人在小客厅里给她的三四位朋友朗读尚未发表的小说《乌里卡》，客厅里有几张天蓝色缎面的凳脚交叉的小凳子。卢浮宫里的N[②]正在被刮去。奥斯特里茨桥缴械投降，改名为御花园桥，真是一箭双雕，使奥斯特里茨桥和植物园都改变了姓名。路易十八读《贺拉斯》，对那些当皇帝的英雄和成为皇储的木鞋匠备感兴趣，边读边在书上留下一道道指甲印，因为他有两个心病：拿破仑和马蒂兰·布吕诺[③]。法兰西学院大奖赛的题目是：读书之乐。贝拉尔[④]先生的口才得到官方的承认。在他的保护下，未来的检察长德·布罗埃崭露头角，他将受到保尔-路易·库里埃的冷嘲热讽。有个名叫马尚吉的人冒充夏多布里昂，以后还将有一个名叫达兰库的人冒充马尚吉。《克莱尔·达尔布》和《马莱克-阿代尔》是两部杰作，作者科坦夫人被誉为旷代第一大手笔。法兰西学院撤销了拿破仑·波拿巴的院士资格。国王下令在昂古莱姆市建立海军学校，既然昂古莱姆公爵是海军大臣，昂古莱姆市理所当然具有海港的一切资格，否则，君主体制的原则就会受到损害。为了增加趣味，弗朗科尼的海报上加了一些马戏表演的图案，引来了许多野孩子的围观，对于这一做法，内阁会议上争论不休。帕埃尔先生在主教城街指挥萨瑟内侯爵夫人的室内音乐会，他是歌剧《阿涅兹》的作者，一个长着方脸盘、脸颊上有一颗肉痣的老头。所有的女孩子都唱《圣阿韦尔的隐士》这首抒情歌曲，是埃德蒙·热罗作的词。《黄侏儒报》更名为《明镜报》。朗布兰咖啡馆拥护皇帝，与拥护波旁王室的瓦洛瓦咖啡馆唱对台

---

① 塞夫（1787—1860）曾是拿破仑帝国和百日帝政时期的军官。一八一六年，他去埃及军队当教官，后皈依穆斯林教，相继成为上校、将军和一个省的总督。

② N是拿破仑的徽志，是他名字的首字母。

③ 马蒂兰·布吕诺的父亲是木鞋匠，但他对当木鞋匠毫无兴趣，让人称他为男爵，最后又自称为路易十八的王储。

④ 贝拉尔（1761—1826）在王朝复辟时期，是巴黎的总检察长。

戏。已被卢韦尔[①]暗中盯上梢的贝里公爵刚娶了一位西西里公主。斯达尔夫人去世已有一年。玛斯小姐演出时，近卫队喝倒彩。大报都变成了小报。篇幅虽然缩小了，但言论依然自由。《立宪报》拥护宪法。《密涅瓦报》把 Chateaubriand[②] 的 d 写成了 t，引来了资产阶级对这位大文豪的嘲笑。在被收买的报纸上，那些出卖自己的记者辱骂一八一五年的流放者：大卫不再有才华了，阿尔诺不再有思想了，卡尔诺不再正直了，苏尔特[③]没打过一次胜仗，拿破仑也不再是天才了。谁都知道，通过邮局寄给流放者的信很少收到，警察把截信作为自己的神圣职责。这不是什么新鲜的做法，笛卡儿遭流放时，也有过同样的抱怨。然而，大卫因为没收到别人写给他的信，在比利时的一家报纸上发了几句牢骚，那些保王报纸感到很可笑，逮住机会对这个流放者冷嘲热讽。说"弑君者"还是"投票者[④]"，"敌人"还是"盟友[⑤]"，"拿破仑"还是"布奥拿巴"，这之间有天壤之别。有常识的人都认为，革命的时代已被外号叫"不朽的宪章缔造者"的路易十八永远关上了大门。在新桥的平台上，在等待亨利四世铜像的基座上，有人正在用拉丁文镌刻"再生"二字。皮埃泰先生在泰雷兹街四号酝酿召开秘密会议，以图巩固君主政体。每当局势严重，右派的领袖们就说："得给巴科写信。"卡努埃尔、奥马霍尼和德·夏普德莱纳等人准备策划一场阴谋，后来称为"河畔阴谋"，路易十八的兄弟对这场阴谋多少是赞同的。"黑饰针"秘密组织也在策划阴谋。德拉韦德里和特罗戈夫沆瀣一气。多少有点自由思想的德卡兹先生掌握了大权。每天早晨，夏多布里昂站在圣多米尼克街二十七号的窗前，穿着长裤和拖鞋，斑白的头发上裹着一条女用头巾，眼睛望着一面镜子，面前放着全

---

① 卢韦尔（1783—1820），法国工人，认为波旁王朝是英国入侵法国的罪魁祸首，便杀死了波旁王朝的末代子孙贝里公爵。

② 法国作家夏多布里昂。

③ 大卫，法国画家，为拿破仑画过肖像。阿尔诺，法国诗人和寓言家。卡尔诺，数学家，国民公会代表，百日帝政期间，曾任内政部长。苏尔特，拿破仑的部下。

④ 指投票赞成处死路易十六的国民公会议员。

⑤ 指帮助波旁王朝复辟的英、奥、俄、普等同盟国。

套牙科器械，一面给他的漂亮牙齿清除污垢，一面向秘书皮洛热先生口述《按宪章建立的君主政体》的异本。权威的批评喜欢拉丰，不喜欢塔尔马[①]。德·费莱茨先生在他的文章上署名 A，霍夫曼则署名 Z。夏尔·诺迪埃撰写《泰雷丝·奥贝尔》。离婚被废除。中学由 lycées 改称 collèges。中学生衣领上饰一朵金百合花，为罗马王[②]的问题互相斗殴。宫中秘密警察向夫人殿下[③]揭发，奥尔良公爵先生的肖像到处张挂，穿着轻骑兵上校制服，比穿龙骑兵上校制服的贝里公爵先生还要神气，这样有失体统。巴黎市自筹资金，给残老军人院的圆屋顶重新漆了金色。严肃认真的人思量，德·特兰克拉格先生遇到这样那样的情况时，会如何处理。克洛塞尔·德·蒙塔尔先生同克洛塞尔·德·库塞格先生之间，在许多方面意见不和；德·萨拉贝里先生心头不悦。喜剧演员皮卡在奥德翁剧院演出《两个菲利贝》，在剧院的三角楣上，仍清楚可辨刮去的“皇后剧院”的字迹；皮卡是法兰西学院院士，连喜剧家莫里哀都无此殊荣。有人支持居涅·德·蒙塔洛，也有人反对。法布韦是捣乱分子，巴武是革命党人。书商佩利西埃出版一部伏尔泰文集，书名为《法兰西学院院士伏尔泰文选》。这位天真的出版商说：“这样能吸引顾客。”舆论普遍认为，夏尔·卢瓦宗先生将会成为旷世奇才；他已有创作欲望，这是光荣的预兆；有人还为他写了诗：

雏鹅[④]腾飞时，仍感其有蹼。

红衣主教费什拒不辞职，阿马齐的大主教德班先生只好管理里昂教区。迪富尔统领的一份报告，使瑞士和法国开始争夺达普河谷，迪富尔后来擢升将军。圣西门[⑤]尚未成名，正在编织他的美梦。科学院有个傅立

---

① 拉丰和塔尔马是当时的悲剧演员。

② 罗马王，拿破仑和玛丽-路易丝的儿子。

③ 夫人殿下指路易十八的弟媳妇阿图瓦伯爵夫人，贝里公爵的母亲。

④ 原文为卢瓦松。法语中，卢瓦松（Loyson）和雏鹅（l’oison）同音。雏鹅有小傻瓜的意思。

⑤ 圣西门（1760—1825），法国空想社会主义者。

叶，尽管在当时赫赫有名，但后人已把他遗忘；在不知哪个角落里还有一个傅立叶，当时还默默无闻，后人却会记住他的名字。[①]拜伦勋爵崭露头角，米勒瓦的一首诗中有条注释提到“某个巴伦勋爵”，也就等于把他介绍给了法国。大卫·德·昂热试雕大理石像。在千层酥死胡同，卡龙教士向一群神学院学生热情赞扬一位名不经传的神甫，名叫费利西泰·罗贝尔，他便是日后的拉梅内。塞纳河上出现了一种冒着黑烟、像泅水的狗发出啪嗒啪嗒声音的东西，在国王桥和路易十五桥之间来回游弋，从杜伊勒利宫的窗下经过；这是一条汽船，一种没什么用处的机械，小孩子的玩具，梦想家的创造，乌托邦式的空想。巴黎人对此无用之物漠不关心。德·沃布朗先生强行改组法兰西学院，他签发命令，确定人选，让好几个人当上了院士，他功不可灭，可他自己却是竹篮打水一场空。圣日耳曼镇和马桑公馆希望德拉沃先生当警察局长，因为他是虔诚的基督教徒。迪皮特朗和雷卡米埃为耶稣-基督是不是神的问题，在医学院的梯形教室里争吵起来，甚至互相挥拳威胁。居维埃的一只眼睛看着《创世记》，另一只眼睛盯着大自然，用化石证明经文的正确，用乳齿象为摩西唱赞歌，以博得笃信基督的反动势力的欢心。弗朗索瓦·德·纳夫夏多先生，为让大家记住帕芒蒂埃[②]，做出了卓越的努力，千方百计想把土豆叫作帕芒蒂埃，但没有成功。格雷古瓦神甫，这位前主教、前国民公会议员、前元老院议员，在保王党的论战中，转入了“可耻的格雷古瓦”状态。上面用的“转入某种状态”的表达方式，被罗耶-科拉先生宣布为新词。在耶拿桥的第三个桥拱上，有一块新石头，可从洁白的颜色认出来，两年前，布吕歇尔为了炸桥凿了个洞，那块石头是用来堵这个洞的。法庭传讯了一个人，因为当他看见阿图瓦伯爵走进圣母院时，大声嚷道：“见鬼！我真怀念波拿巴和塔尔马手挽手步入蛮人舞场的时代。”煽动性言论。六个月班房。叛徒们畅所欲言，有些人临阵倒戈，投

① 这个傅立叶（1768—1830）是男爵，法兰西学院院士。另一个傅立叶（1772—1837）是社会学家和哲学家。

② 帕芒蒂埃（1737—1813），法国农学家。曾用化学手段对土豆进行研究，并发表了一部专著。

入敌人阵营，现在毫不隐瞒所得的奖赏，没皮没脸，厚颜无耻，在大庭广众之下，炫耀他们的财富和高位；利尼和四臂村[①]的逃兵们，拿了人家的钱，干了卑鄙的勾当，衣冠不整地炫耀对国王的无限忠诚，忘了英国公共厕所的墙上写着：**出去前请整好衣服**[②]。

一八一七年发生的事，拉拉杂杂说完了。这些事，没有人再记得了。这一件件具体的小事，历史一般不会重视，但也只能如此，因为无限将把历史占满。然而，这些细节，尽管被人误称作小事，其实是很有用的。人类没有小事，植物没有小叶。世纪的面貌是由岁月的面貌构成的。

在这一八一七年，四个巴黎青年演出了一场“闹剧”。

二　两个四人组合

这四个巴黎青年，第一个是图卢兹人，第二个是利摩日人，第三个是卡奥尔人，第四个是蒙托邦人。可他们是大学生，谁是大学生，谁就是巴黎人。在巴黎求学，就是生在巴黎。

这些年轻人微不足道，他们的面孔人人熟悉，不过是平常人的四个实例，既不好亦不坏，既非学问家，亦非无知识，既非天才，亦非笨蛋。他们年方二十，风流倜傥，有如阳春四月。他们是四个平平庸庸的奥斯卡，因为那时候亚瑟们尚未出世。那首情歌唱道：“为他点燃龙涎香，奥斯卡来了，我要去见奥斯卡！”莪相[③]的时代正在结束。人们崇尚斯堪的纳维亚和苏格兰式的风雅，纯英国式的风雅以后才兴起，第一个亚瑟是威灵顿[④]，不久前才在滑铁卢打败了拿破仑。

---

① 利尼和四臂村均为比利时地名。一八一五年六月十六日，即滑铁卢战役的前两日，拿破仑在利尼击败普鲁士军队，又在四臂村击败英国军队。

② 原文为英语。

③ 莪相是爱尔兰古代吟唱诗人。一七六二年，苏格兰诗人麦克菲森整理出《莪相集》，但许多是他自己的创作。《莪相集》曾传诵一时。

④ 威灵顿（1769—1852），英国将军和政治家。

这几个奥斯卡，一个叫费利克斯·托洛米埃，图卢兹人；另一个叫利斯托利埃，卡奥尔人；还有一个叫法默伊，利摩日人；最后一个叫布拉舍韦，蒙托邦人。自然每个人都有情妇。布拉舍韦喜欢法武丽特，她叫这个名字，是因为去了趟英国；利斯托利埃钟爱大丽花，她用一种花名作为假名；法默伊崇拜瑟芬，那是约瑟芬的简称；托洛米埃有芳蒂娜，人称金发美人，因为她有一头金灿灿的美发。

法武丽特、大丽花、瑟芬和芳蒂娜，这四个姑娘美丽动人，光辉灿烂，香气袭人，身上残留着女工的本色，尚未完全摆脱针线活，尽管也朝三暮四，谈情说爱，但她们脸上仍残留着劳动者的安详，心里仍有一朵诚实之花，这诚实是女人初次失足后所幸存的。在这四位姑娘中，有一个叫小妹，因为她年纪最小，还有一个叫大姐。大姐二十三岁。实不相瞒，在喧嚣的人生中，前面三位更有经验，更无忧虑，更飞得高。金发美人芳蒂娜还沉浸在初恋的美梦中。

大丽花、瑟芬，尤其是法武丽特，就不是这样了。她们的爱情小说刚开始，就已写下了不止一个篇章。第一章里的情人是阿道夫，到了第二章，成了阿尔丰斯，在第三章里又变成了居斯塔夫。贫穷和俏丽是两个会带来不幸的谋士，一个低声埋怨，另一个阿谀奉承；穷人家的漂亮姑娘两者兼而有之，都在她们耳边嘀嘀咕咕。防范不严的心俯首听命。于是她们就会堕落下去，人们就会落井下石，会用洁白无瑕、可望而不可即的贞操，对她们大肆攻击。唉！年轻姑娘忍受不了饥饿，怎么办？

法武丽特去过英国，因此，瑟芬和大丽花对她佩服得五体投地。她很早以前有个家。父亲是个数学教师，上了年纪，性格粗暴，喜欢吹牛。他没结过婚，尽管年事已高，仍到处奔波，登门授课。年轻时，有一天，他看见壁炉挡灰板勾住了一位女仆的裙子，由此坠入情网，结果就有了法武丽特。她有时能遇见父亲，她父亲同她打个招呼。一天早晨，一个信女般模样的老妇走进她家里，对她说："小姐，您不认识我吗？""不认识。""我是你母亲。"然后，那老妇打开碗橱，又吃又喝，还把自己的床垫搬了来，住下来不走了。这位母亲脾气不好，虔信宗教，从来不和法武丽特说话，几个小时不言不语，一日三餐，饭量一个顶四个，还要到楼下的门房那里去串门，说她女儿的坏话。

大丽花有非常漂亮的玫瑰红指甲，就因为这个，她和利斯托利埃，也许还同其他几个男人拉上了关系，整天游手好闲，无所事事。有这样漂亮的指甲怎能干活？想保持贞洁，就不该怜惜自己的手。至于瑟芬，她能征服法默伊，是因为她会用淘气而娇媚的神态说："是，先生。"

那几个小伙子是同学，这几个姑娘也就成了朋友。这种爱情总是有这种友谊相伴的。

审慎和明哲是两回事。眼前的事就可以做证：对于这四对青年不稳定的结合，尽管可以保留意见，但是，法武丽特、瑟芬和大丽花是明哲的女孩子，而芳蒂娜是审慎的姑娘。

能说她审慎吗？那么托洛米埃呢？所罗门[①]也许会说，爱情是审慎的组成部分。我们只是说，芳蒂娜的爱是初恋，是专一的，忠贞不贰的。

这四个姑娘中，唯有她只让一个人对她用"你"相称。

可以说，芳蒂娜是底层孕育的孩子。她出生在深不可测的黑暗的社会底层，她的额头打上了无名无姓、不知身世的印记。她生在滨海蒙特勒伊[②]。她父母是谁？没有人说得清楚。人们从没见过她的父亲或母亲。她叫芳蒂娜。为什么叫芳蒂娜？人们从不知道她有别的名字。她出生的时候，督政府还在执政。她没有姓，因为她没有家；她没有教名，因为教堂名存实亡。小时候，她光着脚在街上行走，第一个遇见她的人随便给她起了个名字，于是她就有了这个名字。她接受一个名字，就像下雨时她额头上接受雨水那样随意。大家叫她小芳蒂娜。有关她的其他事没有人知道。这个人便是这样来到了人世间。十岁那年，芳蒂娜离开城里，到附近的农场主家干活。十五岁，她到巴黎来"碰运气"。芳蒂娜如花似月，并且将贞洁保持到最后一刻。她有一头漂亮的金发，一口漂亮的皓齿。她有金子和珍珠作嫁妆，但她的金子在头上，珍珠在嘴里。

---

① 所罗门（约前960—前930），以色列最伟大的国王，以贤明著称。

② 滨海蒙特勒伊是法国北部加来省的一个县。

她为了生活而打工，后来，同样是为了生活，她恋爱了，因为心也会饥饿。

她爱上了托洛米埃。

他是逢场作戏，可她却是狂热的爱。拉丁区[①]的街上到处是大学生和轻佻女工，那些街道目睹了这场梦的开始。在先贤祠山坡上的长街曲巷里，发生过多少浪漫的爱情，在那里，芳蒂娜曾久久躲避托洛米埃，但却总是设法能遇见他。有一种躲避的方式，恰恰是在寻找。总之，田园般的爱情开始了。

布拉舍韦、利斯托利埃和法默伊似乎组成了一个小团体，托洛米埃是他们的头。因为他有头脑。

托洛米埃是个老大学生。他很有钱，有四千法郎的年金。四千法郎年金，这在圣热纳维埃夫山上，足够他干出轰轰烈烈的丑事了。托洛米埃已有三十岁，花天酒地，不惜身体。他额头已有皱纹，牙也掉了一些，头也秃了一些。他对秃顶不以为然，常说自己是“三十岁的头顶，四十岁的膝盖”。他的消化功能不好，因此，有只眼睛老是流泪。但是，随着青春消逝，他倒越活越快活。他用戏谑代替牙齿，快乐代替头发，讥讽代替健康，让那只泪汪汪的眼睛总在笑眯眯。他的健康状况很坏，但他依然精力旺盛。他的青春过早地收拾行李，正在不慌不忙地撤退，却爆发出朗朗笑声，让人只看到火一般的热情。他写过一个通俗笑剧，但被剧场拒绝了。他也写些诗，但平淡无奇。此外，他对一切都抱怀疑态度，这在弱者看来，便是力量的表现。因此，秃了顶、善讽刺的他，成了四人小组的头头。英语里有个词叫 iron，是“铁”的意思。法语中的 ironie（讽刺）难道源自这个词？

一天，托洛米埃把另外三个人叫到一旁，做了一个权威性的手势，对他们说：

“芳蒂娜、大丽花、瑟芬和法武丽特要我们给她们一个惊喜，她们想了都快一年了。我们也郑重其事地答应过。她们老向我们提这件事，尤

① 拉丁区是巴黎大学集中的地方。

其是向我。那几个美人老缠着我问：‘托洛米埃，你那个惊喜什么时候出笼？’就像那不勒斯的老太太们对圣亚努阿里乌斯[①]高喊：‘**黄面孔的神，显显灵吧**[②]！’我们的父母亲也常来信催我们。两边都唠叨个没完。我认为到时候了。我们好好谈一谈。”

说完，托洛米埃压低嗓门，神秘兮兮地说了一些令人开心的话，四个人高兴得哈哈傻笑。布拉舍韦喊了一句：“这主意太妙了！”

他们看见一个烟雾腾腾的小咖啡馆，走了进去，后面的谈话就不得而知了。

密谈的结果，是搞一次愉快的聚会，于下星期天举行，这四个小伙子邀请那四位姑娘参加。

三　四对四

四十五年前大学生和女工一起郊游的情形，今天的人是很难想象的。巴黎的郊区今昔大不一样。半个世纪以来，所谓巴黎郊区的生活彻底改变了模样。从前是双轮公共马车，现在是火车；从前是小船，现在是汽船；现在说费康[③]，正如当年说圣克鲁[④]。一八六二年的巴黎，是以法国为郊区的。

当年乡间可能有的娱乐场所，四对年轻人都尽情享受。正是放暑假的时候，那天天气很热，晴空万里。四个姑娘中，只有法武丽特能写几个字，头天，她代表大家给托洛米埃写了张字条：“青早出法是件勒事。[⑤]”因此，他们五点钟就起床了。然后，他们乘坐公共马车到了圣克鲁，观看了干涸的瀑布，他们嚷道：“有水的时候，一定很好看！”他们

---

① 圣亚努阿里乌斯是那不勒斯的保护神。

② 原文为拉丁语。

③ 费康为英吉利海峡边上的一个港口。

④ 圣克鲁位于巴黎西郊。

⑤ “清早出发是件乐事。”原文为表示法武丽特识字不多，故意用了错别字。

在黑头餐馆吃了午饭，那时候，卡斯丹尚未到过这里。接着，他们花钱在大塘边的梅花形树林里玩了一盘套圈游戏，后又登上了第欧根尼的灯笼，在塞夫勒桥上，用杏仁饼玩了轮盘赌，在皮托采了野花，在纳伊买了芦笛，沿途吃了许多苹果酱馅饼，高兴得心花怒放。

姑娘们犹如逃出笼子的鸟儿，叽叽喳喳，闹个不停。她们欣喜若狂。她们不时地在小伙子们身上拍一下。令人陶醉的青年时代！令人心醉的青春岁月！蜻蜓的翅膀轻轻颤动。啊！不论是谁，你可记得？你可曾在荆棘丛中走过，为了你身后的可爱人儿把树枝扳开？你可曾在雨后，和一个心爱的女人从湿漉漉的斜坡上往下滑，开心得哈哈大笑？她拉着你的手，大叫大嚷："哎呀！瞧我的新鞋！都成什么样子了！"

我们要说的是，下一阵骤雨的这种愉快的烦恼，这群兴高采烈的年轻人没有遇上，尽管出发时法武丽特以母亲般的武断的口吻说："小路上爬满了蜒蚰。孩子们，天要下雨了。"

四位姑娘都有闭月羞花之貌。那天，一位当年闻名遐迩的古典诗人德·拉布伊斯骑士先生恰好在圣克鲁的栗树下散步，上午十点左右，看见她们经过，那诗人自己也有一位绝色美人，可当他看见她们时，想起了三位美惠女神，不禁脱口而出："怎么多了一个！"法武丽特，也就是布拉舍韦的情人，二十三岁的大姐，走在最前头，在浓密的绿树枝下，遇到小坑就跳过去，碰到荆棘丛就发疯般地跨过去，就像是农牧女神，情绪高昂，带领大家尽情欢乐。至于瑟芬和大丽花，她们的美凑巧相互补充，相得益彰，因此她们形影不离，与其说出于友谊，毋宁说出于卖俏的本能。她们仿效英国人的姿势，互相偎依在一起。纪念册式样的文学作品[①]问世不久，女性开始崇尚伤感，就像后来男性模仿拜伦一样；女性的头发开始披散下来，犹如哀怨的泪水。瑟芬和大丽花的头发梳成卷筒式。利斯托利埃和法默伊在议论他们的教师，一边向芳蒂娜解释代万古先生和布隆多先生之间有什么不同。

布拉舍韦似乎生来就是为在星期天替法武丽特拿披肩的。那条不对

---

① 十九世纪流行的一种文学作品，集画、诗和散文于一身，作为礼物赠送给亲朋好友。

称的羊毛披肩是泰诺[①]的产品。

托洛米埃殿后，统治着这群人。他高兴得手舞足蹈，但可以感到他身上有种统治者的味道。他的嬉笑中带着专制。他的主要装饰，是一条米黄色的象腿式长裤，用一条铜带子紧扣裤腿系在脚底下，手里拿一根价值二百法郎的威风凛凛的藤鞭子，而且，因为他从来为所欲为，嘴里还衔着一支叫雪茄的怪东西。对他来说，没有什么不敢做的事，别说抽烟了。

"这个托洛米埃，真了不起。"人们不无崇拜地说，"穿这样的裤子！多有魄力！"

至于芳蒂娜，她是快乐的化身。上帝赋予她一口漂亮的牙齿，显然是让她笑的。她有一顶手缝的小草帽，垂着长长的白飘带，她经常拿在手中，而不是戴在头上。浓密的金发，像是喜欢飘舞似的，稍不留意便松开来，不时地要束一束，仿佛生来就是为了给在垂柳下逃跑的海神该拉忒亚遮羞的。她心花怒放，粉红色的小嘴喋喋不休。她的嘴角微微翘起，令人怦然心动，就像古代怪面饰上的厄里戈妮[②]，仿佛在怂恿人们大胆行动；但她满是阴影的长睫毛羞羞答答地垂下来，注视着不安分的下半张脸，仿佛在阻止它放肆。她的装束赏心悦目，光彩照人。她穿一件淡紫色的薄呢裙，一双小巧玲珑的金褐色厚底皮鞋，鞋带交叉在质地细软的镂空白袜上，裙子外面罩着平纹细布无袖短上衣，那是马赛人创造的，名叫"卡纳祖"，是卡纳比埃街的人对"八月十五"的讹读，意思是"晴天、炎热和南方"。另外三个姑娘，我们说过，她们的胆子比芳蒂娜大一些，她们袒胸露肩，又是夏天，戴一顶插满花的帽子，显得分外妖艳迷人。可是，与这种大胆的服饰相比，金发美人芳蒂娜的"卡纳祖"式短上衣薄如蝉翼，若隐若现，既大胆又谨慎，仿佛端庄的服饰找到了一种撩人的时式；长着海绿眼睛的塞特子爵夫人主持的遐迩闻名的爱情法庭[③]，可能会把俏丽奖颁给"卡纳祖"，尽管它想竞争贞洁奖。最朴素的

---

① 泰诺（1763—1833），法国工业家和政治家。开办多家纺织厂。

② 厄里戈妮为罗马神话中酒神巴克斯的情人。

③ 爱情法庭为十二至十五世纪文学作品中，模仿现实法庭对恋爱行为做出若干细小规定，以活跃恋爱论坛的空架子。

人往往最有学问。这种情况屡见不鲜。

面容艳丽，侧影纤细，眼睛深蓝，眼皮丰盈，纤脚微微弓起，手腕和脚踝骨珠联璧合，美不胜收，皮肤白净，透出蓝蓝的血管，脸颊鲜润，充满了稚气，脖子和埃伊纳岛[①]的朱诺像一样健美，后颈柔美有力，肩膀仿佛出自库斯图[②]之手，中间有个撩人的小窝，透过薄纱依稀可见；生性快乐，但沉思时快乐顿然消失；美如雕像，秀色可餐：这便是芳蒂娜。在这衣衫下面，可以看到一尊塑像，而在这塑像里面，有一颗晶亮的心。

芳蒂娜很美，但她自己却不大意识到。那些为数不多的思想家，美的神秘的祭司，那些总是默默地用尽善尽美的标准衡量一切事物的人，如果看到这个不起眼的女工，透过她明朗的巴黎风韵，想必会领略到古代神像的和谐吧。这个默默无闻的姑娘高贵优雅。她的美表现在两个方面，一是风度，二是节奏。风度是理想的形态，节奏是理想的动态。

我们说过，芳蒂娜是欢乐的化身。芳蒂娜也是贞洁的化身。

倘若有人观察她，仔细研究她，就会发现，尽管那年龄、那季节和那爱情使她如醉如痴，但透过这个表象，仍可看到那种难以遏制的谨慎和朴实。她总带着惊讶的神色。这种纯洁的惊讶，是普绪喀和维纳斯[③]之间的区别所在。芳蒂娜就像拿着金针给女灶神拨灰的贞女，有着白皙而修长的手指。尽管她对托洛米埃百依百顺，这在后面会看到，但是，当她的脸平静下来时，却像贞女般纯洁。有时候，她会突然变得严肃而端庄，近乎冷峻；看到快乐瞬间从她脸上消失，沉思即刻替代笑容，这的确令人心荡神摇，不能自已。这突如其来的严肃，有时变成了严厉，与女神轻蔑的神情何其相似。她的额头、鼻子和下巴线条匀称，但不是那种比例上的匀称，因此，她的脸显得极为和谐。她的上嘴唇和鼻根之间很有特征，有一条细细的迷人的皱纹，那是贞洁的神秘标志，正是这种

① 埃伊纳岛，希腊的一个岛。一八一一年挖出一批塑像。

② 库斯图（1658—1733），法国著名的雕塑家。

③ 普绪喀是希腊神话中人类灵魂的化身，以少女的形象出现。维纳斯是罗马神话中的爱神。

神秘的贞洁，使得巴伯鲁斯爱上了从圣像堆中发现的一尊狄安娜[①]像。

爱情是一种过失，就算是吧。可芳蒂娜却浮在过失之上，她是无辜的。

四　托洛米埃高兴得唱起了西班牙歌

那天，从早到晚仿佛沐浴在晨曦中。整个大自然仿佛都在过节，在欢笑。圣克鲁的花坛发出阵阵馨香，从塞纳河吹来的微风轻拂树叶，树枝迎风摇曳，蜜蜂在茉莉花丛中抢劫花蜜，一群流浪的蝴蝶在蓍草、苜蓿和野燕麦中飞来飞去，无数漂泊的鸟儿在法兰西国王庄严的公园里蹦蹦跳跳。

四对欢天喜地的年轻人，与阳光、田野、花朵、树木混为一体，散发着灿烂的光辉。

在这快乐的群体中，姑娘们说着，唱着，跑着，跳着，追着蝴蝶，采着牵牛花，在深草中弄湿了粉红镂花袜，她们清新，疯狂，个个心地善良，随时接受小伙子们的亲吻，唯有芳蒂娜例外，她总是若有所思，躲躲闪闪，可心有所爱。“你呀，总是这样。”法武丽特对她说。

他们是快乐的化身。幸福的情侣经过哪里，便向生命和大自然发出深切的呼唤，使万物散发出温柔和光芒。从前有个仙女，专为恋人们创造了草地和树林。因此，情人们便不断逃学到田野里，只要灌木丛和学生存在，逃学的事就不会停止。因此，思想家对春天情有独钟。不管是贵族还是小贩，公爵、封臣还是乡下人，或者照从前的提法，是朝臣还是市民，全都是这个仙女的臣民。人们欢笑着，互相寻觅着，天空中洋溢着赞颂爱情的光明。爱使世界变得多美啊！公证处的文书成了神仙。情人们低声哼叫，在草丛中追逐，奔跑中搂住细腰，难懂的情话犹如动听的乐曲，一个音节迸发出无限的爱意，口对口抢夺樱桃，所有这一切，都像一股火焰在燃烧，升向灿烂的天空。美丽的姑娘们万般温柔，不顾

① 狄安娜是希腊神话中的猎神。

一切地奉献自己。这仿佛无止无境。哲学家、诗人、画家望着这些心醉神迷的情侣，眼花缭乱，不知所措。华托[①]高喊：“到爱情岛去！”平民画家朗克雷[②]望着市民飞向蓝天。狄德罗[③]向一切轻狂的爱情张开双臂，于尔菲[④]在他描绘的爱情中，把德落伊教的祭师也拉了进去。

吃完午饭，四对情侣便去当时叫“国王园圃”的地方，观赏刚从印度运来的一种植物。那植物叫什么名字，我已忘了。当时，全巴黎的人都被吸引到了圣克鲁。那是一种怪诞而可爱的灌木，树干高大，无数树枝细如丝线，蓬蓬松松，没有叶子，披满了成千上万朵白色小花，就像一头插满白花的蓬发。前来观赏的人络绎不绝。

看完了树，托洛米埃大声说：“我请你们骑毛驴！”和赶驴人讲好价钱后，他们便骑着毛驴，从旺夫和伊西往回走。在伊西，有一个小插曲。公园的大门碰巧敞开着。那公园是国有财产，当时被军需官布甘占有。他们越过栅栏门，到石窟里去参观了隐修士模拟像，又去闻名遐迩的镜厅体验了一番神秘的效果。那镜厅是一个挑动情欲的陷阱，适合于变成百万富翁的好色之徒，或变成普里阿普斯的蒂卡雷[⑤]。贝尼教士[⑥]颂扬过的两棵栗树之间，挂着一个大秋千，他们用力荡了一会。美女轮流荡着，笑声飞扬，裙摆飘舞，格勒兹[⑦]要是在场，就有了作画的素材；托洛米埃是图卢兹人，多少有点像西班牙人，因为图卢兹和托洛萨[⑧]很相近，他用单调而忧伤的旋律，唱起了一首古老的西班牙歌谣，词作者大概看见一个漂亮姑娘在两棵树中间荡秋千，兴致大发而创作了这首歌：

---

① 华托（1684—1721），法国画家。《爱情岛》（或称《西苔岛》）取材于法国和意大利一个古老的神话，描绘了旅途的艰难。在华托笔下，爱情岛被描绘成可望而不可即的地方。

② 朗克雷（1690—1743），法国画家。

③ 狄德罗（1713—1784），法国文学家、哲学家，百科全书创编人。

④ 于尔菲（1567—1625），法国小说家。

⑤ 普里阿普斯是希腊神话中主管生育、园艺和畜牧之神。蒂卡雷为十八世纪法国喜剧家勒萨日同名喜剧中的主人公，通过不正当手段，成了百万富翁。

⑥ 贝尼（1715—1794），法国教士和诗人。

⑦ 格勒兹（1725—1805），法国画家。

⑧ 图卢兹（Toulouse）是法国城市，托洛萨（Tolosa）是西班牙城市。两座城市名字相近，地理位置也相当接近。

我来自巴达霍斯，
爱情在向我召唤。
我的整个灵魂啊
全在我的眼睛里，
因为你露出了啊
美丽迷人的双腿。[1]

唯有芳蒂娜待在一旁。

“我不喜欢这样做作。”法武丽特刻薄地嘀咕道。

下了毛驴，他们又换了种玩法。他们乘船渡过塞纳河，从帕西步行到星形城门。我们记得，他们五点就起床了，可是，正如法武丽特说的：“星期天是没有疲劳的。疲劳在星期天也休息了。”将近下午三点，四对情侣兴冲冲地到了博戎游乐场，从蜿蜒起伏的滑车道上冲下来；那滑车道是个奇妙的建筑，矗立在博戎高地上，从香榭丽舍大街望去，只见树梢上蜿蜒着它的轨道。

法武丽特不时地嚷嚷：

“惊喜呢？我要惊喜。”

“别急嘛。”托洛米埃回答。

五　在邦巴达小酒馆

他们玩过滑车道后，便想到了吃晚饭。八个容光焕发的年轻人最后有点累了，就到邦巴达小酒馆里歇歇脚。这家酒馆，是赫赫有名的餐馆老板邦巴达在香榭丽舍大街开的分店，那时候，在里沃利街，德洛姆巷的旁边，可以看见总店的招牌。

一个大而寒酸的房间，尽头有个凹室，里面有张床（因为是星期天，

---

① 原文为西班牙语。

酒店客满，只好将就了)；两扇窗子，站在窗口，越过榆树，可以眺望塞纳河及其堤岸；八月明媚的阳光掠过窗口；两张桌子，一张桌上喜气洋洋地堆着一束束鲜花，混杂着男男女女的帽子；另一张桌上坐着四对情侣，兴高采烈地围着一堆盘碟、酒杯、酒瓶，啤酒罐夹杂在葡萄酒瓶中间。桌上一片狼藉，桌下一片混乱，正如莫里哀描绘的：

他们的脚在桌下你踩我踢，
咯噔咯噔，弄出一片声音。

早晨五点开始的郊游，到了下午四点半就成了这个情景。太阳西斜，他们的兴致也减退了。

香榭丽舍大街阳光充足，人流滚滚，到处是阳光和尘土，那是构成光荣的两个成分。马尔利雕刻的大理石马，兀立在金色的尘土中，引颈长嘶。华丽马车熙来攘往。一队气派的近卫骑兵，号手开道，行进在纳伊大街上。杜伊勒利宫的圆顶上飘扬着一面白旗，夕阳将白旗染成了粉红色。已恢复路易十五广场旧称的协和广场熙熙攘攘，挤满了心满意足的行人。许多人纽扣的云纹饰带上垂着一朵银百合花，一八一七年，云纹饰带尚未从纽扣上消失。到处有行人围着圆圈，鼓着手掌，观看小女孩们迎风跳轮舞，唱回旋曲，那首曲子在当时非常有名，是用来歌颂波旁王朝，鞭挞百日帝政的，其中的迭句是：

把根特的伯伯[①]还给我们，
把我们的伯伯还给我们。

一群群郊区居民，穿着节日的盛装，有的也像市民那样佩着百合花，分散在巨大的马里尼方形广场上，玩套环游戏，骑木马旋转；还有的人在喝酒；印刷厂的几名学徒，头上戴着纸帽；他们笑声四溢。一切都喜

① 根特的伯伯指路易十八。根特为比利时城市。百日帝政时期，路易十八逃亡在根特。

气洋洋。那是国泰民安的时代，王权十分牢固。巴黎警察局长昂格莱在给国王的一本密奏中，谈到巴黎郊区的情况，结尾写了这样几句话："总之，陛下，这些人是没什么可怕的。他们像猫一样无忧无虑，懒散怠惰。外省的贱民蠢蠢欲动，巴黎的百姓却安分守己。这些人的个儿都很小。陛下，他们两个人连起来，才抵得上您的一个近卫兵。首都的老百姓毫不可怕。值得注意的是，五十年来，他们的个儿比从前更矮小了。巴黎郊区的人民，也比大革命前更矮小了。他们丝毫也不危险。总之，他们都是贱民，驯良的贱民。"

巴黎的警察局长们不相信猫会变成狮子。可这却是事实，这正是巴黎人民创造的奇迹。况且，猫虽被昂格莱伯爵视若敝屣，但在古代共和国却很受青睐，被视作自由的象征：在科林斯[①]的广场上，有一只巨大的青铜猫，仿佛要与比雷埃夫斯[②]的无翅智慧女神遥相呼应。王朝复辟时期的警察太天真，对巴黎人民的看法太"乐观"。他们绝非人们认为的是"驯良的贱民"。巴黎人对于法国人，正如雅典人对于希腊人。谁都没有巴黎人睡得好，谁都没有巴黎人轻浮和懒惰，谁都没有巴黎人忘性大，然而对这一切不要信以为真。巴黎人可以对什么都漫不经心，可一旦事关荣誉，就会有万夫莫当之勇。给他们一支长矛，他们就会干出八月十日[③]的举动；给他们一杆枪，就会有奥斯特里茨的胜利。他们是拿破仑的支柱，丹东的后盾。为了祖国吗？他们可以扛起武器；为了自由吗？他们可以喋血街头。注意！他们冲冠的怒发谱写过英雄史诗；他们的工作服可与希腊人的短披风相比拟。当心！他们会把一条普普通通的格雷纳塔街，变成卡夫丁峡谷[④]。时候一到，这郊区的人民就会长大，这些矮个子的人就会站起来，就会怒目而视，他们的气息会变成大风暴，从他们纤弱干瘪的胸腔，会呼出强风，足以动摇阿尔卑斯山的丘壑。多亏巴黎

---

① 科林斯是古希腊城市。

② 比雷埃夫斯为希腊港口。

③ 一七九二年八月十日，巴黎人民攻入杜勒伊利宫，逮捕路易十六国王，推翻了君主体制。

④ 卡夫丁峡谷为古罗马地名。公元前三二一年，萨姆尼特人在这里击败罗马军队，迫使他们从侮辱性的轭形门下通过。一八三九年，巴贝斯和布朗基在巴黎的格雷内塔街举行起义。

郊区的人，加上武装的军队，大革命才得以征服欧洲。他们唱歌，是因为他们快乐。假如让他们唱的歌同他们的性情相称，那你就看吧！如果他们唱来唱去只唱《卡马尼奥拉[①]》，那他们只会推翻路易十六；你若让他们唱《马赛曲》，他们就能拯救全世界。

我们在昂格莱的奏章页边写完这段评语后，回过头再来谈我们的四对情侣。我们已说过，晚饭快吃完了。

六　爱情篇

席间闲谈和情话，二者都不可捉摸：情话是云雾，闲话是烟雾。

法默伊和大丽花哼着歌，托洛米埃喝着酒，瑟芬畅笑着，芳蒂娜微笑着。利斯托利埃吹着在圣克鲁买的木喇叭。法武丽特含情脉脉地看着布拉舍韦，对他说：

“布拉舍韦，我爱你。”

这话引出了布拉舍韦的一个问题：

“法武丽特，假如我不爱你了，你怎么办？”

“我！”法武丽特大声喊道。“啊！别这样说，哪怕是开玩笑！假如你不爱我了，我就扑到你身上，抓伤你的脸，撕破你的皮，往你身上泼水，让人把你抓走。”

布拉舍韦虚荣心得到了满足，得意又快意地微笑了。法武丽特接着又说：

“是的，我会把警察喊来！啊！我什么事都干得出来！你这个坏蛋！”

布拉舍韦狂喜不已，身子往椅背上一仰，自豪地闭上了眼睛。

大丽花一边吃，一边乘着喧闹声悄悄对法武丽特说：

“你对你的布拉舍韦，真的那么喜欢吗？”

“我才讨厌他呢。”法武丽特又抓起叉子，用同样的语气回答。“他

---

① 《卡马尼奥拉》，法国大革命时期的歌曲，讽刺王后玛丽-安托瓦内特。

太抠了。我喜欢我家对面的那个小伙子。他人很好，那个年轻人。你认识他吗？他很有演员的派头。我喜欢演员。他一回到家，他母亲就说：‘啊！上帝！我又不得安宁了。他又要大叫大嚷了。喂，我的朋友，你又要把我的脑袋吵炸了！’因为他会满屋子乱跑，爬到住着耗子的阁楼上，爬进黑洞洞的地方，能爬多高，就爬多高，又是唱歌，又是朗诵，谁知道他在搞什么！连楼下的人都听得见。他在一个诉讼代理人那里写写状子，每天能挣二十苏。他父亲曾是圣雅克-奥帕教堂的唱经人。啊！他太好了！他爱我爱得发狂。有一天，他见我在揉面做煎饼，就对我说：‘小姐，您把您的手套做成煎饼，我也敢吃。’只有艺术家才会说这样的话。啊！他太好了！我现在对这个小伙子都着迷了。这没什么，我照样对布拉舍韦说我爱他。我多会撒谎啊！嗯？我多会撒谎啊！”

法武丽特停了停，继而又说：

“大丽花，你看，我很愁闷。一夏天都下雨，风也让我心烦，风平息不了我心中的怒火，布拉舍韦是个小气鬼，菜场上几乎买不到豌豆，不知道吃什么好，正像英国人说的，我得了‘忧郁症’了，黄油贵得吓人！再说，你看，我们吃晚饭的地方还有一张床，真可怕，这让我对生活都没兴趣了。”

七　托洛米埃妙语连珠

这期间，有几个人在唱歌，其他人在聊天，大家七嘴八舌，一片嘈杂。托洛米埃发话了：

“不要信口乱说，也不要说得太快。”他大声喊道，“要语惊四座，就得想一想再说。太多的随兴而谈，大脑就会空虚。流淌的啤酒堆不起泡沫。先生们，不要急。大吃大喝，也得有吃喝的气派。让我们专心致志地吃饭，细细品尝佳肴。不要着急。看看春天，它来得太急的话，就会烧起来，也就是说会冻僵。过于热忱，会毁掉桃树和杏树；过于热忱，会扼杀盛宴的雅兴和快乐。先生们，不要热忱！在这一点上，格里莫·德·雷尼埃[①]和塔列朗的看法一致。”

大家嗡嗡地表示反对。

“托洛米埃，让我们安静点吧。”布拉舍韦说。

“打倒暴君！”法默伊说。

“邦巴达，邦邦斯，邦博施[②]。”利斯托利埃喊道。

“今天是星期天嘛。”法默伊又说。

“我们够有分寸的了。”利斯托利埃补充说。

“托洛米埃，”布拉舍韦说，“瞧我的安静样子！”

“你是安静侯爵。”托洛米埃回答说。

这个平庸的文字游戏，犹如一块石头扔进池塘，激起了反响。蒙卡尔姆侯爵[③]是当时很有名的保王党人。所有的青蛙都闭上了嘴巴。

“朋友们，”托洛米埃大声说道，语气俨然像个重掌帝国的人，“不要激动。听到这个从天而降的谐语，不要太目瞪口呆。这种从天而降的谐语，不一定值得大家兴奋和钦佩。谐语是飞翔的思想拉的屎。插科打诨的话可以落到任何地方，但是，思想拉下一句傻话之后，就会消失在蓝天中。兀鹰落下一堆白屎，在岩石上砸得稀巴烂，但这并不妨碍它在空中翱翔。我绝非想侮辱谐语！我是按其价值给予相应赞许，仅此而已。在人类中间，甚至在人类之外，所有最尊严、最卓越和最可爱的人，都搞过文字游戏。耶稣-基督对圣彼得，摩西对以撒，埃斯库罗斯对波吕尼刻斯，克娄巴特拉对屋大维，都玩过同音异义的文字游戏。请注意，克娄巴特拉的那个文字游戏是在亚克兴战役之前说的，假如她没有这样说，恐怕谁也不会记得托里纳城，而这个词在希腊语中是‘大汤勺’。这一点我做些让步，下面继续给你们忠告。弟兄们，我再说一遍，不要热忱，不要吵嚷，不要过分，即使说俏皮话、开玩笑、欢乐和玩文字游戏。听我说，我有安菲阿拉俄斯[④]的谨慎，恺撒的秃顶。即使搞字谜，也

① 格里莫·德·雷尼埃（1758—1838），法国著名烹调家和美食家。

② 邦巴达是这家酒店，邦邦斯和邦博施分别是佳肴美馔和寻欢作乐的意思。

③ 侯爵的名字蒙卡尔姆（Montcalm）在法语中与“我的安静”（mon calme）同音。

④ 安菲阿拉俄斯是希腊神话中攻打底比斯的七英雄之一，著名的先知。

要有个限度。**凡事都有分寸**[①]。即使是饮食，也有限度。女士们，你们喜欢苹果酱馅饼，但不要吃得太多。即使吃馅饼，也要合情合理，要讲究艺术。暴食会惩罚暴食的人。贪吃会惩罚贪吃的人。消化不良是仁慈的上帝用来教训胃的。请记住，我们每一种欲望，即使是爱情，都有一个胃，不要塞得太满。做任何事，都要及时写上‘终止’。在紧急关头要善于控制自己，要给欲望插上插销，把欲念送进拘留所，将自己送进警察局。聪明人在适当的时候会把自己抓起来。请你们相信我。因为我学过一点法律，我的考试成绩可以做证；因为我知道定案和悬案之间的差别；因为我用拉丁语写过一篇博士论文，谈的是穆纳蒂奥斯·德曼斯任弑君者尼禄的财政大臣时罗马的酷刑；因为我似乎要做博士了，因此，我不一定是笨蛋。我劝你们要控制欲望。我的话千真万确，就和我叫费利克斯·托洛米埃一样无可置疑。时候一到，就像苏拉或奥利金[②]那样，毅然引退，这样的人才会快乐。”

法武丽特听得非常专心。

“费利克斯！”她说，“多漂亮的名字！我喜欢这个名字。是个拉丁词。意思是‘兴旺’。”

托洛米埃继续说：

“公民们，绅士们，先生们，朋友们！你们想不受任何刺激，放弃床笫之欢，放弃情爱吗？这再简单不过了。我给你们开个药方：喝柠檬水，拼命运动，强迫劳动，累得精疲力竭，拖重的东西，不睡觉，熬夜，多喝含硝的饮料和睡莲汤，品尝罂粟和牡荆乳剂，节制饮食，不吃饭，再加上洗冷水浴，腰里捆草绳，背一块铅板，用醋酸铅擦身子，用醋水热敷。”

“我宁愿要一个女人。”利斯托利埃说。

“女人！”托洛米埃又说，“可得当心。女人的心变化不定，谁相信她们，谁就倒霉。女人阴险毒辣，工于心计。女人讨厌蛇，那是出于同行

---

① 原文为拉丁语。

② 苏拉（前138—前78），古罗马将军、政治家，他在权力鼎盛时期，突然宣布引退。奥利金（约185—约254），古希腊神学家，《圣经》的注释者。据说他自阉了。

的嫉妒。蛇是对面的店铺。”

“托洛米埃，”布拉舍韦喊道，“你喝醉了！”

“没错！”托洛米埃说。

“那你就乐一乐吧。”布拉舍韦说。

“我同意。”托洛米埃回答。

他斟满酒，站起来：

“光荣属于美酒！现在，啊，酒神！**我要给你唱赞歌**[①]！对不起，小姐们，这是西班牙语。女士们，我有证据：什么样的民族，就有什么样的酒桶。卡斯蒂利亚[②]的酒桶可装十六升，阿利坎特的，十二升，加纳利群岛的，二十五升，巴利阿里群岛的，二十六升，沙皇彼得的大酒桶可装三十升。伟大的沙皇万岁！比他更伟大的酒桶万岁！女士们，作为朋友，我给你们一个忠告：只要愿意，你们可以走错门。爱情的特点，就是到处乱走。轻浮的爱情不像英国女仆，傻乎乎地蹲在一个地方，蹲得膝头生茧。甜蜜而轻浮的爱情不是这样，它生来快快乐乐，到处乱走！有人说：出错是人之特性；而我却说，出错是爱之特性。女士们，我对你们几个都很爱慕。啊，瑟芬，啊，约瑟芬，您的脸不够端正，假如它不是这样不端正，您会很迷人。您这张漂亮的脸蛋，好像有人不小心在上面坐过。至于法武丽特，啊，仙女和缪斯！一天，布拉舍韦经过盖兰-布瓦索街的阳沟，看见一个美丽的姑娘，绷得紧紧的白袜，显出秀腿的线条。这个序幕，布拉舍韦很喜欢，于是他就爱上了。他爱上的人，是法武丽特。啊，法武丽特，你有爱奥尼亚人的嘴唇。从前希腊有个画家，名叫欧福里翁，别人给他起了个外号，叫他嘴唇画家。只有这个希腊人才有资格画你的嘴唇。听我说！在你之前，没有一个人配得上给他画。你生来就为了像维纳斯那样得到金苹果，或像夏娃那样吃苹果。美由你开始。我刚才提到了夏娃，其实是你创造了她。你有资格获得“创造美女”的专利证书。啊，法武丽特，现在我要用您称呼你了，因为我

---

① 原文为西班牙语。

② 卡斯蒂利亚以及下文的阿利坎特、加纳利群岛、巴利阿里群岛，都是西班牙的地区名。

要从诗歌转入散文。刚才，您谈到了我的名字。这让我很受感动。但是，不管我们是谁，都不要相信名字。很可能会名不副实。我叫费利克斯，但我并不幸福。字会骗人，不要盲目接受字的含义。如果你写信到列日[①]去买木塞，到波城去买手套，那就大错特错了。大丽花小姐，我要是您，就叫玫瑰。花应该有香味，女人应该有头脑。对芳蒂娜我就不说什么了。她爱幻想，爱沉思，爱深思，过分敏感。她是个幽灵，有仙女的体态，修女的贞洁，她误入女工的生活，但她躲在幻象中，她歌唱，她祈祷，她望着蓝天，却不知道看见了什么，也不知道在做什么，她眼望天空，在花园里漫步，看到的鸟儿比实际存在的多！啊，芳蒂娜，你要知道：我，托洛米埃，我也是一种幻象。可她没有听见我说话，这个沉醉在幻想中的金发姑娘！她身上的一切是那样清新、美妙、年轻，她是明媚的晨曦。啊，芳蒂娜，配得上叫雏菊或珍珠的姑娘，您是一颗最美丽的珍珠。女士们，我给你们第二个忠告：千万不要结婚。结婚就像是嫁接，可能接好，可能接坏。不要冒这个风险。哎！我胡扯些什么呀！我这是白费口舌。姑娘们在结婚问题上是不可救药的。不管我们这些聪明人摆出多少道理，也无法阻止做背心或鞋子的女工，梦想嫁给一个全身堆满钻石的丈夫。随她们去吧。喂，美人们，请记住这个：你们吃糖太多。啊，女人，你们只有一个过错，就是喜欢嚼糖。啊，爱啮爱啃的女人，你们漂亮的白牙嗜糖如命。可是，好好听着，糖是一种盐。任何盐都吸收水分。糖是最能吸收水分的盐。它通过血管，把血里的水分吸干，因此，血就凝结，然后凝固；这样，就会得肺结核；这样，就会死亡。这就是为什么糖尿病和肺结核病相近。所以，如果你们不嚼糖，就能长命百岁。现在，我转而谈谈男人。先生们，去征服女人吧。不必良心不安，尽管去争夺心爱的女人。你抢我的，我抢你的。情场上没有朋友。哪里有漂亮的女人，哪里就有公开敌视。毫不留情，殊死搏斗！一个漂亮的女人，是一个**宣战的理由**[②]。一个漂亮女人是一次现行犯罪。历

---

① 列日是比利时城市，与“软木”同音。下文的波城是法国城市，与“皮”同音。

② 原文为拉丁语。

史上的所有入侵，都是由裙钗引起的。女人是男人的权利。罗慕路斯[1]掠劫过萨宾女子，威廉一世[2]掠劫过撒克逊女子，恺撒掠劫过罗马女子。没有女人爱的男人，就像秃鹰，在别人的情妇头上打转。至于我，我要把波拿巴的告意大利军队书，扔给所有这些当光棍的倒霉蛋：‘士兵们，你们一无所有。敌人什么都有。’”

托洛米埃停了下来。

“歇口气吧，托洛米埃。”布拉舍韦说。

这时，布拉舍韦在利斯托利埃和法默伊的附和下，以悲哀的曲调，唱起了一首在作坊里流传的歌曲。歌词是信口编来的，非常押韵，也可以说毫不押韵，就像树的摇动和风的声音，空洞无物，从烟斗的烟雾中产生，随烟雾一起消失。下面的一段歌词是他们对托洛米埃长篇宏论的反驳：

几个愚蠢的神甫
交给经纪人一些银两，
想让克雷蒙-托内
在圣约翰节当上教皇；
克雷蒙不是神甫
所以没有能当上教皇；
经纪人恼羞成怒
给他们送还银两。

可这种歌并不能平息托洛米埃即兴演说的热情。他把杯里的酒喝完又斟满，接着又讲起来了。

“打倒谨慎！忘记我刚才说的话。不要一本正经，不要谨小慎微，不要做正人君子。我要为欢乐干一杯！让我们快快乐乐！用疯狂和美食来

---

① 罗慕路斯（前753—前715），传说是罗马城的缔造者。萨宾为意大利古国名。
② 威廉一世（1028—1087），英国国王。

补充我们的法律课！消化不良和法规汇编。让查士丁尼[①]当公的，珍馐美味当母的！普天下都快乐！啊，快乐吧，造物主！宇宙是一颗巨大的钻石。我很快乐。鸟儿唱着欢乐的歌。到处都在狂欢！夜莺是免费的埃勒维[②]。夏天，我向你致敬！啊，卢森堡公园，啊，夫人街和天文台街上的农事诗！啊，想入非非的丘八！啊，迷人的女用人，一面给人看孩子，一面在孕育孩子！假如没有奥德翁戏院的拱廊，我也许会喜欢美洲的草原。我的灵魂飞向荒芜的森林和大草原。一切都很美。苍蝇在阳光下嗡嗡飞舞。太阳照得蜂鸟直打喷嚏。吻我吧，芳蒂娜！"

他吻错了人，吻了法武丽特。

八 一匹马死了

"埃东餐馆比邦巴达吃得好。"瑟芬嚷道。

"我喜欢邦巴达，不喜欢埃东。"布拉舍韦说。"邦巴达更豪华，更有亚洲情调。瞧楼下的餐厅，墙上有镜子。"

"我宁愿盘子里多装点[③]。"法武丽特说。

布拉舍韦坚持说：

"瞧瞧这些刀。邦巴达这里的柄是银的，埃东那里的是骨头的。银当然比骨头贵重。"

"对装了银下巴的人来说，就不一样了。"托洛米埃提醒说。

此刻，他正在凝望残废军人院的圆屋顶，从邦巴达的窗口望得见。

一阵静默。

"托洛米埃，"法默伊大声说，"刚才，我和利斯托利埃争论了一场。"

"争论好啊，"托洛米埃回答，"争吵就更好了。"

---

① 查士丁尼（482—565），拜占庭皇帝，编有《法规汇编》。这个书名与法语中"消化"一词近似。

② 埃勒维（1769—1842），法国著名的歌喜剧演员。

③ 指盘子里多装些雪糕。法语中，雪糕和镜子都是"glace"。

“我们争论哲学。”

“好啊。”

“你喜欢笛卡儿，还是斯宾诺莎[①]？”

“代佐日埃[②]。”托洛米埃说。

做了这判决后，他喝了口酒，接着又说：

“我同意活在世上。这世上并非一切都完了，毕竟还可以胡言乱语。所以我感谢永生的神。我们说谎，但我们欢笑。我们肯定，但我们也怀疑。从三段论里，会冒出意外。这很精彩。这世界上到底还有些人知道如何打开和关上玩偶盒，从里面拿出些悖论来让大家开心。这玩意儿，女士们，你们现在平静地喝着的，是马德拉葡萄酒，要知道，是库拉尔·达斯·弗莱拉斯产的，那里高达海拔六百三十四米！喝的时候可得当心！六百三十四米！邦达巴先生，出色的饭店老板，给你们这六百三十米，却只收你们四法郎五十生丁！”

法默伊再次打断他的话：

“托洛米埃，你的意见可以做证。你最喜欢哪个作者？”

“贝尔……”

“贝尔坎[③]？”

“不。贝尔舒[④]。”

托洛米埃接着说：

“向邦达巴致敬！他要是能给我弄来一个埃及舞女，就可以同埃莱方塔的米诺菲斯相提并论！若能给我带来一个希腊名妓，就可以与凯罗内的蒂热利翁并肩比美！因为，啊，先生们，希腊和埃及都有过邦巴拉们。是阿普列乌斯[⑤]告诉我们的。可惜总是老一套，毫无新意。在造物主的创

---

① 斯宾诺莎（1632—1677），荷兰唯物主义哲学家。

② 代佐日埃（1772—1827），法国民谣歌手。

③ 贝尔坎（1747—1791），法国作家。

④ 贝尔舒，十九世纪法国的食谱作者。

⑤ 阿普列乌斯（125—180），罗马作家、哲学家。著有《变形记》《金驴》。在《金驴》中，有古代美食学的记载。

造中，拿不出什么新东西了。所罗门说：**世上没有新东西**[①]。维吉尔说：**爱情对所有人都一样**[②]。卡拉宾娜和卡拉宾一起上了圣克鲁的帆船，正如当年阿斯帕西娅和佩里克利斯[③]一道登上了去萨摩斯岛的战舰。最后说一句。女士们，你们知道阿斯帕西娅是什么人吗？她虽然生活在女人没有灵魂的时代，但她却有一颗灵魂，是一个玫瑰红和紫红的灵魂，比火焰更明亮，比晨曦更清新。阿斯帕西娅集中了女人的两个极端，她既是妓女，又是女神。苏格拉底[④]加上曼侬·莱斯戈[⑤]。阿斯帕西娅是在普罗米修斯需要一个婊子的时候创造出来的。"

托洛米埃一旦打开话匣子，就很难停下来，幸亏此时一匹马在沿河马路上倒了下来。马车和这位演说家戛然停住。这是一匹博斯母马，又老又瘦，早该送到屠夫那里了。它拖着一辆沉重的大车。到了邦巴达酒店门口，累得精疲力竭，不愿意再往前走了。这一事故引来一大群人围观。车夫气得张口就骂，他刚拼足力气骂了声"杂种"，同时狠抽了一鞭，那匹瘦马就倒了下去，再也起不来了。听到行人的喧闹声，聆听托洛米埃讲话的快乐的人们全都转过头去，托洛米埃趁机朗诵一段忧伤的诗，来结束他的演说：

在这个世界上，拉人的车和运货的车
命运都一样，
这匹劣马和其他劣马都一样，只活了
一个早晨[⑥]。

---

① 原文为拉丁语。

② 原文为拉丁语。

③ 佩里克利斯（前 495—前 425），雅典政治家。阿斯帕西娅是他的妻子，以美貌和智慧著称。萨摩斯是他征服的一个岛。

④ 苏格拉底（前 469—前 399），古希腊唯心主义哲学家，奴隶主贵族思想家。

⑤ 曼侬·莱斯戈，十八世纪法国作家普莱服神甫同名小说中的女主人公。

⑥ 原文为"杂种"。法语中，杂种（mâtin）和早晨（matin）同音。

“这马真可怜。”芳蒂娜叹息道。

大丽花嚷道：

“瞧芳蒂娜！她竟可怜起马来了。有这样的傻瓜吗？”

这时候，法武丽特交叉着双臂，头向后仰着，坚决地望着托洛米埃，说：

“喂！你答应给我们的惊喜呢？”

“我正要说呢，时候到了。”托洛米埃回答。“先生们，给这几位女士惊喜的时间到了。女士们，稍等片刻。”

“以吻开始。”布拉舍韦说。

“吻额头。”托洛米埃补充说。

他们在各自情妇的额头上庄重地吻了一下，然后将指头放在嘴上，一个接一个地朝门口走去。

他们出去时，法武丽特拍手相送。

“这已经有点意思了。”她说。

“不要去得太久哇，”芳蒂娜喃喃地说，“我们等着你们哪。”

九　一场欢乐，有始有终

姑娘们独自留下来，双双分倚在两个窗台上，伸出脑袋，隔着窗子，开始闲聊起来。

她们看见那四个青年臂挽着臂，走出邦巴达小酒店。他们回过头，笑盈盈地向她们挥挥手，就消失在充斥了星期日尘埃和喧闹的香榭丽舍大街上了。

“不要去得太久呀！”芳蒂娜大声喊道。

“他们要给我们带什么来？”瑟芬说。

“一定很美。”大丽花说。

“我，”法武丽特接口说，“我希望是金的。”

透过大树的枝椏，可见河堤上熙来攘往，煞是有趣，她们的注意力很快就被分散了。那正是邮车和驿车出发的时刻。向南和向西去的马车，几乎都要经过香榭丽舍大街。大部分沿着河岸，从帕西门出城。每隔一分钟，就有一辆黄色或黑色的大马车穿过人群飞驰而过，它们满载而去，马蹄嘚嘚，车轮铿铿，行李箱、邮袋、防雨篷鼓得车子变了形，挤得满满的人头一晃而过，它们把马路碾碎，将铺路石变成打火石，它们就像发了疯似的，掀起滚滚尘埃，好似浓烟翻腾，又如一个个铁匠炉，冒出无数火星。这喧闹的景象，使姑娘们欢欣雀跃。法武丽特惊叹道：

“多么热闹！就像是一堆堆铁链在飞舞。”

有一次，透过枝茂叶密的榆树，她们依稀看见有辆马车停了下来，继而又飞驰而去。芳蒂娜颇感惊讶。

“真奇怪！”她说，“我还以为驿车不停呢。”

法武丽特耸了耸肩。

“这个芳蒂娜真怪。出于好奇，我倒要研究研究她了。最普通的事，她都会大惊小怪。我们做个假设：我是旅客，我对马车夫说：‘我要到前面去，待会您经过沿河马路时把我捎上。’马车经过那里，看见我，就停下来，让我上车。这事每天都有发生。你太不了解生活了，亲爱的。”

这样过了一段时间。突然，法武丽特仿佛猛然惊醒似的说：

“对了，惊喜呢？”

“是呀，”大丽花接口说，“嚷了半天的惊喜呢？”

“他们去的时间够长了！”

芳蒂娜正在叹气，伺候晚餐的那个伙计走了进来。他手里拿着一样东西，像是封信。

“这是什么？”法武丽特问。

伙计回答：

“是那几个先生留给小姐们的字条。”

“为什么不马上送来？”

伙计回答：

“因为那几位先生嘱咐，要过一个钟头才交给小姐们。”

法武丽特从伙计手中一把夺过字条。果然是一封信。

“奇怪！”她说，“没有地址。但上面写着几个字：

这是给你们的惊喜。

她赶紧拆开信，打开后读了起来（她认得字）：

啊，我们热恋的人！

要知道，我们家里有双亲。双亲是什么，你们是不大知道的。这在幼稚而公正的民法典中，叫作父亲和母亲。然而，那些双亲们在抱怨，那些老人们需要我们，那些善良的男人和女人把我们叫作浪子，他们要我们回去，要为我们杀牛宰羊。我们只得服从，因为我们是讲道德的人。当你们读到这封信时，五匹烈马正带着我们去见我们的爸爸和妈妈。正像波舒埃说的，我们溜走了。我们走了，我们已经走了。我们躲进了拉菲特的怀抱里，逃到了加亚尔的翅膀上①。开往图卢兹的驿车把我们拉出深渊，而那深渊就是你们，啊，我们亲爱的美人！我们以每小时三里的速度，疾步回到社会、责任和秩序中去了，祖国需要我们像大家一样，成为省长、家长、乡警和参议员。敬重我们吧！我们在做牺牲。痛痛快快地为我们哭一场，然后赶快另找新欢。如果这封信撕碎你们的心，那你们就把它也撕个粉碎。永别了。

在将近两年中，我们给了你们快乐。千万不要记恨我们。

布拉舍韦

法默伊

利斯托利埃

费利克斯·托洛米埃

① 拉菲特和加亚尔是当时的运输公司。

又及：饭钱已付。

四位姑娘面面相觑。

法武丽特首先打破沉默。

“哈！”她嚷道，“这个玩笑开得太成功了！”

“很有意思。”瑟芬说。

“这个点子大概是布拉舍韦出的，”法武丽特又说，“这倒让我爱上他了。人一走，爱开始。人总是这样。”

“不对，”大丽花说，“是托洛米埃的主意。一看就知道。”

“要是这样，”法武丽特又说，“布拉舍韦该死，托洛米埃万岁！”

“托洛米埃万岁！”大丽花和瑟芬喊道。

接着，她们哈哈大笑起来。

芳蒂娜也跟着她们笑了起来。

一小时后，芳蒂娜回到家里，便大哭了一场。前面说过，这是她的初恋，她早已把托洛米埃看作丈夫，献出了自己的一切。可怜的姑娘已有一个孩子了。

第四卷　把孩子托付与人，有时等于断送孩子

一　一个母亲遇见另一个母亲

本世纪的头二十五年间，在巴黎附近的蒙费梅，有一个小客栈，现已不复存在。这家客栈是由一对名叫泰纳迪埃的夫妇开的，位于面包师巷。门上方贴墙钉着一块木板。木板上面画着什么图案，好像是一个人背着另一个人。背上的人佩着将军的金色大肩章，上面有几颗银白色的大星星；有几团红迹，表示鲜血；剩下的画面烟雾迷漫，可能表示一场战役。木板的下端写着：献给滑铁卢的中士。

客栈门口停一辆载重马车或板车，原是最平常的事。但是，一八一八年春的一个晚上，停在滑铁卢中士小客栈门口，并且堵塞小巷的那辆车，说得更确切些，那辆车的残骸，以其巨大的身躯，足可引起画家的注意，如果有画家经过的话。

那是一辆载重大车的前半部，在森林地区，常用这种车来运输厚木板和树干。这前半部车身由一根实心铁轴组成，上面嵌着笨重的辕木，两个巨大无比的轮子支撑着铁轴。这一切看上去短短粗粗，非常笨重，非常丑陋，犹如一门巨型炮的座架。车轮、轮辋、轮毂、车轴和辕木被沿途的泥浆抹上了一层难看的黄污泥，与常用来装饰大教堂的灰浆很相似。辕木上覆盖着污泥，铁轴上覆盖着铁锈。一条粗链子像道帷幔，垂

挂在车轴下面，那链子足可以用来拴苦役犯歌利亚[①]。看到那条粗链子，不会想到它是用来捆拦运载的木材，而是用来套乳齿象和猛犸的；它使人想到监狱，而且是囚禁巨人和超人的监狱，像是从某个怪物身上解下来的。荷马可能用它来缚波吕斐摩斯[②]，莎士比亚可能用它来绑加列班[③]。

一辆载重车的前半部怎么会在这条街的这个地方？首先是为了堵住街道，其次是为了让它彻底生锈。在旧的社会秩序中，也有许多类似的机构，公然放在外面，横在路上，并没有别的存在理由。

那链条垂在车轴下，中段离地面很近。那天傍晚，两个小女孩，一个大约两岁半，另一个一岁半，大的抱着小的，姿态非常优美，坐在弯成弧形的铁链上，如同坐在秋千上一般。一条头巾巧妙地把她们拴住，以防她们摔下来。有位母亲第一次看到这条可怕的铁链时，她说："瞧，这下我的孩子有玩具了。"

那两个孩子容光焕发，再说，她们的穿戴挺漂亮，挺讲究，犹如两朵玫瑰置身于废铁中。她们的眼睛是一杰作，她们的脸蛋鲜艳饱满，洋溢着笑容。她们的头发一个是栗色，另一个是棕色。她们天真无邪的脸蛋，露出陶醉和惊讶的神色。附近有一丛开花的小树，向行人送去阵阵芳香，仿佛是从她们身上发出的。一岁半的那个，以幼儿的纯洁无邪，露着可爱的小肚子。这两个娇弱的孩子，沐浴在幸福和光辉中，在她们头顶上方，是硕大无朋的半个车身，弯成弧形，犹如一个岩洞口，上面布满了黑乎乎的铁锈，曲线和棱角纵横交错，委实狰狞可怕。她们的母亲离她们几步远，蹲在店门口；她的模样并不讨人喜欢，但此时此刻，很令人感动；她用一根细绳荡着两个孩子，眼睛看着她们，生怕会出意外；那是一种兽性的绝妙的表情，只有母亲才有这种表情。每荡一下，面目狰狞的链环便发出刺耳的叫声，犹如愤怒的吼声。两个小女孩心醉神迷，西斜的太阳也显得喜气洋洋。命运的随心所欲，使一条提坦巨人

---

① 歌利亚为《圣经》中的人物，非利亚勇士，身材高大，头戴铜盔，身披重甲，作战时所向无敌，后来被希伯来王大卫杀死。

② 波吕斐摩斯为希腊神话中的独眼巨人。

③ 加列班为莎士比亚剧作《暴风雨》中的人物，被看作妖怪，又是奴隶。

的铁链变成了小天使们的秋千，还有什么比这更令人神往的呢？

母亲一面荡着两个孩子，一面用走调的声音唱着一首当时流行的情歌：

> “必须这样。”一个士兵……

她只顾唱歌，又注视着两个女儿，街上发生的事，她既听不见，也看不见。

她开始唱情歌的第一段时，一个人已走到她的身旁。她猛然听到有个声音在她耳边说：

“太太，您这两个孩子真漂亮。”

那母亲继续唱歌，以示回答：

> 对美丽温柔的伊莫吉娜说。

唱完这句后，她才回过头来。

一个女子站在她面前，离她几步远。那女人怀里也抱着个孩子。

此外，她还背着一个相当大的旅行袋，看上去很沉。

那女人的孩子可爱之极，很少能看到如此可爱的孩子。是个女孩子，有两三岁。她的穿戴非常漂亮，可同另外两个小女孩争艳斗丽。她戴一顶细布帽，镶有瓦朗西纳花边，内衣上饰有丝带。裙子撩起，可以看见她白白圆圆、结结实实的大腿。她的肤色白里透红，令人赞美不已，身体非常健康。看见这个漂亮的小女孩，谁都恨不得在她苹果般的脸蛋上咬一口。她的眼睛想必很大，睫毛很美，除此之外，就说不出什么了，因为她在睡觉。

她睡得那样踏实，只有她那般年龄的孩子才有这样的睡眠。母亲们的怀抱由抚爱做成，孩子们在里面睡得香甜。

至于母亲，她看上去一贫如洗，愁容满面。从装束看，她是个女工，但有变回到农妇的迹象。她很年轻。她漂亮吗？也许；但她那身打扮，使她看不出漂亮。她的头发看来非常浓密，一绺金发散落下来，但她戴着一顶又丑又窄、带子扣住下巴的修女兜帽，把头发紧紧包住了。人长着漂亮的牙齿，笑一笑便能露出来；但她一点也不笑。她的眼睛好像不久前还哭过。她面色苍白，看上去很疲倦，像是有病。她瞧怀里熟睡孩子的神情，是亲自哺乳的母亲特有的。一块很大很大的像是残废军人用来擤鼻涕的蓝手帕，对折起来，笨拙地遮住了她的身材。她的手被风吹成了黑色，长满了红斑，食指的皮肤粗糙，布满了针痕。她披一件褐色的粗羊毛斗篷，穿一条布连衣裙，脚上是一双笨重的大鞋。她是芳蒂娜。

是芳蒂娜。已很难认出来了。然而，细细看来，她依然很美。她右脸上添了一道忧郁的皱纹，仿佛要表示嘲笑似的。至于她的服饰，从前那身散发着丁香花的芬芳和小铃铛的声响，仿佛由快乐、疯狂和音乐组成的、飘着丝带轻盈无比的罗纱裙，已经无影无踪，就像美丽耀眼的霜花，太阳底下常被错当成金刚石，可是融化后，就会露出黑黢黢的树枝。

那次“绝妙的玩笑”之后，十个月过去了。

这十个月内发生了什么事？那是可以想见的。

她被遗弃后，生活很艰难。芳蒂娜很快也就见不着法武丽特、瑟芬和大丽花的影子了；男人那边的关系一断，同女人的联系也就断了；半个月之后，你如果对她们说，你是她们的朋友，她们一定会大吃一惊；现在已不再有做朋友的理由了。只剩下芳蒂娜孤单单一个人。孩子的父亲一走——唉！这种关系一断，就无可挽回——她便孤苦伶仃，无依无靠，况且，她已养成好逸恶劳的习惯。她和托洛米埃来往后，也跟着瞧不起她熟悉的小手艺，忽视了那些手艺的销路，出路全堵死了。毫无生存的办法。芳蒂娜勉强认得几个字，但不会写。她小时候，只学会了签名。她让代写书信的人给托洛米埃写了一封信，接着又写了第二封、第三封，却是石沉大海。一天，芳蒂娜听到几个爱嚼舌头的老太婆看着她的女儿说：“对这些孩子，谁会当回事？只是耸耸肩而已！”于是，她想起了托洛米埃，他对自己的亲生骨肉也是耸耸肩，不把这个无辜的孩子当回事，于是，她对这个男人心灰意冷了。可是，怎么办呢？她已无人可以求助。她做错了一件事，但是，大家记得，从本质上讲，她不是轻浮的女人，她是有廉耻心的。她模模糊糊地感到，她就要堕入苦难之中，会一步一步滑入更悲惨的境地。得有勇气。她鼓足了勇气，顽强地坚持住了。她想回老家滨海蒙特勒伊去。那里，也许有人认识她，会给她一份工作。这主意不错；可是，得隐瞒她做过的错事。她隐约感到，她可能得忍受比第一次更痛苦的离别。她心里十分难过，但她下了决心。我们会看到，芳蒂娜面对人生，表现出极大的勇敢。

她毅然放弃了华丽的服饰，穿起了粗布衣服，把她所有的丝绸、服饰、丝带和花边，全都用在女儿身上，这是她剩下的唯一骄傲，那是多么圣洁。她变卖了所有的东西，得到二百法郎；偿清零星债务后，就只剩大约八十法郎了。在一个春光明媚的早晨，二十岁的芳蒂娜背着女儿，离开了巴黎。谁看见这母女俩经过，都会可怜她们。这个女人在世上只有这个孩子，而这孩子在世上也只有这个女人。芳蒂娜用自己的乳汁喂过女儿，胸脯受了劳累，她有点咳嗽。

以后，我们不再有机会谈到费利克斯·托洛米埃先生了。这里，我们只做个交代：二十年后，在路易-菲利浦国王统治时期，他成了外省一个有钱有势、大腹便便的诉讼代理人，一个审慎的选民和严肃认真的陪审员，但仍是一个吃喝玩乐的人。

为了能歇歇脚，芳蒂娜走一程路，就坐一程所谓的郊区小车，每里花三四苏。中午时分，便到了蒙费梅的面包师巷。

她从泰纳迪埃客栈门口经过，看见两个小姑娘，坐在稀奇古怪的秋千上，玩得兴高采烈，她看得目眩神迷，就在这幅欢乐的景象前面驻足停步。

有些东西是会产生魔力的。此时此刻，这两个小女孩对这位母亲就产生了魔力。

她激动不已，仔细打量她们。有天使，便意味着有天堂。她在这家客栈的上空，仿佛看见了“上帝在此”这几个神秘的字。这两个孩子显然很幸福！她凝视她们，她赞美她们，她是那样感动，当那母亲唱完一句歌词换气的时候，她情不自禁地说了那句我们刚才读到的话：

“太太，您这两个孩子真漂亮。”

最凶恶的人，看见别人爱抚自己的孩子，也会变得温和。那母亲抬起头，道了声谢，让过路的妇人坐到门口的板凳上，她自己仍蹲在门槛上。两个女人聊了起来。

“我叫泰纳迪埃太太。”两个小女孩的母亲说，“这客栈是我们开的。”

她心里还想着那首情歌，于是又低声哼唱起来：

必须这样，我是骑士，
我动身去巴勒斯坦。

这位泰纳迪埃太太长着红棕色头发，身子肥胖，颧骨突出，毫无风韵，属于随军悍妇类型。奇怪的是，她常常歪着脑袋摆出沉思的样子，大概是读了些言情小说的缘故。一个男性化了的惺惺作态的女人。有些旧小说，被小客栈老板娘的想象力磨来擦去，就会产生这样的效果。她还年轻，刚刚三十岁。这个女人是蹲着的，如果她站着，她那高头大马、适合在集市上做流动商贩的身材，一上来就会吓坏那过路的妇人，会让她不信任，也就不会有我们要叙述的故事了。一个人就因为不是站着，而是坐着，竟决定了许多人的命运。

过路的女子叙述她的经历，不过稍微做了点改变。

她是个女工；丈夫死了；巴黎找不到工作，她到别处去谋生；她回老家去；当天早晨，她步行离开了巴黎；她抱着孩子，走路走累了，遇见前往维尔蒙布的大车，便上了车，从那里，她又步行到蒙费梅，她女儿也走了一会，但走得不多，到底太小，得抱着她，小宝贝睡着了。

说到这里，她在女儿的脸上亲吻了一下，把孩子惊醒了。孩子睁开眼睛。那眼睛和她母亲的一样，又大又蓝。她在看。她看什么？什么也没看，或什么都看，带着一副认真的，有时还很严肃的神态，那是小孩子们特有的神态，是他们纯洁无邪的童心对我们日趋没落的道德进行审视的一种神秘表现。仿佛他们感到自己是天使，知道我们是凡人。接着，那孩子笑了；她不顾母亲阻拦，用力滑到地上；一个想下地跑的孩子，有一种不可制服的力量，想挡是挡不住的。突然，她看见另外两个女孩子在荡秋千，立马站住，伸出舌头，露出惊叹的神色。

泰纳迪埃妈妈解开女儿，抱下秋千，对她们说：

“你们三个一起玩吧。”

这种年龄的孩子是很容易混熟的，一分钟后，两个小泰纳迪埃就和新来的女孩一起在地上掘洞了，玩得好开心。

新来的孩子很快乐；透过孩子的快乐，可以看出母亲的善良。她已捡了一根小树枝当铲子，使劲挖了一个可以放进一只苍蝇的小坑。挖墓人做的事，被一个孩子做来，就变得令人愉快了。

两个女人继续交谈。

“您的娃娃叫什么？”

“珂赛特。”

珂赛特，得理解成欧弗拉齐。小女孩叫欧弗拉齐。可是，母亲把欧弗拉齐改成了珂赛特。母亲们和老百姓，出于一种亲切温柔的本能，常把约瑟法改成佩皮塔，弗朗索瓦兹改成西莱特。这样的派生词，会使整个词源学产生混乱，陷入困境。我们认识一个老祖母，竟成功地把泰奥多尔变成了格农。

“几岁了？”

“快三岁了。”

“跟我的老大一样。”

这时，那三个孩子围在一起，既忧虑又快乐，因为发生了一件大事：一条大蚯蚓从泥土里钻出来，她们非常害怕，却又心花怒放。

她们容光焕发的额头挨在一起，三个脑袋仿佛笼罩着一圈光环。

“只一会儿功夫，孩子们就混熟了！”泰纳迪埃妈妈大声说，“别人见了，会以为是三姐妹哩！”

这句话无疑是一个火花，另一个母亲想必正翘首以待。她抓住泰家婆娘的手，眼睛望着她，对她说：

“您愿意帮我照管孩子吗？”

泰家婆娘露出惊讶的神色，既不是同意，也不是反对。

珂赛特的母亲接着又说：

“您看，我不能把孩子带回老家。带了孩子，不能干活，也找不到工作。那里的人特别可笑。是仁慈的上帝让我经过您的客栈的。当我看到您的孩子那么漂亮，那么干净，那么开心，我心里感到一震。我说：这是位好母亲。您说得对，她们将成为三姐妹。再说，我很快就会回来的。您愿意帮我照管孩子吗？”

“我得想一想。”泰家婆娘说。

“我每月付六法郎。”

这时候，屋里头传出一个男人的喊声：

“不能少于七法郎。而且得先付六个月。”

“六七四十二。”泰家婆娘说。

“我给。”那母亲说。

“另外得多付十五法郎，作为初来的花费。”那声音补充说。

“一共五十七法郎。”泰家婆娘说。说完这些数字，她又含糊不清地哼了起来：

> “必须这样。”士兵说。

“我给，”那母亲说，“我身上有八十法郎。剩下的钱够我回老家了。我步行回去。到了那里我就挣钱，等挣到一些钱，我就回来接我的宝贝。”

又传出了那男人的声音：

“小姑娘有换洗衣服吗？”

“是我丈夫。”泰家婆娘说。

“当然有，可怜的宝贝。我看出那是您丈夫。并且衣服还不少！多得吓死人！全都是成打的。裙子都是绸的，就像是贵妇人的行头。都在我的旅行袋里。”

“全得留下来。”那声音又说。

“我想我会全留下的！”那母亲说，“让我的女儿不穿衣服，那才可笑呢！”

男主人露面了。

“那好。”他说。

交易谈成了。那母亲在店里过了夜，给了钱，留下孩子，取出孩子的衣服，合上从此又瘪又轻的旅行袋，第二天一早就启程了，打算很快就回来。人总是这样，走的时候打好如意算盘，但往往是竹篮打水一场空。

那母亲离开时，泰纳迪埃家的一位女邻居遇见她了，那人回来说：

“刚才我看见一个女人在大街上哭，哭得好伤心。”

珂赛特的母亲走后，那男人对那女人说：

“有张一百一十法郎的票据明天到期，这下有钱付了。我还差五十法郎。你知道吗？法院都要给我送拒付证书来了。你用你两个小宝贝，做了一个很棒的捕鼠夹。”

“我也没有料到。”那女人说。

二　两个恶人的初步描绘

被逮住的老鼠非常瘦弱，不过，即使逮到一只瘦老鼠，猫儿也很开心。

泰纳迪埃夫妇是什么人？

我们现在先简单描绘一下，以后再补充。

这两个人属于一个混杂的阶层；这个阶层由暴发的粗俗人和落魄的聪明人组成，介于所谓的中等阶层和下等阶层之间，兼有前者的几乎全部恶习和后者的某些缺点，没有工人的慷慨，也没有资产阶级的正直。

这些小人，一旦受阴暗的欲望煽动，就很容易变成魔鬼。那女人本质上是个蛮横无理的人，而那个男人是地地道道的无赖。这两个人的本性都极容易向丑恶的方向发展。世上有一些人像虾，不停地朝着黑暗退去，他们在人生的道路上与其说是前进，不如说是倒退，将他们的人生经验不停地用于做坏事，变得越来越坏，越来越黑。那个男人和那个女人就是这样的人。

尤其那个男人，观相家见了会很尴尬。有些人，你只要看上一眼，就会起戒心，会感到他们从头到脚阴森可怖。他们对后面惶惶不安，对前面张牙舞爪。他们身上有许多未知的东西。人们很难肯定他们做过什么，将做什么。可他们目光阴暗，暴露了他们是什么样的人。只要听到他们说一句话，看见他们做一个动作，对他们过去和将来的秘密就可略知一二。

这个泰纳迪埃，照他自己的说法，曾当过兵，据他说是中士，参加过一八一五年的滑铁卢战役，似乎表现得挺勇敢。以后我们会知道是怎么回事。他的客栈的招牌，暗示着他的一次战功。那招牌是他自己画的，他什么都会干一点，但什么都干不好。

那时候的古典主义旧小说，《克莱丽》之后，就只有《洛多伊斯卡》了，仍然很典雅，但往后越来越庸俗，从德·斯居代里小姐[①]降到了巴泰勒米-哈多夫人[②]，从德·拉法耶特夫人[③]降到了布农-马拉默夫人[④]。这类小说将巴黎多情的女门房煽得心里火辣辣，甚至郊区的女门房也受到了毒害。泰家婆娘的智力刚够她读这一类书。她以它们为食粮。她让她的头脑沉浸在其中。因此，她在很年轻的时候，甚至稍后一段时间里，常常显出沉思的神情，这与她丈夫形成了对照。她丈夫是个无赖，城府很深，不务正业，略识几字，但不通语法，既粗鲁，又精明，在言情小说方面，他爱读皮戈-勒布伦[⑤]，但在“涉及性的问题上（这是他的行话）”，这个粗鲁的人倒也规规矩矩，从不乱来。他妻子比他小十二到十五岁。后来，泰纳迪埃太太垂柳式浪漫的头发开始花白，她从贞女变成了泼妇，也就成了一个品味过一些无聊小说的凶恶狠心的胖女人。看无聊的书不会不受到影响。结果，她的大女儿叫埃波妮。至于她的小女儿，这可怜的姑娘差点叫居娜尔，幸亏迪克雷-迪米尼尔[⑥]的一部小说救了她，她才有了现在的名字阿赛玛。

---

① 德·斯居代里（1607—1701），法国著名的才女，《克莱丽》的作者。

② 巴泰勒米-哈多夫人（1763—1821），法国作家。

③ 德·拉法耶特夫人（1625—1697），法国作家，著有《克莱芙王妃》。

④ 布农-马拉默夫人（1753—1821），法国作家。

⑤ 皮戈-勒布伦（1753—1835），法国平庸作家。

⑥ 迪克雷-迪米尼尔（1761—1819），法国作家。

此外，这里顺便提一下，我们影射的那个时代，是一个千奇百怪的时代，可以称为给孩子乱起名字的无政府主义的时代，但也不是所有的东西都浅薄可笑。除了上面提到的小说的影响，还有社会的因素。今天，常常可以看到，牧童叫亚瑟、阿弗雷德或阿方斯，而子爵——如果还有子爵的话——却叫托马、皮埃尔或雅克。平民取“高雅”的名字，而贵族却取乡下名字，这种移位，不过是受了旋涡般激烈的平等思想的影响。新的气息无孔不入，起名字也不例外。在这表面的不协调下面，隐藏着一个伟大而深刻的东西：法兰西革命。

三　百灵鸟

光靠凶狠，是不足以发达的。小客栈生意不好。

多亏过路女人的五十七法郎，泰纳迪埃才免遭法院的追究，他签过字的票据才保全了信誉。下一个月，他们还需要钱，那女人便把珂赛特的衣服拿到巴黎，在当铺里当了六十法郎。这笔钱一花完，泰纳迪埃夫妇就开始把小女孩视作善心收养的孩子，也以收养者的态度对待她。因为没有衣服了，她就只好穿两个小泰纳迪埃的旧衣裙，也就是穿破烂的衣服。他们给她吃残羹剩菜，比狗吃得好一点，但比猫却要差。而且，她常常同狗和猫一起进餐，和它们一样在桌子底下吃饭，同它们一样用木盆。

珂赛特的母亲在滨海蒙特勒伊安顿了下来，以后我们还要谈到。她每个月都写信，更确切地说，每个月都请人代写信，探问女儿的消息。泰纳迪埃夫妇回信总说：珂赛特很好。

六个月后，那母亲寄来了七法郎，作为第七个月的赡养费，以后月月按时寄钱。一年尚未结束，泰纳迪埃就说：“她对我们好恩典呀！给我们七法郎，够干什么？”于是，他写信要十二法郎。他在信中强调孩子很幸福，“身体安康”，那母亲只得迁就，每月改寄十二法郎。

有的人在爱一些人的同时，总要恨一些人。泰纳迪埃妈妈极其宠爱自己的两个女儿，当然格外厌恶外来的孩子了。母亲的爱竟有丑恶的一面，叫人想起来就寒心。珂赛特在她家占据地方再小，她也认为强占了她家里人的地方，减少了她两个女儿呼吸的空气。这个女人，和许多同类型的女人一样，每天总要消耗一定数量的抚爱和打骂。假如没有珂赛特，她两个女儿一面受到百般宠爱，一面也会受尽打骂；那外来的女孩帮了她们的忙，代替她们挨打受骂。两个女儿就只剩下抚爱了。而珂赛特干什么事，都会遭到无缘无故的极其粗暴的惩罚。这个温和而瘦弱的生灵，不停地受到惩罚、责骂、怒斥、毒打，可另外两个和她一样的小女孩，却生活在曙光中，这叫她对人世间和上帝如何看得明白呢？

泰家婆娘对珂赛特很凶恶，埃波妮和阿赛玛便也对她凶恶了。这般年龄的孩子，不过是母亲的复制品，只是小一点罢了。

一年过去了，接着又是一年。

村里人说：

“泰纳迪埃家的人真好。他们并不富裕，却还扶养一个遗弃在他们家里的可怜孩子！”

人们以为珂赛特被她母亲抛弃了。

然而，泰纳迪埃不知从什么途径打听到那孩子可能是私生女，她母亲不可能承认，他便要求每月加到十五法郎，声称“小家伙”一天天长大，“要吃饭”，并以送还孩子相威胁。他嚷道：“她敢把我惹恼！我就把她孩子扔给她，看她还保得了密。非得让她加钱不可。”孩子的母亲只得寄十五法郎。

孩子一年年长大，苦难也一年年增加。

珂赛特很小的时候，是另外两个孩子的出气筒；等她稍为长大一点，也就是不到五岁的时候，就成了家里的女用人。

有人会说，五岁就当用人，这是不可能的。可惜！这是千真万确的事实。社会的痛苦不分年龄。最近，我们不是见过一个叫迪莫拉的案子吗？他是孤儿，后来成了强盗，据官方文件说，他五岁便成了孤儿，“为了生存，不得不干活和偷窃。”

他们让珂赛特跑腿，打扫房间、院子和街道，洗锅刷碗，甚至让她背东西。珂赛特的母亲仍在滨海蒙特勒伊，寄钱开始不准时了，泰纳迪埃夫妇就更认为有权这样做了。好几个月没寄钱了。

那母亲如果在这第三年末回蒙费梅，就认不出自己的孩子了。刚到这家时，珂赛特是那样漂亮，那样红润，现在却脸色苍白，骨瘦如柴。她的神情有一种说不出的惶惶不安。泰纳迪埃夫妇说她“鬼鬼祟祟”。

不公正的待遇使她变得脾气乖戾，悲惨的遭遇使她变成了丑小鸭。她只剩下一双漂亮的眼睛，让人看了心里难过，因为她的眼睛很大，隐藏的痛苦似乎更大。

冬天，这个不到六岁的可怜孩子，天不亮就拿着一把大扫帚打扫街道，身子在褴褛的衣衫里发抖，小手冻得通红，眼睛里含着一颗泪水，此情此景，真让人肝肠寸断。

村里人都叫她百灵鸟。老百姓喜欢形象的比喻，看到她个儿不比小鸟大，犹如惊弓之鸟，战战兢兢，哆哆嗦嗦，每天早晨醒得比家里和村里任何人都早，天不亮就开始在街上或地里干活，就兴致勃勃地给她起了“百灵鸟”的名字。

不过，这只可怜的百灵鸟从来不唱歌。

第五卷　下坡

一　黑玻璃业的发展史

蒙费梅的人认为，那位母亲似乎已抛弃了她的孩子。那么，她究竟怎么样了呢？她在哪里？她在干什么？

她把小珂赛特托付给泰纳迪埃夫妇后，便继续赶路，终于到了滨海蒙特勒伊。

大家记得，那是一八一八年。

芳蒂娜离开家乡已有十来年。蒙特勒伊的面貌有了很大的改变。芳蒂娜的日子越来越艰难，她出生的城市却兴旺发达了。

近两年来，那里完成了一项工业改革。对于小城镇来说，这可是件大事。

这个细节至为重要，我们认为有必要展开谈一谈。我们差点想说，有必要着重谈一谈。

不知从什么时代起，滨海蒙特勒伊就有了一种特殊的工业，仿制英国的黑玉和德国的黑玻璃。这个工业一直死气沉沉，因为原料昂贵，反过来也影响到劳动力。芳蒂娜回滨海蒙特勒伊时，这“黑色产品”的生产已有过一次史无前例的变革。一八一五年底，一个男子，一个陌生人，来到这个城市定居，在生产中，他提出用虫胶取代树胶，尤其在做手镯时，提出让扣环两端稍稍分开，而不是焊死。这个小小的改变是一场革命。

的确，这小小的改变大大降低了原材料的成本。这样，首先，劳动力的价格提高了，这使当地人受益匪浅；第二，改善了产品，对消费者有好处；第三，降低了售价，利润增加两倍，厂主有利可图。

这真是一举三得。

不到三年时间，发明这个方法的人发了财，这是好事；同时，他让周围的人也发了财，这就好上加好了。他不是本省人。对于他的来历，人们一无所知；他是如何创业的，所知也甚少。

有人说，他来这个城市时，带的钱很少，最多几百法郎。

他用这微薄的资本，将一个聪明的想法付诸实现，有条不紊，挖空心思，资本越滚越多，他自己发了迹，全乡的人也发了财。

他刚到滨海蒙特勒伊时，他的衣着、举止和谈吐像个工人。

好像是十二月的一个傍晚，他背着行囊，拿着一根带刺的棍子，无声无息地走进滨海蒙特勒伊这个小城，恰遇市府发生一场大火灾。他跳进火中，冒着生命危险，救出两个孩子，恰好又是宪兵队长的孩子，这样，人们也就没有想起问他要证件。从此，大家知道了他的名字。他叫马德兰老伯。

二 马德兰

此人五十岁上下，心事重重，但非常善良。关于他所能说的，也就是这些。

那项工业经过他可敬可佩的改革后，获得了突飞猛进的发展，滨海蒙特勒伊也就成了重要的贸易中心。西班牙是黑玉的消费大国，每年都来大量订购。在黑玉贸易方面，滨海蒙特勒伊几乎同伦敦和柏林平分秋色。马德兰老伯获得了巨大的利润，第二年，他就建造了一个大工厂，设有两个车间，一个男车间，一个女车间。没有饭吃的人，可以到这里来，肯定能找到工作和面包。马德兰老伯要求男的心地善良，女的品行端正，要求人人正直诚实。他把工厂分成两个车间，就是为了将男女分开，让未婚姑娘和已婚妇女规规矩矩。在这一点上，他毫不让步。可以说，这是他唯一不宽容的地方。他这样严厉，还有另一个原因：滨海蒙特勒伊有驻军，女孩子堕落的事屡见不鲜。此外，他来到这个城市，是一种恩泽，他在这个城市出现，是一种天意。马德兰老伯来之前，这里的一切都毫无生机。现在，一切都健健康康，生机勃勃。活跃的流通，使一切热气腾腾，到处欣欣向荣。失业和贫困已不复存在。再卑微的口袋里也有一些钱，再贫穷的家里也有一点欢乐。

马德兰老伯谁都雇用。他只有一个要求：做一个正直的男人！做一个正直的女孩子！

前面说过，马德兰老伯是这场改革的发起人和主心骨，他靠这个发了财，可是，在这个普通生意人身上，有一点使人感到奇怪：他主要关心的似乎不是钱财。他好像更多地考虑别人，很少想到自己。人们知道，一八二〇年，他以个人名义，在拉斐特银行存了一笔六十三万法郎的款子，可是，他在为自己存下这六十三万法郎之前，已为城市和穷人花去了一百多万。

医院装备不足，他就增设了十个床位。滨海蒙特勒伊分上下两城。他住在下城，只有一所学校，校舍破破烂烂，快要倒塌了。他又建了两所学校，一所是女子学校，另一所是男子学校。他给两个教员发津贴，是他们微薄的工资的两倍。一天，有人吃惊地问及此事，他说："国家公务员中，最主要的是乳母和小学教师。"他出资创建了一个收容所，这在当时的法国几乎闻所未闻。他还为年老和残废工人设立了救济金。以他的工厂为中心，很快形成了一个新区，住着许多贫苦家庭。他在那里开设了一个免费药房。

当初，他刚起步时，那些所谓的好心人说："那家伙想发财。"后来，大家见他等城市富起来后，自己才富，那些好心人又说："他是野心家。"这似乎很有道理，因为他笃信宗教，还参加一定的宗教活动，这在那个时代是很受尊敬的。每个星期天，他都去做小弥撒。当地的议员总是伸长鼻子，到处嗅闻有没有人同他竞争，马上对这个宗教也关心起来。那议员曾是帝国立法议会成员，他的宗教观点和一位叫富歇的奥拉托利会神甫相同，他是这位神甫，即奥特朗特公爵的亲信和朋友。他常偷偷嘲笑上帝。但是，当他看见腰缠万贯的马德兰老板去做七点钟的小弥撒时，就预感到他是一个可能的候选人，于是下决心要超过他。他让一个耶稣会教士做他的忏悔师，还去做大弥撒和晚祷。在那个时代，野心，就这词的直接含义，是一种争夺教区的赛跑。穷人和上帝都从这可敬议员的恐惧中得到了好处，因为他也给医院增设了两张床位，这样，一共增加了十二张。

然而，一八一九年的一个早晨，传出来一个消息：经省长先生推荐，鉴于马德兰老伯对当地做出的贡献，他就要被国王任命为滨海蒙特勒伊市市长。那些曾断言马德兰老伯是“野心家”的人，听到这个符合民意的消息，激动异常，抓住机会，大声嚷道：“瞧！我们没说错吧！”整个滨海蒙特勒伊市都轰动了。传说是有根据的。几天后，任命在《箴言报》上公布了。翌日，马德兰老伯宣布拒绝接受。

就在这一八一九年，用马德兰发明的新方法制造的产品，在工业展览会上展出了。根据评委的报告，国王授予发明者荣誉勋章。小城再次议论纷纷。“哈！他原来想要十字勋章！”马德兰老伯拒绝了十字勋章。

显然，此人是个谜。那些好心人给自己打圆场说：“不管怎么说，他是个冒险家。”

大家看到了，他给滨海蒙特勒伊市带来了许多好处，给穷人带来了一切。他做了多少好事，最终赢得了大家的尊敬，他是那样和蔼可亲，最终博得了大家的爱戴。尤其是他的工人，对他更是由衷的敬佩。对于这种敬佩，他总是严肃之中带点忧郁。当他被证实为富翁时，“社会名流”们便对他刮目相看了，城里人也开始称呼他马德兰先生，但工人和孩子们一如既往，仍喊他马德兰老伯，这是最让他感到欣慰的。随着他威信升高，请柬纷至沓来。“上流社交”需要他。那些矫揉造作的小沙龙，当初自然向这个手艺人紧闭大门，现在却敞开大门，欢迎百万富翁。人们千方百计接近他。他都一一拒绝了。

这次，那些好心人依然有话可说：“这个人愚昧无知，没受过什么教育。谁知道他是从哪里来的。他在社交界会不知所措。没准他还不识字呢。”

当初他挣了钱，他们说他是商人；看到他散发钱，又说他是野心家；后来见他拒绝荣誉，就说他是冒险家；现在又见他拒绝社交界，就又说他是个粗人。

一八二〇年，是他到滨海蒙特勒伊市的第五个年头。那一年，鉴于他对该市做出了卓越的贡献，广大民众的愿望又完全一致，国王再次任命他为市长。他又一次拒绝了。但这次省长不接受他的拒绝，显贵们都来恳求他，民众们上街哀求他，他看到大家如此坚持，只好接受了。人们注意到，促使他下决心的，好像主要是一个老妇对他几乎是愤怒的指责；那个平民百姓从家门口对他生气地嚷道：“一个好市长是有用的。在可能做的好事面前，应该退却吗？”

这是他升迁的第三个阶段。先是从马德兰老伯变成了马德兰先生，现在又从马德兰先生变成了市长先生。

三　在拉斐特银行的存款

当了市长后，他仍和当初一样朴实。他头发灰白，目光严肃，面色像工人那样黝黑，神情像哲学家那样沉思。他通常戴一顶宽边帽，穿一件粗呢长礼服，纽扣一直扣到下巴。他履行市长的职责，工作之外，他孤独地生活。他很少同人交谈。他遇到人总是避免寒暄，侧面打个招呼就溜走了，常用微笑来避免交谈，用布施来避免微笑。女人们谈到他时会说：“多么孤僻的好人！”他的乐趣是在田野里散步。

他从来都是一个人用餐，面前摊着一本书，边吃边看。他有一些藏书，是精挑细选的。他喜欢书，书是冷淡而可靠的朋友。财富多了，空闲也随之多了，他就利用起来丰富自己的思想。他来到滨海蒙特勒伊后，人们发现，他的谈吐一年比一年文雅、讲究、温和。

他出去散步时，常常带着一支枪，但很少使用。偶尔开枪，却是弹无虚发。他从不杀死无害的动物，从不向小鸟开枪。

他虽然不年轻了，但人们传说他力大无比。他常在人们需要时助一臂之力，把倒下的马扶起来，陷进泥里的车推出来，抓住两只犄角拦住逃跑的公牛。他出门时，口袋里总是装满了钱币，回来时空无一子。他从一个村庄经过，衣衫褴褛的孩童们兴高采烈地跟在他后头，恰似一群小飞虫围住他。

人们猜想，他从前大概是种庄稼的，因为他教给农民各种实用的窍门。他教他们用盐水喷洒谷仓，浸泡地板缝，以消灭麦蛾，将开花的奥维奥草挂在墙上、屋顶上、屋子里，以驱逐象虫。他还有一些“秘方”，用来消灭麦田里各种各样的寄生草：野鸠豆草、麦仙翁、野豌豆、山涧草、山萝花，等等。他在兔窝里放一只北非小猪，老鼠闻到猪的气味，就不敢靠近兔窝。

一天，他看见当地人正在拔荨麻。他看着一堆拔出来的已经枯萎的荨麻说：“全死了。可是，若会利用，它们却是好东西。荨麻嫩的时候，叶子是极好的蔬菜；老了以后，和大麻及亚麻一样有纤维。荨麻布和大麻布不分上下。荨麻剁碎后，可以喂家禽，粉碎后，是牛羊的好饲料。荨麻籽拌在饲料里，可使牲口的皮毛光亮。荨麻根和盐调和，可产生美丽的黄颜料。再说，它还是一年可收两次的好饲料。可荨麻需要什么呢？只要一点儿地，不需要照管，不需要耕种。不过，它的籽边成熟，边往下掉，不容易收获。这就是荨麻。只要花一点点工夫，它就可派大用场，如果不去管它，它就会成为有害的东西。于是，大家就要消灭它。多少人的命运像荨麻！”他沉默片刻，接着又说：“朋友们，请记住，没有不好的草，也没有不好的人。只有不好的耕种者。”

孩子们喜欢他，还有另一个原因：他会用麦秸和椰子壳做成各种可爱的小玩意儿。

当他看见教堂的大门挂着黑纱，他就进去；他寻找葬礼，如同别人寻找洗礼。他非常仁慈，有人丧偶和遭遇不幸，就会把他吸引过去。他总是出现在服丧的朋友和戴孝的家庭中，同围着灵柩低声吟诵的神甫们混在一起。他似乎非常乐意让自己的思想沉浸在充满冥府幻景的悲哀而单调的吟唱中。他仰望苍穹，怀着对神秘莫测的无限世界的憧憬，谛听那些悲哀的声音在死亡的黑暗深渊边上诵吟。

他做了许多好事，但不让人知道，如同有人干坏事瞒着别人一样。晚上，他偷偷潜入别人家里，悄悄爬上楼梯。一个可怜人回到自己的破屋，发现他不在时门被打开过，有时甚至是撬开的。那可怜人大叫大喊："有坏人来过啦！"他走进屋里，首先映入眼帘的，是一枚丢在家具上的金币。来过的"坏人"，正是马德兰老伯。

他和蔼可亲，却神情忧郁。老百姓说："这个人很有钱，却一点也不高傲。这个人很幸福，却一点也不快活。"

有人说他是个神秘人物，他们断言，谁也进不了他的卧室，说那完全是一间隐修士的密室，摆着几个带有翅膀的沙漏，装饰着交叉的胫骨和骷髅。这事传得满城风雨，以致有一天，滨海蒙特勒伊的几个漂亮调皮的姑娘闯进他的家里，问他道："市长先生，让我们看看您的卧室。听说是个岩洞。"他笑了笑，立即把她们带到他的"岩洞"里。她们大失所望。房里只有几件红木家具，同所有这类家具一样相当难看，墙上糊着廉价的墙纸。除了壁炉上的一对旧烛台，其他什么也没看见。那烛台好像是银的，"因为上面打了验印"。这种看法，充分反映了小城市人的思想。

尽管如此，人们依然说他的房间谁也进不去，那是隐修士的洞穴，是梦游的地方，是一个坑，是一个坟。

人们还窃窃私语，说他在拉斐特银行有"巨额"存款，并且可以随时提取，因此，有人说，马德兰先生可以在某个早晨跑到拉斐特银行，签一张收据，十分钟便可提取两三百万法郎。其实不是什么两三百万，而是我们前面说过的六十三四万。

四　马德兰先生服丧

一八二一年初，各家报纸报道了米里埃先生，迪涅的主教，"别名比安维尼大人"仙逝的噩耗，享年八十二岁。

报上漏掉了一个细节，这里作一补充：迪涅主教去世时，双目失明已好几年，但有他妹妹守在身旁，即使双目失明，仍感到很幸福。

顺便说一下，在这凡事都不会完美的世界上，双目失明同时又有人爱，可算是幸福的一种最完美的形式了。一直有一个女人，一个姑娘，一个姐妹，一个可爱的人与你相依为命，她在你身边，是因为你需要她，也因为她离不开你，知道自己需要的人也离不开自己，可以从她和你在一起的时间多少，不断衡量她对你的感情，你对自己说："既然她把所有的时间给了我，说明她心里只有我。"你看不见她的脸，却看得见她的思想，在整个世界的隐匿中，体味一个人的忠诚，听到衣裙的窸窣声，犹如听到鸟儿的振翅声，听见她走来走去，出出进进，说话唱歌，心想自己是这些脚步声、说话声、歌唱声的中心，时时刻刻显示自己的吸引力，越是残疾，越感到自己有威力，在黑暗中，也正因为黑暗，你变成了一个星球，那位天使绕着你运行：还有什么幸福能与这样的幸福并肩媲美呢？人生最大的幸福，莫过于确信有人爱你；爱的是你这个人，更进一步说，不管你希不希望，人家还依然爱你；这个信念，眼睛瞎了的人才会有。在这样的痛苦中，被人侍候，就是被人爱抚。你还缺少什么呢？什么也不缺。有了爱，就有了光明。而且那是怎样的爱啊！完全是由美德组成的爱！只要有信念，就绝不会成为瞎子。一个盲人摸索着寻找另一个人，他找到了。这个被找到和被证实的人，是一个女人。一只手在搀扶着你，那是她的手；一张嘴从你额头轻轻拂过，那是她的嘴；你听到身边有呼吸声，那是她在呼吸。你从她那里得到一切，从她对你的崇拜，到她对你的怜悯，她从不离开你，用她柔弱的力量救助你，你支撑在这根不折不挠的芦苇上，用你的手触摸上帝，并能将他拥进怀里。你触摸到了上帝，多么幸福！你的心，这朵黑暗的奇妙之花，神秘地开放了。你决不会放弃这黑暗，去换取光明。天使在你身边，一刻也不离开你；即使离开了，她也会再回来；她像幻梦一般消失，又似现实一般重现。你感到一股热气向你靠近，这就是她来了。你无限安详、快乐和心醉；你是黑暗中的一道光芒。人们给你无微不至的关怀。在这一片漆黑的空间，微小的体贴，也是巨大的关怀。女人那难以形容的声调，可以用来安抚你的心，为你取代那消失的宇宙。人们用心灵来抚慰你。你什么也看不见，但你感觉到被人宠爱。这是黑暗中的天堂。

比安维尼大人已离开这个天堂，进入另一个天堂。

他逝世的噩耗，滨海蒙特勒伊的报纸转载了。翌日，马德兰先生穿起了丧服，帽子上也戴了块黑纱。

人们注意到了他穿丧服，于是大家街谈巷议，说长道短。这仿佛是一点暗示，使人隐隐看到了他的来历。人们得出结论，他与那位德高望重的主教有些关系。“他为迪涅的主教服丧。”上流社会的人如是说。于是，马德兰先生变得更引人注目，滨海蒙特勒伊的上流社会也骤然更对他刮目相看了。当地的小圣日耳曼区[①]打算停止对马德兰先生的孤立，因为他可能是一位主教的亲戚。马德兰先生发现，老年妇女对他更加崇敬，年轻女子对他更露笑脸，他觉得自己在世人眼里的地位提高了。一天晚上，小圣日耳曼区社交圈里一位最年长的老妇，自以为年资最深，就可以管别人闲事，竟然问他：“市长先生想必是已故迪涅主教的表亲吧？”

他说：“不是，夫人。”

那老夫人又说：“那您怎么给他服丧呢？”

他回答：“因为我年轻时，在他家里当过仆人。”

还有件事要提一下：只要有四处流浪、给人通烟囱的萨瓦少年经过本市，市长先生就叫人把他找来，问他叫什么名字，并且给他一些钱。那些萨瓦流浪儿们互相转告，于是，许多人都到这里来。

五　风雨欲来

随着时间的流逝，各种敌意渐渐烟消云散。起初，是对马德兰先生的诬蔑和诽谤：这是一种规律，大凡上升的人，都会遇到。然后，只剩下恶言恶语了。再然后，只剩下戏弄挖苦了，最后，一切都烟消云散了。

---

① 巴黎有个圣日耳曼区，是贵族集居的地方。这里的小日耳曼区也是指贵族的集居地。

全城上下，对他由衷的崇敬，竟至于快到一八二一年时，滨海蒙特勒伊人称呼“市长先生”的口吻，和一八一五年迪涅人称呼“主教大人”的口吻简直如出一辙。方圆十里内，人们都来求教马德兰先生。他调解纠纷，阻止起诉，让敌对双方和解。谁都把他看作理所当然的仲裁。他的心灵仿佛是一部自然法典。对他的崇敬仿佛会传染似的，在六七年中，挨家挨户，渐渐蔓延开来，最后遍及全乡。

在整个城市和整个区，只有一个人千方百计避免传染，不管马德兰老伯做什么，他都持抗拒态度，仿佛有一种不受腐蚀、不可动摇的本能在唤醒他，使他局促不安。的确，在某些人身上，似乎真有一种动物的本能，和任何本能一样纯洁正直，它制造反感和好感，注定能区别两种不同的性质，从不犹豫，从不慌乱，决不沉默，坚持不渝，它在黑暗中心明眼亮，正确无误，蛮横无理，对于心智的一切劝告，对于理智的一切溶剂，它都拒不接受，不管命运如何安排，它都要悄悄警告狗别忘了猫的存在，警告狐狸别忘了狮子的存在。

马德兰先生平静而慈祥地从街上经过，受到众人的祝福，但常有一个身材高大、穿一件铁灰色礼服、拄一根粗拐杖、戴一顶垂边帽的人，与他交叉而过，又猛然会转过身来，目光跟着他，直到看不见；那人交叉着双臂，缓缓摇晃着脑袋，嘴唇撅到鼻子上，这一含义深刻的怪样，仿佛在说：“这个人到底是谁呢？——我肯定在哪里见过他。——无论如何，我是不会上他当的。”

这个人的神情严肃得吓人，让人一见就会紧张不安。

他叫雅韦尔，是警察。

他在滨海蒙特勒伊做警探的工作，这差使很艰难，却非常有用。他没有看到马德兰的起步。雅韦尔得到这个职位，全仗夏布耶先生的保荐，夏布耶先生是国务大臣安格莱伯爵的秘书，当时，安格莱伯爵是巴黎警察局长。雅韦尔来滨海蒙特勒伊时，那大厂主已经发达，马德兰老伯已变成马德兰先生。

有些警官有着与众不同的面孔，他们神态复杂，威武之中带点猥琐。雅韦尔的面孔也与众不同，但不猥琐。

我们确信，假如人的心灵是看得见的，那就可以清楚地看到一个奇怪的现象，即每一个人和某一种动物有相通之处；而且，还可以发现一个连思想家也还若明若暗的事实，那就是从牡蛎到飞鹰，从猪到老虎，一切动物的特性都会在人身上反映出来，每个人都会有某种动物的特性。有时候，一个人甚至兼备几种动物的特点。

动物不过是我们自身美德和恶习的具体形象，它们在我们眼前游荡，是我们心灵看得见的幽灵。上帝让我们看见它们，就是要让我们深思。不同的是，因为动物是幽灵，上帝创造它们时，就没有把它们塑造成可以教育的；再说，那又有什么用呢？相反，我们的心灵是实实在在的，有它们自己的目的，于是，上帝就给了它们智慧，也就是说，赋予它们可教育性。良好的社会教育，总可以从一个心灵中发掘它的有用部分，不管是什么样的心灵。

当然，这只是从狭义的角度，即从表面的尘世生活来说的，并不预先断言那些非人的生灵在前世和在来世有什么特点这样一个深刻的问题。有形的我，绝不允许思想家否认潜在的我。这一点我们持保留看法。现在继续往下讲。

假如大家暂时同意我们的看法，承认每个人身上都有一种动物的特性，那么，现在就不难交代治安警官雅韦尔是怎样一个人了。

阿斯图里亚斯[①]的农民深信，每一胎狼崽里，总有一只狗，生下来就会被母狼咬死，否则，它长大后就会把其他狼崽吃掉。

假如给那只母狼生的狗崽按上一张人脸，就成了雅韦尔。

雅韦尔是在监狱里出生的，他母亲靠用纸牌算命谋生，父亲是苦役犯。长大后，他感到自己被排除在社会之外，毫无希望回到社会中。他注意到，社会不可原谅地将两种阶层的人排除在外，一种是攻击它的人，另一种是捍卫它的人。他只能在这两个阶层中做选择。同时，他感到自己本质上刻板、勤恳、正直，对于自己所属的流浪阶层，有一种难以形容的仇恨。他于是当了警察。

---

① 阿斯图里亚斯是西班牙古行省。

他成功了。四十岁时，他当上了便衣警官。

他年轻的时候，在南方当过苦役犯看守。

在展开谈之前，我们先就刚才给雅韦尔按上的“人脸”说一说。

在雅韦尔这张人脸上，有一个塌塌的鼻子，鼻孔幽深，两片浓密的络腮胡从两个脸颊伸向鼻孔。初见这两片森林似的颊髯和两个岩洞似的鼻孔，会感到不自在。雅韦尔难得一笑，但笑的时候，样子十分可怕，两片薄嘴唇张开，不仅露出牙齿，还露出牙龈，鼻子周围还会生出野兽吻端特有的那种惊讶而粗野的皱纹。雅韦尔严肃的时候，是一条看门狗，笑的时候，是一只老虎。此外，他的颅骨小，颌骨大，头发遮住了额头，直落眉毛。他总是双眉紧蹙，形成的皱纹犹如一颗愤怒的星星，在两只眼睛之间闪烁；他目光深沉，嘴唇紧闭，令人生畏；他神态凶狠，咄咄逼人。

此人只有两种情感：崇尚权力，仇视反叛。这两种情感本来很朴实，相对来说是不错的，但他总是用之过分，也就几乎成为不好的了。在他看来，偷盗、谋杀等一切罪行都是反叛的形式。他对所有担任公职的人，大到内阁大臣，小到乡村巡警，都盲目而绝对地相信。对失过一次足的人，他一概蔑视、憎恶和反感。他看事物总是很绝对，不承认有例外。一方面他说：“当官的不可能出错。法官永远是对的。”另一方面，他说：“那些罪犯都是不可救药，做不出什么好事来。”他完全赞成思想极端者的看法，认为人类法律有权将人罚入地狱，或者，如果愿意的话，有权确认罚入地狱的人，他们在社会底层设置一条冥河。雅韦尔坚忍淡泊，严肃刻苦，神情忧郁，喜欢沉思；他就像那些宗教狂，既谦卑又高傲。他目光像钻子，冷酷而犀利。他的一生可用两个词概括：警戒和监视。他把直线引进世上曲曲折折的事物中；他清楚自己的作用，崇拜自己的职责，他干密探，就像有人做神甫一样。谁落入他的手中，谁就倒霉！他父亲越狱，他照样会把他抓回来，他母亲违背放逐令，他照样会告发。他会为这种大义灭亲的举动沾沾自喜。此外，他过着一种节制、孤独、忘我、洁身自好的生活，从来也没有娱乐。他履行职责铁面无私，他理解警察，有如斯巴达人理解斯巴达一样。他是一个无情的密探，正直的警察，冷酷的侦探，一个具有布鲁图斯[①]特点的维多克[②]。

雅韦尔从头到脚都显出他是一个鬼鬼祟祟、暗中窥视的密探。约瑟夫·德·迈斯特尔[③]的神秘学派肯定会说雅韦尔是一种象征；那时候，这些神秘论者们正在用高深的宇宙演化论，点缀所谓的极端报纸。他的额头隐没在帽子下，眼睛隐蔽在眉毛下，下巴埋进领带里，手缩进袖管里，拐杖藏在礼服下面，因此，看不见他的额头、眼睛、下巴、手和拐杖。但是，时机一到，他那瘦削的额头、阴沉的目光、骇人的下巴、粗大的手和可怕的木棍，就会霍地从黑暗中露出来，仿佛伏兵从埋伏的地方冲出来一般。

他很少有空闲，但闲下来时，就读读书，尽管他憎恨书。因此，他不完全是文盲。这可从他略带夸张的谈吐中看出来。

我们说了，他没有任何恶习。他得意的时候，就闻一闻鼻烟。这是他还有人味儿的地方。

因此，不难理解，为什么司法部统计年表上标明为“流浪汉”这个阶层的人都害怕他。他们一听到雅韦尔的名字就胆战心惊，一看见雅韦尔的面孔就惊慌失措。

这个可怕的人就是这副形象。

雅韦尔有如一只眼睛，总是盯着马德兰先生。那是充满了怀疑和臆测的眼睛。马德兰先生最后觉察了，却好像无动于衷。他甚至连问都不问雅韦尔，既不找他，也不避他。对于这令人不自在的，甚至令人难以忍受的目光，他似乎不理不睬，满不在乎。他对待雅韦尔，同对待所有人一样，轻松自然，和蔼可亲。

从雅韦尔露出的一言半语中，可以猜出他已在别处暗中调查过马德兰老伯可能留下的所有蛛丝马迹；强烈的好奇心是他这类人所特有的，既出于本能，也出于意愿。他好像知道些情况，有时也闪烁其词地流露

---

① 布鲁图斯为公元前六世纪古罗马历史中的传说人物，建立罗马共和国，公而忘私。

② 维多克是十九世纪著名的警探。曾因行骗入狱，后来当上了警察队长。

③ 迈斯特尔（1753—1821），法国作家，极端的神学家。

出一些，说是有人曾去某地，调查了某个失散的家庭，了解到了某些情况。有一次，他甚至自言自语地说："我相信已抓住了！"继而他连续三天不言不语，沉思默想。看来他以为抓住的那根线又断了。

况且——这也是对有些词义的过于绝对而进行的必要的纠正——人不可能做到一无差错，人的本能恰恰会陷入混乱，迷失方向。否则，本能就会胜过智慧，兽类就会比人聪明了。

显而易见，雅韦尔看到马德兰先生那样自然，那样平静，感到有点困惑。

然而有一天，他那古怪的举止似乎使马德兰先生受到了震撼。事情是这样的。

六　福施勒旺大爷

一天早晨，马德兰先生路过滨海蒙特勒伊一条没有铺石的小街，忽然听见喧嚷声，看见不远处有一群人。他走过去。一个叫福施勒旺大爷的老头刚才被压到了车子底下，因为拉车的马突然跌倒了。

那时候，马德兰先生的敌人所剩无几了，福施勒旺大爷是其中的一个。福施勒旺是个粗通文墨的农民，当过书吏，后来开了个小店，马德兰来到此地时，他的生意正开始走下坡路。福施勒旺眼望着这个普通工人发财致富，而他这个当老板的却日益衰败，便妒火中烧，于是一有机会，就竭力损害马德兰。后来，他破产了，他已上了岁数，没有家，没有儿女，只剩下一辆大车和一匹马，为了生计，就赶起了大车。

马的两条后腿摔断了，站不起来。老头卡在两个轮子中间。那一跤摔得实在悲惨，整个车子都压在他胸口上。车上载着相当重的东西。福施勒旺大爷凄惨地喘着粗气。有人试着把他拉出来，却是白费力气。如果乱来一气，笨手笨脚，摇动不得法，还会断送他的性命。除非把车子抬起来，否则是不可能把他从车下拉出来的。出事之时，雅韦尔出现了，他已派人去找千斤顶了。

马德兰先生到了。大家恭敬地给他让道。

“救命呀！”老福施勒旺喊道，“谁行行好，救救老人？”

马德兰先生转向观众：

“有千斤顶吗？”

“有人去找了。”一个农民说。

“什么时候能找来？”

“是去最近的地方找的，富拉肖，那里有个马蹄铁匠。不过也不会很快，至少得一刻钟。”

“一刻钟！”马德兰先生喊道。

夜里下过雨，地面湿透了，车子越来越下陷，越来越压紧老车夫的胸口。可以肯定，不用五分钟，他的肋骨就会压断。

“要等一刻钟，那怎么行！”马德兰先生对围观的农民说。

“只有这样！”

“那就来不及了！你们没看见车子在下陷吗？”

“当然！”

“大家听着！”马德兰先生接着又说，“车下面还有点地方，一个人可以钻进去，用背把车子顶起来。只要半分钟，就可把这个可怜人拉出来了。这里有腰板结实、心肠好的人吗？给五个金路易！”

人群里没有动静。

“十路易。”马德兰先生说。

在场的人都垂下眼睛。有个人嘟囔道：

“那要多大的力气！再说，还可能被压死！”

“谁来！”马德兰又说，“二十路易！”

依然毫无动静。

“他们不是不想。”一个声音说。

马德兰先生转过头，认出是雅韦尔。他来时他没有看见。雅韦尔继续说：

“而是没有力气。要用背把车子顶起来，必须是一个力大无比的人。”

然后，他眼睛死死盯着马德兰先生，一字一顿地继续说：

“马德兰先生，您要求的事，在我认识的人中，只有一个人能做到。”

马德兰打了个寒战。

雅韦尔若无其事地往下说，但眼睛始终不离开马德兰。

“那人从前是苦役犯。”

“哦！”马德兰说。

“土伦苦役牢的。”

马德兰的脸色刷地白了。但那辆车继续缓缓往下陷。福施勒旺大爷喘息着，吼叫着：

“憋死我了！我的肋骨断了！千斤顶！快拿个东西来！哎唷！”

马德兰环视四周：

“真的没有人想挣二十路易，救这个可怜的老人吗？”

在场的没有一人动弹。雅韦尔又说：

“在我认识的人中，只有一个人可以代替千斤顶。就是那个苦役犯。”

“哎唷！我要被压扁了！”老人喊道。

马德兰抬起头，遇到雅韦尔始终盯着他的猎鹰般锐利的目光，又看了看一动不动的人群，苦笑了一下。然后，他一句话也没说，双膝跪下，人群还没来得及发出惊叫声，他就钻进车子底下了。

顿时鸦雀无声，大家紧张地等待着。

只见马德兰几乎趴在地上，上面是吓人的车子，他试了两次，想收拢肘弯和膝盖，但没成功。有人喊道：“马德兰老伯！快出来！”福施勒旺老头也对他说：“马德兰先生！快走开！命中注定我该死，您瞧！别管我了！您也会被压死的！”马德兰不回答。

围观的人紧张得喘不过气来。刚才，轮子又往下陷了一点，马德兰几乎不可能从车子底下出来了。

突然，大家看见那庞然大物晃动了，车子徐徐抬起来，车轮从车辙里出来了一半。大家听到一个闷闷的声音喊道：“快！帮帮忙！”是马德兰喊的，他使出了最后的力气。

大家拥了上来。一个人的献身精神，激发了大家的力量和勇气。二十只胳膊把车子抬了起来。福施勒旺老头得救了。

马德兰爬起来。他汗流浃背，却脸色苍白。他的衣服撕破了，满是污泥。大家都哭了。老人吻他的膝头，称他是仁慈的上帝。而他，在他的脸上，有一种难以描绘的既痛苦又幸福的奇妙表情。他平静地看着雅韦尔，雅韦尔的目光始终没有离开过他。

七　福施勒旺成了巴黎的园丁

福施勒旺摔倒时，膝盖骨摔脱臼了。马德兰老伯叫人把他抬到医务室。那医务室是他为自己的工人开设的，就在工厂的大楼里，由两个修女照管。翌日清晨，老人发现床头柜上有一张一千法郎的钞票，还有马德兰老伯亲手写的一句话：我买下了您的车和马。车已散架，马已死亡。福施勒旺痊愈了，但他的膝关节却伸不直了。马德兰先生通过那两个修女和本堂神甫的介绍，把老人安顿在巴黎圣安托万区的一个女修道院里做园丁。

不久，马德兰先生被任命为市长。雅韦尔第一次看见马德兰先生披上那条授予他全城大权的绶带时，有如一条看门狗嗅出一只狼披上了它主人的衣裳，不禁浑身哆嗦了一下。从那时起，他尽量避开马德兰先生。如果迫于公务，不得不和市长先生见面，他总是毕恭毕敬地同他说话。

马德兰老伯在滨海蒙特勒伊创下的这份繁荣，除了我们指出的看得见、摸得着的迹象外，还有另一个征候，尽管看不见，但也意味深长。有一个现象是骗不过任何人的。当民众困苦、就业困难、商业凋敝的时候，纳税人因为贫困，就会拒付税款，拖到最后才交，甚至过了期还不交，国家则要耗费很多钱来催款和收款。而当劳动市场繁荣，国家兴旺昌盛，收税就会顺顺当当，国家在这方面也只要花很少的钱。可以说，征税费用的多寡，是衡量民众生活贫困还是富裕的万无一失的晴雨表。马德兰先生当市长七年，滨海蒙特勒伊的征税费用降低了四分之三，当时的财政大臣德·维莱尔先生常常提到这个行政区的名字。

当芳蒂娜回到家乡时，那里的情况就是这样。没有人记得她了。幸好马德兰先生的工厂像朋友似的，对她笑脸相迎。她去工厂求职，被安排在女工车间。对芳蒂娜来说，这完全是新的行业，不可能干得很熟练，一天赚不了多少钱，但也够了。工作问题解决了，她能够挣钱糊口了。

八　为维护道德，维蒂尼安太太花了三十五法郎

芳蒂娜看到自己过得下去了，不禁一阵喜悦。能够自食其力，过正经的生活，这真是上苍的恩赐！她真的恢复了劳动的兴趣。她买了一面镜子，怡然欣赏着自己青春的活力、美丽的头发和漂亮的牙齿。她把许多事抛置脑后，只想着珂赛特，憧憬着可能有的未来，她真有点觉得自己幸福了。她租了个小房间，凭着将来的工作，赊账买了些家具；这是她放荡习惯的残余。

因为不能说自己已结婚，正如前面简单说过的那样，她从不说自己有个女儿。

起初，正如我们看到的，她按时给泰纳迪埃家寄钱。她除了签名，不会写字，只好请代书人替她写信。

她经常写信。这引起了人们的注意。女工车间里开始议论纷纷，说芳蒂娜“经常写信”，“行为可疑”。

有些人专爱窥视他人的行动，越是与己无关，便越感兴趣。“那位先生为什么总是黄昏才来？”“某某先生星期四为什么总不把钥匙挂在钉子上？为什么总走小街僻巷？”“夫人为什么总是还没到家就下马车？她的‘文具匣里装满了信笺’，为什么还要叫人去买一本？”如此等等，不一而足。世上有一些人，尽管与这些事毫不相干，却宁愿花费比做十件善事更多的钱财、时间和心血，去揭开这些谜底。他们不图报酬，只图快乐，仅仅是为了好奇而好奇。他们整天整天地跟踪这个先生或那个太太，夜里，不顾寒冷和下雨，在街角或门口连续监视好几个小时，他们买通跑腿，灌醉马车夫和仆人，收买贴身女仆，笼络门房。为了什么？什么也不为。纯粹是为了想看见，想知道，想窥探隐私。纯粹是为了有东西可

卖弄。一旦秘密家喻户晓，隐私公布于众，谜底大白天下，随之而来的常常是灾难、决斗、破产、自杀、家庭毁灭，而那些本无利可图，仅仅出于本能“发现了这些秘密”的人，乐得心花怒放。真是可叹可悲！

有些人坏，仅仅是因为需要说话。他们在客厅里闲谈，在候见室里闲聊，他们的谈话犹如费柴的壁炉，需要很多燃料，而这燃料，便是周围的人。

因此，有人开始注意芳蒂娜了。

此外，不止一个女人对她的金发皓齿嫉妒不已。

人们发现，在车间里，尽管周围都是人，她常常扭过头去擦眼泪。那正是她思念孩子的时候，也许还有她曾爱过的那个男人。

要同悲伤的过去彻底决裂，那是痛苦而艰巨的过程。

人们看到，她每月至少写两封信，总是同一个地址，并且亲自贴邮票把信寄出。人们终于弄到了地址：蒙费梅，客店老板泰纳迪埃先生。那代书人是个不把兜里的秘密倒空，就不可能用酒灌满肚肠的老头，人们就把他请到小酒店里，让他说出了一切。总之，人们终于知道芳蒂娜有个孩子。“她可能是那种女人。”有个长舌妇专程去了趟蒙费梅，找泰纳迪埃夫妇聊了聊，回来后说：“花了三十五法郎，总算把事情弄清楚了。我见到那个孩子了！”

干这件事的长舌妇，是个叫维蒂尼安太太的母夜叉，她是众人贞操的卫士和守护。维蒂尼安太太五十六岁，又丑又老。声音微颤，思想乖戾。奇怪的是，这老太婆也曾有过青春年华。在她年轻的时候，就在九三年中，嫁给了一个从隐修院逃出来的修士。那修士戴上了红帽子，从圣伯尔纳的信徒，摇身一变，成了雅各宾分子。她心肠很硬，性格乖戾，脾气不好，尖酸刻薄，甚至可以说阴险毒辣。她那位修士丈夫把她驯服了，她对他服服帖帖，现在她成了寡妇，仍对他念念不忘。她是一棵被修士服擦蹭过的荨麻。王朝复辟后，她变得笃信宗教，正因为如此，神甫们原谅了她那位修士。她有一份小小的财产，她大肆张扬地把它捐给了一个宗教团体。因此，她在阿腊斯主教区很受人尊敬。就是这位维蒂尼安太太去了趟蒙费梅，回来时说：“我见到那个孩子了。”

这一经过，费了些时间。芳蒂娜在厂里已有一年多了。一天上午，车间的女监工以市长先生的名义交给她五十法郎，对她说，她不再是厂里的人了，市长先生要她离开滨海蒙特勒伊。

也就是这个月，泰纳迪埃夫妇将扶养费从六法郎增加到十二法郎后，又要求提高到十五法郎。

芳蒂娜一下惊呆了。她不能离开，她还欠着房租和家具费哩。五十法郎，还不够还债。她结结巴巴，哀求了几句。女监工告知她必须立即离开车间。况且，芳蒂娜只是个很一般的工人。她感到绝望，更是无脸见人。她离开车间，回到住处。她犯的错误，现在已是路人皆知了！

她觉得连说话的力气都没有了。有人劝她去找市长，她不敢。市长给了她五十法郎，是因为他仁慈，他把她赶走，是因为他正直。对于这项决定，她只有屈服。

九　维蒂尼安太太的功劳

因此，那位修士的遗孀功不可没。况且，马德兰先生对这一切全然不知。像这样阴错阳差的事，在生活中层出不穷。马德兰先生通常几乎从不来女工车间。他把这个车间交给了一个老姑娘，是本堂神甫推荐给他的，他对这个女监工非常信任，而她也确实是个值得尊敬的人，坚定、公正、仁慈，不过，她的慈悲只限于施舍，却不大善于谅解和宽恕。马德兰先生把女工车间全权交给了她。大凡最优秀的人，常常不得不授权与别人。那位女监工就是在这种拥有充分的权力、又充分自信的情况下，对这件案子进行调查，对芳蒂娜进行审理、判决和执行的。

至于那五十法郎，她是从马德兰先生给她的女工救济款中提取的，无须报账。

芳蒂娜想在城里给人家当女仆，挨家挨户地询问。没有人要她。她也没能走成。她欠着一位旧货商的家具钱，可那是怎样的家具呀！那人对她说："您要是溜走，我就叫人把您当小偷抓起来。"她还欠着房租，房东对她说："您又年轻又漂亮，您有办法付的。"她把那五十法郎分给了房东和旧货商，将四分之三的家具还给旧货商人，只留下必需的东西。她没有工作，没有地位，只剩下一张床，还欠着将近一百法郎的债。

于是，她给驻军的士兵缝粗布衬衣，每天挣十二苏。她女儿就要花去十苏。就从这时起，她开始不按时给泰纳迪埃寄钱了。

有一个老太太，芳蒂娜晚上回来，总是她给点亮蜡烛，这时，她教会了芳蒂娜过苦日子的本事。有一点儿东西，可以过日子；什么也没有，也可以过日子。这好比是两个房间，前面的一间是暗的，后面的一间是黑的。

芳蒂娜学会了怎样在冬天不生火，怎样抛弃一只两天要吃掉一个铜板黍子的小鸟，怎样把衬裙改成被子，把被子改成衬裙，怎样节省蜡烛，借对面窗口的光线吃晚饭。有些弱者，一辈子饥寒交迫，但活得很有骨气，一分钱都要分成几瓣用，久而久之，这便成为一种本领。芳蒂娜学会了这一至高无上的本领，又恢复了生活的勇气。

那时，她常对一位女邻居说：

"没什么！我对自己说，每天只睡五个钟头，其他时间都用来缝衣服，总能凑合挣口饭吃的。再说，人发愁的时候，吃饭也会少一些。唉！痛苦，忧虑，一点点面包，加上一些忧愁，我就能养活了。"

在这绝望的境地，如果她亲爱的女儿在身边，她会感到无比的幸福。她想把她接来。可怎么行呢？让她同自己一起吃苦！再说，她还欠泰纳迪埃家钱哪！用什么还呢？还有旅费！哪有钱呢？

教会她如何过苦日子的那位老太太，是一个圣女，名叫玛格丽特，她虔信宗教，虽然很穷，但对穷人，甚至对富人都很宽厚仁慈，识的字刚好能签个"玛格丽特"，信仰上帝，这就是她的学问。

人世间有许多这样善良的女人，总有一天，她们会升到天堂。这样的生活是有明天的。

起初，芳蒂娜感到无地自容，不敢出门。

她走在街上，猜想身后肯定有人回过头来，对她指指点点；大家都瞧着她，谁都不同她打招呼；行人的冷淡和蔑视，犹如朔风，刺透了她的皮肉和灵魂。

在小城里，一个不幸的女人，仿佛一丝不挂地置于大家的嘲笑和好奇心之下。若在巴黎，至少没有人认识你，这种默默无闻好比是一件遮体的衣裳。啊！她多想去巴黎啊！但这是不可能的。

她必须习惯别人的蔑视，正如她已习惯了贫困一样。她渐渐下了决心。两三个月过去了，她甩掉了怕羞的包袱，若无其事地出门了。

“我不在乎。”她说。

她来来去去，昂首阔步，脸上带着苦涩的微笑，她感到自己变得厚颜无耻了。

维蒂尼安太太常见她从窗前经过，看到“这个轻浮女人”终于倒了霉，想到是自己让她“回到了应有的位置上”，不禁扬扬得意。恶人有一种邪恶的快乐。

芳蒂娜劳累过度，干咳的毛病加重了。有时，她对邻居玛格丽特说：“您摸摸，我的手好烫！”

然而，每天早晨，当她用半截梳子梳理自己细柔如丝的漂亮头发时，那一刻，她是多么娇媚，多么幸福！

十 《功劳》续篇

芳蒂娜是在冬末被解雇的。夏天过去了，可冬天又来了。白天短，做活便更少。冬天，没有温暖，没有阳光，没有中午，早晨连着晚上，晨雾暮霭，窗口昏暗，看不清楚。天空是一个气窗。整个白天是一个地窖。太阳有如一个穷人。悲惨的季节！冬天将天上的水和人的心变成了石头。债主们跟在她后面逼债。

芳蒂娜赚的钱太少。她欠的债越来越多。泰纳迪埃夫妇不能按时收到钱，不断给她写信，信上的内容使她忧伤不已，付邮费把她的钱花光殆尽。一天，他们给她写信说，她的小珂赛特在这大冷天要光身子了，她需要一条羊毛短裙，要母亲至少寄十法郎来。她接到信，在手里揉捏了一整天。晚上，她来到街角的那家理发店里，把压发梳拿了下来。于是，那头令人赞美不已的金发披散下来，直垂腰际。

“多漂亮的头发！”理发匠说。

“您肯出多少钱？”

“十法郎。”

“剪吧！”

她买了一条羊毛裙，给泰纳迪埃夫妇寄了去。

泰纳迪埃夫妇见寄来的是裙子，肺都气炸了。他们想要钱。他们把那条裙子给埃波妮穿。可怜的百灵鸟依然冷得瑟瑟发抖。

芳蒂娜想：“我的孩子不会再冷了。我用我的头发给她做了衣服。”她便戴起小圆帽，遮住剪掉头发的脑袋；戴上帽子，她美丽依旧。

芳蒂娜的内心正在悄悄地发生变化。当她看到自己不能再梳头时，便对周围的一切仇恨起来。她和大家一样，对马德兰先生一直非常崇敬，可是，她反复地对自己说，是他把她赶走的，他是她不幸的缘由，久而久之，她便仇恨起他来，而且尤其恨他。当工人们上下班时她从厂门口经过，她便装出又笑又唱的样子。

有一次，一个老女工见她又唱又笑，便说：

“这姑娘没救了。”

她找了个情夫，是随便遇到的一个人，根本不爱他，纯粹出于挑衅，为了发泄心中的怒气。那是个可怜人，一个流浪乐师，游手好闲的乞丐，他常常打她，后来厌恶她了，便像她找他时那样离开了她。

她很爱她的孩子。

她越是堕落，便觉得周围的一切越是黑暗，那可爱的小天使在她心里就越光辉灿烂。她说：等我发了财，我就可以和我的珂赛特在一起了；于是，她笑了。她依然咳嗽不止，背上常出虚汗。

一天，她收到泰纳迪埃夫妇的一封信，上面写道：“珂赛特病了，得了一种流行病。据说是粟粒热。要买很贵的药。都把我们的钱花光了，一点钱也没了。如果一星期内不寄四十法郎来，孩子就完了。”

她狂笑起来，对她那位邻居老太太说：“哈！他们真是好人哪！四十法郎！嘿！两个拿破仑金币哪！他们要我到哪里去弄这么多钱？他们真蠢，这些乡下人！”

可是，她又跑到楼梯上，凑着老虎窗，把信又读了一遍。然后，她奔下楼梯，又跑又跳地出了门，依然大笑不止。有人遇见她，问她：

“什么事让您这样开心？”

她回答：

“有几个乡下人给我写信说了蠢话。他们问我要四十法郎。乡下人，真可以！”

她经过广场，看见许多人围着一个奇形怪状的车子，车顶上站着一个穿红衣服的人，在那里高谈阔论。那是一个江湖牙医，正在兜售假牙、牙膏、牙粉和酏剂。

芳蒂娜挤进人群，也和大家一样笑了起来。在江湖郎中的演说中，既有恶棍们听得懂的行话，也有正经人听得懂的俚语。牙医看见这位哈哈大笑的漂亮姑娘，突然大声喊道：“那位大笑的姑娘，您的牙齿真漂亮！假如您愿把您的两扇门板卖给我，每一扇我出一个金拿破仑。”

“我的门板？那是什么？”芳蒂娜问。

“门板就是门牙，”牙医说，“上面的两颗牙。”

“真恶心！”芳蒂娜嚷道。

“两个拿破仑！”在场有位瘪嘴老太婆咕哝道，“那姑娘真有福气！”

芳蒂娜逃走了。她用手捂住耳朵，以免听见那人沙哑的喊叫声，可那人还在对她大叫大嚷：

“考虑考虑吧，美人！两个拿破仑，能派大用场呢。想好了，今晚上就到银甲板客店来找我。”

芳蒂娜回到家里，仍然怒不可遏，便把这事对她的好邻居玛格丽特说了：

“您说有这种道理吗？那人真是可恶之极！怎么能让这种人到处乱窜呢？拔掉我的两颗门牙！那我还不丑死了！头发还会长出来，可牙齿长不出来的呀！呵！真是个魔鬼！我宁愿从六楼一头跳下去！他对我说，今晚上他在银甲板客店。”

“他给多少？”玛格丽特问。

“两个拿破仑。”

“相当于四十法郎。”

“是的，”芳蒂娜说，“四十法郎。”

她愣了一会，就开始干活了。过了一刻钟，她放下针线活，便到楼梯上去把泰纳迪埃夫妇写来的信又读了一遍。

回来后，她对在一起干活的玛格丽特说：

“粟粒热是什么？您知道吗？”

“知道，”老太太说，“一种病。”

“要吃很多药吗？”

“呵！很多药。”

“怎么得的？”

“说得就得了。”

“孩子也得这病吗？”

“孩子更会得。”

“得了这病会死吗？”

“当然。”玛格丽特说。

芳蒂娜走出房间，又到楼梯上把那封信重读了一遍。

晚上她出去了。有人见她朝巴黎街的方向走去，那条街上都是客店。

翌日天还没亮，玛格丽特走进芳蒂娜的房间（她们在一起干活，这样两人只需点一支蜡烛），发现芳蒂娜坐在床上，面色苍白，浑身冰冷。她彻夜未眠。她的帽子掉在膝盖上。蜡烛点了一整夜，几乎烧完了。

玛格丽特在门口停住脚步，看到一片凌乱，惊愕失色，大声说：

“天哪！蜡烛烧光了！一定出什么事了！”

接着，她瞧瞧芳蒂娜，芳蒂娜向她转过没有头发的脑袋。

一夜工夫，芳蒂娜老了十岁。

“耶稣！”玛格丽特说，“您怎么啦，芳蒂娜？”

“没什么。”芳蒂娜回答。“恰恰相反。我的孩子不会因为没钱买药，而死于这个可怕的病了。我很高兴。”

她一面说，一面把正在桌上闪光的两枚金币指给那老姑娘看。

“哇！耶稣上帝！”玛格丽特说。“这么多钱！您从哪里弄来这些金路易的？”

“我弄到了呗。”芳蒂娜回答。

她边说边笑了。蜡烛照亮她的脸。这是血淋淋的微笑。唇角流着红兮兮的口水，嘴里有一个黑洞洞的窟窿。

那两颗门牙已拔掉。她给蒙费梅寄去四十法郎。其实，那不过是泰纳迪埃夫妇为了骗钱要的诡计。珂赛特根本没病。

芳蒂娜把镜子扔出窗外。她早已从三楼的房间搬到顶楼上住了，关门时只有一个碰锁。那种顶楼的天花板和地板相交成角，时刻都会撞你的脑袋。住在里面的穷人，必须越来越弯下腰，才能走到房间的尽头，正如他们也必须这样走完人生旅程。她没床了，只剩下一块破布，她称作被子，地上有一个床垫，还有一张破破烂烂的椅子。在一个角落里有一株小蔷薇，已经枯萎，被她遗忘了。在另一个角落里，有一个用来盛水的奶油坛子，冬天，水结了冰，坛子上久久留下一圈圈结冰的痕迹，标志着不同的水位。她早已没有了廉耻心，现在连打扮的心思也没了。这是最后的迹象。她戴着脏帽子出门。衣服破了不再缝补，可能没有时间，也可能满不在乎。袜跟越来越破，她便把袜子往鞋子里面拉拉。这可以从竖纹上看出来。她用一块块白布补她又破又旧的胸衣，稍一动弹，那些补丁就开裂。她的债主们同她“大吵大闹”，不让她安宁。她在街上遇见他们，回到家里，又会在楼梯上遇见他们。她整夜整夜地哭泣和思索。她眼睛发亮，她感到左肩胛骨靠上的地方疼痛不止。她咳得很厉害。她对马德兰老伯恨之入骨，但她不发怨言。她一天缝纫十七个钟头，但是，一个让监牢里的女囚徒廉价干活的包工头，突然压低报酬，使得闲散女工的日报酬降到了九苏。一天干十七个钟头，只能挣九苏！她的债权人更加冷酷无情。那旧货商已把她的家具几乎全部收回，还不停地对她说：“你这个荡妇，什么时候付我钱？”仁慈的上帝，他们要把她怎么样呀！她感到自己走投无路，越来越像一头易受惊吓的野兽。差不多就在这个时候，泰纳迪埃给她写信，说他左等右盼，已做到了仁至义尽，他需要一百法郎，立即寄来，否则就把小珂赛特逐出门外，她大病初愈，管她受不受得了天寒路远，她爱怎样就怎样，她愿意，死了也行。芳蒂娜心里思忖："一百法郎！可我到哪里去找一天挣五法郎的工作呢？"

"好吧！"她说，"把剩下的卖了吧。"

不幸的女人做了娼妓。

十一　基督拯救我们[①]

芳蒂娜的遭遇是什么呢？那是社会买一个女奴。

向谁买？向贫穷。

向饥饿、寒冷、孤独、遗弃、贫乏。那是痛苦的买卖。一个灵魂为换取一块面包而出卖自己。贫穷卖出，社会买进。

耶稣-基督的神圣法律统治我们的文明，但尚未深入到文明中。有人说，奴隶制已从欧洲文明中消失。这是误解。奴隶制始终存在，不过只是压迫妇女罢了，这叫作卖淫。

奴隶制压迫妇女，也就是说，压迫妩媚、软弱、美貌、母爱。这并非男人最小的耻辱。

芳蒂娜的痛苦遭遇到了这般地步，她已不再是从前的芳蒂娜了。她在变成污泥的同时，也化成了石头。谁接触她，会感到寒气袭人。她从你面前经过，任你糟蹋，也无视于你；她是屈辱和严厉的象征。生活和社会秩序已把她抛弃。可能发生的事她都发生了。她已感受了一切，经受了一切，体验了一切，遭受了一切，失去了一切，哀悼过一切。她逆来顺受，这种屈从却似冷漠，正如死亡类乎睡眠。她什么也不再躲避。她什么也不再害怕。哪怕所有的雷雨浇到她的头上，整个海洋泻到她身上，那又有什么关系！她是一块吸满水的海绵。

至少，她是这样认为的。可是，想象自己已陷于绝境，穷途末路，

---

① 原文为拉丁语。

那是错误的。

唉！所有这些形形色色、五花八门的命运到底是什么？它们通向哪里？为什么会这样？

知道答案的人，便能看清人世间的黑暗。

他是独一无二的。他叫上帝。

十二　游手好闲的巴马塔布瓦先生

在任何一个小城市，尤其是滨海蒙特勒伊，都有一类靠年金生活的青年，在外省每年挥霍一千五百利弗，其派头和他们的同类在巴黎吞噬二十万法郎很相似。他们属于人数众多的中间类型；他们缺乏男子气，一无所长，过着寄生生活；他们有一点地产，有一点傻气，有一点才智，在贵族沙龙里，他们是乡巴佬，在酒馆里却以绅士自居，一口一声“我的草场、我的树林、我的佃农”；他们看戏时给女演员喝倒彩，以示自己品味高雅，同驻军官兵寻衅吵架，以示自己是一武夫；他们打猎，抽烟，打哈欠，喝酒，闻鼻烟，玩弹子，看旅客们下驿车，泡咖啡馆，去小客栈吃晚饭；他们有一条狗和一个情妇，狗在桌底下啃骨头，情妇在桌面上摆菜端饭；他们爱钱如命，穿奇装异服，爱幸灾乐祸，蔑视妇女，终年穿着破旧的靴子，通过巴黎模仿伦敦，通过穆松桥模仿巴黎；他们越活越愚蠢，终日游手好闲，一无用处，也没有大的危害。

费利克斯·托洛米埃先生若是待在外省，从未去过巴黎，就会是其中的一个。

他们如果再富一些，人们会说他们是风雅之士；再穷一些，会说他们是懒汉。他们不过是游手好闲之徒。在他们中间，有令人讨厌的，感到厌倦的，想入非非的，还有一些举止怪异的。

那时候，一个风雅之士，有一个大领子，一条大领带，一块链上饰有珠宝的怀表，三件不同颜色、蓝红两件穿在里面的背心，一件橄榄色的短燕尾服，两排密密匝匝的银扣子一直伸到肩膀上，一条浅橄榄色的裤子，两旁的裤缝上，饰有数目不等的条纹，不过总是奇数，从一条到十一条，最多不超过十一条。还有一双后跟上掌铁的短统靴，一顶窄边大礼帽，头发束起来，一根粗手杖，常用波蒂埃式的双关语给自己的谈话增光添彩。最引人注目的，是马刺和小胡子。在那个时代，小胡子代表有产者，马刺代表步行者。

外省的风雅之士，他们的马刺更长一些，小胡子翘得更高一些。

那是南美洲的共和国同西班牙国王展开斗争的时代，即玻利瓦尔[①]向莫里奥[②]开战的时代。自由党人戴着宽边帽，叫作“玻利瓦尔帽”。

前面叙述的事发生后的八至十个月，一八二三年一月初，一个刚下过大雪的晚上，一个这样的风雅之士，一个这样的游手好闲之徒，一个“思想正统的人”（因为他戴着莫里奥高顶盔），时髦的西装外暖暖地裹着一件大冷天穿的大衣，在缠着一个轻佻女子消闲解闷。那女子穿着舞会的衣裙，袒胸露肩，头上插着花，在军官咖啡馆门前来回踯躅。那风流雅士抽着烟，因为抽烟是一种时髦。

那女子每次从他面前经过，他就向她吐一口烟，骂她一句，自以为他的呵斥幽默而有趣：“你真丑！”“还不快去躲起来！”“你没有牙齿！”如此等等。这个先生叫巴马塔布瓦。那个在雪地上走来走去、愁眉苦脸、打扮得妖里妖气的女子不做回答，甚至看都不看他一眼，依然默默地有规则地走来走去，每隔五分钟，就走过来听一次嘲讽，就像判了刑的士兵按时回来挨鞭打一样。那闲人见她几乎没有反应，想必受了刺激，利用那女子转身的机会，蹑手蹑脚地走到她后面，忍住笑，弯腰从地上抓起一把雪，突然从她赤裸的双肩之间塞进她的后背。那女子大吼一声，转过身来，像豹子似的向前一蹦，扑到那人身上，用指甲抓他的脸，用不堪入耳的话破口大骂。这些脏话，从被酒精烧得嘶哑了的嗓子里喊出来，从一张果然缺少两颗门牙的嘴巴里喷出来。她是芳蒂娜。

听到吵架的声音，军官们拥出咖啡馆，行人也聚拢过来，围成一个

---

① 玻利瓦尔（1783—1830），南美洲政治家、军事家，领导南美洲人民摆脱了西班牙王朝的统治。

② 莫里奥（1778—1837），西班牙将军。

圈圈，他们笑呀，吼呀，拍手呀，那两个人扭成一团，几乎分不清是一个男人和一个女人，男的在挣扎，帽子滚在地上，女的拳打脚踢，大声吼叫，帽子掉了，没有牙齿，没有头发，愤怒得脸色发青，样子委实可怕。

忽然，一个高个子男人冲出人群，抓住那女人满是污泥的缎子上衣，对她说："跟我来！"

女人抬起头，立即停止了怒吼。她变得目光呆滞，脸色由青转成苍白，吓得魂不附体，浑身颤抖。她认出那人是雅韦尔。

那风雅之士乘机溜走了。

十三　解决市警察局的几个问题

雅韦尔拨开人群，冲出包围圈，拖着那个可怜的女人，大步朝广场另一端的警所走去。她机械地任他摆布。两个人谁都不说话。围观的人乐不可支，冷嘲热讽地跟在他们后面。最不幸的是，这成了人们说猥亵话的好机会。

警所是一间低矮的大厅，生着火炉，屋里暖烘烘的，门口有个卫兵把守，大门临街，镶着玻璃和栅栏。雅韦尔到了警所，打开大门，同芳蒂娜一道进去，随手把门关上了；那群好奇的人大失所望，但仍踮起足尖，伸长脖子，想透过警所模糊不清的玻璃门看个究竟。好奇和贪吃是一个道理。观看，也就是吞噬。

芳蒂娜进去后，就走到一个角落里蹲了下来，呆若木鸡，沉默不语，犹如一只惊恐的母狗，蹲在那墙角里。

警所的中士把一支点燃的蜡烛放到桌上。雅韦尔坐下，从口袋里拿出一张公文纸，写了起来。

这些阶层的女人，法律已把她们完全交由警察处置了。警察可以为所欲为，想怎样惩罚就怎样惩罚，可以任意剥夺她们所谓的职业和自由，可那是多么悲惨的职业和自由啊！雅韦尔无动于衷，他神情严肃，不动声色。其实，他心事重重。这正是他独当一面，却又是一丝不苟地行使他那可怕的自由决定权的时刻。此刻，他感觉到了这个权力，这张警探的矮板凳就是公堂。他在审判。他在审判和定罪。他把他的思想，全部集中到正在做的这件大事上。他越审查这个娼妓的所作所为，就越是气愤。显然，他刚才目睹了一件罪行。刚才，在大街上，他亲眼目睹一个由有产者选民所代表的社会，受到了一个一无所有的轻薄女子的侮辱和攻击。一个娼妓侵犯了一个有产者。他，雅韦尔，亲眼目睹了这件事。他一声不响地把罪行记录下来。

写完后，他签上名，把纸折好，对那中士说："带上三个人，把这个婊子押进牢里。"然后，他转身对芳蒂娜说："你得关押六个月。"

那不幸的女人不寒而栗。

"六个月！坐六个月的牢！"她叫道。"六个月，一天只挣七苏！珂赛特怎么办？我的女儿！我的女儿！我还欠着泰纳迪埃家一百法郎哪，警探先生，您知道吗？"

芳蒂娜没有站起来，她双手合十，在被男人们沾满污泥的靴子踩得湿漉漉的石板地上，用膝盖向前挪了几大步。

"雅韦尔先生，"她说，"求求您饶了我吧！我向您保证，不是我的错。如果您一开始就在场，您就会看到了。我向仁慈的上帝发誓，不是我的错。是那位先生，我都不认识他，他把雪塞到我的背上。我们安安静静地走路，不惹任何人，难道别人就有权往我们背上塞雪吗？我一下子就火了。您看，我本来就有病，再说，他已骂了我好一阵了。你真丑！你没有牙！我知道我没有牙。我，我什么也没做。我心想：这先生在闹着玩呢。我对他以礼相待，没有搭理他。就在这时，他把雪塞到我背上。雅韦尔先生，好心的警探先生！难道这里没有人当时在场，可以告诉您，我讲的都是真话？我也许不应该发火。可您知道，怒气来的时候，是控制不住的。人是容易冲动的。再说，乘你不备的时候，把那样冷的东西塞进你背上！我把那位先生的帽子弄脏是不对。可他干吗要溜走呢？我可以向他道歉嘛。啊，我的上帝！我可以向他道歉，这对我无所谓。今天就饶我这一次吧，雅韦尔先生。啊！您不会知道，在监牢里，每天只能挣七苏，这不是政府的错，可是只挣七苏，您想想，我要付一百法郎，不然，他们就会把我的女儿撵回来。啊，上帝啊！我不能让她和我在一起。我干的事太肮脏！啊，我的珂赛特！啊，慈悲圣母的小天使！她会怎么样呢，可怜的宝贝！我要告诉您，他们叫泰纳迪埃，开客店的，乡下人，根本不讲道理。他们需要钱。别把我关起来！您看，他们要把一个小女孩扔到大路上，让她到处流浪，在这大冷天。这样的事，是应该可怜的，我的好雅韦尔先生。假如她更大一些，可以自己谋生，可她这样小，怎么做得到？我并不是坏女人。我不是好吃懒做才变成这样的。我喝烧酒，是给贫困逼的。我不喜欢，但烧酒能使人麻醉。我从前挺快乐的，那时候，你们只要看看我的衣柜，就会知道我不是那种卖弄风情的荡妇。我穿得很体面，我有许多漂亮的衣服。可怜可怜我吧，雅韦尔先生！”

她这样诉说着，伤心得弯下了腰，哭得浑身颤动，泪水蒙住了眼睛，胸部敞露着，她搓绞着手，干咳着，用一种垂死的声音，轻轻地结结巴巴地诉说着。巨大的痛苦是一道神圣而可怕的光，会使不幸人改变容貌。此时此刻，芳蒂娜又变得漂亮了。有好几次，她停下诉说，亲吻警探的大衣下摆。哪怕是铁石心肠，也会被她感动；可是，木头心肠是不会感动的。

“行了！”雅韦尔说，“我都听见了。你说完了吗？现在走吧！你得关押六个月。就是上帝亲自过问，也无能为力。”

听到“就是上帝亲自过问，也无能为力”这句话，她明白判决业已宣布。她低下头，喃喃地说：

“开开恩吧！”

雅韦尔转过身去不理她。

几分钟前，进来了一个人，谁也没有注意到。他关上门，靠在门上，听见了芳蒂娜绝望的哀求。

几个士兵抓住可怜的女人，可她不愿站起来，这时，他向前跨了一步，从黑暗中走出来，说：

“请等一等！”

雅韦尔抬起头，认出是马德兰先生。他脱下帽子，气恼而又不自然地向他致敬：

“对不起，市长先生……”

“市长先生”这几个字对芳蒂娜起了奇特的作用。她倏地从地上站了起来，犹如一个幽灵从地里冒了出来。她用两个胳膊推开士兵，人们还没来得及阻拦，她已径直走到了马德兰先生跟前，两眼直愣愣地瞅着他，大叫大嚷道：

“呀！你就是市长先生！”

说完放声大笑，并朝他脸上啐了口唾沫。

马德兰先生擦了擦脸，说：

“雅韦尔警探，把这女人放了吧。”

这时候，雅韦尔觉得自己要疯了。此时此刻，他经受了有生以来最强烈的几乎是接踵而来的震惊。看见一个妓女朝一个市长脸上啐唾沫，这简直可怕到了极点，即便做最可怕的假设，哪怕想一想可能发生这种事，那也是大逆不道。另一方面，在他的内心深处，却朦朦胧胧地将这个女人的身份和这个市长可能的身份，进行邪恶的比较，从而，恐惧地看到那女人对市长不可思议的冒犯是非常简单的事。可是，当他看见这个市长，这个为官的，平静地擦了擦脸，并且说“把这个女人放了”，他仿佛一下惊得头晕目眩，思想停顿了，话说不出来了。他已惊讶得不能再惊讶了。他张口结舌，呆若木鸡。

这句话对芳蒂娜的震惊也不小。她就像要摔倒似的，伸出赤裸的胳膊，抓住炉门的把手。同时，她朝四周看了看，仿佛自言自语似的，喃喃说道：

“放我走！让他们放我走！我不要蹲六个月的大牢了！是谁说的？谁也不可能这样说。我听错了。不可能是那个魔鬼市长！我的好雅韦尔先生，刚才是您说放我的吧？啊！您瞧！我把事情经过告诉了您，您一定会放我的。这个魔鬼市长，这个混蛋市长，他是这一切的罪魁祸首。您想一想，雅韦尔先生，他把我解雇了！就因为一些娼妇在厂里胡说八道。一个可怜的姑娘，老老实实地干活，竟把她解雇了！这难道不可恶吗？

从那以后，我挣的钱不够用，一切不幸也就来了。首先，有件事警察先生们得改善一下，不要让监牢的包工头坑害穷人。我把这事给您说一说，您听着。做衬衣本来一天挣十二苏，后来跌到九苏。没法活下去了。只好能做什么就做什么。我呢，我得养活我的小珂赛特，被逼无奈，才成为坏女人。您现在明白，这一切全是这个混蛋市长造成的了吧。后来，我在咖啡馆门口，踩坏了那位有产者先生的帽子。可他先用雪把我的裙子毁了。我们这种人，只有一条绸裙子，是晚上穿的。您瞧，雅韦尔先生，我从没有故意做坏事，我看见哪里都有比我更坏的女人，可她们过得都比我快活。啊！雅韦尔先生，是您说把我放了的，是不是？您去打听一下，同我的房东谈一谈，现在我按期付房租了，他会对您说，我是个老实人。啊！我的上帝！请原谅，我没注意，碰了炉门的把手，烟冒出来了。"

马德兰先生专心地听着。她诉说的时候，他在背心的兜里找了找，掏出一个钱包，把它打开。钱包是空的。他把它放回兜里。他对芳蒂娜说：

"您刚才说欠多少？"

芳蒂娜眼睛一直没有离开雅韦尔，这时向马德兰先生转过脸来：

"我是在和你说话吗？"

然后，她对士兵说：

"喂！诸位，你们都看见我是怎么啐他一脸了吧？啊！你这个老混蛋市长！你到这里来吓唬我，我才不怕你呢。我怕雅韦尔先生。我怕我的好雅韦尔先生！"

她边说，边转向那警探：

"情况我都说了，您看，警探先生，办事得公正。我知道您是公正的，警探先生。其实这很简单，一个男人为了消遣，把一团雪塞进一个女人的背上，逗得那些军官们哈哈大笑。男人们是该娱乐娱乐，我们这些女人，就是为了让人家开心的，不是吗？后来，您来了，您不得不维护秩序，您带走了做错事的女人，但是经过考虑，因为您心地好，您就叫人把我放了。是为了我的孩子，因为在监牢里待六个月，我就不能扶养我的孩子了。您会说，不要再犯事了，荡妇！啊！雅韦尔先生，我不会再犯了！不管人家怎么对我，我都不动一动。不过，今天，您看，我大叫大嚷，是因为我受不了了，我没料到那先生会往我背上塞雪。再说，我对您说过了，我身体不好，我咳嗽，我胃里就像有个滚烫的球在烧我，医生对我说：您得保养身体。您摸摸，伸出手来，不要怕，就在这里。”

她不哭了，她的声音非常温柔，她把雅韦尔粗糙的大手放到她白嫩的胸口上，笑眯眯地看着他。

突然，她急忙整了整散乱的衣服，把刚才因为拖在地上而撩到膝盖上的褶裙放下，然后朝门口走去，向士兵们友好地点点头，低声对他们说：

“孩子们，警探先生刚才说要放我，我走了。”

她伸手拉碰锁。再走一步，她就到街上了。

雅韦尔一直站着没有动弹，眼睛望着地面，犹如一尊被挪动的雕像，插在这一场景中央，等着搬到某个地方。

拉碰锁的声音把他惊醒了。他抬起头，露出一副拥有至高无上权力的威严神情，越是下层人拥有权力，这种显示权力的神情就越可怕；在猛兽那里是凶恶，在小人那里是残忍。

“中士，”他喊道，“您没看见这个婊子要溜了吗？谁给您说放她的？”

“我。”马德兰说。

芳蒂娜听见雅韦尔的声音，打了个哆嗦，赶紧放下碰锁，有如小偷放下偷盗的东西。听见马德兰的声音，她转过脸去，从这时候起，她不再吭一声，甚至不敢出一口气，目光在马德兰和雅韦尔身上轮流转动，谁讲话，就看着谁。

雅韦尔显然是到了所谓“怒不可遏”的程度，才会在市长要求释放芳蒂娜后，还敢像这样斥责中士。难道他竟忘了市长先生在场吗？难道他最终认为，一个“权威人士”不可能下这样的命令，市长先生肯定无意中说走了嘴？抑或两个小时以来，面对如此骇人听闻的事，他认为应该下最后的决心，小人物必须办大事，警探应该成为行政官，警察应该成为法官，在这个非常时刻，命令、法律、道德、政府、整个社会，都体现在他雅韦尔身上了?

不管怎样，当马德兰先生说了刚才大家听到的“我”字后，只见雅韦尔警探朝市长转过脸，他面色苍白，神情冷漠，嘴唇发紫，目光绝望，身子微微颤抖，异乎寻常的是，他竟低着头，语气坚决地对他说：

“市长先生，这不可能。”

“怎么?”马德兰先生说。

“这个坏女人侮辱了一个有产者。”

“雅韦尔警探，”马德兰先生又以一种和解而平静的口吻说，“听着，您是个正直的人，很容易同您说清楚的。事实是这样的。您带这个女人来的时候，我正好从广场上经过，人群还没有散，我做了调查，前因后果我都知道了。是那个有产者不对，警察公正的话，应该抓他才是。”

雅韦尔又说：

“这个坏女人刚才侮辱市长先生了。”

“这是我的事。”马德兰先生说。“我受的侮辱，也许应该属于我自己。我可以做我想做的事。”

“我请市长先生原谅。他受的侮辱不属于他，而是属于司法。”

“雅韦尔警探，”马德兰先生辩驳说，“最重要的司法是良知。我听到这个女人的陈说了。我清楚我所做的。”

“可我，市长先生，我不清楚我所看到的。”

“那您就服从吧。”

“我服从我的职责。我的职责要把这女人关六个月。”

马德兰先生和颜悦色地回答：

“好好听着，她一天也不能关。”

听他说得那么坚决，雅韦尔大胆地直视市长先生，仍恭恭敬敬地对他说：

“非常遗憾，我不得不违抗市长的命令，这是我生平第一次。不过，请市长先生允许我提醒您，我并没有超越权限。既然市长想这样，我还是要谈谈那个有产者的事。我当时在场。是这个娼妓扑到巴马塔布瓦先生身上，他是选民，在广场的角上有一座带阳台的漂亮房子，四层楼，都是方石砌成的。总之，在这世上，有些事总要考虑的。不管怎样，市长先生，这件事涉及街上的治安，属于我的职责范围，我要扣留芳蒂娜。”

这时，马德兰先生交叉双臂，以一种这城里从未有人听到过的严肃口吻说：

“您说的这件事，应归市警局管。根据刑事诉讼法第九、十五和六十六条，该由我审理。我命令立即释放这个女人。”

雅韦尔还想做最后的努力。

“可是，市长……”

“我提醒您注意一七九九年十二月十三的法律，关于非法监禁的第八十一条。”

“市长先生，请……”

“不要再说了。”

“可是……”

“出去。”马德兰先生说。

雅韦尔就像一个俄国士兵，站着当胸挨了一棒。他朝市长先生深深一鞠躬，头一直低到地面，然后出去了。

芳蒂娜赶快从门口让开，目瞪口呆地看着他从面前走过。

同时，她也感到惊慌不安。她看到两个有权有势的人为了她争执起来。她看到两个掌握着她的自由、生命、灵魂和孩子的男人，当着她的面进行了一场斗争。一个要把她拉向黑暗，另一个要把她带回光明。她在越来越大的恐惧中，朦朦胧胧地看见了这场斗争，她感到那两个人仿佛是两个巨人，一个说话就像是她的恶魔，另一个就像是她的天使。天使战胜了恶魔。令她浑身战栗的是，这个天使，这个救星，恰恰是她深恶痛绝的人，是这个她长久以来一直视若自己一切痛苦的罪魁祸首的市长，是这个马德兰！刚才，就在她恶毒侮辱他的时候，他却救了她！她以前是不是错了？她是不是该彻底改变看法？……她不知道，她在颤抖。她听着，看着，心慌意乱，茫然失措，马德兰先生每说一句话，她就感到她身上那幽深的仇恨在融化和崩溃，内心正在产生一种不可言喻的暖融融的快乐、信任和爱意。

雅韦尔出去后，马德兰先生转过身来同芳蒂娜说话，他说得很慢很慢，几乎说不出话来，就像一个严肃的人想哭却竭力忍住似的：

“我都听见了。您说的事我一点也不知道。我相信这是真的，我感觉到这是真的。我甚至都不知道您离开了我的工厂。为什么不来找我呢？这样吧：我替您还债，我派人把您孩子接来，或者您自己去找她。您可以生活在这里，也可以去巴黎，随便您。您和您的孩子由我负担。您愿意的话，可以不再干活。您需要多少钱，我都可以给您。您生活愉快了，也就重会变成正派的人。甚至，您听着，我现在就向您宣布，如果您说的都是实话，我相信是实话，那您在上帝面前从来都是圣洁的。啊！可怜的女人！”

芳蒂娜真有些承受不住了。得到珂赛特！摆脱这可耻的生活！和珂赛特在一起，过自由、富裕、幸福、正直的生活！在贫困中突然看到天堂般的生活展现在面前！她呆呆地望着那人讲话，只能“啊！啊！啊！”地发出两三声啜泣。她弯下膝头，跪在马德兰先生面前，他还没来得及阻拦，就感觉到她捧起他的手，嘴唇贴了上去。

接着，她就昏倒了。

第六卷　雅韦尔

一　开始休养

马德兰先生叫人把芳蒂娜抬到设在他家里的医务所。他把她交给那两个修女，她们把她安顿在床上。芳蒂娜发起了高烧。夜里她烧得大声说胡话，折腾到半夜，最后终于睡着了。

翌日，将近中午，芳蒂娜醒来，听到床边有呼吸声，她撩开帐幔，看见马德兰先生站在那里，正望着她头上方的什么东西。那目光饱含着同情、忧虑和哀求。她顺着他的目光望去，发现墙上钉着一个有耶稣受难像的十字架，他正在向耶稣祈祷。

马德兰先生在芳蒂娜眼里的形象从此改变了。她仿佛看见他罩在光环中。他在专心致志地祈祷。她久久凝视他，不敢惊动他。半天，她才怯生生地对他说：

"您在干什么？"

马德兰先生已在这里待了一个小时了。他在等芳蒂娜醒来。他拿起她的手，号了号脉搏，说道：

"感觉怎么样？"

"挺好的，"她说，"我睡了一觉，我觉得好一些了。不会有什么事的。"

接着，他回答她一开始提的问题，仿佛刚刚听见似的：

"我在向天上那位殉难者祈祷。"

他心里又默默地说：“为了人世间的受难者。”

昨天夜里和今天上午，马德兰先生一直在了解情况。他对芳蒂娜辛酸的故事已知道得清清楚楚。他接着说：

“您吃了许多苦，可怜的母亲。啊！不要抱怨，您现在是上帝的选民了。人类就是这样造就天使的。这不是他们的错；他们不知道怎么做。您瞧，您走出的那个地狱，是进入天堂的第一步。必须从那里开始。”

他深深叹了口气。可是芳蒂娜在向他微笑，从她超凡脱俗的微笑中，可以看到少了两颗牙。

就在那天夜里，雅韦尔写了一封信，第二天早晨，他亲自把信送到滨海蒙特勒伊的邮局。信是寄往巴黎的，信封上写着：巴黎警察局长先生的秘书夏布耶先生敬启。因为警所里的那件事已传得沸沸扬扬，邮局的女局长以及其他几个人在走信前看见了这封信，并从地址上认出是雅韦尔的笔迹，便猜想这是他的辞职书。

马德兰先生立即给泰纳迪埃家写信。芳蒂娜欠他们一百二十法郎，他寄去了三百法郎，对他们说，从这笔钱中扣下欠款，让他们马上带孩子来滨海蒙特勒伊，她母亲生病，想见她。

泰纳迪埃喜出望外。“真是见鬼了！”他对老婆说，“可不能放孩子走。云雀要变成奶牛了。我猜到了。一定是哪个笨蛋迷上那母亲了。”

他连忙寄去一张精心伪造的账单，共计五百零几法郎。其中三百多法郎的两笔账单确凿无疑，一张是医生签的，另一张是药房老板签的，埃波妮和阿赛玛长期生病，他们一个给看病，一个给药。前面说过，珂赛特没有生过病。那纯粹是小小的冒名顶替。泰纳迪埃在账单下面写道：“三百法郎如数收到。”

马德兰先生又立即寄去三百法郎，并且写道：“快把珂赛特送来。”

“老天爷！”泰纳迪埃说，“可不能放孩子走。”

可是芳蒂娜的病一点也不见好。她一直住在医务所里。

起初，对“这个娼妓”，两位嬷嬷虽然接受并给予治疗，但心里只有厌恶。见过兰斯大教堂的浮雕的人，都会记得那些贞女是怎样撇着嘴瞅那些荡妇的。自古以来，贞女都瞧不起娼妓，这已成了女性尊严最根深蒂固的本能。那两个嬷嬷从心底里蔑视她，这种感觉又因宗教信仰而有增无已。可是，没过几天，芳蒂娜就让她们再也蔑视不起来了。她说话是那样谦恭温和，她的慈母心肠令人深深感动。一天，她发着高烧，嬷嬷听见她说："我是个罪人，但等孩子回到我身边，就说明上帝原谅我了。我生活在罪孽中时，我不想让我的珂赛特在我身边，我受不了她又惊又愁的眼睛。可我做坏事全为了她，正因为这样，上帝才会原谅我。珂赛特来了后，我就会感觉到仁慈上帝的祝福。我要看着她，看这个纯洁的孩子对我有好处。她什么也不知道。你们看，嬷嬷，她是个天使。在这个年纪，翅膀还没有掉呢。"

马德兰先生每天来看她两次。每次她都问：

"我就要看到我的珂赛特了吗？"

他回答说：

"可能明天上午。说来就来的，我在等她。"

于是，母亲苍白的脸上容光焕发。

"啊！"她说，"我该多么幸福啊！"

刚才我们说了，她的病丝毫没有好转。相反，病情一周比一周严重。那团雪贴肉塞到了她的两个肩胛骨之间，使她突然中止出汗，这样，潜伏了多年的疾病骤然发作了。那时候，人们刚开始按照拉埃内克①的英明指示，研究和治疗肺部的种种疾病。医生听诊芳蒂娜的肺部后，摇了摇头。

马德兰先生问医生：

"怎么样？"

"她不是想见一个孩子吗？"

"是呀。"

"那就快把她接来吧。"

马德兰颤抖了一下。

芳蒂娜问他：

---

① 拉埃内克（1781—1826），法国医生，发明了肺病听诊法。

“医生说什么了？”

马德兰强作微笑。

“他说快把孩子接来。这样，您的病就好了。”

“啊！”她又说，“他说得对！可是泰纳迪埃家怎么还留着我的珂赛特？啊！她就要来了。我终于看到幸福就在眼前了。”

可是，泰纳迪埃讲了一百条歪理，就是“不肯放孩子”。说什么珂赛特有点不舒服，大冬天不宜出门。还说，在当地还有一些零星债务没还，债主逼得很紧，他正在收取发票，如此等等。

“我派人去接珂赛特。”马德兰老伯说。“需要的话，我亲自跑一趟。”

他照芳蒂娜的口述，写了一封信，并让她签上名字：

泰纳迪埃先生，

请将珂赛特交给来人。

欠的债，都会替您还清。

此致

敬礼！

芳蒂娜

就在这时候，发生了一件严重的事。人生是块神秘的石头，我们再努力雕琢也是徒劳，命运的黑脉总会伺机而出。

二 “让”是怎么变成“尚”的

一天早晨，马德兰先生在办公室里，正忙着提前处理市政府的几件紧急公务，万一需要，他就可以去蒙费梅，这时有人进来通报，雅韦尔警探求见。听到这个名字，马德兰先生不禁心头不悦。自从警所的那场争执后，雅韦尔比以往更躲着他了，马德兰先生再没有见过他。

“叫他进来。”他说。

雅韦尔进来了。

马德兰先生仍然坐在壁炉旁，手里拿着一支笔，正在翻阅路警局的几宗违警笔录，边看边做眉批。他没有理睬雅韦尔。他不禁想起可怜的芳蒂娜，觉得应对他冷淡一些。

雅韦尔毕恭毕敬地向背朝他的市长先生鞠了一躬。市长先生没有看他，继续批他的案卷。

雅韦尔在办公室里走了两三步，然后停下来，依然没有说话。

假如这里有个相面先生，并且了解雅韦尔的性格，长期研究过这个为文明效力的野蛮人，这个由罗马人、斯巴达人、修士和下士构成的奇特混合体，这个不会撒谎的密探，这个一尘不染的暗探，假如这个相面先生知道他对马德兰先生一直心怀憎恶，知道他在芳蒂娜问题上与市长发生过冲突，现在再来观察雅韦尔，他心里就会嘀咕："发生什么事了？"只要知道雅韦尔是一个正直、透明、诚实、廉洁、严肃和冷酷的人，就会一眼看出，他内心刚刚经历了一场激烈的斗争。雅韦尔心里有事，脸上总会表现出来。就和性格粗暴的人一样，他会突然改变态度。他的脸部表情从没像现在这样奇怪和出乎意料。他进来后，就朝马德兰先生深深鞠了个躬，目光中已全无往常的仇恨、愤怒和不信任。他在离市长身后几步远的地方停了下来。现在，他就像挨罚似的站在那里，粗野，朴实，冷静，仿佛从来不知道温和，只知道耐心等待。他一声不吭，一动不动，以一种毫不矫饰的谦卑和平平静静的屈从，等待市长先生转过脸来。他沉着，严肃，帽子拿在手里，眼睛望着地上，那神情，有点像士兵见了长官，也有点像罪犯见了法官。他本来可能有的种种情绪和记忆，现已荡然无存。在他花岗岩般坚硬质朴的脸上，布满了愁容。他整个人都显露出一种屈从和坚定，以及一种难以形容的勇于面对的沮丧。

市长先生终于放下笔，半转过身来：

"说吧！什么事？有什么事，雅韦尔？"

雅韦尔若有所思似的沉默了一会儿，然后放开嗓门，忧郁而庄重地，但仍不失自然地说：

"市长先生，有人犯了罪。"

"什么罪？"

"一个下级警察严重地冒犯了一位行政长官。我是来向您汇报的，因为这是我的职责。"

"这警察是谁？"马德兰先生问。

"是我。"雅韦尔说。

"您？"

"我。"

"那么抱怨这个警察的长官又是谁呢？"

"是您，市长先生。"

马德兰先生在他的安乐椅上挺直了身子。雅韦尔神情严肃，始终低着脑袋，继续往下说：

"市长先生，我来请求您向上级提出免我的职。"

马德兰先生惊得张大了嘴巴。雅韦尔以为他要说话，忙抢着说：

"您会说，我可以自己提出辞职，可是这还不够。辞职是体面的。我犯了错误，理应受到惩罚。我应该革职。"

停了一会，他又说：

"市长先生，那天您对我那样严厉是不公正的。今天，您应该公正，要严厉地处置我。"

"啊！为什么？"马德兰先生大声说。"我怎么听不懂您说的话？您想说什么？您对我犯了什么罪？您对我做了什么？您有什么地方对不住我？您自己控告自己，您想辞职……"

"革职。"雅韦尔说。

"好吧，革职。很好。可我不明白。"

"您就会明白的，市长先生。"

雅韦尔深深叹了口气，继续冷静而忧郁地说：

"市长先生，六个月前，我们为那娼妓争执之后，我非常气愤，告了您一状。"

"告我？"

"向巴黎警察局。"

马德兰先生平时不比雅韦尔爱笑，听了这话，他笑了。

“告市长侵越了警察的职权？”

“告您从前是苦役犯。”

市长的脸色刷地白了。

雅韦尔没有抬头，继续说：

“我以为您从前是苦役犯。我早就有想法了。你们长得很像，您派人到法弗罗勒打听过情况，您腰部力大无比，福施勒旺老头的意外，您的好枪法，您走路有点拖沓的样子，我怎么知道，我？我真荒唐！总之，我把您当成一个叫让·瓦让的人了。”

“叫什么？……您说的是什么名字？”

“让·瓦让。二十年前我见过的一个苦役犯，那时，我是土伦监狱的副监守。那让·瓦让出狱后，好像在一个主教家里行过窃，接着，在大路上，又手执凶器，对一个萨瓦流浪儿又犯了一次抢劫。八年来，他不知怎么逃得无影无踪，警方还在找他。我以为……总之，我做了这件事！我一气之下，就向巴黎警察局告发了您。”

马德兰先生又拿起了卷宗，他以非常冷漠的口吻说：

“他们怎样回答您的？”

“说我疯了。”

“怎么样？”

“他们是对的。”

“您承认这点，很好啊。”

“我只好承认，因为真正的让·瓦让抓到了。”

马德兰先生手里的卷宗掉了下来。他抬起头，眼睛盯着雅韦尔，以难以描绘的音调“啊！”了一声。

雅韦尔继续说：

“事情是这样的，市长先生。在这一带，靠近埃利-勒-奥-克洛谢那一边，有一个叫尚马蒂厄大爷的老头。这是个穷光蛋。谁也不注意他。这种人，不知道是靠什么生活的。最近，今年秋天，尚马蒂厄大爷偷了人家酿酒的苹果，被抓住了，是哪家的……这无关紧要！苹果被偷了，翻墙过去的，树枝折断了。我那个尚马蒂厄被抓住了。当时他手里还拿着苹果枝。这坏蛋关进了监狱。到此为止，这还是件轻罪。也是苍天有眼。那里的监狱情况不好，预审法官决定把尚马蒂厄转到阿腊斯，那里有省级监狱。在阿腊斯监狱，关着一个叫布雷韦的前苦役犯，为什么关在那里，我就不知道了。他因为表现好，当了囚室长。市长先生，尚马蒂厄一到，布雷韦就喊道：'嗨！这个人我认识。他是柴捆[1]。看看我，老头！您是让·瓦让！''让·瓦让！让·瓦让是谁？'尚马蒂厄故作惊讶。'别装蒜了。'布雷韦说。'你是让·瓦让！你在土伦监狱里待过。二十年前我们关在一起。'尚马蒂厄矢口否认。当然！这您明白。人们做了深入调查。对这事做了彻底的追究。发现了以下情况：三十年前，这个尚马蒂厄是个修树工人，在好几个地方待过，在法弗罗勒待的时间最长。后来，就不知道他的去向了。过了很久，有人在奥弗涅，继而在巴黎见过他。他说，他在巴黎做造车工，有一个女儿是洗衣工，这些都还没有证实。后来，就到了这里。可是，那让·瓦让在因偷窃坐牢之前是干什么的呢？修树工人。在哪里？在法弗罗勒。还有件事。这个瓦让的教名是让，他的母亲姓马蒂厄。很自然，他出狱后，就用他母亲的姓作掩饰，叫作让·马蒂厄。他去了奥弗涅。那里的人把'让'读作'尚'，于是，大家叫他尚·马蒂厄。这家伙也就顺其自然，变成了尚马蒂厄。您听明白了吧？人们到法弗罗勒做了调查。让·瓦让家的人已不在了。谁也不知道他们在哪里。您知道，这些阶层里的人，常常是一家人说不见就不见了。人们到处打听，但找不到任何线索。这些人，不是污泥，便是灰尘。再说，这些故事追溯到三十年前，在法弗罗勒，不再有人认识让·瓦让了。人们又去土伦了解情况。除了布雷韦，只剩下两个人见过让·瓦让。一个是科施帕伊，另一个是施尼迪厄，他们都被判终身监禁。人们把他们从牢里提了出来，带到了这里，让他们和所谓的尚马蒂厄对证，他们毫不犹豫。他们和布雷韦都认定他就是让·瓦让。年龄一样，他今年五十四岁，身材一样，神态一样，因此，是同一个人，就是

① "柴捆"是俚语，即"从前的苦役犯"。

他。就在这时候，我给巴黎警察局寄出了揭发信。他们复信说我疯了，让·瓦让明明在阿腊斯的监狱里。您想我是多么惊讶，我还以为我在这里抓住了让·瓦让哩！我写信给预审法官，他把我叫了去，让我见了尚马蒂厄……”

“怎么样？”马德兰先生打断他说。

雅韦尔一脸正气和忧郁地回答说：

“市长先生，事实就是事实。我很恼火，可他的确是让·瓦让。我也认出来是他。”

马德兰先生用很低的声音问道：

“您确信无疑？”

雅韦尔笑了，那是从坚定的信念流露出来的惨笑：

“啊，确信无疑！”

他沉默片刻，下意识地从桌上的木碗里拿出几撮吸墨水的木屑，继而又说：

“现在，我看见了真正的让·瓦让，我还是不明白我怎么会弄错的。我请求您原谅，市长先生。”

六个月前，在警所里，马德兰先生当众侮辱了他，并命令他出去；可是这个自命不凡的雅韦尔，现在竟严肃地请求他原谅，连他自己都不知道他此刻是多么的质朴和高尚。对他的请求，马德兰先生只提出了一个出乎意外的问题：

“那人是怎么回答的？”

“啊！见鬼！市长先生，这案子很严重。如果他是让·瓦让，那他就是重犯了。逾墙，折断一根树枝，偷苹果，这对孩子，是淘气行为，但对一个成人，就是违法行为，对于一个苦役犯，那就是犯罪。逾墙和偷盗，全了。那就不再是送轻罪法庭，而是要送重罪法庭。也不是蹲几天监狱，而是要罚终身苦役。再说，还有那个萨瓦流浪儿的事情，我希望他能出庭做证。见鬼！肯定要挣扎一番的，是不是？若是别人，而不是让·瓦让，肯定会这样。可是让·瓦让很奸诈。我也是从这点认出他来的。换了别人，会感到事情很严重，会坐立不安，大叫大闹，开水壶放在火上自然是要叫的，会死不承认是让·瓦让，如此等等。可他，他好像不明白是怎么回事，他说：我是尚马蒂厄，我坚持这一点。他看上去神态惊讶，他是在装傻，这更厉害。啊！这家伙够狡猾的。不过，这不要紧，证据确凿。有四个人认出他来了，老家伙肯定会判刑。已提交阿腊斯的重罪法庭了。我将出庭做证。我被传讯了。”

马德兰先生又开始工作了，他拿起了卷宗，平静地翻阅着，边看边写，就像是很忙的样子。他把脸转向雅韦尔。

“行了，雅韦尔。事实上，我对这些细节不大感兴趣。我们在浪费时间，我们有紧急的事要处理。雅韦尔，您马上去比佐皮埃老大娘家一趟，她在圣索夫街角上卖草。您让她对赶大车的皮埃尔·谢斯内隆起诉。那人粗暴成性，差点压死这个女人和她的孩子。他应受到惩罚。然后再到蒙特尔-德-尚皮尼街的夏塞莱家。他上诉说，邻居家有个檐槽，雨水滴到他家里，侵蚀他家的地基。然后，您再去弄清楚几件违警案子，有人向我揭发了，吉布街的多里寡妇家，加罗-布朗街的勒内·勒博絮太太家，要开违警通知书。瞧，我给您布置了那么多工作。您不是要离开这里吗？您不是对我说，一个星期或十天之后，您要为那件事去阿腊斯出庭做证吗……”

“比这更早，市长先生。”

“哪天？”

“我好像对市长先生说了，那案子明天审理，今天夜里我乘车前往。”

马德兰先生微微颤动了一下。

“要审理多少时间？”

“顶多一天。判决书最晚明天夜里宣读。但我不等宣读，那是铁板钉钉的事。我做完证就回来。”

“那好。”马德兰先生说。

他挥了挥手，让雅韦尔退下。

雅韦尔没有动弹。

“对不起，市长先生。”他说。

“还有什么？”马德兰先生问。

“市长先生，我是不是还有件事要提醒您？”

“什么事？”

“我应该被革职。”

“雅韦尔，您是一个正直的人，我尊敬您。您夸大了您的错误。再说，这仍然是一件涉及我本人的冒犯行为。雅韦尔，您应该升，而不是降。我要您留在您的岗位上。”

雅韦尔望着马德兰先生，在他坦率的眸子深处，似乎可以看到他那颇感茫然，但又是刻板而纯正的道德心。他语气平静地说：

“市长先生，我不同意。”

“我重复一遍，”马德兰先生反驳说，“这是我的事。”

但雅韦尔只顾顺着自己的想法往下说：

“至于说夸大，我丝毫也不夸大。您听一听我的道理。我毫无理由地怀疑您。这倒没什么。尽管怀疑自己的上级有些过分，但干我们这行的有权怀疑。可是，我揭发您是苦役犯却无凭无据，是出于一时的愤怒，是为了报仇，而您却是一个值得尊敬的人，一个市长，一个长官！这就很严重了。太严重了。我是权力的办事员，我侮辱您，就是侮辱权力！如果我的一个下属做了我做的事，我会宣布他不称职，会革他的职。是不是？——对了，市长先生，还有一句话。我一生中常常很严厉。对别人。那是对的。我没做错。现在，如果我对自己不严厉，我过去做的正确的事，也都变成不正确了。我对自己难道要比对别人更宽容吗？不！怎么！我就只会惩罚别人吗？我决不这样！否则，我岂不成了卑鄙小人了吗？那些骂我是‘无赖’的人岂不骂对了吗？市长先生，我不希望您对我仁慈，那次您对别人仁慈，我是很气恼的。我不愿您对我这样。娼妓侮辱有产者，警察侮辱市长，下层的侮辱上层的，却还要宽容他们，这种仁慈，我认为是不道德的仁慈。它会使社会瓦解。我的上帝！仁慈很容易做到，难的是做一个公正的人。听着！假如您是我从前认为的那个人，我，我是不会对您仁慈的！您都看到了！市长先生，我对我自己，应该和对别人一样。当我镇压坏人、严惩无赖的时候，我常常对自己说：‘你，假如你犯了错误，哪天我发现了，我就对你不客气！’我犯了错误，我发现了，活该我倒霉！那就要辞退，要免职，要赶走！这是正确的。我有胳膊，我可以种地，我无所谓。市长先生，事业需要一个榜样。我只要求免去雅韦尔的警探职务。”

他说这番话的时候，声调是那样的谦卑、高傲、绝望和确信，使这个古怪而正直的人变得那样伟大和奇特。

“再说吧。”马德兰先生说。

他向他伸出手。

雅韦尔向后退，以粗暴的语气说：

“对不起，市长先生，不可以这样。市长是不应该和密探握手的。”

接着他又喃喃自语：

“密探，是的。自从我滥用了警权，我就只是个密探了。”

说完，他深深一鞠躬，就向门口走去。

走到门口，他又回过头，眼睛始终看着地面：

“市长先生，”他说，“没有人来换我之前，我仍会尽职的。”

他出去了。马德兰先生听着那坚定而自信的脚步在走廊上越走越远，他陷入了沉思。

第七卷　尚马蒂厄疑案

一　辛普丽斯嬷嬷

下面读到的插曲，有的在滨海蒙特勒伊还鲜为人知，但就人们知道的那一点点，已给这个城市留下了深刻的印象。因此，若不详尽记述下来，那将是本书的一大缺憾。

在这些细节中，读者会遇到二三个令人难以置信的情节，但为了尊重事实，我们仍保留了下来。

雅韦尔来访那天的下午，马德兰先生照例去探望了芳蒂娜。

在进芳蒂娜病房之前，他叫人去喊辛普丽斯嬷嬷。在医务所里服务的两个修女，一个叫佩佩迪嬷嬷，另一个叫辛普丽斯嬷嬷。和其他从事慈善事业的嬷嬷一样，是天主教遣使会修女。

佩佩迪嬷嬷是普通的乡下姑娘，是个粗俗的嬷嬷，皈依上帝犹如就业。她做修女，和别人做厨娘没有两样。这样的人不是绝无仅有。各种修会都乐于接受这种粗笨的乡下人，不费工夫，便可培养成嘉布遣会或圣于尔絮勒会的修女。她们粗俗的气质，正好用来给上帝干粗活。牧童变成加尔默罗会修士，中间没有障碍，无须多少加工便可完成转变。乡村和修道院一样愚昧无知，这是现成的共同基础，使得乡下人和修士可以平起平坐。罩衫加宽一些，便成了道袍。佩佩迪嬷嬷是一个身强力壮的修女，家住蓬图瓦兹附近的马里纳村，一口土话，语调单调，唠唠叨叨，根据病人笃信还是假信宗教，来决定给汤药加多少糖，对病人态度粗暴，动不动就对要死的病人发脾气，几乎把上帝摔到他们脸上，气呼呼地给他们诵读经文。鲁莽，诚实，脸色通红。

辛普丽斯嬷嬷的脸色却像白蜡一样白。她在佩佩迪嬷嬷身边，不啻教堂的白蜡烛和普通的红蜡烛在一起。圣味增爵绝妙地刻画过修女的形象，他以既自由又拘束的文字，对她们做了令人拍案叫绝的描绘："医院就是她们的修道院，租来的房间就是她们的静修室，教区的教堂就是她们的小祭室，城市的街道或医院的病房就是她们的内院，服从便是她们的围墙，敬畏上帝便是她们的栅门，简朴便是她们的面罩。"辛普丽斯嬷嬷活生生地体现了这种理想的形象。没有人能说出辛普丽斯嬷嬷的年龄；她从没年轻过，也似乎永远不会老。这个人——我们不敢说是女人——沉静，朴素，随和，镇静，从没说过谎话。她温柔得近乎脆弱，却比花岗岩还要坚固。她用纤细、纯洁和迷人的手指抚摸病人。可以说，她的语言包含着沉默，她只说必须说的话，她说话的声调，可以构筑起一间忏悔室，使沙龙里的人心醉神迷。她这种纤弱的资质，同她的粗呢袍子相辅而行，这种粗犷的联系，时时提醒人想着苍天和上帝。有一个细节要强调一下。辛普丽斯嬷嬷从没说过谎，从没为了某个利益，或不为任何利益说过一件违背事实的话，这是她与众不同的特点，是她独特的美德。这种不可动摇的诚实，使她在修会中几乎无人不知。西卡尔修道院院长在给聋哑人马西厄的一封信中谈到了辛普丽斯嬷嬷。我们再真诚，再正直，再纯洁，也会有小小的裂痕，会无恶意地撒个小谎。她却绝对不会。小小的谎言，无恶意的谎言，这存在吗？撒谎绝对是坏事；撒小谎不可能存在；撒谎就是撒谎；撒谎是魔鬼的面孔；撒旦有两个名字，一个叫撒旦，另一个叫谎言。这就是辛普丽斯嬷嬷所想的。她这样想，便这样做。因此，前面说了，她的脸色像白蜡一样白，那白色的光辉笼罩着她的嘴唇和眼睛。她的微笑，她的目光，无不都是白色的。在这良知的玻璃窗上，没有一个蜘蛛网，没有一粒灰尘。她加入圣味增爵的遣使会时，特意选择了辛普丽斯的名字。众所周知，西西里岛有个圣女叫辛普丽斯，生在锡拉库萨，她宁愿让人割掉乳房，也不愿说她生在塞杰斯塔，而撒这个谎本可以救她的。辛普丽斯的心灵与这个主保圣女一脉相承。

辛普丽斯嬷嬷加入遣使会时，有两个缺点，一是爱吃甜食，二是喜欢收到信，她都渐渐克服了。她从来只读一本书，是大字体的拉丁文祈祷书。她不懂拉丁文，但却看得懂这本书。

这个虔诚的修女很喜欢芳蒂娜，可能从她身上感到了潜在的美德，对她的照料可谓尽心尽力，几乎全部精力都用在她的身上。马德兰先生把辛普丽斯嬷嬷叫到一旁，嘱咐她好好照料芳蒂娜，嬷嬷后来才想起，马德兰先生当时说话的语气好奇怪。他离开嬷嬷后，就去看芳蒂娜。

芳蒂娜天天盼着马德兰先生来看她，就像盼望温暖而快乐的阳光。她常对两个嬷嬷说：

“只有马德兰先生在我身边时，我才活着。”

那天，她烧得很厉害。她一见马德兰先生，就问他：

“珂赛特呢？”

他微笑地回答：

“快来了。”

马德兰先生对芳蒂娜仍和往常一样。不同的是，平时只待半小时，这次待了一个小时，芳蒂娜高兴极了。他向大家千叮万嘱，不要让病人缺少什么。大家注意到，他的脸色一时突然变得很阴郁。但是，后来听说医生曾在他耳边对他说过“她非常虚弱”，大家也就得到了解释。

看完芳蒂娜，他回到市政府，侍者看见他专心研究挂在办公室墙上的一张法国公路图。他用铅笔在一张纸上写了几个数字。

二　敏锐的斯科弗莱师傅

他出了市政府，就朝城市的另一头走去，他要去一个佛兰德斯人的家里。那人叫斯科弗埃师傅，变成法文就是斯科弗莱。他出租马匹和马车，说是“马车随意租用”。去斯科弗莱家里，最近的路是一条僻静的街道，马德兰先生所在教区的本堂神甫就住在那条街上。据说，那神甫是个高尚和值得尊敬的人，能给人排忧解难。马德兰先生经过本堂神甫家门口时，街上只有一个行人。那人注意到，马德兰先生走过神甫家门口后，停下来，站了会儿，又往回走到门口。那是独扇大门，有个铁门环。他猛然抓住门环，拿起来想敲门的样子，却猛然停下，仿佛在思考，过了几秒钟，他轻轻放下门环，而不是任其大声落下，然后继续赶路，步伐比先前急促得多。

马德兰先生到了斯科弗莱家，他正在补马具。

“斯科弗莱师傅，”他问道，“您有一匹好马吗？”

“市长先生，”佛兰德斯人说，“我的马全是好马。您说的好马是指什么？”

“一天能走二十里。”

“喔唷！”佛兰德斯人说，“二十里！”

“对。”

“套上篷式双轮车？”

“对。”

“跑完休息多少时间？”

“必要时，第二天又得启程。”

“原路返回？”

“对。”

“喔唷！喔唷！还要走二十里？”

马德兰先生从兜里掏出那张写了数字的纸头，让佛兰德斯人看。上面写着：5，6，8.5。

“您看，”他说，“一共十九又二分之一里，也可以说是二十里。”

“市长先生，”佛兰德斯人又说，“我有您需要的马。那匹小白马。您应该见过。是下布洛内地区的小种马。那可是匹烈马。起初人家想把它训练成坐骑。嘿！它尥蹶子，把骑它的人全摔在地上。他们认为它不好驾驭，不知怎么办。我把它买下了。我让它拉车。先生，它就愿意干这个。它像姑娘一样温柔，跑得像风一样快。啊！就是不能骑在它身上。它不想当坐骑。人各有志嘛。拉车，行，给人骑，不行。相信它心里是这样说的。”

“它跑得快吗？”

“您那二十里。一路小跑，不要八个小时就跑完了。但有几个条件。”

“请讲。”

“首先，半路上让它休息一小时，喂它些东西，得在旁边看着，不要让客店的伙计偷它的燕麦。因为我注意到，在客店里，喂马的燕麦，常被马厩伙计拿去换酒吃。”

“会有人在场的。”

“第二……这车是市长先生用吗？”

“对。”

“市长先生会驾车吗？”

“会。”

“那好，市长先生必须一个人旅行，不带任何行李，以免给马加重负担。”

“行。”

“可是，市长先生，没有人和您一起去，您就得亲自看管燕麦了。”

“可以。”

“一天得付我三十法郎。休息的日子也照付。一分钱也不能少。牲口的食料由市长先生负担。”

马德兰先生从钱包里拿出三枚拿破仑金币，放在桌上。

“预付两天的。”

“第四，跑这样长的路，用篷式双轮车太重，马会吃不消的。市长先生得同意坐一辆轻便小车。”

“同意。”

“车倒很轻，可那是敞篷的。”

“无所谓。”

“市长先生考虑过现在是冬天吗……”

马德兰先生不做回答。那佛兰德斯人接着又说：

“想过天气很冷吗？”

马德兰先生仍然沉默不语。斯科弗莱师傅继续说：

“下雨怎么办？”

马德兰先生抬起头，说：

“车和马明早四点半到我家门口。”

“一言为定，市长先生。”斯科弗莱答道。接着，他一边用大拇指甲刮着桌面上的一块污迹，一边用佛兰德斯人特有的狡黠而又漫不经心的神态说：

“我想起了一个问题！市长先生没给我说去哪里。市长先生去哪里呀？”

从谈话一开始，他就只想这件事，但不知为什么没敢问。

“您的马前腿有劲儿吗？”

“当然，市长先生。下坡时，得勒住它点。您去的地方，有很多下坡路吗？”

“别忘了明早四点半准时到我家门口。”马德兰先生回答，说完就走了。

那佛兰德斯人，正像他自己后来所说的那样，“傻乎乎”地愣在那里。

市长先生走了两三分钟，大门又开了。是市长先生。

他依然面无表情，却心事重重。

“斯科弗莱先生，”他说，“您租给我的那匹马和那辆车，马带着车，一共值多少钱？”

“是马拖着车，市长先生。”佛兰德斯人纵声大笑。

“好吧。多少？”

“市长先生想买下来吗？”

“不，我是想给您一笔保证金，以防万一。我回来时，您如数还给我。车和马估计要多少钱？”

“五百法郎，市长先生。”

“这是五百法郎。”

马德兰先生把一张钞票放在桌上，然后走了，这次没有再回来。

斯科弗莱先生后悔没说一千法郎。其实，那马和车，总共只值一百埃居。

佛兰德斯人叫来妻子，把事情前后说了一遍。市长先生会到什么鬼地方去呢？夫妻俩进行了讨论。妻子说："他去巴黎。"丈夫说："我想不是。"马德兰先生把写着数字的那张纸忘在桌上了。佛兰德斯人拿起纸，琢磨起来。"五，六，八又二分之一？这大概是驿站。"他转身对妻子说："我知道了。""什么？""从这里到埃斯丹是五里，埃斯丹到圣波尔是六里，再到阿腊斯是八里半。他去阿腊斯。"

这时，马德兰先生已回到家里。

从斯科弗莱师傅家回来，他绕道而行，仿佛本堂神甫家的大门对他是个诱惑，他想避开似的。他上了楼，进了卧室就闭门不出。这没什么，因为他经常早早就睡了。可是，工厂的女门房，也是马德兰先生唯一的女仆，注意到他房间的灯八点半就熄了，她把此事告诉了从外面回来的出纳员，还说：

"市长先生是不是病了？我觉得他神态怪怪的。"

这出纳员的房间正好在马德兰先生的下面。他对女门房的话没有在意，躺下就睡着了。将近半夜，他突然醒了，迷迷糊糊地听见上头有声音。他听了听。那是来回走动的脚步声，好像楼上的房间里有人在走动。他侧耳细听，听出是马德兰先生的脚步声。他感到很奇怪。往常，马德兰先生起床前，他的房里是没有一点声响的。过了一会儿，他听到像是衣橱开闭的声音。接着，一件家具挪动了一下，随后是一阵寂静，接着又是脚步声。出纳员坐了起来，他完全醒了。他四下张望，透过玻璃窗，依稀看见有扇亮着灯光的窗子投在对面墙上的红色反光。从光照方向看，只能是马德兰先生房间的窗子。那反光颤颤悠悠，与其说来自灯光，不如说来自火光。玻璃窗框的影子没有显出来，这说明窗是开着的。天气那样寒冷，可还开着窗子，真令人纳闷。出纳员又睡着了。一两个小时后，他又醒了。他仍听见那缓慢而均匀的脚步声，一直在他头顶上走来走去。

对面墙上仍有反光，但现在是淡淡的，静静的，就像是一盏灯或一支蜡烛的反光。窗子依然敞开着。

下面就来谈谈马德兰先生房间里发生的事。

三　脑海里波涛汹涌

读者想必已猜到，马德兰先生正是让·瓦让。

我们审视过他的内心深处，现在有必要再来看一看。我们做这件事时，心里不能不激动，不能不发颤。没有比探测人的内心更可怕的事了。思想的视线在任何地方都不如在人的身上遇到更多的光明和黑暗；在凝视的事物中，没有比人的内心更可怕、更复杂、更神秘和更无边无际的东西。有一种景致比海更浩瀚，那就是天空；有一种景致比天空更无垠，那就是人的内心世界。

将人的内心世界写成诗，哪怕只写一个人，哪怕只写最微不足道的人，那也是将所有的史诗融进一首卓越而最终的史诗中。人的内心，是妄念、贪欲和企图之浊地，梦幻之熔炉，可耻念头之巢穴，诡辩之魔窟，激情之战场。在某些时候，你不妨穿过一个沉思者的苍白面孔，看一看面孔的后面，研究一下这个灵魂，探测一下这个黑暗，可以看到，在平静的外表下面，有荷马史诗中的巨人大搏斗，弥尔顿诗中的龙蛇鬼怪大混战，但丁诗中的缭绕上升的幻象。人人内心皆有的这种无限，实在是幽深莫测！人的大脑的愿望和一生的行动，无可奈何地均由它来衡量。

有一天，但丁遇到了一扇阴森可怖的门，他犹豫了。我们面前也有这样一扇门，我们也犹豫了。不过，我们还是进去吧。

对于让·瓦让在小热尔韦事件后的经历，读者已知道了，我们没什么要补充的。从那时起，正如大家看到的，他变了个人。迪涅主教对他的愿望，他都不折不扣地做到了。这不只是转变，而且是脱胎换骨。

他成功地销声匿迹了。他卖掉了主教的银器，只留下两个烛台作纪念。他从这个城市走到另一个城市，穿过法国，最后来到滨海蒙特勒伊，想出了我们讲过的主意，完成了我们说过的业绩，最终变成了一个抓不住、难接近的人，在滨海蒙特勒伊定居下来，常常回忆伤怀的往事，感到可用后半生来弥补前半生的缺憾，不禁也觉欣慰，过着平静安定的生活，对未来充满了信心，心里只有两个念头：隐姓埋名，圣洁生命；避开世人，皈依上帝。

这两个想法在他的头脑里密不可分，最终合二为一；两个想法都很强烈，都要人全神贯注，支配着他的一切行动。通常，它们协调一致，控制着他的日常行为，让他无声无臭，仁慈质朴，给予他同样的忠告。但有时它们之间也有冲突。这时候，大家都记得，这个被全滨海蒙特勒伊市叫作马德兰先生的人，决不会为了前者而牺牲后者，为了安全而牺牲美德。所以，尽管他临深履薄，谨小慎微，他仍保存着主教的烛台，为他服丧，把所有过路的萨瓦流浪儿叫来问一问，向法弗罗勒镇的乡亲打听情况，不顾雅韦尔的含沙射影，救福施勒旺一命。正如我们所看到的那样，他似乎以一切圣贤仁人为榜样，认为他的首要职责不是为了自己。

不过，应该说，这样的事从没出现过。在这个历尽苦难的不幸人身上，这两个起支配作用的思想，还从没展开过像现在这样严肃的斗争。从雅韦尔来到他办公室后讲的最初几句话中，他就隐隐约约但又是非常深刻地意识到，他的内心将有一场严肃的斗争。当他听到雅韦尔奇怪地提到那个深埋的名字，他就惊呆了，仿佛被他离奇多舛的命运弄得晕头转向，他在惊愕之中，浑身打了个颤，这是巨大震动的前奏。他像一棵橡树面临一场风暴，一个士兵面临一场激战那样弯下了腰。他感到头顶上乌云密布，即将雷电大作。他在听雅韦尔说话的时候，第一个想法，便是跑去自首，救尚马蒂厄出狱，自己去坐牢。那是一种钻心之痛。接着，这一切都过去了，他又对自己说："不要急！再想想！"他克制了这最初的勇敢的冲动，在英雄主义面前却步了。

这个人，经过主教神圣的指点，多少年来一直生活在忏悔和忘我之中，修身赎罪，改邪归正，已有一个良好的开端；即使面临如此可怕的逆境，若能做到毫无闪失，仍以同样的步伐向天国底下的深渊前进，那当然是壮丽的举动。这可能很壮丽，但事实并非如此。我们应该汇报一下在他灵魂深处发生的事，也只能是有什么谈什么。最先占上风的，是保存自己的本能。他急忙集中思想，抑制冲动，正视雅韦尔这个巨大的危险，恐惧而坚定地推迟做出决定，只考虑自己该怎么做，最后恢复了平静，就像斗士又捡起了防御的盾牌。

那天余下的时间里，他一直处于这种状况下，外表平平静静，内心却翻江倒海。他采取的是所谓“保全自己的办法”。他头脑里乱糟糟的，各种想法互相冲突，乱成一团，他都分不出来了，说不清楚自己有什么想法，只知道刚才被猛击了一下。他同往常一样，来到芳蒂娜的病榻旁，出于善良的本能，在她身边多待了一会，心想他应该这样做，应该把她好好托付给两个嬷嬷，万一他离开几天时好有人照顾她。他朦朦胧胧地感到也许应该去一趟阿腊斯，虽然尚未下决心，但他心里想，既然没有任何人怀疑他，不妨去那里观看审判，于是，他租了斯科弗莱的马车，以备不时之需。

他吃晚饭时，胃口相当不错。

回到卧室，便开始沉思默想。

他审视目前的处境，感到空前的严重，真是前所未有，因此，他在沉思中，突然感到一种莫名其妙的忧虑，蓦然从椅子上站起来，去给房门上了闩。他担心会有什么东西闯进来。他紧闭房门，以防不测。

过了一会，他吹灭了蜡烛。亮光使他不自在。

他觉得有人会看见他。

有人，是谁？

唉！他欲拒之门外的，早已进来了；他想蒙住眼睛的，正瞪大了眼睛在看他。那是他的良心。

他的良心，就是上帝。

然而，起初，他还有幻想。他感到很安全，房间里只有他一个人；门闩一插上，他就以为坚不可摧了；蜡烛一熄灭，他就感到没人看见了。这样，他就占有了自己，双肘放到桌子上，手托着脑袋，在黑暗中沉思默想起来。

——我是怎么啦？——我不是在做梦吧？——有人对我说什么

了？——我真的看见雅韦尔了吗？他真的对我说那些话了吗？——那尚马蒂厄会是什么人呢？——他真的像我吗？——这可能吗？——昨天我还那样平静，毫无感觉！——昨天的现在我在干什么？——这件事中有什么问题？——会是什么结局？——我怎么办？

可以看出，他是多么烦躁不安。他的大脑已失去控制，各种思绪犹如波涛，在他的脑海里翻腾，他用双手捧住脑袋，想让思潮平息下来。

这汹涌的思潮，扰乱了他的意志和理智，他想理出个头绪，以便好下决心，可是，除了忧虑，一无所获。

他脑袋发热。他走到窗口，打开窗子。天上没有星星。他又回来坐到桌子旁。

第一个小时就这样过去了。

然而，在他的脑海中，渐渐有了一些模糊的轮廓，并且慢慢固定了下来，虽然看不到全貌，但有些细节看得比较清楚了。

他开始认识到，不管情况多么奇异，多么危急，他完全能够控制局面。

他越来越惊恐不安。

直到这一天，他所做的一切，除了为实现他给自己的行动规定的严肃而认真的目标外，全都是为了挖一个洞，把自己的名字埋进去。当他反省的时候，在那些不眠之夜，他最怕的就是有一天可能听到这个名字，他认为那样他的一切也就完了；这个名字重现的那一天，他周围的新生活，甚至，谁知道呢，他内心新生的灵魂，都会毁于一旦。他一想到有这个可能，就不寒而栗。在那些时候，若有人对他说，终有一天，这个名字会在他耳畔响起，让·瓦让这几个丑恶的字会突然走出黑暗，矗立在他面前，那道强烈的光会骤然在他头顶上闪烁，把笼罩着他的神秘面纱揭开；不过，这个名字可能对他不构成威胁，这道光也许会使黑暗变得更黑暗，这个揭开的面纱会使神秘变得更神秘，这场地震会使大厦变得更坚固，这个异常的变故，如他愿意的话，结果可能只会使他的生活更透亮，同时又更不可捉摸，当他同让·瓦让的幽灵较量时，马德兰先生，这个善良而高尚的有产者，会比任何时候更荣耀、更平静、更令人尊敬，——若是有人对他这样说，他会摇摇头，认为那是胡言乱语。真可惜！这一切恰恰发生了，这一堆不可能的事，已成为现实，上帝让这些荒诞的事变成了真事！

他的思路越来越明朗。他对自己的处境越来越清楚。

他仿佛刚从难以描绘的睡眠中苏醒，在漆黑的深夜，站在一个深渊边上瑟瑟发抖，正从一个斜坡滑下去，他想后退，却是徒劳。在黑暗中，他清晰地看见一个不认识的人，一个陌生人，命运把那人错当成他，要将那人推向深渊。要使深渊合上，就得有人落下去，不是他，便是另一个人。

他只好听天由命。

事情十分清楚了。他默默承认，他在苦役牢里的位置还空着，他怎么做也是徒劳，那位置始终在等着他，抢劫小热尔韦又把他带回那里，这空着的位置等着他，拉着他，直到他进去，这是无法躲避的，是命中注定的。继而他又想，现在他有了个替身，好像有个叫尚马蒂厄的人被这倒霉事缠上了，而他，从今以后，他在苦役牢里有尚马蒂厄给他当替身，在社会上他叫马德兰先生，他可以高枕无忧了，除非他加以阻止，否则，那块耻辱的石头一旦砌在这尚马蒂厄的头上，就会像墓石，永世不得翻身。

这一切是那样猛烈，那样奇特，他内心骤然涌起一种难以名状的冲动；这种冲动，人一辈子只会经历两三次；那是一种良心的痉挛，搅动着他心中所有可疑的东西，那是嘲笑、快乐和绝望的混合物，可叫作内心的狂笑。

他突然点亮蜡烛。

“怎么！”他对自己说，“有什么好害怕的？干吗要这样想？我得救了。一切都结束了。我的过去，本来也只能从一扇微开着的门里闯进我的生活，现在这扇门已堵上！永远地堵上了！这个长久以来扰得我寝食不安的雅韦尔，这个似乎而且确实已猜出我的真实身份、无处不跟踪我的可怕本能，这条时刻不放过我的可恶猎犬，现在已迷失了方向，转移了目标，完全被甩掉了！他已抓到了让·瓦让，从此他满足了，不会再来打搅我了！也许他会离开这个城市，谁知道呢！况且，这一切与我毫无关系，我一点也没有责任！这个！这有什么不妥的呢！要是现在有人看见我，我敢保证，会以为我发生了什么倒霉事呢！总之，假如有人要遭殃的话，跟我毫无关系。这一切都是上帝的安排。显然，是他要这样的！他安排好的事，我有权干扰吗？我现在还要求什么呢？我干吗要管这个闲事？这和我没有关系。怎么！我不高兴！我到底要什么？我多年憧憬的目标，就是太太平平，这是我梦寐以求的，我向上苍祈祷的也是这个，现已唾手可得！这是上帝的意愿。我不能违背上帝的意愿。为什么上帝愿意这样？为了让我继续我业已开始的事业，让我行善，让我有朝一日成为激励人心的伟大榜样，让我的苦行赎罪和改邪归正最终得到一点善报！我真不明白，今天下午，我为什么不敢到那位正直的本堂神甫家去，向他坦白一切，叙述一切，聆听他的忠告，他肯定也会对我说这些话的。就这样决定了。顺其自然！听从上帝的安排！”

他俯身凝望着他身上的深渊，就这样展开着内心独白。他从椅子上站起来，开始在房内来回踱步。

“行了，”他说，“不要多想了。就这样定了。”

可是，他丝毫也不感到快乐。恰恰相反。

人的思想总会回到同一个问题，正如海水总会返回海岸，这是不可阻挡的。对于水手来说，这叫作潮汐，对于罪犯来说，这叫作悔恨。上帝会在你的心里掀起波涛，正如在大海上掀起波涛一样。

过了一会，他忍不住又开始了阴郁的独白，自己说给自己听，说他不想说的事，听他不想听的话，屈服于一种神秘的力量。那神秘的力量对他说：“想一想！”正如两千年前，它对另一个判了罪的犯人说“向前走！”一样。

在继续往下讲之前，为了让大家更清楚，有必要强调一个看法。

人肯定会有内心独白，大凡有思想的人都有过体验。甚至可以说，言语只有在人的内心深处，在思想和意识之间来回踯躅，才显得更加神秘。这一章里反复出现的“他说，他喊”等字眼，应该从这个意义上去理解。人们自言自语，同自己说话，对自己大喊大嚷，可是外表依然平平静静。内心沸反盈天，所有的器官都在说话，唯嘴巴例外。心里所想的事实，尽管看不见，摸不着，但仍然是事实。

因此，他问自己到底是怎么想的，他所“下的决心”究竟对不对。他向自己承认，刚才他在心里所做的打算，是极其丑恶的，说什么“顺其自然，听从上帝的安排”，实在是可怕之极。明明是命运和人犯了错误，却听之任之，不加阻止，保持沉默，袖手旁观，其实，这是最积极的参与！是登峰造极的卑鄙和虚伪！是一种怯弱、卑劣、阴险、下流和丑恶的罪行！

刚才，这个不幸的人尝到了干坏事的苦涩滋味。八年来这是第一次。

他厌恶地吐了出来。

他继续扪心自问。他严厉地责问自己，“我的目的已达到”指的是什么。他承认他的人生确实有一个目的。但这个目的是什么呢？隐姓埋名，欺骗警察？难道他所做的一切，就为了这区区小事？难道他没有另一个目的，一个伟大的、真正的目的？拯救他的灵魂，而不是躯体。重新变得正直和善良。做一个善人！这不就是主教给他规定的、他自己一直向往的唯一目标吗？——将往事的大门关闭！可是，伟大的上帝！这扇门他是关不上的！他在做一件不光彩的事时，又把大门打开了。他又在成为盗贼，而且是最卑鄙的盗贼！他在盗窃另一个人的存在、生命、安宁，盗窃那人在阳光下的一席之地！他变成了杀人犯！他在杀人，在精神上把一个可怜的人杀死，让他遭受牢狱之苦，那是生犹如死的可怕生活，是在地上而不是在地下的死亡！相反，他去自首，把那个蒙受不白之冤的人救出来，恢复自己的名字，理所当然地变成苦役犯让·瓦让，这才是真正的复活，才能真正走出地狱，永远关上地狱之门！看似重进地狱，却是脱离地狱！必须这样做！不这样做，等于前功尽弃！他的一生等于白活，他所有的忏悔都是徒劳，就只能说，既知今日，何必当初？他感到主教就在他身边，主教死了，却比活着的时候更存在，主教睁大了眼在看他，从此，尽善尽美的马德兰先生，在他眼里会变得十恶不赦，而那苦役犯让·瓦让，在他面前却是纯洁无瑕，可敬可佩。别人看见的是他的面具，主教看见的是他的面孔。别人看见他的生活，主教却看见他的内心。因此，他得去阿腊斯，救出假让·瓦让，揭发真让·瓦让！

唉！那是最大的牺牲，最凄怆的胜利，要跨的最后一步，但必须这样做。痛苦的命运！他要在上帝面前变得圣洁，就不得不在世人面前重新变得令人厌恶。

“那么，”他说，“就这样决定了！去尽我们的责任！把那个人救出来！”

他大声说道，却没意识到声音这样大。他拿起账本，核对后一册册摆好。他把拮据的小商人们向他借的一摞债券扔进火中烧掉。他还写了一封信，封好口；假如当时有人在他房里，就会看到信封上写着：巴黎阿图瓦街，银行家拉斐特先生收。

他从写字台里取出一个皮夹子，内有几张钞票和那年他参加选举用的身份证。

他在做这些事的时候，满腹心事，满面沉思，谁见了都不会猜出他的心事。只是有时候他动动嘴唇，还有些时候，他抬头凝视墙上某个地方，仿佛那里有他想弄清或询问的东西。

给拉斐特的信写完后，他把它和那个皮夹子一起放进兜里，又开始在房里踱步了。

他仍顺着原来的思路默想。他依然清楚地看到他该做的事，几个光辉灿灿的字，在他眼前闪闪发光，随着他的目光移动：“去吧！去说出你的名字！去自首吧！”

他也看到一直被他视作行动准则的两个想法：隐姓埋名，圣洁灵魂。这两个想法仿佛化作有形的东西，在他面前运动。他第一次把它们分得清清楚楚，看到了二者之间的差别。他认识到，这两个想法，其中一个必然是好的，而另一个却可能变坏；一个利人，另一个利己；一个嘴上挂的是他人，另一个张口闭口是自己；一个来自光明，另一个来自黑夜。

它们在搏斗，他在观看它们搏斗。随着思考的深入，他看见那两个想法变大了，现在有了高大的身躯，他仿佛看见，在他的内心，在前面谈到的无限中，在黑暗和微光中，一个仙女在同一个女魔进行搏斗。

他惶恐不安，但他感到好的想法占上风。他的良心和命运又到了另一个决定性关头；主教标志着他新生命的第一阶段，而尚马蒂厄标志着第二阶段。严重的危机之后，接踵而来的便是严峻的考验。

可是，他思想刚平静不久，又慢慢焦躁不安起来。脑海里又翻腾起万千思绪，但越想决心越坚定。

有一会儿，他对自己说，他在这件事上可能太心急了，那尚马蒂厄毕竟不值得关心，他确实偷了东西。接着，他又回答自己：即使那人偷了几个苹果，坐一个月牢足够了。根本谈不上做苦役。再说，谁知道他偷没偷？有证据吗？让·瓦让的名字压在他头上，似乎就不要证据了。检察官们不是常常这样做吗？人们知道他是苦役犯，便认定他是小偷了。

还有一会儿，他闪过一个念头，他想他去自首后，他们也许会考虑他这个非常英勇的行动，考虑他七年来的正直生活，以及他为当地人民做的好事，说不定会宽恕他。

但这个假设很快就破灭了。他想，他抢了小热尔韦四十苏，便是惯犯了，这件事肯定会提出来，根据法律的明确条款，他就要终身服苦役。想到这些，他苦笑了。

他抛弃一切幻想，渐渐摆脱对尘世的留恋，到别处寻找慰藉和力量。他对自己说，应该履行自己的责任，履行责任后，他也许不会比逃避责任后更感到痛苦，如果“顺其自然”，继续待在滨海蒙特勒伊，他受到的器重，他的名声，他做的好事，人们对他的敬重和敬仰，他的慈善事业，他的财富，他的威信，他的美德，就会被一种罪恶所玷污；所有这些圣洁的东西，同那种丑恶的东西缠在一起，那会是什么滋味！如果他牺牲自己，蹲班房，绑在木桩上，背枷锁，戴绿囚帽，干无尽的苦活，受无情的羞辱，那他就会有圣洁的思想！

最后，他对自己说，他必须这样做，这是命中注定的，他无权改变上天的安排，无论如何，他必须做出抉择：要么外表品德高尚，内心十恶不赦，要么内心光明磊落，外表令人厌恶。

无数凄楚的想法在他的脑海里翻腾，虽然他的勇气没有减弱，但他的脑子疲劳了。他不由自主地想起别的无关紧要的事来。

他的太阳穴跳得很厉害。他不停地走来走去。十二点的钟声敲响了，先是教堂，接着是市政府。他数着两个时钟各敲响的十二下，比较着两个钟楼的声音。这时，他想起几天前，在一个旧铁器商那里，看到了一个待出售的旧钟，上面写着这样的名字：罗曼维尔的安托万·阿尔班。

他感到有点冷。他生起了火。他没想到关窗。可是，他的脑子又转不起来了，竟想不起前半夜想了些什么，费了很大的劲才想起来。

“啊！对，”他对自己说，“我决定去自首了。”

突然，他想起了芳蒂娜。

“啊！”他说，“那可怜的女人怎么办！”

这时，他又陷入了激烈的思想斗争。

芳蒂娜犹如一道光，突如其来地出现在他的沉思中。他感到周围的一切都变了。他大声对自己说：

“啊！我一直只想我自己！只考虑我该怎么办！沉默还是自首，隐姓埋名还是拯救灵魂，做一个值得鄙视却受人尊敬的市长，还是受人鄙视却值得尊敬的苦役犯，考虑来考虑去，都围绕着我，始终是我，摆脱不了我！我的上帝，这完全是自私自利！这是自私自利的不同形式，但毕竟是自私自利！是不是也要为别人考虑考虑？最神圣的事，就是为别人着想。我们来好好看一看。将我排除在外，让我消失，把我忘记，结果会是怎样呢？——假如我去自首？我就会被抓起来，那个尚马蒂厄会释放，我又要做苦役，这很好。然后呢？这里会不会有问题？啊！这里有一方土地，有一个城市，有工厂、工业、工人，有男女老少，有穷人！我创造了这一切，养活了这一切；哪里烟囱冒烟，都是我把木炭放进火里，把肉放进锅里的；我让城市变得富裕，让货币流通，建立了信用贷款；在我之前，什么也没有；我振兴、复活、推动、丰富、刺激、繁荣了整个地区；少了我，就少了魂。我走了，一切都完了。——还有那个女人！她吃了那么多苦，在堕落的时候，仍有那么多高贵的品质；她的所有不幸都是我无意中造成的。还有那个孩子！我本来打算去找她的，我已给母亲做了承诺。我难道不要为这个女人做点什么，弥补我带给她的痛苦吗？我走了，会发生什么呢？母亲会死去。孩子会流落街头。我去自首，就会有这个后果。——假如我不自首呢？我们来看一看，假如我不自首，会怎么样？”

他提出这个问题后，一时没做回答，似乎犹豫了，颤抖了。但这很快就过去了，接着，他又平静地回答自己说：

“那个人肯定要去做苦役，可是，见鬼！他偷东西了呀！我对自己说他没偷也白搭，他毕竟偷了！我还是留在这里吧，我，继续干我的事。十年后，我可以赚到一千万，我把钱全分发给当地，我自己分文不留，那有什么关系？我赚钱不是为了我自己！大家会越来越富裕，工业会复苏和振兴，工场和工厂会纷纷建立，千百个家庭会过上幸福的生活；人口会增加，只有几户农家的地方会出现村镇，没有人烟的地方会出现农庄；贫困会消失，放荡、卖娼、偷窃、谋杀等一切恶行，一切罪行，也会随之消失！那可怜的母亲就可以扶养她的孩子！整个地区都过上富裕和正派的生活！啊！我刚才怎么会想去自首？我真是疯了！我太荒唐了！要谨慎，真的，不要性急。怎么！就因为我想显示自己的伟大和慷慨，——就像在演戏似的！——就因为我只考虑我自己，考虑我个人，怎么！就为了救一个人，一个小偷，一个显而易见的坏人，为了不让他受惩罚（那样的惩罚也许太重了些，但毕竟是正确的），难道就为了这些，要让整个城市完蛋吗？要让一个可怜的女人死在医院里？让一个小孩子死在街头？和狗一样！啊！这太惨了！甚至母亲见不到女儿！孩子几乎不认识母亲！而这一切，全都为了一个偷苹果的老恶棍！这个人即使不为这件事，也一定会为别的事坐牢的！我这样瞻前顾后，却为救一个罪人，而牺牲许多无辜的人，为救一个没几年活头、蹲监狱不比在他的破屋里痛苦多少的老流浪汉，却牺牲整个地区的人民、母亲、妇女、孩子！那可怜的小珂赛特，她在世上只有我一个人，此刻一定在泰纳迪埃家的破屋里冻得浑身发紫！再说，那家的人多么卑鄙无耻！我将不能再对这些可怜人尽自己的责任！我怎么能去自首！怎么能干如此愚蠢的傻事！我们做最坏的打算吧！假定我的做法对我来说是不道德的，有一天，我会因此而受到良心的谴责，那么，为了别人的利益而接受人们对我个人的谴责，不顾自己的灵魂而做这件不道德的事，这才叫鞠躬尽瘁，这才叫光明磊落。”

他站了起来，开始来回踱步。这次，他似乎感到很满意。

钻石要到地底下才能找到，真理只能在思想深处才能发现。他下到了最深处，在最黑暗的地方摸索了许久，他感到自己似乎发现了一颗钻石，一个真理。他捧在手中，凝望着它，觉得眼花缭乱。

“是的，”他想，“就这样。我这样想是对的。我找到了办法。最后总得有个说法。我主意已定。顺其自然吧。不要再犹豫，再后退了。这是为了大家的利益，而不是为了我自己的利益。我是马德兰，我今后仍是马德兰。让那个让·瓦让倒霉吧！那已不再是我了。我不认识这个人，我不再知道是怎么回事了，假如这时候有人做了让·瓦让，就让他自己去对付吧！这和我没有关系。那是个不祥的名字，它在黑夜里飘荡。如果它停下来，落到某个人头上，那就活该他倒霉！”

壁炉上有一面小镜子，他对着镜子照了照，说：

“瞧！下了决心后，我心里轻松多了。我现在换了个人。”

他又走了几步，然后戛然停住：

“干吧！”他说，“决心已定，不管有什么后果，都不该犹豫。我和让·瓦让有着千丝万缕的联系。要把它们斩断！这里，就在我这间卧室里，有些东西对我很不利，那些不会说话的东西，可能成为证据，干脆，把它们全部销毁。”

他在衣兜里摸了摸，掏出钱包，把它打开，从里面拿出一把小钥匙。他把钥匙插进一把锁中，锁孔几乎看不见，因为墙上裱着纸，锁孔的颜色同墙纸图案的颜色差不多。一层夹壁打开了，那是一种假壁橱，夹在墙角和壁炉台之间。里面只有几样破烂东西：一件蓝粗布罩衣、一条旧长裤、一个背包、一根两端包了铁的疙疙瘩瘩的粗棍子。一八一五年十月看见让·瓦让经过迪涅的人，不难认出这套寒酸的衣物。

他保存这些东西，如同保存银烛台一样，是为了永志不忘他是如何起步的。不同的是，他把从牢里带出来的东西深藏起来，而把主教给他的东西放在外面。

他偷偷朝房门睃了一眼，仿佛害怕插上门闩的房门会自动打开。然后，他敏捷地一把抱起所有的东西，把那些破衣服、棍子、背包统统扔进火里，对这些他不顾危险当作圣物保存了多少年的东西，连看也不看一眼。

他关上假壁橱，为了谨慎起见——其实无此必要，里面已空无一物——他又推上一件大家具，遮住橱门。

几秒钟后，他的房间及对面的墙上，被颤动的红色反光照亮。那些东西在燃烧。棍子烧得噼里啪啦，火星直散到房间中央。

那背包以及里面的破衣服化为灰烬，露出一个亮晶晶的东西。假如俯下身子，不难看出是一枚银币。大概是从萨瓦流浪儿那里抢来的那枚四十苏的银币吧。

他却不看火，一直以同样的步伐走来走去。蓦然，他的视线落在壁炉上的两个银烛台上，火光映得它们隐隐闪亮。

“哎呀！”他想，“让·瓦让的所作所为全在里面哪。也得把这销毁。”

他拿起两个烛台。炉火仍然很旺，它们很快便可烧得变形，烧成一个不可辨认的银块。

他向炉子俯下身子，烤了一会儿火。他感到非常舒服。“真暖和！”他说。

他用一个烛台拨火。再过一会儿，两个烛台就要被扔进火里了。

这时，他好像听见心里有个声音在喊他：“让·瓦让！让·瓦让！”

他吓得毛骨悚然，仿佛听到了可怖的东西。

“对！就这样，干到底！”那声音说。“把你干的事干彻底！毁掉这两个烛台！毁掉这个纪念物！忘掉主教！忘掉一切！毁掉尚马蒂厄！就这样，干得好！为你自己喝彩吧！就这样商妥了，决定了，说好了，有一个人，有一个老头，现在还蒙在鼓里，可能什么事也没做，没有犯罪，你的名字给他造成了不幸，就像是一个罪行压在他身上，他就要代你受过，代你被判刑，将在耻辱和恐怖中了结余生！这很好。你呢，你就做你的正人君子。仍然当你的市长先生，体体面面，受人尊敬，让城市繁荣，给穷人饭吃，使孤儿受教育，你活得快快乐乐，德高望重，可那时候，就在你过着愉快和荣耀生活的同时，却有个人将穿起你的红囚衣，耻辱地背起你的名字，在苦役牢里拖着你的铁链！是的，这样安排实在高明！啊！无耻的家伙！”

汗水从他的额头往下淌。他惊恐地望着烛台。可他的内心独白仍在继续。那声音说：

“让·瓦让！你的周围将会有很多人，大叫大嚷，为你祝福，只有一个声音，一个别人听不见的声音，在黑暗中诅咒你。好吧！听着，无耻的家伙！那些祝福你的话还没升到天上，就都会落下来，只有诅咒你的话，才能传到上帝的耳朵里！”

这个声音从他的良心深处升起，开始很弱很弱，继而渐变响亮清晰，现已在他的耳畔响起。他感到，那声音已离开他的身体，正在外面同他说话。他确信非常清楚地听见了最后几句话，吓得他向房里四下张望。

“这里有人吗？”他心神错乱，大声问道。

接着他像傻瓜一样大笑起来，又说：

“我真傻！不可能有人的。”

确实有一个人，但这个人不是肉眼所能看见的。

他把烛台放到壁炉上。

于是，房间里又响起了他单调而凄怆的脚步声，将楼下那个人从睡梦中惊醒。

他这样走一走，心里轻松多了，同时，也兴奋起来。有时，人在束手无策时，总喜欢踱步，似乎踱步中遇到的任何东西都能带来忠告。过了一会儿，他又不知道该如何办了。

现在，他在先后做出的两个决定面前后退了，这两个决定都使他惊骇不已。他觉得，这两个给他出谋划策的想法，都会带来痛苦。——多么悲惨的命运啊！偏偏有个尚马蒂厄被错当成他！上帝起初用来加强他做人的信心的办法，恰恰正在把他推向深渊！

有一会儿，他想起了未来。自首，天哪！投案自首！想到那样就要抛弃现有的一切，恢复过去的一切，感到绝望不已。不得不同无限美好、纯洁、灿烂的生活告别，同尊崇、荣誉、自由告别！再也不能到田野里散步，再也听不到五月里鸟儿的歌唱，再也不能给小孩子施舍！再也感觉不到对他充满感激和敬爱之意的温柔目光！就要离开他建造的这幢房子和这间卧室，这间小小的卧室！此刻，他觉得里面的一切都很可爱。他再也不能读这些书，不能在这张白色的木头小桌上写字了！给他看门的老太太，他唯一的女仆，早晨再也不能给他送咖啡了！伟大的上帝！代替这一切的是苦役、枷锁、红囚衣、脚镣、疲劳、牢房、行军床，这一切多么熟悉，多么可怕！这样大的年纪！经历了这一切之后！假如他还年轻，倒也罢了！他这把年纪了，还要让人以“你”相称，挨狱卒搜身，遭狱吏棍打！赤脚穿在铁靴里！一早一晚，伸直腿让监工用铁锤打开或钉上铁镣的钩环！忍受陌生人好奇的目光，人们会对他们说：“这个人就是臭名昭著的让·瓦让，当过滨海蒙特勒伊的市长！”到了晚上，汗流涔涔，疲惫不堪，绿囚帽遮到眼睛上，在狱警的鞭子下，两个两个地爬上水上牢房的软梯子！啊！多么悲惨！命运难道也像人那样恶毒，像人心那样残酷！

无论他做什么，总是回到令他沉思默想、揪心彻骨的两个选择上：留在天堂里做魔鬼！或者，回到地狱里做天使！

怎么办，上帝啊！怎么办！

他做了多少努力才平息下来的内心风暴，又汹汹而来。他头脑里的想法又乱作一团了。那些想法浑浑噩噩，不由自主。人绝望时就会这样。罗曼维尔这个名字不断浮现在他脑海里，同时还有他从前听到过的两句歌词。他想，罗曼维尔是巴黎附近的一个小树林，四月，年轻的情侣去那里采摘丁香花。

就像他的内心一样，他走路也踉踉跄跄了。他像没人扶的小孩子，跌跌撞撞，摇摇晃晃。

有时，为了抵抗疲倦，他竭力想问题。他试图把那个已使他精疲力竭的问题最后一次提出来，期望有个最后的答案。他应该自首，还是沉默？——依然悬而未决。他默想出来的种种理由模糊不清，微微颤动，继而一个接一个烟消云散。不过，他感到，不管他做什么决定，他身上有些东西必然要死去，那是不可避免的。无论向左还是向右，都免不了要进坟墓，他正在做垂死挣扎，要么断送幸福，要么丧失道德。

唉！他依然踌躇不决，没有比开始时前进半步。

就这样，这个悲惨的灵魂在焦虑中苦苦挣扎。比这个不幸人早一千八百年，那位集人类一切圣洁和痛苦于一身的神秘人物，当橄榄树被无限的疾风吹得簌簌摇动时，在深邃的星空下，也久久把那杯他感到漫溢着黑暗和幽冥的可怕苦酒推向一边。

四　痛苦在睡眠中的表现形式

凌晨三点的钟声刚刚敲过。他这样来回踱步了五个钟头，几乎没有停止，终于倒在椅子上。

他睡着了，并且做了个梦。

这个梦和大多数梦一样，说不出的悲惨和痛苦，但给他留下了深刻的印象。这个噩梦给他的印象如此之深，他后来把它记了下来。这是他留下的亲笔写的一个文稿。

不管这是什么样的梦，如果略去不提，那一夜的故事就不完整。这是一个病弱的心灵在梦中阴森可怖的奇遇。

我们把它抄录下来。在封面上，有一行字：那天夜里我做的梦。

我在旷野里。茫茫田野凄迷悲怆，寸草不生。说不清是白天还是夜晚。

我同我的兄弟一起散步。这是我童年时代的兄弟，应该说我从没想起过他，几乎把他忘了。

我们聊着天，遇到了一些行人。我们谈起从前的一个女邻居。自从她搬到这条街上，干活时总把窗子打开。我们谈着谈着，感到冷了，因为那窗子开着。

旷野里没有树木。

我们看见一个男人从我们身旁经过。那人一丝不挂，浑身发灰，骑着一匹土灰色的马。那人没有头发，看得见他的头顶和青筋。他手拿一根小棍子，像葡萄嫩枝般柔软，如铁棒般沉重。那骑马的人走过去，一句话也没同我们说。

我兄弟对我说："我们走那条洼路吧。"

洼路上看不见一丛荆棘、一丝青苔。一切都是土灰色，连天空也是土灰色。走了几步后，我讲话时，没有人应我。我发现我兄弟不在了。

我看见一个村庄，便走了进去。我想，那里一定就是罗曼维尔。(为什么是罗曼维尔？①)

我走进第一条街，街上冷冷清清。我走进第二条街。在拐角处，有个人倚墙而立。我问那人："这是什么地方？我在哪里？"那人没有回答。我看见一座房屋的门开着，便走了进去。

第一个房间里没有人。我走进第二间。一个男人靠墙站着。我问那人："这房子是谁的？我在哪里？"那人没有回答。那房子有座花园。

我走出屋子，来到花园里。花园非常荒凉。我发现第一棵树后站着一个人。我对那人说："这花园是谁的？我在哪里？"那人没有回答。

我在村子里转悠，我发现那是个城市。所有的街道荒荒凉凉，所有的房子大门洞开。街上没有行人，屋子里没人走动，花园里没人散步。可是，每个墙角，每扇门后，每棵树后，都站着一个人，而且都不说话。每次都只有一个人。这些人看着我过去。

我出了城，在田野里行走。

走了一会儿，我回过头，看见一大群人跟在我后面。我认出都是我城里见过的人。他们的脑袋长得怪怪的。他们似乎并不匆忙，但走得比我快。他们走路时不发出一点声音。不一会儿，那群人就赶上了我，将我团团围住。这些人的脸全都是土灰色。

这时，我进城时遇到的并问过话的那个人对我说："您上哪儿？您难道不知道您早已死了吗？"

我张开嘴想回答，发现周围一个人也没有。

---

① 括号里的话是让·瓦让加的。——原注

他醒了。他感到很冷。窗子仍然开着，风吹得窗框摇来摆去，那风犹如晨风般寒冷。炉火已熄灭。蜡烛也快燃尽。天色仍然很黑。

他站起来，走到窗口。天上仍然没有星星。

从窗口望去，可见院子和大街。突然，他听见街上响起短促而沉重的声音，他低下头来张望。

他看见下面有两颗红星，奇怪的是，那星光在黑暗中时而延伸，时而缩短。

他的神智在朦胧的梦境中沉浮，尚未完全清醒：

“咦！”他想，“天上没有星星，现在到地上来了。”

然而，这种错乱马上就消失了，他又听到了声音，和第一次的一样，这下他完全清醒了。他凝眸而望，看出那两颗星星原来是一辆马车的挂灯。借着灯光，他辨认出那辆车的形状，是辆双轮轻便马车，套着一匹小白马。他听到的声音，是马蹄声。

“这车是怎么回事？”他想，“这么早谁会来？”

这时，有人轻轻叩了一下他的房门。

他浑身打了个战，用吓人的声音喊道：

“谁？”

“是我，市长先生。”

他听出是门房老太太的声音。

“什么事？”他又说。

“市长先生，快五点了。”

“五点又怎么啦？”

“市长先生，车子来了？”

“什么车子？”

“轻便马车。”

“什么轻便马车？”

“市长先生没要过一辆轻便马车吗？”

“没有啊。”他说。

“车夫说他是来找市长先生的。”

“什么车夫？”

“斯科弗莱先生的车夫。”

“斯科弗莱？”

听到这个名字，他打了个哆嗦，好似有道强光从他面前闪过。

“啊，对了！”他说，“斯科弗莱先生。”

那老太太这时若看见他，一定会吓得魂不附体。

一阵较长时间的沉默。他惊呆地望着烛火，在烛芯周围抓了些灼热的蜡，用手指捻成一团。那老太太等着。不过，她仍壮胆大声问道：

“市长先生，我怎么回话？”

“就说我知道了，马上下来。”

五　路遇障碍

那时候，从阿腊斯到滨海蒙特勒伊的邮件，仍用帝国时代那种兼载旅客的小邮车运送。那是一种有篷双轮马车，车内裱着浅褐色的皮革，车身悬在保险弹簧上，只有两个座位，一个放邮件，另一个坐旅客。车轮两侧伸出长长的进攻性的横杠，迫使其他车辆保持一定距离。现在，在德国的公路上还能看见这种马车。邮件箱是一个长方形大箱子，放在马车后部，与车身连成一体。邮箱为黑色，马车为黄色。

那种马车现已绝迹，它们弯腰曲背，奇丑无比，当它们在远处行驶，在天际爬行，就像是一种昆虫，我想叫白蚁吧，前半身细细的，后半身大大的。它们疾走如飞。从阿腊斯到滨海蒙特勒伊的邮车，都是夜里一点钟，等巴黎的邮车过后才出发，早晨五点前抵达目的地。

那天夜里，经埃斯丹驶往滨海蒙特勒伊的邮车，刚开进城里，在一条街的转弯处，撞上了一辆迎面开来的轻便马车，那车由一匹小白马拉套，车里只有一个人，一个裹着大衣的男人。那轻便马车的轮子被猛撞了一下。邮差喊那人停下，可那旅客毫不理会，继续疾步赶路。

“这个人真匆忙！”邮差说。

那行色匆匆的人，正是我们刚才看见在内心纷扰中苦苦挣扎的、确实值得怜悯的那个人。

他去哪里？连他自己也说不清。为什么这样匆忙？连他自己也不知道。他漫无目的地往前走。去哪里？可能去阿腊斯；但也可能去别的地方。他时而有所感觉，每次意识到要去的地方，便会不寒而栗。

他沉入黑暗，犹如沉入一个无底深渊。有东西在推他，有东西在拉他。他内心的想法，谁也说不清楚，但谁都会理解。有谁一生中不曾沉入过未知世界的黑暗深渊中呢？

再说，他什么也没决定，什么也没决断，什么也没确定，什么也没做。他意识中的任何活动，都不是最终的。他现在比任何时候更处在开始阶段。

为什么去阿腊斯？

这个问题，他在向斯科弗莱租用马车时，就思考过了，现在仍在反复思考。他对自己说，不管结果如何，亲眼去看一看，亲自做出判断，这没有什么不好；——这甚至是谨慎的做法，应该知道事情的经过；——不做观察研究，就不可能做出决定；——从远处去看事物，会小题大做，如果亲眼看见了那个尚马蒂厄，那个无耻之徒，他的内心也许会感到轻松，让他代自己去坐牢，不会再良心不安；——对了，雅韦尔可能会在那里，还有布雷韦、舍尼迪厄、科舍帕伊，这些苦役犯，从前都认识他，肯定会认出他来；——嗨！干吗这样想！——雅韦尔怎么也料想不到；——所有的推测和假设，全都集中在尚马蒂厄身上，假设和推测比任何东西都顽固；——因此，不会有任何危险。

他想，也许那一刻很难受，不过肯定会过去的；——不管命运多么险恶，但毕竟掌握在自己手中；——他自己是命运的主人。他牢牢抓住这个想法。

其实，说穿了，他根本不想去阿腊斯。

可他还是去了。

他一面想着，一面快马加鞭。小白马步伐稳健，疾走如飞，每小时行两里半。车子越往前行，他越感到内心有什么东西在往后退。

拂晓时，他已在旷野了，滨海蒙特勒伊城已远远抛在后面。他望着天边渐渐发白；他望着冬日拂晨的寒冷景物从面前掠过，但他视而不见。和黄昏一样，凌晨也有幻象，他却看不见，但是，那些幽灵般的树木和山丘，像是穿透他的肌肤似的，使他本已汹涌澎湃的内心，不知不觉平添了一种不可言喻的忧郁和凄凉。

每经过一所——有时就在路边——孤零零的房子，他就想：里面的人还在睡觉呢！

马蹄声、鞍辔的铜铃声、车轮声，汇成单调而柔和的声音。心情愉快的人听来，会觉得悦耳动听，心情沉郁的人听来，会觉得悲怆凄凉。

到达埃斯丹时，天已大亮。他在一家客店门口停下来，让马歇口气，吃点燕麦。

正如斯科弗莱所说的那样，那匹马是布洛内小种良马，头和肚子很大，颈部不够长，但前胸很宽，臀部很大，腿又细又瘦，蹄结实有力，其貌不扬，但体格健壮。这匹非凡的小白马两小时行了五里，臀部一点汗也没有出。

他没有下车。马厩伙计送来燕麦，他突然弯下腰，检查左边的轮子。

“您这样还要走很远吗？”那人问。

“怎么啦？”他回答，但似乎仍沉湎在默想中。

“您从很远的地方来吗？”伙计又问。

“离这五里。”

“呀！”

“‘呀’什么？”

那伙计又一次弯下腰，眼睛盯着轮子，沉默不语，过了一会儿，他站起来说：

“这轮子刚才走了五里是可能的，但现在四分之一里都走不了了。”

他跳下车。

“朋友，您说什么？”

“我说，您走了五里，您和马没掉进路边沟里，算是奇迹了。您自己看看吧。”

那轮子果然伤得很严重。那辆邮车把它撞断了两根辐条，撞伤了轮毂，螺母固定不住了。

“朋友，”他对马厩伙计说，“这里有车匠吗？”

“当然有，先生。”

“请您帮个忙，去找他来。”

“那不就是，离这里两步路。喂！布加亚师傅！”

车匠布加亚师傅就站在门口。他过来检查了轮子，就像外科医生检查断腿那样，做了个鬼脸。

“您能马上就修这个轮子吗？”

“当然，先生。”

“什么时候我可以走？”

“明天。”

“明天！”

“这要干整整一天。先生急着要走吗？”

“很急。最晚一小时后就要走。”

“不行，先生。”

“付多少钱都行。”

“不行。”

“那好！两个小时。”

“今天无论如何不行。要重做两根辐条和一个轮毂。明天以前，先生绝对走不成。”

“我要办的事等不到明天。这样吧，这轮子不修了，能不能换一个？”

“怎么换？”

“您不是车匠吗？”

“当然，先生。”

“您没有一个车轮可以卖给我吗？我就可以马上动身了。”

“一个备用的轮子？”

“是的。”

“我没有您这辆车的备用轮子。轮子总是成双成对的。两个轮子不是随便能配到一起的。”

“那么，就卖给我一对好了。”

“先生，不是所有的轮子都适合所有车轴的。”

“可以试试嘛。”

“试也没用，先生。我只有运货大车的轮子。这里是小地方。”

“那您有篷式马车出租吗？”

车匠师傅第一眼就看出这马车是租来的。他耸了耸肩。

“您把租来的车搞成这副模样！我有也不租给您！”

“那卖给我，怎么样？”

“我没有篷式马车。”

“什么！一辆有篷的就行了。您看，我不难说话。”

“我们是小地方。不过，”车匠补充说，“我车库里有一辆旧的敞篷四轮马车，是城里一位有钱人托我保管的，可他从来也不用。我把它租给您，这对我没关系。不过，不要让那人看见。还有，这是辆四轮马车，要用两匹马。”

“我租用驿马。”

“先生去哪里？”

“阿腊斯。”

“先生想今天就到吗？”

“是呀。”

“用驿马？”

“不行吗？”

“先生今天夜里四点到，行不行？”

“不行。”

“您看，有件事得说明一下，因为用驿马……先生有证件吗？”

“有啊。”

“那好，不过，用驿马，明天以前先生到不了阿腊斯。这是一条支线。驿站服务很差，马都在地里干活。冬耕已开始，需要很多马拉套，人们到处找马，驿站的马也不例外。先生在每个驿站至少要等三四个小时。并且走得很慢，有很多上坡路。”

“算了，我骑马去吧。把这车给我解下来。这里总买得到一个马鞍吧。”

“当然。不过，您这匹马能忍受马鞍吗？”

“真的，您倒提醒我了。它受不了。”

“那么……”

“我在这村里能租到一匹马吗？”

“一口气能跑到阿腊斯的马？”

“对。”

“这样的马，我们这里没有。首先得买马，因为大家不认识您。但是，不管买还是租，出五百法郎还是一千法郎，您都找不到这样的马。”

“那怎么办？”

“老实人说老实话，最好让我给您修车，明天再走。”

“明天太晚了。”

“当然！”

“没有去阿腊斯的邮车吗？什么时候经过？”

“今天夜里。两辆邮车对开，都是在夜里。”

“怎么！修这轮子要一天时间？”

“一天，整整一天！”

“两个人一起修呢？”

“十个人也不行！”

“能不能用绳子把辐条捆起来？”

“辐条行，轮毂不行。再说，轮辋也有问题。”

“城里有租车的地方吗？”

“没有。”

“还有别的车匠吗？”

马厩伙计和车匠师傅连忙摇头，异口同声地回答：

“没有。”

这时，他不禁高兴不已。

显然，这是天意。是上帝弄坏轮子，让他半路停下来。上帝第一次发出警告，他没有屈服。刚才，他为继续赶路尽了最大的努力；他想尽了一切办法，做到了仁至义尽；他在寒冷、疲劳和费用面前没有退缩；他没什么好内疚的了。假如他不能继续赶路，就不是他的事了。这不能怪他，不是他不想去，而是上帝不让他去。

他呼吸了一下。从雅韦尔来访后，他是第一次这样自由而舒畅地呼吸。他感到，二十个小时以来揪住他心的那只铁手，刚才松开了。

他觉得上帝站在他一边，明确表明了立场。

他暗自思量，他已尽了全力，现在，他完全可以心安理得地返回了。

假如他和车匠的谈话是在旅店的一个客房里进行的，那就不会有人在场，也不会有人听见，事情也就到此为止，读者下面看到的事，就可能无从谈起。可是，谈话是在大街上进行的。街头谈话总会招来观众。有些人就爱看热闹。他和车匠交谈的时候，有几个过往行人停住脚步，围了上来。听了几分钟后，一个男孩子离开人群，奔跑而去，当时，谁也没有注意到他。

那旅客经过前面那番慎重考虑之后，正要下决心往回走，那男孩子回来了，还带来了一位老太太。

“先生，”那老妇说，“我听孩子说您想租一辆篷式双轮马车。”

这普普通通的一句话，出自一个孩子带来的老妇口中，却使他背上直冒冷汗。他仿佛看见那只已松开的铁手又暗暗出现在他身后，准备把他抓住。

他回答：

“是呀，老太太，我想找一辆出租的马车。”

他又连忙补充了一句：

“可这里没有。”

“谁说没有？”老妇说。

“哪里有？”车匠忙问。

“我家里。”老妇回答。

那旅客打了个颤。那只不祥的手又把他抓住了。

老妇家的草料棚里的确有一辆差强人意的柳条篷破车子。那车匠和旅店伙计见到手的生意要丢了，便掺和进来：

——一辆吓人的破车，——车身直接按在车轴上，——里面的凳子是用皮带挂着的，——下雨漏水，——轮子受了潮，锈得不成样子了，——和这辆轻便马车一样，也走不远，——不折不扣的老爷车！——先生要是坐这辆破车，那就错了，——如此等等，不一而足。

他们讲的一点也不错。但是，这辆破车，这辆老爷车，这玩意儿，再破再旧，两个轮子还能转动，是可能去阿腊斯的。

他照价付了钱，把他的车留给车匠修理，等回来时再用，将小白马套上车，他坐上去，便按早晨的路线继续赶路了。

当小车摇晃着启动时，他默默承认，刚才他想到不用再去要去的地方时，不禁暗暗窃喜。他审视这快乐，心里很气恼，感到这实在荒谬。为什么想到返回就高兴呢？毕竟，去那里是他自己决定的，没有人强迫他。再说，他不愿意的事是不会发生的。

当他驶出埃斯丹城时，他听见有人大声喊道："停下！停下！"他猛地刹住车。在这个猛烈的动作中，仍有一种兴奋而紧张的意味，像是在期望着什么。

是那位老妇人的小男孩。

"先生，"他说，"是我帮您弄来这辆车的。"

"怎么？"

"您什么也没给我。"

他一向乐善好施，对谁都不拒绝，可他觉得这个要求太过分，可以说令人厌恶。

"啊！是你，小子？"他说，"你什么也别想得到！"

他扬鞭抽了一下马，飞快地走了。

他在埃斯丹耽搁了很长时间，他想把失去的时间追回来。小白马很勇敢，一个顶两个。可那是二月，又刚下过雨，路很难走。再说，已不再是那辆轻便马车了。现在这辆车很重很费劲。况且，还有许多上坡道。

从埃斯丹到圣波尔，走了将近四个钟头。四小时走了五里。

在圣波尔，他在遇到的第一个客店里卸了车，叫人把马牵到马厩。他答应过斯科弗莱，所以马吃食料时，他就待在食槽旁。他心里想着漫无头绪的愁事。

老板娘进马厩来了。

“先生不想用饭吗？”

“噢，真的，”他说，“我甚至很有食欲。”

他跟那女人走了。那女人精神饱满，满面春风。她把他领到一间低矮的屋子里，有几张桌子，铺着漆布。

“快点上，”他说，“我要赶路。我有急事。”

一个佛兰德斯胖女仆连忙摆上餐具。他惬意地看着这姑娘。

“怪不得我不舒服。”他想，“原来是我还没有吃午饭。”

饭端上来了。他急忙拿起面包，咬了一口，然后又慢慢放到桌上，不再碰它了。

一位运货的马车夫在另一张桌上吃饭。他问那人：

“他们的面包怎么这么苦？”

车夫是德国人，听不懂他的话。

他回到马厩他的白马身旁。

一小时后，他离开圣波尔，向丹克驶去。从丹克到阿腊斯只有五里了。

这一路上他在做什么？他在想什么？和早晨一样，他望着树木、茅屋顶、耕田一一闪过，望着景物转瞬即逝，每拐一道弯，原来的景物便消失得无影无踪。像这样欣赏景物，有时会使人心旷神怡，不再想其他事情。万千景物第一次看见，也是最后一次看见，还有什么比这更深奥、更令人伤感的吗？旅行，时时刻刻都有生，时时刻刻都有死。也许，在他脑海最深处，他在将人生同这些变幻无穷的视野进行着比较。人生的一切都是稍纵即逝。黑暗和光明交替出现，使你目眩的光明刚刚消失，黑暗便接踵而至。我们举眸凝望，我们急急匆匆，伸手去抓一闪而过的东西。每个事件好比路上的一道拐弯，转眼间，人就老了。仿佛摇晃了一下，周围就变得一片黑暗，只辨出前面有扇黑乎乎的门，拉我们走完了人生的那匹深色的马，现在骤然停下，一个朦胧不清的陌生人在黑暗中把马卸下。

黄昏降临，放学的孩子看见这个旅客进了丹克镇。的确，这季节的白天依然很短。他在丹克没有停留。当他出镇时，一个正在铺路的养路工抬起头，说：

“这马太累了。”

的确，那可怜的马步子放得很慢了。

“您是去阿腊斯吗？”养路工又问。

“是的。”

“您这样走，恐怕很晚才能到。”

他勒住马，问那养路工：

“这里到阿腊斯还有多远？”

“足足还有七里。”

“怎么回事？驿站手册上标的是五又四分之一里。”

“哈！”养路工说，“您不知道在修路吗？再走一刻钟，您就发现路断了，就不能再往前走了。”

“确实。”

“您向左拐，那条路通往卡朗西，跨过一条河，到了康布兰，就向右拐，那是从圣埃卢瓦山到阿腊斯的公路。”

“可是天黑了，我会迷路的。”

“您不是本地人？”

“不是。”

“不是本地人，又是走小路。——喂，先生，”养路工又说，“要不要听听我的意见？您的马走不动了，回丹克吧。那里有一个很不错的客店。在那里过一夜。明天再去阿腊斯。”

“今晚上我必须赶到那里。”

“那就另当别论了。不过，您还是要去那旅店，再雇一匹马。马厩伙计还能带您走近路。”

他听从养路工的劝告，往回走了，半小时后，他又经过那个地方，但这回却是增加了一匹好马，跑得飞快。一个叫作驿站车夫的马厩伙计坐在车辕上。

但他觉得走得太慢。天已完全黑了。

他们上了小路。路上坑坑洼洼，极难行走。车子刚走出一个车辙，又陷入另一个。他对车夫说：

“跑快点，给您双倍赏钱。”

车子颠簸了一下，驾马的横木断了。

“先生，”车夫说，“横木断了，我的马没法套了。这条路夜里很难走。假如您愿意回丹克过夜的话，明天一早我们就可以到阿腊斯。”

他回答：“你身上有绳子和刀吗？”

“有呀，先生。”

他砍了根树枝，把它做成横木。

这一来，又耽误了二十分钟。但他们又奔驰起来。

原野上黑咕隆咚。一团团幽黑的浓雾低垂在山岗上，犹如炊烟挣扎着升起。浮云间透出微白的光。海上吹来一阵大风，四面八方都响起移动家具般的声音。一切都朦朦胧胧，战战兢兢。多少景物在这浩荡的夜风下索索发抖！

他冷得筋骨瑟缩。昨夜以来，他还没吃过东西。他依稀回想起另一次夜行，那是在迪涅郊外的平原上。已过去八年了，他感到恍若昨日。

远处传来钟楼的钟声。他问车夫：

“敲几点了？”

“七点，先生。八点钟就可到阿腊斯。只剩三里了。”

这时，他脑海里第一次出现了一个想法，他奇怪自己怎么早没想到。他想，他这一切努力，也许是白费劲儿；他连开庭的时间都不知道，至少也该打听一下；他也不管有没有用，只是一个劲儿地往前走，这实在太荒谬。接着，他又在头脑里盘算：通常，重罪法庭上午九点开庭；这件案子用不了多少时间；偷苹果的事，一会儿便能审完；接下来便是验明正身；四五个证人做证，辩护律师没多少话好说；他到那里时，也许案子审完了。

车夫快马加鞭。他们过了河，圣埃卢瓦远远抛在后头。

夜色越来越深。

六　辛普丽斯嬷嬷经受考验

然而，这时候，芳蒂娜却喜不自胜。

夜里她睡得很不好。她咳得很厉害，热度也更高，而且噩梦不断。第二天早晨，医生来探望她时，她还在说胡话。医生惊慌不安，嘱咐说，马德兰先生一来，就通知他。

一上午，她都萎靡不振，很少讲话，手揉捏着被单，喃喃计算着，像是在计算距离。她眼睛深陷，目光呆滞。那双眼睛似乎没有一点光了，可有时候，又会重新点燃，发出星星般的光芒，仿佛在某个凄惨的时刻来临之际，尘世间的光就要离弃人们的眼睛，而上天的光却来把它们照亮。

每当辛普丽斯嬷嬷问她怎么样时，她总是回答：

“很好。我想见马德兰先生。”

几个月前，当芳蒂娜丧失了最后的廉耻心和最后的快乐时，她就已瘦得不像样子，现在只剩下一副骨架了。她本已万念俱灰，现在身体衰竭，她就彻底垮了。她才二十五岁，却满脸皱纹，面颊松弛，鼻孔抽搐，牙根暴露，形容枯槁，脖子瘦削，锁骨突出，四肢无力，皮肤灰暗，新长出的金发中布满了白发。唉！真是疾病催人老哪！

中午，医生又来了，他开了药方，又问市长先生来没来过，急得他直摇脑袋。

马德兰先生通常三点钟来探望病人。守时是一种仁慈，所以他一贯很守时。

快到两点半时，芳蒂娜开始烦躁不安了。二十分钟，她就问了辛普丽斯嬷嬷十多次：“嬷嬷，几点了？”

三点敲响。敲第三下时，芳蒂娜霍地坐了起来，平时，她在床上动一下都很费力。两只枯瘦蜡黄的手痉挛似的紧紧捏在一起，辛普丽斯嬷嬷听见她深深叹了口气，仿佛要把郁闷从胸口赶走。然后，芳蒂娜转过头，看着门口。

没有人进来。门一直关着。

她眼睛盯着门口，一动也不动，仿佛连呼吸也屏住了，像这样呆了一刻钟。嬷嬷不敢同她讲话。教堂敲响三点一刻。芳蒂娜重新倒在了枕头上。

她一句话也不说，又开始揉捏被单。

半小时过去了，接着一小时过去了。没有人来。每当响起钟声，芳蒂娜都要坐起来，望着门那边，然后又躺下。

她的心事一眼就可看出，但她不提任何人的名字，也不怨天尤人，只是不停地咳嗽，其状惨不忍睹，好像有种说不清的东西在向她逼近。她脸色发青，嘴唇发紫。她不时地露出微笑。

五点过了。嬷嬷听见她轻轻地说：

“我明天就要走了，他今天不该不来！”

辛普丽斯嬷嬷也奇怪马德兰先生为什么迟迟不来。

这时，芳蒂娜望着帐顶，仿佛在努力回忆什么。忽然，她唱起歌来，声音弱如气息。嬷嬷听着。下面就是芳蒂娜唱的歌：

我们在市郊漫步，
想买些漂亮东西。
矢车菊蓝莹莹，玫瑰花儿红艳艳，
矢车菊蓝莹莹，我爱我的小宝宝。

圣母马利亚穿着绣花袄，
昨日来到火炉旁对我讲：
“一天你问我要个小宝宝，
他就躲在我的面纱里。
快去城里扯块布，
再买针线和针箍。”

我们在市郊漫步，

想买些漂亮东西。

仁慈的圣母，我在火炉旁，
放了一个饰满彩带的摇篮。
上帝即使赐我最美的星星，
我也更爱你给我的小宝宝。
“太太，您用这布做什么？”
“给我小宝宝做新衣裳。”

矢车菊蓝莹莹，玫瑰花儿红艳艳，
矢车菊蓝莹莹，我爱我的小宝宝。

“去把这块布洗一洗。”“去哪里？”
“去河里。别把它弄破了搞脏了，
用它做条漂亮的小裙子，
我要在裙子上面绣满花。”
“孩子不在了，太太，这布做什么？”
“做一条被单作我的裹尸布。”

我们在市郊漫步，
想买些漂亮东西。
矢车菊蓝莹莹，玫瑰花儿红艳艳，
矢车菊蓝莹莹，我爱我的小宝宝。

这是一首古老的摇篮曲。从前，她哄小珂赛特睡觉时，就唱这首歌。孩子不和她在一起已有五年了，她再没有想起过这首歌。她的声音那么悲凉，而曲调又那么柔美，让人听了肝肠寸断，就连修女也会伤心落泪。见惯了严肃东西的辛普丽斯嬷嬷，也感到自己要落泪了。

时钟敲响六点。芳蒂娜仿佛没有听见。她对周围的事物好像都不关心了。

辛普丽斯嬷嬷派了个女仆，去向工厂的女门房打听市长先生回没回来，能不能马上到医疗室来一趟。几分钟后女仆回来了。

芳蒂娜一直静静地躺着，好像在凝神想心事。

女仆悄声对辛普丽斯嬷嬷说，市长先生冒着严寒，坐一辆白马拉的轻便马车，一大早，甚至不到六点就出门了；他是一个人走的，连车夫都没有，不知道他走哪条路，有人说看见他拐到去阿腊斯的路上了，还有人说在通往巴黎的路上遇到他了；他走的时候，同平时一样仍然和蔼可亲，他只交待门房老太太夜里不用等他回来。

两个女人背对芳蒂娜窃窃私语，嬷嬷询问，女仆推测。芳蒂娜早已跪在床上，握紧拳头，撑在长枕上，脑袋从帐缝里伸出来，侧耳细听她们的谈话，瘦得形销骨立，却像健康人那样动作灵活，显出某些气质性疾病特有的焦躁和亢奋。忽然，她大声嚷道：

“你们在谈马德兰先生！为什么不大声说？他在做什么？为什么不来？”

她的声音如此粗暴，如此嘶哑，那两个女人以为听见了男人的声音，吓得转过身来。

“说呀！”芳蒂娜喊道。

女仆结结巴巴地说：

“女门房对我说，他今天不能来了。”

“孩子，”嬷嬷说，“安静点，快躺下。”

芳蒂娜仍旧那个姿势，用蛮横而凄厉的口气大声说：

“他不能来？为什么？你们是知道的。刚才你们嘀嘀咕咕就是谈这个。我想知道。”

女仆忙对修女耳语道：

“对她说，他在开市政会议。”

辛普丽斯嬷嬷脸上泛起了淡淡的红云，因为女仆让她撒谎。可是另一方面，她感到若对病人说真话，会给她带来沉重的打击，芳蒂娜现在这个样子，后果会不堪设想。可她脸红的时间很短。嬷嬷抬起平静而忧郁的目光，看着芳蒂娜，对她说：

“市长先生出门了。”

芳蒂娜倏地直起身，坐在脚后跟上。她眼睛放射出光芒。在她痛苦的脸上，出现了从未有过的喜悦。

“出门了？”她喊道。“他去找珂赛特了！”

说完，她两只手伸向天空，脸上的表情变得难以形容。她微微启动嘴唇，低声祈祷上帝。

祈祷完毕，她对辛普丽斯嬷嬷说：“嬷嬷，我想睡了，你让我干什么，我就干什么。刚才，我的表现很恶劣，说话声音太大，请您原谅。我知道，我的好嬷嬷，大喊大叫不好。不过，您看，我现在很高兴。仁慈的上帝是好人，马德兰先生是好人。您想想，他去蒙费梅接我的小珂赛特了。”

她又躺下来，帮嬷嬷抚平枕头，吻了吻挂在脖子上的小十字架。这枚银十字架是辛普丽斯嬷嬷送给她的。

“孩子，”嬷嬷说，“现在好好休息吧，不要再说话了。”

芳蒂娜用汗漉漉的手握住嬷嬷的手。嬷嬷感到她在出汗，心里很难过。

“今天早晨，他去巴黎了。其实，他根本用不着经过巴黎。蒙费梅在巴黎这一边，稍为靠左一点。您还记得吗？昨天，我同他谈珂赛特时，他是怎样回答我的吗？他说：快了，快了。他是想给我个惊喜。您知道吗？他写过一封信，对泰纳迪埃家说，要把珂赛特接回来，他让我签了字。他们没什么好说的，是不是？他们肯定会把珂赛特还给我的。因为付给他们钱了。付过了钱，还要留着孩子，政府不会允许的。嬷嬷，不要做手势不让我讲话。我高兴极了，我身体很好，我一点病也没有了，我就要看见珂赛特了，我甚至觉得肚子饿了。我快五年没看见她了。您哪，您难以想象，孩子们多么让人牵肠挂肚！而且，您看好了，她一定很乖！您无法想象，她的小手指头粉嘟嘟的，可爱极了！首先，她会有一双非常漂亮的手。她一岁的时候，她的手可滑稽呢。这样！——她现在应该长得很大了。她已七岁了。长成大小姐了。我叫她珂赛特，可她的大名是欧弗拉齐。啊，今天早晨，我看着壁炉上的灰尘，就想到马上就要看见珂赛特了。我的上帝！真不应该好几年不见自己的孩子！应该想一想，人的生命不是永恒的！啊！市长先生，您这样做太好了！天气多冷呀！他穿大衣了吧？明天他就会回来的，是吧？明天将是大喜的日子。明天早晨，我的嬷嬷，您提醒我戴那顶有花边的小帽子。蒙费梅是个小镇。当年，我是步行经过那里的。我感到很远。但乘车就快了。明天他和珂赛特就会回来了。这里到蒙费梅有多远？"

嬷嬷对于距离一无所知，回答道："嗯！我相信他明天会回来的。"

"明天！明天！"芳蒂娜说，"明天我可以看见珂赛特了！您看，好上帝的好嬷嬷，我没有病了。我高兴得发疯了。你们愿意，我都可以跳舞了。"

一刻钟前见过她的人，一定会感到莫名其妙。她现在脸色红润，满面笑容，说话的声音热烈而自然。有时，她边笑边喃喃自语。母亲的快乐，和孩童的快乐差不多。

"好了，"那修女说，"您现在高兴了，听我的话，别再说话了。"

芳蒂娜把头放在枕头上，轻声说：

"对，你该睡了，乖点儿，孩子就要回到你身边了。辛普丽斯嬷嬷说得对。这里的人都说得对。"

尔后，她静静地躺着，头一动也不动，喜不自胜地睁大眼睛四下张望。她不再说话了。

嬷嬷放下帐子，好让她打个盹。

晚上七八点钟，医生来了。他听见病房里静静的，以为芳蒂娜睡着了。他轻轻地走进房间，蹑手蹑脚地走到床边。他微微掀开帐子，借着烛光，他看见芳蒂娜平静的大眼睛正在瞧他。

她对他说："先生，你们允许我把她放在一张小床上睡在我旁边，是不是？"

医生以为她在说胡话。她接着又说：

"您看，这里正好能放一张小床。"

医生把辛普丽斯嬷嬷叫到一旁，嬷嬷向他做了解释，告诉他，马德兰先生要离开一两天，病人以为市长先生去蒙费梅了，因为不能肯定，我们就随她这样想了。再说，她的猜想说不定是正确的。医生表示赞同。

他又走到芳蒂娜的床边。芳蒂娜又说：

“因为，您看，她早晨醒来时，我就可以向这个可怜的小猫咪问早安。夜里我睡不着，就可以听她睡觉。听见她极其轻柔的呼吸声，对我身体会有好处的。”

“把您的手给我。”医生说。

她伸出胳膊，笑着嚷道：

“啊！嗬！真的，您还不知道！我已经好了。珂赛特明天到。”

医生大吃一惊。她果真好了一些。不像先前那样气闷了，脉搏也跳得有力了。一种突然而至的生命力，使这个气息奄奄的可怜人恢复了生气。

“大夫先生，”她接着说，“嬷嬷告诉您市长先生去接小家伙了吧？”

医生让她别说话，千万不要激动。他又开了药方，让她服纯奎宁汤剂，如果夜里体温上升，给她服镇静剂。他走的时候，对嬷嬷说：

“她好一些了。如果明天市长先生真的把孩子带来了，谁知道呢？有些病是很不可思议的，我们见过有些病人遇到特别高兴的事，病就突然好了。我知道，这个病人患的是器质性疾病，已病入膏肓，但这些事是神秘莫测的。说不定我们能救她。”

七　一到便为返回做准备

我们撂在路上的那辆小篷车，到达阿腊斯邮政局客店门口时，差不多已是晚上八点了。我们紧随不放的那个人下了车，客店里的人热情相迎，他心不在焉地做了应答，把租来的马打发回去，亲自将小白马牵进马厩，然后推开楼下一间弹子房的门，进去坐了下来，双肘撑在一张桌子上。原来只打算走六小时的路程，却用了十四小时。他想这不是他的错。其实，他对此一点也不恼火。

客店老板娘进来了。

“先生过不过夜？先生用不用餐？”

他摇摇头。

“马厩伙计说，先生的马很累了！”

这时，他打破沉默说：

“这马明天早晨不能走吗？”

“啊！先生！它至少得休息两天。”

他问道：

“邮局是不是在这里？”

“是啊，先生。”

老板娘把他带到邮局。他出示证件，打听当晚能不能乘邮车回滨海蒙特勒伊。邮件旁边的位子恰好空着，他订了座位，并付了钱。

“先生，”邮局职员问他，“一点准时出发，别误了时间。”

然后，他离开客店，开始在街上转悠。

他不熟悉阿腊斯，街上黑咕隆咚，他信步走着。但是，他似乎坚持不向行人问路。他过了克兰雄小河，走进迷宫般的小巷，在里面迷了路。有个市民提着风灯慢慢走过来。他犹豫了一会儿，才决定上前问路，但他先四下里看了看，生怕有人听到他问的是什么。

“先生，”他说，“请问法院怎么走？”

“您不是本地人，先生？”那人回答，他看上去有一把年纪了。“那您跟我走吧。我刚好要去法院那边，也就是省政府那边。法院正在修理房屋，庭审暂时都在省政府里进行。”

“刑事审判也在那里吗？”他问。

“当然，先生。您看，现在的省政府，大革命前是主教府。八二年，当时的主教德·孔齐埃先生在里面建了个大厅。审判就在这个大厅里进行。”

路上，那市民问他：

“如果先生是想看审判，有点晚了。一般六点就结束了。”

这时，他们来到大广场，那人指给他看一幢大楼正面的四扇长窗，大楼黑乎乎的，但那四扇窗子却有灯光。

“先生，您运气不错，正好赶上了。看见那四个窗子了吗？那是重罪法庭。还亮着灯光呢，说明审判还没结束。案子想必拖延了，晚上接着干。您对这案子感兴趣？是刑事案吗？您是证人？”

他回答：

“我不是为了什么案件来的，只是想找个律师谈谈。”

“那就是另一回事了。”那市民说。“瞧，先生，那是大门，有卫兵站岗。您从大楼梯上去就行了。”

他遵照那人的指点，几分钟后，就到了那间大厅。大厅里有很多人，这里那里，都有人群在低声交谈，穿长袍的律师夹杂其间。

看见一堆堆穿黑袍的人在公堂门口窃窃私语，总让人感到心里难过。从这些人的嘴里，很少能说出同情和怜悯的话，一般总是预测判决的结果。这些人群，在一个爱幻想的过路客看来，犹如一个个黑乎乎的蜂窝，各种嗡嗡叫的精灵们，在里面共建各种黑暗的大厦。

大厅很宽敞，只有一盏灯照明，从前是主教的接待室，现在作为法院的休息室。一扇双扉门此刻正关着，门那边便是刑事法庭的大厅。

休息厅里很暗，于是，他放心地向遇到的第一个律师打听。

“先生，”他说，“审得怎么样了？”

“审完了。”那律师说。

“审完了！”

他重复这句话的语气那样特别，律师回过头来。

“对不起，先生，您也许是亲戚？”

“不。我这里谁也不认识。判决了吗？”

“当然。怎么能不判决！”

“苦役？……”

“终身。”

他用低得旁人几乎听不见的声音说：

“那就是说验明正身了？”

“什么正身？”律师回答。“没有必要验明正身。案子很简单。那女人杀了她的孩子，弑婴罪已经证实，陪审团排除了蓄意谋杀，判她终身服苦役。”

“是个女的？”他说。

“当然。那女人叫利莫赞。那您同我谈的是什么案子？”

“没什么。但是，既然案子审完了，怎么还亮着灯？”

“还在审另一个案子。开始差不多两个小时了。”

“什么案子？”

“哦！这案子也很简单。一个乞丐犯了偷窃罪，是个惯犯，服过苦役。名字我记不大清了。一看他的脸，就知道他是强盗。就凭那张脸，我就会把他送进监狱。”

“先生，”他问，“有办法进到大厅里去吗？”

“我想不容易。人很多。不过，现在正在休息。有些人出去了，庭审重新开始时，您可以试一试。”

“从哪里进去？”

“从那扇门。”

律师走了。一时间，各种感受几乎同时涌上心头。这个无关的人说的话，首先像根冰冷的针，继而又似滚烫的剑，深深刺透他的心。当他看到那案子尚未结束，便松了口气。但他说不清楚是感到高兴，还是痛苦。

他走近几堆人群，听他们在说什么。因为庭期表排得满满的，法院院长指示那天审理两件简短的案子。先审了弑婴案，现在正在审苦役犯，一个惯犯，一个“回头马”。那人偷了苹果，但似乎尚未证实。已证实的是，他曾在土伦的监狱里待过。案情也就变得严重了。此外，审问和做证都已结束，但律师还要辩护，检察官还要起诉。半夜前恐怕都结束不了。那人判刑的可能性很大。检察长很有水平，他控告的人从来“百发百中”；此人还是个才子，会作诗。

在通向审判厅的大门旁，站着一个庭丁。他问庭丁：

“先生，这门就要开了吗？”

“不开了。”庭丁回答。

“什么！重新开庭，也不开门？现在不是休息吗？”

“刚才又开始了，”庭丁又说，“不过，这门不打开了。”

“为什么？”

“里面满了。”

“什么！一个位子也没有了？”

“一个也没有了。门关了。谁也不让进。”

庭丁沉吟了一会儿，又说：“庭长先生后面还有两三个空位子，不过，庭长先生只允许官员坐在那里。”

说完，庭丁便转过身去不理他了。

他低着脑袋走了。他穿过休息室，缓步走下楼梯，仿佛下一个梯级，都要迟疑一下。可能他在同自己进行商量。昨天就开始的激烈的思想斗争尚未结束。新的波折随时都会重新开始。下到楼梯平台上，他便靠在扶手上，双臂交叉在胸前。突然，他解开衣襟，掏出皮夹，从里面拿出一支铅笔，撕了张纸，借着路灯朦胧的光线，匆匆写了一行字：滨海蒙特勒伊市长马德兰先生。然后，他大步走上楼梯，从人群中挤过去，径直走到庭丁身边，把那张纸交给他，不容置辩地对他说：

“把这交给庭长先生。”

庭丁接过纸，溜了一眼，立即照办了。

八　优待入场

他没料到，滨海蒙特勒伊市长的名气如此响亮。七年来，他的美名传遍了下布洛内的各个角落，最后越过这小小的地区，在毗邻的两三个省内也遐迩闻名了。他不仅在专区政府所在地建立了黑玻璃工业，使之受惠匪浅，就连滨海蒙特勒伊专区的一百四十一个市镇，也无不受到他的恩惠。必要时，他甚至还帮助其他几个地区发展了工业。比如，他抓住机会，以信贷和提供资金的方式，帮布洛内建立了罗纱厂、弗雷旺建立了机械麻纱厂、布贝建立了水力织布厂。无论哪里，只要提起马德兰先生的名字，人们无不对他充满了敬意。阿腊斯和杜埃都羡慕小小的滨海蒙特勒伊市有这样一位好市长。

主持这次阿腊斯刑事庭审的，是杜埃的御前顾问，他和大家一样，久仰这个家喻户晓的名字了。庭丁将通往法庭的门轻轻推开，走到庭长的座位后面，弯下腰，把我们刚才读过的纸条交给他，并对他说：这位先生想参加庭审。庭长肃然起敬，拿起笔，在纸条的下端写了几个字，又交还给庭丁，并对他说："请他进来。"

我们这个故事的主人公，这位命途多舛的人，仍然站在门口，位置和姿势同庭丁离开时没有丝毫改变。他在沉思默想，忽听见有人对他说："先生请跟我来。"还是那个庭丁，刚才转过身去不理他，现在鞠躬快把脑袋鞠到地上了。庭丁同时把纸条递给他。他打开纸条，旁边恰好有灯，能看清楚纸上的字：

"刑事庭长谨向马德兰先生致敬。"

他把纸条揉成一团，仿佛这几个字给他留下了苦涩的怪味。

他跟在庭丁后面。

几分钟后，他就一个人待在会议室里了。那屋子四壁镶板，庄严肃穆，一张铺着绿呢的桌子上点着两支蜡烛。庭丁离开时说的话，还在他耳边回响："先生，这里是会议室，您只要转一下这门上的铜旋钮，就到了刑事庭长先生的座位后面了。"这些话，同他刚才走过窄窄的走廊和黑黑的楼梯时留下的模糊记忆，在他的头脑中搅成一团。

庭丁将他一个人留下来，自己走了。最后的时刻到了。他竭力集中思想，却怎么也集中不起来。人头脑中的思路，越是需要同锥心泣血的现实联系起来的时候，却越是会中断。他正待在法官们商议和判决的地方。他惊愕而平静地环顾这宁静而可怕的会议室，多少生命在这里断送，过一会儿，他的名字也将在这里回响，此刻，他的命运正在从这里穿过。他望望四壁，又望望自己，奇怪怎么会是这间屋子，怎么会是自己。

他一天一夜没吃东西，一路颠簸，已是疲惫不堪，但他全然不觉。他好像什么也感觉不到。

墙上挂着一个黑镜框，他走过去，看见玻璃下有一封信，年代已久，是巴黎市长兼部长让-尼科拉·帕施的真迹，日期是共和二年[①]六月九日，显然写错了；信中向这个区通告了被软禁的部长和议员的名单。此时，如果有人看见并观察他，会以为他对这封信很感兴趣，因为他目不转睛地看着，并且读了两三遍。其实，这是无意识的行为，他的心在别处。他在想芳蒂娜和珂赛特。

他沉思着转过身，视线落在门的铜旋钮上，门那边便是审判厅。他几乎忘记这扇门了。他的目光始而平静地落在门上，在铜旋钮上停留片刻，继而变得茫然呆滞，渐渐变得惊恐不安。

他头上沁出大滴汗珠，从头发根流到了太阳穴。突然，他做了一个难以描绘的手势，威严之中带点反抗的意味，仿佛在说，而且确实在说："见鬼！谁强迫我了？"然后，他猛地转身，看见前面就是他刚才进来的那扇门，便走过去，打开门，走了出去。他已离开会议室，到了门外，到了走廊里，那走廊又长又窄，有一些台阶，几个小窗口，曲曲弯弯，隔一段距离有一盏类似病房里用的长明灯。他来的时候也是走这个走廊。他呼吸了一下，然后侧耳细听；身后没有一点声音，前面也没有一点声音。他拔腿就跑，就像有人在追他。

他在走廊里绕了几个弯后，再次侧耳谛听。周围依然寂寂无声，灯光幽幽。他气喘吁吁，脚步踉跄，便靠在墙上。墙上的石头冰冷冰冷，他额头上汗水也像冰一样冷。他打了个寒噤，霍地站直身子。

于是，他独自一人，站在黑暗中，陷入了沉思。他浑身颤抖，是因为冷，也因为别的原因。

他苦苦思索了一整夜，他苦苦思索了一整天；此刻，他只听见内心有一个声音在叹气。

就这样，一刻钟过去了。最后，他低下头，苦恼地叹了口气，垂着双臂，又往回走了。他走得很慢很慢，好像已精疲力竭。他感到刚才逃跑时，有人追上了他，在把他带回去。

他回到了会议室。他看到的第一件东西，便是那旋钮。那铜旋钮圆

---

① 共和历为法国大革命时期的日历。共和二年，即一七九四年。

圆的，光光的，在他看来，犹如一个可怕的星星，散发着光芒。他看着它，就像在看一只老虎的眼睛。他目光怎么也无法从那里挪开。

他不时地往前挪一步，向门靠拢。

假如他注意听，会听见隔壁的大厅里有声音，一种低声议论的嗡嗡声。但他没有听，因而没有听见。

突然，他不知道怎么已走到了门边。他使劲抓住门把。门开了。

他已进了审判厅。

九　罗织罪名的地方

他向前迈了一步，机械地关上门，站在那里，端详眼前的情景。

这间厅相当大，灯光幽暗，时而喧哗，时而寂静，刑事诉讼的一整套机器，正在听众的注视下，严肃、鄙俗、阴森地进行着工作。

在大厅的一端，即他所在的这一头，坐着穿旧袍的法官，他们漫不经心，有的在咬手指甲，有的在闭目养神；在另一端，有一群衣衫褴褛的听众；律师们姿态各异，士兵们神情正直而冷酷；壁板破破烂烂，满是污渍，天花板肮脏不堪，几张桌子上铺着黄不黄绿不绿的哔叽布，几扇门被手摸来摸去变得黑不溜秋；壁板上的几个钉子上，挂着小咖啡馆里常用的油灯，与其说发出亮光，不如说冒出烟雾；那几张桌子上，放着铜烛台，插着蜡烛；幽暗、丑陋、凄迷；这一切给人以庄严肃穆的印象，因为人在里面会感受到人的威力——即所谓的法律——和神的威力，即所谓的公正。

人群中没有人注意他。所有的目光都集中到一个点上，即庭长左侧沿墙靠着一扇小门的一张木板凳上。几根蜡烛照着这木凳子，上面坐着一个人，左右各站着一个宪兵。

这个人就是那个人。他没有寻找就看见了。他的眼睛自然而然地往那边看，仿佛事先知道会在那里。

他以为看见了自己，已经变老，倒不是面孔绝对相像，而是姿态和外表一模一样，头发竖立，双眸凶猛而惶惑，穿着工作服，同他进迪涅那天的模样十分相似，满腔仇恨，把在狱中十九年积累起来的丑恶而珍贵的思想深深地埋在心中。他打了个寒噤，对自己说：

“上帝！难道我又要变成这副模样了吗？”

这人看上去至少有六十岁了。他的神态有一种难以描绘的粗野、惊慌和恐惧。

听到开门声，大家闪开给他让位，庭长转过头来，明白来人就是滨海蒙特勒伊的市长先生，向他点头致意。检察官因公曾不止一次去过滨海蒙特勒伊市，见过马德兰先生，认出是他，也向他点了点头。可他几乎没看见。那时，他正幻觉丛生。他呆呆地望着。

法官、书记、宪兵、一群残酷而好奇的听众，这一切，他见过一次，那是在从前，在二十七年前。这些倒霉的东西，他又一次看到了；他们就在眼前，他们在晃动，他们确实存在。这不再是回忆出来的情景，不再是想象出来的幻景，而是真正的宪兵，真正的法官，真正的听众，是有血有肉的真正的人。一切都完了。往日的可怕景象再次出现在他的周围，是那样真实，那样可怖。

这一切，都向他张开了嘴巴。他极度恐惧，连忙闭上眼睛，在心底里喊道：“决不！”

真是命运可悲的捉弄！他感到胆战心惊，他几乎要疯了。他的另一个自己就在那里！那个受审的人，大家叫他让·瓦让！

他眼前正在演出他一生中最可怕的一幕，是他的幽灵在演出，这是他从未见过的景象。

一切依旧，同样的机器，同样是夜晚，法官、士兵、观众的面孔也几乎一样。不同的是，在庭长的头上方，有一个带耶稣受难像的十字架，从前他受审时，法庭上没有这东西。他受审的时候，上帝没有到场。

他身后有一张椅子。他突然想到人们会看见自己，吓得赶快坐下来。他坐下后，利用法官公案上的一堆卷宗挡住自己的脸，不让大厅里的人看见。现在，他可以看见别人，而别人却看不见自己。他渐渐镇静下来。他完全回到了现实中。他已平静到可以听人说话了。

巴马塔布瓦先生是陪审团成员。

他找雅韦尔，但没看见。书记员的桌子挡住了证人席。而且，前面说了，大厅里的灯光很暗。

他进来的时候，被告律师的辩护已近尾声。大家的注意力高度集中。案子已审了三小时了。三小时以来，大家目睹着一个人，一个陌生人，一个极其愚蠢，或者说极其狡猾的穷人，在似是逼真的事实下，渐渐地屈服了。这个人，我们已知道，是一个流浪汉，他在一块田里被发现时，手里拿着一根有熟苹果的树枝，是从旁边一个果园里的苹果树上折下来的，那果园叫皮埃龙果园。这个人究竟是谁？已进行过调查。证人们刚才做了证，他们众口一词，通过辩论，现已真相大白。诉状说：“我们手中的这个罪犯，不仅是一个偷苹果的贼，一个偷农作物的贼，还是一个强盗，一个擅离监视地点的累犯，一个前苦役犯，一个最危险的歹徒，一个通缉已久名叫让·瓦让的坏蛋，八年前，从土伦监狱释放时，他手持凶器，对一个名叫小热尔韦的萨瓦孩子拦路抢劫，触犯了刑事法三百八十三条，一旦验明该犯的正身，还要对此罪行进行审理。他最近犯了新的偷窃罪。这就是累犯了。先审理新罪，之后再审旧罪。”

面对这个诉状，面对证人的众口一词，被告显得目瞪口呆，不知所措。他摇着脑袋，做着手势，竭力否认，要不就两眼望着天花板。他说话十分费力，回答结结巴巴，但他整个人从头到脚都在否认。他像一个白痴，被一群摆开阵势的聪明人包围，又如一个局外人，置身于将他牢牢抓住的社会中间。然而，他的前途处在最大的威胁中，罪名成立的可能性每时每刻都在增加，充满诬蔑之词的判决向他步步紧逼，望着判决，观众比他更焦虑不安。他的身份一旦确定，小热尔韦的案子一旦判刑，那就不只是坐牢，而是很可能会判处死刑。这个人到底是谁？他这种迟钝的表情是什么性质？是愚蠢还是狡猾？是十分清楚事情的严重，还是懵然无知？对这些问题，听众中间看法不一，陪审团似乎也莫衷一是。这个案子既令人惊骇，又使人困惑，不仅模糊不清，而且茫然无绪。

辩护律师的辩护相当精彩，用的是外省方言。长久以来，这一直是法庭上唇枪舌剑的语言，从前，不管是在巴黎，还是在罗莫朗坦或蒙布里松，所有的律师都使用这种语言，现已成为古典，只有检察院的官方演说家还在使用，因为它音调洪亮，气派威严。在这种方言中，老公称作“丈夫”，老婆称作“妻子”，巴黎称作“艺术和文化的中心”，国王称作“君主”，主教大人称作“神圣的高级教士”，检察官称作“能言善辩的公诉代言人”，辩护词称作“刚才聆听到的高论”，路易十四时代称作“伟大的时代”，剧院称作“墨尔波墨涅[①]殿堂”，执政的王室称作“列王高贵的血统”，音乐会称作“音乐的盛大节日”，统辖一省的将军先生称作“威震四海的某某武士”，等等，神学院的学生称作“这些稚嫩的教士”，指责报界的错误时，说是“在报刊诸栏中散布毒素的花言巧语”，诸如此类，不一而足。——因此，我们这位辩护律师一上来便阐述偷苹果的案情，——这种事要用文雅的语言来表达，实在勉为其难，不过，贝尼涅·波舒埃[②]有一次在致诔词中，不得不谈到一只母鸡时，照样言词华美，应付自如。辩护律师确认，偷苹果的罪行实际上尚未证实。——他以辩护人的身份，坚持把他的委托人叫作尚马蒂厄，他说没有人看见他越墙或折树枝。他被抓住，是因为手中拿着一根树枝（辩护律师更乐意称作细枝），但他一口咬定是从地上捡的。谁又能提供反证呢？——这根树枝可能是小偷越过墙去折断并偷走后，做贼心虚而扔在地上的。可能是有一个贼。可是，有什么证据能证明这个贼就是尚马蒂厄呢？只有一点。他从前是苦役犯。律师不否认这一身份似乎不幸得到了证实；被告在法弗罗勒待过；他在那里当过修树工，尚马蒂厄的名字很可能出自让·马蒂厄；这一切确凿无疑；再说，四个证人毫不犹豫，一口咬定尚马蒂厄就是苦役犯让·瓦让；对于这些指控，这些证词，律师只好用当事人的否定——有个人目的的否定——来反驳；但是，即使他是让·瓦让，就能证明他是偷苹果的贼吗？最多也是推测，没有任何证据。被告确实采取了“笨拙的辩护方式”，律师应该“真诚地”承认这一点。被告坚持否认一切，否认偷窃和他的苦役犯身份。其实承认是苦役犯，对他

① 墨尔波墨涅，希腊神话中九位文艺女神中的一个，主管悲剧。

② 贝尼涅·波舒埃（1627—1704），法国主教、神学家和作家。

肯定有好处，可以赢得法官的宽恕。律师曾劝过他，但被告拒不接受，可能认为否定一切，便可挽救一切。这是错误的。但是，难道不该考虑他智力低下吗？显然，这个人一看就有点傻。在监狱里长期受苦，出狱后，又长期受穷，这使他变得愚昧鲁钝，等等，等等。被告的申辩很糟糕，可是，这难道是给他定罪的理由吗？至于小热尔韦一案，律师认为无须争辩，因为与本案无关。最后，律师恳请陪审团和法庭，即使他们确认他就是让·瓦让，也只按擅离监视地点罪从轻发落，不要按屡教不改的苦役犯严加惩处。

检察官对辩护律师进行了驳斥。他和其他检察官一样，言辞激烈，辞藻华丽。他赞扬辩方的"正直"，又巧妙地利用他的正直。他抓住辩方让步的几个方面，来攻击被告。律师似乎承认被告就是让·瓦让。他把这记录在案。因此，这个人是让·瓦让。这在诉状中已确认，不容再怀疑。说到这里，检察官追溯犯罪行为的根源，用换称法的修辞手段，怒斥浪漫派的伤风败俗（当时，浪漫派方兴未艾，《王旗报》和《日报》的批评家们称它为"撒旦派"），煞有介事地把尚马蒂厄，更确切地说，把让·瓦让的罪行，归咎为这一邪恶文学流派的影响。穷源溯流后，他话锋一转，谈起让·瓦让来了。让·瓦让是什么货色？他对让·瓦让进行了描绘。说他是遭人唾弃的魔鬼，等等。这般描绘，可以在忒拉门[①]的叙述中找到范例，这对悲剧毫无用处，但对每天的法庭辩论却大有帮助。听众和陪审团"高兴得发颤"。描写完让·瓦让，为了让第二天早晨的《省府公报》以最大热情报道他的演说，检察官又再展其口才：

"他是这样一个人，等等，等等，等等，流浪汉，叫花子，一无所有，等等，等等，——从前惯于为非作歹，蹲了监狱仍未改过自新，对小热尔韦的罪行就是明证，等等，等等。——他是这样一个人，犯了盗窃罪，在大路上被抓住，离他爬的围墙只有几步路，手里还拿着赃物，却矢口否认犯罪，否认偷窃和爬墙，否认一切，甚至姓名，甚至自己的身份！我们掌握了无数证据，这里不一一重复，只强调一点，四个证人

① 忒拉门（前 450—前 404），古希腊雅典政治家。

认出了他，雅韦尔，正直的警探雅韦尔，另外三个是他同牢的无耻囚徒，苦役犯布雷韦、舍尼迪厄、科舍帕伊。他们众口一词，确认他是让·瓦让，可他是怎么对付的？他矢口否认！何等顽固不化！诸位陪审官先生，请你们主持正义，等等，等等。”

检察官说话时，被告张大嘴巴听着，惊讶之中还带点敬佩。显然，他惊讶一个人竟如此能说会道。诉状中不时出现“有力”的段落，检察官辩才横溢，污蔑之词滔滔不绝，犹如狂风暴雨，将被告团团包围，被告便慢慢地左右摇晃脑袋，仿佛是悲哀而无言的抗议。自辩论开始以来，他一直只满足于这种无奈的抗议。有两三次，离他最近的观众听见他咕哝：

“为什么不去问问巴卢先生！”

检察官请陪审团注意，被告傻乎乎的样子显然是装出来的，这不能说明他愚笨，只能说明他机敏，狡黠，惯于欺骗法庭，因此，这人的“邪恶心术”已暴露无遗。在结束公诉时，他对小热尔韦的问题表示保留意见，要求严加惩处。

这就是说，大家想必还记得，暂时判处终身苦役。

辩护律师站起来，先对“检察官先生”的“精彩演说”恭维了一番，然后又竭力做了辩驳，但是软弱无力。显然，他守不住阵地了。

十　否认的方式

结束辩论的时刻到了。庭长叫被告起立，按惯例问他：

“您还有什么要辩护的吗？”

那人站在那里，手里搓揉着肮脏不堪的破帽子，仿佛没有听见。庭长又问了一遍。

这一回他听见了。也好像听明白了，仿佛醒来似的动了动，举目环视四周，先看观众，然后是宪兵、他的律师、陪审员、法官，将巨大的拳头放在被告席前面的木栏杆上，又朝四周看了看，突然，他眼睛盯着检察官，开口说话了。就像是火山爆发。话语从他口中喷出来，毫不连贯，汹涌猛烈，互相碰撞，语无伦次，仿佛都急着要同时冲出来。他说：

“我有话要说。我在巴黎修过大车，我在巴卢先生家干过。这活很辛苦。修车总是在露天，在院子里，遇到好的东家，便在车棚里，从来不可能在不透风的车间里，因为这活占地方，明白吧。冬天冷得只好捶打胳膊取暖，但东家不让，说这耽误时间。街上结冰时，手摆弄铁器，够人受的。这活儿很累人。干这活儿，年纪轻轻就熬成老头。四十岁就完了。那时我五十三岁，真是吃足了苦头。还有，那些工人都坏透了！因为你年纪大，就叫你老傻瓜，老笨蛋！我一天才挣三十苏，老板们欺侮我年纪大，尽量少付给我钱。此外，我还有个女儿，在河边给人洗衣服。她也挣几个钱。就我们两个人，日子还能对付。她也很辛苦。整天洗衣服，半个身子泡在木桶里，下雨天，下雪天，风冷得割你的脸。结冰天也得洗。有些人衣裳不多，等着换洗；你不洗，活也就丢了。洗衣桶接缝不严，到处往下漏水。衣服里里外外全都是湿的。从外湿到里。她还在红孩子洗衣坊干过，水从龙头里流出来。那里不用木桶。前面是水龙头，用来洗，后面是洗衣池，用来清。那是在屋子里，身子不像那样冷。但里面热气腾腾，熏得你眼睛看不见。晚上七点回家，到家就睡觉。她累坏了。她丈夫老打她。她现在死了。我们没过过快活的日子。她是个好姑娘，不去跳舞，安分守己。我记得，一个封斋节前的星期二，她八点就睡了。这都是实话。你们可以去打听。啊！去打听！我太愚蠢了！巴黎是个无底洞。谁认识尚马蒂厄老头？不过，你们可以去问巴卢先生。去巴卢先生家看看。我真不知道你们为什么对我这样。”

那人住口了，但仍站着。他说这番话时，声音又高又急，又嘶哑又生硬，神态恼怒、粗野和憨直。中间，他停了一会，向听众席上的一个人招手致意。他那些话仿佛都是信口抛出，就像是打嗝，一面说，一面做着樵夫劈柴的手势。他说完后，听众哄堂大笑。他把目光转向听众，见大家在笑，感到莫名其妙，自己也跟着笑了。

这情景凄惨极了。

庭长是个和蔼亲切的人。他大声发言了。

他提醒“陪审员先生”注意，“被告提到巴卢先生，自称在那里干过活，但援引无效。这位前车行老板已破产，没能找到。”然后，他转向被告，要他注意听他下面要说的话。他接着说：

“鉴于您目前的处境，应该好好思考。最严重的推定落在您头上，可能会导致死刑。被告，从您的利益出发，我最后一次质问您，您要把下面两个事件交代清楚：第一，您是不是翻过皮埃龙果园的围墙，折断树枝，偷了苹果，就是说，犯了越墙盗窃罪？第二，您是不是刑满释放的苦役犯让·瓦让？”

被告神态自信地摇了摇头，好像他完全听懂了问题，知道如何回答似的。他张开嘴，转向庭长，说：

“首先……”

继而他看了看他的帽子，又看了看天花板，闭口不言了。

“被告，”检察官正颜厉色地说，“请您注意。问您的问题，您一个也没回答。您惶惑不安，正说明您心虚。很清楚，您不叫尚马蒂厄，您是苦役犯让·瓦让，先用让·马蒂厄这个名字作掩护，那是您母亲的名字，您到过奥弗涅，您出生在法弗罗勒，是修树工。很清楚，您翻过皮埃龙果园的围墙，偷了成熟的苹果。陪审员先生们将做出判断。”

被告本已坐下。检察官讲完后，他霍地站起来，大叫大嚷：

“您这人真坏！这就是我想说的。开头我没想出来。我什么也没偷。我这个人不是每天都有饭吃的。我从埃利来，经过那里，那天下了场阵雨，田野成了黄泥浆，水塘里的水漫出来，把路边沙地里的草都冲了出来，我见地上有根断枝，上面有几只苹果，我就捡了起来，谁知给我惹了麻烦。我在牢里待了三个月，让人拖来拖去。况且，我能说什么，你们说我有罪，你们对我说：‘快回答！’这位宪兵是个好人，他推推我的胳膊，低声对我说：‘回答吧！’我不会说话，我没念过书，我是个穷人。你们本该把事情弄清楚的。我没有偷，我捡了地上的东西。你们说让·瓦让，让·马蒂厄！我不认识这些人。他们是乡下人。我在巴卢先生家干过活，在医院大马路。我叫尚马蒂厄。你们告诉我出生的地方，真是太聪明了。我自己都不知道。不是所有的人生下来都有家的。那样就太好了。我认为，我父母亲是四处流浪的人。况且，我自己也不知道。

我小时候，大家叫我小家伙，现在大家叫我老头。这就是我的教名。你们愿意的话，就这样叫吧。当然，我到过奥弗涅，我到过法弗罗勒！那又怎样？难道到过奥弗涅，到过法弗罗勒，就一定服过苦役？我对你们说，我没偷过东西，我是尚马蒂厄老头。我在巴卢先生家干过活，在他家住过。你们一个劲儿胡说八道，我都听得不耐烦了！为什么一个个就像疯了似的在后面逼我！”

检察官一直站着，他对庭长说：

“庭长先生，被告肆意抵赖，想让我们把他当傻瓜，我们警告他，那是痴心妄想。面对被告乱七八糟但十分狡猾的否认，我请庭长先生和法庭重新传犯人布雷韦、科舍帕伊和舍尼迪厄，以及警探雅韦尔，让他们就被告是不是让·瓦让再做一次证。”

“我提请检察官先生注意，”庭长说，“警探雅韦尔在邻县县城有公务要办，做完证就离开法庭和本城了。我们征得检察官和被告律师的同意，才准许他走的。”

“是这样，庭长先生。”检察官说。“鉴于雅韦尔先生不在场，我认为有必要提醒陪审员先生回顾一下雅韦尔先生刚才说的话。雅韦尔是值得尊敬的人，他正直廉洁，一丝不苟，这为他卑微但又十分重要的工作增光添彩。下面是他做证时说的话：‘我用不着用推定和物证来驳斥被告的否认。我一眼就认出他是谁了。他不叫尚马蒂厄，他从前是个极其凶恶、极其可怕的苦役犯，他叫让·瓦让。因为他服刑期满了，不得不十分遗憾地将他释放。他因加重情节的偷盗罪，服了十九年的苦役。他曾五六次企图越狱。除了抢劫小热尔韦和偷窃皮埃龙果园外，我还怀疑他在已故迪涅主教家偷过东西。我在土伦监狱当苦役犯副看守时，经常看见他。我再说一遍，我一眼就认出他了。’”

检察官这番精确无误的复述，似乎对听众和陪审团产生了强烈的印象。最后，他强调说，即使雅韦尔缺席，布雷韦、舍尼迪厄、科舍帕伊等三位证人仍然要再次上庭做证，郑重听取法庭的质询。

庭长将命令传给一个庭丁，过了一会儿，证人室的门打开。庭丁在一个宪兵的保护下，把布雷韦带上法庭。听众一个个紧张极了，所有的胸脯一起起伏，仿佛共有一个灵魂似的。

前苦役犯布雷韦穿着中央监狱的黑灰色囚衣。布雷韦六十来岁，他相貌像生意人，神情像无赖。这两者常常是相辅相成的。他犯了新的罪行，又进了监狱，在那里，他当了狱卒之类的角色。监狱的头头脑脑们对他的印象是：他总想干些有用的事。狱中布道神甫证明他有虔诚的宗教信仰。要提醒的是，这事发生在王朝复辟时期。

“布雷韦，”庭长说，“您受过加辱刑的惩罚，不能宣誓……”

布雷韦垂下眼。

“然而，”庭长继而又说，“即使是被法律贬黜的人，如果上帝垂怜，在他身上就还会有荣誉感和公正感。在这决定性时刻，我要唤起的就是这一情感。假如您身上还有这种情感，——我希望如此——，您就好好想一想再回答我，一方面您要考虑这个人，您的一句话会将他断送，另一方面您要考虑法庭，您的一句话能使它明白真相。这是庄严的时刻，如果您认为您前面的证词错了，现在改口还来得及。——被告，起立。——布雷韦，仔细看一看被告，好好回忆一下，凭着您的良心告诉我们，您是不是坚持认为，这个人是和您一起服过苦役的让·瓦让。”

布雷韦看了看被告，然后转向法庭。

“是的，庭长先生。是我第一个认出他来的，我现在仍然坚持。这个人就是让·瓦让。一七九六年进土伦监狱，一八一五年出狱。我比他晚出去一年。他现在傻里傻气，那是年纪把他变傻的，在牢里的时候，他可阴险呢。我肯定他是让·瓦让。”

“您去坐下吧。”庭长说。“被告，您还站着。”

舍尼迪厄带了上来，他绿帽红衣，一看便知是终身苦役犯。他在土伦监狱服刑，为了这件案子，把他从那里提出来的。他个子矮小，五十来岁，性子急躁，满面皱纹，身体瘦弱，脸色发黄，厚颜无耻，容易冲动，他的整个肢体显得病病恹恹，但他的目光却透着巨大的力量。他的牢友们给他取了个绰号：“我否认上帝[①]”。

---

① “我否认上帝”（Je-nie-Dieu）与舍尼迪厄（Chenildieu）的音相似。

庭长对他说的话，同对布雷韦说的大致一样。当庭长对他说，他犯有罪行，无权宣誓时，他却抬起头，直视听众。庭长提醒他要集中注意力，然后，像刚才问布雷韦那样，问他是不是坚持说认得被告。

舍尼迪厄纵声大笑。

“问我认不认得他！当然！我们锁在同一根铁链上有五年时间。老兄，你不高兴？”

“您去坐下吧。”庭长说。

执达员带来了科舍帕伊。他也判了无期徒刑，和舍尼迪厄一样，也是从牢里提出来的，也穿着红囚衣。他是卢尔德地方的农民，和比利牛斯山的熊相差无几。他在山里放牧，后来成了强盗。与被告相比，科舍帕伊和他一样野蛮，但似乎比他更愚笨。这个不幸的人，和许多不幸的人一样，大自然把他变成了野兽，社会把他变成了苦役犯。

庭长试图用哀婉而严肃的话来打动他，又提出了和前面同样的问题，问他是不是毫不犹豫、毫不含糊地坚持认为，他面前的这个人是让·瓦让。

“是让·瓦让。”科舍帕伊说。“他力气很大，大家都叫他千斤顶。”

这三个人的证词，显然是真诚可信的，每一次做证，都在听众席上引起对被告不祥的议论，而且，议论的声音一次比一次响，时间一次比一次长。被告神色惊讶地听他们做证，按照诉状的说法，这是他为自己辩护的主要手段。在听第一个人做证时，他身边的宪兵们听见他咕哝说：“啊！真有他的！”第二个人说完后，他露出了似乎满意的神态，稍微提高了声音说：“好！”到了第三个，他大声喊道：“精彩！”

庭长质询他说：

“被告，您听见了。您有话要说吗？”

他回答：

“我说：精彩！”

听众哗然，连陪审团也窃窃私语了。那人肯定完了。

“庭丁，”庭长说，“让大家安静。我要宣布辩论结束。”

这时，庭长身旁有了动静。一个声音喊道：

“布雷韦，舍尼迪厄，科舍帕伊！看看这边。”

听到这声音的人，无不毛骨悚然，因为那声音凄惨而可怕。大家的目光转向发出声音的地方。在法官后面坐着的特殊听众中，有一个人刚才站了起来，推开法官席和听众席之间的栅栏门，现在正站在大厅的中央。庭长、检察官、巴马塔布瓦先生，还有其他不少人都认出了他，异口同声地喊道：

“马德兰先生！”

十一　尚马蒂厄越来越惊讶

那人正是马德兰先生。书记员的灯照亮了他的脸。他手里拿着帽子，衣服穿得整整齐齐，礼服扣得规规矩矩。他脸色十分苍白，身子微微颤抖。刚到阿腊斯时，他的头发还是花白的，现在全白了。那是他在这里一个小时以来变白的。

大家都竖起了脑袋。很难用笔描绘出人们的感觉。全场的人一下都愣住了。那声音撕心裂肺，可站在那里的人却异常平静，这使人一下子不明所以。人们都在想这是谁喊的。没有人相信，这个神态平静的人会发出如此可怖的喊声。

惊疑只持续了几秒钟。庭长和检察官还没来得及说一句话，宪兵和庭丁们还没来得及做一个动作，这个此刻仍被大家称作马德兰先生的人，已朝证人科舍帕伊、布雷韦和舍尼迪厄走了过去。

“你们认不出我来了吗？”他说。

三个人目瞪口呆，都摇摇头，表示不认识。科舍帕伊吓得行了个军礼。马德兰先生转向陪审员和法官，和颜悦色地对他们说：

“陪审员先生，把被告放了。庭长先生，把我逮捕吧。你们要找的人，不是他，而是我。我是让·瓦让。”

大家紧张得气都出不来了。继惊讶引起的震撼之后，接踵而来的是死一般的寂静。一种发生了惊天动地的事时才有的那种神圣的恐惧感，攫住了大厅里每一个人的心。

可是，庭长先生的脸上出现了同情和忧愁。他和检察官交换了一下眼色，又同陪审员们低声交谈了几句。然后，他转向听众，用心照不宣的声调问大家：

“这里有没有医生？”

检察官发言说：

“陪审员先生，这件事太奇特，太意外，在法庭上引起了混乱，我们的感觉和诸位一样，无须明说。诸位都认识滨海蒙特勒伊的市长，尊敬的马德兰先生，至少也听说过他的大名。如果听众中有医生，我们和庭长先生一起请他出来照料一下马德兰先生，把他带回家去。”

马德兰先生根本没让检察官说完。他温和而又断然地打断了他的话头。下面是他讲的话，一字一句，分毫不差，如同目击者在庭审结束后马上记录下来的那样，如同四十年前聆听过那些话的人仍在耳边回响的那样。

“谢谢您，检察官先生，不过，我没有疯。您会看到的。刚才，您差点铸成大错。把这个人放了。我在尽我的责任，我是那不幸的囚犯。这里，只有我一个人看得最清楚，我来告诉您事实真相。我此刻所做的，上帝在天上看着，这就够了。既然我来了，您可以逮捕我。不过，我已尽了最大努力。我改名换姓，隐藏起来；我成了富翁；我当了市长；我想回到正直人中间。看来这是不可能的。总之，有许多事我现在不能讲，我不想向您叙述我的人生，有朝一日大家会知道的。我偷了主教大人的东西，这是真的；我抢了小热尔韦，这也是真的。人们有理由对您说，让·瓦让是一个凶恶的坏人。也许不应该全怪他。诸位陪审员先生，请听我说，像我这样堕落的人，没资格指责上帝，也没资格告诫社会；但是，要知道，我试图摆脱的那种耻辱，是非常有害的东西。苦役犯是苦役造成的。如果愿意，尽管把这句话记下来。进苦役所之前，我是一个愚昧无知的贫苦农民，一个傻瓜；苦役生活改变了我。从前我愚昧无知，后来变成了一个凶恶的坏人；原来是木柴，后来变成了焦炭。再后来，宽容和仁慈挽救了我，正如严厉的刑法毁了我一样。对不起，给你们说这些，你们是听不懂的。在我壁炉的灰烬里，你们可以找到一个四十苏的银币，那就是七年前我从小热尔韦那里抢来的。我没别的要说了。把我抓起来吧。上帝！检察官先生在摇头，您想说：马德兰先生疯了，您不相信我！这让我很难过。至少不要给这个人判刑！什么！他们怎么认不出我来！我希望雅韦尔在这里。他一定会认出我的！”

他说话时那种和蔼、伤感和忧郁的声调，是任何语言都难以表达的。

他转向三位苦役犯。

“喂！我，我可认出你们来了！布雷韦！您还记得吗……”

他停住话头，迟疑片刻，接着说：

“你还记得你在牢里用的针织方格背带吗？”

布雷韦似乎惊得打了个颤，神色惶恐地从头到脚打量他。他则继续说：

“舍尼迪厄，你给你自己起了个外号，叫‘我否认上帝’，你的整个右肩膀重度烧伤过，因为有一天，你睡觉时把肩膀放在一大盆火炭上，想把烙在你肩上的 T.F.P.[1] 三个字母烧掉，可仍然看得出来。你回答，有没有这件事？”

“有。”舍尼迪厄说。

他又对科舍帕伊说：

“科舍帕伊，你左臂的肘弯旁，有一个用热火药烧成的蓝色日期。是一八一五年三月一日，拿破仑皇帝在戛纳登陆的日期。你把袖管卷起来。”

科舍帕伊卷起袖管，他周围的人都把目光集中到他赤露的胳膊上。一个宪兵拿来一盏灯。上面确实有这个日期。

那不幸的人微笑着转向听众和法官。当年目睹这个微笑的人，至今想起来心里还不是滋味。那是胜利的微笑，也是绝望的微笑。

“你们看见了吧，”他说，“我是让·瓦让。”

大厅里，不再有法官、原告和宪兵，只有发呆的眼睛和激动的心。谁都忘记了自己的职责，检察官忘了是来公诉的，庭长忘了是来主持庭审的，辩护律师忘了是来辩护的。令人吃惊的是，没有人提一个问题，也没有人行使职权。崇高的场面，总是能感动所有的心灵，使在场的人

① T.F.P. 为终身苦役的缩写字母。

都变成观众。也许没有人能说清楚自己的感受，没有人会以为看见了一束强光在闪耀，但每个人的心里都感到眩晕。

显然，面前的人就是让·瓦让。他光芒四射。他的出现，足以使这个至此一直扑朔迷离的奇案真相大白。无须任何解释，在场所有的人，仿佛得到了闪电般的启示，一眼就看清了这个简单而壮丽的故事，那人为了不让别人代他受过而舍身自首。那些鸡毛蒜皮的细节，种种可能有的犹豫和反抗，都烟消云散在这光风霁月的浩气中了。

这种感受很快就过去了，但在那一时刻，是不可抗拒的。

“我不想更多地打扰法庭。”让·瓦让说，“既然你们不逮捕我，那我走了。我有好几件事要处理。检察官先生知道我是谁了，也知道我去哪里，他随时都可以来抓我。”

他向出口走去。没有人说一句话，也没有人伸手拦住他。大家给他让路。此时此刻，他有一种说不出的令人群后退让路的神圣威力。他缓步穿过人群。不知道谁给开的门，但可以肯定，他到门口时，门是开着的。走到门口时，他转过身来说：

“检察官先生，随时听候处置。”

继而又对听众说：

“你们大家，所有在这里的人，都觉得我值得同情，是不是？我的上帝！当我想到我刚才做的事，我感到我是值得羡慕的。不过，我宁愿这件事不发生。”

他出去了。如同刚才有人把门打开那样，有人把门关上了。做出非凡之举的人，人群中肯定有人甘愿为他们效劳的。

这之后不到一小时，陪审团做出裁决，撤销对尚马蒂厄的一切控告。尚马蒂厄立即释放。他目瞪口呆地走了，心想所有的人都疯了，他对眼前发生的事茫然不解。

第八卷　余波

一　马德兰先生用什么镜子照发

天渐渐亮了。芳蒂娜发高烧，彻夜未眠，满脑子都是幸福的幻象。清晨她却睡着了。看护她的辛普丽斯嬷嬷趁她睡着的时候，去给她准备奎宁合剂。可敬的嬷嬷在医务所的药房里已待了一会儿了，清晨，物体看上去朦胧不清，她便把眼睛凑近她配的药剂和药瓶。突然，她转过头，轻轻叫了一声。马德兰先生就在她面前。他刚悄悄进来。

“是您，市长先生！”她大声说。

他低声回答：

“那可怜的女人怎么样？”

“现在还好。可把我们担心坏了。”

她向他讲述了发生的事，说芳蒂娜昨天情况很糟，现在好一些，因为她以为马德兰先生去蒙费梅接孩子了。嬷嬷不敢问市长先生，但从他的神态，可以看出他根本不是从那里来。

“这样很好，”他说，“您没有说破是对的。”

“是的，”嬷嬷接口说，“可是，市长先生，她就要看到您了，她见不到孩子，我们该怎么对她说？”

他想了一会。

“上帝会启示我们的。”他说。

“总不能说谎吧。”嬷嬷嘟囔了一句。

屋里大亮了。光线照在马德兰先生的脸上。嬷嬷无意中抬起头来。

“我的上帝，先生！”她大叫道，“出什么事了？您的头发全白了！”

“白了！”他说。

辛普丽斯嬷嬷没有镜子。她在药箱里翻寻，找出一面镜子，是医务所医生用来确认病人死没死、断没断气的。马德兰先生拿起镜子，仔细照了照，而后说：“真的！”

他说这话时心不在焉，好像在想别的事。

嬷嬷有点觉得这里面有什么不对劲，颇感害怕。马德兰先生问：

“我能看她吗？”

“市长先生不把她孩子接来吗？”嬷嬷说。她壮了壮胆才敢这样问。

“当然接来，但至少得两三天。”

“只要这几天她看不见市长先生，”嬷嬷怯生生地说，“她就不会知道市长先生已经回来，这样，就不难劝说她耐心等待。等孩子接来时，她自然会认为市长先生是同孩子一起回来的。这样就不必说谎了。”

马德兰先生似乎沉吟片刻，然后，平静而严肃地说：

“不，嬷嬷，我得见她。我可能没时间了。”

这“可能”二字，使市长先生的话显得古怪而晦涩，可那修女似乎没注意。她虔敬地垂着眼，轻声说：

“既然这样，她在睡觉，市长先生可以进去。”

有扇门关不严，他还怕开关门的声音会吵醒芳蒂娜，便关照了几句，然后走进芳蒂娜的病房，走到床前，微微掀开帐帘。她睡得正香。气息从她胸腔呼出，声音好不凄楚。那是患这种疾病的人特有的呼吸声，夜间守候在患这种不治之症的熟睡孩子身旁的母亲们听了会心痛欲裂。可是，尽管芳蒂娜呼吸困难，脸上依然有一种不可言喻的安详，这使她在睡着时变得美丽了。惨白的脸色变成白皙，双颊出现了红润。金色的长睫毛紧闭着，颤动着，这是纯洁和青春在她身上唯一留下的姣美之处。她全身都在颤动，仿佛有对翅膀正在展开，将把她带走，但只能感觉到颤动，却看不见翅膀。见她这个样子，没人会相信她是生命垂危的病人。

与其说她像濒临死亡，不如说像要展翅飞翔。

我们伸手摘花时，花枝会半推半就似的微微抖动。当死亡神秘的指头来摘取人的灵魂时，人的躯体也会像这样颤动。

马德兰先生一动不动，在床边待了一会儿，看看病人，又看看耶稣受难像，正如两个月前，他第一次来这里看她时那样。他和她还是上次的姿势，她熟睡，他祈祷，所不同的是，两个月过去了，她的头发已花白，他的头发已全白。

嬷嬷没同他一起进来。他站在床边，指头放在嘴上，仿佛在示意房间里的什么人不要出声。

她睁开眼，看见他，露出了笑容，安详地说：

“珂赛特呢？”

二　芳蒂娜幸福满怀

她既没显出惊讶，也没显出快乐；她已是快乐的化身。她在问“珂赛特呢？”这个简单的问题时，是那样信任，那样肯定，那样无忧无疑，使得马德兰先生无言以对。她接着又说：

“我知道您在这里。我睡着了，但我看见您了。我早就看见您了。我的眼睛跟了您整整一夜。您被一个光圈环绕，身旁有各种各样的神仙。”

他抬头看了看那个耶稣受难十字架。

“告诉我，珂赛特在哪里？”她又说，“为什么不把她放在我床上，等我醒来时好看见她？”

他随口编了几句，过后都想不起说了什么。幸好医生闻讯赶来。他是来给马德兰先生解围的。

“孩子，”医生说，“冷静些。您的孩子在这里。”

芳蒂娜的双眸顿时炯炯发光，照亮了她整个脸。她双手合十，就像人们祈祷时那样，神情既强烈，又温柔。

“呵！”她喊道，“快给我抱来！”

母亲的幻觉多么感人肺腑！在她眼里，珂赛特永远是抱在怀里的娃娃。

“不行，”医生又说，“现在还不行。您还发着烧呢。看到孩子，您会激动的，这样对您不好。先得把您的病治好。”

她急躁地打断他。

“我已经好了！告诉您，我已经好了！这个医生，固执得像头驴！喂！我要见我的孩子，我！”

“瞧您发这么大的火，”医生说，“如果您老是这样，我就不准您见孩子。不光是要看见她，还要为她活下去。您什么时候理智了，我就亲自把她给您送来。”

可怜的母亲垂下头来。

“大夫先生，请您原谅，我诚恳地请求您原谅。我从前绝不会像刚才那样讲话，我经历了太多的不幸，有时都不知道自己在胡说什么。我知道，您是怕我激动。您要我等多久都行。不过，我向您保证，看见我女儿，对我肯定不会有坏处。我一直看见她的，从昨天晚上起，我的眼睛就没离开过她。您知道吗？现在抱来给我，我就可以轻轻地和她说说话。如此罢了。既然人们专程去蒙费梅把我的孩子接来了，我想看看她，这不是很自然的吗？我没有发火。我知道我就要有幸福了。整整一夜，我都看见一些白色的东西，一些人在向我微笑。大夫先生什么时候愿意，就把我的珂赛特抱给我。我不发烧了，因为我的病好了。我感到一点病也没有了。但我还会像有病那样静静躺着，好让这里的看护们高兴。大家看到我很安静，就会说：该把孩子给她了。”

马德兰先生已坐到床边的一张椅子上。她朝他转过脸。显然，她在努力装出平静的样子，并且像她在病态——人得了病就像孩子——中所说的那样，竭力做出很“乖”的样子，这样，人家看她平静了，就不会反对把珂赛特带给她了。然而，她一面克制自己，一面仍忍不住向马德兰先生提出一个个问题。

“您一路挺顺利的吧，市长先生？呵！您真好，帮我去接孩子！我只要您告诉我她现在怎么样。她路上累不累？唉！她不会认得我了！她早就把我忘了，可怜的宝贝！孩子是没有记性的。就像小鸟。今天看见一样东西，明天又看见另一样东西，见一样忘一样。她穿的内衣总该是白的吧？泰纳迪埃家让她穿得干净吗？给她吃得怎么样？呵！要知道，在我贫困的时候，我一想到这些，就心如刀绞！现在都过去了！我多么快乐！呵！我多想看到她啊！市长先生，您觉得她漂亮吗？我的女儿是不是很美？你们在马车上一定很冷吧？能不能把她带来，哪怕待一会儿？来一下就带走嘛。说呀！您是主人，您同意就行。”

他握住她的手：

“珂赛特很美，”他说，“珂赛特身体很好，您很快就能见到她了，但是，您要安静下来。您说话太急，您的手臂也露在外面了，您会咳嗽的。”

的确，芳蒂娜每说一句话，几乎都要咳一阵。

芳蒂娜没有抱怨，她想赢得大家的信任，唯恐过分的抱怨会坏事。于是，她就说些无关紧要的话。

“蒙费梅挺漂亮，是不是？夏天常有人去那里游玩。泰纳迪埃家生意好吗？他们那里过往的人不是很多。他们的客店不过是一种低级饭馆。”

马德兰先生仍然握着她的手，忧心忡忡地望着她。显然他来是有话要同她说，但现在犹豫了。医生看完病人就走了。只剩下辛普丽斯嬷嬷和他们在一起。

这时，在这默默无声中，芳蒂娜大叫大嚷起来：

“我听见她的声音了！我的上帝！我听见她的声音了！”

她伸出胳膊，示意大家不要说话，她屏神敛气，欣喜若狂，侧耳谛听。

院子里有个孩子在玩耍，大概是女门房的孩子，或是某个女工的孩子。这样的巧合屡见不鲜，这似乎是神秘悲剧的组成部分。那是个小女孩，为暖和身子，在来回跑动，一边大声地又笑又唱。唉！哪里没有孩子玩耍呢！芳蒂娜听到的正是这个小女孩的歌声！

“呵！”她又说道，“是我的珂赛特！我听出她的声音了！”

孩子忽来忽去，她走远了，声音消失了。芳蒂娜又听了一会儿，脸色阴沉下来。马德兰先生听见她低声说：

“大夫真坏，不让我见女儿！这个人，一脸凶相！”

但是，她那些快乐的思想又回来了。她头贴着枕头，继续自言自语：

“我们会多么幸福啊！首先，我们要有一个小花园！马德兰先生答应过我。女儿在花园里玩耍。现在她该会写自己的名字了。我要让她拼给我听。她在草地上追蝴蝶。我看着她。她还要去领圣体。啊！她什么时候该去领第一次圣体？”

她扳着指头算了起来。

“……一，二，三，四……她今年七岁。再过五年。她将披一条白面纱，穿一双镂空长袜，就像一个小女人。啊！我的好嬷嬷，您不知道我有多蠢，我竟在想我女儿第一次领圣体了！”

她笑了起来。

他松开芳蒂娜的手。他听着她说话，犹如在听风的声音，眼睛看着地面，思想陷入无尽的思索中。忽然，她不说话了。他机械地抬起头，芳蒂娜的模样变得十分骇人。

她不再说话，也不再呼吸；她已半坐起身子，瘦削的肩膀从衬衣里露出来，刚才还容光焕发的面孔，此刻已变得惨白，她好像在凝视她前面房间另一头一件可怕的东西，恐惧使她的双眸睁得很大。

“上帝！”他喊道。“芳蒂娜，您怎么啦？”

她不回答，眼睛依然盯着她似乎看见的一样东西，一只手拉拉他的胳膊，另一只手示意他看身后。

他转过脸，看见是雅韦尔。

三　雅韦尔扬扬得意

下面谈一谈事情的经过。

马德兰先生离开阿腊斯刑事法庭时，午夜十二点半刚过。他回到客店时，正赶上邮车快要出发；大家记得，他预定了座位。不到六点，他就到了滨海蒙特勒伊，他做的第一件事，就是把写给拉斐特先生的信寄走，然后就去医务所探望芳蒂娜。

然而，他刚离开法庭，检察官就恢复了镇静。他发言说，他为尊敬的滨海蒙特勒伊市长的荒唐行为感到遗憾，声称尽管发生了这件荒唐的意外，他的信念依然未变，相信事情迟早会水落石出，认为尚马蒂厄肯定是真正的让·瓦让，要求法庭给他判刑。检察官固执己见，显然与大家，与听众、法官和陪审团的看法背道而驰。辩方律师不费多少口舌，就把检察官的演说驳得体无完肤。他指出，根据马德兰市长，即真正的让·瓦让所揭露的事实，案情有了根本的改变，站在陪审团前面的是一个无辜的人。律师还对法庭犯的错误概括地感叹了一番，尽管缺少新意……庭长总结时，赞同辩方律师的意见，陪审团几分钟就做出决定，宣布尚马蒂厄与本案无关。

可是，检察官总得有一个让·瓦让。尚马蒂厄放了，只好抓住马德兰。

释放尚马蒂厄之后，检察官立即和庭长闭门密谋。他们商议了“逮捕滨海蒙特勒伊的市长先生的本人的必要性”。这句话中有好几个“的”字，是检察官先生亲手写在呈送总检察长的报告底稿上的。庭长最初的激动已然过去，他没发表什么异议。法院必须正常运行。再说，尽管庭长是个善良而相当聪明的人，但他是保王派，而且非常狂热，听到滨海蒙特勒伊市长谈起戛纳登陆，用的是“皇帝”，而不是“布奥拿巴”，心里很不舒服。

于是逮捕令发出了。检察官派一名专差，火速送往蒙特勒伊，并让警探雅韦尔负责此事。

大家知道，雅韦尔做证后，立即回滨海蒙特勒伊了。

专差把逮捕令和传票交给他时，他正在起床。那专差也是个非常干练的警察，三言两语，就把阿腊斯发生的事向雅韦尔交代清楚。逮捕令由检察官签字，上面写着：“雅韦尔警探速将滨海蒙特勒伊市长马德兰拘捕归案，本日公审时，查明此人是苦役释放犯让·瓦让。”

不认识雅韦尔的人，看见他走进医务所前厅时的样子，绝对猜不出发生了什么事，会觉得他神态很正常。他冷峻、镇静、严肃，花白的头发平平整整贴在双鬓，刚才上楼的步履也和平时一样慢慢悠悠。若是非常熟悉他的人，仔细观察，会不寒而栗。皮领的扣子本该在后颈上，现在却歪到了左耳上。这说明他内心经历了从未有过的激动。

雅韦尔是一个有完整性格的人，工作一丝不苟，衣服纹丝不皱；抓歹徒有条不紊，对衣服的扣子非常严格。像这样把领扣扣歪，想必他内心经历了有如地震般的激动。

他来时，只向附近的警所要了一名下士和四名士兵。他把那些人留在院子里，向女门房问清楚芳蒂娜住在哪间病房。女门房毫不怀疑，因为常有荷枪的人来找市长先生，她已习以为常。

到了芳蒂娜的病房，雅韦尔转动门把，像看护或密探那样轻轻推开门，进了房间。

严格地说，他没进去。他站在半掩着的门口，头上戴着帽子，左手插在紧腰大衣兜里，大衣一直扣到下巴。那根粗拐杖藏在身后，但在肘弯处可见它的圆头。

他这样待了将近一分钟，谁也没有发现他。突然，芳蒂娜抬起头，看见了他，并让马德兰先生也回过头来。

当马德兰的目光与雅韦尔的目光相遇时，雅韦尔一动不动，待在原地，但神态狰狞可怕。人的任何情感，都不如欣喜若狂的神态令人恐怖。

魔鬼重新发现他要投入地狱的人时，就是这副面孔。

终于抓住让·瓦让了，这一信念，使他内心深藏的东西全都流露到脸上。内心的激动，全都浮上了表面。起初，他为自己一时迷失方向，冤枉了尚马蒂厄，感到丢了脸面，现在这种耻辱感已烟消云散，相反扬扬得意起来，因为他一开始就猜到了，而且他的直觉一直很正确。在雅韦尔居高临下的神态中，展现出欣喜若狂的神色。狭窄的额头也因喜形于色而变得格外丑陋。这是一张得意的脸可能展现的百般恶相。

此刻，雅韦尔飘飘欲仙。他虽没明确意识到，但依稀感到了自己的成功和不可或缺。他，雅韦尔，在除恶的天职中，代表着正义、光明和真理。在他的身后，在他的周围，在无限的天际，他代表着权力、理性、既判案件、法治、公诉，他拥有所有的星星；他维护秩序，让法律威震四海，替社会除暴安民，为捍卫绝对助一臂之力；他挺立在灿烂的光辉中；他胜利在握，但还能挑战和战斗；他傲然屹立，威风凛凛，光彩夺目，将大天使的残暴和无比淫威展现在空中；他正在完成的行动可怕而阴暗，而他紧握的双拳散发出社会这把利剑的寒光；他快乐而又气愤地把罪行、邪恶、反叛、堕落、地狱踩在脚下；他光芒四射，他消除罪恶，他春风得意，在这个可怕的圣米迦勒大天使身上，有一种不容置疑的威严。

雅韦尔虽然可怕，但不卑鄙。

正直、真诚、坦率、自信、责任感，这些东西若被滥用，会变得令人厌恶，可是，即便令人厌恶，仍不失其威严；这些品质的威严性，是人类良知特有的本性，必定持续存在于丑恶之中。这些美德有一个缺点，那就是会出错。一个狂热分子在肆虐时所表现出的冷酷而诚实的快乐的同时，仍保持一种说不出的凄凉而可敬的光辉。雅韦尔自己也意识不到，他在极度快乐时值得怜悯，正如愚昧无知的人扬扬得意时值得同情一样。在这张脸上，展现了善所具有的一切恶，世上还有比这更可怕更可悲的东西吗？

四　权力机关重行权利

那天芳蒂娜被市长先生从雅韦尔手中救出之后，再没见过这个人。她头脑已失常，对一切懵然不知，但她相信雅韦尔是回来抓她的。她无法忍受这张凶恶的面孔，她感到自己要死了，两只手捂住脸，忧惧地喊道：

“马德兰先生，救救我！”

让·瓦让——以后，我们不再称呼他别的名字了——站了起来。他以最温柔最平静的声音对芳蒂娜说：

“放心吧。他不是来找您的。”

然后，他对雅韦尔说：

“我知道您的来意。”

雅韦尔回答：

“行了快走！”

他说这两个词时，声音都变了调，变得说不出的野蛮和狂暴。雅韦尔不说："行了，快走！"而是说："行了快走！"任何文字都难以表达他说话时的音调；这已不是人在说话，而是野兽在吼叫。

他不照惯例办事，根本不说明来意，也不出示传票。对他而言，让·瓦让是一个神秘莫测、不可捉摸的斗士，一个阴险的力士，他掐住他已五年了，却无法把他摔倒。这次逮捕，不是开始，而是结束。他只说了句："行了，快走！"

他说这话时，没有往前走一步。他把目光投向让·瓦让，不啻投去一个铁钩，他惯于用这种目光把不幸的人粗暴地钩向自己。两个月前，芳蒂娜感到刺进她骨髓的，也是这个目光。

听到雅韦尔的喊声，芳蒂娜又睁开眼睛。她看见市长先生仍在这里。她还有什么好怕的？雅韦尔走到屋子中间，大声吼道：

"呀！你在这里？"

不幸的女人看看周围。只有嬷嬷和市长先生在场。他会对谁轻蔑地称"你"呢？除了她，不会有别人。她打了个寒噤。

这时，她看见了一件闻所未闻的事，即使在烧得最糊涂的时候，噩梦中也未曾出现过。她看见雅韦尔暗探抓住市长先生的衣领；她看见市长先生低下头。她仿佛觉得世界末日到了。

雅韦尔果然抓住了让·瓦让的衣领。

"市长先生！"芳蒂娜喊道。

雅韦尔纵声狂笑，露出了所有的牙齿。

"这里不再有市长先生了！"

让·瓦让没想挣脱抓住他衣领的手。他说：

"雅韦尔……"

雅韦尔打断他说：

"叫我警探先生。"

"先生，"让·瓦让继续说，"我想单独和您谈谈。"

"大声！大声说！"雅韦尔回答道，"同我说话要大声！"

让·瓦让压低声音继续说道：

“我求求您……”

“我叫你大声说。”

“可这件事只能给您一个人说……”

“这和我有什么关系？我不听！”

让·瓦让向他转过身子，低声而急速地对他说：

“给我三天时间！三天时间，去把这不幸女人的孩子接来！要多少钱，我给多少。如果您愿意，就陪我一起去。”

“开什么玩笑！”雅韦尔嚷道，“啊！我可不认为你是傻瓜！你问我要三天时间好逃跑！你说是去接这个婊子的孩子！哈！哈！很好！这很好！”

芳蒂娜身子颤了一下。

“我的孩子！”她喊道，“去接我的孩子！她不在这里！嬷嬷，回答我，珂赛特在哪里？我要我的孩子！马德兰先生！市长先生！”

雅韦尔跺了一下脚。

“现在，这一个也来劲了！住口，婊子！这个鬼地方，苦役犯当市长，娼妓得到伯爵夫人般的照料！嘿！这一切就要改变了。是时候了！”

他盯着芳蒂娜，一面重新抓住让·瓦让的领带、衬衣和大衣领子，继续说道：

“告诉你，根本没有马德兰先生，没有市长先生。只有一个小偷，一个强盗，一个叫让·瓦让的苦役犯！我抓住的是他！就这样！”

芳蒂娜蓦地坐起来，用两只僵硬的胳膊和两只手支撑着身子，看看让·瓦让，再看看雅韦尔，再看看修女，张开嘴像是要说话，喉咙里发出嘶哑的喘气声，牙齿发出格格的响声，惶恐地伸出两只胳膊，痉挛地张开两只手，像溺水的人那样向周围乱抓，接着猛地摔倒在枕头上。她的脑袋撞在床头，又弹回来落在胸口，嘴巴张着，眼睛睁着，但没有光了。

她死了。

让·瓦让将手放在雅韦尔抓住他领子的手上，像扳开孩子的手那样，把他的手扳开，然后对他说：

“您杀死了这个女人。”

“够了！”雅韦尔愤怒地嚷道，“我不是到这里来听你说理的。废话少说。卫队在底下。快走，不然要用手铐了！”

在一个墙角里，有一张旧铁床，是给守夜的嬷嬷睡觉的。让·瓦让走到床边，转眼间就把本已破烂的床头拆了下来，以他这样的臂力，做起来易如反掌。他握住铁床杆，盯着雅韦尔。雅韦尔退到门口。

让·瓦让手握铁杆，慢慢向芳蒂娜的床走去。走到床边，他转过头，用低得几乎听不见的声音对雅韦尔说：

“我劝您这时候别打搅我。”

有一点可以肯定：雅韦尔发抖了。

他想去叫卫队，又怕让·瓦让乘机逃跑。因此，他待着没走，用手抓住拐杖末端，背靠着门框，眼睛紧盯着让·瓦让。

让·瓦让把臂肘支着床架上端的圆球，手托着额头，开始凝望躺着不动的芳蒂娜。他这样全神贯注、默默无言地待着，显然已把人世间的事抛置脑后。他的脸，他的姿态，只反映出一种难以形容的怜悯。他静默了一会儿，向芳蒂娜弯下身子，轻轻地同她说话。

他对她说什么呢？这个被社会摈弃的人，能对这个已死的女人说什么呢？他究竟说了什么？世上没有人听见。那死去的女人听见了吗？有些人会产生动人的幻觉，这也许是崇高的真实。可以肯定的是，辛普丽斯嬷嬷，当时唯一的见证人，以后经常对人说，让·瓦让在芳蒂娜耳边说话时，她清楚地看到，在芳蒂娜苍白的嘴唇上，在她惊恐、茫然的眸子里，展现出难以形容的微笑。

让·瓦让就像母亲对待孩子那样，双手捧起芳蒂娜的头，把它放在枕头上，给她系好衬衣的带子，将她的头发塞进睡帽里。做完这一切后，他把她的眼睛合上。

这时，芳蒂娜的脸仿佛被照得很亮很亮。人死了，如同进入光明的世界。

芳蒂娜的手垂在床边。让·瓦让跪下来，轻轻抬起她的手，吻了一下。

然后，他站起来，转向雅韦尔：

“现在，”他说，“我归您了。”

五　合适的坟茔

雅韦尔将让·瓦让送进了市监狱。

马德兰先生被捕的消息，在滨海蒙特勒伊市引起了轰动，更确切地说，引起了巨大的震动。我们很难过，但又不得不实话相告：就因为“这是个苦役犯”，几乎所有的人都把他抛弃了。不到两个小时，他做过的一切好事被忘得一干二净，人们只记住他是个“苦役犯”。应该说，阿腊斯事件的详细情况，当时大家尚不知道。整整一天，城里到处都能听到这样的谈话：

——您不知道吗？他是个苦役释放犯。——他，谁？——市长。——哦！马德兰先生？——是呀。——真的吗？——他不叫马德兰，他的名字很怪，叫什么贝让，博让，布让。——啊，上帝！——他被抓起来了。——抓起来了！——暂时押在市监狱，等着递解。——递解！等着递解！往哪递解？——重罪法庭，他拦路抢劫过。——嗯！我说呢！这个人太好，太完美，太虔诚。他拒绝十字勋章。遇到穷孩子，总给他们钱。我一直在想，这后面肯定有什么见不得人的事。

贵族“沙龙”更是议论纷纷。一位贵族老太太，《白旗报》的订户，发表了一通深不可测的感想：

“我并不感到惋惜。这对波拿巴分子是个教训！”

就这样，这个叫马德兰先生的幽灵，在滨海蒙特勒伊市消失了。只剩下三四个人对他仍念念不忘。服侍过他的门房老太太便是其中之一。

当天晚上，这个可敬的老太太，坐在门房的小屋里，惊魂未定，悲伤地沉思着。工厂一整天没开工，大门已上了闩，街上行人稀少。房子里只有两个修女，佩佩迪嬷嬷和辛普丽斯嬷嬷，在为芳蒂娜守灵。

快到马德兰先生平日回家的钟点，可敬的老太太下意识地站起来，从一个抽屉里取出马德兰先生房门的钥匙和他每晚上楼用的烛盘，把钥匙挂在钉子上（他习惯从这钉子上取房门的钥匙），把烛盘放在旁边，好像在等他回来。然后，她坐回椅子上，又陷入了沉思。可怜的老太太做这些事都是下意识的。

过了两个多钟头，她才如梦初醒，大声说："哎！仁慈的耶稣上帝！我怎么把他的钥匙挂到钉子上了！"

就在这时，门房的玻璃窗打开了，一只手伸进来，抓住钥匙和烛盘，在燃烧着的蜡烛上接了火。女门房抬起头，吓得目瞪口呆，差点喊出声来，但又咽了回去。她熟悉这只手，这个胳膊，这个衣袖。

是马德兰先生。

正像她后来在叙述她的奇遇时所说的那样，她"震惊"不已，过了几秒钟才能说话。

"我的上帝，市长先生，"她终于大声说道，"我以为您……"

她戛然而止，怕后半句话会抵消前半句话的敬意。对她而言，让·瓦让永远是市长先生。

他替她把话说完。

"……在牢里。"他说。"刚才我是在牢里。我折断了窗上的一根铁条，从屋顶上跳下来，就跑回来了。我去我房里，您去把辛普丽斯嬷嬷找来。她大概在那可怜女人的身边。"

老太太赶快服从。

他没有叮嘱什么，深信她会比他自己更好地保护他。

他没叫人开门。那么他是如何进入院子里的，这个问题一直没弄清楚。他有一把万能钥匙，可以打开侧门，总是随身携带，但是，他一定被搜过身，钥匙一定给搜走了。这一点没有澄清。

他上了去卧室的楼梯。到了楼上，他把烛盘放在楼梯最后一级上，轻轻打开房门，摸黑去把窗子和百叶挡板关上，回来拿上蜡烛，又进了房间。

他这样小心翼翼，是很有必要的；大家记得，从街上看得见他的窗子。

他看了看周围，看了看桌子、椅子和床。他有三天没碰这张床了。前天夜里的一片狼藉已荡然无存。门房老太太"收拾"过房间了。不过，她从灰里捡出了包木棍两端的两块铁皮，和那枚烧黑了的四十苏的银币，

“……在牢里。”他说。“刚才我是在牢里。我折断了窗上的一根铁条，从屋顶上跳下来，就跑回来了。”（P284）

擦干净后放在桌子上。

他拿起一张纸，在上面写了几个字："这是我在法庭上提到过的包木棍两端的两块铁皮，和从小热尔韦那里抢来的那枚四十苏的银币"，然后把它们放在纸上，以便有人进来，一眼便能看到。他从一个衣柜里拿出一件旧衬衫，撕成几片，用来包两个银烛台。他从容不迫，泰然自若，一面包着主教给他的银烛台，一面啃着黑面包。这面包，很可能是他从牢里逃跑时带出来的。

后来，法院搜查房间时，在地板上发现一些面包屑，确认是监牢里的面包。

有人轻轻叩了两下门。

"进来！"他说。

是辛普丽斯嬷嬷。

她脸色苍白，两眼通红，手里的蜡烛在颤动。命运的骤变有其与众不同的特点，再完美或再冷漠的人，在这种时候，其深藏不露的人性会被这突变的风云所迫，一览无余地显露在外表。经历了白天的激动，修女变成了女人。她哭过，现在仍在颤抖。

让·瓦让刚在一张纸上写了几行字，他把纸条交给嬷嬷，对她说："嬷嬷，把这交给本堂神甫先生。"

纸已经打开。她溜了一眼。

"您可以看。"他说。

她读道："请本堂神甫先生照料我所留下的一切。请他支付我的诉讼费和今天去世的这个女人的丧葬费。余下的捐给穷人。"

嬷嬷想说话，却结结巴巴，语不成句。但她终于说：

"市长先生不想最后看一次那可怜的女人吗？"

"不了，"他说，"他们在追捕我，要是在她房里把我抓走，会打扰她的。"

他刚说完，楼梯上传来了嘈杂的声音。他们听见上楼的脚步声，门房老太太操着最大最尖的嗓门说：

"我的好先生，我以仁慈上帝的名义发誓，今天一天和一晚上，没有一个人进来，我连大门都没出！”

一个男人回答：

“可那房间里亮着灯。”

他们听出是雅韦尔的声音。

那房间的门如果打开，恰好遮住右墙角。让·瓦让吹灭蜡烛，躲到这个角落里。

辛普丽斯嬷嬷跪到桌子旁。

门开了。雅韦尔走进来。

走廊里传来好几个人的低语声和女门房的抗议声。修女没有抬头。她在祈祷。

蜡烛放在壁炉上，发出幽幽的亮光。

雅韦尔看见嬷嬷，惊得瞠目结舌。

大家知道，雅韦尔的本质，适宜他呼吸的环境和场所，是对一切权力的崇敬。他非常死板，不允许任何异议和保留。他认为教会的权力高于一切。他在这方面，和在其他方面一样虔诚、浅薄和正派。在他眼里，神甫决不会出任何差错，修女决不会有任何过失。他们用一堵墙与世隔绝，只有一扇门与外界相通，这扇门从来只为通过真话而打开。

雅韦尔看见嬷嬷，第一个反应便是退出去。

但另一个职责蛮横地将他推向相反的方向。他第二个反应便是留下来，至少也要试探一下，问个把问题。

这个辛普丽斯嬷嬷一生中从未撒过谎。雅韦尔知道这个，正因为如此，他对她格外敬重。

“嬷嬷，”他说，“您一个人在这房间里吗？”

接下来是可怕的一刻，可怜的女门房吓得差点晕过去。嬷嬷抬起头，回答说：

“是的。”

“是这样。”雅韦尔说。“请原谅，还有个问题，这是我的职责，今晚上您看没看见一个人，一个男人？是个越狱犯，我们正在找他。那个叫让·瓦让的家伙，您没看见吗？”

嬷嬷回答："没有。"

她撒了谎。连续两次，一个接一个，就像献出自己生命那样，毫不犹豫，毫不迟疑。

"对不起。"雅韦尔说。他深深鞠了一躬，便出去了。

呵！神圣的嬷嬷！您脱离尘世已经多年，您在光明世界里，已与您的圣女姐妹和天使兄弟会合，愿您这个谎言在天国受到感激！

嬷嬷的回答对雅韦尔起了决定性作用，以至于他没发现那支刚刚吹灭的蜡烛还在桌上冒烟这件怪事。

一小时后，有个人穿过树林和迷雾，急匆匆地离开滨海蒙特勒伊，朝巴黎方向走去。那人就是让·瓦让。两三个运货的车夫遇到过他，他们证明，他背了个小包，穿了件工作服。这工作服是从哪里弄来的？一直没搞清楚。不过，前几天，工厂的医务所里死了一个老工人，只留下一件工作服。可能就是那件。

关于芳蒂娜，最后还要说几句。

人人都有一个母亲，那就是大地。人们把芳蒂娜还给了大地母亲。

让·瓦让留下的那笔钱，本堂神甫尽可能多地留给了穷人。他以为这样做很对。也许这样做是对的。毕竟，他们是谁？一个苦役犯和一个妓女。因此，他从简埋葬了芳蒂娜，把她葬在公共墓穴。真是简到不能再简了。

就这样，芳蒂娜被葬在公墓的一个免费的角落里，那里属于大家，却不属于任何人。那里埋葬着穷人。幸而上帝知道去哪里寻找灵魂。人们让芳蒂娜躺在黑暗中，周围不知是谁的骸骨；她和乱骨混在一起。她被扔进公共墓穴。她的墓很像她的床。

就这样，芳蒂娜被葬在公墓的一个免费的角落里，那里属于大家，却不属于任何人。（P287）

第二部

珂赛特

第一卷　滑铁卢

一　从尼维尔来时途中所见

去年（一八六一年）五月的一个上午，天朗气清，有个行人，本故事的叙述者，从尼维尔前往拉于普。他一路步行。他沿着一条宽阔的铺石路前进，两旁绿树成荫，山丘连绵不断，道路高低起伏，恰似巨浪翻滚。他走过了利卢瓦和以撒树林。他望见西边有一个钟楼，那是布兰-拉勒的青石钟楼，有如倒立的花盆。他刚经过一个山岗的一片树林，来到一条岔路口，看见一根蛀孔累累的T形支架，上面写着：四号关卡旧址，旁边有一家小咖啡馆，铺面有一个招牌，上面写着：埃夏波独家咖啡馆，欢迎四方来客。

从这家咖啡馆往前走半公里，便到了一个小山谷，一条小溪从路堤的涵洞下流过。稀稀疏疏，但郁郁苍苍的树丛，布满了道路一侧的山谷，散布在另一侧的草地上，优雅而又杂乱无章地向布兰-拉勒延伸。

路的右边，有一家旅店，门口停着一辆四轮大车，竖着一捆蛇麻草，放着一把铁犁，绿篱旁，有一堆干枯的荆棘，在一个方坑里，石灰正在冒烟，沿着一个旧棚的麦秸墙，横放着一张梯子。一个年轻姑娘在一块地里锄草，一张黄色大广告，可能是游艺会之类的海报，被风吹得在地里飞舞。旅店墙角旁有一个池塘，一群鸭子在里面嬉戏。池塘旁，有条路面状况不好的石径，隐没在荆棘丛中。那行人上了这条小路。

他向前走了百来步，沿着一道高耸着花砖尖脊的十五世纪院墙走了一会儿，便来到一扇巨大的拱形石门前。拱墩笔直，两侧饰有圆形浮雕，具有路易十四时代的雄浑风格。大门上方，露出房屋庄严肃穆的正面；一堵与正面垂直的墙几乎挨着大门，在它的一侧突然形成一个直角。门前草地上，放着三把钉耙，耙齿中间，乱蓬蓬地长着五月的各种野花。大门紧闭。两扇门破破烂烂，门环也生了锈。

阳光明媚。树枝微微颤动。这是五月的颤动，与其说是风的作用，毋宁说是鸟窝在颤动。一只勇敢的小鸟，也许是情窦初开，正在一棵大树上拼命练唱。

在门左边的侧柱下端的石头上，有一个圆坑，恰似一个球槽。行人弯腰细看。这时，两扇门打开，走出一个村妇。

她看见了行人，发现他正在看那个圆坑。

“是一颗法国炮弹打的。”她说。

她接着又说：

“您再往门上看，那颗钉子旁还有一个洞，那是火铳枪弹打的。枪弹没穿透木头。”

“这地方叫什么？”

“乌戈蒙。”村妇说。

行人站起来。他朝前走了几步，越过篱笆眺望远处。透过树木，他看见天际有一个小山包，那上面像是有什么东西，远远望去像头狮子。

他所在的地方，正是滑铁卢战场。

二　乌戈蒙

乌戈蒙是个阴森凄惨的地方，是那位叫拿破仑的欧洲大樵夫在滑铁卢遇到的第一道障碍，碰到的第一个阻力；是斧子劈下时遇到的第一个节疤。

原先这是个城堡，现在只是所农舍了。对考古学家来说，乌戈蒙应是“于戈蒙”。这小城堡是于戈·德·索默雷老爷建造的，他是维莱修道院第六小教堂的资助人。

那行人推开门。门廊下停着一辆破旧的四轮轻便马车，他从马车身旁挤过去，走进院子。

在这个院子里，首先引起他注意的，是一扇十六世纪的仿拱孔门，四周已经倒塌。宏伟的气派往往产生于废墟中。在拱孔门旁边的墙上，还有一扇门，其拱石是亨利四世时代的，从门里可以望见果园的树木。在这扇门旁，有一个肥料坑、几把十字镐和铁锹、几辆手推车、一口老井及其石板井台和铁辘轳，一匹马驹正在蹦跳，一只火鸡正在开屏，一座小教堂上面矗立着一个小钟楼，一棵花满枝头的梨树贴在小钟楼的墙上。这就是当年拿破仑做梦也想攻占的院子。这一隅之地，假如当年他占领了，也许就成为世界的霸主了。一群母鸡在地上到处啄食，弄得尘土飞扬。忽然听到一阵吠叫声，一只大狗在张牙舞爪，代替了当年的英国人。

当年，英国人在这里的表现可敬可佩。库克的四个近卫军连，面对一支军队的猛烈进攻，坚守了七个钟头。

从实测的平面图看，把建筑物和园子算在里面，乌戈蒙是一个不规则长方形，其中一个角像是砍掉了似的。南门就在这个角上，一堵墙死死地盯着它，守着它。乌戈蒙有两个门：南门和北门，南门是城堡的门，北门是农舍的门。拿破仑派他的兄弟热罗姆攻打乌戈蒙，吉耶米诺、富瓦和巴舍吕三个师在这堵墙上撞得头破血流，雷耶几乎动用了兵团的全部兵力，却惨遭失败，克勒曼在这堵英勇的墙上耗尽了全部炮弹。博杜安旅从北面强攻乌戈蒙并不是多余，索瓦旅从南面强攻，只能突破个缺口，却未能占领。

农舍位于院子的南边。北门被法国人打破，一块破木板至今仍挂在墙上。那门由四块木板组成，钉在两个横档上，被攻击的痕迹依然可见。

北门一度被法国人攻破，后来换了块门板，代替挂在墙上的那一块。那道门在院子尽头，半掩半开，方方正正，开在一堵墙上，把院子的北面封住。墙的下半截是石头，上半截是砖头。和所有的农舍一样，这是一道能过马车的普通大门，两扇宽阔的门扉，由粗木板做成。门那边是草地。当年争夺这个入口的战斗异常激烈。门框上印满了血手印，久久不褪。博杜安就是在这里阵亡的。

院子里仍残留着当年鏖战的景象，惨状依然可见，群雄角逐的混战场面仿佛已经化成石头；生死存亡，恍若昨日。墙垣奄奄一息，石头纷纷下落，缺口大喊大叫；弹孔便是伤口；树木弯腰曲背，颤颤巍巍，仿佛在竭力逃跑。

一八一五年，这院子里的建筑物可比现在多得多，一个个工事、凸角堡和拐角，后来全都拆毁了。

英国人在这院里构筑防御工事，法国人攻入院子，未能站住。小教堂旁，矗立着城堡的一个侧翼，那是乌戈蒙城堡的唯一遗迹，已经倒塌，像是被开了膛破了肚。当年，城堡曾充作主堡，小教堂充作碉堡。双方互相残杀。法国人遭到火枪的猛烈射击，从墙后面，从阁楼顶上，从地窖里，从所有的窗口，从所有的通风口，从所有的石头缝里，到处射出子弹；他们则抱来柴禾，放火烧毁墙壁，烧死敌人，以火攻来对付枪林弹雨。

在这坍塌的侧翼，通过窗口的铁栏空隙，可以望见砖砌正屋那些拆毁的房间，英国警卫队曾埋伏在这些房间里。一道旋梯从下到上裂缝累累，有如一只破贝壳的内壁。那旋梯有两层，英军受到围困，集中在楼梯的上层，拆毁了楼梯的下层。大块的青石板，在荨麻丛中堆成了山。还有十来个梯级仍然附在墙上，在第一个梯级上，刻着一个三叉戟。这些高不可攀的梯级，牢固地嵌在墙壁里。其余部分宛若一个缺牙少齿的颌骨。那里有两棵老树，一棵已枯死，另一棵下端受了伤，但每年四月仍会变绿。一八一五年以来，它的枝叶穿透楼梯，长到里面来了。

小教堂里也发生过大屠杀。现在一片寂静，但景象奇异。那次大屠杀后，这里再没做过弥撒。但祭坛还在。这个粗木祭坛，靠在里面的粗石壁上。四壁粉刷了石灰浆，门对着祭坛，有两扇拱形窗，门上有一个巨大的带耶稣受难像的木头十字架，十字架上方，有一个方气窗，塞了一捆干草，在一个墙角的地上，有一个玻璃全部破碎了的旧窗框。这就是小教堂。在祭坛旁，钉着圣安娜的木刻像，那是十五世纪的产物；少年耶稣的脑袋已被火铳枪弹打飞了。法国人一度占领了小教堂，后又被赶走，走时放了一把火。破屋子里满是烈火，宛若火炉，门烧着了，地板烧着了，基督木雕像却没烧着。火烧坏了他的脚，但没向上蔓延，现在可见两个焦黑的残肢。照当地人的说法，这是奇迹。少年耶稣不如耶稣幸运，被子弹削去了脑袋。

墙上刻满了名字。在基督的脚旁可以看到：亨基内。还有其他一些名字：里奥·马约伯爵、阿马格罗（哈巴纳）侯爵及侯爵夫人。还有一些法国人的名字，并且加了感叹号，那是愤怒的表示。一八四九年，墙又重新粉刷过。各国的人都在上面互相侮辱。

当年，就在小教堂门口，发现一具手拿斧子的尸体。那是勒格罗少尉的遗骸。

从小教堂出来，在左边，便见一口井。院子里有两口井。有人会问：为什么这口井没有吊桶和滑轮？因为不再在里面汲水了。为什么不在里面汲水呢？因为里面堆满了骸骨。

最后一个在这井里汲水的人，叫纪尧姆·冯·基松，是乌戈蒙的一个农民，是那里的园丁。一八一五年六月十八日那天，他家里的人都逃到树林里躲起来了。

当时，维莱修道院周围的树林，为四下逃跑的不幸居民提供了藏身之地，他们在里面藏了几天几夜。直到今天，有些痕迹仍清晰可辨。例如一些烧焦的树干，就表明那些吓得瑟瑟发抖的可怜人在荆棘丛中露宿过。

纪尧姆·冯·基松留在乌戈蒙"看守城堡"。他躲在地窖里。英国人发现了他，把他从躲藏处拉出来，士兵们用刀面砍他，让这个吓破了胆的人侍候他们。他们渴了，就让纪尧姆给他们送水喝。他就是从这口井里打的水。许多人死前在井里喝了最后几口水。这口井，多少死人在里面喝过水，它也该死去。

打完仗后，人们匆匆掩埋尸体。死神自有骚扰胜利的方法，荣耀过后，接踵而至的是瘟疫。伤寒是胜利的从属品。这口井很深，便成了墓穴。扔进了三百具尸体。可能做得太匆忙。是不是所有的人都死了呢？据传并非如此。在埋尸的当天夜里，有人听见井里传出微弱的呼救声。

这口井孤零零地独处院子中央。三堵半石半砖的墙，有如屏风的三个隔扇，从三面围住院子，形似一个小方塔。第四面没有墙。那是汲水的地方。里面那堵墙上有一个形状怪异的洞，像是牛眼窗，可能是炮弹打的窟窿。那小方塔原先有顶板，如今只剩木架了。右墙的铁支架呈十字形。俯身望井，只见一个砖砌的圆柱体，漆黑一团，深不见底。井的周围，荨麻丛生，遮住了墙脚。

在比利时，所有的井，前面都有一块大青石板，但这口井却没有。代替青石板的，是一条横木，五六根奇形怪状、疙里疙瘩、形似硕大骸骨的木头支撑着它。既没有水桶，也没有铁链和滑车，但排水的石槽还在，里面积满了雨水，常有鸟儿从附近林中飞来喝水，喝完水又飞走。

在这断井颓垣中，有一座房屋，那是农舍，现在还住着人。大门对着院子。门上有一个漂亮的哥特式锁板，旁边，斜装着一个梅花形铁门把。当汉诺威[①]的维达中尉抓住这门把，想逃进庄园的时候，一个法国工兵一斧头砍掉了他的手。

住在这房子里的一家人，祖父便是当年的园丁冯·基松，早已去世。一个头发花白的妇人对你说："当年我住在这里。我三岁。比我大的姐姐吓得直哭。我们被带到树林里。我母亲抱着我。人们把耳朵贴在地上听。我呢，就模仿大炮，发出'嘣！嘣！'的声音。"

左边那道门，刚才说了，对着果园。

果园满目凄凉。

它分三个部分，也可以说分三幕。第一部分是花园，第二部分是果园，第三部分是树林。这三个部分共有一道围墙，入口处是城堡和农舍，左边是一道篱，右边是一道墙，靠里又是一道墙。右边的是砖墙，里面的是石墙。进门便是花园。花园低于屋基，里面种了醋栗，遍地都是野草，尽头有一个方石堆成的高台，栏杆的石柱呈葫芦形。这是一个领主花园，为法国早期风格，比勒诺特尔[②]式的风格还要早。现在一片荒芜，

---

① 汉诺威是德国旧邦名。

② 勒诺特尔（1613—1700），法国建筑师和园林设计师。

荆棘丛生。栏杆的石柱顶为球状，宛若石头圆炮弹。现在还有四十三根石柱矗立在柱座上，其余的都躺在草丛里。几乎所有的石柱上都有弹痕。有一根断柱，恰似一条断腿，竖在高台前端。

花园比果园低。第一轻步兵连的六名士兵闯进这个花园，就没能再出去，有如狗熊落入陷阱，遭到围捕，只好同两连汉诺威士兵短兵相接，其中一个汉诺威连装备了卡宾枪。汉诺威士兵沿着栏杆，居高临下，向他们射击。这六个轻步兵，从下面反击，面对二百名敌兵，不屈不挠，只能以醋栗树为掩护，坚持了一刻钟，最后全部牺牲。

爬上几个石级，就从花园到了果园。那是名副其实的果园。就在这十来米见方的地方，不到一小时，一千五百个人全部阵亡。那堵墙似乎还在准备战斗。上面还留着英国人挖凿的三十八个高度不等的枪眼。在第十六个枪眼前面，有两座花岗岩坟墓，里面躺着英国人。只有南面这堵墙上有枪眼，主要是从这里发出攻击的。墙外有一道高大的绿篱，法国人来了，以为只有一道篱笆，越过篱笆后，才发现还有一道墙挡住去路，英兵埋伏在墙后，三十八个枪眼一齐开火，暴雨般的子弹落在他们身上。索瓦旅全军覆没。滑铁卢战役就这样拉开了序幕。

果园还是攻下来了。没有梯子，法国人就用指甲抓住墙往上爬。双方在树下展开肉搏战。草地上洒满了鲜血。纳索的一个营七百名官兵全部丧生。克勒曼的两个炮兵中队从外面轰击，墙上弹痕累累。

这个果园，和别的果园一样，对五月非常敏感。到处是毛茛和雏菊，青草茂盛，耕马在里面吃草。树与树之间，拉着一根根晾衣服的马鬃绳，行人得低头而过。走在这荒地上，脚常常会陷进鼹鼠洞里。杂草丛中，横着一棵连根拔起的树干，正在披上新绿。当年，布拉克曼少校就是靠在这棵树上断气的。德国将军迪普拉则倒在旁边一棵大树下，他家祖上是法国人，南特敕令废止[①]时，才举家迁移德国。旁边有一棵老苹果树，弯腰曲背，病病恹恹，缠着麦秸，涂着胶泥。几乎所有的苹果树都已老

---

① 一五九八年，法王亨利四世在南特颁发敕令，允许新教存在。一六八五年，路易十四废除该令，迫使许多新教徒逃亡国外。

了。没有一棵树没挨过子弹。这果园里枯树俯拾皆是。乌鸦在枝头飞来飞去。果园深处，有一片树林，满眼皆是蝴蝶花。

博杜安阵亡，富瓦受伤，烈火，屠杀，屠戮，英国人的血、德国人的血、法国人的血，汇成一条汹涌的小河，一口井里堆满尸体，纳索和不伦瑞克的两个团被歼灭，迪普拉阵亡，布拉克曼阵亡，英国近卫队受到重创，法国雷耶兵团的四十个营中，损失了二十个营，就在这乌戈蒙破城堡里，三千人被砍死劈伤，被手扼死，被子弹射死，被火烧死；所有这一切，只为今天一个农民对一个旅客说："先生，给我三法郎，您乐意的话，我给您讲讲滑铁卢的事。"

三 一八一五年六月十八日

我们来回顾一下过去，这是讲故事人的一个权利。让我们回到一八一五年，甚至比本书第一部分叙述的事更早一些。

假如一八一五年六月十七日的夜里没有下雨，欧洲的前途就改变了。多下几滴雨或少下几滴雨，拿破仑的决策就会完全不同。上苍只需要一点儿雨，就使滑铁卢成为奥斯特里茨的终结。一片违背季节的乌云穿过天空，便导致一个世界的崩溃。

滑铁卢战役只得到十一点半才打响，这使勃吕歇有时间赶到滑铁卢。为什么？因为地面潮湿。要等到地面坚实一些，炮兵部队才能行动。

拿破仑是炮兵军官，这对他的影响根深蒂固。这个天才将领，在给督政府关于阿布基尔战况的报告中说："我们的一颗炮弹杀死了六个敌人。"从根本上讲，他就是这样一个人。他的作战计划全都建立在炮击上。将炮兵集中到一个确定的点上，这是他克敌制胜的秘诀。他把敌军将领的战略视作堡垒，把它轰出一个缺口。他用霰弹攻其弱点，战役开始和结束都用炮火。他天生就具有炮击的才能。突破方阵，粉碎敌军，冲破防线，摧毁和驱散密集的部队，这一切，对他而言，就是攻打，攻打，不停地攻打，而攻打靠的就是炮弹。这个可怕的方法，加上他的天才，便使这个性格沉郁的战争拳斗师十五年一直所向无敌。

一八一五年六月十八日，他更是寄希望于炮兵，因为他在数量上占优势。威灵顿只有一百五十九门大炮，拿破仑却有二百四十门。

假如地面是干的，炮兵便可行动，战斗于早晨六点便可开始。下午两点，这一仗便可打赢并且结束，比从天而降的普鲁士军队早到三个小时。

滑铁卢战役惨败，拿破仑要负多少责任呢？船沉了，是舵手的错吗？

那时候，拿破仑的身体明显衰弱，是不是他的心智也衰弱了呢？二十年戎马倥偬，难道既磨损了剑鞘，也磨损了剑刃，既消耗了体力，也消耗了心智？在这将领身上遗憾地有了老兵的感觉？总之，难道真像许多举足轻重的历史学家认为的那样，这个天才才尽智穷了吗？他是为了向自己掩饰自己的衰弱，才这样狂热的吗？他进行这场冒险行动，难道是一时的精神错乱？他犯了为将者的大忌，变得不知危险了？在那些可谓大活动家的伟人中，难道真有才华退化的年龄吗？衰老对文学艺术天才是没有影响的，比如，但丁和米开朗琪罗们越老越才华横溢，难道对于汉尼拔[①]和拿破仑这些军事家，随着年事增高，才华会衰退吗？拿破仑对胜利已丧失感觉了吗？他已不再能识别暗礁，猜出陷阱，明辨深渊的峭壁已摇摇欲坠？他对灾难已失去了嗅觉？从前，他熟悉通往胜利的条条道路，站在他的闪电战车上指挥若定，难道他现在已昏聩到把他乱哄哄的部队拉到悬崖峭壁吗？他四十六岁，就神经错乱到极点了吗？这个驾驭命运的巨人，难道只是个大冒失鬼吗？

我们绝不这样认为。

大家一致公认，他的作战计划是个杰作。直逼联军防线中心，在敌人身上穿个窟窿，把它截成两半，将英军那一半赶到阿尔，普军那一半逐到通格尔，将威灵顿和勃吕歇变成两截，夺取圣约翰山，攻占布鲁塞尔，将德国人扔进莱茵河，英国人投进大海。这一切，都在拿破仑这场战役的计划中。以后的事再说。

---

① 汉尼拔（前 247—前 182），迦太基杰出的统帅。

当然，我们不想在这里叙述滑铁卢战役史。在我们叙述的这个悲剧中，有一幕与这场战役有关系；不过，这段历史并非我们的主题；再说，它已做了结论，而且是权威性的结论，一个是拿破仑的观点，另一个是一批历史学家[①]的观点。至于我们，就让历史学家们去争论不休吧，我们不过是事后的证人，是原野上的过客，一个弯着腰在血肉揉成的这片土地上搜索的人，也许会把表象视作真实。我们无权以科学的名义而无视一系列事实，尽管明知里面会有虚幻的成分。我们既没有军事实践，亦不会运筹帷幄，因此不能自成体系。我们认为，在滑铁卢战役中，双方将领都受到一系列偶然事件的支配。至于命运，对这个神秘的被告，我们和天真的法官——人民的判决是一样的。

四　A

想清楚了解滑铁卢战役的人，只须把大写A放倒在地，便可想象出来了。A的左边一画是尼维尔公路，右边一画是热纳普公路，中间一横是连接奥安和布兰-拉勒的凹路。A的顶端是圣约翰山，威灵顿所在的地方；左下端是乌戈蒙，雷耶和热罗姆·波拿巴所在的地方；右下端是佳盟，拿破仑所在的地方。A的横线和右边一画交叉的点是圣海牙。在这条横线中央，是这场战役说最后那句话[②]的地方。那头狮子就安放在这里，无意中成了帝国近卫军最高英雄主义的象征。

横线上面的三角形，是圣约翰山高地。整个战役就是争夺这一高地。

两军的侧翼在热纳普和尼维尔两条公路的左右侧展开。代尔隆对皮克通，雷耶对希尔。

在A的顶端后面，在圣约翰山高地后面，是索瓦涅森林。

至于那片平原，可以想象成一片辽阔而起伏的土地。一浪高于一浪，

① 即瓦尔特·司各特、拉马丁、沃拉贝尔、夏拉、基内、梯也尔。——原注

② 指法国康布罗纳将军在拒绝投降时，对英国人说的“去你妈的”。

一齐涌向圣约翰山，直达森林。

战场上敌对的两支军队，犹如两个角斗士。双方紧紧抱住，都想把另一方摔倒。遇到什么，就紧抓不放。一丛灌木就是一个支点，一个墙角就是一个护墙。一支部队若无东西作依傍，就会站不住脚。一片洼地，一个土包，一条斜插的捷径，一片树林，一个沟壑，都可以撑住称作军队的这个巨人的脚后跟，使它不往后退。谁退出战场，谁就失败。因此，负主要责任的将领，对最细小的树丛，最细微的地形起伏，都要勘察得一清二楚。

两军将领对圣约翰山平原都做了仔细的研究。圣约翰山平原如今叫滑铁卢平原。威灵顿一年前就有远见地研究了这个地方，为可能有的大战做准备。六月十八日决战那天，威灵顿在地理上占优势，拿破仑处于劣势。英军在高处，法军在低处。

一八一五年六月十八日，天蒙蒙亮，拿破仑骑着马、手拿望远镜矗立在罗索姆高地上的形象，似乎没有必要在此描绘。因为我们描绘之前，大家都想象到了。头戴布里埃纳军校的小帽子，侧影显得镇静自若，身穿绿军装，白翻领遮住勋章，灰大衣遮住肩章，背心下面露出红绶带的一个角，皮短裤，白骏马，紫鞍褥，鞍褥的角上绣着 N[①] 和鹰，N 上面绣着皇冠，丝长袜，马靴，银马刺，在意大利马伦戈作战时用过的剑，末代恺撒的这个形象屹立在每个人的想象中，有些人热烈欢呼，另一些人侧目而视。

这一形象很长时间一直光辉灿烂，因为英雄大都被传说歪曲，真相久久被掩盖。然而今天，历史和真相已大白于天下。

历史这个真相是无情的。它之奇特和神圣，在于尽管它光辉灿烂，也正因为它光辉灿烂，大凡在看到光明的地方，常常会出现阴影。同一个人，可以有两个幽灵，互相攻击，互相驳斥，暴君的黑暗同将领的光明进行搏斗。因此，人民的最终评价显得更加真实。巴比伦遭到蹂躏，使得亚历山大威信大减；罗马受到奴役，使得恺撒声望大降；耶路撒冷

---

① N 为拿破仑（Napoléon）的首字母。

惨遭杀戮，使得提图斯[①]名誉扫地。有暴君，必有暴政。一个人若在身后留下自己的阴影，那是莫大的不幸。

五　战役的“风云莫测”

大家都知道这场战役最初阶段的情况。对于双方军队，前景都是模糊的，未知的，不定的，危险的，只是英军比法军更无把握。

下了一整夜雨。瓢泼大雨将地面冲得坑坑洼洼；原野上的低洼处像面盆似的积满了水；有些地方，辎重车一直陷到车轴，马肚带上滴着泥浆。幸亏车队行进中杂乱无章，踩倒了麦子，填满了车辙，给车轮充当垫草，否则是无法行进的，尤其在帕珀洛特一带的山谷里。

战斗很晚才开始。正如前面讲过的那样，拿破仑习惯把整个炮兵握在自己手中，就像握住一支手枪，时而瞄准战役的一个点，时而瞄准另一个点。他想等到炮队能够自由奔驰时才行动，这样，就必须等到太阳出来，将地面晒干。可太阳就是迟迟不露面，不像在奥斯特里茨时那样守约。当第一炮打响时，英国将领科维尔看了看表，正是十一点三十五分。

战斗一开始，就非常激烈，法军左翼攻打乌戈蒙，其激烈程度，也许超过了拿破仑皇帝的预想。与此同时，拿破仑攻击中部，命基约旅速向圣海牙推进，而内伊则率法军右翼向据守在帕珀洛特的英军左翼进逼。

攻打乌戈蒙从某种程度上说是佯攻，旨在把威灵顿引到那里，迫使他向左倾斜。这是拿破仑的如意算盘。假如英国近卫军的四个连和佩蓬谢师的比利时勇士没有固守阵地，这个计划就能成功。可是，威灵顿并没有把部队聚集到乌戈蒙，只是另派了四个近卫军连和不伦瑞克的一个营去增援。

法军右翼攻打帕珀洛特才是根本性的。显而易见，是为了击溃英军右翼，切断布鲁塞尔的通路，不让普鲁士军队前来增援，强占圣约翰山，

---

① 提图斯（40—81），罗马皇帝（79—81），公元七〇年攻占耶路撒冷，大肆杀戮当地百姓。

将威灵顿撵到乌戈蒙，然后是布兰-拉勒，一直撵到哈勒。这次强攻虽出了些意外，但总体上讲是成功的。占领了帕珀洛特，攻克了圣海牙。

有一个细节要在这里提一提。在英国步兵里，尤其在肯普特旅中，有许多新兵。这些年轻的士兵，面对我们令人畏惧的步兵，表现得非常英勇，虽缺乏经验，但勇敢顽强，尤其是出色地发挥了狙击兵的作用。狙击兵一般是单独行动，因此可以说，他们是自己的将军。这些新兵颇有点创造精神，像法国兵那样勇猛狂热。这些乳臭未干的步兵过于冲动，威灵顿不喜欢。

圣海牙攻占后，战斗僵持不下。

那天，从中午到下午四点之间，战局很不明朗。这场战役的中间阶段若明若暗，双方处于混战状态。黄昏降临。在暮霭中，只见千军万马，波涌涛起，胜似海市蜃楼，令人目眩眼花。当年一个士兵的装备，今天的人是不大熟悉的：饰有流苏的火焰形高顶帽，挂在马刀旁的晃晃荡荡的扁皮袋，交叉在身上的皮武装带，手榴弹袋，轻骑兵的盘花纽上衣，有无数褶儿的红靴，饰带累累的筒状军帽。不伦瑞克的步兵几乎一身黑，混杂在一身红的英国步兵中间，英国士兵的袖窝处饰有白色大圆环，以代替肩章，汉诺威轻骑兵头戴椭圆形皮盔，盔上有铜带和饰毛，苏格兰人露着膝盖，斜披着格子花呢长巾，我们的近卫军腿上缠着白绑带。这哪里是战线，简直是一幅幅图画，是萨尔瓦多·罗扎[①]而不是格里博瓦尔[②]所需要的。

每一场战役总有风风雨雨。**风云莫测，不可思议**[③]。每个史学家都随心所欲地把这种混乱的景象描上几笔。不管将军们如何运筹帷幄，两军交锋，有难以预料的起伏变幻。在实战中，双方将领制定的计划，会互相渗透，互相牵制。战场上，某个地方吞噬的战士要比另一个地方多，正如有些土地吸水性强，吸水也就更快。因此，就不得不违心地在那里

---

① 萨尔瓦多·罗扎（1615—1673），意大利诗人、画家、雕刻家。

② 格里博瓦尔（1715—1789），法国炮兵军官。

③ 原文为拉丁语。

投入更多的兵力。这种兵力消耗是始料未及的。战线犹如一根线，波动着，蜿蜒着，一条条血河毫无逻辑地流淌，两军的阵线如波涛起伏，部队或进或出，形成一个个海角或海湾，所有这些暗礁互相对峙，波动不止。哪里有步兵，炮兵就追到哪里；哪里有炮兵，骑兵就奔到哪里；队伍宛若滚滚浓烟。那里明明有什么东西，当你寻找时，却又不见了。林中的空地游移不定，黑乎乎的山丘忽而前进，忽而后退，来自坟墓的阴风吹得这些血肉横飞的人流时进时退，时聚时散。混战是什么？是变化不定。精密的平面图只能静止一分钟，而不能一整天。只有才气横溢、画笔恣肆的画家，才能描绘一场战役。伦勃朗①比默伦②略胜一筹。默伦描写中午非常真实，但画三点钟就不真实了。几何学般精确是骗人的，唯有狂风暴雨才是真实的。这就使得福拉尔③有理由驳斥波利比乌斯④。此外，有时候，战役会转为战斗，各自为战，分散成几个细部。这些细部，照拿破仑的说法，"更是各个团的传奇，而不是一个军的历史"。在这种情况下，历史学家显然有权进行概括。他只能抓住战斗大的轮廓。再认真的叙述者，也不可能把称作战役的这个可怕云彩的形态逼真地描绘下来。

所有大的军事冲突都是这样，而滑铁卢战役更是如此。

然而，到了下午的某一时刻，战局变得明朗了。

六　下午四点

下午将近四点，英军形势非常严峻。奥兰治亲王⑤统率中央，希尔指挥右翼，皮克通指挥左翼。勇猛的奥兰治亲王已到了发狂的程度，他向比荷联军大叫大嚷："纳索！不伦瑞克！不准后退！"希尔溃不成军，向

---

① 伦勃朗（1606—1669），荷兰画家。
② 默伦（1634—1690），佛兰德斯画家。
③ 福拉尔（1669—1752），法国军事家。
④ 波利比乌斯（约前 201—约前 120），古希腊历史学家。
⑤ 奥兰治亲王即英军统率威灵顿。

威灵顿靠拢，皮克通战死疆场。当英国人拔掉法国一〇五团军旗的时候，法国人的一颗子弹打穿皮克通的脑袋，皮克通一命呜呼。对威灵顿来说，这场战役有两个支点，乌戈蒙和圣海牙；乌戈蒙仍在坚持，但已遍体大火，圣海牙已失守。防守圣海牙的一个德国营，只剩下四十二人，所有的军官不是战死，便是被俘，只有五人幸免。三千名战士在这个“谷仓”里惨遭杀戮。英国近卫军的一个中士，被战友们誉为坚不可摧的英国头号拳击手，却被法国一个小小的鼓手杀死。巴林弃甲而逃，阿尔滕做了刀下鬼。好几面军旗被夺走，其中有阿尔滕师的，吕内堡营的，后者是由双桥家族的一个亲王扛着的。苏格兰灰衣部队全军覆没，庞松比的重龙骑兵被砍得七零八落。这支骁勇顽强的龙骑兵，在布罗的枪骑兵和特拉韦的胸甲骑兵的冲击下，连连退却，一千二百匹战马只剩下六百匹，三位中校两个倒地，汉密尔负伤，马泰被杀。庞松比身上挨了七刀，落马而死。戈登阵亡，马什战死。第五、第六两个师惨遭歼灭。

乌戈蒙被突破，圣海牙已失守。只剩下中央据点这个结了。它始终坚持着。威灵顿调来增援部队。他从梅伯-布兰调来了希尔，从布兰-拉勒调来了夏塞。

英军的中央据点兵力密集，地势微微下凹，地形十分有利。他们占据着圣约翰山高地，背后是村庄，前面是斜坡，那斜坡当时相当陡峭。他们背靠着坚固的石头房屋，那时是尼维尔的公有财产，是公路的交叉点。这座建于十六世纪的石头房屋固若金汤，炮弹打上去就弹回来，它却毫发无损。英国人在高地周围到处设置藩篱，在山楂林里布下伏兵，在树枝之间安放炮口，将灌木丛当作雉堞。他们的炮兵部队就埋伏在荆棘丛中。兵不厌诈，英国人将这一狡诈的伎俩做得天衣无缝，以至于拿破仑皇帝早晨九点派去侦察敌军炮位的阿克索什么也没发现，回来对皇帝说，除了在尼维尔和热纳普两条公路上有两个工事外，其他一无障碍。那个季节，田里的庄稼长得很高，肯普特旅的一个营，配有卡宾枪的第九十五营，就埋伏在高地四周的大片麦田里。

英荷联军组成的中央据点，凭借着这些掩护和支撑，处境极其有利。

这一阵地的危险，在索瓦涅森林。它与战场毗连，中间隔着格罗南代和布瓦茨福沼泽。一个军撤进森林，便会土崩瓦解，几个团立即会四分五裂。炮兵会陷进泥沼。有些行家说，撤退到那里，将是四散溃逃。当然也有人持不同看法。

为了加强中央，威灵顿从右翼调来夏塞的一个旅，从左翼调来温克的一个旅，还有克林顿师。他又将不伦瑞克的步兵、纳索的部队、基尔曼塞克的汉诺威兵和奥姆普特达的德国兵，调来增援和加强他的英国部队，即霍尔凯特各团、米切尔旅和梅特兰的近卫军。这样，他手下就有了二十六个营。正如夏拉所说，右翼被逼到了中路的后面。在今天叫作"滑铁卢博物馆"的地方，当年就有一个巨大的炮台隐蔽在沙袋后面。此外，威灵顿还把索墨塞的龙骑卫队，即一千四百名骑兵，部署在一个洼地里。这是举世闻名的英国骑兵部队的另外一半。庞松比已遭歼灭，只剩下索墨塞了。

那个炮台设在一个园子的矮墙后面，匆匆叠了些沙袋，筑了一道宽宽的土坡。如果工事完成的话，就可成为一个棱堡。但它没有完成，未来得及设置绿篱。

威灵顿忧心忡忡，但神色镇定。他骑着马，整整一天都是这个姿势，待在一棵榆树下，稍后一点是圣约翰山的老磨坊；如今磨坊尚在，但那棵榆树却被一个热衷于破坏文物的英国人花了二百法郎买下，锯断后运走了。威灵顿英勇而镇静。炮弹雨滴般落下。他的副官戈登刚刚在他身边倒下。希尔勋爵指着一颗正在爆炸的炮弹，对他说："老爷，万一您遭不测，您有什么指示和命令留给我们？"威灵顿回答："像我这样做。"当克林顿问他时，他简洁地说："坚守阵地，直到最后一个人。"白天的形势显然对他越来越不利。威灵顿对曾和他一起在塔拉韦拉、维多利亚和萨拉曼卡并肩战斗过的朋友们大声喊道："小伙子们！难道能考虑退却吗？想一想古老的英国吧！"

将近四点钟，英国的阵线后退。山脊上，突然只剩下炮兵和狙击兵，其余的全都消失不见。在法军炮弹的驱逐下，英军向圣约翰山深处撤退；今天，圣约翰山农庄的那条便道仍穿过那里。后撤开始了，英军的前锋退缩了，威灵顿退却了。拿破仑喊道："他们开始撤退了！"

七　拿破仑心情愉快

那天，拿破仑正生着病，身上局部疼痛，坐在马上很不舒服，但他的心情却从未这样愉快过。他从来喜怒不形于色，但那天从早晨起，他的脸上便露出了笑容。这个高深莫测、冷漠无情的人，在一八一五年六月十八日那天，却盲目地喜形于色。在奥斯特里茨，他是那样愁眉不展，但在滑铁卢却满面春风。大凡有奇特命运的人，常常做出不合情理的事。我们的欢乐是忧愁的组成部分。最后的微笑属于上帝。

古罗马菲米纳特里军团的士兵说：“**恺撒笑，庞培哭**[①]。”这一次，庞培大概不一定会哭，但恺撒肯定笑了。

头天深夜一点钟，拿破仑和贝特朗一起，骑着马，冒着狂风暴雨，察看罗索姆附近的山丘，望见英军的营火照亮了天边，火光从弗里舍蒙一直延伸到布兰-拉勒，不禁心满意足，沾沾自喜，他感到命运果然不负他所望，按照他确定的日期，准时来到了滑铁卢这个战场上。他勒住马，望着闪电，听着雷声，一动不动地待了一会儿，这个宿命论者在黑暗中说了一句神秘莫测的话：“我们是一致的。”拿破仑错了。他们并不一致。

那一夜，他一分钟都未曾合眼，每时每刻对他都是快乐。他走遍了前哨阵地，常常停下来同哨兵说几句话。半夜两点半，在乌戈蒙树林附近，他听见队伍行进的脚步声，一度以为是威灵顿在撤退。他对贝特朗说：“英军后卫部队在撤营了。我要把刚到达奥斯坦德的六千名英国人全部俘虏。”他说话时，情绪十分高涨，恢复了三月一日在茹安湾登陆时的高昂兴致：那天，他指着一位兴高采烈的农民，对贝特朗大元帅高声说：“瞧，贝特朗，有人来支援了！”六月十七日夜里，他对威灵顿冷嘲热讽。“得教训教训这个小英国人。”拿破仑如是说。雨下得更大了，皇帝说话时，雷声大作。

---

① 原文为拉丁语。庞培是公元前一世纪罗马大帝恺撒的政敌，后被恺撒击败。

凌晨三点半，他的一个幻想破灭了。他派去侦察的军官回来向他报告，敌人没有任何动静。一切都原地不动，没有一处营火熄灭。英军在酣睡。大地万籁俱寂，唯有天空中雷声隆隆。四点钟，巡逻兵给他带来一个农民，那农民曾给英军的一个骑兵旅带过路，可能是维维安骑兵旅，要去占领最左边的奥安村。五点钟，两个比利时逃兵对他说，他们刚离开部队，英军在等待战斗。“太好了！”拿破仑喊道，“我不是要把他们击退，而是要击垮。”

早晨，他在普朗斯诺瓦公路拐弯处的斜坡上下了马，站在烂泥中，从罗索姆庄园搬来一张饭桌和一张农家椅子，在地上铺一捆麦秸作地毯，他坐到椅子上，将作战图摊在桌子上，对苏尔特①说：“多漂亮的棋盘！”

下了一夜大雨，道路被冲得坑坑洼洼，辎重车队陷进泥坑，早晨未能赶到，士兵彻夜未眠，人人衣服湿透，个个饥肠辘辘。尽管如此，拿破仑仍喜不自胜地对内伊大声说：“我们有百分之九十的把握。”八点，有人端来皇帝的早餐。他邀请好几位将军一起用餐。餐桌上，有人谈到前两天晚上，威灵顿在布鲁塞尔参加了里施蒙公爵夫人的舞会，苏尔特，这个长着大主教面孔的粗鲁武夫说：“舞会在今天。”内伊说：“威灵顿不至于天真到恭候陛下光临吧。”皇帝听后取笑了他一番。这是他的习惯。弗勒里·德·夏布隆说：“他爱开玩笑。”古尔戈说：“他生性幽默快乐。”邦雅曼·康斯坦说：“他常开玩笑，不过，他那些玩笑怪诞多于幽默。”伟人的戏谑是值得强调的。他把他的近卫军称作“牢骚兵”，他揪他们的耳朵，扯他们的胡子。他们中有个人说：“皇上老爱戏弄我们。”二月二十七日，他从厄尔巴岛神秘地返回法国，在浩瀚的大海上，法国的“和风号”战船与偷载拿破仑的“无常号”帆船相遇，“和风号”向“无常号”打听拿破仑的消息；那时，皇帝的帽子上还饰有白红两色、散布着蜜蜂的帽徽，那是他在厄尔巴岛亲自选定的图案；他笑着拿起传声筒，亲自回答：“皇帝龙体安康。”像这样善开玩笑的人，是遇事不惊的。在滑铁卢的那顿早餐上，拿破仑开了好几次玩笑。用罢早餐，他沉思了

---

① 苏尔特（1769—1851），法国元帅。

一刻钟，然后，两个将军坐到麦秸上，拿着笔，膝上摊着纸，皇帝向他们口授作战命令。

九点钟，法军排成五个梯队，向前挺进，各师展开两条战线，炮兵居中，左右是步兵和骑兵旅。乐队开道，鸣鼓致敬，鼓声隆隆，号角呜呜，气势磅礴，浩浩荡荡，一片欢腾，钢盔、马刀和刺刀汇成一望无际的海洋，皇帝看到此番情景，无比激动，连喊两声："壮观！壮观！"

令人难以置信的是，从九点到十点半，全军已进入阵地，排成六条战线，按照皇帝的说法，排成"六个V形"。部队已排好作战阵势，混战即将开始，暴风雨即将来临，四周一片寂静。根据皇帝的命令，从代尔隆、雷耶和洛博各部调来了三个炮筒长径比为十二的短炮中队，为攻打位于尼维尔和热纳普两条公路交会处的圣约翰山作前奏。皇帝看到这三个炮兵中队鱼贯而行，拍拍阿克索的肩膀说："将军，那是二十四个美女。"

他对胜利确信无疑。当第一军的工兵连从他面前经过时，他用微笑鼓励他们。那工兵连奉他之命，等攻克那个村庄后，将在圣约翰山上构筑堡垒，坚守阵地。只听见一个高傲而悲悯的声音穿透这一片宁静：当他看见左边如今有座巨大坟墓的地方，骑着骏马令人赞叹的苏格兰灰衣骑兵中队正在集合，这时候，他大声喊出一句："太可惜了。"

然后，他跨上战马，跑到罗索姆的前沿，在热纳普到布鲁塞尔公路的右侧，选了一个长满青草的小山包作瞭望台。这是他在滑铁卢战役中第二次驻足观测的地方。晚上七点，他第三次停下来，那是在佳盟和圣海牙之间。这第三个瞭望点非常危险。那是个相当高的小山丘，至今尚在，山丘后面，有块平原，近卫军就集中在这平原的一个斜坡上。炮弹从四面八方射向山丘，落到大道的铺石上又弹回来，一直弹到拿破仑的身边。像在布里埃纳一样，子弹从他头顶上呼啸而过。后来，差不多就在他的战马驻足的地方，有人捡到了一些腐烂的炮弹、破旧的马刀和锈迹斑斑变了形的枪弹。**锈迹斑斑**[①]。几年前，在那里发掘出一枚直径为六十

---

① 原文为拉丁语。

毫米的炮弹，里面还有炸药，信管在挨炮弹的地方断裂了。就在这最后一个观测地，他的向导拉科斯特，一个有敌对情绪的农民，被绑在一个轻骑兵的马背上，每次炮弹飞来，便吓得转过身去，甚至躲到那骑兵的身后，皇帝见了便对他说："笨蛋！多丢人，你这样会从背后被打死的。"写这几句话的人，也曾在这个山丘的松土里，挖掘出一个炮弹头的残片，四十年的氧化作用，已使它腐烂不堪，还有几段破铁片，就像接骨木一样，手指一捏就碎。

拿破仑和威灵顿交战的平原，地势起伏不平，但众所皆知，现在起伏的情形和一八一五年六月十八日相比已大不一样了。为建造滑铁卢纪念碑，从这凄怆悲凉的战场上取走了许多土方，削平了原来的高地。历史不胜困惑，它已认不出自己了。为了颂扬历史，却把它变得面目全非。两年后，威灵顿重返滑铁卢，见它变成这般模样，便喊道："我的战场变成这样了。"如今是一个大金字塔土墩，顶着一个铁狮的地方，当年是一个山脊，朝尼维尔公路方向，是一个并不难走的斜坡，朝热纳普公路方向，几乎是一道峭壁。今天，可从两个并立在热纳普到布鲁塞尔公路两旁的大坟墩的高度，推算出那道峭壁的高度；左侧是英国人的坟墓，右侧是德国人的坟墓。法国人没有墓地。整个平原都是法国人的坟墓。多亏从圣约翰山高地挖走了成千上万车泥土，堆成高一百五十英尺、方圆半英里的土墩，圣约翰山才变成现在这样可通行的缓坡；可打仗的那天，尤其在圣海牙那边，地势陡峭，崎岖不平。因为山坡峻峭，英国大炮都瞄不到谷底的农庄，而那里是战斗的中心。一八一五年六月十八日，瓢泼大雨又把这个陡坡冲出一道道沟壑，泥泞不堪，更难攀登，不仅要上坡，而且常常陷入泥坑。沿着山脊，有条深沟，远远看去，很难猜出是什么。

这深沟究竟是什么？我们来谈一谈。布兰-拉勒是比利时的一个村庄，奥安也是个村庄。它们都隐没在洼地里，相距一里半，一条路将它们连接。那条路穿过起伏不平的原野，常像一条犁沟深入山丘之间，因此，许多地方形成了细谷。一八一五年，和今天一样，那条路连接热纳普和尼维尔两条公路，从圣约翰山脊上穿过去。不过，今天和两旁的地面拉平了，当年却是条凹路。它两旁的斜壁已被挖走，用来堆纪念墩了。

不管是从前还是现在，那条路大部分是沟壑，有时深达十二英尺，两壁太陡，常会塌方，尤其冬天下大雨的时候。因此，经常发生事故。在布兰-拉勒村口，路面变得狭窄，曾有个行人被马车碾死，竖在墓地旁的石十字架可以做证，上面写着死者的姓名和出事的日期：贝尔纳·德·布里先生，布鲁塞尔商人，一六三七年二月[①]。那条路在圣约翰山高地那段往下凹得很深，一七八三年，斜壁塌方，压死了一个名叫马蒂厄·尼凯兹的农民，这也有一个石十字架做证：从圣海牙到圣约翰山农庄的路上，在左边绿草如茵的斜坡上，今天仍可看见那十字架的底座，它已翻倒在地，上半截埋在开垦的田里了。

那条匍匐在圣约翰山脊背上的不露形迹的凹路，那个峭壁顶上的深沟，那条隐没在泥土中的车辙，在开战的那天是看不见的，也就是说非常险恶。

八　皇帝问向导

因此，滑铁卢开战的那天上午，拿破仑心情非常愉快。

他高兴是有道理的，我们已看到，他制定的作战计划的确令人钦佩。

可是战斗一开始，就出现了诸多意想不到的情况：乌戈蒙负隅顽抗，圣海牙顽强抵抗；博杜安牺牲战场，富瓦丧失战斗力；索瓦旅始料未及，遇到铜墙铁壁，全旅覆灭；吉耶米诺弹药断绝，却轻举妄动，后果惨重；炮兵陷入泥坑，无人护卫的十五门大炮被尤克斯布里奇击溃在一条凹路上；炮轰英军阵地效果甚微，地面被雨水浸透，炮弹钻进地里，形成一

---

① 碑文如下：

布鲁塞尔商人
贝尔纳·德·布里
不幸在此
被马车压死
一六三七年二月（日期看不清）——原注

个个泥火山，以致炮弹爆裂变成了四射的泥浆；皮雷攻击布兰-拉勒劳而无功，这支由十一个骑兵连组成的骑兵队几乎全军覆灭；英军右翼几乎安然无忧，左翼没受什么损失；内伊出乎意外地误解了命令，没有把第一军的四个师分成梯队，而是集中起来，排成二十七行，每行二百人，齐头并进，迎击霰弹，炮弹在人堆里到处开花，进攻的队列被打得七零八落，侧翼的炮位突然暴露无遗，布热瓦、东泽洛、迪吕特受连累，基约被击退，毕业于巴黎综合工科学校的大力士维耶中尉，不顾堵在热纳普-布鲁塞尔公路拐弯处的英军炮火的猛烈射击，正抡起斧子砍圣海牙城门的时候，被炮弹击中而受了伤；马科涅师受到步兵和骑兵的两面夹攻，在麦田里遭贝斯特和派克的枪弹横扫，又被庞松比的骑兵乱砍乱杀，七门大炮的火门全被钉住；尽管代尔隆伯爵猛烈进攻，萨克森-魏玛亲王依然坚守住弗里舍蒙和斯莫安；一〇五团的军旗被夺走，四十五团的军旗被夺走；三百名轻骑兵在瓦弗尔和普朗斯诺瓦一带侦察，抓获了一名普鲁士黑衣轻骑兵，该俘虏说的话令人忧心忡忡；格鲁希耽误了时间；在乌戈蒙果园里，一千五百人不到一小时全部战死，在圣海牙周围，一千八百人在更短的时间内全部丧生：所有这些暴风雨般的意外，犹如一片片战云，在拿破仑眼前掠过，但几乎未能扰乱他的目光，他依然神色开朗，坚信胜利一定属于自己。拿破仑习惯正视战争，从不斤斤计较惨痛的细账。在他看来，死些人微不足道，只要最终能获得胜利。开始受些损失，他毫不在意，他认为最后的主人一定是自己。他善于等待，怀着必胜的信念，平等地与命运较量。他仿佛在对命运说：“你敢同我较量吗？”

拿破仑一半光明，一半黑暗，感到自己做好事时受到庇护，干坏事时能得到宽容。重大事件与他有一种默契，或者说他自认为有一种默契，或者说是他的同谋，就像古时候说的，刀枪不入。

可是，经历了别列津纳、莱比锡和枫丹白露[1]的人，似乎不该对滑铁

① 别列津纳为俄国河流，一八一二年十一月二十九日，拿破仑为抢渡这条河，造成一万二千人淹死。莱比锡为德国城市，一八一三年，拿破仑在这里与联盟军打仗，法军大败。枫丹白露为法国王宫，位于巴黎郊区，一八一四年，拿破仑在这里被迫逊位。

卢掉以轻心。上天已神秘地皱起了眉头。

当威灵顿后撤时，拿破仑高兴得浑身打颤。他突然看见圣约翰山高地撤得空无一人，英军的前线消失不见。英军在重新集合，但却是为了逃跑。皇帝在马镫上半立起身子，双眸闪过胜利的光芒。

将威灵顿逼到索瓦涅森林，一举歼灭，这就意味着法国最终击败了英国。也就报了在克雷西①、普瓦捷②、马尔普拉凯③和拉米伊④所受的耻辱。在马伦戈⑤获胜的人，将为阿赞库尔⑥的失败报仇雪耻。

拿破仑思索着这些令人心悸的突变，一面用望远镜最后一次扫视战场的角角落落。他的卫队站在他身后，武器靠在他脚边，虔敬地仰视他。他思索着。他观察山坡，注意斜坡，细看树丛、麦地、小道，似乎每一个荆棘丛都不放过。他凝视英军设在两条公路上的工事，那是两大堆伐下的树木，一个在圣海牙上面的热纳普公路上，那里有两门大炮，英国炮队只有这两门大炮能望见战场腹地；另一个在尼维尔公路上，那里刀光剑影，是夏塞旅的荷兰兵。在这个工事旁，他看见了圣尼古拉小教堂，这座年代悠久、刷成白色的小教堂，坐落在去布兰-拉勒那条岔路的拐弯处。他俯下身子，低声地同向导拉科斯特说了句话。向导摇了摇头，很可能在骗他。

皇帝直起腰，又陷入沉思。

威灵顿撤退了。这撤退必将以全军覆灭而告终。

蓦然，拿破仑转过身子，派一名信使火速赶往巴黎报捷。

拿破仑是个会发出响雷的天才。

刚才，他又发出了一个响雷。

他命令米约的重骑兵去攻占圣约翰山高地。

---

① 克雷西为法国地名。一三四六年，英军在此击败法军。

② 普瓦捷为法国地名。一三五六年，英军在此击败法军。

③ 马尔普拉凯为法国地名。一七〇九年，英军在此击败法军。

④ 拉米伊为法国地名。一七〇六年，英军在此击败法军。

⑤ 马伦戈为意大利地名。拿破仑在此击败奥地利军队。

⑥ 阿赞库尔为法国地名。一四一五年，英军在此击败法军。

九　不虞之灾

他们有三千五百人，排成四分之一里的阵线。他们身材魁伟，骑着高大的战马。他们有二十六个骑兵连，另有勒费弗尔-德努埃特师、一百〇六名精锐骑兵、近卫军的一千一百九十七名轻骑兵和八百八十名枪骑兵给他们作后盾。他们头戴无缨铁盔，身穿护胸铁甲，挂着长马刀，马鞍两旁的皮套里藏着手枪。早晨九点，军号吹响，乐队齐奏《拯救帝国歌》，全军将士看见他们密密匝匝的队伍开过来，不禁赞叹不已。侧翼是他们的一个炮兵中队，中间是另一个炮兵中队，他们在热纳普公路和弗里舍蒙之间展开成两行，进入他们在第二道防线的阵地。这第二道强大的骑兵防线，是拿破仑的精心设计，最左边是克勒曼的铁甲骑兵，最右边是米约的铁甲骑兵，可以说安上了两个铁翅膀。

拿破仑的副官贝尔纳向他们传达了皇帝的命令。内伊拔出剑，一马当先。骑兵队浩浩荡荡出发了。

于是，一幅波澜壮阔的画面呈现在眼前。

整个骑兵队伍高举马刀，旌旗飘扬，军号嘹亮，一个师组成一个方阵，从佳盟山上冲下来，像一个人那样步调一致，如破城槌那样动作准确，冲进遍地横尸的可怕山谷，消失在滚滚硝烟之中，继而冲出烟雾，出现在山谷的彼端，仍然密密层层，冒着枪林弹雨，飞快冲上圣约翰山高地泥泞不堪令人望而生畏的陡坡。他们往上冲着，神情严肃，气势汹汹，冷静沉着。在枪炮声间歇的时候，可以听到战马震耳欲聋的疾驰声。他们是两个师，也就是两个方阵，瓦蒂埃师居左，德洛尔居右。远远望去，宛若两条钢铁巨龙，向山顶爬去。这是滑铁卢战役的一个奇观。

当年，缪拉[1]的大队骑兵强夺莫斯科河上的大棱堡时，场面也是十分壮观，自那以后，再没有见过这样的奇观。这次没有缪拉，但有内伊。

① 缪拉（1767—1815），法国元帅。

这支队伍仿佛变成了巨妖，而且只有一个灵魂。每个骑兵连起伏伸缩，犹如珊瑚虫的一个环节。烟雾撕裂成一块一块，队伍时隐时现。铁盔如海，吼声震耳，马刀狂舞，炮声隆隆，号角呜呜，战马奔腾，尽管乱哄哄的，却秩序井然，令人望而生畏，而那些胸甲，却似七头蛇妖身上的鳞片。

这仿佛是在讲另一个时代的故事。在古老的俄耳甫斯[①]史诗中，肯定有类似的景象，那些马人，古代的半马半人，人面马身的巨人，奔驰在奥林匹斯山上，可怕，高尚，所向披靡，既是神，又是兽。

无巧不成书，法军的二十六个骑兵连，恰好面对英军二十六个步兵营。在圣约翰山高地背后，英军步兵在隐蔽的炮兵的掩护下，组成十三个方阵，每个方阵由两个营组成，排成两个阵线，第一线七个方阵，第二线六个方阵，枪托抵着肩膀，瞄准着就要冲上来的敌人，沉着冷静，不说话，不动弹，静静地等待着。他们看不见法国骑兵，法国骑兵也看不见他们。他们听着这股人浪涌上来。他们听见三千战马疾驰而来，声音越来越大，他们听见马蹄有节奏的奔跑声、胸甲的摩擦声、马刀的叮当声和粗重急促的喘息声。一阵令人恐怖的沉寂，接着，突然出现一长排挥舞马刀的胳膊、铁盔、军号和旌旗，三千名蓄灰髭的脑袋高吼："皇帝万岁！"整个骑兵部队冲上高地，仿佛是天崩地裂。

突然，发生了一场悲剧。在英国人的左侧，我们的右侧，只见骑兵队伍的前锋兀立不前，发出可怕的惊叫声。骑兵们气势汹汹地冲上了最高点，直奔英国的步兵方阵和炮队，准备把他们彻底消灭，不料发现他们和英国人之间横着一条裂谷，一个深沟。那便是通往奥安的凹路。

那真是极端可怖的一刻。裂谷突如其来地出现。它张着血盆大嘴，陡峭地悬在马蹄下，两壁间深达四米，第二排推着第一排，第三排推着第二排，战马兀立后仰，跌倒在地上，四脚朝天往下滑，把骑兵翻倒在地。队伍无法后退，整个纵队成了一个抛射物。本来是用来摧毁英国人的冲力，反倒把法国人粉碎了。无情的裂谷不填满尸体决不罢休。骑兵

---

① 俄耳甫斯是希腊神话中的诗人和歌手。

和战马乱作一团，滚下山沟，互相踩死碾碎，深谷里填满了尸体。当这裂谷填满后，余下的人就踩着他们冲过去。杜布瓦旅近三分之一人马在这沟谷里丧命。

法国在这场战役中从此开始失利。

当地流传说，两千匹马和一千五百名骑士葬身在这条凹路里，这显然是夸大其词了。这个数字，可能把第二天扔进裂谷的其他尸体也算进去了。

顺便说一句，就是这个损失惨重的杜布瓦旅，一个小时前，还孤军作战，夺取了吕内布尔营的军旗。

拿破仑在命令米约的骑兵冲锋之前，也曾勘察过地形，但没发现这条凹路，因为它在这高地上连皱褶也未形成。然而，那座白色小教堂却表明尼维尔公路上有一个拐弯，拿破仑有所警觉，怕那里会有障碍，很可能问过向导拉科斯特。向导摇了摇头。几乎可以说，拿破仑的灾难，是一个农民摇头造成的。

其他一系列灾难将接踵而至。拿破仑有可能打赢这一仗吗？我们的回答是否定的。为什么？是因为威灵顿？是因为布卢歇？都不是。是因为上帝。如果拿破仑在滑铁卢取胜，那就违背了十九世纪的法则。其他一系列事件正在酝酿中，却不再有拿破仑的位置。时势早已对他心怀恶意。这个巨人坠落的时刻到了。

这个人分量太重，使人类的命运失去了平衡。他一个人的重量比全人类的还要大。人类过于旺盛的活力如果都集中到一个人的头脑中，世界如果全装进一个人的脑袋里，这种状况若是延续下去，文明必遭灭顶之灾。现在是至高无上、铁面无私的公理考虑行动的时候了。也许，决定物质和精神正常运转的种种原则和因素也怨声载道了。鲜血冒着热气，公墓人满为患，母亲们痛哭流涕，这都是有力的控诉。当大地负荷过重，冥冥中会发出神秘的怨艾，上帝能够听见。

拿破仑在无限面前受到告发，他的毁灭已成定局。他成了上帝的绊脚石。

滑铁卢绝非一场战役，而是宇宙改变阵线。

十　圣约翰山高地

在出现裂谷的同时，英国炮队也揭去了伪装。

六十门大炮和十三个步兵方阵，对着法国铁甲骑兵猛烈开火。无畏的德洛尔将军向英国炮队行了个军礼。

英国机动炮兵部队全都飞回方阵。法国铁甲骑兵一刻也没停足。凹路造成了惨重伤亡，给他们带来了灾难，但他们毫不气馁。他们这种人，伤亡越多，就越勇敢。

只有瓦蒂埃纵队惨遭灾祸，德洛尔纵队没伤一兵一卒，顺利到达了目的地，因为内伊似乎预感到有埋伏，让他们从左边斜插过去。

法国骑兵冲向英军方阵。肚腹贴地，缰绳松开，嘴衔军刀，手握短枪，这就是当时冲杀的情景。在战斗中，有时精神会使躯体变硬，以致士兵会变成石雕，肉体会变成花岗石。英军在法军的疯狂攻击下而岿然不动。那场面令人胆战心惊。

英军各方阵四面受到攻击。法骑兵似一股狂暴的旋风，将他们团团包围。英步兵沉着镇定，无动于衷。第一排单膝跪地，用刺刀迎击敌骑兵，第二排用枪向他们射击。第二排后面的炮兵给大炮装上炮弹，方阵正面闪开，让炮弹射出，随即又合拢。法骑兵则报之以横冲直撞。高大的战马用后腿立起，从人头上跳过去，从枪尖上越过去，巨大的身躯落在四堵肉墙中间。炮弹在骑兵中间炸出一个个窟窿，骑兵在方阵中间冲出了一个个缺口。一排排人被马蹄践踏，倒在地上。刺刀戳进神骑手的腹部。伤口奇形怪状，史无前例。在骑兵猛烈的冲击下，英军方阵越来越小，但依然不急不躁。他们不停地射击，炮弹在进攻的敌人中间爆炸。战斗的场面可怕之极。那些方阵不再是一营营士兵，而是一个个火山口；那些骑兵不再是骑兵队，而是暴风骤雨。每个方阵都是受到乌云袭击的火山，熔岩在和霹雳交战。

最右边的方阵没有遮掩，最为暴露，冲突刚开始，就几乎被全歼了。

那是由苏格兰高地兵七十五团组成的方阵。方阵中央有一个吹风笛的士兵，周围敌我双方正在厮杀，他却坐在一面鼓上，风笛夹在腋下，对周围发生的事毫不注意，低垂着那双发出森林湖泊反光的忧郁的眼睛，吹着山地歌曲。这些苏格兰人临死还想着洛锡安山峰①，正如希腊人死时想着阿耳戈斯②。一个骑兵一刀砍下了风笛和夹着风笛的胳膊，歌手死了，歌曲也停了。

法国骑兵相对来说人数处于劣势，加之在裂谷里遭受重创，而面对的几乎是整个英国军队，但他们一个顶十个，数量反而增加了。这时，那几个汉诺威营顶不住了。威灵顿见状，便想到了他的骑兵。如果拿破仑此时能想到他的步兵，他可能会打赢这一仗。这一疏忽铸成了致命的大错。

进攻的法国骑兵突然觉得自己受到了袭击。英国骑兵队已来到他们背后。他们前有步兵方阵，后有索墨塞。索墨塞是一千四百名英国近卫龙骑兵。索墨塞的右侧是多恩贝格尔的德国轻骑兵，左侧是特里普的比利时枪骑兵，法国的铁甲骑兵前后左右受到步兵和骑兵的攻击，得应付四面八方的敌人。这有什么？他们是旋风。他们变得英勇无比。

此外，英国炮队在他们身后不停地咆哮。不如此，就伤不了他们的背部。在所谓的滑铁卢陈列馆里，收藏着他们的一个胸甲，左肩被一颗霰弹穿了个窟窿。对于这样的法国人，就得需要这样的英国人。

这不再是一场混战，而是一种幻影，一种疯狂，是心灵和勇气令人眩晕的并发，是刀光剑影的风暴。刹那间，一千四百名近卫龙骑兵只剩下八百了，他们的富勒上校落马而死。内伊带领勒费布尔-德努埃特的枪骑兵和轻骑兵赶来增援。圣约翰山高地占领了又失去，然后再占领。法国铁甲骑兵丢开敌骑兵，转而攻击步兵，更确切地说，那群乱作一团的人马互相扭打，谁也不肯松开。英国步兵方阵坚持着。先后有十二次猛攻。内伊骑的马死了四匹。铁甲骑兵有一半留在了圣约翰山高地。战斗

---

① 洛锡安山为苏格兰山脉名。

② 阿耳戈斯为希腊地名。

持续了两小时。

英军深受震撼。毫无疑问，假如铁甲骑兵最初没在凹路上受重创，恐怕早已捣毁了敌军的中路防线，胜利也就在握了。克林顿经历过塔拉韦拉[①]和巴达霍斯[②]两大战役，见到如此神勇的骑兵队，也惊得不知所措。威林顿获胜的希望不大，但仍不失英雄气概地表示钦佩，低声说了句："了不起！"

铁甲骑兵歼灭了十三个英国方阵中的七个方阵，夺取或钉塞火门共六十门大炮，夺得了六个团的军旗，由三名铁甲骑兵和近卫军的三名轻骑兵前往佳盟农庄，将那些军旗送交给拿破仑。

威灵顿的情况非常糟糕。这场奇特的战役，就像是两个伤员之间的激烈搏斗，双方都坚持战斗，流血不止。两人中谁先倒下呢？

高地的争夺战仍在继续。

铁甲骑兵究竟打到了什么地方呢？谁也说不清楚。但有一点可以肯定，战斗的第二天，在圣约翰山给车辆过秤的磅秤架上，即在尼维尔、热纳普、拉于尔普和布鲁塞尔四条公路的交会处，发现了一个铁甲骑兵和一匹马的尸体。这个骑兵穿越了英国的一道道防线。在抬他尸体的人中，有一个至今还生活在圣约翰山。他叫德阿兹。当时他十八岁。

威灵顿感到坚持不住了。危机即在眼前。

英军中部防线没有攻破，从这个意义上说，铁甲骑兵并没有成功。双方都占领了高地，但也可说谁都没有占领。总而言之，大部分高地在英国人手里。威灵顿占据着村庄和最高的平地，内伊只占据山顶和斜坡。双方似乎都在这满目疮痍的土地上扎了根。

但是，英军的虚弱似乎是无可挽回了。这支军队伤亡极其惨重。左翼的肯普特请求增援。"派不出来了，"威灵顿说，"让他死吧！"几乎就在同时，——这一巧合说明双方都已精疲力竭——，内伊要求拿破仑派步兵增援，拿破仑嚷道："步兵！叫我到哪里去弄步兵？要我变出来吗？"

---

① 塔拉韦拉为西班牙地名。一八〇九年，威灵顿在此大败法军。

② 巴达霍斯为西班牙地名。一八一一年被法国攻占。

然而，伤得最厉害的是英军。那些钢胸铁甲的骑兵队，凶猛地向前推进，把英国步兵打得落花流水。一面军旗围着几个人，表明那里是一个团的阵地；某个营只剩下一个上尉或中尉当指挥；阿尔滕师在圣海牙就已损失惨重，现在几乎全军覆灭；范克鲁兹旅勇猛的比利时人，全部倒在尼维尔公路旁的黑麦田里；荷兰近卫军几乎全部歼灭，一八一一年，在西班牙战场上，他们曾和我军一起同威灵顿打过仗，而在一八一五年，却归附英国人，同拿破仑作战。军官伤亡惨重。尤克斯布里奇膝骨炸断，第二天叫人埋葬了那条断腿。在这场战斗中，如果说法国方面的德洛尔、莱里蒂埃、科贝尔、德诺普、特拉韦和布朗卡等人丧失了战斗力，那么在英国方面，则是阿尔滕受伤，巴恩受伤，德朗塞阵亡，范默兰阵亡，奥姆普特拉阵亡，威灵顿的参谋部伤亡惨重。在这血淋淋的平衡中，英军的损失更大。近卫军第二步兵团损失了五名中校、四名上尉和三名旗手，第三十步兵团的第一营损失了二十四名军官，一千二百名士兵。第七十九山地团二十四名军官负伤，十八名军官阵亡，四百五十名士兵牺牲。坎伯兰团的汉诺威骑兵，在他们的团长哈克率领下，面对激烈的混战，竟然掉头逃向索瓦涅森林，致使布鲁塞尔人心惶惶，哈克上校后来因此受到了审判，被罢免了职务。那些运输车、行李车、辎重车和满载伤员的篷车，看到法国人步步向前推进，逼近森林，便赶紧冲进森林。荷兰人被法国骑兵砍得落花流水，高喊“救命！”。据今天还活着的证人说，从绿杜鹃到格罗南代，在通往布鲁塞尔的公路上，将近两里长的路上挤满了逃兵。人们恐惧万状，连在梅赫林的孔代亲王和在根特的路易十八也惊惶失措起来。除了圣约翰山农庄战地医院后面还有少量排成梯队的后备骑兵，左翼还有维维安和旺德勒两个骑兵旅，可以说，威灵顿已经没有骑兵了。到处是残缺不全的大炮。西博恩对这些事实供认不讳，普林格尔则夸大其词，甚至说英荷联军仅剩三万四千人。那位铁公爵[①]依然神色镇定，但嘴唇却变白了。在英军指挥部里观战的奥地利特派员樊尚、西班牙特派员阿拉瓦，都以为威灵顿公爵完蛋了。五点钟，威灵顿

---

① 铁公爵是威灵顿的绰号。

掏出怀表，凄然地低声说："布吕歇不来就完了！"

差不多就在这个时候，远远看见在费里舍蒙那边的高地上，有一队刺刀在闪烁。

从此，这场鏖战发生了戏剧性的变化。

十一　拿破仑遇到坏向导，比洛遇到好向导

大家都知道拿破仑令人心酸的错误估计：他盼望格鲁希，不料来了布吕歇；希望得救，却来了死神。

命运常会像这样急转直下；他期待统治天下，却望见了圣赫勒拿岛①。

假如给布吕歇的副将比洛当向导的那个牧童，建议他从费里舍蒙上面，而不是从普朗斯诺瓦下面走出森林，那么，十九世纪的面貌也许就不一样了。拿破仑便会打赢滑铁卢这场战役。普鲁士军队如果不走普朗斯诺瓦下面那条路，就会进入一个山谷，炮兵过不去，比洛也就来不了。

然而，据普鲁士将军米富林说，布吕歇晚到一小时，就见不到站着的威灵顿了，"这一仗也就输定了"。

可见比洛来得正是时候。再说，他还耽搁了许多时间。他在狄翁山宿营，天蒙蒙亮便出发。但路很难走，部队在烂泥中行进。炮车陷进泥里直达轮毂。此外，过迪尔河，必须经过狭窄的瓦弗尔桥，况且，法国人在通往那座桥的街上放了火，两旁的房屋火势正旺，炮队的弹药车和辎重车要等火熄了之后才能通过。已是中午了，比洛的先头部队尚未抵达圣朗贝小教堂。

假如这场战役早两个小时开始，四点就能结束，布吕歇到达时，拿破仑已经获胜。总之，人世间的机缘巧合无穷无尽，就像是无边无际的宇宙，高深莫测。

---

① 圣赫勒拿岛是拿破仑在滑铁卢战败后的囚禁地。

中午刚过，拿破仑皇帝用望远镜眺望，第一个看到天边有什么东西，引起了他的注意。他说："我看见那里有团黑云，好像是军队。"接着，他问达尔马蒂公爵："苏尔特，您看圣朗贝小教堂附近有什么？"苏尔特元帅举起望远镜，朝那边看了看，回答说："有四五千人，陛下。肯定是格鲁希。"可那团东西在轻雾中静止不动。参谋部所有人都举起望远镜，研究皇帝指出的那团"黑云"。有些人说："那是队伍，中途休息。"大部分人说："那是树林。"事实上，那团黑云静止不动。拿破仑派多蒙的轻骑兵师去那里侦察。

比洛确实没有前进。他的先头部队力量太弱，杯水车薪，无济于事。必须等候主力部队到来。他接到命令，在进入阵地前，部队先集中起来。可是，到了五点钟，布吕歇见威灵顿处境危急，便命令比洛进攻，他说了一句非同凡响的话："得给英军送些空气。"

不一会儿，洛斯坦、希勒、哈克和里塞尔各师人马，在洛博兵团面前摆开阵势，纪尧姆·德·普鲁士亲王的骑兵从巴黎树林里冲出来，普朗斯诺瓦火光冲天，普鲁士军的炮弹雨滴般射来，甚至落到拿破仑身后近卫军的队伍中。

十二　帝国近卫军

后来的情况大家都知道：第三支军队突然降临，战局出现了变化，九十六门大炮骤然齐声轰鸣，皮尔希第一团在比洛带领下突然出现，齐坦骑兵队在布吕歇亲率下突然降临，法国人被击退，马科涅被扫出奥安高地，迪吕特被逐出帕珀洛特，东泽洛和基约向后撤退，洛博侧面受攻击，夜幕降临时，一场新的攻势扑向我们支离破碎的队伍，英军全线发起进攻，猛烈向前推进，在法军阵线中冲出了一个大缺口，英普两军的炮火相互配合，造成大量伤亡，法军正面惨败，侧翼惨败，在这全线崩溃的可怕形势下，近卫军加入战斗。

他们感到必死无疑，于是高呼："皇帝万岁！"预感到死亡来临，却爆发出惊天动地的欢呼，历史上从没有过如此动人的场面。

那天，天空中一直乌云密布。傍晚八点，天际突然云开雾散，血红凄恻的夕晖，透过尼维尔公路边的榆树射出来。在奥斯特里茨看到的却是旭日东升。

近卫军各营都由一个将军率领，去迎接这悲壮的结局。弗里昂、米歇尔、罗盖、阿尔莱、马莱、波雷·德·莫旺全都上阵迎战。当头戴大鹰徽高帽的近卫军战士整齐、从容、威武地出现在混战的烟雾中时，连敌人都对法兰西肃然起敬，以为看见了二十个胜利女神展翅飞临战场，胜者反以为自己是败者，纷纷后退，可是，威灵顿大吼一声："卫士们，起立，瞄准！"伏在绿篱后面的英国红衣近卫团站起来，一阵密集的射击，将在我们雄鹰周围微微颤动的三色旗打得千疮百孔。双方一齐冲杀，最后的屠杀开始了。在黑暗中，帝国近卫军感到周围的军队正在放弃阵线，大规模溃逃，他们听见"逃命"的喊声代替了"皇帝万岁"的呼声。尽管身后的军队四处溃逃，他们却继续前进，每前进一步，伤亡越惨重。没有一个人犹豫，没有一个人胆怯。在这支部队中，士兵和将军一样英勇。明知自取灭亡，但都勇往直前。

内伊视死如归，奋不顾身，迎着枪林弹雨，拼力厮杀。他的第五匹坐骑也被砍死了。他浑身汗水淋淋，双眸射出怒火，嘴唇满是白沫，衣扣全部解开，一只肩章被英国近卫骑兵砍掉了一半，大鹰帽徽被一颗子弹打出了窟窿。他满身是血，满身是泥，英勇绝伦，手举断剑高喊："你们来看看一个法国元帅怎样战死疆场吧！"可他想死却没有死成。他气愤之极，脸上露出凶狠的神态。他气势汹汹地问德鲁埃·代尔隆："你不想死吗，你？"面对以多克少的英国炮队的猛烈扫射，他大吼大叫："怎么就打不中我？啊！我希望英国人的炮弹全都打进我的肚子里！"倒霉的人啊，还是留下来吃法国人的子弹吧！①

① 内伊在一八一五年十月七日第二次王朝复辟时期被元老院处死。

十三　灾难

帝国近卫军身后的溃逃景象惨不忍睹。

法军突然全线后撤，从乌戈蒙，从圣海牙，从帕珀洛特，从普朗斯诺瓦。“叛徒！”和“逃命！”的喊声此起彼伏。军队溃逃，犹如江河解冻。一切都在退却，破裂，爆裂，漂浮，滚动，坠落，碰撞，加速，狂奔。如此溃乱的场面闻所未闻。内伊借了匹马，一跃而上，没了帽子，没了领带，没了宝剑，堵在通往布鲁塞尔的公路上，不让英国人也不让法国人过去。他竭力留住部队，喊他们回来，破口大骂，想力挽狂澜，阻止溃逃。他不知所措。士兵们喊着“内伊元帅万岁！”躲开他。迪吕特的两团人马惊慌失措，逃过来逃过去，一边是普鲁士枪骑兵大砍大杀，另一边是英国肯普特、贝斯特、派克和赖兰特等旅猛烈射击，他们夹在中间，就像船在颠簸。最可怕的混战莫过于逃跑。为了争夺逃路，朋友之间互相残杀，骑兵部队和步兵部队互相踩踏，互相挤撞，犹如大海白浪翻滚。洛博和雷耶各为左右两翼，也被卷进了浪涛中。拿破仑让残余的近卫军组成人墙，但无济于事。他命令残余的骑兵队做最后挣扎，也于事无补。各部队都在敌人面前退却：基约在维维安面前，克勒曼在旺德勒面前，洛博在比洛面前，莫朗在皮尔希面前，多蒙和絮贝维克在纪尧姆·德·普鲁士亲王面前。曾率领拿破仑的骑兵队发起冲锋的居约，跌落在英国龙骑兵的铁蹄下。拿破仑策马追赶逃兵，训斥他们，敦促和威胁他们，苦苦哀求他们。上午，那些人还在高呼皇帝万岁，现在却一个个目瞪口呆，好像不认识他了。普鲁士骑兵队刚来到战场，向前猛冲，向前飞奔，挥动着军刀乱砍、乱劈、乱斩、乱杀，把敌军斩尽杀绝。马车蜂拥奔跑，大炮拼命逃跑，辎重兵解开辎重车，夺过马就逃命，辎重车四脚朝天，阻塞了道路，提供了屠杀的机会。大家互相挤轧，互相践踏，从死人和活人身上走过去。胳膊乱挥乱舞。四万人被打得四处逃遁，大路、小路、桥梁、平原、山丘、山谷、树林，到处都挤满了逃兵。人们乱叫乱嚷，陷入绝望之中，背囊和枪支扔进黑麦田里，用刀剑劈出一条通路，不再有战友，不再有长官，不再有将军，惊骇恐惧之状非笔墨所能形容。齐坦把法兰西杀了个痛快。雄狮变成了狍子。这就是大溃逃的情景。

在热纳普，法军试图转身抵抗，将敌人堵住。洛博集合了三百人，在村口设置障碍，但是，普鲁士人刚开始射击，他们就又逃跑，洛博也被敌人抓住。今天，在道路的右侧，离热纳普几分钟路的一座破砖房山墙上，还可以看到当年扫射留下的弹痕。普鲁士人冲进热纳普，显然，他们狂怒不已，因为胜利来之太易。他们穷追不舍。布吕歇下令将敌人斩尽杀绝。这曾有过恶劣的先例，罗盖不让法国近卫兵给他带回普鲁士俘虏，违者格杀勿论。比起罗盖来，布吕歇有过之而无不及。法青年近卫军的将军迪埃斯默被逼到了热纳普一家旅店的门口，向一个普鲁士骑兵缴剑投降，可那死神的骑兵接过剑，把俘虏杀死了。胜利以屠杀战败者告终。既然我们代表历史，让我们惩罚吧：老布吕歇这样做，毁了自己的名声。疯狂的屠杀使溃逃中的法国人雪上加霜。走投无路的溃军穿过热纳普，穿过四臂村，穿过戈斯利，穿过弗拉斯内，穿过夏勒鲁瓦，穿过蒂安，到了边境才停下来。唉！是谁这样落荒而逃？是法兰西伟大的军队。

这支军队曾以英勇善战震惊历史，现在却晕头转向，惊恐万状，彻底崩溃，这难道是无缘无故的吗？不是的。一只巨大的右手在滑铁卢投下了阴影。那是命运作威作福的一天。是超人的力量造就了那一天。因此，千军万马才会惊惶逃遁；因此，俊杰英华才会缴械投降。征服过欧洲的人，现在被打得落花流水，无话可说，无事可做，感到冥冥之中，有一个可怕的人存在。**他们命该如此**[①]。那一天，人类的前景发生了变化。滑铁卢是十九世纪的铰链。那位伟人必须消失，历史才会进入伟大的世纪。有个至高无上的人主动完成了这件事。那些英雄们为何如此恐慌，也就得到了解释。在滑铁卢战役中，不只是有乌云，还有流星。上帝曾

---

① 原文为拉丁语。

经过这里。

夜幕降临，在热纳普附近的一块田里，贝尔纳和贝特朗抓住一个人的衣襟想拦住他。那人神色惊慌，若有所思，脸色阴沉，他被溃逃的人流裹卷到这里，刚刚下马，用胳膊夹住缰绳，眼神恍惚迷离，孤身一人回滑铁卢去。这是拿破仑，这个伟大的梦游人，尽管梦幻已经破灭，仍硬撑着往前走。

十四　最后一个方阵

法近卫军的几个方阵一直坚持到天黑，在溃逃的急流中岿然不动，犹如岩石在流水中一动不动。黑夜降临，死神也降临，他们等待这双重黑暗，不屈不挠，任凭它们包围过来。每个团都是孤军奋战，与四面被击溃的军队不再有联系，甘愿等待死亡。他们占领阵地，准备决一死战，有的占领罗索姆高地，有的占领圣约翰山的平原。这些黑乎乎的方阵，孤立无援，虽已战败，却令人生畏，坚强不屈地进行垂死挣扎。乌尔姆、瓦格拉姆、耶拿、弗里德兰[①]也随他们一起死去。

将近晚上九点，圣约翰山高地脚下，还剩下一个方阵。他们还在这阴森森的山谷里浴血奋战，铁甲骑兵爬过的那面山坡，如今布满英国军队，胜利的敌炮兵集中火力向他们射击，炮弹似雨滴般密集。那方阵的指挥是个名不见经传的军官，叫康布罗纳。敌军每次轰击，方阵总要缩小一些，但仍然反击。他们用步枪对抗大炮，方阵的四个面越来越缩短。逃跑的法国人有时停下来喘口气，在黑暗中，远远地听见那凄厉的枪声渐渐减少。

当这支部队只剩下几个人，当他们的军旗成了一块破布，当他们子弹打尽，步枪成了棍子，尸体堆积如山，活人所剩无几时，那些胜利者，面对这些临死不屈、心灵高尚的人，产生了一种神圣的恐惧感，英国炮

① 这些都是拿破仑打胜仗的地方。

队便停下来歇口气。那是暂时的缓解。在战士们周围，一个个骑马的人影，一门门大炮的黑影，犹如一个个幽灵鬼怪，透过炮轮和炮架，他们看见白茫茫的天空。在硝烟弥漫的战场深处，英雄们始终隐约望见死神的大骷髅在逼近他们，逼视他们。在暮色中，他们听得见敌人装炮弹的声音，点燃的信管，宛若夜间猛虎的眼睛，在他们脑袋周围形成一个圈子，英国炮队的点火棒一齐凑近大炮，这时，英国的一位将军，有人说是科尔维尔，还有人说是梅特兰，逮住这最后一分钟，激动地向英雄们高喊："勇敢的法国人，投降吧！"康布罗纳回击："去你妈的！"

十五　康布罗纳

这可能是法国人说过的最美的一句话，可法国读者特爱面子，听不得人向他们重复这句话，禁止将这妙语写进历史。

我们却要冒一冒风险，破一破这个禁令。

因此，在这些巨人中间，有一个提坦巨神，那就是康布罗纳。

说完这句话，然后死去。还有什么比这更伟大的呢？因为只求一死，也是死。如果说他在枪林弹雨中侥幸活了下来，那不是他的错。

滑铁卢战役的获胜者，既不是溃不成军的拿破仑，也不是在四点钟后退、五点钟绝望的威灵顿，更不是不打即胜的布吕歇，而是康布罗纳。

用这样一句话，回击向你杀来的霹雳，这才是胜利。

用这个词来回击灾难，说这句话来反驳命运，给未来的狮子[①]放上这块基石，对头天夜里的大雨，对乌戈蒙险恶的高墙，对奥安那条凹路，对格鲁希的姗姗来迟，对布吕歇的从天而降，进行这样的还击，身在坟墓还不忘嘲讽，倒下了还依然挺立，将欧洲联盟军淹没在这两个音节中，把恺撒们领教过的茅坑献给国王们，将最粗俗的一个词，掺进法国式的闪电，变成最美的一个词，以狂欢节最后一天的嬉笑怒骂，来结束滑铁

① 指滑铁卢纪念墩上的铁狮。

卢战役，用拉伯雷[①]来补充莱奥尼达斯[②]，用一句难以启齿的妙语来总结胜利，虽丧失地盘却垂名史册，虽遭杀戮却使敌人成为取笑对象，这是多么伟大的事。

这是对雷电的辱骂。可与埃斯库罗斯[③]的伟大相提并论。

康布罗纳的这句话，产生一种崩裂的效果。那是蔑视冲破胸腔引起的崩裂，是临死前的极度愤懑引起的爆裂。谁获得了胜利？是威灵顿吗？不是。没有布吕歇，他必败无疑。是布吕歇吗？不是。没有威灵顿的开始，哪有布吕歇的结束！这个康布罗纳，这个最后一刻的过路客，这个无名小卒，这个战争中最不引人注目的小人物，感到那里面有假象，一场灾难中的假象更令人痛心疾首，正当他愤怒得要发作时，有人却来嘲弄他，要他缴械投降，苟且偷生。他怎能不暴跳如雷？

他们全在这里，欧洲的君王们，幸运的将军们，打着响雷的朱庇特们，他们有十万胜利的大军，在这十万后面，还有一百万，他们的大炮张开大嘴，信管已经点燃，他们脚下踩着帝国近卫军和法兰西军队，他们刚刚压垮了拿破仑，现在只剩下康布罗纳了，只剩下这条蚯蚓可以抗议了。他要抗议。于是，他寻找一个词，如同寻找一把利剑。他愤怒得口吐白沫，而那白沫，便是那个词。面对这非凡而又平凡的胜利，面对这没有胜利者的胜利，这个绝望的人挺直腰杆；他感受到这胜利的重力，但也看到了它的虚无；他感到啐一口还不足以解恨；既然在数量、力量和物质上处于劣势，他从心底里找到了一个词，那就是“去你妈的”。我们重复这个词。这样说、这样做、找到这样一个词的人，才是真正的胜者。

在这决定命运的时刻，伟大时代的精神启发了这个无名小卒。康布罗纳找到滑铁卢的这个词，正如鲁日·德·李尔[④]创作《马赛曲》一样，受到了上天的启示。一股神圣的飓风从天吹来，从这两个人身上穿过，

---

① 拉伯雷（1494—1533），文艺复兴时代法国作家，擅长讽刺。

② 莱奥尼达斯（?—前48），斯巴达国王，在与波斯作战中阵亡。

③ 埃斯库罗斯（约前525—前456），希腊悲剧之父。

④ 鲁日·德·李尔（1760—1836），法国军官和作曲家。所作《马赛曲》为法国国歌。

他们颤抖了一下，于是，一个唱起了至高无上的战歌，另一个则发出了惊天动地的怒吼。这句提坦巨人表示蔑视的话，康布罗纳不只是以帝国的名义冲着欧洲说的，那样太微不足道了；而是以革命的名义对过去说的。人们听到了这句话，人们在康布罗纳身上看到了巨人们古老的灵魂。仿佛是丹东[①]在演说，或是克莱贝尔[②]在吼叫。

康布罗纳说了这句话后，那英国人回答："开火！"英国大炮喷出火焰，一时山摇地动，最后的炮火从所有的铜嘴里喷出，惊天动地，硝烟滚滚，初生的月亮将那硝烟微微映白，等烟雾消散后，就什么也不存在了。最后剩下的英雄们，全被歼灭了，近卫军覆没了。那座活堡垒的四堵墙，全都倒在地上。在尸体中间，这里那里，间或可以看到有人在抽搐。就这样，比罗马军团还要强大的法兰西军团，在圣约翰山上全军覆没了，他们躺在浸满了雨水和血水的土地上，躺在阴森凄凉的麦田里。今天，那是约瑟夫每天凌晨四点的必经之地，他愉快地吹着口哨，鞭打着马，到尼维尔去送邮件。

十六　将领的分量有多重[③]

滑铁卢战役是个谜。无论胜者，还是败者，都搞不清楚。拿破仑看到的是恐惧[④]，布吕歇看到的是炮火，威灵顿则莫名其妙。看看那些报告吧。战报含糊其词，评论不能自圆其说。这些人结结巴巴，那些人期期艾艾。约米尼把滑铁卢战役分成四个阶段，米富林分成三个突变，唯有夏拉别具只眼，除了在某几个问题上我们不敢苟同外，从总体上说，他抓住了那位伟人同天意交战而造成的这场灾难的主要特点。其他所有的

---

① 丹东（1759—1794），法国大革命时期的政治家。

② 克莱贝尔（1753—1800），法国将军。

③ 原文为拉丁语。

④ "只因一时恐慌，一场战役未能善始善终，一天未能有好的结束，错误的措施未能得到弥补，以后也就不可能取得更大的胜利。"（拿破仑《圣赫勒拿岛口述》）——原注

历史学家都有些头晕目眩，只好在这眩晕中摸索。那是令人震惊的一天，军人专制政体土崩瓦解（令国王们惊讶的是，这波及到所有的王国），武力覆灭，战争溃败。

在这个事件中，必然有上天干预的痕迹，人的作用微乎其微。

假如将滑铁卢从威灵顿和布吕歇手中收回，英国和德国会失去什么吗？不会。无论是赫赫有名的英国，还是令人敬畏的德国，都与滑铁卢的问题没有关系。感谢上苍，人民的伟大不取决于用武力冒险。德国、英国、法国不是剑鞘能容纳得了的。在这个时代，滑铁卢充其量不过是刀剑的一声撞击，德国歌德的声名超过布吕歇，英国拜伦的声名超过威灵顿。我们这个世纪，是光辉的思想广泛升起的时代，在这曙光中，英国和德国都有自身的灿烂光辉。他们的思想使他们绚烂壮丽。他们文明程度的提高是内在的，源自他们自身，而非某个意外事件。他们在十九世纪变得强盛，与滑铁卢毫无关系。只有野蛮民族才会凭一次胜利，突然强盛起来。那是昙花一现的虚荣，犹如暴雨涨满的河水，转瞬即逝。文明的民族，尤其在我们这个时代，不会因为一个将领的运气好坏而起落升降。他们在人类中间的重量，不取决于一场战争，而是其他。他们的荣誉，感谢上帝，他们的尊严，他们的光辉，他们的才华，不是那些英雄和征服者在玩战争赌博时所能下注的筹码。常常是战争失败了，社会却获得了进步。少一些光荣，就会多一些自由。战鼓停了，理智就会说话。那是败者获胜的游戏。因此，让我们心平气和地从交战双方谈谈滑铁卢。把属于运气的归于运气，属于上帝的归于上帝。滑铁卢是什么？是一次胜利吗？不是。是一次赌博。欧洲赢了，法国输了。实无很大必要在那里立一头狮子。

此外，滑铁卢是有史以来最奇特的一次交锋。拿破仑和威灵顿。他们不是敌人，而是两个截然相反的人。上帝向来钟爱对照反衬，但他从没创造出比这更强烈的对照，更奇特的反衬。他们一个准确，有远见，缜密，谨慎，退则有路，留有余地，沉着冷静，井井有条，战略上因地制宜，战术上讲求平衡，杀人有度，攻守有时，从不盲目，有传统的勇气，绝对彬彬有礼；另一个凭直觉，爱预见，用兵奇特，有超人的本能，目光如炬，似鹰般犀利，如雷般有力，恃才傲世，高深莫测，善于利用命运、河川、平原、森林、山丘，责令甚至强迫它们俯首听命，专横跋扈，甚至对战场也施暴虐，相信星相，但也相信战略，常把二者结合起来，增加了信心，但也扰乱了信心。威灵顿是军事上的巴雷姆[①]，拿破仑是军事上的米开朗琪罗。这一次，谋算战胜了天才。

双方都在等待一个人。善计算的人成功了。拿破仑等待格鲁希，他迟迟不来。威灵顿等待布吕歇，他来了。

威灵顿是代表古典式战争前来报仇雪恨的。波拿巴崭露头角之时，在意大利与古典式战争相遇，把它打得一败涂地。老枭在雏鹰面前落荒而逃。古老战术被打个落花流水，且愤愤不平。这个二十六岁的科西嘉人是谁？这个毛头小伙子，势单力薄，两手空空，没有粮食，没有弹药，没有大炮，没有鞋子，几乎没有军队，以寡敌众，向结盟的欧洲猛扑过来，竟然荒唐地取得了一个个令人难以置信的胜利！这是从哪里钻出来的可怕疯子？竟能不歇一口气，始终斗志昂扬，接连粉碎了德皇的五个军，将博利厄摔到阿文齐身上，乌姆塞摔到博利厄身上，梅拉摔到乌姆塞身上，马克摔到梅拉身上！这个新来的胆大妄为的战争狂人是谁？学院派军事家大败亏输，把他视作异端。因此，老恺撒主义对新恺撒主义、正规的刀法对神速的剑法、正规的编队对天才的编队，有着不可调和的仇恨。一八一五年六月十五日，这仇恨终于胜利了，它在洛迪、蒙特贝洛、蒙特诺特、曼图、马伦戈、阿科尔[②]下面，写上了滑铁卢。庸人得胜，多数人高兴。对于这一讽刺，命运欣然同意。拿破仑衰败时，又遇见了年轻的乌姆塞。

的确，要有乌姆塞，只须使威灵顿头发变白。

滑铁卢是一场一流的战役，却是一位二流的将领获胜。

在滑铁卢战役中，值得钦佩的是英国，是英国的坚定，英国的决心，英国的儿女。英国值得骄傲的，恕我直言，是她自己。不是她的将领，

---

① 巴雷姆（1640—1703），法国数学家。

② 以上都是拿破仑打胜仗的地方。

而是她的军队。

奇怪的是，威灵顿竟然忘恩负义，他在给巴瑟斯特勋爵的一封信中宣称，他的军队，一八一五年六月十五日奋战过的军队，是一支“糟糕的军队”。那些胡乱埋在滑铁卢耕田下面的英国士兵的白骨，听到他这样讲，会有何感想？

英国在威灵顿面前过于谦虚了。把威灵顿捧得那样高，就是在贬低英国。威灵顿和别的英雄没有两样。那穿灰色制服的苏格兰人，那近卫骑兵，那梅特兰和米切尔团的士兵，那派克和肯普特的步兵，那庞松比和索墨塞的骑兵，那冒着枪林弹雨吹风笛的苏格兰士兵，那赖兰特营的士兵，那刚刚入伍几乎不会使枪却敢于同身经埃斯林和里沃利[①]战役的老兵抗衡的新兵，这些人才算得上伟大。威灵顿表现得很顽强，这是他的优点，我们绝不否认，但是，他的步兵和骑兵中即使是最卑微的人也和他一样顽强。铁士兵和铁公爵一样有价值。至于我们，我们只歌颂英国士兵、英国军队和英国人民。如果说有胜利，那也得归于英国。滑铁卢的纪念圆柱，如果不是顶着一个人头像，而是让一个国家的人民高耸入云，那就更公正了。

但是，伟大的英国听到我们这番话，一定会恼火的。她虽然经历了他们的一六八八年和我们的一七八九年，却对封建制度仍抱有幻想。她仍相信世袭和等级。英国人民论强大和光荣，无人可与之匹敌，但他们只把自己当作民族，而不是人民。他们心甘情愿服从别人，让一个贵族作为自己的首领。工人任人蔑视，士兵任人鞭笞。大家还记得，在因克尔曼[②]战役中，据说，一个中士救了军队，但是，拉格伦勋爵在战报中未敢提及，因为按照英国军队的等级制度，军官以下的英雄是不能在战报上出现的。

在滑铁卢这样的交战中，我们最赞美的是那神奇的巧合。一夜大雨，乌戈蒙的高墙，奥安的凹路，格鲁希充耳不闻炮声，拿破仑的向导错误

---

① 埃斯林和里沃利是拿破仑打胜仗的地方。

② 因克尔曼为阿尔及利亚地名。

引导拿破仑，比洛的向导正确引导比洛，所有这些灾难，都是命运的巧妙安排。

总之，说实话，在滑铁卢与其说是打仗，不如说是屠杀。

在所有的对阵战中，就其参战的兵力而言，滑铁卢是战线最短的一次战役。拿破仑三公里，威灵顿两公里。双方均投入七万两千名战士。兵力这样密集，自然就成了屠杀。

有人做过统计，列出了如下的比例：阵亡人数：在奥斯特里茨，法国百分之十四，俄国百分之三十，奥地利百分之四十四；在瓦格拉姆，法国百分之十三，奥地利百分之十四；在莫斯科河，法国百分之三十七，俄国百分之四十四；在包岑，法国百分之十三，俄国和普鲁士百分之十四；在滑铁卢，法国百分之五十六，联盟军百分之三十一。滑铁卢阵亡人数总计百分之四十一。参战十四万四千人，阵亡六万人。

如今，滑铁卢的田野恢复了大地——人类不动声色的支柱——特有的宁静，和其他所有的平原没有两样了。

然而，每到夜里，就会升起一种幻象般的迷雾。若有旅行者经过那里，边走边看边听，像维吉尔[①]在惨淡的菲利皮平原上那样沉思默想，他眼前就会出现当年那场灾难的可怕幻象，惊心动魄的六月十八日便会复活，纪念墩的假山岗就会隐没，平淡无奇的狮子就会消失，战场便会恢复原貌，一排排步兵波浪起伏在原野上，狂奔的战马在天际驰骋。沉思的旅行者惊恐万状，他看见军刀烁烁，刺刀霍霍，炮弹闪着火光，雷声此起彼伏；他隐隐听见幽灵交战的呐喊声，有如坟墓里传来的呻吟；那些幽灵，是近卫兵，那些朦胧的闪光，是铁甲骑兵，那骷髅，是拿破仑，另一副骷髅，是威灵顿；所有这一切已不复存在，但仍在相撞，仍在战斗；山谷染红，树木战栗，杀气直达云霄，黑暗中，在圣约翰山、乌戈蒙、费里舍蒙、帕珀洛特、普朗斯诺瓦所有这些荒凉的高地上，似乎隐隐可见一群群幽灵在互相厮杀。

---

① 维吉尔（前71—前19），罗马最伟大的诗人。

十七　怎样看滑铁卢战役？

有一个非常可敬的自由派对滑铁卢毫无恨意。我们不属于这一派。在我们看来，滑铁卢是自由瞠目结舌的日子。这样一个卵，竟会孵出这样一只鹰，肯定是意想不到的。

若站在高处来看问题，滑铁卢是一次有预谋的反革命的胜利。是欧洲打击法国，彼得堡、柏林和维也纳打击巴黎，墨守成规打击勇于创新，是通过打击一八一五年三月二十日[①]来打击一七八九年七月十四日[②]，是那些君主国为对付不可制服的法国骚乱而做的战斗准备。他们的梦想就是扑灭似火山喷发了二十六年的伟大民族。不伦瑞克王室、拿骚王室、罗曼诺夫王室、霍亨索伦王室、哈布斯堡王室，与波旁王室[③]沆瀣一气，狼狈为奸。滑铁卢驮着神权。的确，既然帝国是专制的，按照事物的自然反应，王国就必然是自由的了，同样，令那些胜者万分懊恼的是，滑铁卢事与愿违地产生了立宪体制。因为革命不可能真正被挫败，革命乃是天意，绝对不可避免，总会重新出现，在滑铁卢之前，波拿巴推翻了旧王朝，滑铁卢之后，路易十八签署并接受了宪章。波拿巴让一个驿站车夫[④]当了纳不勒斯王，一个中士[⑤]做了瑞典王，用不平等来显示平等；路易十八在圣旺签署了人权宣言。你想知道革命是什么吗？就叫它进步吧。你想知道进步是什么吗？就叫它明天吧。明天不可抗拒地做着自己的事业，并从今天就开始。奇怪的是，它总能达到目的。它利用威灵顿让不

---

① 一八一五年三月二十日，是拿破仑从厄尔巴岛回来，进入巴黎的日子。

② 一七八九年七月十四日，是巴黎人民攻打巴士底狱的日子。

③ 不伦瑞克为英国王室，拿骚为荷兰王室，罗曼诺夫为俄国王室，霍亨索伦为德国王室，哈布斯堡为奥地利王室，波旁为法国王室。

④ 驿站车夫指缪拉（1767—1815），其父为旅馆主，一八〇八年封为那不勒斯王时，已是元帅。

⑤ 这位中士指贝纳多特（1764—1844），十七岁从军，从最低军职逐渐升到最高职级。一七八九年为上士。拿破仑只指定他为某个王位的继承人，他在一八一八年当瑞典国王时，拿破仑已垮台。

过是个士兵的富瓦[①]当了演说家。富瓦在滑铁卢倒下了，但在论坛上又站了起来。进步便是这样工作的。对这个工匠来说，任何工具都是好的。它泰然自若地让跨过阿尔卑斯山的那个人[②]和爱丽舍神甫那位走路蹒跚的老病夫[③]来完成它神圣的事业。它既利用征服者，也利用患足痛风的病人；利用征服者对外，利用病人对内。滑铁卢使得用武力捣毁欧洲王权的事业骤然停止，但另一方面，却使革命事业得以继续。刀斧手的时代业已结束，该让思想家来干了。滑铁卢想阻挡时代前进，但时代却从它身上越过，继续走自己的路。这场可悲的胜利，已被自由战胜。

总之，而且不容置疑，在滑铁卢获胜的人，在威灵顿背后微笑的人，将欧洲所有的元帅权杖，据说也将法兰西元帅权杖送到威灵顿手中的人，兴高采烈地将一车车夹带着枯骨的泥土推去构筑狮子墩的人，得意扬扬地在底座上写一八一五年六月十六日这个日期的人，鼓励布吕歇大砍大杀溃军的人，从圣约翰高地像窥视猎物那样窥视法兰西的人，都是反革命。那些反革命低声说着“肢解革命”这个卑鄙的词。他们来到巴黎，从近处看见了火山口，感到灰烬烫脚，于是改变了主意。他们回过头来，结结巴巴地谈论宪章。

对滑铁卢，要实事求是地看。绝无所追求的自由可言。反革命无意中成了自由主义者，正如无独有偶，拿破仑无意中成了革命者。一八一五年六月十八日，盛气凌人的罗伯斯庇尔变得哑口无言。

十八　神权东山再起

专制统治结束了。欧洲的一整套体制土崩瓦解。

法兰西帝国沉入黑暗，可与罗马帝国崩溃时的景象相比拟。仿佛回

① 富瓦（1775—1825），法国将军。滑铁卢战役中第十七次负伤。一八一九年进入议会，成为自由派的主要发言人。

② 跨过阿尔卑斯山的人指拿破仑。

③ 老病夫指路易十八，他患有足痛风。“爱丽舍神甫”是他的外科医生的绰号。

到了蛮族时代，又生活在黑暗的深渊中。不过，一八一五年的蛮族——应该直呼其小名反革命——持续的时间不长，很快便气喘吁吁，不知所措了。应当承认，法兰西帝国受到了哀悼，那是英雄们在落泪。如果说光荣在于用战争建立专制统治，那么，法兰西帝国便是光荣。它把专制可能散发的光芒，全部洒在大地上。那是阴暗的光。甚至可说是黑暗的光。与阳光相比，它就是黑夜。这黑夜的消失，犹如日食，是暂时的隐没。

路易十八回到巴黎。七月八日[①]的狂欢，使人忘记了三月二十日的狂热。那个科西嘉人和那个贝亚恩人[②]成了相反的两个人。杜伊勒利宫的圆顶换上了白旗。流亡的君主登上了宝座。那张哈特韦尔杉木桌，放到了路易十四的百合花宝座前。人们谈论布汶[③]和丰特努瓦[④]，就像在谈论昨天的事，而奥斯特里茨却已成为过去。祭坛和宝座亲如手足，威风凛凛。十九世纪拯救社会最无争议的一种形式，在法国和在欧洲大陆上确立起来。欧洲戴上了白帽徽。特雷斯塔翁[⑤]名噪一时。在奥尔赛沿河马路兵营的正面，**高于一切**[⑥]的箴言又出现在太阳图案的石拱门上。凡是驻扎过帝国近卫军的地方，房子都刷成了红色。骑兵竞技场凯旋门上，堆满了摇摇欲坠的胜利女神，它顶着这些新玩意，感到很不自在，想起马伦戈和阿科尔战役，也许有点羞愧，为了摆脱窘境，便竖起了昂古莱姆公爵[⑦]的塑像。马德莱娜公墓，那个九三年的万人冢，令人毛骨悚然的地方，铺上了大理石和碧玉，因为路易十六和玛丽-安托瓦内特的遗骸也在那些乱骨中间。在万森公墓，有一块墓碑立在地上，提醒人想起，昂吉安公爵[⑧]

---

① 一八一五年七月八日，路易十八第二次返回巴黎。下文三月二十日是指一八一五年三月二十日，拿破仑从厄尔巴岛重返巴黎。

② 科西嘉人指拿破仑，贝亚恩人指路易十八。

③ 布汶为法国地名。一二一四年，法国王室军队在此打败德军。

④ 丰特努瓦为比利时地名。一七四五年，法国王室军队在此战胜英军和荷兰军。

⑤ 特雷斯塔翁是在尼姆制造白色恐怖、进行血腥镇压的人。

⑥ 原文为拉丁语，出自法国太阳王路易十四（1638—1715）。

⑦ 昂古莱姆公爵（1775—1844），法国最后一个王太子。他参加过威灵顿的军队，与拿破仑对抗。

⑧ 昂吉安公爵（1772—1804），孔代家族成员。拿破仑怀疑他策划一场反对他的阴谋，于一八〇四年三月十五日夜里，在万森把他枪毙了。

死在拿破仑加冕的那个月。昂吉安公爵死后不久，庇护七世教皇为拿破仑举行了加冕仪式，现在又坦然地为他的坠落而祝福，正如当初为他的上升祝福一样。在申布伦，有一个四岁的小幽灵[1]，谁要是称他为罗马王，谁就是在煽动叛乱。这些事都已做了，国王们重新登上了宝座，欧洲的霸主关进了牢笼，旧制度又成了新制度，地球上的光明和黑暗互换了位置，只因夏天的某个下午，在一个树林里，一个牧童对一个普鲁士人说："走这边，不要走那边。"

这一八一五年就像是阴沉的四月。各种有害和有毒的旧事物都穿上了新外衣。谎言也拥护起一七八九年，神权戴上了宪章的面具，小说也言必称宪章，各种成见、迷信和私欲，只要记住宪章第十四条，也就披上了自由主义的外衣。其实那不过是蛇蜕皮。

拿破仑既使人变得伟大，又使人变得渺小了。在这物质灿烂的时代，理想也得了个怪名称，叫空想。嘲笑未来，是一个伟人不应该犯的严重疏忽。可是，人民，这个无限热爱炮手[2]的炮灰，却在用眼睛寻找他。他在哪里？他在做什么？"拿破仑死了。"一个行人对一个在马伦戈和滑铁卢战役中受伤的战士如是说。"他死了！"那战士嚷了起来，"您太不了解他了！"想象将这个败将神化了。拿破仑之后，欧洲陷入了黑暗。拿破仑的消失，使得很大一块地方长期人去楼空。

国王们乘虚而入。古老的欧洲乘机重新组织。于是出现了神圣同盟，而"佳盟"这个词事先已在倒霉的滑铁卢战场上出现过。

面对重新组织的古老欧洲，一个新法兰西的蓝图正在酝酿之中。拿破仑皇帝嘲笑过的未来，已破门而入。在它的额头上有颗星星，那就是自由。年轻人向它投去炽热的目光。奇怪的是，人们在热爱未来——自由的同时，竟也热爱起过去——拿破仑来了。失败反使败者的威望更高了。倒下的波拿巴似乎比站立的拿破仑更高大。获胜者却胆战心惊。英国派了赫德森·洛去看守他，法国则让蒙施尼去监视他。尽管他双臂交

---

① 拿破仑和玛丽·路易丝所生的儿子。

② 这里炮手指拿破仑。

叉，无所事事，但那些君王们仍然坐卧不宁。亚历山大称他为“让我失眠的人”。人们之所以恐惧，是因为他身上蓄集着革命的力量。波拿巴分子的自由主义可从这里得到解释和谅解。这个幽灵使旧世界索索发抖。君王们身坐王位心里发虚。因为天边还有圣赫勒拿岛那块岩石①。

当拿破仑在朗伍德濒临死亡时，在滑铁卢战场上阵亡的六万人正在静静地腐烂，他们的宁静传给了世界。维也纳会议因此签订了一八一五条约，欧洲把这叫作王朝复辟。

这就是滑铁卢战役。

这对无限来说有什么关系？那场风暴，那片乌云，那场战争，以及接踵而来的和平，那种黑暗，一刻也没能惊扰无限的目光，在它的眼里，在草丛里跳来跳去的蚜虫，和在圣母院钟楼之间飞来飞去的雄鹰没什么两样。

十九　战场夜景

让我们回到那凄惨的战场上，这对本书极有必要。

一八一五年六月十八日是个月圆的日子。明亮的月光有利于布吕歇穷追猛打，将逃兵的踪迹暴露无遗，把不幸的溃军交给疯狂的普鲁士骑兵，为屠杀助一臂之力。夜色常会给灾难推波助澜。

大炮停止射击后，圣约翰山原野上冷冷清清。

英国人占领了法国人的营地，在失败者的床上睡觉，这是确认胜利的惯常做法。他们越过罗索姆，然后安营露宿。普鲁士人继续前进，追击溃军。威灵顿则到滑铁卢村去给巴塞斯特写捷报。

如果说**要你们做，但不给报酬**②这句话曾适用过一次，那肯定是用在

---

① 滑铁卢战败后，拿破仑回到巴黎，迫于议会的压力，于一八一五年六月二十二日退位，流放圣赫勒拿岛，直至病死。

② 原文为拉丁语。出自维吉尔的一首讽刺诗。

滑铁卢村上。滑铁卢村什么也没做，离战场有半里路。圣约翰山遭到炮轰，乌戈蒙、帕珀洛特、普朗斯诺瓦被大火烧成灰烬，圣海牙受到攻击，佳盟目睹两个胜利者拥抱，但它们的名字却几乎无人知晓；滑铁卢在这场战役中毫无功劳，却誉满天下。

我们不是颂扬战争的人，遇到机会，我们就要数说一下它的真相。战争有其可怕的美，我们从没隐瞒过。但也要承认，它在有些方面是很丑的。最令人发指的，莫过于胜利后，立即搜索死者身上的财物。战斗结束后的第二天，晨曦总是在赤身露体的尸体上升起。

这是谁干的？是谁这样玷污胜利？是谁将丑恶的手偷偷伸进胜利的口袋里？是谁躲在光荣后面干起了扒手干的勾当？有几个哲学家，其中有伏尔泰，他们断言这样干的人恰恰是那些获胜的人。他们说，只会是同一些人，不会有别人，站着的人抢劫倒下的人。白天是英雄，夜里便成了吸血鬼。既然杀了人，总有权利在尸体上捞些什么吧。我们却不这样看。我们认为，摘取桂冠的和扒死人鞋子的，不可能是同一只手。

可以肯定的是，一般胜利者前脚走，小偷便后脚到。不要把士兵，尤其是当代士兵，牵扯到这里头。

任何军队都有尾巴，要指责的是他们。他们是一些蝙蝠般的人，半是强盗半是仆役的人，由被叫作战争这个黄昏孕育的种种飞鼠，穿军装却不打仗的人，假病号，心黑的轻伤员，有时携带妻子坐着板车贩卖私货卖出又偷进的火头军，自荐给军官们当向导的乞丐，随军仆役，偷庄稼的人，从前——不指现在——军队开拔时，都拖着这一帮人，以至于在军队的行话中，把他们叫作“尾巴”。任何军队，任何国家，对这些人都不负有责任。他们讲意大利语，却跟着德国人，讲法语，却跟着英国人。费瓦克侯爵就是在切里索勒[①]战役胜利的那天夜里，被这样一个无赖背信弃义地杀死在战场上，并且被抢劫一空。那人是西班牙人，讲法语，侯爵听他讲北方方言，以为是自己人。有偷便有贼。“靠敌人吃饭”这条可憎的格言，是产生这一恶习的根源，只有严肃纪律，才能根治。有些

① 切里索勒为意大利地名。一五四四年四月十四日，法国人在此获得胜利。

人声名显赫，其实是欺世盗名；有些将领，而且是一些大将领，深受部下的爱戴，可他们深得人心的缘由却无人知道。蒂雷纳[1]深受部下爱戴，是因为容忍士兵抢劫。纵恶是仁慈的组成部分。蒂雷纳竟仁慈到放任部队在莱茵伯爵领地烧杀抢掠。军队尾随的小偷多少，与长官的严明程度有关。奥什和马尔索[2]的军队没有“尾巴”。威灵顿的“尾巴”也很少，这一点，我们要为他说句公道话。

然而，六月十八的那天夜里，却有人抢劫尸体。威灵顿是严厉的，他下令凡被当场抓获者，格杀勿论。但抢劫是个顽症。在这个角落里，正在枪毙抢劫者，在另一个角落里，却仍有人在偷窃。

惨淡的月光照着原野。

半夜时分，在奥安凹路上，有个人在游荡，更确切地说，在地上爬行。从外表看，他就是刚才描绘过的那种人，既非英国人，亦非法国人，既非农民，亦非士兵，三分像人，七分像鬼，他嗅到了死人的味道，以偷盗作为胜利，前来抢劫滑铁卢。他穿着一件斗篷式大衣，心里发虚，却胆大包天，他向前走，却又不住地往后看。这个人是谁？黑夜也许比白昼更了解他。他没带包，但大衣下面肯定有几个大口袋。他走走停停，四下张望，仿佛怕被人看见，突然弯下腰，把一动不动静静卧躺在地上的什么东西翻个底朝天，然后站起来，悄悄溜走了。他那飘忽的脚步、鬼鬼祟祟的姿态、敏捷而神秘的动作，使他很像黄昏来临时出没于废墟的恶鬼，诺曼古代传说把他们叫作野鬼。

在沼泽地里，有些夜间出没的涉禽就是这个样子。

假如用目光仔细探查朦胧的夜雾，就会发现不远处，在尼维尔公路从圣约翰山拐到布兰-拉勒的路旁有一所房屋，房屋后面停着或者说藏着一辆随军小杂货车，车篷是柳条做的，涂了层沥青，驾着一匹瘦马，那马饿得戴着嚼子在吃荨麻，车子里头，堆着箱子和包袱，一个妇人坐在上面。这辆杂货车同这个游荡的人也许有某种联系。

---

① 蒂雷那（1611—1657），法国元帅。

② 奥什（1768—1797）和马尔索（1769—1796）都是法国大革命时期的将领。

夜色清朗。天空中没有一片云彩。尽管血染大地，那有什么关系，照样明月皓皓。这是苍天的冷漠。在草原上，有些树枝被炮火打断，却没掉下来，连皮挂在树上，在夜风下轻轻摇曳。轻如气息的微风摇动着灌木丛。草丛簌簌，犹如灵魂归去。

远处，隐隐传来英军营地的巡逻队来回走动的声音。

乌戈蒙和圣海牙仍在燃烧，一西一东，形成两个巨大的火柱；而在天边的山丘上，英国露营地的灯火，排成巨大的半圆形，宛若一串展开的红宝石项链，联结在这两个火柱上，仿佛两端各镶有一颗深红色的宝石。

奥安凹路的那场灾难，前面已叙述过了。多少勇士在那里壮烈牺牲，让人想起来就胆战心惊。

假如世上有种东西可怕得连梦中都不可能出现，那莫过于这样的情形：你好端端地活着，沐浴着阳光，身强力壮，身体健康，心情愉快，笑声朗朗，奔向眩目的荣光，感到胸腔里有个肺在呼吸，有颗心在搏动，有个意愿在说理，你说着话，思考着，希望着，恋爱着，有母亲，有妻儿，满目光明，突然，你简直来不及发出惊叫，刹那间便坠入深渊，跌落着，滚动着，遇什么压倒什么，也被别人压倒，看见麦穗、花草、树叶、树枝，却什么也抓不住，觉得马刀已失去作用，你压着别人，马压着你，你徒然挣扎，黑暗中被马蹄践踏，骨头折断，感到一只脚后跟踹得你眼珠飞出眼眶，你狂怒地咬住马蹄铁，你喘不过气来，大喊大叫，蜷曲着身子，被压在下面，心里在想：刚才我还是个活人。

那场惨剧发生的地方，现在万籁无声。凹路的陡壁之间，横七竖八堆满了战马和骑兵。混乱的场面触目惊心。斜壁不再存在。尸体堆满凹路，与两旁平地相齐，犹如一只斗里装满了谷子。上部一堆尸体，下部一条血河，这就是一八一五年六月十八日傍晚那条凹路的真实写照。血河一直流到尼维尔公路上，在砍下来拦路的那堆树木前，积成一个大血塘，直到今天，还可以指出那个地方。大家记得，法兰西铁甲骑兵崩溃的地方就在对面，靠热纳普公路那边。尸堆的厚度，与凹路的深度成正比。中间那段路凹度浅一些，尸堆的厚度就薄一些。那是德洛尔师经过的地方。

刚才我们向读者提到的那个夜游人，正向那边走去。他在这巨大的坟墓里到处搜索。他东张西望。他在检阅死人，真是可恶之极。他走在血泊中。

蓦然，他停了下来。

在那条凹路上，离他几步路的地方，有一堆死人死马，从这堆尸体的边上伸出一只手，那手张着，被月光照亮。

这只手的指头上，有个东西在闪光。是一只金戒指。

那人弯下腰，蹲了一会儿，当他站起来时，那只手上的戒指不见了。

确切地说，他并没有站起来，就像受了惊吓的野兽，背朝着那堆尸体，跪在地上，仔细观察远处，上身支在两个撑着地面的食指上，脑袋伸出路边四下张望。豺狼的四个爪子正适合做某些动作。

然后，他下了决心，站了起来。

正在这时候，他吓了一跳。他感到背后有人拉他。

他回过头。原来那张开的手已合上，抓住他大衣的下摆。

换了个老实人，一定会吓坏的。可他却大笑起来。

“哇！”他说，“不过是个死人呀。我宁愿撞上鬼，也不要碰上宪兵。”

可是，那手没有力气而松开了。在坟墓中，动一下就会耗尽力气。

“啊！”那人又说，“这个死人还活着吗？我们来看看。”

他又弯下腰，在尸堆里搜索，搬开压在上面的尸体，抓住那只手，抓住胳膊，将脑袋周围清理干净，把身子拉出来，不一会儿，他就把一个没有生命的，至少是失去知觉的人拖到凹路的黑暗处。那是个铁甲骑兵，一个军官，还是个有相当地位的军官，胸甲下面露出一个很大的金肩章。这军官已没有了头盔。他脸上被狠狠地砍了一刀，只见满是鲜血。此外，他的四肢似乎没有压断，那完全是侥幸，假如这里可以用这个词的话，他上面的尸体互相支撑着，才没有把他压坏。他闭着眼睛。

他的胸甲上，挂着荣誉勋位的银十字勋章。

那小偷扯下勋章，塞进大衣下面的一个大口袋里。

然后，他摸摸军官的裤腰，感到小口袋里有一块表，就掏了出来。

他在检阅死人，真是可恶之极。他走在血泊中。（P342）

接着，他又搜索背心，摸到一个钱包，也塞进了口袋里。

他对这个垂死者的“抢救”正进行到这个阶段，那军官睁开眼睛了。

“谢谢。”他微弱地说。

那人在翻找时动作粗暴，加之夜间凉爽，又能自由呼吸，那军官从昏迷中清醒过来了。

那夜游人不回答。他抬起头。原野上有脚步声。可能有个巡逻队过来了。

那军官仍奄奄一息，所以仍用极其微弱的声音问道：

“谁胜利了？”

“英国人。”夜游人回答。

军官又说：

“在我的口袋里找找。有一块表和一个钱包。拿去吧。”

这早已做过了。

那夜游人装着搜了搜口袋，说：

“什么也没有。”

“被偷走了。”军官说，“很遗憾。那本该给您的。”

巡逻队的脚步声越来越清晰。

“有人来了。”夜游人说，像是要走的样子。

军官费力地伸出胳膊抓住他：

“您救了我的命。您是谁？”

夜游人忙低声回答：

“我和您一样，也是法国军队的。我得离开了。如果我被抓住，会被枪毙的。我救了您。现在您自己想办法吧。”

“您什么军衔？”

“中士。”

“叫什么名字？”

“泰纳迪埃。”

“我会记住这个名字的。”军官说。“也请您记住我的名字。我叫蓬梅西。”

第二卷　猎户座号战舰

一　24601号变成9430号

让·瓦让又被抓住了。

有些痛苦的细节，我们略过不谈，想来读者会感谢的。我们只想把滨海蒙特勒伊那件震惊远近的事件发生几个月后，当时报界刊登的两则短新闻转录下来。

这两则新闻比较简单。大家记得，那时还没有《法院公报》。

首先转录《白旗报》的文章。是一八二三年七月二十五日刊载的：

> 加来海峡省某县不久前发生了一件非同寻常的事。一个名叫马德兰先生的非本地人，几年前，采用新的工艺，振兴了一项地方传统工业，即煤玉和黑玻璃制造业。他发了财，应该说，那个县也富裕了。为了感谢他的业绩，他被任命为市长。警方发现，该马德兰先生原来是一个擅离监视地点的前苦役犯，一七九六年因偷窃而判刑，真名叫让·瓦让。该让·瓦让已重新入狱。据说，他在被捕前，曾从拉斐特银行成功地提取了五十万存款。这笔款子，据说是他在生意中合法赚来的。让·瓦让重入土伦监狱后，那笔款子藏在哪里，就无从知道了。

第二篇文章比较详细，是从同一天的《巴黎日报》上摘录的。

一个叫让·瓦让的苦役刑满释放犯，最近在瓦尔省的刑事法庭受审，案情引人注目。该歹徒蒙过警方的注意，改名换姓，在北方某个小城混上了市长。他在该城开了个相当规模的工厂。经过检察署的不懈努力，终于戳穿伪装，将他捉拿归案。他与一个妓女姘居，该妓女在他被捕时受了惊吓而死了。该歹徒力大无穷，曾越狱潜逃，三四天后又被警方抓获，而且是在巴黎，他正要上一辆由巴黎开往蒙费梅村（塞纳-瓦兹省）的小马车。据说，他利用这三四天的自由，在我们一家大银行里提取了一笔巨额存款，据估计，高达六七十万法郎。又据起诉书称，这笔钱藏匿的地点除他之外无人知道，故而未能查获。不管怎样，该让·瓦让最近已押送到瓦尔省刑事法庭受审，被指控为八年前手执武器拦路抢劫一个老实的孩子。关于这个孩子，德·费尔内主教曾写下了不朽的诗句：

……

年年来自萨瓦，
用手轻轻扫去，
烟囱里的煤烟。

该强盗放弃申辩。经过检察署巧妙而雄辩的审问，现已证实，让·瓦让拦路抢劫有同谋，他是南方某一盗窃集团的成员。因此，让·瓦让被宣布有罪，判处死刑。该犯拒绝上诉。国王宽大无边，将他改判为终身苦役。让·瓦让立即被押到了土伦监狱。

大家记得，让·瓦让在滨海蒙特勒伊时一贯遵守教规。有几家报纸，特别是《立宪报》，把这次减刑说成是教士派的一次胜利。

在监狱里，让·瓦让换了代号。他叫9430。

此外，有件事这里交代一下，以后不再提了。马德兰先生走后，滨海蒙特勒伊便一蹶不振。那天夜里，他在焦虑和犹豫中预料到的，全都应验了。没有了他，的确也就没有了灵魂。他坠落后，就像伟人倒台后那样，滨海蒙特勒伊出现了利欲熏心的瓜分现象。人类社会中，这种将繁荣的东西瓜分干净的事，每天都在偷偷地发生，历史却只注意到一次，因为那事发生在亚历山大死后[①]。正如将领们自封为国王那样，那些工头们临时当上了业主。于是，你争我夺开始了。马德兰先生的车间全都关闭，厂房坍塌，工人四散。有的人离乡背井，有的人改行转业。一切都变成了小作坊，而不是大工厂；一切都为了获利，而不是造福于人。不再有中心，到处是竞争，争得你死我活。从前，马德兰先生控制一切，领导一切。他一倒，人人争权夺利，斗争精神取代了组织精神，冷酷取代了真诚，互相仇恨取代了创世人的与人为善；马德兰先生结好的线，全都弄乱了，拉断了；粗制滥造，产品质量下降，信誉丧失殆尽；市场缩小，订单减少；工资降低，车间停工，破产来临。穷人一无所有。一切都没有了。

连政府也注意到什么地方有个人被搞垮了。自刑事法庭确认马德兰先生就是让·瓦让而将他投进苦役牢不到四年的时间，滨海蒙特勒伊用于征税的费用增加了一倍，一八二七年二月，德·维莱尔先生在议会上对此提出了批评。

二　可能是魔鬼写的两句诗

在往下讲之前，有一件奇怪的事要详细说一说。这件事发生在蒙费梅，和上述事件差不多时候，与检察署的某些推测可能有某种巧合。

在蒙费梅一带，有一种极其古老的迷信。在巴黎附近流传一种迷信，这就如同在西伯利亚发现芦荟，显得更稀奇，更珍贵。我们对一切奇葩异卉情有独钟。因此，我们来谈一谈在蒙费梅流传的迷信。那里的人认为，从远古时代起，魔鬼就选择森林作为藏宝之地。老婆婆们肯定地说，天黑的时候，在树林僻静的地方，常常能遇到一个黑衣人，模样像车夫

① 亚历山大（前356—前323），马其顿国王，以征服世界垂名史册。他死后，他所征服的领土被他的将领们瓜分殆尽。

或樵夫，脚穿木鞋，身穿粗布长裤和罩衫，不戴帽子，从他头上的两只巨角，一眼便可把他认出来。的确，这使他与众不同，容易辨认。此人常在地上挖坑。遇到他，有三种对付的办法。其一，上去同他说话，于是会发现，那人其实是个农民，之所以看上去是黑的，因为是黄昏，他根本不在挖洞，而在给牛割草，至于两只角，并非别的，而是一把粪叉，背在背上，薄暮中看去，两个叉从他头上伸出来，犹如两只角。你回到家里，一星期内便会死去。其二，观察他，等他挖完坑，把坑填平离开之后，赶快跑过去，把坑扒开，把那人必然埋进去的“财宝”拿走。那样，不出一个月必死无疑。其三，绝不要和他说话，也不要看他，撒腿就跑。那样，一年内死去。

因为三种做法都有麻烦，相比之下，第二种做法至少有些好处，可以拥有一个宝藏，哪怕只有一个月，所以大家普遍采用第二种。胆子大的人，禁不住诱惑，据说常常扒开黑衣人挖的坑，试图盗窃魔鬼的财宝。似乎收获不大。至少传说中是这样说的，尤其是，一个名叫特里丰的坏修士，用不规范的拉丁语，就这个问题写了两句谜一般的诗。那修士是诺曼底人士，略懂巫术，葬在鲁昂附近波谢维尔的圣乔治修道院，他的坟上竟生出许多癞蛤蟆。

那种坑通常很深，挖起来非常费劲儿，挖得满身大汗，要仔细搜索，一挖就是一夜（因为干这事总是在夜里），挖得衣衫湿透，蜡烛燃尽，铁镐缺口，当挖到坑底，手摸到“宝藏”时，会发现什么呢？魔鬼的宝藏究竟是什么？一个铜板，有时是一枚金币，一块石头，一副骷髅，一具血淋淋的尸首，有时是一个幽灵，一折为四，就像折起来放在公文包里的一张纸，有时，什么也没有。正如特里丰的那两句诗对轻率而好奇的人所说的那样：

> 他挖起深坑，埋起宝藏：一个铜板、几枚钱币、
> 几块石头、一具尸体、几个雕像，或空无一物。[①]

---

① 原文为拉丁语。

据说，今天在坑里仍会挖出东西，或一个火药壶和几颗子弹，或一副发黄的油腻腻的旧纸牌，显然是魔鬼玩过的。这两样发现，特里丰没有写进诗里，因为他生活在十二世纪，魔鬼恐怕不会那样聪明，在罗杰·培根[①]之前发明火药，查理六世[②]之前发明纸牌。

此外，假如你用那纸牌赌博，肯定输个精光。至于那壶里的火药，会将你的枪炸裂，将你的脸炸破。

检察署认为，苦役释放犯让·瓦让在逃的那几天，曾在蒙费梅附近转悠，那之后不久，村里有人发现，一个叫布拉特吕埃尔的老养路工在树林里“行为诡异”。当地人相信，布拉特吕埃尔蹲过监狱，仍在警方的监控下，到哪里都找不着工作，政府便廉价雇他当养路工，负责加尼到拉尼那条便道。

那布拉特吕埃尔很受当地人歧视。他过于礼貌，过于谦卑，见了谁都摘帽，在宪兵面前战战兢兢，满脸堆笑，据说他同土匪可能有联系，怀疑他傍晚时埋伏在矮树丛里。他是个十足的酒鬼。

下面谈一谈有人似乎看到的事：

近些日子，布拉特吕埃尔每天早早就歇工，扛着铁镐到树林里去。黄昏的时候可以碰见他，在最荒凉的林隙里，或在最茂密最荒野的树林里，好像在寻找什么，有时也在地上挖坑。过路的老婆婆们先以为看见了魔鬼别卜西[③]，后又认出是布拉特吕埃尔，但仍然惊恐不安。布拉特吕埃尔遇见人时，似乎很不高兴。显然他想掩人耳目，有不可告人的秘密。

村子里议论纷纷：“很清楚，魔鬼出现过了。布拉特吕埃尔看见了魔鬼，他在找宝。总之，他要是找到路济弗尔[④]藏的宝那就完了。”不信教的人则说：“究竟是布拉特吕埃尔逮住魔鬼，还是魔鬼逮住布拉特吕埃尔？”那些老婆婆们忙在胸前画十字。

可是，布拉特吕埃尔不再去树林里乱找，而又正常地干起他养路的

---

① 罗杰·培根（1214—1294），英国神学家和哲学家。

② 查理六世（1368—1422），法国国王。

③ 别卜西是《圣经》中的魔鬼。

④ 路济弗尔是《圣经》中魔鬼撒旦的别名。

活了。人们也就转移了话题。

但有些人依然兴致勃勃，心想，这里面即使没有传说中的财宝，也许会有比魔鬼的钞票更可靠、更具体的意外收获，那养路工想必知道了一半秘密。最受“引诱”的，是小学老师和小客栈老板泰纳迪埃。泰纳迪埃同谁都是朋友，竟同布拉特吕埃尔也有来往。

“他蹲过牢？”泰纳迪埃说。“嘿！上帝！谁知道现在谁在里面，将来谁会进去？”

一天晚上，小学老师说，要是在从前，法院早就调查布拉特吕埃尔去树林干什么了，他不得不招供，必要时还会动刑，布拉特吕埃尔经不住动刑，比方说用水刑。

“我们给他用酒刑。”泰纳迪埃说。

他们说干就干，拼命给老养路工灌酒。布拉特吕埃尔喝得很多，说得很少。他把酒鬼的贪杯和法官的谨慎结合得恰到好处。可在小学老师和泰纳迪埃反复逼问下，他也露了几句话。他们将那几句令人费解的话联系起来，以为知道了一些情况：

一天早晨，天蒙蒙亮，布拉特吕埃尔去上工，在树林一角的一丛荆棘下面，惊讶地看见一把铁锹和一把十字镐，像是有人藏在那里的。但他想，大概是挑水工西富老爹的锹和镐，就没有多想。可那天晚上，他看见——他躲在一棵树后，不可能被发现——有个人从路上向密林走去，那人绝对不是本地人，他，布拉特吕埃尔，同他非常熟悉。泰纳迪埃理解为：一个牢友。布拉特吕埃尔死活不肯透露姓名。那人扛着一包东西，方方正正的，好像是一个大匣子或一个小箱子。布拉特吕埃尔大吃一惊。过了七八分钟，他才想起来去跟踪“那个人”。但为时晚矣，那人已钻进密林，天又黑了，布拉特吕埃尔未能跟上。于是，他决定守在树林边。“那天有月光。”两三个小时后，布拉特吕埃尔看见那人走出树林，这次扛的不是小箱子，而是镐和锹。布拉特吕埃尔让那人过去，没上前同他搭话，心想，他的力气比自己大几倍，又有铁镐，如果认出他来，发现对方也认出了自己，可能会一镐要了他的命。故友重逢，本应感人肺腑地叙叙旧情。不过，布拉特吕埃尔看见铁锹和十字镐，灵机一动，赶紧跑到早晨走过的荆棘丛，发现锹和镐都不见了。他由此得出结论，那人进了树林，用镐挖了坑，埋下箱子，又用铁锹填平了坑。可那箱子太小，放不进一具尸体，那么，装的想必是钱了。于是，他开始寻找。他把整个树林搜寻、搜索和钻探了一遍，凡是觉得土层刚被翻动过的，就掘地三尺。但一无所获。

他什么也没有"掏到"。蒙费梅已没有人再想这件事了。只有几个天真的长舌妇还在念叨："加尼的养路工这样折腾，绝不会没有缘故的。魔鬼肯定来过。"

三　脚镣一锤砸断，肯定早有准备

就在那一八二三年的十月底，土伦市民看见猎户座号战舰回到港口，因为受大风暴损伤，回港修检。猎户座号日后在布雷斯特做了教练舰，当时属于地中海舰队。

这艘战舰，尽管受大风暴凌虐而遍体鳞伤，驶入锚地时，仍吸引了许多人。记不清当时它挂的是什么旗，使它照例享受了十一响礼炮的待遇，它也还了十一响，总共鸣了二十二响。礼炮是王室和军队的礼节，以鸣礼炮互致敬意。这是礼节的标志，是锚地和城堡的礼仪。每天日出日落，所有的城堡，所有的战船，都要鸣炮，开城闭城，也要鸣炮，等等，等等。有人做过统计，在整个地球上，在二十四小时内，文明社会要白白鸣放十五万发礼炮。按每发六法郎计，一天就是九十万,一年就是三千万，全都化作青烟飘走了。这不过是件小事。与此同时，穷人却饿死。

一八二三年，照复辟王朝的说法，是"西班牙战争时期"[①]。

那场战争融许多事件于一体，且有诸多奇特之处。对波旁王室来说，那是一件重要的家事；法兰西的这一支系跑去救援和保护马德里的那一

---

① 一八二二年，为了在西班牙恢复专制制度和天主教统治，打击执政的自由派力量，俄普奥法四国王室联合起来，武装干涉西班牙。入侵西班牙的法军统帅是路易十八的侄儿昂古莱姆公爵。

支系，也就是去行使长子的权利；表面上是恢复民族传统，却又包含着对北方政府的俯首帖耳；被自由派报刊誉为安杜哈尔[①]英雄的昂古莱姆公爵先生，一反往常之平静，露出得意的神情，对教廷圣职部货真价实的老牌恐怖主义进行压制，因为它要与自由派的空想恐怖主义一争高低；“长裤汉”以“赤臂汉”[②]的名字起死还生，使得享受亡夫遗产的寡妇们胆战心惊；君主主义称进步为无政府主义，横加阻挠；一七八九年的各种理论受到颠覆而骤然息声；法兰西思想风靡世界，欧洲竭力阻止；卡里尼亚诺亲王，即后来的查理-阿尔贝[③]，佩戴近卫军的红呢肩章，自愿加入与人民为敌的国王十字军，同法兰西之子法国大元帅[④]并肩作战；法兰西帝国的士兵戴上白帽徽[⑤]重新出征，不过已休闲八年，都上了年纪，个个愁眉不展；一小撮英勇绝伦的法国人，在国外挥舞三色旗，正如三十年前，有人在科布伦茨[⑥]挥舞白旗一样；修士同我们的士兵混在一起；自由和革新的精神遭到刺刀的镇压，原则被大炮战胜，法兰西用武器摧毁从前用思想取得的成果；还有，敌军将领受贿叛变，士兵犹豫不决，城市被数百万重金包围；没有军事危险，却有爆炸的可能，如同有人突然闯入炮眼一样；没流多少血，也没获多少荣誉，有人感到羞惭，但无人感到光荣。这便是那场由路易十四的后代发动的、拿破仑的将军指挥的西班牙战争。它境遇悲惨，既称不上伟大的战争，也称不上伟大的政治。

也还有几个重大的战功，其中夺取特罗卡德洛，便是一次漂亮的军事行动。但是，总的说来，再重复一遍，那场战争的号角吹出的声音嘶哑，整个战局令人怀疑，历史证明法兰西难以接受这一虚假的胜利。显而易见，西班牙某些奉命抵抗的军官没怎么抵抗就退却了，可想而知，

---

① 安杜哈尔为西班牙南部城市。昂古莱姆在此发表文告，企图调和保王党和自由派。

② “长裤汉”是法国资产阶级大革命时期的平民派；“赤臂汉”指一八二〇年发动西班牙革命的自由派。

③ 查理-阿尔贝（1798—1849），后为皮埃蒙特国王（1831—1849）。

④ 这里，法国大元帅指昂古莱姆公爵。

⑤ 白帽徽是波旁王军队的帽徽。

⑥ 科布伦茨为普鲁士城市。一七九二年，法国流亡贵族在那里组织反革命军队。

那是靠行贿获取的胜利；法国与其说赢了战争，不如说赢了敌将领，战士胜利归来，却感到脸上无光。那场战争的确斯文扫地，在军旗的褶痕中，可以看到“法兰西银行”的字迹。

参加过一八〇八年的战争，经过长期浴血奋战才攻克萨拉戈萨[①]的战士们，在一八二三年，面对不费吹灰之力就攻破的城堡，不禁皱起了眉头，遗憾没有遇到帕拉福克斯那样的守将。法兰西的性格更喜欢罗斯托普钦[②]，而不是巴莱斯帖罗斯[③]。

还有更为重要的一点必须强调：那场战争在法国既冒犯了尚武精神，也激怒了民主精神。那是一场奴役人民的战争。法兰西士兵，民主的子孙，出征却是为了给别人套上枷锁。这是违背常理的丑恶行为。法兰西生来为了唤醒而不是扼杀人民的心灵。一七九二年以来，欧洲的所有革命，都是法国的革命，自由是从法国放出光芒的。这是太阳的光芒。瞎子才看不见。这是波拿巴说的。

一八二三的战争，是对慷慨的西班牙民族的伤害，也是对法兰西革命的伤害。这一可怕的粗暴行为，是法兰西干的，且是用暴力，因为军队所干的一切，除了解放战争，都是暴力行为。“被动服从”这个词，就说明了这一点。军队是一种奇特而杰出的组合，力量来自无数无可奈何的人。这样，战争就可以解释了，那是人类不顾人类的阻拦反对人类的行为。

至于波旁王室，一八二三年的战争对他们其实是致命的。他们以为是一场胜利。他们没有看到用强制手段扼杀一种思想的危险性。他们天真无知，竟错误地将大大削弱自己的一次犯罪行为，当作一种确立自己政权的力量。他们把阴谋诡计那套思想引进了自己的政治中。一八三〇年[④]在一八二三年就已萌芽。在内阁会议上，西班牙战争成了诉诸武力和

---

① 萨拉戈萨为西班牙城市。一八〇八年，拿破仑率军攻打西班牙，在这里遇阻，该城守将帕拉福克斯坚守达七个月之久。

② 罗斯托普钦（1763—1826），一八一二年拿破仑侵俄时莫斯科的总督。

③ 巴莱斯帖罗斯（1770—1832），一八二三年英俄奥法联军侵略西班牙时，西班牙的将领。

④ 一八三〇年七月革命推翻了波旁王朝在法国的统治。

进行神权冒险的借口。既然在西班牙恢复了合法君主，在法国本土也就可以恢复专制君主了。他们把士兵的服从，当作民族的赞同，这就犯下了可怕的错误。这一信念会导致失去王位。无论在芒齐涅拉毒树下，还是在军队的保护下，都不要高枕无忧睡大觉。

言归正传，回到猎户座号战舰上。

正当法兰西军队在亲王大元帅率领下进行征战的时候，一支舰队也正横渡地中海。刚才说了，猎户座号属于这支舰队，因在大风暴中受损伤，又开回土伦港了。

一艘战舰出现在港口，总有什么东西吸引观众。因为这是个庞然大物，群众喜欢庞大的东西。

一艘战列舰，是人的才华和大自然的力量一种最完美的结合。

一艘战列舰，同时由最轻和最重的物质构成，因为它同时要和固体、液体和气体发生关系，又必须同这三种物质做斗争。它有十一个铁爪，能钩住海底的岩石。它有比蝴蝶还要多的翅膀和触须，能插入云天，利用风力。它用一百二十门大炮呼气，仿佛吹响巨大的号角，高傲地和雷霆呼应。海洋白浪翻滚，千篇一律，茫无边际，想让战舰迷失方向，但战舰有灵魂，那就是始终指向北方、引导它航行的罗盘。在漆黑的夜里，船灯代替星星。因此，对付风，它有索和帆，对付水，它有木，对付岩石，它有铁、铜和铅，对付黑夜，它有船灯，对付茫无边际的大海，它有罗盘。

如果想知道战舰有多大，只须到布雷斯特或土伦的一个六层高的造船台去走一走。正在建造的战船，像是罩在一只大钟里面。巨梁便是桅桁，卧在地上望不见头的粗木柱，是主桅。从插入底舱的根部算起，直到伸向云天的顶端，主桅长达六十图瓦兹[①]，底部的直径为三尺。英国战舰的主桅从吃水线算起，高达二百一十七尺。我们父辈的战船用的是缆绳，现在用的是铁链。一艘百门炮的战舰，光它的铁链盘起来，就有四尺高，二十尺长，八尺宽。那么，造这样一艘战舰，需要多少木料呢？

---

① 图瓦兹为法国旧长度单位，相当于 1.949 米。

三千立方米。那是一座森林漂浮在海上。

此外，要知道，这里所讲的只是四十年前的战舰，还只是普通的帆船。那时候，蒸汽尚处于童年时代，它使所谓的战舰出现新的奇迹，那是以后的事。今天，比方说，一条装有螺旋推进器的帆船，是一种惊人的机器，其动力来自三千平方米面积的风帆和两千五百马力的蒸汽锅炉。

且不谈这些新奇迹，就是从前克里斯托夫·哥伦布[①]和勒特伊[②]乘的那种船，也是人类的伟大杰作。它们有用之不竭的动力，正如无限有永不衰竭的气流。它们把风兜在帆里，在茫茫大海上，从不迷失航向，乘风破浪，称王称霸。

然而，有时候，狂风会把六十尺长的桅桁刮断，犹如刮断一根麦秸，暴风会把四百尺高的主桅折断，犹如折断一根草秆，万斤重的铁锚在巨浪中翻腾，犹如渔夫的钓钩在鱼嘴里扭动，巨兽般的大炮发出哀怨的怒吼，但风狂雨骤，炮声消失在茫茫的空间和沉沉的黑夜中，所有的威力，所有的气势，都沉没于更浩大的威力和气势中。

每当一种巨大的力量充分展现，最后转向衰弱时，总会引起人们沉思。因此，在港口，总有许多人围着那些神奇的战舰和航船看热闹，连他们自己也未必能说清楚为什么。

因此，土伦港的码头、突堤和防波堤上，每天从早到晚，都有许多闲人，照巴黎人的说法，就是看热闹的人，他们要做的事，便是观看猎户座号战舰。

猎户座号早已是病病歪歪。在以往历次航行中，船底积满了层层叠叠的贝壳，使得航速减了一半。去年，它被送进干坞，刮去贝壳，而后又下海。然而，刮贝壳又损伤了船身的螺栓联结。行至巴利阿里群岛，船底包板受损而裂了口，因为那时候没有铁皮护板，水便进到了船内。不巧又遇到赤道风暴，左舷船首和一扇舷窗破裂，前桅的腰外板受损。因此，猎户座号又驶回了土伦。

---

① 克里斯托夫·哥伦布（1451—1506），意大利航海家，十五世纪末发现美洲大陆。

② 勒特伊（1607—1676），荷兰海军上将。

它停在兵工厂附近，一面补充设备，一面进行检修。船的右舷没有受损，但为了让空气进入船内，按照惯例，有些地方的船板拆开了。

一天早晨，围观的人群目击了一件意外。

船员正忙着装帆。一位负责右舷大方帆上后角的桅楼水手突然失去平衡。只见他身子摇摇晃晃，聚在兵工厂码头的人群惊叫起来。那水手脑袋朝下，双臂张开，围着桅桁打转；他摔下去时，先是一只手抓住了踏脚索，接着另一只手也抓住了，整个人就悬空吊着。他下面是深不可测的大海。他摔下时的冲撞，使得踏脚索似秋千般猛烈摆动。那人吊在绳索的末端，就像投石器的石头，来回晃荡。

上去救他，那要冒极大的危险。那些水手全是沿岸新招来的渔民，谁都不敢冒这个险。可是，那不幸的水手精疲力竭，虽然看不清他脸上的恐慌，但从他的四肢可以看出他的力气已用尽了。他的双臂荡来荡去，可怕地扭动着。他竭力往上爬，但每用一次力气，便使踏脚索晃得更厉害。他不敢喊叫，生怕消耗力气。人们毫无办法，只好干等着他松开绳子的那一刻。为了不看到他落下时的惨象，大家不时地别过脑袋。有时候，一段绳子，一根竹竿，一根树枝，就能救一条性命。看着一个活生生的人，就像熟透了的果子，脱离树枝，坠落下来，那是惨不忍睹的。

突然，大家看到有个人像猫一样敏捷地攀着帆索往上爬。那人穿着红号衣，说明是个苦役犯；戴一顶绿帽子，说明是个终身苦役犯。当他爬到桅楼上时，一阵风吹落了他的帽子，露出白发苍苍的脑袋，说明不是个年轻人。

原来，一个被雇到船上来干活的苦役犯，事故一发生，当全体船员惊慌失措，束手无策，水手们吓得浑身发抖，不敢上前时，他就跑去找值班军官，请求准许他冒死去救水手。见军官点头同意，他就一锤敲断脚上的锁链，拿起一根绳索，一跃而上了帆索。当时谁也没有留意那根锁链为何一砸便断。事后才回想起来。

一溜烟工夫，他就爬上了横桁。他停了几秒钟，仿佛在目测横桁有多长。吊在绳端的水手随风飘荡，因此，对围观的人来说，这几秒钟犹如几个世纪。最后，那苦役犯抬头望了望天空，向前迈了一步。观众喘了口气。只见他从横桁上走过去。走到另一端，他把带来的绳子一头系在上面，让另一头悬着，然后，他双手抓住绳子往下滑。这时，大家都紧张得喘不过气来，因为现在不是一个人，而是两个人悬在深渊上面。

那场面好比一只蜘蛛跑来逮一只苍蝇。不同的是，这只蜘蛛带给的是生命，而不是死亡。成千上万只眼睛盯着这两个人。没有人喊叫，没有人说话。所有的人都紧张得拧紧眉头。所有的嘴巴都屏气息声，生怕呼出的气息会使风变得更大，而使那两个可怜人晃得更厉害。

这时，那苦役犯终于滑到了水手身旁。恰是时候。那人精疲力竭，绝望之极，再晚一分钟，就会脱手落入深渊。苦役犯一只手抓住绳子，另一只手把水手牢牢系在绳子上。最后，他又重新爬上桅桁，把水手拉上去。他扶着他在横桁上歇了口气，让他恢复力气，而后，把他抱起来，带着他从桅桁上走到桅楼，把水手交给他的同事们。

这时，人群中爆发出热烈的掌声，有几个年老的狱卒激动得落下了眼泪，妇女们在码头上互相拥抱，所有的人感动得狂呼："赦免这个人！"

而他必须立刻下来干活。为了更快地归队，他顺着帆索下滑，在下桅桁上跑了起来。所有的眼睛都跟着他。有一刻，大家感到心惊肉跳；不知是疲劳还是头晕，他好像有些迟疑，脚步不大稳了。突然，人群一声惊叫：苦役犯掉进海里了。

那样摔下去是十分危险的。阿尔赫西拉斯号战舰就停在猎户座号旁边，可怜的苦役犯就落在两条船中间，很可能会冲到其中一条船的下面。四个人连忙跳上一条小船。人群给他们鼓劲，大家的心又紧张起来。那人没有再浮上水面。他在海上消失了，仿佛掉进了油桶里，没有泛起半点涟漪。人们在水上打捞，还有人跳进海里寻找。一无所获。一直寻找到傍晚，连尸体都没找到。

翌日，土伦的报纸上登了如下几行字："一八二三年十一月十七日讯。昨日，一个在猎户座号战舰上服苦役的罪犯，在救了一个水手返回时，掉进海里淹死了。尸体未能找到。人们推测，他有可能陷进兵工厂岬头的桩基下面了。该犯在狱中的号码是9430，名叫让·瓦让。"

第三卷　履行对死者的承诺

一　蒙费梅的用水问题

蒙费梅位于利弗里和谢尔之间，在乌尔克河和马恩河间那片高地的南端。今天，它是个相当规模的市镇了，一年四季，点缀着白墙别墅，星期天，更有兴高采烈的有产者前来增光添彩。一八二三年，蒙费梅既没有那么多的白墙别墅，也没有那么多心满意足的有产者。那不过是一个树林环抱的村庄。零星散布着几座别墅，从那轩昂的气宇、环绕着盘花铁栏杆的阳台、长长的窗户以及在关闭的白百叶窗上映出深浅不同绿色的小方块玻璃，可以看出那是上个世纪的建筑。尽管如此，蒙费梅仍是个村庄，尚未被退隐的呢绒商和度假的商事诉讼代理人发现。这是一个宁静而可爱的地方，不靠任何公路，人们过着丰盈安逸、物价低廉的乡村生活。美中不足的是地势高，缺少水。

取水要走相当长的路。靠加尼那头的村民，到林中优美的池塘里汲水。靠谢尔那头住在教堂周围的村民，差不多要走一刻钟，到离谢尔公路不远的半山腰的一眼小泉取水。

因此，对于每个家庭来说，取水是一件相当艰苦的劳动。那些大户人家，那些贵族家庭，——泰纳迪埃小客栈属于这个阶层——，则让一个老头挑水，一桶水一个铜板，那老头以此为业，靠给蒙费梅村民挑水为生，一天差不多挣八个铜板。但他夏天只干到晚上七点，冬天干到五点，天一黑，楼下的百叶窗一关，他就不干了，谁家没水喝了，就得自己去提水，要不就不喝水。

这正是小珂赛特别怕做的活儿。读者想必还记得这个可怜的孩子。大家知道，珂赛特对泰纳迪埃家有两大用处，一是让母亲给钱，二是让孩子干活。因此，当母亲完全停止寄钱（原因前几章讲过）后，泰纳迪埃家就扣住了珂赛特。他们把她当女用人使唤。既然是女用人，家里需要水，就得跑去提水。孩子一想到夜里去提水，就不寒而栗。因此，她总是非常留心，不让家里断水。

一八二三年，蒙费梅的圣诞节特别热闹。那年的初冬比较暖和，没有结过冰，也没有下过雪。从巴黎来的一些江湖艺人，经得村长同意，在村里大街上搭起了木棚，一群流动商贩，也在村长的同意下，在教堂广场上，设立了摊棚，一直排到面包师巷。读者可能还记得，泰纳迪埃客栈就在那条巷里。因此，那些客栈和小酒馆顾客盈门。这个宁静的小地方，变得热闹欢腾了。为了忠于史实，我们要指出，在广场上展出的无奇不有的东西中，在一个动物展览棚，几个奇丑无比的小丑，也不知是从哪里找来的，穿着破衣烂服，在一八二三年，就向蒙费梅的农民展示一只非常吓人的巴西秃鹫，而我们的王家博物馆到一八四五年才有这种动物。它们的眼睛酷似一只三色帽徽。我想，自然科学家把这种鸟叫作 caracara polyborus，鹰科，雕属。村里几位善良的退伍老兵，波拿巴的信徒，虔诚地去看了这个动物。那几个要把戏的说，这三色帽徽般的眼睛，是仁慈的上帝专为他们的动物展览创造的独一无二的奇观。

圣诞节那天晚上，在泰纳迪埃客栈低矮的楼下厅堂里，好几个车夫和小贩，围坐在桌子上喝酒，桌上有四五支蜡烛。这个厅堂，和其他小酒馆的餐厅一样，有桌子、锡酒壶、酒瓶、喝酒的人、抽烟的人。光线幽暗，声音嘈杂。不过，一八二三年，在有产阶级的餐桌上，时兴放两样东西，一个是万花筒，另一个是波纹闪光的镀锡铁皮灯。泰家婆娘正在明亮的大火前做晚餐，她丈夫和客人一起喝酒，并谈论着政治。

所谈的政治，主要涉及西班牙战争和昂古莱姆公爵先生。此外，在喧闹声中，也能听到有关当地的议论，诸如：

“楠泰尔和叙雷讷那边，葡萄酒大丰收。原估计可榨十桶的，榨出了十二桶。葡萄榨出的汁很多。”“那样葡萄恐怕没熟吧？”“那些地方，葡萄不等熟就得收获。如果熟了才收，一到春天，酒就变浊了。”“那么，完全是纯酒了？”“比这里的酒还要纯。葡萄还青的时候就收获了。”等等，等等。

或是一个磨坊主大叫大嚷：

“面粉的质量得由我们来负责吗？麦袋里有许多杂质，无法把它们清除出去，只好一道送进磨子里，稗子、草头、麦仙翁、野豌豆、大麻籽、山萝花，还有其他许多乱七八糟的东西，还不算石头子。有些麦子里石子很多，尤其是布列塔尼的麦子。我不喜欢磨布列塔尼的麦子，锯木工也一样不爱锯有钉子的木梁。你们说说，这样磨出来的面粉质量会好吗？可是，人们总是抱怨面粉不好。这没有道理。面粉不好，不是我们的错。”

在两扇窗户中间的桌子上，坐着一个割草的农民和一个牧场主，正在就来春要干的活讨价还价。农民说：

“草湿一些，一点坏处也没有。反而容易割。有露水很好，先生。反正一样，您那个草还太嫩，不好割。太嫩的草，镰刀割下去会打弯儿……”

珂赛特待在老地方，坐在灶间壁炉旁厨桌下面的横档上。她衣衫褴褛，赤脚穿着木鞋，正凑着火光，给泰纳迪埃家的两个小姑娘织毛袜。一只小猫在椅子下玩耍。从隔壁的屋子里，传来两个小女孩天真的欢笑声和说话声。那是埃波妮和阿赛玛。

壁炉的角上，挂着一个掸衣鞭。

一个娃娃的叫嚷声，不时冲破酒店里的喧闹声。那孩子待在屋里的某个地方。那是个小男孩，是泰家婆娘在前两年冬天怀上的。“不知怎么就怀上了，”泰家婆娘说，“兴许是天冷的缘故。”他刚满三岁。母亲喂养他，但不爱他。那娃娃吵得太厉害时，泰纳迪埃就说：“你那儿子吵死人了，去看看他要什么。”母亲说：“呸！讨厌死人了。”于是，那无人管的孩子继续在黑暗中大吵大闹。

二　两个恶人的全面描绘

在本书中，我们还只看到泰纳迪埃夫妇的侧影。现在是全面介绍这对夫妇的时候了。

泰纳迪埃刚过五十岁，泰家婆娘将近四十岁。四十岁也就是女人的五十岁，因此，老婆和丈夫在年龄上是平衡的。

泰家婆娘初次登场，可能就给读者留下了记忆：她身材高大，头发金黄，脸色发红，身体肥胖，肩膀宽阔，虽然块头很大，却动作敏捷。我们说过，她和集市上那些头发吊着铺路石，挺胸凸肚地在人前显摆的彪形蛮女，属于同一种人。她在家什么都干，整理床铺，打扫房间，洗衣做饭，呼风唤雨，称王称霸。她只有珂赛特一个用人，一只小老鼠侍候一只大象。她一说话，家里的一切，窗玻璃、家具和人，都会震动。她的宽脸上布满了雀斑，看上去像只漏勺。她长着胡子，活像巴黎中央菜市场男扮女装的搬运工。她骂起人来非常精彩。她夸口说，一拳头能砸碎一只核桃。她读过一些小说，于是，这个母夜叉常常做出娇声媚态，否则，谁也不会说她是女人。这个婆娘是矫饰的女人嫁接到粗俗女人身上的产物。听到她说话，你会说：这是个宪兵；看着她喝酒，你会说：这是赶大车的；见她摆布珂赛特，你会说：这是个刽子手。休息时，她嘴里会露出一颗牙。

泰纳迪埃却身材矮小，面色苍白，瘦骨嶙峋，看上去病恹恹的，其实身体非常好。他的奸诈就从这里开始的。平常，出于谨慎，他总是笑容满面，对大家彬彬有礼，即使对乞丐，也是客客气气，尽管一个铜板也不施舍。他目光如石貂般狡猾，但神态却像文人那样温雅。他的相貌酷似德利尔神甫[①]的肖像。他常和运货的马车夫一起喝酒，这是他的殷勤之处。没有人能把他灌醉。他抽烟用大烟斗。他穿一件工作服，套在一

① 德利尔（1738—1813），法国诗人，法兰西学院院士。

件破旧的黑礼服上面。他自诩爱好文学和唯物主义。为了证明他说的话有根有据，常把几个人的名字挂在嘴边：伏尔泰、雷纳尔、帕尔尼[①]，奇怪的是，还有圣奥古斯丁[②]。他声称自己有“一套理论”。此外，他是个大骗子。一个“贼学家”。这之间存在着细微的差别。大家记得，他自称当过兵。他大吹大擂，说在滑铁卢，他是第六或第九轻骑兵团的一个中士，他孤身一人，对付一支死神的骑兵队，冒着枪林弹雨，用身体掩护并救出了“一个身受重伤的将军”。因此他在墙上画了火红的招牌，为自己的客栈起名为“滑铁卢中士小酒馆”。他是自由派、古典派和波拿巴派。他曾为流亡营[③]捐过款。村里传说他为当教士而学习过。

我们认为，他只是在荷兰学过旅馆业务。这个来历复杂的可恶杂种，惬意地脚踩两个国家，根据可能，在佛兰德斯就自称为从里尔来的佛兰德斯人，在巴黎便称法国人，在布鲁塞尔则称比利时人。他在滑铁卢的功绩，我们已知道了。显然，他夸大了自己的功绩。他的一生起起落落，曲曲折折，耸人听闻；他的道德心四分五裂，必定生活充满颠簸。在一八一五年六月十八日那个风狂雨骤的日子，泰纳迪埃很可能是前面谈到过的随军小贩兼小偷那号人，他们逛来逛去，卖卖货物，偷偷东西，合家老小，坐在一辆破车上，跟着部队，走东串西，凭着直觉，总是跟在打胜仗的军队后面。滑铁卢战役后，用他自己的话来说，有了“几个钱”，就到蒙费梅来开了个客栈。

那几个钱，包括几个钱包，几块表，几枚金戒指，几个银十字架，是收获季节在布满了尸体的地里收获来的，总共没多少，没过多久，就被这个变成客栈老板的随军小贩花完了。

泰纳迪埃的言谈举止就像是一条直线，他说句粗话，会使人想起军营，画个十字，会使人想起神学院。他能说会道。他乐得被人当学者。

---

① 伏尔泰（1694—1778），法国作家、哲学家、启蒙思想家。雷纳尔（1713—1796），法国历史学家和哲学家。帕尔尼（1753—1814），法国诗人。

② 圣奥古斯丁（354—430），法国主教、神学家。

③ 拿破仑失败后，流亡到美国的自由派和波拿巴派，在德克萨斯州得到一些土地，创建了“流亡营”。一八一八年，法国国内开展捐款活动，支持这些流亡者。

然而，那位小学老师发现他说话常出“联诵错误”。他神气活现地给顾客开账单，但眼尖的人常常发现拼写错误。泰纳迪埃心险而诈，贪吃美食，游手好闲，诡计多端。他对女仆彬彬有礼，所以他老婆干脆不再用女仆。这个大个子女人很爱吃醋。在她看来，这个枯黄干瘪的矮男人，会让所有的女人垂涎三尺。

尤其是，泰纳迪埃既奸诈，又沉稳，是个不露声色的恶棍。这种人最坏，因为非常虚伪。

这并不是说，泰纳迪埃遇事不会像他老婆那样发怒。不过，他很少这样。可是，他一旦发起怒来，就十分骇人，因为他怨恨所有的人，他心中燃烧着仇恨的烈火，永远有报不完的仇，遇到了倒霉事，总是责怪面前的人，随时准备把他们生活中的失意、破产、灾难，都归咎于随便哪个人，还以为这是合法的抱怨；当他发怒时，所有这些仇恨的种子在他胸中涌动，在他的嘴巴和眼睛里翻腾，让人提心吊胆。谁在他发怒的时候经过，谁就倒霉！

除了其他优点外，泰纳迪埃同人交谈时，专心而敏锐，时而沉默不语，时而侃侃而谈，总是见微知著。他有海员的目光，仿佛习惯眯缝着眼看望远镜。泰纳迪埃是个政治家。

初次来客栈的人，看见泰家婆娘，会说：“她是家里的主人。”错了。她连主妇都不是。主人和主妇，丈夫身兼二职。他出主意，她执行。他似乎以一种无形的持续不断的磁性作用领导着一切。他只要说句话，有时只要做个手势，那高头大马的女人便立即服从。泰纳迪埃在他老婆眼里，是个特殊人物，至高无上的君王，虽然她对此毫无意识。她有她的处事原则，从来不会为一件小事，同“泰纳迪埃先生”意见不一，连假设一下都不应该。在任何事上，她从不当众指责丈夫。她从不像其他女人常做的那样，在“外人面前”犯这个错误，有人文绉绉地把这个错误叫作“揭盖子”。尽管泰家婆娘对丈夫百依百顺只会为虎作伥，但在这顺从中可以看出她对他的欣赏。这个声如洪钟、体大如山的女人，竟对一个羸弱而专制的男人言听计从。这虽然显得卑微可笑，但反映了一条普遍而伟大的规律：物质对于精神的崇拜。须知，某些丑陋的东西，在永恒美的深渊中，自有其存在的理由。在泰纳迪埃身上，有一种高深莫测的东西，因而，这个男人对这个女人就有了绝对的权威。她感到，有时候，他像一支燃烧的蜡烛，在另一些时候，他却像一只爪子。

这个女人是个奇怪的创造物，她只爱她的孩子，只怕她的丈夫。她因为哺乳，所以是母亲。此外，她的母爱只限于两个女儿，而不延伸到男孩，这一点，以后会看到的。而那男人，一心只想发财。

他没有成功。这个伟大的天才，没有施展才能的地方。泰纳迪埃在蒙费梅破产了，如果说一无所有也能破产的话。若在瑞士或比利牛斯山区，这个穷光蛋也许成了百万富翁。但命运把客栈老板拴在哪里，他也只好随遇而安。

大家知道，这里所讲的“客栈老板”是狭义的，不引申到整个阶层。

就在一八二三年，泰纳迪埃欠了一千五百法郎债务，债主逼得很紧，因而他愁眉不展。

尽管命运从来对他不公，他对待客之道，却有最深刻、最现代的看法；在野蛮社会，热情待客是一种美德，在文明社会，却成了一种商品。此外，他常违禁打猎，且百发百中，远近传颂。他笑起来平静而安详，那是笑里藏刀，阴险莫测。

有时候，他会灵机一动，说出一套套治店的理论。他那些生意经，也已装进了他老婆的头脑里。一天，他低声而又激烈地对她说：“客栈老板的职责，就是把烩肉、休息、灯光、炉火、脏被单、女仆、跳蚤、微笑卖给顾客，将过路人留住，将小钱包掏空，冠冕堂皇地让大钱包变轻，恭恭敬敬地给旅行的一家人提供住宿，将男的锉成碎末，把女人的毛拔光，孩子的皮剥光；一切都标好价钱：开着的窗、闭着的窗、壁炉角、安乐椅、椅子、搁脚凳、矮凳、羽毛床垫、床铺、麦秸。要知道，镜子在阴暗处太容易损坏，这也该收钱。要挖空心思，让过往客人什么都付钱，连他们的狗吃的苍蝇，也要让他们付钱！”

这个男人和这个女人，是狡诈和狂怒的结合，是丑恶和可怕组成的一对。

丈夫在一旁挖空心思，运筹帷幄，而泰家婆娘却对尚未登门的债主不思不想，对过去和未来无忧无虑，只顾热衷于眼前的生活。

这就是那两个人的情况。珂赛特夹在中间，忍受着双重压力，磨盘要把她碾碎，钳子要把她撕裂。那男人和那女人各自都有一套折磨的办法：珂赛特常常挨打，这来自那女人；冬天，她光着脚去提水，这来自那丈夫。

珂赛特跑上跑下，洗洗刷刷，扫扫擦擦，跑东跑西，忙里忙外，气喘吁吁，搬笨重的东西，那样瘦弱，却要干繁重的家务，得不到丝毫的怜悯；老板娘蛮不讲理，老板蛇蝎心肠。泰纳迪埃客栈有如一个蜘蛛网，珂赛特被网沾住，索索发抖。最理想的剥削，被这令人发指的仆从关系实现了。珂赛特好比一只受蜘蛛奴役的苍蝇。

可怜的孩子逆来顺受，不言不语。

那些刚刚离开上帝的孩子，趁着晨曦赤身露体来到人间，在大人的世界里显得那样渺小，他们会怎么想呢?

三　人要喝酒，马要喝水

又来了四个旅客。

珂赛特心里发愁。虽然只有八岁，但她吃尽了苦，沉思起来神态忧郁，倒像是个上了年岁的老妇。

她的眼圈发青，是泰家婆娘一拳打青的，那女人还不停地说：“她眼圈发青，真丑！”

珂赛特心里寻思，天已黑了，黑得很厉害，突然来了四个客人，得临时把他们房里的水罐和长颈瓶装满水，水槽里已没有水了。

她稍为感到宽慰的是，泰纳迪埃店里的人喝水不多。渴的人还是有的，但他们渴时，宁愿同酒壶，也不愿同水罐打交道。人人都在喝酒，谁若要一杯水，会被认为是野蛮人。不过，那孩子突然吓得发抖了：炉子上一只锅开了，泰家婆娘打开锅盖，抓起一只杯子，急忙向水槽走去。她拧开龙头，孩子抬起头，注视她的每个动作。细细的水流从龙头里流出来，装了半杯就没水了。

“怎么没水了！”她说。

她沉吟了一会儿。孩子紧张得透不出气来。

“算了，”泰家婆娘看着那半杯水，又说：“这么多也够了。”

珂赛特又继续织毛袜，可是，足足有一刻多钟，她感到她的心像一大团东西，在胸腔里怦怦乱跳。她一分一秒地数着像这样流逝的时间，巴不得已是第二天早晨。

喝酒的客人不时有人望望街上，发出一声感叹：“天真黑，像在炉子里似的！”或者：“只有猫这时候出去可以不打灯笼！”珂赛特听了心惊肉跳。

突然，一个住本店的流动小贩走进来，声色俱厉地说：

“你们没给我的马喝水。”

“肯定给过了。”

“我说肯定没有，大嫂。”那小贩又说。

珂赛特已从桌子底下钻出来了。

“啊！给过了！先生！”她说，“马喝过水了，它是在桶里喝的，满满一桶，是我给它送的水，我还同它说话了。”

这不是真的。珂赛特在撒谎。

“这丫头拳头点大，撒的谎却像房子般大。”那小贩叫嚷道。“我给你说，臭丫头，它没有喝水！我可知道，它没有喝水时，喷气的样子不一样。”

珂赛特还在强辩，急得嗓子都变嘶哑了，几乎听不见她说什么：

“而且喝了很多！”

“住口，”那小贩愤怒地说，“胡说八道！快给我的马喝水，否则，不要怪我不客气！”

珂赛特又回到桌子底下。

“说的是，”泰家婆娘说，“假如那牲口没有喝水，就应该给它喝。”

然后，她四下里看了看：

“咦！这丫头死到哪里去了？”

她弯下腰，发现珂赛特蜷缩在桌子的另一头，都快挨着客人的脚了。

“还不出来？”泰家婆娘喊道。

珂赛特从她藏身的洞里出来。泰家婆娘接着又说：

“没名的狗小姐，快给马送水去。”

“可是，太太，”珂赛特怯生生地说，“没有水了呀。”

泰家婆娘把临街的门打开。

“那就快去打！”

珂赛特低着头，走到壁炉旁，拿起一只空水桶。水桶比她人还高，孩子坐到里头，还绰绰有余。

泰家婆娘回到炉旁，用木勺盛了些汤尝了尝，一面唠叨着：

“水泉那里有水嘛。这有什么难的。刚才要是把葱头滤掉就好了。”

然后，她在一只抽屉里摸了摸，里面有些零钱、胡椒和小葱头。

“拿着，癞蛤蟆小姐，”她说，“回来时，在面包店买个大面包。这是十五苏的角子。”

珂赛特的围裙一侧有个小兜，她默默接过钱，塞进兜里。

然后，她提着水桶，在敞开的门口待着不动。她似乎在等人来救她。

“快去呀！”泰家婆娘喊道。

珂赛特出去了。门重新合上。

四　玩具娃娃登场

大家记得，那排露天摊棚从教堂一直延伸到泰纳迪埃客栈。有产者们待会儿要路过这里，去做午夜弥撒，所以那些摊头都点着蜡烛，蜡烛在漏斗形的纸罩里燃烧，用蒙费梅那位正在泰纳迪埃店里喝酒的小学教师的话来说，这产生了一种“魔力”。相反，天上看不见一颗星星。

最后一个摊棚，恰好对着泰纳迪埃的店门，是卖小玩意儿的，摆满了亮晶晶的假首饰、彩色玻璃小饰品、漂亮的白铁制品。摊主在第一排摆了个大娃娃，用白毛巾衬托着。这娃娃差不多有两尺高，穿着粉红纱裙，头上有金穗子，头发是真的，眼睛是珐琅质的。这个绝妙的娃娃，一整天摆在那里，不满十岁的孩子路过，个个目眩神迷，但在蒙费梅，没有一个母亲有钱或舍得买给自己的孩子。埃波妮和阿赛玛看得流连忘返，至于珂赛特，她也禁不住瞟几眼，当然是偷偷地。

当珂赛特提着水桶出去时，尽管闷闷不乐，仍不由自主地抬头看看那奇妙的娃娃，用她的称呼便是看看那“夫人”。可怜的孩子驻足不前，看得发呆。她还是第一次从近处看那娃娃。她感到这个摊棚仿佛是个宫殿，那娃娃不是玩具，而是幻象。这个被悲惨和冷酷包围的可怜孩子，在一种虚幻的光辉中，看到了快乐、灿烂、富丽和幸福。珂赛特用孩子的洞察力，天真而忧愁地衡量了她和那娃娃之间的深渊。她思忖，只有王后，或者至少是公主，才能拥有如此珍贵的“东西”。她凝视粉红的裙子和光滑的头发，心想：这娃娃多么幸福！她的眼睛舍不得离开这家神奇的摊棚。她越看越目眩神迷。她仿佛看见了天堂。在那个大娃娃后面，还有许多玩具娃娃，在她眼里，都成了仙女和精灵。店主在摊棚里面走来走去，她感到那人仿佛是天父。

她看得入迷，竟忘了一切，甚至忘了她要做的事。蓦然，泰家婆娘严厉的喊声，把她拉回到现实中：“怎么，蠢货，你还没走！你等着！我来收拾你！你们看看，她在做什么！小丑八怪，还不快去！”

泰家婆娘刚才往街上看了一眼，看见珂赛特站在那里出神。

珂赛特提着桶，撒腿就跑。

五　孤苦无助的孩子

泰纳迪埃客栈位于教堂那一头，因此，珂赛特要到靠谢尔那边林中的山泉去取水。

路旁的摊铺，她再也不敢看了。只要她还在教堂附近，没有走出面包师巷，就有摊铺里的烛光给她照路，但是，不久，最后一个摊铺的亮光也消失了。可怜的孩子面前一片黑暗。她陷入黑暗中。她感到害怕，于是边走，边使劲摇晃桶把，弄出点声音来，好给自己做伴。

她愈往前走，黑暗愈浓。街上不再有行人。不过，她还是遇到了一个妇人，那人见她走过，转过身来，站着不动，喃喃自语："这孩子要到哪里去？会不会是小妖精？"后又认出是珂赛特，又说："原来是百灵鸟！"

就这样，珂赛特穿过蒙费梅村靠谢尔那头迷宫般弯曲冷清的街道。只要路两旁有房屋，哪怕是堵墙，她就敢往前走。她不时地看见百叶窗里射出一线烛光，那是光明，那是生命，那里面有人，她胆子也就大了。可她越往前走，便不由自主地放慢了脚步。走过最后一家，珂赛特停下了。走过最后一家店铺，这已是很艰难；再要往前走，就不可能了。她放下水桶，将手插进头发里，慢慢搔起头来，孩子惊慌和犹豫时，常做这个动作。现在已不是蒙费梅，而是旷野了。她前面是漆黑荒凉的空间。她绝望地看着黑暗，不再有人迹，只有野兽，也许还有鬼魂。她定睛细看，她听见野兽在草地上行走，她清楚地看见鬼魂在树林里晃动。于是，她又抓起水桶，害怕给了她胆量：

"管他呢，"她说，"我回去对她说没水了！"

于是，她坚定地往回走。

刚走了百来步，她又停下来，又用手搔搔脑袋。现在，泰家婆娘浮现在她眼前，那青面獠牙、眼睛里冒着怒火的泰家婆娘。孩子目光凄楚地朝前后看了看。她该怎么办？会怎么样？去哪里好？前面，有泰家婆娘这个幽灵，后面，有黑夜和树林的鬼魂。她在泰家婆娘面前退却了。她又朝泉水走去。她奔跑起来。她跑出村子，跑进树林，什么也不看，什么也不听。她跑得喘不过气来时才不跑，但没停下来。她不顾一切地往前走。

她边跑边想哭。

黑夜中，她周围的树林飒飒作响。她什么也不再想，什么也不再看。茫茫黑夜在和这个弱小的生命作对。一边是无边无际的黑暗，另一边是一粒小小的原子。

从林边到泉水，只要走七八分钟。珂赛特白天常走这条路，所以很熟悉。说也奇怪，她没有迷路。冥冥中，一种残余的本能在给她引路。但她既不往左看，也不往右看，生怕在树枝和荆棘丛中看到什么东西。

她这样跑到了泉边。

那是个狭小的天然水塘，由泉水冲击黏土而成，两尺来深，周围长着青苔和凹凸不平被叫作亨利四世绉领的高草，还铺着几块大石头。一条小溪从中涓涓流出，发出轻微而安详的声音。

珂赛特连气都没歇一口。天黑得伸手不见五指，但她常来这里汲水，熟门熟路。她用左手在黑暗中摸索一棵小橡树。那树弯向泉水，平时她用来作支点。她摸到一根树枝。她抓住树枝，弯下腰，将水桶沉入水中。她心情异常紧张，力气便陡增三倍。她弯腰时，没注意围裙兜里的东西掉进水中。那枚十五苏的角子落进水里。珂赛特没看见，也没听见。她把几乎满满的一桶水提上来，放在草地上。

这时，她发现自己已累得精疲力竭。她本想立即往回走，但提水时用尽了力气，现在一步也走不动了。她不得不坐下休息。她跌倒在草地上，蹲在那里不动。她闭上眼，然后又睁开，她说不清楚为什么，但不能不这样。

在她身旁，桶里的水晃荡着，形成一圈圈波纹，犹如一条条闪着白光的蛇。

在她头顶上方，空中乌云滚滚，犹如一团团浓烟。黑暗仿佛将悲惨的面孔俯向这个孩子。

木星卧在天边。

孩子不认识那颗巨星，茫然地看着它，心里很害怕。的确，那颗巨星此刻就在地平线附近，穿过浓雾，射出可怖的红光。浓雾也染成了凄凉的红色，使那颗星星变得更大，宛若一个发光的伤口。

原野上吹来寒风。树林里漆黑一团，没有一点儿树叶的沙沙声，也没有丝毫夏夜朦胧清爽的微光。高大的树枝张牙舞爪。瘦弱丑陋的灌木丛在林间空地上簌簌作响。高草宛若鳗鱼，在北风中乱挤乱动。荆棘犹如长着利爪的长臂，扭动着想抓猎物。几棵枯萎的欧石南，被风驱赶着，匆匆掠过，仿佛灾难来临，仓皇逃遁。四周是无尽的凄凉。

黑暗总令人眩晕。人需要光明。任何人进入黑暗，都会感到心慌。眼睛看到黑暗，思想便看到混乱。在月食时，在黑夜中，最坚强的人也会心烦意乱。夜里一个人走在森林中，没有人不会战栗。黑暗和树木，这两样东西深不可测，令人毛骨悚然。周围的东西影影绰绰，令人幻觉丛生。难以想象的东西，有如幽灵，清晰地出现在离你几步路的地方。在空间，或在你的脑海中，你看到什么东西在浮动，就像梦中出现的沉睡的花儿，若隐若现，想抓也抓不到。天边出现可怕的景象。你吸入来自黑暗太空的气息。你感到害怕，想回头看看。黑夜张开一个个洞穴，周围的东西变得狰狞可怕，你看到一些静默不语的身影，当你走近时，一个个消失得无影无踪；你看见黑乎乎乱蓬蓬的头发，愤怒的树丛，青面獠牙的水洼，阴森凄恻的景象，死一般的寂静；可能会有陌生的生灵出现，树枝神秘地低垂身子，树干吓得你魂飞魄散，丛草临风瑟缩，面对这一切，你如何招架得住。胆子再大的人，也会吓得浑身颤抖，惶恐不安。你感到十分可怕，仿佛你的灵魂同黑暗混为一体。黑暗在孩子的内心引起的恐惧，就更难以诉诸笔墨了。

森林呈现出世界末日的景象，在它阴森可怕的穹窿下，一个小生命扑腾着翅膀，发出垂死的声音。

珂赛特说不清自己是什么感觉，只觉得被大自然无垠无际的黑暗紧紧抓住。她所感到的不再是恐惧，而是比恐惧还要可怕的东西。她索索发抖。那种冷彻心肺的战栗给予她的奇特感受，是很难用语言来表达的。她的眼睛惊恐万状。她仿佛感到明晚的此时此刻，禁不住还要来这里。

于是，为了摆脱这难以言喻却又使她恐惧的奇怪状态，出于本能，她开始大声数一、二、三、四,一直数到十，数完后，又从头开始。这样，她对周围的事物恢复了真实的感觉。她感到手冷，因为刚才打水时，手弄湿了。她站起来。她又恐惧起来，那是一种自然的不可克服的恐惧。她只有一个念头：逃走；拼命逃走，穿过树林，穿过田野，一直逃到看得见房屋、看得见窗户、看得见烛光的地方。她的目光落到身前的水桶上。她很怕泰家婆娘，不敢扔下水桶逃走。她双手抓住桶把，费劲地提起水桶。

她走了十来步，可是，水桶满满的，死沉死沉的，她只好又放下。她歇了口气，又提起水桶，走了起来。这一次，走的时间长一些。但她不得不又停下。歇了几秒钟，她又走开了。她弯着腰，低着头，就像老太太走路。沉重的水桶把她细瘦的胳膊拉得又直又僵。桶把是铁的，一双湿手冻得麻木了。她不得不走走停停，每停一次，桶里的冷水都要泼出来，洒在她的光腿上。这事发生在一个树林深处，在夜里，在冬天，远离人类的目光。这是个八岁的孩子。此刻，只有上帝目睹这件悲惨的事。

当然还有她的母亲！因为有些事会使坟墓里的死者睁开眼睛。

她痛苦地喘息着。她抽抽噎噎，但不敢哭出声来，因为她怕泰家婆娘，即使离开她很远。她总想象着泰家婆娘就在身边，这已成了习惯。

可她这样是走不多远的。她走得很慢很慢。尽管她缩短了停的时间，而且尽可能延长走的时间，这都无济于事。她焦急地想，她这样要一个小时才能走回蒙费梅，又要挨泰家婆娘的揍了。这种焦虑的心情，与黑夜独自在树林里的恐惧纠缠在一起。她已累得精疲力竭，却还没有走出林子。当她走到一棵熟悉的老栗树旁，做了最后一次歇息，她想好好休息一下，因此停的时间比任何一次都长。然后，她拼足力气，拿起水桶，又勇敢地往前走。可是，这个可怜的孩子绝望得禁不住大声叫喊：啊！上帝！我的上帝！

突然，她感到水桶不重了。一只手，她感到一只巨大的手，抓住了水桶的把手，用力提了起来。她抬起头。黑暗中，有个高大直立的黑影走在她身旁。那是个男人，他从后面走到她身边，可她没有听见。那人一声不响，抓住了她手中水桶的提手。

人一生中有许多邂逅，每次都会有本能的反应。孩子没有害怕。

六　那人也许能证明布拉特吕埃尔不是傻瓜

就在一八二三年圣诞节那天下午，有个人在巴黎医院大街最僻静的地方徘徊了许久，像是在找住所，似乎对圣马尔索郊区破败边缘那些最简陋的房子情有独钟。

以后会看到，那人的确在这偏僻的地区租了一个房间。

从那人的衣着和外表看，是一个典型的通常所说的有教养的乞丐，极端的贫困，又极端的整洁。这两种特点集中在一人身上，是难能可贵的，有识之士见了，会顿生双重敬意，就像见了一个很穷但很自重的人。他戴一顶很旧却洗刷得很干净的圆帽子，穿一件捉襟见肘的赭黄粗呢紧腰大衣（这颜色在当时并不显得古怪）、一件带兜的老式大背心、一条膝头发白的黑长裤、一双黑羊毛长袜和带铜扣的厚底皮鞋。看上去就像是流亡归来的大户人家的家庭教师。看见他满头银发，满额皱纹，嘴唇苍白，脸上饱经风霜，会以为他六十多岁了。但他步态虽慢却稳健有力，一举一动都充满活力，从这点看，他又不到五十岁。他额上的皱纹生得恰是地方，仔细观察他的人会产生好感。他抿紧嘴唇时，形成一条奇特的皱纹，显得既严肃，又谦卑。他目光幽深，说不出的宁静和忧郁。他左手拎一个用手帕扎着的小包，右手拄一根从树篱上砍下来的棍子。那棍子仔细加工过，并不太寒酸；棍上的结节巧加利用，上端用红蜡画了个珊瑚红的圆头。这是根木棍，却像是手杖。

那条大街平时行人很少，尤其是冬天。那人似乎想避开行人，不希望接触行人，但并不装腔作势。

那时候，路易十八国王几乎天天都去舒瓦齐勒鲁瓦。这是他最喜欢的游玩处。下午两点钟，差不多总能看见国王的马车和扈从在医院大街飞驰而过。

住在这一带的穷苦女人，便把这当作钟表。她们说："现在两点了，瞧他回杜伊勒利宫去了。"

于是，有的赶快跑过来，有的退到路两旁，因为一个国王经过，总是车马喧嚣。何况，路易十八在巴黎街上经过，还是挺引人注目的。他来去转瞬即逝，但威风显赫。这个腿脚不便的国王，偏偏喜欢飞奔；走不了，却要跑；双腿残缺，却偏要风驰电掣。他在马刀簇拥下经过，神态平和而严肃。那美轮美奂、金光闪闪、画着一支支大百合花的轿式马车辘辘驰过。人们几乎来不及看一眼。在右边的角落里，白缎软垫上，可以看见一张神色坚定、面色绯红的宽脸膛，一个戴着御鸟式假发、刚刚扑了白粉的额头，一双高傲、冷酷和狡猾的眼睛，一副文质彬彬的笑容，一身绅士服装，佩有垂着流苏的大肩章、金羊毛骑士勋章、圣路易十字勋章、荣誉军团十字勋章、圣灵银质勋章，一个大肚子，一副宽宽的蓝绶带：这便是国王陛下。出了巴黎城，他便把饰有白羽毛的帽子放在裹着英国绑腿的膝头上；回到城里，他又把帽子戴到头上，他很少向行人致敬。他对民众冷若冰霜，民众也报之以冷淡。当他第一次在圣马尔索郊区出现时，他所获得的成功，便是一个居民对他的伙伴说的一句话："就是这个胖子在统治我们。"

因此，国王每天在同一时刻必定经过，成了医院大街的一件大事。

那个穿赭色紧腰大衣的人，显然不是本区人士，可能也不是巴黎人，因为他不知道这个情况。两点钟，当国王的轿式马车在一队穿银绦制服的侍卫骑兵簇拥下，绕过硝石库医院，出现在医院大街上时，他似乎很惊讶，甚至有点惊恐。平行侧道上只有他一个人，他赶紧躲到墙角后，不料仍被阿弗雷公爵先生看见了。那天，阿弗雷公爵先生是值勤的卫队长，坐在国王的车里，和他面对面。他对陛下说："那人不像好人。"为国王开道的警察们也注意到了，其中一人奉命跟踪。可那人已走进僻静的小巷，再说，天色渐渐暗下来，警察跟到后来就失去了踪迹。这个情况，在当晚给国务部长兼巴黎警察局长昂格雷伯爵先生的报告中得到了证实。

那个穿赭色大衣的人甩掉警察后，便加快步伐，但仍几次回头，看看还有没有人跟踪。四点一刻，也就是说，天完全黑下来的时候，他从圣马丁门剧院经过，那天正上演《两个苦役犯》。剧院的路灯照亮了一张海报，他尽管走得很快，但仍停下来看了看，他心头一震。不一会儿，他就到了小木板死胡同，他走进锡盘公寓，那里有拉尼线公共马车办事处。那趟车四点半出发。马已经套上，乘客们听到车夫的吆喝，急忙爬上马车的铁踏脚。

那人问：

"还有座位吗？"

"只有一个，前座我的旁边。"车夫说。

"我要了。"

“上来吧。”

可是，在出发前，车夫看了看那旅客寒酸的衣着和小包袱，就让他付钱。

“您去拉尼吗？”车夫问。

“是的。”那人回答。

旅客付了去拉尼的车钱。

马车出发了。出了城门，车夫想同他攀谈，那人只做简单的回答。车夫只好作罢，便吹吹口哨，骂骂牲口。

车夫裹上大衣。天气很冷。那人似乎不在意。就这样驶过了古尔内和马恩河畔纳伊。

将近六点，马车到了谢尔。车夫把车停在骡马店门口，好让马歇口气。那骡马店设在王家修道院的老房子里。

“我在这里下。”那人说。

他拿起包袱和棍子，跳下马车。转眼间，就不见他的踪影了。他没有进那家旅店。

几分钟后，车子继续开赴拉尼，在谢尔的大街上没有遇见他。

车夫回头对车里的乘客说：

“那人不是本地人，因为我不认识他。他看上去身无分文，却对钱很不在乎。他付了去拉尼的车费，却只到谢尔。天黑了，家家户户都关门了，他不住旅店，却不见他人影。他一定钻进地里了。”

那人没有钻进地里。他摸黑在谢尔的大街上大步流星地走了一段路，然后，没到教堂就向左拐，上了一条去蒙费梅的乡间小道，好像对那里很熟悉，曾经来过似的。

他沿着那条小路急步往前走。走到同连接加尼和拉尼的树木夹道的老公路交叉的地方，听见有人过来。他赶紧躲进一个坑里，等那些人走远后才出来。其实用不着这样小心，前面讲了，那是十二月的一个夜晚，天很黑很黑。天上依稀可辨三两颗星星。

山坡正是从那里开始的。那人没有回到蒙费梅的路上，而是向右拐，穿过田野，急步走进了树林。

进了树林后，他放慢脚步，一步一步往前走，仔细观察每一棵树，仿佛一边走，一边在寻找一条只有他一人知道的神秘小路。有一会，他好像迷了路，踌躇不前。他又摸索着前进，终于走到一块林间空地上，那里有一堆白乎乎的大石头。他连忙朝石头堆走去，透过黑夜的迷雾，像在检阅似的仔细观察每一块石头。离石堆几步远，有一棵长满树瘤的大树。他走到树边，用手在树干上摸索，仿佛想辨认和数清所有的树瘤。

那是棵白蜡树，对面有棵栗树。那栗树患有脱皮病，上面钉了块锌皮，用作保护伤口。他踮起足尖，用手摸那块锌皮。

然后，他在栗树和石堆之间的地上踩了一会儿，仿佛想证实最近是否有人在这里翻过土。

然后，他辨了辨方向，重新穿过树林。

刚才遇见珂赛特的正是这个人。

当他穿过那片矮林，向蒙费梅走去时，他看见一个小小的黑影哼哧哼哧地往前走，走了一会儿，把一个重包放在地上，歇了一会儿，又提起那包，继续往前。他走近一看，原来是一个很小很小的孩子，拎着一个很大很大的水桶。于是，他走到孩子身边，一声不响地抓住水桶的提手。

七　珂赛特和陌生人并肩走在黑暗中

刚才说了，珂赛特并不害怕。那人同她攀谈。他说话很严肃，声音几乎是低低的。

“孩子，您提的东西对您太重了。”

珂赛特抬起头，回答说：

“是的，先生。”

“给我吧。”那人又说，“我帮您拿。”

珂赛特放开水桶。那人开始和她并肩而行。

“这的确很重。”他喃喃地说。继而又问：

“孩子，你几岁了？”

“八岁，先生。”

“打水的地方远吗？”

“从树林的水泉里打的。”

“去的地方远吗？”

“足足要走一刻钟。”

那人沉默了一会儿，突然又问：

“你没有母亲？”

“不知道。”孩子回答。

那人还没来得及说话，她又补充说：

“我想没有。其他孩子有。我没有。”

她顿了一会，又说：

“我想，我从没有过。”

那人停下来，放下桶，弯下腰，两只手放在孩子的两只肩膀上，在黑暗中看着她，竭力想看清她的面孔。惨淡的天光下，朦胧可见珂赛特瘦削的脸孔。

“你叫什么？”

“珂赛特。”

那人好像被电击了一下。他又看了看她，然后，将手从珂赛特肩上抽回来，抓起水桶，继续往前走。

“孩子，你住在哪里？”

“蒙费梅，假如您认识的话。”

“我们是去那里吗？”

“是的，先生。”

他又停了一会，而后又说：

“谁让你这时候到林子里来提水的？”

“泰纳迪埃太太。”

那人接着往下说，但尽量使声音显得无动于衷，可仍让人感到有种奇怪的颤抖：

“泰纳迪埃太太是干什么的？”

“她是我东家，”孩子说，“开客栈。”

“客栈？”那人说，“那好，今天我上那里过夜。带我去。”

“我们正在去那里。”孩子说。

那人走得相当快。孩子跟上他并不费劲，她已不感到累了。她不时抬头看看那人，目光有种难以言喻的恬静和信任。从没有人教她相信上帝，祈祷上帝。但此刻，她感到心中有一种像是希望和快乐的东西在飞向天空。

几分钟过去了。那人又说：

“泰纳迪埃太太家没有女用人吗？”

“没有，先生。”

“就你一个？”

“是的，先生。”

又是一阵沉默。珂赛特提高嗓门说：

“应该说，还有两个小女孩。”

“她们是谁？”

“波妮和赛玛。”

孩子把泰家婆娘两个心爱的浪漫的名字简化了。

“波妮和赛玛是谁？”

“泰纳迪埃太太的小姐。就是说，她的女儿。”

“那么，她们干什么？”

“啊！”孩子说，“她们有漂亮的娃娃，有带金的东西，有好多好多的衣服。她们玩耍，她们做游戏。”

“整天玩吗？”

“是的，先生。”

“那你呢？”

“我，我干活。”

“整天都干？”

孩子抬起一双大眼睛，里面有颗泪珠，只是天黑看不见。她低低回答说：

“是的，先生。”

她顿了一会儿，又说：

“有时候，我干完活了，人家允许的话，我也玩。”

“你玩什么？”

“能玩什么，就玩什么。没有人管我。不过，我没有许多玩具。波妮和赛玛不愿意我玩她们的娃娃。我只有一把小铅刀，就这么点长。”

孩子伸出小拇指比画了一下。

“这刀切不了东西吧？”

“能的，先生，”孩子说，“可以切生菜和苍蝇头。”

他们到了村里。珂赛特领着陌生人穿过街道。他们经过面包铺，珂赛特把买面包的事忘得一干二净。那人不再问她了，而是神情阴郁，一声不吭。走过教堂后，那人看见那些露天摊头，问珂赛特：

“这里有集市吗？”

“不，先生，是圣诞节。”

快到客栈时，珂赛特胆怯地碰了碰那人的胳膊。

“先生？”

“什么事，孩子？”

“我们快到了。”

“怎么？”

“现在能让我拿水桶吗？”

“为什么？”

“太太看见别人帮我拿，会揍我的。”

那人把水桶给了她。不一会儿，他们就到了小客栈门口。

八　接待一个可能是富人的穷人烦恼无穷

卖玩具的摊头上，还摆着那个大娃娃，珂赛特忍不住朝那边瞟了一眼才敲门。门开了。泰家婆娘拿着蜡烛出现了。

“哇！是你，小要饭的。感谢上帝！你去了这么久！这死丫头，你玩够了！”

“太太，”珂赛特战战兢兢地说，“这个先生要住宿。”

泰家婆娘马上将怒容换上了笑脸，急切地用眼睛寻找新来的客人。这种脸上的神态说变就变，是客店老板特有的本领。

“是这位先生吗？”她说。

“是的，太太。”那人将手举到帽边，回答说。

有钱的旅客不会这样礼貌。泰家婆娘看见这个动作，又将那人的装束和行李仔细打量了一番，便收起笑容，重新换上阴沉的面孔。她冷冷地说：

“进来，老头。”

“老头”进来了。泰家婆娘又看了他一眼，特别看了看那件破旧的紧身大衣，和那顶破烂的帽子。然后，她朝仍在和车夫们一起喝酒的丈夫摇了摇头，皱了皱鼻，眨了眨眼，征求他的意见。她丈夫微微摇了摇食指，撇了撇嘴巴，在这种情况下，就是说：十足的穷鬼。于是，泰家婆娘大声说：

“啊！老汉，很抱歉，没有床位了。”

“随便哪里都行，”那人说，“顶楼，马棚。我仍按房间付钱。”

“四十苏。”

“四十苏。行。”

“好罢。”

“四十苏！”一个车夫低声对泰家婆娘说，“不是二十苏吗？”

“他就得付四十苏。”泰家婆娘仍没好气地反驳道，“穷人少于这个数，我就不让住。”

“这倒是真的，”丈夫和气地说，“让这样的人住，糟蹋了屋子。”

这时，那人已把包袱和棍子放在板凳上，坐到一张桌子上。珂赛特连忙摆上酒瓶和酒杯。那位要水的商人，已提着桶给马送水去了。珂赛特又回到那张餐桌底下，织起毛袜来了。那人斟了杯酒，用嘴唇抿了抿，凝神专注地打量珂赛特。

珂赛特很丑。假如她快乐的活，或许会漂亮的。我们描绘过她那张愁苦的小脸。珂赛特面黄肌瘦。她快八岁了，看上去都不到六岁。一双深陷的忧郁的大眼睛，因经常哭泣，几乎失去了光泽。由于常年郁郁寡欢，嘴角形成一道弧线，使人想起囚徒和绝望的病人。她的手，正如她母亲猜到的那样，“长满了冻疮”。炉火此刻正照着她，只见她骨头根根突出，显得格外瘦骨嶙峋。因为她总是冷得哆嗦，所以总习惯双腿并拢。她衣衫褴褛，夏天让人怜悯同情，冬天让人惨不忍睹。她身上的衣服都是布的，没有一片毛的，且千疮百孔。她的肉到处露在外面，紫一块，青一块，说明被泰家婆娘打过。两条细腿光着，冻得通红。锁骨突出，让人见了心酸。这孩子的一切，她的步态，她的姿势，她的声音，她说话的断断续续，她的目光，她的沉默，她的一举一动，都表露和说明一个想法，那就是害怕。

害怕蔓延到她的全身，可以说，她全身都布满了害怕。她因为害怕，便将双肘夹紧腰部，脚后跟缩到裙子下，尽量少占位置，尽量少呼吸。可以说，害怕已变成了她身体的习惯，而且与日俱增。在她双眸深处，有一个惊惶恐惧的角落。

珂赛特是那样害怕，回到家里后，尽管浑身湿透了，都不敢去烤一烤火，而是一声不吭地又干起活来。

这个八岁的孩子，眼神总是那么忧郁，有时是那么凄迷，在有些时候，她似乎正在变成白痴或魔鬼。

我们说过，她从不知道什么叫祈祷，从没进过教堂的门。“我哪有这闲工夫？”泰家婆娘说。

穿赭色紧身大衣的人目不转睛地盯着珂赛特。

“对了，买的面包呢？”

珂赛特已养成习惯，只要泰家婆娘提高嗓门，她就从桌底下钻出来，现在听到那女人的喊声，她赶紧跑了出来。

她早把面包的事忘到九霄云外了。她只好撒谎。那是总处于惊恐状态的孩子常常求助的办法。

“太太，面包店关门了。”

“那你该敲门呀。”

“我敲了，太太。”

“怎么样？”

“没开门。”

“明天我就会知道是不是真的。”泰家婆娘说。“如果你撒谎，看我不揍扁你。先把十五苏还给我。”

珂赛特把手伸进围裙兜里，脸色刷地白了。那枚钱不在了。

“怎么！”泰家婆娘说，“听到没有？”

珂赛特把兜翻了个底朝天，什么也没有。这钱会到哪里去了呢？可怜的孩子张口结舌。她吓得愣在那里。

“那十五苏呢，是不是弄丢了？”泰家婆娘吼道，“要不，你就是贪污了。”

她边说，边伸手去拿挂在壁炉角上的掸衣鞭。这个可怕的动作，吓得珂赛特拼命叫喊：

“饶命！太太！太太！我以后不了。”

泰家婆娘摘下了掸衣鞭。

这时，穿赭色大衣的那个人已在背心口袋里搜了一遍，但谁也没看见他这个动作。再说，其他客人喝酒的喝酒，玩牌的玩牌，对什么也不注意。

珂赛特惶遽不安，竭力把半裸的胳膊和腿收拢并遮住。泰家婆娘举起胳膊。

“对不起，太太，”那人说，“刚才，我看见有样东西从这孩子兜里掉出来，滚到什么地方了。可能就是那枚钱。”

同时，他弯下腰，假装在地上找了一会儿。

“没错。找到了。”他边站起来边说。

他把一枚银币递给泰家婆娘。

“不错，就是这个。”

其实不是，因为那是一枚二十苏的硬币。不过，泰家婆娘认为有利可图，便把钱放进兜里，只是狠狠地瞪了孩子一眼，说：

“看你以后还敢！”

珂赛特回到泰家婆娘称之为的“她的窝”里，一双大眼睛盯着陌生的旅客，露出了从未有过的神情。不过，现在还只是天真的惊讶，但已夹杂着愕然和信任。

“对了，您要用晚餐吗？”泰家婆娘问那旅客。

他不回答。他似乎在沉思。

“这是什么人？”她嘟囔道。“是个穷光蛋。都没钱吃饭。他付得起房钱吗？幸亏地上的钱他没想装进腰包。”

这时，一扇门打开，埃波妮和阿赛玛进来了。

的确，这是两个漂亮的小姑娘，不像是乡下人，倒像是城里人，非常可爱，一个是栗色的辫子又光又亮，另一个是两条乌黑的长辫拖在背上。两个人都很活泼，很干净，胖嘟嘟的，脸色红润，身体健康，惹人喜爱。她们穿得很暖和，尽管布料很厚，但经过母亲的精心设计，那些衣服穿在她们身上服服帖帖，漂漂亮亮，既能抵御冬天的寒冷，又洋溢着春天的气息。这两个小女孩光彩照人。此外，她们俨然是家里的小主人。她们的衣着，她们的快乐，她们的声音，无不流露出主人的身份。当她们进来时，泰家婆娘满怀钟爱地嗔怪道：

“呀！你们怎么来了！”

然后，她把她们先后拉到身边，给她们理理头发，结结饰带，接着，以母亲特有的方式，亲昵地摇了摇她们，便放开了，一面大声说：“瞧她们，衣服乱成这样！”

她们过来坐到火炉边。她们有一个玩具娃娃，她们将那娃娃在膝盖间翻来转去，快乐地叽叽喳喳。珂赛特不时地从毛线活上抬起眼睛，神情忧郁地看着她们玩。

埃波妮和阿赛玛看也不看珂赛特。对她们而言，那不过是一条狗。这三个小女孩加起来，也不到二十四岁，却代表着整整一个人类社会，一边是羡慕，一边是蔑视。

泰纳迪埃姐妹的娃娃又旧又破，颜色已褪尽，但对珂赛特来说，依然不失魅力，因为她出世以来，从没有过娃娃，拿孩子们都懂的话来说，“一个真的娃娃”。

泰家婆娘继续在屋里走来走去，蓦然，她发现珂赛特心不在焉，不在干活，而在看她的两个孩子玩耍。

“啊！可给我逮住了！”她大声嚷道。“你这叫干活吗？让我拿掸衣鞭来教你干活！”

那外乡人向泰家婆娘转过身，但没离开椅子。

“太太，”他微笑着，几乎是胆怯地说，“算了！让她玩吧！”

任何一个客人，只要在这里吃过一片羊腿肉，喝过两瓶葡萄酒，看上去不像是“穷光蛋”，如果提出这个愿望，会被当成命令。可是，一个戴这样帽子的人，竟敢有这种想法，穿这样大衣的人，竟敢提出这样的愿望，这在泰家婆娘看来，是不能容忍的。她尖刻地说：

“她要吃饭，就得干活。我不能白养活她。”

“她在干什么？”外乡人和蔼地说。这温和的语气，同他乞丐般的衣服和挑夫般的双肩，形成奇特的对照。

泰家婆娘屈尊地回答：

“对不起，是打毛袜。给我的两个女儿打的，就是说，她们已没有袜子，就要光脚了。”

那人望了望珂赛特那双冻得通红的可怜的脚，又说：

“那双袜子，她什么时候能打完？”

“这懒鬼，至少还要三四天。”

“袜子打好后，值多少钱？”

泰家婆娘鄙夷地看了他一眼。

“至少三十苏。”

“五法郎，您卖不卖？”那人又说。

“乖乖！”有个在听他们对话的车夫纵声大笑，大声说道，“五法郎！我认为太合算了！五法郎！”

泰纳迪埃以为该说话了。

“卖，先生，如果您有这个奇想的话。这双袜子，五法郎卖给您。我们不会拒绝客人的任何要求。”

“马上就得付钱。”泰家婆娘不容置辩地说。

“我买下这双袜子，”那人回答说，一面从口袋里掏出五法郎，放在桌上，又说：“我付钱。”

然后，他转过身对珂赛特说：

“现在，你的活归我了。玩吧，孩子。”

那车夫看见五法郎的银币，异常激动，放下酒杯，跑了过来。

“是真的！”他仔细看了看，嚷道。“一个真正的后轮[①]！不是假的！”

泰纳迪埃走过来，一声不吭地把钱装进衣兜里。

泰家婆娘不敢违抗。她咬着嘴唇，满脸怨恨。

可是，珂赛特仍然战战兢兢。她壮着胆子问道：

“太太，这是真的吗？我能玩吗？”

“玩你的吧！”泰家婆娘恶狠狠地说。

“谢谢，太太。”珂赛特说。

可是，她嘴上感谢泰家婆娘，整个心却在感谢那位旅客。

泰纳迪埃又坐下喝酒了。他妻子在他耳边嘀咕：

“这个穿赭色衣服的究竟是什么人？”

“我见过一些百万富翁，”泰纳迪埃威严地说，“也穿这样的大衣。”

珂赛特放下毛线活，但仍待在桌子底下。珂赛特总是尽量少动弹。她从身后一只匣子里拿出几块破布，和一把小铅刀。

埃波妮和阿赛玛毫不留意周围发生的事。刚才，她们干了一件大事，逮住了那只猫。她们的娃娃已扔在地上。埃波妮是姐姐，她用许多红红绿绿的破衣烂布将猫裹起来，弄得猫乱扭乱叫。她一面做着这件严肃而艰巨的事，一面用孩子们特有的似蝴蝶双翼般光彩夺目、魅力无穷、难以逮住的美妙而可爱的语言同妹妹说话：

“瞧，妹妹，这个娃娃比那一个更好玩。她会动，会叫，摸上去热乎乎的。瞧，妹妹，我们来同它玩吧。她是我的小女孩。我是夫人。我来看望你，你瞧着她。慢慢地，你看见她的胡子，你很惊讶。你又看见她的耳朵，然后是尾巴，你又大吃一惊。你对我说：‘啊！我的上帝！’

① 后轮是五法郎银币的俗称。

我对你说：‘是的，夫人，我的小女孩就是这样。现在的小女孩就是这样。’”

阿赛玛听着埃波妮说话，心里由衷的敬佩。

这时，酒客们唱起了一首轻佻的小曲，大家乐得纵声大笑，笑得天花板都震动了。泰纳迪埃给他们鼓劲儿，并且跟着唱起来。

正如鸟儿做窝，不择泥草，孩子们做娃娃，也不择材料。当埃波妮和阿赛玛用布裹猫时，珂赛特则用布裹她的刀。裹完后，她把它抱在怀里，轻轻唱起了催眠曲。

娃娃是女孩子最迫切的需要，也是最可爱的本能。照料娃娃，给它穿衣，给它打扮，穿穿脱脱，脱脱穿穿，给予教导，轻轻呵斥，轻轻摇晃，百般溺爱，哄它睡觉，把一件东西想象成人，所有这一切，意味着女人的未来。她们做着美梦，她们叽叽喳喳，她们做着小衣服，缝着小裙子、小上衣、小内衣，就这样，小女孩渐渐变成了大女孩，大女孩变成了女人。第一个孩子是最后一个娃娃的接班人。

没有娃娃的女孩，几乎和没有孩子的女人一样不幸，而且是绝对难以想象的。

因此，珂赛特用小铅刀给自己做了个娃娃。

至于泰家婆娘，她已走到“赭衣人”的身边。

“我丈夫是对的，”她心里思忖，“他也许是拉斐特先生[①]。有些富豪是很可笑的。”

她把胳膊支在桌子上。

“先生……”她说。

听到“先生”二字，那人回过头来。泰家婆娘一直只称呼他“老汉”或“老头”。

“您看，先生，”她虚情假意地说，这种肉麻的神态，比凶狠的样子更令人作呕，“我很想让这孩子玩，我不反对她玩，不过，偶然玩一次还可以，因为您给了钱。您看，她什么也没有。她得干活。”

---

① 拉斐特是法国银行家。

“这孩子不是您的吗？”

“啊！上帝！不是的，先生。这是个穷孩子，我们出于怜悯，把她收养了。她是个白痴。她脑袋里装的想必都是水。她的脑袋很大，正如您看到的。我们为她尽了力，我们并不富裕。我们给她老家写了好几封信，但都白写了，六个月没有回信。她母亲想必死了。”

“啊！”那人说，接着又陷入了沉思。

“那母亲不怎么样。”泰家婆娘又说。“她抛弃了自己的孩子。”

他们在谈话时，珂赛特似乎意识到他们在谈论自己，眼睛一直盯着泰家婆娘。她听不大清楚，偶尔也听到只言片语。

那些酒客都已醉意朦胧，反复唱着那首轻佻的小曲，越唱越来劲儿。这是一种趣味高雅的轻佻，因为圣母和小耶稣也出现在歌中。泰家婆娘也和他们一起放声大笑。珂赛特在桌子底下，凝视着炉火，眸子里反射出火光。她又开始轻轻摇摆她做的襁褓，一面摇，一面低声唱道：“我的母亲死了！我的母亲死了！我的母亲死了！”

在女主人的再次坚持下，穿赭色衣服的人，那位“百万富翁”，终于同意用餐了。

“先生要点什么？”

“面包和奶酪。”那人说。

“没错，是个穷鬼。”泰家婆娘想道。

醉汉们反复唱着那首歌，而珂赛特在桌子下也在唱她的歌。

突然，珂赛特不唱了。刚才，她回过头，发现泰纳迪埃家的两个孩子已在玩猫，娃娃丢在地上，离她的桌子几步远。

于是，她扔下裹着布的并不满足她需要的小铅刀，慢慢地将厅堂环视了一遍。泰家婆娘一面数钱，一面在同丈夫窃窃私语，波妮和赛玛在玩耍，客人们有的在吃饭，有的在喝酒，有的在唱歌，没有人注意她。她抓住时机。她爬出桌子，又环视四周，确信没有人看她，便迅速爬到娃娃那里，一把抓了过来。不一会儿，她已回到她的位置上，坐着不动，只是侧过身子，让她怀里的娃娃隐蔽在黑暗中。她从没玩过娃娃，这给她带来了极大的快乐，她感到非常满足。

除了那位正慢慢吃着简单晚餐的陌生客人外，谁都没有看见。

这一快乐持续了将近一刻钟。

可是，尽管珂赛特小心翼翼，娃娃的一只脚不料“伸了出来”，被壁炉的火光照得亮亮的。这个从黑暗中露出来的光亮粉红的脚，突然吸引了阿赛玛的目光，她对埃波妮说：

“姐姐，你瞧！”

两个小姑娘一下惊呆了。珂赛特竟敢拿她们的娃娃！埃波妮站起来，怀里仍搂着猫，跑到母亲那里，扯她的裙子。

“别来烦我！”母亲说。“找我干吗？”

“妈，”孩子说，“你瞧！”

她用手指指珂赛特。珂赛特正沉浸在占有的狂喜中，什么也看不见，什么也听不到。

泰家婆娘的脸上露出了一种泼妇特有的为一点点小事便横眉怒目的表情。这次，因为自尊受到了伤害，就更是怒不可遏。珂赛特太不像话，珂赛特侵犯了“小姐们”的娃娃。女沙皇看见奴隶偷试皇太子的蓝绶带，也不过是这副嘴脸。

她扯起气得嘶哑了的嗓子，大吼一声：

“珂赛特！”

珂赛特吓了一跳，仿佛天塌地陷。她回过头。

“珂赛特！”泰家婆娘又吼了一声。

珂赛特拿起娃娃，轻轻放在地上，神情虔敬而绝望。她双手合拢，眼睛始终不离开娃娃。她搓扭着双手，这样小的孩子，竟做出这样的动作，真叫人惨不忍睹。她哭了，她号啕大哭。可她一天中经历了那么多折磨，到树林去汲水，提沉重的水桶，丢钱，看见掸衣鞭，听见泰家婆娘恶言恶语，她都没掉一滴眼泪。

那旅客已站了起来。

“怎么啦！”他对泰家婆娘说。

“您没看见？”泰家婆娘指指躺在珂赛特脚边的罪证，说道。

“那又怎么样？”那人说。

“这个贱货，”泰家婆娘回答，“竟敢动孩子们的娃娃！”

“就为这点小事大吵大嚷！”那人说，“她玩玩娃娃有什么不行？”

“她用脏手碰它了！”泰家婆娘继续说，“用她令人厌恶的手！”

这时，珂赛特哭得更厉害了。

“住口！”泰家婆娘吼道。

那人朝大门走去，开门出去了。

他一出去，泰家婆娘乘机把脚伸到桌子底下，踢了珂赛特一脚，孩子连声惨叫。

门重又打开，那人回来了，双手捧着前面提到过的，一整天吸引了全村小孩的妙不可言的娃娃，把它立在珂赛特面前，对她说：

“拿着，这是给你的。”

他来这里一个多小时了。他在沉思中，想必透过客栈的玻璃窗，隐约看到了对面烛火明亮的玩具摊头，可能得到了启示。

珂赛特抬起头。她看见那人捧着娃娃向她走来，仿佛看见太阳朝她走来了。她听到了从未听到过的话：“这是给你的。”她看看他，又看看娃娃，继而慢慢朝后缩，躲到桌下深处的墙角里。

她不再哭，也不再叫了，仿佛连气也不敢出了。

泰纳迪埃、埃波妮、阿赛玛个个惊得呆若木鸡。喝酒的也停止了喝酒。整个店里鸦雀无声。泰家婆娘瞠目结舌，沉默不语，但心里又开始捉摸起来：

“这老头是什么人？是穷人，还是百万富翁？也许两者都是，就是说，是个小偷。”

她丈夫脸上出现了意味深长的皱纹。每当占统治地位的禽兽本能充分展现时，人的脸上就会出现这样的皱纹。客店老板看看娃娃，又看看那客人，他仿佛在嗅那个人，就像在嗅一个钱包。那不过是刹那间的事。他走近妻子，低声对她说：

“这玩意儿至少值三十法郎。别干傻事。对他俯首贴耳。”

粗俗的人和天真的人一样，态度说变就变。

“怎么，珂赛特，”泰家婆娘说道，她想使自己的声音变得温和些，但和所有坏女人一样，温和之中仍带着刻薄，“怎么不拿你的娃娃？”

珂赛特壮着胆子从她的窝里钻出来。

“我的小珂赛特，”泰家婆娘温柔地说，“先生给你娃娃。拿着吧。它是你的。”

珂赛特恐惧地望着那奇妙的娃娃。她依然满面泪珠，但她的双眸却似拂晓的晴空，露出奇异喜悦的光辉。她当时的感受，不啻听到有人对她说：“孩子，您是法兰西王后。”

她感到，假如她碰这个娃娃，雷电会从里面跑出来。从某一点讲，这是对的，因为她想，泰家婆娘会责骂她，还会打她。但她抵抗不住诱惑。她终于走过去，回头望望泰家婆娘，怯声怯气地说：

“我能拿吗，太太？”

这种既绝望、又害怕、又狂喜的神态，是难以诉诸笔墨的。

“当然！”泰家婆娘说，“这是你的。既然这位先生给了你。”

“真的吗，先生？”珂赛特又说，“这是真的吗？这个贵妇人是给我的吗？”

外乡人似乎泪珠盈眶。他似乎非常激动，一说话就要哭。他向珂赛特点了点头，将“贵妇人”的手塞进她的手里。

珂赛特赶紧抽回手，仿佛被“贵妇人”的手烫了一下。她低头望着地上。我们不得不说一句，那时她很想得到娃娃，都把舌头伸出老长。突然，她转过身，一把将娃娃抢了过来。

“我叫她卡特琳。”她说。

当珂赛特的破衣烂衫，同娃娃的饰带及粉红罗裙相互接触和拥抱时，那是非常奇妙的时刻。

“太太，”她又说，“我可以把她放在椅子上吗？”

“可以，我的孩子。”泰家婆娘回答。

现在，轮到埃波妮和阿赛玛用羡慕的目光望着珂赛特了。珂赛特把卡特琳放在一张椅子上，然后面对她坐在地上，出神地看着她，一动不动，默默不语。

“玩呀，珂赛特。”外乡人说。

“啊！我玩。”孩子回答。

这个外乡人，这个像是上帝派来看望珂赛特的陌生人，此刻，他成了泰家婆娘最仇恨的人。可她必须克制自己。尽管她已养成习惯，对她丈夫亦步亦趋，竭力掩饰自己的真实情感，可这次的激动，却是她难以忍受的。她赶紧叫她的两个女儿去睡觉，继而又征得那赭衣人的“同意”，让珂赛特也去睡觉，并且慈祥地加了一句：“她今天很累了。”珂赛特抱着娃娃去睡觉了。

泰家婆娘不时走到厅的另一端，她丈夫所在的地方，她说是为了向他“诉说诉说”。她和丈夫交谈了几句。因为不敢大声说出，她那些话便更显得激烈：

“这个老头！葫芦里装的是什么药？跑到这里来捣蛋！要让这个死丫头玩！给她娃娃！把四十法郎的娃娃送给四十苏我就卖出去的一条狗！再过一会儿，他可能会像对待贝里公爵夫人那样，称她陛下了！莫非他神经有毛病？这个神秘兮兮的老头，是不是疯了？”

“为什么？这很简单。”泰纳迪埃回答。“这让他高兴呗！你呢，孩子干活，你高兴，他呢，孩子玩，他高兴。他有这个权利。客人只要付钱，想干什么，就可以干什么。假如这老头是慈善家，这关你什么事？如果是个傻瓜，也和你无关。既然他有钱，你管那么多干吗？”

这既是主人的说教，也是店主的生意经，二者均不容反驳。

那人胳膊支着桌子，又陷入了沉思。其他客人，不管是商人，还是车夫，全都散开了，也不再唱了。他们以一种敬畏的神态，远远地看着他。这个人，衣衫褴褛，从口袋里掏钱却很随便，将巨人般的娃娃滥施于穿木鞋的小叫花子，一定是个可敬又可畏的老头。

几个小时过去了。半夜弥撒已做过，夜餐已结束，酒客已离去，酒店已打烊，楼下厅堂里已冷冷清清，炉火已熄灭，那外乡人仍然在那个位置上，仍然那个姿势，只是支着脑袋的胳膊肘经常更换罢了。不过，珂赛特走后，他一句话也没说过。

泰纳迪埃夫妇还待在厅里，出于礼貌，也出于好奇。

“他就这样过夜吗？”泰家婆娘咕哝道。

凌晨两点敲响，她坚持不住了，便对丈夫说：

“我去睡了。你看着办吧。”

那丈夫在一个角落的桌子上坐下来，点了根蜡烛，读起《法兰西邮报》来。

这样过了足足一小时。可敬的客栈老板将那张《法兰西邮报》翻来覆去至少读了三遍，连这一期的日期和出版商的名字都没漏掉。那外乡人就是不动弹。

泰纳迪埃又是晃动，又是咳嗽，又是吐痰，又是擤鼻涕，把椅子弄得咯吱咯吱响。那人仍然一动不动。

“他睡着了吗？”泰纳迪埃心想。那人没有睡着，但什么也唤不醒他。最后，泰纳迪埃摘掉帽子，轻轻地走过去，壮着胆子问道：

“先生是不是要休息了？”

他觉得说“是不是要睡觉”过于唐突，过于随便。“休息”二字散发着奢华和尊敬。这两个字具有神秘而奇妙的特性，能使第二天早晨的账单数目大增。一个用来“睡觉”的房间，价钱为二十苏，而一个供“休息”的卧室，价值二十法郎。

“啊！”那人说，“您说得对。您的马厩在哪里？”

“先生，”泰纳迪埃满脸堆笑地说道，“我带先生去。”

他拿起蜡烛，那人拿起包袱和棍子，泰纳迪埃把他带到二楼的一个房间里。那房间富丽堂皇，一色红木家具，一张船形大床，挂着红棉布帐帏。

“这是什么地方？”客人问。

“这是我们结婚时的新房。”店主回答。“我妻子和我，我们睡另一个房间。一年只来这里住三四次。”

“睡马厩也一样。”那人生硬地说。

泰纳迪埃只当没听见这句不大客气的话。

他把壁炉上的两支新蜡烛点燃。炉膛里，一堆旺火冒着火焰。壁炉上，有个短颈大口瓶，罩着一顶银丝橙花女帽。

“这个呢，这是什么？”外乡人说。

“先生，”泰纳迪埃说，“这是我太太做新娘的帽子。”

客人看着帽子，目光仿佛在说：“这个魔鬼，竟也有做处女的时候！”

其实，泰纳迪埃在撒谎。当他租下这个破屋开客栈时，这房间就是这个样子，只是添了些家具，在旧货商那里买了这簇橙花，认为这可以给他“妻子”庇荫，由此，正如英国人所说的，为他家“光耀门庭”。

客人回过头来时，店主不在了。泰纳迪埃悄然退下，连晚安也不敢道一声，不想用一种不恭的亲切对待这个人，因为第二天早晨，他打算大宰一下。

店主回到自己的房间。他妻子已睡下，但没睡着。听见丈夫的脚步声，她转过身来对他说：

“你知道，明天我把珂赛特赶出去。”

泰纳迪埃冷冷回答：

“这怎么行！”

他们没再说别的，几分钟后，熄烛睡了。

那客人把包袱和棍子放在一个角落里。店主一走，他就坐到一张安乐椅上，沉思了一会儿。然后，他脱掉鞋子，拿起一支蜡烛，吹灭了另一支，推开门，走出房间，四下环顾，仿佛在寻找什么。他穿过走廊，来到楼梯口。他听到轻微的声音，像是孩子的鼾声。他顺着声音走去，走到一个开在楼梯下的三角形凹室。这个凹室，更确切地说，是楼梯本身形成的，不过是楼梯底下的空处。那里，摆满了破篮子和破瓶子，积满了灰尘和蜘蛛网，中间有一张床。所谓床，不过是一个露出麦秸的破褥子和一条露出草垫的破被子。没有床单。这些东西直接铺在方砖地上。珂赛特就睡在这张床上。

那人走过去，细细地端详她。珂赛特睡得很香。她和衣而睡。她冬天睡觉不脱衣服，可以少一些寒冷。

她搂着娃娃，娃娃的大眼睛在黑暗中闪烁。她不时地长哼一声，好像要醒来似的。她紧紧地就像是痉挛似的搂住娃娃。床边只有她的一只木鞋。

在珂赛特陋室的旁边，有一扇敞开的门，可见一个相当大的黑洞洞的卧室。外乡人走了进去。房间尽头，通过一扇玻璃门，可以看见一对并排放着的洁白的小床。那是阿赛玛和埃波妮的床。后面依稀可见一个没有帐帏的柳条摇篮，里面睡着吵了整整一个晚上的小男孩。

外乡人推测，这个房间可能和泰纳迪埃夫妇的卧室相通。他正要离开，目光接触到壁炉。这是客店里的那种大壁炉，即使生着火，也只有一点点火苗，看起来觉得寒冷。这个壁炉里没有火，连炉灰也没有，但里面有样东西引起了客人的注意。那是两只大小不一的漂亮童鞋。旅客想起了那远古的动人的习惯，每到圣诞节，孩子们总把鞋子放到壁炉里，等着仙女乘着黑夜将闪闪发光的礼物放进他们的鞋子里。埃波妮和阿赛玛决不会忘记这件事，各把一只鞋放进壁炉里了。

旅客弯下腰。

仙女，也就是她们的母亲来过了，每只鞋里各有一枚亮晶晶的十苏新币。

那人站起来，正要离开，发现炉膛最里面、最黑暗的角落里，还有另一样东西。他看了看，认出是一只木鞋，是最粗糙的木头做成的鞋，非常丑陋，已经开裂，满是炉灰和干泥。那是珂赛特的木鞋。珂赛特以孩子特有的感人肺腑的信任，也把鞋子放进了壁炉里，尽管年年失望，却毫不气馁。

一个孩子屡屡失望，却仍满怀希望，那是崇高而美好的事。

这只鞋里什么也没有。外乡人在背心兜里找了找，弯下腰，在珂赛特的木鞋里放进一枚金路易。

然后，他蹑手蹑脚地回到自己的房间里。

九　泰纳迪埃耍花招

翌日清晨，离天亮至少还有两个钟头，泰纳迪埃就来到楼下厅堂里了。他伏在一张桌子上，凑着烛光，手里拿着笔，正在给穿赭色大衣的客人编造账单。

他老婆站在一旁，弯着腰看他编造。彼此都不说话。一边是早已深思熟虑，另一边则是对丈夫无比虔敬，就像在观看人类思想的一个奇迹正在诞生和怒放。屋里有声音，那是百灵鸟在打扫楼梯。

泰纳迪埃足足编了一刻钟，做了些修改，就有了下面的杰作：

一号房客的账单

晚餐	3 法郎
房间	10 法郎
蜡烛	5 法郎
炉火	4 法郎
服夫	1 法郎
共计：	23 法郎

他把“服务”写成了“服夫”。

“二十三法郎！”那女人叫了起来，惊叹中夹杂着犹豫。

同所有大艺术家一样，泰纳迪埃并不满意。

“啐！”他说。

他说话的口气俨然像卡斯尔雷[①]在维也纳大会上开列法国赔款清单。

“泰纳迪埃先生，你是对的，他是该付这么多。”那女人低声说，仍念念不忘那人当着她两个女儿的面送给珂赛特娃娃。“这是公正的，不过太多了些。他不会付的。”

泰纳迪埃冷笑一声，说：

“他会付的。”

这声冷笑，是信心和权威的充分表现。这样说了，就该照这样做。那女人没再坚持。她开始收拾桌子，丈夫则在屋里走来走去。过了一会儿，他又说：

---

① 卡斯尔雷（1769—1822），英国外交大臣。反法同盟战败拿破仑后，在维也纳开会制定法国赔款条约。

“我欠人家一百五十法郎呢！”

他沉思着坐到壁炉角上，脚踩在热乎乎的灰上。

“啊！”那女人又说，“你没忘了我今天要把珂赛特赶走吧？这个妖精！她和那个娃娃在吃我的心哪！我宁愿嫁给路易十八，也不愿让她多留一天！”

泰纳迪埃点着烟斗，吸了一口，答道：

“你把这账单交给那人。”

说完，他就出去了。他刚走出厅堂，那旅客就进来了。

泰纳迪埃立即跟在他后面回来了，一动不动地待在半开着的门口，只有他妻子看得见。穿赭色大衣的人手里拿着棍子和包袱。

“起这么早？”泰家婆娘说。“先生要走了吗？”

她一面说，一面神色尴尬地摆弄那账单，指甲在上面留下条条印痕。她令人讨厌的脸上一改常态，出现了胆怯和迟疑。

将这样一份账单，交给一个十足“穷鬼”模样的人，她感到有些为难。

旅客好像心事重重，心不在焉。他回答：

“是的，太太。我要走了。”

“先生在蒙费梅没有事吗？”她又说。

“没有。我路过这里。没有事要办。太太，”他又说，“我该付多少钱？”

泰家婆娘没有作声，只把折着的账单递给他。

那人打开纸，看了看，但显然心不在焉。

“太太，”他又说，“在蒙费梅，你们生意好做吗？”

“凑合吧，先生。”泰家婆娘回答。她见客人没有发怒，深以为异。

她用一种哀恸的语调继续说：

“啊！先生，日子艰难哪！再说，在我们这个地方，有钱人很少！您看，都是小户人家。幸好有时候来个把像您这样又有钱又慷慨的客人！我们的负担可重呢。您瞧，这个丫头要花我们多少钱哪！”

“哪个丫头？”

“就是那个丫头，您知道！珂赛特！大家叫她百灵鸟。”

“啊！”那人说。

她接着又说：

“那些农民傻不傻，瞎给人家起外号！她就像只蝙蝠，哪像百灵鸟！您瞧，先生，我们不求别人施舍，但也没能力施舍别人。我们挣得不多，可开销却很大。营业税、杂税、门窗税、附加税！先生知道，政府要起钱来吓死人。再说，我自己有两个女儿。我不需要养别人的孩子。”

那人尽量以一种平静的，但仍不免带点颤抖的声音继续说：

“要是让您摆脱负担呢？”

“摆脱谁？珂赛特？”

“是啊。”

老板娘那张凶狠的红脸，顿时眉开眼笑，令人作呕。

“啊，先生！我的好先生！要了她吧，留下她吧，领走她吧，带走她吧，给她加点糖，给她配上香菌，喝了她，吃了她，愿仁慈的圣母和天国的所有圣人保佑您！”

“说定了。”

“真的？您带她走？”

“我带她走。”

“马上？”

“马上。把孩子喊来。”

“珂赛特！”泰家婆娘喊道。

“等等，”那人说，“先让我把账付请。多少？”

他扫了一眼账单，不禁大吃一惊：

“二十三法郎！”

他看着老板娘，重复说：

“二十三法郎？”

他重复这句话的语气，已不是惊叹，而是疑问了。泰家婆娘利用这个时间做好了应付的准备。她自信地说：

“当然，先生！二十三法郎。”

外乡人把五枚五法郎的硬币放在桌上。

“去把孩子找来吧。”

这时，泰纳迪埃走到屋子中间，说：

“先生还要付二十六苏。”

“二十六苏！”那女人惊叫起来。

“房间二十苏，”泰纳迪埃沉着地说，“晚餐六苏。至于孩子，我要和先生谈一谈。老婆，你走开一下。”

泰家婆娘心头一亮。她感到大演员登场了，便一声不吭地退下了。

剩下他们俩时，泰纳迪埃请客人在一张椅子上坐下。客人坐下，泰纳迪埃却站着，他脸上出现了憨厚诚朴的古怪表情。

“先生，”他说，“听着，我有话要对您说。这个孩子，我很疼爱她。”

外乡人目不转睛地看着他。

“哪个孩子？”

泰纳迪埃继续说：

“说来可笑！我很喜欢她。这些钱算什么！您把一百苏的银币收回去。我喜欢的是孩子。”

“哪个孩子？”外乡人问。

“哎，我们的珂赛特！您不是想把她从我们身边带走吗？好吧，我实话实说，在真人面前不说假话，我不能同意。这孩子，她走了，我会想念的。她来的时候，一点点大。她是要花我们的钱，她是有缺点，我们是不富裕，她生一次病，我们是花了四百法郎为她买药！可是，应该为仁慈的上帝做些事嘛。她没爹没妈，我把她拉扯大。我有面包养活她，养活自己。说实话，这孩子，我很爱她。彼此都有了感情，这您明白。我这个人头脑简单，我不想多说。我爱她，这孩子，我老婆脾气不好，可她也爱她。您瞧，她就是我们的亲生孩子。我需要她在家里叽叽喳喳说说话。”

外乡人一直目不转睛地凝视他。他继续往下说。

“对不起，请原谅，先生，谁也不会把自己的孩子随随便便送给一个过路客。我说的不对吗？不过，您有钱，您看起来是好人，这也许对她是件好事呢？可是，总得弄弄清楚吧。您懂吗？假如说我让她走，我做些牺牲，我也想知道她去哪里，我不想她在我眼中消失，我想知道她去的是谁家，我就可以常去看看她，好让她知道她的好养父没有忘记她，还在关心着她。总之，有些事情是不可能的。我连您的名字都不知道。假如您把她带走了，我会说：‘百灵鸟在哪里？她到什么地方去了？’至少得看一看旧证件、旧护照什么的吧。”

外乡人一直注视着他，那目光可以说直透他的内心深处。他以严肃而坚定的口吻回答说：

“泰纳迪埃先生，巴黎到这里才五里路，不用带证件。如果说我想带走珂赛特，我就会把她带走，就这样。您不会知道我的名字，您不会知道我的住处，您不会知道她在哪里。我的想法是，她今生今世不再见到您。我斩断捆在她脚上的绳子，让她离开这里。这样行不行？表个态。”

正如魔鬼和精灵根据某些迹象，便可知道一个高级天神已降临，泰纳迪埃明白，他这次是棋逢对手了。这是一种直觉，他凭着自己的敏锐和洞察力，立刻意识到了这一点。昨夜，他陪车夫们喝酒，抽烟，唱淫歌，但一晚上都在观察外乡人，像猫那样窥视他，像数学家那样研究他。他观察他，既是为了自己的利益，也是出于兴趣和本能，好像有人出钱让他干的。穿赭色大衣那人的一举一动，都没逃过他的目光。那陌生人尚未明确表露出对珂赛特的关注，他就猜到了。他发现那老头深邃的目光老是围着珂赛特转。为何如此关注？此人是谁？兜里装那么多钱，为何穿着如此寒酸？他给自己提了许多问题，却找不到答案，他又气又恼。他想了整整一夜。他不可能是珂赛特的父亲。那么是祖父？可为何不马上道明身份呢？人有了权利，总是要让人知道的。显然，此人对珂赛特没有权利。那么，他是谁？泰纳迪埃做了各种猜测。他隐约看到了一切，却又什么也没看到。不管怎样，他相信其中必有秘密，相信那人不想透露姓名，于是，当开始同他谈话时，他感到自己占着优势。可是，听到那人明确而坚决的回答，看到这个神秘人物，竟会神秘得如此简单，他又感到无能为力了。他丝毫没料到会是这样。他的推测土崩瓦解。他重新集中思想。在一瞬间，他把这一切做了思考。泰纳迪埃是一眼便能看清形势的人。他认为现在该单刀直入了。他像那些独具慧眼的伟大将领，认识到现在已到了关键时刻，于是他亮出了底牌。

“先生，”他说，“我要一千五百法郎。”

外乡人从侧袋里掏出一个旧黑皮夹，打开来，抽出三张钞票，放在桌上。然后，他把粗壮的大拇指按在钞票上，对店主说：

“把珂赛特叫来。”

这些事发生的时候，珂赛特又在干什么呢？

珂赛特醒来后，便立即跑去找她的木鞋。她在里面发现了那枚金币。那不是拿破仑金币，而是王朝复辟时期面值二十法郎的新金币，在人头像上，普鲁士小尾巴[①]代替了原来的桂冠。珂赛特目眩神迷。她时来运转了。她不知道什么叫金币，她从没见过，赶紧把它藏在兜里，就像是偷来似的。但她觉得这是属于她的，她猜到这礼物是谁给的，但在欣喜若狂之际，依然有一种害怕的感觉。她心满意足，更是不知所措。这样美丽而璀璨的东西，在她看来不是真的。那娃娃使她害怕，这金币也使她害怕。面对这些华丽的东西，她微微颤抖。她唯独不怕外乡人。相反，她感到放心。从昨晚起，惊喜接踵而至，她在惊喜中，在睡眠中，幼弱的小脑袋老是想起这个人。他看上去又老又穷又愁容满面，可那样富有和善良。从在树林里遇见他起，她觉得一切都好像变了。珂赛特，连空中的燕子都比她快乐，她从未感受过母亲卵翼的滋味。五年来，也就是从她记事那天起，可怜的孩子一直生活在战栗和颤抖中。她都是赤身露体地忍受北风般凛冽的苦难的摧残，现在，她感到自己穿上了衣服。从前，她心里冷冰冰的，现在却是暖融融的。她对泰家婆娘不那么充满恐惧了。她不再孤苦伶仃了，有一个人和她在一起。

她立即开始干早晨的活。那枚金路易就放在围裙兜里，昨晚那十五苏的角子就是从那里掉出来的。她心里老想着这枚金币。她不敢用手摸它，却不时出神地看上五分钟。还要指出的是，边看边伸出舌头。她打

---

① 普鲁士小尾巴指假发套后面拖着的尾巴。

扫楼梯，扫扫停停，愣着不动，忘记了扫把和整个世界，出神地望着兜里这颗闪烁的星星。

她正看得出神，泰家婆娘来了。

她是奉丈夫之命，前来找她的。她没有打她，也没有骂她，实属前所未有。

“珂赛特，”她几乎是温柔地说，“快来。”

不一会儿，珂赛特来到了楼下的厅堂里。

外乡人拿起带来的包袱，把它解开。里面装着八岁孩子的全套衣服：一条毛料小连衣裙、一条围裙、一件粗斜纹布内衣、一条衬裙、一条披巾、一双毛袜、一双皮鞋。全都是黑的。

“孩子，”那人说，“把这拿去，快穿上。”

天亮了，蒙费梅的居民陆续打开大门，看见通往巴黎的街上走过一个衣衫褴褛的老头，手里牵着一个小女孩，那女孩穿着丧服，怀里抱着个粉红大布娃娃。他们朝利弗里的方向走去。那是我们说的那个人和珂赛特。

谁也不认识他。至于珂赛特，她已焕然一新，没多少人认出她来。

珂赛特走了。同谁？她不知道。去哪里？她不知道。她所知道的，就是她从此离开了泰纳迪埃客栈。没有人想到同她告别，她也没想到和谁告别。她走出了这个她受憎恨和她所憎恨的家。

温顺而可怜的孩子！她的心从来都只受到压抑。

珂赛特神情严肃地往前走，睁着大眼睛瞻望天空。那枚金路易，她已放在新围裙的兜里了。她不时低下头，朝它看一眼，又望望那老头。她感到自己好像在上帝身边。

十　弄巧成拙

和以往一样，泰家婆娘任丈夫为所欲为。她期待着重大结果。那人和珂赛特走后足足一刻钟，泰纳迪埃才把她拉到一旁，将一千五百法郎拿给她看。

“就这么点！”她说。

他们结婚以来，她第一次敢于指责丈夫的行为。一句话击中了要害。

“的确，你说得对，”他说，“我是个傻瓜。把帽子给我。”

他把三张钞票折好，塞进兜里，急忙出去了。但他搞错了方向，一出门就向右拐。他向街坊打听他们的去向，有几个人对他说，曾见百灵鸟和那人朝利弗里的方向去了。他遵照他们的指点，大步向利弗里方向奔去，边走边自言自语。

“此人显然是穿破衣的百万富翁，而我是个大傻瓜。他开头给了二十苏，接着给了五法郎，后来是五十法郎，最后是一千五百法郎，却满不在乎。我应该问他要一万五千法郎才对。我得追上他。”

还有那包衣服，事先就给孩子准备好了，这一切真叫人纳闷。这里面一定有许多秘密。一旦知道了秘密，就要抓住不放。富人的秘密是吸满金子的海绵，得设法把它们挤出来。所有这些想法，在他脑海里不停旋转。“我是个大傻瓜。”他反复说道。

出了蒙费梅，到了通往利弗里的那条公路的拐弯处，就能看到那条公路无边无际地延伸在高原上。泰纳迪埃来到这里，心想应该能望见那人和珂赛特。他极目远眺，什么也没看见。他又向人打听。这就耽误了时间。有人告诉他，他要找的那个人和孩子向加尼方向的树林走去了。他又急忙去那边。

他们在他前面，但孩子走得慢，而他走得快。再说，这地方他很熟。

突然，他停下来，拍拍脑门，像是忘了什么重要东西，想返回去取。

“我该带枪来的。”他想。

泰纳迪埃属于那种双重性格的人，有时，他们悄悄来到我们中间，命运只给我们显示他们的一个侧面，我们还没来得及全面认识，他们就从世界上消失了。许多人命中注定生活在半隐半现之中。在平静平淡的环境下，泰纳迪埃完全可以做一个——我们不说是一个——人们所谓的诚实的商人，一个正直的有产者。可是，在特定情况下，某些震动会将他深藏的另一面天性激发出来，他就会变成一个恶棍。这是个魔鬼藏身的店主。撒旦可能常常蹲在他生活的破屋里，望着这个丑恶的杰作想入非非。

他踌躇片刻：

“算了！”他想，“那样他就溜了。”

他继续赶路，向前奔去，一副自信的样子，就像机敏的狐狸嗅到了一群山鹑。

果然，当他走过池塘，从贝尔维大道右侧的大片林间空地斜插过去，走到那条细草茸茸、环绕山岗、从谢尔修道院旧水渠涵洞上经过的小径时，远远瞥见一个荆棘丛上露出一顶帽子。的确是那人的帽子，这帽子曾引起过他各种猜测。荆棘丛不高。泰纳迪埃看出那人和珂赛特坐在地上。孩子小，看不见，但可以看到娃娃的脑袋。

泰纳迪埃没猜错。那人坐下让珂赛特歇口气。店主绕过荆棘丛，突然出现在他寻找的两个人面前。

“对不起，请原谅，先生，”他气喘吁吁地说，“这是您的一千五百法郎。”

他边说边递给外乡人三张钞票。那人抬起头。

“这是什么意思？”

泰纳迪埃毕恭毕敬地回答：

“先生，这就是说，我要收回珂赛特。”

珂赛特打了个寒噤，紧紧靠在老人怀里。

那人直视泰纳迪埃的眼睛，一字一顿，回答说：

“您——要——收——回——珂——赛——特？”

“是的，先生，我要把她收回。我告诉您。我考虑过了。事实上，我没有权利把她给您。您瞧，我是个老实人。这个孩子不属于我，而是属于她母亲。是她母亲把她托付给我的，我只能把她交还给母亲。您会对我说：她母亲死了。好吧。如果是这样，我只能把她交给持有她母亲亲笔署名字据的人，写明我应该把她交给这个人。这是显然的事。”

那人不做回答，在兜里掏了掏。泰纳迪埃见他掏出那只皮夹子。店主乐不可支。

“好！”他想，“当心，他要收买我了。”

旅客打开皮夹子之前，举目四顾。周围荒无人迹。树林和山谷里，一个人影也不见。那人打开钱包，从里面抽出的不是泰纳迪埃期待的钞票，而是一张普通的小纸。他打开纸，送到客栈老板面前，说：

“您说得对。读吧。”

泰纳迪埃接过纸，读了起来：

泰纳迪埃先生：

请把珂赛特交给来人。一切零星费用，将如数付清。

此致

敬礼！

芳蒂娜

一八二三年三月二十五日于蒙费梅

“这签名的笔迹您认得吧？”那人又说。

这是芳蒂娜的字迹。泰纳迪埃认出来了。

没什么好强辩的了。他又气又恼。气的是他原先指望的收买落空了；恼的是自己被击败了。那人又说：

“孩子既已收回，您可以留下字据。”

泰纳迪埃步步后退。

“这个笔迹模仿得很不错。”他咕哝道。“不过算了！”

接着，他明知毫无希望，还要做最后的挣扎。

“先生，”他说，“很好。既然您就是信上提到的人。不过，您得偿还我‘一切零星费用’呀。她欠我多着呢。”

那人站起来，用手指掸了掸磨破了的衣袖，因为上面有灰尘。

“泰纳迪埃先生，一月，她母亲算过，共欠您一百二十法郎；二月，您给她寄来一张五百法郎的账单；二月底，您收到三百法郎，三月初，您又收到三百法郎。您多收到了一百法郎。还欠您三十五法郎。刚才我给了您一千五百法郎。”

泰纳迪埃此刻的感受，和狼被捕兽器的钢齿咬住夹住时的感受如出一辙。

“这魔鬼是谁？”他想。

他像狼那样出击了。大胆曾使他成功过一次。

“不知姓名的先生，”他抛弃毕恭毕敬的腔调，斩钉截铁地说，“要么我收回珂赛特，要么给我一千埃居。”

外乡人平静地说：

“过来，珂赛特。”

他左手拉起珂赛特，右手从地上拾起棍子。泰纳迪埃注意到，那棍子很粗，周围荒无人影。

那人只顾带着孩子走进林子深处，留下旅店老板在那里呆若木鸡。他们越走越远。泰纳迪埃望望那人有点伛偻的宽肩膀和两只大拳头，继而又看看自己瘦弱的臂膀和拳头。

“我愚蠢之极！”他想。“既然出来打猎，竟然不带猎枪！”

然而，旅店主仍不肯善罢甘休。

“我要知道他去哪里。”他说。

于是，他开始远远跟在他们后面。他手里只剩下两样东西，一样是芳蒂娜签字的破纸，这是莫大的讽刺；另一样是一千五百法郎，这是莫大的安慰。

那人带着珂赛特朝利弗里和邦迪方向走去。他低着脑袋，走得很慢，像有满腹心事。冬天林子稀稀疏疏，泰纳迪埃远远跟在后面，仍能看得见他们。那人不时回过头来，看看有没有人跟踪。蓦然，他发现了泰纳迪埃，忙带着珂赛特钻进一个可以藏身的矮树林。

“见鬼！”泰纳迪埃说。他加快步伐。

矮树林很密，他不得不同他们拉近距离。那人走到最密的地方，突然转过身来。泰纳迪埃连忙躲在树枝后面，但于事无补，仍被那人发现了。那人不安地看了他一眼，摇摇头，继续赶路了。客栈老板继续跟在后头。就这样，他们走了二三百步。突然，那人又一次回头。他看见店主。这一次，他神态极其阴沉地看着他，泰纳迪埃感到再跟下去也是“白跟”，于是就往回走了。

十一　9430号重新露面，珂赛特时来运转

让·瓦让没有死。

我们知道，他掉下海时，更确切地说，他跳下海时，脚上已没有铁链。他潜水游到一条停泊的船下面。那船上系着一条小艇。他设法在小艇上躲到天黑。他又跳进海里，游到离布伦岬不远的海岸。他身上有钱，就在那里买了衣服。那时，巴拉吉埃附近有家小咖啡馆，专为越狱的苦役犯提供衣服，这是赚钱的行当。然后，像所有竭力逃避法网和社会噩运的悲惨逃犯那样，让·瓦让选择了一条隐蔽而曲折的逃跑之路。他首先在博塞附近的普拉多找到了一个藏身之地。而后，他逃到上阿尔卑斯省布里昂松附近的大维拉尔。那是摸索着向前的惶恐不安的逃跑，走的是鼹鼠的地道，不知道岔口在哪里。后来，从某些迹象，人们发现他到过安省的西弗里厄一带，到过比利牛斯省阿孔斯的名叫格朗德-德-杜梅克的夏瓦村附近，还到过佩里格附近夏佩尔-戈纳盖区的布吕尼。他到了巴黎。刚才，我们看见他在蒙费梅。

到巴黎后，他首先忙着给一个七八岁的小女孩买丧服，然后找住处。这两件事办完后，他就去了蒙费梅。

大家记得，上次他逃跑后，曾来过蒙费梅，或附近的地方。那是一次神秘的旅行，警察有所察觉。此外，大家以为他死了，这就使他周围的黑暗更深更浓。在巴黎，他偶然得到一张报纸，报道了他死的消息。他感到放心，甚至安宁了，仿佛真的已死去。

让·瓦让把珂赛特从泰纳迪埃夫妇魔爪中救出后，当晚就到了巴黎。天黑时，他带着孩子，从蒙索门进了巴黎。他坐了一辆有篷双轮马车，行至观象台广场下了车，付了车钱，拉着珂赛特的手，乘着夜色，从卢西纳和冰库街附近的僻静街道，向医院大街走去。

对珂赛特来说，这是一个奇特而激动的日子。一路上，他们在偏僻的客店里买些面包和奶酪，躲在树篱后面啃几口，换了好几次车，步行走了好几段路。她没有叫苦，但她很累，让·瓦让也感觉到了，因为她越来越拉紧他的手。他把她背起来。珂赛特搂着卡特琳，头靠在让·瓦让的肩上。她睡着了。

第四卷　戈博旧宅

一　戈博老爷

四十年前，硝石库医院一带是个非常荒僻的地方，如果有人独自去那里闲逛，沿着林荫大道一直走到意大利门，会以为已走出巴黎。说荒僻，可也有行人；说是旷野，可也有房屋和街道；说是城市，可街道就像公路，布满了车辙，长满了野草；说是村庄，可房屋很高大。这究竟是什么地方？这里有人住，却看不到人，这里很荒凉，却住着一个人；这是大都市的一条大马路，是巴黎的一条大街，夜间比森林还荒凉，白天比墓地还阴森。

这就是马市老区。

这个行人如果信步走过马市的四堵破墙，甚至穿过小银行街，首先在右边会看到一个高墙环绕的田舍花园，接着是一片牧场，耸立着一垛垛鞣料树皮，犹如一个个巨大的河狸窝，接着是一片围着的空地，堆满了木料、树根、木屑和刨花，一条大狗在上面狂吠，接着是一道很长的矮墙，已经倒塌，有一道黑色小门，像戴着孝似的，墙上长满青苔，春天开满野花，接着到了最偏僻的地段，有一座丑陋衰朽的建筑物，上面写着“禁止张贴”几个大字，最后，他便到了圣马塞尔葡萄园街的拐弯处，这是少有人知道的地方。这里有座工厂，在工厂附近，两道围墙之间，那时候有一所破房子，乍看起来颇似茅屋，其实大如教堂。它的山墙临街，因而显得狭小。几乎整座房子都被遮住了，只看见大门和一扇窗。

这座破房子只有两层。

仔细观察，首先注意到的是，那扇门不过是一间小破屋的门，而那扇窗，假如不像现在这样装在碎石墙上，而是开在方石墙里，就像是一座公馆的窗子了。

那扇门不过是由几块蛀孔累累的木板及几根胡乱劈成的横木条拼凑而成。打开门，一道陡峭的楼梯映入眼帘，梯级很高，积满了污泥、灰浆和尘土，楼梯和门一般宽，从街上便可见它像梯子那样陡陡地向上延伸，隐没在两堵墙的黑暗中。丑陋的门框上方，有一块狭窄的木板，中间锯了个三角形的洞，门关上后，这三角洞便成了老虎窗和气窗。门上有个用毛笔蘸着墨水两笔写就的数字：52，但在木板上方，同一支笔还胡乱涂了另一个数字：50，这就让人无所适从了。这究竟是几号？门楣说是五十号，可门却反驳说：不对，是五十二号。在三角形的通风口里，挂着几块灰乎乎的破布，就算是帘子了。

窗很宽，也相当高，装有百叶窗和大玻璃窗框。不过，那些窗玻璃伤痕累累，用一些纸条巧妙地遮住，却显得分外触目。百叶窗散了架，与其说保护着屋内的主人，不如说威胁着屋外的行人。遮光的叶片不少地方已经掉落，天真地钉了几块竖板条，使得原来的百叶窗成了护窗板。

门看上去污秽不堪，窗尽管破破烂烂，但神态正派，它们出现在同一所房子上，恰似两个不协调的乞丐并肩而行，都是衣衫褴褛，却面貌迥异，一个生来就是乞丐，另一个曾是贵族。

楼梯通往房子的主体，非常宽敞，很像库房，已改成住房了。一条长长的走廊，犹如肠管，两侧各有几个大小不一的房间，必要时可以住人，与其说是房间，不如说是棚铺。这些房间的窗外是空地，屋内光线幽暗，丑陋不堪，凄惨阴森，屋顶和房门裂缝累累，透进寒光或冷风。这样的住宅，还有一个饶有趣味的特点，那就是蜘蛛的个儿特别大。

大门左侧临街的墙上，离地一人高的地方，有一个用砖头堵死的气窗，形成方方正正的壁龛，里面堆满了石头，那是孩子们路过时扔进去的。

这房子不久前拆去了一部分。如今剩下的部分，仍可使人想到当年的面貌。整个房子已有一百来年历史。一百年，对于一座教堂正值青年，但对一幢房屋已是老年。仿佛人的住宅和人一样短暂，而上帝的住宅却和上帝一样永存。

邮差称这幢旧宅为五十—五十二号，可本街区的人却称作戈博旧宅。我们来讲讲这个名字的由来。

爱搜集珍闻逸事，总用别针将易忘的日期别在脑袋里的人记得，上个世纪，一七七〇年左右，巴黎夏特莱法庭有两个检察官，一个叫科博，另一个叫勒纳尔。这两个名字，拉封丹早有预见[①]。这实在太巧，同行们自然拿他们取笑。不久，最高法院里传遍了一首模仿拉封丹的歪诗：

科博老爷高栖在案卷上，
　　嘴里叼着一张缉捕令；
勒纳尔老爷被香味引过来，
　　朝科博打开了话匣子：
"嗨！您好……"[②]

这两个检察官都是正经人，听到嘲笑感到非常难堪，尤其是接踵而来的狂笑，令他们十分恼火，于是，他们决定改名换姓，向国王提出了申请。向国王呈递申请的那天，恰遇教皇的使臣和拉罗什-埃蒙红衣主教给巴里伯爵夫人穿鞋，他们一边一个，虔诚地跪在地上，当着陛下的面，给正在起床的巴里夫人穿拖鞋。国王谈笑风生，高兴地把话题从两个主教转到两个检察官身上，恩准两名法官改名易姓，或者差不多是改名易姓。科博老爷获准在名字的首字母上加一条尾巴[③]，科博便成了戈博；勒纳尔老爷的运气欠佳，他只获准在名字前加字母P，这样，就成了普勒纳

---

① 科博，原文Corbeau，勒纳尔，原文Renard，正巧是法国寓言诗人拉封丹（1621—1695）作品中的人物乌鸦和狐狸。

② 这首诗模仿了拉封丹的寓言诗《乌鸦和狐狸》。

③ Corbeau的首字母是C，改成G后，成为Gorbeau。

尔[1]，因此，这新改的名字，不见得比原来的名字好到哪里去。

然而，据当地的传说，戈博老爷曾是医院大街五十—五十二号的房主。那扇宏伟的大窗子，甚至是他的杰作。因此，这幢旧宅也就用戈博命名。

在五十—五十二号对面，有一棵四分之三已枯死的大榆树，矗立在路旁的树木中间。差不多就在对面，是戈伯兰门街，直达巴黎城墙，当年街两旁没有房屋，街面没铺石块，种着发育不良的树木，随季节时而发绿，时而沾满泥浆。附近有家工厂，从屋顶上冒出阵阵硫酸盐臭味。

戈伯兰门离得很近。一八二三年时城墙还在。

这座城门使人想起凄惨的景象。这是通往比塞特[2]的必经之路。在帝国时期和王朝复辟时期，死犯行刑那天，就是从这里押回巴黎的。一八二九年那起神秘的凶杀案，所谓“枫丹白露门凶杀案”，也发生在这里，法院没能找到凶手，这是一件不明真相的惨案，一个没有揭开的可怕的谜团。往前走几步，就到了不祥的克卢巴伯街，就像戏剧中发生的那样，在隆隆的雷声中，于尔巴克一刀捅死了伊夫里的牧羊女。再往前走几步，就到了圣雅克门，可见几棵截去顶的令人厌恶的榆树，那些树是慈善家们用来遮掩断头台的权宜之计，那地方是店主和有产者阶层所建的平庸而可耻的河滩广场[3]，他们在死刑面前躲躲闪闪，既没有废除的气魄，也没有维持的胆量。

如果把圣雅克广场，把这个从来而且生来是阴森可怕的地方撇开不谈，那么三十七年前，这条凄凉的大街上最凄凉的地方，便是五十—五十二号旧宅的所在地了。这里，至今依然缺少魅力。

二十五年后，有产者才开始在这里建造房屋。这是个凄惨苍凉的地方。硝石库医院的圆屋顶依稀可辨，通往比塞特的戈伯兰门近在咫尺。在这里，人们会心情忧郁，感到置身于硝石库医院和比塞特之间，也就

① Renard 首字母前加 P 后，成 Prenard，暗含“小偷”的意思。

② 比塞特为巴黎南郊地名，有一个救济院，收容老年和患精神病的男子。

③ 河滩广场曾是王朝时期的刑场。一八〇六年起，成为巴黎市政府广场。这里用作比喻。

是置身于疯女人和疯男人[1]之间。极目远望，只见屠宰场、城墙和寥寥可数的酷似兵营或修道院的工厂门面；到处是破房烂屋，断壁颓垣，旧墙黑得像黑裹尸布，新墙白得像白裹尸布；到处是平行排列的树木、连成一线的房屋、平淡无奇的建筑、单调乏味的直线，以及凄凉阴沉的直角。地势没有起伏，建筑千篇一律。一切都那样呆板、规则、丑陋。没有比对称更令人不舒服的结构了。因为对称会使人厌倦，而厌倦是悲哀之源。人失望了，就生厌倦。如果能想象出比受苦的地狱更可怕的东西，那就是使人厌倦的地狱。如果真有这样的地狱，那么，医院大马路这个地段，堪称这地狱的林荫大道。

然而，当黑夜降临，光明消失时，尤其在冬天，当黄昏时的凛冽北风吹落榆树上最后几片枯叶，当天昏地黑，不见星斗，或者风吹云破、月移云碎时，那条街就突然变得格外吓人。那些成行的树木和房屋，作为无限的一段一截，隐没在黑暗中。行人不由得会想起传说的无数可怕的凶杀事件。这地方偏僻荒凉，又发生过那么多凶杀案，令人毛骨悚然。人们感到黑暗中陷阱四伏，所有的黑影都成了可疑的东西，人们看到，树与树之间有着一个个深不见底的方洞，犹如一个个墓穴。这个地方，白天丑陋不堪，晚上凄凄凉凉，夜间阴阴森森。

夏天，傍晚时分，这里那里，可见几个老妇坐在榆树脚下被雨水浸湿而发霉的凳子上。这些老太太常向行人乞讨。

此外，这个与其说古老，不如说过时的街区，从那时起，就有改观的趋势了。谁想看一看这个街区，就得赶快。每天都有细小的改变。二十年前，在旧区的旁边，建起了奥尔良火车站，至今对它的变化产生着影响。在首都的郊区，哪里建立火车站，就意味着一个郊区的死亡，一个城市的兴起。在各国人民的活动中心周围，随着强大机车的滚动声，以及这吞煤吐火的文明怪马的喘息声，充满胚芽的大地会震动起来，张开大嘴，吞没人类的旧居，吐出人类的新居。旧的房屋纷纷倒塌，新的房屋拔地而起。

---

① 硝石库医院是硝石库的旧址，一七九六年，成为精神病医院，专门收留女精神病人。

自从奥尔良火车站侵入硝石库医院一带以来，圣维克多渠和植物园周围的古老小街便受到了震动，公共马车、出租马车、轿式马车汇成长流，每天两三次横冲直撞地穿过这些街道，到时候便将两侧的房屋往外挤；因为，——这里，我们要指出一个奇怪而又千真万确的现象——，正如太阳使大城市房屋的门面朝南生长一样，车马川流不息会使街道变宽。新生活的征象随处可见。在这个乡里乡气的旧郊区，即使是最偏僻的角落，也都铺上了石块，即使是没有行人的街道，也都开始筑起人行道。一八四五年七月的某天早晨，一个值得纪念的早晨，人们突然看见熬沥青的黑锅冒出黑烟。这一天，可以说文明来到了卢西纳街，巴黎进入了圣马尔索郊区。

二　猫头鹰和莺的巢

让·瓦让在戈博旧宅前停住脚步。他就像猛禽，选择了最偏僻的地方营造自己的巢。

他在背心兜里摸了摸，掏出一把万能钥匙般的东西，开门进去，又小心关上，背着珂赛特上了楼梯。到了楼上，他从兜里掏出另一把钥匙，打开另一扇门。他走进房间，随手关上房门。那是相当宽敞的破房间，地上放着一个床垫，还有一张桌子和几把椅子。在一个角落里，有一个冒着火苗的炉子。街上的路灯微微照亮这个贫穷的房间。里面有一间小屋，放着一张帆布床。让·瓦让把孩子抱到床边，放到床上，她仍没有醒。

他擦着火石，点着蜡烛。那都是事先放在桌上的。他和昨晚一样，开始出神地望着珂赛特，目光饱含慈祥和温柔，几乎到了失常的程度。那小女孩进入梦乡时，不知道和谁在一起，现在继续酣睡，也不知道自己在哪里，这种平静和踏实的心境，只有最强者和最弱者才会有。

让·瓦让弯下身子，吻了吻孩子的手。九个月前，他吻了她母亲的手，她也是刚刚入睡。也和上次一样，心里充满了痛苦、虔诚和悲伤。

他跪在珂赛特的床边。

天已大亮，孩子还没醒来。十二月惨淡的阳光，穿过破屋的窗户，照到天花板上，拖着一缕缕长长的光线和阴影。忽然，一辆满载石头的大车，从马路上经过，犹如隆隆雷声，震得房子上下颤动。

“是，太太！”珂赛特惊醒了，喊道，“来了！来了！”

她跳下床，睡眼惺忪地向墙角伸出胳膊。

“啊！上帝！我的扫把呢！”她说。

她睁开双眼，看见让·瓦让笑吟吟的面孔。

“啊！对，真的！”孩子说。“您好，先生。”

对于快乐和幸福，孩子们总是倍感亲切，立马接受，因为他们天生是幸福和快乐。

珂赛特看见卡特琳在床脚下，一把抱起来，她一面玩娃娃，一面向让·瓦让提出许许多多问题：她在哪里？巴黎大不大？泰家婆娘是不是离得很远？她是不是不会再回去了？如此等等。突然，她大声喊道：“这里多漂亮！”

这只是个丑陋的破屋，可她觉得自由自在。

“我不要打扫屋子吗？”

“玩吧。”让·瓦让说。

白天就这样过去了。珂赛特不去想为什么，只知道同娃娃和老人在一起，感到说不出的幸福。

三　两种不幸合在一起便是幸福

翌日黎明，让·瓦让仍待在珂赛特身边。他一动不动，出神地望着她，等着她醒来。

他心里产生了一种崭新的感觉。

让·瓦让从未爱过。二十五年来，他形影相吊，孑然一身。他从未做过父亲、情人、丈夫、朋友。在监牢里，他凶恶、忧郁、寡欲、愚昧、粗野。这个老苦役犯的内心，是感情的空白。他的姐姐，以及姐姐的孩子，只留给他模糊而遥远的记忆，最后荡然无存了。他曾想方设法寻找过他们，但没找着，也就把他们全忘了。这是人类的天性。如果说，他青年时代也曾有过其他温情的话，也都落入深渊了。

当他看见珂赛特，当他得到了她，把她带走，使她跳出魔窟时，他感到五脏六腑都在蠢蠢鼓动。他内心的所有深情和爱心都苏醒过来，涌向孩子。他跑到她的床边，快乐得浑身颤抖。他像一位母亲那样感到肠胃抽搐，却不知道是怎么回事，因为当一颗心开始爱的时候，那种奇怪而巨大的骚动，是非常甜美，却又是不可言喻的。

一颗年老可怜的心，现在焕然一新了！

可是，他已五十五岁，珂赛特才八岁，他一生中可能有的全部爱，都化作了一种难以形容的目光。

他这是第二次体会到纯洁和无邪。迪涅的主教给他指明了美德的前景，珂赛特则使他看到爱的黎明已在天际升起。

最初的几天就在这种目眩神迷的感觉中度过了。

至于珂赛特，这个可怜的小家伙！她也不知不觉地变成了另一个人。母亲离开她时，她还很小，她已记不得母亲了。孩子们好比葡萄的幼苗，遇到什么，就攀附什么。她和其他孩子一样，曾试着去爱别人。她没有成功。所有的人都排斥她，泰纳迪埃夫妇，他们的孩子，其他孩子。她曾喜欢一条狗，可它死了。从此，再没有任何东西、任何人愿意接受她。令人悲伤的是——前面说过——她才八岁，却已心如死灰。这不是她的错。她丝毫也不缺少爱的能力。唉！她缺少的是爱的可能。因此，从第一天起，她把她所有的感情，所有的思想，全都用来爱这个老人。她体会到一种从未有过的感觉，一种欣喜若狂的感觉。

在她眼里，这个老人一点也不老，一点也不穷。她觉得让·瓦让很漂亮，正如她感到这破屋很可爱一样。

这是晨曦、童年、青春、快乐产生的作用。新的大地和新的生活也有一定的影响。没有比照耀陋屋的绚丽而幸福的光辉更美好的东西了。我们每个人的过去，都有一个蓝色的陋屋。

让·瓦让和珂赛特之间相差五十岁，自然有道深深的鸿沟，可命运却将这鸿沟填平了。命运以不可抗拒的力量，将这两个无家可归、年龄悬殊、都很悲惨的人，骤然撮合在一起。他们互相补充。珂赛特本能地想找一个父亲，让·瓦让则本能地想找一个孩子。萍水相逢，却是一见如故。他们的两只手在相握时的神秘的那一刻，便紧紧地粘连在一起。当这两颗心互相发现时，就感到互相需要，于是紧紧地拥抱在一起。

如果用最易懂、最绝对的词来描绘，可以说让·瓦让是鳏夫，珂赛特是孤儿，他们都被坟墓的厚墙与世隔开。在这种情况下，让·瓦让天经地义地成了珂赛特的父亲。再说，在谢尔树林里，让·瓦让在黑暗中抓住珂赛特的手时对她产生的神秘印象，并不是幻觉，而是事实。这个人在这个孩子的命运中出现，就是上帝降临于她的生活中。

此外，让·瓦让选择了一个很好的藏身之地。在这里，他似乎绝对安全。

他和珂赛特住在带小室的房间里，有一扇临街的窗户。这是整座房子唯一的窗户，不必担心邻居的窥视，无论是旁边，还是对面。

这幢房子的楼下有点像棚屋，破破烂烂，给菜农停放车子，与楼上毫无联系。一层地板犹如横隔膜，将这幢破屋分成上下两层，既没有活板门，也没有楼梯。前面讲过，楼上有好几个房间和几间顶楼小室，只有其中一间住着一位老婆婆，替让·瓦让料理家务。其余的都空着。

这个老婆婆美其名曰“二房东”，其实是看守门户，圣诞节那天，她把房子租给了让·瓦让。他告诉她，他靠收利息生活，西班牙息票弄得他破了产，他将同孙女一起住到这里来。他预付了六个月的房租，委托老婆婆给那房间和小室置办些家具，前面我们已看到那些家具了。就是这个老婆婆给他的炉子生了火，他们到的那天晚上，一切都已准备就绪。

一周又一周过去了。这两个人，在这寒碜的小屋里，过着幸福的日子。一清早，珂赛特便又说又笑，歌声不绝。孩子和鸟儿一样，早晨都要唱歌。

有时，让·瓦让拿起珂赛特生冻疮的红通通的小手，放到嘴上亲一亲。可怜的孩子挨惯了打骂，不懂是什么意思，害羞地走开了。

有时，她神情严肃地打量自己的小黑袍。珂赛特脱下了破衣裳，换上了丧服。她走出了贫困，走进了生活。

让·瓦让教她识字。他在教孩子拼读时，心中常想，他是为了做坏事，才在牢里学文化的。现在，这个想法转变为教孩子识字了。因此，这个老苦役犯沉思的脸上露出了天使般的微笑。

他感到这是上苍的安排，是上帝的意志，于是他陷入沉思中。善的想法和恶的想法一样，都是深不可测。

教珂赛特识字，让她玩耍，这差不多是让·瓦让的全部生活。此外，他给她讲她的母亲，教她祈祷。

她叫他“父亲”，她不知道他有别的名字。

他会一连几个小时，看着她给娃娃穿衣脱衣，听着她叽叽喳喳。从此，他感到生活充满了意义，世人变得善良和公正了，他心里也不再怨天尤人了。现在有了那样爱他的孩子，他觉得没有理由不活到很老很老。他看到，珂赛特有如灿烂的光辉，把他未来的日子照亮。最优秀的人也难免有私心杂念。有时他想，她将来可能不好看，心里反而觉得很高兴。

我们要把全部看法谈出来，虽然这仅仅是一点个人的想法：从让·瓦让开始喜欢珂赛特时所处的思想情况看，我们没有理由不认为，他需要这个新的补给，来使自己继续为善。他刚刚目睹了人类凶恶和社会不幸的新的形式，尽管并不全面，仅仅显示了真实的一个侧面，但芳蒂娜代表了女人的命运，雅韦尔象征着权力；他又进了监狱，不过，这次是为了行善；他又饱尝了新的痛苦，又产生了厌恶和厌倦的情绪；主教留给他的记忆，有时可能暗淡了，尽管过后依然光辉灿烂，鲜明生动，但归根结底，这个神圣的记忆越来越模糊。谁又能说让·瓦让不处在灰心和堕落的边缘呢？现在，他有了所爱，就又变得坚强了。可叹的是，他几乎和珂赛特一样步履蹒跚！他保护着孩子，而孩子使他变得强壮。多亏了他，孩子得以在人生的道路上跋涉；多亏了孩子，他才能继续前进在行善的道路上。他是孩子的支柱，孩子是他的支点。啊！命运的平衡真是神秘莫测！

四　二房东的发现

让·瓦让非常谨慎，白天从不出门。每天傍晚，他出去散步一两个小时，有时一个人，但常常带着珂赛特，专挑医院林荫大道两侧最僻静的小街，或者在天黑时走进教堂。他常去离家最近的圣梅达教堂。他不带珂赛特时，就把她交给老婆婆，不过，那孩子很高兴跟老人出去。她和卡特琳在一起虽然很开心，但更喜欢和老人出去一小时。他拉着她的手，边走边给她讲有趣的事。

有时，珂赛特会高兴得心花怒放。

老婆婆帮他料理家务，做做饭，买买菜。

虽然他们的炉子里生着火，但他们像拮据的人家那样，过着俭朴的生活。让·瓦让没有换家具，还是第一天的那些，只是将珂赛特那间小屋的玻璃门，换成了木板门。

他仍穿着那件赭色的紧腰大衣和那条黑裤子，仍戴着那顶破帽子。走在街上，大家把他当穷人。有时候，有些老太太会转过身，给他一个苏。让·瓦让收下钱，深深一鞠躬。还有些时候，他遇到乞求赐舍的穷人，便瞧瞧后面有没有人看见，悄悄走到那人身边，将一枚硬币，常常是一枚银币塞进那人手里，又急忙走开。这样做带来了麻烦。这个街区的人渐渐把他称作“乐善好施的乞丐”。

那位“二房东”老太太心胸狭窄，总用羡慕的目光看周围的人，对让·瓦让非常注意，可让·瓦让毫无觉察。她耳朵有点聋，所以喜欢唠叨。她只剩下两颗牙齿，上面一颗，下面一颗，总爱将这两颗牙碰得格格响。她问过珂赛特许多问题，而珂赛特一无所知，什么也答不上来，只告诉她，自己从蒙费梅来。一天，这个长舌妇窥见让·瓦让走进这幢破屋的一间无人住的小屋，她觉得他神色有些特别。她像一只老猫，悄悄跟在后面，那房间的门虚掩着，她从门缝里观察，却不会被发现。当然，让·瓦让出于谨慎，背对着房门。老太太看见他从兜里掏出一个盒子、一把剪刀和一团线，把大衣下摆一个角上的里子拆开一个口子，从中抽出一张发黄的纸，并把它展开。老太太吓了一跳，原来是一张一千法郎的钞票。这种钞票，她有生以来才看到一两回。她吓得逃跑了。

过了一会儿，让·瓦让来找她，请她去把这一千法郎的钞票换开，还说这是他头天领的半年年金的利息。

“在哪领的？”老太太心里嘀咕。“他每天晚上六点才出门，这时候政府的银行肯定打烊了。”

老太太去换了钱，并且做了种种猜测。这张一千法郎的钞票，被她添油加醋评述一番后，成了圣马塞尔葡萄园街的长舌妇们议论的中心。

后来，有一天，让·瓦让脱去大衣，在走廊里锯木头。老太太在他房里干活。就她一个人在，因为珂赛特在专心地看锯木头。她见让·瓦让的大衣挂在钉上，便仔细观察：里子已缝好。老太太用手仔细捏了捏，感到衣角和袖窝里有厚厚的纸头。想必都是一千法郎的钞票！

此外，她还发现，衣袋里装着各式各样的东西，不仅有她那天看见的针线和剪刀，还有一个很大的皮夹子，一把很大的刀。另外，她还发现了一些可疑的东西，那就是几个颜色各异的假发。这件大衣的每一只口袋，似乎都装有应付不测的物品。

这幢破屋里的居民就这样迎来了冬末。

五　五法郎银币落地发出响声

圣梅达教堂附近有口被封死的公井，常有个穷人蹲在这口井的石栏上，让·瓦让经常给他施舍。他从那人面前经过，一般总要给几个苏。有时，还同他说说话。有些人嫉妒那乞丐，说他是警察。那人七十五岁，曾在教堂当过差役，嘴里总念着祷文。

一天傍晚，让·瓦让经过那里，这次没带珂赛特，他看见乞丐蹲在老地方，头顶上的路灯刚刚点亮。那人和平时一样，好像在祈祷，腰弯得很低。让·瓦让走到他身边，照例把施舍的钱放在他手里。乞丐猛然抬头，盯了他一眼，随即又低下头。那动作迅若闪电，让·瓦让打了个寒噤。他刚才在路灯昏暗的光线下看见的，似乎不是教堂老差役那张平静而快乐的脸，而是一张似曾相识的可怕的脸。他就像在黑暗中突然撞见了老虎，吓得赶快后退，不敢呼吸，不敢说话，既不敢待着，也不敢逃跑。他凝视着乞丐，可那乞丐早已低下顶着块破布的脑袋，似乎忘了面前还有人。在这奇特的时刻，也许是出于自卫的神秘本能，让·瓦让一句话也没有说。那乞丐的身材、衣服、相貌，都和平时没有两样。“呸！”让·瓦让说，“我是疯了！我在做梦！这不可能！”他心绪纷扰地回家去了。

他几乎不敢承认，他看见的好像是雅韦尔的面孔。

夜里，他一直在想这件事，后悔没向那人提个问题，迫使他再抬一次头。

翌日天黑时，他又去那里。乞丐待在老地方。让·瓦让给他一个苏，鼓起勇气对他说：“您好，先生。”乞丐抬起头，悲伤地说：“谢谢，仁慈的先生。”是那位老差役。

让·瓦让悬着的心放了下来。他笑了。

“我在哪里看见雅韦尔了？”他想。“唉！我现在是不是眼花了？”

他不再去想那件事了。

几天后，大概是晚上八点，他在房里大声教珂赛特拼读，忽听见楼下大门打开又关上。他深感奇怪。这屋里，除了他，只住着老婆婆一人，为了节省蜡烛，她总是天一黑就睡觉了。让·瓦让示意珂赛特别做声。他听见有人上楼来。可能是老婆婆，她也许病了，到药房去买药回来了。让·瓦让屏息静听。脚步很重，像是男人走路的声音。不过，老婆婆穿着笨重的皮鞋，没有比老婆婆的脚步声更像男人的脚步声了。他还是吹灭了蜡烛。

他打发珂赛特去睡觉，小声对她说：“睡吧，别出声。”他亲了亲珂赛特的额头。这时，脚步声停止了。让·瓦让静静地待着，背朝房门，仍然坐在椅子上，屏神敛气地待在黑暗中。过了相当长的一段时间，他听不见任何动静了，才轻轻转过头，举目朝房门口望去，只见锁孔里有亮光。这个亮光，不啻一颗不祥的星星，出现在黑洞洞的房门和墙壁上。肯定有人拿着蜡烛，待在门口偷听。

过了几分钟，亮光消失了。不过，他再没有听到脚步声，说明来门口偷听的人把鞋子脱了。

让·瓦让和衣倒在床上，一夜没有合眼。

天快亮时，他疲惫得昏昏欲睡，忽然被吱呀的开门声惊醒。那声音是从走廊尽头的一间顶楼小室里传来的。接着，他又听见和昨夜上楼相同的男人脚步声。脚步声越来越近。他跳下床，将眼睛贴在锁孔上。锁孔相当大，他指望趁那人经过时，看看这个夜间潜入屋里、在他门口偷听的人究竟是谁。果然有个男人从让·瓦让房门口经过，这次没有停下来。楼道里依然很暗，看不清那人的面孔。不过，当他走到楼梯口时，从外面射进来的一缕光线照亮了他的身影，让·瓦让看见了他整个背影。那人个头很高，穿着长大衣，腋下夹着短木棍。一看这吓人的外表，便知是雅韦尔。

让·瓦让本来可以试着从临街的窗口再看看那人的，但得打开窗子，他不敢。

显然，那人有钥匙。他进来时，就像进了自己的家。谁给他这把钥匙的呢？这意味着什么？

早晨七点，老婆婆进来收拾房间。让·瓦让用犀利的目光看了她一眼，但没有问她。老婆婆和平时没什么两样。

她一面扫地，一面对他说：

“昨天夜里，先生大概听见有人进来了吧？”

在她这般年纪，在这条街上，晚上八点，就是深夜了。

“真的，是听到了。”他用最自然的口吻说。“是谁？”

“屋里新来的房客。”老婆婆回答。

“那人叫什么？”

“不大清楚。杜蒙或多蒙什么的。”

“这杜蒙先生是干什么的？”

老婆婆用狡猾的目光盯着他，回答说：

"和您一样，吃利息的。"

说者也许无心，可让·瓦让听来却觉得弦外有音。老婆婆走后，他把放在壁橱里的百来个法郎卷起来，装进兜里。他非常小心，生怕人听到他在摆弄钱。可是，一枚五法郎的银币从他手里掉下来，丁零当啷地在方砖地上滚动。

傍晚时分，他下了楼，到林荫道上四下张望。一个人也没看见。大街上似乎渺无人迹。当然，也许有人躲在树后面。

他回到楼上。

"过来。"他对珂赛特说。

他拉起珂赛特的手，一道出去了。

第五卷　猎犬在暗中默默追捕

一　迂回策略

这里，我们要做一点说明，这对读下面及以后各章很有必要。

本书作者——很抱歉，这里不得不谈到他本人——离开巴黎已有多年。[①] 从他离开后，巴黎发生了变化。一个新城拔地而起，他简直都不认识了。不用说，他热爱巴黎，这是孕育他思想的故乡。巴黎几经拆毁和重建，他年轻时的巴黎，他深深刻在记忆中的巴黎，现已成了昔日的巴黎。请允许他谈谈那时候的巴黎，就当它依然存在吧。作者把读者带到某个地方，对你说："在某条街上有某幢房子"，可是，这条街，这幢房子，现在很可能不存在了。读者愿意的话，可以去核实。至于他，他不熟悉新巴黎，他写的是旧巴黎，因为浮现在他眼前的是旧巴黎，那是他珍爱的幻觉。当他在梦幻中，看见他在国内时看见的东西，那一切历历在目，这对他来说，是极其愉快的事。只要还在故乡来来去去，你会觉得，那些街道无足轻重，那些门窗和屋顶微不足道，那些墙你视而不见，那些树你认为平淡无奇，你不进去的那些房子毫无用处，你踩着铺石路面，会以为那不过是石头。后来，你离开了故乡，你会发现，那些街道，

① 一八五一年十二月，作者因反对拿破仑第三发动政变而被迫离开法国，一八七〇年九月，拿破仑第三垮台，他才得以回国。

他拉起珂赛特的手，一道出去了。（P421）

你非常珍爱，那些屋顶和门窗，你魂牵梦萦，那些墙，你极其珍视，你没进去过的房屋，你现在天天进去，而对那些铺石的街道，你牵肠挂肚。那些地方，你现在看不到了，也许永远也见不着了，它们的形象你铭记在心，它们的魅力使你缠绵悱恻，它们宛若幽灵，出现在你眼前，使你柔肠百转，它们在你眼里成了圣地，可以说，成了法国。你热爱它们，回忆它们现在的样子，回忆它们昔日的面貌，你墨守这些形象，丝毫不想改变，因为珍爱祖国的形象，如同珍爱母亲的容貌。

因此，请允许我们面对现在，谈论过去。这一点，请读者务必记住。现在，我们继续往下讲。

让·瓦让立即离开林荫大道，拐进小巷，尽量迂回而行，有时突然折回来，看看是不是有人跟踪。

这是走投无路的公鹿采用的战术。在可能会印下足迹的地方，这种反向而行的战术大有好处，尤其是能迷惑猎人和猎犬。用猎人的行话来说，这叫作“假返树林”。

那天正是月圆之夜。让·瓦让并不恼火。月亮远远挂在天边，将街道分割成一块一块，有的地方黑暗，有的地方明亮。让·瓦让可以沿着有阴影的房屋和墙壁走，一面密切注视明亮的一侧。他也许没有考虑到，这样就忽略了黑暗的一边。但是，他认为波利沃街周围的小巷非常僻静，不会有人跟在后面。

珂赛特走着，什么也不问。在她生命的最初六年中，她受尽了折磨，这使她的性格变得比较被动。再说，她不知不觉已习惯了老人的古怪和命运的奇特，这一点，以后还要多次提到。况且，和他在一起，她有一种安全感。

他们去哪里？让·瓦让不比珂赛特更清楚。他把自己交给了上帝，正如珂赛特把自己交给了他。他感到，有个比自己更强大的人也在牵着自己的手，一个看不见的人在给自己引路。此外，他心中无数，没有打算，没有计划。他甚至不能绝对肯定那人是雅韦尔，而且，即使是雅韦尔，那雅韦尔也未必知道他就是让·瓦让。他不是乔装改扮了吗？大家不是以为他死了吗？可是，最近几天发生了一些稀奇古怪的事。这些事足以引起他的警惕。他决定不再回到戈博旧宅。他犹如被逐出巢穴的动物，先寻一个藏身之洞，慢慢再找一个安身之地。

让·瓦让在穆夫塔区迷宫般的小巷里绕了好几圈，每次的路线都不相同。这一带的居民都已睡觉，似乎还像在中世纪，受着灯火管制。他用各种不同的方式，按照巧妙的策略，在纳税人街、刨花街、圣维克多棒槌街和隐士井街之间兜来转去。那一带有小客栈，但他没进去，因为找不到合适的。相反，他相信，即使有人在寻找他的踪迹，也被他甩掉了。

当圣蒂安-杜蒙教堂敲响十一点时，他正从蓬图瓦兹街十四号门前经过，那里是警察分局。过了一会儿，出于前面谈到的本能，他回过头来，借着警察分局门口的路灯，清楚地看到后面跟着三个人，就在街道黑暗的一侧，离他相当近，正从路灯下鱼贯而过。其中一个走进了警察分局的小路。打头的那个人，他觉得非常可疑。

“跟上，孩子。”他对珂赛特说。他急忙离开蓬图瓦兹街。

他兜了一圈，绕过族长巷（因时间太晚，巷子已关闭），穿过木剑街和弓弩街，拐进驿站街。

那里有个十字路口，与圣热纳维埃芙新街相接，如今坐落着罗兰中学。

（不言而喻，圣热纳维埃芙新街是一条老街，而驿站街十年也不见一辆驿站快车经过。那驿站街在十三世纪住着陶器商，它真正的名字是瓷器街。）

月亮把皎洁的光洒在街口。让·瓦让躲进一个门洞里，心想，如果那几个人还跟着，当他们从月光下经过，他就能看清他们。

果然，不到三分钟，他们就出现了。他们现在是四个人，个个高头大马，穿着棕色长大衣，戴着圆帽，拿着粗棍。他们高大的个头和巨大的拳头，同他们鬼鬼祟祟地在黑暗中行走一样，令人胆战心惊。他们就像四个化作人形的幽灵。

走到街口中间，他们停下来，围在一起，好像在商量什么。他们似乎举棋不定。像是领头的那个人转过身，右手斩钉截铁地指了指让·瓦让所在的方向，另一个好像固执地指了指相反的方向。第一个人转过头来时，月光照亮了他的脸。让·瓦让清楚地认出是雅韦尔。

二　幸好奥斯特里茨桥上有车经过

让·瓦让不再怀疑了。所幸那几个人还在犹豫。他利用这个机会；对他们而言，是浪费时间，对他而言，却赢得了时间。他从藏身的门洞里出来，回到驿站街，向植物园一带走去。珂赛特开始累了，他把她抱起来。街上没有一个行人，因为是月夜，也没点路灯。

他加快步伐。

他几步就走到了戈布雷陶器店，月光把门面照得亮亮的，那条旧铭文清晰可辨：

祖传老厂戈布雷，
水壶水罐任你选，
花盆管砖样样有。
红心出售红方块。

他穿过钥匙街，然后是圣维克多喷泉，沿着植物园旁边的下坡路，走到塞纳河边。他又回头看了看。沿河荒无人影。街上荒无人迹。他后面一个人也没有。他松了口气。

他到了奥斯特里茨桥。

那时还要付过桥税。

他走到收过桥税的地方，付了一苏钱。

“要两苏。”残废的收税人说，“您抱着一个孩子，她会走路了。请付两个人的。”

他付了两苏，心里很恼火，怕有人注意到他从桥上经过。逃跑应该是悄悄的。

这时，一辆大车从桥上经过，和他一样，也去右岸。这对他太有利了。他可以躲在大车的阴影中穿过桥。

走到桥中间，珂赛特脚发麻，想下来自己走。他把她放下来，拉起她的手。

过了桥，他发现前面稍稍靠右的地方有几个工地。他朝那边走去。要走到那里，必须冒险穿过一个相当大的被月光照亮的空地。他没有犹豫。追捕他的人显然迷失了方向，让·瓦让认为已经脱险。是有人在追他，但没跟上。

在两个有围墙的工地之间，有一条小街，是圣安东尼绿径街。那街又窄又黑，仿佛专为他而存在。他钻进去之前，又回头看了看。

从他所在之处，可以看见奥斯特里茨桥的全身。

四个黑影刚刚上桥。

这些黑影背朝植物园，向右岸走来。

这四个黑影，就是追捕他的四个人。

让·瓦让有如重落罗网的野兽，浑身颤抖。

他还有一线希望：当他牵着珂赛特的手，穿过明亮的空地的时候，那几个人尚未上桥，因而没有看见他。

假如是这样，那么，他钻进面前的这条小街，一直走到工地上，然后钻进沼泽地、庄稼地和空旷地，他就可以脱险。

他感到可以信赖这条寂静的小街。他钻了进去。

三　看一看一七二七年的巴黎地图

他走了三百步，来到一个岔路口。那条街一分为二，一条斜向左，一条斜向右。让·瓦让面前仿佛摆着Y的两个叉。选哪个好呢？

他没有犹豫，选了右边的。

为什么？

因为左边的那条路通往城郊，也就是有人的地方，而右边的路通往旷野，也就是没人的地方。

可是，他们走不快了。珂赛特的脚步慢下来，让·瓦让只好放慢脚步。

他又把她抱起来。珂赛特将头伏在老人肩上，一句话也不说。

他不时地回头望望。他一直留心让自己走在黑暗的一边。街笔笔直。他回头张望了两三次，什么也没看见，街上寂静无声。他稍稍放了心，继续前进。过了一会儿，他又回头张望，突然，他似乎看见在他刚刚走过的那段路上，在远处的黑暗中，有个东西在移动。

他快速向前奔，而不是向前走，希望能发现一条侧巷，从那里逃出去，再次中断踪迹。

他遇到一堵墙。

那墙并没有挡住去路，它竖在一条横巷边上，让·瓦让所在的街通到那条横巷上。

他再次面临抉择：向左还是向右。

他看看右边。那小巷在一些仓库或货棚之间延伸出去，最后以死胡同告终。巷底清楚可辨，那是一堵高高的白墙。

他又望望左边。这边的巷子不是死胡同，在二百步左右的地方，有一条街，小巷是那条街的岔道。走这边才能得救。

让·瓦让正要向左拐，以便从他依稀可见的位于巷端的那条街上逃生，不料，他发现巷端的拐角处，有一尊黑乎乎的塑像，一动不动地伫立在那里。

那是个人，一个男人，显然刚派去守在巷口，等着他过去。

让·瓦让望而却步。

让·瓦让所在的地方，位于巴黎的圣安托万郊区和拉佩街之间，那里最近大兴土木工程，已变得面目全非，有的说变丑了，有的说变美了。作物、库棚和老建筑物消失殆尽。如今，那里全是宽阔的新街、竞技场、马戏场、跑马场、火车站，还有一座马扎斯监狱，可想而知，进步离不开监狱。

半个世纪前，让·瓦让所在的地方，叫小皮克皮斯区，正如在传统的大众语言中，坚持把法兰西学院称作“四个学区”[①]，喜歌剧院叫作“费多剧院”一样。圣雅克门、巴黎门、执达吏门、波舍隆街、加利奥特街、则肋司定会修士街、嘉布遣会修士街、槌球场街、垃圾街、克拉科夫树街、小波兰街、小皮克皮斯区，这些都是漂浮在新巴黎的旧名称。人民的记忆仍漂浮在过去的沉船上。

小皮斯皮克区几乎没有存在过，从来只是一个区的雏形，它像一座具有修道院面貌的西班牙城市。路上很少铺石，街上很少房屋。除了我们马上要谈到的两三条街外，到处是围墙，十分僻静，没有一家店铺，没有一辆马车，难得看到窗上亮着烛光，十点以后，家家户户全都熄灯。尽是菜园、修道院、库棚、沼地，稀稀拉拉几所矮房，围墙和房屋一般高。

这便是上个世纪的小皮克皮斯区。革命使它受尽折磨。共和国的市政官员把它拆毁、打洞、凿穿。到处堆着破砖瓦砾。三十年前，这个区渐渐被新的建筑物淹没。今天，它已荡然无存。现在没有一张巴黎地图保留小皮克皮斯区的痕迹，但在一七二七年巴黎和里昂出版的巴黎地图上清楚地标明了，一家是巴黎的德尼·蒂埃里出版社，位于石膏街对面的圣雅克街，另一家是里昂的让·吉兰出版社，位于谨慎广场服饰用品街。刚才说了，在小皮克皮斯区，有三条街构成Y形，那一竖是圣安托万绿径街，分成两个叉，左边的叫小皮克皮斯街，右边的叫波隆索街。Y两个叉的顶端，似乎由一条横杠相连。这横杠叫直墙街。波隆索街到那里终止，小皮克皮斯街从那里穿过，延伸到勒努瓦集市。从塞纳河来的人，走到波隆索街尽头，左边是突然九十度急转弯的直墙街，对面是这条街的围墙，右边是直墙街的一段延伸，是个死胡同，叫让罗死胡同。

让·瓦让就在这里。

前面说了，当他看见一个黑影守在直墙街和小皮克皮斯街的拐弯处时，就不敢再往那边走了。毋庸置疑，那幽灵在窥伺他。

怎么办？

---

① 四个学区为：法兰西学区、庇卡底学区、诺曼学区和日耳曼学区。

往回走来不及了。刚才，他看到身后不远的地方有东西在移动，可能是雅韦尔和他那班人。他走到街尾时，雅韦尔很可能已进入街口。看来，雅韦尔对这迷宫了如指掌，已采取措施，派人守住出口了。这些逼真的猜测，立即在让·瓦让痛苦的脑海里旋转，犹如一把灰尘，被骤风卷起。他看看让罗死胡同，一堵墙挡住去路。他又看看小皮克皮斯街，那里有人把守。他看见黑幽幽的影子，出现在月光映白的铺石路上。往前走，会落入那人的魔爪；往后退，将投入雅韦尔的虎口。让·瓦让感到有张网在缓缓向他收拢。他绝望地看看天空。

四　探寻逃路

要明白下面讲的故事，就必须确切了解直墙街，尤其是从波隆索街出来，进入直墙街时位于左侧的那个直角。从直墙街，直到小皮克皮斯街，几乎沿街都有房子，外表很寒酸；左侧只有一幢房屋，朴实无华，有好几个正屋，随着它们越来越靠近小皮克皮斯街，楼层也渐渐升高一两层，因此，这幢房子在小皮克皮斯街那头很高，而在波隆索街这头较低。在我们谈到的那个拐角处，就低到只有一堵墙高了。这道墙在到达波隆索街时，并不是方方正正的，角上是一个后缩的斜壁，在波隆索街和直墙街各有一个角，因此，在波隆索街的人和在直墙街的人，都看不见这个斜壁。

这堵墙从斜壁的两个角起，向波隆索街和直墙街延伸，在波隆索街那边一直延伸到一座房屋，即四十九号，在直墙街上的这段短得多，一直延伸到我们谈过的那幢黑乎乎的建筑物，将那建筑物的山墙截断，因此，在直墙街上又形成一个凹角。那山墙愁眉苦脸，只有一扇窗子，更确切地说，是两个锌皮做的护窗板，常年关着。

我们对这些地方的描绘，是非常准确的，肯定会唤起这地区老住户的真切回忆。

那斜壁完全被一个巨大而丑陋的像是门的东西占据。其实是由许多上端比下端宽的竖木条胡乱拼凑起来的，横里用长铁条连起来。旁边，有一道通车马的门，大小正常，开在这墙上不会超过五十年。

一棵菩提树从斜壁上伸出枝桠，靠波隆索街那边的墙上爬满了常青藤。

这幢房屋显得冷冷清清，像是无人居住，这对身处绝境的让·瓦让来说，颇有诱惑力。他把房子迅速扫视了一遍。他想，若能潜入屋里，或许能死里逃生。他有了个主意，也产生了一线希望。

这房屋的正面临直墙街，在正面的中间部分，每一层都有窗户，每一个窗户上都有年代悠久的铅皮漏斗。从一根总排水管上，分出许许多多小排水管，与那些漏斗相连，好像是画在正面墙上的一棵树。这些支管道弯弯曲曲，犹如攀附在旧农舍墙上的枯葡萄藤。

这些有如树枝奇怪地攀附在墙上的铅皮管和铁管，首先吸引了让·瓦让的注意力。他让珂赛特坐在地上，背靠一个石桩，叮嘱她不要做声，他自己跑到管道与地面连接的地方。也许可以从这里爬上去，潜入屋里。可那管道已破破烂烂，失去作用了，只是勉强固定在墙上。而且，这幢寂静的房子，所有的窗户都装了粗铁条，连顶楼也一样。再说，月光把整个正面照得亮亮的，守在街口的人会看见他翻墙过去。还有，珂赛特怎么办呢？如何把她弄到四层楼上去呢？

他打消了从管道爬上去的念头，贴着墙回到了波隆索街。

当他回到珂赛特所在的斜壁时，发现他在这里，谁也看不见。刚才说了，不管视线从哪里射来，都看不见他。再说，这里背着月光。另外，这里还有两个门。也许可以把门撬开。从这斜壁的墙上，伸出一棵菩提树的枝桠，墙上爬满了常青藤，说明墙后面有个园子，尽管树上没有叶子，至少，他可以在园中躲一躲，度过后半夜。

时间飞逝。必须赶快行动。

他摸摸通车马的门，发现内外都封死了。

他又怀着更大的希望，走到另一个门跟前。那门破烂不堪，加之又高又大，就更不结实，木板已腐朽，横铁条只有三根，全都生了锈。在这个腐朽的门上撬一个洞，似乎是可能的。

他仔细察看这个门，发现这原来不是门。它既无铰链，亦无门锁，中间也没有缝隙。那几根铁条横穿过去，中间没有断开。从木板裂缝中，依稀可见用水泥粗糙粘合的砾石和石头；十年前，经过这里的人还能看到。他沮丧之极，只得承认，这个外表像门的东西，不过是它背后一座建筑物的护墙板。撬开木板不难，但木板后面还有一堵墙。

五　幸亏不是煤气路灯

这时，不远处响起了沉闷而有节奏的声音。让·瓦让壮胆朝街角外看了看。七八个士兵列队出现在波隆索街上。他看见刺刀闪着寒光。他们朝他走来。

那些士兵小心翼翼，走得很慢。他看出，带头的人个子高高的，那是雅韦尔。他们走走停停。显然，他们在搜索每一个墙角，每一个门洞。

可以正确无误地猜到，那些人是巡逻队，雅韦尔路上遇见他们，就临时调用了。雅韦尔的两个手下也走在行列中。

根据他们走路的速度和所做的停留，差不多要一刻钟才能走到让·瓦让所在的地方。这真是惊心动魄的时刻。让·瓦让离这深渊只有几分钟之遥，它已第三次向他张开血盆大嘴了。现在，苦役牢不单纯是苦役牢，还将意味着永远失去珂赛特，也就是说，那将是一种坟墓里的生活。

只剩下一种可能。

让·瓦让可以说背着两个褡裢，这是他与众不同的地方。其中一个装着圣人的思想，另一个装着苦役犯的可怕才能。他视情况，在不同的褡裢中搜索。

他在土伦苦役牢里多次越狱逃跑过。大家记得，他爬墙的技术无与伦比，不用梯子，不用铁钩，只靠肌肉的力量，用后颈、肩膀、臀部和膝盖顶着，即使墙上很少有凹凸可供利用，也能顺着两面墙构成的直角，一直爬到七层楼上。二十年前，有个叫巴特莫尔的囚犯，就是靠这个本领，从巴黎法院附属监狱院子的墙角逃跑的，那个角落从此遐迩闻名，但也令人毛骨悚然。

让·瓦让看见墙上有菩提树枝，便目测一下墙的高度。大约有十八尺高。它和大楼的山墙形成一个凹角，下部有个三角形台基，大概因为这凹角太方便，砌这个台基可防人称粪虫的行人在此方便。这种保护墙角的三角形台基在巴黎屡见不鲜。

这台基约有五尺高。从台基高处到墙顶的距离，差不多只有十四尺。墙顶上是一块石头，没有人字架。

伤脑筋的是珂赛特。珂赛特不会爬墙。扔下她不管吗？让·瓦让想都不会想。可又无法带她走。像这样的爬墙非同寻常，需要付出一个人的全部力量。一点点负重，也会使他失去重心，坠落下来。

有根绳子就好了。可让·瓦让没有绳子。在波隆索街，到哪里去找绳子呢？让·瓦让要是有个王国，在这千钧一发之际，他肯定愿用它来换一根绳子。

任何危急关头，都会有闪光出现，或使我们目眩眼花，或使我们心明眼亮。让·瓦让绝望的目光落在让罗死胡同挂路灯的直角形杆子上。

那时候，巴黎街上的路灯还不是煤气灯。隔一段距离有一盏回光灯，天黑时，就把回光灯点燃。回光灯的升降用一根绳索牵引。绳索从空中横拉过街，嵌在杆子的槽里。收放绳索的绞盘锁在灯下面的小铁盒里，钥匙由点灯人保管。绳索的下半截套着起保护作用的金属套。

让·瓦让拼足力气，一个箭步跨过街，冲进死胡同，用刀尖拨开小铁盒的锁舌，不一会儿，又回到珂赛特身边。他有了绳子。与命运搏斗的人，情急生智，动作总是很麻利。

前面说了，那夜没点路灯。因此，让罗死胡同的路灯自然也是黑的，有人从它旁边经过，也不会发现它已不在原位。

可是，深更半夜，这样寂静，这样黑暗，让·瓦让神色忧虑，行为怪异，不停地跑来跑去，珂赛特开始不安起来。换了别的孩子，早就大叫大嚷了。可她只扯扯让·瓦让的衣襟。巡逻队的声音越来越近，越来越清晰。

“父亲，”她低声说，“我害怕。谁来了？”

“嘘！”那不幸人回答。“是泰家婆娘。”

珂赛特吓了一跳。他又说：

“别说话。我来对付。如果你叫，你哭，泰家婆娘就会守在那里。她是来把你抓回去的。”

然后，让·瓦让不慌不忙，而是果断准确、一步到位地干了起来，在这样的时刻，这尤其难能可贵，因为巡逻队和雅韦尔随时都可能出现，他解开领带，放在珂赛特胳肢窝下面，轻轻绕过身子，注意不碰伤她，然后把领带系在绳子的一端，打了个海员们所谓的燕子结，用牙齿咬住绳子的另一端，脱掉鞋袜，扔过墙头，登上台基，开始攀登两墙交会的凹角，那样稳健，那样自信，仿佛脚下和肘下有梯阶似的。不到半分钟，他已跪在墙头上了。

珂赛特呆呆地看着，一句话也不说。让·瓦让的嘱咐，泰家婆娘的名字，已使她吓得魂不附体。

突然，她听见让·瓦让压低嗓门喊她：

“背靠在墙上。”

她照吩咐做了。

“不要说话，不要害怕。”让·瓦让又说。

她感到自己离开了地面。她还没来得及弄明白，就已在墙头上了。

让·瓦让一把抓住她，放到背上，左手握住她的两只小手，匍匐爬到斜壁上。果不出他所料，那里有一个建筑物，屋顶从那木板门高处延伸出去，缓缓下降，屋檐离地面很近，屋顶挨着那棵菩提树。所幸的是，墙的这一边要比街那边高许多。让·瓦让瞧见地面离自己很远。

他爬到屋顶的斜面上，手还没脱离墙脊，就听见了喧闹声。巡逻队到了。雅韦尔雷鸣般的声音喊道：

“搜一下死胡同！直墙街有人把守，小皮克皮斯街也有人守着。我敢保证，他躲在死胡同里。”

士兵们扑向让罗死胡同。

让·瓦让扶着珂赛特，顺着屋顶滑下去，滑到菩提树旁，纵身跳到地上。也许是恐惧，也许是勇敢，珂赛特没有出声。她的两只手擦破了一点皮。

六　谜的开始

让·瓦让到了一个园子里。园子很大，形状怪异，阴森凄然，似乎专门造来供冬天和夜间观赏的。这是个长方形的园子，尽头有一条小径，两旁有参天杨树，角角落落长着乔木，中间是一片没有阴影的空地，孤零零长着一棵大树，还有几棵歪歪扭扭的果树，犹如一丛丛荆棘，还有几块菜地，一块甜瓜地，瓜秧的培育罩在月光下闪烁，还有一口排污水渗井。四处散布着几张石凳，黑乎乎的，好像长着苔藓。几条笔直的小径，两旁有黑幽幽的小树。小径半边长满杂草，没有杂草的地方，覆盖着青苔。

让·瓦让身旁有座房子，他刚从那屋顶上滑下来。还有一堆柴禾，后面靠墙有尊石像，面部残缺不全，成了丑陋的怪面饰，在黑暗中若隐若现。

那房子像是个废墟，可见几间拆毁的房间，其中一间堆满了东西，似乎用作仓棚了。

那幢临直墙街并在小皮克皮斯街那头高出来的大楼，在园子里展开两个成直角的门面。园内的这两个面比临街的两个面更悲惨。所有的窗户都装了铁条。看不见任何灯光。上面几层有监狱里那样的通风口。其中一个门面的阴影投射到另一个门面上，又如一块巨大的黑布，落在园子里。

看不见其他房屋。园子深处隐没在雾霭和夜色中。不过，仍依稀可辨一些墙头，相互交错，似乎园外还有园子。还隐约看见波隆索街的矮屋顶。

很难想象出比这更荒野、更僻静的园子了。园中一个人也没有。这很自然，因为是半夜。不过，这地方似乎生来就不是供人行走的，哪怕是大中午。

让·瓦让首先做的，是找到他的鞋子，把鞋穿上，然后，和珂赛特

她感到自己离开了地面。她还没来得及弄明白，就已在墙头上了。（P433）

一起躲进那个仓棚。逃亡中的人总觉得藏身之地不够安全。珂赛特心里老想着泰家婆娘，和他一样，本能地缩成一团。

珂赛特索索发抖，紧紧靠着他。只听见巡逻队搜索死巷和街道的喧闹声，枪托敲击石头的当啷声，雅韦尔对布置在路口的密探的吆喝声，及他模糊不清的咒骂声和说话声。

过了一刻钟，这种暴风雨般的嘈杂声渐渐消失。让·瓦让仍不敢呼吸。

他的手一直轻轻按在珂赛特的嘴上。

此外，他周围是那样荒凉，那样幽静，尽管喧闹声震耳欲聋，而且近在咫尺，这里却丝毫没受到惊扰。仿佛这些高墙是用《圣经》中讲到的隔音石建成。

蓦然，在这幽静中升起了另一个声音，一种柔和美妙、难以描绘的声音，多么悦耳动听，正如刚才的喧闹声多么可怕。那是一曲圣歌，从黑暗中袅袅升起，在万籁俱寂的黑沉沉的深夜，祈祷声与和声汇成炫目的光辉；那是女人的声音，但可以辨出贞女们纯洁的声调和女孩们幼稚的声调；那不是尘世间的声音，像是初生婴儿仍听得见、垂死者已经听见的声音。歌声是从俯瞰园子的黑洞洞的大楼里传出来的。当魔鬼的咆哮声渐渐远去时，仿佛天使的合唱声在黑暗中渐渐靠近。

珂赛特和让·瓦让跪下祈祷。

他们不知道是什么声音，也不知道在哪里，但这个男人和这个孩子，这个忏悔者和这个无辜者，都感到应该跪下来祈祷。

奇怪的是，那歌声尽管响起，大楼却依然荒凉。仿佛是一种超自然的歌声在一幢无人居住的房屋里响起。歌声继续。让·瓦让什么也不想了。他看到的不再是黑夜，而是蔚蓝的天空。他感到他内心中人所皆有的翅膀展开了。

歌声停止了。它也许持续了很久。让·瓦让说不清楚。心醉神迷的人，时间再长，也感到很短很短。

四周复归岑寂。街上寂寂无声，园里悄无声息。令人恐惧的和令人放心的，全都沉静了。风儿吹拂墙头的枯草，发出温和而凄凉的声音。

七　谜在继续

起风了。这表明已是凌晨一两点了。可怜的珂赛特一声不吭。她坐在他身边，头靠在他身上。让·瓦让以为她睡着了。他低头看她。珂赛特眼睛睁得大大的，像有满腹心事。让·瓦让很难过。她一直在哆嗦。

“你想睡吗？”让·瓦让问。

“我冷。”她回答。

过了一会儿，她又说：

“她还在吗？”

“谁？”让·瓦让问。

“泰家婆娘呀。”

这本是用来吓唬珂赛特的，让·瓦让早把这事忘了。

“啊！”他说，“她走了。不用再怕了。”

孩子出了口气，仿佛一个重物从她的胸口呼了出去。

地上很潮湿，棚子四面透风，北风越来越凛冽。老人脱下大衣，裹在珂赛特身上。

“这样暖和一些了吗？”他说。

“是的，父亲！”

“那好，在这里等我一会儿。我去去就来。”

他走出废墟，顺大楼而行，想找一个更好的藏身地。他遇见好几个门，但都关着。楼下的窗子全都装着栅栏。

他刚走过大楼靠里的墙角，就到了几个拱形窗下面。他看见里面有亮光。他踮起脚尖，从一扇窗子往里瞧。那几扇窗都朝向一间大厅。大厅相当宽敞，铺着大石板，内有连拱廊和石柱。只见灯光幽暗，到处是阴影。在一个角落里，有盏长明灯，亮光就是从那里发出的。大厅里阒无一人，毫无动静。可是，仔细看过后，他好像看见石板地上有个东西，形状像个人，似乎盖着一块裹尸布。那东西趴在地上，脸朝石板，双臂平伸，身体构成十字，就像死了那样，一动不动。那阴森可怕的形体，脖子上似乎有根绳子，像蛇一样拖在地上。

整个大厅灯光幽暗，朦朦胧胧，更增加了恐怖的气氛。

从那以后，让·瓦让常说，他一生见过多少凄惨可怖的景象，但都比不上这个谜一般的形体阴森可怕；在这幽暗的地方，深更半夜，隐约望见，这形体多么神秘莫测。设想那可能是死人，会感到毛骨悚然，如果设想那可能是活人，就更是魂飞魄散了。

让·瓦让鼓足勇气，将额头贴在玻璃上，观察那东西动不动。他待了一会儿，以为待了很久，可那僵卧的东西一动不动。突然，他感到一种莫名的恐怖，慌忙逃跑了。他奔向仓棚，不敢往后看一眼。他觉得一回头，就会看见那形体挥动双臂，大步跟在他后面。

他气喘吁吁，跑到了仓棚。他双膝发软，汗流浃背。

他在哪里？谁能想象在巴黎市中心，会有这样一处坟墓？这所奇怪的房屋究竟是什么？这座充满了黑夜奥秘的大楼，在黑暗中用天使的歌声招引灵魂，等招来灵魂，又突然展现这种恐怖的景象，既已允诺打开灿烂的天国之门，却又陡然敞开凄然的地狱之门！可这确确实实是一座建筑，一座房屋，在一条街上明明有门牌号码！这绝非梦境！他要摸摸墙上的石头，才能相信这是现实。

寒冷、忧惧、不安、一夜的惊吓，使他浑身燥热，各种想法在他脑际互相冲撞。

他走到珂赛特身边。她睡着了。

八　谜上加谜

孩子头枕石头睡着了。

他在她身边坐下，默默地注视她，渐渐恢复了平静，头脑也不像刚才那样乱了。

他清楚地看到了一个现实，那是他今后生活的根本：只要她活着，只要她在他身边，他所需要的，都是为了她，他所担心的，也是为了她。尽管他已脱下大衣盖在珂赛特身上，却不感到寒冷。

他在沉思中，听到了一种奇怪的声音，已响了一会儿了。好像有人在摇铃铛。是从园子里发出的。尽管很微弱，但听得很清楚。像是夜间牧场上牲畜脖下挂的小铃铛发出的悠忽的乐声。让·瓦让闻声回过头去。他定睛细看，见园子里有人。

好像是一个男人，在瓜田的育秧罩之间走动，时而直起身，时而弯下腰，走走停停，动作很有规律，好像在地上拖曳或铺开什么东西。那人好像是瘸子。

让·瓦让打了个哆嗦。不幸的人风吹草动都会颤抖。在他们看来，一切都与他们为敌，一切都很可疑。他们怕白天，因为白天会被看见；他们怕黑夜，因为黑夜会被抓住。刚才他发抖，是因为园子里寂无一人，现在他发抖，是因为园子里有个人。

他从虚幻的恐惧掉进了真正的恐惧。他想，雅韦尔和密探们可能没有离开，留人在街上继续监视，如果这个人发现他在园子里，就会大喊捉贼，把他交出去。他轻轻抱起熟睡的珂赛特，放到最靠里角落的一堆废家具的后面。珂赛特一动不动。

他从里面观察瓜田里那个人的行动。奇怪的是，那人一动，铃铛就响。那人走近，铃铛声也走近，那人远离，铃铛声也远离；他动作急促，铃铛声也急促，他停下来，铃铛声也停下来。很显然，铃铛系在那人身上。可这意味着什么呢？这个像羊或牛那样脖子挂着铃铛的人究竟是谁？他想着这些问题，一面摸了摸珂赛特的手。她的手冰凉冰凉。

“啊，上帝！”他说。

他低声喊她：

“珂赛特！”

她不睁开眼睛。

他拼命摇她。她依然不醒。

“她死了吗？”他说。他站起来，浑身颤抖。

各种极其可怕的想法乱糟糟地从他脑海中闪过。有时候，可怕的假设会像一群疯子，将我们团团围住，扰得我们脑袋不得安宁。如果是我们所爱的人，我们会格外小心翼翼，就会无端生出种种疯狂的想法。他忽然想到，在寒冷的夜里，睡在露天会招致死亡。

珂赛特脸色苍白，躺在他脚边，一动不动。他听听她有没有气息。她在呼吸。但那是极其微弱的呼吸，随时都会停止。

怎样使她暖和过来呢？怎样唤醒她呢？所有与此无关的想法，全都从他头脑中消失了。他发疯似的冲出破屋。一刻钟之内，必须让珂赛特躺到一堆火前，一张床上。

九　系铃铛的人

他径直朝他望见的园子里的那个人走去，手中捏着从背心兜里掏出的一卷钱。

那人正低着头，没看见他过来。让·瓦让几步跨到他跟前。让·瓦让大声对他说：

“一百法郎！”

那人吓了一跳，抬起头来。

“今天夜里您让我借宿的话，”让·瓦让又说，“您可以挣一百法郎！”

月光照亮了让·瓦让惊慌失措的脸。

“呀！是您，马德兰老伯！”那人说。

这个名字在这幽黑的深夜，在这陌生的地方，被这陌生人这样喊出来，吓得让·瓦让连连后退。

他什么都预料到了，就没想到会这样。同他说话的，是个腰驼腿瘸的老头，衣着像个农民，左膝盖上绑着皮护膝，挂着一个相当大的铃铛。他的脸背着月光看不清。

可那老头已摘掉帽子，哆哆嗦嗦地嚷道：

“啊，上帝！您怎么会在这里，马德兰老伯？您从哪里进来的，耶稣上帝？您是从天上掉下来的！这没什么，假如您哪天掉下来，那一定是从天上。瞧您这个样子！不结领带，不戴帽子，不穿礼服！您知道吗？不认识您的人看到您这副样子，会吓坏的！不穿礼服！天哪！难道圣人现在都疯了！可是，您到底是怎么进来的？”

那老头一句接一句，像连珠炮似的，带着乡下人的特点，听来让人快慰。语气中夹杂着惊愕和纯朴。

“您是谁？这是一幢什么房子？”让·瓦让问。

“啊！老天！您太过分了！”老头嚷道，“是您把我安顿在这里的，这房子是您介绍我来的。怎么！您认不出我了？”

“认不出。”让·瓦让说，“可您怎么会认识我的？”

“您救过我的命。”那人说。

他转过身，一道月光照亮他的侧面，让·瓦让认出是福施勒旺老头。

“啊！”让·瓦让说，“是您？对，我认出来了。”

“总算认出来了！”老头用埋怨的语气说。

“您在这里干什么？”让·瓦让又说。

“瞧！我在盖我的甜瓜秧呀！”

的确，让·瓦让上前同他说话时，福施勒旺老头手里正提着一张草席，准备盖在瓜地上。他来园子里已有个把钟头，盖了相当不少了。让·瓦让从仓棚里看到的那些奇怪的动作，正是他盖瓜秧的动作。

那老头接着又说：

“我心里想：月亮很亮，快下霜了。是不是该给我的甜瓜盖件大衣了？”他爽朗大笑，看着让·瓦让，继续说道：“老天！您也该披件大衣了！可是，您怎么会在这里的？”

让·瓦让感到这个人认识他，至少知道他叫马德兰，便格外小心。他拼命提问。这似乎是反宾为主了，有点不合情理。他，一个不速之客，反倒盘问起主人。

“您膝头上挂个铃铛干什么？”

“这个？”福施勒旺回答，“为了让人避开我。”

“什么？让人避开您？”

福施勒旺老头以不可描绘的神态眨了眨眼。

“嗨！这幢房子里都是女的，好多是姑娘。好像我是个危险人物。铃铛是为了告诉她们我来了。我一来，她们就躲开。”

“这幢房子是干什么的？”

“嗨！您是知道的。”

“我不知道。”

“不是您叫我到这里来做园丁的吗！”

“回答我，只当我不知道。”

“好吧，这里是小皮克皮斯女修院！”

让·瓦让想起来了。两年前，福施勒旺老头被大车压断了腿，经他推荐，到圣安托万区的这个女修院当了园丁。是运气，也就是天意把他扔进了这个修道院。他像是自言自语地跟着说：

“小皮克皮斯女修院！”

“是啊，不过，”福施勒旺又说，“您怎么能进来的，您，马德兰老伯？您尽管是圣人，但您是男人，男人是进不来的。”

“可您在这里呀。”

“就我一个男人。”

“不过，”让·瓦让又说，“我得留下来。”

“啊，上帝！”福施勒旺惊叫起来。

让·瓦让走近老头，严肃地对他说：

“福施勒旺老爹，我救过您的命。”

“是我首先想起来的。”福施勒旺回答。

“那好，我从前为您做的，今天您可以为我做一次。”

福施勒旺用颤颤巍巍满是皱纹的双手，握住让·瓦让那双健壮的手，几秒钟说不出话来。最后他大声说：

“啊！如果我能回报您一次，那是仁慈的上帝对我的恩宠。我！救您的命！市长先生，您要我这老头干什么，尽管吩咐！”

老头高兴得眉开眼笑。从他的脸上，仿佛发出了一道光芒。

“您要我干什么？”他又说。

“我会告诉您的。您有房间吗？”

"我有一个孤立的木板屋，在那边，老修院废墟的后面，一个谁也看不见的角落里。有三个房间。"

果然，那木板屋藏在那废墟后面，藏得那样隐蔽，谁也看不见，让·瓦让也没看见。

"好，"让·瓦让说，"现在我要您做两件事。"

"哪两件，市长先生？"

"第一，不要把您知道的关于我的情况告诉任何人。第二，不要问更多的情况。"

"我依您。我知道，您不会做坏事，您从来都是替上帝行事。再说，是您把我安顿在这里的。这与您有关。我听您的吩咐。"

"一言为定。现在，跟我来。我们去找孩子。"

"啊！"福施勒旺说。"有个孩子！"

他没再多说一句，就像狗跟着主人，跟让·瓦让走了。

不到半小时，珂赛特就睡在老园丁的床上了。屋里有旺旺的炉火，珂赛特脸色转红了。让·瓦让重新结上领带，穿上大衣，从墙上扔进来的帽子，他也找到了，并捡了回来。当让·瓦让穿大衣的时候，福施勒旺解下带铃铛的护膝，挂在背篓旁的一个钉子上，现在，它成了墙上的装饰物。福施勒旺在一张桌上摆了一块奶酪、一块黑面包、一瓶酒和两只玻璃杯，两人胳膊肘支着桌子，烤起火来。老头把手放到让·瓦让的膝头，对他说：

"哈！马德兰老伯！您一上来没有认出我！您救了别人的命，过后就忘了！啊！这不好！人家都还记着您！您没心肝！"

十　雅韦尔为何扑空

刚才我们看到的事，其实内情非常简单。

那天夜里，雅韦尔在芳蒂娜临终床前逮捕了让·瓦让，当天夜里，让·瓦让就从滨海蒙特勒伊市监狱逃跑了。警方猜测，在逃苦役犯可能去了巴黎。巴黎是个吞没一切的大旋流，进了这个人的旋流，如同进了海的旋流，一切都消失得无影无踪。任何森林都不如这个人流藏得住一个人。对此，形形色色的亡命之徒都十分清楚。他们逃到巴黎，犹如跳进无底深渊；有些无底深渊确实是避难之所。警方也深知这点。别处丧失的线索，就到巴黎来寻找。于是，他们来这里寻找前滨海蒙特勒伊市长。雅韦尔被召来巴黎，负责侦查。果然，他为重新抓获让·瓦让立下了汗马功劳。雅韦尔在此案中表现出来的热忱和智慧，受到了夏布耶先生的注意，此人在昂格莱伯爵主管的巴黎警察局里任秘书。再说，夏布耶先生原本就提携过雅韦尔，这次又把滨海蒙特勒伊的警探调到了巴黎警察局。在巴黎，雅韦尔各个方面都表现得很出色，而且，我们要说，——尽管对于从事这种工作的人，这样说是多此一举——，他办事光明正大。

此后，他也就不再想起让·瓦让了，正如天天围猎的狗，看到今天的狼，便会忘掉昨天的狼。直到一八二三年十二月，他读了一张报纸，才又想起他。雅韦尔从不读报，他是保王党人，一天，他想知道"亲王大元帅"[①]凯旋进入巴荣讷城的详细情况，鬼使神差般地看起报来。他读完有关报道后，某页下端的一个名字，让·瓦让的名字，引起了他的注意。文章说，让·瓦让死了，说得有根有据，雅韦尔深信不疑。他只说了句："真是个好下场！"他扔掉报纸，不再想这事了。

过了段时间，巴黎警察局收到塞纳-瓦兹省警察厅关于拐骗儿童的通告，据说，案子发生在蒙费梅镇，案情比较特殊。通告说，一个被母亲寄养在当地一家客店里的七八岁的小女孩，被一个陌生人拐走了。小女孩名叫珂赛特，是一个名叫芳蒂娜的妓女的孩子，那妓女已在医院里去世了，时间和地点不详。雅韦尔看了这份通告，感到困惑不解。

芳蒂娜的名字他很熟悉。他记得，让·瓦让曾请求他宽延三天，去找那女人的孩子，他，雅韦尔，听后哈哈大笑。他记得，让·瓦让在巴

---

① 这里，亲王大元帅指昂古莱姆公爵。一八二三年四月，他率十万法军入侵西班牙，镇压那里的资产阶级。回国第一站便是与西班牙为邻的法国小城巴荣讷。

黎被捕时，正要上一辆开往蒙费梅的马车。当时，有迹象表明，他是第二次乘这趟车，前一天，他就到过蒙费梅村周围的地方，因为没有人看见他到过村里。他去蒙费梅干什么？谁也猜不到。雅韦尔现在明白了。芳蒂娜的孩子在那里。让·瓦让去找那个孩子。可是，那孩子现在被一个陌生人拐走了。这陌生人会是谁？是不是让·瓦让？可让·瓦让明明死了呀。雅韦尔谁也没告诉，便到小木板死胡同，乘坐锡盘车行的双轮公共马车，直奔蒙费梅。

他本以为到那里便可弄个水落石出，不料如堕烟海。

最初几天，泰纳迪埃夫妇非常恼火，就把事情说了出去。百灵鸟失踪的消息，传得满村风雨。很快就出现了好几种说法，传来传去，竟变成了拐骗孩子。于是，塞纳-瓦兹省就送交了那份通告。可是，泰纳迪埃发过火后，凭着他令人赞叹的本能，很快意识到惊动检察官决无好处，要是他就“拐骗”珂赛特起诉，会引火烧身，会把法院晶亮的眼睛，引到他做过的许多不清不白的事情上。猫头鹰最忌讳的，便是有人把点燃的蜡烛放到它跟前。首先，他收了人家一千五百法郎，如何自圆其说。于是，他来了个急转弯，并把老婆的嘴堵住，再有人同他谈“拐骗孩子”一事，他便故作惊讶。他说，他自己也不清楚；当然，那人把他心爱的孩子这样快就“带”走，他曾抱怨过，他喜欢她，想再留她住两三天；可人家是祖父，来接他的孩子天经地义。他加了个祖父，这大有好处。雅韦尔来蒙费梅时，听到的正是这个故事。出了个祖父，让·瓦让便摆脱了干系。

不过，雅韦尔就泰纳迪埃编造的故事提了几个问题，以探虚实。“这祖父是谁？叫什么名字？”

泰纳迪埃爽快地回答：

“是个有钱的种地人。我看过他的身份证。我想，他叫纪尧姆·朗贝尔先生。”

朗贝尔是个善良而令人放心的名字。雅韦尔便回巴黎了。

“让·瓦让肯定死了，”他想，“我是个傻瓜。”

他又把这件事抛置脑后。直到一八二四年三月，他听人谈起一个怪人，住在圣梅达教区，外号叫“乐善好施的乞丐”。传说此人靠年息生活，谁都不知道他的真名实姓，和一个八岁的小女孩住在一起，那孩子只知道自己来自蒙费梅，其他一无所知。蒙费梅！这个名字经常听见，引起了雅韦尔的警觉。有个做密探的老乞丐，曾是教堂的杂役，常受到那人的施舍，他提供了一些细节。“这个靠年息生活的人非常孤僻”，“只在晚上出门”，“不和任何人说话”，“偶尔和穷人谈几句”，“不让人接近”，“穿一件破破烂烂的黄色紧腰大衣，价值数百万，因为里面缝满了钞票”。这些传说显然引起了雅韦尔的好奇心。为了从近处看看这个靠年息生活的怪人又不至于惊动他，一天，他向那教堂杂役借了破衣服，去蹲在那人每晚蹲着的边念祷文边侦探的地方。

那“形迹可疑”的人果然走到乔装打扮的雅韦尔面前给他施舍。此时，雅韦尔抬起头，让·瓦让一惊，以为看到了雅韦尔，雅韦尔也一惊，以为认出了让·瓦让。

可那时天色已黑，可能会认错人；让·瓦让的死是官方公布的；雅韦尔心存疑虑，且是重大疑虑。雅韦尔是个一丝不苟的人，没有把握决不抓人。

他跟踪这个人直到戈博旧宅，向那“老婆子”了解情况。这不是难事。老婆子向他证实，那人大衣里面缝了百万法郎，还讲了那一千法郎的故事。她亲眼看见了！她亲手摸到过！雅韦尔租了个房间。当晚就住了进来。他到那神秘房客的门口偷听，希望听到他的声音，可让·瓦让从锁孔中发现了烛光，没有吭声，密探的阴谋归于失败。

第二天，让·瓦让便溜走了。可那枚五法郎银币掉在地上，引起了老婆子的警觉：她听到银币滚动的声音，心想他要搬家，马上报告了雅韦尔。夜里，当让·瓦让出门时，雅韦尔已带了两个人，躲在马路的树后面等候他了。

雅韦尔向警察局请求派人协助，但没告知要抓的那个人的姓名。这是他的秘密，他保守这秘密有三个理由：首先，稍有不慎，便会打草惊蛇；其次，让·瓦让是个在逃的老苦役犯，大家都以为他死了，法院案底曾把他归入“最危险的坏人”，抓住这样一个罪犯，无疑是了不起的功绩，巴黎警局的资深探员决不会把功劳留给雅韦尔这个新来的人，他担心别人会把他的苦役犯抢走；最后，雅韦尔是个艺术家，喜欢给人意外。他不喜欢事先就把可能的成绩张扬出去，谈得久了，就会失去新鲜感。他喜欢暗中设计他的杰作，而后突然公布于众。

雅韦尔跟在让·瓦让后面，从一棵树到另一棵树，从一个街角到另一个街角，一刻也没失去目标。即使让·瓦让自以为最安全的时候，也没能逃脱雅韦尔的视线。

为什么雅韦尔不逮捕让·瓦让呢？因为他还有些疑惑。

应该回想一下，那时候警察不能为所欲为，新闻自由使他们的行动受到束缚。报界曾揭露过几起随意的逮捕，在议会里引起强烈反响，致使警局畏首畏尾，缩手缩脚。侵犯人身自由，可是件严重的事。警察怕抓错了人，警局会降罪于他们；一出错便会砸掉饭碗。请想象一下，一条小新闻，被二十家报纸转载，会是怎样的后果："昨天，一位白发苍苍的老祖父，靠年息生活的可敬老人，同八岁的孙女散步时被捕，作为在逃苦役犯，送至警局拘留所！"

此外，前面已说过，雅韦尔自己也有顾虑，除了警察局长再三叮嘱要小心谨慎，他自己的良知也嘱咐他不要莽撞。他的确没有十分的把握。

让·瓦让背朝着他，走在黑暗中。

忧愁、不安、焦虑、疲惫，加之今天又遭不幸，被迫夜里逃跑，在巴黎乱走乱撞，为珂赛特和自己寻找藏身之地，而且必须放慢脚步，使珂赛特能跟上，这一切，使让·瓦让不知不觉改变了步态，变得老态龙钟，致使雅韦尔所代表的警察可能产生错觉，而且，也确实产生了错觉。另一方面，他不可能走得很近，那人的衣着像个流亡家庭教师，泰纳迪埃说他是祖父，还有，相信让·瓦让已死在苦役牢里，这一切，使雅韦尔头脑中的疑惑越来越多。

有一会儿，他真想突然上前查看证件。可转念一想，这个人也许不是让·瓦让，也不是善良正直靠年息生活的老人，而很可能是一个深深地巧妙地参与策划巴黎所有罪行的坏人，是某个黑帮的老大，给人施舍是为了掩人耳目，这是强盗们的老伎俩。他有同党，同谋，有备用住宅，可能会躲到那里去。他在街上迂回而行，说明他不是一个简单的老头。

过早逮捕他，无疑是“杀鸡取蛋”。等一等再下手，有什么不好？雅韦尔确信他逃不了。于是，他困惑地跟在后面，心里对这个谜一般的人物提出一百个问题。

只是到了很晚的时候，在蓬图瓦兹街，多亏一家小酒店射出的亮光，他才真正认出让·瓦让。

在这世界上，只有两种生物激动起来心都会颤抖：失而复得孩子的母亲和失而复得猎物的老虎。雅韦尔高兴得心头发颤。

当他肯定那人是可怕的苦役犯让·瓦让之后，发现自己只有三个人，就去蓬图瓦兹街警察分局求援。

在抓有刺的棍子之前，先得戴上手套。

这样就耽搁了一会儿，加之在罗兰街口停下来和手下人商量，他差点失去目标。但他很快就猜到，让·瓦让一定想过塞纳河，把追捕的人甩在河这边。他低头沉思，有如猎犬，将鼻子贴到地上，以便嗅出踪迹。雅韦尔凭着他正确无误的本能，径直朝奥斯特里茨桥走去。问了收税员一句话，他心里便踏实了：“您见过一个男人和一个小女孩吗？”“我让他付了两苏。”收税员回答。雅韦尔来到桥上，正好看见河对面让·瓦让拉着珂赛特的手穿越明月照亮的空地。他见他拐进了圣安托万绿径街。他想到那里有让罗死胡同，就好像部署了陷阱，想到只有直墙街到小皮克皮斯街的唯一出口。他像猎人说的那样“抢先一步”，连忙派人绕到前头，守住出口。有支夜巡队回兵工厂驻地，从他面前经过，他就调来协同追捕。在这样的行动中，有了士兵，就能稳操胜券。再说，要战胜野猪，必须让猎人劳心，猎犬劳力，这是条原则。部署完毕后，他感到让·瓦让右边是让罗死胡同，左边有埋伏，后面有他雅韦尔，谅他插翅也难逃，得意地闻起了鼻烟。

于是，他开始玩起游戏来。有一刻，他简直得意忘形，变得非常恶毒。他知道猎物逃不出他的手掌，任其在他前面信步而行，想尽量推迟下手的时刻，感到猎物身陷重围，却看着他自由行动，心里有说不出的高兴，乐滋滋地看着他，犹如蜘蛛看着苍蝇乱飞，猫儿看着老鼠乱跑。禽兽的爪子都有一种可怕的肉欲，捕获之物在它们爪中挣扎，会带来不可言喻的快感。让猎物窒息致死，其滋味妙不可言！

雅韦尔品味着这种快乐。他的网结得很牢。他有十分的把握，现在只需握紧拳头了。

他撒下了天罗地网，让·瓦让再坚强，再有劲儿，再拼命，也别想反抗。

雅韦尔缓缓而行，一路上探查和搜索每一个角落，如同搜查小偷的衣兜。

当他走到他织的蜘蛛网的中心，却不见了苍蝇。

他气得七窍生烟。

他问直墙街和小皮克皮斯街路口的暗哨。那警察一直没离开岗位，根本没见那人经过。

有时候，一头陷入猎犬重围的牡鹿，也会蒙着头混过去，也就是说，会逃脱围猎，这时，再老的猎人也无可奈何。迪维维耶、利尼维尔、德普雷也有过这种不知所措的时候。有一次，阿通日遇到这种情况，沮丧地喊道："这不是牡鹿，而是巫师！"雅韦尔也很想这样大喊一声。

他那种失望，竟一时达到近乎绝望和愤怒的程度。

毫无疑问，拿破仑在对俄国的战争中犯了错误，亚历山大在对印度的战争中犯了错误，恺撒在对非洲的战争中犯了错误，居鲁士[①]在对斯泰基[②]的战争中犯了错误，而雅韦尔在对让·瓦让的围捕中犯了错误。他当初也许不该迟疑不决，不敢肯定那就是从前的苦役犯。他第一眼就该把他认出来的。千不该，万不该，他不该在旧宅里不把他逮捕，不该在蓬图瓦兹街认出他来时不把他抓获，不该在罗兰街口在月光下同他的助手商量。当然听听大家的意见是有用的，对于值得信赖的狗，应该了解和征求他们的意见。可是，在追捕像狼和苦役犯这样惶恐不安的猎物时，猎人就不能过于谨慎。雅韦尔只想到在路上布置密探，殊不知，这反而打草惊蛇，让它溜走了。他尤其不该的是，当他在奥斯特里茨桥上重新

---

① 居鲁士为公元前六世纪波斯王。

② 斯泰基为欧洲东北、亚洲西北一带的旧称。

发现目标时，却无知地玩起了可笑的游戏，将这样一个人系于绳子的一端。他过高地估计了自己，以为能同一头狮子玩抓老鼠的游戏。同时，他又过低地估计了自己，认为有必要找几个助手。这一防备措施，使他浪费了宝贵的时间。雅韦尔尽管犯了这些错误，仍不失为一个空前绝后的最聪明、最正派的警探。用猎人的行话来说，他不愧为一只“聪明的狗”。况且，谁又是十全十美的呢？

伟大的兵法家也有黯然无光的时候。

最大的蠢事，和最粗的绳子一样，是由无数股细绳组成的。把缆绳一股股剥离，将导致蠢事的决定性因素一个个分开，然后逐个把它们拉断，你会说：“不过如此！”可你把它们编在一起，拧成一股，那就异乎寻常了，那便成了在东征马西安①和西讨瓦伦提尼安②之间犹豫不决的阿蒂拉③，在卡普阿④流连忘返的汉尼拔⑤，在奥布河畔阿尔西⑥高枕无忧的丹东。

不管怎样，当雅韦尔发现让·瓦让已逃之夭夭时，并没乱了方寸。他相信在逃苦役犯不可能走远，于是布置暗哨，设置陷阱和埋伏，在周围搜索了整整一夜。他首先注意到的是，那盏路灯一片狼藉，绳子已被剪断。这是很宝贵的线索，可他却被引入歧途，全力以赴搜索让罗死胡同。那里有一些矮墙，矮墙那边是园子，园墙外面，是大片的荒地。让·瓦让想必是从那里逃跑的。事实上，假如当时让·瓦让朝让罗死胡同多走几步，他肯定会越墙逃跑，那样他也就完了。雅韦尔像寻找细针一般，把那些园子和荒地搜了个遍。

天快亮了，他留下两个精明强干的人继续监视，自己回警局了。他像个挨了偷的密探，羞愧得无地自容。

---

① 马西安（396—457），东罗马帝国皇帝。

② 瓦伦提尼安（419—455），西罗马帝国皇帝。

③ 阿蒂拉（395—453），公元五世纪入侵罗马的匈奴王。

④ 卡普阿为意大利城市名，位于罗马东南。

⑤ 汉尼拔（前247—前182），迦太基将领，公元前三世纪率军入侵罗马帝国，攻占卡普阿后，一度沉湎于酒色。

⑥ 奥布河畔阿尔西为法国地名，法国资产阶级革命家丹东的故乡。

第六卷　小皮克皮斯区

一　小皮克皮斯街六十二号

五十年前，小皮克皮斯街六十二号那道马车门，是最普通不过的了。这道门通常半开半掩，十分引人注目。从门缝里望去，可见两样不大凄凉的景色：一个是四周墙上爬满葡萄藤的院子，另一个是无所事事的门房的面孔。对面墙头上探出几株大树。当一道阳光照得院子眉开眼笑，一杯酒喝得门房笑逐颜开，此时，若有行人从小皮克皮斯街六十二号门口经过，很难不以为那是个明媚欢快的地方。然而，那却是个阴沉凄凉的地方，前面我们隐约看到了。

大门脸露笑容，屋子却在祈祷哭泣。

假如你能通过门房这一关（这是极其困难的，几乎所有的人都不可能，因为必须知道开门咒），假如你过了门房这一关后，向右走进一个小门厅，看见两堵墙之间夹着一道只容一人通过的窄楼梯，假如你没被楼梯鹅黄色的墙壁和深褐色的墙基吓坏，而是信步爬上楼梯，走过第一个平台，继而第二个，就来到二楼的过道里，发现墙壁的鹅黄色和墙基的深褐色对你紧追不舍，不动声色地跟你到了二楼。楼梯和过道被两扇漂亮的窗户照亮。过道拐了个弯，就变得阴沉沉了。你跟着转弯，走不了几步，便来到一扇门前，那门没有关上，就更显得神秘。你推门进去，只见一个六尺见方的小房间，铺着瓷砖，用水冲刷过，干干净净，冷冷清清，墙上裱着十五苏一卷的黄底绿花的墙纸。一扇小方格大玻璃窗占据了左边那面墙，透进暗淡苍白的光线。举目看看，看不见一个人，侧耳听听，听不见一点儿脚步声和说话声。墙上毫无装饰，房内毫无家具，连一张椅子都没有。

再仔细看看，就会看到门对面的墙上，有个一尺见方的洞口，装着黑色铁栅栏，疙疙瘩瘩、非常坚固的铁条交叉成方格，差不多像网眼，对角线的长度不到一寸半。糊墙纸的小绿花平静而有序地延伸到铁栅栏，与阴沉沉的铁栅栏接触，丝毫不感到惊恐，没有吓得四下飞舞。假如有个身材瘦小的人，企图从这个方洞里进来或出去，铁栅栏就会把他挡住。它不让身体进出，却让眼睛，也就是让思想通过。似乎有人考虑到了，因为在墙壁稍为靠后的地方，加嵌着一个白铁板，戳了无数个小孔，比漏勺孔还要小。在这块铁板的下端，开着一个信箱口大小的眼。那栅栏洞口右侧，垂下一根用来拉铃的带子。

你扯扯这绳子，小铃就会叮当响，你身边会响起一个人的说话声，吓得你魂飞魄散。

“谁呀？”那声音问。

那是个女人的声音，一个温和的声音，温和得近乎凄切。

在这里，也有一个开门咒。如果你不知道，那声音就会沉默，那墙壁又复归寂静，仿佛墙那边是黑暗骇人的坟墓。

假如你知道开门咒，那声音会接着说：

“从右边进。”

于是，你会发现，在你右边，与窗面对面，有一个漆成灰色的玻璃门，门框上方镶着玻璃。你提起碰锁，跨进门里，顿然觉得仿佛进入了装着栅栏的剧院包厢里，而栅栏尚未放下，吊灯尚未点燃。其实，你所在的地方，真有点像剧院包厢，只从玻璃门透进一点暗淡的光线，屋子很小，有两张旧椅子，一个破破烂烂的擦鞋垫，此外，正面齐肘高的地方，有一块黑木台板，真是个地地道道的包厢。这间小屋装着栅栏，只是不像巴黎歌剧院里那样是金漆木栅栏，而是可怕的铁栅栏，乱七八糟砌入墙内，封口有拳头般大。

过了几分钟，眼睛对这种地窖的幽暗渐渐适应了，便试图越过铁栅栏，但只能望过去六寸远。那里，又有一排黑色遮板，横里用漆成蜜糖面包色的横木加固。这些遮板由几片可以开合的长长薄薄的木条连成，遮住了整个铁栅栏。它们关闭着。

过了一会，你听到遮板后面有个声音在喊你，对你说：

“我在这里。我能为你做什么？”

这是一个令人喜爱，有时是令人爱慕的声音。看不见人。几乎听不见气息。仿佛有个亡灵隔着墓壁在同你说话。

如果你具备某些规定的条件（实属罕见），一扇遮板的窄木条会在你面前打开，于是，亡灵向你显形。在栅栏后面，在遮板后面，你可以尽栅栏所允许，看见一个脑袋，其实只看见嘴和下巴，其余的被黑面纱遮住了。你隐约看见黑头巾，勉强辨出裹着黑尸布的模糊身影。这个人同你说话，但不看你，也不向你微笑。

光线从你身后射来，你看见她是白色的，她看见你是黑色的。这光线是种象征。

这时，你会从这打开的洞口，贪婪地审视这与世隔绝的地方。幽深的空间将这个穿丧服的身影包围。你的眼睛在里面搜索，想看清楚这幽灵周围是什么。不一会儿，你会发现什么也看不见。你看到的是黑夜，是空荡，是昏暗，是冬天的轻雾，夹杂着坟墓的迷雾，是骇人的静谧，什么都听不见，甚至听不见叹息声，是昏暗幽冥，什么都看不清，甚至看不清幽灵。

你看见的，是一个隐修院的内景。

这是那座森严肃穆的房子的内景，而那座房子，叫永敬会圣伯尔纳女修院。你所在的包厢，是接待室。那第一个同你说话的人，是这修道院值外勤的修女，她总是坐在墙那边有铁栅栏和千孔板双重保护的一尺见方的洞口旁，一动不动，默默无声。

这装铁栅栏的小屋之所以幽暗，是因为接待室朝尘世的一边有窗，而通往修道院的一边没有窗。这神圣的地方，丝毫不能让世俗的眼睛看见。

然而，在这黑暗之外，存在着光明；在这死气沉沉之中，存在着生命。尽管这座女修院比任何女修院都封闭，我们试着进去看一看，也让读者进去看一看，有分寸地谈一谈鲜为人知的因而从未有人讲过的东西。

二　马丁·维尔加修会

一八二四年，这个女修院已在小皮克皮斯街存在多年了。它是圣伯尔纳教派的一个修女团体，属于马丁·维尔加修会。

因此，这些修女和圣伯尔纳会修士不同，不属于明谷修会[①]，而和本笃会修士一样，属于西多修会[②]。换句话说，她们不是圣伯尔纳的门徒，而是圣本笃的弟子。

只要是读过一些对开本书的人，都会知道，马丁·维尔加于一四二五年创建了伯尔纳-本笃修道会，总部设在萨拉曼卡[③]，分部设在阿尔卡拉。这一修会的分支遍布欧洲所有天主教国家。

一个修会归并到另一个修会，这在拉丁教会中并非罕见。就拿这里所讲的圣本笃修会来说，归并到这一修会的，除了马丁·维尔加修会外，还有四个团体：意大利两个，一个是蒙特卡西诺，另一个是帕多瓦的圣查斯丁；法国两个，克吕尼和圣莫尔。另外还有九个修会：瓦隆布罗萨会、格拉蒙会、则肋司定会、卡马尔多利会、查尔特勒会、受辱者会、橄榄树会、西尔维斯特会，以及西多派，因为西多虽是其他几个修会的主干，但对圣本笃修会来说，不过是一棵新芽。西多会由圣罗贝尔创建，一〇九八年，圣罗贝尔是朗格勒主教区莫莱斯姆修道院院长。而那隐居在苏比亚科神洞里的魔鬼[④]（他老了。是不是成了隐修士？），则是在

---

① 明谷为法国北部小镇。一一一五年，圣伯尔纳（1091—1153）在此创建圣伯尔纳隐修会。

② 西多为法国地名。一〇九八年，罗贝尔在此创建了西多隐修院。

③ 萨拉曼卡和下文的阿尔卡拉均为西班牙城市。

④ 这里，“魔鬼”指圣本笃（480—547）。为了躲避惩罚，圣本笃来到意大利苏比亚科的神洞里，开始过隐修士生活。五二九年，他离开苏比亚科，来到蒙特卡西诺，创建了圣本笃修会。

五二九年被逐出阿波罗神庙的；他十七岁时，就是阿波罗神庙的住持了，法名为圣本笃。

马丁·维尔加创建的伯尔纳-本笃修会的教规很严厉，仅在加尔默罗修会之下。加尔默罗会的修女们光脚走路，脖子上挂一根藤条，从不坐下。伯尔纳-本笃会的修女们穿黑袍，还有一块头巾，遵照圣本笃的明确规定，头巾要遮住下巴。一件宽袖哔叽黑袍、一块羊毛大面罩、一条遮住下巴、方方正正垂在胸口的头巾、一块齐眼的扎额巾，这就是她们的服饰。除扎额巾是白色外，其他全是黑色。新修女穿一样的服装，不过都是白的。发愿修女腰际挂一串念珠。

马丁·维尔加的伯尔纳-本笃修会的修女们，和被称作圣体嬷嬷的伯尔纳修会的修女们一样，修行永敬教规。本世纪初，圣体嬷嬷在巴黎有两个修院，一个在圣殿街，另一个在新圣热纳维埃芙街。此外，我们所讲的小皮克皮斯修道院的伯尔纳-本笃会的修女们，与隐居在新圣热纳维埃芙街和圣殿街的圣体嬷嬷，绝对不属于同一个修会。不仅教规上有诸多不同，服装也不一样。小皮克皮斯修道院的伯尔纳-本笃修会的修女们戴黑头巾，新圣热纳维埃芙街的本笃会修女和圣体嬷嬷们戴白头巾，胸前还佩戴一个三寸多高的镀金的银圣体或铜圣体。小皮克皮斯修院的修女们不戴这种圣体。小皮克皮斯修院和圣殿街的修院，都修永敬教规，但这是两个截然不同的教会。圣体派的伯尔纳会修女和马丁·维尔加的伯尔纳会修女，只在永远崇敬圣体这一点上是相同的，正如两个完全不同的甚至互相敌对的修会，即菲利普·德·内里在佛罗伦萨建立的意大利奥拉托利会，和皮埃尔·德·贝律尔在巴黎建立的法国奥拉托利会，在研究和颂扬有关耶稣-基督童年、生平和死亡的奥秘及圣母的奥秘方面，却是相同的。巴黎的奥拉托利会声称比意大利的高一等，因为菲利普·德·内里不过是圣人，而贝律尔却是红衣主教。

言归正传，再来谈谈马丁·维尔加西班牙式的严厉教规。这一支贝尔纳-本笃会的修女常年食素，封斋节及其他许多特定的日子还要守斋禁食，夜里小睡片刻，就得起来念日课经和唱晨歌，从凌晨一点唱到三点。一年四季睡麦秸，盖布被单，不洗澡，不生火，每星期五自我惩戒，遵守缄默不语的教规，中间休息时才能说话，且休息的时间很短。一年六个月穿棕色粗呢衬衣，从九月十四日，即圣十字架瞻礼日，一直穿到复活节。穿六个月已是照顾了，按规定得一年穿到头。这种粗呢衬衣，夏天穿在身上简直无法忍受，让人发烧，让人烦躁不安。因此，只得缩短穿的时间。即使这样，当九月十四日开始穿这衬衣时，修女们总要发三四天烧。服从、清贫、贞洁、安心修道生活，这就是她们发的宏愿，严厉的教规使这些誓愿变得更加艰难。

院长由嬷嬷们选举产生，任期三年。选举院长的嬷嬷叫“参事嬷嬷”，因为她们有发言权。院长只能再连任两届，因此，一个院长的最长任期是九年。

她们从来看不见主祭神甫，因为她们和主祭神甫之间，总是隔着七尺高的布幔。讲道时，当讲道师在小教堂内，她们便放下面纱遮住脸。她们任何时候都必须低声说话，走路时必须低着脑袋，眼睛看着地面。只有一个男人可以进这个女修院，那就是本教区的大主教。

还有另一个男人，那就是园丁。不过，总是一个老头。园丁的膝头上系一个小铃铛，以便他在园子里时，永远只有他一个人，修女们闻声避之夭夭。

她们对院长的服从是盲目而绝对的。这是教规要求的完全忘我的服从。如同服从基督的命令（ut voci Christi[①]），看到一个动作，一个手势，都要立即服从（ad nutum, ad primum signum），要做到高高兴兴，坚持不懈，盲目服从（prompte, hilariter, perseveranter et coeca quadam obedientia），就像工人手中的锉刀（quasi limam in manibus fabri），而且不经明确允许，不得读，也不得写（legere vel scribere non addiscerit sine expressa superioris licentia）。

她们每个人轮番做她们所谓的“赎罪”。所谓赎罪，即为尘世间的一切罪孽、一切过失、一切放荡行为、一切侵害行为、一切不公、一切罪

---

① 拉丁语，意思同前面一句话。此注也适合于后文括号中的文字。

行祈祷。连续十二个小时，从下午四点到早晨四点，或从早晨四点到下午四点，进行“赎罪”的嬷嬷跪在圣体前的石头上，双手合十，脖子上套着绳索。实在累得不行了，就趴在地上，脸贴地面，双臂伸开，与身体成十字。这是减轻疲倦的唯一办法。她们在这样的姿势中，为天下所有的罪人祈祷。这是何等伟大，何等高尚！

因为她们是在一根顶端燃着一支蜡烛的木柱前祈祷，便不加区别地把这称作“赎罪”或“绑木柱[①]”。修女们出于谦恭，甚至更喜欢后一种说法，因为它使人想起耶稣受的刑罚和屈辱。

“赎罪”需要全身心投入。即使响雷落在后面，“绑木柱”的嬷嬷也不能回头。

此外，圣体前总跪着一个修女。一跪就是一小时。她们像士兵站岗，轮流守卫。这就是“永敬”的含义。

院长和参事嬷嬷几乎人人都有一个特别庄严的名字，使人想到的不是圣女和殉道者，而是耶稣-基督生命的各个阶段，如圣诞嬷嬷、圣孕嬷嬷、献堂嬷嬷、受难嬷嬷。但也不禁止用圣女的名字。

人们看见她们时，从来只看见嘴巴。她们的牙齿黄黄的。修院里从没见过牙刷。在量罪的梯子上，刷牙位于最顶端，而在这梯子的底部，便是丧失灵魂。

她们从不说“我的”。她们没有属于自己的东西，也不能依恋任何东西。她们对什么都说“我们的”。因此，她们说我们的面罩，我们的念珠。哪怕讲她们的衬衫，也得说“我们的衬衫”。有时，她们也会喜欢上某个小东西，如一本日课经，一件纪念物，一枚圣牌，但一旦发觉爱上这东西时，就立即送人。她们牢记圣特雷萨的一句话：一位贵妇人在加入她的修会时，对她说：“嬷嬷，请允许我叫人去取一本我心爱的《圣经》。”圣特雷萨回答：“啊！您还有依恋的东西！那您别进来了。”

任何人都不得关起门来，不能有“自己的家”，“自己的房间”。她们

---

① 耶稣曾被绑在柱子上。

的小室永远敞开。她们相遇时，一个说："愿祭台上的圣体受到赞美和崇敬！"另一个回答："永远！"敲另一个修女的房门时，也是这一套。房门刚敲响，里面有个温和的声音忙说："永远！"就像所有的宗教仪式那样，这已成为习惯性的下意识的行为。有时，一个还没来得及说"愿祭台上的圣体受到赞美和崇敬"（这句话也实在太长），另一个就已说"永远"了。

在圣母往见会那里，进屋的修女说："赞美马利亚"，屋里的那个则说："万分感谢"。这是她们互相问候的方式，的确"万分优雅"①。

每到整点，这座修院教堂的钟楼都要多敲三下。院长、议事嬷嬷、发愿修女、杂务修女、初学修女、预备修女，都要将正在说、正在做、正在想的事停下，比如敲响五点钟时，大家一齐说："在五点钟及任何时候，愿祭台上的圣体受到赞美和崇敬。"如是八点钟，则说："在八点钟及任何时候……"根据钟点，依此类推。

这一习俗，旨在打断修女的思想，使之回到上帝身上来。不少教会都有这个习俗，只是说的话不同。比如，在圣婴耶稣会里这样说："此时此刻，和在任何时刻，愿对耶稣的爱在我心中燃烧！"

马丁·维尔加的伯尔纳-本笃会修女，幽居在小皮克皮斯修道院里已有五十年了。她们唱日课经时，调子非常庄重，是地道的单旋圣歌，自始至终嗓音饱满。每每唱到经本上有星号的地方，她们就停下来，低声说："耶稣-马利亚-约瑟"。若是追思祭礼，她们就用很低的音调，低到女人的嗓门不能再低的程度。这样就能产生一种动人和悲凉的效果。

很久以前，小皮克皮斯女修院的修女们，在主祭坛下面，为本修院的人建造了一个墓穴。据她们说，"政府"不准在这墓穴里放灵柩。因此，她们死后，都得离开修院。这使她们像犯了教规那样沮丧难过。

她们聊感安慰的是，她们获准在特定的时候，葬在沃吉拉公墓一个特定的角落。那公墓的地盘，原本是她们教会的属地。

每礼拜四，和礼拜日一样，修女们要做大弥撒、晚祷和所有日课。

---

① 这里作者玩了个文字游戏。法语中，grâce 既可作"感谢"解，又可作"优雅"解。

此外，所有小的节日，她们都一丝不苟地做祈祷。这些节日几乎世人鲜知，从前，教会在法国乱加推行，现在，仍在西班牙和意大利流行。她们在小教堂待的时间没完没了。至于她们祈祷的次数和时间，最好还是引用她们中的一个曾率直地说过的话：“预备修女的祈祷多得吓死人，初学修女的祈祷更多，发愿修女的祈祷还要多。”

她们一周开一次教务会，院长主持，参事嬷嬷参加。每个修女依次跪在石头上，当着大家的面，大声忏悔这星期内犯下的过错和罪孽。议事嬷嬷们听完后进行商议，然后大声宣布给予的惩罚。

比较严重的过失，必须当众忏悔。除此之外，对于轻微的过失，按她们的说法，要“伏地认罪”。所谓伏地认罪，就是在做日课时，趴在院长面前，直到院长嬷嬷——修女们从来只称她“我们的嬷嬷”——轻轻敲一下祷告席的木头，赎罪的修女才能起立。为一点点小事，就要伏地认罪。比如，打碎一只玻璃杯，撕破一块面罩，做日课时不小心迟到几秒钟，在教堂里唱错了一个音符，等等，为这点小事，她们就要伏地认罪。这完全是自觉的，是“罪人”（从词源上说，这个词用在这里适得其所）自己审判自己，自己惩罚自己。每逢节日和礼拜日，四个唱诗嬷嬷在有四个乐谱架的唱诗台前诵唱圣诗。一天，一位唱诗嬷嬷唱一首圣诗，本应以“看哪”开头，她却大声唱出了“1、7、5”三个音符，为这一疏忽，她在整个日课中伏地认罪。因为她唱错了音符，引得哄堂大笑，也就加重了她的过错。

大家记得，当修女，哪怕是院长，被叫到接待室去时，都必须把面罩拉下，只露出嘴巴。

唯有院长嬷嬷可同外人接触。其他人只能接见最亲的亲人，而且极其难得。如果外面有个人不期而至，想看望他在社交界所认识或喜欢的一个修女，就必须几经交涉。如来人是个女的，有时还能获准，那修女来到接待室，隔着遮板同她说话。那遮板只向母亲或姐妹打开。不言而喻，男人来访，一概拒绝。

这便是圣本笃定下的清规戒律，后被马丁·维尔加改得更加严厉。

其他修会的修女常常很快乐，脸色红润，精神饱满；这里的修女截然不同，她们面色苍白，神情严肃。一八二五年到一八三〇年之间，有三个修女精神失常。

三 严格

预备修女至少要当两年，常常四年，初学修女是四年。二十三四岁之前，是很少能正式发愿的。马丁·维尔加的伯尔纳-本笃会修女绝不接纳寡妇入修会。

她们在修室里的苦行名目繁多，闻所未闻，且绝不能对外人讲。

初学修女发愿那天，伙伴们给她穿上她最漂亮的衣服，给她戴上白玫瑰，把她的头发梳得亮光光，卷成一圈圈，然后，她就匍匐在祭台前。人们在她身上盖一块大黑纱，举行追思祭礼。于是，修女们分排两列，一列从她身边经过，悲哀地唱道："我们的姐妹死了。"另一列响亮地回答："她在耶稣-基督身上复活！"

本故事发生的时候，小皮克皮斯修道院有一个附属寄宿女校。那是一所贵族寄宿女校，大部分学生家里很有钱，其中有德·圣奥莱尔小姐和德·贝利桑小姐，还有一个英国姑娘，姓德·塔尔波，是天主教的名门望族。这些姑娘关在修道院里，受修女们的教育，在仇视尘世和这个世纪中长大。一天，她们中的一个对我们说："看见街上的铺路石，我就浑身战栗。"她们穿蓝色服装，戴白色软帽，胸前佩戴一枚银质镀金或铜质的圣灵像。遇到重大节日，特别是圣玛尔泰节，她们可以一整天穿上修女的衣服，做圣本笃规定的日课。这对她们来说，是最高的待遇和最大的幸福。起初，修女们把自己的黑袍借给她们。但这似乎是亵渎圣衣，院长禁止了。只有初学修女才可以借。值得注意的是，在修道院里，容许和鼓励女孩子穿修女服参加仪式，本是出于一种广收新信徒的隐秘想法，使她们提前对圣衣感兴趣，可对于那些寄宿的女孩子来说，却是一种真正的幸福和娱乐。她们不过是觉得好玩罢了。"这很新鲜，可以使她们换换口味。"这是孩子们天真的想法。我们这些世俗之徒，很难明白手拿一个圣水刷，连续几小时站在乐谱架前唱圣诗，有什么快乐可言。

这些女学生，除了苦修以外，也要遵守修道院里的一切清规戒律。有个少妇，回到了尘世间，结婚好几年了，仍改不了习惯，每当有人敲她房门，总是急忙说：“永远！”

同修女们一样，寄宿生也只能在会客室里接待父母。她们的母亲想拥抱她们也不成。我们来看一下这方面的规定是何等严格！一天，一位姑娘的母亲来访，同来的还有她三岁的妹妹。那姑娘哭了，因为她很想拥抱她的妹妹。那是决不允许的。她恳求至少让她妹妹将小手从铁栅栏里伸进来，让她吻一吻。人家几乎是气愤地拒绝了她。

四　欢乐

尽管如此，这些少女仍给这肃穆的修道院里留下了许多美好的记忆。

有些时候，这个修院闪烁着天真烂漫。课间的钟声敲响，一扇门吱呀打开。鸟儿们说：“好！孩子们出来了！”一群朝气蓬勃的孩子，拥入这被一个裹尸布似的十字形建筑切开的园子。一张张容光焕发的脸孔，一个个白白净净的额头，一双双天真质朴、喜气洋洋的眼睛，宛若一缕缕曙光，洒落在这阴郁昏暗的园子里。继圣诗歌声、报时钟声、铃声、丧钟声、日课经声之后，突然响起少女们的喧闹声，比蜜蜂的声音还要悦耳动听。欢乐的蜂箱打开，每个人带来一份蜜。她们玩呀，互相呼唤呀，几个人围在一起呀，奔跑呀。她们在角落里叽叽喳喳，露出了漂亮的小白牙。头戴面纱的修女远远监视着欢笑，黑暗在监视光明，可这有什么关系！她们照样欢欣雀跃，酣畅大笑。这四堵死气沉沉的高墙，也有灿烂夺目的时刻。它们被这无限的欢乐照射得微微发白，看着一群群蜜蜂怡然飞旋。这好比是荡涤哀伤的玫瑰雨。少女们在修女的监视下尽情嬉戏，严厉的目光并不妨碍她们的天真情趣。多亏这些孩子，在无尽的严肃中，有了天真的一刻。小女孩蹦蹦跳跳，大女孩翩跹起舞。在这修道院里，少女们的嬉戏受到了上苍的赞许。没有什么能比这群纯洁欢乐的少女更迷人更庄严了。荷马也会来这里和贝洛[1]一起欢笑。在这忧郁的园子里，有青春，有健康，有喧哗，有呼喊，有眩晕，有欢乐，有幸福，可以让所有的老外婆眉开眼笑，无论是英雄史诗中的，还是童话故事里的，宫廷中的，还是茅屋里的，赫卡柏[2]，还是老外婆[3]。

在这个修院里，孩子们说的话，也许比其他地方的孩子们说的话更优美，更能让人发出梦幻般的笑声。就在这阴森森的四堵高墙内，一天，一个五岁的小女孩大声说："我的嬷嬷！一个大女孩刚才对我说，我还要在这里待九年零十个月。多么幸福啊！"

还是在这里，有过一段令人难忘的对话：

一位参事嬷嬷："我的孩子，您怎么哭啦？"

那女孩（六岁）抽抽噎噎地说："我对阿丽克斯说，我已背熟法国史了。她说我不会背，可我就是会背嘛。"

阿丽克斯（大女孩，九岁）："不对，她不会背。"

嬷嬷："怎么回事，我的孩子？"

阿丽克斯："她叫我随便翻开书，就书上的内容向她提个问题，让她回答。"

"怎样？"

"她回答不上来。"

"给我讲讲，您问她的是什么？"

"我照她说的，随便翻开书，碰到哪个问题，就问了她。"

"是什么问题？"

"是：'后来发生了什么？'"

有个寄住在这里的夫人，带着个女孩子，那个爱多嘴的女孩子还有点贪吃，于是，引来了一番深刻的评论：

"瞧她那乖劲儿！爱吃面包片上抹的果酱，像大人似的。"

---

① 贝洛（1628—1703），法国诗人和童话作家。

② 赫卡柏为希腊神话中的人物，特洛伊最末代国王普里阿摩的妻子。

③ 贝洛童话作品中的人物。

就在这修道院的石板地上，捡到了一张忏悔词，是一个七岁的小罪人怕忘记事先写好的：

“我的主啊，我控告自己犯了吝啬罪！”

“我的主啊，我控告自己犯了通奸罪！”

“我的主啊，我控告自己犯了偷看男人罪！”

就在这园子的一张长凳上，一个六岁的孩子用红润的小嘴，临时编了个故事，讲给一位四五岁的蓝眼睛听：

“从前有三只小公鸡，住在一个开满花的地方。他们采了花，放进衣兜里。接着，他们又采了叶子，放进玩具里。那地方有只狼，还有好多好多树林。狼在树林里，把这些小公鸡吃了。”

还有这样一首诗：

> 有人打了一棍，
> 是波利希内儿[①]在打猫。
> 这对猫没好处，这使猫很疼痛。
> 一位太太将波利希内儿投进监狱里。

就在这里，一个被遗弃的小女孩，一个被修道院出于慈悲收养的弃儿，说了一句动人而心酸的话。她听到别人谈论她们的母亲，就在一旁嘟哝：

“我呀，我出生的时候，母亲不在。”

有个值外勤的胖修女，叫阿加特嬷嬷，总见她带着一大串钥匙，在楼道里匆匆奔走。那些大孩子——十岁以上的孩子——便叫她阿加索克利斯[②]。

食堂是个长方形大屋子，只从与园子相平的圆拱回廊透进一些阳光，

---

① 波利希内儿是法国木偶戏中的丑角，鸡胸驼背，嗓音尖尖。

② 阿加索克利斯（约前361—前264），叙古拉暴君。Agathoclès 的读音与 Agathe aux clés（带钥匙的阿加特）的读音一样。

因此屋里又暗又潮，而且，如孩子们所说的，到处是虫子。周围的地方都向这食堂供应虫子。寄宿生们给四个角落各起了一个生动形象的名字。有蜘蛛角、毛毛虫角、土鳖角、蟋蟀角。蟋蟀角挨着厨房，是最受青睐的。那里比其他角落暖和。这些名称又从食堂转到了学校，用来区别四个学区，就像马扎兰学院[①]那样。每个学生吃饭时坐在什么位置，就属于什么学区。一天，大主教先生前来视察，经过一个教室，看见一位脸色红润、长着迷人金发的漂亮小女孩走进教室，便问身旁一个精神饱满、长着可爱褐发的学生：

"那小女孩是谁？"

"她是蜘蛛，大人。"

"行！这一个呢？"

"她是蟋蟀。"

"那一个呢？"

"她是毛毛虫。"

"确实，那么您呢？"

"我是土鳖，大人。"

这类修院都各有特色。本世纪初，埃库安修道院就是这样一个优雅而肃穆的地方，少女们就是在近乎庄严的阴沉环境中度过童年的。在埃库安的圣体仪式行列中，可区分出童贞女和献花女。还有"华盖队"和"香炉队"之分，有的人拿华盖的绳子，有的人给圣体奉香。鲜花理所当然拿在献花女手中。四个"童贞女"走在前列。在这盛大日子的早晨，在修道院的寝室里，会听到有人问：

"谁是贞女？"

康庞夫人引过一个七岁"小"女孩的话：在一次仪式中，那小女孩走在队伍后面，她对一个十六岁的走在队伍前列的"大"女孩说：

"你是童贞女，而我不是。"

---

① 马扎兰（1602—1661），法国红衣主教，路易十三和路易十四的首相。他创建了马扎兰学院，并将学院分成四个学区：法兰西学区、庇卡底学区、诺曼学区和日耳曼学区。

五　消遣

食堂的门楣上，用粗黑体字写着祷文，叫“白色主祷文”，旨在把人直接引入天堂：

“小小白色主祷文，天主所创，天主所讲，天主置于天堂。晚上我去睡觉，发现床上睡着三个天使，一个在脚边，两个在枕旁，仁慈的圣母马利亚在中间，她叫我快躺下，千万别怀疑。仁慈的天主是我父亲，仁慈的圣母是我母亲，三位使徒是我兄弟，三位贞女是我姊妹。天主降世时穿的衬衣，现在裹在我身上；圣玛格丽特十字架画在我胸前；圣母夫人在田野上奔跑，想着天主在哭泣，遇见了圣约翰。圣约翰先生，您从哪里来？我刚念完圣母经。您见到仁慈的天主了，是不是？他在十字树上，双脚垂下，双手钉住，头戴一顶白色小荆冠。谁晚诵三遍，早诵三遍，最后便能进天堂。”

一八二七年，这个别具一格的主祷文已被涂了三层石灰浆，从墙上消失了。现在，也正要从当年的几位少女，如今的几位老妪的记忆中抹去。

前面好像说过，食堂只有一个门，对着园子，墙上挂着巨大的耶稣受难十字架，为食堂的装饰增光添彩。两张狭窄的长餐桌，两旁各放一个长板凳，平行地从食堂的一端伸向另一端。墙壁为白色，餐桌为黑色。这两种丧服的颜色，是修道院唯一可互相替换的。饭菜很粗劣，伙食很简单。只有一盘菜，或是加了点肉的蔬菜，或是咸鱼，就算是打牙祭了。这种简单的伙食，唯有寄宿生才能享受，算是特殊照顾。孩子们吃着饭，谁也不敢说话，值星的嬷嬷在一旁监视，常有苍蝇违反规定，无所顾忌地飞来飞去发出嗡嗡声，嬷嬷便啪地打开一本木书，又啪地一声将书合上。在耶稣受难十字架下，有一个带托书架的小讲台，有人站在那里大声朗读圣人传，仿佛要给这寂静加些作料。朗读者是高年级值星的学生。餐桌上没什么东西，间隔放着几个涂清漆的瓦罐，学生们在里面洗自己的金属杯和餐具，有人把吃不完的东西，如咬不动的肉或变了质的鱼扔在里面，便会受到惩罚。学生们把那些瓦罐叫“圆水池”。

吃饭说话的孩子，要用舌头画十字。画在哪？地上。她用舌头舐地面。尘埃——这个尘世间一切快乐的归宿——负责对这些可怜的玫瑰花瓣，叽叽喳喳的小罪人进行惩罚。

这修院里有本书，每版都是孤本，是禁止人读的。这是圣本笃的教规。那是世人的目光不准窥视的奥秘。**我们的教规或体制不得传给外人**[①]。

一天，学生们终于偷出了那本书，贪婪地阅读起来，但她们提心吊胆，怕人看见，便看看停停，不时地合上书。她们冒着极大危险偷读此书，却只获得极少的乐趣。她们感到“比较有意思”的，是涉及对男孩子罪孽的惩罚，虽然看不太明白。

她们在园子的小路上玩耍，两旁有几棵瘦骨嶙峋的果树。尽管监视严密，惩罚严厉，但当风儿摇曳果树，有时，她们能偷偷地捡得一只未熟的苹果，或腐烂的杏子，或生虫的梨子。现在，我让大家看一封信，它就在我面前，是二十五年前的一个寄宿生写的，如今她已是某某公爵夫人，巴黎最风雅的贵妇之一。我将原文抄录如下：“我们尽量把梨子或苹果藏好。等到上楼去放面纱准备吃饭的工夫塞到枕头下，晚上睡在床上吃，不便的话，就在厕所里吃。”这是她们最大的一件乐事。

有一次，还是大主教视察修道院，有个女孩子，与蒙莫朗西家族沾点边的布夏小姐，打赌说她要向主教先生请一天假，在这戒规森严的修道院里，这简直是异想天开。有人同意和她打赌，但谁也不相信她会这样做。当大主教从寄宿生们前面经过时，布夏小姐出列，说：“大人，请准我一天假。”同伴们惊恐万丈。布夏小姐身材高挑，生气勃勃，脸色红润，世间无双。德·凯朗先生笑容可掬地说：“亲爱的孩子，怎么是一天！为什么不是三天！我准三天。”院长嬷嬷无可奈何，因为主教发了话。这在修道院引起了愤怒，但学生们却乐开了怀。其后果是可想而知的。

---

① 原文为拉丁语。

这个阴郁的修道院尽管与世隔绝，但也不是密不透风，外界的情感生活、悲剧、惨剧，也会进入修道院。为证实这点，我们只消简单叙述一件确凿无疑的事实。那件事同我们所讲的故事毫无关连。我们举这个例子，是要让读者对修道院里的寄宿学校有个全面的了解。

差不多就在那个时候，修道院里有个神秘的女人，她不是修女，大家对她很尊敬，称呼她阿尔贝蒂娜。对她的身世，人们一无所知，只知道她疯了，世人则以为她死了。据说，在这件事幕后，有一桩重大婚姻必不可少的交易，让她来这里是权宜之计。

这女人刚三十岁，褐色头发，容貌秀美，眼睛又大又黑，但眼神茫然恍惚。她看得见吗？很值得怀疑。她走起路来，与其说在走，不如说在滑；她从不讲话；很难说她在呼吸。她的鼻翼收缩，毫无血色，就像已呼出最后一口气。接触她的手，感到像雪一样冰冷。她有一种幽灵般的奇特的美。她到哪里，哪里便有一股冷气。一天，一个嬷嬷见她经过，对另一个嬷嬷说："她像死人一样。"另一个回答说："也许真的死了。"

对阿尔贝蒂娜夫人的传说层出不穷。她引起了寄宿生们无尽的兴趣。在小教堂里，有个廊台，叫"牛眼"。廊台上只有一个圆形窗洞，即"牛眼窗"，阿尔贝蒂娜就从这个廊台上看做日课。她总是一个人待在那里，因为廊台在二楼，看得见讲道神甫或司祭，这对修女们是禁止的。一天，一个年轻的高级神甫来讲道，是罗安公爵，法兰西封臣，一八一五年，当他是莱昂亲王时，曾是红火枪队军官，一八三〇年去世，去世时是红衣主教和贝桑松的大主教。德·罗安先生这是首次来小皮克皮斯修道院讲道。通常，阿尔贝蒂娜夫人听讲道和做日课非常安静，一动也不动。那天，她一看见是德·罗安先生，便半站起身子，在鸦雀无声的小教堂里大声说："咦！奥古斯特！"在场的人都大吃一惊，回头看她，讲道神甫也抬起了头，可是阿尔贝蒂娜夫人又回到了木然不动的状态。刚才，外界的一股气息，生命的一缕微光，出现在她暗淡冰冷的脸上，但旋踵即逝，疯女人又变成僵尸。

可是，她喊出的那几个字，在修道院里引起了议论。这"咦！奥古斯特"包含了多少内容！泄露了多少秘密！德·罗安先生确实叫奥古斯特。显然，阿尔贝蒂娜夫人出身于上流社会，因为她认识德·罗安先生；她在那里举足轻重，因为她说这个显贵的名字时，语气那样亲热；她同他有一定关系，可能是亲眷，但肯定非常密切，因为她知道他的“小名”。

有两个非常严肃的公爵夫人常来探望修道院，一个是德·舒瓦瑟尔夫人，另一个是德·塞朗夫人，她们显然是以贵妇人的特殊身份来这里的，寄宿生们非常害怕。当这两个老夫人经过时，可怜的女孩子一个个垂下双眸，浑身颤抖。

此外，德·罗安先生是女学生们注目的对象，可他自己并不知道。那时候，他刚晋升为巴黎大主教的代理主教，可望荣升为主教。他常到小皮克皮斯修道院的小教堂唱日课经，这是他的一个习惯。他和与世隔绝的女孩子们之间隔着一道帷幕，谁也看不见他，但他的声音温柔，有点儿尖细，到后来，她们一听便知是他的声音了。他当过火枪手，而且，据说他很会修饰自己，一头美丽的褐发梳成一卷卷，他有一条宽宽的黑皮带，极是漂亮，他的黑道袍的样子是世界上最优雅的。这使十六岁的少女心潮澎湃，想入非非。

外部的声音传不到修道院。然而有一年，修道院里却传进了笛子声。这引起了轰动。当年的寄宿生，现在还记忆犹新。

吹笛子的人就在附近。吹的是同一支曲调，那曲调距今已很遥远，名叫:《我的泽蒂贝，请来主宰我的心》。那笛声一天要响两三次。

少女们一听就是几个钟头。参事嬷嬷惊慌失措，她们绞尽脑汁，惩罚雨点般落下。笛声持续了好几个月。寄宿生们或多或少迷上了这位从未谋面的吹笛人。她们人人梦想做泽蒂贝。笛声来自直墙街；她们愿意献出一切，尝试一切，身败名裂也在所不惜，只要能看一眼，远远瞧一眼，远远瞥一眼——哪怕是一秒钟——那个把笛子吹得那样悦耳动听，也吹动了她们每颗心的“年轻人”。有的人从边门溜出去，跑到临直墙街的四楼上，企图从临街的窗户往外瞧。什么也没看见。有一个甚至从铁栅栏伸出胳膊，高高举起，挥动一块白手绢。还有两个人更是大胆。她们设法爬到屋顶上，冒着生命危险，终于望见了那个“年轻人”。原来是个年老的流亡贵族，是个瞎子，且已破产，在自己的阁楼上吹笛解闷。

六 小修院

在小皮克皮斯大院内，有三座截然分明的建筑物，一座是大修院，住着修女，另一座是寄宿学校，住着学生，还有一座所谓的“小修院”。小修院是带园子的主楼，共同住着各种不同修会的老修女，是各修院被大革命摧毁后的幸存者。那是黑色、灰色和白色的大混杂，是形形色色、五花八门修会团体的大汇合，可以叫作大杂烩修院，如果允许这样搭配词的话。

从帝国时代起，这些颠沛流离、无家可归的可怜修女，可来这里寻求伯尔纳-本笃会修女们的保护。政府付给她们微薄的补助，小皮克皮斯修院的嬷嬷们热情接待她们。这是一个怪诞的大杂烩。各循各的教规。有时，作为一种课外活动，允许寄宿学生去拜访这些修女。这些年轻的学生至今还记得圣巴西尔嬷嬷、圣斯科拉斯蒂克嬷嬷和雅各嬷嬷。

在这些来这里避难的修女中间，有一个差不多回到了老家。她是奥尔会的修女，该修会唯一的幸存者。小皮克皮斯修道院的这幢房子，在十八世纪初，恰好是圣奥尔修院的旧址，后来才转交给马丁·维尔加的伯尔纳修会。那圣女太穷，穿不起奥尔修会华美的服装——洁白的长袍和朱红的肩衣，便虔诚地做了一套，让玩具娃娃穿上，喜欢在人前展示，临终时遗赠给了修道院。一八二四年，奥尔修会还剩下一个修女，如今只剩一只玩具娃娃了。

除了这些可敬的嬷嬷，还有几位上流社会的老妇，和阿尔贝蒂娜一样，获得院长许可，隐居在小修院。其中有德·博福·多波尔夫人和迪弗雷纳侯爵夫人。还有一个则以擤鼻涕声音响亮而闻名于小修院。学生们管她叫噪音夫人。

一八二〇或一八二一年左右，德·让利夫人请求到小皮克皮斯修院来独修。那时候，她是《勇士》期刊的编辑。奥尔良公爵介绍她来的。这下蜂窝里乱了起来，参议嬷嬷们惊慌失措，因为德·让利夫人写过几部小说。可她则声称最讨厌小说了，况且，她已到了虔信上帝的阶段。

承上帝保佑，也多亏奥尔良公爵帮忙，她进了小皮克皮斯修道院。她待了六到八个月就走了，理由是园子里没有树荫。修女们额手称庆。她虽然年事已高，还常弹竖琴，且弹得很出色。

她走时，在她的修室里留下了印记。德·让利夫人一是迷信，二是拉丁语学者。这两句话清楚地勾画出了她的形象。她的修室里有一个小衣柜，她把钱和首饰都放在里面，几年前，有人还看见里面有张发黄的纸，上面有五行拉丁语诗，是她亲笔用红墨水写的，她认为这几句诗具有吓唬小偷的功效：

> 三个功罪不等的人吊死在树上：
> 迪斯马斯和热斯马斯，中间是万能的主。
> 迪斯马斯憧憬天国；热斯马斯尽想恶事。
> 祈求万能的主保佑我们和财物。
> 念念这首诗，财物不会被偷走①。

这首用六世纪的拉丁语写的诗，提出了这样一个问题：髑髅地的那两个强盗叫什么名字，是像通常认为的叫迪马斯和热斯塔斯，还是迪斯马斯和热斯马斯。上个世纪，热斯塔斯子爵自称是坏强盗的后裔，他见了这样的写法，可能会心头不悦吧。不过，仁爱会的修女们对这首诗的作用是深信不疑的。

修道院里的教堂，从建造的格局看，就像是要把大修院和学校隔开。当然，它是学校、大修院和小修院共有的。甚至外面的人也可来做礼拜，从临街的像是检疫站出口处的门里进来。但设计得很好，修道院里的人看不见外面人的面孔。请想象一下，一个教堂的唱诗台像是被一只巨手抓住，弯到了司祭的右侧，成为一间昏暗的厅堂或洞穴，而不像一般教堂那样，在祭台后面延伸一截。请再想象一下，这个厅堂，如前面所说的，挂着一道七尺高的帷幔；你把做礼拜的人堆在帷幔后面的祷告席上，

---

① 原文为拉丁语。

唱诗修女挤在左边，寄宿生挤在右边，杂务修女和初学修女堆在最后面，这样，你对小皮克皮斯修女们做礼拜的情况就有了大致的印象。这个叫作唱诗台的洞穴，由一条走廊通往修院。教堂的光线来自园子。修女们参加日课时，照规矩要保持肃静，外面进来做礼拜的人，听到祷告席木椅坐板起落的碰撞声，才知道她们在教堂里。

七　黑暗中的几个身影

从一八一九到一八二五的六年间，小皮克皮斯修道院的院长是德·布莱默小姐，法名为纯洁嬷嬷。她和《圣本笃修会圣徒列传》的作者玛格丽特·德·布莱默属同一家族。她这是连任。她六十开外，又矮又胖，前面提到的那封信上，说她“唱起诗来像破罐”。不过，她人非常好，性格快乐，这在修院中独一无二，因此深受敬爱。

纯洁嬷嬷继承了她的直系尊亲玛格丽特——修会中的达西埃夫人[①]的遗风。她精通文学，博学多才，学贯古今，脑袋里装满了拉丁文、希腊文和希伯来文，虽是修女，却有修士之才气。

副院长是西内尔嬷嬷，一个年迈的西班牙修女，双目几乎失明。

在参事嬷嬷中，最重要的有：圣奥诺里娜嬷嬷，任司库；圣热特吕德嬷嬷，初学修女的主任导师；圣安琪嬷嬷，副主任导师；圣母领报嬷嬷，管理圣器室；圣奥古斯丁嬷嬷，护士，修道院里唯一的坏女人。还有圣梅克蒂德嬷嬷（戈万小姐），非常年轻，有一副好嗓门；天使嬷嬷（德鲁埃小姐），先后在圣女-上帝修院和位于吉索尔与马尼之间的宝藏修院里待过；圣约瑟嬷嬷（德·科戈吕多小姐）；圣阿代莱德嬷嬷（奥韦内小姐）；慈悲嬷嬷（德·西菲安特小姐，没能经得住苦修）；怜悯嬷嬷（德·拉米蒂埃小姐，非常富有，尽管不合教规，六十岁上进了修道院）；天命嬷嬷（德·洛迪尼埃小姐）；圣母献堂嬷嬷（德·西古安扎小姐），

---

① 达西埃夫人（1651—1720），法国女博学者，荷马史诗《伊利亚特》和《奥德赛》的译者。

一八四七年任院长；最后，还有圣塞利涅嬷嬷（雕刻家塞拉奇的姐妹），圣尚塔尔嬷嬷（德·苏宗小姐），后来发疯了。

在最漂亮的姑娘中，有一个二十三岁的可爱姑娘，生在波旁岛，是罗兹骑士的后裔，出家前叫罗兹小姐，法名叫圣母升天嬷嬷。

圣梅克蒂德嬷嬷负责唱诗和唱诗队，常常选用学生。通常取一个完整的音阶，即取七人，限于十岁到十六岁，声音和身材都要协调。她让她们站着唱，按年龄大小顺次排队，看上去有如少女组成的芦笛，天使组成的排箫。

学生们最喜欢的杂务嬷嬷，有圣厄弗拉齐嬷嬷、圣玛格丽特嬷嬷、老小孩圣玛尔泰嬷嬷，还有圣米歇尔嬷嬷，她的长鼻子令人发笑。

所有这些女人，对所有的孩子都很好。修女们只对自己严格。只有学校里才生火，而且，她们的伙食，与修院的伙食相比，算是讲究的了。此外，对她们的照顾无微不至。不过，当孩子从一个修女面前经过，同她讲话，从来听不到回答。

院规规定不准说话，因此，有生命的人不说话，无生命的物反而说话。一会儿，教堂的钟在说话，一会儿，园丁的铃在说话。传达嬷嬷身旁放一个声音响亮的铃，全院都能听到，就像是有声电报，用各种不同的铃声，表示物质生活中的所有活动，必要时，还可把这个或那个修女喊到会客室里来。每个人，每件事，都有一定的铃声。院长是一下加一下；副院长是一下加两下。六下加五下表示上课，所以，学生们从不说去上课，而是说去六加五。四下加四下是唤德·让利夫人。经常可以听到。“这是四声魔鬼。”一些刻薄的修女如是说。十下加九下表示有大事。这意味着“修道院的大门”要打开，那令人生畏的铁板大门，唯大主教来访时才启开。

我们说过，除了大主教和园丁，任何男人不得入内。寄宿学生还能见到另外两个，一个是又老又丑的指导神甫——巴莱神甫，可以在唱诗室隔着栅栏瞧他；另一个是图画老师昂西奥先生，前面读到过几行的那封信称他为昂席奥先生，说他是“又老又丑的驼背”。

这便是这座奇特的修道院。

八　心在前，石在后[①]

上面，我们勾画了修道院的内心，现在说一说它的外形，这并非没有用处。读者已经有所了解。

小皮克皮斯-圣安托万修道院几乎占据了四街交会而形成的很大一个梯形地带。这四条街是波隆索街、直墙街、小皮克皮斯街及在旧地图上叫奥马雷街的死胡同。这四条街有如一条壕沟，将这个梯形环绕。修道院由好几座建筑物和一个园子组成。从整体上说，主楼是由风格相异的几座楼房并列而成，鸟瞰下去，活像一个直角形支架平放在地上，长臂占据了位于小皮克皮斯街和波隆索街之间的整条直墙街，短臂是高大的正面，临小皮克皮斯街，装着铁栅栏，灰暗而肃穆；六十二号通马车的大门是这条短臂的终端。在这正面的中间，有一道年代久远的拱形矮门，白乎乎的沾满了尘土，结满了蜘蛛网，只在礼拜天开一两个小时，或是偶尔一位修女去世，从这门里运出尸体。外面的人就从这道门进入教堂。直角形支架的折角是用来配膳的正方形厅堂，修女们称之为食品储藏室。长臂那一边是参事嬷嬷和杂务修女的修室，及初修院。短臂那边有厨房、带回廊的饭厅和教堂。学校坐落在六十二号大门和奥马雷死胡同角之间，外面看不见。梯形的其余部分便是园子，地势比波隆索街低许多，因此，围墙从里面看要比从外面看高许多。园子微微隆起，中间有个小土丘，顶上有棵很尖很尖、秀美挺拔的圆锥形枞树，四条大道从这里伸展出去，有如从插了根标枪的盾牌圆心伸展出去一样。此外，每条大道又分出两条小径，共有八条小径。假如园子是圆形的，那么，这八条小径的平面图，就像是放在一个轮子上的十字架。条条道路通向围墙，围墙很不规则，道路也就长短不一。路两旁种着醋栗。尽头，有一条参天白杨环抱的小道，从直墙街角的老修院废墟，通达奥马雷死巷角的小修院。从小

① 原文为拉丁语。

修院往前走，有一个所谓的小花园。你再加上一个天井、各正屋千变万化的拐角、监狱般的围墙、波隆索街那一边与修道院相邻又相望的一长排黑屋顶，这样，你对四十五年前小皮克皮斯的圣伯尔纳女修院的面貌就有了完整的概念。这个修道院是在一个网球场上建造起来的，那网球场在十四到十六世纪赫赫有名，被叫作“一万一千个魔鬼网球场”。

此外，那几条街是巴黎最古老的街道。直墙和奥马雷等名字久已存在，叫这些名字的街存在的时间则更久。奥马雷小巷原叫莫古小巷，直墙街叫犬蔷薇街，因为在人开始凿石造房之前，上帝早已让百花怒放了。

九　百岁修女

既然我们在详谈小皮克皮斯修道院从前的情况，并已大胆地开了一扇窗子，窥视这隐蔽的地方，望读者允许我们再离题谈件事，虽与本书无关，但很有特点，也能使我们了解这修院本身有其与众不同的地方。

在小修院内，有个百岁老人，来自丰特弗罗修道院。大革命前，她甚至常出没上流社会。她常谈起路易十六的掌玺大臣德·米罗梅尼和一位过从甚密的迪普拉法院院长夫人。她把这两个名字常挂嘴边，一是出于乐趣，二是为了满足她的虚荣心。她把丰特弗罗修道院吹得天花乱坠，说它像个城市，里面街道纵横。

她讲的是庇卡底方言，逗得学生们直乐。她每年都要郑重其事地发一次愿。在宣誓时，她对神甫说：“圣方济各大人对圣朱利安大人发过这个愿，圣朱利安大人对圣厄塞伯大人发过这个愿，圣厄塞伯大人对圣普罗科普大人发过这个愿，等等，因此，我的神甫，我要对您发这个愿。”逗得学生们忍俊不禁，暗暗窃笑，但不是在斗篷下，而是在面纱下。那是压低声音的娇媚的笑，惹得参事嬷嬷们紧蹙双眉。

还有一次，那百岁老人讲故事。她说，在她年轻的时候，圣伯尔纳会的修士与火枪手不分高低。这是一个世纪在说话，不过那是十八世纪。她常讲，在香槟和勃艮第，有敬四种酒的习俗。大革命前，若有大人物如法兰西元帅、亲王、公爵或封臣经过勃艮第或香槟的某个城市，官员们要来致词，并用四只舟形银杯，敬献四种不同的美酒。在第一只酒杯上，刻着“猴酒”，第二只刻着“狮酒”，第三只刻着“羊酒”，第四只刻着“猪酒”。这四个铭文表达四种不同程度的醉酒状：第一种是快乐，第二种是愤怒，第三种是迟钝，最后一种是傻呆。

在她的衣橱里，锁着一件神秘之物，她十分珍爱。丰特弗罗教规并不禁止这样做。她从不拿给别人看。每当她想凝视这东西时，就关起门来偷偷欣赏（这也是她的教规允许的）。听到走廊上有脚步声，她就用那双枯手尽快关上橱门。她平时很爱说话，可是有人问起这事，她总是缄口不语。再好奇的人，遇到她闭口不言，也无可奈何，再锲而不舍的人，在她的顽固不化面前，也甘拜下风。这也成了修道院里闲极无聊之辈说三道四的议题。这位百岁老人如此珍爱，如此保密的宝贝究竟是什么？莫非是一本圣书？或是一串独一无二的念珠？要不，就是一件经过验证的圣物？叫人百猜不得其解。可怜的老人死后，大家急不可耐，立即跑去打开了衣橱。人们找到了那东西，包了三层布，好像是一只圣盘。原来是一只法恩扎[①]瓷盘，画着几个小爱神，在一群手拿大针管的药房学徒的追逐下，展翅飞翔。追逐者神态和姿势各不相同，引人发笑。一个可爱的小爱神已被针头扎入。他挣扎着，拍打着小翅膀想飞走，但那小丑在邪恶地狂笑。这画面的寓意是：爱神被肠绞痛战胜了。这只盘子，却是稀罕之物，可能曾荣幸地给过莫里哀灵感，一八四五年九月它还存在于世，放在博马舍林荫大道的旧货店里等待出售。

这个老人不愿接待外界任何来访，她说，会客室太凄凉。

十　圣体永敬会溯源

刚才我们讲了，小皮克皮斯修道院的会客室像坟墓般阴森，但这只

① 法恩扎为意大利北部城市，文艺复兴时期，意大利花色陶器的著名产地。

是局部现象，其他修道院并非如此。特别是圣殿街修道院。说实话，它属于另一个修会，会客室不用黑色遮板，而用褐色帷幔，镶木地板，窗上挂着非常雅致的白纱帘子，墙上挂着各种各样的镜框，一幅露着脸的本笃会修女的画像，几幅花卉画，甚至还有一个土耳其人头像。

那棵被认为法国最大最美的印度栗树，就在圣殿街修道院的花园里。它被十八世纪善良的人民誉为“法兰西王国栗树之父”。

我们说过，圣殿街修道院住着永敬会的本笃会修女，她们和西多的本笃会修女不同。永敬会的资历并不长，不超过二百年。一六四九年，在两个教堂里，圣体两次遭亵渎，前后仅相差几天，一次在圣絮尔皮斯教堂，另一次在河滩广场的圣约翰教堂。这一史无前例、令人发指的渎神行为，在全巴黎引起了震动。圣日耳曼-德-普雷修道院院长兼代理主教先生组织了一次庄严的宗教游行，修道院全体教士参加，并由罗马教廷大使主持祭礼。可是，有两个可敬的女人对这一赎罪活动感到不满足，一个是库坦夫人，即布克侯爵夫人，另一个是夏多维厄伯爵夫人。这种对“祭坛上无比庄严的圣体”的亵渎行为，虽是偶然发生，但这两个圣女耿耿于怀，感到有必要在某个女修院里对圣体进行“永久的崇敬”，才能补罪赎过。她们二人分别于一六五二年和一六五三年，向一个叫卡特琳·德·巴尔嬷嬷，又叫圣体嬷嬷的圣本笃会修女捐了一大笔钱，让她创建一座圣本笃会修道院。第一个批准卡特琳·德·巴尔嬷嬷建造这个修道院的，是圣日耳曼修道院院长德·梅茨先生，“条件是，每个申请入院的姑娘，必须每年交纳三百利弗的膳宿费，即六千利弗的本金”。继圣日耳曼修道院院长之后，国王也给议会下了诏书。一八五四年，院长的批准件和国王的诏书在财政部和议会获得认可。

这就是本笃会修女们在巴黎建立圣体永敬会的缘由和法律认可过程。第一个修院建在卡塞特街，是用德·布克和德·夏多维厄两位夫人捐的款将旧房“翻修一新”。

正如大家看到的，这一修会与所谓西多的本笃会根本不是一回事。它受圣日耳曼-德-普雷修道院院长管辖，正如圣心会的嬷嬷受耶稣会会长、仁爱会的嬷嬷受遣使会会长管辖一样。

它与小皮克皮斯修院的圣本笃会修女也截然不同，小皮克皮斯修院的内部情况，刚才我们已讲过了。一六五七年，亚历山大七世教皇特下诏书，批准小皮克皮斯修院和圣体修院一样，永久崇敬圣体。不过，这两个修会仍存在着明显的区别。

十一　小皮克皮斯女修院的结局

从王朝复辟时期开始，小皮克皮斯女修院就渐渐衰落，因为和其他修会一样，十八世纪以后，本笃修会已成了落花流水，走向死亡。静修和祈祷一样，都是人类的需要，但是，和所有被革命触及过的事物一样，也发生了变化，从反对社会进步，一跃而变成赞成社会进步。

小皮克皮斯女修院的人数迅速减少。一八四〇年，小修院已不复存在，寄宿学校也不复存在。不再有老妇，也不再有少女；老的已死去，小的已离开。**全都飞走了**[①]。

圣体永敬会的教规非常严厉，让人望而生畏。它的感召力越来越小，没有人愿意进来。一八四五年，还能在这里那里找到几个杂务嬷嬷，却找不到一个唱诗嬷嬷了。四十年前，差不多有一百个修女，十五年前，只剩下二十五个。今天有多少呢？一八四七年，小皮克皮斯女修院的院长是个年轻人，不到四十岁，说明选择的范围缩小了。人员减少，疲劳也就增加。每个人的工作变得更艰巨。不久，只剩下十二副佝偻痛苦的肩膀，扛着本笃会的沉重教规。重担一成不变，人少人多一个样。它沉重地压下来，把人压垮。于是，她们被压死了。本书作者住在巴黎时，就死了两个。一个二十五岁，一个二十三岁。二十三岁那个，可以效仿朱利亚·阿尔庇努拉的墓志铭：“**我在此安息，享年二十三岁**[②]。”小皮克皮斯修院既然如此衰败，只好放弃对女孩子的教育。

---

① 原文为拉丁语。

② 原文为拉丁语。

我们从这神秘莫测、世人不知、与众不同的修道院门口经过，怎能不进去看一看，并让一路伴随我们，听我们讲让·瓦让悲惨故事的人也进去看一看，这也许对有些人不无益处。我们已朝这个修院睃了一眼，它的教规是那样陈旧，但今天的人看来，也许感到挺新鲜。这是封闭的园子。Hortus conclusus[1]。我们详细介绍了这个奇特地方，但怀着崇敬的心情——至少，在崇敬和详细可以调和的范围内。我们并不完全理解，但不侮辱任何东西。我们既不像约瑟·德·迈斯特尔[2]，竟然对刽子手也歌功颂德，也不像伏尔泰，连耶稣受难十字架也冷嘲热讽。

顺便说一下，伏尔泰这样做缺乏逻辑，因为他本该像为卡拉斯[3]辩护那样，为耶稣辩护的。在否认降生说的人看来，耶稣受难像代表什么？一个被杀害的哲人。

十九世纪，宗教思想发生了危机。忘记一些东西，这样很好，因为忘记这个，却学会那个。人的心是不会空的。应该拆毁一些东西，只要拆毁之后又重建。

现在，让我们来研究不复存在的东西。哪怕是为了避免重蹈覆辙，也有必要了解它们。明明是对过去拙劣的模仿，却美其名曰“未来”。过去这个幽灵，很会为自己制造假护照。我们要提防陷阱，切莫轻信。过去有一副真面孔，那就是迷信，它还有一副假面具，那就是伪善。我们要揭露真面孔，揭去假面具。

至于修道院，这是个复杂的问题。有文明的问题，它们是谴责的对象；也有自由的问题，它们是保护的对象。

---

① 拉丁语，与上面一句意思相同。

② 约瑟·德·迈斯特尔（1753—1821），法国作家和哲学家，反对资产阶级大革命，拥护国王和教皇统治。

③ 卡拉斯（1698—1762），法国图卢兹商人，信奉新教，被诬告杀害想脱离新教、皈依天主教的儿子而处死。死后三年，伏尔泰为他昭雪。

第七卷　题外话

一　修道院——一个抽象的概念

这部书是出戏，主角是无限。

人是配角。

既然如此，我们遇到了一座修道院，就应该走进去。为什么？因为修道院是人类瞄准无限的一种光学仪器，不仅西方有，东方也有，现代有，古代也有，基督教有，异教、佛教、伊斯兰教也有。

这里丝毫不是大谈某些看法的地方，然而，应该说，我们每每在人的身上遇到无限，不管理解与否，总会肃然起敬，尽管会有所保留，有所迟疑，抑或感到愤慨。在犹太教堂、清真寺、佛庙、印第安神舍，既有令人憎恶的丑陋的一面，又有使人崇敬的高尚的一面。那是对神多么真挚的瞻仰，多么深邃的沉思啊！那是上帝的光辉照在人类这堵墙上发出的反光。

二　修道院——一个历史事实

从历史、理性和真理角度看，修道制度是应受谴责的。

一个国家修道院多了，就会循环受阻，流通受隔，本该是干活的中心，却成了闲散的中心。修道院对于大社会而言，不啻橡树上的瘤子，人体上的疣子。修道院繁荣了，丰腴了，国家却贫穷了。修道制度在人类文明初期是起到积极作用的，可以通过精神力量来减少人民的野蛮，却不利于人民的成熟。此外，当它放纵自己，进入毫无节制的阶段，由于它继续在为人师表，所有在它纯洁时期使它变得有益的理由，便成了有害的因素。

修道生活已然过时。修道院对于现代文明的初期教育功不可没，但却妨碍了现代文明的成长，现在又有害于它的发展。作为一个机构，一种教育人的形式，修道院在十世纪是积极的，十五世纪就有了问题，到了十九世纪，便令人生厌了。修道制度这个麻风病，几乎将意大利和西班牙折磨得只剩一副骨架，而这两个令人赞叹的国家，在漫长的历史长河中，一个曾是欧洲的光明，另一个曾是欧洲的荣耀，可到了现代，这两个灿烂的民族，多亏了一七八九年那场健康而有力的卫生运动，才开始复苏。

修道院，尤其是古代的女修院，是中世纪一个最可悲的凝结物，而本世纪初意大利、奥地利、西班牙的修道院仍是这样。修道院，这一类修道院，是种种恐怖的集中地。严格意义上的修道院，充斥着死亡的黑光。

西班牙的修道院尤其阴森凄惨。那里，一个个高似大教堂的大祭坛高耸于黑暗中，升向烟雾迷漫的拱顶，升向黑暗重重、朦朦胧胧的圆顶；那里，黑暗中，一条条铁链上挂着耶稣受难白十字架；那里，乌木架上摆着巨大的基督裸体牙雕像；它们不只是血糊糊的，而且是在流血；它们既丑陋，又华丽，肘上露出骨头，膝盖骨露出皮膜，伤口露出血肉，头戴白银荆冠，钉着黄金钉子，额上流淌着一滴滴红宝石做成的鲜血，眼里含着用钻石做成的泪珠。钻石和红宝石看上去湿漉漉的，使得下面黑暗中头戴面纱的人放声痛哭，她们的腰部被粗麻衬衣和铁针头皮鞭折磨得青一块紫一块，胸部被柳条栏板压扁，膝盖因祈祷而磨破了皮；这是些自以为是基督之妻的女人，自以为是天使的幽灵。这些女人有思想吗？没有。她们有愿望吗？没有。她们有爱吗？没有。她们活着吗？不。

她们的神经已变成骨头；她们的骨头已变成石头。她们的面纱由黑夜织成。她们在面纱下的呼吸像是死人的气息，惨不忍闻，难以言表。女修院院长是个鬼魂，使她们圣化，使她们恐惧。这里的纯洁野蛮不堪。这就是西班牙老修道院的概况。那是可怕的苦行窟，贞女们的魔窟，是冷酷无情的地方。

天主教的西班牙，比罗马还要罗马。西班牙修道院是典型的天主教修道院。里面散发着东方的气味。大主教是天国的大太监，用重锁锁住并密切窥伺着这个上帝专用的后宫。嬷嬷是嫔妃，神甫是太监。信女们在梦里被选定，并占有基督。夜里，那位赤身裸体的英俊青年从十字架上走下来，使得静室里的人心醉神迷。耶稣基督是她们的苏丹，高墙深院使得这些神秘的后妃不能有丝毫人生欢愉。朝外面看一眼，都是不忠的表现。地牢代替了皮袋子。东方是把人扔进大海里，西方则把人扔进地牢里。两地的女人都在受煎熬；这边是波涛，那边是墓窟；这里是水淹，那里是土埋。惨绝人寰，不分高下。

今天，厚古的人们也不能否认这些事实，于是决定付之一笑。如今流行着一种方便而奇怪的做法，抹杀历史的揭露，削弱哲学的评论，取消所有令人不快的事实和阴暗的问题。狡猾的人说："这是可供高谈阔论的题材。"傻瓜跟着重复："高谈阔论的题材。"于是卢梭便成了夸张的演说家；狄德罗是夸张的演说家；伏尔泰为卡拉斯、拉巴尔和西尔旺[①]辩论，也是夸张的演说家。不知道是谁最近发现，塔西佗是一个夸张的演说家，尼禄[②]受到了中伤，并认为应该同情"可怜的奥洛费尔纳[③]"。

可事实是不容易被打败的，它顽强地坚持着。在离布鲁塞尔八里处，在维莱女修院，作者曾在一个草地（原先是修院的院子）中央，亲眼见

---

① 拉巴尔（1747—1766）为法国绅士，被指控折断了一个耶稣受难像，被判活活烧死；西尔旺（1709—1777）为法国新教徒，被指控谋杀天主教的女儿，而被判死刑。伏尔泰为他们三人做过辩护。

② 塔西佗（55—120）为古罗马历史学家。尼禄（37—68）为罗马暴君。

③ 奥洛费尔纳是《犹滴传》中的一位将军。该书叙述犹太烈女子犹滴为拯救祖国，引诱敌将奥洛费尔纳，最后将他杀死。

过一个土牢洞，那是有目共睹的中世纪的见证。此外，在迪勒河畔，又看见了四个石砌地洞，一半在地上，一半在水下。这就是地牢。这些地牢都还残留着一扇破烂的铁门、一个茅坑和一扇装铁条的小窗，那小窗外面高出河面两尺，里面离地六尺。四尺深的河水沿墙流过。地面终年潮湿。地牢里的人以湿地作床板。在其中一个地牢里，墙上还嵌着一段铁颈圈；在另一个地牢里，可见一个类似方匣的东西，由四块花岗岩板做成，躺着嫌太短，坐着嫌太矮。那是用来关人的，上面还要加一块石盖。这是事实。人人看得见。人人摸得着。这些地牢，这些囚室，这些铁挂钩，这些铁颈圈，这个高高的河水齐窗流过的铁窗，这个盖着花岗岩盖，活像坟墓，不同的是只埋活人的石头匣子，这个烂泥地面，这个茅坑，这些渗水的墙壁，难道也都在夸张吗？

三　尊重过去的条件

修道制度，正如在西班牙和西藏所存在的那样，是文明所患的肺痨。它让生命骤然停止。简而言之，它使人口减少。送进修道院，等于将人阉割。它曾是欧洲的灾星。还要加上对信仰的粗暴干涉，强迫选择志向，修院成为封建势力的据点，长子权将家庭多余人口送进修院，上面谈到的残酷的清规戒律，地牢，不让说话，不让思想，多少聪明人被迫终身发愿，过着暗无天日的生活，入会修女着衣仪式，灵魂被活活埋葬。除了民族堕落，还得加上个人所受的折磨，不管你是谁，只要看到修士服和面纱，便会浑身战栗，那是人类发明的两种裹尸布。

然而，尽管已是十九世纪中期，出家修道的思想无视哲学，无视进步，仍在某些角落、某些地方横行霸道，现在，苦行的风气死灰复燃，这一奇怪的现象使文明世界瞠目结舌。老态龙钟的修道院顽固地想永远存在，就像变味的香水一心想往你头发上洒，腐烂的臭鱼妄想让你的嘴巴吃，小时候的衣服纠缠着想让成年人穿，尸体回来温柔地拥抱活人。

衣服说：“忘恩负义！天气恶劣时我保护过你们。为什么不要我了？”

臭鱼说："我来自大海。"香水说："我是玫瑰。"尸体说："我爱过你们。"修院说："我教化过你们。"

对这一切，只有一个回答：已过去了。

梦想将死亡的东西无限延长，并用防腐香料来统治人类，重整腐朽的教义，在遗骸盒上重新涂金，在修院墙上重抹水泥，给圣物盒重新祝福，给迷信的东西重置家具，给狂热的事情重新加油，给圣水器和马刀重新装柄，重新建立修道制度和黩武主义，认为增加寄生虫便能拯救社会，将过去强加于现在，这看来是咄咄怪事。可是却有理论家支持这些理论。这些理论家——都是才华横溢的人——有一套极其简便的办法，他们给过去抹上一种涂料，即所谓的社会秩序、神权、道德、家庭、尊重祖宗、古代的权威、神圣的传统、合法性、宗教。他们大喊大叫："喂！诚实的人们，接受吧。"这一逻辑古人家喻户晓。古罗马肠卜僧们就使用过。他们给一头黑牡犊抹上石膏粉，然后说：它是白的。Bos cretatus[①]。

至于我们，我们处处尊重过去，对过去持宽容态度，只要它肯承认已经死去。如果还想起死回生，我们就攻击它，竭力杀死它。

迷信、过分虔诚、伪善、偏见，这些丑恶的鬼魂，尽管是鬼魂，却不甘死亡，仍在烟雾中张牙舞爪；必须同它们肉搏，同它们战斗，一刻也不能停止，因为人类注定要同妖魔鬼怪进行永久的搏斗。鬼魂是很难扼住喉咙，很难击垮的。

十九世纪中叶正是太阳当空之时，法国的一座修道院，便是面对阳光的猫头鹰的巢穴。一座修院竟在一七八九、一八三〇和一八四〇年革命的发祥地，明目张胆地推行苦行主义，让罗马的幽灵在巴黎横行霸道，这是一种年代错误。在正常时期，要消除和清除一个年代错误，只须让它拼读一下所标的年份就行了。可是，现在根本不是正常时期。

让我们战斗吧。

让我们战斗，但要有所区别。真理的特点，是绝不要过分。它有必要夸大吗？有的应该摧毁，有的只须用阳光照一照，看一看。善意和严

---

① 原文为拉丁语，意为"牛擦上了白粉"。

肃的审视，具有何等的力量！阳光充足的地方，千万不要送去火焰。

因此，既然已是十九世纪，我们总的论点是反对出家修行，不管是哪个国家的，欧洲的，还是亚洲的，土耳其的，还是印度的。修道院，便是沼泽。那里显然容易腐烂，那里淤塞静止，有损健康，那里发着酵，使人民发烧枯萎；修院的大量繁殖成了埃及的疮痍。那些国家里，行乞僧、和尚、苦行僧、修士、隐修士、比丘和行乞修士触目皆是，泛滥成灾，一想起来就不寒而栗。

说归说，修道的问题依然存在。这一问题某些方面神秘莫测，近乎令人恐惧。让我们来仔细看一看。

四　修道院的原则

一些人聚集起来，共同生活。凭什么权利？凭结社的权利。

他们闭门幽居。凭什么权利？凭每个人都有打开或关闭家门的权利。

他们足不出户。凭什么权利？凭每个人都有来去的权利，当然也包括待在家里不出门的权利。

他们在家里干什么？

他们低声说话，他们低垂眼睛，他们干活。他们放弃尘世，放弃城市，放弃肉欲，放弃快乐，放弃虚荣、骄傲和利益。他们穿粗呢衣或粗布衣。他们没有一人拥有一样东西。走进修院，富人也变成穷人，拥有的东西，全分给大家。被称为贵族、绅士、老爷的人，和做农民的不分贵贱。每个人的修室都是一样。大家都行相同的剃发礼，穿相同的修士服，吃相同的黑面包，睡在相同的麦秸上，死在相同的灰烬上。背上背着相同的褡裢，腰上束着相同的绳子。假如决定赤脚走路，大家一律赤脚走路。假如中间有个王子，这王子和其他人有相同的影子。不再有封号。连姓氏也都消失。他们都只用名字。人人都在平等的教名下弯腰曲背。他们废除了骨肉的家庭，在共同体内建立了精神的家庭。除了全人类，他们不再有其他亲人。他们接济穷人，照看病人。他们选举自己服从的人。他们彼此称呼兄弟。

你会打住我的话头，嚷道：“这才是理想的修道院！”

只要是修道院，就足以让我重视了。

因此，在前一卷里，我以尊敬的口吻谈到了一个修道院。

撇开中世纪，撇开亚洲，暂时不谈历史和政治问题，站在必需的宗教论战之外，从纯哲学的观点出发，只要入修道院绝对出于自愿，不是强迫，那么，我永远会以一种严肃热忱，在某些方面还会以尊敬的态度对待修道共同体。哪里有共同体，哪里便有公社；哪里有公社，哪里便有权利。修道院是“平等、博爱”这一口号的产物。啊！自由是多么伟大！这是多么辉煌的改头换面啊！自由足以把修道院改变成共和国。

让我们继续往下讲。

可这些幽居在高墙内的男人或女人，他们身穿棕色修士服，他们彼此平等，他们互称兄弟；这的确不错；可他们还做别的事吗？

当然。

那么做些什么？

他们看着影子，他们双膝下跪，他们双手合十。

这意味着什么？

五　祈祷

他们祈祷。

祈祷谁？

上帝。

祈祷上帝是什么意思？

在我们身外，是不是有个无限？这个无限是不是一体的，内在的，永恒的？既是无限，它是不是必然是物质的，哪里没有物质，它便在哪里终止？既是无限，它是不是必然有智力，哪里没有智力，它便在哪里结束？这个无限是不是唤醒了我们身上的本体观念，而我们只能赋予自身存在的观念？换句话说，它是不是就是绝对，我们却是相对？

我们身外有无限，那么，我们身上是不是也有个无限呢？这两个无限（多么可怕的复数！）是不是彼此重叠？第二个无限可不可以说是第一个无限的内里？它是不是第一个无限的镜子、反射、回声，有着同一个中心？这第二个无限也有智力吗？它有思想吗？它有爱吗？它有愿望吗？假如两个无限都有智力，那么它们各自都有一个能产生愿望的本源，上面那个无限有一个我，同样，下面这个无限也有个我。下面的我是灵魂；上面的我是上帝。

通过思想，让下面的无限同上面的无限接触，这就叫祈祷。

不要从人的思想中去掉什么；去掉东西是不好的。应该改革和改变。人的某些性能是面向未知世界的；思想，梦想，祈祷。未知世界是浩瀚的海洋。意识是什么？是未知世界的指南针。思想，梦想，祈祷，这是巨大而神秘的光辉。让我们尊重它们。灵魂的这些庄严的光辉照向哪里？照向黑暗。也就是说奔向光明。

民主之伟大，在于不否定、不放弃人类的一切。在人权的附近，至少在旁边，存在着灵魂的权利。

压制狂热，尊敬无限，这就是法则。我们不要仅限于拜倒在造物主这棵大树下，只顾敬仰群星繁盛的巨大枝丛。我们肩负着责任：教化人的灵魂，捍卫奥秘，反对奇迹，崇敬未知，唾弃荒谬，在无法解释的事物面前，只接受必然的东西，净化信仰，扫除宗教上的迷信，清除上帝身上有害的东西。

六　祈祷绝对是善

至于祈祷方式，只要真诚，任何方式都是好的。把你的书翻到反面，到无限中去。

我们知道，有一种哲学否认无限。按病理学分类，还有一种哲学否认太阳；这种哲学叫失明。

将我们没有的一种感官当作真理的起源，这完全是盲人的厚颜无耻。

奇怪的是，这种瞎子的哲学，面对看见上帝的哲学，采取妄自尊大、居高临下、悲天悯人的态度。我们仿佛听见有只鼹鼠在叫嚷：他们老说看见太阳，真让我可怜！

我们知道，有一些杰出的有力量的无神论权威。其实，这些人又被自身的力量拉回到真实，不大确信自己是无神论者，他们不过是下了个定义。不管怎样，即使他们不相信上帝，作为大智大慧的人，他们证明了上帝。

我们崇敬他们身上哲学家的风范，但对他们的哲学要无情地予以定性。

继续往下讲。

也有令人钦佩的地方，他们极有说空话的本领。北方有个形而上的派别，有点被迷雾蒙住了眼睛，以为用意志一词取代力量这个词，也就在人的悟性上进行了一场革命。

他们说：植物想要，而不说：植物生长。的确，如果加上“宇宙想要”，内容就更丰富了。为什么？因为从中可得出这样的结论：植物想要，因此，它就有一个我；宇宙想要，因此，它便有一个上帝。

至于我们，与这一派相反，我们不先验地拒绝一切，可我们认为，这一派所主张的植物有意志的说法，要比他们所否定的宇宙有意志的说法更难接受。

否认无限的意志，即否认上帝，这只有在否认无限的情况下才成立。这一点，我们已论证过了。

否认无限，会直接导致虚无主义。一切都变成“思想的一种产物”。

同虚无主义是无法争辩的。逻辑性强的虚无主义者怀疑交谈者的存在，当然也不相信自己的存在。

按照他们的观点，他们自己也只是“他们思想的一种产物”。

不过，他们丝毫没有发现，他们否定了的一切东西，只要一说到思想二字，就又被他们全盘接受了。

总之，一种把一切都归结为一个“无”字的哲学，是不可能为思想找到任何出路的。

对于“无”，只有一个回答：有。

虚无主义毫无意义。

虚无是不存在的。零是不存在的。一切都意味着什么。没有任何东西是虚无的。

人生活中对肯定的依赖，比对面包的依赖更多。

看见和让看见，这甚至是不够的。哲学应该是一种能量，应以改善人类作为自己努力的方向和目标。苏格拉底应与亚当结合，产生马可·奥勒留；换句话说，要从追求享乐的人身上，产生大智大慧的人。要把伊甸园变成吕克昂[①]。科学应该是一种强身剂。享乐，这是多么可悲的目的，多么卑微的志向！傻瓜才讲求享乐。思想，乃是心灵真正的胜利。人们饥渴时给他们送去思想，把上帝的概念当作琼浆供他们畅饮，使意识和科学在他们身上友善相处，让这种神秘的对照把他们变成正直的人，这就是真正哲学的作用。道德是真理的怒放。静思必导致行动。绝对应当注重实际。理想对人的思想来说，应当是可呼吸、可饮用、可食用的。唯有理想才有权说：“吃吧，这是我的肉，这是我的血。”智慧是一种神圣的相通。只有这样，智慧才不再是对科学的徒劳的爱好，而是变成团结人类的唯一而至高无上的方式，并从哲学升华为宗教。

哲学不应当是建筑在神秘之上的空中楼阁，只让人自由观赏，除了满足人们的好奇心外，别无他用。

至于我们，以后有机会再来阐述我们的思想，目前只想说，如果没有信仰和爱这两个力量作为动力，我们就认识不到人是出发点，进步是目的。

进步是目的；理想是典范。

理想是什么？是上帝。

理想、绝对、完美、无限，这都是意思相同的词。

---

① 吕克昂为古希腊哲学家亚里士多德在雅典创办的学校。

七　指责当谨慎

历史和哲学肩负着诸多永恒的责任，同时也是些简单的责任；同该亚法[①]大祭司、德拉古[②]法官、特里马尔西翁[③]立法者、提比略[④]皇帝的斗争，那是清楚的，直接的，透明的，没有半点含糊。可是，隐居的权利，甚至它的缺陷弊端，却要予以确认，并慎重对待。苦行隐修是涉及人的问题。

每每谈及修道院，谈及这谬误而无辜、失常而诚挚、愚昧而忠诚，充满着痛苦却是为了殉教而受苦的地方，几乎总是又肯定又否定。

修道院是一种矛盾。其目的是救苦救难，采用的手段是牺牲。修道院是以极端的忘我为目的的极端的个人主义。

以退为进，这似乎是修道制度的座右铭。

在修道院里，人们以苦为乐。人们签发由死亡兑付的支票。人们在尘世的黑暗中预支天国的光明。在修道院里，地狱是被作为进入天堂的生前赠与而接受的。

戴上面纱或穿上修士服，是一种以永生相报的自杀。

对于这样一个问题，我们认为是不应该冷嘲热讽的。不管是好是坏，一切都是严肃的。

正直的人皱起眉头，但从不恶意讥笑。我们能理解愤怒，却不能理解恶意。

---

① 该亚法是耶路撒冷大祭司（公元 18—36）。

② 德拉古（活动时期约公元前七世纪），雅典立法者，所制定的法律十分残酷。

③ 特里马尔西翁为公元一世纪古罗马作家佩特罗乌斯讽刺小说《萨特利孔》中的人物。

④ 提比略（公元前 42—公元 37），古代罗马第二代皇帝。

八　信仰，戒律

还要啰唆几句。

当教会充满阴谋，我们便谴责教会，当神权热衷俗权，我们便蔑视教权。但我们处处敬重爱沉思的人。

我们向跪着的人致敬。

信仰，人所必需。毫无信仰的人实在可怜！

潜心沉思的人并非无所事事。有看得见的劳动，也有看不见的劳动。

静修，是耕耘；思想，是行动。双臂交叉，是在干活，双手合十，是在做事。双眸凝望上天，是一件工作。

泰勒斯[①]息交绝游整整四年。他创建了哲学。

在我们看来，苦行修士并非游手好闲之辈，幽居之士并非无所事事之人。

神游冥冥之乡，是件严肃的事。

我们坚持前面说的，同时，我们认为活着的人应念念不忘坟墓。在这一点上，神甫和哲学家的看法是一致的。“人是应该死的。”这里，特拉普修道院[②]院长与贺拉斯桴鼓相应。

生不忘死，这是哲学家的戒律，也是苦行者的戒律。在这方面，苦行者和哲学家是一致的。

有物质的增长，这是我们需要的。也有道德的发展，这是我们珍视的。

不爱思索、信口开河的人说：

“那些一动不动地面朝神秘世界的人有什么用？他们能干什么？他们在做什么？”

---

① 泰勒斯（活动期为公元前六世纪），古希腊哲学家，为古代七贤之一。

② 特拉普修道院建于十七世纪。实行节食忏悔，坚持缄默。

唉！包围和等待我们的是茫茫黑暗，不知道这散向四方、寥无边际的黑暗会把我们怎样，因此，我们只有回答：也许任何事业都比不上他们从事的事业崇高。还要加上一句：也许没有比这更有用的工作。

总得有人来为从不祈祷的人祈祷。

在我们看来，问题的关键在于祈祷时思考多不多。

莱布尼兹[①]祈祷上帝，那是非常伟大的；伏尔泰崇拜上帝，那是非常美好的。**伏尔泰为上帝建了座丰碑**[②]。

我们拥护宗教，不赞成修道院。

我们认为经文是空洞的，祈祷是崇高的。

此外，在我们所处的这个时代——所幸它不会在十九世纪留下印记——多少人垂头丧气，缺乏高尚的灵魂，多少人行尸走肉，追求享乐，热衷于眼前丑恶的物质利益，在这样的风气下，有人隐居修院，离群遁世，我们认为是值得尊敬的。修道院是一种牺牲。尽管这种牺牲是站不住脚的，但总还是牺牲。将一种严重的错误视作责任，自有其伟大之处。

如果围绕着真理，将修道院，尤其是将女修院——因为在我们这个社会里，女人受苦最深，隐居修院，就是对社会的反抗——进行本质的、理想的、反复的分析，直至任何偏见消失殆尽，那么，我们会发现，女修院无可否认地有其庄严的一面。

这种极其严厉、极其阴沉的修道生活，我们刚做了概括的描绘；那不是生活，因为没有自由；那也不是坟墓，因为并不圆满；那是个奇特的地方，在那里，犹如置身于一座高山之巅，一边可以看见我们所在的深渊，另一边可以看见我们将去的深渊；那是隔离两个世界的狭窄地带，薄雾笼罩，朦朦胧胧，既有一边的亮光，又有另一边的昏暗，交错着微弱的生命之光与朦胧的死亡之光；那是半明半暗的坟墓之光。

至于我们，我们并不相信这些女人所相信的，但和她们一样也有信仰。每当我们注视这些鞠躬尽瘁、战战兢兢却又充满自信的女人，看见

---

① 莱布尼兹（1646—1716），德国自然科学家、数学家、哲学家。

② 原文为拉丁语，刻在菲尔奈教堂的门楣上。这座教堂是伏尔泰于一七七〇年出资建造的。

这些谦卑而严肃的女人，敢于生活在神秘世界的边缘，在已关闭大门的世界和尚未启开大门的天国之间耐心等待，望着那看不见的亮光，仅在心里想想自己知道它在那里，便觉得非常幸福，憧憬着万丈深渊和未知世界，双眸凝望静止不动的冥冥黑暗，双膝跪地，狂热着，惊愕着，颤抖着，有时，来自永恒世界的深邃气息，把她们吹得飘飘欲起，每当这时，我们总会肃然起敬，也不免有恐惧之感，既觉得她们可怜可悲，又感到她们值得钦羡。

第八卷　墓地来者不拒

一　入修院的门路

让·瓦让，按福施勒旺大爷的说法，“从天上掉下来”时，正是掉进了这家修道院。

他在波隆索街的拐角处翻墙进入了园子。他在深更半夜听见的天使的圣歌，是修女们唱的晨经；他在黑暗中窥视的大厅，是小教堂；那趴在地上的幽灵，是行补赎礼的嬷嬷；那使他深感意外的铃铛，是系在福施勒旺膝上的园丁的铃铛。

珂赛特一躺下，正如前面看到的，让·瓦让和福施勒旺便对着一堆旺火，吃起晚饭来。他们喝了一杯葡萄酒，吃了一块奶酪。然后，因为小屋唯一的一张床上躺着珂赛特，他们便各自躺到一堆麦秸上。让·瓦让在合眼之前说：

“以后我得待在这里了。”

这句话在福施勒旺的脑袋里翻腾了一夜。说实话，他们谁都没有睡着。

让·瓦让感到自己已经暴露，雅韦尔在追捕他，他明白，如果他和珂赛特回到巴黎城里，肯定会完蛋。既然刚才新起的一阵狂风把他刮到了这个修院里，他心里只有一个念头，那就是留在里面。然而，对于像他这样悲惨的人，这个修院既是最危险又是最安全的地方。说最危险，是因为任何男人不得入内，一旦被发现，便是现行罪犯，让·瓦让从修道院到监狱只差一步；说最安全，是因为只要能被接受，并能住在里面，谁会到这里来找他呢？住在一个不让住的地方，便能得救。

福施勒旺脑袋里也在翻腾。他开始纳闷这是怎么回事。围墙这么高，马德兰先生如何会在这里？修道院的围墙是不可逾越的。带着个孩子，他是怎么进来的？抱着孩子，如何翻得过一道陡墙？这孩子是谁？他们俩是从哪里来的？

福施勒旺来修道院后，从没听人谈起过滨海蒙特勒伊，对那里发生的事一无所知。马德兰老伯的神态让人不敢提问；况且，福施勒旺心想：对圣人是不能提问的。马德兰先生在他心中威望依旧。不过，从马德兰先生露出的几句话，这位园丁认为可以得出结论：由于时势艰难，马德兰先生可能已破产，债主们在追他。抑或他卷进了一桩政治纠纷中，要找个地方躲起来。对此，福施勒旺丝毫不觉得不高兴，他和许多北方农民一样，在他的内心深处，一直是拥护拿破仑的。马德兰先生既然想躲起来，并且选择了修道院作避难所，那他想留下来是很自然的事。但有一点福施勒旺百思不得其解，那就是马德兰先生是如何进来的，还带着这个小女孩。福施勒旺看得见他们，摸得着他们，同他们说话，但却难以置信。不可理解的事刚才降落到福施勒旺的陋屋里。福施勒旺试着做各种猜测，越猜越糊涂，不过，有一点他是清楚的：马德兰先生救过我的命。明确这一点就够了。他下了决心。他心里想道：该我报恩了。他还想道：马德兰先生钻到车子底下救我时，没有像我这样考虑再三。他决定救马德兰先生。

可他仍给自己提了各种问题，并找出答案。

“他救过我的命，可是，假如他是小偷，我要不要救他呢？当然。假如他杀了人呢，我还救他吗？当然。既然他是圣人，我要救他吗？当然。”

可是，让他待在修道院里，谈何容易！在这几乎是空想的企图面前，福施勒旺毫不退却。这个可怜的庇卡底农民，决心攀登修道院难以攀登的重重难关，以及圣本笃戒律的道道峭壁，他唯一的梯子便是他的忠心，他的诚意，还有一点儿这次是用来仗义救人的乡下人传统的精明。福施勒旺老爹已是风烛残年，生来为人自私，行将就木时，成了瘸子和残废，他在世上不再有任何利益，认为感恩图报是件好事，看到能做一件可歌可泣的事，就冲了上去，有如一个垂死的人，伸手碰到一杯从未饮过的美酒，便一饮而尽。还可以说，他来这修道院已有几年，他所呼吸的空气已摧毁了他的个性，最终使他认为有必要做一件好事。

于是他下了决心：要效忠马德兰先生。

刚才，我们称他为可怜的庇卡底农民。这样称他很正确，但不全面。故事讲到这里，有必要介绍一下福施勒旺老爹的相貌了。他是农民，但也是公证所事务员，这使他精明之外，多了点狡辩的才能，质朴之外，多了点洞察力。只因种种原因，他在事业上失败，从公证所事务员一下沦为车夫和苦力。可是，尽管他常常口出粗话，手挥鞭子（这对牲口似乎很有必要），但他身上仍有公证所事务员的特点。他生来有点小聪明；他说话从不出语病；他善于同人交谈，这在村里是凤毛麟角。乡亲们说他言谈像个戴礼帽的先生。的确，对于福施勒旺，可用上世纪粗野而轻浮的语言，把他称作“半绅士，半乡巴佬”；也可用平民档案中贵族对穷人用的隐语，把他形容成：“有点像庄稼汉，有点像城里人，胡椒和盐。”尽管福施勒旺惨遭命运的考验和折磨，是一个走投无路的可怜老汉，可他做事却凭本能和直觉；这是能防止变坏的极其宝贵的品质。他的缺点和毛病（他也有过），那都是表面上的。总之，他的相貌能获得观察家的青睐。在他那张老脸的额头上，没有一条显示凶恶和愚蠢的令人厌恶的皱纹。

福施勒旺老爹想了很多很多，拂晓时分，他睁开眼睛，看见马德兰先生坐在麦秸上，凝视着珂赛特睡觉。福施勒旺坐了起来，对他说：

“现在您人已在这里，怎么样才能从外面进来呢？”

这句话概括了当时的情况，并把让·瓦让从沉思中惊醒。

两位老人商量起来。

“首先，”福施勒旺说，“您要做的第一件事，就是不要离开这个屋子。不管是您，还是孩子。跨进园子一步，我们就完了。”

“对。”

“马德兰先生，”福施勒旺又说，“您来得正是时候，我是想说非常不幸的时候，有个嬷嬷病得很重。这样，人家就不大会注意我们这边了。她好像快死了。正在做四十小时的祈祷。整个修院乱成一团。她们全都为这事忙着。快要走的这个嬷嬷是个圣人。其实，这里人人都是圣人。她们和我之间只有一点区别，她们说：‘我们的修室’，而我说：‘我的窝。’马上就要给临终者做祷告了，然后是给死者做祷告。今天我们这里会太太平平，明天就难说了。”

“可是，”让·瓦让指出，“这间小屋缩在墙的凹角里，被一个破房子挡着，还有树木，修道院那边看不到。”

“而且，我还要补充一句，修女们从不走近这里。”

“好啊？”让·瓦让说。

他用疑问的口吻加强这句话，可以理解为：我觉得可以躲在里面了。针对这疑问语气，福施勒旺回答：

“可有那些小女孩呀。”

“什么小女孩？”让·瓦让问道。

福施勒旺正张嘴要解释他刚才说的话，一只钟敲了一下。

“那修女死了，”他说，“这是丧钟。”

他示意让·瓦让注意听。

那钟又敲了第二下。

“这是丧钟，马德兰先生。一分钟一次，要连续敲二十四小时，直到尸体从教堂里运出去。瞧，她们要玩耍的呀！课间休息时，只要有个球滚过来，她们就会不顾禁令，跑到这里来寻找。这些小天使，都是些淘气鬼。”

“谁？”让·瓦让问。

“那些小女孩呀。瞧吧，您很快就会被发现的。她们会大叫大嚷：哇，有个男人！不过，今天没有危险。今天没课间休息。一整天都要祈祷。您听见钟声了吧。正如我刚才说的，一分钟一次。这是丧钟。”

“我明白了，福施勒旺大爷。有寄宿生。”

让·瓦让心里却在琢磨：

“珂赛特可有地方受教育了。”

福施勒旺咋呼道：

“嘿！要是小女孩来到这里可就糟了！她们围着您叽叽喳喳！她们会逃跑！这里，男人就是瘟疫。您瞧见了，人家把我当猛兽，在我脚上绑了个铃铛。”

让·瓦让越来越陷入沉思中。

“这个修道院能救我们。”他喃喃自语道。接着，他抬高嗓门：

“是的，难就难在如何留下来。”

“不对，”福施勒旺说，“而是如何出去。”

让·瓦让顿觉血液涌回心脏。

“出去？”

“是的，马德兰先生，为了再进来，您得先出去。”

等一声丧钟过去后，福施勒旺才接着又说：

“不能让人在这里发现您。您是从哪里来的？对我来说，您是从天上掉下来的，因为我认识您。可嬷嬷们却需要别人从大门进来。”

忽然，另一只钟发出了更为复杂的响声。

“啊！”福施勒旺说，“敲钟召唤参事嬷嬷了。她们要去开教务会议了。有人死了，都要召开教务会议。她是拂晓时死的。一般都是在拂晓时死。您难道不能从进来的地方出去吗？不过，我问您从哪里进来的，并不是向您提问题。”

让·瓦让脸色顿然发白。一想到又要回到那条可怕的街上，他就不寒而栗。刚逃出到处是老虎的森林，没想到一个朋友又劝你回到那里去。让·瓦让想象中，看见整个街区布满了警察，暗探在密切监视，哨兵星罗棋布，可怕的拳头伸向他的领子，雅韦尔也许就躲在十字路口的角落里。

“这不可能！”他说。“福施勒旺大爷，就算我是从天上掉下来的吧。”

“这我相信，这我相信。”福施勒旺又说。“您没有必要同我说这个。仁慈的上帝可能抓住了您，仔细看了看，又把您放了。不过，他本想把您放进一个男修道院里，结果出了错。听，又响钟声了。这是通知看门人去通知市政府，让他们通知法医来确认人死了。这是人死后的一套繁文缛节。那些嬷嬷，不大喜欢医生来访。医生是什么也不信的。他把面纱揭掉，甚至把其他东西揭掉。这次，她们这么快就通知医生了！有什么事？您这孩子一直不醒。她叫什么名字？”

“珂赛特。”

“是您的女儿？看起来，您是她的祖父吧？”

“是的。”

“她从这里出去倒不难。我出去办事专门有道门，通向院子。我敲敲门。门房打开门。我背着我的背篓，小姑娘藏在里头。我出门去。福施勒旺大爷背着背篓出门，是最平常的事。您叫孩子安静地待在里面。上面盖着雨布。到时候，我把她放在一位卖水果的老婆婆家里，她是我的朋友，住在绿径街，是个聋子，她家有张小床。我对着她的耳朵大声说，这是我的侄女，叫她帮我看到明天。然后，小姑娘和您一起回来。因为我会设法让您回来的。必须这样做。可您怎么出去呢？”

让·瓦让点了点头。

“不能让人看见我。这是最关键的，福施勒旺大爷。想个办法让我出去，就像珂赛特躲在篓筐里盖着雨布出去一样。”

福施勒旺用左手搔了搔耳垂，这是十分为难的表示。

这时，响起第三次钟声，分散了他们的注意力。

“法医走了。”福施勒旺说。“他看过了，他说：她死了，好了。医生签发了去天国的通行证后，殡仪馆便送来一口棺材。若是一个参事嬷嬷死了，就由参事嬷嬷们给她入殓；如是一般的修女，就由一般的修女们给她入殓。然后，由我钉上棺材。这是我做园丁的事。园丁做一点掘墓人的工作。尸体放到教堂底层的一间屋子里，这屋子通向大街，除了法医，任何男人都进不来。我不把殡仪馆的送葬工和我算作男人。我就在那间矮厅里钉棺材。送葬工来把棺材运走，车夫扬起鞭子！人就是这样上天国的。人们运来一个空盒子，抬走时里面装了些什么。这就是埋葬死人。**深深埋葬**[①]。”

一缕阳光横照在沉睡的珂赛特的脸上。她微微张开嘴巴，有如天使

---

① 原文为拉丁语。

在喝饮阳光。让·瓦让已把眼睛移到她身上。他不再听福施勒旺说话。

没有人听，不是住口的理由。厚道的老园丁继续平静地唠叨着。

“在沃日拉公墓挖坑埋葬。这个沃日拉公墓，据说要取消了。这是个老公墓，没有章程，乱葬一起，不久就要退役了。这很遗憾，因为它很方便。那里有我一个朋友，梅斯蒂安大爷，是掘墓的。这里的修女们有一个特权，可以天黑时送到这个公墓。市政府特别为她们订了个法令。可昨天以来发生了多少事！受难嬷嬷死了，马德兰老伯……”

“埋葬了。”让·瓦让苦笑着说。

福施勒旺转了话锋。

“天哪！您要是在这里待下去，那就真的埋葬了。”

第四次钟声响了。福施勒旺赶紧从钉子上取下带铃铛的皮带子，又把它绑到膝盖上。

“这次是叫我的。院长嬷嬷叫我去。哎唷，皮带的扣针扎了我一下。马德兰先生，不要动，等着我。有新情况。您饿的话，那里有酒、面包和奶酪。”

他走出小屋，边走边说：“来啦！来啦！”让·瓦让看见他匆匆穿过园子，他的瘸腿能走多快，就走多快，边走边望着路边的瓜田。

福施勒旺大爷一路走去，铃铛声吓得修女们赶快逃跑。不到十分钟，他就来到一个门前，轻叩一下，一个温柔的声音答道：“永远。”“永远”即是“请进”。

这道门是专为园丁而设的会客室的门，有事便召他到这里。隔壁便是教务会议厅。院长嬷嬷坐在会客室唯一的椅子上，等着福施勒旺。

二　福施勒旺遇到难题

对于某些性格、某些职业的人，尤其是神甫和修女，在紧急关头显出不安和严肃的神态，这就很特别了。福施勒旺进来时，院长嬷嬷的脸上就露出了这样两种忧虑神色，而这位才貌双全的德·布莱默小姐平常总是高高兴兴的。

园丁诚惶诚恐地行了礼，站在修室的门口。院长嬷嬷手里拨着念珠，抬起头来说：

“啊！是您，福旺大爷。”

这个简称修院里叫惯了。

“是我，尊敬的院长嬷嬷。”

“我有话要对您说。”

“我也是，”福施勒旺内心害怕却壮着胆子说，“我也有事要对尊敬的院长嬷嬷说呢。”

院长看着他。

“啊！您有事要告诉我。”

“有事要求您。”

“那好，说吧。”

这位当过公证所事务员的福施勒旺老头，属于那种沉着镇静的乡下人。善于装聋扮傻，便是一种力量；你对他毫无提防，不觉上了他的当。福施勒旺在修道院已待了两年了，赢得了大家的信任。他孤身一人，成天忙着侍弄园子，除了好奇，几乎没有旁的事好做。他从远处望着头戴面纱来来往往的女人，仿佛一些幽灵在前面晃动。他不断注意，不断穿透，这些幽灵终于在他眼里都变成了血肉之躯，这些死人全变成了活人。他就像聋子，视觉更明了，就像瞎子，听觉更灵了。他用心分辨各种钟声的含义，最终了如指掌，于是，这个默默无声、谜一般的修道院便没有事能瞒得过他；这个斯芬克司[①]对着他的耳朵叨叨所有的秘密。福施勒旺知道一切，却装作一无所知。这是他的本事。全修道院的人都认为他傻里傻气。这在修道院里可是一大优点。参事嬷嬷们对福施勒旺很看重。这是个奇特的哑巴。他赢得了大家的信任。此外，他勤勤恳恳，足不出户，除非果园和菜园里有事要办。他谨慎小心，大家感激他。不过，他仍能从两个人

---

① 斯芬克司为希腊神话中的带翼狮身女怪，在底比斯城外叫过往行人猜隐谜，猜不出的人当场被它杀死。今常用斯芬克司暗喻谜一般的人物。

那里套出话来：一个是修院的门房，知道会客室里发生的事；另一个是公墓的掘墓人，知道墓地发生的事。因此，他有两盏灯照着修女们：一盏照着生，一盏照着死。但他从不滥用。修院里的人都很器重他。年迈，腿瘸，眼瞎，还有点耳聋，优点数不胜数！很难找到人替代他。

那老头自觉深受器重，非常自信，便以乡下人的唠叨，对尊敬的院长嬷嬷开始了一番长篇大论，拉拉杂杂，却非常深刻。他啰啰嗦嗦，讲他年事已高，身有残疾，年龄太大，往后更会力不从心，工作的要求越来越高，园子那样大，夜里还得起床干活，就像昨天，因为有月亮，不得不夜里起来给甜瓜盖草席，最后，他说，他有个兄弟（院长动了一下），年纪不轻了（院长又动了一下，但这是放心的表示），院长愿意的话，他这个兄弟可来同他一起住，帮帮他的忙，他是个出色的园丁，在修院里能派上用场，比他更有用；否则，假如院方不要他兄弟，他这个当哥哥的，感到年老体弱，干活力不从心，只好遗憾地离开这里了；他兄弟有个小女孩，他要带来，让她在修道院里，在上帝的身边成长，谁知道呢，也许有一天她会成为修女。

他讲完后，院长停止拨念珠，对他说：

“今晚以前，您能不能弄到一根粗铁棍？”

“干什么用？”

“做撬棍。”

“行，尊敬的院长嬷嬷。”福施勒旺回答。

院长没再说话，起身走进隔壁的屋子，那是教务会大厅，参事嬷嬷可能在里面开会。福施勒旺一个人待着。

三　纯洁嬷嬷

大约过了一刻钟。院长回来了，又坐到那张椅子上。

双方似乎都有心事。我们尽可能把他们的谈话速记下来。

“福旺大爷？”

“尊敬的院长嬷嬷？”

“您知道小教堂吧？”

“那里有我一个小室，用来听弥撒和日课的。”

“那您到唱诗室里干过活吗？”

“两三次。”

“现在要把一块石头撬开。”

“重吗？”

“就是祭坛旁边那块铺地的石头。”

“盖地窖的那块？”

“是的。”

“这种场合，有两个男人就好了。”

“耶稣升天嬷嬷会来帮您，她和男人一样有劲儿。”

“女人总比不上男人。”

“我们只有一个女人可以帮您。各尽所能嘛。我不会因为堂·马比荣神甫[①]编了四百一十七篇圣伯尔纳的书简，而梅洛努斯·奥斯提乌斯只编了三百六十七篇，就看不起梅洛努斯·奥斯提乌斯。”

“我也不会。”

“人的价值在于量力而行。隐修院不是工场。”

“女人不是男人。我兄弟力气才大呢！”

“再说，您还有一根撬棍。”

“这是唯一能打开那种门的钥匙。”

“石头上有个铁环。”

“我把撬棍插进去。”

“那石头是可以转动的。”

“那好，尊敬的院长嬷嬷。我去打开地窖。”

“还有四个唱诗嬷嬷帮您。”

---

① 马比荣（1632—1707），法兰西隐修院学者，文物研究家，史学家。参与编订圣伯尔纳的著作和本笃会圣徒《传记》。

“地窖打开后呢？”

“还得再盖上。”

“就这些吗？”

“不。”

“请吩咐，极其尊敬的院长嬷嬷。”

“福旺，我们信任您。”

“我来就是什么都干的。”

“而且严守秘密。”

“是，尊敬的院长嬷嬷。”

“地窖打开后……”

“我再把它盖上。”

“但在盖上之前……”

“什么，尊敬的院长嬷嬷？”

“要把一样东西放进去。”

一阵沉默。院长下嘴唇撇了撇，好像有点犹豫，最后打破沉默。

“福旺大爷？”

“尊敬的院长嬷嬷？”

“您知道，今天早晨有个嬷嬷去世了。”

“不知道。”

“您没听见敲钟？”

“在园子最里头，什么也听不见。”

“是吗？”

“叫我的钟声，我也是勉强听见的。”

“她是拂晓时去世的。”

“再说，今天早晨，风不是刮向我那边。”

“是耶稣受难嬷嬷。一个有真福的女人。”

院长停住了，她动了一会儿嘴唇，仿佛在默念经文，接着，她又说：

“三年前，有个扬申派教徒，德·贝蒂纳夫人，只因看见了耶稣受难嬷嬷祈祷，便皈依了正教。”

“啊，对，尊敬的院长嬷嬷，我现在听见丧钟了。”

“嬷嬷们已把她抬到教堂的停尸间去了。”

“我知道。”

“除了您，任何男人都不能，也不得进入那间屋。您得看严点。要是停尸间里进去个男人，那就好看了。”

“更经常！”

“嗯？”

“更经常！”

“您说什么？”

“我说更经常。”

“比什么更经常？”

“尊敬的院长嬷嬷，我没说比什么更经常，我是说更经常。”

“我不明白您的话。为什么说更经常？”

“像您那样说罢了，尊敬的院长嬷嬷。”

“我可没说更经常。”

“您是没有这样说，可我这样说，是为了像您那样说。”

这时，九点敲响了。

“上午九点，以及每时每刻，愿祭坛上的圣体受到赞美和崇敬。”院长说。

“阿门。”福施勒旺说。

钟声响得正是时候，一下打断了关于“更经常”的争论。没这钟声，院长和福施勒旺恐怕永远也争论不清。

福施勒旺擦擦额头。

院长又默诵了一会，可能是神圣的祷文，接着，抬高嗓门说：

“耶稣受难嬷嬷活着时感化了许多人，她死后会显灵的。”

“她会的！”福施勒旺回答，他亦步亦趋，努力不再犯前面那样的错误。

“福旺大爷，多亏耶稣受难嬷嬷，修院受到了上帝的祝福。当然，不是所有的人都像贝鲁尔红衣主教那样，在念弥撒的时候去世，一面魂归上帝，一面还在诵读**在此祭品中**[①]……耶稣受难嬷嬷虽没有这么多幸福，可她的死却很可贵。直到最后一刻，她的神智仍很清楚。她同我们说话，接着又同天使说话。她对我们做了最后的告诫。假如您心更诚一些，能到她的修室去，让她摸一摸，您的腿就治好了。她面带笑容。我们感到，她在上帝身上复活了。在她的死中，是有极乐的。”

福施勒旺以为这是一次祷告的结束。

“阿门。”他说。

“福旺大爷，应该满足死者的愿望。”

院长拨了几颗念珠。福施勒旺沉默不语。她继续往下说。

“关于这个问题，我已请教过几位献身于耶稣基督的教士，他们从事神职工作，且硕果累累。”

“尊敬的院长嬷嬷，这里听丧钟比在园子里清楚。”

“而且，她不只是死人，还是位圣人。”

“就像您，尊敬的院长嬷嬷。”

“二十年来，她一直在棺材里睡觉，是我们的圣父庇护七世特许的。”

“是给皇……给波拿巴加冕的那位？”

像福施勒旺这样精明的人，此刻提起波拿巴是不合时宜的。幸亏院长嬷嬷只想着自己的事，没有听见。她继续说：

“福旺大爷？”

“尊敬的院长嬷嬷？”

“卡帕多西亚的大主教圣迪奥尔多，想在自己的墓上只写一个词：Acarus[②]，意思是蚯蚓，这照办了。是吧？”

“是的，尊敬的院长嬷嬷。”

“阿基拉修院院长，享有真福的梅佐卡纳，想埋在绞刑架下。这照办了。”

“是这样。”

---

① 原文为拉丁语。祝圣祷词开头语。

② 拉丁语。这是在给圣体饼做祝圣仪式前主祭祈祷时开头说的话。

“台伯河入海处波尔港的主教圣泰伦斯，要求在他的墓碑上刻弑父者坟冢上的标记，希望行人朝他的坟墓吐唾沫。这照办了。应该听从死者的遗愿。”

“但愿如此。”

“贝尔纳·吉多尼斯生在法国的罗什-阿贝伊附近，却在西班牙蒂伊地区当主教，人们不顾卡斯蒂利亚国王反对，遵照他的遗愿，把他的尸体运到法国里摩日的多明我会[①]教堂。能说这不对吗？”

“当然不能，尊敬的院长嬷嬷。”

“普朗塔维·德·拉·福斯证实了这件事。”

院长又默默拨了几颗念珠。接着，她说：

“福旺大爷，耶稣受难嬷嬷将入殓在她睡了二十年的棺材里。”

“这样是对的。”

“这是一种继续睡眠。”

“那么，我得把她钉在那口棺材里吗？”

“是的。”

“把殡仪馆的棺材撇开不用？”

“一点不错。”

“我照万分尊敬的修院的吩咐办。”

“四位唱诗嬷嬷会帮助您的。”

“帮我钉棺材？用不着她们。”

“不是。帮您把它抬下去。”

“抬到哪里？”

“地窖里。”

“什么地窖？”

福施勒旺惊得一跳。

“祭坛下的地窖！”

“祭坛下的。”

---

① 多明我会又名兄弟布道会，天主教四大托钵修会之一。一二一二年由圣多明我创立。

"可是……"

"您会有根铁撬棍。"

"那是，不过……"

"您把铁棍插进铁环里，将石头撬开。"

"可……"

"得服从死者的遗愿。葬在小教堂祭坛下的地窖里，不去世俗的地下，死了仍待在活着时祈祷的地方，这是耶稣受难嬷嬷的临终遗愿。她请求我们，也就是命令我们这样做。"

"可这是禁止的呀。"

"人禁止，可上帝下了命令。"

"万一走漏风声呢？"

"我们相信您。"

"啊，我，我是您墙上的一块石头。"

"已开过教务会了。我刚才还召集过参事嬷嬷，她们进行了商量，决定遂耶稣嬷嬷的心愿，把她装殓在她的棺材里，埋在我们的祭坛下。福旺大爷，您想想，这里会出现圣迹该多好啊！这是上帝对修院的多大荣耀啊！圣迹出自坟墓。"

"可是，尊敬的院长嬷嬷，万一卫生部门……"

"在丧葬问题上，圣本笃二世就违抗过君士坦丁四世[①]的旨意。"

"可是，警察局……"

"肖诺德梅尔，君士坦斯一世[②]时代入侵高卢的七个日耳曼国王中的一个，曾明文承认修士有权埋在修院，即祭坛底下。"

"可是，警察局的督察……"

"在十字架面前，世界微不足道。查尔特勒修会的第十一任会长马丁，曾对他的修会说过这样一句格言：**地球转动，十字架岿然不动**[③]。"

---

① 君士坦丁四世（654—685），拜占廷帝国皇帝。

② 君士坦斯一世（约 323—350），罗马帝国皇帝（337—350）。

③ 原文为拉丁语。

“阿门。”福施勒旺说；他听到拉丁文，总是坚定地用这种方式来摆脱困境。

过久不说话的人，遇到什么，都会大说一通。雄辩术教师日姆纳斯托拉斯出狱那天，身体里积满了两刀论法和三段论法，遇到一棵大树，便停下来，对它高谈阔论，竭力说服它。院长嬷嬷平时被沉默堤坝挡住，话满得要溢出来了，她站起来，打开话匣子，滔滔不绝地讲了起来：

“我右边有本笃，左边有伯尔纳。伯尔纳是谁？它是明谷修院的第一任院长。勃艮第的丰泰纳因是他的出生地而成为福地。他父亲叫泰斯兰，母亲叫阿莱特。他先在西多修院任职，最后到了明谷修院，是索恩河畔夏龙的主教威廉·德·尚波任命他当修院院长的。他有七百个初学修士，创建了一百六十所修道院。一一四〇年，在桑斯的主教会议上，他击败了阿贝拉、皮埃尔·德·布里及其弟子亨利，还有另一派叫作使徒派的旁门左道。他使阿诺·德·布雷斯无言以对，使屠杀过犹太人的拉乌尔惊慌失措，操纵了一一四八年在兰斯召开的主教会议，提议惩处了普瓦捷主教吉尔贝·德·拉波泰、埃隆·德·莱图瓦尔，调解过亲王间的纠纷，开导过小路易国王①，劝导过欧仁三世教皇，处理过圣殿骑士团问题，鼓吹过十字军，一生中显过二百五十次圣迹，甚至一天就显了三十九次。本笃是谁？是蒙卡森的教长，是修道院神圣性的第二创始人，是西方的巴西勒②。他的修会出过四十个教皇，二百个红衣主教，五十个教长，一千六百个大主教，四千六百个主教，四个皇帝，十二个皇后，四十六个国王，四十一个王后，三千六百个受封的圣人，已有一千四百年的历史。一边是圣伯尔纳，另一边是卫生机构的人！一边是圣本笃，另一边是路政机构的人！国家，路政局，殡仪馆，规章制度，行政当局，关我们什么事？任何过路人看见他们这样对待我们，都会义愤填膺。我们连把自己的遗骸献给耶稣-基督的权利都没有！你们的卫生机构是革命的产物。上帝也得隶属于警察局，这是什么世道！别说话，福旺！”

---

① 小路易即路易十二（1120—1180），法国国王。

② 巴西勒（330—379），希腊基督教神学家。

福施勒旺挨了场倾盆大雨，不知所措。院长继续往下谈。

“修院有权处理丧葬问题，这不容置疑。只有偏执狂和信仰不定的人才会否认这点。我们生活在极其混乱的时代。该知道的事不知道，不该知道的事却知道。肮脏卑鄙，亵渎宗教。现在，竟有人把极其伟大的圣伯尔纳，同所谓穷苦天主教徒的贝尔纳混为一谈，那人不过是十三世纪的一个好教士。还有些人亵渎神明，竟把路易十六的断头台，同耶稣-基督的十字架相提并论。路易十六不过是个国王。可别怠慢了上帝！现在已无所谓公道不公道了。人人知道伏尔泰，却不知道凯撒·德·比斯[①]。然而，凯撒·德·比斯是上帝降福的人，伏尔泰则是个不幸的人。前任大主教，德·佩里戈尔红衣主教竟然不知道查理·德·孔德朗接替贝鲁尔，弗朗索瓦·布古安接替孔德朗，让-弗朗索瓦·瑟诺接替布古安，圣玛特的父亲接替让-弗朗索瓦·瑟诺。大家知道科通神甫[②]的名字，并非因为他是创建奥拉托利会的三位倡议人之一，而是因为胡格诺派国王亨利四世用他的名字来诅咒。圣弗朗索瓦·德·萨尔之所以受上流社会青睐，是因为他玩牌时弄虚作假。此外，还有人攻击宗教。为什么？因为有坏神甫。因为加普的主教萨吉泰是昂布伦的主教萨洛纳的兄弟，两人都追随过莫莫尔。这有什么？这能阻止马丁·德·图尔成为圣人，把他的半件斗篷送给穷人吗？人们迫害圣徒。人们对真理闭眼不看。黑暗已成了习惯。最凶残的野兽是瞎了眼的野兽。没有人认真想想地狱。啊！凶恶的人民！在今天，以国王的名义，则意味着以革命的名义。人们不再知道对活人和对死人应负的责任。想死得圣洁也不让。坟墓成了俗事。真可怕。圣莱昂二世特意写了两封信，一封给皮埃尔·诺泰尔，另一封给西哥特人[③]的国王，反对和驳斥东罗马帝国的总督和皇帝在死人问题上的至高无上的权力。在这个问题上，夏龙的主教戈蒂埃同勃艮第公爵

① 凯撒·德·比斯（1544—1607），法国传教士，创建天主教兄弟会。

② 科通（1564—1626），法王亨利四世的忏悔神甫。亨利四世原为法国新教徒首领，后皈依天主教。他诅咒的时候，常用“我否认天主”，后来，科通让他改用“我否认科通”。

③ 西哥特人为哥特人的一个分支，四世纪时，与东哥特人分离，不断侵犯罗马的领土，并在西班牙和高卢建立了庞大的王国。

奥通做过斗争。前朝的司法官对此没有异议。从前，就是在俗事上，我们也有发言权。西多修院的院长，即西多修会会长，是勃艮第最高法院的当然顾问。我们的人死了，我们想怎么做，就怎么做。五四三年三月二十一日，圣本笃在意大利的蒙卡森仙逝，可他的尸体现在不照样放在法国的弗勒里修道院，即卢瓦河畔圣本笃修道院里吗？这都是铁的事实。我憎恶诵读诗经的人，我痛恨修院院长，我厌恶信奉异教的人，但我更讨厌和我意见不一致的人。只要读一读阿努尔·维翁、加布里埃·比斯兰、特里泰姆、莫罗里库斯和堂·达施里的作品，就都明白了。”

院长喘了口气，然后转向福施勒旺：

“福旺大爷，说定了吗？”

“说定了，尊敬的院长嬷嬷。”

“可以相信您吗？”

“我一定照办。”

“很好。”

“我对修院忠心耿耿。”

“就这样定了。您把棺材钉上。嬷嬷们把它抬到小教堂里，做追思祭礼，然后，大家回到内院。夜里十一点到十二点之间，您带着撬棍来。一切都在极其秘密的情况下进行。小教堂里只有四位唱诗嬷嬷、耶稣升天嬷嬷和您。”

“可是，绑木柱的那位嬷嬷不会看见吗？”

“她不会回头的。”

“可她听得见呀。”

“她不会听的。况且，修院里知道的事，不会传到外面。”

又沉默了一阵。院长继续说：

“到时您把铃铛解下。没必要让绑木桩的嬷嬷知道您在那里。”

“尊敬的院长嬷嬷？”

“什么事，福旺大爷？”

“法医来过了吗？”

“下午四点来。已敲过喊法医的钟了。您什么钟声都听不见吗？”

“我只注意喊我的钟声。”

“这很好，福旺大爷。”

“尊敬的院长嬷嬷，得有一根至少六尺长的铁棍。”

“您上哪里去弄这样长的铁棍呢？”

“有铁栅栏的地方，就有铁棍。园子里头，我有一堆废铁哩。”

“午夜前三刻钟左右，别忘了。”

“尊敬的院长嬷嬷？”

“什么？”

“往后您还有这样的力气活，我兄弟最合适了。他力大如牛！”

“您尽快把事做完。”

“我快不了。我是个残废。就因为这，我要个帮手。我的腿是瘸的。”

“瘸腿不是错误，说不定是福气。与假教皇格雷古瓦做斗争，并重新确立本笃八世为教皇的亨利二世就有两个绰号：圣人和瘸子。”

“有两件无袖外套当然不错[①]。”福施勒旺喃喃自语。事实上，他耳朵有点背。

“福旺大爷，我想，就用整整一个小时来干吧。这不算多。您带着撬棍，十一点准时到主祭坛来。追思祭礼午夜开始。在这之前一刻钟，一切都得做完。”

“我将不遗余力地证明对修院的忠诚。就这样说定了。我钉上棺材。十一点我准时到小教堂。唱诗嬷嬷将在那里，耶稣升天嬷嬷将在那里。有两个男人就更好了。算了，管它呢！我有铁撬棍。我们把地窖撬开，将棺材放下去，然后关上地窖。做完后，不留丝毫痕迹。官方不会怀疑。尊敬的院长嬷嬷，一切就这样安排妥了？”

“没有。”

“还有什么？”

“人家抬来的那口棺材还是空的。”

两人沉默了一阵。福施勒旺在思考。院长嬷嬷在思考。

---

① 法语中，绰号（surnom）和无袖外套（surtout）音相近。

“福旺大爷，那口棺材怎么办？”

“把它埋到地里去。”

“空着？”

又一阵沉默。福施勒旺用左手做了个手势，似乎在打消一个令人不安的念头。

“尊敬的院长嬷嬷，是我在教堂底层那间屋子里钉棺材，除了我，谁也不进来，我在棺材上盖一块棺罩。”

“好的，不过，抬棺材的人把它抬到柩车上，放到坑里时，一定会感到里面是空的。”

“啊！见……”福施勒旺惊叫起来。

院长嬷嬷开始画十字，眼睛盯着福施勒旺。“鬼”字到了嘴边没有说出口。

他赶紧把话岔开，以便掩饰这个诅咒。

“尊敬的院长嬷嬷，我放些土在棺材里。人们会以为里面有人。”

“您说得对。土和人是一样的东西。空棺材就交给您办了？”

“这事我来办。”

院长那张忧心忡忡的脸，终于平静下来。她像上级打发走下级那样，向他做了个手势。福施勒旺朝门口走去。他正要出去，院长微微抬高嗓门说：

“福旺大爷，我对您很满意。明天葬礼后，把您的兄弟带来，叫他把他的女儿也带来。”

四　让·瓦让好像读过奥斯丁·卡斯蒂约的作品

瘸子走起路来，有如独眼人送秋波，不会很快到达目的地。况且，福施勒旺正不知所措。他走了差不多一刻钟，才回到园子里的那间破屋里。珂赛特已醒了。让·瓦让让她坐在火炉旁。福施勒旺进来时，让·瓦让正指着挂在墙上的园丁的背篓，对她说：

“我的小珂赛特，好好听我说。我们得离开这屋子，不过，我们还会回来，会在这里过得很好。住在这里的老头将把你放在这里面，背你出去。你在一位太太家里等我。我去接你。假如你不想让泰家婆娘把你抓回去，你就得听话，不要出声。”

珂赛特神情严肃地点了点头。

听见福施勒旺推门的声音，让·瓦让转过头。

“怎么样？”

“什么都安排好了，什么都没安排好。”福施勒旺说。“我被准许带您进来。可是，要让您进来，先得让您出去呀。难就难在这里。小家伙好办。”

“您把她带出去？”

“她能不出声吗？”

“这我保证。”

“可您呢，马德兰老伯？”

福施勒旺不无忧虑地沉默片刻，突然嚷道：

“您从哪里进来，就从哪里出去呗！”

让·瓦让还是和上次那样，只回答了句：“不可能。”

福施勒旺嘟嘟哝哝，与其说在同让·瓦让说话，不如说在自言自语：

“还有件事让我搔头。我说了往里面放土。可现在想来，在里面放土，而不是尸体，是不一样的，这样不行，土在里面会移动，会晃动。抬的人会感觉出来。这您明白，马德兰老伯，政府会发现的。”

让·瓦让凝视他的眼睛，以为他在说胡话。

福施勒旺继续说：

“见……鬼，您怎么出去呢？这一切，明天都得办妥！明天我得带您进来。院长嬷嬷明天等着您呢。”

接着，他向让·瓦让解释，这是给他福施勒旺的报偿，因为他要帮修道院一个忙。帮办丧事是他分内的事，由他负责钉棺材，到墓地帮掘墓人安葬。早晨去世的修女要求装殓在她平时睡觉的棺材里，葬在小教堂祭坛下面的地窖里。这是违反治安条例的，可对这样一个死者又无法拒绝。院长和参事嬷嬷想照死者的遗愿办。不去理睬政府的规定。他，福施勒旺，将要去停尸间把棺材钉上，到小教堂去把地窖的石盖撬开，将死者下葬到地窖里。作为回报，院长同意他的兄弟来修院当园丁，他的侄女来学校寄读。他的兄弟，就是马德兰先生，他的侄女，就是珂赛特。院长叫他第二天晚上，等安葬结束后，把他兄弟带来。可是，如果马德兰先生不在外面，他就不可能把马德兰先生从外面带进来。这是第一件难事。他还有第二件难事：那口空棺材。

"什么空棺材？"让·瓦让问。

福施勒旺回答：

"政府部门的棺材。"

"什么棺材？什么政府部门？"

"一个修女死了。政府部门的医生来确认，并说：有个修女死了。政府就送来一口棺材。第二天，再派一辆柩车和几个殡葬工来，把棺材运走，运到墓地。殡葬工来后抬起棺材，发现里面是空的。"

"放点东西进去嘛。"

"一个死人？我可没有。"

"是没有。"

"那放什么？"

"放个活人。"

"什么活人？"

"我。"让·瓦让说。

福施勒旺是坐着的，一下跳了起来，仿佛椅子下面响了个爆竹。

"您！"

"为什么不呢？"

让·瓦让脸上露出难得的笑容，有如冬日天空射出一缕阳光。

"您知道，福施勒旺，您对我说，耶稣受难嬷嬷死了，我接过话说，马德兰老伯埋葬了。就这么办。"

"您是在开玩笑。您是瞎说的。"

"我可是认真的。不是要从这里出去吗？"

“当然。”

“我跟您说过，也帮我找一个背篓和一块雨布。”

“那又怎样？”

“背篓是松木的，雨布是块黑布。”

“首先，是白布。葬修女用的是白布。”

“白布就白布。”

“马德兰老伯，您和别人不一样。”

这种奇思异想，纯粹是苦役牢里野蛮而大胆的发明，福施勒旺生活在平静的环境中，现在看到这种奇想突然从平静的事物中冒出来，参与他所谓的“修道院日常事务”，便惊愕不已，就像行人看见一只海鸥在圣德尼大街的明沟里捕鱼那样。

让·瓦让又说：

“问题是既要出去，又不被人看见。这是个办法。您先得把情况同我说一说。事情是怎么安排的？那只棺材在哪里？”

“空的？”

“对。”

“在楼下，所谓的停尸间里。放在两个木架上，盖着棺罩。”

“棺材有多长？”

“六尺。”

“停尸间是什么情况？”

“是底层的一间屋子，朝园子有扇窗子，安了铁条，从外面关闭窗板。有两扇门，一扇通修院，另一扇通教堂。”

“什么教堂？”

“街上的教堂，大家的教堂。”

“您有两扇门的钥匙吗？”

“没有。我有通修院那扇门的钥匙。门房拿着通教堂那扇门的钥匙。”

“门房什么时候开那扇门？”

“殡葬工来抬棺材时才开。棺材一抬走，门又关上。”

“谁钉棺材？”

"我。"

"谁盖棺罩？"

"我。"

"就您一个人？"

"除了法医，其他男人不得进入停尸间。这都写在墙上了。"

"今天夜里，等修院里的人都睡着后，您能不能把我藏在停尸间里？"

"不能。不过，我可以把您藏在停尸间的储藏室里，是我放殡葬工具的地方，归我管，我有钥匙。"

"明天几点钟柩车来运走棺材？"

"下午三点。天快黑时，在沃日拉公墓里下葬。离得可不近。"

"我要在您那间工具室里呆整整一夜和一上午。吃饭怎么办？我会饿的呀。"

"我给您送去。"

"您可以在下午两点来把我钉进棺材里。"

福施勒旺倒退了一步，把手指头捏得咯咯响。

"这不行的。"

"嗨！拿把铁锤，把几颗钉子钉到一块木板上不就行了。"

我们再说一遍，福施勒旺认为闻所未闻的事，对让·瓦让来说易如反掌。让·瓦让再危险的关口都闯过来了。当过囚犯的人，都有本事根据逃跑途径的大小，缩小自己的身体。囚犯越狱，无异于病人病情发作，要么得救，要么死亡。越狱意味着治好病。为了治好病，有什么不能接受呢？让人钉在木箱里，像包裹那样运走，在箱子里呆很长时间，在没有空气的地方找到空气，连续几小时节省呼吸，善于屏住气而不致死去，这是让·瓦让的一个可悲的才能。

再说，棺材里装活人，不仅是苦役犯的应急办法，帝王也曾用过。据奥斯丁·卡斯蒂约修士记载，查理五世[①]逊位以后，想最后见拉普隆布

---

① 查理五世（1500—1558），神圣罗马帝国皇帝。一五五六年退位，九月底乘船赴西班牙，次年二月初，隐居于圣茹斯特修道院，一年后去世。

一面，就用这个办法将她抬进圣茹斯特修道院，又用同样的办法把她送了出去。

福施勒旺稍稍镇静之后，大声说道：

“可您怎么呼吸呢？”

“我能呼吸。”

“在那个匣子里！我想一想都会透不过气来。”

“您肯定有螺旋钻吧，您在嘴巴所在的地方钻几个小孔，钉盖板的时候，不要钉紧。”

“好吧。可是，万一您要咳嗽或打喷嚏呢？”

“逃命的人是不咳嗽、不打喷嚏的。”

让·瓦让接着又说：

“福施勒旺大爷，得做决定了：要么在这里被人抓住，要么让柩车带出去。”

人人都注意到猫的一种习性，喜欢在一扇半开半合的门前徘徊不定。谁没对猫说过：进来呀！有些人在若明若暗的意外事情面前，也会在进与退之间举棋不定，等到命运突然把冒险的大门关闭，而被命运压得粉身碎骨。过分谨慎的人，即使他们是猫，也正因为他们是猫，往往比敢于冒险的人有更多的危险。福施勒旺正是这种瞻前顾后的人。然而，让·瓦让的镇静不禁影响了他。他咕哝道：

“的确，也别无他法。”

让·瓦让又说：

“我唯一担心的，是墓地的情况。”

“这恰恰是我不愁的。”福施勒旺大声说。“您只要有把握出得了棺材，我就有把握让您出得了坟坑。掘墓工是我的朋友，他是个酒鬼，叫梅斯蒂安大爷，嗜酒如命。掘墓工把死人放进坟坑里，我把掘墓工放进我的口袋里。到墓地的情况，我来告诉您。我们在天快黑的时候，墓地关门前三刻钟到达。柩车一直开到坟坑旁。我跟着去，这是我的活。我兜里揣着铁锤、凿子和钳子。柩车停下来，殡葬工用绳索捆住您的棺材，将您放进坑里。神甫做祷告，画十字，洒圣水，然后溜之大吉。就我和梅斯蒂安大爷留下来。跟您说，他是我朋友。他要么喝醉了，要么没喝醉，二者必居其一。假如还没醉，我就对他说：‘趁木瓜酒馆还没打烊，去喝一杯。’我把他带去，把他灌醉，不一会儿，梅斯蒂安大爷就会烂醉如泥，每次开始喝的时候就有些醉意了。我替你把他放倒在桌子底下，我拿着他的证件回墓地，我自己一个人回去。您就只跟我打交道了。假如他醉了，我就对他说：‘你走吧，我来替你干。’他走了，我把您从坟坑里拉出来。”

让·瓦让伸出手，福施勒旺以乡下人令人感动的热忱，也赶紧伸出手去。

“就这样定了，福施勒旺大爷。一切都会顺利的。”

“但愿不出意外。”福施勒旺想道。“要是出什么意外，那就惨了。”

五　酒鬼照样会死

次日，夕阳西下，一辆饰有骷髅、胫骨和眼泪的老式柩车经过梅恩林荫大道，稀少的过往行人脱帽致敬。柩车上有口棺材，覆盖着白布，上面放着一个巨大的黑十字架，好像躺着一个身材高大、双臂下垂的死人。后面跟着一辆蒙黑纱的四轮轿式马车，里面坐着一个穿白法袍的神甫和一个戴红圆帽的侍童。柩车两旁，走着两个穿黑镶边灰制服的殡葬工。后面跟着一个穿工装的瘸腿老头。这一送葬行列向沃日拉公墓走去。

那人的口袋里，露出一把锤子的柄、一把钳工凿的刃和一把钳子的两个把手。

在巴黎的公墓中，沃日拉公墓与众不同。它有特别的习惯，比如，它有一个通大车的门和一个便门，附近一带的老人抱着旧称呼不放，仍喊作骑士门和步行门。前面已说过，小皮克皮斯街的伯尔纳-本笃修会的修女们，获准可以在傍晚时分，单独葬在一个角落里，因为那块地从前属于修院。那里的掘墓工若因为这个缘故，夏天黄昏时分，冬天天黑了，还要在墓地干活，就不得不遵守一条特别的纪律。那时候，巴黎各公墓日落时必须关门，这是市政府的规定，沃日拉公墓也不例外。骑士门和步行门是两个相连的栅栏门。旁边有个小屋，是建筑师佩罗内建造的，看公墓的人住在里面。因此，当太阳隐没在残老军人院的圆屋顶后面时，这两个栅栏门必须关闭。这时候，假如某个掘墓工还在公墓滞留，必须凭殡仪机构发给的掘墓工出入证方能出门。门房的窗板上开了个洞，挂了个类似信箱的盒子。掘墓工把出入证扔进盒子里，门房听见出入证落下的声音，便拉动绳子，步行门打开。假如掘墓工没带出入证，便自报姓名，有时，门房即使睡觉或睡着了，也得起来，先去确认一下，再用钥匙打开大门；掘墓工出去，但得付十五法郎罚金。

这公墓除了常规，还有自己的特点，影响了统一管理。为此，一八三〇年后不久，它就被取缔了。蒙帕纳斯公墓即东公墓取而代之，并接管了与沃日拉公墓一墙之隔的那家远近闻名的小酒馆。那酒馆屋檐上顶着个木瓜，是画在一块木板上的，它位于拐角处，一边对着酒客的桌子，另一边朝向死人的坟茔，还有块写着“好木瓜”的招牌，沃日拉公墓可谓是凋谢的墓地。它日益衰败。那里到处发霉，将花儿赶跑了。有产阶级嫌它寒酸，不大愿意葬在那里。拉雪兹神甫公墓，好极了！葬在拉雪兹神甫公墓，就好比拥有了红木家具。那里高雅优美。沃日拉公墓是一个古老的园林，树木的布局古色古香。笔直的幽径，黄杨，崖柏，冬青，古老紫杉下的古老坟墓，高草。每到黄昏，满目凄凉。一行行树木阴阴森森。

那盖着白棺罩、放着黑十字架的灵柩驶进沃日拉公墓的林荫大道时，太阳尚未落山。紧随其后的瘸子正是福施勒旺。

耶稣受难嬷嬷安葬在祭坛下面的地窖里，珂赛特被送出修道院，让·瓦让被带进停尸间，一切顺顺利利，畅通无阻。

顺便说一下，将耶稣受难嬷嬷安葬在修院的祭坛下，我们认为是完全可以谅解的。这种错误好比是一种责任。修女们做完后，不仅不感到不安，反而心安理得。在修道院里，所谓的“政府”，不过是对权力的一种干预，从来都是有争议的。教规最重要；至于法规，看着办吧。人哪，你们想订多少法律，就订多少吧，不过，留给你们自己享用。先得给上帝纳贡，剩下的才给国王。与原则相比，王公贵族半文不值。

福施勒旺一瘸一拐、得意扬扬地跟在灵柩后面。他的两个秘密，两个孪生诡计——一个与修女们一起密谋，另一个同马德兰先生一起策划，一个为了修院，另一个背离修院——皆已获得成功。让·瓦让镇定自若，他这种镇静的态度具有极强的感染力。福施勒旺对成功已不再怀疑。剩下的事易如反掌。两年来，他不止十次灌醉过那位掘墓工，正直的梅斯蒂安大爷，一位胖嘟嘟的老头。他拿梅斯蒂安大爷寻开心。他随心所欲地摆布他。他把自己的意愿和奇想当帽子套到梅斯蒂安头上。梅斯蒂安的脑袋套上福施勒旺的帽子不大也不小。福施勒旺万无一失。

当送殡行列驶入通往公墓的林荫道时，福施勒旺喜不自胜，他看看柩车，搓搓粗大的手，低声说道：

“好一场玩笑！”

突然，柩车停下了：已到了铁栅栏门前。得出示安葬许可证。殡仪馆的人上前与看公墓的人接洽。总要等上一两分钟。这时，有个人，一个陌生人，来到柩车后面，站在福施勒旺身旁。好像是个工人，穿着一件有几个大口袋的上衣，夹着一把镐头。

福施勒旺看看那陌生人。

“您是谁？”他问道。

那人回答：

“掘墓的。”

假如有人当胸被炮弹击中，却侥幸活了下来，可能就是福施勒旺当时的神情。

“掘墓的！”

“是的。”

“您！”

“我。”

“掘墓工是梅斯蒂安大爷呀。”

“曾经是。”

“什么！曾经是？”

“他死了。”

福施勒旺想到了一切，就没想到这个：掘墓工可能会死。可这却是事实；掘墓工们也会死的。不断地给别人掘墓，也就掘开了自己的坟墓。

福施勒旺瞠目结舌。他勉强结巴了一句：

“这是不可能的！”

“这是事实。”

“可是，”他吃力地继续说，“掘墓工是梅斯蒂安大爷。”

“拿破仑之后，是路易十八。梅斯蒂安之后，是格里比埃。乡下人，我叫格里比埃。”

福施勒旺脸色苍白，打量着格里比埃。

此人高高瘦瘦，脸色惨白，神态阴郁。看上去就像个平庸的医生，转行当起了掘墓工。

福施勒旺哈哈大笑。

“哈！世上的怪事真多！梅斯蒂安大爷死了。可爱的梅斯蒂安大爷死了，但愿可爱的勒努瓦大爷永生不死！您知道勒努瓦大爷是什么吗？是地道的红葡萄酒，六法郎一壶。絮雷纳的红葡萄酒！棒极了！货真价实的巴黎絮雷纳！哈！他死了，梅斯蒂安老头。我很遗憾，他是个乐天派。您也是，也是个乐天派。是不是，老弟？一会儿，我们一道去喝它一杯。”

那人回答：“我念过书。我读完了四年级[①]。我从不喝酒。”

柩车重新上路，在公墓的大道上滚动。

福施勒旺放慢脚步。他一瘸一拐，与其说因为残疾，不如说因为忧虑。

掘墓工走在他前面。

福施勒旺又将突然出现的格里比埃打量了一番。

他是这样一种人，年纪轻轻，却老气横秋，瘦如干柴，却身强力壮。

“老弟！”福施勒旺喊道。

---

① 相当于中国的初中二年级。

那人转过脸来。

“我是修院的掘墓工。”

“我们是同行。”那人说。

福施勒旺没有文化，却很精明，他明白在同一个厉害的人，一个能说会道的人打交道。

他咕哝道：

“梅斯蒂安大爷就这样死了。”

那人回答说：

“千真万确。仁慈的上帝查了他的生死簿。该梅斯蒂安大爷了。梅斯蒂安大爷就死了。”

福施勒旺机械地重复：

“仁慈的上帝……”

“仁慈的上帝。”那人权威地说。“对于哲学家来说，是永恒的天主；对于雅各宾派来说，是至高无上的天主。”

“我们不要互相介绍一下吗？”福施勒旺结结巴巴地说。

“已介绍过了。您是乡下人，我是巴黎人。”

“没在一起喝过酒，不能算认识。喝了酒，才会掏心窝。待会儿您和我一起去喝酒。这是不能推辞的。”

“先得干活。”

福施勒旺心里想：这下我完了。车轮再转几圈，就到葬修女的那个角落的小路上了。

挖墓工接着又说：

“乡下人，我要养活七个娃娃。他们要吃饭，所以我不能喝酒。”

接着，他又装出严肃的样子，得意地加了一句：

“他们的饥饿是我口渴的敌人。”

柩车绕过一丛柏树，离开大路，驶入小路，进入泥地，深入矮树丛中。这表明马上就要到墓地了。福施勒旺放慢脚步，却无法使灵车慢下来。幸亏泥地松软，加之冬天下了雨，土路湿漉漉的，车轮粘上了土，步履维艰。

他走近掘墓工。

“有阿尔让特伊产的一种葡萄酒，味道好极了。”福施勒旺悄声说道。

“乡下人，”那人又说，“我本不该当掘墓工的。我父亲曾是陆军子弟学校的门房。他打算让我从事文学。但他遇到了灾难。他在证券交易中惨遭失败。我只好放弃当作家。不过，我仍给人代写书信。”

“那您就不是掘墓工了？”福施勒旺抓住这根稻草又说道，尽管这根稻草不结实。

“干这一行不妨碍干另一行。我身兼二职。”

后面一句话，福施勒旺没听明白。

“我们去喝酒吧。”福施勒旺说。

这里，得做一点说明。福施勒旺尽管焦虑不安，他提议去喝酒，却没明确谁付钱。通常都是福施勒旺提议，梅斯蒂安大爷付钱。他这次提议喝酒，显然是因为换了个掘墓工，出现了新情况，他必须这样做，不过，这位老园丁避而不谈付账的时刻，他这样做并非无意。至于他，福施勒旺，尽管心里着急，却根本不想付钱。

那掘墓工高傲地微笑着，继续道：

“总得吃饭吧。所以，梅斯蒂安大爷死后，我同意接替他的工作。一个人读了点书，就变得达观了。我在用手的工作上，再加一个用胳膊的工作。我在塞弗尔街集市上，摆了个代写书信的摊头。您知道吗？雨伞市场。红十字会的厨娘们全来找我写信。她们要给大兵写情书，我就胡乱给她们编几句。上午，我写情书，晚上，我挖坟坑。乡下人，这就是生活。”

柩车继续前进。福施勒旺忧心如焚，四下张望。大滴汗珠从他额头落下。

“可是，”那掘墓工继续说，“一仆不侍二主。我得做选择，要么拿笔，要么拿镐。镐头会弄坏我的手。”

柩车停下了。侍童从挂着黑纱的车子上走下来，接着是神甫。柩车的一个前轮稍微压到一堆土上，土堆那边是敞开的坟坑。

“好一场玩笑！”福施勒旺沮丧地再次说了这句话。

六　在四块木板中间

棺材里是谁？大家是知道的。让·瓦让。

让·瓦让设法在里面活下来，几乎不呼吸。

奇妙的是，心境恬静，能使其他一切顺顺利利。让·瓦让预先策划的一整套办法，头天就开始运行，一切都很顺利。和福施勒旺一样，他寄希望于梅斯蒂安大爷。他对结局毫不怀疑。从没有像这样危急的处境，也从没有像这样恬静的心境。

棺材的四块板散发出骇人的宁静。让·瓦让的平静之中，仿佛掺进了死者长眠的意味。他躺在棺材里，一直在同死神演出一场可怕的悲剧，一步一步演得都很好，还在继续演下去。

福施勒旺钉完盖板不久，让·瓦让就感到被抬走了，接着滚动起来。后来震动变小，他感到已从铺石路走到压实的土路上了，也就是说，已离开大街，到了林荫大道上。他又听到一种沉闷的声音，他猜想正在通过奥斯特里茨桥。第一次停下来时，他知道已到了公墓；第二次停下时，他对自己说：到坟坑了。

突然，他感到有人在抓棺材，接着又听到刷刷的磨擦声。他明白是用绳子捆棺材，好把他放进坟坑里。接着，他感到有点眩晕。可能殡葬工和掘墓工在晃动棺材，让头比脚先下地。他感到放平了，不动了，便完全恢复了知觉。他已被放到坑底了。他觉得凉飕飕的。

上面响起一个声音，冷漠而又庄严。他听见了拉丁语，念得很慢很慢，他能分辨每个词，但不懂意思：

“在尘土中长眠的人将醒来，有的获得永生，有的忍受耻辱，永远如此[①]**。”**

一个孩子的声音说：

---

① 原文为拉丁语。

“**深深地埋葬**[①]。”

那庄严的声音又说：

“**主啊，让她安息吧**[②]。”

那孩子说：

“**愿永恒的光照耀她**[③]。”

他听见好像有几滴雨轻轻打在棺盖上。可能在洒圣水。他想：“快结束了。再忍一忍。神甫就要走了。福施勒旺会带梅斯蒂安大爷去喝酒。把我一人留下。然后，福施勒旺独自回来，然后，我就可以出去。一个小时罢了。”

那庄严的声音又说：

“**让她安息吧**[④]。”

那孩子说：

“**阿门**[⑤]。”

让·瓦让竖起耳朵，仿佛听到离去的脚步声。

“他们走了，”他想，“就剩我一个人了。”

蓦然，他听见头上轰隆一声，就像是雷声。那是一铲土落在棺材上。

第二铲土落下。他用来呼吸的那些小孔，有一个堵住了。第三铲土落下。接着第四铲。有些事连最强大的人也无可奈何。让·瓦让失去了知觉。

七 “别丢失证件”的由来

现在，我们来谈谈让·瓦让的棺材上面发生的事。

柩车离开了，神甫和侍童也上车走了，眼睛一直不离掘墓工的福施

---

① 原文为拉丁语。

② 原文为拉丁语。

③ 原文为拉丁语。

④ 原文为拉丁语。

⑤ 原文为拉丁语。

勒旺看见他弯下腰，抓起了插在土堆上的那把铁锹。

于是，福施勒旺下了最后的决心。

他站到坟坑和掘墓工中间，交叉双臂，说道：

“我付钱！”

掘墓工惊讶地看着他，回答道：

“什么钱，乡下人？”

福施勒旺又说了一遍：

“我付钱！”

“什么钱？”

“酒钱。”

“什么酒？”

“阿让特伊。”

“在哪？”

“好木瓜酒店。”

“去你的吧！”掘墓工说。

他往棺材上扔了一锹土。

棺材咚地响了一声。福施勒旺觉得身体摇晃，就要掉进坑里。他大喊起来，紧张得声音都有些嘶哑：

“老弟，趁‘好木瓜’还没关门。”

掘墓工又挖了一锹土。福施勒旺继续说：

“我付钱！”

他一把抓住掘墓工的胳膊。

“老弟，听我说。我是修道院的掘墓工。我是来帮您的。这活儿可以天黑了再干。我们先去喝它一杯。”

他明知无望，仍拼命坚持，一面说，一面忧郁地想：

“他喝了又怎么样！会醉吗？”

“乡巴佬，”掘墓工说，“如果您坚持，我就同意。我们去喝。不过得干完活，这之前绝对不行。”

他晃动铁锹。福施勒旺不让他扔。

“六法郎一瓶的阿让特伊。”

“怎么搞的！”掘墓工说，“您是敲钟的。叮咚，叮咚，敲个没完。再这样，我要赶您走了。”

他扔下第二锹土。

福施勒旺已到了不知所云的地步。

“跟我去喝吧，”他喊道，“我付钱！”

“先安顿孩子睡了再说。”掘墓工说。

他扔下第三锹。

然后，他把铁锹插进土里，又说：

“您瞧，夜里会很冷，如果把死人撂在这里，不给她盖被子，她会跟在我们后面叫喊的。”

这时，掘墓工开始装第三锹土，他弯着腰，上衣的口袋微微张开。

福施勒旺迷惘的目光无意落到这口袋上，再也不移开了。

太阳尚未在地平线上消失，天色仍然相当明亮，可以辨出那微开的衣袋里，有一样白色的东西。

一个庇卡底农民的眼睛可能有的全部光芒，掠过福施勒旺的双眸。刚才，他脑海里闪过了一个念头。

趁掘墓工专心铲土不注意的时候，福施勒旺把手从他身后伸进他的衣兜，将那白东西抽出来。

掘墓工往坑里扔了第四锹土。

当回过头去挖第五锹土时，福施勒旺极其冷静地看着他，对他说：

“对了，新来的，您有出入证吗？”

掘墓工停下来。

“什么出入证？”

“太阳快下山了。”

“好啊，让它戴上睡帽吧。”

“公墓就要关门了。”

“关就关，这有什么？”

“您有出入证吗？”

“啊！我的出入证！”掘墓工说。

他在外衣兜里翻找。

翻完一只，又翻一只。他又在背心兜里翻寻，翻了一只又一只。

“没有，”他说，“我身上没有出入证。可能忘带了。”

“罚款十五法郎。”福施勒旺说。

掘墓工脸色发青。苍白的人脸色发白，就成了青色。

“啊，耶稣——我的——上帝——罗圈腿——打倒——月亮！”他喊道。“罚款十五法郎！”

“三个一百苏的银币哪。”福施勒旺说。

掘墓工的铁锹掉到地上。

这回轮到福施勒旺威风了。

“啊，”福施勒旺说，“新来的，不要绝望。又不是要寻短见的事，也用不着这坟坑。十五法郎就十五法郎。再说，也不是非付不可。我是老手，您是新手。各种办法、方法、窍门、诀窍，我都了如指掌。我要给您朋友的忠告。有件事是清楚的，太阳就要下山，它已接近那圆屋顶了，再过五分钟，公墓就要关门。”

“千真万确。”掘墓工回答。

“这坑深着呢。五分钟内，您是填不满的，也来不及赶在关大门前出去。”

“一点不错。”

“那么，就罚十五法郎吧。”

“十五法郎。”

“不过，还来得及……您住在哪里？”

“城门附近。离这里一刻钟。沃日拉街，八十七号。”

“您现在就跑，还来得及出去。”

“确实如此。”

“一出大门，您就奔到家里，拿上出入证，再回来，公墓的门房给您开门。有了出入证，一分钱也不要付了。您回来把您的死人埋上。我呢，我现在给您看着，等您回来，不要让他跑了。”

“乡下人，您救了我一命。”

“快给我滚吧。”福施勒旺说。

掘墓工感激涕零，抓住他的手摇晃着，然后拔腿便跑。

掘墓工消失在树林中。福施勒旺侧耳细听，直到听不见脚步声，然后，他朝坟坑弯下身子，低声说：

“马德兰老伯！”

没人答应。

福施勒旺打了个寒噤。他与其说是走下，不如说是滚下了墓坑，扑到棺材头上，大声喊道：

“您在吗？”

棺材里毫无动静。

福施勒旺浑身颤抖，透不过气来。他拿起凿子和锤子，把棺盖撬开。让·瓦让的面孔出现在暮色中。他双目紧闭，脸色苍白。

福施勒旺的头发竖了起来。他站起来，又靠着坑壁瘫下去，差点儿倒在棺材上。他望望让·瓦让。

让·瓦让躺着，面色灰白，一动不动。

福施勒旺喃喃自语，声音低得像气息。

“他死了！”

他又站起来，用力交叉起双臂，由于用力过猛，两只拳头打到了肩膀上。他喊道：

“我就是这样救他的呀！”

于是，这个可怜的老头呜咽哭泣起来。他自言自语。可别以为自言自语并非人之本性。人在极其激动时，常常会大声地自言自语。

“全是梅斯蒂安大爷的错。这个蠢货，他干吗死呢？他有必要在人家没有料到的时候死吗？是他害死了马德兰老伯。马德兰老伯！他在棺材里。他归天了。他完了。——再说，这种事，难道有道理吗？啊！上帝！他死了！扔下他的孩子，叫我怎么办？卖水果的老婆婆会说什么呢？这样一个人，就这样死了，上帝，这怎么可能！没想到他会钻到我的车子底下救我！马德兰老伯！马德兰老伯！没错，他是给憋死的，我早说过。他不愿听我的。这下玩笑开大了！他死了，这个正直的人，在好上帝创造的好人中，他是最好的！他的孩子！啊！我，我索性也不回那里去了。我待在这里。做了这样一件事！活到这把年纪，却是两个疯老头，真不值得。可他是怎么进修道院的呢？开头就不妙。这种事，是干不得的。马德兰老伯！马德兰老伯！马德兰老伯！马德兰！马德兰先生！市长先生！他听不见我喊他。现在您可是出来呀！”

他揪自己的头发。

远处的树林里响起了刺耳的嘎吱声。公墓的栅栏门关闭了。

福施勒旺向让·瓦让弯下身子，突然，他往后一蹦，拼命往坑壁靠。让·瓦让睁着眼在看他。

看见一个死人，是令人恐惧的，看见一个人死而复生，也同样是令人恐惧的。福施勒旺变成了石头，苍白，愕然，过度的激动使他惊慌失措，不知道对方是活人，还是死人。他望着让·瓦让，让·瓦让也望着他。

“我睡着了。”让·瓦让说。

他坐了起来。

福施勒旺跪了下去。

“公正仁慈的圣母！您可把我吓坏了！”

接着，他站起来，喊道：

“谢谢，马德兰老伯！”

让·瓦让不过是昏了过去。吸到新鲜空气，他便苏醒了。

恐惧过后，便是快乐。福施勒旺几乎和让·瓦让一样，过了好一会儿，才清醒过来。

“您没死呀！啊！您真会开玩笑，您！我喊了您多少次，您才醒过来。我看到您闭着眼睛，我就说：好！他憋死了。我都快疯了，变成要穿紧身背心的真正的疯子。会被送到比塞特疯人院。您死了，叫我怎么办？还有您那个孩子！卖水果的婆婆会感到莫名其妙！有人把孩子扔给她，可爷爷却死了！多么荒唐的事！我那些天国里的圣人，多么荒唐的事！啊！您活着，这太好了。”

“我冷。”让·瓦让说。

这句话将福施勒旺完全拉回到现实中。情况紧急。这两个人，即使苏醒了，仍没意识到自己神志不清，仍有些怪怪的，那是这阴森的地方引起的精神恍惚。

“快离开这里。”福施勒旺喊道。

他在口袋里搜寻，把预先准备好的一壶酒拿出来。

“先喝一口！”他说。

酒壶完成了新鲜空气业已开始的事。让·瓦让喝了口烧酒，完全清醒过来。

他走出棺材，帮助福施勒旺重新钉上棺盖。

三分钟后，他们走出坟坑。

再说，福施勒旺放心了。他不慌不忙。公墓已关门，不必担心掘墓工格里比埃会突然出现。这个“新手”正在家里寻找出入证，他在家里是找不到的，因为在福施勒旺的口袋里。没有出入证，他就不能回公墓。

福施勒旺拿起铁锹，让·瓦让拿起镐头，两人将空棺材掩埋。

坑填平后，福施勒旺对让·瓦让说：

“我们走吧。我拿铁锹，您拿镐头。”

夜幕渐渐降临。

让·瓦让步履维艰。他躺在这棺材里，身体已变僵直，差不多成了尸体。在这四块木板中，他的关节已像死人般僵硬。可以说，他得从坟墓状态中摆脱出来。

“您冻僵了，”福施勒旺说，“可惜我是瘸子，否则，我们可以互相蹬蹬脚底板取取暖了。”

“算了！”让·瓦让回答说，“走上几步，我的腿就活动开了。”

他们顺着柩车走过的路离开墓地。到了关闭的栅栏门和门房的小屋前，福施勒旺将手里的掘墓人的出入证扔进箱里，门房拉动绳子，门打开，他们走了出去。

“这一切太顺利了！”福施勒旺说。“马德兰老伯，您的主意真好！”

他们不费周折地通过沃日拉城门。在公墓附近，铁锹和十字镐是两张通行证。

沃日拉街上渺无人迹。

福施勒旺拿起铁锹，让·瓦让拿起镐头，两人将空棺材掩埋。（P530）

“马德兰老伯，”福施勒旺边走边说，并朝街两旁的房屋张望，“您的眼睛比我好。哪个是八十七号，给我指一指。”

“这正好是。”让·瓦让说。

“街上没有人。”福施勒旺说。“把十字镐给我，等我两分钟。”

福施勒旺走进八十七号，出于穷人的本能，一直走到阁楼上，摸黑敲了敲一间屋顶室的门。一个声音回答：

“进来。”

是格里比埃的声音。

福施勒旺推开门。同所有穷人的住所一样，掘墓工的家破破烂烂，没有家具，堆满杂物。一只旧货箱——可能是口棺材——充当衣柜，一只黄油罐充当水罐，一张草垫充当床，方砖地充当椅子和桌子。在一角的一块破地毯上，堆挤着一个皮包骨头的妇女和许多孩子。看来屋里被翻箱倒柜搜过了。好像“独自一家”发生过一场地震。锅盖移动了地方，破衣服满地都是，水罐已摔破，母亲哭过，孩子可能挨过打，这说明屋里被猛烈而粗暴地搜寻过。显而易见，掘墓工发狂似的寻找过他的出入证，把丢失出入证归罪于破屋里的一切，从水罐到他的妻子。他看上去垂头丧气。

可是，福施勒旺急于了结这场冒险，没有注意他的成功给别人造成的痛苦。

他进屋便说：

“我把您的铁锹和镐头送来了。”

格里比埃傻愣愣地看着他。

“是您，乡下人？”

“明天上午，您去公墓看门人那里取您的出入证。”

他把铁锹和镐头放在方砖地上。

“什么意思？”格里比埃问道。

“就是说，您的出入证从您衣兜里掉了出来，您走后，我在地上捡到了，我埋了死人，填了坑，我干了您的活，门房会把您的出入证还给您，您不用付十五法郎了。就这样，新手。”

“谢谢，乡下人！”格里比埃眉开眼笑，大叫起来。“下次我付酒钱。”

八　顺利通过盘问

一个小时后，在漆黑的夜里，两个男人和一个孩子来到小皮克皮斯街六十二号门口。年长的那位提起门锤敲门。他们是福施勒旺、让·瓦让和珂赛特。

两位老人已到绿径街卖水果的老婆婆家，把福施勒旺头天寄放的珂赛特接回来。珂赛特在那里度过了二十四小时，始终不明白怎么回事，一声不吭，浑身发抖。她只顾哆嗦，连哭都没哭一下。她没有吃，也没有睡。好心的婆婆问了她许多问题，除了始终不变的阴郁的目光，一无所获。两天来，珂赛特听见和看见的事，丝毫也没泄露。她猜到他们正在度过一场危机。她深感自己得"听话"。在一个受惊吓的孩子耳边，以一种特别的语气，说出"什么也别说"这句话，其威力谁没有感受过？害怕便是哑巴。再说，没有人比得上孩子能严守秘密。

只是，经历了这凄惨的二十四小时后，她一见让·瓦让，便高兴得大叫一声；假如爱思索的人听见了，会猜出这是脱离苦海的欢叫。

福施勒旺是修院的人，知道口令。一道道门打开了。于是，"出去"和"进入"这两个令人望而生畏的问题终于解决了。

门房已接到指示，便将连接天井和园子的那道便门打开。二十年前，从街上还可看见这道门，开在天井靠里的墙上，与马车大门相望。门房让他们三人从这便门进去，他们来到院内那个会客室，前一天，福施勒旺在这里聆听过院长嬷嬷的命令。

院长嬷嬷手拿念珠，正等着他们。一位罩着面纱的参事嬷嬷站在一旁。一支闪着幽光的蜡烛照着，或者说佯装照着会客室。

院长嬷嬷仔细端详让·瓦让。没有比低垂的双眸看得更仔细了。接着，她开始盘问让·瓦让。

"您就是那位弟弟吗？"

"是的，尊敬的院长嬷嬷。"福施勒旺回答。

“您叫什么？”

福施勒旺回答：

“于尔蒂姆·福施勒旺。”

他的确有个叫于尔蒂姆的弟弟，已去世了。

“老家在哪？”

福施勒旺回答：

“在皮基尼，靠近亚眠。”

“多大年纪？”

福施勒旺回答：

“五十。”

“干什么的？”

福施勒旺回答：

“园丁。”

“是忠实的基督教徒吗？”

福施勒旺回答：

“全家都是。”

“这小女孩是您的吗？”

福施勒旺回答：

“是的，尊敬的院长嬷嬷。”

“您是她的父亲？”

福施勒旺回答：

“是祖父。”

参事嬷嬷悄声地对院长说：

“他回答得很好。”

让·瓦让没说一句话。院长仔细端详珂赛特，悄声对参事嬷嬷说：

“她将来一定很丑。”

两位嬷嬷在会客室的角落里低声商量了几分钟，然后，院长转过身，说：

“福旺大爷，您再弄一个有铃铛的膝带。现在需要两个了。”

第二天，园子里果然响起了两个铃铛声，修女们禁不住掀起面纱的一个角。她们看见，在园子尽头的树底下，两个男人肩并肩地在翻地，福旺和另一个。这可是件大事。沉默打破了，大家互相议论：这是园丁的助手。

参事嬷嬷补充说："这是福旺大爷的弟弟。"

果然，让·瓦让合法地安顿下来了。他有皮膝带和铃铛。从此以后，他是正式的园丁了。他叫于尔蒂姆·福施勒旺。

允许他们留在修院里的决定性因素，是院长嬷嬷对珂赛特的评语：她将来一定很丑。院长说完这预言，即刻对珂赛特友好起来，让她作为受接济的学生，到寄宿学校读书。

没有比这更合乎逻辑的了。尽管修院里没有镜子，女人们对自己的相貌却是一清二楚；然而，认为自己漂亮的姑娘，未必愿意当修女；既然出家当修女往往与美貌成反比，人们宁愿要长相丑的，也不要漂亮的。因此，对丑的女孩子尤感兴趣。

这场冒险提高了福施勒旺老头的威望。他一举三得：对让·瓦让来说，福施勒旺救了他，给了他安身之地；那位掘墓工想，多亏他，我才没罚款；修道院则认为，全亏他，耶稣受难嬷嬷的棺材葬在祭坛下这件事才能瞒过恺撒，并使上帝满意。在小皮克皮斯街，有一口装尸体的棺材，在沃日拉公墓，有一口没装尸体的棺材；公共秩序无疑深受干扰，但毫无察觉。至于修道院，它对福施勒旺感激不尽。福施勒旺成了最好的仆人，最可贵的园丁。最近，大主教来访，院长向大人叙述了此事，当然做了些忏悔，但也炫耀了一番。大主教离开修道院时，以赞许的口吻，悄悄地将此事告诉了查理十世的忏悔神甫拉蒂尔先生，后者日后将是兰斯大主教和红衣主教。对福施勒旺的赞佩越传越广，罗马也知道了。我们手头有当时的教皇莱昂十二世写给他的一位亲戚的信，该亲戚是教廷驻巴黎大使，和莱昂十二世一样，也叫代拉·让加。信上写道："据说，巴黎的那家修道院有个出色的园丁，他是位圣人，名叫福汪[①]。"所有这些赞词都未能传到福施勒旺的破屋里，他继续给他的甜瓜嫁接、锄草和加罩，对自己的出色和圣洁一无所知。他对自己的光荣业绩全然不

① 教皇把"福旺"错写成"福汪"。

知，正如达拉姆或萨里的一条牛，照片登在《伦敦新闻画报》上，并附有“该牛在有角牲口竞赛中获奖”之说明，可它却对这个殊荣一无所知。

九 隐修

到了修道院，珂赛特依然沉默不语。

珂赛特自然认为自己是让·瓦让的女儿。再说，她什么都不知道，也就什么也不可能说，况且，即便知道什么，她也不会说的。前面讲过，什么也不如苦难更能教会孩子沉默。珂赛特受尽苦难，因而害怕一切，乃至说话，乃至呼吸。她常因一句话而招来毒打！自从她成了让·瓦让的孩子，她才不再提心吊胆。她很快就习惯了修道院的生活。只是她很想念卡特琳，但不敢讲。不过有一次，她对让·瓦让说：“父亲，早知道，我就带她来了。”

珂赛特成了修院的寄宿生，就得穿修院的学生服。让·瓦让获准收回她换下的衣服。那是珂赛特离开泰纳迪埃家时，他让她穿的丧服。衣服还不是很旧。他设法弄到一只小箱子，把这些旧衣服以及毛袜和鞋子放进箱子里，还放了些樟脑和各种香料。修道院里有的是香料。他把箱子放在床边的一张椅子上，钥匙总带在身上。一天，珂赛特问：“父亲，这只箱子是什么呀，怎么这么香？”

福施勒旺大爷除了前面提到的他一无所知的殊荣外，还善行得到了善报。首先，他因做了好事，感到很幸福；其次，他的活有人分担，他的事就少多了。还有，他酷爱抽烟，马德兰先生来后，因为是马德兰先生付钱，他抽烟方便多了，比从前多抽了两倍，抽起来更觉得有滋有味。

修女们对于尔蒂姆这个名字毫不理会，她们管让·瓦让叫“另一个福汪”。

这些圣女若有雅韦尔的眼力，早就该注意到，园子里要买什么东西，总是又老又残又瘸的哥哥出去，另一个从不出门。可是，也许她们的眼睛只顾看上帝，不善于窥视旁人，或者她们宁可忙于互相窥视，因而根本不去注意。

幸亏让·瓦让沉默不语，足不出户。雅韦尔在这个街区足足监视了一个多月。

对让·瓦让来说，这修院好比是四周布满深渊的孤岛。这四堵围墙从此成了他的世界。在里面看得见天空，这足以使让·瓦让心境恬静，使珂赛特幸福快乐。

让·瓦让重新过起了愉快的生活。

他和老福施勒旺一起，住在园子深处的破屋里。这间陋屋，一八四五年还在，是用残砖破瓦建成的。正如大家所知，它有三个房间，除了墙壁，空无一物。大房间硬被福施勒旺大爷让给了马德兰先生，让·瓦让推也推不掉。那房间的墙壁上，除了用来挂膝带和背篓的两颗钉子外，还装饰着一张九三年制的保王党的纸币，贴在壁炉上方的墙上，我们把它准确无误地复制下来：

天主教王家军
奉国王御旨
发行十利弗信用券
购军用物资
和平时期兑现
第三套　　第 10390 号　　斯托弗莱

这张旺代信用券[1]是前任园丁钉在墙上的。那人曾是朱安党人[2]，死在修道院里，福施勒旺接替了他。

让·瓦让整天在菜园里干活，派上了大用场。他从前是修树工，现在当园丁心甘情愿。大家一定记得，他在种树方面，有一套秘诀和方法。

---

① 信用券为一七八九至一七九七年间流通于法国的一种以国家财产为担保的证券，后当作通货使用。旺代位于法国西部，资产阶级大革命时期，保王党和天主教徒曾在这里发动叛乱。

② 朱安党是指一七九三年在法国西部造反，并参加旺代保王党的一伙农民。

他把这些都用上了。果园里的树木，几乎都是野生的，他进行芽接，使它们结出了鲜美的果子。

珂赛特获准每天到他身边呆一小时。因为嬷嬷们总是面带忧容，而让·瓦让却非常和蔼可亲，经过比较，她便格外喜欢让·瓦让。规定的时间一到，她便奔向小屋。她一进破屋，屋里顿时充满了欢笑。让·瓦让心花怒放，看到自己给珂赛特带来快乐，便感到自己更快乐了。我们给予人的快乐有其可爱的一面，它不像任何反光，会渐渐衰弱，而是返回到我们身上时，会更光辉灿烂。课间休息时，让·瓦让远远望着珂赛特玩耍，奔跑，能从孩子们的笑声中分辨出珂赛特的笑声。

因为现在珂赛特笑了。

珂赛特的面孔也有了某些变化。阴郁的神情已然消失。欢笑便是太阳，它驱散人们脸上的严冬。

珂赛特仍然不漂亮，但变得可爱了。她用甜美童稚的声音，娓娓说着合情合理的琐碎小事。

课间休息结束，珂赛特回到教室，让·瓦让便望着她教室的窗户。夜里，他会起来凝视她寝室的窗户。

此外，上帝自有其意图。和珂赛特一样，修院对维持并完善那位主教在让·瓦让身上所做的工作，起到促进作用。可以肯定，美德也有导致骄傲的方面。那里有魔鬼建造的一座桥。当天意将让·瓦让投进小皮克皮斯修道院的时候，他可能已不知不觉地离那个方面和那座桥相当近了。只要是同主教相比，他总是自叹弗如，也就保持谦卑的态度。可是，近来他开始同人相比，于是产生了骄傲情绪。谁知道呢？也许，他最后会渐渐恢复对人类的仇恨。

多亏了修道院，他没有从这条斜坡上继续下滑。

这是他看见的第二个囚禁人的地方。在他年轻的时候，在生活刚刚开始的时候，以及后来，不久前，他见过另一个囚人的地方，骇人听闻，惨不忍睹，他认为那里的严厉，正是司法的不公和法律的罪恶。今天，继监牢之后，他看见了修道院。他想，他曾是监牢的囚犯，而现在可以说是修院的观众，他怀着忧戚不安的心情，默默地将它们进行比较。

有时，他会撑着铁锹，渐渐沉入那曲曲弯弯、深不见底的遐想。

他想起了旧时的伙伴，他们多么悲惨：他们天不亮起床，天黑才收工；他们很少睡觉；他们睡的是行军床，只准铺两寸厚的褥垫，屋子很大，隆冬腊月才生火；穿的是奇丑无比的红宽袖衣，最热的时候，才让穿布裤子，最冷的时候，才让罩毛外衣；只有在干苦活累活时，才让喝酒和吃肉。他们不再有姓名，只有号码，可以说，成了数字，低垂着眼睛，低声地说话，头发剪得很短，生活在棍棒下、耻辱中。

然后，他的思想又回到眼前这些人身上。

这些人也剪去头发，也低垂着眼睛，低声地说话，只不过不是生活在耻辱中，而是生活在世人的嘲笑中，不是背脊被棍棒打伤，而是肩膀被戒律撕裂。她们的名字也已不复存在，只有严肃的法名。她们从不吃肉，也从不喝酒，常常一天不吃不喝。她们不穿红上衣，而是穿裹尸布般的黑衣服，是毛料的，夏天太沉，冬天太轻，不能减去，也不增加，甚至不能根据季节，换上布衣或毛外套，一年中，有六个月穿着哔叽衬衣，使她们热得发烧。她们不是住在大冬天才生火炉的大屋子里，而是从不生火的修室里；不是睡在两寸厚的褥垫上，而是麦秸上。她们甚至不睡觉；每天夜里，劳累了一天，困得厉害，正要入睡，身子刚有些暖和，就得醒来，起床，到冰冷昏暗的小教堂去，双膝跪在石头上做祈祷。

在有些日子里，她们每个人都要轮流在石板地上跪十二小时，或者伏在地上，脸贴着地面，伸出双臂成十字。

那些人是男人；这些人是女人。

这些男人做了什么？他们偷盗、强奸、抢劫、凶杀、谋杀。他们是盗窃犯、造假币犯、下毒犯、纵火犯、杀人犯、杀亲犯。这些女人做了什么？她们什么也没做。

一边是抢劫、欺诈、偷盗、暴力、淫荡、凶杀，种种大逆不道，种种凶杀行为；另一边只有一样东西：纯洁。白璧无瑕的纯洁，几乎被神秘地带向天国，因为是美德，它仍属于尘世间，因其圣洁，它已属于天国。

一边，人们低声反省自己的罪行；另一边，人们高声忏悔自己的错误。那是怎样的罪行！又是怎样的过错！

一边是恶臭熏天的瘴气，另一边是难以形容的香气。一边是精神的瘟疫，在目光的看押下，在枪口的监视下，慢慢吞噬着这些瘟疫患者；另一边是圣洁的火焰，在同一个熔炉里，冶炼着所有的灵魂。那边是黑暗，这边是昏暗，但这是一种充满光明的昏暗，散发着万丈光芒。

两处都是奴役人的地方。但在第一个地方，却有解脱的可能，远远可望合法地获得释放，而且还可越狱逃跑。在第二个地方，那是永久的囚禁，唯一的希望，就是悬在悠悠岁月尽头的一点儿亮光，那是使人解脱的微光，人们称之为死亡。

在第一个地方，人们只被铁链锁住，在另一个地方，人们被自己的信仰禁锢。

从第一个地方产生什么呢？无穷的诅咒，咬牙切齿，满腔仇恨，穷凶极恶，对人类社会狂怒的吼叫，对上苍冷嘲热讽。从第二个地方产生什么呢？祝福和热爱。在这两个十分相似又大相径庭的地方，这两种迥然不同的人完成着同一个事业：赎罪。

让·瓦让非常清楚第一种人的赎罪，那是个人的赎罪，为自己赎罪。但他不明白另一种人的赎罪，那些人无可指责，白璧无瑕，他不寒而栗地问自己：她们赎什么罪？是什么样的赎罪？

他内心有个声音在回答：人类最神圣的仁慈，是为他人赎罪。

这里，我们有任何理论，都只好保留，我们仅仅是叙述者。我们是站在让·瓦让的角度看问题，表达的是他的感受。

他看到的是尽善尽美的忘我，至高无上的美德；是恕人之过、代人赎罪的纯真；自己没有罪过，却为了有罪的人甘愿受奴役、受痛苦，主动要求受折磨；对人类的爱，沉浸到对上帝的爱中，可又清晰可辨，苦苦祈求；那是些温和而柔弱的人，有着受罚者的痛苦，受赏者的笑容。他想起自己从前竟然会怨天尤人！

半夜里，他常常坐起来，谛听这些受清规戒律束缚的纯洁女人的感恩歌声。他想起受到公正惩罚的人，却只会对上苍大声辱骂，想起他这个可怜虫，曾向上帝挥舞过拳头，想到这些，他会感到毛骨悚然，手脚冰冷。

有件事使他惊讶不已，仿佛上帝在对他轻声告诫，使他陷入了深思：

他翻墙越狱、不顾生死、铤而走险、艰难攀登，他为脱离另一个赎罪之地而做的这些努力，全都是为了进入这一个赎罪之地。这难道是他命运的象征？

这修院也是座监狱，与他逃离的那座监狱可悲地相像，可他从未想过会有这样的事。

他又看见了铁栅栏、铁门闩、铁窗条。为了锁住谁？天使。他曾看见的用来禁锢猛虎的高墙，现在又看见用来禁锢羔羊。

这是个赎罪的地方，不是惩罚的地方，可它比另一个更森严，更凄凉，更冷酷。这些贞女比苦役犯更加弯腰曲背。一种凛冽的寒风，曾给他青年时代带来痛苦的寒风，吹过禁锢秃鹫的铁牢；一种更凛冽、更刺骨的寒风在鸽笼里呼啸。

为什么？

每当他想起这些，他身上的一切，便在这神秘而高尚的行为面前土崩瓦解。他的骄傲情绪，也在这些沉思中消失殆尽。他无数次抚躬自问；他感到自己非常渺小，哭过多少次。六个月来他生活中的一切，珂赛特用她的爱，修道院用它的谦卑，把他重新引向主教的神圣教导。

有时，傍晚时分，园子里没有人了，他会跪在小教堂旁的小路上，面对他初来的那天夜里张望过的那扇窗子，他知道，赎罪的修女正在那里面伏地祈祷。他就这样跪在那修女面前祈祷。他似乎不敢直接跪在上帝面前。

他周围的一切，宁静的园子，芬芳的鲜花，欢叫的孩子，严肃朴实的女人，寂寂无声的修院，渐渐深入他的内心，潜移默化，他的心灵渐渐变得和修院一样沉寂，和花儿一样芬芳，和园子一样宁静，和修女一样朴实，和孩子一样开心。他还想道，是上帝的两个圣所，先后在他生命的两个危急关头收留了他，第一次是在所有的大门向他紧闭，人类社会将他摈弃的时候；第二次是在人类社会再次追捕他，监牢再次向他打开的时候。没有第一个，他会再度犯罪，没有第二个，他会再度受刑。

他心中万分感激，他对上帝的爱与日俱增。

这样几年过去了：珂赛特一天天长大。

第三部

马里尤斯

第一卷　从巴黎的原子看巴黎

一　流浪儿

巴黎有个小孩，山林有只小鸟；小鸟叫麻雀，小孩叫流浪儿。

将火炉和晨曦这两个概念相结合，让巴黎和童年这两颗火星相碰撞，便会迸发出一个小生命。普劳图斯[①]也许会称之为**小可怜**[②]。

这些孩子过得很快活。他们常常挨饿，但只要高兴，天天晚上都可去看戏。他们身不穿衬衣，脚不套鞋子，头不顶片瓦，犹如天上的苍蝇，一无所有。他们的年龄在七到十三岁之间，成群结队，游荡于街头，夜宿于星空之下，穿着父亲的破裤子，一直拖到脚后跟，戴着不知哪位父亲的破帽子，一直遮到耳朵根，背着半副黄粗布吊带，东奔西跑，窥视着，寻觅着，游荡着，叼着烟斗，满嘴脏话，出入酒吧，结交盗贼，亲近妓女，说着俚语，唱着淫歌，可心地却一点也不坏。因为在他们心灵里有颗明珠——天真无邪，珍珠是出污泥而不染的。人只要还是孩子，上帝就要他天真无邪。

假如有人问这个庞大的城市："这是什么？"它会回答："是我的孩子。"

---

① 普劳图斯（约公元前 254—公元前 184），古罗马著名喜剧作家。

② 原文为拉丁语。

二　流浪儿的几个特征

巴黎的流浪儿，是巴黎这位巨人的矮儿子。

决不要言过其实。这些在马路的阳沟中长大的小天使，有时也穿衬衣，不过只有一件；有时也穿鞋子，不过没有鞋底；有时也有住所，而且也爱这住所，因为那里能找到母亲，但他们更喜欢大街，因为那里自由自在。他们有自己的游戏，自己的恶作剧，对有产者的仇恨，是这一切的基础。他们还有自己的隐语，比如，把死说成是“啃蒲公英的根”。他们有自己的职业：替要雇车的人找马车，放下车子的踏脚板，下着大雨向过街的人收过路费，并美其名曰搭“艺术之桥”，沿街宣扬当局对法国人民有利的演讲，清除铺路石之间的污物。他们有自己的钱币，是大街上唾手可得的各式各样的小铜片。这种叫作“破片片”的稀奇古怪的钱币，在这群放荡的孩子中，有一成不变的固定的面值。

最后，他们还有自己的动物，他们在角落里观察，乐此不倦：瓢虫、骷髅头蚜虫、长腿蜘蛛、“魔鬼”——一种扭动尾巴上的两只角吓唬人的黑壳虫。他们有自己想象中的妖怪，它腹部长着鳞片，却不是蜥蜴，背上长着疙瘩，却不是癞蛤蟆，它生活在石灰窑和污水坑的洞洞里，黑黢黢，毛茸茸，黏糊糊，它匍匐前进，时快时慢，它不叫不喊，却会瞪着眼睛看人，它是那样面目狰狞，谁都没见过。他们给这妖怪起名“聋子”。在石缝中寻找“聋子”，虽然胆战心惊，却其乐无穷。另一桩乐事，便是突然掀起一块铺路石，看里面有没有土鳖。尽人皆知，巴黎的每个地区都能找到有趣的东西。于尔絮利纳修会的工场上有蠼螋，先贤祠里有百足虫，练兵场的沟渠里有蝌蚪。

至于说话，这些孩子用的词和塔列朗[①]相仿。他们和塔列朗一样玩世

① 塔列朗（1754—1838），法国政治家和外交家，在法国大革命时期、拿破仑时期、波旁王朝复辟时期和路易-菲利普治下都任过高官。

不恭，但比他诚实正直。他们会突然莫名其妙地大笑不止；他们突发狂笑，常常弄得店主瞠目结舌。他们既能演高级喜剧，又能演闹剧，各种玩笑开来得心应手。

一队出殡行列经过。送葬的人中有个医生。

“哟！”一顽童喊道，“从什么时候起，医生把他们的工作推到人死之后了？”

另一个顽童混在人群里。一个戴着眼镜、表链上挂着饰物、神情严肃的男人愤怒地回过头来：

“小无赖，刚才你摸我老婆的身子了。”

“我，先生！那您在我的身上搜好了。”

三　他们很可爱

这些**小可怜**总有办法弄到几个钱，晚上便去看戏。一跨进那具有魔力的门槛，他们便换了个模样，顽童变成了野孩子。剧院有点像底舱朝上的大船。野孩子们就拥挤在这个底舱里。野孩之于顽童，有如飞蛾之于幼虫，是同一种飞翔的动物。只要他们在场，有了他们兴高采烈的神态，热情欢乐的活力，拍打翅膀般的鼓掌，那狭窄、臭气熏天、昏暗、肮脏、污浊、丑陋、可憎的底舱，便可以称作天堂。

把无用的东西给一个人，并取走必需的东西，这就有了流浪儿。

流浪儿对文学并非没有感受力。但是，我们不无遗憾地指出，他们对古典文学毫无兴趣。他们天生无拘无束。举个例子，玛尔斯小姐[①]深受群众喜爱，但在这群嬉笑无度的小观众中间，却带点讽刺的意味。顽童们称她为“马屎”小姐。

他们叫叫嚷嚷，吵吵闹闹，讽刺挖苦，开开玩笑，衣服如裤子般破烂，和哲学家一样褴褛。他们在下水道里钓鱼，污水坑里打猎，在垃圾

① 玛尔斯小姐（1779—1847），法国著名的喜剧演员。

堆里取乐，对着十字街头撒野。他们又是讥笑又是挖苦，又是口哨又是唱歌，又是喝彩又是谩骂，用淫调浪曲来冲淡天主颂歌，能诵唱各种词曲，会唱葬礼上的祈祷经，也会骂狂欢节的脏话。他们不寻也能得到，不懂也能知道，顽强到偷盗行窃，疯狂到冷静明哲，抒情到追腥逐臭，可以蹲在神山顶上，躺在臭粪堆里，出来时满身星斗。巴黎的流浪儿，就是小拉伯雷。

假如裤子上没有表袋，他们是不会满意的。

他们很少惊奇，更不会惊慌。他们编歌谣讽刺迷信，戳穿谵言诳语，同神怪开开玩笑，向鬼魂伸伸舌头，使神奇的东西变得平淡无奇，将夸大的史诗变得漫画般夸张。不是他们缺乏诗意，远非如此，而是用闹剧般的怪诞，代替庄严的幻想。假如风暴神出现在他们面前，他们会说："哟，吓唬孩子的妖怪！"

四　他们可能成材

巴黎以闲汉打头，流浪儿殿后；这两种人，别的城市都不可能拥有。前者被动接受，满足于观望，后者主动出击，乐此不倦；一个是普律多姆[①],另一个是伏伊乌[②]。唯有巴黎的自然史中才有。闲汉代表整个君主制度。流浪儿代表整个无政府主义。

巴黎城郊这些脸色苍白的孩子，在苦难中生活和成长，扭结和"解结"，面对社会现实和人世百态，他们看在眼里，思在心头。他们自以为无忧无虑，其实不然。他们四下环顾，准备大笑，也准备干别的事。不管是什么，无论是成见，还是恶习、丑行、压迫、邪恶、专制、不公、狂热、暴政，都得当心睁大眼睛、张大嘴巴的巴黎流浪儿。

---

① 普律多姆是法国作家莫尼埃（1799—1877）在喜剧中创造的人物，象征着资产阶级因循守旧、顺从大流。

② 伏伊乌为法国文学作品中的流浪儿形象。

小家伙们会长大成人。

他们是用什么泥土捏成的？遇到什么，便用什么。一把污泥，吹口气，便有了亚当。只要有个神经过。总有神从流浪儿身上经过的。命运揉捏着这些小生命。这里所说的命运，带点冒险的意味。这些用凡尘俗土直接捏成的孩子，愚昧无知，浑浑噩噩，平平庸庸，卑下低贱，日后将成为英才还是蠢才呢？不要着急，**轮子在转动**[①]，巴黎思想这个精灵，凭偶然创造孩子，凭命运创造成人，这与罗马那位陶工相反，将砂罐做成了双耳大瓮[②]。

五　他们的疆界

流浪儿喜欢城市，但也爱僻静之处，他们身上也有哲人的品质。他们像阿里斯提乌斯那样**爱城市**，像贺拉斯那样**爱乡村**[③]。

边走边想，也就是信步闲逛，这是哲学家消磨时光的好办法。尤其是在巴黎这些大城市周围的乡村，有点不伦不类，既丑陋，又怪诞，既像城市，又像乡村。观赏城郊，有如观赏两栖动物。屋顶紧连着树木，铺石路紧挨着荒草，店铺紧接着耕田，这一边蹈常袭故，另一边欲望横流；这一边神祇呢喃，另一边人声喧哗：凡此种种，令人神往。

因此，喜欢沉思的人似乎爱去这些缺少魅力，向来被行人冠以凄凉之地的地方做漫无目的的闲逛。

本书作者从前常在巴黎四郊闲逛，现在仍记忆深刻。那浅浅的草地、布满石子的小路；那白垩、泥灰、石膏；那单调乏味的荒地和休耕地、突然出现在一片洼地里的时鲜蔬菜；那乡村的荒蛮和城市的文明相混杂的情景；那广袤而荒芜的、兵营鼓手在那里训练、鼓声震天、仿佛在尝

---

① 原文为拉丁语。出自古罗马诗人贺拉斯的《诗艺》。

② 贺拉斯的原句为：开始做的是大瓮；为什么轮子一转，出来的却是砂罐。

③ “爱城市”和“爱乡村”原文为拉丁语。出自拉丁诗人贺拉斯给他的好友阿里提乌斯的第三封信。信中赞美了乡村生活。

试打仗的角落；那白天幽静、黑夜杀气腾腾的地方；那笨拙地迎风转动的风车、采石场上的轱辘、公墓边上的农舍；那将洒满阳光、充满蝴蝶的广袤荒地切割成一个个方块的深色高墙的神秘魅力，凡此一切都深深吸引着他。

世上几乎无人知晓这些奇异的地方：冰库街、库内特门、弹痕累累丑陋不堪的格勒内尔门城墙、蒙巴纳斯街、捕狼陷阱街、马恩河畔的奥比埃镇、蒙苏里村、伊索瓦尔墓、原为采石场，石料采尽后只种蘑菇，地面上尚存一道腐朽了的活板门的夏蒂翁平石山。罗马的乡村和巴黎的郊区是两个完全不同的概念；只看见天际有田野、房屋或树木，那不过是停留在事物的表面；世间万物的面貌均体现上帝的思想。原野与城市相接的地方，总笼罩着一种透骨的凄凉。那里，大自然和人类都在说话。那里，地方色彩一目了然。

谁和我们一样，曾在我们郊区的这些可被叫作巴黎边缘的荒僻之地闲逛过的人，一定会在最荒凉的地方，在最意想不到的时刻，在某个稀疏的篱笆后，抑或阴森的墙角里，看见一群脸色苍白、满身污泥尘土、衣衫褴褛、头发蓬乱的孩子，戴着一顶矢车菊花环，吵吵嚷嚷地在玩掷币游戏。这都是从穷人家里逃出来的孩子。环城林荫大道是他们自由呼吸的地方，郊区是他们的天地。他们总是逃学到那里，天真地唱着下流的保留歌曲。他们待在那里，更确切地说，他们生活在那里，远离人们的目光，在阳光明媚的五六月间，跪在一个土洞周围，用大拇指打弹子，为几个铜板你争我夺，身无负担，飞来飞去，无拘无束，快活似神仙。看见有人过来，便想起了自己还有工作，要挣钱糊口，便向你兜售一只爬满金龟子的旧毛袜，或一束丁香花。与这些古怪的孩子相遇，是巴黎郊区的一大景致，令人乐而忘返，但也让人心寒心碎。

有时，在这些男孩子群中，也有一些女孩子，——是他们的姐妹？——她们差不多是大姑娘了，骨瘦如柴，焦躁不安，双手晒成褐色，双颊布满雀斑，头上戴着用黑麦穗和丽春花编成的花环，光着脚，快乐而粗野。白天看见他们在麦田里吃樱桃。晚上听见他们朗朗的笑声。这一群群被中午的阳光照亮烤暖，或在暮色下依稀可辨的孩子，在那爱沉思的人心头久久萦绕，甚至在梦中也会看见。

巴黎是中心，四郊是疆界：这便是这些孩子的整个世界。他们从不越出疆界。他们离不开巴黎的氛围，正如鱼儿离不开水。在他们看来，离城门两里以外，就什么也不再有了。伊夫里、让蒂伊、阿格伊、贝勒维尔、奥贝维利埃、梅尼蒙唐、舒瓦齐-勒-罗瓦、比扬库、默东、伊西、旺弗、塞夫勒、皮托、纳伊、热纳维利埃、科隆布、罗曼维尔、夏图、阿斯涅尔、布日瓦尔、南泰尔、昂日安、努瓦西-勒-塞克、诺让、古尔内、德朗西、戈内斯，这便是宇宙的尽头。

六　一点儿历史

在本故事发生的那个年代，其实差不多是当代了，却不像今天那样，每个街口都有一个警察（这是件好事，但现在不是讨论这个问题的时候）。那时，巴黎到处是流浪儿。据统计，警察巡逻队平均每年收容二百六十名无家可归的孩子，他们住在不围栅栏的空地上、正在建造的房屋中或桥拱下。在这些窝巢中，有一处至今仍很有名，因为出产“阿尔科尔桥的燕子”。此外，那里是社会最严重的病兆。人间一切罪恶，盖源自孩子的流浪生活。

然而，巴黎另当别论。尽管我们刚才谈了些往事，但将巴黎作为例外，某种程度上讲是对的。在其他大城市，一个人小时候流浪，长大了一定毫无希望。几乎在任何地方，一个孩子如若无依无靠，可以说就会身不由己地、无可救药地沉沦于种种社会恶习，便会丧失真诚和天良。不过，巴黎的流浪儿却不同，这一点，我们要再次强调。从表面上看，他们受到了极其严重的腐蚀和磨损，但内心几乎完好无损。在巴黎的空气中，存在着一种思想，正如海洋里存在着盐，而这种思想也和盐一样具有某种抗腐性，这一光辉的事实是颇值得指出的，这在我们历次光明正大的人民革命中看得清清楚楚。呼吸巴黎的空气，能使心灵保持健康。

我们这样说，并不意味着我们遇到这样一个孩子时，不感到揪心彻骨的痛苦。在他们周围，仿佛飘浮着破碎家庭的缕缕游丝。破裂的家庭将碎片抛向黑暗中，将骨肉扔在大路上，不管他们的死活，这在远未完善的现代文明中是司空见惯的。于是便产生了悲惨的命运。这叫作——因为这种惨事造出了一个成语——“被扔到巴黎街头”。

顺便提一句，对于这种遗弃孩子的事，旧君主制度是绝不阻止的。在下层社会中有点埃及和波希米亚的遗风，会使上层社会感到舒服，这正是权贵们感兴趣的。仇视平民孩子受教育，这是他们的信条。“半瓶子醋”有什么用？这是他们的口号。然而，愚昧无知的孩子，必定成为流浪儿。

况且，君主政体有时需要孩子，于是，便在街头搜罗。

且不说远的，就在路易十四治下，国王想建立一支舰队，这不无道理。主意不错。可用的是什么办法呢？帆船听凭风摆布，必要时还得拖拉，假如没有划桨或蒸汽驱动的、想去哪便可去哪的战船，就谈不上舰队；对海军而言，当年的楼船便是今天的轮船。因此必须有楼船。可楼船前进全靠划桨手。因此需要划桨手。科尔贝①让各省总督和法院尽多地制造苦役犯。法官们大献殷勤。有人在迎神行列经过时不脱帽，便有胡格诺派教徒之嫌，就会被送去划船。路上遇见一个孩子，只要年满十五岁，又无栖身之处，便把他送去划船。伟大的统治，伟大的世纪。

路易十五时期，巴黎街头看不见孩子，警察把他们掳走不知干什么神秘的事了。人们惊恐万丈，窃窃私语，关于国王洗红水澡的骇人听闻的臆测不胫而走。巴比埃②如实地谈到过这些事。有时抓不到孩子，警察们连有父亲的孩子也不放过。父亲们悲痛欲绝，便追击警察。于是，法院出面干涉，命令处以绞刑——绞死谁？警察吗？不是。是父亲。

---

① 科尔贝（1619—1683），法国政治家，路易十四的财政大臣。一六六八年起任海军国务大臣。

② 巴比埃（1765—1825），法国图书馆学家和目录学家。

七　在印度的社会等级中，可能有流浪儿一席之地

巴黎的流浪儿几乎是一种社会等级。可以说，谁也不要他们。

“流浪儿”（gamin）一词在一八三四年才初次印成文字，从通俗语言进入文学语言。该词首先出现在一部名曰《克洛德·格》[①]的小作品中。当时引起了轰动。最后被大家接受了。

流浪儿赢得同伴尊敬的理由各种各样。我认识一个流浪儿，并与之有来往，他因看见一个人从圣母院塔楼顶上摔下来，而备受尊敬和钦佩。还有一个因成功地钻进残老军人院的后院，从暂时存放在那里的圆屋顶的塑像上“偷”了些铅。第三个是看见一辆公共马车翻了车。还有一个，因为“认识”一个差点将某有产者的眼睛戳瞎的士兵。

这样，我们就能明白为什么有个巴黎流浪儿会发出如下感叹：“妈的！我太不幸了！我怎么还没见过一个人从六楼上摔下来（他把“ai-je”说成了“j'ai-t-y”，把“cinquième”说成了“cintième”）！”对于这个深奥的感叹，凡夫俗子听不懂，只好付之一笑。

当然，下面的话是乡下人的妙语：

“某老伯，您老婆害她的病死了，为什么不叫人去喊医生？”“您要我怎么办？我们这些穷人，我们自己死自己的。”如果说这句话淋漓尽致地表达了乡下人那种狡狯的被动，那么，下面一句话则充分表达了城郊流浪儿那种自由思想家的无政府主义。一个死囚在囚车里聆听忏悔神甫的教诲，巴黎的孩子大声嚷道：“他在同他的教士说话。呵！胆小鬼！”

在宗教问题上表现出的某种放肆，提高了流浪儿的声望。重要的是不信教。

看砍头，是一种责任。他们互相指着断头台，又说又笑。他们给断头台起了各种各样的小名：“晚餐的压轴戏”，“嘟噜鬼”，“天宫娘娘”，“最

① 《克洛德·格》为雨果的早期著作，一八三四年刊载在《巴黎杂志》上。

后一口”，如此等等，不一而足。为了不漏掉任何细节，他们爬墙，爬阳台，爬树，吊在栅栏上，攀在烟囱上。流浪儿天生是盖瓦工，正如他们天生是水手。屋顶不比桅杆更可怕。没有比河滩广场上行刑更热闹的场面了。桑松[①]和蒙泰斯神甫的名字家喻户晓。他们向受刑者发出嘘声，给他鼓劲儿，有时甚至很佩服。拉瑟内尔[②]当流浪儿时，看见丑恶的多顿勇敢赴刑，便说："我真羡慕他。"不料日后竟被他言中。流浪儿中间，无人知道伏尔泰，却人人知道帕帕瓦纳[③]。他们把"政治家"和杀人犯混为一谈。他们将受刑人临终的衣着和仪表互相传诵。他们知道，托勒龙戴的是司机帽，阿弗里是水獭皮帽，卢维尔是圆礼帽，老德拉波特是秃子，没戴帽子，卡斯坦肤色红润，相貌俊美，博里留着浪漫的山羊胡，让-马丁仍背着吊裤带，勒库夫同母亲吵嘴。有个流浪儿冲他们喊道："别互相埋怨囚车啦。"还有个流浪儿，个儿不高，被人挡住视线，德巴凯经过时，为了看得清楚，发现河沿上有路灯杆，便爬了上去。那里有个警察在站岗，看见后皱起了眉头。流浪儿说："让我上去吧，警察先生。"为了博得警察同情，他又加了一句："我不会摔下来的。"那警察回答："我才不管你摔不摔呢。"

在流浪儿中，谁发生了令人难忘的意外，就会受到重视。若有人不小心砍了自己，伤口一直"深达骨头"，便会赢得最高的敬意。

拳头是博得尊敬的不小因素。流浪儿最爱说的一句话便是："瞧我多有劲儿！"左撇子极受人羡慕，斜眼备受人尊敬。

八　末代国王的一句妙语

夏天，他们变成青蛙。傍晚，夜幕降临时，在奥斯特里茨桥和耶那

① 桑松（1740—1793），路易十六时期的刽子手。

② 拉瑟内尔曾当过记者、逃兵和小偷，后因杀人被判死刑。

③ 帕帕瓦纳因杀死两个小孩，而被判死刑。

桥前，他们站在运煤和洗衣女工的船顶上，低着头跳到塞纳河里，全然不顾廉耻和治安条例。然而，治安警察虎视眈眈，于是，便出现了一种极富戏剧性的场面。有一次，有个流浪儿为了通知伙伴，策略地大声吼了几句，这充满兄弟情谊的令人难忘的呼喊在一八三〇年家喻户晓，其节奏像荷马的一句诗那样铿锵有力，其旋律几乎和雅典娜女神节吟唱的埃勒夫西斯旋律[①]一样难以描摹，颇像古代祭祀时女祭司对酒神的吆喝。下面就是那流浪儿的呼喊："喂！小家伙，喂喂！瘟神来了，条子[②]来了，当心！快溜！从阴沟里溜走！"

有些小飞虫——这是他们给自己起的雅号——略识几字，也有的还能写一写，总能随便涂几笔。也不知通过什么互教互学的秘法，毫不犹豫地互相传授可能对国家有用的种种才能：一八一五年到一八三〇年，他们模仿火鸡叫；一八三〇年到一八四九年，他们在墙上乱画梨[③]。夏天的一个傍晚，路易-菲利普国王步行回宫，看见一个小不点儿踮着脚，用炭笔在纳伊城堡铁栅栏门的一根柱子上画一个很大很大的梨子，累得满身大汗。国王继承了亨利四世的好脾气，他帮顽童画完了梨，又给他一枚金路易，对他说："这上面也有梨。[④]"流浪儿喜欢喧闹，喜欢带点激烈的场面。他们憎恨"神甫"。一天，在大学街，一个小淘气鬼用大拇指顶着鼻子，向六十九号的大门摇动其余四个指头，以示蔑视。一过路人问他："你干吗对着门这样做？"那孩子回答："那里面有个神甫。"的确，那里住着教皇的使臣。然而，尽管流浪儿也像伏尔泰那样怀疑宗教，如果教堂举行宗教仪式，有机会当神甫的侍童，他们会欣然接受，而且毕恭毕敬地侍奉弥撒。有两件事是他们所渴望做，却从没做到的，那就是推翻政府和补好自己的长裤。

---

① 雅典娜女神节为古时雅典娜城举行的节日。埃勒夫西斯为古希腊港口，以其秘密宗教仪式闻名于世。

② "条子"为俚语，即"警察"。

③ 在法语里，火鸡和梨喻指笨蛋。一八一五年至一八三〇年是波旁王朝复辟时期，一八三〇年至一八四八年是路易-菲利普王朝时期。学火鸡叫和画梨都是在侮辱法国国王。

④ 这是双关语，金币上的头像与梨相似。

地道的流浪儿熟悉巴黎所有的警察。遇到警察，便能道出其名字。说起他们来如数家珍。他们研究警察的习惯，对他们每个人都有特别的评价。他们一眼就看到警察的内心。他们会流利地、毫无差错地对你说："某某是个叛徒"，"某某很凶恶"，"某某很伟大"，"某某很可笑"（所有这些字眼：叛徒、凶恶、伟大、可笑，经他们一说，就有了特殊的意味）。"这一个以为新桥是他的，不许别人在栏杆外的边沿上行走"；"那一个老喜欢揪别人的耳朵"；如此等等，不一而足。

九　古老的高卢精神

巴黎中央菜市场之子莫里哀的身上有流浪儿的意味，博马舍身上也有流浪儿的情趣。流浪儿的淘气具有高卢精神的色彩。它与理性相结合，有时能增加理性的力量，正如醇掺入酒，能增加酒的力度。有时，它便成了缺点。荷马啰啰唆唆，不错；伏尔泰很顽皮，也可以这样说。卡米尔·德穆兰[①]是巴黎郊区人。以粗暴态度对待圣迹的尚皮奥内[②]出生于巴黎街头；他很小的时候，就"尿漫"过圣约翰-德-博韦和圣埃蒂安-迪蒙两座教堂的柱廊；他常用你称呼圣热纳维埃芙[③]的圣骨盒，最后竟对圣亚努阿里乌斯[④]的小玻璃瓶发号施令。

巴黎的流浪儿既彬彬有礼，又爱嘲笑，又态度傲慢。他们的牙齿很难看，因为营养不良，肠胃不好。他们的眼睛很漂亮，因为他们机智幽默。他们可以当着耶和华的面，单脚跳着爬天堂的台阶。他们擅长拳打脚踢。他们有向各方面发展的潜力。他们在马路的阳沟里玩耍，也可以在暴动中挺身而出。面对枪林弹雨，依然嬉皮笑脸。昔日是流浪儿，今

---

① 德穆兰（1760—1779），法国大革命时期最有影响的新闻记者，为这场大革命的首领之一。

② 尚皮奥内（1762—1800），法国资产阶级大革命时期的将军。

③ 圣热纳维埃芙为巴黎的主保女圣人。她的神龛被视作圣物。

④ 圣亚努阿里乌斯是那不勒斯的主保圣人。在那不勒斯的大教堂里，有一个玻璃瓶中据说存放着他的凝血块，每年十八次化为液体。

日做英雄。他们和底比斯的小英雄一样，敢于和狮子较量。鼓手巴拉[①]是巴黎的流浪儿，他高喊：前进！正如《圣经》里的那匹战马大吼一声：哗！转眼间，小孩变成了巨人。

这些陷入污泥的孩子，也是理想的孩子。请测量一下莫里哀到巴拉之间的距离吧。

总之，可用一句话来概括：流浪儿是苦中作乐的人。

十　这就是巴黎，这就是人[②]

还可用另一句话来概括：今日巴黎的流浪儿，有如昔日罗马的希腊人，是额头上有旧世界皱纹的孩子平民。

流浪儿是上帝对国家的恩赐，却也是一种疾病。必须医治的疾病。怎么治？用光辉。

光辉净化心灵。

光辉照亮心灵。

一切普照社会的光辉，皆源自科学、文学、艺术、教育。培养人才，造就人才，你施与他光，他报你以热。灿烂的全民教育问题，迟早会以绝对真理之不可抗拒的威力提出来。到那时，在法兰西思想监督下治理国家的人，就要做出选择：是要法兰西儿女，还是巴黎的流浪儿，要光明中的烈焰，还是黑暗中的磷火。

流浪儿代表巴黎，巴黎代表世界。

因为巴黎包罗一切。巴黎是人类的天幕。这个不可思议的城市，是古今习俗的缩影。谁看见巴黎，便以为看见了整部人类历史的内幕，上面是天空，中间布满了星辰。巴黎有个朱庇特神殿[③]，那就是市政厅；有

---

① 巴拉（1779—1793）为法国少年英雄，追随共和军，在旺代战争中死于一次埋伏中。

② 原文为拉丁语。

③ 朱庇特神殿建在罗马卡皮托尔山丘上。

个帕台农神庙[①]，那就是圣母院；有座阿芬丁山[②]，那就是圣安托万郊区；有个阿西纳里乌姆[③]，那就是索邦大学；有个潘提翁[④]，那就是先贤祠；有条神圣大道[⑤]，那就是意大利大街；有座风塔[⑥]，那就是舆论。它用嘲笑取代古罗马的陈尸[⑦]。它的纨绔子弟叫 le faraud，它的郊区人叫 le faubourien，它的搬运工叫 le fort de la hall，它的盗贼叫 la pègre，它的时髦少年叫 le gandin。别处有的，巴黎应有尽有。迪马赛的贩鱼婆，可与欧里庇得斯的卖草婆针锋相对；走钢丝的福里奥佐是古罗马掷铁饼艺人弗雅努斯的再世；泰拉蓬蒂戈努斯·米勒会与投弹手瓦德邦科尔手挽手；旧货商达马西普斯会在巴黎旧货店里流连忘返；万森会抓住苏格拉底，正如阿戈拉会囚禁狄德罗；格里莫·德·拉雷尼埃发明了油脂烤牛肉，正如库尔提乌斯发明了烤刺猬；在星星广场凯旋门的圆顶下，我们又看见了普劳图斯所描绘的高架秋千；阿普列乌斯在珀西勒遇见了吞剑人，而现在新桥上有吞刀人；拉穆的侄子与寄生虫古尔古里翁是天生一对，埃尔加齐尔会在埃格尔弗伊引荐下，到康巴塞雷斯家做客；罗马四个花花公子阿尔塞西马库斯、费得罗姆斯、迪阿博吕斯和阿吉里普，会乘坐拉巴蒂的驿车，从拉库蒂出发[⑧]，去参加假面具游行；奥吕–热尔在厨师孔格里奥前滞留的时间，不会比夏尔·诺迪埃在木偶剧的驼背小丑前滞留的时间久；马尔通不是老虎，而帕达利斯卡也绝非一条龙；爱逗乐的潘托拉比斯在英格兰咖啡馆里与浪荡公子诺曼达努斯大开玩笑；赫尔莫热纳是香榭丽舍大街上的男高音歌手，乞丐特拉西尤斯装扮成小丑在他周围募捐；在杜伊勒利花园，一个讨厌的人抓住你的衣扣不让你走，你会重复两千年前泰斯普里翁说的一句话：“谁抓住我的衣服不让我走？”絮雷纳酒可以

① 帕台农神庙为雅典古庙。
② 阿芬丁山为罗马七个山岗之一。
③ 阿西纳里乌姆为雅典的一座建筑物，建于公元前一世纪。
④ 潘提翁为古罗马的万神殿。
⑤ 神圣大道是古罗马的一条大路，军队凯旋必经之路。
⑥ 雅典的八角形风塔，建于公元前一世纪。
⑦ 在古罗马，罪犯处死后，先要放到卡皮托尔山岗西北坡上陈尸，然后才扔进台伯河。
⑧ 拉库蒂为巴黎的一个旧区。每年狂欢节，那里非常热闹，是假面具游行的出发点。

冒充阿尔巴酒，代佐吉埃的满满一杯红葡萄酒，能与巴拉特龙的一大杯香槟酒并肩比美；夜雨中，拉雪兹神甫公墓和埃斯基利公墓一样发出磷光，穷人购用五年的墓穴，与奴隶租用的棺材不相上下。

请找一下，什么东西是巴黎没有的。特罗福尼乌斯桶里的东西，在梅斯梅尔[①]的小木桶里应有尽有；埃加菲拉斯借卡格利奥斯特罗的躯体还了魂；婆罗门僧人梵沙方陀转世为圣日耳曼伯爵；圣梅达公墓显示的圣迹，和大马士革乌姆乌米埃清真寺的圣迹一样高明。

巴黎有个伊索，就是马耶[②]，也有个卡尼迪，就是勒诺曼小姐[③]。巴黎和德尔斐[④]一样，在光怪陆离的幻景面前，会惊慌失措；它转动桌子，就像多多纳[⑤]转动三脚架。它让轻佻女子坐上宝座，正如罗马让娼妓坐上宝座一样。总而言之，如果说路易十五比罗马皇帝克洛狄一世更坏，可杜巴里夫人[⑥]却比梅萨利娜[⑦]好得多。巴黎将希腊的裸体、希伯来的脓疮和加斯科涅的嘲讽，组合成一个空前绝后的人，这怪人确实存在过，我们也接触过。它把第欧根尼[⑧]、约伯[⑨]和帕亚斯[⑩]糅合成一体，给一个幽灵糊上几张旧《立宪报》，便有了肖德鲁克·迪克洛[⑪]。

尽管普鲁塔克说，暴君一般是活不到老的，可是，无论在苏拉[⑫]，还是在图密善[⑬]统治时期，罗马人民却逆来顺受，甘愿往酒里掺水。台伯河

---

① 梅斯梅尔（1734—1815），德国医生，自称发现动物磁力，找到了包治百病的药方。特罗福尼乌斯是古希腊俄提亚人所信奉的神，住在地下，预言人间万事。

② 马耶是漫画家特拉维埃创造的人物，赢得很多读者。

③ 勒诺曼小姐（1772—1842），以纸牌算命著称。

④ 德尔斐为古希腊阿波罗神殿所在地，那里的神谕威信极高。

⑤ 多多纳位于希腊的伊庇鲁斯，宙斯神殿所在地，以神谕著称。

⑥ 杜巴里夫人（1743—1793）为法国路易十五国王的情妇。

⑦ 梅萨利娜（约 22—48）为罗马皇帝克洛狄第三任妻子。

⑧ 第欧尼根（约前 404—前 323）为古希腊哲学家。其哲学反映了穷人对统治者的消极反抗。

⑨ 约伯为《圣经》中的人物，极富有，并有忍耐精神。

⑩ 帕亚斯为笑剧中的小丑，愚蠢可笑。

⑪ 迪克洛（1780—1843）为极端保王派。王朝复辟时期，他谋取元帅职务，未遂心愿，便留起长发和长胡子，天天到王宫前去散步，以示抗议。

⑫ 苏拉（前 138—前 78），古罗马将军和独裁官。

⑬ 图密善（51—96），古罗马皇帝。

是一条忘川[①]，瓦吕斯·维比斯库斯对它有过赞美，尽管有点教条：**“对付格拉古兄弟，我们有台伯河。喝了台伯河的水，便会忘却造反**[②]。”巴黎一天要喝一百万升的水，但它仍擂响战鼓，敲响丧钟。

除此之外，巴黎是很好说话的。它豁达大度，兼收并蓄。它对女性美并不挑剔；它崇尚非洲霍屯督人的臀部美；心里一高兴，就宽恕一切；丑陋使它开心，畸形使它快活，罪恶使它欢愉；假如你很滑稽，你就能逗人发笑；即使面对伪善这一最厚颜无耻的品行，它也不会气愤；它酷爱文学，即使面对巴西尔[③]，他也不会捂住鼻子，看见达尔杜弗[④]祈祷，不会比贺拉斯看见普里阿普斯“打嗝”更厌恶。世人面部的所有线条，没有一根不刻在巴黎的脸上。马比耶舞会[⑤]上跳的舞，和雅尼库卢斯山上跳的波吕许尼亚舞[⑥]不一样，不过，卖脂粉的女商贩在舞场上窥视轻佻女人的眼神，同拉皮条的女人斯塔斐拉偷觑处女普拉内西的眼神一样贪婪。格斗的围场不同于罗马的竞技场，不过，同样异常凶猛，仿佛恺撒在观看。萨盖大娘不如叙利亚老板娘妩媚，不过，如果说维吉尔经常出没罗马那家小酒馆的话，那么，可以说，大卫·德·昂热、巴尔扎克和夏莱却是巴黎这家酒馆的座上宾。巴黎主宰世界。有才华的人在这里争艳斗辉，辫子上结红绸的小丑在这里繁衍滋生。耶和华乘坐有十二个雷电轮子的战车经过，西勒诺斯[⑦]坐着母驴进城。西勒诺斯，就是朗波诺[⑧]。

巴黎是宇宙的同义词。巴黎是雅典、罗马、锡巴里斯[⑨]、耶路撒冷、

---

① 忘川是冥府的河流之一，亡灵喝了这条河里的水，就会忘掉过去的一切。

② 原文为拉丁语。格拉古兄弟为罗马人，公元前二世纪，他们利用保民官的职位和罗马共和国公民大会的立法权，发动了罗马革命。

③ 巴西尔是法国剧作家博马舍笔下的伪君子。

④ 达尔杜弗是莫里哀剧作《伪君子》中的主人公。

⑤ 马比耶舞会是一个公共舞会，在香榭丽舍大街上，由舞蹈老师马比耶创立。

⑥ 雅尼库卢斯山为罗马周围山丘的总称，在台伯河的右岸。波吕许尼亚是古希腊九位文艺女神之一，主管颂歌。

⑦ 西勒诺斯是希腊神话中酒神狄俄尼索斯的养父。

⑧ 朗波诺是巴黎一家酒店的老板。

⑨ 锡巴里斯在意大利南部，是古希腊城市，建于公元前八世纪，毁于六世纪。

庞丹[1]。所有的文明和野蛮都在这里浓缩。巴黎若无一个断头台，便会心头不快。

有河滩广场作点缀实在太妙。假如没有这个调味品，那不散的筵席会变成什么呢？我们的法律未雨绸缪，真是高明。多亏了法律，那把铡刀便能在这狂欢节里滴血了。

十一　嘲笑，统治

巴黎没有边界。任何城市的统治都不像巴黎，可以时常对自己的臣民讥笑嘲弄一番。亚历山大曾高呼："啊！雅典人，我要讨你们欢心！"巴黎不仅产生法律，还产生风尚。巴黎不仅产生风尚，还产生成规。巴黎只要愿意，可以当傻瓜。这种奢侈，它不时地享受一下。于是，整个世界和它一起成了傻瓜。接着，巴黎清醒过来，揉揉眼睛说："我太蠢了！"并冲着人类，放声大笑。这样一个城市，真是妙不可言！奇怪的是，伟大可以与荒唐和睦共处，威严可以不受滑稽模仿打扰，同一张嘴，今天可以吹最后审判的号角，明天又会吹芦笛。巴黎的快活至高无上。它的快乐有雷霆之势，它的戏谑有权杖之威。有时，它做个鬼脸，就会引起一场风暴。它的革命，它的光荣的日子，它的杰作，它的奇迹，它的英雄业绩，震撼整个大地，连它的胡扯也响彻全世界。它大笑起来，犹如火山口喷出岩浆，溅及全球。它的插科打诨，是点点火星。它把自己的理想和讽刺，一股脑儿强加给全世界人民；人类文明的最高丰碑接受它的嘲笑，并把自己的不朽归于它的笑谑。它太杰出了；它有解救人类的令人震惊的七月十四日；它让世界各国都发表了网球场誓言[2]；八月四日夜间，短短三个小时，便使两千年的封建制度土崩瓦解[3]；它使它的

---

① 庞丹是巴黎城北的一个小镇。在俚语中，庞丹是巴黎的代称。

② 一七八九年六月二十日，法国国民议会在凡尔赛举行会议，无特权的第三等级被拒之门外，于是，他们在附近的一个网球场发表誓言，不为法国制订出一部成文宪法，誓不散去。

③ 一七八九年八月四日夜间，制宪会议宣布永远废除封建制度，将教会的私有土地收归国有。

逻辑成为人类意志的肌肉；它的崇高形形色色，层出无穷；它用它的光辉照亮了华盛顿、柯斯丘什科、玻利瓦尔、波查里斯、里埃哥、贝姆、马宁、洛佩斯、约翰·布朗、加里波第[①]；哪里燃烧着未来的火焰，哪里便有它，一七七九年在波斯顿，一八二〇年在莱翁岛，一八四八年在佩斯，一八六〇年在巴勒莫；当美国主张废除奴隶的人在哈珀渡口的渡轮上集会的时候，当安科纳[②]的爱国者在海边的戈齐旅店前聚会的时候，他们的耳畔响起了它那低沉而有力的口号：自由；它创造了卡纳里斯；它创造了基罗加；它创造了比萨卡纳[③]；它把伟大的光辉射向全球；它的风把拜伦和马泽一个吹到了土耳其，另一个吹到了西班牙，于是，前者客死在梅索朗吉昂，后者客死在巴塞罗那；它是米拉波脚下的论坛，罗伯斯庇尔脚下的火山；它的书，它的戏剧、艺术、科学、文学、哲学，是人类的教科书；它有分分秒秒都需要的帕斯卡尔、雷尼埃、高乃依、笛卡儿、卢梭、伏尔泰，世世代代不可少的莫里哀；它让全世界的人都讲它的语言，而这个语言变成了圣言；它在全人类的头脑里树立起进步的思想；它铸造的拯救世界的信条，成了世世代代的枕边剑，而一七八九年以来世界各国的英雄，都是由它的思想家和诗人的灵魂塑造出来的；可是，这并不妨碍它像顽童那样胡闹，这个被称作巴黎的庞然大物，一面用自己的光辉改变着世界，一面却用炭笔将忒修斯神殿墙上的布热尼埃的鼻子涂黑，并在金字塔上写下了“盗贼克雷德维尔”。

巴黎总是露着牙齿，不是咬牙切齿地骂人，便是张着嘴巴大笑。

这就是巴黎。它屋顶上的炊烟，是人类的思想。说它是一堆烂泥和石头也未尝不可，但它尤其是有道德的人。它不只是大，而且无边无际。为什么？因为它敢为。

敢为，这是进步的代价。

一切崇高的征服，或多或少是敢为的结果。要使革命得以进行，不

---

① 以上提及的人物是各国民族解放英雄。

② 安科纳为意大利城市，濒临亚得里亚海。

③ 卡纳里斯（1790—1877）是反抗土耳其统治的希腊民族英雄。基罗加（1784—1841）为西班牙军官，自由主义者，西班牙独立战争的领袖之一。比萨卡纳（1818—1857）为意大利革命者。

但需要孟德斯鸠的预感，狄德罗的鼓吹，博马舍的宣告，孔多塞的推算，阿鲁埃的筹备，卢梭的策划，而且，还得有丹东的敢为。

丹东大吼一声：果敢，犹如上帝大喊一声：给世界光明。为使人类前进，必须从山顶上不断发出鼓舞勇气的豪言壮语。大胆的行为使历史光辉灿烂，它们是人类的奇光异彩。曙光初生时，是敢作敢为的。尝试，冒险，坚持，不屈不挠，忠于自己，与命运搏斗，不怕灾难，时而冒犯不公正的强权，时而唾骂狂热的胜利，坚韧不拔，顽强奋战：这就是世界人民需要的榜样，是激励他们前进的光辉。普罗米修斯的火炬和康布罗纳的烟斗发出同样灿烂的火光。

十二　未来存在于人民中

至于巴黎人民，即使已成年，也依然是顽童。描绘顽童，便是描绘巴黎；正因为如此，我们才通过这只无拘无束的麻雀，研究了这只雄鹰。

必须强调，巴黎种主要出现在郊区。那里有纯种的巴黎人民；那里有真实的面孔；那里，巴黎人民在劳动和受苦，而受苦和劳动是人类的两张面孔。那里生活着无数默默无闻的人，稀奇古怪的人比比皆是，从拉佩河上的装卸工，到隼山上的屠夫。“城市的渣滓。”西塞罗如是说。“乌合之众。”伯克气愤地补充说。贱民，愚民，顽民。这些字眼脱口而出。好吧。那又怎么样？他们赤脚走路，这有什么关系？他们不识字，就让他们不识字好了。就为了这，你就可以抛弃他们吗？他们穷困潦倒，你就可以诅咒他们吗？光明难道不能深入这些人的心灵吗？我们要再一次高呼：给予光明吧！我们要坚持高呼：给予光明！给予光明！谁知道这些不透明的躯体，有朝一日不会变得透明晶亮呢？革命不就是要改变面貌吗？哲学家们，行动起来吧！要教育人民，启发人民，点燃人民，公开说出自己的想法，理直气壮做宣传，快快乐乐奔光明。要经常到广场上去，宣布好消息，将识字课本发给民众，宣布人权，高唱《马赛曲》，播种热情，采摘橡树的青枝。将思想变作旋风。巴黎人民能够变得高尚。

原则和道德有时会燃烧起来，发出噼啪声，爆裂声，颤动声，我们要善于利用。这些赤脚裸臂、衣衫褴褛、愚昧无知、卑劣混沌的人，可以用来实现理想。你透过民众，可以看到真理。你踩在脚下的这些卑劣的沙子，可以被扔进炉膛，它们在里面熔化，在里面沸腾，将会成为光灿夺目的水晶；多亏了它们，伽利略和牛顿发现了行星。

十三　小加弗洛什

在本书第二部叙述的事情发生后大约过了八九年，在圣殿街和水塔一带，常能看见一个十一二岁的小男孩，唇际挂着他那般年纪的笑容，若不是他内心绝对的阴郁和空虚，他就完全是我们前面勾画的流浪儿的典型了。这孩子衣着古怪，下身穿着大人的长裤，但不是他父亲的，上身穿着女人的短上衣，可不是他母亲的。有人可怜他，就让他穿上了这身破衣服。然而，他有父亲和母亲。只是父亲不想着他，母亲不爱他。他属于那种父母双全，却又是孤儿，值得可怜的孩子。

这孩子从来觉得待在街上最适得其所。铺路的石头不比他母亲的心肠硬。

他父母一脚把他踢进人生。他就干脆插翅高飞。这孩子爱喧闹，他脸色苍白，动作敏捷，生气勃勃，喜欢嘲笑，神态活泼，面带病容。他来来去去，哼哼唱唱，掷铜板[①]，掏阳沟，有时偷一点儿，但就像猫和麻雀，偷得愉快，有人叫他流浪儿他便笑，有人喊他流氓他便恼。他没有住处，没有面包，没有火，没有爱，但他快快乐乐，因为他自由自在。

当这些可怜人长大成人，几乎总要遭受社会秩序这磨盘的碾压。但是，只要他们还是孩子，因为个儿小，就可以逃脱。很小一个洞就可以救他们。

然而，尽管这孩子已被遗弃，却每隔两三个月就会说：“嗨，我得去

---

① 掷铜板是孩子们玩的一种游戏：将尽可能多的铜板一下子扔进地上挖的被叫作“罐”的洞里。

看看妈妈了。”于是，他离开圣殿街、马戏场和圣马丁门，上了沿河马路，过了桥，到了郊区，来到硝石库医院。他到了哪里？正是读者熟悉的那栋五〇—五二双重门牌号码的房子，也就是戈博旧宅。

五〇—五二号旧宅通常没人居住，长年挂着一块牌子：出租房间。可异乎寻常的是，那时候，这栋旧宅里住着几个人，而且，像巴黎常有的那样，他们之间没有联系，从不来往。他们都属于贫困的阶级，起初是生活拮据的小市民，由于越来越贫困，逐步伸入社会底层，最后沦为通阴沟洞和捡破烂的人；这两种人，负责清除物质文明带来的所有渣滓。

让·瓦让那时候的“二房东”已经过世了，接替她的同她如出一辙。我忘了哪个哲学家说过：“什么时候都不缺老太婆。”

这个新来的老婆婆叫比贡太太。她一生中除了三只鹦鹉外，毫无引人注目的东西，那三只鹦鹉先后主宰了她的灵魂。

旧宅里最穷困的住户，是一个四口之家，父亲、母亲和两个相当大的女儿。这一家四口挤在一间陋室里。这些陋室，前面已谈到过了。

乍一看，这家人除了一贫如洗，毫无特别之处。父亲租下这个房间时，声称自己叫戎德雷特。他们搬来时，拿二房东那句令人难忘的话来说，“进来时，一无所有。”搬来后不久，戎德雷特对那位前辈，既是门房又兼管清扫楼梯的女人说：“某某大妈，万一有人来找一个波兰人，或意大利人，或者是西班牙人，那就可能是我。”

这个家，便是那位快乐的小流浪儿的家。他回到了家，家里四壁萧然，一贫如洗，更叫人伤心的是，没有一点笑容。炉膛是冷的，家里人的心也是冷的。他进屋时，家里人问他：“你是从哪里来的？”他回答：“从街上。”他走时，家里人问他：“你去哪里？”他回答：“街上。”他母亲对他说：“你来干什么？”

这孩子生活在没有爱的环境中，有如地窖里的黄草。但他并不感到痛苦，也不怨天尤人。他根本不知道，父亲和母亲应该怎样。

况且，他母亲很爱他的姐姐。

忘记交代了，在圣殿街，大家管这孩子叫小加弗洛什。为什么叫他加弗洛什？也许就因为他父亲叫戎德雷特。

断绝骨肉之情，这似乎是某些穷困家庭的本能。

戎德雷特一家在旧宅中占据的房间，位于走廊尽头，是最后一间。隔壁那间住着一个极其穷困的年轻人。大家叫他马里尤斯先生。

我们来介绍一下马里尤斯先生。

第二卷　大资产阶级

一　九十岁，三十二颗牙

在布什拉街、诺曼底街和森通日街，还有几位老居民，都还记得一个叫吉诺曼先生的老人，谈起他来兴味盎然。他们年轻的时候，那人就已上了年纪。对那些以伤感的心情，缅怀所谓过去的无数朦胧黑影的人来说，他的身影尚未从圣殿周围迷宫般的街道上完全消失。在路易十四时代，那些街道都以法国各省的名称命名，恰如今天蒂沃利新区各街道用欧洲各首都的名称命名一样。顺便说一句，从这变化中也可看出明显的进步。

在一八三一年，吉诺曼先生活得比谁都健朗。他是那种仅仅因为长寿而引人注目的奇人，从前和大家十分相像，现在和大家迥然相异。这是个非常特别的老人，确实是另一个时代的人，是地道的略带傲气的十八世纪的资产阶级，死抱着旧式资产阶级的派头不放，如同侯爵们死抱住侯爵爵位一样。他年逾九十，走路步履稳健，说话声音洪亮，视物眼明目清，他能喝，能吃，能睡，睡着了还打呼噜。他还有三十二颗牙。看书读报时，他才戴眼镜。他生来多情，但近十年来，他已坚决而彻底地不再沾女人的边了。他说，他不讨女人喜欢了。他不肯说“我太老了”，而只说“我太穷”。他说：“要是我没破落……嘿嘿！”——的确，如今他只剩下一万五千利弗左右的年金。他梦想能继承一笔遗产，有十万法郎的年金收入，好供养情妇。正如大家看到的，他不是像伏尔泰那样弱不胜衣，一辈子半死不活的八十老翁；也不像裂了口的罐子苟延残喘的老寿星。这个健朗的老人，身体一直很好。他浅薄，性急，容易发怒。他动辄大发雷霆，且常常毫无道理。有人反驳他，他便举起拐杖。他还打人，就像在伟大的世纪[①]那样。他有一个五十出头仍未结婚的女儿，他发怒时，经常把她痛打一顿，恨不得用鞭子揍她。在他看来，她只有八岁。他常常狠扇用人的耳光，嘴里骂着："啊！烂货！"在他骂人的话中，有一句是："蠢货中的蠢货！"他安静起来，与众不同；他每天让一个剃须匠刮胡子，那人曾得过疯病，有个漂亮风骚的妻子，因此对吉诺曼先生吃起醋来，并且非常厌恶他。吉诺曼先生很欣赏自己对事物的判断力，自称聪慧过人。他曾说："老实讲，我很有点洞察力，当有跳蚤咬我时，我能说出它是从哪个女人跳到我身上的。"他最常用的词是："敏感的人"和"大自然"。它给"大自然"下的定义，和我们现在的解释不一样。他以他的方式，把这个词编入他饭后茶余的俏皮话里："为了使人类文明多姿多彩，"他说，"大自然创造了形形色色的文明，甚至是饶有趣味的野蛮状态。亚洲和非洲有的东西，欧洲也有，只是小了一些。猫是客厅里的老虎，壁虎是口袋里的鳄鱼。歌剧院里的舞女，是玫瑰色的蛮女。她们不吃男人，而是骗取他们的钱财。也可说她们是巫婆！她们把男人变成牡蛎，囫囵生吞。加勒比人吃人只剩骨头，而她们吃得只剩贝壳。这就是我们的习俗。我们不狼吞虎咽，而是慢慢啃咬；我们不是把人吃掉，而是把人抓伤。"

二　有其主，必有其屋

他住在沼泽区，髑髅地修女街六号。房子是他自己的，曾拆掉重建过，门牌号码可能在巴黎街道门牌号码改革中有过变化。他住在二楼一套宽敞的旧式房间里，一边临街，另一边朝花园，戈贝兰和博韦产的大

① 指路易十四统治的十七世纪。

幅牧羊图案的挂毯一直挂到齐天花板。天花板和壁板上的图案，缩小后重现在安乐椅上。床的四周，围着一扇科罗曼德尔漆制的九叶屏风。窗口挂着长长的帷幔，波浪起伏，煞是美观。窗下便是花园，屋角有扇落地窗，一道十二到十五级的楼梯通达花园，老人上下楼梯健步如飞。卧室隔壁是小书房，此外，还有一间他十分珍爱的小客厅，里面的布置十分优雅，墙上挂着华美的草帘，饰有百合花和其他花卉图案，是路易十四战船的产物，德·维沃纳先生[①]为情妇向苦役犯定做的。这东西是从一个姨婆那里继承来的。那姨婆性格孤僻，活到一百岁才死。他结过两次婚。他的言谈举止介乎朝臣和法官之间，但他从没当过朝臣，不过，他本来是可以当法官的。他很快乐，愿意的话，也能变得温柔体贴。年轻的时候，他是那种常受妻子欺骗，而从不被情妇欺骗的男人，因为他既是最乏味的丈夫，又是最迷人的情夫。他是鉴赏画的行家里手。卧室里挂着一幅绝妙的肖像，不知道画的是谁，出自约尔丹斯[②]之手，笔触遒劲，极其注重细节，显得杂乱无章，仿佛信手画来。吉诺曼先生衣着的式样既非路易十五时期的，亦非路易十六时期的，而是督政府时期荒唐青年穿的奇装异服[③]。他一直自以为很年轻，总是跟上时尚。他的上衣是薄呢做的，宽宽的翻领，长长的燕尾，大大的钢纽扣。与之搭配的，是短裤和带扣的鞋子。他爱把手插在背心的小口袋里。他常常盛气凌人地说："法兰西革命是一群无赖。"

三　明慧

他十六岁那年，一天晚上，在歌剧院，有幸受到两位成熟美人贪婪的注视。当时，她们已遐迩闻名，伏尔泰还在诗中颂扬过。她们是卡玛

---

① 德·维沃纳（1636—1688），曾在法国军队里当过旅长，后又成为用犯人划桨的舰队的总司令。

② 约尔斯丹（1593—1678），佛兰德斯著名画家。

③ 督政府指一七九五年到一七九九年当政的资产阶级政府。当时和革命力量对抗的富家子弟，故意穿奇装异服，说话走路装腔作势，并且爱说"真荒唐"，故而有了"荒唐青年"的雅号。

戈和莎莱[1]。他受到两股火焰的夹攻，却英勇撤退，投向一位和他一样年方二八、像猫一样默默无闻、被他深深爱恋的名叫娜安丽的小舞女。往事数不胜数。他常大声说："那个吉玛尔[2]-吉玛尔迪尼-吉玛尔迪内特，我最后一次在隆尚跑马场见到她时，她是多美啊！一头情意绵绵的鬈发，引人注目的绿松石首饰，新潮色的裙子，骚动不安的手笼。"他青春年少时，穿一件南方产的薄呢上衣，他常常谈起这件上衣，一谈起来便眉飞色舞。"那时，我的衣着打扮就像是东方土耳其人。"他如是说。他二十岁那年，德·布弗勒夫人偶然遇见他，称他是"疯狂的小帅哥"。

他每次见到政治家和当权者的名字，就心头火起，觉得他们的名字俗不可耐。他读报——他说成是"读新闻"，"读小报"——时，常常忍俊不禁。"呵！"他说，"这都是些什么人！科比埃！于芒！卡齐米埃·佩里埃！这些人也配当部长。我也可以想象'吉诺曼先生，部长'出现在一张报纸上！那多可笑啊！不过，他们太愚蠢，说不定还认为不错呢。"任何事物，他总是轻松愉快地说出它们的名称，也不管确不确当，即使在女士面前，也无所顾忌。他说粗话、淫话、脏话时，泰然自若，神色不惊，倒让人觉得挺优雅。这种无拘无束的态度，是他那个时代的特点。值得注意的是，用迂回法写诗的时代，也是用粗话写散文的时代。他的教父曾预言他将是个天才，于是，给他起了个意味深长的教名：明慧。

四　想活到一百岁

他出生在穆兰[3]。小时候，他在穆兰中学读书时多次得奖，尼韦内公爵还亲手为他颁过奖，他称尼韦内公爵为纳韦尔公爵。无论是国民公会，还是路易十六之死、拿破仑和波旁王朝复辟，都未能将那次颁奖仪式从

① 卡玛戈（1710—1770），巴黎歌剧院芭蕾舞的首席女舞蹈家，以在舞蹈技术上进行许多革新而为人们铭记。莎莱（1707—1756），一位富有革新精神的女舞蹈家，是第一个自编自演的女编导。

② 吉玛尔（1743—1816），巴黎歌剧院的主要芭蕾舞演员，在那里演出长达三十年。

③ 穆兰为法国中部阿利埃省省会。

他的记忆中抹掉。在他看来，“纳韦尔公爵”是世纪伟人。“多么有魅力的大贵人！”他说，“佩着蓝绶带[①]，多么神气！”

在吉诺曼先生看来，俄国女皇叶卡捷琳娜二世花三千卢布，向贝图切夫买下长生酒的秘方，也就抵偿了她瓜分波兰的罪恶。一谈起这个话题，他就亢奋。“长生酒，”他大声说道，“贝图切夫的黄色醇酒，拉莫特将军的杯中之物，在十八世纪，半两装的一小瓶，要卖一个金路易，是医治情场失意的灵丹妙药，对付维纳斯的万灵药剂。路易十五给教皇送去了二百瓶。”假若有人对他说那长生酒不过是高氯化铁，他一定会竖眉瞪眼，怒不可遏。

吉诺曼先生崇拜波旁王朝，仇恨一七八九年革命。他经常向人叙述，他在白色恐怖时期怎样死里逃生，需要多少快活和机智，才没有被砍掉脑袋。如果有个年轻人竟敢在他面前颂扬共和国，他会骤然脸色发青，气得晕过去。

有时，他会暗示自己已是九十岁高龄，他说：“我真希望不要两次看到九十三[②]。”可其他时候，他又会向人表明，他想活到一百岁。

五　巴斯克和妮珂莱特

他是有理论的。其中一个理论是：“当一个男人贪恋女色，又有一个他毫不在乎、模样丑、脾气坏、拥有合法地位和各种权利、高高坐在法律之上、必要时还会争风吃醋的妻子时，摆脱困境、求得安宁的唯一办法，就是让他妻子掌管财权。放弃财权，就能还他自由。于是，妻子忙忙碌碌，热衷于摆弄金钱，满手铜绿。她培养佃户，训练长工，召集诉讼代理人，主持公证人会议，训斥公证所办事员，拜访法官，关心诉讼，拟订租约，口授合同，自觉至高无上，卖出，买进，结算，发令，许诺，

① 蓝绶带是神圣骑士团骑士的标记。

② 指革命进入高潮的一七九三年和他自己的九十三岁。

妥协，订约，解约，出让，租让，转让，调解，捣乱，攒钱，挥霍。她做着傻事，但威风凛凛，自鸣得意，从中得到安慰。她丈夫不把她放在眼里，而她则以能使丈夫倾家荡产而心满意足。”这个理论，吉诺曼先生亲自实践过，这成了他的一段往事。她的第二任妻子曾管理他的财产，等到他成为鳏夫那天，家产已所剩无几，刚够糊口。他几乎变卖了所有家当，才得一万五千法郎年金，其中四分之三，还得随他的去世而化为乌有。他毫不犹豫地这样做了，因为他根本没考虑要留下遗产。再说，他曾目睹遗产会遭风险，比如说，会变成“国有财产”。他见过土地券仅偿付三分之一[①]的灾难，几乎不相信国家的大账本。“全是坎康波瓦街[②]的那一套。”他如是说。我们说过，他在髑髅地修女街住的是自己的房子。他有两个用人，“一雄一雌”。用人一来到他家，吉诺曼先生就要给他们改换名字。若是男用人，就用他们的省籍来命名：尼姆佬，孔泰佬，普瓦图佬，庇卡底佬。他最后一个男仆是个五十五岁的胖子，成天疲乏不堪，气喘吁吁，连二十步都跑不动，但他的出生地是巴荣纳，吉诺曼便叫他巴斯克佬。至于女用人，在他家里，无一例外，都叫妮珂莱特（即使是下面要讲到的玛妮翁姑娘）。一天，一位自负的厨娘上门自荐，她手艺不俗，高头大马，就像是看门人。吉诺曼先生问她：“您每月工钱想要多少？”“三十法郎。”“您叫什么？”“奥林匹亚。”“我给你五十法郎，但你得叫妮珂莱特。”

六　初步介绍玛妮翁和她的两个孩子

吉诺曼先生痛苦时，会发怒，绝望时，会狂怒不已。他满腹偏见，

---

① 法国督政府时期，因财政危机而滥发指券，六亿金法郎的借款尚未还清，存户失去信心；于是向市场抛出一种以国家资财作抵押的土地券，它与指券一样很快就贬值了。一七九六年，宣布了一项仅偿付国家债务三分之一的补救办法。

② 这是巴黎的一条街，一七一六年为约翰·劳的银行所在地。劳是苏格兰货币改革家，认为钞票可以代替金银在市面流通。他的改革计划在法国推行，弄得许多人破产。

行为放纵。我们说过，他从来风流成性，人们也绝对是这样认为的，这是他的一个外部特征，他自己也对此沾沾自喜。他把这称作有“王家风范”。这种王家风范，有时会给他带来奇特的收获。一天，有人给他家送来一个像是装牡蛎的筐子，里面有个刚刚出世的胖乎乎的男婴。那男婴裹着襁褓，不停啼哭，六个月前被赶走的一个女仆说这孩子是他的。那时，吉诺曼先生已整整八十四岁。周围的人都很气愤，叫嚷起来。这个不要脸的女人，谁会相信她的鬼话？胆大妄为！血口喷人！可吉诺曼先生却毫不生气。他像受了诬蔑仍感到高兴的老头，笑眯眯地看看襁褓，对周围的人说：“哎！怎么啦？怎么回事？这有什么？这有什么？瞧你们目瞪口呆的样子，其实，你们就像是没见过世面的人。昂古莱姆公爵先生，查理九世陛下的私生子，八十五岁了，还同一个十五岁的傻女孩结婚；阿吕伊侯爵维吉纳尔先生，苏尔迪红衣主教的兄弟，波尔多的大主教，八十三岁了，还和雅坎院长夫人的侍女生了个儿子，是真正爱情的结晶，日后成了马耳他骑士和御前佩剑顾问；塔拉博神甫，本世纪的一个伟人，出生时，他父亲已八十七岁了。这些事司空见惯。《圣经》里这样的事多着呢！说归说，但我声明，这个小先生不是我的。我们得照顾他。他没有错。”这一举动是非常宽厚的。第二年，那个名叫玛妮翁的轻佻女子又给他送来一个孩子。仍是个男孩。这次，吉诺曼先生可不像上次了。他把两个孩子送还给母亲，答应每月给八十法郎赡养费，条件是那母亲不能故伎重演。他还说：“我要母亲好好待他们。我会常常去看他们的。”他果然这样做了。

他有个弟弟，是神甫，在普瓦蒂埃学区当了三十三年的学区长，去世时七十九岁。“他年纪轻轻就丢下我走了。”他说。对他这个弟弟，人们的记忆已所剩无几，只知道他性格温和，但十分小气，认为自己是神甫，遇到穷人就得施舍，但从来只给些已停止流通的铜币或苏，于是，他在通往天堂的路上，找到了走向地狱的途径。至于为兄的吉诺曼先生，他施舍时慷慨大方，自觉自愿，品格高尚。他仁慈，暴躁，乐善好施，假如他有钱，他出手会更大方。他希望，他的一切事情，都要做得大大方方，即使是诈骗偷盗。一天，在一笔遗产问题上，他被一个生意人以粗俗而露骨的方式敲了一笔，他郑重地惊呼：“呸！这太不光彩了！这种敲竹杠的事，真让我感到羞耻。如今世风日下，连诈骗也不如从前光明正大了。妈的！对我这样的人行窃，不应该用这种方式。我就像在树林里遭到了抢劫，但被劫得很窝囊。**愿森林与执政官相称**[①]。”

我们说过，他有过两个妻子。与第一个妻子生了个女儿，至今未嫁。同第二个妻子又生了个女儿，活到三十岁便去世了。这第二个女儿，或出于爱，或出于偶然，或出于其他原因，嫁给了一个走运的士兵，他先后在共和国和皇帝的军队里服过役，在奥斯特里茨战役中得过十字勋章，在滑铁卢战役中晋升为上校。“这是我家的耻辱。”吉诺曼先生如是说。他吸鼻烟很厉害，他用手背掸襟饰的动作特别优雅。他几乎不相信上帝。

七　家规：晚上才会客

这就是明慧·吉诺曼。他头发依旧很浓密，没有全白，只是花白，总梳成狗耳朵形状。总之，尽管如此，他仍然是个可尊敬的人。他属于十八世纪那辈人：轻浮而高贵。

王朝复辟时期的头几年，吉诺曼先生还年轻——一八一四年，才七十四岁——，住在圣日耳曼郊区圣苏皮斯教堂附近的塞旺多尼街。他是在八十多岁淡出社交界之后，才隐居到沼泽区的。

他离开社交界后，依然固守旧时习惯。最重要的，也是不可改变的习惯，便是白天闭门谢客，只在晚上会客，不管是什么人，不管有什么事。他五点吃饭，然后打开大门。这是他那个世纪的风尚，他丝毫也不想改变。他说：“白天是恶棍，只配吃闭门羹。体面的人要等天空点亮星星时，才能点亮智慧。”于是，他闭门谢绝所有人，哪怕是国王。这是他那个时代的古雅风尚。

---

① 原文为拉丁语。意思是说：做一件事就要做好，哪怕是偷盗。

八　俩姐妹，两个样

至于吉诺曼先生的两个女儿，刚才我们已提了提。她们相隔十岁。她们年轻时，几乎没有相像之处，无论是性格，还是相貌，简直不像是亲姐妹。妹妹是位可爱的姑娘，向往光明，喜欢花木、诗歌和音乐，仰慕轰轰烈烈的场面，热情，清纯，从小便暗许给一个朦朦胧胧的英雄。姐姐也有她的幻想，她在蓝天上看见一个供货商，一个脑满肠肥、腰缠万贯的军火商，一个傻得可爱的丈夫，一个百万富翁，或是一个省长。省府的招待会，立在前厅、俯首听命的传达，官方的舞会，市府的演说，“省长夫人”的称呼，这一切，在她的想象世界里飞旋。就这样，姐妹俩当姑娘的时候，各自沉浸在自己的梦想中。两人都有翅膀，一个是天使，另一个是蠢鹅。

任何志向都不可能圆满实现，至少在人世间。在我们这个时代，任何天堂都不会变成凡间。妹妹嫁给了梦中人，但她死了。姐姐没有结婚。

姐姐进入我们这个故事时，已变成了老态龙钟的老处女，铁打的假正经，鼻子很尖，头脑迟钝，绝无仅有。有个细节富有特征：除了家里几个人，谁都不知道她的小名。大家叫她吉诺曼大小姐。

在假装正经方面，吉诺曼大小姐比起英国女管家来有过之而无不及。她的廉耻心已达到了令人生厌的程度。她一生中，有过一件可怕的往事：一天，有个男人看见了她的吊袜带。

随着年岁增长，她的廉耻心越来越重。她总怕胸衣太透明，领口开得太低。她在无人注目的地方按上无数搭扣和别针。廉耻心的特点是，越是堡垒不受威胁，越要严格设防。

然而，任你怎么解释这些古老而神秘的廉耻心吧，她却非常乐意让一个枪骑兵军官拥抱她。那是她的侄孙，名叫泰奥杜勒。

尽管有这个备受她青睐的枪骑兵，给她贴上“假正经”的标签绝对合适。吉诺曼小姐是个半明半暗的人。假正经则一半是美德，一半是缺点。

与假正经相辅相成的，是对宗教的过分虔诚。她是圣母修会会员。在某些节日里，她戴起白面纱，口中念着特别的经文，崇敬“圣血”，崇拜“圣心”，在一间对一般信徒不开放的小教堂里，面对洛可可-耶稣会式样的祭坛静思几小时，让灵魂穿过金色木辐条，在大理石的云雾中遨游。

她在小教堂里有位同堂好友，也是个老处女，名叫沃布瓦小姐，愚笨不堪，在她身旁，吉诺曼小姐很乐于充当雄鹰。除了会念上帝的羔羊和圣母马利亚外，沃布瓦小姐只会做各式果酱。她是她那类人中的典范，愚笨得像只银鼠，毫无智慧的闪光。

应该说，随着年岁增长，吉诺曼小姐得到的比失去的多。这是被动生活的必然结果。她从来没有坏心眼，这相对来说是一种善良。此外，岁月能磨平棱角，她变得比过去温和了。她常常感到莫名的忧愁，连她自己也说不清楚。她整个人都透出一种人生尚未开始便告结束的惶惑。

她替父亲持家。吉诺曼先生身边有个女儿，正如比安维尼主教大人身边有个姐妹一样。这种由一个老头和一个老姑娘组成的家庭屡见不鲜，两个弱者相依为命，此情此景，令人感动。

在老姑娘和老头之间，还有个孩子，一个见了吉诺曼先生就噤若寒蝉、瑟瑟发抖的小男孩。吉诺曼先生同这个孩子说话从没好气，有时还举起拐杖：“过来！先生！”“贼胚，下流胚，过来！”“让我看看，捣蛋鬼！”诸如此类，不一而足。其实，他心里非常爱他。

这是他的外孙。以后还会见到。

第三卷　外公和外孙

一　古老的沙龙

吉诺曼先生住在塞旺多尼街时，常出没于几个极其高雅而尊贵的沙龙。尽管他是资产阶级，却到处受到欢迎。吉诺曼先生有双重才智，首先是他自己拥有的，其次是别人以为他拥有的，因此，有人甚至主动邀请他，热情款待他。他到哪里都得唱主角，否则干脆不去。有些人千方百计想树立威望，引人注目；当不了权威，便当小丑。吉诺曼先生不属于这种人。他在经常出入的保王党人沙龙里唱主角，丝毫不以牺牲自尊作代价。他到哪里都是权威。他曾与德·博纳德先生，甚至与邦日-皮伊-瓦莱先生分庭抗礼。

一八一七年左右，他每周必定有两个下午要去他家附近的费鲁街的T男爵夫人家。那是一位值得尊敬的夫人，丈夫在路易十六时代当过法国驻柏林大使。T男爵生前沉迷动物磁力说[①]，在流亡中去世，死时家道中落，一无所有，只剩下十卷红羊皮封面、切口涂金的精装手稿，是关于梅斯梅尔及其小木桶的极其珍贵的回忆录。T男爵夫人出于尊严，没有将

① 动物磁力说是德国医生梅斯梅尔（1735—1815）提出的一种学说。梅斯梅尔是当代催眠术的先驱，提出人能以“动物磁力”形式向他人传递宇宙力。他以这些思想为基础，设计了类似降神会的治疗程序：几个患者围坐在一个稀硫酸桶的周围，同时举起双手，或抓住从溶液中伸出的铁棒，从而得到治疗。

这些回忆录发表，靠微薄的年金支撑生活，而这年金不知是如何保存下来的。T男爵夫人疏离宫廷，她说那是“鱼龙混杂之地”。她离群索居，过着高贵、骄傲、清贫的生活。每周两次，几个朋友围坐在寡妇的炉边，组成纯洁的保王派沙龙。大家一起喝喝茶，聊聊天，谈谈世风、宪章、布奥拿巴分子、向资产者出卖圣灵骑士团蓝绶带的堕落行为、路易十八的雅各宾主义，根据所谈内容是哀歌，还是颂歌，时而哀叹，时而怒吼，还悄悄议论御弟，也就是日后的查理十世可能带来的希望。

在那里，他们狂热地高唱粗俗歌曲，把拿破仑称作“尼古拉”。一些公爵夫人，世上最温情、最迷人的女子，对有些歌曲心醉神迷，比如下面一首讽刺“盟员①”的歌：

把拖在你身后的衬衣
塞进裤子里，
免得人家说，
爱国者们扯起了白旗②！

他们玩弄同音异义的谐语，自以为威力无比，玩弄无伤大雅的文字游戏，自以为毒如蛇蝎，玩弄四行诗，双行诗。比如，将德索尔的温和内阁及其成员德卡兹和德塞尔编成一首歌：

要从根本上巩固摇摇欲坠的王位，
必须改变土壤、温室和格子③。

或者编制贵族院——“散发着雅各宾派臭气的贵族院”——的名册，

① 指一八一五年法国百日政变期间，拿破仑号召组织的志愿军。

② 白旗是投降的旗帜，也是法国当时王朝的旗帜。

③ “改变土壤、温室和格子”，原文与“更换德索尔、德塞尔和德卡兹”为同音异义词。德索尔（1767—1828）在路易十八时期，担任战争部长和内阁总理，德塞尔为司法部长，德卡兹是内政部长。

将名字组合成句子，例如，达马抡刀砍杀，古维翁批评指责[①]。这一切做来其乐无穷。

在这个社交圈里，革命被冷嘲热讽。他们内心有一种莫名的意念，要从反向来激化愤怒。他们唱起那首亲切的“好了”歌：

啊！好了！好了！好了！
布奥拿巴分子吊在灯柱上[②]。

歌曲有如断头台，不加区别，今天砍这个的头，明天砍那个的头。只是变换一下名称罢了。

在当时，即一八一六年发生的弗阿尔代斯[③]事件中，他们站在巴斯蒂德和若西翁[④]一边，因为弗阿尔代斯是“布奥拿巴分子”。他们称自由主义者为“兄弟和朋友”，这是最大的侮辱性言辞了。

就像某些教堂钟楼，T男爵夫人的沙龙有两只雄鸡。一只是吉诺曼先生，另一只是拉莫特-瓦卢瓦伯爵。提到这位伯爵，人们会不无敬意地窃窃私语：“您知道吗？他就是项链事件[⑤]中的拉莫特。”派别之间，常有这种奇妙的宽恕。

这里要补充一点：对于资产阶级来说，交友过分随便，会降低自己的身份。因此，与人交往，必须慎之又慎；正如身旁有衣不御寒的人，自己也会失去热量一样，接近受蔑视的人，就会失去别人对自己的尊敬。但旧制度的上层社会凌驾于这条规则之上，正如它凌驾于其他一切规则

---

① 原文为：Damas, Sabran, Gouvion Saint-Cyr，是三个人的名字，串起来与 Damas sabrant（达马抡刀砍杀），Gouvion censure（古维翁批评指责）的音十分相近。

② “好了”歌是一七八九年革命时期的一首革命歌曲，其中一句是：“贵族被吊在灯柱上”，这里，“贵族”被篡改成“布奥拿巴分子”。“布奥拿巴”即“波拿巴”的科西嘉读音。

③ 弗阿尔代斯是帝国时期一位遭暗杀的司法官员。

④ 巴斯蒂德和若西翁被认为是暗杀弗阿尔代斯的凶手。

⑤ 这是发生在法国大革命前的一起诈骗案。一位红衣主教想讨好玛丽-安托瓦内特王后，在拉莫特伯爵夫人怂恿下，赊账买了串价值连城的项链送给王后。红衣主教无法偿还，于是这件事便暴露了，激起了民众对王室和王后的不满。最后红衣主教被宣布无罪，拉莫特夫人遭到了杖刑和烙刑。

之上一样。蓬巴杜夫人[①]的兄弟马里尼是苏比兹亲王[②]家的常客。尽管是这样一个人？不，正因为是这样一个人。沃贝尼埃夫人的教父杜巴里在黎塞留元帅[③]家里极受欢迎。那个社会是一座奥林匹斯神山[④]。墨丘利[⑤]和盖梅涅亲王就像是在自己的家里。只要是神，哪怕是贼，也会受到欢迎。

一八一五年，拉莫特伯爵已是七十五岁的老人，唯一引人注目的地方，是他沉静而严肃的神态。他的脸瘦削冷峻，举止彬彬有礼，衣服的扣子一直扣到领带处，一双长腿总是翘着，穿一条焦土色的宽松长裤。他的脸色和裤色一个样。

德·拉莫特先生在这个沙龙里"举足轻重"，因为他"遐迩闻名"，还有，说来奇怪，但千真万确，还由于他姓瓦卢瓦[⑥]。

至于吉诺曼先生，他受到尊敬，却是名实相符。他有威望，是因为他有威望。尽管举止轻佻，但他谈吐诙谐，他有一种风度，气概不凡，令人敬畏，诚实正派，骨子里透着资产阶级的傲慢，此外，他年近百岁，也起到一定的作用。人不会白活一百岁的。到了这把年纪，即使头发蓬乱，也令人肃然起敬。

此外，他的言谈发出古岩的火花。例如，普鲁士国王帮助路易十八复辟之后，以吕班伯爵之名前来拜访，但路易十四的这位后裔有点把他当作勃兰登堡侯爵[⑦]来接待，显得很不礼貌，却又让人无话可说。吉诺曼先生十分赞同。他说："法王以外的一切国王，都是诸侯。"一天，有人在他面前问了个问题，另一人做了回答："《法兰西邮报》的主编最后

---

① 蓬巴杜夫人（1721—1764），法王路易十五的情妇。

② 苏比兹亲王（1715—1787），法国贵族和元帅，路易十五和蓬巴杜夫人的宠臣，因善谄媚而获得显赫的军衔。

③ 黎塞留元帅是红衣主教黎塞留的侄孙，路易十四和路易十五的嬖臣，以贪污出名。沃贝尼埃夫人是路易十五的情妇，她的教父若望·杜巴里是她的大伯，他与黎塞留元帅密谋，使她成为路易十五的情妇。

④ 奥林匹斯山是希腊神话中诸神所居之山。

⑤ 墨丘利是希腊神话中商业和盗贼之保护神。

⑥ 瓦卢瓦为法国卡佩家族的一支，一三二八年到一五八九年间统治法国。

⑦ 勃兰登堡侯爵是日耳曼帝国选侯之一，普鲁士王国的属臣。

是怎么处理的？”“停职（Suspendu）。”吉诺曼先生指出：“Sus是多余的[①]。”这一类话语奠定了他的地位。在波旁王朝复辟周年大庆典上，他见德·塔列朗先生经过，便说：“灾星阁下来了。”

吉诺曼先生到哪里总要带上他的女儿和一个漂亮的小男孩。那时候，那位瘦长的老姑娘年过四十，看上去却有五十岁；小男孩七岁，肤色白里透红，鲜嫩清新，双眸透着幸福和信任。每当他出现在这个沙龙里，周围的人都会啧啧称赞：“他多漂亮！真可惜！可怜的孩子！”这就是我们前面提到过的那个孩子。人们称他“可怜的孩子”，因为他父亲是“卢瓦尔强盗”。

这个卢瓦尔强盗，就是前面提到过的吉诺曼先生的女婿，吉诺曼先生则称他为“家庭的耻辱”。

二　当年一个红色幽灵

当年，谁要是从韦农小城经过，在那座不久可能被一道丑陋的铁索桥替代的美丽壮观的大桥上漫步，凭栏向下望去，可见一个五十来岁的男人，头戴皮鸭舌帽，身穿灰粗呢衣裤，衣襟上缝着一条发黄的红绸带子，脚套木鞋，脸被太阳晒黑，头发花白，一道宽宽的疤痕从额头伸向脸颊，弯腰驼背，未老先衰，几乎整天拿着一把铁锹或截枝刀，在一个四面有围墙的小院子里走来走去。桥旁边有许多这样的小院子，犹如一长串平台，排列在塞纳河左岸；院子内百花菲菲，美不胜收；如果院子大一些，可叫作花园，若是小一些，可称为花束。这些小院子，一边临河，另一边傍屋。刚才讲到的那个身穿上衣，脚套木鞋的男人，一八一七年左右就住在这样的院子和房屋里。那是最小的院子，最简陋的屋子。他独自住在那里，茕茕孑立，沉默寡言，贫苦度日，有一个不老不少，不美不丑，既非农民，亦非有产者的女人侍候他。他把他那方小院叫作花园，

① Suspendu（停职）去掉前缀sus，便成pendu（处绞刑）。

里面百花争艳，并以此享誉小城。种花便是他的日常工作。

他尽心尽力，锲而不舍，悉心照料，勤于浇水，居然继造物主后，成功地创造出似乎已被大自然遗忘的郁金香和大丽菊的几个新品种。他极富创造力，用灌木叶腐蚀土做成小花坛，种植稀罕珍贵的美洲和中国灌木，这方面他令苏朗日·博丹[①]望尘莫及。夏日，天刚亮，他就在花园的小径上了，插枝、剪枝、除草、浇水、在花丛中走来走去，神态慈祥、悒郁、温和，有时沉入遐思，一连几小时一动不动，谛听鸟儿在枝头歌唱，或某家的孩子牙牙学语，或者凝视一棵草端的露珠，阳光下，露珠发出红宝石的光芒。他粗茶淡饭，多喝牛奶少喝酒。小孩子可以使唤他，女用人可以申斥他。他腼腆得近乎怕见生人，深居简出，不见任何人，除了来敲他窗户的穷人和本堂神甫马伯夫，一位好老头。然而，若本城居民或外人，不管是谁，想看看他的郁金香和玫瑰花，前来敲他的小屋，他会春风满面，开门相迎。他就是那位卢瓦尔强盗。

那时候，谁要是读过战争回忆录、传记、《箴言报》和帝国军队战报，就会经常看到一个名字，乔治·蓬梅西。这位乔治·蓬梅西，年轻时，曾在圣通日团当兵。革命爆发了。圣通日团编入莱茵兵团。君主时代的旧军队，即使在君主体制崩溃后，仍保留以省命名的旧番号，一七九四年才统一改为旅的编制。蓬梅西在斯皮尔、沃姆斯、诺伊施塔特、土尔克海姆、阿尔则、美因茨[②]等地打过仗。在美因茨一仗，他是乌沙的二百名后卫队员中的一个。他作为第十二名勇士，在安德纳赫古城墙后面，阻击赫斯亲王的整个部队，直到敌军炮火将胸墙从上到下打开了缺口，才向主力部队撤退。他随克莱贝尔到过马希埃纳[③]，参加过帕利塞尔山的战斗，在战斗中，被火铳枪打断一条胳膊。接着，他到了意大利边境，作为三十名投弹手中的一员，和茹贝尔一起，捍卫了唐得山口。茹贝尔因此而升为准将，蓬梅西升为少尉。在攻打洛迪那一天，他

---

① 博丹（1774—1846），法国园艺家。

② 以上均为德国地名。

③ 马希埃纳为法国地名。

冒着枪林弹雨，与贝蒂埃并肩战斗；波拿巴谈到这一仗时说：“贝蒂埃既是炮手，又是骑兵，又是投弹手。”在诺维，他亲眼看见他从前的将军茹贝尔倒下时，举着马刀，高呼：“前进！”还有一次，出于作战需要，他率领他的连队，登上一条驳船，从热那亚出发，开往不知哪个小港，途中，与七八艘英国帆船遭遇。热那亚船长想把大炮扔进海里，将士兵藏进中舱，装作商船悄悄溜走。蓬梅西却把三色旗升到旗杆上，威风凛凛地从英国舰队的炮火下穿过。离英舰二十海里时，他胆子更大，用他的驳船进行攻击，捕获了一艘运送部队去西西里岛的英国大型运输舰，舰上满载人马，直至甲板。一八〇五年，他所在的马莱尔师从斐迪南手中夺取了贡茨堡。在维蒂恩格昂，他冒着枪林弹雨，抱起头部受了重伤的第九龙骑队的莫珀蒂上校。他冒着敌人的炮火，和梯队一起，向奥斯特里茨进军，在这次令人赞叹的行动中，表现突出。俄国皇家近卫军的骑兵粉碎了第四步兵团的一个营以后，蓬梅西参加了反击，把俄国近卫军打得人仰马翻，溃不成军。拿破仑皇帝授予他十字勋章。蓬梅西亲眼看见沃姆泽、梅拉和马克相继被俘，一个在曼图亚，另一个在亚历山大，最后一个在乌尔姆。他参加莫蒂埃指挥的第八兵团，攻占了汉堡。接着，他调到从前叫佛兰德斯团的第五十五团。在埃洛，本书作者的叔父，英勇的路易·雨果上尉，率领他的连队共八十三名弟兄，在公墓孤军奋战两小时，抵挡了敌军的猛烈进攻，蓬梅西当时也在场。活着离开公墓的只有三人，他是其中之一。他参加了弗里德兰战役。后来，他到过莫斯科，接着是别列津纳，接着是卢岑、包岑、德累斯顿、瓦朔、莱比锡和格兰豪森隘道，接着是蒙米拉伊、夏多蒂埃里、克拉翁、马恩河畔、埃斯纳河畔，以及险峻的拉翁阵地。在阿内勒迪克，他是骑兵队长，他挥舞马刀，砍死了十个哥萨克骑兵，救出了——不是他的将军，而是他的下士。这一次，他被砍得遍体鳞伤，光左臂就取出了二十七块碎骨。巴黎投降前一周，他刚与一个战友对调职务，加入了骑兵队。他是旧制度时人们所说的那种“两面手”，当兵精通刀和枪，当官能指挥一个骑兵队或一个步兵营。就是这种能力，再加上军事训练，造就了某些特别兵种，比如龙骑兵，他们全都既是骑兵，又是步兵。他随拿破仑到了厄尔巴岛。

在滑铁卢，他是杜布瓦旅的铁甲骑兵队长。是他拔下了吕讷堡营的军旗，把它扔到拿破仑皇帝脚下，当时他满身是血：他在拔旗时，脸上横挨了一刀。皇帝非常高兴，冲着他喊道："现在你是上校，你是男爵，你获得四级荣誉勋位！"蓬梅西回答："陛下，我代表我寡居的妻子感谢您！"一小时后，他就倒在奥安山沟里了。现在要问，这位乔治·蓬梅西究竟是谁？他就是那位卢瓦尔强盗。

我们交代了他的部分经历。滑铁卢战役后，大家一定还记得，蓬梅西被人从奥安那条凹路上扒出来，后来居然赶上部队，转了好几个野战医院，最后到了卢瓦尔驻地。

王朝复辟时期，他被解职，领取半饷，继而发配到韦农，即被软禁起来。路易十八认为百日帝政时期的任命一概无效，不承认他的四级荣誉勋位，也不承认他是上校和男爵。而他任何时候都用"蓬梅西上校男爵"签名。他只有一套旧的蓝制服。每次出门，必在那套蓝制服上佩戴四级荣誉勋位的玫瑰花结襟章。御前检察官派人通知他，检察院将以"非法佩戴荣誉勋章"罪起诉他。当一位非官方人士将这个警告通知他时，他苦笑着回答："我不知道究竟是我听不懂法语，还是您说的不是法语，不过，我就是听不懂您说的话。"接着，在一周内，他天天佩戴玫瑰花结襟章出门。陆军部长和省军区司令给他写过两三封信，信封上写着：蓬梅西少校收，他未拆启，便把原信退回了。与此同时，圣赫勒拿岛上的拿破仑也以同样的方式对待赫德森·洛[1]写给"波拿巴将军"的信。蓬梅西——恕我们用词冒昧——嘴里的唾液最终和皇帝的一样了。

同样，在古罗马，一些被俘的迦太基士兵也拒绝向弗拉米尼努斯[2]致敬，他们也有一点汉尼拔的灵魂。

一天早晨，他在韦农的一条街上遇见那御前检察官，他迎上去对他说：

---

① 赫德森·洛是监视拿破仑的英国总督。

② 弗拉米尼努斯（约前 227—前 174），罗马将军和政治家。在第二次布匿战争中，是罗马军队的指挥官。

“御前检察官先生，我脸上可以挂着刀疤吗？”

他除了骑兵队长微不足道的半饷外，其他一无进账。他尽其所能，在韦农租了一所最小的房屋。他一个人过日子，前面我们已看到他是怎样生活的了。在帝国时代，趁打仗之间隙，他抽空娶了吉诺曼小姐。那位老资产阶级，心里气愤之极，但也只好同意，一边叹息道：“即使是豪门大族，也无可奈何。”蓬梅西太太各方面都令人赞叹，有教养，品貌出众，与她的丈夫十分般配。一八一五年，她丢下一个孩子，弃世而去。这孩子本是上校在孤寂中的欢乐，可是外祖父蛮不讲理，要领走外孙，并声称，若不把外孙给他，就剥夺孩子的继承权。父亲考虑到孩子的利益，只好让步。失去了孩子，他便把爱给了花。

此外，他放弃了一切，既不活动，也不谋反。他心里只想着两件事，一是目前所做的纯朴的工作，二是过去从事的伟大的事业。他把时光消磨在培育石竹花的新品种，或追忆奥斯特里茨战役上。

吉诺曼先生同女婿毫无来往。在他眼里，上校是“强盗”，在上校眼里，他是个“老傻瓜”。吉诺曼先生从不谈论上校，偶尔提起，也是为了讥讽他的“男爵领地”。双方事先明确谈妥，蓬梅西永远不能见儿子，也不能同他说话，否则就把孩子赶走，并剥夺其继承权。对于吉诺曼一家，蓬梅西是瘟神。他们想按自己的方式扶养孩子。上校接受这些条件也许是错误的，但他还是接受了，以为自己做得对，牺牲的不过是自己。吉诺曼老爹没什么遗产，但吉诺曼小姐的遗产却很可观。这位没有出嫁的姨妈从外婆家继承了遗产，非常富有，她妹妹的儿子是她当然的继承人。

那孩子叫马里尤斯，只知道自己有个父亲，其他一无所知。没有人对他说起。可是，他外祖父常带他去社交界，大家看见他便窃窃私语，含糊其词，暗使眼色，久而久之，那孩子也有所感觉，最后也明白了一些事，他在潜移默化中，自然而然地接受了可以说是适合他呼吸的那个圈子里的思想和观点，以至于最后，他一想起父亲，就感到羞愧和难过。

就这样，孩子一天天长大。每隔两三个月，上校都要偷偷跑到巴黎，就像惯犯擅离指定住所，趁吉诺曼姨妈带马里尤斯去做弥撒之际，守在圣苏皮斯教堂前。他怕被姨妈发现，战战兢兢，躲在一根柱子后面，一动不动，屏息静气，盯着儿子看。这个脸上挂刀疤的男人，害怕那位老姑娘。

因此，他与韦农的本堂神甫马伯夫有了交往。这位可敬的神甫，是圣苏皮斯堂区一位财产管理员的兄弟。那管理员多次见这个脸上有疤痕的人，眼里含着大颗泪水，出神地看着那孩子。这个人很有男子气，却哭得像女人，这使管理员深受感动。这张脸便牢牢印在了他的脑海里。一天，他去韦农看他兄弟，在桥上遇见蓬梅西上校，认出是圣苏皮斯教堂的那个人。他同本堂神甫谈了这件事，两人找了个借口，去拜访了上校。此后，他们又去看过他几次。上校开始缄口不语，最后终于打开心扉，神甫和管理员也就知道了整个故事，知道蓬梅西如何为了孩子的前途，牺牲自己的幸福。这样，本堂神甫对他产生了敬意，对他非常体贴，而上校也对本堂神甫产生了友谊。当一个老神甫和一位老战士凑巧彼此都很真诚善良，什么也就不会比他们更容易情投意合了。说到底，他们是同一个人。一个献身于地上的祖国，另一个献身于天上的祖国。仅此不同。

马里尤斯一年给他父亲写两次信，一次是元旦，另一次是圣乔治日，尽尽义务罢了。信由姨妈口授，像是从书简大集里抄来的。这是吉诺曼先生唯一允许的。父亲的回信则充满柔情蜜意，可外祖父却看也不看，就塞进口袋里。

三　愿大家和平共处①

T夫人的沙龙是马里尤斯·蓬梅西对世界的全部认识。那是他观察人生的唯一窗口。这个小窗口阴阴沉沉，带给他的寒冷多于温暖，黑暗多于光明。这孩子刚接触这个奇特的社交圈时，心里只有欢乐和光明，不久便变得郁郁寡欢，尤其与他年纪不相称的是，他的神情变得十分严肃。

① 原文为拉丁语。

他周围全是些威严而古怪之人，他左右环顾，心中充满了惊讶。周围的一切集中起来，使他心中的这种惶惑有增无已。T 夫人的沙龙里，有几位令人肃然起敬的老夫人，有叫马坦[①]、挪亚[②]的，有叫利未斯，却被念成利未[③]的，有叫康比斯，却被念成冈比西斯[④]的。这些古老的面孔和这些出自《圣经》的名字，在这孩子的脑海中，与他熟记的《旧约》故事搅和在一起。当这些夫人全都在场时，她们围坐在奄奄一息的火炉旁，在绿莹莹的灯光下若隐若现，神情严肃，头发花白或全白，身穿依稀能辨出阴暗色彩、属另一个时代的长袍，在难得的静场中，冒出几句庄重而粗野的话语，小马里尤斯瞪着惊恐的眼睛看着她们，以为看见的不是女人，而是《圣经》中的族长和朝拜初生基督的博士，不是有血有肉的人，而是幽灵。

在这些幽灵中间，坐着几位神甫，是这古老沙龙的常客。还有几位贵族。有萨斯内侯爵，德·贝里夫人[⑤]的慈善秘书；有瓦洛里子爵，常用夏尔-安托尼的化名，发表一些单韵颂诗；有博弗尔蒙亲王，年纪轻轻，却已头发斑白，带着一个漂亮聪慧、身穿饰有金丝条的大红绒袍、袒胸露肩的女人，令那些身穿暗色衣裙的幽灵心头不悦；有科里奥利·德斯皮努兹侯爵，法兰西最知道"礼节分寸"的人；有阿芒德尔伯爵，有着慈祥下巴的好老头；还有德·波尔·德·居伊骑士，是被称作御书房的卢浮宫图书馆的常客。那德·波尔·德·居伊先生已秃顶，与其说老了，不如说显得老气，他讲述一七九三年，他十六岁那时候，因抗拒罪被投入监狱，与一位八旬老人德·米尔普瓦主教铐在一起，也是因抗拒罪入的狱，不过，主教是拒绝宣誓[⑥]，而他是逃避兵役。那是在土伦监狱。他们的任务是，夜间去断头台，收拾白天处断头刑者的首级和尸身；他们

---

① 马坦为《圣经》中的人物。

② 挪亚为《圣经》中乘方舟逃避洪水的人类祖先。

③ 利未为以色列利未族的族长。

④ 冈比西斯是公元前六世纪的波斯王。

⑤ 德·贝里夫人为公爵夫人，是路易十八的侄媳。

⑥ 法国大革命时期，政府下令神职人员必须宣誓，遵守新宪法。

背着鲜血淋淋的无头尸体，他们的红披肩后颈部有一大块血印，上午干了，夜里复湿。在T夫人的沙龙里，常能听到这类悲惨的故事。马拉被咒骂多了，特雷斯塔永[①]自然就受到称颂。几位难寻难觅的议员在这里打惠斯特牌[②]。他们是蒂博·德·夏拉先生、勒马尚·德·戈米库先生和开玩笑出了名的右派人物科内-丹库先生。德·费雷特大法官穿着短裤，迈动细瘦的双腿，前往塔列朗先生家时，有时也会在这个沙龙里停留一下。他曾是阿图瓦伯爵先生[③]的酒肉朋友，他不像亚里斯多德那样，拜倒在坎帕斯皮[④]的石榴裙下，而是让吉玛尔夫人俯首听命，从而让后人知道，有个大法官替一个哲学家雪了耻。

至于教士，有阿尔马神甫，和他合编《雷霆》的拉罗兹先生曾对他说过："呵！谁没有五十岁！也许除了几个毛头小伙子！"有勒图纳神甫，国王的布道师；有弗雷西努神甫，那时，他既不是伯爵、主教、部长，也不是贵族，穿着掉了几颗纽扣的旧教袍；有克拉弗南神甫，圣日耳曼-德-普雷的本堂神甫；还有教皇的使臣，那时是尼齐比的大主教，大家叫他马希大人，后来做了红衣主教，引人注目的是，他有一个若有所思的长鼻子；还有一位大人，他有很多名称：巴尔米里修道院长、内廷高级教士、教皇法庭书记（共有七位）、利比里亚大教堂的议事司铎、圣徒的辩护律师，postulatore di santi[⑤]——这职务与封圣[⑥]有关，相当于天堂的审查官；最后，还有两个红衣主教，德·拉吕泽纳先生和德·克莱蒙-托内尔先生。德·拉吕泽纳红衣主教先生是位作家，几年后，他有幸和夏多布里昂一起，在《保守者》杂志上并肩发表文章；德·克莱蒙-托内尔先生是图卢兹大主教，常来巴黎度假，住在曾当过海军部长和陆军

---

① 特雷斯塔永是尼姆城施行白色恐怖的主谋之一。

② 一种纸牌游戏，桥牌的前身。

③ 阿图瓦伯爵是路易十八的兄弟，继位后称查理十世。

④ 坎帕斯皮是亚历山大的宠姬。

⑤ 拉丁语，意即"圣徒的辩护律师"。

⑥ 教皇在封某人为圣徒之前，先要召开会议，审查其著作和事迹。讨论中，由一个上帝的律师和一个魔鬼的律师进行辩论，最后由教皇决定是否授予圣徒称号。

部长的侄儿托内尔侯爵家里。克莱蒙-托内尔红衣主教是个快乐的小老头，总是撩起教袍，露出红袜子。他的拿手好戏，是仇视百科全书，迷恋玩弹子；夏日的夜晚，若有人经过克莱蒙-托内尔所在的夫人街，驻足谛听，便会听见弹子的撞击声，以及这位红衣主教对其竞选教皇的随员，克里斯特的名誉主教科特雷大人的尖声呼叫："记分，神甫，我连撞两球。"克莱蒙-托内尔红衣主教是由其挚友德·罗克洛先生引见给T夫人的。德·罗克洛先生是桑利斯前主教，法兰西学院四十院士之一，他身材高大，对法兰西学院的工作兢兢业业，这是他引人注目的地方。那时候，法兰西学院在图书馆隔壁的大厅里召开会议，每星期四，好奇的人们可以透过大厅的玻璃门，凝视这位桑利斯的前主教，他常常站着，假发新扑了白粉，脚穿长筒紫袜，背朝着大门，显然是为了让人更清楚地看见他打裥的小衣领。所有这些教士，虽然大多既侍奉教堂，又侍奉朝廷，却给T夫人的沙龙增添了庄严肃穆的气氛，而维布雷侯爵、塔拉吕侯爵、埃布维尔侯爵、达姆布雷子爵和瓦朗蒂诺瓦公爵等五位法兰西封臣的加盟，加强了T夫人沙龙的尊贵气氛。瓦朗蒂诺瓦公爵虽是摩纳哥亲王，就是说，一位外国君主，但对法兰西及其贵族有着高度的评价，他对一切事物都是从这两个角度来考虑。他说过："红衣主教是罗马的法国贵族，爵士是英国的法国贵族。"不过，在那个年代，革命无处不在，正如前面所说，这一封建沙龙却受一个资产阶级左右。吉诺曼先生是这沙龙的主宰。

这里荟萃着巴黎白色社会的精英。知名人士，即使是保王派，也会在这里受到冷落。大凡知名人士，总有无政府主义之嫌。夏多布里昂若去那里，会被视作迪谢纳老爹①。然而，有几个归顺分子②却受到宽容，进了这个正统的社交圈。伯尼奥伯爵改弦易辙后，成为这里的常客。

今天的"贵族"沙龙，已和当年的沙龙大相径庭。今天的圣日耳曼郊区已变了味儿。现在的保王分子，说得好听一点，是些蛊惑人心的政客。

---

① 迪谢纳老爹原是笑剧中的一个人物，法国大革命初期，始被当作平民百姓的代言人。

② "归顺者"指原来拥护拿破仑，后归顺路易十八的人。

去T夫人家的人，都是显贵。他们趣味高雅又高傲，外表彬彬有礼。他们的习惯不由自主地透着种种刻意的讲究，那就是旧制度，虽已埋葬，却依然活着。有些习惯似乎很古怪，尤其是语言的习惯。一些肤浅的行家会把过时的东西，当作外省的习俗。他们称某妇人为“将军夫人”。“上校夫人”也绝非罕闻。迷人的德·莱昂夫人，大概是为了纪念隆格维尔公爵夫人和舍弗勒公爵夫人，宁愿别人称她“上校夫人”，而不是公主。克雷基侯爵夫人也叫“上校夫人”。

就是这个高贵的小圈子，在杜伊勒利宫，创造了一种讲究的称谓，与国王单独相处时，总是用第三人称，称他为“国王”，而不用“陛下”，因为“陛下”的称谓已遭“篡位者[①]玷污”。他们对人和事品头论足。他们对时代冷嘲热讽，这样，就不必去理解这个时代。他们互相说些令人吃惊的事，知道一点，便互通情况。玛土撒拉[②]向厄庇米尼德斯[③]提供情况。聋子向瞎子通报消息。他们声称科布伦茨[④]以后流逝的时间为无效。正如路易十八受上帝恩宠，在位已有二十五年[⑤]，流亡回国的贵族理所当然正值二十五岁青春年华。

一切都很和谐；什么都不过分；说话就如微弱的气息；报纸与客厅相一致，像是写在纸莎草纸上的古文稿。那里也有些年轻人，但都死气沉沉。守在前厅里的仆役像出土文物。这些腐朽守旧的人物，连侍候他们的仆人也如出一辙。所有这一切都像是已死了很久很久，却又不甘心走进坟墓。在整部词典里能找到的词，除了“守旧”，还是“守旧”。问题的关键，在于做到“朽而不臭”。在这些遗老遗少的看法中，的确掺有香料，他们的观点散发着香根草的味道。这是一个僵尸世界。主人涂了

---

① 此处，“篡位者”指拿破仑。

② 玛土撒拉为《圣经》中人物，犹太族长，挪亚的祖父，活了九百六十九岁。

③ 厄庇米尼德斯（创作期为公元前六世纪），克里特预言家，著名作家。传说他睡了五十七年，神叫醒他，要他回雅典教化民众。

④ 科布伦茨为德国城市。一七九三年，法国流亡贵族在此组织孔代军。

⑤ 路易十七于一七九五年死于监狱。一八一五年拿破仑逊位后，路易十八才结束流亡生活，而回法国登基，但他计算王位的时间却从路易十七去世的日子，即一七九五年算起。

防腐香料，仆人则填满稻草。一位流亡归国、家境败落却不失高贵的老侯爵夫人，尽管只有一个女仆，却仍说："我的仆役们。"

那些人在T夫人的沙龙里做些什么？他们都是极端分子[①]。是极端分子。虽说这个词所代表的事也许没有消失，但在今天已不再有意义了。我们来解释一下。

是极端分子，便是做过头。便是以御座的名义攻击王权，以祭坛的名义攻击教权。便是不好好拉车。便是在拉车时尥蹶子。便是嫌焚烧异教徒的火候不足，找柴堆的碴儿。便是责备偶像太不受人崇拜。便是尊敬到了横加侮辱。便是觉得教皇不大像教皇，国王不大像国王，黑夜太明亮。便是嫌大理石、雪花、天鹅、百合花还不够白。便是太拥护竟至于成了敌人，太赞成竟至于成了反对。极端主义是王朝复辟初期的特征。

从一八一四年到右派实干家德·维莱尔[②]先生上台的一八二〇年，这段时间在历史上是独一无二的。这六年是个非常时期，既热闹又沉闷，既快乐又阴郁，既像是曙光初照，又是天昏地暗，凄云仍然布满天边，徐徐沉入过去。在这光明和黑暗中，有一小撮人在揉眼睛，他们既是新派，又是旧派，既快乐又忧愁，既年轻又衰老；没有什么比返乡更像是梦醒；那一小撮人不满地望着法兰西，法兰西则揶揄地望着这些人；正经的老侯爵充斥大街小巷，返乡的人和还魂的鬼，先朝遗老对一切都目瞪口呆，正直而高贵的世家子弟，对重返法国又喜又悲，喜的是回到了祖国的怀抱，悲的是昔日的君主政体已不复存在；十字军时代的佩剑贵族，对帝国时代的佩剑贵族群起而攻之；历史上的名门望族已丧失了历史概念；查理大帝战将的后裔，蔑视拿破仑的战将。正如刚才所说，剑与剑互相辱骂；丰特努瓦战役[③]中使用的剑可笑之至，不过是一段锈铁；

---

① 极端分子是极端保王分子的简称。路易十八时期，有些人企图完全恢复旧秩序，但路易十八考虑到国内资产阶级力量正在上升，不敢操之过急，采取了比较温和的政策。极端保王分子对此不满，表现为既保王，又反对国王的妥协政策。

② 德·维莱尔（1773—1854），极端保王派的领袖，一八二〇年任不管大臣，一八二二年组阁。

③ 丰特努瓦战役发生在一七四五年。法国德萨克斯伯爵莫里斯元帅大捷之役，它导致在奥地利帝位继承战争中法国征服佛兰德斯。

马伦戈战役[①]中使用的剑丑陋之极，不过是一把马刀。昔日否认昨日。人们已感觉不到什么是伟大，什么是可笑。有个人称拿破仑为司卡班[②]。那个世界已不复存在。我们再说一遍，那个世界已一无所剩。当我们信手抽出一张面孔，努力将那个世界重现在脑海里，会觉得它就像洪水前的世界那样古里古怪。的确，它也被洪水吞噬了。两次革命的洪流已把它冲得无影无踪。思想是怎样的洪流啊！它以迅雷不及掩耳之势，将它必须摧毁和埋葬的东西荡涤一净，并冲刷出可怕的深渊！

这就是那遥远而纯真时代的贵族沙龙的概貌；在那里，德·马坦维尔[③]比伏尔泰更风趣。

这些沙龙有他们自己的文学和政治。在那里，菲埃韦[④]备受信任，阿吉埃先生威力无比，马拉盖沿河马路的旧书商兼政论家科尔内先生被说长道短，拿破仑成了彻头彻尾的科西嘉食人魔王。后来，将王家军少将布奥拿巴侯爵先生载入史册，那还是向时代精神做出的让步。

这些沙龙的纯洁没有维持多久。从一八一八年起，那里出现了几个空论家[⑤]，于是抹上了一层令人忧虑的阴影。这些人的做法是，既是保王派，却又为此而感到歉疚。凡是极端派引以为自豪的地方，空论派总感到有点愧赧。他们很有头脑；他们缄默不语；他们的政治信条是要显出恰如其分的骄傲；他们必须成功。他们过分讲究，领带要白的，衣着要端正，不过，这十分有用。空论派的错误，或者说不幸，在于造就了暮气沉沉的青年。他们摆出智者的样子，梦想将温和的政权，嫁接到绝对和过激的原则上。他们用保守的自由主义，反对专事破坏的自由主义，而且往往表现出不凡的智慧。他们说："宽恕保王主义吧！它立过汗马功劳。它

---

① 马伦戈战役发生在一八〇〇年。在第二次反法联盟战争中，拿破仑在意大利的马伦戈平原上大获胜利。

② 司卡班是莫里哀的戏剧《司卡班的诡计》中一个诡计多端的仆人。

③ 德·马坦维尔（1776—1830），保王派分子，《白旗报》的创办人。

④ 菲埃韦（1767—1839），法国反动作家、政论家，曾是《论坛》的主编。阿吉尔是法官。科尔内是拿破仑军校时的同学，后弃军开了家书店，并开始写作。

⑤ 空论家是一些既反对封建主义，又害怕人民得势，代表大资产阶级利益的人。

恢复了传统、信仰、宗教、崇拜。它忠诚，正直，有骑士风度，有爱心，有忠心。它想把——尽管不大情愿——君主政体古老的伟大，融入民族新的伟大。它不应该对革命、帝国、光荣、自由、新的思想、新的一代、新的时代不理解。可是，它对我们犯的这个错误，我们不也对它犯过吗？革命应该理解一切，我们是革命的继承者。攻击保王主义，是与自由主义背道而驰。这是多么大的错误！这多么盲目！革命的法兰西不尊重历史的法兰西，也就是不尊重自己的母亲，不尊重自己。九月五日[①]以后对待君主政体旧贵族的态度，和七月八日[②]以后对待帝国新贵族的态度如出一辙。他们对鹰不公正，我们对百合花[③]不公正。人们总想废除些什么。磨去路易十四王冠上的镀金，刮去亨利四世盾形纹章上的纹章，这样做有什么用？我们讥笑沃布朗[④]想抹掉耶拿桥上的大写字母N[⑤]。他在做什么？他所做的正是我们现在所做的。马伦戈战役属于我们，布汶战役[⑥]也属于我们。N属于我们，百合花也属于我们。那都是我们的遗产。为什么要加以贬低？祖国的现在和过去，都不应该否认。为什么不接受整部历史？为什么不热爱整个法兰西？”

空论派就是这样批评和保护保王派的，可保王派对受到批评极不满意，对受到保护恼羞成怒。极端派标志着保王主义的第一阶段，圣会[⑦]则标志着第二阶段。狂热之后，接踵而来的是灵活。简述到此结束。

在叙述故事的过程中，本书作者遇到当代史上这一奇特的阶段，不得不顺便瞧一眼，并把今天已鲜为人知的这个社会的几个特点描绘出来。

---

① 指一七九二年九月五日后，巴黎公社对君主政体的贵族进行的大屠杀。这里指一七八九至一七九五年的巴黎公社，成立于一七八九年七月十四日攻陷巴士底狱后，是革命的市政府。

② 指一八一五年七月八日，路易十八在英普联军的护送下回到巴黎。尔后开始了“白色恐怖”，大肆屠杀拿破仑封的新贵。

③ 鹰是拿破仑的徽志，百合花是王室的徽志。

④ 沃布朗（1756—1845）为内务大臣。保王党首脑人物之一。

⑤ N为拿破仑（Napoléon）的首字母。

⑥ 布汶战役，指一二一四年七月二十七日，法王腓力二世在法国北部的布汶，大败由神圣罗马皇帝奥托四世、英王约翰等组成的国际联军，从而取得决定性胜利的战役。

⑦ 圣会指法国波旁王朝复辟时期左右政权的教团，成立于一八〇一年，发展于王朝复辟时期，一八三〇年随波旁王朝的崩溃而瓦解。

但他只是匆匆带过，丝毫不觉得苦涩或可笑。这些记忆同他的母亲有关，把他同这段过去联系在一起，因此，他谈起来充满了感情和敬意。况且，应该指出，这个小世界有其伟大之处。可以对它发出善意的微笑，但既不能蔑视，也不能仇视。那是昔日的法兰西。

和所有的孩子一样，马里尤斯·蓬梅西也读了些书。他刚摆脱吉诺曼姨妈的控制，外祖父又把他托付给一个威严的老学究。这个混沌初开的少年，从一个假正经的女人手中，转到一个学究手里。马里尤斯读了几年中学，然后进了法律学校。他是保王派，狂热、严肃。他不大喜欢外祖父，看不惯外祖父乐乐呵呵和厚颜无耻的性格。他一想到父亲便心里烦闷。

此外，这孩子既热烈又冷漠，他高尚，慷慨，骄傲，虔诚，狂热，正经得近乎冷酷，纯洁得像未开化。

四　强盗的结局

马里尤斯完成传统学业的时候，正值吉诺曼先生退出社交界。老人告别圣日耳曼郊区和T夫人的沙龙，迁到沼泽区髑髅地修女街他自己的住宅里。他的用人除了门房，还有接替玛妮翁的女仆妮珂莱特，以及前面提到过的动辄气喘吁吁的巴斯克。

一八二七年，马里尤斯刚满十七岁。一天晚上，他回到家里时，看见外祖父手里拿着封信。

“马里尤斯，”吉诺曼先生说，“你明天去趟韦农。”

“干吗去？”马里尤斯说。

“看你父亲。”

马里尤斯打了个颤。他万万没想到有一天他可以去看他的父亲。没有比这更使他感到意外和吃惊，可以说，更令他不快的消息了。这是强迫他去接近已疏远的东西。这不是一种苦恼，不，而是一件苦差。

追其原委，除了政治上的对立，马里尤斯还确信，他的父亲，那位被吉诺曼先生心平气和时叫作刀手的人不爱他。这是明摆着的，因为他抛弃了他，把他交给了别人。既然他感觉不到父爱，当然也就不爱父亲。他心想，没有比这更简单的道理了。

他惊得竟什么也没问吉诺曼先生。外祖父接着说：

“他可能病了。他要见你。”

停了会儿，他又说：

“明天早晨动身。我想，水泉大院有一班马车，早晨六点开，晚上到。你就乘这趟车去。他说得马上去。”

说完，他把信揉了揉，放进兜里。马里尤斯本可以当晚动身，第二天早晨就到父亲身边了。那时候，布洛瓦街夜里有班马车，开往鲁昂，途经韦农。吉诺曼先生和马里尤斯都没想到打听一下。

第二天黄昏时分，马里尤斯抵达韦农。已是掌灯时分。他碰见一个行人，便打听蓬梅西先生住在哪里。他说“蓬梅西先生”，因为他思想上赞成王朝复辟派的观点，他自己也不承认他父亲是男爵和上校。

那人给他指了屋子。他按门铃。一个女人拿着小油灯，给他开了门。

“蓬梅西先生住在这里吗？”

那女人待着没动。

“是这里吗？”马里尤斯问。

那女人点了点头。

“我能和他说话吗？”

那女人摇了摇头。

“我是他的儿子，”马里尤斯又说，“他在等我。”

“他不再等您了。”那女人说。

这时，他发现她在哭。

她指指一间低矮的前厅的门。他走进去。

壁炉上有支羊脂蜡烛，照着这间屋子。屋内有三个人，一个站着，一个跪着，一个穿着衬衣，直挺挺地躺在方砖地上。躺在地上的那位是上校。

另两位是医生和神甫。神甫在祈祷。

上校患脑膜炎已有三天。刚得病时，他就有一种不好的预感，便写信给吉诺曼先生，要求见他儿子一面。病情恶化了。马里尤斯到达韦农的那天傍晚，上校突然神志不清，不顾女仆阻挠，从床上起来，大喊大叫："我儿子还不来。我要去迎他。"他走出卧室，一头栽倒在前厅的方砖地上。他刚刚断气。

有人去找来了医生和本堂神甫。医生来得太迟。神甫来得太迟。儿子也来得太迟。

烛光幽暗，但仍能看见上校苍白的脸上有颗大泪珠，是从没有生命的眼睛里流出来的。眼睛不再发光，泪珠却还没干。这眼泪，是为儿子迟迟不到而落下的。

马里尤斯凝视这个人，他第一次，也是最后一次看见这个人。他的脸阳刚气十足，令人肃然起敬，眼睛睁着，却什么也不看，头发雪白，四肢强壮，依稀可见四肢上散布着马刀砍伤的一条条褐色疤痕，子弹留下的一个个形似星星的红色窟窿。他注视他脸上那道大刀痕，这条刀痕给生来慈祥的脸上，平添了一分英雄气概。他想到这个人是他的父亲，这个人已经死了，但他仍然无动于衷。

他感到的悲伤，是看到任何死者躺在面前都会感觉到的。

房间里笼罩着哀伤，一种令人心碎的哀伤。女仆在一个角落里哀啕。神甫在祈祷，听得见他在呜咽。医生在抹泪。连尸体也在哭泣。

医生、神甫和女仆悲伤中看着马里尤斯，一句话也不说。他却成了外人。他突然为自己的无动于衷感到羞愧和不安。他手里拿着帽子，为了让人相信他已痛苦得拿不动帽子，便让它掉在地上。

同时，他感到有点内疚，他为自己的行为而瞧不起自己。可这是他的错吗？他不爱他的父亲嘛！

上校什么也没留下。变卖家具的钱刚够付丧葬费。女仆找到了一张破纸，把它交给马里尤斯。上面有上校的亲笔字：

"我儿亲阅：在滑铁卢战场上，皇帝封我为男爵。既然复辟王朝否认我用鲜血换来的这个爵号，那就让我儿子继承吧。毫无疑问，他受之无愧。"

后面，上校还写道：

“就在这场战役中，有个中士救了我的性命。那人叫泰纳迪埃。这些年，我想他在巴黎附近的一个村子里开了家小客栈，是谢尔村或蒙费梅村。我儿若是遇见泰纳迪埃，望能尽力报答。”

马里尤斯接过纸条，紧紧捏在手里。他这样做并非出于对父亲的崇拜，而是因为对死有一种朦胧的敬意，而这种敬意，在人们的心中总是根深蒂固。

上校没留下任何遗物。吉诺曼先生把他的宝剑和军服卖给了旧货商。邻居践踏花园，抢走了珍贵花木。剩下的植物变成了荆棘丛，或者枯死。

马里尤斯在韦农只待了四十八小时。葬礼之后他回到巴黎，继续读他的法律，再也不想起他的父亲，就像世上从没这个人似的。上校在两天内埋入土中，三天内被彻底遗忘。

马里尤斯帽子上多了块黑纱。仅此而已。

五　去做弥撒对成为革命者所起的作用

马里尤斯从小养成了做弥撒的习惯。一个星期日，他到圣苏皮斯教堂那座小时候姨妈常带他去的圣母堂做弥撒。那天，他比平时更心不在焉、若有所思，无意中来到一根柱子后面，跪到一张乌德勒支丝绒椅上，椅背上刻着“本堂区财产管理员马伯夫先生”的名字。弥撒刚开始，一个老头便走过来，对马里尤斯说：

“先生，这是我的位子。”

马里尤斯赶紧让位，老人坐到椅子上。

弥撒结束后，马里尤斯仍在离老头几步路的地方想着心事。老头再次凑上来，对他说：

“对不起，先生，刚才我打搅您了，现在又来打搅您。您一定觉得我这人挺讨厌吧。不过，我得向您解释一下。”

“没必要，先生。”马里尤斯说。

“有必要！”老头接着说。“我不想让您对我有不好的看法。您瞧，我喜欢这个位子。我觉得，这是望弥撒的最佳位子。为什么呢？我来告诉您。过去多少年间，每隔两三个月，我总能看见一位可怜的父亲来到这个位子上，他没有别的机会和办法看见儿子，因为家里事先说好，不让他见孩子。他知道人家什么时候带他儿子来做弥撒，到时候他就赶来。孩子并不知道他父亲在这里。甚至可能不知道自己有父亲，无辜的孩子！那父亲躲在这根柱子后面，不让人看见。他望着孩子，边望边流泪。这个可怜人，太爱他的孩子了！这被我发现了。我感到这个地方变得神圣了，于是，我养成习惯，到这里来望弥撒。我作为本堂区财产管理员，在财管委员席上有自己的位子，但我更喜欢这里。说起来，我对这个不幸的先生多少有点了解。他有一个岳父、一个有钱的大姨子，还有些亲戚，别的我就不知道了。他们威胁说，如果他这位当父亲的想见儿子，就剥夺孩子的继承权。为了儿子的幸福，为了他有朝一日能成为有钱人，他只好做出牺牲。是因为政治观点，人们把他们拆散的。当然，是要考虑政治观点，可是有些人不知道分寸。上帝！就因为参加过滑铁卢战役！这又不等于是魔鬼！绝不能为了这个，就把父亲和儿子分开。他是波拿巴的上校。我想他死了。他住在韦农，我的兄弟在那里。他叫蓬马里，或蒙佩西什么的。对了，他脸上有道漂亮的刀疤。”

“蓬梅西？”马里尤斯脸色刷地变白。

“对。蓬梅西。您认识他？”

“先生，”马里尤斯说，“他是我父亲。”

老管理员双手合十，叫了起来：

“啊！您就是那孩子！对，不错，现在该长大了。好，可怜的孩子，您可以说，您有过非常爱您的父亲。”

马里尤斯挽起老人的胳膊，一直送他到家里。第二天，他对吉诺曼先生说：

“我和几个朋友约好去打猎。您允许我出去三天吗？”

“四天！”外祖父说。“去吧，好好玩玩。”

说完，他对女儿挤挤眼说：

“有艳遇了！”

六　遇见堂区财产管理员的后果

马里尤斯去了哪里？待会儿再交代。

马里尤斯走了三天，然后回到巴黎，直接去法学院的图书馆，借了《箴言报》的合订本。

他读了《箴言报》，读了有关共和国和拿破仑帝国的所有历史资料、《圣赫勒拿岛回忆录》以及其他各种回忆录、报纸、战报、宣言。他如饥似渴，饱览一切。他第一次在帝国大军的战报上读到他父亲的名字后，整整激动了一星期。他去拜访指挥过乔治·蓬梅西的将军，其中有H伯爵。他又去看望了堂区财产管理员马伯夫，后者给他讲了上校退休在韦农的生活，他的花木，他的孤独。马里尤斯对父亲有了充分的了解，他卓越、高尚、温和，既是勇猛的狮子，又是温驯的羔羊。

在这期间，他的全部心思和时间都用在阅读上，几乎不再和吉诺曼家的人在一起。他吃饭时才露面，吃完饭就不见了。姨妈嘟嘟囔囔。吉诺曼老爹笑着说："嘿！嘿！是找女孩子的时候啦！"有时，老人还补充说："见鬼！我还以为是逢场作戏哩，看来是热恋了。"

这的确是场热恋。马里尤斯狂热地爱上了父亲。

与此同时，他的思想也有了非同寻常的变化。这种变化经历了许多阶段，是按阶段发展的。在我们这个时代，许多人都这样，因此有必要把这些阶段逐一写出来。他刚刚注目这段历史，就感到惊骇不已。第一个反应，便是眼花缭乱。

在这之前，共和国、帝国对他不过是可怕的字眼。共和国是暮色中的断头台；帝国是黑夜里的马刀。他刚朝它们看了一眼，在原以为只能看见黑暗和混乱的地方，却见繁星闪烁，不禁惊讶不已，又怕又喜。他看见了米拉波、韦尼奥、圣茹斯特、罗伯斯庇尔、卡米尔·德穆兰、丹东。他看见一轮太阳冉冉升起，那就是拿破仑。他晕头转向，不知所措。光亮照得他眼花缭乱，连连后退。惊讶渐渐过去，他开始适应这些光芒，他毫不眩晕地注视那些事迹，他毫不害怕地审视那些人物，革命和帝国光辉灿烂地展示在他幻觉丛生的双眸前。他看见这两组的人和事，分别汇合到两个伟大的行动上：共和国将至高无上的民权归还给了人民大众，帝国将至高无上的法兰西思想强加给了欧洲；他看见革命产生了人民的伟大形象，帝国产生了法兰西的伟大形象。他心里说，这一切是美好的。

这初步的评价过于概括，他在眼花缭乱中也有看不到的东西，但我们认为没有必要在此指出。我们要确认的是变化中的思想状态。人是一步步前进的，不可能一步登天。这里做了一次性交代，既为了前面说的，也为了后面要说的。现在我们继续往下说。

马里尤斯发现，过去他对自己的国家不比对自己的父亲更了解。他没有去认识他们，甘愿让黑夜蒙住自己的双眼。现在他看清楚了；他对祖国万分敬佩，对父亲衷心热爱。

他异常懊恼，也十分内疚。他想，他心里的思绪，现在只能对一个坟墓倾诉，感到非常绝望。呵！要是他父亲还活着，要是他还有父亲，要是上帝大发慈悲，让他父亲继续活在人间，他不知会怎样跑过去，扑上去，大声对他喊道："父亲！我来了！是我！我和你一样有胆量！我是你的儿子！"他不知会怎样抱住他白发苍苍的脑袋，让泪水淹没他的头发，凝视他的刀疤，紧握他的双手，赞美他的衣服，亲吻他的双脚！呵！为什么这位父亲这样早就离去，还没到年岁，还没讨回公道，还没得到儿子的爱！马里尤斯内心不停地哭泣，不停地发出叹息。同时，他变得更严肃，更深沉，更确信自己的信仰和思想。每时每刻，真理的光辉会来充实他的理性。他的内心在成长。他感到他的父亲和他的祖国这两样对他来说完全是崭新的东西在促使他自然成长。

正如掌握了钥匙，一切都迎刃而解那样，过去他所仇视的东西，现在理解了，过去厌恶的东西，现在深入了解了。他清楚地看到，人们教他憎恨的伟大事业，教他诅咒的伟大人物，完全是顺应了天意才产生的，是神的意志，是人心所向。他一想起他从前的观点，便对自己感到愤慨，同时不禁哑然失笑；那才是昨天的事，可他觉得已很遥远。

既然他为父亲昭了雪，自然也为拿破仑平了反。然而，坦率地说，为后者平反绝非轻而易举。

他从小脑袋里就灌满一八一四年党人[1]对波拿巴的看法。而复辟王朝的所有偏见，它的利益和本能，都是为了丑化拿破仑。它比罗伯斯庇尔更憎恨拿破仑。它相当巧妙地利用了民族的厌倦和母亲的仇恨。波拿巴变成了近乎传说中的妖魔，为了按照人民的想象——正如刚才指出的，民众的想象有如孩子的想象——来描绘波拿巴，一八一四年党人相继给他戴上了种种可怕的面具，从可怕却不失伟大的，到可怕而又可笑的，从罗马暴君提比略，到吓唬孩子的妖魔。就这样，大家在谈论波拿巴的时候，只要以仇恨作基调，就可以想哭便号啕大哭，想笑便捧腹大笑。马里尤斯对人们所称的“那个人”，从来都是这种看法。他生性固执，因而那些看法在他头脑中根深蒂固。他身上有个顽固的小人，对拿破仑无比仇恨。

马里尤斯阅读这段历史，尤其是根据资料和文献研究这段历史，于是蒙住他眼睛使他看不清拿破仑的纱布渐渐撕开。他依稀看见一个巨大的形象，他怀疑自己过去对波拿巴的看法错了，正如在其他问题也都搞错一样。他一天比一天看得更清楚。他慢慢地、一步一步地攀登阶梯；起初有些勉强，继而如痴如狂，仿佛被一股不可抗拒的诱惑力所吸引；开始阶段一片昏暗，后来微微照亮，最后变得光辉灿烂，令人狂喜不已。

一天夜里，他独自一人待在阁楼上他的小房间里。他点着蜡烛在看书，臂肘支在窗旁的桌子上。窗开着。各种幻觉自空中飘来，与他的思想融在一起。夜景多么奇妙！不知从哪里传来低沉的声音，比地球大一千二百倍的木星像火炭那样发出夺目的光辉，穹苍幽黑，群星闪烁，奇妙无比。

他在读帝国大军的战报，那是荷马史诗般的战场实况描写。他不时地看到他父亲的名字，皇帝的名字则无处不在。伟大的帝国整个儿展现在他眼前。他感到自己胸中波涌涛起。他不时地感到，他父亲似阵风从他身旁吹过，在他耳边说悄悄话儿。他的感觉变得越来越奇妙；他仿佛

---

① 一八一四年党人是指保王党人。一八一四年，欧洲联军攻入巴黎，拿破仑逊位，王朝复辟。

听见了鼓声、炮声、号声、步兵营整齐的脚步声、远处骑兵队低沉的奔驰声；他不时举目仰望天空，凝视巨大的星座在深不见底的空中闪闪发光，接着，他又将目光拉回到书上，依稀看见另一些巨大的东西在涌动。他感到心在抽搐。他不能自已，颤抖着，喘息着。突然，不知为什么，也不知受什么驱使，他站起来，将双臂伸出窗外，凝望那黑暗，那寂静，那无尽黑夜，那无穷太空，大声吼叫："皇帝万岁！"

从这一刻起，一切都清楚了。什么科西嘉的吃人魔王、篡位者、暴君，什么与胞妹乱伦的妖魔、向塔尔玛[①]学戏的丑角、在雅法[②]投毒的凶手，什么老虎、布奥拿巴，这一切全都云消雾散，他思想上出现了一片朦胧而明亮的光辉，恺撒那苍白的大理石幽灵在高不可及的地方闪闪发光。对他父亲来说，拿破仑皇帝不过是人们爱戴和敬佩，并愿意效忠的统帅，而对马里尤斯来说，有了更多的内容。他是让法兰西继罗马人之后统治世界的命定的设计师。他是摧毁旧世界的神奇建筑师，是查理大帝、路易十一、亨利四世、黎塞留、路易十四、救国委员会的继承人。当然，他也有污点，也做过错事，甚至犯过罪，也就是说，他是一个人。但他做错事，却不失尊严，有污点，却依然闪光，犯过罪，却仍然强大。他注定要强迫世界各国说法兰西是伟大的国家。不唯如此，他是法兰西的化身，用手中之剑征服欧洲，用发出之光征服世界。波拿巴在马里尤斯眼里成了灿烂夺目的幽灵，将永远屹立在边疆，守卫着未来。他是暴君，但更是独裁者，是产生于一个共和国并概括了一场革命的暴君。在他心中，拿破仑成了民意的体现者，正如耶稣是神意的体现者一样。

可以看出，就像所有新入教者那样，马里尤斯为自己的思想转变欣喜若狂。他急着皈依，并且走得太远。这是他本性所使然，一旦从斜坡往下滑，就难以刹车。他对武力也狂热崇拜起来，这使他对思想的热情变得更复杂。他丝毫没有发现，他在崇拜天才的同时，竟盲目地欣赏起

---

① 塔尔玛（1763—1826），法国演员、剧团经理。作为当时最高超的悲剧演员，受到拿破仑的赞扬和保护。

② 雅法为巴勒斯坦城市。一七九九年，波拿巴围困并占领该城，但一场瘟疫使他的军队遭到惨重的损失。

武力来了，就是说，他把神圣的东西和暴力的东西，作为两个崇拜的偶像，并排放进两个神龛里。在许多方面，他更是搞错了。他良莠兼收。在奔向真理的道路上出错是难免的。他诚心诚意地想全盘接受。踏上新的道路后，他在评判旧制度的过错、衡量拿破仑的功劳时，忽略了可以减罪的情节。

不管怎么说，他朝前迈出了惊人的一步。从前他看见的是君主政体的灭亡，现在他看见了法兰西的崛起。他的方向改变了。从前望见的是残阳，如今看到的是旭日。他前后转了个向。

他内心经历了这种种革命，可家里人却毫无觉察。

在这神秘的变化中，他完全蜕去了那身波旁和极端派的旧皮，完全摒弃了贵族、詹姆斯党[①]和保王党，成为彻头彻尾的革命者、坚定不移的民主主义者和准共和党人。于是，他去了金银匠沿河马路，找了一位雕刻工，定做了一百张名片，刻上“马里尤斯·蓬梅西男爵”的名字。

这不过是他内心围绕父亲发生变化的必然结果。不过，他不认识任何人，又不能挨家挨户去散发名片，只好把它们揣在口袋里。

另一个顺理成章的结果是，他愈是接近他的父亲，接近上校为之奋斗了二十五年的事业，愈是怀念他的父亲，他就愈加疏远他的外祖父。前面说过，他早就不喜欢吉诺曼先生的脾气了。一个是严肃的青年，一个是轻浮的老头，他们之间存在着种种不协调。热龙特[②]的快活使少年维特变得更加郁郁寡欢。只要彼此的政治观点和见解相同，马里尤斯就如同走在桥上一样，会与吉诺曼先生相遇。现在这桥倒塌了，于是出现了鸿沟。而且，更有甚者，马里尤斯每每想起是吉诺曼先生出于愚蠢的动机，冷酷无情地把他从上校身边夺走，使父亲失去孩子，孩子失去父亲，每每想起这个，心中便会生出一种难以名状的反抗冲动。

马里尤斯对父亲产生了深深的敬意，因而对外祖父几乎产生了厌恶情绪。

---

① 詹姆斯党指英国一六八八年革命后拥护流亡的詹姆斯二世的人。此处泛指保王党人。

② 热龙特是法国古典喜剧中年老可笑、以老前辈自居的人物形象。

不过，前面已经说过，所有这一切都没流露出来。他只是变得越来越冷淡。吃饭时很少说话，平时很少在家。姨妈为此责备他时，他温顺得像头绵羊，推说是学习太忙，要上课、考试、听讲座，等等。外祖父则一成不变，仍维持他原来的推断："恋爱了！这方面我是内行。"

马里尤斯有时几天不归。

"他究竟去哪里了？"姨妈问道。

他离家的时间总是很短。有一次，他按照父亲的遗嘱去了趟蒙费梅，寻找滑铁卢战场那位退役中士，客栈老板泰纳迪埃。泰纳迪埃破产了，客栈关门了，没有人知道他的下落。为了寻找泰纳迪埃，马里尤斯有四天没有在家。

"很显然，"外祖父说，"他走火入魔了。"

有人似乎发现，他胸前挂着什么东西，藏在衬衣下面，用一根黑带子系在脖子上。

七　在追女人了！

前面我们提到过一个枪骑兵。

这是吉诺曼先生的一个曾侄孙。他远离家庭，远离故乡，过着军营生活。泰奥迪尔·吉诺曼中尉具有所谓漂亮军官的一切条件。他有"少女的身材"，得意地拖曳着马刀，蓄着两端上翘的小胡子。他很少回巴黎，少得使马里尤斯从未见过他。这两位表亲彼此只知道名字。我想前面已说过，泰奥迪尔是吉诺曼姨妈最宠爱的人。她偏爱他，是因为看不见他。不在自己眼前，就会把他想象得十全十美。

一天上午，吉诺曼大小姐回到自己房里，镇定的性格遏制不住内心的激动。刚才，马里尤斯又一次请求外祖父允许他做一次短期旅行，还说打算当晚就动身。"去吧！"外祖父回答。吉诺曼先生双眉往上耸了耸，又说："他又要在外面过夜了。"吉诺曼小姐满怀诧异地上楼回房去了。在楼梯上，她喊道："太过分了！"接着又问："他到底去哪里呢？"她隐约感到有一场多少有点见不得人的艳遇，隐约可见有个女人，有次幽会，有个秘密。若能凑近看个清楚，她是不会不乐意的。窥视别人的隐私，如同窥视一场丑闻，即使是圣人，也不会讨厌这样做。在虔诚的心灵深处，也会装着对别人隐私的好奇。

因此，她有点想摸清底细，感到心神不安。

为了排解这有点反常的好奇心给她带来的烦恼，她一头钻进她擅长的手艺活中，用层层棉布，拼绣马车车轮图案。那是帝国时代和王朝复辟时代盛行的一种刺绣。活儿十分乏味，干活的人心烦意乱。她在椅子上坐了好几个小时，突然房门打开。吉诺曼小姐扬起脸，看见是泰奥迪尔中尉，正在向她行标准的军礼。她高兴得大叫一声。她虽然老了，虽然平时一本正经、笃信宗教，而且还是姑婆，但见一个枪骑兵走进她的房间，总是件喜出望外的事。

“是你，泰奥迪尔！”她喊道。

“路过这里，姑婆。”

“过来拥抱我呀！”

“遵命！”泰奥迪尔说。

他拥抱了她。吉诺曼姑婆走到写字台，打开抽屉。

“至少要在这里待一星期吧？”

“姑婆，今晚就得走。”

“这哪行！”

“绝对要走。”

“留下吧，我的小泰奥迪尔，求你了。”

“我是想留下，但我要服从命令。事情很简单。我们接到了换防的命令。以前在默伦，现在换防到加荣。从旧驻地去新驻地，要经过巴黎。我说，我要去看看我的姑婆。”

“拿着，给你的辛苦费。”

她把十个金路易塞到他手里。

“您是说给我的娱乐费吧，亲爱的姑婆。”

泰奥迪尔再次拥抱她。他军装的饰带差点擦破她的脖子，她却感到一阵快意。

“你是不是骑马随部队一起走的？”她问他。

“不是，我的姑婆。我坚持要来看您。是特批的。我的勤务兵牵着我的马，我乘驿车。对了，我得问您一件事。”

“什么事？”

“我的表弟马里尤斯·蓬梅西也要去旅行吗？”

“你怎么知道的？”姑婆说道，这突然触动了她的好奇心。

“来的时候，我去驿站预订前座的位子了。”

“怎么样？”

“有个旅客订了顶层的一个座位。我在名单上看见他的名字了。”

“哪个名字？”

“马里尤斯·蓬梅西。”

“那坏蛋！”姑婆喊道。“啊！你的表弟可没有你规矩。没想到他要在驿车上过夜。”

“我也是。”

“可你是为了尽责，他却是为了放荡。”

“好家伙！”泰奥迪尔说。

这时，吉诺曼大小姐灵机一动，有了主意。假如她是个男人，准会猛击一下额头。她突然问泰奥迪尔：

“你知道你表弟不认识你吗？”

“不知道。我见过他，可他对我从来不屑一顾。”

“这么说，你们要一起旅行喽？”

“他在顶层，我在前座。”

“这驿车去哪？”

“莱桑德利。”

“马里尤斯是去那里吗？”

“除非和我一样，中途下车。我在韦农下，然后转车去加荣。马里尤斯去哪，我一无所知。”

“马里尤斯！多难听的名字！怎么会想起给他取这个名字？你至少还

叫泰奥迪尔！”

“我更喜欢叫阿尔弗雷德。”那军官说。

“听着，泰奥迪尔。”

“听着呢，姑婆。”

“注意了。”

“注意着呢。”

“准备好了吗？”

“准备好了。”

“听着，马里尤斯经常不回家。”

“哦！”

“他出去旅行。”

“啊！”

“他在外面过夜。”

“呵！”

“我们想把事情弄清楚。”

泰奥迪尔像个铁石心肠的人，冷静地回答：

“在追女人了呗。”

接着，他含蓄地笑了笑，满有把握地说：

“追一个小妞。”

“显而易见。”姑婆喊了起来。她以为听见吉诺曼先生在说话，“小妞”这个词，叔祖和侄孙说来都加强了语气，这使她感到不可抗拒地产生了信心。她接着又说：

“帮我们个忙。给我们跟着点儿马里尤斯。他不认识你，这样就方便了。既然有个小妞，那就设法见见这小妞。把这个趣闻写信告诉我们。外祖父会高兴的。”

泰奥迪尔对盯梢之类事毫不感兴趣，但那十个金路易使他深受感动，而且他相信以后还会有。于是他接受了任务，他说：“姑婆，按您说的办。”他心里还加了句：“我成了监督少女的老太婆了！”

吉诺曼小姐吻了吻他。

“泰奥迪尔，你是不会做这种荒唐事的。你遵守纪律，服从命令，是个安分尽职的人。不会为看一个女人而离家出走。”

他就像卡图什[①]听到有人称赞他诚实正直那样，做了个得意的鬼脸。

这场谈话的当天晚上，马里尤斯上了驿车，毫不怀疑有人监视。而那位监视者，上了车便呼呼大睡了。他睡得又甜又香。阿耳戈斯[②]打了整整一夜的呼噜。

拂晓，驿车夫喊道：“韦农到了！韦农站！到韦农的旅客请下车！”泰奥迪尔这才醒过来。

“好，”他似醒非醒，咕哝道，“我在这里下车。”

接着，既然醒了，他的记忆渐渐清楚，他想起了他的姑婆和十个金路易，想起了他曾答应要汇报马里尤斯的行动，不禁笑了起来。

“他也许不在车上了。”他边扣漂亮军服的纽扣边想道。“他可能在普瓦西下车了，也可能在特里埃尔；假如他没在默伦下车，那就可能在芒特，除非是在罗尔布瓦，或者到帕西才下，向左拐到埃夫勒，或向右拐到拉罗什-吉荣。你追去吧，姑婆。可我怎么向这位好老太太交代呢？”

这时，一条黑裤子从顶层下来，出现在前座的玻璃窗上。

“会不会是马里尤斯？”中尉说。

正是马里尤斯。

车下有位乡下女孩，混在驿马和驿车夫中间，向旅客兜售鲜花，大声喊道：“给你们的太太送束花吧。”

马里尤斯走上去，从她的花篮里挑了最美的一束花。

“这下我倒感兴趣了。”泰奥迪尔从前座跳下时说。“见鬼，这些花他要送给谁？只有绝色美女才配送这样漂亮的花。我倒要看看是谁。”

于是，他开始跟踪马里尤斯。不过，现在不是因为受人之托，而是出于好奇，就像为自己而追捕猎物的狗。

---

① 卡图什（1693—1721），法国一个盗窃团伙的首领。

② 阿耳戈斯是希腊神话中的百眼神，无论昼夜，都有五十只眼睛不闭。

马里尤斯根本没发现泰奥迪尔。驿车上下来几个漂亮女人，他连看也不看。他对周围的事物似乎漠不关心。

“够痴情的！”泰奥迪尔思忖。

马里尤斯向教堂走去。

“妙极了！”泰奥迪尔想。“教堂！对！幽会用弥撒作调料，真是妙不可言。越过仁慈上帝的头顶暗送秋波，没有比这更美妙的了！”

到了教堂，马里尤斯没有进去，而是绕到半圆形后殿后面，在一个扶垛角上消失了。

“是在外面幽会。”泰奥迪尔说。“我们去看看那个女孩。”

他踮起靴尖，朝马里尤斯拐弯的墙角走去。

到了那里，他停下来，惊得目瞪口呆。

马里尤斯双手掩面，跪在一个坟坑的草丛里。他已摘下花瓣撒在坟上了。在坟坑的一端，就在鼓出的标志着死者头部所在的地方，有一个黑色的木十字架，写着一行白字：蓬梅西男爵上校。马里尤斯在哭泣。

原来，女孩是一座坟墓。

八　大理石碰花岗岩

马里尤斯第一次离开巴黎，就是来这里。后来，吉诺曼先生每次说他在外面过夜，他也是来这里。

泰奥迪尔中尉万万没想到会碰到一座坟墓，感到狼狈不堪。他产生了一种连他自己都无法分析的奇怪而不愉快的感觉，其中既有对一座坟墓的崇敬，又有对一位上校的尊敬。他连忙后退，让马里尤斯独自留在墓地里。他这样撤走，也有纪律的缘故。死者仿佛佩着大肩章出现在他面前，他差点向他行军礼。他不知道该怎样给姑婆写信，便干脆什么也不写；若不是如现实中常有的那样，冥冥之中仿佛有人在做神秘的安排，使得韦农的这件事几乎立即在巴黎引起反响，那么，泰奥迪尔关于马里尤斯爱情问题上的发现就不会有什么后果了。

第三天一大早，马里尤斯从韦农回到外祖父家里。坐了两夜驿车，精疲力竭，觉得需要去游一小时的泳，以解两夜未眠之疲劳，于是，他赶快上楼钻进自己的房间，立即脱掉紧腰大衣，摘下脖子上的黑丝带，就去浴场了。

和所有健康的老人一样，吉诺曼先生早早就起床了。他听见马里尤斯已回家，便尽那双老腿所能，以最快的速度爬上楼梯，到马里尤斯住的阁楼上拥抱外孙，顺便问问他是从哪里来的。

可是，年轻人下楼的速度，比八旬老人上楼的速度快。当吉诺曼老爹爬上阁楼时，马里尤斯已不在了。

床没有动过。床上毫无戒备地放着那件紧腰大衣和那条黑丝带。

“这样更好。”吉诺曼先生说。

过了一会儿，他来到客厅里。吉诺曼大小姐已坐在那里，正在绣她的车轮形花饰。

吉诺曼先生进客厅时，一副得意扬扬的样子。

他一只手拿着紧腰大衣，另一只手拿着黑丝带，边进边喊：

“我们胜利了！我们就要知道秘密了！事情就要清楚了。我们就要摸到这位鬼鬼祟祟家伙的风流韵事了！我们已接触到这部爱情小说了！我拿到画像了！”

果然，那条黑丝带上系着一个黑纹皮小盒子，像是嵌有画像的颈饰。老人拿起这盒子，先不忙打开，赏玩了一会儿，那快乐、狂喜和气恼的神态，使人想起一个可怜的饿死鬼，眼巴巴看着丰盛的晚餐从鼻子下端过，却不能享用。

“里面肯定有肖像。我可是内行。这玩意儿总是温情脉脉地挂在胸口上。他们真傻！说不定是个丑得叫人发抖的骚货！现在的年轻人太没有情趣了！”

“父亲，打开看看吧。”老姑娘说。

一按弹簧，盒子便打开了。除了一张仔细折好的纸，里面什么也没有。

“反正是一回事。”吉诺曼先生哈哈大笑着说。“我知道是什么。是情书！”

“啊！那就念念吧！”姨妈说。

她戴上眼镜。他们打开纸，念道：

“我儿亲阅。在滑铁卢战场上，皇帝封我为男爵。既然复辟王朝否认我用鲜血换来的这个爵号，那就让我儿子继承吧。毫无疑问，他受之无愧。”

父亲和女儿的感受是难以言表的。他们感到，仿佛有阵阴风从一个骷髅头里吹出来，把他们吹得浑身冰冷。他们没有交谈。只有吉诺曼先生像是自言自语地低声说了句：

“是那个刀手的笔迹。”

姨妈把那张纸翻来覆去地看了又看，然后放回盒子里。

这时，一个长方形的蓝纸包从紧腰大衣的口袋里掉了出来。吉诺曼小姐拾起小包，打开蓝纸。这是马里尤斯的一百张名片。她给吉诺曼先生递过一张。后者念道：马里尤斯·蓬梅西男爵。

老人摇了摇铃。妮珂莱特进来。吉诺曼先生拿起黑丝带、盒子和紧腰大衣，统统扔到客厅中间的地上，说：

“把这些破烂拿走！”

接下来整整一小时是在绝对的沉默中度过的。

老头和老姑娘背对背地坐着，各自想着心事，很可能在想同样的事。一小时后，吉诺曼姨妈说：

“干得漂亮！”

过了一会儿，马里尤斯出现了。他刚回来。他还没跨进客厅，就看见外祖父手里拿着他的一张名片。外祖父一看见他，便气势汹汹地摆出大资产阶级高人一等、冷嘲热讽的神态，大叫大嚷起来：

“好哇！好哇！好哇！好哇！好哇！你现在是男爵了。恭喜你。这是什么意思？”

马里尤斯脸上泛起红云，回答说：

“就是说，我是我父亲的儿子。”

吉诺曼先生收起笑容，冷酷无情地说：

“你的父亲是我。”

马里尤斯低着头，神情严肃地说：“我父亲一生谦卑而英勇。他光荣地为共和国和法兰西效过劳；他在前所未有的最伟大的历史中功不可没；他南征北战了四分之一世纪，白天枪林弹雨，夜里雨雪泥淖；他夺得过两面军旗，受过二十次伤，死时被人遗忘，遭人抛弃；他一生中只做过一件错事，那就是太爱两个忘恩负义的人——他的祖国和我！”

这番话，吉诺曼先生是听不进去的。一听到“共和国”，便站了起来，更确切地说，便猛地竖了起来。马里尤斯每说一句话，这位老保王分子有如炽热的炭火被鼓风机鼓了风一般，脸色由阴转红，由红转紫，由紫最后变成火红。

“马里尤斯！”他嚷道。“该死的孩子！我不知道你父亲是什么！我不想知道！我一无所知，我不知道！我只知道，在这些人中，从来都只有无赖！因为他们都是乞丐、杀人犯、红帽子、盗贼！我说全都是！全都是！我一个也不认识！我说全都是！听见没，马里尤斯！你好好看看，你的男爵爵位，好比我的拖鞋。他们全都是为罗伯斯庇尔效劳的强盗！为布——奥——拿——巴效劳的强盗！全都是叛徒，背叛，背叛，背叛了他们的合法国王！在滑铁卢，他们在普鲁士和英国人面前落荒而逃！我就知道这个。我不知道令尊大人是不是也是这号人，很抱歉，算他活该，我的主人！”

这回轮到马里尤斯变成炭火，吉诺曼先生变成鼓风机了。马里尤斯浑身颤抖，不知道如何是好，他的脑袋在燃烧。就像神甫看见自己的圣饼全被扔掉，就像苦行僧看见行人对他的偶像吐唾沫。怎能容忍别人在自己面前说这种话而不受惩罚！可怎么办呢？刚才，他当面看到他的父亲被践踏，被侮辱。可是被谁呢？被他的外祖父。怎么能做到为一个报仇，又不得罪另一个呢？他绝对不能侮辱外祖父，也不能不替父亲雪耻。一边是神圣的坟墓，另一边是苍苍白发。他就像喝醉了酒似的，感到天旋地转，身体摇晃了一下。接着他抬起头，眼睛盯着外祖父，雷鸣般地吼道：

“打倒波旁王朝！打倒肥猪路易十八！”

路易十八在四年前就死了，但这于他无关紧要。

老人通红的脸骤然变得比他的白发还要苍白。壁炉上有贝里公爵[①]的半身塑像，他转身面对塑像，以庄严而奇特的神态，深深鞠了一躬。而后，他从壁炉到窗口，又从窗口到壁炉，穿过整个客厅，默默地、慢慢地来回踱了两次，有如一尊石像在走动，弄得地板嘎嘎响。第二次这样走时，他朝老绵羊似的呆望着这场冲突的女儿弯下腰，近乎平静地微笑着对她说：

“一个像先生那样的男爵，和一个像我这样的资产阶级，是无法在同一个屋檐下生活的。”

说完，他倏地直起身，脸色发青，浑身颤抖，样子十分可怕，额头由于狂怒变得更宽大。他向马里尤斯伸出胳膊，大声吼道：

“给我滚！”

马里尤斯离家而去。

翌日，吉诺曼先生对他女儿说：

“每半年您给这个吸血鬼送六十皮斯托尔[②]，以后再也不要在我面前提起他。”

他还有大量余怒要发泄，却又不知道如何发泄，只好继续用“您”称呼他的女儿，这样持续了三个多月。

马里尤斯怒气冲冲地离开了家。有件事使他更加怒不可遏，这里有必要提一提。这类阴差阳错的事屡见不鲜，而且会使家庭的悲剧变得更加复杂。尽管还是那些错误，怨恨却因此而加深。妮科莱特奉外祖父之命，匆匆将马里尤斯的那些“破烂”送回他的房间，无意中把藏着上校遗书的黑纹皮盒丢了，很可能丢在通向阁楼的黑洞洞的楼梯上了。那封遗书和那个盒子没能找到。马里尤斯认定是“吉诺曼先生”——从那天起，他不再用别的称呼——把他父亲的遗书烧了。上校写的那几行字他已铭记在心，因此，什么也没失去。可是，那张纸，那笔迹，那神圣的

---

① 贝里公爵是当时法国国王查理十世的儿子，保王党认为他是王位继承人。

② 皮斯托尔为法国古币，相当于十金法郎。

遗物，却是他的心呀！怎能这样对待它们？

马里尤斯走了，没有说去哪里，自己也不知道去哪里，带着三十法郎，他那块表，还有一只旅行袋，里面放着几件衣服。他上了一辆出租马车，说好按钟点计费，漫无目的地朝拉丁区驶去。

马里尤斯会有怎样的命运呢？

第四卷　ABC友社

一　一个差点载入史册的团体

那个年代，表面上风平浪静，暗中却隐隐奔流着一股革命洪流。从八九和九二年的深谷中，升起阵阵微风。青年一代在蜕变——请允许我们用这个词。随着时间的推移，人们几乎不知不觉地发生着变化。时钟的指针在钟面上行走，也在人们的心里行走。人人朝前迈了应该迈出的一步。保王派成了自由派，自由派成了民主派。

这就像涨潮，时起时落，千转百回；潮落的特点便是混合；由此便产生了千奇百怪的思想组合；人们既赞赏拿破仑，又崇拜自由。这是那个时代的海市蜃楼。各种观点的形成要经过不同的阶段。伏尔泰保王主义，这个荒诞的变种，有一个同样是怪诞的对应物——波拿巴自由主义。

其他一些团体则更为严肃。他们探索原则。他们热衷于权利。他们迷恋绝对，依稀看见了无尽的创造。绝对以其严格，使人想入非非，使人在无限中遨游。没有什么比信条更能制造梦幻，也没有什么比梦幻更能孕育未来。今天是空想，明天就会有血有肉。

先进的思想有着双重基础。“既定秩序”可疑而奸诈，开始受到秘密活动的威胁。这是最富革命的迹象。当权者的隐蔽动机与人民的内心想法不谋而合。酝酿起义和密谋政变一唱一和。

当时，法国还没有像德国的道德协会①和意大利的烧炭党②那样庞大的秘密组织，但这里那里，都有一些地下团体，正在伸展蔓延。埃克斯正在筹建库古德社；巴黎也有不少这类组织，其中ABC友社尤为突出。

ABC友社是什么组织？那是一个表面上以教育儿童为宗旨，实际上是改造成人的社团。

他们宣称是ABC的朋友。Abaissé③即人民大众。他们想提高民众的地位。对这个同音异义的文字游戏是不应予以嘲笑的。这类文字游戏有时在政治上是很严肃的。例如Castratus ad castra④，它曾使纳尔塞斯⑤成为一名将军。又如Barbari et Barberini⑥。再如Fueros y Fuegos⑦。还有Tu es Petrus et super hanc petram⑧，等等。

ABC友社人数很少。这是个刚有雏形的秘密社团。可以说它是小集团，如果小集团也能出英雄的话。他们在巴黎的两处地方聚会，一处在中央菜市场附近，在一个名叫“科林斯”的小酒馆里，这家酒店我们以后还要谈到；另一处在先贤祠附近，在圣米歇尔广场的米赞咖啡馆里，这家咖啡馆现已拆毁。第一个聚会地点挨着工人，第二个挨着大学生。

ABC友社习惯在米赞咖啡馆的后厅秘密集会。这间后厅离咖啡馆相当远，由一条长走廊与之相连。厅内有两扇窗户和一道后门，经一道隐蔽的楼梯通往格雷街。他们在那里抽烟、喝酒、打牌、说笑。他们谈天说地时声音很大，谈别的事情时便压低嗓门。墙上挂着一张共和时期的法兰西旧地图，足以唤起警探的警觉。

ABC友社中的大部分成员是大学生，还有几个工人，彼此相处甚好。

---

① 道德协会是德国爱国青年组织，成立于一八〇八年。

② 烧炭党为十九世纪初，活跃于意大利、法国和西班牙的秘密团体。

③ ABC的读音与法语词abaissé（身份低下的）发音近似。

④ 拉丁语，意为“兵营中的阉人”。

⑤ 纳尔塞斯（约480—574），原是拜占庭皇家宦官，后成为将军，曾征服意大利的东哥特王国。

⑥ 拉丁语，意为“蛮族和巴尔柏里尼”。暗指罗马的巴尔柏里尼家族，是一个很有权势的贵族家族。

⑦ 西班牙语，意为“自由和家庭”，是西班牙自由派的座右铭。

⑧ 拉丁语，意为“你是彼得，我要在这石头上建造……”。“彼得”和“石头”是一个词。

中坚分子的名字如下：昂若拉、孔布费尔、让·普鲁韦、弗伊、库费拉克、巴奥雷、莱斯格尔或莱格尔、若利、格朗泰。在某种程度上，这些人已成为历史人物了。

这些年轻人情投意合，相处得像一家人。除了莱格尔，全都是南方人。

这是出类拔萃的一伙人。现在，他们已消失在我们身后看不见的深渊里了。故事讲到这里，趁读者尚未见他们投入一场悲壮的斗争而消失在黑暗中之前，也许有必要用一缕光明照一照这些年轻人。

昂若拉是个独生子，家里非常有钱。我们称他为一号人物，以后会知道为什么。

昂若拉是个可爱的年轻人，但厉害起来也很吓人。他美如天使。是安提诺乌斯[①]再世，但很粗野。看他眼中闪烁的沉思之光，会以为他在前世就经历过革命风暴。他对革命传统了如指掌，仿佛亲眼见过。他了解这一伟大事业的细枝末节。他集祭司和武士的性格于一身，这在年轻人中是凤毛麟角。他既是祭司，又是斗士；从目前的情况看，他是民主战士，但如果超越当前的运动，他又是宣扬理想的教士。他眸子深邃，眼睑微红，下唇很厚，易于露出轻蔑的神态，额头很高。脸上只见宽阔的额头，有如地平线上只见辽阔的天空。和上世纪末本世纪初有些少年得志的年轻人一样，他有过人的青春活力，如少女般鲜嫩滋润，尽管有时显得苍白。他已是成人，却仍像个孩子。他已二十二岁，看上去却像十七岁。他非常严肃，似乎不知道世上还有女人存在。他衷心热爱的是权利，念念不忘的是清除障碍。若在阿芬丁山上，他也许是格拉古[②]；在国民公会中，他可能是圣茹斯特[③]。他眼中几乎看不见玫瑰花，对春天视

---

① 安提诺乌斯（约110—130），古罗马的美少年，罗马皇帝哈德良宠爱的娈童。

② 格拉古（前153—前121），古罗马政治家，曾利用保民官的职位和罗马共和国公民大会的立法权力，发动罗马革命。他提出打击豪门权贵的法案，但遭元老院反对，被迫退到罗马平民的传统避难地阿芬丁山，最后自杀身亡。

③ 圣茹斯特（1767—1794），法国资产阶级大革命时期雅各宾派领导人之一，一七九二年选入国民公会，后在热月政变中被处死。

而不见，对鸟儿歌唱听而不闻。埃瓦德涅[①]赤裸的酥胸不会比阿里斯托吉通[②]更令他激动；他和阿尔莫迪乌斯一样，认为鲜花只适于隐蔽利剑。即使在欢乐时，他也严肃有余。凡是与共和国无关的东西，他见了总是腼腆地垂下双眼。他是自由女神冷漠的情人。他言辞尖锐，像受到神的启示，发出颂歌的震颤。他会突然展开双翅。谁要是敢到他身边卖弄风情，就等着自讨没趣吧！康布雷广场或圣约翰·德·博韦街上的某个轻浮女工，见了这张逃学中学生的脸孔，侍童贵族少年的脖子，金灿灿的长睫毛，蓝莹莹的眼睛，迎风飘动的乱发，玫瑰色的脸颊，鲜嫩欲滴的嘴唇，妙不可言的牙齿，若对这曙光晓色垂涎三尺，到昂若拉面前搔首弄姿，故作媚态，就会遇到一道意外而可怕的目光，顿时在他们中间划出一道鸿沟，教她明白不要把以西结[③]的威猛天使，混同为博马舍的风流天使[④]。

如果说昂若拉代表革命的逻辑，那么，孔布费尔则代表革命的哲学。革命的逻辑与革命的哲学之不同，在于革命的逻辑可以做出战争的决定，而革命的哲学只能以和平为结果。孔布费尔补充和修正昂若拉。他没有昂若拉高深，但比他博大。他希望把一般思想的广泛原理灌输给民众。他常说，不仅要革命，还要文明。他在陡峭的高山周围，开辟了广阔的碧空。因此，在孔布费尔的所有观点中，不乏切实可行的东西。孔布费尔的革命比昂若拉的革命更容易接受。昂若拉表达的是神赋的权利，孔布费尔则强调天赋的权利。前者接近罗伯斯庇尔，后者接近孔多塞[⑤]。与昂若拉相比，孔布费尔更接近普通人的生活。这两个年轻人如有机会登上历史舞台，一个会是义士，另一个会是哲人。昂若拉更刚强。孔布费尔更仁慈。“仁慈”和“刚强”，确是他们的区别所在。孔布费尔白璧无

---

① 埃瓦德涅希腊神话中的著名美女。

② 阿里斯托吉通是公元前六世纪的雅典人，与下文提到的阿尔莫迪乌斯合力杀死暴君伊巴尔克，前者被捕后处决，后者当场被杀。

③ 以西结是希伯来最奇特的先知，不止一次在空中飞行，但也常常不能说话和动弹。

④ 博马舍的风流天使指他剧作中的人物费加罗。博马舍（1732—1799），法国剧作家。

⑤ 孔多塞（1743—1794），法国数学家、革命家、哲学家。他关于人类能够无限地完善自身的进步观念对十九世纪的哲学和社会学具有极大的影响。

瑕，生性温和，正如昂若拉生性严厉。他喜欢“公民”这个词，但更喜欢“人”。他似乎更乐意像西班牙人那样说：Hombre①。他博览群书，上剧院看戏，去大学旁听，听阿拉戈②讲光的偏振，尤其喜欢听若弗卢瓦·圣伊雷尔教授③讲解外颈动脉和内颈动脉一个管面部，另一个管大脑的双重功能。他无所不知，密切注意科学动态，将圣西蒙和傅立叶进行比较，辨读象形文字，将随手捡来的石子砸碎以推断地质，凭记忆描绘蚕蛾，指出《法兰西学院辞典》中的法文错误，研究普伊赛古和德勒兹④的磁学著作，什么也不肯定，甚至不肯定奇迹，什么也不否定，甚至不否定鬼魂，翻阅《箴言报》合订本，喜欢沉思默想。他宣称未来掌握在教师手中，非常关心教育问题。他希望社会要不懈努力，提高智育和德育水平，推广科学，传播思想，提高青年一代的才智。他担心，目前教学方法的贫乏、文学孤陋寡闻仅局限于两三个所谓古典世纪的做法、官方文人独断专行、学究们囿于成见和固步自封，最终会把我们的学校变成牡蛎养殖场。他学识渊博，刻意追求语言纯正，一丝不苟，多才多艺，埋头苦干，又爱沉思默想，朋友们说他“已到了异想天开的地步”。什么铁路、无痛外科手术、暗室定影、电报、气球定向飞行，所有这些梦想，他都深信不疑。此外，面对迷信、专制和偏见为阻止人类进步而四处构筑的堡垒，他很少惊惶失措。他是那种认为科学迟早能扭转乾坤的人。昂若拉是领袖，孔布费尔是导师。打仗时人们愿意跟随前者，平时走路则愿意跟随后者。这不是说孔布费尔不能打仗，相反，他不会拒绝短兵相接，他会猛冲猛打，迎击敌人。但他更愿意通过教授公理、颁布积极的法令，逐步使人类的行为与自己的命运协调一致。在光照和燃烧这两种光明中，他更倾向于前者。一场大火固然能形成晨曦，但为什么不等待日出？火山固然能发光，但黎明照得更亮。孔布费尔爱美的洁白可能甚于爱辉煌的炽焰。烟雾缭绕的光明，暴力换取的进步，不会使这个温和而严肃的

① Hombre是西班牙语中“人”的意思。

② 阿拉戈（1786—1853），巴黎观象台台长。

③ 若弗卢瓦·圣伊雷尔（1772—1844），法国自然学家。

④ 普伊赛古（1752—1825），德勒兹（1755—1835），均为法兰西帝国军官，后成为磁学专家。

人心满意足。像九三年那样，将人民陡然推向真理，使他胆战心惊，可静止不动更使他深恶痛绝，因为他闻到了腐臭和死亡。总之，他喜欢泡沫胜过瘴疠，湍流胜过污水坑，尼亚加拉瀑布胜过隼山湖。总之，他既不喜欢停滞不前，也不喜欢操之过急。当他那些具有骑士风度的骚动不安的朋友们热衷于绝对，崇尚和呼唤光辉灿烂的革命冒险的时候，孔布费尔却倾向于让进步自由发展。这种进步实实在在，虽不轰轰烈烈，却纯纯正正，虽按部就班，却无懈可击，虽显得冷漠，却不折不挠。孔布费尔会双手合十，跪地祈祷，以求未来纯洁无邪，人民勇往直前、永无止境的进化一如既往，不可阻挡。他常说："善必须纤尘不染。"的确，如果说革命的伟大在于逼视耀眼的理想，不顾爪子流血和着火，仍飞行在雷电霹雳中间，那么，进步之美就在于白璧无瑕。华盛顿代表前者，丹东代表后者，他们的区别在于一个是长着天鹅翅膀的天使，另一个是长着雄鹰翅膀的天使。

让·普鲁韦比孔布费尔的色调更柔和。一场强大而深刻的运动，导致了对中世纪必不可少的研究，他突发奇想，称自己为约翰[①]。让·普鲁韦非常多情。他喜爱种花、吹笛、赋诗。他热爱人民，同情妇女，怜悯儿童。他既相信未来，也相信上帝。他谴责那场革命砍下了一位杰出人物即安德烈·谢尼埃[②]的脑袋。他平时讲话柔声柔气，但突然会变得很有男子气。他很有学问，甚至可以说博大精深，差不多是个东方通。尤其是他很善良。在诗歌方面，他喜欢博大，这对于深知善良和博大是多么相近的人来说，是很好理解的。他懂意大利语、拉丁语、希腊语和希伯来语，这样，他就可以只读四位诗人的作品：但丁、尤维纳利斯、埃斯库罗斯和以赛亚[③]。在法语作品中，他喜欢高乃依胜过拉辛，阿格里

---

① 约翰为十五世纪一部小说中的主人公，是个嘲弄英国老国王的法国青年王子。英语中的"约翰"即法语中的"让"。

② 谢尼埃（1762—1794），法国诗人。曾写过许多反革命诗歌，一七九四年以"人民敌人"之罪名上了断头台。

③ 但丁为意大利诗人。尤维纳利斯为古罗马最后一个，也是最有影响的讽刺诗人。埃斯库罗斯为古希腊三大悲剧家之一。以赛亚为古代以色列先知，著有《圣经·旧约》中的《以赛亚书》。

帕·多比涅胜过高乃依。他常常在长满野燕麦和矢车菊的田野里闲逛，关心天上的云不亚于关心人间的事。他头脑里有两种态度，一个是对人，另一个对上帝；他不是研究，便是瞻仰。他整天深入研究社会问题：工资、资本、信贷、婚姻、宗教、思想自由、恋爱自由、教育、刑罚、贫困、结社、财产及生产和分配，这都是困扰芸芸众生的人间之谜。和昂若拉一样，他也是独生子，家境也很富有。他说话温和，低头垂眼，笑起来神态尴尬，举止拘束，神情局促，动辄脸红，非常怕难为情。然而，他意志坚定，不屈不挠。

弗伊是个制扇工人，父母双亡，每天勉强能挣三法郎。他只有一个念头：拯救世界。他还挂虑着另一件事：学习。他把这叫作拯救自己。他通过自学，学会了读和写，他所知道的，都是自学得来的。弗伊心肠好，胸襟豁达。这个孤儿把人民认作父母。因为十分思念母亲，便对祖国有了深刻的思考。他不希望世界上有人没有祖国。他以老百姓的远见卓识，心里孕育着今天我们所说的“民族思想”。他学习历史，是为了使自己的愤慨有根有据。在这个由空想主义青年组成的小团体中，别人关心的主要是法兰西，而他关心的是国外。他对希腊、波兰、匈牙利、罗马尼亚、意大利有专门的研究。他正当而执着地常常提起这些国家，也不管合不合时宜。土耳其侵略克里特岛和塞萨利亚，俄国侵略华沙，奥地利侵略威尼斯，这些强盗行径使他愤怒不已。尤其是一七七二年那次暴行[①]使他义愤填膺。正确的愤怒能产生所向披靡的辩才，他正具有这种辩才。他谈起一七七二年这个可耻日子来滔滔不绝，谈起被出卖而遭灭亡的高尚而英勇的波兰人民，对三国的罪行，对他们设计的丑恶圈套，有说不完的话；这场可怕的阴谋，竟成了好些高贵的民族国破家亡、连出生证也一笔勾销的样板和典型。当代社会的一切罪行皆起源于瓜分波兰。瓜分波兰是条定理，现代一切政治暴行都由此而生。近一个世纪来，没有一个暴君，没有一个叛徒没把目光瞄准瓜分波兰，没在合谋瓜分波兰的文件上签字画押。查阅近代背信弃义的卷宗，首先看到的便是瓜分

---

① 一七七二年，俄国、普鲁士和奥地利初次瓜分波兰。

波兰。维也纳会议[①]在犯下自己的罪行前，查考过这一罪行。一七七二年吹响围猎的号角，一八一五年则吹响瓜分猎物的号角。这便是弗伊常挂嘴边的经句。这个可怜的工人主动当起了正义的保护者，正义给他的报答，便是使他变得伟大。的确，正义中存在着永恒。华沙不可能再是鞑靼人的，正如威尼斯不可能再是日耳曼人的。国王们枉费心机，脸面丢尽。沉没的祖国迟早会浮上海面，重新出现。希腊又变成希腊；意大利又变成意大利。正义永远会对侵略发出抗议。掠夺一国人民是不允许的。这种极端的欺骗行径是没有前途的。一个民族不像一块手帕，可以随便抹掉标记。

库费拉克的父亲叫德·库费拉克先生。王朝复辟时期的资产阶级对于贵族有一种错误看法，认为“德”这个小品词是贵族的标志。大家知道，这个小品词没有任何意义。但《密涅瓦》[②]时代的资产阶级把这个可怜的“德”字看得非常重，竟至于认为必须把它废除。德·肖弗兰先生改叫肖弗兰先生，德·科马丁先生改叫科马丁先生，德·孔斯当·德·勒贝克先生改叫邦雅曼·孔斯当，德·拉法耶特先生改叫拉法耶特先生。库费拉克不甘落后，也把“德”去掉，光叫库费拉克。

关于库费拉克，讲这些差不多够了，至于其他情况，我们只须说：要了解库克拉费，看看托洛米埃[③]即可。

的确，库费拉克充满了年轻人的激情，这种激情可以叫作思想的青春美。不久，这种青春激情会和小猫的可爱一样消失殆尽，而青春所有的种种优雅，在两条腿的人那里，会发展成为资产阶级，在四条腿的猫那里，会蜕变成老猫。

这种青春美，通过年轻人上学、参军，代代相传，就像接力赛跑，从一个人的手里传到另一个人的手里，几乎一成不变。因此，正如前面指出的，谁要是在一八二八年听见库费拉克讲话，会以为是在一八一七

---

① 拿破仑失败后，俄、普、奥三战胜国于一八一五年在维也纳举行的会议。

② 《密涅瓦》是法国王朝复辟时期流行的周刊。

③ 托洛米埃是珂赛特的父亲。见本书第一部。

年听见托洛米埃讲话。不同的是，库费拉克是个正直的小伙子。他们尽管外表都才华横溢，却有着很大的不同。在库费拉克和托洛米埃身上，都潜藏着另一个人，彼此截然不同。托洛米埃骨子里是法官，库费拉克则是勇士。

昂若拉是首领，孔布费尔是导师，库费拉克是中心。前两人发出的光多一些，库费拉克则给予的热多一些。事实上，他具备中心人物应有的种种品质：坦率和威望。

巴奥雷曾在一八二二年六月的流血事件中大显身手。那天是为年轻的拉勒芒[①]举行葬礼。

巴奥雷生性快乐，但缺乏教养。他诚实正直，爱乱花钱。他爱花钱近乎慷慨大方，爱说话近乎口若悬河，胆子大近乎厚颜无耻，是当魔鬼的最好材料。他穿着鲁莽的背心，怀着红色的见解。他喜欢喧闹，就是说，除了骚乱，他最喜欢的是吵架；除了革命，他最喜欢的是骚乱。他时刻准备砸碎玻璃，接着揭去街上的铺路石，接着摧毁政府，以观效果。他上了十一年学。他嗅嗅法律，但不学法律。他的座右铭是：决不当律师。他的纹章是一个床头柜，露出一顶方形睡帽。他难得从法学院门口经过，但每每经过，总要把紧腰中大衣（短大衣尚未问世）的纽扣扣好，以防生病。他谈到法学院的大门时，总说："多漂亮的老头！"谈到代万库院长时，总说："多宏伟的建筑！"他学的课程是他唱歌的题材，教师是他漫画的对象。他无所事事，却有一笔相当可观的生活费，差不多有三千法郎。他的父母是农民，他摇唇鼓舌，向他们反复灌输要重视他们的儿子。

他谈起父母来，总说：他们是农民，不是资产阶级，因此，他们很聪明。

巴奥雷是个心血来潮的人，光顾好几家咖啡馆。别人都有固定的地方，他却没有。他到处闲逛。漂泊是人类的天性，闲逛是巴黎人的特点。他心智敏慧，表面上不爱思考，其实是个思想家。

---

① 拉勒芒参加了一八二二年自由派举行的示威游行，被杀害。

还有些团体尚未成形，但不久即将成形。巴奥雷在ABC友社和这些团体中间充当联系人。

在由年轻人组成的ABC友社里，有一个秃顶的人。

路易十八逃亡那天，阿瓦雷侯爵把他扶上一辆出租马车，后来被路易十八封为公爵。他叙述说，一八一四年，国王返回法国，当他在加来登陆时，有个人向他递交一份请求书。“您想要什么？”国王问。“陛下，一个驿站。”“您叫什么名字？”“莱格尔。”

国王皱起眉头[①]，看了看呈文上的签名，发现写的是Lesgle。这个拼写并不太带波拿巴色彩，国王深受感动，露出笑容。“陛下，”那递呈文的人又说，“我的祖宗是王室的养狗侍从，外号叫Lesgueules[②]。这个外号成了我的姓。我叫Lesgueules，缩写成了Lesgles，曲解成L’Aigle。”国王听罢收起笑容。后来，不知是故意，还是疏忽，他把墨城的驿站赐给了他。

ABC友社的那位秃顶成员是这位莱格尔的儿子，他签名时用墨城的莱格尔。为了省事，同学们叫他博絮埃[③]。

博絮埃是个倒霉而快乐的小伙子。他的特点是一事无成，但成天乐乐呵呵。二十五岁就已秃顶。他父亲终于有了一所房和一块地，但他做儿子的却迫不及待地在一次失算的投机中把房子和地产赔个精光。什么也没剩下。他有知识，有才智，但屡屡失败。他处处碰壁，事事落空，搭起的架子会塌下来砸着自己的脑袋，砍柴会伤着自己的指头。他有了情妇，很快会意识到还有个同性朋友。他随时都会遇到不幸，这样，他反而生活得快快乐乐。他常说：“我住在摇摇欲坠的屋顶下。”因为意外全在他预料之中，所以他从不大惊小怪，面对厄运，他处之泰然，面对命运的捉弄，他付之一笑，只当命运在同他开玩笑。他很穷，但他怀里装满了愉快，取之不尽，用之不竭。他的钱很快会用光，但他的笑却是

---

① “莱格尔”是L’Aigle的音译，意思是“鹰”，拿破仑的徽志是鹰，所以路易十八听了皱起眉头。

② Lesgueules即Les gueules，意思是“动物的嘴脸”。

③ 博絮埃是十七世纪法国著名的教士，擅长作祭文，当过墨城的主教，被称为墨城的鹰，因此莱格尔的同学们称他为博絮埃。

无穷无尽。当厄运降临到他身上，他会友好地向这位老朋友致敬，会拍拍灾星的肚子。他同厄运亲密无间，竟至于直呼其小名：“你好，吉尼翁[①]”。

命运对他的种种迫害，造就了他的创造力。他足智多谋。他没有钱，但什么时候高兴，总能找到钱“一掷千金”。一天夜里，他带了个傻大姐，一顿夜宵就吃了“一百法郎”。欢宴中间，他来了灵感，说了一句令人难忘的话：“五个路易[②]的姑娘，给我脱掉靴子。”

博絮埃慢慢地向律师职业前进。他学法律，和巴奥雷的态度一样。博絮埃居无定所，有时甚至无家可归。他有时住在这家，有时住在那家，住得最多的是若利家。若利学医，比博絮埃小两岁。

若利是个臆想有病的年轻人。他学医的收获，便是感到自己更是病人，而不是医生。二十三岁，便认为自己虚弱多病，成天对着镜子看自己的舌头。他声称，人和针一样会磁化，他把卧室里的床按南北方向摆放，头朝南，脚朝北，以便夜里睡觉时，血液循环不受地球大磁场干扰。遇到雷雨天，他总要给自己把脉。但他活得比谁都开心。年轻、有怪癖、体弱、欢快，所有这些相矛盾的特点在他身上和平共处，使他成了一个怪诞而可爱的人，同学们滥用辅音字母 L，把他叫作 Jollly。“你可以用四个 L 飞翔[③]。”让・普鲁韦对他说。

若利习惯用手杖头触自己的鼻尖，这表明他具有远见卓识。

所有这些年轻人各各相异，却有着同一个信仰：进步。谈起他们，我们会肃然起敬。

他们都是法国革命的嫡亲儿子。最轻浮的人说到八九年也会严肃起来。他们的亲生父母曾经是，或现在仍然是斐扬派[④]、保王派，或空论派，

---

① 吉尼翁是 Guignon 的音译，是“厄运”的俗称。

② 法语中，fille de cinq louis（五个路易的姑娘）和 fille de Saint-Louis（圣路易的女儿）读音相同。路易是法国金币，合二十法郎，五路易即一百法郎。圣路易是十三世纪法国国王。

③ 若利（Joly）这个名字中原只有一个 L，而字母 L 和法文字 aile（翅膀）读音相同。人们把 Joly 中的字母 L 重复四次，听起来就像重复了四次 aile，等于用四只翅膀飞翔。

④ 斐扬派是十八世纪法国资产阶级革命时的君主立宪派，在巴黎斐扬修道院集会，故名。

这无关紧要。他们现在还年轻，以前的派别纷争与他们毫无关系。他们的血管里流淌着道德原则的纯洁血液。他们不折不扣地追求不可腐蚀的权利和绝对的义务。

他们结成了秘密社团，暗中描画着理想的蓝图。

在这些狂热而坚定的人中间，有个怀疑主义者。这个人怎么会在里面的？通过一种并列关系。这个怀疑主义者叫格朗泰，可签名时却习惯用 R[①]，留下一个难以猜透的字谜。格朗泰总是心存戒备，从不轻信任何事。此外，在巴黎的大学生中，他是学到东西最多的人：他知道最好的咖啡在朗布兰咖啡馆，最好的台球在伏尔泰咖啡馆，在梅恩林荫道上的隐士餐馆里有美味的煎饼和美妙的姑娘，在萨盖大娘的小酒店里有烤仔鸡，在库内特门那边有绝妙的葱头烧鱼，在格斗门那边有一种爽口的白葡萄酒。任何东西，他都知道哪里最好。此外，他还会踢打、弹跳，会跳几种舞蹈，棍棒也耍得不错。而且，他嗜酒如命。他长得奇丑无比。当时最漂亮的缝鞋女工伊玛·布瓦西见他长得如此丑陋，愤慨不已，做了如下宣判："格朗泰丑不忍睹。"但格朗泰相当自负，从不为自己的长相感到尴尬。他对所有的女人，总是含情脉脉地盯着看，仿佛在对她们说："只要我愿意！"好让同伴们相信所有的女人都在追求他。

人民的权利、人的权利、社会契约、法国革命、共和国、民主、人道、文明、宗教、进步，所有这些词，对格朗泰来说，几乎毫无意义。他总是付之一笑。他对于怀疑主义这个人类智慧的骨疡，思想上并没有完整的概念。他对一切都是冷嘲热讽。他有一句名言："只有一点可以肯定：我的酒杯是满的。"他对任何方面的任何忠诚，无论是同辈的，还是父辈的，青年罗伯斯庇尔的，还是卢瓦兹罗尔的，他都嗤之以鼻。他喊道："他们死了也是白死！"对于带耶稣像的十字架，他说："这是成功的绞刑架。"他寻花问柳，赌博纵欲，常常喝得酩酊大醉，还用《亨利四世万岁》的曲子，不停地哼唱："我爱美女，我爱美酒"，惹得那些爱沉思的年轻人很不高兴。

---

① 法语中，Grantaire（格朗泰）的读音与 grand R（大写 R）近似。

除此之外，这个怀疑主义者还有狂热的崇拜。他崇拜的既非一种思想，一种信条，亦非一门艺术，一门科学，而是崇拜一个人：昂若拉。格朗泰佩服、热爱、敬仰昂若拉。在这伙信仰绝对的人中间，这个无政府的怀疑主义者依附谁呢？应该依附最绝对的人。昂若拉用什么方式征服他的呢？用思想？不是。用性格。这种现象屡见不鲜。一个怀疑主义者依附一个信徒，这像色彩的互补定律那样显而易见。自身缺少的东西，对自己最有吸引力。谁都不如瞎子爱阳光。个子矮的女人崇拜鼓手长。癞蛤蟆的眼睛总是望着天空。为什么？为了看鸟儿飞翔。格朗泰被怀疑缠身，喜欢看信念在昂若拉身上飞翔。他需要昂若拉。他自己不知道为什么，也不想去弄清楚，只知道昂若拉纯洁、健康、坚定、正直、刚毅、坦率的性格强烈地吸引着他。他本能地欣赏与自己相反的人。他那软弱无力、弯弯扭扭、支离破碎、病病歪歪、畸形丑陋的思想，就像攀附脊椎那样攀附昂若拉。他的精神支柱依靠对方的坚定。在昂若拉身旁，格朗泰才有个人样。此外，他自己也由两个表面看来格格不入的成分构成。他爱嘲笑人，但待人又很真诚。他表面看来漠不关心，但对人却有爱心。他思想上没有信仰，但心里却不能没有友谊。这是南辕北辙的，感情本身是一种信念。他生性如此。有些人似乎生来就是反面、背面、对立面。他们是波吕丢刻斯、帕特洛克罗斯、尼絮斯、厄达米达斯、埃菲西荣和佩克梅雅。他们只有依附另一个人才能生活。他们的名字是后半部分，前面总有一个“和”字。他们的存在不属于自己，而是别人命运的另一面。格朗泰就是这样的一个人。他是昂若拉的反面。

几乎可以说，亲和力始于字母表中的字母。在字母表中，O 和 P 是不可分离的。你可以随意读 O 和 P，或者俄瑞斯忒斯和皮拉得斯[①]。

格朗泰作为昂若拉名副其实的卫星，生活在这伙年轻人当中。他生活其中，只有在那里才觉得快乐。他们到哪，他就跟到哪。醉眼惺忪地看着这些身影走来走去，这便是他的乐趣。大家见他脾气好，也就容忍他了。

---

① 俄瑞斯忒斯（Oreste）和皮拉得斯（Pylade）是希腊神话中的一对好朋友。

昂若拉有坚定的信仰，所以瞧不起这个怀疑主义者；他生活俭朴，所以看不上这个酒鬼。他只给他一点儿居高临下的怜悯。格朗泰想当皮拉得斯，却根本没被接受。他常遭昂若拉训斥，被他粗暴地撵走，可撵走了又回来。每每谈起昂若拉，他总说：“多美的大理石雕！”

二　博絮埃作祭文悼念布隆多

一天下午——下面就要看到，前面叙述的事也凑巧发生在那天下午——墨城的莱格尔色眯眯地倚在米赞咖啡馆的门框上。他的神态就像一根无所事事的女像柱，陷入沉思默想。他凝望圣米歇尔广场。背靠某物而立，是一种站着睡觉的方式，为沉思者所钟爱。墨城的莱格尔并无伤感地想着前天在法学院遇到的一件倒霉事。这件事改变了他未来的人生计划；其实，这计划本来也是若明若暗。

沉思并不妨碍一辆马车经过，也不妨碍沉思者注意到马车。墨城的莱格尔本来目无定向，在梦游般的朦胧中，突然瞥见一辆双轮马车在广场上缓缓行驶，仿佛打不定主意往哪里走。这马车在跟谁过不去？为什么走得这样慢？莱格尔看着马车。只见车夫身旁坐着个年轻人，年轻人前面放着个相当大的旅行袋。袋上缝了张卡片，用黑体大字写着：马里尤斯·蓬梅西，过往行人一眼便能看见。

一见这个名字，莱格尔立即改变了姿势。他直起身，向车里的年轻人吆喝：

“马里尤斯·蓬梅西先生！”

被吆喝的马车停了下来。

那年轻人似乎也在沉思，这时他抬起头。

“嗯？”他说。

“您是马里尤斯·蓬梅西先生？”

“不错。”

“我正找您。”墨城的莱格尔又说。

“找我？”马里尤斯问。他正是马里尤斯，刚离开外祖父家，面前的这个人他第一次见到。“我不认识您。”

“我也不认识您。”莱格尔回答。

马里尤斯以为遇见了一个爱开玩笑的人，在大街上蒙骗人。当时，他的情绪十分恶劣。他皱了皱眉头。墨城的莱格尔异常沉着，继续问：

“前天您没去学校吧？”

“有可能。”

“肯定没去。”

“您是大学生？”马里尤斯问。

“是的，先生。和您一样。前天，我正巧去学校。您知道，人有时会心血来潮的。教授正在点名。您不会不知道，这时候他们是非常可笑的。三次没人答应，你就被除名。六十法郎等于扔进海里。”

这话引起了马里尤斯的注意。莱格尔继续道：

“是布隆多点的名。您了解布隆多。他鼻子既灵敏又奸诈，嗅出谁没来上课，对他是莫大的快乐。他阴险地从字母P开始。这个字母跟我没关系，我就没有听。点名顺利进行。没有一个被除名。全世界的人都到了。布隆多愁形于色。我心想：‘布隆多，我亲爱的。今天你可开不了刀了。’突然，布隆多喊马里尤斯·蓬梅西。没有人答应。布隆多满怀希望，提高嗓门又喊了一次。然后，他拿起笔。先生，我这人心肠软。我马上想：‘一个好小伙子要被开除了。当心。这是个不守时的大活人。不是好学生。不是个屁股沉、爱学习的大学生，不是个嘴上没毛，精通科学、文学、神学和哲学的小学究，不是个衣服笔挺到处听课的书呆子。而是个可尊可敬的懒鬼，成天东游西逛，游山玩水，讨好女工，追逐美色，此刻也许正在我的情妇家里呢。我们得救他一把。打死布隆多！’就在这时，布隆多把他用来画杠的羽笔浸入墨汁里，将浅黄色的眼珠向听众席上扫了一遍，第三次喊：马里尤斯·蓬梅西！我赶紧应答：到！这样，您才没被开除。”

“先生！……”马里尤斯说。

“而我却被开除了。”墨城的莱格尔又说。

“怎么回事儿？”马里尤斯说。

“这很简单。我坐的地方离讲台很近，这样便于应答，离门也很近，溜起来方便。教授盯着我看了会儿。布隆多可能真有布瓦洛所说的奸诈鼻子，突然从P跳到L。我的姓是字母L开头。我是墨城人，我姓莱格尔。”

“鹰[①]！”马里尤斯打断说，“多漂亮的名字！”

“先生，布隆多那家伙点到这个漂亮名字，大喊一声：莱格尔！我应答：到！于是，布隆多用老虎般的温柔看着我，微微一笑，对我说：‘如果您是蓬梅西，那您就不是莱格尔。’

“这句话也许会引起您的不快，可对我却是无比凄惨。他说完就把我的名字划掉了。”

马里尤斯惊叫起来。

“先生，真不好意思……”

“首先，”莱格尔打断他说，“我要求用几句真诚的赞美词给布隆多施防腐香料，我假设他已死了。我这样假设与事实相差无几，他本来就骨瘦如柴，脸色苍白，浑身冰冷，躯体僵硬，臭气熏天。我说：**‘人间的判官，请明鉴**[②]。’布隆多长眠于此，尖鼻子布隆多，布隆多·纳西加，遵守纪律的牛，bos disciplinae[③]，服从命令的狗，点名的天使，公正，爽直，守时，严厉，诚实，令人憎恶。他把我一笔勾掉，上帝却把他一笔勾掉。”

马里尤斯又说：

“我很抱歉……”

“年轻人，”墨城的莱格尔说，“但愿您能吸取教训。以后要守时。”

“实在对不起。”

“不要再让您的同学被开除了。”

---

① 法语中，莱格尔（Lesgle）与鹰（l'aigle）同音。马里尤斯误以为是L'Aigle，所以说是漂亮的名字。

② 原文为拉丁语。

③ 拉丁语，意为“遵守纪律的牛”。

“实在抱歉……”

莱格尔纵声大笑。

“我倒是喜出望外。我误入歧途，眼看要当律师了。这一除名反倒救了我。我不再想要法庭上的荣耀。我不用为寡妇辩护，不用攻击孤儿。不用穿长袍，不用去见习。现在我被开除了。我得感谢您，蓬梅西先生。我想郑重其事地登门答谢。您府上在哪里？”

“在这辆马车里。”马里尤斯说。

“这说明您很有钱。”莱格尔冷静地说。“祝贺您。一年的租金要九千法郎哪。”

这时，库费拉克从咖啡馆里出来。

马里尤斯苦笑着说：

“我在这辆车里才待了两个小时，我真希望能出去。可这是件麻烦事，我不知道去哪里。”

“先生，”库费拉克说，“去我那里。”

“本该到我家的，”莱格尔说，“可我没有家。”

“住口，博絮埃。”库费拉克说。

“博絮埃？”马里尤斯说，“可我觉得您好像叫莱格尔。”

“墨城的莱格尔，”莱格尔回答，“博絮埃是隐喻。”

库费拉克上了马车。

“车夫，”他说，“圣雅克门旅馆。”

当晚，马里尤斯在圣雅克门旅馆的一个房间里安顿下来，和库费拉克的房间紧挨着。

三　马里尤斯惊讶不迭

没过几天，马里尤斯成了库费拉克的朋友。人在年轻时，心灵上有了创伤很快便能愈合并结痂。在库费拉克身旁，马里尤斯可以自由自在地呼吸，这对他颇是件新鲜事。库费拉克没向他提任何问题，甚至没想过要问。这种年龄的人，一看脸便一目了然。用不着问这问那。有的年轻人，他们的脸可以说很健谈，彼此望一眼，便互相了解了。

然而，一天早晨，库费拉克突然问他：

“对了，您有什么政治观点吗？”

“怎么！”马里尤斯说。这个问题对他多少是个伤害。

“您是哪个派的？”

“波拿巴民主派。”

“您的色彩像安分的耗子，灰乎乎的。”库费拉克说。

第二天，库费拉克把马里尤斯带到了米赞咖啡馆。进去后，他笑眯眯地在他耳边悄声说：“我得让您加入革命。”说完，便领他到ABC友社的大厅里，把他介绍给其他伙伴，只低声说了句“学生”，马里尤斯不解其意。

马里尤斯仿佛掉进了一个蜂窝里，里面是一群才智横溢的人。不过，尽管他沉默寡言，严肃认真，却并不是最缺少翅膀和螯针。

马里尤斯向来性情孤僻，出于习惯和爱好，喜欢独自思考，自言自语，面对周围这群年轻人，有点手足无措。他们五花八门的新思想既强烈地吸引着他，同时又使他感到困惑。所有这些人各自抒发自己的思想，走来走去，吵吵嚷嚷，使他思绪纷乱起来。有时他混乱的思绪飘得很远很远，很难把它们收回来。他听见他们谈哲学，谈文学，谈历史，谈宗教，他们的观点使他深感意外。他隐约看到了一些奇特的东西，因为他没从未来的角度去考虑，所以看到的是一片混乱。当他从外祖父的观点转为父亲的观点时，他以为自己的思想已定型。现在，他担心自己的思想还会改变，却又不敢承认。他看问题的角度又开始移动。他头脑里已有的一切看法开始摇摆起来。这是一种异样的内心骚动。这使他有些不安。

对这些年轻人来说，似乎不存在“一成不变”的东西。他们在任何问题上都语出惊人，这使依然缺乏自信的马里尤斯感到很不自在。

有人送来一张剧院海报，赫然写着所谓经典保留剧目中的一出悲剧的名字。巴奥雷见后大喊：“打倒资产阶级心爱的悲剧！”接着，马里尤斯又听见孔布费尔反驳说：

“你错了，巴奥雷。资产阶级喜爱悲剧，既然这样，就不要去打扰他们。戴假发的悲剧自有它存在的理由，我不赞成有些人以遵从埃斯库罗斯为名，反对经典悲剧存在的权利。自然界存在着粗坯，作品也少不了可笑的模仿。嘴不是嘴，翼不是翼，鳍不是鳍，爪不是爪，哀叫一声让人笑破肚子，这就是鸭子。不过，既然家禽可以和飞鸟并存，我看不出经典悲剧就不可以和古代悲剧并驾齐驱。”

还有一次，马里尤斯和昂若拉和库费拉克一起，碰巧经过让-雅克-卢梭街。他们一个在他左边，一个在他右边。

库费拉克挽着他的胳膊。

“注意。这是石膏窑街，现在叫让-雅克-卢梭街，因为六十来年前，曾有一对奇怪的夫妇住在这里。他们是让-雅克和泰莱丝。隔段时间，便会生出一个孩子。泰莱丝把他们生下来。让-雅克却把他们遗弃了。”

昂若拉立即不客气地对他说：

“在让-雅克面前不许胡说！我很敬佩这个人。他遗弃了自己的孩子，却收养了人民。”

这些年轻人中，没有一个用“皇帝”的称呼。只有让·普鲁韦偶尔用“拿破仑”，其他人都说“波拿巴”。昂若拉则把波拿巴读成“布奥拿巴”。

马里尤斯暗暗惊讶。**智慧初萌**[①]。

四　米赞咖啡馆后厅

马里尤斯倾听年轻人谈话，偶尔也会插上一句。有一次谈话在他的思想上引起了真正的震动。

那是在米赞咖啡馆后厅里。那天晚上，ABC友社的成员几乎到齐了。

---

① 原文为拉丁语。

厅内庄严地点起了带油罐的灯盏。人们谈天说地，情绪并不激昂，声音却很喧闹。除了昂若拉和马里尤斯沉默不语外，其他人都有点信口开河，高谈阔论。朋友们之间的交谈常常是像这样既平静，又喧哗。那是一场交谈，也是一种游戏，一种瞎扯。你抛出一句话，别人赶快接过来。角角落落都有人在交谈。

这个后厅是不准女人进入的，只有路易宗例外。她是咖啡馆的洗碗女工，不时地从洗碗间去“实验室[①]”，中间要穿过后厅。

格朗泰已酩酊大醉，占着一个角落，在那里发出震耳欲聋的喊叫声。他强词夺理，胡说八道，声嘶力竭地嚷道：

“我渴了。人类，我正在做梦，梦见海德堡的大酒桶突然中风，要在上面放十二条水蛭给它治病，我就是其中一条。我要喝酒。我想忘记掉人生。人生不知是谁的丑恶杰作。它转瞬即逝，一文不值。人活着累得半死。人生是几乎没有活动门窗的布景。幸福只是一面上漆的旧门框。《传道书》说：‘一切皆虚。’我的想法和这个或许从没存在过的仁兄一样。虚无不愿赤身裸体，便穿上虚荣的外衣。呵，虚荣！你用浮华的字眼将一切重新包装。厨房成了实验室，跳舞的成了教师，卖艺的成了体操家，打拳的成了拳击家，卖药的成了化学家，做假发的成了艺术家，拌灰泥的成了建筑家，赛马的成了运动员，土鳖成了翼足目动物。虚浮有正面，也有反面。正面傻兮兮，是珠光宝气的黑人；反面蠢兮兮，是衣衫褴褛的哲人。我哀哭这一个，嘲笑那一个。被称作荣誉和尊严的东西，甚至荣誉和尊严本身，不过是镀了金的铜锌。帝王们玩弄人的尊严。卡利古拉[②]把他的坐骑封为执政官；查理二世把一块牛肉封为骑士。现在，你们可以到坐骑执政官和牛排从男爵之间去炫耀自己了。至于人的固有价值，也不见得高贵多少。听听邻里之间的恶毒攻击吧。白色对白色凶残异常。如果百合花张口说话，不知会怎样斥责白鸽哩！一个虔信的妇人嚼起舌头来比蛇蝎还要恶毒。可惜我无知无识，否则，我会给你

---

① 此处，实验室指厨房。

② 卡利古拉（12—41），古罗马皇帝。曾将他的坐骑英西塔士斯封为执政官。

们列举一大堆事例，但我一无所知。其实，我向来有点小聪明，我在格罗画室里学画时，我不是乱涂些小画，而是把时间消磨在偷苹果上。画家，偷家，不过一字之差。我就是这个样。至于你们这些人，和我是一个样。我才不在乎你们的优点、美德和优秀品质哩！任何优点都会变成缺点。节俭与吝啬相近，慷慨与挥霍为邻，勇敢与逞勇相连，过分虔诚便有伪善之嫌。美德包含的缺点，和第欧根尼袍子上的窟窿一样多。被杀者和杀人者，恺撒和布鲁图斯，你们更佩服谁？人们往往站在杀人者一边。布鲁图斯万岁！因为他杀了人。这就是美德。美德？就算是吧，但也是疯狂。在这些伟人身上，也有一些奇怪的污点。杀死恺撒的布鲁图斯热恋一尊男孩的雕像。那雕像出自希腊雕塑家斯特隆奇翁之手，他还雕刻过称为美腿的巾帼英雄厄克纳莫斯，尼禄每每出征，总把它带在身边。这个斯特隆奇翁只留下两尊雕像，却使布鲁图斯和尼禄有了一致的地方。布鲁图斯爱这一个，尼禄爱另一个。整个历史不过是没完没了的重复。一个世纪抄袭另一个世纪。马伦戈战役模仿彼得那战役[①]。克洛维一世[②]的托比亚克战役和拿破仑的奥斯特里茨战役何其相像。我并不看重胜利。没有比打胜仗更愚蠢的事了。真正的光荣是以理服人。那你们设法证明一下呀！你们只知道成功，多么藐小！你们只知道征服，多么悲惨！唉！到处是虚荣和卑鄙！一切服从成功，连语法也不例外。贺拉斯就说过：‘约定俗成便是规则。’因此，我瞧不起人类。我们要不要从整体到部分去看一看呢？你们要我钦佩人民吗？请问什么人民？希腊人民？雅典人，即昔日的巴黎人，杀死了福基翁[③]，就像巴黎人杀死科利尼[④]。他们对暴君们阿谀奉承，阿纳塞福尔竟然说庇斯特拉图[⑤]的尿招引

---

① 彼得那为希腊城市。公元前一六八年，罗马军队在此战胜马其顿军队，从而结束了马其顿的独立。

② 克洛维一世（466—511），法兰克国王。公元四八六年，他在莱茵河中游的托比亚克击败日耳曼军队。

③ 福基翁（前 402—前 318），雅典政治家和将军。后被雅典人以叛国罪处死。

④ 科利尼（1519—1572），法国海军上将，宗教战争初期胡格诺派的领袖。

⑤ 庇斯特拉图（前 600—前 527），雅典暴君。

蜜蜂。雅典五十年中最重要的人物是语法学家菲勒塔斯，他长得又矮又瘦，为了不被风刮倒，只好给鞋子灌上铅。在科林斯最大的广场上，有一座雕像，出自西拉尼翁[①]之手，曾被普林尼载入史册。这尊雕像塑造的是埃庇斯塔特。埃庇斯塔特有什么功绩？他发明了用勾脚绊倒对方。这些可以概括希腊及其光荣了。下面谈其他国家。我会欣赏英国吗？我会欣赏法国吗？欣赏法国？为什么？因为巴黎？刚才，我给你们谈了我对雅典的看法。欣赏英国？为什么？因为伦敦？我仇恨迦太基。再说，伦敦，奢侈之都，也是贫困之府。仅查林-克洛斯教区，每年就有一百人饿死。这就是阿尔比翁[②]。还有更糟的，我曾见一位英国女郎戴着玫瑰花冠和蓝眼镜跳舞。因此，去他妈的英国！如果说我不赏识约翰牛，我就敬佩约纳森兄弟[③]了吗？我对这个贩卖奴隶的兄弟也不喜欢。英国去掉"时间就是金钱"，还剩什么？美国去掉了"棉花为王"，还剩什么？德国是淋巴液，意大利是胆汁。我们会对俄罗斯心醉神迷吗？伏尔泰赞赏俄国。他也赞赏中国。俄国有它的美丽，这我同意，尤其它有强大的专制制度，但我对专制君主非常同情。他们身体孱弱。有个阿列克赛被砍头，有个彼得被刺杀，有个保尔被勒死，另一个保尔被靴跟踩扁，许多伊凡被掐死，好几个尼古拉和瓦西里被毒死，这一切都表明，俄皇的宫殿明显处于有害健康的状态中。所有文明的民族都会提供一个细节让思想家欣赏，那就是战争。然而，战争，文明的战争，罄尽各种形式的强盗行径，从喇叭口火枪队在雅克萨峡谷拦路抢劫，到印第安人在可疑航道上掳掠劫夺。罢了，你们是不是会对我说欧洲总比亚洲好？我承认，亚洲是很可笑，但我看不大出你们有什么理由讥笑大喇嘛，你们这些西方民族，不是把王公贵族的种种秽物，从伊莎贝尔王后的脏衬衣，到王储的便桶，都放进你们的时尚和风雅中去了吗？人类先生们，我对你们说，你们完了！布鲁塞尔啤酒的消耗量第一，斯德哥尔摩烧酒第一，马德里巧克力

---

① 西拉尼翁为公元前四世纪希腊雕刻家。

② 阿尔比翁是英格兰的古称。

③ 约翰牛指英国人，约纳森是美国人的别名。

第一，阿姆斯特丹刺柏子酒第一，伦敦葡萄酒第一，君士坦丁堡咖啡第一，巴黎苦艾酒第一。这些概念是很有用的。总之，巴黎一马当先。在巴黎，即便是捡破烂的，也骄奢淫逸，比雷埃夫斯的哲学家第欧根尼，说不定也愿意在莫贝尔广场捡破烂哩。还要你们记住一点：捡破烂人喝酒的小酒馆叫劣等酒馆。最有名的是“平底锅”和“屠宰场”。呵！郊外酒家，欢宴酒楼，麦秆酒肆，下等酒馆，低级酒店，零售酒垆，小酒吧，捡破烂人的劣等酒馆，哈里法的商队酒馆，我请你们做证，我是喜欢享乐的人，我在理查酒店吃四十苏的份饭，我需要波斯地毯来裹赤身裸体的克娄巴特拉！克娄巴特拉在哪里呀？啊！是你，路易宗。你好。”

就这样，酩酊大醉的格朗泰在咖啡馆后厅他的角落里，一面缠住路过的洗碗姑娘，一面信口开河，胡言乱语。

博絮埃伸过手去，想迫使他安静下来。格朗泰嚷得更凶了：

“墨城的鹰，放下你的爪子。你这个动作，是在模仿希波克拉底[①]拒绝阿尔塔薛西斯[②]时那老得没有牙的动作，对我毫不起作用。不用来让我安静。再说，我心里闷得很。你们要我说什么呢？人很坏，人很丑；蝴蝶是成功的造物，人类是失败的造物。上帝没把这种动物造好。一群人中尽是丑陋之辈。随便哪个都是坏蛋。女人与无耻一拍即合。我忧郁，我消沉，我得了思乡病，还得了多疑症，于是我生气，我发怒，我发困，我厌倦，我灰心，我无聊！让上帝见鬼去吧！”

“别嚷了，大写R！”博絮埃又说了一遍，他正在大声议论一个法律问题，一句法学行话说了一大半，后半句是：

“至于我，尽管我还够不上法学家，顶多是个业余检察官，可我赞成这个主张：根据诺曼底惯例，每年到了圣米歇尔节，所有的人，每个人，无论是业主，还是不动产被扣押者，除了其他税外，还要向领主缴纳一种等值税，这一规定适用于任何长期租约、房地产租约、自由地产、教产契约和公产契约、典押契约……”

---

① 希波克拉底（前460—前377），古希腊著名的医生。

② 阿尔塔薛西斯（前465—前425），古波斯阿契美尼德王朝国王。

“厄科[①]们，哀怨的仙女们。”格朗泰低声哼道。

紧挨着格朗泰的那张桌子，静悄悄的几乎没人说话。桌上有一张纸、一个墨水瓶和一支羽笔，放在两只小酒杯之间，表明一部滑稽喜剧正在酝酿之中。这件大事在低声商讨着，正在创作的两个人头挨着头：

“先确定名字。有了名字，就能确定内容了。”

“有道理，你说吧。我来记。”

“多里蒙先生怎么样？”

“靠年金生活？”

“当然。”

“女儿叫赛莱斯汀？”

“……汀。还有呢？”

“森瓦尔上校。”

“森瓦尔用滥了。叫瓦尔森吧。”

在这两个想当滑稽剧作家的人旁边，还有一伙人，也在利用喧哗低声交谈，讨论一场决斗。一个三十岁的老手，正在给一个十八岁的年轻人出谋划策，告诉他，他遇到的是什么样的对手。

“喔唷！可得当心哪。那是个好剑手，出剑干脆利落。他攻击凶猛，不出虚招，手腕有力，剑光闪闪，迅如雷电，闪避稳健，反击准确，天哪！他是左撇子。”

在格朗泰对面的角落里，若利和巴奥雷在玩多米诺骨牌，一面谈论爱情。

“你倒是挺幸福的，你。”若利说。“你的情妇整天乐呵呵的。”

“这正是她的缺点。”巴奥雷回答。“情妇爱笑可不好。这就等于鼓励你欺骗她。看见她笑眼常开，你就不会感到内疚。见她愁眉不展，你就会良心不安。”

“真不识好歹！女人爱笑多好啊！这样永远也吵不起来！”

“那是因为我们订了君子协定。我们在签订小小的神圣同盟时，就给

---

① 厄科是希腊神话中的回声女神，因爱恋美少年那喀索斯而遭拒绝，憔悴至死。

每个人划定了界线，谁也不得超越。河水不犯井水，井水不犯河水。因此，我们相处得和和睦睦。”

“和睦便是幸福，它能消化一切。”

“你呢，若勒勒勒利，你和那位小姐吵架吵得怎么样了？……你知道我说的是谁。”

“她一直和我赌气，既有耐心，又有狠劲。”

“不过，你是个消瘦得叫人心疼的情人。”

“唉！”

“我要是你，就把她甩了。”

“说起来容易。”

“做起来也不难。她是不是叫米齐什塔？”

“是的。啊！我可怜的巴奥雷，她是个漂亮姑娘，很有文学修养，小脚，小手，衣着讲究，白白净净，圆圆滚滚，有一双用纸牌算命的女人的眼睛。我爱她爱得发狂。”

“亲爱的，既然这样，你就该讨她喜欢，打扮得漂亮些，多动动腿。到斯托布那里去买条高级的羊毛皮裤。这种裤子伸缩性大。”

“多少钱？”格朗泰喊道。

第三个角落里的人正在大谈诗歌。世俗神话和基督教神话争得不可开交。当时正谈到奥林匹斯诸神。让·普鲁韦出于浪漫主义，站在他们一边。让·普鲁韦平静时才羞怯。激动起来，他会突然情绪高涨，兴奋会使他的热情有增无已，使他眉飞色舞，激情满怀：

“不要亵渎诸神，”他说，“他们也许还没有消失。在我看来，朱庇特不像死了。你们说奥林匹斯诸神是幻象。不过，就是在今天的自然界，这些幻象消失了，也还有其他许许多多伟大而古老的世俗神话。某座形似城堡的高山，像维尼玛尔峰，在我看来仍是库柏勒①的发髻。没有人向我证实潘②在夜里不会来到柳树林，用手指挨个按住空树干的窟窿吹排

---

① 库柏勒是希腊神话中众神之母。

② 潘是希腊神话中的山林畜牧神，爱好音乐，创制了排箫，还带领山林女神舞蹈嬉戏。

箫。此外，我始终认为伊娥[①]与皮斯瓦什瀑布多少有点关系。”

在最后一个角落里，人们在谈政治。他们在攻击御赐宪章。孔布费尔有气无力地为宪章辩护。库费拉克有力地攻其缺陷。桌上放着一份倒霉的图凯宪章。库费拉克一把抓住，用力摇晃，一边摆出自己的理由，一边用那张纸的簌簌声作伴奏：

“首先，我不要国王。即使从经济角度看，我也不要。国王是个寄生虫。没有不花钱的国王。你们听听吧，国王要花多少钱！弗朗索瓦一世去世时，法国的公债年息三万利弗；路易十四去世时，是二十六个亿（二十八利弗合一马克），拿代马雷的话来说，这在一七六〇年，合四十五个亿，而在今天则合一百二十个亿。其次，恕我直言，孔布费尔，所谓御赐宪章，是文明之拙劣的权宜措施。什么平安过渡，慢慢转变，减轻动荡，通过实施虚构的条文，让君主国不知不觉地转入民主制。这一切全都是鬼话！不！不！千万不要蒙骗民众。在你们宪章的地窖里，原则会变黄变白。不要变种！不要折衷！不要国王恩赐给人民！在国王恩赐的宪章中，有一个第十四条[②]。一只手给予，另一只手又伸出爪子夺回来。我坚决拒绝你们的宪章。宪章是个假面具，下面掩盖着谎言。人民接受宪章，便是放弃权利。完整的权利才算得上权利。不！不要宪章！”

正是隆冬季节。壁炉里，两根木柴烧得噼啪响。这对人很有诱惑力，库费拉克挡不住诱惑，将手里那张可怜的图凯宪章揉成一团，扔进火里。那张纸燃烧起来。孔费贝尔冷静地看着路易十八的杰作在燃烧，只是说了句：

“宪章化作了火焰。”

讥讽、逗趣、笑谑，这种法国人所谓的欢乐，英国人所谓的幽默，好的见解，坏的见解，好的理由，坏的理由，所有的议论似火箭齐发，在大厅各处交织交错，在人们的头上形成一种欢快的轰隆声。

---

① 伊俄是希腊神话中天后赫拉的女祭师，为主神宙斯所爱，被赫拉施法变成了小母牛。

② 宪章第十四条规定，国家安全受到威胁，国王可拥有全部权力。

五　扩大视野

年轻人之间的思想碰撞，有其奇妙之处：很难预料什么时候会迸发火星，激起闪电。待会儿会迸发出什么？没有人知道。受感动了，会纵声大笑。笑得正开心，又突然会变得严肃。随便一句话都会引起冲动。人人都受兴致的支配。哪怕是插科打诨，也会带来意想不到的结果。这种谈话常常说转就转，说变就变。大家都是信口开河，想到哪，说到哪。

那天，格朗泰、巴奥雷、普鲁韦、博絮埃、孔布费尔和库费拉克正在唇枪舌剑，争得不可开交，蓦然，一种严肃的思想，奇怪地冲出这嘈杂的废话，穿过这话语大混战。

一句话是怎样出现在谈话中的？它怎么会骤然吸引听众的注意力？刚才我们说了，这无从知道。在喧哗声中，博絮埃突然用一个日期，结束了对孔布费尔的斥责：

“一八一五年六月十八日：滑铁卢。”

马里尤斯本来用臂肘支着桌子，旁边放着一只酒杯，听到滑铁卢的名字，忙将手从下巴上放下来，眼睛紧紧看着大家。

“当然！”库费拉克喊了起来（那时，“当真”已不大有人说了），“十八这个数字太奇特了，给我的印象非常深刻。这是决定波拿巴命运的数字。将路易放在十八前面，雾月放在十八后面[①]，就可看到那人的一生命运，还可看到耐人寻味的特点，开场不久，结局便接踵而至。”

昂若拉一直没有说话，这时，他打破沉默，朝库费拉克说了一句：

“你是想说犯罪不久，赎罪便接踵而至吧。”

马里尤斯听见有人突然提到滑铁卢就已如坐针毡，现又听到“犯罪”二字，便感到不可忍受了。

---

① 路易放在“十八”之前，便是路易十八，这是拿破仑失败后的法国国王。雾月放在“十八”之后，说的是雾月十八，但法语中先说日期，后说月份。雾月十八，即共和八年雾月十八日，是拿破仑发动政变，取得政权的日子。

他站起来，缓步朝挂在墙上的法国地图走去。地图下端有个与大陆分开的岛屿，他用手指着那个岛说：

“科西嘉。一个曾使法兰西变成强国的小岛。”

这就如同吹进了一阵冷风。讲话声戛然停止。大家感到要发生什么事了。

巴奥雷正要摆出他喜欢的姿势，准备挺起胸来反驳博絮埃。可他放弃了这个姿势，准备洗耳恭听。

昂若拉那双蓝眼睛没有望着任何人，却像在注视空间，他看也不看马里尤斯，回答道：

“法兰西要变成强国，不需要什么科西嘉。法兰西之所以伟大，就因为它是法兰西。**因为我的名字叫狮子**[①]。”

马里尤斯毫无后退之意。他向昂若拉转过脸，用五脏六腑都颤动的声音，大声说：

“但愿我没有贬低法兰西！将拿破仑同它联在一起，丝毫也不会贬低它。好罢，我们就来谈谈吧。我在你们中间是新的，但我承认，你们让我感到吃惊。我们处在什么情况？我们是谁？你们是谁？我是谁？我们来好好谈谈皇帝吧。我听见你们把波拿巴读成‘布奥拿巴’，还像保王派那样把‘布’读得很重。我告诉你们，我的外祖父更地道，他说‘布奥拿巴泰’。我一直认为你们是年轻人。你们的热情到哪里去了？你们把热情用来做什么了？你们不欣赏皇帝，那你们欣赏谁？你们还需要谁？你们不想要这个伟人，那你们想要谁？他是个全才。他是个完人。他的智慧是人类智慧的立方。他像查士丁尼那样制订法典，像恺撒那样发号施令，他的谈话既有帕斯卡的闪电，又有塔西佗的雷霆，他创造历史，他写历史，他的战报是荷马史诗，他把牛顿的数字和穆罕默德的妙语结合在一起，他在东方留下了金字塔般宏伟的至理名言。在提尔西特[②]，他将君主尊严传授给各国帝王，在科学院，他和拉普拉斯[③]争鸣，在行政法

① 原文为拉丁语。

② 提尔西特为东普鲁士城市。一八〇七年，拿破仑曾在这里与俄国沙皇举行会谈。

③ 拉普拉斯（1749—1827），法国天文学家。

院，他和梅兰[①]争辩，他为一些人的精确和另一些人的诡辩注入了灵魂，他和检察官在一起是法学家，和天文学家在一起是天文学家。他到圣殿街去为窗帘的流苏坠子讨价还价，正如克伦威尔两支蜡烛要吹灭一支。他洞察一切，无所不知；但这不妨碍他在小儿子的摇篮旁发出天真的笑声；突然，欧洲惊恐万丈，屏息静听，军队开拔，大炮滚动，舟桥在江河上延伸，无数骑兵势如暴风雨，狂奔而来，呐喊声、号角声响成一片，各地的宝座摇摇欲坠，地图上，各王国的边境线游移不定，只听见一把宝剑出鞘，只见他屹立在天边，手中剑光闪闪，眼中火光闪闪，雷声中展开双翼，那是大军和老近卫队，是至尊的大战神！”

大家闭口不语，昂若拉低下脑袋。大凡沉默，多少给人一种不是同意，便是无言以对的印象。马里尤斯没有喘口气，以更大的热情继续说：

“朋友们，让我们公正些！一个帝国有这样一个皇帝，这对一个民族是多么灿烂的命运！而这个民族又正是法兰西，她把自己的天才加到这个人的天才上！到哪里都是主宰，一出征必胜无疑，将各国首都变成宿营地，封自己的士兵为各国国王，宣告改朝换代，迅速改变欧洲面貌，你威胁恐吓时，让人感到你握着上帝的宝剑，追随集汉尼拔、恺撒和查理大帝于一身的人，成为每天用捷报向你报晓的人的子民，把残老军人院的炮声当作闹钟，将马伦戈、阿科尔、奥斯特里茨、耶拿、瓦格拉姆等永放光芒的神奇名字载入光辉的史册，时刻把胜利的星座升到世世代代的天顶，缔造法兰西帝国，使之与罗马帝国相提并论，成为伟大的民族，孕育伟大的军队，让百万雄师飞遍整个大地，就像高山向四方派出雄鹰，战胜，统治，镇压，因屡建奇功而成为欧洲一个金光灿烂的民族，穿越历史奏响巨神的军乐，用武力，也用炫目的光辉，两次征服世界，所有这一切，真是空前绝后，无与伦比。还有什么比这更伟大的呢？”

“自由。”孔布费尔说。

这一次，轮到马里尤斯低下头了。这个简单而寒冷的词，犹如一把钢刀，插进他激昂的情感抒发中，他顿觉激情从他身上消失。当他抬起

① 梅兰（1754—1838），法国大革命和拿破仑时期最知名的法学家。

头时，孔布费尔已不在了。他刚离开，大概为自己反驳了马里尤斯的颂词而沾沾自喜。除了昂若拉，大家都跟他走了。大厅里空了。昂若拉独自待在马里尤斯身旁，神情严肃地看着他。可是，马里尤斯稍稍理了理自己的思路后，并不觉得自己输了。他身上仍有残余的激情在沸腾，即将化作论据，与昂若拉展开辩论。突然，他听到有人边下楼，边唱起了歌。是孔布费尔。他唱道：

假如恺撒赐给我
光荣与战争，
并要我离开
母亲那份爱，
我会对伟大的恺撒说：
收回你的权杖和战车，
我更爱我的母亲，咿呀嗨！
更爱我的母亲。

孔布费尔唱得既温柔又粗野，使这首歌具有一种奇异的雄伟气势。马里尤斯若有所思，他望着天花板，几乎是下意识地重复了一遍：我的母亲？……

这时，他感到昂若拉的手搭到他肩上。

“公民，”昂若拉对他说，“我的母亲，就是共和国。”

六　陷入窘境[1]

那晚的聚会使马里尤斯深受震动，并给他的心灵留下了忧愁的阴影。他的感觉可能就像大地被人用铁锹挖开投下种子那样，只感到伤口疼痛，

---

① 原文为拉丁语。

萌芽时的震颤和结果时的喜悦要到以后方能体味。

马里尤斯闷闷不乐。他刚刚建立起一种信念，难道现在就要抛弃？他心里明确不想抛弃。他向自己宣布不想怀疑，却又情不自禁地怀疑起来。处在两种信仰中间，一种尚未走出，另一种尚未进入，这是非常难受的，只有蝙蝠那样的人才喜欢这若明若暗的状况。马里尤斯光明磊落，他需要真正的光明。疑惑不决，半明半暗，这对他是个煎熬。尽管他很想维持原状，坚持原来的想法，可他不可抗拒地不得不继续前进，去研究思考，更深入一些。这会把他引向何处？他走了多少路，才终于靠近他的父亲，现在，他担心向前的步伐又会使他远离父亲。他越是思考，心里越苦恼。他感到周围都是悬崖峭壁。他的看法和他的外祖父不同，也和他的朋友们相异。在前者看来，他太轻率，对后者来说，他太保守。他承认自己无论在老人一边，还是在年轻人一边，都是孤立的。他不再去米赞咖啡馆了。

他内心纷扰，生活中某些重要方面也顾不上考虑。可生活的现实是不愿让人遗忘的。它们终于突然来临，提醒他注意。

一天早晨，旅店老板来到他的房间，对他说：

“库费拉克先生给您做过担保。”

“是的。”

“可我需要钱。”

“让库费拉克来同我讲。”马里尤斯说。

库费拉克来后，老板便走了。马里尤斯同他讲了他本不想同他讲的事，说他在这世上可说是孑然一身，无依无靠。

“那您怎么办呢？”库费拉克说。

“不知道。”马里尤斯回答。

“您干什么呢？”

“不知道。”

“那您有钱吗？”

“十五法郎。”

“您要我借给您吗？”

“绝对不要。”

“有衣服吗？”

“就这些。”

“有首饰吗？”

“一块表。”

“银的？”

“金的。您看。”

“我认识一位服装商，他可以买您的紧腰中大衣和长裤。”

“很好。”

“那您就只剩下一条长裤、一件背心、一顶帽子和一件上衣了。”

“还有靴子。”

“什么？您就不用打光脚了？多阔气呀！”

“这就够了。”

“我认识一个钟表商，他可以买您的表。”

“很好。”

“这有什么好的。那您以后干什么呢？”

“干什么都行。只要是正当的。”

“您会英语吗？”

“不会。”

“会德语吗？”

“不会。”

“那就算了。”

“问这个干吗？”

“我有个朋友是书商，正在编一种百科全书，您要是懂英语或德语，就可以帮着译些文章了。报酬不高，但能维持生活。”

“那我学英语和德语。”

“可现在怎么办？”

“现在嘛，就吃我的衣服和手表。”

他们把服装商叫来。他出二十法郎买下那件旧大衣。他们又去钟表商那里。他出四十五法郎买下了表。

“不错，”回旅馆时，马里尤斯对库费拉克说，“加上原来的十五法郎，一共有八十法郎。”

“旅馆的房租呢？”库费拉克提醒道。

“噢，我倒忘了。”马里尤斯说。

“见鬼！”库费拉克说，“您学英语时吃五法郎，学德语时再吃五法郎。这就是说，啃语言时要狼吞虎咽，啃一百苏的硬币时要细嚼慢咽。”

这时，吉诺曼姨妈（其实，见到别人有愁事，她还是挺乐意帮忙的）终于找到了马里尤斯的住处。一天早晨，马里尤斯从学校回来，看到了姨妈的一封信和一只封口的匣子，匣内有六十皮斯托尔，即六百金法郎。

马里尤斯将三十金路易[①]如数退给姨妈，并且给她写了封信，措词非常恭敬。信上说，他有谋生的手段，以后完全能养活自己。可那时，他只剩三法郎了。

姨妈没把马里尤斯拒绝钱的事告诉外祖父，怕火上浇油。况且，他不是说过，再也不要向我提起这个吸血鬼吗？

马里尤斯不想负债，就离开了圣雅克门旅馆。

---

① 一金路易相当二十法郎。

第五卷　苦难大有好处

一　马里尤斯饥寒交迫

马里尤斯的生活变得十分艰难。卖衣卖表还算不了什么。现在，他过着难以形容的所谓一贫如洗的生活。这是非常可怕的事：白天没有面包，夜里没有睡眠，晚上没有蜡烛，炉膛里没有柴禾，整周没有工作，前途没有希望，衣袖肘头穿了洞，帽子破得让姑娘们笑话，因付不起房租晚上被拒之门外，门房和店主蛮横无理，邻居冷嘲热讽，受尽种种凌辱，尊严遭到践踏，什么活儿都得干，厌倦，痛苦，沮丧。马里尤斯终于知道，这一切应该怎样忍受，而且这常常是不得不忍受的唯一东西。人生的这个阶段正需要爱情，因而需要尊严，可他感到自己因衣衫褴褛而受人讥讽，因生活贫困而成为笑料。他正值青春年华，正是豪情满怀的时候，可他不止一次地低头看自己的破靴子，贫困让他尝到了不公正的耻辱，常常羞得面红耳赤，痛苦难言。这是奇妙而可怕的考验，弱者出来时变得猥陋卑贱，强者出来时变得超凡脱俗。命运每每需要恶棍或英雄时，便把人扔进这坩锅中考验。

须知，许多伟大的行动，就是在细小的斗争中进行的。有些人英勇顽强，默默忍受，步步抵抗，尽管缺衣少食，但决不做卑鄙可耻的事。这种高贵而神秘的胜利，不为人所见，不会赢得名声，也不会受到宣扬。

生活、苦难、孤独、遗弃、贫困，这都是战场，都有自己的英雄。

默默无闻的英雄，有时比赫赫有名的英雄更伟大。

坚强而杰出的人就是这样造就的。贫穷往往是后妈，有时却也是慈母。贫困能孕育坚强的心灵和精神，逆境是哺育自豪风骨的乳母，苦难是喂养高尚人格的良乳。

有段时间，马里尤斯自己打扫楼梯，到果品店买一苏钱的布里奶酪，等天快黑时才溜进面包店，买块面包偷偷带回顶楼，就好像是偷来的。偶尔，人们看见一个笨手笨脚的青年，腋下夹着几本书，溜进街角的肉铺里，挤在爱嘲笑人的厨娘中间，被她们东推西撞，他神态既腼腆，又恼怒，一进门便从汗水涔涔的额头上摘下帽子，向老板娘深深鞠个躬，弄得老板娘惊愕不已，接着，又向肉店伙计鞠个躬，付上六七苏，要一块羊排，用纸包上，夹在胳膊下的两本书中间，转身便走。那是马里尤斯。这块羊排，他拿去叫人烧熟后，可以吃三天。

第一天吃肉，第二天吃油，第三天啃骨头。

吉诺曼姨妈多次努力，把那六十个皮斯托尔送来给他。可马里尤斯每次都如数退还，说他什么也不需要。

当他的内心经历着我们前面叙述过的那场革命时，他还在为父亲服丧。从那时起，他从没离开过黑衣服。可他的衣服却离他而去。终于有一天，他没有上衣了。长裤还能凑合。怎么办呢？库费拉克送给他一件旧上衣，因为他帮过他几次忙。马里尤斯花三十苏，让一个门房给翻了新。可这衣服是绿色的。于是，马里尤斯只得等天黑才出门。这样，这件衣服也就成黑色了。他想永远为父亲服丧，只好以夜色作丧服。

在这期间，他被录用当了律师。他自称住在库费拉克的房间里，那房间挺像样子，里面有相当数量的法律书，加上几卷不成套的小说，符合律师所需藏书的规定。他让人把信寄到库费拉克的住所。

马里尤斯当上律师后，写了封信告诉他的外祖父。信写得冷冷冰冰，但充满了顺从和尊敬。吉诺曼先生双手颤抖着拿过信，读完后撕成四片，扔进了字纸篓里。过了两三天，吉诺曼小姐听见她父亲独自在他的房间里，大声自言自语。每次心烦意乱，吉诺曼先生总要像这样自言自语。她伸长耳朵，听见老人说：

“假如你不是傻瓜，就该知道男爵和律师不能兼得。”

二　马里尤斯清贫度日

贫困和其他事物是一样的。它最后会变得可以接受。它最终会有自己的形状和内容。人们勉强维持生活，也就是说，以一种清贫的，但足以维持生命的方式成长长大。请看马里尤斯·蓬梅西是怎样安排生活的。

他走出了最狭窄的隘道，前面的路渐渐变得宽阔。他勤奋工作，无所畏惧，坚韧不拔，意志坚强，终于每年能有大约七百法郎的收入。他学会了德语和英语，库费拉克把他介绍给开书店的朋友，马里尤斯便在这文学书店里充当“一般”的小角色。他写写新书介绍，译译报刊文章，给出版物搞搞注释，编编人物传记，等等。不管旺年淡年，净挣七百法郎。他靠这笔收入生活。日子过得还不错。我们来谈谈他是怎样过日子的。

马里尤斯住在戈博旧宅一间没有壁炉称作办公室的陋室里，年租金为三十法郎，除了必不可少的家具，一无所有。这些家具是他自己的。他每月付给二房东老婆婆三法郎，让她给打扫打扫陋室，每天早晨给送点热水、一个新鲜鸡蛋和一苏钱的面包。中午他就吃这面包和鸡蛋。根据蛋价的贵贱，午饭花二至四苏。晚上六点，他去圣雅克街的卢梭餐馆吃晚饭，对面是巴塞版画图片社，坐落在马蒂兰街的拐角处。他不喝汤。他吃一盘肉，六苏，半盘蔬菜，三苏，一份甜品，三苏。再花三苏钱，面包随便吃。他不喝酒，只喝水。卢梭夫人威严地坐在柜台上，那时候，她仍然很胖，气色很好。马里尤斯去付账时，给侍者一苏小费，卢梭夫人报之以微笑。然后他就走了。花十六苏，他得到一个微笑和一顿晚餐。

卢梭餐馆比任何餐馆更给人以安静，那里酒喝得很少，水喝得很多。今天它已不复存在。老板有个漂亮的雅号，大家叫他“水栖卢梭”。

因此，他午饭花四苏，晚饭花十六苏，吃饭每天花二十苏，一年便是三百六十五法郎，加上房租三十法郎，给二房东工钱三十六法郎，还有一些零星开销，马里尤斯花四百五十法郎，便有吃有住有人侍候了。另外，购置外衣一百法郎，内衣五十法郎，洗衣费五十法郎。这样，总支出不超过六百五十法郎。还剩五十法郎。他生活宽裕了。有时，他还能借给朋友十法郎，库费拉克一次向他借过六十法郎。至于取暖，因为没有壁炉，马里尤斯干脆“简化”了。

马里尤斯有两套外衣，一套旧的，一套新的，旧的“平时”穿，新的特殊情况穿。两套都是黑的。他只有三件衬衣，一件穿在身上，另一件放在柜子里，还有一件在洗衣工那里。衬衣穿破了，就换新的。那些衬衣常常会被撕破，因此，他总把外衣的纽扣一直扣到下巴。

马里尤斯用了几年时间，才有这样富裕的经济状况。那些年非常艰苦，非常困难，有的是度过的，有的是熬过的。马里尤斯没有一天灰心丧气。在贫困方面，他什么都经受过；除了借债，他什么都干过。他向自己证明从没欠过任何人一分钱。他认为，欠债便是奴役的开始。他甚至觉得债主比奴隶主更坏，因为奴隶主只占有你的身体，债主却占有，并可以践踏你的尊严。他宁可挨饿，也不借债。他有多少天饿着肚子。他感到所有事物的终端都是相接的，一不留神，物质的缺乏会导致灵魂的堕落，因此，他极其注意维护自己的尊严。有的方法或手段，在其他情况下也许是得体的，但现在他却认为是庸俗的，他便加以纠正。他不愿后退，所以凡事小心翼翼。他脸上总带赧色，显得朴实无华。他害羞到了不近情理的程度。

他在经受各种考验时，感到身上有一股神秘的力量在鼓舞他，甚至把他向上举。灵魂帮助躯体，有时还能将躯体托起来。这是唯一能支撑鸟笼的鸟儿。

除了父亲的名字，马里尤斯心中还刻着另一个名字，那就是泰纳迪埃。马里尤斯生性热忱而严肃，他给他心目中的父亲的救命恩人，那位在滑铁卢战场上冒着枪林弹雨救了上校的无畏的中士，罩上了一轮光环。他在怀念父亲时，从不忘记怀念那个人，把他们并排在一起加以崇敬。这好比是两个等级的崇拜，大祭坛供奉上校，小祭坛供奉泰纳迪埃。他知道泰纳迪埃已遭厄运，陷入绝境，每每想起，就更是感激不尽。马里尤斯在蒙费梅打听到，那位不幸的客栈老板已经破产。从那时起，他做了极大的努力，寻访恩人的踪迹，想在淹没泰纳迪埃的黑暗的苦难深渊中找到他。马里尤斯将那一带寻了个遍，他到过谢尔、邦迪、古内、诺让、拉尼。三年中，他到处寻找，锲而不舍，把他积蓄的很少一点钱全花在这上面了。没有人能向他提供泰纳迪埃的消息，有人以为他去外国了。他的债主们也在找他，虽不像马里尤斯那样怀着爱意，却和他一样不折不挠，但也没能找到他。马里尤斯谴责自己，甚至有点怨恨自己。这是上校留给他的唯一债务，他无论如何也要偿还。“怎么！”他想，“我父亲奄奄一息地躺在战场上时，泰纳迪埃不欠我父亲什么，却能穿过烟幕和弹雨找到他，把他扛在肩上救走，而我欠泰纳迪埃那么多，却不能在他垂死挣扎的深渊中找到他，把他从死亡线上救出来！呵！我一定要找到他！”的确，为了找到泰纳迪埃，他甘愿献出一条胳膊，为了使他摆脱贫困，他甘愿献出全部鲜血。找到泰纳迪埃，帮他一把，对他说：“您不认识我，可我认识您！我来了！有什么事请吩咐！”——这是马里尤斯最美最甜的梦。

三　马里尤斯长大成人

那时，马里尤斯二十岁。三年前他离开了外祖父。双方关系没有丝毫改变，既没试图互相靠拢，也没设法见见面。况且，见面有什么好处？难道为了吵架？谁能说服得了谁？马里尤斯是铜瓶，吉诺曼老爹是铁罐。

应该说，马里尤斯误解了外祖父的心。他以为吉诺曼先生从没爱过他。这个生硬、冷酷、快活，成天骂骂咧咧、大叫大嚷、动辄发怒和举起拐杖的老头，对他的爱顶多和喜剧中那些顽固老头的爱一样，是极其轻微极其严厉的。马里尤斯错了。世上有不爱子女的父亲，绝没有不疼孙子的祖父。正如前面所说，吉诺曼先生心里非常疼爱马里尤斯。他有他疼爱的方式，经常会打打他，甚至扇扇耳光；可孩子一走，他感到心里空空的，沉沉的。他要求大家别在他面前提起马里尤斯，可心里却埋怨大家太听话。起初他还希望这个波拿巴分子，雅各宾分子，恐怖分子，九月暴徒[①]有一天会突然回来。可是，周复一周，月复一月，年复一年，那吸血鬼始终没有出现，吉诺曼先生大失所望。“可我除了赶走他，别无他法。”外祖父心里想道。他问自己：“如果重新来过，我还会这样做吗？”他的自尊心立即回答会的，可他却默默摇摇衰老的脑袋，忧郁地回答不会。有时候他非常懊丧。他思念马里尤斯。老人需要爱，就像需要阳光。这是热量。尽管他性格坚强，马里尤斯离家出走，使他的心情有了改变。当然，他决不会向这个“小坏蛋”迈出一步，但他心里痛苦不已。他从不打听他的情况，但他心里很想知道。他住在沼泽区，越来越深居简出。他仍一如既往，既快活，又暴躁，但他的快活是僵硬的，抽搐的，仿佛包含着痛苦和愤怒。他每次发火，最后总是变得情绪低落。有时他说：

“呵！假如他回来，看我不扇他的耳光！”

至于吉诺曼姨妈，她很少想事，也就不会有很多爱。对她而言，马里尤斯不过是一种模糊的黑影，久而久之，她对马里尤斯的关心，远不及对可能饲养的猫儿或鹦鹉的关心。

吉诺曼老爹把他的痛苦埋在心里，不露声色，这就更加深了他内心的痛苦。他的忧愁有如新近发明的连自己的烟也燃尽的大火炉。偶尔，也有不识相的人向他献殷勤，同他谈起马里尤斯，问他：

“您那位外孙在做什么？”或“近来怎么样？”

老人回答时，如果心里太忧郁，便叹口气，如果想装出快乐，就用手指弹一弹袖口说：

“蓬梅西男爵先生在某个小地方帮别人打官司。”

正当老人懊悔莫及的时候，马里尤斯却踌躇满志。和所有心地善良的人一样，苦难使他摆脱了痛苦。每每想起吉诺曼先生，他心里只有柔

① 指参加九月大屠杀的人。法国资产阶级大革命时期，一七九二年九月二日至五日，巴黎群众处死监狱中的反革命分子，反动派称这次革命行动为九月大屠杀。

情，但他坚持不再从这位“怠慢他父亲”的人那里接受一分一毫。这是在最初的愤慨缓和之后，他所表现出来的情绪。此外，他为自己曾受过苦，并且继续在受苦感到高兴。他受苦是为了父亲。生活的艰难使他满足，使他快乐。他高兴地想，这是最起码的了；这是在赎罪；不这样，他会因对父亲，对这样一个父亲漠不关心、不忠不孝，而在以后受到其他惩罚；他父亲饱尝痛苦，他却什么苦也不吃，这样太不公平；再说，他的辛劳和贫困，与上校英勇的一生相比算得了什么？总之，要向父亲靠拢，使自己变得和父亲一样，唯一的办法，就是英勇地与贫困做斗争，正如当年父亲英勇地同敌人做斗争；这想必是上校那句“他受之无愧”的遗言所说的意思——这句话，马里尤斯仍然珍藏着，但不是藏在胸口，因为上校的遗书已经丢失，而是藏在心里。

再说，外祖父撵他走的那天，他还是个孩子，现在他已长大成人。他已感觉到自己长大了。我们要强调的是，贫穷对他是件好事。年轻时受穷，假如穷困有好的结果，就会把人的意志引向发愤图强，将人的灵魂引向憧憬未来。贫穷能立即揭露物质生活的真相，使它变得面目狰狞，从而使人一往无前地奔向理想生活。富家子弟有许许多多华贵而粗俗的娱乐，如赛马、打猎、玩狗、抽烟、赌博、盛馔，等等，不一而足；这些消遣满足了心灵卑劣的一面，却损害了心灵高尚和美好的一面。贫穷的青年为了糊口，必须辛勤劳动；他要有吃的；填饱肚子后，就只剩下幻想了。他去看上帝赐给的免费演出，他凝望天空、宇宙、繁星、花草、孩子、他的在其中受苦的人类、他的在其中闪光的万物。他凝望人类太久，便看到了心灵，凝望万物太久，便看到了上帝。他沉思默想，感到自己长大了；他再沉思默想，觉得自己变得温柔了。他从受苦者的自私，转入沉思者的同情。他心中产生了一种奇妙的感觉，那就是忘却自我，同情大众。他一想到大自然向乐观开朗的人奉献、提供和恩赐的，而向心胸狭窄的人拒绝的那些无穷无尽的乐趣，他就会以精神上的富人自居，而怜悯金钱上的富人。光明越是照进他的思想，心中的仇恨便越是逃之夭夭。再说，他感到不幸吗？不！年轻人遭受贫困，丝毫也不悲惨。任何一个小伙子，不管多么贫困，凭着自己的身体、力气、矫健的步伐、明亮的眼睛、血管里流淌的热血、乌黑的头发、鲜润的脸颊、红润的嘴唇、雪白的牙齿、洁净的呼吸，定能使一个年迈的皇帝羡慕不已。每天早晨，他开始挣钱糊口，当他的手挣钱时，他的脊背就骄傲地挺直，他的脑袋就变得充实。干完活，他又回到不可言喻的凝视中，沉入冥想和快乐中。他的脚行走在痛苦中间、障碍中间、石板路上、荆棘丛中，有时还跋涉在泥浆中，他的头却沐浴着光明。他坚定、安详、温和、平静、热忱、严肃、知足、仁慈。他感谢上帝赐给他许多富人所缺少的两大财富：工作和思想，前者给予他自由，后者给予他尊严。

这就是马里尤斯心中经历的变化。简而言之，他甚至有点过于偏爱沉思了。从他差不多能确保生活那天起，认为贫穷对他有好处，他就止步不前，减少工作时间，以便有更多的时间来沉思默想。也就是说，他有时整天思考，就像一个有幻觉的人，沉浸在沉思冥想带来的无言快乐中。他这样提出他的生活问题：尽量少做有形的工作，以便尽量多做无形的工作；换句话说，现实生活只给予几个小时，其余时间全都投入到无限中。他自以为吃穿不愁，却没意识到，若是这样来理解沉思默想，最终会变成一种懒惰的形式，他只满足于征服生活的基本需要，过早地过起了安闲的生活。

当然，马里尤斯个性刚毅而勇敢，上面讲的状况不过是暂时的，人的命运注定复杂多变，一旦与复杂的命运接触，他会醒悟的。

他虽然是律师，不管吉诺曼老爹有什么想法，眼下他不替人打官司，连小官司也不打。他一门心思沉思默想，也就顾不得为人辩护了。与律师为伍，出庭辩护，到处寻找诉讼，这是极其无聊的事。为什么还要干呢？他看不到有任何理由要改变谋生的方式。这份默默无闻的出版销售书业，最终给了他一份稳定的工作，一份无须花很多力气的工作，如前面所说，这对他已足够了。

马里尤斯为几家书商工作，其中有个我想是叫马日梅尔先生的书商曾想雇用他，向他提供舒适的住所和固定的工作，年薪一千五百法郎。舒适的住所！一千五百法郎！当然很好。可这要放弃自由！做一个临时雇员！当一个雇佣文人！马里尤斯认为，如果接受了这份工作，他的境况会有好转，但同时又会变坏，他能过上舒服一些的生活，但却会丢失部分尊严；这是一个完全而又美好的不幸，将会变成丑恶而可笑的束缚；这好比瞎子变成独眼龙。他拒绝了。

马里尤斯离群索居。一是他喜欢置身于一切之外，二是因为上次争论使他很不愉快，他决计不再参加昂若拉主持的ABC友社。他和他们仍是朋友，遇到问题互相间都会鼎力帮助，仅此而已。马里尤斯有两个朋友，一个是年轻人，库费拉克，另一个是老头，马伯夫先生。他和马伯夫更近一些。首先，多亏了他，他身上才爆发了那场革命；也多亏了他，他才认识并爱上他的父亲。他说："他给我切除了白内障。"

毫无疑问，这位堂区财产管理员起了决定性作用。

然而，在这件事上，马伯夫不过是上帝派来的平静而沉着的使者。他无意地偶尔地照亮了马里尤斯，就像是有人带来的一支蜡烛；他是那支蜡烛，而不是带来蜡烛的人。

至于马里尤斯内心的那场政治革命，马伯夫先生根本不可能理解，也不想有这场革命，更不用说给予指导了。

以后我们还会谈到马伯夫，所以有必要在这里说几句。

四　马伯夫先生

有一天，马伯夫先生对马里尤斯说："当然，我赞成所有的政治观点。"这确实表达了他思想的真实状态。所有的政治观点对他都一样，他不加区别，一概赞成，这样他就可以不受打扰，正如希腊人把三位复仇女神，即欧墨尼得斯，叫作"美丽的女神，善良的女神，可爱的女神"一样。马伯夫先生的政治主张是热爱植物，尤其是热爱书籍。他和大家一样，也属于一个"派"，在那个时代，非党非派的人是无法生存的。但他既非保王派，亦非波拿巴派、宪章派、奥尔良派、无政府派，而是爱书派。

在这世上，明明有各种苔藓、草类和灌木可供欣赏，有成堆的对开本，甚至三十二开本书籍可供翻阅，他不明白世人为何偏偏要为宪章、民主、正统性、君主政体、共和政体等无稽之谈而相互憎恨。他力戒成为无用之人；有书不妨碍他读书，做植物学家不妨碍他当园丁。他结识蓬梅西上校后，同他一见如故，上校在培育花卉上颇有成就，他则在培育果树上颇有建树。马伯夫先生在种子田里培育出的梨子，和圣日耳曼的梨子一样甜美。据说，如今遐迩闻名的十月黄香李，就是他培育出来的，不见得没有夏天的黄香李香甜。他去望弥撒，与其说出于虔诚，不如说出于仁慈，再说，他喜欢看人的面孔，却不喜欢听人的声音，只有在教堂里，才能看见他们聚集一堂，又默默无声。他觉得应该为国家做些事，于是选择了堂区财产管理员的职业。此外，他从来没有爱一个女人像爱郁金香鳞茎那样专注，爱一个男人像爱一本书那样深沉。他早已年过六旬，一天，却有人问他：

“您从没结过婚吗？”

“我已忘了。”他如是说。

有时，他会说（有谁不会这样呢？）：“呵！我要是有钱就好了！”他这样说的时候，并不像吉诺曼老爹那样，眼睛盯着一位漂亮姑娘，而是出神地看着一本书。他过着独居生活，有个老女管家照顾他。他的手患有轻度痛风病，睡觉时，被风湿病弄得僵硬的衰老的手指头，弯曲着靠在皱巴巴的被单上。他编写并出版了一本有彩色插图的《科特雷茨地区植物志》，该书颇受好评，铜版归他所有，书由他自己销售。为此，每天有两三个人到梅齐埃尔街来叩他的家门。靠卖书每年能挣两千法郎；这差不多是他的全部财产了。他虽贫穷，但凭借耐心，又省吃俭用，日积月累，得以收藏了各种珍本。他出门总夹着一本书，回来时往往成了两本。他住在楼下，四个房间，一个小花园，房间里唯一的装饰，便是装在镜框里的植物标本和昔日名家的铜版画。他一见军刀或步枪就浑身发冷。他生平从没靠近过一门大炮，哪怕在残老军人院里。他有一个还算健康的胃，有一个本堂神甫哥哥，他的头发全白了，嘴里和脑袋里都没有了牙齿，常常全身发抖，说话带有庇卡底口音，笑起来像个孩子，动辄惊慌失措，神态像头老绵羊。除此之外，在世上他只有一个朋友，或者说只同一个人来往，那就是圣雅克门一个开书店的老头，名叫罗约尔。他做梦也想把靛蓝植物移植到法国来。

他的女管家也是个非常纯朴的人。这位善良可怜的老妇是个老处女。她养了只雄猫，叫苏丹，说不定能在西斯廷小教堂里喵喵哼唱阿赖格里[①]的《天主见怜》哩。这只猫占据了她的整个心，也满足了她对情感的需要。她从未梦想过男人，她的爱从未越过这只猫。她和她的猫一样，也有胡子。她的帽子总是雪白雪白的，这是她头上的光轮。星期天，做完弥撒，她把时间全用在数她箱子里的内衣，并将买了来从不请人做的裙料一块块摊在床上。她识些字。马伯夫先生戏称她为"普鲁塔克妈妈"。

马伯夫先生很喜欢马里尤斯，因为马里尤斯年轻温和，能够温暖他的晚年，又不会惊扰他的怯懦。老人遇见温和的年轻人，不啻见到风和日丽的晴天。当马里尤斯脑子里装满了军功、火药、进军、撤退以及他父亲挥刀砍杀，也被敌人砍得伤痕累累的所有惊心动魄的战役时，他便跑去看马伯夫先生，马伯夫先生则从花卉的角度同他谈论这位英雄。

一八三〇年前不久，他的本堂神甫哥哥去世，这就如同黑夜降临，马伯夫先生的眼前几乎立即一片昏暗。由公证人造成的一次破产，使他损失一万法郎，顷刻间，他兄弟和他自己的家当全都化为乌有。七月革命给书业带来危机。在困难时期，卖不出去的书首推植物志。《科特雷茨地区植物志》突然无人问津。几个星期过去了，没有卖出去一本。有时，门铃一响，马伯夫先生会高兴得身子打颤。

"先生，"普鲁塔克妈妈心酸地对他说，"是送水的。"

长话短说。一天，马伯夫先生终于离开梅齐埃尔街，辞去堂区财产管理员的职务，不再去圣苏皮斯教堂，卖掉了部分铜版画——这是他最放得下的——而不是藏书，搬到蒙帕纳斯大街的一所小房子里住下来。他在那里只住了三个月，有两个原因：一是底层和花园的租金要三百法郎，他顶多能付得起二百法郎；二是那地方离法图靶场很近，整天听得见枪声，他无法忍受。

---

① 阿赖格里（1582—1652），意大利宗教乐作曲家。

他带着他的《植物志》、铜版画、植物标本、文件夹和书，搬到硝石库医院附近奥斯特里茨村的一间茅屋里，有三个房间，一个围着篱笆的花园，园子里还有口井，年租金为五十法郎。他借这次搬家，几乎卖掉了全部家具。搬进新居的那天，他心情特别愉快，亲自钉钉子挂版画和植物标本，余下的时间，就在园子里挖地，晚上，见普鲁塔克妈妈闷闷不乐，心事重重，便拍拍她的肩膀，笑吟吟地对她说：

“别这样！我们有靛蓝植物呢！”

奥斯特里茨的名声非常响亮，但他觉得令人厌恶，因此，他只允许两个人到他的茅屋里来，一个是圣雅克门的那位书商，另一个是马里尤斯。

此外，正如前面指出的，潜心钻研一种学问，或狂热投入一种爱好，或者——这是常有的事——二者兼而有之的人，对生活中的事物反应很慢。他们自己的命运也离他们很远。由于全神贯注于一件事，便会产生一种被动性；这种被动性若是经过论证的，那就和哲学有相似之处了。他们偏斜，跌落，消逝，甚至崩溃，自己却几乎全然不知。当然，他们终有觉醒的一天，但却姗姗来迟。眼下，在这场关系到幸福和不幸的游戏中，他们似乎持中立态度。自己是这场游戏的赌注，却视而不见，漠不关心。

就这样，马伯夫先生的周围渐渐暗淡，他的希望一一破灭，可他依然心境恬静，虽然有点幼稚，却非常执着。他的思想习惯像时钟那样来回摆动。一旦被一种幻想上紧了发条，就能走很长时间，哪怕幻想破灭了，也不立刻停下来。钥匙丢了，时钟是不会立即停止摆动的。

马伯夫先生有些天真的乐趣。这些快乐无需花什么代价，常常是意外的收获，任何偶然的机会都能提供。一天，普鲁塔克妈妈在房间的角落里读一本小说。她大声念出来，认为这样更容易懂。大声朗读，便是向自己表明在阅读。有些人大声朗读，就像在用所读的东西做许诺。

普鲁塔克妈妈就这样大声朗读着手中的小说。马伯夫先生尽管没听，但也听见了。

读着读着，普鲁塔克妈妈读到了这样一个句子，是关于一个龙骑兵和一位美女的：

“美女生气了，那龙……”

读到这里，她停下来擦擦眼镜。

“菩萨和龙[1]。”马伯夫先生低声说。“是的，的确有条龙，在它的洞穴里口吐火焰，烧毁天空。许多星星被这妖怪烧毁了。这怪物还长着老虎的爪子。菩萨来到它的巢穴，把它收服了。普鲁塔克妈妈，您读的这本书不错。没有比这更美丽的传说了。”

接着，马伯夫先生又沉入美妙的梦幻中。

五　穷是苦的好邻居

马伯夫先生看到自己渐渐陷入贫困，感到吃惊，但并没有发愁。马里尤斯很喜欢这个天真的老人。他有时能遇见库费拉克，有时去探望马伯夫先生。但次数很少，一个月顶多一两次。

马里尤斯喜欢独自散步，一散就是很长时间。郊外的林荫大道、练兵场、卢森堡公园人迹罕至的小径，是他常去的地方。有时，他可以半天愣在那里，观看菜园子、生菜地、在肥料堆上啄食的鸡群和在戽水灌田的马。行人惊讶地打量他，有些人还觉得他衣着可疑，面目不善。那不过是个爱遐想的穷青年。

他就是在一次散步中发现戈博旧宅的。那里比较偏僻，房租低廉，对他很有吸引力，于是他住了进去。大家只知道他叫马里尤斯先生。

有几个退役将军或是他父亲的老战友同他认识了，便邀请他去家里做客。马里尤斯没有拒绝。这是谈论他父亲的好机会。因此，他经常去帕若尔家、贝拉韦纳将军家、弗里翁家，以及残老军人院。在那里听听音乐，跳跳舞。每次晚上去时，马里尤斯总是穿上新衣服。但他只在天寒地坼的日子里，才去参加这些音乐会和舞会，因为他雇不起马车，另

---

① 法语中，“菩萨”（bouddha）与“生气”（bouda）同音，因此，马伯夫误听成“菩萨和龙”。

外，他只想穿着光亮可鉴的靴子去那里。

有时，他毫无刻薄之意地说：

“人就是这样，在一个沙龙里，你身上什么都可以脏，就不可以鞋脏。你只要有一样东西无可指摘，你就会受到热情接待。是良心？不，是靴子。”

感情以外的一切迷恋，都会消失在遐想中。马里尤斯的政治狂热，也已在遐想中烟消云散。一八三〇年的革命助了他一臂之力，同时也使他得到了满足和安慰。他还是老样子，只是不像以前那样爱动怒。他的观点始终没变，只是变得温和了。他属于哪一派？属于人类派。在人类中，他选择了法国；在国家中，他选择了人民；在人民中，他选择了妇女。这些是他的同情所在。现在，他喜欢思想胜过行动，诗人胜过英雄，他欣赏马伦戈战役这一类事，但更欣赏《约伯记[①]》这一类书。而且，当他经过一天的沉思遐想，傍晚沿着郊区林荫大道回家，透过枝丛，看见无边无际的天空、无名无姓的光亮，看见深渊、黑暗、神秘，这时，人类的一切在他看来多么渺小。

他以为已领悟到，也许真的已领悟到人生和人类哲学的真谛，最后他不再看别的东西，而只看天空，那是真理从它的井底唯一可看见的东西。

但这并不妨碍他对未来做出种种打算、计划、方略和蓝图。马里尤斯处在这种幻想状态中，若有人细察他的内心，会被他纯洁的心灵耀得睁不开眼。的确，假如我们的肉眼能看见别人的意识，就能根据一个人的梦想去判断一个人，这要比根据他的思想去判断更可靠。思想中有意志，梦想没有意志。梦想完全是自发的，哪怕是宏伟和理想的梦想，也都反映和保留了我们的精神原貌。对光辉的命运不经思考和不切实际的憧憬，最能直接而真诚地反映我们的心灵。在这些憧憬中，要比在经过组合、思考和协调的思想中，更能发现每个人的真正性格。我们的梦想是我们最好的画像。每个人按照自己的性格，梦想未知的和不可

---

① 《约伯记》是《圣经·旧约全书》中的一篇。

能的事物。

一八三一年六七月间，给马里尤斯做家务的老婆婆告诉马里尤斯，他的邻居，贫穷的戎德雷特一家就要被赶走了。马里尤斯差不多整天在外面，几乎不知自己还有邻居。

“为什么要赶走他们？”他说。

“他们不付房租。两个季度没交了。”

“欠多少？”

“二十法郎。”老婆婆说。

马里尤斯抽屉里还有作备用的三十法郎。

“这是二十五法郎，”他对老婆婆说，“拿着吧。您替这些可怜人把房租交了，剩下五法郎也给他们。不要说是我给的。”

六　替代者

凑巧，泰奥迪尔中尉所在部队调防到巴黎。于是，吉诺曼姨妈产生了第二个念头。前一次，她设想让泰奥迪尔跟踪马里尤斯；这次，她暗中筹划要让泰奥迪尔取代马里尤斯。

此外，外祖父可能隐隐觉得家里需要有张年轻的脸，这些曙光有时能温暖废墟，因此，不管怎样，找一个人代替马里尤斯，不失为一种权宜之计。“好吧，”她想道，“这不过是我在书里看到的勘误表：马里尤斯改为泰奥迪尔。”

侄孙和外孙相差无几。少了个律师，就让枪骑兵取而代之。

一天早晨，吉诺曼先生正在读《每日新闻》一类的报纸，他女儿走进来，用最温柔的声音——因为事关她的宠儿——对他说：

“父亲，今天上午，泰奥迪尔要来向您请安。”

“泰奥迪尔，是谁？”

“您的侄孙呀。”

外祖父“噢”了一声。

他又读起报来，不想那侄孙了。那不过是某个泰奥迪尔罢了。不一会儿，他生起气来，他读报时常会这样。他读的“报纸”——不用说，肯定是保王派的——毫不客气地发表了当时巴黎天天会发生的一件小事，说是第二天中午十二点，法学院和医学院的学生要在先贤祠广场集合，举行讨论会，讨论当前的一个问题，即国民自卫军的炮队问题，以及陆军部和“民兵”因卢浮宫院子里放置大炮而发生冲突的问题。大学生们将对此进行“讨论”。光这条消息，就足以让吉诺曼先生气饱肚子了。

他想起了马里尤斯，他是大学生，“明天中午”很可能也去“先贤祠广场参加讨论”。

他正在想这件伤心事，泰奥迪尔中尉由吉诺曼小姐小心翼翼地领着进来了。他穿着便服，这是狡猾的一招。枪骑兵早已做了推理：“这位老祭师没把全部家产变成终生年金。有时穿穿便服，装装老百姓是有好处的。”

吉诺曼小姐大声对父亲说：

“泰奥迪尔，您的侄孙。”

接着低声对中尉说：

“他说什么你都赞成。”

说完她就退出了。

那中尉不习惯这种严肃的会见，有点胆怯，结结巴巴地说：“您好，叔公。”接着，他行了个混合礼，先是下意识地行军礼，最后军礼变成了俗礼。

“啊！是您！很好，请坐。”老祖宗说。

说完，他就把枪骑兵撇在一边了。

泰奥迪尔坐了下来，吉诺曼先生站了起来。

吉诺曼先生在房间里来回踱步，双手插在衣兜里，大声说着话，衰老的手指头生气地揉捏兜里的两只表。

“这些毛孩子！在先贤祠广场上集会！岂有此理！昨天还在吃奶的顽童！捏他们鼻子，还有奶水流出来哩！明天中午讨论！他们要干什么？

要干什么嘛？显然是走向毁灭嘛！这正是无衬衣汉[①]引我们去过的地方！公民炮队！讨论公民炮队问题！到广场上去闲聊国民自卫军的炮队！他们和谁在一起？你们看看雅各宾主义要把我们引到哪里。我敢随便和你们打赌，他们十有八九都是累犯和苦役释放犯。共和党人和苦役犯，不过是鼻子和手帕的关系。卡诺[②]说：'叛徒，你要我去哪里？'富歇[③]回答：'蠢货，随你的便！'这就是共和党人。"

"千真万确。"泰奥迪尔说。

吉诺曼先生半转过脑袋，看见泰奥迪尔，继续说道：

"我一想到这个混蛋竟无耻到要当烧炭党人就来气！你干吗离开我的家？就为了去当共和党人？呸呸呸！首先，人民不要你那个共和国，他们不要，他们通情达理，他们知道，自古以来就有国王，将来仍还有国王！他们知道，人民说到底不过是人民，他们对你的共和国嗤之以鼻，听见没，傻瓜！这种任性够可怕的了！向迪歇纳老爹献殷勤，给断头台送媚眼，到九三年的阳台下唱情歌、弹吉他，这些年轻人太愚蠢，得朝他们吐唾沫！他们全都一个样。无一例外。只要闻一闻街上的空气，就会让你精神失常。十九世纪是毒药。随便哪个毛孩子都留着山羊胡，当真以为像个人样了，却丢下家里的老人不闻不问。这就是共和党人，这就是浪漫派。浪漫派是什么？您行行好，给我讲一讲是什么？一派荒唐。一年前，出了个《爱那尼[④]》。我倒要问问您，《爱那尼》是什么！滥用对偶，丑不堪言，简直不是法语！还有卢浮宫院子里停放大炮。都是这年头的强盗行径。"

"言之有理，叔公。"泰奥迪尔说。

吉诺曼先生接着又说：

---

① 无衬衣汉是西班牙斐迪南七世的拥护者对革命者的称呼。

② 卡诺（1763—1823），法国数学家。大革命时期曾担任过国民公会主席，救国委员会委员。

③ 富歇（1758—1820），法国政治家和警察组织的建立者，国民公会代表，曾参与推翻罗伯斯庇尔，后帮助拿破仑发动政变。拿破仑垮台后投降复辟王朝。

④ 《爱那尼》是雨果的剧作，于一八三〇年二月二十五日首次公演，曾引起古典派和浪漫派之间的激烈斗争。

“博物馆的院子里放置大炮！干什么用？大炮，你要我怎么说好呢？是要炮轰贝韦德尔的阿波罗雕像吗？弹药筒与梅第奇的维纳斯雕像有什么关系？呵！现在这些年轻人，都是些无赖！他们的邦雅曼·贡斯当是什么东西！这些人不是无赖，便是傻瓜！他们尽可能使自己变丑，穿得邋里邋遢。他们害怕女人，在女人身边就像乞丐，让傻大姐们笑掉大门牙。我发誓，他们是以爱情为羞耻的可怜虫。他们丑陋不堪，外加愚不可及。他们出口便是蒂埃斯兰和波蒂埃常说的双关语，他们穿袋子似的衣服、马夫的背心、粗布衬衣、粗呢长裤、粗皮靴子，而他们说的话同他们的打扮没什么两样。他们说的隐语简直可给他们当鞋底。可是这群愚蠢的毛孩子，竟还有什么政治见解。必须严禁有政治见解。他们创造制度，改造社会，推翻君主制，将一切法律推倒在地，把顶楼放到地窖的位置上，看门人放到国王的位置上，把欧洲弄得天翻地覆，他们要重建世界。他们的好运气，也就是在洗衣姑娘跨上马车时，偷看她们的大腿。啊！马里尤斯！啊！无赖！到广场上去大叫大骂！讨论，争论，采取措施！公正的上帝！他们竟把这叫作措施！混乱虽减少了，却冒着傻气。我见过天下大乱，现在却是胡闹。学生居然讨论国民自卫军，恐怕印第安人那里也不会有！那些赤身裸体、头上顶着羽毛球般的发髻、手中握着狼牙棒的野蛮人，也没有这些学生野蛮！分文不值的毛孩子！竟然不懂装懂，发号施令！竟然要辩论，讲歪理！这是世界末日。显然，可怜的地球快到末日了。还需要最后一次冲击，法兰西正在这样做。讨论吧，这些混账东西！只要他们还到奥德翁剧院的拱廊上去读报，这些事就会发生。只要花一苏钱，还有他们的理性、智慧、良心、灵魂和头脑。从那里出来，他们从此就不再回家。所有的报纸都是瘟疫，无一例外，哪怕是《白旗报》！马丹维尔[①]骨子里也是雅各宾派。啊！公正的上天！你可以去炫耀了，你把你的外公搞得一筹莫展！”

“显而易见！”泰奥迪尔说。

枪骑兵趁吉诺曼先生喘气的机会，巧妙地补充说：

---

① 马丹维尔（1776—1830），《白旗报》的创始人。

“除了《箴言报》，不该有别的报纸，除了《军事年鉴》，不该有别的书。”

吉诺曼先生继续说：

“和他们的西哀士[①]一样！一个弑君者最后成了元老院议员！他们最后总要当议员的。他们互称公民，以你相称，最后却要别人叫他们伯爵先生。九月的屠夫，细如胳膊的伯爵先生！西哀士哲学家！我要为自己说句公道话，我从没把哲学家们的哲学，看得比蒂沃利街上卖艺小丑的眼镜更重要！我曾见那些议员披着绣有蜜蜂的紫丝绒斗篷，戴着亨利四世式样的帽子，在马拉凯沿河马路招摇过市。他们奇丑无比。就像老虎王国里的猴子。公民们，我向你们宣布，你们的进步是疯狂，你们的人道是梦想，你们的革命是罪恶，你们的共和国是妖魔，你们年轻的法兰西是妓院里出来的婊子。我敢在所有人面前坚持我的看法，不管你们是谁，不管你们是政论家、经济学家，还是法学家，不管你们比断头台的铡刀更懂得自由、平等和博爱！我向你们申明这一点，我的先生们。”

“天哪！”中尉惊呼道，“说得对极了！”

吉诺曼先生正要做一个手势，却中途停下来，转过身，双眸盯着枪骑兵泰奥迪尔，对他说：

“您是个蠢货。”

① 西哀士（1748—1836），法国教士和宪法理论家。制宪会议代表，国民公会代表，曾任元老院议长。

第六卷　两星相会

一　绰号：姓氏形成的方式

这时候，马里尤斯已长成漂亮的小伙子了。他中等身材，头发又浓又黑，额头高高，充满智慧，鼻孔张开，充满热情，神态真诚而冷峻，整个脸上洋溢着说不出的高傲、沉思和天真。他的侧面线条浑圆，却不失坚定，具有经阿尔萨斯和洛林渗入法国人脸上的日耳曼式的柔美，这种毫无棱角的脸形，使西康伯尔族[1]在罗马人中一眼就能辨认出来，使狮族和鹰族有了明显的区别。他所处的人生阶段，正是深沉与天真几乎平分秋色的阶段。身处严重关头，他会做出傻事；只要再转动一下钥匙，就能卓尔不群。他的举止态度矜持冷峻，彬彬有礼，不大开朗。不过，他的嘴巴楚楚动人，红唇皓牙，举世无双，微微一笑，满脸的严肃便烟消云散。有时，那纯洁的额头和肉感的微笑形成奇特的对照。他的眼睛细小，目光却宽阔。

他在最贫困的时候，发现姑娘们见他走过，都要回头看他，他万分沮丧，便赶快逃跑或躲起来。他想，她们看他，是因为他衣服破旧，她们在笑话他。事实上，她们看他，是因为他神态优雅，她们在想入非非。

他和这些过路丽人之间的这种无声的误会，使他变得不近女色。他

① 西康伯尔族为古日耳曼民族的支系，其中有一支进入高卢，与法兰克人同化。

一个也没选中，他见到女孩子就逃跑便是最好的解释。他就这样稀里糊涂地，拿库费拉克的话来说，傻里傻气地活着。

库费拉克还对他说：“你别向往当正人君子（他们以‘你’相称，这是年轻人之间友谊发展的必然结果）。亲爱的，听我一句劝。不要老钻在书堆里，多看看那些轻浮女子。荡妇也有长处，呵，马里尤斯！你老这样逃跑和脸红，你会越来越傻的。”

还有几次，库费拉克遇见他，对他说：

“你好，教士先生。”

库费拉克每和他讲一次类似的话，马里尤斯就会一个星期更加避开女人，不管是年轻的还是年老的，更是避开库费拉克。

然而，在这芸芸众生中，有两个女人马里尤斯是从不躲避的，也从不留意。说实话，假如有人对他说她们是女人，他会大吃一惊。一个是给他打扫房间的长胡子的老婆婆。库费拉克见了还开玩笑说：“马里尤斯见女用人留胡子，自己就不留了。”另一位是个小姑娘，他经常遇见她，却从不看她。

在卢森堡公园，沿着苗圃护墙，有条僻静的小路，靠西街那一头，游人更少，那里有一张长凳，一年多来，马里尤斯注意到，有个男人和一个女孩几乎每次都是并肩坐在那条长凳上。马里尤斯散步时只管沉思默想，却也会信步走到那条小路上，几乎每次都能遇到这一老一少。男的看上去六十来岁，神态忧郁而严肃，就像退役军人，全身透着健壮和疲劳。假如他戴上勋章，马里尤斯会说：这是个退役军官。他慈眉善目，却很难接近，从不将目光和别人的目光接触。他穿一条蓝长裤和一件蓝紧腰大衣，戴一顶宽边帽，衣帽看上去总是新的，系一条黑领带，穿一件公谊会教徒穿的，也就是说一件白得耀眼，但却是粗布的衬衣。一天，一个轻佻女工从他身边经过时说：“好一个干净的鳏夫。”他的头发雪白雪白。

那女孩子第一次陪他来坐到像是他们专用的长凳上时，看上去只有十三四岁，瘦得形容丑陋，且神情笨拙，毫无吸引人的地方，唯有一双眼睛可望变得相当漂亮，可它们看人时，总有一种令人不悦的自信。她的穿戴像修道院寄宿生，老气横秋，又未脱稚气，那件黑粗毛呢连衣裙，穿着很不合身。他们看上去像是父女。

马里尤斯将这个尚不能称作老头的老人和这个尚未成人的女孩观察了两三天，就不再注意了。而他们却好像没看见他。他们聊着天，神情平静，对周围漠不关心。女孩兴高采烈，叽叽喳喳，说个不停。老人很少说话，不时将无比慈爱的目光看着她。

马里尤斯总要到这条小路上散步，习惯已成自然。他每次都遇见他们。事情是这样的：

他们坐在小路的这一头，而马里尤斯总是从另一头走过来。他沿着小路漫步，从他们面前走过，然后掉头返回起点，接着又往回走。每次散步，他都要在这条小路上往返五六次，而且每周散步五六次，从没同他们打过招呼。这个男人和这个女孩像是有意避人目光，尽管如此，也许正因为如此，自然引起五六个有时沿着苗圃散步的大学生的注意，勤奋的学生是下了课来的，其他人是打完弹子球来的。库费拉克属于后者。他观察了一段时间，觉得那女孩不好看，很快就敬而远之了。他就像帕尔特人[①]逃走时那样，还射了个回马箭，给他们各起了个绰号。那女孩和老头留给他的唯一印象，是黑裙子和白头发，因此，他把女孩叫作“黑姑娘”，父亲叫作“白先生”。既然没有人认识他们，也不知道他们的名字，绰号也就具有法律效力了。大学生们说：“啊！白先生坐在他的长凳上了！”马里尤斯和他们一样，认为叫这个陌生人为白先生挺方便。我们和他们一样，为了叙述方便，也叫他白先生。

这样，在第一年中，马里尤斯几乎天天在同一时间里看见他们。他觉得那男的看上去挺顺眼，但女孩不讨人喜欢。

二　光明产生了[②]

第二年，就在本故事所处的阶段，马里尤斯自己也不知道为什么，

---

① 帕尔特人是伊朗北部古民族，善于骑在马背上朝后向敌人射箭。

② 原文为拉丁语。

突然中断了在卢森堡公园散步的习惯，差不多六个月没有涉足那条小路。一天，他终于又来了。那是夏日一个晴朗的上午，马里尤斯心旷神怡，天气好时人人都有这种心情。他感到，他所听见的鸟儿的歌声，他透过树叶所看见的片片蓝天，全都深入他的心田。

他径直朝“他的小路”走去，走到尽头，发现他认识的那对父女仍坐在那张长凳上。不过，当他走近时，发现那男的还是那个男人，可那女孩似乎不是从前那个女孩了。他看见的是一个亭亭玉立的美丽姑娘，仍散发着少女特有的最天真烂漫的风姿，但已具有女人特有的千娇百媚的形体。这一年龄，正是白璧无瑕、转瞬即逝的时刻，只能用“十五岁”三个字来表达。一头夹着金丝的褐发令人赞叹不绝，额头似用大理石做成，双颊如玫瑰花瓣白里透红，红里透白，嘴巴秀色可餐，笑起来光辉灿烂，说起话来悦耳动听，她的脑袋妙不可言，拉斐尔[①]会把它画在圣母像上，她的脖子完美无缺，让·古戎[②]会把它按在维纳斯身上。为使这张迷人的脸没有缺憾，她的鼻子虽算不上美，却相当俏丽，既不直，也不弯，既非意大利型，亦非希腊型，而是巴黎型，即俏皮、清秀、不规正、纯洁，画家会一筹莫展，诗人会心醉神迷。

她总是低垂着眼，马里尤斯从她身旁经过时，看不见她的眼睛，只见透着阴影和羞怯的褐色长睫毛。

尽管如此，那美丽的少女一面聆听白发老人同她说话，一面仍然发出微笑；什么也比不上这低垂双眸的清纯笑容更迷人。

起初，马里尤斯以为是同一个男人的另一个女儿，可能是从前那个的姐妹。可是，当他遵照不可改变的散步习惯，第二次经过长凳跟前时，仔细打量了那姑娘，认出仍是从前那一个。六个月，小姑娘出落成少女，如此而已。没有比这更常见的现象了。在某个阶段，女孩子转眼似鲜花怒放，突然变成了玫瑰花。昨天还被当作孩子，今天就令人不安了。

这一个不仅长大了，而且变得完美了。正如四月里，有些树只需三

---

① 拉斐尔（1483—1520），意大利画家，文艺复兴盛期将意大利艺术发展到最高水平的杰出人物。

② 让·古戎（1510—1568），法国雕刻家和建筑家。

天便会繁花满枝，她只要六个月，就变成了美丽的姑娘。她的四月已来到。

有时，有些穷困平庸之辈，仿佛一觉醒来，骤然由穷变成巨富，大肆挥霍，突然变得光彩夺目，奢华靡丽。原来一笔年金进了腰包，昨天是付款的日子。那少女也领到了六个月的年金。

而且，她不再是戴长毛绒帽、穿粗毛呢裙、着小学生鞋、两手冻得通红的寄宿生了；人变美了，趣味也发生了变化。她穿戴漂亮起来，优雅的打扮既朴素，又华贵，毫不矫揉造作。她穿着黑锦缎连衣裙，披着同样布料的披肩，戴着白绉纱帽子。一副白手套显出一双纤细的手，手里玩弄着小阳伞柄，那伞柄是用中国象牙做成的。一双绸缎帮的半筒靴，衬出小巧玲珑的脚。她这身打扮散发着沁人心脾的青春芳香，从她跟前经过，香气扑鼻而来。

至于那男人，仍是老样子。

马里尤斯第二次经过时，少女抬起眼睑。她的双眸蓝如天空，但在这迷蒙的天蓝色中，仍只见孩子的目光。她冷漠地看了看马里尤斯，如同看在埃及无花果树下奔跑的孩童，或在长凳上投下阴影的大理石花盆。马里尤斯则继续散步，心里想着别的事情。

他又从少女的长凳跟前走过四五次，连看都没看她一眼。

以后几天，他仍和平时一样，来卢森堡公园散步；也和平时一样，在那里遇见“父亲和女儿”，但没有再注意他们。那姑娘不好看的时候，他没有在意，现在好看了，他仍不在意。他仍从她长凳跟前经过，因为这是他的习惯。

三　春天的作用

一天，风和日丽，卢森堡淹没在阳光和绿荫中。天空清朗，仿佛天使们一早清洗过。栗树林中鸟雀啁啾。马里尤斯向大自然敞开胸襟，他什么也不想，只是尽情地生活，尽情地呼吸。他从长凳跟前经过，少女抬头看他，四目相遇。

这一次，少女的目光中有些什么呢？马里尤斯说不清楚。什么也没有，什么都有。这是一种奇异的闪光。

她垂下眼睛，他继续散步。

他刚才看到的，不是孩子天真单纯的目光，而是一个微微张开旋即又合上的神秘的深渊。每个少女都有这样看人的一天。谁遇见，谁就倒霉！

一个对自己仍懵然无知的少女初次投射的这种目光，有如天上的晨曦。一种灿烂的未知的东西苏醒了。这出乎意料的光辉，既含有现在的全部无知，也含有未来的全部激情，突然隐隐照亮了令人崇拜的黑暗，它的危险的魅力，决不是言语所能形容。这是一种若明若暗的柔情，偶然流露出来，仍在等待之中。这是无知在无意中设下的陷阱，它攫取一些人的心，自己并不想这样，也不知道会这样。这是处女像女人一样看人。

这种目光在哪里落下，很少不会引起人们想入非非。在这柔情似水、无法抵御的目光中，凝聚着万般纯洁和热情，它比卖弄风情的女人精心设计的媚眼更有魔力，顷刻之间，它使人们心中开出奇香异毒的深暗色花朵，人们称之为爱情。

晚上，马里尤斯回到陋室，看了看身上的衣着，第一次发现，像这样穿着“日常”的衣服，也就是戴一顶破帽子，穿一双赶大车人的大靴子、一条膝盖发白的黑长裤和一件肘头泛白的黑上衣，还到卢森堡公园去散步，实在是邋里邋遢，有失体统，愚蠢透顶。

四　大病开始

第二天，到了平时出去散步的时候，马里尤斯从衣橱里拿出新衣服、新裤子、新帽子和新靴子，全副武装起来，再戴上手套这不可思议的奢侈品，便动身去卢森堡公园。

路上，他遇见库费拉克，却假装没看见。库费拉克回到家里，对朋友们说：

“刚才我遇见马里尤斯的新帽子和新衣裳了，马里尤斯裹在里面。他可能去参加考试。一副呆头呆脑的样子。”

到了卢森堡公园，马里尤斯先绕水池走一圈，观看池中的天鹅，然后，走到一座雕像跟前，久久凝望。那雕像满头长了黑霉，髋部少了一半。水池旁，有个四十来岁、大腹便便的有产者，手里牵了个五岁小男孩，对他说：“别太过分。儿子，你得同专制主义和无政府主义保持等距离。”马里尤斯竖起耳朵听那人说话。接着，他又绕水池走了一圈。然后，他向“他的小路”走去，走得很慢很慢，好像很不情愿，仿佛是被迫去的，又好像受到了阻拦。他自己对这一切毫无意识，以为跟平时没什么两样。

上了小路，他看见另一头，白先生和那少女坐在“他们的长凳”上。他把纽扣一直扣到脖子，然后扯了扯衣服，不让留下一丝皱纹，又得意地看了看闪光的裤子，便向那长凳进军。他这样前进，有一种进攻的意味，可以肯定，微微有一种征服的愿望。因此，我说他向那长凳进军，就像在说汉尼拔向罗马进军。

此外，他的动作全都是下意识的。他仍和平时一样，满脑子想着自己的问题，自己的工作。此刻，他正在想《中学毕业会考指南》是一本极其愚蠢的书，编者肯定是百年难遇的傻瓜，否则怎能把拉辛的三部悲剧都作为人类思想的杰作来分析，而莫里哀的喜剧却只列入一部。他耳朵里响起尖锐的鸣叫声。他向那长凳走去，一面拉平衣服上的皱纹，同时眼睛盯着那少女。他仿佛感到，她使小路的那一头充满了一种幽幽的蓝光。

他越走越近，步伐也越来越慢。还没走到尽头，离长凳还有一段距离，他停了下来，自己也不知道为什么，竟然往回走了。而他心里根本没想不走到底。那少女离他远远的，几乎看不见他，很难说看得见他穿着新衣服的翩翩风度。可他挺直腰板，如果后面有人看他，好显得风度非凡。

他回到这一头，又往那一头走。这一次，他向长凳靠近了一些，离长凳只有三棵树的距离。可到了那里，不知为什么，他感到无法前进了，犹豫起来。他以为看见少女脸朝着他。于是，他拿出男子汉的气概，做了巨大的努力，不再犹豫，继续前进。几秒钟后，他从长凳前面经过，身子挺直，神色坚定，可脸却红到耳根，不敢左右张望，像政治家那样双手插在兜里。就在他经过的那一刻，仿佛置身于要塞的炮火下，心跳十分激烈。她和昨天一样，仍然穿着锦缎衣裙，戴着绉纱帽子。他听到一个难以形容的声音，想必是"她的声音"。她正平静地聊着天。她非常漂亮。尽管他没有看她，但感觉到了。他暗自思忖："那篇关于马科斯·奥布雷贡·德拉龙达的论文，被弗朗索瓦·德·纳弗夏托据为己有，放在他出版的《吉尔·布拉斯》这部作品的卷首，假如她知道这篇论文的真正作者是他马里尤斯，一定会对他另眼相看。"

他走过长凳，一直走到离得很近的小路尽头，然后往回走，又一次从美丽姑娘的面前经过。这一次，他脸色发白，而且感觉很不舒服。他离开那长凳和少女，在背朝她的那一刻，他想象她在看他，差点摔倒。

他不想再靠近那长凳了，半路停下来，一反常态，坐了下来，不时朝那里偷看一眼，在他朦朦胧胧的思想深处想道，既然他对人家的白帽子和黑裙子赞赏不已，人家对他亮闪闪的裤子和簇簇新的衣服无论如何也不会无动于衷。

过了一刻钟，他站起来，仿佛又要向那张笼罩着光环的长凳进军了。可他站着没有挪步。十五个月以来，他第一次想到，每天同女儿坐在那里的先生想必也注意到他，对他天天来散步，一定感到很奇怪。

他也第一次感到，用白先生这个绰号称呼这个陌生人多少有点不恭，哪怕只是在心里偷偷地称呼。

他低着头待了几分钟，用一根小棍子在沙地上画画。接着，他蓦地一转身，背朝长凳、白先生和他的女儿，回家去了。

那天，他忘了去吃晚饭。八点钟他才发觉，但去圣雅克街吃饭为时已晚，他说了声"算了"，便啃起一块面包来。

他把衣服刷干净，仔细叠好，才上床睡觉。

五　布贡妈妈惊讶不迭

翌日，布贡妈妈——这是库费拉克对戈博旧宅那位门房兼二房东兼女用人的老婆婆的称呼，我们已看到，她其实叫比贡太太，但库费拉克这个捣蛋鬼对什么都不尊敬——布贡妈妈看见马里尤斯又穿着新衣服出门，惊得目瞪口呆。

他又来到卢森堡公园那条小路上，但他走到半路上他那张长凳子跟前就停下不走了。他像昨天那样坐下来，远远细看，清楚地看见那顶白帽，那条黑裙，尤其是那淡淡的蓝光。他没有动弹，直到公园关门才回家。他没看见白先生和他女儿离开。他断定他们是从西街的栅栏门出公园的。后来，过了几个星期，当他回想起这件事时，却怎么也记不起那晚是在哪里吃的晚饭。

次日，也就是第三天，布贡妈妈又大吃一惊。马里尤斯又穿着新衣服出门了。

“一连三天！”她惊叫道。

她试图跟踪他，可马里尤斯步伐轻快，大步流星。她跟在后面，有如河马追赶羚羊，两分钟就不见了他的踪影，便气喘吁吁地回去了，差点被哮喘病窒息，不禁心头火起。

“真不像话，”她咕哝道，“天天穿新衣服，害别人跑个半死！”

马里尤斯去卢森堡公园了。少女和白先生已在那里。马里尤斯假装在读一本书，尽可能走近一些，但仍离那里很远，然后，回来坐到他的长凳上，一坐就是四个小时，望着无拘无束的麻雀在小路上跳来跳去，他觉得这些麻雀在嘲笑他。

这样半个月过去了。马里尤斯去公园不再是为了散步，而是坐在同一个位子上，却不知为什么要这样。到了那里，他就不再动弹。每天早晨他穿上新衣服，却不是为了给人看。这样周而复始，天天如此。

她确实美极了。唯一可看作是批评的指摘，便是她那忧伤的眼神和快乐的笑容不大协调，这使得她脸上有一种迷惘的神态，有时候，这张娇美的脸会变得有点古怪，但依然楚楚动人。

六 被俘虏

第二个星期下半周的一天，马里尤斯同平时一样，坐在他的长凳上，手里拿着一本书，书打开着，却两个小时没有翻一页。忽然，他浑身颤抖。小路那一头发生了件大事。白先生和他女儿刚才离开长凳，女儿挽着父亲的胳膊，缓缓朝马里尤斯所在的路中间走来。马里尤斯合上书，继而又打开，竭力装出读书的样子。他颤抖着。那轮光环径直朝他过来。“啊！天哪！”他想，“我怎么也来不及摆出姿势了。”

可那白先生和少女继续前进。他觉得这要持续一个世纪，可又觉得只要一秒钟。“他们到这边来干什么？”他心里嘀咕。“怎么！她就要经过这里！她的脚就要踩在这沙地上，在这条小路上，离我两步路！”

他手足无措。他希望自己非常漂亮，希望自己有十字勋章。他听见他们轻柔而有节奏的脚步声越来越近。他想象白先生在向他投来恼怒的目光。

“这个先生会同我说话吗？”他想道。他低下头。当他抬起头来时，他们已走到他跟前了。少女过去了，边走边看他。她的眼睛紧紧地盯着他，温情脉脉，若有所思，马里尤斯浑身哆嗦。她似乎在责怪他这么久没走到她那边，仿佛在对他说：“只好我过来了。”

马里尤斯面对这光芒四射、幽深莫测的双眸，不禁目眩神迷。他感到脑袋里有盆炭火在燃烧。是她向他走来，多令人高兴啊！而且，她是怎样看他的呀！他觉得，她比前几天见到的更美了。那是一种女性和天使相结合的美，一种能使彼特拉克[①]歌唱，但丁拜倒的绝世无匹的美。他感到自己在广阔的蓝天上遨游，可同时又有些气恼，因为靴子上有灰尘。

---

① 彼特拉克（1304—1374），佛罗伦萨学者、诗人、人文主义者和新思想的促进者。

他认为她一定也看他的靴子了。

他目送她远去，直到她消失不见。然后，他发了疯似的，开始在公园里乱走。他还很可能不时地独自傻笑，大声说话。他看见带孩子散步的保姆，便站在那里出神，使得她们人人都以为他爱上了自己。

他走出公园，希冀能在一条街上再见到她。

他在奥德翁剧院的拱廊下遇见库费拉克，对他说：

“跟我去吃晚饭。”

他们来到卢梭饭馆，花了六法郎。马里尤斯狼吞虎咽。他给了侍者六苏。吃甜品时，他对库费拉克说：

“你读过报了吗？奥德里·德·皮伊拉沃的演说太精彩了！”

他已爱得发狂了。晚饭后，他对库费拉克说：

“我请你看戏。”

他们去圣马丁门看费雷德里克演的《阿德雷客栈》。马里尤斯看得乐不可支。

同时，他比平时更不近女色了。离开剧院时，恰遇一个制帽女工跨过街上的阳沟，露出了吊袜带，马里尤斯看都不看。库费拉克却说：“我很想把这个女人列入我的收藏里。”他听了颇有点厌恶。

翌日，库费拉克请他到伏尔泰咖啡馆吃午饭。马里尤斯去了，吃得比头天还多。他心事重重，却又快乐无比。他似乎抓住一切机会纵声大笑。有人向他介绍一个外省人，他便亲热地拥抱他。他们桌上有一群大学生，他们谈到，国家出钱，让人们在索邦大学的讲台上胡言乱语，接着，又谈到词典和基什拉[①]诗律学的错误和漏洞。马里尤斯打断讨论，大叫大嚷说：

“能有十字勋章，那才神气呢！”

“他怎么怪怪的！”库费拉克低声对让·普鲁韦说。

“不，”让·普鲁韦回答，“他问题严重了。”

问题的确严重。马里尤斯正处在热恋的开始阶段，那是强烈而令人

① 基什拉（1799—1884），法国词典编纂家和诗律学家。

神魂颠倒的时刻。就因为看了一眼。炮眼一旦放满炸药，点火的准备工作一旦就绪，一切就简单了。看一眼，便是火花。

这下全完了。马里尤斯爱上一个女人了。他的命运成了未知数。

女人的目光好比某些齿轮，表面平静，实则可怕。你天天从旁边经过，平平静静，安全无恙，毫无感觉。有时，你甚至忘了它们的存在。你走来走去，做着梦，说着话，大声笑着。突然，你感到被夹住了。一切都完了。齿轮夹住了你，目光勾住了你。反正它勾住了你，至于勾在哪里，怎样勾的，这都无关紧要，也许因为你的一部分思想拖拖拉拉，也许你曾一度心不在焉。你完了。你整个人都陷进去了。你被一串神秘力量抓住。你苦苦挣扎，却无济于事。人再也救不了你。你从一个齿轮落入另一个齿轮，烦恼和折磨接连不断，你本人、你的思想、你的财产、你的未来、你的灵魂，无一能幸免。根据控制你的人是心地险恶，还是心地高尚，你离开这个可怕的机器时，或者羞愧满面，形容改变，或者激情满怀，眉开眼笑。

七 U字母之谜

离群索居，超脱一切，高傲，独立，热爱大自然，缺少日常的和物质的活动，喜欢沉思默想，为保持贞洁同自己暗暗斗争，对天地万物心醉神迷，这一切，为马里尤斯这种被称作激情的神魂颠倒做了准备。他对父亲的崇拜渐渐化为一种宗教，同所有宗教一样，已退居灵魂深处。表层总得有点什么。爱情便乘虚而入。

整整一个月过去了。马里尤斯天天去卢森堡公园。时间一到，什么也留不住他。

“他去值班了。”库费拉克说。

马里尤斯心花怒放。他相信那少女在注意他。

他终于有了胆量，他朝那张长凳走去。可他不再是从前面过去。恋爱中的人都有这种怯弱和谨慎的本能。他认为决不能引起“父亲的注意”。他挖空心思，不择手段，在那些树木和雕像基座后面，选择了一个个观测点，尽量让少女看得见自己，而不让老先生发现。有时，他整整半小时一动不动，待在列奥尼达斯或斯巴达克的雕像的阴影里，手里拿着一本书，眼睛微微探出书本，寻找美丽的少女；而那少女露出朦胧的笑容，向他转过迷人的侧脸。她一面极其自然而平静地同白发老人交谈，一面又以纯洁而热烈的目光，向马里尤斯送去她所有的梦幻。这是自古以来就有的伎俩，夏娃在创世之日就知道，任何女人在出生之日也都知道！她们的嘴巴在回答一个人，她们的眼睛却在回答另一个人。

然而，可以肯定，白先生最终还是有所觉察，因为马里尤斯一到，他就站起来，开始走动。他离开他们的专座，走到小路的另一头，在古罗马角斗士雕像附近的那张长凳上坐下，仿佛要看看马里尤斯是不是跟着他们。马里尤斯蒙在鼓里，果然犯了这个错误。那“父亲”开始不准时了，也不再天天带“女儿”来了。有时他一个人来。马里尤斯见了扭头就走。这下他又犯了个错误。

马里尤斯丝毫没注意到这些迹象。他已从胆怯进入盲目阶段，这是自然而必然的发展过程。他的爱与日俱增。他天天夜里做梦。此外，他还遇到一件出乎意外的开心事，这就如同火上浇油，使他更加盲目。一天傍晚，他在“白先生和他女儿”刚离开的凳子上，拾到一块手帕。那是极其普通的手帕，没有绣花，但白洁精细，他觉得闻到了难以形容的芳香。他狂喜不已，一把抓起手帕。手帕上标着 U.F. 两个字母。马里尤斯对这美丽的少女一无所知，既不了解她的家庭，也不知道她的名字和住址。这两个字母，是他得到的有关她的第一件东西，那是名字的首字母，他立即在这两个可爱的字母上面，开始构筑他的空中楼阁。U 显然是名。“于絮尔[①]！多美妙的名字！”他亲吻手帕，闻着它的芳香，白天把它贴在胸口上，夜里睡觉放在嘴唇上。

“我在上面感觉到了她的整颗心。”

这手帕是那老先生的，的确是从他的口袋里掉出来的。自从发现了

---

① “于絮尔”为 Ursule 的音译，首字母是 U。

这块手帕，马里尤斯每次去公园，总要吻它，把它贴在胸口上。那美丽的少女茫然不解，便用不易看出的手势向他示意。

“呵！廉耻心！”

八　残废军人也有权快乐

既然提到了“廉耻心”，既然什么也不隐瞒，这里就该交代一件事：有一次，正当他心醉神迷的时候，“他的于絮尔”伤透了他的心。这事发生在她要白先生离开长凳，在小路上走走的那些日子里。一天，吹起了牧月[①]的和风，梧桐树梢摇曳不停。父亲和女儿臂挽着臂，刚从马里尤斯的长凳前经过。他们过去后，马里尤斯站起来，目光跟随他们的背影，就像人在神魂颠倒时会做的那样。

忽然，一阵更为欢快的、可能肩负着春天使命的风儿从苗圃吹来，落在小路上，将少女裹住，少女打了个寒噤，其妩媚动人的姿态，堪与维吉尔笔下的林泉仙女和忒奥克里托斯笔下的农牧女神相媲美。风儿把她圣洁得连伊希斯[②]也自叹弗如的衣裙掀起来，一直掀到了吊袜带的高度。一条妙不可言的玉腿露了出来。马里尤斯看见了。他又气又恼。

那少女吓了一跳，连忙将裙子按下去，可马里尤斯仍然气愤不已。——不错，小路上只有他一个人。可是，也许刚才还有别人。万一有别人呢！人家会怎么看！她刚才的行为实在恶劣！——唉！那可怜的姑娘什么也没做。在这件事上，唯一有罪的是风。可是马里尤斯这个谢吕班，身上附着巴托洛[③]，隐隐产生了醋意，决计要表现出不满，连自己的影子也嫉妒起来。的确，人的这种苦涩而古怪的嫉妒，正是这样在人心中萌生，即使没有权利，也会强加于你。此外，除了这嫉妒情绪，看

---

① 牧月为法兰西共和历的第九个月，相当于公历五月二十日到六月十八日。

② 伊希斯是埃及神话中司医学、婚姻和农事的女神。

③ 巴托洛和谢吕班是法国十八世纪喜剧作家博马舍剧作中的人物。巴托洛是个爱嫉妒的老头，谢吕班是个多情的男孩。

见那条迷人的玉腿，马里尤斯并不感到快意；随便哪个女人的白袜子，也会比这更引起他的兴趣。

“他的于絮尔”走到小路的另一头，又和白先生一起往回走，而马里尤斯也已坐下来。当他们经过他的长凳时，他向她狠狠瞪了一眼。那少女微微挺了挺身子，眼皮抬了抬，好像在说：“咦！他怎么啦？”

这是他们的“第一次吵架”。

马里尤斯刚向她瞪完眼，小路上来了个人。那是个残废军人，弯腰曲背，满脸皱纹，满头白发，身穿路易十五时代的军服，胸佩士兵佩戴的圣路易十字勋章，那是一小块椭圆形的红呢，上面有两把交叉的剑。此外，还有一条无胳膊的衣袖、一个银下巴和一条木腿作为装饰品。马里尤斯相信看到了那人心满意足的神态。他甚至觉得，这个厚颜无耻的老头一瘸一拐从他面前经过时，还极其友好和快乐地向他挤了挤眼，仿佛他们偶然之中成了同谋，共同分享了意外的收获。这个战神的残渣余孽，为何如此开心？在他的木腿和她的玉腿之间发生了什么？马里尤斯嫉妒到了极点。他想：“刚才他可能也在场。他可能看见了。”于是，他想杀死这个残废军人。

时间能把任何锋尖磨钝。马里尤斯对“于絮尔”的愤怒不管多么正确，多么正当，最终烟消雾散了。他最后还是原谅了她，不过做了巨大的努力，他有三天一直气鼓鼓的。

不过，经过这一切，也正因为这一切，他的爱越来越强烈，越来越疯狂。

九　销声匿迹

刚才，我们看到了马里尤斯是怎样发现，或者说自以为发现她叫于絮尔的。

越有越想有。知道她叫于絮尔，已是很多了，但也是很少。三四个星期来，马里尤斯贪婪地享受着这个幸福。现在他想得到另一个幸福。

他想知道她住在哪里。

他犯了第一个错误：当白先生在角斗士雕像旁的长凳上坐下后，他不知是陷阱，跟了过去。接着又犯了第二个错误：白先生一个人来时，他没有留在公园里。现在，他又犯第三个错误。这个错误实在太大：他跟踪“于絮尔”。

她住在西街最不热闹的地段，一幢外表简朴的四层新楼房里。

从这时起，除了在卢森堡公园里看见她这个幸福外，又多了个跟踪她到家门口的幸福。他的胃口越来越大。他知道了她的名字，至少是她的小名，一个可爱的名字，一个真正的女人名字；他知道了她住在哪里；他还想知道她是谁。

一天晚上，他跟他们到了家门口，看见他们消失在马车大门里，他也跟着进去了，并且勇敢地问门房：

“刚才是二楼的先生回来了吧？”

“不是，”门房回答，“是四楼的先生。”

又前进了一步。这一成功使马里尤斯胆子更大。

“是临街的吗？”

“当然！”门房说，“这房子只有临街的一面。”

“这先生是干什么的？”马里尤斯又问。

“吃年金的，先生。一个好人，虽不富裕，却常接济穷人。”

“他叫什么？”马里尤斯继而又问。

门房抬起头，对他说：

“先生是密探吗？”

马里尤斯相当尴尬地走了，但他欣喜若狂。又有了进展。

“好，”他想，“我知道她叫于絮尔，她父亲是靠年金生活的，她住在这幢房子里，西街，四楼。”

翌日，白先生和他女儿只在公园里待很短的时间。他们走的时候，仍是大白天。马里尤斯跟他们到西街，这已成了他的习惯。走到大门口，白先生让女儿先进去，自己在跨门槛前停了停，转过头，凝眸看了他一眼。

第三天，他们没有来公园。马里尤斯等了整整一天。天黑了，他去西街，看见四楼的窗口有灯光。他在窗下踯躅到灯光熄灭。

第四天，仍不见他们的人影。马里尤斯等了一天，晚上又到窗下守候，直到晚上十点钟。他晚饭也没吃。发高烧的人不用吃饭，热恋的人也一样。

他像这样过了一星期。白先生和他女儿始终没在公园露面。马里尤斯做着种种不安的猜测。他不敢白天去监视大门，只好夜里去仰望玻璃窗上淡红色的灯光。他不时地看见人影晃过，他的心怦怦直跳。第八天，当他来到窗下，不再见到灯光了。

“怎么了！”他说，“还没点灯。天已黑了。他们出门了？”

他等待着。等到十点。等到半夜。等到凌晨一点。四楼的窗口一直没有亮光，也没有人回来。他忧心忡忡地走了。

第二天，——他现在只靠第二天活着，可以说，对他已不存在今天——第二天，他在公园里没见他们人影。他期待他们出现。黄昏时分，他到那幢房子去了。窗口没有灯光，百叶窗紧闭着，四楼漆黑一片。

马里尤斯叩敲大门，他进去问门房：

“四楼的先生呢？”

“搬家了。”门房回答。

马里尤斯摇晃了一下，有气无力地说：

“什么时候？”

“昨天。”

“现在住在哪里？”

“不知道。”

“没留下新地址吗？”

“没有。”

门房抬起头，认出是马里尤斯。

“怎么！又是您！”他说，“难道您真是密探？”

第七卷 “猫露屁股”[1]

一 坑道和坑道工

人类社会都有舞台上所谓的“第三层台仓”。在社会土地下面，到处挖了坑道，有的从善，有的从恶。坑道层层叠叠。有上层坑道和下层坑道。这黑暗的地下层有上下两部分，有时会被文明的重量压得崩塌坍毁，被我们漠不关心和无忧无虑地踩在脚下。上个世纪，百科全书便是个坑道，几乎是露天的。黑暗——这个早期基督教凄惨的孵化器——只待时机成熟，就在君王们的宝座下爆炸，将光明普照人类。因为在神圣的黑暗中，潜伏着光明。火山内充满黑暗，却能火光熊熊。一切熔岩都始于黑暗。举行首次弥撒的坑道，不仅仅是罗马的地窖，也是世界的地下室。

在社会建筑的下面，如同在一座破房子下面一样，有着形形色色、错综复杂、奇妙非凡的坑道。有宗教坑道、哲学坑道、政治坑道、经济坑道、革命坑道。有的用思想挖掘，有的用数字挖掘，有的用愤怒挖掘。各坑道间互相呼唤，互相应答。形形色色的乌托邦，在这些地道里缓慢行进。它们将分支伸向四面八方。有时它们相遇，彼此称兄道弟。让-雅克·卢梭把十字镐借给第欧根尼，第欧根尼则把灯笼借给让-雅克·卢

① “猫露屁股”是黑道上一个盗窃团伙的绰号。“猫露屁股”是俗语，意即“黎明”。这里的意思是那帮强盗在黎明时分作完案，回到自己的巢穴。

坑道和坑道工（P682）

梭。有时，他们互相搏斗。卡尔文揪住索齐尼[1]的头发。可是，什么也不能阻止和中断这些力量向着目标前进，它们同时展开广泛的活动，在黑暗中来来往往，上上下下，缓慢地进行从下到上，从里到外的改造。那是不为人知的大规模的乱挤乱爬。对这保留表皮而改换内脏的挖掘，社会几乎毫无意识。有多少地下层次，便有多少不同的工程，也就有多少不同的挖掘。从这些深层的挖掘中会产生什么呢？未来。

愈是深入地下，坑道工就愈神秘。直到社会哲学家尚能识别的一个层次，挖掘工作还是好的；超过这一层，挖掘就变得可疑和混杂了；再往下，就变得可怕了。到了某一深度，文明思想便不再能渗透那些坑道，人在里面无法呼吸，就可能出现妖魔鬼怪。

下去的梯子是很奇特的，每一梯级相当于哲学可能立足的一个层面，可以遇见一个工人，有的神圣，有的丑陋。让·胡斯[2]下面有路德，路德下面有笛卡儿，笛卡儿下面有伏尔泰，伏尔泰下面有孔多塞，孔多塞下面有罗伯斯庇尔，罗伯斯庇尔下面有马拉，马拉下面有巴贝夫[3]。这还在继续。再往下，在看不清和看不见的分界处，依稀可见另一些模糊不清的，可能尚未存在的人影。昨天的已成为幽灵，明天的还是鬼魂。思想的眼睛能模模糊糊地看到它们。未来的胚胎工程，是哲学家的一种幻觉。

一个处于胚胎状态的模糊不清的世界，是多么奇特的身影啊！

圣西门、欧文、傅立叶也在那里，在侧面的坑道里。

所有这些地下先驱，几乎总认为自己与别人隔绝，其实不然，一条无形的神奇的链条不为他们所知地把他们联结在一起。尽管如此，他们的工作各各相异，一些人的光辉，与其他人的烈焰形成鲜明的对照。有些人属于天堂，另一些人悲惨凄凉。然而，不管对照多么鲜明，所有这些坑道工，从最高层的到最低层的，从最明智的到最疯狂的，都有一个共同的特点，那就是都有忘我精神。马拉和耶稣一样忘我。他们将自己

---

① 索齐尼（1525—1562），意大利神学家。否定三位一体教义。

② 让·胡斯（1369—1415），捷克异端分子的首领，宗教改革的先驱，被活活烧死。

③ 巴贝夫（1760—1797），法国革命家。

撂在一旁，忘却自己，丝毫不考虑自己。他们眼里没有自己，只有别的东西。他们都有目光，这目光在寻找绝对。前者眼睛里看到整个天空；后者尽管高深莫测，但眉毛下仍有无限的微光。不管是谁，不管是做什么的，只要具有眸子闪光这个特征，都应受到尊敬。

另一个特征是眸子发黑。

罪恶便从这发黑的眸子开始。在没有目光的人面前，你只有思索，只有发抖。社会秩序有其邪恶的坑道工。

有一个地方，深入进去便是埋葬，那里光明已熄灭。

在上面提到的所有这些坑道下面，在所有这些地道下面，在进步和乌托邦这庞大的地道系统下面，在地下极深极深的地方，在比马拉，比巴贝夫还要低的地方，在很低很低的、与上面各层毫无联系的地方，还有最后一层坑道。那是十分可怕的地方。那是我们所谓的舞台的第三层台仓。那是黑暗的坑道。那是瞎子的地窖。那是**地狱**[①]。

它通往深渊。

二 社会底层

那里，忘我的精神消失殆尽。魔鬼隐隐显露；人人只为自己。没有眼睛的我吼叫着，寻觅着，摸索着，啃啮着。社会的乌戈里诺[②]就在这个深渊里。

在这深渊里游荡的凶恶身影，同猛兽、鬼怪相差无几。他们不关心人类进步，不知道有人类进步这个概念和这个词，只管个人得到满足。他们几乎没有意识，他们的内心可说一片空白。他们有两个母亲，无知和贫穷，都只会虐待子女。他们有一个向导，那就是需要；而满足的各种形式，概括起来是食欲。他们极其贪食，就是说非常凶恶，不是像暴君，

① 原文为拉丁语。

② 乌戈里诺为十三世纪意大利比萨暴君，后来大主教发动政变，他和儿子及侄子同关在一个饥饿塔里。据说，他最后把儿子和侄子们吃掉后才死去。

而是像猛虎。这些鬼怪从受苦走向犯罪；这种演变是必然的，是令人眩晕的生育，是黑暗的逻辑。在社会的第三层台仓里匍匐而行的，不再是绝对发出的瓮声瓮气的要求，而是物质发出的抗议。人在那里成了凶神恶煞。饥渴是出发点，成为撒旦便是终点。从这个坑道里产生拉斯内尔[①]。

在第四卷里，我们看到了上层坑道的一个区，那是政治、革命和哲学的大坑道。我们说过，那里的一切都是高尚、纯洁、尊贵而诚实的。当然，那里的人也可能出错，而且肯定会出错，但是，那是值得钦佩的错误，因为包含着多少英雄主义。那里所从事的工作都有一个名字：进步。

现在是看一看其他一些坑道，即极其丑恶的深层坑道的时候了。

我们要强调指出，在社会下面，有一个藏污纳垢的大洞窟，在愚昧无知消除之前，这洞窟不会消失。

这一坑道，在所有的坑道下面，也是所有坑道的敌人。这里只有仇恨。这个坑道没有哲学家，它的匕首从没削过笔。它的黑色与墨水崇高的黑色毫无关系。黑夜的手指头在令人窒息的天花板下抽搐，从没翻开过一本书，打开过一份报。在卡图什看来，巴贝夫是剥削者，在欣德拉纳[②]眼里，马拉是贵族。这个坑道的宗旨，是毁坏一切。

毁坏一切。包括那些上层坑道，它对它们恨之入骨。它在令人憎恶的乱挤乱爬中，不单单破坏现存的社会秩序，还破坏哲学，破坏科学，破坏法律，破坏人类思想，破坏文明，破坏革命，破坏进步。它的名字干脆就叫偷盗、卖淫、凶杀和谋杀。它是黑暗，它希望天下大乱。它的拱顶由无知构成。

其他所有坑道，即上层坑道，只有一个目的，即把它消灭。此乃哲学和进步之目的，通过它们所有的器官，通过凝思绝对和改善现实。摧毁无知的坑道，便是摧毁罪恶的巢穴。

让我们用几个字概括我们刚才所讲的一部分内容。黑暗是社会万恶之源。

---

① 拉斯内尔是记者，但又是盗贼和杀人凶手。

② 欣德拉纳是法国一伙盗贼的头目，几次被捕，几次逃跑，于一八〇三年十一月二十日处死。

人类是同类。所有人都是由同一种黏土做成。至少在人世间，人类的命运是没有差别的。生前都是黑暗，活着时都是肉体，死后化成骨灰。可是，捏人的泥团搀进无知，就变成黑色了。这种难以根除的黑色侵入人的内心，就产生了罪恶。

三　巴贝、格勒梅尔、克拉克苏和蒙巴纳斯

从一八三〇年到一八三五年，巴黎的第三层台仓由一个四人匪帮统治，他们是克拉克苏、格勒梅尔、巴贝和蒙巴纳斯。

格勒梅尔是个降格的大力士。他的巢穴设在马里翁桥拱街的下水道里。他身高六尺，有大理石般的胸膛，青铜般的臂膀，岩洞风声般的呼吸，巨人般的身躯，小鸟般的脑袋。看见他，以为看见了法尔内斯的赫丘利[①]，只是穿着斜纹布裤和棉绒上衣。格勒梅尔具有这种雕塑般的身材，本可以降妖伏魔，但他认为当个妖魔更方便。他的额头很低，鬓角很宽，不到四十，已有了鱼尾纹，毛发又硬又短，面颊有如板刷，胡子有如野猪毛。这就是他的尊容。他的肌肉要求工作，可他愚蠢无知，不愿工作。他力大无比，却懒惰成性。他是懒惰才成为杀人凶手的。有人认为他是克里奥尔人[②]。一八一五年，他在阿维尼翁当脚夫，可能与布律纳元帅[③]的谋杀案有点瓜葛。这是他的见习期，以后便当了强盗。

巴贝瘦得近乎透明，与格勒梅尔的满身肥肉恰成鲜明对照。巴贝骨瘦如柴，知识渊博。他的身体是透明的，但他的人却难以捉摸。透过他的骨头可以看见日光，但透过他的眼珠却什么也看不见。他自称是化学家。他在博贝什戏班里当过小丑，在博比诺戏班里演过丑角。他在圣米歇尔街头演滑稽喜剧。他老谋深算，能说会道，说话时满脸堆笑，指手

---

① 法尔内斯的赫丘利，指罗马法尔内斯宫内的大力神赫丘利的塑像。

② 克里奥尔人是指出生于旧殖民地的欧洲人的后裔。

③ 布律纳（1763—1815），拿破仑麾下的元帅，一八一五年八月二日在阿维翁的一家旅馆里被游行示威者谋杀。

画脚。他的职业是在露天叫卖半身石膏像和“国家元首”的肖像。此外，他还给人拔牙。他曾在集市上展示过畸形儿，有过一个流动小木棚，挂着喇叭，贴着广告：“巴贝，牙科大师，科学院院士，进行金属和非金属物理实验，拔牙，善拔同行拔不了的断牙。收费：拔一颗牙一法郎五十生丁；两颗牙两法郎；三颗牙两法郎五十生丁。良机不可失。”——（这“良机不可失”即“尽量多拔”。）他结过婚，有过孩子。他不知道老婆和孩子的情况。他就像扔手绢那样把他们扔掉了。巴贝常常读报，这在他那个黑暗世界里绝无仅有。还是在他和家里人一起生活在流动小木棚里的时候，一天，他在《信使报》上读到一则消息，说是有个女人生下一个能成活的长着牛犊嘴脸的畸形儿，他拍案惊叫：“这可是一笔财富！我老婆怎么不想到给我生一个这样的孩子！”

从此，他放弃了一切，去“闯巴黎”。这是他的原话。

克拉克苏是何许人？他是黑夜。要等到天黑才露脸。晚上，他从洞里出来，天亮前又回到洞里。他的洞在哪里？无人知晓。即使是黑得伸手不见五指，他和同伙说话，也是背对着他们。他是叫克拉克苏吗？不是。他说：我叫“绝对不是”。如果突然出现一支蜡烛，他便立即戴上面具。他能用肚子说话。巴贝说：“克拉克苏是二声部夜曲。”克拉克苏漂泊无定，四处流浪，凶狠毒辣。很难说他有没有名字，克拉克苏只是个绰号；很难说他有没有嗓子，他用肚子说话比用嘴巴多；很难说他有没有面孔，人们从来只见他的面具。他说消失就消失了，出现时，就像是从地里冒出来的。

还有个阴沉可怕的人，那就是蒙巴纳斯。蒙巴纳斯是个孩子，不到二十岁，有一张英俊的脸孔，一副樱桃般的嘴唇，一头迷人的黑发，眼睛里闪烁着春天的光辉。他身上有各种恶习，渴望干尽恶行。干了坏事还想干更坏的事。他从流浪儿变成了流氓，继而又成了强盗。他漂亮，柔美，文雅，健壮，怠惰，凶恶。他左边帽檐儿翘起，露出一绺头发，这是一八二九年流行的式样。他以盗窃抢劫为生。他的紧腰中大衣十分合身，但已破旧。蒙巴纳斯是一幅时装式样图，但穷困落泊，谋财害命。这个少年行凶杀人，只为了穿漂亮的衣服。那第一个对他说“你真漂亮”

的轻佻女工，在他心里投进了黑暗的阴影，并把这个亚伯变成了该隐[①]。他觉得自己漂亮，就想变得风雅。可风雅首先得悠闲；穷人悠闲，即是犯罪。在东游西逛的流浪者中，像蒙巴纳斯这样十恶不赦的，为数不多。才十八岁，身后就有了几条人命。不止一个过路人，张开双臂，面朝血泊，倒在这个恶棍的阴影里。烫着头发，涂着发蜡，紧束腰身，有女人的臀部，普鲁士军官的胸部，引得走在大街上的姑娘们啧啧称羡，领带结得十分考究，口袋里藏着棍棒，扣眼里插着鲜花，这便是我们这位引人入墓的花花公子的画像。

四　黑帮成员

这四个强盗结成团伙，成了变幻无常的普洛透斯[②]，在警察中间迂回而行，“变出树木、火焰、水泉等各种面孔”，竭力避开维多克[③]冒失的目光。他们互相借用名字，交流窍门，躲在自己的影子里，那是可以互相使用的秘密窟和避难所。他们就像在化妆舞会上取下假面具那样变换面孔，有时，他们简化成一个人，有时则变出许多人，以致科科-拉库尔也错以为他们是一大群人。

这四个人，绝对不是四个人，而是在巴黎到处作案的长着四颗脑袋的神秘盗贼，是住在社会地下墓室里为非作歹、无比可怕的珊瑚虫。

巴贝、格勒梅尔、克拉克苏和蒙巴纳斯各自都有分支，结成了隐蔽的关系网，通常在塞纳河省拦路抢劫。他们从下面对路人进行政变式的偷袭。善于出这类主意的人，擅长夜间想象的人，都来找他们实现自己的计划，将剧本交给这四个无赖，由他们付诸实施。他们对剧本进行加工。对所有需要助一臂之力，并绝对有利可图的谋杀，他们总能出借相

① 该隐和亚伯是亚当和夏娃的长子和次子，该隐种田，亚伯牧羊。耶和华看中亚伯及其供品，而不喜欢该隐及其供物，于是，该隐生了嫉妒之心，把弟弟亚伯杀死。

② 普洛透斯是希腊神话中的海神，变幻无常。

③ 维多克是著名的侦探，曾因伪造文书而被判刑，越狱成功后，被警方招为侦探。

称的合适的人员。一件罪行在寻找帮助，他们就转租帮凶。他们拥有夜间演出的剧团，为一切盗匪悲剧提供服务。

他们习惯在傍晚时分，他们醒来的时刻，在硝石库医院附近的草地上集合。他们在那里商议计策。他们前面有十二小时的黑暗，够他们安排利用。

“猫露屁股”，这是黑道给这四人起的名字。在日渐消失的古老而荒诞的俗语中，“猫露屁股”即拂晓，正如“犬狼之间”即傍晚。“猫露屁股”的称呼，可能出自他们干坏事结束的时刻，因为黎明正是幽灵消失，强盗分手的时刻。这四个强盗以这个称谓闻名遐迩。刑事法庭庭长到监狱探望拉斯内尔时，就他否认的一件罪行审问他。庭长问：“是谁干的？”拉斯内尔回答：“可能是猫露屁股干的。”这个回答对法官是个谜，但警察心里明白。

有时，人们能从剧中人物表上猜出剧的内容；同样，可以根据强盗的名册，大致评价一伙盗贼。下面是猫露屁股团伙主要成员的名字（是由专门记录保存下来的）：

庞肖，又叫春天、比格纳耶。

布吕戎。（有一个布吕戎王朝，以后还会提到。）

布拉特吕埃尔，前面出现过的养路工。

寡妇。

菲尼斯太尔。

荷马·奥居，黑人。

星期二晚上。

快信。

福特勒洛瓦，又叫卖花女。

自命不凡者，刑满释放的苦役犯。

刹车杆，又叫杜邦先生。

南广场。

普萨格里夫。

卡马尼奥拉短褂子。

克吕德尼埃，又叫怪客。

啃花边。

脚朝天。

半文钱，又叫二十亿。

等等，等等。

还有些没有列举，不属于最坏的。这些名字都是比喻，不只是表达一些人，而且还表达一些种类。每个名字都与文明底层的一种奇形怪状的毒蕈相呼应。

这些人很少露面，不是大街上看见的人。他们夜里干坏事干得精疲力竭，白天就去睡觉，有时在石膏窑里，有时在蒙马特尔或蒙鲁日的废采石场里，有时在下水道里。他们躲了起来。

这些人现在怎么样了？他们依然存在。他们自古都存在。贺拉斯说他们是**一群妓女、江湖骗子、乞丐、街头卖艺者**[①]；只要社会不改变，他们永远是这样子。他们在黑乎乎的洞顶下，永远会从社会的渗液中再生。他们成了鬼，又回来了，仍然是原来的样子。只是改了个名，换了层皮。

个人被铲除了，部落依然存在。

他们具有一成不变的官能。从无赖到夜间出没的强盗，都保持着纯洁的血统。他们能猜到衣服口袋里有钱包，能嗅出背心口袋里有怀表。对他们而言，金子和银子是一种气味。有一些头脑简单的资产阶级，他们的神态让人一看便知有东西可偷。于是，强盗们耐心跟踪他们。见有一个外国人或外省人经过，他们会高兴得像蜘蛛那样颤抖。

半夜，当你从人迹稀少的大街上经过，遇见或远远看到这些人，会吓得魂不附体。他们不像是人，而是由有生命的雾化成的形体。他们似乎常和黑暗融为一体，彼此分不清楚。他们的灵魂便是阴影，只是为了过几分钟罪恶生活，才暂时从黑夜中分解出来。

怎么做才能清除这些幽灵？要用光明。必须有大量的光明。没有一只蝙蝠能抗拒曙光。那就用光明照亮这个地下社会吧。

---

① 原文为拉丁语。

第八卷　作恶的穷人

一　马里尤斯寻找一个戴帽子的姑娘，却遇见一个戴鸭舌帽的男子

夏天过去了，秋天过去了，冬天到了。白先生和那少女一直没再去卢森堡公园。马里尤斯只有一个念头，要再见到那张温柔可爱的脸。他不停地寻找，到处寻找，却一无所获。他已不再是那个满腔热情、喜欢遐想的马里尤斯了，不再是那个果断、热烈和坚定的人，不再是大胆向命运挑衅的人，不再是构筑空中楼阁的幻想家，不再是满怀计划、打算、豪情、思想和意愿的年轻人，而是成了无可救药的狗。他变得忧心忡忡。他完了。他厌烦工作，厌倦散步，厌恶孤独。从前，广袤的自然界充满了形态、光明、声音、建议、远景、前途、教导，可现在他面前一片空白。他觉得一切全消失了。

他仍然爱沉思，因为他不可能做别的事，但不再自得其乐。他的思想仍不断低声地向他提出各种建议，可他每次都暗暗回答：有什么用？

他千百次责备自己。我干吗要跟踪她？能看见她，我就够幸福的了！她用眼睛看我，难道这还不够吗？看样子她是爱我的。这不就行了吗？我还想要什么呢？现在什么也没了。我真是太蠢。完全是我的错……他什么都不向库费拉克吐露，这是他的性格，可库费拉克也猜个差不离，这也是他的性格。起初，库费拉克为他有了心上人而深感高兴，同时也

不胜惊讶；后来，看见马里尤斯郁郁寡欢，终于对他说：

“我看你简直是个傻瓜。喂，跟我去茅屋舞场[①]吧。”

一次，马里尤斯相信九月明媚的阳光会给他带来运气，便跟着库费拉克、博絮埃和格朗泰去索城舞厅了，希望——多美的梦！——能在那里找见她。当然，他没有看见要找的人。格朗泰在一旁嘀咕：“可是，丢失的女人都能在这里找到的呀。”马里尤斯丢下朋友，离开舞厅，独自步行回家。他疲惫不堪，焦虑不安；夜色深沉，而他的双眸朦胧而忧郁；公共马车满载客人从舞厅返回，唱着歌从他身旁经过，歌声嘈杂，尘土飞扬，他目瞪口呆，心灰意冷，为了清醒一下头脑，便使劲地呼吸路旁核桃树刺鼻的气味。

他又过起了越来越孤独的生活。他心神错乱，意气消沉，内心焦虑不安，像落入陷阱的狼，在痛苦中走来走去，四处寻找不见踪影的心上人，被爱情弄得晕晕乎乎。

还有一次，他遇见了一个人，产生了一种奇怪的感觉。那是在残老军人院附近的小巷子里，迎面走来一个工人打扮的男子，头戴长檐鸭舌帽，露出了几绺白发。那漂亮的白发引起了马里尤斯的注意，他仔细打量那人，只见他走得很慢，仿佛陷入痛苦的沉思中。奇怪的是，他觉得那人像是白先生。从鸭舌帽下露出的部分，可以看到他们有着同样的头发，同样的侧影，另外，走路的姿态也一样，只是那人更显得心事重重。可为什么要穿工人服？这如何解释？为什么要乔装打扮？马里尤斯迷惑不解。等他镇定下来后，第一个动作便是去跟踪那个人。谁知道呢？说不定真能找到他正在寻找的线索。不管怎样，得走近去再看一看，把这谜团解开。可为时晚矣，那人已不见了。他拐到一条小街上去了，马里尤斯没能找到他。这件事他牵挂了好几天，后来就淡忘了。他想：“很可能只是长得相像罢了。”

---

① 茅屋舞场在蒙巴纳斯林荫大道二十八号，建于一七八七年，在王朝复辟和路易十八时期很时髦，去那里跳舞的大多为大学生和青年女工。

二　新发现

马里尤斯仍住在戈博旧宅里。他对谁也不留意。

其实，那时候，在这幢破房子里，除了他和戎德雷特一家，再没有别的住户。他曾为戎德雷特家付过房租，但从没有同那家的父亲、母亲和两个女儿说过一句话。其他房客搬家的搬家，去世的去世，还有的因交不起房租而被赶走。

那年冬季的一天，下午，太阳稍微露了下脸。可那是二月二日，是古老的圣烛节，那迷惑人的太阳，预示着将有六星期寒冷的天气，马迪厄·朗斯贝格就受这太阳的启迪，写下了两句堪称古典的诗文：

不管有无阳光，
大熊返回洞穴。

马里尤斯刚从他的洞穴里出来。夜幕降临。是去吃晚饭的时候了，总得恢复吃晚饭吧。唉！再是理想的爱情，也克服不了这个弱点！他刚跨出门槛，听见正在扫地的布贡妈妈自言自语着令人难忘的话：

“如今有什么东西便宜？什么都很贵。这世上只有辛苦便宜。世上的辛苦一钱不值！”

马里尤斯沿着林荫大道，缓步朝城门走去，以便去圣雅克街。他低着脑袋，边走边想心事。

忽然，他感到夜雾中被人撞了一下。他回过头，看见两个衣衫褴褛的姑娘，一个又高又瘦，另一个稍矮一些，正气喘吁吁、神色慌张地匆匆走来，好像在逃跑似的。她们迎面遇见他，却没看见他，经过他身边时撞了他一下。在暮色中，马里尤斯看出她们脸色苍白，头上没戴帽子，头发乱七八糟，拿着难看的便帽，短裙又破又烂，脚上没穿鞋子。她们边跑边说着话。个儿高的低声说：

“雷子来了。差点把我铐住。”

另一个回答：

“我看见他们了。我拼命颠呀，颠呀，颠呀！”

从这晦涩的俚话，马里尤斯明白，宪兵或治安警察差点抓住这两个孩子，她们逃脱了。

她们钻进他身后那条林荫道的大树下面，一团模糊的白影在那里滞留片刻，然后消失了。

马里尤斯停了一会儿。他正要继续赶路，却看见脚边有个灰乎乎的小包。他弯腰捡起来。好像是个信封，似乎装了些纸。

“嗯，”他说，“没准是那两个可怜姑娘丢失的！”

他转身往回走，大声呼叫，没有找着。他想，她们已走远了，就把那纸袋放进兜里，去吃晚饭了。

路上，他看见穆夫达街旁的一条小巷子里有口小棺材，蒙着黑罩，放在三张椅子上，被一根蜡烛照亮。他又想起了暮色中看见的两个姑娘。

“可怜的母亲！”他想道。“有一件事比看见亲生骨肉死去更悲伤，那就是看见他们受苦受罪。”

接着，这些使他愁上添愁的伤心事远离他的脑海，他又陷入惯常的忧虑中。他又想起在露天，在充足的阳光下，在卢森堡公园美丽的大树下度过的六个月幸福的初恋时光。

“我的生活变得多么凄惨！”他想道。“我眼前总有年轻姑娘出现。不过，从前是天使，现在是鬼。”

三　有四张面孔的人

晚上，他脱衣睡觉时，手碰到兜里那个在大街上捡的纸袋。他已忘得一干二净了。他想有必要打开来看看，假如纸袋确实是那两位姑娘的，里面也许有她们的住址，不管怎样，总能发现一些线索，以便物归原主。

他拆开纸袋。纸袋没有封口，里面有四封信，也没封口。四封信都写着地址。四封信都发出浓厚的烟草味。

第一个信封上写着：夫人收，格吕什雷侯爵夫人，国民议会对面广场，……号。

马里尤斯心想，从信中也许能发现他要找的线索，信没封口，读一读似无不妥。

信上是这样写的：

侯爵夫人：

仁兹和怜棉是紧密团结社会的美德。请您把基督教的青感散发到周围，用怜棉的目光看一看我这个不辛的西斑牙人，他是忠诚和热爱神圣的正统事业的牺牲品，为了保卫这个事业，他副出过鲜血，贡现出了全部才产，今天，他落到一平如洗的地步。夫人是值得尊敬的人，肯定会给他邦助，使一个受过教育伤痕累累的军人能够维持及度艰难的生活。我预先相信您的仁道主义，相信侯爵夫人会关心一个同样不辛的民族。他们的祈祷不会涂劳，他们的感机之青将永远保持动人的回乙。

夫人，请接受在下的敬意

堂·阿勒瓦雷，西斑牙骑兵上尉，
避难法国的保王派，在回国图中，缺小路费，不能继续旅行。

寄信人签了名，却没写地址。马里尤斯希望在第二封信里能找到地址。信封上写着：夫人收，蒙韦内白爵夫人，卡塞特街，九号。

马里尤斯念道：

白爵夫人：

我是不辛的毋亲，六个孩子，最小的才八个月。自从生了最后一个孩子，我就病倒了，五个月前，丈夫泡弃了我，没生活来原，穷得渴不开锅。

寄希望于白爵夫人，表示深深的敬意，夫人！

妇人巴利扎尔。

马里尤斯开始读第三封信，也是求援信。信上写道：

圣德尼街，铁蹄街拐角，

选举人，针织品批发商，

帕布若先生：

我冒昧给您写信，请求您给于宝贵的同青，关心一下一个文人，他刚给法兰西剧院寄去了一个剧本。是历史题材。故事发生在帝国时代的奥维涅。剧本的风格我想是自然间炼，可能有些价值。四个地方有唱段。滑稽，严肃，出人意料，加上人物性格各异，全剧情节带点浪漫主义，剧情发展神密莫侧，经过多少惊心动魄的曲折，在灿兰夺目的场景中结束。

我的主要目的是满足当今人们越来越爱刺机的浴望，也就是风尚，这是个任心古怪的风标，每刮一次风，几乎都要转向。

尽管这个剧本有这些优点，但我仍有理由担心，由于那些有特权的作者疾妒、自私，剧院会拒绝我的剧本，因为我知道，人们是怎样强迫新手喝下苦水的。

帕布若先生，您以保护文人闻名四方，我斗胆让我女儿来向您讲一讲我们平困的处境，在这寒冬蜡月，没有面包，没有火。我之所以要对您说，我要用我这个剧本以及以后写的所有剧本向您表示敬意，并恳求您接受我的敬意，是要向您证明，我多么渴亡您的保护，并想借您的大名装饰我的作品。假如您肯垂顾，给我一丁点儿资助，我将立即着手写一部寺剧，以表我的感机之青。这部寺剧，我将尽力写得完美，并在把它插进我那本历史剧的开头和上演之前，呈送给您过目。

向帕布若先生和夫人致以最崇高的敬意。

作家让弗洛

又及：哪怕是四十苏。

原谅我没有亲自登门，而是派小女前来，因为衣服寒酸，唉！不好意思出门……

马里尤斯最后打开第四封信。地址写着：圣雅克-德-奥巴教堂乐善好施的先生收。信的内容如下：

乐善好施的人：

假如您肯跟我女儿来我家里，您会看到悲参的灾难，我会向您出示我的证件。

看到这封信，您康慨的心会充满仁兹和同青，因为真正的哲学家随时都会有强烈的感青。

好心肠的人，应该承认，人们得经受最残酷的平穷，为得到一点儿救助，必须让当局开证明，这是很痛苦的，好像在等待别人来减轻我们的平困之前，我们连受穷和饿死的自由都没有。命运对有些人很残酷，但对另一些人又太康慨，太爱护。我等待您的光灵或接济，假如您愿意的话。请接受我崇高的敬意。

一个真正高尚的人

您的及其卑微和及其恭顺的仆人，

戏剧家，P. 法邦图

马里尤斯看完这四封信，感到没什么收获。首先，没有一个写信人写明地址。其次，它们似乎是由四个不同的人写的，堂·阿勒瓦雷、妇人巴利扎尔、作家让弗洛和戏剧家法邦图，可奇怪的是，这四封信的笔迹是相同的。只能得出结论，它们出自同一个人。

还有一点使我们的推测更站得住脚，四封信都用同样粗糙发黄的信纸，都有烟草味，尽管写信人显然有意改变风格，但同样的错别字心安理得地反复出现，作家让弗洛的错别字不比西班牙骑兵上尉的少多少。

挖空心思去猜这个哑谜，无疑是白费力气。这东西要不是捡来的，倒真像是愚弄人的把戏。马里尤斯有太多的忧愁，根本没心思参与这场意外的玩笑，这场仿佛大街想同他玩的游戏。他感到，这四封信在同他捉迷藏，在嘲弄他。

此外，毫无迹象表明，这些信属于马里尤斯在林荫道上遇见的两个姑娘。总之，这不过是些废纸，毫无价值。马里尤斯把它们放回信封，扔到一个角落里，然后就睡觉了。

第二天早晨，将近七点，他起床后刚吃完早饭，正想开始工作，听见有人轻轻叩门。

他一无所有，所以门上的钥匙从不取下来，除非有急活儿要赶，但这是很少的。而且，即使不在家，他也把钥匙留在门上。

“会有人来偷您东西的。”布贡妈妈说。

“有什么可偷的？”马里尤斯回答说。

这还真的被言中了，一天，他的一双旧靴子被偷走，布贡妈妈得意扬扬。

房门又敲了一下，和第一次一样轻。

“进来。”马里尤斯说。

门开了。

“什么事，布贡妈妈？”马里尤斯又说，但眼睛仍看着桌上的书和手稿。

一个声音回答，但不是布贡妈妈的声音：

“对不起，先生……”

这声音低沉、微弱、沉闷、沙哑，就像被烧酒和烈酒烧哑的老人的破嗓门。

马里尤斯猛地回头，看见一个年轻的姑娘。

四　贫苦中的一朵玫瑰

一位非常年轻的姑娘站在半开着的房门口。陋室的天窗正对着房门，惨淡的光线从天窗里射进来，照着她的脸孔。她苍白、羸弱、枯瘦。只穿一件衬衫和一条短裙，衣不遮体，冻得索索发抖。一根细绳作腰带，另一根细绳作发带，瘦削的肩膀从衬衣里露出来，肤色显出金发和淋巴体质特有的苍白，锁骨部位发灰，双手通红，嘴巴半张半合，露出残缺不全的牙齿，目光无神，却大胆淫荡，形体像个发育不全的少女，目光却似堕落的老妇，五十岁和十五岁混在一起。她是那种既孱弱又可怕的人，让人见了不是落泪，便是发抖。

马里尤斯站起来，惊愕地打量这个像是梦里出现的幽灵。

尤其令人心酸的是，这姑娘并非生来就这样丑。她幼时甚至可能很漂亮。青春的魅力仍在同因堕落和贫穷而提前而至的丑陋老态进行着斗争。一丝残存的美，正在这十六岁少女的脸上消失，正如冬日拂晓的惨淡阳光，在丑陋的乌云下消失一样。

这张脸对马里尤斯并不完全陌生，好像在哪里见过。

“小姐，有什么事吗？”他问道。

姑娘用喝醉了酒的苦役犯似的声音回答：

“马里尤斯先生，给您的信。”

她叫他马里尤斯，毫无疑问是来找他的。可是，这姑娘是谁？她怎么会知道他的名字？

没等喊她进来，她就进来了。她进得那样坚决，朝整个房间和凌乱的床扫视一遍，那自信的神态让人见了心里难过。她光着脚，裙子上有许多大洞，露出了长腿和枯瘦的膝盖。她冷得瑟瑟发抖。

她手里确实拿着一封信。她把信递给马里尤斯。

马里尤斯打开信时，发现封信的大面团还是湿的。这封信不可能来自很远的地方。他读道：

我亲爱的邻居，年轻人！

我得知您为我做了好事，半年前帮我付了一季度的房租。我祝福您，年轻人。我的大女儿会告诉您，我们短粮已有两天，一家四口，我内人病了。如果说我思想上毫不决忘的话，那是因为我相信您有一颗康慨的心，对我的陈说会表示同青，会原意保护我，屈尊施给我一点儿恩会。

向人类的恩人致以崇高的敬意。

戎德雷特

又及：亲爱的马里尤斯，小女等候您的吩咐。

从昨晚起，马里尤斯就被一团迷雾包围，这封信好比黑暗中的烛光，照得他云开雾散。这封信与另外四封信，出自同一个地方。同样的笔迹，同样的风格，同样的拼写，同样的信纸，同样的烟草味。

五封信，五个故事，五个名字，五个署名，写信人却只有一个。西班牙骑兵上尉阿勒瓦雷、不幸的母亲巴利扎尔、作家让弗洛、戏剧家法邦图，四个人都叫戎德雷特，假如戎德雷特本人就叫戎德雷特的话。

马里尤斯住在这幢旧宅里相当久了，但如前面所说，很少有机会看见，或者瞥见这家生活在社会底层的邻居。他的心在别的地方，心在哪里，目光就到哪里。他可能不止一次地在走廊或楼梯上遇见过戎德雷特家的人，但这对他不过是人影，他根本没有注意，以至于昨晚在林荫大道上遇见戎德雷特姐妹俩——因为肯定是她们——却没有认出来，而这位刚进屋的姑娘，在使他感到厌恶和怜悯的同时，又使他感到似曾见过。

现在，一切都清楚了。他明白，他的邻居戎德雷特因生活穷困，竟用不正当手段，骗取慈善家的布施，他设法弄到住址，用假名给他认为有钱并有同情心的人写信，并让女儿冒险送到那些人家里。这位父亲已到了拿自己女儿去冒险的地步，他在同命运赌博，不惜拿女儿作赌注。马里尤斯明白，从她们昨天气喘吁吁、惶恐不安地逃跑的情景，以及她们说的那些俚语，可以判断出，这两个不幸的女孩还可能干一些见不得人的勾当，这一切也就在这样的人类社会中，造就了两个苦命人，她们既不是孩子，也不是姑娘，也不是妇女，而是由贫困产生的肮脏而无辜的怪物。

她们是没有名字、没有年龄、没有性别的可怜人，对她们而言，不再有善，也不再有恶，走出童年，在这世上便变得一无所有，没有自由，没有贞操，没有责任。昨天才开放，今天就枯萎，就像掉在大街上的鲜花，被污泥玷污，车轮碾碎。

可是，当马里尤斯用惊讶和痛苦的目光注视她时，她却像幽灵那样，放肆地在他房间里走来走去，对自己的衣不遮体毫无顾忌。她的未扣好扣子的破衬衫不时落到腰际。她搬搬椅子，动动五斗橱上的盥洗用具，摸摸马里尤斯的衣服，搜搜屋角里的东西。

“哇，”她说，“您有镜子！”

她还旁若无人地哼唱滑稽剧中的片段，那些快乐的叠句，用她沙哑的喉音哼来，叫人惨不忍闻。但在这毫无顾忌的行为下面，可以感到一种窘迫、不安和屈辱。放肆其实是一种害羞的表现。

她就像被阳光惊扰或断了翅膀的小鸟，在房间里蹦来蹦去，或者说飞来飞去，没有比这更令人不快的场面了。可以感到，如果能受到教育，有更好的命运，这姑娘活泼自由的姿态，倒是赏心悦目的。在动物中，生来是白鸽的，绝不会变成海雕。而在人类中才会有相反的事发生。

马里尤斯只顾思索，任她在他房里走来走去。她走到桌子跟前。

“哈！”她说，“书！”

一道光从她无神的眸子里闪过。

“我认得字，我。”她继续说道；因为有东西可以炫耀，说话的语调显得非常高兴，任何人听了都不会无动于衷。

她一把抓过摊开在桌上的那本书，相当流利地读了起来：

“……博杜安将军奉命率领本旅的五个营，夺取位于滑铁卢平原中央的乌戈蒙城堡……”

她停下来说：

“啊！滑铁卢！这我知道。这是从前的一场战役。我父亲参加过。我父亲在军队里干过。我们家可都是波拿巴派的。滑铁卢，是打英国人。”

她放下书，拿起笔，大声说：

“我还会写字！”

她在墨水里蘸了蘸笔，转身对马里尤斯说：

“您想看吗？喏，我就写几个字让您看看。”

马里尤斯还没来得及回答，她就在桌子中间的一张白纸上，写了“雷子来了”几个字。

写完，把笔一扔，又说：

“没有拼写错。您可以看到的。我和我妹都受过教育。我们过去可不是这样。我们不是生来……”

她戛然而止，将无光的眸子看着马里尤斯，并纵声大笑，接着说了声：“算了！”语调中包含着被极端厚颜无耻所压抑的极端的不安。

接着，她开始用欢快的调子，哼唱如下歌词：

我饿呀，父亲，
没有饭吃。
我冷呀，母亲，
没有衣穿。
你抖吧，
洛洛特！
你哭吧，
小雅克。

她刚唱完这段歌，又嚷道：

“马里尤斯先生，您有时去看戏吗？我可是常去。我有个弟弟，同几个演员很要好，常给我票。老实说，我不喜欢楼座的长凳。坐着挺难受，不舒服。有时人很多。有些人身上的味儿很难闻。”

然后，她打量一下马里尤斯，换上奇特的神情，对他说：

“马里尤斯先生，您知道您是个很漂亮的小伙子吗？”

他们俩在同一时刻，想到了同一个问题，她莞尔而笑，他则羞得涨红了脸。她走近他，一只手搭到他肩上。

“您不注意我，我却认识您，马里尤斯先生。我在楼梯上常遇见您，还有几次，我到奥斯特里茨桥那边溜达时，见您去一个住在那里的名叫马伯夫大爷的人家里。您头发乱蓬蓬的，这很适合您。”

她想使声音变得很温柔，结果只是变得很低很低。就像在缺音的琴键上弹奏一样，话语从喉咙到嘴唇的过程中消失了一部分。

马里尤斯往后退了退。

“小姐，”他冷淡而严肃地说，“我这里有个纸袋，我想是您的。请允许我交还给您。”

他把装着四封信的纸袋递给她。

她拍拍手，嚷道：

“我们到处找都没找到。”

说完，她一把夺过纸袋，把它拆开，边拆边说：

“天哪！可把我和妹妹找苦了！原来是您捡到了！在林荫大道上，是不是？您瞧，我们是在跑的时候丢的。是我妹妹这个死丫头干的好事。回到家里，我们就找不见了。我们不想挨打——打也没用，这完全没用，绝对没用——因此回到家里，我们便说信已送给人家了，人家说不行！原来在这里，这几封可怜的信！您怎么看出来是我的？啊！对了，是从笔迹！昨晚我们撞着的原来是您。没有注意！我问我妹：‘是位先生吧？’我妹妹说：‘我想是位先生！’”

这时，她已把写给“圣雅克-德-奥巴教堂乐善好施的先生”的信拆开了。

“啊！”她说，“这是给那位去做弥撒的先生的信。我这就给他送去。说不定会给我们点钱，就有午饭吃了。”

说完，她又纵声大笑。接着，她又说：

“您知道今天我们有午饭吃意味着什么吗？这意味着，前天的午饭，前天的晚饭，昨天的午饭，昨天的晚饭，都合到今天上午一起吃。喂！当然！你们这些饿狗，要是不满意，那就饿死吧！”

这使马里尤斯想起这可怜的姑娘来找他的目的。他在背心兜里摸了摸，一个子都没找到。那姑娘继续往下讲，就像马里尤斯不在场似的。

“有时，我晚上出去。有时我不回家。搬到这里以前，那年冬天，我们住在桥洞里。我们挤在一起，免得冻僵。我妹冻得直哭。水是多么寒冷！每当我想投河自杀时，我总对自己说：不能，水太冷了。我想一个人出去，就一个人出去，我睡在沟里面。您知道吗？夜里，我走在林荫大道上，我看见树木像叉子，黑漆漆的房屋高大得像圣母院的钟楼，我把白墙想象成河，我对自己说：咦，这里有水！星星就像彩色灯笼，仿佛在冒烟，要被风吹灭，我目瞪口呆，耳朵里仿佛有几匹马在喘气。尽管是夜里，但我听见手摇风琴声和纺车声，谁知道是什么声音？我觉得有人在向我扔石头，我不知道是什么，赶紧逃跑。一切都在旋转，一切都在旋转。人没吃东西，是挺可笑的。”

她神态茫然地看着他。

马里尤斯把所有的衣兜搜了个遍，终于搜出五法郎十六苏。这是他在这世上拥有的全部财产。

“够今天晚饭就行了，”他想，“明天再说明天的。”

他留下十六苏，把五法郎给了那姑娘。她一把抓过那枚硬币。

“好，”她说，“出太阳了。”

正如太阳能融化积雪那样，她头脑里的俚语如雪崩似的冲了出来，她继续说道：

“五个法郎！闪着光！一个大头！在这个蜗舍里！您是个好娃娃。我要把我的心拿给您。伙计们，太好了！有两天的老酒了！有肉吃了！有塞牙的了！可以美美喝他一喝了。穷得不错嘛！”

她把衬衣往肩上拉了拉，向马里尤斯深深行了个礼，又亲昵地打了个手势，向门口走去，边走边说：

“再见，先生。反正一样。我要去找我那个老头了。”

经过五斗橱时，她见上面有块落满灰尘并已发霉的干面包，便扑上去，抓起来就啃，嘴里还咕哝道：

“真香！这么硬！牙齿都咯嘣断了！”

说完就出去了。

五　天赐的窥视孔

五年来，马里尤斯一直生活在穷困、匮乏，甚至困境之中，可此刻，他发现自己根本没经历过真正的贫困。真正的贫困，刚才见到了。前面讲到过的幽灵，刚才在他面前出现了。的确，光见过男人的悲惨，等于什么也没看见，应该看一看女人的悲惨；光见过女人的悲惨，也等于什么也没看见，应该看一看孩子的悲惨。

男人陷入困境时，也就到了走投无路的地步。他身边没有自卫能力的亲人跟着遭殃！工作、工钱、面包、炉火、勇气、意志，一切都同时消失。外界，太阳之光熄灭了，内心，精神之光熄灭了。在黑暗中，男人碰到无能为力的女人和孩子，便残暴地逼迫他们去干卑鄙的勾当。

于是，一切丑恶的事都可能发生。绝望周围围着脆弱的隔板，全都朝向邪恶和罪恶。

健康、青春、名誉、圣洁娇嫩的肉体、良心、童贞以及灵魂的外皮——廉耻心，都遭受到那位摸索出路，遇到污秽并安于污秽的男人的疯狂蹂躏。父亲、母亲、孩子、兄弟、姐妹、男人、女人、女孩，犹如一种矿藏，黏着聚合成一个不分性别、血统与年龄，不辨卑鄙与纯洁的模糊不清的混合体。他们背靠背，蹲在一种命运的黑洞里。他们悲惨地面面相觑。呵！不幸的人们！他们脸色多么苍白啊！他们身体多么寒冷啊！他们好像生活在比我们离太阳更远的星球上。

对马里尤斯来说，这个姑娘好像是地狱派来的使者。她向他揭露了黑夜的丑恶的一面。

马里尤斯有点责备自己不该整日胡思乱想，被男女情爱弄得神魂颠倒，以至于直到今天还没有看一眼他的邻居。替他们付房租，那是不自觉的行动，人人都会这样做。他，马里尤斯，本该做得更好些。什么！他和这些被社会遗弃的人之间，仅一墙之隔，他们在黑暗中摸索，与世隔绝，他同他们擦肩而过，可以说，他是他们所接触的人类链条中的最后一环，他听见他们生活在他身边，更确切地说，听见他们发出嘶哑的喘息，他却置若罔闻！每天，隔着墙壁，他时刻听见他们走来走去，说着话儿，他却充耳不闻！他们说话时，常发出凄恻的呻吟，他却无动于衷！他的思想不在这里，而在梦幻中，在虚无的光辉中，在缥缈的爱情中，在想入非非中；然而，有些人，和他一样信仰基督，和他一样属于人民，是他的兄弟姐妹，却在他身旁垂死挣扎！徒然地垂死挣扎！他甚至给他们造成了苦难，增加了苦难。因为假如他们的邻居是别人，不像他那样爱幻想，却比他多一分关心，普普通通，乐善好施，那么，他们的贫困处境和求救信号肯定早就被注意到了，他们也许早就受到照顾而摆脱困境了。当然，他们似乎道德败坏，极其堕落，极其卑鄙，甚至极其可憎，不过，很少有人跌落而不堕落的；况且，不幸的人和无耻的人在某一点上可以混为一谈，可以用一个词，一个命中注定的词来称呼：悲惨的人。这究竟是谁的错？再说，跌落得越深，对他们的布施不是应该越多吗？

马里尤斯一面斥责自己，——和所有诚实的人一样，马里尤斯有时会过分地教育自己，责备自己——，一面察看把他和戎德雷特家隔开的墙壁，仿佛他的充满怜悯的目光可以穿透墙壁，去温暖这些可怜人。那墙壁不过在格栅上涂了层薄薄的石膏，正如刚才说的，隔壁讲话的声音听得一清二楚。只有像马里尤斯这样沉湎于梦幻的人，才至今没有发现。墙上没有糊纸，戎德雷特家那边和马里尤斯这边都这样。粗糙的结构暴露在外。马里尤斯几乎是下意识地审视这隔板；有时，梦幻也会和思想一样进行研究、观察和探究。蓦然，他站了起来，他发现墙上方，天花板附近，有一个三角形的窟窿，是三根木条形成的空隙。堵住这空隙的石膏灰泥已掉落，站到五斗橱上，可从这个窟窿里看见戎德雷特家的陋室。怜悯会引起好奇心，而且，这也是理所当然的。这个窟窿有点像窥视孔。偷看别人的不幸，以便给予帮助，这是允许的。

“我们来看看这些人是什么人，”马里尤斯想道，“他们穷到什么地步。”

他爬上五斗橱，将眼睛凑近窟窿，向里面张望。

六　窟中魔鬼

城市和森林一样，有其兽穴，隐藏着最恶毒、最可惧的动物。只是城市里隐藏起来的，是凶残、邪恶、矮小，即丑陋的动物，而森林里隐

他爬上五斗橱，将眼睛凑近窟窿，向里面张望。（P706）

藏起来的，是凶残、野蛮、高大，即美丽的动物。同样是洞穴，兽穴好过人穴，野窟胜过穷窟。

马里尤斯看到的是穷窟。

马里尤斯很穷，他的房间四壁萧然，但他的穷是高尚的，他的陋室是干净的。他的目光此刻所及的破屋肮里肮脏，臭气熏天，黑咕隆咚，污秽不堪。全部家具，只有一把草垫椅子，一张破桌子，几个破坛子，在两个角落里，有两张难以形容的破床。全部光线，来自一个四块方玻璃的屋顶室窗户，上面挂满了蜘蛛网，射进来的微弱光线，恰好把人脸照成了鬼脸。墙壁像得了麻风病，布满了一块块疤痕，恰如被恶疾破了相的脸。墙上渗出潮湿的眼屎样的东西。还有用木炭涂画的下流图画。

马里尤斯的房间，地上铺着砖，但已残缺不全；隔壁那间没有铺砖，也没铺木板，直接踩在旧宅原有的石膏地面上，已踩得黑乎乎的了。地面高低不平，灰尘像是结了壳似的，不曾被扫帚扫过，这是唯一纯洁的地方。地上东一堆西一堆，满天星斗似的散布着破布鞋、旧拖鞋和烂布片。屋里还有个壁炉，每年要多付四十法郎租金。壁炉里什么都有：一个炉子，一个锅子，几块破木板，几块挂在钉上的破布片，一只鸟笼，一些灰烬，甚至还有一点儿火。两根焦柴在里面凄凉地冒着烟。

这间陋室本已丑不忍睹，没想到还很大，这就使它丑上加丑。不是这里凸出来，便是那里凹进去，到处是黑乎乎的窟窿，看得见屋顶底部，还有海湾和海角。因此，到处是不可测知的阴森可怕的旮旯，可能蹲伏着拳头般大小的蜘蛛，脚掌般大小的土鳖，谁知道呢，说不定还有魔鬼般的人呢。

两张破床一张靠着门口，另一张挨着窗子。它们的一端都紧贴着壁炉，正好对着马里尤斯。

马里尤斯用来窥视的窟窿附近有个墙角，墙上挂着镶有彩色版画的黑木框，版画下端写着两个大字“梦境”。画面上画着熟睡的母亲和孩子，孩子睡在母亲的膝头上，云中有只老鹰，嘴里衔着王冠，母亲熟睡中用手挡住王冠，不让它挨近孩子的脑袋；远处，拿破仑头顶罩着光环，靠在一根深蓝色的柱子上，黄色的柱头装饰着如下铭文：

马伦戈

奥斯特里茨

耶拿

瓦格拉姆

埃洛特[①]

画框下，有个长形木板似的东西，斜靠着墙，竖在地上。看上去像是一幅反放着的油画，或是另一面可能乱涂着什么的画布框，或是从墙上摘下后丢在那里等待再挂的镜子。

马里尤斯见桌上放着一支羽笔、一瓶墨水和一些纸。桌旁坐着个六十来岁的男人，又矮又瘦，脸色苍白，面容凶悍，神态狡黠、残忍而不安；一个卑鄙无耻之徒。

拉瓦特尔[②]若观察过这张脸，会发现它具有秃鹫和讼师混合的特征；猛禽和讼师互相丑化，互相补充，讼师使猛禽变得卑鄙无耻，猛禽使讼师变得狰狞可怕。

那人长着灰白长胡子，穿一件女人的衬衣，露出毛茸茸的胸脯和竖着灰毛的胳膊。衬衣下面，可见污泥斑斑的长裤和露出脚指头的靴子。他嘴里叼着烟斗，正在抽烟。陋室里没有面包，却还有烟叶。他可能正在写马里尤斯读过的那种信。

桌子的一个角上，放着一本红兮兮的不配套的书，好像是一本小说，是书摊上出租的那种十二开的旧版本。封面上，用粗体大写字母印着：上帝、国王、荣誉和贵妇，迪克雷-迪米尼尔著。一八一四年。

那人边写边大声说着话。马里尤斯听见他说：

“哼，人死了都没有平等！你们看看拉雪兹神甫公墓！大人物、有钱人都葬在高处，路两旁种着刺槐，路面铺着石板。车子可以通到那里。

---

① 这些都是拿破仑打胜仗的地方。

② 拉瓦特尔（1741—1801），瑞士作家，新教牧师，观相术创立者。认为身心互相影响，可以从人的面容上发现精神的痕迹。

小人物、穷人、可怜人，什么！却让葬在烂泥没到膝盖的低洼处，葬在泥坑里，埋在湿土中。让他们葬在那里，好让他们快点腐烂！想去看看他们，就得准备陷进泥里。”

说到这里，他停了停，用拳头敲了敲桌子，接着又咬牙切齿地说：

“呵！我真想把这世界吃掉！”

一个胖女人光着脚，蹲在壁炉旁。她可能有四十岁，也可能一百岁。她也只穿一件衬衣，还有一条用旧呢补了又补的针织衬裙。一条粗布围裙把这裙子遮住了一半。这女人虽然缩成一团，仍能看出她身材高大。与丈夫相比，她就是巨人了。她的头发呈淡橙黄色，已经花白，极其难看。她不时地用长着扁平指甲的发着光的大手拢一拢她的头发。

她旁边的地上，放着一本打开的书，和桌上那本一样大小，说不定是同一部小说。

在其中一张破床上，马里尤斯依稀看见坐着一个苍白瘦长的小姑娘，几乎没穿衣服，下垂着双脚，既不像在听，也不像在看，毫无生命的迹象。可能是上他家来的那位姑娘的妹妹。

她看上去有十一二岁。可仔细看看，能看出她有十五岁了。她就是昨晚在那条林荫大道上说“我拼命颠呀，颠呀，颠呀”的女孩子。

她属于那种体质孱弱的女孩子，长期停止发育，可突然猛地蹿了个儿。这些悲惨的人类植物，是由贫困造成的。她们没有童年，没有少年。十五岁，她们看上去只有十二岁，可到了十六岁，却又看上去像二十岁。今天还是少女，明天便成了女人。她们似乎在大步跨过人生，以便快快结束生命。眼下，那姑娘看上去像孩子。

此外，在这间屋里，看不出任何劳作的迹象。没有织机，没有纺车，没有工具。在一个角落里，有一堆可疑的废铜烂铁。一派绝望之后、临终之前那种懒怠凄凉的景象。

马里尤斯把这阴森森的屋子看了半天，觉得它比坟墓里的景象还要可怕，因为可以感到屋里有人的灵魂在晃动，人的生命在颤动。

陋室、地窖、地牢，这些位于社会建筑最底层，某些穷人匍匐爬行的地方，并不完全是坟墓，而是坟墓的前室。但是，正如有钱人把最豪华的东西，摆设在他们豪华住宅的前厅里那样，近在咫尺的死亡，也把最贫困的东西展示在这前室里。

那男的已闭口不语，女的不吭一声，女孩仿佛不呼不吸。只听见笔在纸上沙沙响。

那男的不停地写着，嘴里嘟嘟囔囔：

“混蛋！混蛋！全都是混蛋！”

这句所罗门感叹语[①]的变体，引得那女人一声叹息。

“小朋友，冷静些！”她说。“亲爱的，不要伤着身体。我的老公，你给这些人写信，也算对得起他们了。”

人在贫困中，就像在寒冷中一样，身体靠得很近，但心却离得很远。从表面上看，这个女人想必曾倾己所有，爱过这个男人，但是，由于家境极其悲惨，整天互相埋怨，她对丈夫的爱大概已经熄灭，对他只剩下一点儿柔情的死灰了。可是，正如常有的那样，亲昵的称呼依然挂在嘴上。她嘴上对他说：亲爱的，小朋友，我的老公，可心里却是死水一潭。

那男的继续写信。

七　战略和战术

马里尤斯感到胸口发闷，正要从这临时观察点下来，突然一个声音引起了他的注意，便待在原地不动了。

刚才，破屋的门突然打开。大女儿出现在门口。她脚穿男式大鞋，鞋上尽是泥巴，连冻得通红的脚脖子上也满是污泥。她披着一件破烂的旧斗篷，一小时前，马里尤斯没见她穿，可能为了博得他更多的同情，而把它放在门外了，从他家里出去后才又披上。她进屋后，顺手关上门，因为气喘不已，便停下来喘口气。接着，她得意而高兴地喊道：

---

① 据传，所罗门在《圣经·旧约·传道书》中有这样一句话：“虚荣，虚荣，全都是虚荣。”

"他来了!"

父亲转过眼，母亲转过脸，妹妹没有反应。

"谁?"父亲问。

"那位先生!"

"慈善家?"

"对。"

"圣雅克教堂的?"

"对。"

"那位老头?"

"对。"

"他要来?"

"他跟在我后面。"

"你能肯定?"

"我能肯定。"

"真的?他要来?"

"他坐出租马车来。"

"出租马车。真阔气!"

父亲站了起来。

"你怎么就能肯定?假如他坐马车来，你怎么到得比他早?你不会没告诉他地址吧?你告诉他是走廊尽头右边最后一个门了吗?但愿他不要走错门。你是在教堂里找到他的吗?他读了我的信了吗?他同你说了什么?"

"嗒!嗒!嗒!"女儿说，"像开连珠炮似的，老爸!听着:我进了教堂，他坐在老位子上，我向他问了安，把信交给他，他读完信，问我:'孩子，您住在哪里?'我说:'先生，我带您去。'他对我说:'不用，给我地址就行了。我女儿要去买东西，我雇辆车，和您同时到您家里。'我把地址告诉了他。当我说到这幢房子时，他好像有些惊讶，迟疑了一会儿，然后说:'没关系，我去。'做完弥撒，我看见他和他女儿离开了教堂，上了出租马车。我对他说得一清二楚，走廊尽头右边最后一个门。”

“那你怎么就知道他要来了呢？”

“我刚才见那辆马车已到了小银行家路，我就跑回来了。”

“你怎么就知道是那辆车呢？”

“我记住车牌号了嘛。”

“几号？”

“四四〇。”

“好，你是个有头脑的姑娘。”

女儿大胆地看着父亲，指着脚上的鞋说：

“可能是个有头脑的姑娘。不过，我说，我再也不穿这种鞋了，再也不穿了，一是为了身体，二是为了清洁。我不知道还有比这出水的鞋底更讨厌的东西了，咯吱咯吱响了一路。我宁愿光脚不穿鞋。”

“你说得对，”父亲和蔼地回答，说话的语气和姑娘的粗暴恰成对照，“可那样，人家就不会让你进教堂了。穷人也应该穿鞋。”接着，他又辛辣地补了句：“不能光着脚去仁慈的上帝家。”然后，他又回到他挂虑的那件事上：

“这么说，你肯定他会来？”

“就跟在我后头。”她说。

那男人挺直身子，脸上顿时一亮。

“老婆！”他喊道，“你听见了。那位慈善家来了。快把火弄灭。”

母亲目瞪口呆，一动不动。父亲江湖艺人般敏捷地从壁炉上抓起一只破罐子，把水倒在尚未烧尽的木柴上。然后对大女儿说：

“你！快把椅子弄破！”

女儿茫然不解。他抓住椅子，一脚把它踢破了，腿穿了过去。他一边抽出腿，一边问女儿：

“外面冷吗？”

“很冷，在下雪。”

父亲转向坐在靠窗那张破床上的小女儿，对她吼道：

“快！下床，懒鬼！什么事也不会做！快砸碎一块窗玻璃！”

小女孩哆嗦着跳下床。

“快砸呀！”他又说。

孩子呆若木鸡。

“听见没？”父亲重复道，“我跟你说砸碎一块窗玻璃！”

孩子吓得只好服从，她踮起足尖，在一块玻璃上砸了一拳。玻璃碎了，哗啦啦掉了下来。

“好。”父亲说。

他神情严肃而粗暴。他用目光迅速扫视破屋的角角落落，看他的神情，俨然是将军在做开战前的最后准备工作。

至此，母亲没说过一句话，这时她站起来，用缓慢而低沉的语调、僵硬的话语问道：

“亲爱的，你想干什么？”

“给我躺到床上去！”那男人回答。

语气不容置辩。母亲乖乖服从，沉甸甸地躺到一张破床上。这时，一个角落里有人在啜泣。

“怎么啦？”父亲吼道。

小女儿蹲在黑暗中，没有出来，只是伸出血淋淋的拳头。她在砸玻璃时受了伤，她走到母亲的床边，暗自唏嘘。

这次，轮到母亲坐起来大叫大嚷了：

“你看见了吧！你干的蠢事！她砸玻璃时割破手了！”

“这样更好！”那男人说。“这是预料中的。”

“什么？这样更好？”那女人又说。

“住嘴！”父亲反驳道，“我取消言论自由。”

说完，他从身上那件女人衬衣上撕下一条，迅速把小女孩流血的拳头包上。包好后，他得意地低头看看撕破的衬衣。

“这衬衣也一样，”他说，“一切看上去都很好。”

凛冽的北风在窗口呼啸，吹进房间。外面的轻雾也钻进屋里，像白絮那样散开，仿佛有只看不见的手在摆弄。通过砸碎的玻璃窗，可见外面在下雪。果然如昨天圣烛节的太阳所预示的那样，天气很冷很冷。

父亲环视四周，仿佛想看看有没有忘了什么。他拿起一把破铁锹，在湿漉漉的焦柴上洒了些炉灰，把它们盖严。

然后，他直起腰，背靠壁炉，说道：

“现在，我们可以迎接那位慈善家了。”

八　阳光照进穷窟

大女儿走过去，把手放在父亲的手上。

“你摸摸，我多冷啊！”她说。

“这有什么！”父亲说，“我比你更冷。”

母亲冲动地说：

“你一切都比别人厉害，你！甚至干坏事。”

“躺下！”那男人说。

母亲感到丈夫看自己的神色不对，便闭口不言了。破屋里一阵沉默。大女儿漫不经心地在抠斗篷下摆上的泥巴，小女儿继续抽抽搭搭，母亲捧着她的头，吻了又吻，一边低声对她说：

“我的宝贝，求你了，没关系的，别哭了，你父亲会发火的。”

“不会的！”父亲嚷道，“恰恰相反！哭吧！哭吧！这样更好。”

接着又对老大说：

“啊！他怎么还不来！他要是不来，我就白干了！我都把火熄灭了，椅子踢破了，衬衣撕烂了，窗玻璃砸碎了。”

“小姑娘受伤了！”母亲嘀咕了一句。

“你们知道吗？”父亲接着又说，“这鬼屋子里冷得要命。那人不来就糟了。呵！我明白了！他是有意让我们等的！他心里想：‘好吧！让他们等吧！他们生来就为了等的！’呵！我恨死他们了！这些阔佬！所有这些阔佬！我要高兴地、快乐地、兴奋地、满意地把他们统统掐死！这些所谓的慈善家，他们假装虔诚，他们去做弥撒，他们相信那些贼神甫，听他们唠唠叨叨，拜倒在教士脚下，自以为比我们高贵，上门来凌辱我们，来给我们送衣服！说得真好听！全是分文不值的破衣服！还送什么面包！你们这帮混蛋！我要的不是这个！我要的是钱！啊！钱！他们从不给钱！他们说我们拿了钱会去喝酒！我们是酒鬼，懒鬼！可他们呢！他们是什么人？他们从前是干什么的？是盗贼！不偷不抢，能发得了财？呵！应该像扯桌布那样，扯住社会的四个角，把一切都抛到空中！将一切都砸得稀巴烂！这是可能的，那样，至少谁都成了一无所有，这也就赚了！——喂！你那位没有教养的慈善家先生，他干什么去了？他还来不来？这畜生大概忘记地址了！我敢打赌，这老畜生……”

这时，有人轻轻叩了一下门。那男人赶紧奔过去，打开门，深深鞠了一躬，满脸堆起崇敬的笑容，大声说：

“进来，先生！请进，我可敬的恩人，还有您这位迷人的小姐。”

一个成熟的男子和一个年轻姑娘出现在破屋门口。马里尤斯尚未离开那个位置。此刻他的感受，是无法用语言表达的。

是她！

爱过的人都会知道，这简单一个“她”字，包含着多少光辉灿烂的意思。

真的是她！马里尤斯眼前即刻弥漫了一层光明的雾气，勉强能辨清那是她。正是那个久别的心上人，那颗闪耀了六个月的星辰，正是那双眸子，那个额头，那张嘴巴，那张消失时把阳光带走的美丽动人的脸孔。已破灭的梦幻，又复现了！

她重新出现在这黑暗中，这陋室里，这魔窟里，这丑恶的地方！

马里尤斯浑身颤栗。什么！是她！他的心怦怦乱跳，连视线也模糊了。他感到自己快要泪如泉涌了。什么！他找了她那么久，现在终于又看见她了！他觉得自己丢了的魂，现在失而复得了。

她还是那样，只是稍为苍白了些。娇美的面孔嵌在一顶紫绒帽子里，身体隐蔽在黑缎面大衣里。长袍下隐隐露出一双绸靴紧裹的纤脚。

她仍旧由白先生相伴。她在房间里走了几步，将一大包东西放到桌上。

戎家大女儿退到房门后，用阴沉的目光凝视那顶丝绒帽，那件缎面大衣和那张幸福动人的脸。

九 戎德雷特差点哭出来

破屋很黑，外面的人走进屋里，以为进了地窖。两位来客几乎看不清周围的身影，犹犹豫豫，不大敢迈步，而破屋里的人已习惯了这昏暗的光线，把他们看得清清楚楚，仔仔细细。

白先生目光慈祥而忧郁，他走过去，对戎德雷特说：

“先生，在这个包里有几件新衣裳、几双袜子和几条毛毯。”

“我们天使般的恩人对我们太好了。”戎德雷特一边说，一边深深鞠躬，头都快低到地上了。

然后，他趁两位客人打量这凄惨的破屋，弯腰凑到大女儿耳边，急忙小声说道：

“怎么样？我说对了吧？破衣烂衫！没有钱。都是一路货！对了，给这个老傻瓜的信上署什么名来着？”

“法邦图。”女儿回答。

“戏剧艺术家，好！”

幸亏问一下，因为这时白先生正好转过身来同他说话，看来一下子想不起他的名字了：

“看来你们确实值得同情，先生叫……”

“法邦图。”戎德雷特赶紧回答。

“法邦图先生，对，是这个名字，我想起来了。”

“戏剧艺术家，先生，曾有过一些成就。”

这时，戎德雷特显然认为征服“慈善家”的时候到了。他大声说了起来，声音既像集市上的卖艺人那样虚张声势，也像大路上的乞丐那样低三下四：

“塔尔马的学生，先生！我是塔尔马的学生。从前我的运气挺好。唉！现在可倒霉了。恩人，您瞧，没有面包，没有火。我可怜的崽子没有火！我唯一的椅子破了！一块窗玻璃碎了！天气这样冷！我老婆卧床不起！病了！”

“可怜的女人！”白先生说。

“我的孩子受了伤！”戎德雷特接着说道。

那孩子因为来了客人而分散了精力，已停止哭泣，开始打量起那位“小姐”来。

“哭呀！嚷呀！”戎德雷特悄声对她说。

同时，他在她的伤手上捏了一下。他做这一切时，真有魔术师般的本事。那女孩大喊大叫起来。

被马里尤斯心中暗称为“他的于絮尔”的姑娘急忙走过去：

“可怜的孩子！”她说。

“美丽的小姐，您瞧，”戎德雷特说，“她手腕上都是血！为了一天挣六苏钱，她在机器旁干活，出了事故。她这条胳膊可能得锯掉！”

“真的？”那老先生不安地说。

小女孩信以为真，哭得更凶了。

“唉，是的，我的恩人！”父亲说。

戎德雷特以异样的神态打量这位“慈善家”，且已有一会儿了。他一边说，一边目不转睛地看着他，仿佛在搜索记忆。突然，他趁两位客人关切地向小姑娘询问伤势之际，走到沮丧而惊呆地躺在床上的妻子身旁，赶快小声对她说：

“好好看看这个人！”

然后，他又转向白先生，继续诉他的苦：

“您瞧，先生！我什么衣服也没有！只有这么一件衬衣，还是我老婆的！破得不像样子了！寒冬天气！没有一件外衣，连门都不能出。假如我有件把外衣，我就去看玛尔斯小姐[①]了，她认识我，也很喜欢我。她不是还住在夫人塔街吗？您知道吗，先生？我们一起在外省演出过。她荣获桂冠，也有我的一份功劳。先生，塞利梅娜[②]会来接济我的！埃米尔[③]

① 玛尔斯（1779—1847），法国女演员。

② 塞利梅娜是莫里哀戏剧《愤世者》中的女主角。玛尔斯曾扮演过这一角色。此处暗指玛尔斯小姐。

③ 埃米尔为莫里哀戏剧《伪君子》中的人物，常用以泛指诚实而不拘小节的女人。

会给贝利塞[①]施舍的！可现在什么也没有！家里一分钱也没有！我老婆病了，没有钱！我女儿伤得很重，没有钱！我老婆常常气闷。年纪大了，而且，神经系统也有问题。她需要帮助，我女儿也是！看病！吃药！拿什么去付账呢？一个子儿也没有！为了十生丁，我都可以下跪，先生！您瞧，艺术都贬到什么程度了！你们知道吗？可爱的小姐，还有您，慷慨的恩人，你们知道吗？一看就知道你们是积德行善的人，你们去的那个教堂，因为有了你们而香气四溢，我可怜的女儿去祈祷时，天天看见你们。……因为，先生，我向来教育我女儿要信教。我不愿她们去演戏。啊！这些孩子！让我看着她们失足！我不是开玩笑，我！我总向她们叨叨，要看重荣誉、道德和贞操！不信你们可以问她们。人应该品行端正。她们是有父亲的嘛。她们可不是那种苦命的女孩子，开始时无家可归，最后只好去当婊子。从无名小姐，变成大众太太。当然！法邦图家的人可不能这样。我想教育她们守贞操，要诚实，要文雅，要信上帝！神圣的名字！——可是，先生，我尊敬的先生，您知道明天将发生什么吗？明天，二月四日，是要命的日子，房东给我定的最后期限；今晚上我若付不出房租，明天，我的大女儿，我本人，我发着烧的老婆，我受了伤的小女儿，我们一家四口就要被赶走，扔到外面，扔到街上，扔到大马路上，下着雨，下着雪，没有安身之地。就这样，先生。我欠了四个季度，即一年的房租！共六十法郎。"

戎德雷特在撒谎。四个季度只要四十法郎，况且，也不可能欠四个季度，因为不到半年前，马里尤斯已替他付了两个季度了。

白先生从口袋里掏出五法郎，放到桌上。

戎德雷特瞅准机会，在大女儿耳边嘀咕说：

"恶棍！才五法郎，够做什么？还不够补偿我的椅子和玻璃呢！得让他把本钱补回来！"

这时，白先生已把穿在蓝色紧腰中大衣外面的棕色大衣脱下来，扔

① 贝利塞（500—565），东罗马帝国的名将，皇帝嫉妒他而将他废黜，相传他被挖掉双眼，行乞而死。常用来泛指怀才不遇的人。

到了椅背上。

“法邦图先生，”他说，“我身上只有五法郎，不过，我先把女儿送回家，晚上我再来。今晚您是不是要付房租？……”

戎德雷特脸上出现了一种古怪的神情。他急忙回答：

“是的，尊敬的先生。八点我得到房东家。”

“我六点到，给你带六十法郎来。”

“我的恩人！”戎德雷特欣喜若狂，大声喊道。

接着，又低声说：

“老婆，好好看看他！”

白先生又挽起那位漂亮姑娘的胳膊，转身朝门口走去：

“朋友们，晚上见。”他说。

“六点？”戎德雷特说。

“六点。”

这时，戎德雷特大女儿注意到了椅子上的那件大衣。

“先生，”她说，“您忘记拿大衣了。”

戎德雷特狠狠瞪了女儿一眼，同时还耸了耸肩。白先生回过头，微笑着回答：

“我没忘，留给你们了。”

“呵！我的恩人，”戎德雷特说，“我尊贵的恩人，我都要哭了！请允许我送你们上马车。”

“您出去的话，”白先生说，“穿上这大衣。天气的确很冷。”

戎德雷特不用人说第二遍。他急忙把那件大衣套在身上。然后，三人一同出去了，戎德雷特走在前面，两位客人跟在后面。

十　公共马车的价格：每小时两法郎

马里尤斯把这一幕尽收眼底，可实际上什么也没看见。他的眼睛始终盯着那姑娘，她一迈进这破屋，他的心可以说就把她紧紧抓住，并完全裹了起来。她待着的那段时间里，他心驰神越，他的感觉完全停止，整个灵魂扑在一个点上。他凝视着，但不是那姑娘，而是一团光辉，那是缎面大衣和紫绒帽发出的光辉。即便天狼星进入这屋子，他也不会像这样眼花缭乱。

当姑娘打开包裹，摊开衣服和毛毯，和蔼地探问母亲病情，亲切地询问小姑娘伤势的时候，他窥视她的每个动作，竭力想听见她说话的声音。他已熟悉她的眼睛，她的额头，她的美貌，她的身材，她的步态，但还没听到过她的声音。有一次，在卢森堡公园，他好像听到她说了几句话，但又不十分真切。他宁可折寿十年，也要听见她的声音，以便把这音乐保留一点在他心中。可是，戎德雷特絮絮叨叨，不停地哀怨，喇叭似的哇啦哇啦，把其他声音都盖住了。这无疑使心醉神迷的马里尤斯感到十分扫兴。他贪婪地看着她。他不能想象，他在这个魔窟里，在这群邪恶的人中间看见的，真会是那个妙不可言的姑娘。就好像在一群癞蛤蟆中看见了一只蜂鸟。

她离开时，他只有一个念头：跟踪她，紧跟不舍，不找到她的住址决不离开她！千找万找，才神奇般地重新找到她，至少不能再得而复失！他跳下五斗橱，抓起帽子。他把手放到锁闩上，正要出去，突然想到一个问题，便止步不前了。走廊很长，楼梯很陡，戎德雷特很饶舌，白先生可能还没有上马车；万一在走廊里，或在楼梯上，或在大门口，白先生回过头来，看见他马里尤斯住在这幢房子里，肯定会惊慌不安，会想方设法再次躲开他，这样岂不又完了！怎么办？再等等？可在等的工夫，马车可能会开走。马里尤斯拿不定主意。最后，他决定冒冒险，走出了房间。

走廊里已没有人了。他奔到楼梯上。楼梯上也没有人。他急忙下楼，赶到林荫大道上，正好看见一辆马车拐到小银行家街，回巴黎城去。马里尤斯朝这个方向奔去。跑到大马路的拐角处，又见马车在穆夫塔街疾驰而去。马车已走远，无论如何追不上了。什么？跟在后头跑？这不行；再说，从车上肯定能看见有人在拼命追赶，那父亲就会认出他来。这时，真是天赐良机，马里尤斯看见一辆空出租马车经过林荫大道。只有一个办法，跳上这一辆，追赶另一辆。这样做切实可行，没有危险。

马里尤斯示意车夫停下，对他喊道：

“按小时算！”

马里尤斯没结领带，穿着旧工作服，还掉了纽扣，衬衣胸襟的打褶处还破了道口子。

马车夫停下来，眨了眨眼，向马里尤斯伸出左手，食指和大拇指轻轻搓了搓。

“什么？”马里尤斯问。

“先付钱。”马车夫说。

马里尤斯这才想起身上只有十六苏。

“多少？”他问。

“四十苏。”

“回来再付。”

马车夫吹起拉帕利斯小曲，用鞭子抽了一下马，就算是回答。

马里尤斯呆呆地看着马车远去。因为少二十四苏，他失去了他的快乐，他的幸福，他的爱！他又一次坠落黑暗中！他刚复明，就又成了瞎子！他辛酸地——应该承认，还非常懊悔地——想起早晨给那卑贱姑娘的五法郎钱。假如有这五法郎，他就能得救，就能死而复生，脱离地狱和黑暗，就能摆脱孤独、忧郁和寂寞。他把自己命运的黑线重新接到那根美丽的金线上，可那金线在他眼前飘了一下，复又断了。他垂头丧气地回到旧宅。

按说他应该想到白先生答应晚上再来，他只要干得好，就能跟上他；可他那时只顾凝视那姑娘，几乎没有听见这句话。

上楼梯时，他远远看见戎德雷特，裹着那位“慈善家”的大衣，在林荫大道的另一边，挨着戈布兰门街人迹罕至的城墙，在同一个形迹可疑的家伙说话；那是人们所谓的“城门强盗”，面目可疑，言语晦涩，看上去一肚子坏水，常常白天睡觉，这使人猜想他们在夜间活动。

那两人不顾大雪纷飞，站在那里说话；这样两个人，警察见了肯定会注意，可马里尤斯却没怎么留心。

不过，尽管他沉浸于痛苦中，却仍然想起，和戎德雷特谈话的那个城门强盗，很像库费拉克曾指给他看过的一个叫庞肖，外号叫春天或比格纳耶的家伙，这一带的人称他为相当危险的夜间出没的强盗。在前一卷中，我们已见过他的名字了。这个外号叫春天或比格纳耶的庞肖，曾与好几个刑事案有牵连，此后，便成了臭名昭著的恶棍。那时，他还只小有恶名。如今，他在盗匪圈里成了传奇人物。他在前朝末年，就在这方面开创了新风。晚上，天刚黑，在狮子沟的拉福斯监狱里，犯人三五成群，低声交谈，谈的是有关他的故事。在这个监狱里，巡逻道下方，有一条排粪阴沟，一八四三年，光天化日之下，曾有三十名囚犯从这沟里越狱，成了闻所未闻的事；就在这些茅坑的石板上方，可以看到庞肖的名字，这是庞肖自己在一次越狱中，明目张胆地刻在巡逻道的墙上的。一八三二年，警察就开始注意他了，但那时，他其实还没正式出道。

十一　贫穷帮痛苦

马里尤斯慢慢爬着旧宅的楼梯。他正要回他的陋室，看见走廊里，戎家大女儿跟在他后面。他一见这姑娘就觉讨厌。就是她拿走了他的五法郎，现在问她讨回也来不及了，他那辆马车已开走，另一辆也已走远。况且，她也不会还给他。至于向她打听刚才来的那两个人的住址，那是白费口舌，她肯定不知道，因为那封署名法邦图的信，是交给圣雅克-德-奥巴教堂的慈善家先生的。

马里尤斯走进房间，随手关门。可门却没关上。他回过头，看见有只手抵着半开的门。

“怎么回事？”他说，“谁呀？”

是戎家大女儿。

“是您？”马里尤斯几乎是生硬地说，“怎么老是您！找我有什么事？”

她似乎若有所思，不做回答。她不像上午那样自信。她没有进来，而是待在走廊的阴影中。马里尤斯从半开的门缝里看见她。

“喂！怎么不回答？”马里尤斯说。“找我有什么事？”

她向他抬起忧郁的眼睛，眸子里仿佛隐隐闪烁着一道光。她对他说：

“马里尤斯先生，您好像有心事。怎么啦？”

“我！”马里尤斯说。

“对，您。”

“没什么呀。”

“肯定有。”

“没有。”

“我说肯定有！”

“别烦我了！”

马里尤斯又推了推门，但她仍用手抵着。

“听着，”她说，“您错了。您不富有，但今天上午您帮助了我。请继续做个好人吧。您给了我吃的，现在您有什么难事，请告诉我。您有心事，一看就知道。我不愿意您愁眉苦脸。怎样使您开心呢？我能帮上忙吗？要我做什么，尽管吩咐吧。我不问您的秘密，您也不必告诉我，但我可以帮助您。既然我能帮我父亲，我也能帮您。送个信，跑个人家，挨家挨户问些什么，打听谁的地址，跟踪什么人，这些事我都能做。好了，有什么事，尽管对我说。我去给您传话。有时，去传话的人，只要知道是什么事就够了，一切都会办妥的。您就吩咐吧。”

马里尤斯脑海里闪过一个念头。人感到快坠落时，还会计较什么树枝吗？他走到戎家大女儿身边。

“你听着……”他对她说。

她眸子里闪过一道喜悦的光，打断他说：

“呵！对，用‘你’同我说话吧！我更喜欢这样。”

“好吧，”他接着说，“你带那位老先生和他的女儿到这里来了……”

“是呀。”

“你知道他们的地址吗？”

“不知道。”

“帮我搞到。”

戎家大女儿本已忧转喜的眼睛，此刻由喜而转阴。

“您想要这个？”她问。

“是的。”

“您认识他们吗？”

“不。”

“也就是说，”她急忙说，“您不认识她，但您想认识她。”

她把“他们”改成“她”，其中有说不出的意味和苦楚。

“到底行不行？”马里尤斯说。

“帮您找到那位漂亮小姐的地址？”

她说“漂亮小姐”几个字时，有弦外之音，令马里尤斯不快。他继而又说：

“父亲和女儿的地址，总之都一样！他们的地址，怎么啦！”

她目不转睛地看着他。

“那您给我什么？”

“你要什么，我就给什么。”

“我要什么，您就给什么？”

“对。”

“您会有地址的。”

她低下头，然后，猛地拉上了门。

又只剩马里尤斯自己了。

他倒在一张椅子上，脑袋和双肘靠在床上，陷入理不清楚的思绪中，感到晕头转向。一天来发生的事，天使的出现和消失，戎家大女儿刚才同他说的话，在茫茫绝望中飘浮着的一线希望，这一切，乱七八糟地充塞了他的脑海。

他正在胡思乱想，忽然被惊醒了。他听见戎德雷特扯着刺耳的大嗓门在说话，而那句话引起了他极大的兴趣：

“我给你说，我敢肯定，我认出是他。”

戎德雷特说的是谁？他认出谁来了？是白先生？“他的于絮尔”的父亲？什么！戎德雷特认识他？马里尤斯将会像这样突然而意外地知道

所有的情况了吗？不知道她的情况，他的生活是多么黯淡无光啊！他就要知道他爱的是谁，那姑娘是谁，他父亲是谁了吗？包围他们的浓浓黑暗就要烟消雾散了吗？面罩就要撕开了吗？啊！天哪！

他爬上——不如说跳上五斗橱，又站到隔板上的那个小洞旁。

戎德雷特家破烂的屋子再次展现在他眼前。

十二　白先生给的五法郎派何用场

那家的情况还是那样，不同的是，那女人和两个女儿从包里拿出了毛袜子和毛线衫穿上了，两条新毛毯也扔到了两张床上。

戎德雷特显然刚刚回来，他还在喘粗气。两个女儿坐在壁炉旁的地上。姐姐在帮妹妹包扎伤手。那女人仿佛瘫在壁炉旁的那张床上，满脸惊讶的神色。戎德雷特迈着大步，在屋里来回走着。他的眼神怪怪的。

那女人在丈夫面前似乎有些胆怯，显得神态愕然。她壮胆问道：

“什么，真的吗？你肯定？”

“肯定！八年了！但我认得他！啊！我认得他！我一眼就认出他来了！怎么？你没看出来？”

“没有。”

“可我对你说要你注意了呀。还是那副身材，还是那张脸，不怎么见老。有些人是不会老的，我不知道他们是怎么搞的。说话的声音还是老样子。只是穿得比过去好了！啊！神秘的鬼老头！我可抓住你了！”

他停下来，对两个女儿说：

“你们两个，别在家待着！——真奇怪，你怎么就没看出来。”

她们乖乖地站了起来。母亲结结巴巴地说：

“她的手不是受伤了吗？”

“空气对她有好处。”戎德雷特说。“快走。”

显然，他是不容置辩的那种人。两个女儿出去了。她们正要出门，父亲抓住大女儿的胳膊，以一种古怪的口吻对她说：

“你们五点钟一定要回来。两个人都要回来。我需要你们。”

马里尤斯更注意听了。

屋里只剩下戎德雷特和他老婆了。他又开始在屋里来回走动，默默地转了两三圈。接着，他又用几分钟时间，把身上那件女人衬衫塞进裤腰里。

蓦然，他转向老婆，叉起双臂，大声说：

“你想听我给你说一件事吗？那小姐……”

“什么？”那女人说，“小姐……？”

马里尤斯确信无疑，他们谈的正是她。他万分忧虑，侧耳细听。他的全部生命都集中在耳朵里了。

可是，戎德雷特俯下身子，低声同他老婆说话。接着，他直起腰，大声说了最后一句话：

“是她！”

“那东西？”老婆说。

“那东西！”丈夫说。

任何语言都难以表达那母亲说的“那东西”中所包含的内容。那是一种极其可怕的语调，混杂着惊讶、狂怒、仇恨和气愤。这个胖女人，他丈夫只在她耳边说了几个字，可能是个名字，她就从半睡状态中清醒过来，由令人厌恶，变得令人可怕了。

“不可能！”她喊道。“我女儿打赤脚，没裙子穿！怎么！她却又是缎面大衣，又是丝绒帽，又是缎子靴！什么都有！这些行头，要二百多法郎哪！真像个贵妇人！不，你搞错了。再说，首先，那一个长得很丑，这一个长得不错！的确不错！不可能是她！”

“我跟你说，就是她！你瞧吧。”

听见丈夫如此斩钉截铁，那婆娘抬起长着一头金发的红兮兮的大宽脸，用奇丑无比的表情望着天花板。这时，马里尤斯觉得她比她丈夫还要可怕。那是一头虎视眈眈的母猪。

“什么！这个用怜悯的神态看我女儿的令人憎恶的漂亮小姐，是那个叫花子！呵！我真想用木鞋踢破她的肚子！”

她跳下床，蓬头散发，鼓起鼻孔，半张着嘴巴，捏紧拳头甩向后面。

她站了一会儿，又倒在破床上。那男的来回走着，没有理会他老婆。沉默了一会儿，他走到老婆身边，停下来，像刚才那样交叉双臂。

“你要我再给你说件事吗？”

“什么？”她问。

他低声而生硬地说：

“我要发财了。”

他老婆仔细打量他，目光像是在说：“同我说话的人是不是疯了？”

他则继续往下说：

“岂有此理！我在这个‘不挨冻便要饿死不挨饿便要冻死’的教区，当教民的时间够长的了！我受罪受够了！什么我的责任，别人的责任！我不开玩笑了！我不觉得这好玩了！文字游戏玩够了，仁慈的上帝！别再作弄人了，永生的天父！我想吃得饱饱的，喝得足足的！狼吞虎咽！整天睡觉！什么也不做！我想享享福了，我！翘辫子之前，我想当当百万富翁！”

他在破屋里绕了一圈，然后又说：

“和别人一样。”

“你想说什么呀？”那女人问。

他晃了晃脑袋，眨了眨眼睛，就像物理学家在十字街头进行示范讲解那样，提高嗓门说：

“我想说什么？听着！”

“嘘！”他老婆咕哝道，“别这样大声！这事是不能让人听见的。”

“算了！谁来听？隔壁那位？我看见他刚才出去了。再说，这傻瓜会听见吗？况且，我告诉你，我看见他出去了。”

可是，出于一种本能，戎德雷特还是压低了嗓门，但不是很低，马里尤斯仍听得见。还有一个有利条件，外面下着雪，使得马路上过往车辆的声音变小了，因此，他们说的每句话，他都听得清清楚楚。

下面就是马里尤斯听到的：

“好好听着。那个财神，他逃不了了！等于被抓住了。我已做了安排，一切都布置好了。我找了些人。他今晚六点来。送六十法郎来，恶棍！你看见我是怎样胡诌我的六十法郎、我的房东、我的二月四日的吧！今天根本不是结账日！真是蠢猪！他六点来！正是隔壁那位去吃晚饭的时候。比贡太太在城里洗碗。房子里没有人。那位邻居十一点前不会回来。孩子们望风。你帮我。他不敢不照我说的做。”

“万一他不做呢？”那女人问。

戎德雷特做了一个可怕的手势，说道：

“那就干了他。”

说完纵声大笑。

马里尤斯第一次见他笑。这笑声既冷又柔，使人毛骨悚然。

戎德雷特打开壁炉旁的一个壁橱，拿出一顶旧鸭舌帽，用袖管揩了揩，戴到头上。

“现在，”他说，“我要出去一趟。我还要找几个人，得力的人。你等着瞧吧，不会有问题。我尽早回来。这是场好戏。你看好家。”

他两手插在裤腰的两只口袋里，沉思片刻后大声说：

“你知道，幸亏他没有认出我！他要是认出了我，就不会再来了。就会躲着我们！是我的胡子救了我！我这浪漫的山羊胡子！漂亮而浪漫的小山羊胡子！”

说完，他又哈哈大笑。他走到窗口。雪不停地下着，将灰蒙蒙的天空划成一道道。

“鬼天气！”他说。

他裹紧大衣：

“这大衣太肥了。——不过没关系，”接着他又说，“这老混蛋，幸亏给我留下了这件大衣！否则，我就出不去，一切也就落空了！事情就这么巧！”

他把鸭舌帽拉到眼睛上，便出去了。

他在门外才走几步，房门忽又打开，门缝里又出现他凶恶而聪慧的身影。

“我忘了，”他说，“你准备一炉煤。”

他把“慈善家”给他的五法郎硬币扔到老婆的围裙里。

“一炉煤？”那女人问。

“对。”

“几斗？”

“两满斗。”

“这要三十苏。剩下的，我买吃的。”

“可别。”

“为什么？”

“我也要买一样东西。”

“什么？”

“一样东西呗。”

“要多少钱？”

“这一带哪里有五金店？”

“穆夫塔街。”

“对了，在一条街的角上，我见过那家店。”

“告诉我，你要买的东西要多少钱？”

“五十苏到三法郎。”

“剩不下多少吃晚饭了。”

“今天还谈不上吃饭。有更重要的事要做。”

“够了，我的宝贝。”

他老婆说完这话，戎德雷特便关上门。这次，马里尤斯听见他的脚步声在旧宅的走廊里渐渐走远，很快下了楼梯。

此刻，圣梅达尔教堂正敲响一点钟。

十三　独处偏僻之地，不会想到念诵天父[①]

马里尤斯尽管爱沉思默想，但我们前面说过，他的性格却坚强刚毅。这种独自沉思的习惯，培养了他的同情心和怜悯心，同时也许减弱了他

① 原文为拉丁语。

发怒的官能，但丝毫未损他愤慨的官能。他有婆罗门教徒的仁慈和法官的严正；他会同情一只癞蛤蟆，但也会踩死一条毒蛇。然而，他刚才瞅见的是一个毒蛇窝，呈现在他面前的是一个魔鬼窟。

“得把这些无赖踩在脚下。”他想道。

他原本想解开的谜团，一个也未解开，相反，可能变得更神秘了。对于卢森堡公园的那位漂亮姑娘和他称作白先生的那个男子，除了知道戎德雷特认识他们以外，其他情况依然一无所知。从他听到的那些晦涩难解的话，他只隐约猜到一件事：戎德雷特正在设置陷阱，虽不知是怎样的陷阱，但一定十分可怕；父女二人正面临巨大的危险，她很可能会遭难，她父亲则肯定遭难。得搭救他们，得挫败戎德雷特的罪恶阴谋，撕破这些蜘蛛结的网。他观察戎家那婆娘。她已把旧铁皮炉子从一个角落里拖出来了，此刻正在废铜烂铁堆里翻找什么。

他轻手轻脚地从五斗橱上跳下来，尽量不发出一点声音。

他为正在筹划中的阴谋深感恐惧，又对戎德雷特一家深觉厌恶，想到自己也许能为心爱的人做些什么，不禁感到欣慰。

可怎么做呢？给受威胁的人报信？可到哪里去找他们呢？他不知道他们的住址。他们在他眼前只重新出现了一会儿，继而又扎进巴黎茫茫大海中了。晚上六点等在门口，待白先生一到，便告诉他有陷阱？可戎德雷特及其一伙会发现他在窥视，附近又很荒僻，他会寡不敌众，不是被他们抓住，便是被他们赶走，他想救的人就完了。一点钟刚刚敲过。陷阱要到六点才开始。马里尤斯还有五个小时。

只有一个办法。

他穿上那件还能将就穿的外衣，围上围巾，戴上帽子，悄悄出去了，就像赤脚走在青苔上那样，几乎没发出声音。

再说，戎家婆娘还在那堆废铜烂铁里乱翻呢。

一出旧宅大门，他便拐进小银行家街。

在这条街的中段，有一堵矮墙，好几处可以跨过去，墙后是一块空地。马里尤斯心事重重，缓步而行，脚步声消失在雪地里。他来到矮墙旁，忽听得附近有人在说话。他回头张望，街上荒无人迹，且是大白天，可他明明听见有说话声。

他忽起念头，从身旁的墙头上往里张望。果然有两个人正背靠着墙，坐在雪地上交谈。这两张面孔，他从未见过。一个蓄着胡子，穿着工作服，另一个留着长发，衣衫褴褛。蓄胡子的戴一顶希腊式无边圆帽，另一个光着脑袋，头发上落满雪花。

马里尤斯把脑袋伸到他们头上方，便能听见他们的谈话了。留长发的用臂肘捅捅对方，说道：

“有‘猫露屁股’在，肯定能成功。”

“你这样认为？”蓄胡子的说。留长发的接上去说：

“每个人能挣五百法郎哪！大不了蹲五六年班房，顶多十年！”

另一个仍踌躇不定，将手伸进圆帽下搔头发，边搔边回答：

“这倒是真的。这样的事，是不能不做的。”

“我跟你说，肯定会成功的。”留长发的又说。“那什么老爹的双轮小马车会套上马的。”

接着，他们开始谈论头天在快乐街看的一部情节剧。马里尤斯便又继续赶路了。

他觉得，这两个鬼鬼祟祟的家伙躲在这堵墙后，蹲在雪地里说的晦涩难懂的话，也许同戎德雷特的罪恶计划不无关系。说不定就是那件事。

他朝圣马索镇走去，遇见第一家店，便上前打听哪里有警察分局。人家告诉他在蓬图瓦兹街十四号。马里尤斯朝那里走去。

他经过面包店，花两苏钱买了个面包吃了，估计晚饭是吃不成了。

他边走边想上天还是有眼的。他思忖，假如早晨他没给戎家大女儿五法郎，他就会去跟踪白先生的马车，也就不会知道这件事，戎德雷特的陷阱就会一无阻挡，白先生就会遭殃，他的女儿也会和他一起完蛋。

十四　警察给律师两个“拳头”

到了蓬图瓦兹街十四号，马里尤斯上了二楼，求见警察局长。

“局长先生不在，”一个接待员说，“但有个警探代他行施职责。您要同他谈谈吗？急不急？”

“急。”马里尤斯说。

接待员把他引到局长办公室。有个高个子男人站在一道栅栏后面，靠在一个火炉上，正用双手将大衣的下摆撩起来。那大衣很宽大，有三层披肩似的翻领。那人的脸四四方方，嘴唇薄而有力，颊须花白，浓而粗野，目光犀利，能把你的衣袋翻转来，可以说不是在穿透，而是在翻找。

这人的神态几乎和戎德雷特一样凶残和可怖；有时，遇见看门狗，会像遇见狼那样，叫人胆战心惊。

“有什么事吗？”他对马里尤斯说，连先生都没称呼。

“局长先生呢？”

“他不在，由我代替。”

“我有一件非常秘密的事要报告。”

“说吧。”

“非常紧急。”

“那您快说呀。”

这人冷静而粗暴，让人见了既害怕，又放心，既产生恐惧感，又产生信任感。马里尤斯把他的奇遇向他做了叙述。——有个他见过面却不认识的男子，晚上可能要陷入一个圈套；——他，马里尤斯·蓬梅西，律师，住在贼窝的隔壁，隔墙听到了全部阴谋；——策划阴谋的恶棍叫戎德雷特；——他有同谋，很可能是城门强盗，其中有个人叫庞肖，外号叫春天，又叫比格纳耶；——戎德雷特的两个女儿在外边望风；——无法通知受威胁的人，因为连他的名字都不知道；——总之，他们将在晚上六点动手，地点在医院林荫大道最偏僻的地段，五〇—五二号。

听到这个门牌号码，那警察抬起头，冷冷地说：

“是走廊最里头的那个房间吗？”

“正是，”马里尤斯说，接着又补了一句，“您熟悉那幢房子？”

警探沉默片刻，而后，他把靴跟放到火炉口烘烤，一边回答：

“有印象。”

接着，他又咕哝了一句，与其说在同马里尤斯，毋宁说在对自己的领带说话：

“这事可能与‘猫露屁股’有点关系。”

这句话引起了马里尤斯的注意。

“猫露屁股？”他说。“我确实听到了这个词。”

他把长头发和大胡子在小银行家街矮墙后面雪地里的谈话，向警探叙述了一遍。

警探咕哝道：

“长头发可能是布吕戎，大胡子可能是半文钱，外号二十亿。”

他又垂下眼睛，沉思起来。

“至于那什么老爹，我猜到他是谁了。哎呀，我的外套烤焦了。这些该死的炉子，火总是太旺。五〇一五二号，戈博旧宅。”

然后，他看着马里尤斯说：

“除了长头发和大胡子，您没看见别人吗？”

“还见过庞肖。”

“您没看见一个花花公子模样的魔头在这一带闲逛吗？”

“没有。”

“也没看见一个和植物园里的大象一样高大壮实的大块头吗？”

“没有。”

“也没看见一个像旧戏中的红辫子小丑的滑头吗？”

“没有。”

“至于第四个人，谁都见不到他，连他的帮手、同伙和喽啰也见不着他。您没看见不足为怪。”

“没看见。”接着又问道：“这些人都是什么人？”

警探回答：

“再说，现在也不是他们活动的时候。”

他又沉默片刻，然后说：

“五〇一五二号。我熟悉这幢旧宅。我们藏在里面，不可能不被那些演员发现。稍有动静，他们就会取消演出。他们那么谦虚！有观众在场，他们会不自在。这样不行，这样不行。我想听他们唱歌，让他们跳舞。”

他自言自语完后，便转向马里尤斯，目不转睛地看着他问道：

“您会害怕吗？”

“怕什么？”马里尤斯说。

“怕那些人。”

“不会比怕您更怕！”马里尤斯生硬地回答，他开始注意到，这个密探还没称过他先生。

那警探更目不转睛地望着他，并以说教式的语气，一本正经地对他说：

“听您说话，好像挺有胆量，也挺正直。勇敢不惧罪恶，正直不畏权势。”

马里尤斯打断他说：

“好。不过，您打算怎么办？”

警探只是回答说：

“住在那幢房子里的人都有一把万能钥匙，供夜里回家开门用。您大概也有吧？”

“有啊。”马里尤斯说。

“带在身上吗？”

“在身上。”

“把它给我。”密探说。

马里尤斯从背心兜里取出钥匙，交给警探，说道：

“假如您相信我，来时多带些人。”

警探瞪了马里尤斯一眼；那眼神，就像伏尔泰听见外省的院士建议他采用某个韵脚时的眼神如出一辙。然后，他猛地把两只特大的手伸进外套的两只特大的兜里，取出两支人称“拳头”的钢管小手枪，递给马里尤斯，急促而生硬地说：

“拿着。回您的家去。躲在您的房间里。让人家以为您出门了。枪里已装了子弹。每支两发。您就待着观察。您说过墙上有个洞。那些人来后，先别管他们。您认为时机已到，该出面阻止时，您就开一枪。不要过早。剩下的事由我处理。朝天，朝天花板，朝任何地方开枪。但不要过早。等他们开始行动后。您是律师，知道该怎么办。”

马里尤斯接过枪，放进上衣的一个侧袋里。

“这样太鼓，会引起注意的。”警探说，“不如放在裤袋里。”

马里尤斯把手枪放进裤袋里。

“现在，”警探接着又说，“我们一分钟也不能浪费了。几点了？二点半。是不是七点？”

“六点。”马里尤斯说。

“来得及，”警探说，“不过很紧张。别忘了我对您说的话。砰！开一枪。”

“放心吧。”马里尤斯回答。

马里尤斯正想拉门出去，警探对他嚷道：

“对了，六点前，您若还需要我，就来这里，或派个人来。就说找雅韦尔警探。”

十五 戎德雷特采购用品

过了一会儿，快到三点时，库费拉克在博絮埃陪同下，碰巧从穆夫塔街经过。雪越下越大，漫天飘着雪花。博絮埃正在对库费拉克说：

“看见这些雪片纷纷落下，会以为漫天都是白蝴蝶。”

忽然，博絮埃远远看见马里尤斯顺着这条街向城门走去，神态有些古怪。

“瞧！”博絮埃惊呼道，“马里尤斯！”

“我看见了。”库费拉克说。“别跟他说话。”

“为什么？”

“他正忙着呢。”

“忙什么？”

“你没见他的神态吗？”

“什么神态？”

“他好像在跟踪一个人。”

“真的。”博絮埃说。

“你看他的眼睛！”库费拉克又说。

“他在跟踪谁呢？”

“一个帽上插花的——娇小妩媚的——放荡小妞呗！他恋爱了。”

“可我在街上既没见什么妩媚的小妞，也没见什么放荡的小妞，更没见什么插着花的帽子呀。连个女人的影子都没有。”

库费拉克看了看，嚷道：

“他在跟踪一个男人！”

果然，有个男人走在马里尤斯前面，相距二十来步，戴着鸭舌帽，尽管只见背影，仍能辨出他的花白胡子。

那人穿一件过于肥大的崭新的紧腰中大衣，一条破破烂烂、满是污泥的长裤子。

博絮埃纵声大笑。

“那人是谁？”

“那人？”库费拉克说，“是个诗人。诗人常穿兔皮商的长裤，法兰西贵族的紧腰大衣。”

“我们去看看马里尤斯到哪里去，”博絮埃说，“看看这个人到哪里去，跟踪他们，怎么样？”

“博絮埃！”库费拉克嚷道，“墨城的鹰！你真是粗野得出奇。跟踪一个跟踪人的人！”

他们返回去了。

事实上，当马里尤斯看见戎德雷特从穆夫塔街经过时，就跟踪监视他了。

戎德雷特走在前面，哪料到后面有人盯梢。马里尤斯见他离开穆夫塔街，走进格拉西厄兹街一座最破烂的房子里，过了一刻钟，又回到了穆夫塔街。他走进当年还坐落在皮埃尔-龙巴尔街拐角处的五金店，几分钟后，马里尤斯见他拿着一把白木柄的钳工錾走出铺子，他把钳工錾藏到紧腰中大衣里。到了小让蒂伊街，他向左拐，快步走到小银行家街。天色渐暗，雪停了一会儿，又下了起来。马里尤斯躲在小银行家街的拐角处，不再跟踪戎德雷特了。街上一如平时，荒凉僻静。他幸亏没跟过去，因为戎德雷特到了马里尤斯曾偷听到长头发和大胡子谈话的那堵矮墙时，突然回头望了望，确信无人跟踪，无人看见，便跨过矮墙，消失不见了。

墙后那片空地通达一家前出租马车行的后院，车行老板声名狼藉，现已破产，车棚里还有几辆破车。

马里尤斯寻思，应该趁戎德雷特不在家时赶紧回去；况且，时候也不早了；每天傍晚，比贡妈妈去城里给人洗碗时，总要把大门关上，黄昏时锁大门已成了惯例；马里尤斯的钥匙已给了那警探；因此，他得赶快回去。

黄昏已降临，天差不多黑了。在天边，在无垠的空间，只有一个点还被太阳照亮，那就是月亮。一轮红红的月亮，在硝石库医院的矮圆顶后面冉冉升起。

马里尤斯大步流星赶回五〇—五二号。他到达时，大门还开着。他踮着足尖上楼，沿着走廊的墙壁，悄悄溜到自己的房门口。大家还记得，走廊两侧的陋室当时尚未租出，全都空着。这些房间的门，比贡妈妈一般是不关的。经过其中一间的房门口时，马里尤斯好像看见这空屋里有四个一动不动的人头，被窗子里射进来的落日余晖照着，微微发白。马里尤斯怕被发现，就没有细看。他悄没声儿地回到房里，没有被人发现。回来得正是时候。过了一会儿，他听见比贡妈妈走了，大门关上了。

十六　又听到了根据一八三二年英国一首流行曲调改编的歌

马里尤斯坐在床上。可能有五点半了。离将要发生的事只差半个钟头了。他听见自己血管的跳动声，就像在黑暗中听得见钟表的滴答声。

他想到此刻暗中正紧锣密鼓着两件事，一边是犯罪活动，另一边是正义行动。他并不害怕，但一想到将要发生的事，不免有些颤栗。他像所有突遭意外事件袭击的人那样，整整一天都好像在梦里。为使自己确信不是在做噩梦，他随时需要感觉到裤兜里两支冰冷的钢手枪。

雪停了。月亮穿透薄雾，变得越来越明亮；月亮的清光和白雪的反光交相辉映，给房间蒙上一层黄昏的色彩。

戎家的破屋里有亮光。马里尤斯看见隔板的那个窟窿里闪烁着红光，在他看来是血光。

事实上，这亮光不大可能是蜡烛发出来的。此外，戎家毫无动静，没有人走动，没有人说话，一点气息都没有，寂静得让人觉得寒气逼人；假如没有这亮光，真会以为隔壁是坟墓。

马里尤斯轻轻脱去靴子，把它们推到床底下。

几分钟过去了。马里尤斯听见底下的大门吱呀转动，随后，他听见沉重而急促的脚步声爬上楼，经过走廊，隔壁陋室的碰锁咔嚓一声提起。戎德雷特回来了。

接着，响起了好几个人的说话声。原来全家人都在屋里。只是男主人不在时，全都沉默不语，正如老狼不在，狼崽子不发出声音一样。

“是我。”他说。

“晚上好，老爸！”女儿们尖声说道。

“怎么样？”母亲问。

“一切顺溜，”戎德雷特说，“只是我的脚冻坏了。好，就要这样，你换上衣服了。你得让人家信任你。”

“我已做好出门的准备了。”

“我教你的话，你没忘吧？能办好吗？”

“放心吧。”

“因为……”戎德雷特说。他没把话说完。

马里尤斯听见他把一个沉甸甸的东西放到桌上，大概是他买的那把钳工錾。

“啊，”戎德雷特又说，“你们吃过东西没？”

马里尤斯大步流星赶回五〇—五二号。（P737）

“吃了，”母亲说，“有三个大土豆和一点儿盐。我利用这火，把它们煮了煮。”

“好。”戎德雷特又说。“明天，我带你们去撮一顿。会有一只全鸭和几道配菜。吃得像查理十世一样好。一切顺利。”

然后，他又压低嗓门，说道：

“捕鼠的笼子已打开。猫已就位。”

他又压低嗓门说：

“把这放进火里。”

马里尤斯听见一把钳子或一个铁器碰撞煤块的声音。戎德雷特继续说：

“你给门铰链上油了吗？这样就不会有声音了。”

“上了。”母亲回答。

“几点了？”

“快六点了。圣梅达教堂刚敲过半点钟。”

“见鬼！”戎德雷特说。“孩子们该去望风了。你们过来，给我听着。”

接着是一阵窃窃私语。然后，戎德雷特又抬高嗓门说：

“比贡大妈走了吗？”

“走了。”母亲说。

“你肯定隔壁没有人？”

“他白天没回来。你知道现在是他吃晚饭的时候。”

“你肯定？”

“肯定。”

“不管怎样，”戎德雷特说，“去他家看一看他在不在没有坏处。女儿，拿着蜡烛，快去。”

马里尤斯趴在地上，悄悄爬到床底下。他刚藏好，门缝里露出了烛光。

“爸爸，”一个声音喊道，“他出去了。”

他听出是大女儿的声音。

“你进去没？”父亲问。

“没有，”女儿回答，“不过，钥匙在门上，说明他出去了。”

父亲喊道：

“进去看看嘛。”

门开了，马里尤斯看见戎家大女儿拿着一支蜡烛走进来。她还是早上那模样，只是烛光下显得更可怕。

她径直朝床走来，马里尤斯一时紧张极了。其实，她是朝挂在床边墙上的那面镜子走去的。她踮起足尖，对着镜子左照右照。隔壁传来铁器的翻动声。

她用手将头发抹抹平，对着镜子微微一笑，一面用嘶哑阴沉的嗓门低声哼唱：

> 我们相爱了一星期，
> 幸福的时光太短暂！
> 一星期恩爱很值得！
> 爱情应该到永远！
> 到永远！到永远！

这时，马里尤斯浑身哆嗦。他觉得她不可能听不见他的呼吸声。

她走到窗口，望望窗外，傻兮兮地大声喊道：

“巴黎穿上白衬衣时多丑啊！”

她又回到镜子跟前，又做了些怪相，正面侧面照了又照。

“喂！”父亲喊道，“你在干什么？”

“我在看床底下和家具底下，”她回答道，一面仍在理头发，“没有人。”

“蠢货！”父亲吼道，“快回来！别浪费时间。”

“来了！来了！”她说。“在他们的破家里，干啥都没时间！”

她低声哼唱：

> 你扔下我，奔赴战场，
> 我忧愁的心与你同行。

她朝镜子里看了最后一眼，随手关上门走了。

过了一会儿，马里尤斯听见两个姑娘赤脚经过走廊的声音，以及戎德雷特对她们的吼叫声：

“要留神！一个在城门那边，一个在小银行家街的拐角上。死死盯着大门，看到什么动静，赶快跑回来！奔上楼梯！你们有进楼的钥匙。”

大女儿咕哝道：

“大雪天，光着脚放哨！”

“明天你们就会有金色缎面靴穿了！”父亲说。

她们下了楼梯，几秒钟后，大门砰地一声关上，说明她们已到了街上。

房子里只剩下马里尤斯和戎德雷特夫妇了，可能还有马里尤斯昏暗中依稀看见的躲在空房间里的那几位神秘人物。

十七　马利尤斯给的五法郎派何用场

马里尤斯认为，应该上他的观察点观察了。凭着年轻人的敏捷，他转眼就到了墙上那个窟窿旁。

他往里张望。

戎家屋里有种异样的景象，马里尤斯终于明白刚才看到的奇怪亮光是什么了。一支蜡烛在起了铜绿的烛台上燃烧，但真正照亮屋子的不是烛光。壁炉里有一个相当大的铁皮炉子，满炉煤炭已点着，炉火的反光似乎照亮了整个陋室。正是戎家婆娘上午准备的那个炉子。煤火烧得很旺，炉子烧得通红，蓝色火焰在炉内欢跳，借着这火焰，可见有把钳工錾深深插进炭火，已烧得通红通红，正是戎德雷特在皮埃尔-龙巴尔街上买的那把。在靠门的一个角落里，有两堆东西，一堆好像是废铁器，另一堆好像是绳子，似乎要派什么用场。对于不知道正在策划什么阴谋的人来说，看到这些东西，或许会想到要发生什么可怕的事，或许会想得很简单。这火光熊熊的破屋，与其说像地狱的入口，毋宁说像个铁匠铺，可这火光下，戎德雷特与其说像铁匠，不如说像魔鬼。

炉火的温度很高，桌上那支蜡烛靠炉子的一边已开始熔化，变成了斜面。壁炉上放着一盏旧的铜隐显灯，适合变成强盗的第欧根尼使用。

铁皮炉放在壁炉里，挨着几根奄奄一息的焦柴，烟被送进烟囱，闻不到煤气味。

月光透过四块窗玻璃射进来，将清辉投到红光闪烁的破屋里，这对即将行动却依然充满梦想和诗情的马里尤斯来说，不啻上天将一种意念投到尘世间的噩梦中。

一阵风从那块碎玻璃窗中吹进来，有助于驱散煤味，掩盖炉子。

前面我们介绍过戈博旧宅，读者还记得的话，就会感到，选择戎德雷特的贼窝作为干坏事的场所，是十分英明的。这是巴黎最荒僻大街上的一幢最偏僻的房子中的最靠里面的房间。假如世上不存在陷阱，在这里也会发明出来。

这个陋室被整幢房子和许多空屋同马路隔开，唯一的窗户对着一片空地，空地围着围墙和栅栏。

戎德雷特已点着烟斗，坐在破椅上抽烟。他老婆正在同他低声说话。

假如马里尤斯是库费拉克，也就是说，是个在任何情况下都会发笑的人，看见戎家婆娘那副模样，一定会忍俊不禁，纵声大笑。她头戴插有羽毛、颇像查理十世加冕礼上武士军帽的黑帽子，身穿针织短裙，围着格子花呢披肩，脚穿那双早上她女儿不愿穿的男鞋。就是这身装束，获得了戎德雷特的称赞："好！你穿上了！很好！得让人家信任你！"

至于戎德雷特，他仍穿着白先生送给他的过于肥大的新大衣，这件衣服和他的长裤依然形成强烈的对照，在库费拉克眼里，依然构成诗人的理想形象。

突然，戎德雷特抬高嗓门说：

"噢！我想起来了。这种天气，他肯定会坐马车来。快把提灯点上，拿着它下楼去。你待在楼下的大门后面。听见车停下来，赶快把大门打开，他上来时，你在楼梯上和走廊里给他照路，他进屋后，你赶快再下去，付给车夫车钱，把他打发走。"

"钱呢？"妻子说。

戎德雷特在裤兜里搜了搜，把五个法郎交给她。

“这是什么？”

戎德雷特神气活现地说：

“早晨邻居给的大头。”

继而他又说：

“你知道吗？得有两把椅子。”

“为什么？”

“坐呗。”

戎家婆娘平静地回答：“对！我去把邻居家的给你拿来。”听见这句话，马里尤斯感到一阵战栗掠过背脊。

她迅速开了门，到了走廊上。

马里尤斯无论如何也来不及从五斗橱上下来，钻进床底下躲起来。

“带着蜡烛。”戎德雷特喊道。

“不用，”她说，“那样不方便，要拿两张椅子哩。有月光。”

马里尤斯听见她在黑暗中笨手笨脚地摸索他门上的钥匙。门开了。他又惊又怕，待着不动。

那女人进来了。

天窗里透进一道月光，两边是两大块黑影。其中一块黑影将马里尤斯倚靠的那面墙全部盖住，因此，他也隐没在黑暗中。

戎家婆娘抬头看了看，但没看见他，拿起马里尤斯仅有的两张椅子便走了，门在她后面砰地关上。

她回到陋室：

“椅子拿来了。”

“拿着提灯，”丈夫说，“快下楼去。”

她急忙服从。戎德雷特独自在家。

他把两张椅子放到桌子两旁，将煤火里的钳工錾翻了个身，把一扇破屏风放到壁炉前，遮住炉火，然后，跑到放绳子的角落里，弯下腰，好像在检查什么。马里尤斯这才看明白，刚才以为是一堆烂绳的东西，原来是一条完美的绳梯，有一些木头梯级，还有两个用作固定的铁钩。

这条绳梯，以及另外几件混在门后那堆破铜烂铁中，活像狼牙铁棒之类的粗笨工具，早上还不在戎家的破屋里，显然是下午马里尤斯不在时搬来的。

马里尤斯想道：“这都是打刃具铁匠的工具。”

假如马里尤斯在这方面比较内行的话，就会在他以为是打刃具铁匠的工具中，分辨出有的是用来撬锁或撬门的，还有的是用来割或砍的。这两类凶器，盗贼们分别称作“弟弟”和“剪刀”。

壁炉、桌子和两张椅子正好对着马里尤斯。炉子已被屏风挡住，只剩下烛光照亮屋子了；桌上或壁炉上任何一点破烂，都会投下一大片阴影。房间里寂寂无声，说不出的阴森可怕，这预示着一件惊心动魄的事就要发生。

戎德雷特烟斗灭了也没理会，这表明他心事重重。他又来坐到椅子上。烛光使他脸上凶恶狡诈的棱角更加突出。他频频皱眉，右手掌不时突然张开，仿佛在对自己内心最后的阴险独白做出回答。在其中一次阴暗的自问自答中，他突然拉开桌子抽屉，取出藏在里面的一把长菜刀，在自己的指甲上试试锋刃。然后，他又把刀放回去，推上抽屉。

马里尤斯也赶紧抓住右裤兜里的手枪，抽出来，将子弹推上膛。子弹上膛时，发出微弱而清脆的声音。戎德雷特一惊，从椅子上半抬起身子。

“谁？”他喊道。

马里尤斯屏息敛气，戎德雷特侧耳细听了一会儿，然后大笑着说：

“我真愚蠢！是隔板的爆裂声。”

马里尤斯手中仍握着枪。

十八　马里尤斯的两把椅子面对面摆着

突然，远处的一口钟敲响，凄凉的颤动声震撼着窗玻璃。圣梅达教堂正敲六点。

每响一下，戎德雷特便点一次头。第六响敲过后，他用手指头掐掉烛花。接着，他开始在房里踱步，时而又去听听走廊里的动静，走走听听，听听走走。

“但愿他来！”他咕哝道。然后他又回来坐到椅子上。

他刚坐下，房门打开了。是戎家婆娘开的门，她待在走廊里，隐显灯的一个小孔透出亮光，从下面照着她满脸堆笑的丑相。

“进来，先生。”她说。

“进来，我的恩人。”戎德雷特连忙起身，跟着说道。

白先生出现了。他神态安详，令人肃然起敬。他把四个金路易放到桌上。

“法邦图先生，”他说，“这是给您交房租和应急用的。以后我们再看。”

“愿上帝报答您，我慷慨的恩人！”戎德雷特说。然后，他快步走到妻子跟前：

“去把马车打发走！”

趁丈夫千谢万谢，并给白先生让座的工夫，她偷偷溜走了。过了一会儿，她回来了，在丈夫的耳边悄悄说：

“走了。”

从早上起，就不停地下雪，地上的雪很厚，没听见马车来到，也没听见马车开走。

这时，白先生已坐下。戎德雷特也在对面的椅子上就坐。

现在，为了对即将发生的场面有个概念，请读者好好想象一下：一个天寒地坼的夜晚，硝石库医院一带白雪覆盖，渺无人迹，月光惨白，有如无边无际的裹尸布，稀稀疏疏的路灯将阴森凄凉的林荫大道和路旁黑黢黢的榆树映红，方圆一公里可能没有一个行人；戈博旧宅极其寂静、可怖和黑暗；在这旧宅里，在这寂静中，在这黑暗中，戎家宽敞的破屋被一支蜡烛照亮，两个男人坐在一张桌子的两旁；白先生神态安详；戎德雷特满脸堆笑，却面目狰狞；戎家婆娘，那头母狼，待在一个角落里；马里尤斯藏在隔墙后，站着一动不动，不漏掉一句话，不放过一个动作，眼睛监视着，手里拿着枪。

此外，马里尤斯只是感到厌恶，却毫不害怕。他手里握着枪，心里很踏实。他想："我随时都可收拾这恶棍。"

他感到警察已埋伏在附近什么地方，等待着约定的信号，随时准备动手。

他还希望，从戎德雷特和白先生的这次暴力冲突中，能发现些什么，以便解开他的谜团。

十九　担心暗处

白先生刚坐下，目光便转向那两张床。床上没有人。

"受伤的可怜小姑娘怎样了？"他问。

"不好，"戎德雷特露出伤心而感激的笑容回答道，"很不好，尊敬的先生。她姐姐带她到硝石库医院去包扎了。您会看见她们的，她们就要回来了。"

"法邦图太太好像好一些了？"白先生又说，一面朝那婆娘的奇装异服扫了一眼；她站在他和房门中间，仿佛已在把守出口，摆出威胁而近乎战斗的架势，咄咄逼人地注视他。

"她活不长了。"戎德雷特说，"可有什么法子呢，先生？这女人，她可顽强呢！这哪是女人，简直是头牛。"

那婆娘听到称赞，深受感动，就像受了恭维的怪兽，撒娇似的嚷道：

"你对我总是这么好，戎德雷特先生！"

"戎德雷特？"白先生说，"我还以为您叫法邦图呢。"

"法邦图，号称戎德雷特！"丈夫赶紧说道，"演员的艺名！"

他朝妻子耸了耸肩，白先生没有看见。接着，他又改用夸张而动听的声调说道：

"啊！因为我和这个可怜的宝贝感情一直很好！如果连这个都没有，我们还有什么呢？尊敬的先生，我们太不幸了！我们有胳膊有腿，却没有工作！我们有热情，却没有活做！我不知道政府如何解决这些问题，不过，我以名誉担保，先生，我不是雅各宾派，先生，我也不是‘漆皮帽派[1]’，我不怪政府，不过，假如我是部长，我保证，情况会大不一样。您看，比方说，我曾想让我的两个女儿学做糊纸盒的手艺。您会说：什么！手艺？是的！手艺！一种简单的手艺！一种糊口的手艺！我们沦落到什么地步了，我的恩人！与我们从前的情况相比，现在多么衰败！唉！当年兴旺时候的东西，全都没了！只剩下一样，一幅画，我对它十分珍爱，但我准备卖掉。得活下去呀！再说一遍，得活下去呀！”

戎德雷特这样说着，表面上语无伦次，但脸部表情依然透着熟虑和精明。马里尤斯一面听他说话，一面抬眼望去，发现房间里头有个人，这之前他没看见。这人刚刚进来，动作很轻，转动门把时没发出响声。他穿一件又破又脏，每条皱褶都张着口的紫色针织背心，一条又肥又大的棉绒长裤，一双套在木鞋外面的布鞋，没穿衬衣，露着脖子，光着刺了花纹的膀子，脸上涂了黑灰。他交叉双臂，一声不响地坐在最靠近门的那张床上。因为他待在戎家婆娘后面，不显眼。

由于磁感对视觉的作用，白先生几乎和马里尤斯同时转过头去。他不禁一惊，但这没逃过戎德雷特的眼睛。

“啊！我知道了！”戎德雷特大声说道，一边讨好似的扣上外衣的纽扣，“您是不是在看您这件大衣？我穿着很合身！真的，很合身！”

“这人是谁？”白先生说。

“他？”戎德雷特说，“是邻居。别管他。”

那邻居样子很怪。不过，圣马索郊区镇上有不少化工厂。许多工人的脸都可能熏黑了。再说，白先生整个人都显出一种纯真而无畏的信任。白先生又说：

“对不起，您刚才说什么了，法邦图先生？”

“我在说，先生，亲爱的恩人，”戎德雷特接着说道，一面把双肘支在桌子上，用蟒蛇般的眼睛，温和地、紧紧地盯着白先生，“我在说，我有一幅画要卖。”

---

① “漆皮帽派”是指一八三〇年革命后，一些不修边幅、鼓吹民主的青年。

门口轻轻响了一下。又一个人进来了，坐到床上，躲在戎家婆娘后面。和第一个一样，也光着膀子，脸上也涂着墨汁或煤烟。尽管那人确实是溜进来的，但白先生仍然发现了。

“别管他们。”戎德雷特说，“都是邻居。我在说我还剩下一幅画，一幅珍贵的画……就是这个，先生，您瞧。”

他站起身，走到墙边，墙脚下放着我们前面谈到的那幅画。他把画翻过来，仍让它靠着墙。这的确有点像幅画，烛光朦胧地照着它。马里尤斯看不清楚，因为戎德雷特站在画前挡住了他的视线。不过，他依稀看出，那是胡乱涂抹出来的东西，画上有个主人公模样的人，色彩很不柔和，像是集市上卖的或是画在屏风上的那种画。

“这是什么？”白先生问。

戎德雷特感叹道：

“这是一幅大师的杰作！价值连城哪，我的恩人！我像珍爱我两个女儿那样珍爱它。它使我想起许多往事！但是，我既然对您说了，就不改口：我生活太苦，我想把它卖掉……”

或许出于偶然，或许已开始感到不安，白先生看着画，却把目光移向房间深处。现在已有四个人了，三个坐在床上，一个站在门旁，四个人都光着膀子，一动不动，脸上都涂成黑色。坐在床上的三个人中，有一个靠着墙，闭着眼，像是在睡觉。此人是个老头，黑脸衬着白发，模样委实可怕。另两个看上去挺年轻。一个蓄着胡子，另一个留着长发。没有一个穿皮鞋；不是布鞋，便是赤脚。

戎德雷特发现白先生在注视这些人。

“都是朋友，是邻居。”他说，“他们脸很黑，是因为成天同煤打交道。他们是修炉工。别管他们，恩人，买下我这幅画吧。可怜一下我这个穷人吧。我不会问您要高价的。您看值多少？”

白先生像是起了戒心，眼睛紧盯着戎德雷特，说道：“不过是酒店的招牌。值三法郎。”

戎德雷特温和地回答：

“您带着钱包吗？我只要一千埃居。”

白先生站起来，背靠墙上，将房间迅速扫视了一遍。他左边，也就是靠窗的一边，有戎德雷特；右边，也就是靠门的一边，有戎家婆娘和那四个男人。那四人一动不动，甚至好像没看见他。戎德雷特又诉起苦来，目光那样茫然，语调那样哀恸，白先生可能会以为眼前的这个人不过是穷得发疯了。

“亲爱的恩人，”戎德雷特说道，“如果您不买我的画，我就活不下去了，只好去跳河自杀。我一想到我曾想叫我的两个女儿学糊那种中号纸盒，装新年礼物的纸盒，我心里就难过！唉！首先得有一张里面有挡板的桌子，以免玻璃掉到地上，还要有一个专用的炉子，一个隔成三格的罐子，用来装不同黏度的糨糊，一种糊木头，一种糊纸，一种糊布，还要有一把裁纸板的刀、一个校正的模子、一把钉铁皮的锤子、几把刷子，见鬼，哪里说得完？而这一切，就为了一天挣四苏！干十四小时！每个盒子要在手里过十三道工序！把纸弄湿！不能弄脏！不能让糨糊冷却！见鬼！我跟您说！一天挣四苏！这叫人怎么活！”

戎德雷特只顾说话，没有看白先生，而白先生却在注视他。白先生的眼睛盯着戎德雷特，而戎德雷特的眼睛则盯着门口。马里尤斯一会看看这个，一会看看那个，眼睛忙不过来。白先生仿佛在想：“这是个白痴吗？”戎德雷特则用各种不同的语调，有气无力地、苦苦哀求地、反反复复地说：“我只好去跳河！那天，我在奥斯特里茨桥那边，已往下走了三个石级！”

忽然，他那双无神的眼睛，闪出凶恶的光焰，这个矮个子男人竖直身子，变得异常吓人。他朝白先生走近一步，以雷鸣般的声音对他喊道：

“这不是我要说的！您还认识我吗？”

二十　陷阱

陋室的门刚才突然打开，三个穿蓝粗布衣，戴黑纸面具的人出现在门口。第一个很瘦，手里拿一根包铁皮的长木棍。第二个高头大马，倒提着一把宰牛的铁锤，手握在柄中间。第三个肩宽膀粗，不像第一个那样干瘦，但也不如第二个粗壮，手里捏着一把大钥匙，是从某个监狱偷来的。

看来，戎德雷特就在等这几个人到来。他同拿长木棍的瘦子迅速交谈了几句。

“都准备好了吗？”戎德雷特问。

“准备好了。”瘦子回答。

“蒙巴纳斯怎么没来？”

“那小生停下来同你女儿聊天呢。”

“哪个？”

“大的。”

“喊了出租马车没有？”

“喊了。”

“双轮小马车套好了吗？”

“套好了。”

“两匹好马？”

“绝好的马。”

“在我指定的地点等着吗？”

“对。”

“好。”戎德雷特说。

白先生脸色十分苍白。他似乎已明白自己的处境，密切注视陋室里的一切，慢慢地转动脑袋，专心而惊讶地挨个观察周围的脑袋，但他脸上毫无害怕的神情。他把桌子当作临时的防御工事。这个人，刚才看上去还是个和善的老人，骤然间变成了角斗士，将一只粗壮的拳头放到椅背上，那动作叫人胆战心惊，又让人感到意外。

这个老人，面临这样的危险，依然坚定勇敢，好像天生属于这样一种人，需要善良时能做到自自然然，需要勇敢时，也能做到自自然然。我们心爱女人的父亲，对我们绝不是不相干的人。马里尤斯为这个不相识的人感到自豪。

陋室的门刚才突然打开，三个穿蓝粗布衣，戴黑纸面具的人出现在门口。（P749）

被戎德雷特称作“修炉工”的那三个光膀子的人，从那堆废铁中，一个拣了把大剪刀，第二个挑了根铁撬棍，第三个选了把大铁锤，一声不吭地横在房门口。那老头仍待在床上，不过眼睛已睁开。戎家婆娘已坐到他身旁。

马里尤斯心想，再过几秒钟，他就该行动了，于是，他向走廊方向的天花板举起右手，准备开枪。

戎德雷特已同拿长棍的人交谈完毕，这时，他又转向白先生，一边发出他特有的压低了声音的可怕狞笑，一面重复前面提过的问题：

“您真的认不出我吗？”

白先生两眼盯着他的脸，回答道：

“认不出。”

于是，戎德雷特走到桌子旁。他交叉双臂，身子附向蜡烛，将棱角突出的凶恶的下巴，尽量凑近白先生泰然自若的面孔，白先生却毫不退缩。戎德雷特就在这野兽咬人的姿势中，大声吼道：

“我不叫法邦图，也不叫戎德雷特，我叫泰纳迪埃！我是蒙费梅的客栈老板！听见了吗？泰纳迪埃！现在您认出我了吗？”

白先生脸上出现难以察觉的红晕，他仍然平静地，声音既不发颤也没抬高地回答：

“认不出。”

马里尤斯没听见这个回答。此刻，若有人在黑暗中看见他，会发现他满脸的惊慌、惊愕和惊恐。当戎德雷特说“我叫泰纳迪埃”时，马里尤斯惊得浑身颤抖，赶紧靠到墙上，仿佛有把冰冷的利剑刺入他的心脏。接着，原来准备开枪发信号的右臂，慢慢弯了下来，当戎德雷特重复“听见了吗，我叫泰纳迪埃”时，马里尤斯的手指一软，手枪差点掉下来。戎德雷特揭露自己的身份，并没使白先生震惊，却使马里尤斯大为震动。泰纳迪埃这个名字，白先生似乎并不知道，马里尤斯却很熟悉。让我们回忆一下，这名字对他意味着什么！这名字写在他父亲的遗嘱里，更是铭记在他心头！他把它印在脑海里，刻在心里，载在神圣的遗嘱中：“一个叫泰纳迪埃的人救了我的性命。我儿若遇见他，望能尽力报答。”

我们记得，这个名字是他倾心所敬爱，并同他父亲的名字合在一起进行崇拜的。什么！多少年来，他千寻不见的就是这个泰纳迪埃，这个蒙费梅的客栈老板！现在终于找到他了，可是怎么回事，他父亲的救命恩人竟会是个强盗！他，马里尤斯，一心想效忠的人竟会是个魔鬼！搭救蓬梅西上校的人正在行凶，马里尤斯虽还没看清楚是什么形式，但很像是图财害命！况且，天哪，他害的是谁的命哪！真是不幸啊！命运的嘲弄太过分了！他父亲从棺木里命令他尽力报答泰纳迪埃，四年来，他一心想替父亲偿还这个债务，可是，就在他要通知司法部门抓住行凶的歹徒时，命运竟对他高喊："这是泰纳迪埃！"这个人在英勇的滑铁卢战场上，冒着枪林弹雨救了他父亲，现在终于可以报答了，可他却是要把他送上断头台！他对自己许下诺言，一旦找到泰纳迪埃，一定要跪到他的脚下，现在果然找到他了，却是要把他交给刽子手！他父亲对他说："你要救助泰纳迪埃！"可他却要用毁掉泰纳迪埃的方式，来回答这个神圣而可敬的声音！他父亲把这个冒死救他的人，托付给自己的儿子，托付给马里尤斯，可他却要让他父亲在坟墓里观看自己的恩人在圣雅克广场上绞死的场面！多少年来，他把父亲亲书的遗嘱铭记在心，可最后却背道而驰，这该有多么荒唐！可是，另一方面，明明看到有陷阱，怎能不加以阻止！怎能坐视受害人受害，让凶手逍遥法外！对这样一个恶棍，难道可以为了报恩而任其作恶吗？

马里尤斯四年来的各种想法，仿佛全被这件意外事搅乱了。他浑身颤抖。一切都取决于他。这些在他眼皮底下兴风作浪的人，哪里知道他们的小命攥在他的手里。如果他开枪，白先生就能得救，泰纳迪埃就会完蛋；如果不开枪，白先生就要遭殃，而泰纳迪埃，谁知道呢，就会逃之夭夭。把这一个推向深渊，或让另一个倒下！他都会感到内疚。怎么办？做何抉择？背弃刻骨铭心的记忆，心底里许下的无数诺言，最神圣的责任，最崇敬的遗书！要么违背他父亲的遗言，要么纵容犯罪！他仿佛听到，一边是"他的于絮尔"哀求他救救她的父亲，另一边是上校把泰纳迪埃托付给他。他觉得自己要疯了。他双膝发软。他都来不及好好思考，因为事态发展很快。这就像一股旋风，他自以为能够驾驭，却身不由己地被卷走了。眼看他就要晕倒了。

这时，泰纳迪埃——以后我们不再用别的名字称呼他了——在桌子前面走来走去，一副精神失常、得意忘形的样子。

他一把抓起蜡烛，啪地一声放到壁炉上，用力如此之大，烛芯差点熄灭，烛油溅到了墙上。

然后，他凶神般地转向白先生，狂吼道：

“用火烧着吃！用烟熏着吃！剁成碎块吃！烤着吃！”

接着，他又来回走起来，一边怒气冲天，狂吠乱叫：

“啊！我终于找到您了，慈善家先生！穿破衣服的百万富翁先生！送布娃娃的人！老傻瓜！啊！您认不出我！不，八年前，一八二三年圣诞节那天晚上，到蒙费梅来的，到我客栈里来的不是您！从我家拐走芳蒂娜女儿百灵鸟的不是您！穿一件赭色大衣的不是您！这都不是您！也像今天上午到我家那样，手里拎着一大包破衣服！喂，老婆！看来他有这个怪癖，喜欢拎着一包毛线袜到别人家里去！老慈善家，算了吧！您是开针织品店的吗，百万富翁先生？您把卖不出去的存货拿来送给穷人，圣人！真会要把戏！啊！您认不出我？好吧，我可认出您了，我！您刚把脸伸进我家里，我就认出您来了。啊！这回您该明白，像这样借口是客栈，去别人家里，带着破衣服，装出一副穷得让人见了都要施舍的样子，欺骗人家，装得非常慷慨，把别人的饭碗夺走，还在树林里威胁人，欠着这笔账不还，等人家破产了，就送来一件肥得不能穿的大衣，两条医院里用的破毯子，老乞丐，拐骗儿童的老贼，这下您该明白这样做没有好果子吃了吧！”

他停下来，接着，好像自言自语了一会儿。他的怒气就像罗讷河流入某个洞穴里那样，顿然消失了。接着，他像要大声结束刚才的低声自语似的，在桌上猛击一拳，大吼一声：

“装出老实的样子！”

然后，他对着白先生叱喝道：

“当然！从前您要了我！您是一切苦难的根源！您花了一千五百法郎，带走了我扶养的一个女孩！她肯定是有钱人家的孩子，已给我带来很多钱了，我本来可以靠她过一辈子！这个女孩，本来可以帮我把开客栈赔的钱全部补回来；在我倒霉的客栈里，别人大吃大喝，而我却像个傻瓜，把全部家当都贴了进去！呵！我恨不得那些人在我店里喝的酒都是毒药！这有什么关系！喂！您带百灵鸟走的时候，想必认为我很可笑！在树林里时，您拿着一根棍子！那时您是最强者！现在我可以报复了。今天是我手里捏着王牌！您完了，老家伙！呵，我高兴得大笑！真的，我要好好笑一笑！他终于落入圈套了！我对他说，我是演员，我叫法邦图，我和玛尔斯小姐、米什小姐一起演过喜剧，我的房东要我二月四日，也就是明天付房租，也不弄弄清楚，付房租的日子是一月八日，而不是二月四日！真是愚蠢透顶！只给我带来这四个不值得一提的菲利普！混蛋！连一百法郎也不愿给！我一番阿谀奉承，他就上了当！我好不痛快！我心想：傻瓜！这下可给我逮住了！上午我舔你的爪子！晚上我可要啃你的心肝！”

泰纳迪埃停住话头。他说得上气不接下气，狭小的胸膛噗哧噗哧，就像在拉风箱。他的眼睛里充满了卑鄙的欣喜，那是一个软弱、冷酷和卑怯的小人终于能打败他曾惧怕的人，侮辱他曾奉承的人时的特有的喜悦，是一个侏儒终于能将脚后跟踩到巨人头上时的特有的快乐，是一只豺狗开始撕咬一头病得不能自卫，却仍能感觉到痛苦的公牛时的特有的狂喜。

白先生一直没有打断他，当他停下来时，对他说：

“我不知道您在说什么。您弄错了。我是个很穷很穷的人，根本不是百万富翁。我不认识您。您弄错人了。”

“啊！”泰纳迪埃喘着粗气说，“胡说八道！您是坚持要开玩笑啰！老兄，您自己都不知所云！啊！您想不起来了？您认不出我是谁？”

“对不起，先生，”白先生彬彬有礼地回答，这礼貌的语气用在这种场合，显得奇特而有力，“我认出您是强盗。”

谁都曾注意到过，丑恶的人也有他们敏感的地方，魔鬼也怕人搔痒痒。听到“强盗”二字，泰家婆娘一下从床上跳下来，泰纳迪埃则一把抓住椅子，仿佛要把它捏碎。“你待着别动！”他对老婆吼道，然后转向白先生：

“强盗！对，我知道你们这些富人先生是这样叫我们的！对，不错，我破了产，我东躲西藏，我没有面包，我没有钱，我是强盗！我有三天没吃饭了，我是强盗！啊！你们这些人，你们的脚很暖和，你们穿着萨科斯基出品的薄底皮鞋，像大主教那样，穿着棉大衣，你们住在二层，楼里有门房看守，你们吃香菌，一月里吃四十苏一扎的芦笋，你们吃青豌豆，吃得肚子都要撑破。当你们想知道天气冷不冷，还得到报上去查看谢瓦利埃[①]工程师寒暑表的记录。而我们！我们自己就是寒暑表！我们不需要跑到沿河马路的钟楼角上，看看天气冷到多少度，我们自己就感到，血已在血管里凝结，冰已钻进了心脏，我们说：世上根本没有上帝！而你们来到我们的洞穴，是的，我们的洞穴，称我们为强盗！我们要把你们吃掉！我们这些可怜的小人物，我们要把你们吞掉！百万富翁先生！请记住：我开过客栈，交过营业税，当过选民，做过资产阶级！而您很可能不是！”

说到这里，泰纳迪埃向守在门口的人走前一步，颤抖着说：

“我一想到他竟敢用对补鞋匠的口气来对我说话，就气得火冒三丈！”

接着，他又一次狂怒地对白先生说：

“慈善家先生，您还要记住一点：我不是个来历不明的人，我！我不是没名没姓，到别人家里拐走孩子的人！我是前法兰西士兵，本应该获得勋章的！我参加过滑铁卢战役！我在战场上救过一位叫什么伯爵的将军！他告诉过我名字，但他狗日的声音太小，我没听清楚。我只听见他说‘谢谢[②]’。我宁愿知道他的名字，也不要他的感谢。这样，我就可以找到他了。您看见的这幅画，是大卫在布鲁克塞尔[③]画的。您知道画的是谁吗？是我。大卫想让这一功绩流芳千古。我背着那位将军，穿过枪林弹雨。这就是事情经过。那位将军，他没为我做过任何事，他不比别人

① 谢瓦利埃为巴黎钟表沿河马路的光学师，有过许多发明。

② 原文为 merci，即“谢谢”，但也与 Pontmercy（蓬梅西）的后两个音节的发音相同。

③ 这里，大卫是法国画家（1748—1825），布鲁克塞尔即布鲁塞尔。

更有价值！可我却冒着生命危险救了他，我口袋里装满了这件事的证明件！我是滑铁卢的一名战士，他娘的！我把这一切都告诉您，现在长话短说，我需要钱，我需要很多钱，我需要很多很多钱，不然，我就要您的命，该死的！”

马里尤斯的焦虑情绪稍为得到了控制。他专心地听着。最后一点疑团刚才云消雾散。那人正是遗嘱上提到的泰纳迪埃。听到他责备父亲忘恩负义，马里尤斯不禁打了个寒战，不可避免的是，他差点不可避免地承认他对父亲的责备是对的。他更加进退两难了。再说，在泰纳迪埃的那些话语中，在他的语气、手势以及使他字字句句都冒出火焰的目光中，在这个坏蛋连底兜出的发泄中，在这自吹自擂与卑鄙下流、高傲与猥琐、狂怒与愚蠢的混杂中，在这真抱怨与假感情的混乱中，在一个恶棍品味暴虐之快感的无耻行径中，在一个丑恶的灵魂无耻的暴露中，在这所有的痛苦和所有的仇恨的大骚动中，可以感到有令人憎恨的罪恶，也有令人痛苦的真情。

他要卖给白先生的那幅杰作，所谓大卫的油画，读者早已猜到，其实是他客栈的招牌，大家记得，是他自己画的，这是他在蒙费梅破产后唯一残存的东西。

现在，马里尤斯的视线不再被他挡住，他可以好好看一看这幅画了。在这幅胡乱涂出来的画中，他还真的分辨出一个战场，背景硝烟弥漫，近处有两个人，一个背着另一个。那两个人是泰纳迪埃和蓬梅西，救人的中士和被救的上校。马里尤斯好像喝醉了酒似的，这幅画仿佛让他的父亲复活了，这不再是蒙费梅酒店的招牌，而是死者的复活，一座坟墓微微打开，一个幽灵站了起来，马里尤斯听见心脏在太阳穴里跳动，滑铁卢的炮声在耳畔轰鸣，他父亲满身鲜血，模模糊糊地出现在阴森的画面上，使他心慌意乱，不知所措。他感到，这个模糊的身影在盯着他看。

泰纳迪埃缓过气来后，用血红的眼睛盯着白先生，低声而生硬地对他说：

“在把你灌醉之前，有什么话要说吗？”

白先生一声不吭。在这沉默中，一个破锣嗓子从走廊里响起，令人毛骨悚然地嘲笑道：

“要劈柴的话，有我呢！”

是拿宰牛锤的人在开玩笑。

与此同时，一张竖着头发的灰枯的大宽脸出现在门口，发出狞笑的嘴巴里露出的不是人牙，而是獠牙。

这是拿宰牛锤那人的脸。

“干吗摘掉面具？”泰纳迪埃怒形于色地问。

“笑起来方便。”那人回答。

有一刻工夫，白先生似乎密切注视着泰纳迪埃的一举一动。泰纳迪埃因狂怒而头晕目眩，感到门口有人把守，自己又武装到牙齿，而对方手无寸铁，九个男人——他把老婆也当成一个男人——对付一个，认为稳操胜券，在巢穴里走来走去。他在斥责拿宰牛锤的那个人时，背朝着白先生。

白先生抓住机会，抬起脚踢翻椅子，举起拳推翻桌子，没等泰纳迪埃转身，就已敏捷地蹦到了窗口。只一秒钟工夫，他已打开窗子，跳上窗台，跨出窗外。当六个粗壮的拳头抓住他，把他拽回屋里时，他半截身子已在窗外了。是三个“修炉工”扑到了他身上。与此同时，泰家婆娘揪住了他的头发。

听见杂乱的脚步声，其他几个强盗从走廊里跑过来。床上那位似乎喝醉了酒的老头，也从破床上下来，手持养路工的铁锤，趺趺撞撞地跑到了窗口。

其中一个“修炉工”，将一个由铁杆做成的两端各装一个铅球的大铁锤举到他头上方；烛光照着此人涂黑了的脸，尽管涂成黑色，马里尤斯仍认出那是庞肖，外号春天，又叫比格纳耶。

马里尤斯不能忍受这个场面。“父亲啊，”他想道，“原谅我吧！”他的手指寻找手枪扳机。他正要开枪，听见泰纳迪埃喊道：

“别伤着他！”

受害人逃跑的企图，不仅没有激怒泰纳迪埃，反而使他平静下来了。他身上有两个人，一个凶残，一个机智。直到这一刻，面对垂头丧气、一动不动的猎物，他一得意而忘了形，于是凶残的一面占了上风；当他看见受害人开始挣扎，似乎想拼死一搏时，机智的一面又占了上风。

“别伤着他！”他又说了一遍。可他万万没有料到，这句话首先起的作用是，使即将发出的一枪不再发出，使马里尤斯不再行动，因为马里尤斯感到情况不那么紧急了，面对新的阶段，认为再等一等没什么不妥。说不定会出现一个机会，使他摆脱两难的境地，于絮尔的父亲可以逢凶化吉，上校的救命恩人也可免于一死。

一场殊死搏斗开始了。白先生当胸一拳，打得那老头滚到房间中央，接着，反手两掌，将两个围攻他的人打倒在地，双膝一边一个把他们按住；那两个恶棍，像是被石磨压着，直喘粗气。但是，另外四人已抓住这位令人惧怕的老人的胳膊和后颈，将他按倒在那两个被他按倒在地的“修炉工”身上。这样，白先生制服了两个人，同时又被另外四人所制住，压得身下的人气喘吁吁，同时又被人压得喘不过气来。他拼力挣扎，也未能摆脱压在他身上的重力，被这群可怕的强盗团团围住，有如一头野猪被一群狂吠乱叫的猎犬和警犬团团围住一样。

他们终于将他掀倒在靠窗的那张床上，把他死死按住。泰家婆娘揪住他的头发一直没有松开。

“你别掺和了，”泰纳迪埃说，“他会撕破你的围巾的。”

泰家婆娘服从了，有如母狼服从公狼，嘴里还发出一阵嗥叫。

“你们几个搜搜他的身。”泰纳迪埃又说。

白先生似乎放弃反抗了。他们开始搜他的身。他身上只有一个装有六法郎的皮钱包和一条手帕。泰纳迪埃把手帕揣进自己衣袋里。

“什么！没有皮夹子？”他问。

“也没怀表。”一个“修炉工”说。

“无论如何，这是个老滑头！”手里拿着大钥匙的假面人咕哝道，声音像是从腹内发出。

泰纳迪埃走到门后的角落里，拿起一捆绳子，扔给他们。

“把他捆在床脚上。”他说。他看见被白先生一拳打倒的老头仍躺在屋子中间一动不动，便问道：

“布拉特吕埃尔是不是死了？”

“没死，”比格纳耶回答，“喝醉了。”

“把他弄到角落里去。”泰纳迪埃说。

两个“修炉工”用脚把他推到那堆废铁旁。

“巴贝，干吗带这么多人来？”泰纳迪埃悄声对拿棍子的人说，“没必要。”

“叫我怎么办？”拿棍子的人说，“他们都想来。现在是淡季。没活做。”

白先生所在的破床，是医院里用的那种木床，四条床腿几乎没有加工，十分粗糙。白先生任强盗们摆布。他们让白先生脚着地站着，将他牢牢捆在离窗口最远、壁炉最近的一条床腿上。

捆绑完毕，泰纳迪埃搬来一张椅子坐下，几乎和马里尤斯面对面了。泰纳迪埃好像换了个人，那穷凶极恶的脸部表情，转眼间变得平静、温和而狡黠。那张近乎野兽的嘴脸，刚才还唾沫飞溅，现在露出了办公室职员斯文的笑容，马里尤斯简直认不出来了。他目瞪口呆地看着这不可思议的令人不安的变化，此刻的感受，无异于看到一只老虎变成了诉讼代理人。

“先生……”泰纳迪埃说。

他挥了挥手，示意仍抓住白先生的强盗们离开：

“你们走开一点，让我和先生谈谈。”

大家退到门旁。他接着说：

“先生，您不该想从窗口跳下去。会摔断腿的。您愿意的话，我们现在心平气和地谈一谈。首先，我要把我注意到的一个情况告诉您，您到现在没有喊过一声。”

泰纳迪埃没有说错，白先生确实没有喊过，马里尤斯慌乱中没有发现。白先生只说了很少几句话，而且没有提高嗓门，即使在窗口同强盗搏斗，他也一声不吭，这确实令人纳闷儿。泰纳迪埃继续说道：

“上帝！您哪怕喊声‘捉贼啊’，我是不会认为不妥的。在这种情况下，一般会喊“救命”，至于我，我不会认为不好。遇到不能引起自己足够信任的人，喊几声，是很自然的事。您这样做，我们也不会不让您做。我们都没塞住您的嘴巴。我来告诉您为什么。因为屋里的声音传不出去。这房间只有这点好处，也多亏有这个好处。这是个地窖。哪怕在里面扔颗炸弹，离得最近的警察也只听见酒鬼的鼾声。这里，炮声只是'嘣'一下，雷声只是'噗'一下。这房间很实用。总之，您没有喊叫，这样更好，我要祝贺您。另外，我要告诉您我得出的结论：亲爱的先生，如果喊叫的话，谁会来？警察。警察以后呢？是法官。好，您没有喊叫，说明您和我们一样，不愿看到法官和警察来到。同时也说明——我早就有所怀疑——您有什么事要隐瞒。我们这边也一样。因此，我们能谈到一起。"

泰纳迪埃这样说的时候，眼珠紧盯着白先生，仿佛想把从眼睛里射出的尖针，刺进俘虏的脑袋。此外，他说的话隐隐带点傲慢的意味，但很有分寸，可以说字斟句酌，让人感到，这个恶棍刚才还是十足的强盗，现在像一个"受过教育准备当神甫的人"了。

这个俘虏一直保持沉默，谨慎得连有生命危险也不喊叫，违背人的本能就是不喊救命，这一切自从被泰纳迪埃点破后，应该说，马里尤斯就感到不舒服，同时又感到惊讶和痛苦。

这个被库费拉克起绰号叫作"白先生"的人，这个严肃而奇怪的人，对马里尤斯来说，本来就笼罩在一团神秘中，现在听了泰纳迪埃很有道理的分析，马里尤斯就更觉得他神秘莫测了。可是，不管他是谁，他现在被绳索捆绑，被刽子手包围，可以说，半截身子已陷入泥坑中，每时每刻都在往下沉，不管面对狂怒的泰纳迪埃，还是和颜悦色的泰纳迪埃，他都不动声色，此时此刻，看到这张忧郁而骄傲的脸，马里尤斯也情不自禁地暗暗赞叹。

这个人显然是不会惧怕的，也不知道什么叫惊慌失措。这是个身处绝境也能做到神色不惊的人。情况再危急，灾难再不可避免，他也不会像溺水的人那样，在水下睁着惊恐的眼睛。

泰纳迪埃毫不做作地站起来，走到壁炉旁，移开屏风，把它靠在旁边的破床上，从而露出了装满炽热煤火的铁皮炉子，俘虏可以清楚地看到烧得白热化的布满了小红星的钳工錾。

接着，泰纳迪埃又返回坐到白先生前面。

“我接着往下讲。”他说，“我们能谈到一起。我们和解吧。我刚才不该发火，我太糊涂，我太过分，说了许多过头的话。比如，您是百万富翁，我就问您要钱，要很多钱，要很多很多的钱。这是不合情理的。上帝，尽管您很富有，但您有您的负担，谁会没有负担呢？我不想让您倾家荡产，不管怎么说，我不是一个咬住一块肉不放的人。我不像有些人，占了上风，就会乘机大捞一把，让人笑话。听着，我这边也让一下步，做些牺牲。我只要二十万法郎。”

白先生一言不发。泰纳迪埃继续说：

“您瞧，我在我的酒里搀了不少水。我不知道您有多少财产，但我知道您花钱从不计较，像您这样的慈善家，一定会给一个穷困的一家之主二十万法郎的。您也一定是个明事理的人，您总不会认为，我像今天这样煞费苦心，安排了晚上这件事——这些先生一致承认组织得很好——只是为了向您要几个小钱，到德诺瓦耶酒店去喝十五法郎一瓶的红葡萄酒，吃点小牛肉吧。二十万法郎才值得这样做。您从口袋里掏出了这区区一小笔钱，我向您保证，事情也就结束，我不会碰您一下。您会对我说：我身上没有二十万。呵！我不是没有分寸的人。我并不要您马上给钱。我只要您做一件事。请您按我说的写下来。”

说到这里，泰纳迪埃停了停，然后，朝小铁炉那边送去一个微笑，每一个字都加重语气地说：

“我先得告诉您，不许您说不会写。”

大审判官见了他这个微笑，会不胜羡慕。

泰纳迪埃将桌子推到白先生身边，从抽屉里拿出墨水、笔和一张纸，他没关上抽屉，让那把发光的长尖刀露出来。他把纸放到白先生面前。

“写吧。”他说。

俘虏终于开口了。

“您要我怎么写？我被绑着。”

“这倒是真的，对不起！”泰纳迪埃说，“您说得对。”

他转向比格纳耶：

“把先生的右臂解开。”

外号叫春天，又叫比格纳耶的庞肖，按泰纳迪埃的命令做了。俘虏的右手解开后，泰纳迪埃将笔在墨水瓶里蘸了蘸，递给他。

“请注意，先生，您在我们掌握之中，任我们摆布，任何人的力量都不能把您从这里救走，假如您逼得我们做出令人不快的极端行动，那也只好抱歉了。我不知道您的名字，也不知道您的住址，但我事先得告诉您，您将一直被绑到派去送您这封信的人回来。现在写吧。”

“写什么？”俘虏问。

“我说，您写。”

白先生拿起笔。泰纳迪埃开始口授。

“我的女儿……”

俘虏打了个颤，抬眼看看泰纳迪埃。

“写上‘亲爱的女儿’。”泰纳迪埃说。白先生按他说的写了。泰纳迪埃继续道：

“您马上来……”

他停下来：

“您是用‘你’称呼她的，是吧？”

“谁？”白先生问。

“当然是小姑娘，百灵鸟呀！”泰纳迪埃说。

白先生不动声色地回答：

“我不知道您在说什么。”

“您照写就是了。”泰纳迪埃说。他继续口授：

“你马上来一趟。我绝对需要你。送这张便条给你的人，负责带你到我这里。我等着你。放心地来吧。”

白先生全都照写了。泰纳迪埃又说：

“噢！把‘放心地来吧’这句话划掉。这会让人怀疑事情不简单，反而会不放心。”

白先生划掉了那句话。

“现在签上名字。”泰纳迪埃接着又说，“您叫什么名字？”

俘虏放下笔，问道：

“这信是给谁的？”

“您很清楚。”泰纳迪埃回答，“是给小姑娘的，我刚才同您说过了。”

显然，泰纳迪埃避而不说那姑娘的名字。他说“百灵鸟”，他说“小姑娘”，就是不提名字。这是狡猾者在同伙面前保守秘密的谨慎做法。说了名字，等于把“整桩买卖”全都暴露给他们，把不需要他们知道的东西也告诉了他们。

他又说：

“签上名字。您叫什么？”

“于尔班·法布尔。”俘虏说。

泰纳迪埃像猫似的，迅速将手插进衣兜，掏出从白先生身上搜来的手帕。他将手帕凑近烛光，寻找上面的记号。

“U.F.，没错。于尔班·法布尔。好吧，签上 U.F.。”

俘虏签了名。

“折信要用两只手。给我，我来折。”

折好信，泰纳迪埃又说：

“写上地址。您的寓所，法布尔小姐收。我知道您家离这里不远，就在圣雅克-德-奥巴教堂附近，因为您每天去那里做弥撒，但我不知道是哪条街。看得出，您知道自己的处境。您在名字上没有说谎，地址也不会说谎的。您自己写吧。”

俘虏沉思片刻，然后拿起笔，写道：

“圣多米尼克-当费尔街十七号，于尔班·法布尔先生寓所，法布尔小姐收。”

泰纳迪埃兴奋地一把夺过信，喊了声：

“老婆！”

泰家婆娘跑过来。

“这是信。你知道怎么做。下面有辆出租马车。马上就去，原车回来。”

他转而又对拿宰牛锤的人说：

“既然你已摘掉面具，就陪我老婆走一趟。你待在车后。那辆双轮小马车是你停放的，你知道它在哪里吧？”

“知道。”那人说。

他把宰牛锤放到一个角落里，跟着泰家婆娘走了。

他们走后，泰纳迪埃从门缝里探出脑袋，冲着走廊喊道：

“千万别把信丢了！想着身上揣着二十万法郎哪。”

泰家婆娘沙哑的嗓门回答：

“放心吧。我把它放进肚里了。”

不到一分钟，就传来了马鞭声，声音渐渐变小，很快就听不见了。

“好！”泰纳迪埃咕哝道，“他们走得很快。照这个速度，三刻钟后我老婆就回来了。”

他把一张椅子挪到壁炉旁，坐下来，交叉双臂，向铁皮炉子伸出满是泥巴的靴子。

“脚好冷。”他说。

陋室里，除了泰纳迪埃和俘虏，只剩下五个强盗了。这五个人戴着面具，或脸上抹满黑胶，装扮成烧炭工、黑人或魔鬼借以吓人，可却显得麻木不仁，无精打采，让人感到，他们犯罪如同干活，心安理得，不发怒，也不怜悯，一副无聊的样子。他们就像野兽，挤在一个角落里，一声不吭。泰纳迪埃烤着脚。俘虏重又陷入沉默。刚才，陋室里充满了粗野的喧嚣声，现在充满了阴森可怕的寂静。

蜡烛上结了个大烛花，勉强照亮这间大屋子，炉火已变暗淡，这些魔鬼的脑袋在墙上和天花板上映出可怕的影子。除了熟睡的醉老头平静的呼吸声，听不到其他任何声音。

马里尤斯焦虑地等待着，发生的一切使他的焦虑心情有增无减。谜团比任何时候更难解开了。泰纳迪埃称作“百灵鸟”的小姑娘是谁？是他的“于絮尔”吗？俘虏对“百灵鸟”这几个字毫无反应，十分自然地回答：“我不知道您在说什么。”另一方面，U.F.这两个字母总算弄清楚了，是于尔班·法布尔，于絮尔不叫于絮尔。这是他看得最清楚的一点。一种可怕的诱惑，把他牢牢钉在他的观察点上，居高临下，观察着整个罪恶场面。他站在那里，几乎不能思索，不能动弹，仿佛被眼前发生的令人发指的罪恶行径弄得筋疲力尽，颓丧不已。他无法集中思想，不知做何决定，只是等待着，希望发生一件意外，不管什么意外都行。

“不管怎样，”他说，“假如百灵鸟是她，我就要知道了，因为泰家婆娘就要把她带来。到时就会清楚。我一定要救她，需要的话，我将献出自己的鲜血和生命！什么都不能阻挡我！”

就这样快过了一刻钟。泰纳迪埃似乎陷入阴暗的沉思中。俘虏一动不动。但是，马里尤斯好像断断续续地听见轻微的声音，是俘虏那边传来的，且有一段时间了。

突然，泰纳迪埃大声对俘虏说：

“法布尔先生，好好听着，我干脆现在就同您说了吧。”

这句话使人感到他要把事情挑明了。马里尤斯竖起耳朵。泰纳迪埃接着说：

“不要急，我妻子就要回来了。我想百灵鸟确实是您的女儿，您把她留在身边是很自然的。不过，您好好听着。我老婆带着您的信，肯定能找到她。我让我老婆穿得整齐一些，这您已看到，以便您家小姐不起疑心地跟她走。她俩登上那辆出租马车，车后站着我的伙伴。城门外的某个地方，停着一辆两匹好马拉的双轮小马车。他们把小姐带到那里。她就下出租马车，和我的伙伴一起上那辆双轮马车，而我老婆则回来对我们说：事情办妥了。至于您那位小姐，她不会受到伤害，双轮马车把她带到一个地方，她太太平平地待在那里。等我们拿到那区区二十万法郎，就把她还给您。您要是让人来抓我们，我那伙伴就会把百灵鸟结果了。情况就是这样。”

俘虏一句话也不说。泰纳迪埃停了停，继而又说：

“您看到了，事情很简单。假如您不想有事，就不会有事。我把事情告诉您。我事先告诉您，是为了让您明白。”

他停了停，俘虏仍保持沉默。泰纳迪埃接着说：

“等我妻子回来，对我说：百灵鸟上路了，我们就把您放了，您可以自由地回家睡觉。您瞧，我们并无恶意。”

这时，一幕幕可怖的景象从马里尤斯脑海里掠过。什么！那姑娘被劫持了？不把她带回来了？这些魔鬼中的一个要把她藏起来？藏在哪里？……假如是她，怎么办？肯定是她！马里尤斯感到他的心脏停止跳动了。怎么办？要不要开枪？将这些恶棍绳之以法？可是，那劫持姑娘的拿宰牛锤的歹徒仍会逍遥法外。马里尤斯想起泰纳迪埃说的、隐隐散发着血腥味的那句话："您要是让人来抓我们，我那伙伴就会把百灵鸟结果了。"

此时此刻，使他下不了决心开枪的，不仅是上校的遗嘱，还有他自己的爱情，他怕心上人遭到不测。这可怕的局面已持续一个多小时了，每时每刻都有新的情况出现。马里尤斯将所有撕心裂肺的猜测一一做了回顾，想寻找一线希望，却怎么也找不到。他脑海里思绪翻腾，与匪巢阴沉可怕的寂静形成鲜明的对照。

在这寂静中，突然听见楼梯门打开又合上的声音。

俘虏在捆绑他的绳子中动了一下。

"我老婆回来了。"

他话音未落，泰家婆娘果然冲进屋里，满面通红，气喘吁吁，双眸冒火，边用两只大手拍打大腿，边大声说：

"假地址！"

她带去的强盗跟着她出现在门口，过来拿起他的宰牛锤。

"假地址？"

她又说：

"没有人！圣多米尼克街十七号根本没有于尔班·法布尔先生！人家不知道他是谁！"

她透不过气来，便停了停，接着又说：

"泰纳迪埃先生！这老家伙耍你了！你心肠太好，你看！换了我，我一上来就给你把他的嘴撕成四瓣了！他要是敢凶，我就把他活活煮熟了！他只好乖乖开口，说出女儿在哪里，钱藏在哪里！我就会这样干，我！怪不得有人说男人比女人蠢呢！十七号！没有人！是通马车的大门！圣多米尼克街根本没有法布尔先生！一路奔波，给车夫小费，等等！我问了看门的夫妇俩，那女的长得很漂亮，他们说不认识！"

马里尤斯松了口气。她，那个于絮尔，或百灵鸟——他都不知道该怎么称呼了——没有危险了。

当泰家婆娘愤怒地大叫大嚷的时候，泰纳迪埃已坐到桌子旁，来回晃动悬着的右腿，若有所思地恶狠狠地看着铁皮炉，半天没有说一句话。最后，他转而用缓慢而极其凶恶的声音对俘虏说：

“一个假地址？你想干什么？”

“争取时间！”俘虏响亮地回答。

同时，他挣脱绳索：它们早已割断了。俘虏只有一条腿还绑在床腿上。

没等那七名歹徒醒悟并扑过来，他已把腰弯到壁炉下，将手伸向火炉，然后站直身子，这时，泰纳迪埃夫妇及那些歹徒都吓得退到房间里面，惊愕地看着几乎可以自由行动的他，将烧得通红、闪着凶光的钳工錾举在头顶上，这姿势叫人吓得魂飞魄散。

法院在侦查戈博旧宅这场陷阱案时确认，警察进入现场后，在陋室里发现了一枚经过特殊加工的大铜钱。这枚大铜钱，是苦役牢漫长而黑暗的生活孕育的、为了在黑暗中使用的奇异的工艺品，是越狱的工具。这是一种奇异工艺的丑恶而精致的产物，它在珠宝业中的地位，好比俚语的隐喻在诗歌中的地位。在苦役牢里有邦弗尼托·切利尼[①]们，正如文坛上有维永[②]们。不幸的囚徒渴望自由，有时在一无工具的情况下，用一把木柄小刀，一把旧刀，将一个铜钱锯成两个薄片，又将这两个薄片挖空，而不损坏币面的花纹，再在边缘刻上一道螺纹，使这两个薄片重新能合上。这是一个盒子，可以任意旋开和旋合。在小盒内藏着一根钟表发条，这发条经过精心加工，能够锯断粗铁链和铁条。人们以为苦役犯身上只有一枚铜钱，其实不然，他掌握着自由。警察在搜查现场时，在那间陋室里，在靠窗那张床下面发现的，正是那种大铜钱，已打开成两

---

① 邦弗尼托·切利尼（1500—1571），意大利佛罗伦萨金银匠和雕刻家，在法国和佛罗伦萨都占有重要地位。

② 维永（1431—1463），法国最伟大的抒情诗人之一。年轻时，喜欢在巴黎下层社会的酒肆娼寮纵酒放荡。曾多次因案入狱。

片。还发现了一个蓝色小钢锯，正好能藏进铜钱里。当时的情况可能是这样的：歹徒们搜他的身上时，他身上正好有那枚铜钱，他把它藏在手中，没被搜走，然后，他用松了绑的右手，将铜钱拧开，用那把钢锯割断绑着他的绳索，马里尤斯注意到的轻微的声音和不易察觉的动作，也就得到了解释。

因为怕被发现，不敢弯腰，绑住左腿的绳子没有割断。

歹徒们已从最初的惊愕中清醒过来。

“放心，”比格纳耶对泰纳迪埃说，“他还有条腿绑着，跑不了。我担保。是我给那个蹄子捆绑的。”

这时，俘虏抬高嗓门说：

“你们是一群可怜人，不过，我这条命不值得我拼命保护。至于你们想逼我说话，逼我写不愿写的，逼我说不愿说的……”

他卷起左臂的袖子，又说：

“你们瞧吧！”

他边说边伸出胳膊，右手握住木柄，将灼热的钳工錾放到赤裸的臂上。

只听见皮肉被烧得嗞嗞直响，行刑室特有的气味顿时充满整个陋屋。马里尤斯惊恐万状，歹徒们也不寒而栗，可那奇怪的老头脸不变色心不跳，红红的钳工錾嵌入冒着烟的伤口中，他泰然自若，简直令人敬畏，漂亮的眼睛看着泰纳迪埃，目光中没有仇恨，痛苦已然消失，只见他神态安详而威严。

在伟大而高贵的人身上，当肉体和感官因遭受痛苦而反抗时，灵魂就会显现在额头上，正如士兵造反，会迫使统帅出现。

“可怜人，”他说，“我不怕你们，你们也不必怕我。”

说完，他把钳工錾从伤口里拿出来，从开着的窗子里扔出去。那炽热而骇人的工具旋转着消失在黑夜里，远远地落到雪地里熄灭了。

俘虏接着又说：

“随您怎样处置我。”

他手上没有武器了。

“抓住他！”泰纳迪埃说。

两名歹徒抓住他的肩膀，那位戴面具说腹语的人则站在他面前，只要他一动，就用大钥匙砸烂他的脑袋。

与此同时，马里尤斯听见他下面的隔板脚边有人在低声交谈，但他们靠隔板太近，因而看不见。

“只有一个办法。”

“把他宰了！”

“对。”

是丈夫和妻子在商量。泰纳迪埃缓步走向桌子，拉开抽屉，拿出那把刀。

马里尤斯紧紧攥住手枪圆柄。他不知所措。一小时以来，他头脑里一直有两个声音在说话，一个要他尊重父亲的遗嘱，另一个要他救俘虏。这两个声音不停地争斗，使他万分苦恼。在他的潜意识里，一直希望能找到一个两全其美的办法，却没能找到。现在危险迫在眉睫，不容再等待了，泰纳迪埃手持利刀，正想动手，离俘虏只有几步路。

马里尤斯心乱如麻，他环顾四周，这是人在绝望时的最后无意识的行为。突然他打了个战。

一道明亮的月光照到他脚边的书桌上，仿佛要指引他去看一张纸头。他看见了泰家大女儿在早晨写的那行大字：

雷子来了。

马里尤斯脑海里闪过一道亮光，一个念头。这正是他苦苦寻求的办法，解决一直折磨着他的难题：既不伤害凶手，又能搭救受害人。他跪到五斗橱上，伸出胳膊，抓住那张纸头，从墙上轻轻剥下一块灰泥，裹在纸里，从墙洞里扔到隔壁那间破屋中央。

正是时候。泰纳迪埃已战胜最后的恐惧，抑或最后的顾虑，正在向俘虏走去。

“有东西掉下来了！”泰家婆娘喊道。

“是什么？”丈夫说。

那女人已冲过去，拾起包着纸的灰泥块。

她把纸包交给丈夫。

“从哪里来的？”泰纳迪埃问。

“你说能从哪里来？”那女人说，“当然从窗口。”

“我看见它从窗口飞进来的。”比格纳耶说。

泰纳迪埃迅速打开纸包，凑到烛光下。

“这是埃波妮的笔迹。见鬼！”

他向妻子做了个手势，她赶紧过来，他让她看纸上的那行字，然后低声说：

“快！梯子！让这猪猡待在警察的陷阱里，我们快溜！”

“不宰他了？”泰家婆娘问。

“没时间了。”

“从哪里？”比格纳耶说。

“从窗口。”泰纳迪埃回答，“既然波妮娜从窗口扔进石块，说明房子的这一边没被包围。”

说腹语的假面人将他的大钥匙放到地上，双臂伸向天空，双手迅速张合三下，没有说一句话。这好比向船员发出战斗的信号。抓着俘虏的歹徒松开手；转眼间，绳梯已从窗口放下，两个铁钩牢牢钩在窗沿上。

俘虏没有注意周围发生的事，好像在沉思或祈祷。绳梯刚架好，泰纳迪埃便喊：

“快来！老婆！”

说完，他冲向窗口。他正要跨上去，比格纳耶粗暴地一把抓住他的衣领。

“喂，不要急，老滑头！让我们先走！”

“让我们先走！”歹徒们吼道。

“你们真不懂事，”泰纳迪埃说，“别耽误时间。雷子就要来了。”

“那好，”其中一个歹徒说，“我们抽签决定谁先走。”

泰纳迪埃气得大声吼道：

“你们疯啦！神经有毛病啦！真是一群疯子！耽误时间，是不是？抽签，是不是？猜手指头！抽草茎！写上我们的名字！放在帽子里！……”

“要我的帽子吗？”有人在房门口大声说道。

大家回头。是雅韦尔。

他手里拿着帽子，笑眯眯地把帽子伸过去。

二十一　应该先抓受害人

黄昏时分，雅韦尔已布置好了人手，他自己则躲在林荫大道另一侧、与戈博旧宅相望的戈布兰门街的树后面。他做的第一件事，便是打开“口袋”，想把在巢穴周围望风的两位姑娘抓住。可他只“逮着”了阿赛玛。埃波妮不在她的哨位上，她失踪了，因此雅韦尔没逮着她。然后，雅韦尔埋伏起来，侧耳静候约定的信号。那辆出租马车的一往一返使他心绪不宁。后来，他等得不耐烦了，“确信那里有个贼窝”，确信会有“很大的收获”，从进旧宅的强盗中，他认出了几个面孔，最后决定不等枪声，直接上楼去了。

大家还记得，他有马里尤斯那把万能钥匙。

他来得正是时候。

强盗们惊慌失措，连忙捡起刚才逃跑时扔到各个角落里的凶器。霎时间，七个人气势汹汹站到一起，摆起防御的阵势，一个拿着宰牛锤，一个拿着大钥匙，一个拿着铅头棒，其他人操起凿子、钳子和锤子，泰纳迪埃握着那把尖刀。泰家婆娘在窗角上抓起一大块铺路石，那是给她两个女儿平日当凳子的。

雅韦尔戴上帽子，朝房间里走了两步，双臂交叉，拐杖夹在腋下，宝剑插在鞘里。

“别动！”他说，“不要从窗口出去，而是从门口出去。这样安全。你们七个人，我们十五个人。不要硬拼。大家客气点。”

比格纳耶从外衣下面抽出一支手枪，塞给泰纳迪埃，对他耳语道：

“是雅韦尔。我不敢向这个人开枪。你敢吗？”

“当然敢！”泰纳迪埃回答。

“那好，开枪吧。”

泰纳迪埃接过手枪，瞄准雅韦尔。雅韦尔离他才三步路，逼视着他，只说了句：

“别开吧！你打不中我。”

泰纳迪埃扣动扳机。没有击中。

“我说了吧！”雅韦尔说。

比格纳耶把他的铅头棒扔到雅韦尔脚边。

“你是魔鬼的皇帝！我投降。”

“你们呢？”雅韦尔问其他强盗。

他们回答：

“我们也投降。”

雅韦尔冷静地说：

“好，这样就对了。我刚才说了，大家客气点。”

“我只求一件事，”比格纳耶说，“我到了牢里，别不让我抽烟。”

“行。”雅韦尔说。

他回头喊道：

“可以进来了！”

听见雅韦尔的招呼，一群手握佩剑的警察和手执大头棒和短木棍的便衣冲进房间。他们将强盗捆绑起来。一支蜡烛朦胧照着这群人，魔窟里充斥着他们的黑影。

“全给铐上！”雅韦尔说。

“你们敢过来！”一个人吼道，但不是男人的声音，却也不能说是女人的声音。

泰家婆娘守在窗口的一角，刚才那声吼叫是她发出的。警察和便衣吓得连连后退。她已扔掉披肩，但仍戴着帽子；她丈夫蹲在她身后，扔下来的披肩几乎盖住了他的全身，她用身体掩护丈夫，双手将那块铺路石举过头顶，摆动着，好似一个巨人就要掷出石头。

“当心！”她吼道。

大家向走廊退去。破屋中央空出一大块地方。那婆娘朝束手待毙的强盗们瞅了一眼，用沙哑的喉音低声骂道：

“懦夫！”

雅韦尔笑了笑，向空处走去，泰家婆娘虎视眈眈地盯着那里。

“别过来，滚开！”她吼道，“再过来我就砸死你！”

“好一个投弹手！”雅韦尔说，“大妈！你有男人的胡子，可我有女人的爪子！”

他继续向前。

泰家婆娘蓬头散发，杀气腾腾，叉开双腿，身子向后一仰，使足力气，将那块石头向雅韦尔的头上扔去。雅韦尔一躬身，石头越过他的身上，撞到对面的墙上，砸掉一大块灰泥，又弹回来，从一个角落弹到另一个角落，最后滚到雅韦尔脚边不再动弹，幸亏破屋里几乎没有人。

这时，雅韦尔走到泰纳迪埃夫妇跟前。他一只大手抓住那女的肩膀，另一只按在丈夫的头上。

“拇指铐！”他喊道。

警察又拥进屋里，不消几秒钟，就完成了雅韦尔的命令。

泰家婆娘垂头丧气，看了看自己和丈夫被铐着的手，坐到地上，大哭大嚎：

“我的女儿！”

“她们在牢里了。”雅韦尔说。

这时，便衣们发现门后呼呼大睡着一个醉汉，便使劲摇他。醉汉醒来，含含糊糊地说：

“完事了吗，戎德雷特？”

“是的。”雅韦尔回答。

六个被铐着的强盗站着。他们的脸仍然像鬼，三个涂成黑色，三个戴着面具。

“你们就戴着面具吧。”雅韦尔说。

他像德皇腓特烈二世在波茨坦检阅部队那样，目光威严地将他们扫视一遍，并对那三位“修炉工”说：

“你好，比格纳耶。你好，布吕戎。你好，二十亿。”

然后，他转向那三个戴面具的人，对拿宰牛锤的说：

“你好，格勒梅尔。”

接着对拿铅头棒的说：

“你好，巴贝。”

又对说腹语的人说：

“你好，克拉克苏。”

这时，他看见了强盗们的俘虏，警察进来后，那人没说过一句话，一直低着脑袋。

“给先生松绑！”雅韦尔说，“谁也不准出去。”

说完，他威严地坐到桌子旁，桌上仍摆着蜡烛和书写用具。他从兜里掏出一张公文纸，开始写调查报告。他写完几行套语后，抬起头说：

“把这些先生们绑着的那位先生带来。”

警察们看了看周围。

“怎么了，”雅韦尔问，“他在哪里？”

强盗们的俘虏，那位白先生，于尔班·法布尔先生，于絮尔或百灵鸟的父亲，已不见人影了。

房门口有人把守，但窗口却无人把守。他被松绑后，见雅韦尔正在写调查报告，周围混乱嘈杂，拥挤不堪，烛光昏暗，没有人注意他，便趁机越窗逃跑了。一个便衣奔到窗口，向外张望。窗外不见人影，绳梯还在晃动。

“见鬼！”雅韦尔咕哝道，“这一个也许是最厉害的！”

二十二　在第三卷中哭叫的孩子①

在医院林荫大道的旧宅里发生那件事后的第二天，一个男孩，好像

① 本书初版时，共分十卷。此处所说的第三卷，即本译本第二部《珂赛特》中的第三卷，那哭叫的孩子出现在该卷第一章《蒙费梅的用水问题》中。

是从奥斯特里茨大桥那边过来的，顺着街右侧的人行道，朝枫丹白露门走去。天色已黑。这孩子面黄肌瘦，衣衫褴褛，二月里只穿一条布单裤。他扯着嗓门唱着歌。

在小银行家街的拐弯处，路灯下，有个老妇弯腰曲背，正在垃圾堆里捡破烂。孩子经过时，撞了她一下，赶快后退，惊叫道：

“呀！我还以为是一只特别特别大的狗呢！”

他重复“特别”这个词时，故意用了揶揄的语气，也许只有用大写字母才能表达“一只特别特别大的狗”的夸张意味。

老妇恼羞成怒，突然站起来。

“该死的！”她咕哝道，“我要不是弯着腰，看我不给你一脚！”

那男孩已经走远。

“嘿！嘿！”他说，“既然如此，我可能没有弄错。”

老妇气得透不过气来。她挺直身子，路灯的红光照在她苍白的脸上，只见她瘦骨嶙峋，皱纹深深，鱼尾纹与嘴角连成一片。她的身子隐没在黑暗中，只露出了脑袋，活像被月光割下来的衰老女魔的面具。孩子注视着她，说道：

“太太的美貌对我不合适。”

他继续赶路，又接着唱起来：

“踢木鞋”国王，
出门去打猎，
专打大乌鸦……

唱完三句，他就不唱了。他已来到五〇一五二号门前。看见大门关着，就用脚踢，踢得又响又猛，听上去与其说是小孩的脚，不如说是他脚上的大人鞋在踢门。

这时，他在小银行街拐角上遇到的那个老妇，跟在他后面跑来了，她大叫大嚷，拼命挥手。

“干什么？干什么？上帝！大门要踢坏了！屋子要踢破了！”

孩子继续踢门。老妇继续吼叫。

“现在怎么这样对待房子！”

她突然不叫了。她认出是刚才的流浪儿。

“什么！原来是这个魔鬼！”

“呀！是老家伙呀，”孩子说，“你好，比贡大娘。我来看我的长辈。”

老妇做了个表情复杂的鬼脸，那是仇恨加上衰老和丑陋临时凑合成的令人拍案叫绝的表情，可惜天色黑暗，无人看得见：

“家里没有人，野孩子。”

“呵！”孩子说，“我父亲在哪？”

“在拉福斯监狱。”

“啊！那我母亲呢？”

“在圣拉扎尔监狱。”

“好吧！那我两个姐姐呢？”

“在马德洛内特监狱。”

孩子挠挠耳朵背后，看着比贡大娘说道：

“啊！”

然后，他脚跟向后一转，过了一会儿，仍站在门口的老婆子听见他用清脆的童音唱着歌，消失在迎风瑟瑟抖动的榆树下面了。他唱道：

“踢木鞋”国王，
出门去打猎，
专打大乌鸦，
踩着大高跷。
有人从他下面过，
要交两苏买路钱。

Les Misérables

悲惨世界

〔下〕

[法国] 维克多·雨果 著　潘丽珍 译

译林出版社

图书在版编目（CIP）数据

悲惨世界 /（法）维克多·雨果著；潘丽珍译 .—南京：译林出版社，2023.8
（雨果精选集）
ISBN 978-7-5447-9716-0

Ⅰ.①悲… Ⅱ.①维… ②潘… Ⅲ.①长篇小说－法国－近代 Ⅳ.①I565.44

中国国家版本馆 CIP 数据核字（2023）第 084537 号

悲惨世界 ［法国］维克多·雨果／著　潘丽珍／译

责任编辑　唐洋洋
装帧设计　周伟伟
校　　对　梅　娟
责任印制　颜　亮

原文出版　Gallimard, 1951
出版发行　译林出版社
地　　址　南京市湖南路 1 号 A 楼
邮　　箱　yilin@yilin.com
网　　址　www.yilin.com
市场热线　025-86633278
排　　版　南京展望文化发展有限公司
印　　刷　苏州市越洋印刷有限公司
开　　本　890 毫米 ×1240 毫米　1/32
印　　张　45.375
插　　页　10
版　　次　2023 年 8 月第 1 版
印　　次　2023 年 8 月第 1 次印刷
书　　号　ISBN 978-7-5447-9716-0
定　　价　149.00 元（上、下册）

版权所有·侵权必究
译林版图书若有印装错误可向出版社调换。质量热线：025-83658316

目录

第四部　普吕梅街儿女情
圣德尼街英雄血

第五部 让·瓦让

第八卷　暮色渐浓

第九卷　最后的黑暗，最后的曙光

第四部

普吕梅街儿女情
圣德尼街英雄血

第一卷　讲点历史

一　开了个好头

七月革命后的两年，即一八三一和一八三二年，是历史上最特别、最令人震惊的一个时期。这两年犹如两座山峰，屹立在它们前后的年代中间。它们具有革命的威严。其间，耸立着一个个悬崖绝壁。社会各个阶层、文明的基础、由相互重叠相互依存的利益构成的牢固的群体、世世代代形成的法兰西古老形象，这一切，在制度、激情和理论的风云变幻中时隐时现。这些时现时隐的东西，被叫作抵抗和运动。人类的心灵之光——真理不时地在中间闪耀。

这无与伦比的时期相当短暂，离我们已有一段距离，因此，现在来回顾一下，应该能抓住它的主要特点了。

我们就来做一尝试。

王朝复辟是一个很难定义的中间阶段，其间充满了疲惫、窃窃私议、悄悄耳语、困倦、喧闹，这只是表明一个伟大的民族到了一个阶段。这样的时期是奇特的，往往使那些想从中渔利的政客们上当受骗。开始时，国民只求休养生息；他们一心渴望安宁，一心想做小人物。这表明大家想过安宁的日子。大事件、大事变、大冒险、大人物，谢天谢地，这些见得够多的了，已忍无可忍。人们宁愿舍恺撒，而要普鲁西亚斯[①]，

① 普鲁西亚斯即俾提尼亚的国王（前 192—前 148），为了讨好罗马人，他派人暗杀汉尼拔。

弃拿破仑，而求伊夫托王[1]。“多好的国王啊！”人们天不亮就动身，长途跋涉了一整天，已是晚上了，同米拉波走了第一程，同罗伯斯庇尔走了第二程，同波拿巴走了第三程，现在腰酸背痛，精疲力竭。人人都想要张床。

已疲惫了的献身精神，已衰老了的英雄主义，已满足了的勃勃野心，已获得了的巨大财富，都在寻找着，要求着，哀求着，恳求着。要求什么呢？一个安乐窝。它们得到了。它们享有了和平、宁静和闲逸。它们心满意足了。可与此同时，一些既成事实冒了出来，它们要求承认，前来敲旁边的大门。这些事实产生于革命和战争。它们存在着，生活着，它们有权在社会上安营扎寨，它们正在安营扎寨。通常，这些事实好比为大部队准备粮草的先行官，是为原则准备住处的。

于是，政治哲学家们便看到了这样的事：

就在疲倦的人们要求休息的时候，那些既成事实也要求给予保证。既成事实要求保证，同人民要求休息是一个道理。

这正是英国在护国公[2]下台后，向斯图亚特家族提出的要求；也是法国在帝国崩溃后，向波旁王族提出的要求。

这些保证是时代的需要。一定要给的。君王们“给了”，其实，是事物本身的力量决定的。这是应该认识的深刻真理，而一六六〇年，斯图亚特家族对此毫无认识，一八一四年，波旁家族甚至毫无感觉。

拿破仑垮台时，那注定要当国王的家族回到法国，竟头脑简单地认为一切都是他们给予的，他们所给的东西，可以重新要回来；认为波旁王族拥有神权，法兰西则一无所有；认为路易十八宪章中让与的政治权利，不过是神权的一个枝桠，是波旁王族把它摘下来奉送给人民的，国王什么时候想收回就可以收回。可是，既然给人民这个权利他们感到不高兴，就该意识到这并不是他们给予的。

他们对十九世纪满怀恼怒。每当人民笑逐颜开，他们便愠形于色。

---

① 伊夫托王为法国诗人贝朗热笔下的滑稽人物。

② 护国公这里指克伦威尔，十七世纪英国资产阶级革命中独立派领袖。

拿粗俗的，也就是大众的和真实的话来说，他们心里窝火。人民对此看在眼里。

他们自以为很强大，因为拿破仑帝国在他们面前像舞台布景那样被搬走了。他们没有发现自己也是这样被搬来的。他们没有看见自己也掌握在搬走拿破仑的那只手里。

他们自以为根深蒂固，因为他们就是过去。他们错了；他们是过去的一部分，但整个过去，乃是法兰西。法国社会并不根植于波旁王族，而是法兰西民族。这些深入地下的、生气蓬勃的根，绝对不是一个家族的权利，而是一个民族的历史。它们无所不在，唯独不伸到宝座下面。

对法兰西而言，波旁王族是它历史上一个辉煌而血腥的节疤，但已不是它命运的主要成分和政治的必要基础。完全可以不要波旁王族，而且已抛弃了二十二年，法兰西依然存在，他们却意识不到这一点。他们怎能意识得到呢？在他们的想象中，热月九日那天，是路易十七在统治法国，马伦戈战役那天，是路易十八在统治法国。有史以来，从未有君王如此无视历史事实及其所包含的一部分神权。也从未有王权如此否认过神权。

这一重大错误，导致这个家族收回了一八一四年“给予”的保证，收回了他们所谓的让与。多么可悲！他们所谓的让与，是我们斗争得来的；他们说我们是侵占，其实那是我们的权利。

复辟王朝自以为战胜了波拿巴，深深扎根于国家，也就是说，自以为力量强大，根坚基固，一旦认为时机成熟，便当机立断，孤注一掷。一天早晨，他们突然矗立在法兰西面前，提高嗓门，否认集体的权利和个人的权利，即否认民族的主权，公民的自由。换句话说，他们否认民族之所以成为民族的东西，公民之所以成为公民的东西。

这就是所谓七月敕令这个臭名昭著法案的实质所在。

复辟王朝垮台了。

它垮得合情合理。不过，我们要说一句，它并不是对所有进步都一概敌视。许多大事完成时，它就在旁边。

王朝复辟时期，人民习惯于心平气和地讨论问题，这是共和国时期所没有的；人民也习惯了在和平中求强盛，这是帝国时代所没有的。自由和强盛的法国，对于欧洲的其他国家，是一种鼓舞人心的景象。罗伯斯庇尔时代，革命有发言权；拿破仑时代，大炮有发言权；而在路易十八和查理十世时代，才轮到智慧有发言权。风停了，火炬重又点燃。人们看见，在宁静的山顶上，纯洁的思想之光在闪烁。那是灿烂、有益和动人的景象。人们看见，十五年中，诸如法律面前人人平等、信仰自由、言论自由、出版自由、量才任职等重大的原则，这些对思想家是古老的，但对政治家却是十分新鲜的原则，曾和平而公开地施加着影响。这状况一直延续到一八三〇年。波旁王朝是文明的工具，最终在上帝的手中粉碎了。

波旁王朝垮台时，气势十分磅礴，但并不是他们，而是人民。他们严肃地离开了宝座，但已失去往日的威风；他们以这种方式沉入黑夜，并非以那种会给历史留下伤感的方式庄严退出；既非查理一世幽灵般的沉寂，亦非拿破仑雄鹰般的啸鸣。他们离开了，仅此而已。他们放弃了王冠，但没有保留光环。他们是高贵的，但却没有威仪。从某种程度上说，他们面对不幸，缺少君王的威严。查理十世在流放瑟堡时，命人把一张圆桌改成方桌，似乎对面临危险的礼仪，比对面临倾覆的君主政体更关心。这种衰退，使热爱他们本人的忠诚之士和热爱他们家族的严肃之人忧心忡忡。至于人民，他们是值得敬佩的。一天早晨，人民遭到保王党叛乱的武装袭击，却感到自己非常强大，因而没有动怒。他们进行自卫，采取克制态度，使事物恢复秩序，使政府恢复法制，让波旁王族流放瑟堡，可惜呀！他们到此便止步不前了。他们从庇护过路易十四的华盖下，抓住了老国王查理十世，却把他轻轻放到地上。他们只是忧伤而小心翼翼地触动王室成员。这样做的不是一个人，也不是几个人，而是法兰西，整个法兰西，胜利了的并陶醉于胜利的法兰西，他们回想起，并在世人面前实践着街垒日[①]之后纪尧姆·德·韦尔发表的那段庄严的

---

① 街垒日是指一五八八年五月爆发的巴黎平民起义。纪尧姆·德·韦尔（1555—1621）是当时的一个政治家、大法官和演说家。街垒日后，他在议会前发表了一个演说。

话："那些善于博得君王恩宠的人，像小鸟那样从一个枝头跳到另一个枝头，从逆境跳到顺境的人，是很容易大胆地反对遭受厄运的国王的；但对我来说，不管国王们命运如何，都是值得尊敬的，尤其是身处逆境的国王。"

波旁王朝下台赢得了尊敬，但却没有人遗憾。正如前面说过的，他们的不幸大于他们自身。他们在地平线上消失了。

七月革命在世界上很快有了朋友和敌人。朋友们热情洋溢、兴高采烈地奔过来，敌人却别转脑袋，各人按自己的性格行事。起初，欧洲的君王们心头不悦，目瞪口呆，他们像黎明时的猫头鹰，闭上了眼睛，等他们张开眼时，却是为了威胁恐吓。他们惊恐不安可以理解，他们怒不可遏也可以原谅。这场奇特的革命算不上一次冲击，甚至不屑把被击败的王权当作敌人，使之流血。专制政府向来对自由派互相诽谤感兴趣，认为七月革命既来势凶猛，就不该温良恭俭让。况且，没有人企图策划阴谋，反对这场革命。最不满意的人、最恼怒的人、最害怕的人，都向它表示敬意。不管我们多么自私，多么怨恨，我们感到，在这场革命中，有一种超然于人之上的力量在鼎力相助，于是，一种神秘的敬意便油然而生。

七月革命是权利推翻事实的胜利。这是光辉灿烂的事。

权利推翻事实。于是就有了一八三〇年革命的灿烂光辉。也有了这场革命的宽容温和。权利获胜后，是绝对不需要暴力的。

权利，就是公正和真理。

权利的特点，便是永远美好和纯洁。事实即使表面看来是最需要的，甚至是当代人最愿意接受的，但是，如果它只作为事实而存在，只包含极少的权利，或根本不包含权利，那么，随着时间的推移，注定会变得丑陋、肮脏，甚至可怕。如果有人想一眼看到事实可能达到怎样丑恶的程度，只要上溯几百年，看一看马基雅弗利[①]。马基雅弗利绝对不是坏人，

---

① 马基雅弗利（1469—1527），文艺复兴时期意大利思想家和历史学家。他把政治当作权术，认为君主为了达到目的，可以不择手段。

不是魔鬼，也不是无耻卑鄙的作家；他只是事实。而且，他不只是意大利的事实，也是欧洲的事实，十六世纪的事实。他似乎很丑恶，而从十九世纪的道德观来看，他确实很丑恶。

权利与事实的斗争，从有社会以来就存在了。结束决斗，将纯洁思想同人类实际相结合，以温和的方式使权利渗透事实，事实渗透权利，这便是哲人们做的工作。

二　半途而废

但是，哲人的工作是一回事，策士的工作又是一回事。

一八三〇年的革命很快停止了。

革命一旦搁浅，策士们便会把船拆毁。

本世纪，策士们自命为政治家，因此，政治家这个词最终有点像是行话了。请不要忘记，哪里有手腕，哪里就必然有卑劣。说策士，等于说平庸之辈。

同样，说政治家，有时等于说奸诈之辈。

因此，照策士们的说法，像七月革命那样的革命，是割断的动脉，得赶快结扎。权利若是过分要求，就会动摇。因此，权利一旦确认，就应该巩固国家。自由一旦有了保障，就应该想到政权。

这时候，哲人尚未同策士分道扬镳，但对他们已产生怀疑。好吧，政权。可是，首先要知道，政权是什么？其次，政权从哪里来？

策士们似乎并没听见私下议论的不同意见，依旧我行我素。

策士们善于将利己的杜撰伪装成必需。照他们的说法，革命后的人民，假如这个人民属于君主国，最迫切要做的事，便是建立一个王朝。据他们说，这样，在革命后，他们就能过安定的生活，也就是说，能有时间包扎伤口，修缮房屋。这个新王朝可以掩盖脚手架和医院。

然而，建立王朝谈何容易。

必要时，任何一个有才干的人，甚至任何一个有运气的人，都可以当国王。波拿巴属于第一种情况，伊图尔维德[1]属于第二种。

但是，并非随便哪个家族可以建立王朝的。作为一个王族，必须有相当深的资历，岁月的皱纹不是一朝一夕之功。

假如我们站在“政治家”的观点上看问题（当然，可以保留自己的看法），那么，一场革命后产生的国王应具备怎样的品质呢？他可以是，也应该是一个革命者，就是说，他亲身参加了这场革命，他插手了这场革命，不管他因此而臭名昭著还是美名远扬，也不管他使用的是斧头还是利剑。

一个王朝应具备怎样的品质呢？它应该是民族的，就是说，是一个保持距离的革命者，并不要参加革命的行动，而是要接受革命的思想。它应该由过去组成，具有悠久的历史，它应该由未来组成，具有同情心。

这就说明为什么早期的革命仅仅满足于找到一个人，克伦威尔或拿破仑，而后来的革命一定要找一个王族，不伦瑞克王族或奥尔良王族。

王族好比印度榕树，每根枝条垂到地上，便在地里扎根，长成一棵榕树。每一个枝都可以变成一个王朝。条件是必须弯向人民。

这就是策士们的理论。

因此，也就出现了一种伟大的艺术：让胜利发出一点灾难的声音，以便使利用胜利的人因此而胆战心惊，每前进一步都要加进点恐怖气氛，拉长过渡的曲线，放慢进步的速度，使这曙光变得平淡无奇，揭露并削减热情的粗暴性，削平尖角和利爪，给胜利裹上暖和的棉胎，替权利穿上暖和的衣服，为魁伟的人民包上法兰绒，叫他们快快睡觉，强迫过分健康的人节制饮食，让大力士接受康复治疗，设法消除革命的影响，向渴望理想的人献上搀有药茶的美酒，采取措施以免有太多的成功，给革命罩上一个灯罩。

一八三〇年实践了这个理论，而英国于一六八八年就实践过了。

---

① 伊图尔维德（1783—1824），墨西哥军事首领，独立运动中保守派领袖。一八二一年称帝，一八二三年被处决。

一八三〇年是场半途而废的革命。是半截子进步，不是完全的权利。然而，逻辑对“差不多”是瞧不起的，正如太阳无视蜡烛一样。

是谁让革命半途而废的？资产阶级。

为什么？

因为资产阶级代表满足了的利益。昨天还很有胃口，今天已吃饱肚子，明天就心满意足了。

一八一四年拿破仑下台后的现象，在一八三〇年查理十四退位后又重演了。

有人把资产者当作一个阶级，其实是错误的。资产者不过是人民中间得到满足的一部分。那是现在有空坐下来的人。一张椅子不能算作一个阶级。

可是，因为过早地想坐下来，就让人类停止前进。这是资产阶级常犯的错误。

不能因为犯了错误，就成了一个阶级。利己主义不是社会等级的一个部分。

不过，即使对利己主义，也应抱公正的态度。一八三〇年动荡后，被叫作资产阶级的那部分人民所渴望的，并不是那种掺杂着冷淡和懒惰的、略带羞愧的精神不振的状态，也不是暂时忘却一切、昏昏入梦的睡眠状态，而是暂停。

暂停包含着奇特而又几乎是矛盾的双重意义：一是正在行进的队伍，即运动；二是停止，即休息。

暂停，就是恢复力气；是手执武器的醒着的休息；是设置岗哨保持戒备的既成事实。有暂停，就必有昨天的战斗和明天的战斗。

一八三〇年和一八四八年之间便是暂停。

这里我们所谓的战斗，也可以叫作进步。

因此，无论是资产者，还是政治家，都需要有个人来说声“暂停”。一个能说“虽然，因为”的人。一个具有双重特性的人，既体现革命，也体现稳定，换句话说，能协调过去和将来，以巩固现在。

这个人是“现成”的。他叫路易-菲利普·德·奥尔良。

二百二十一名议员选举路易-菲利普当了国王。拉法耶特[①]主持加冕仪式，称他是“最好的共和国”。巴黎市政厅代替了兰斯大教堂[②]。

这种用半王位代替全王位的做法，是“一八三〇年的杰作”。

策士们完成这一切后，严重的后果也就出现了。这一切都是在撇开绝对权利的情况下进行的。绝对权利大声叫喊：“我抗议！”尔后，可怕的是，连它也销声匿迹了。

三　路易-菲利普

革命有结实的臂膀，灵巧的双手，打击时坚决有力，选择时正确无误。革命即使不彻底，即使退化变种，甚至降到像一八三〇年革命那样幼稚的状态，也总能保持相当多的天赋的清醒，不至于会在不恰当的时候出现。革命暂时消失，这并不意味着放弃。

不过，也不要过甚其词；革命也有出错的时候，且曾出过大错。

还是再来谈谈一八三〇年。一八三〇年虽然偏离了轨道，但也还算是幸运的。革命骤然停止后，在所谓恢复秩序的过程中，国王比君主政体更有用。路易-菲利普是个数一数二的人。

他父亲有过罪孽，但历史会提供可以减罪的情节。正如他父亲值得谴责一样，他本人是值得尊敬的。个人的品德，他一应俱全，并且还具备好几种公德。他关心自己的身体、财产、仪表和事业；他知道一分钟的价值，却不总是知道一年的价值；他简朴、安详、温和、耐心，是个好好先生，好好亲王；他与妻子同床共眠，在宫中，专门有仆人负责带领资产者参观亲王夫妇的卧榻，从前是炫耀王族长房的荒淫生活，现在展示亲王忠于结发妻子是很有用的；他通晓欧洲各国语言，尤其难能可贵的是，他能懂会说代表各种利益的所有语言；他是“中间阶级”可钦

---

① 拉法耶特（1757—1834），法国资产阶级革命时期君主立宪派领袖之一。

② 法国大革命前，国王加冕礼都在兰斯大教堂进行。

可佩的代表，却又超越这个阶级，在各方面都更胜一筹；他十分看重自己的血统，但又非常明智，尤其看重自己的内在价值，在血统问题上，他有独到的看法，宣称自己属于奥尔良系，而不是波旁系；只要他还只是尊贵的殿下，他便以嫡系亲王自居，但一旦成了国王陛下，反而是不折不扣的平民了；在公众场合，他啰里啰唆，但同朋友交谈时，却言简意赅；有人说他吝啬，但没得到证实；其实，他很节俭，但心血来潮，或为了尽责任时，也会大肆挥霍；他有文学修养，却对文学不大感兴趣；他是绅士，但不是骑士；他朴实、平静又坚强，深受家庭和家族的爱戴；他谈吐富有吸引力；他是不抱幻想的政治家，内心冷静，服从眼前利益，事必躬亲，不记仇，也不记恩，无情地利用高才俊杰战胜平庸之辈，善于利用议会中的多数，挫败在宝座下面神秘而一致的低声抱怨；他感情外露，在讲实话时，有时不大谨慎，但在不谨慎中，却又是异常机敏；他善于随机应变，善于变换面孔和面具；他让欧洲怕法国，又让法国怕欧洲；他热爱国家，这是不容置疑的，但他更热爱家；他看重统治胜过职权，职权胜过尊严，这种禀性有其阴暗的一面，为了事事成功，不惜使用狡诈的手段，有时甚至采用卑鄙的手段，但也有其有利的一面，能使政治避免激烈的冲突，国家避免分裂，社会避免灾难；他细心、正派、警觉、专注、洞察入微、不知疲倦；他有时自相矛盾，自我否认；他在安科纳①勇敢抵抗奥地利人，在西班牙顽强奋战英国人，炮轰安特卫普②，赔偿普里查③；他满怀信心高唱《马赛曲》；他从不垂头丧气，萎靡不振，对美和理想不感兴趣，从不轻率莽撞，与乌托邦、幻想、愤怒、虚荣心、恐惧无缘；他勇猛顽强，不屈不挠，在瓦尔密战役④中，他是将军，在热马普战役⑤中，他是士兵；他八次险遭杀害，却始终面带笑容；他像榴弹

① 安科纳为意大利港市。一八三二年，法国派远征军去那里抗击奥地利。

② 安特卫普为比利时港市。一八三二年，法军赶走拒绝将安特卫普交还给比利时的荷兰军。

③ 普里查（1796—1883），英国传教士，在太平洋塔希提岛任领事，该岛于一八四三年成为法国的保护地。普里查被法军逮捕囚禁，不久获释。英国政府要求法国赔偿损失。

④ 一七九二年九月二十日，法军在马恩河畔的瓦尔密村大败普鲁士军队。

⑤ 一七九二年十一月六日，法军在比利时的热马普战胜奥地利军队。

兵那样勇敢，像思想家那样热忱，只有在欧洲面临动荡时才会担忧，不善冒政治大风险，随时准备牺牲自己的生命，却从不拿事业去冒险；他把自己的意志化为影响，让人们把他作为英才而不是国王来服从；他善于观察，却不善预测，极少关注人的才智，却有知人之明，就是说，要看见了才能做出判断；他感觉敏捷深刻，注重实际，颇有口才，过目不忘，他从这惊人的记忆宝库中不断汲取，这是他和恺撒、亚历山大和拿破仑唯一相像之处；他知道事件、细节、日期、人名地名；他无视群众的倾向、激情、各种天性，无视人们内心的向往，灵魂深处的激荡，一句话，无视一切可谓看不见的内心活动；他在表层被大家接受了，但与深层的法兰西不相融合；他凭着机智聪敏而应付自如，但管理太多，统治不够；他是他自己的总理，善于利用现实中的小事，来为伟大的思想设置障碍；他真正具有教化、整饬和组织方面的天才，但却也注重程序和诡辩；他是一个王朝的缔造者和检察官，有点像查理大帝，又有点像诉讼代理人。总之，路易-菲利普是一个高贵而又独特的人，一个能不顾法兰西的担忧而谋取权力，不顾欧洲的嫉妒而巩固势力的君王，他是本世纪最杰出的人物之一，假如他多爱些荣誉，对伟大和实用有着同样的意识，他本可以跻身于历史上最卓越的统治者之列。

路易-菲利普年轻时英俊漂亮，老来依然风采迷人。他不总得到民族的认同，却一向受到百姓的喜爱。他很讨人喜欢。他生来具有魅力，但他缺少威仪；身为国王，却不戴王冠；上了年岁，却没有白发。他有旧制度的举止风度，却有新制度的习惯爱好，是贵族和资产者的混合体，正合一八三〇年的要求。路易-菲利普是过渡时期的君王；他保留着旧的发音和旧的拼写，用来为现代舆论服务；他喜爱波兰和匈牙利，却常把波兰人写成 polonois，将匈牙利人说成 hongrais[①]。他像查理十世那样，穿国民自卫军的制服，却又像拿破仑那样，戴荣誉勋位的绶带。

他很少去做弥撒，绝对不去打猎，从不去看歌剧。他不受圣器室执事、猎犬侍从和舞女的腐蚀，这使他在资产阶级中赢得了好名声。他没

① 正确的拼法应该是 polonais 和 hongrois。

有扈从。他出门时腋下夹把雨伞，在很长时间里，这把雨伞是他头上光轮的组成部分。他对瓦工、园艺和医学略知一二；他能给从马背上摔下来的马车夫放血；路易-菲利普出门总要带一把手术刀，正如亨利三世总带着匕首一样。保王派揶揄这个可笑的国王，说他是第一个放血治病的人。

在历史对路易-菲利普的指责中，应该算一算账：有的指责王权，有的指责王政，有的指责国王。这三笔账，总数各不相同。取消民主权利，把进步视作次要利益，残酷镇压街头抗议，军事压服起义，武装平息骚乱，特兰诺南街大屠杀[①]，军事法庭开庭审判，用合法的国家并吞真正的国家，与三十万特权人物平分秋色，以上是对王权的指责。拒绝比利时，征服阿尔及利亚时过于残酷，和英国人征服印度一样，野蛮多于文明，对阿卜拉·卡迪尔[②]背信弃义，收买德茨[③]，付给普里查赔偿金，这些是对王政的指责。偏重于家庭式的而不是国家式的政治，这是对国王的指责。

这样算一笔细账，国王的罪责就减轻了。

他的巨大过错，在于他代表法国时，显得太谦逊。

他怎么会犯这样的错误的？

我们来谈一谈。

路易-菲利普是个过于慈祥的国王。有人想把一个家庭孵化成一个王朝，在孵化的过程中，必定害怕一切，不想受到干扰；因此，他就过分地畏首畏尾，这对在世俗传统中经历了七月十四日革命，在军事传统中经历了奥斯特里茨战役的法兰西人民来说，无疑是很不乐意接受的。

况且，如果撇开应该最先履行的公职不谈，路易-菲利普对家庭的这种深厚感情，是他的家庭受之无愧的。他的一家可敬可佩。他们德才兼备。路易-菲利普的一个女儿玛丽·德·奥尔良，使这个家族的姓氏跻身于艺苑，正如查理·德·奥尔良使这家族的姓氏跻身于诗坛一样。她用

---

① 一八三四年四月十四日，政府军在巴黎特兰诺南街屠杀起义的民众。

② 阿卜拉·卡迪尔（1807—1883），阿尔及利亚抗法斗争领袖。法国两次撕毁同他签订的和约。

③ 一八三二年，德茨为了获得十万法郎赏金，将贝利公爵夫人出卖给政府，使之被捕，关入布莱监狱。路易-菲利普于一八三三年六月八日将她释放。

整个灵魂，雕刻了一尊命名为《贞德》的大理石像。路易-菲利普的儿子中，有两个赢得了梅特涅的蛊惑人心的赞美："他们是凤毛麟角的青年，绝无仅有的亲王。"

以上是对路易-菲利普的如实描绘，无一丝掩饰，亦无一毫夸大。

他是一个主张平等的亲王，本身就载负着王朝复辟和革命的矛盾，具有革命者那种令人担忧的一面，当了统治者后，却能起到稳定人心的作用，这便使路易-菲利普在一八三〇年鸿运高照。人和时势之间从没像这样一拍即合，互相融入，浑然一体。路易-菲利普是一八三〇年活生生的体现。此外，他流亡过，这也是他登上王位的有利条件。他曾被驱逐出国，四处漂泊，一无所有。他自食其力。在瑞士，这位拥有最富饶采邑的亲王，为了糊口，曾卖掉了一匹老马。在莱赫诺，他曾给人上数学课，而他的妹妹阿代拉伊德则刺绣和缝纫。一个国王有这样的经历，会激起资产阶级的热情。他亲手拆毁了圣米歇尔山上最后一个铁笼子，那是路易十一建造的，路易十五也使用过。他是迪穆里埃[①]的战友，拉法耶特的朋友；他是雅各宾派俱乐部成员；米拉波拍过他的肩膀，丹东叫过他"年轻人"。一七九三年，他二十四岁，还是德·夏尔特尔先生，他在国民公会的一间幽暗的小屋里，旁听了对路易十六的审判会，那位国王被恰如其分地称作"这个可怜的暴君"。他目睹了那场既英明又盲目的革命想用处决国王的方式来摧毁王权，使国王随同王权一起消灭，在野蛮地压制王权思想时，几乎没有注意到人；他目睹审判厅里升起狂风暴雨，听众席上群情激愤，纷纷提出质问，卡佩[②]不知如何回答，在这阴沉的狂风下，国王目瞪口呆，连连摇晃脑袋，而在这场灾难中，所有人相对来说都是无辜的，无论是审判者，还是被审判者；他亲眼目睹了这一切，他亲眼观看了这令人眩晕的场面；他看见，世代沿袭的君主政体在国民公会的法庭上受审判；他看见，在路易十六这个替罪羊身后，在黑暗中，

---

① 迪穆里埃（1739—1823），法国将军，一七九〇年参加雅各宾派，指挥过瓦尔密战役。路易-菲利普担任其助手。

② 卡佩是法国卡佩王朝缔造者的名字，法国大革命时，成为路易十六及其家族的代名词。

站立着令人生畏的被告——君主政体；于是，在他的内心深处，对几乎和上帝的裁决一样客观的民意裁决一直保存着几分敬畏。

革命留在他身上的烙印是不可磨灭的。那伟大岁月的分分秒秒，犹如一幅幅活生生的画面，铭刻在他的记忆里。据一位可信的见证人说，一天，路易-菲利普单凭记忆，把按字母顺序排列的制宪会议名册上A条目中的错误一一改正。

路易-菲利普是个开明君主。他统治时期，有出版自由，辩论自由，信仰和言论自由。九月法律①留有透进阳光的空隙。他知道阳光可能侵蚀特权，但他仍然让他的王位暴露在阳光下。历史对他这种正直自有公论。

和所有退出历史舞台的人一样，路易-菲利浦今天也在接受人类良知的审判。他的案子尚在初审阶段。

历史用尊敬和坦率的语气谈论他的时刻尚未来到；对这个国王做最后审判的时刻尚未来到。严肃而杰出的历史学家路易·布朗，最近也将他原来的判词降了调。路易-菲利普是由两个所谓的“差不多”选出来的，一个是二百二十一名议员，另一个是一八三〇年革命，也就是说，一个是半数议员，另一个是半截子革命。无论如何，从哲学应处的高度来看，正如我们前面隐约看到的，我们在此只能以绝对的民主原则的名义，有所保留地对他进行评价；从绝对的角度看，除了人权和民权这两种权利以外，一切都是窃取的；但是，撇开这些保留，我们现在能够说的，就是不管以什么方式进行考虑，无论从他本人来看，还是从人性善良的角度看，借用历史上常用的一句话，路易-菲利普是法国最杰出的国王之一。

他有什么可以指摘的呢？王位！假如给他摘掉国王的帽子，他便只剩下自己了。他的人品是好的。有时好到了令人敬佩的地步。他和欧洲各国的外交使团进行了一整天的较量之后，晚上，常常是心事重重地回到家里，又累又困，他还做些什么呢？他拿起某个卷宗，彻夜不眠地披阅一宗刑事诉讼案，感到这样做似乎在同欧洲抗衡，但更重要的，是在

① 九月法律指一八三六年九月颁布的刑事法。

同刽子手争夺一条人命。他同他的司法部长顽强斗争；他同检察长争夺断头台的每一寸土地，他称他们为“唠唠叨叨的法学家”。有时，桌上的卷宗堆成山，他一一批阅；他感到，将那些被判死刑的不幸人弃之不管，他会寝食不安。一天，他对我们前面提到过的那个见证人说：“今天夜里，我救了七个人。”他在位的最初几年，死刑可以说被废除了，而重新竖起断头台，是在对国王施加暴力。行刑的河滩广场随着波旁王族嫡系的垮台而消失了，可是，资产阶级又在圣雅克城门下建造了一个“河滩广场”；那些“求实的人”觉得需要有个大体合法的断头台；这是代表狭隘资产阶级的卡齐米尔·佩里埃[①]对于代表自由资产阶级的路易-菲利普的一大胜利。路易-菲利普曾亲自为贝卡里亚[②]做过注释。在破获费埃斯基[③]的爆炸装置后，他惊叫道：“真遗憾，我没受伤！否则，我就可以赦免他了。”还有一次，当代最高尚的一个人成了政治犯，他在审核此人的案件时，想到大臣们可能反对，便写了下面一句话：“同意赦免，但还得争取。”路易-菲利普和路易九世一样温和，同亨利四世一样善良。

但是，在我们看来，人类历史上善良者却是凤毛麟角，因此，善良的人比伟大的人更伟大。

路易-菲利普受到一些人的严肃评价，可能还受到另一些人的严厉批评，但是，有个认识国王，如今已成为幽魂的人[④]，来到历史面前为他做证，这也是很自然的事；不管怎样，他的证词显然是，并且首先是公正不偏的；一个死者写的墓志铭总是诚挚的；一个亡灵可以安慰另一个亡灵；既然同在阴间，就有权赞美另一个亡灵，不必担心有人会指着远离故土的两个坟墓说：这一个在奉承另一个。

---

① 佩里埃为大银行家，路易-菲利普的首相兼内务大臣，主张用苛刑。

② 贝卡里亚（1738—1794），意大利法学家，主张宽刑。

③ 费埃斯基是科西嘉人，一八三五年，企图暗杀路易-菲利普，但未遂。

④ 这里是指作者自己。此时，雨果流亡国外，把自己比作已亡人。

四　基础下的裂缝

路易-菲利普在位初期，笼罩着凄厉的乌云；我们叙述的悲剧就要深入其中一片乌云，因此，对这个国王应该阐述清楚，不能含糊不清。

路易-菲利普并不是通过暴力登上王位的，他本人也没有直接的行动，而是因为革命转了向，这显然不是革命的真正目的；而他，奥尔良公爵，在这中间没主动做任何努力。他生来便是亲王，自以为是人家选他当国王的。这个委任，不是他自封的，也不是攫取的，而是别人送给他的，他只是接受了；他确信——当然是错误的，但他仍确信无疑——人们选他为国王是基于权利，他接受则是基于义务。因此，他占有王位是出于诚意。然而，我们实话实说，既然路易-菲利普占有王位是出于诚意，民主攻击王位也是出于诚意，那么，社会斗争引起的诸多恐惧，也就既不能归咎于国王，也不能归咎于民主了。原则之间的冲突和物质之间的冲突没有区别。海洋保卫海水，飓风保卫空气；国王保卫王权，民主保卫人民；相对抵抗绝对，君主政体抵抗共和国；社会在这冲突下流血，但是，它今天遭受的痛苦，日后会使它获得新生；无论如何，这里毫无必要责备斗争的双方；其中一方显然是错的；权利不像罗得岛[①]的巨像，能脚踩两岸，一只脚踩着共和政体，另一只脚踩着君主政体；权利是不可分割的，只能整个儿站在一边；错误的一方出错是真诚的；瞎子不是罪人，正如旺岱人不是强盗。因此，这些激烈的冲突，只能归于事物的必然性。不管是什么样的风暴，人卷入其中并无责任。

让我们结束这一阐述吧。

一八三〇年的政府立即面临重重困难。昨日刚出世，今日便要战斗。

政府刚刚成立，便已感到刚刚诞生的极不稳固的七月政权，处处隐

---

① 罗得岛位于希腊爱琴海，岛上有一座太阳神青铜巨像，建于公元前二八〇年，高三十二米，耸立在港口，其胯下能通大船，毁于公元前二二四年的一次大地震。

藏着阻力。

第二天就出现了阻力；很可能前一天就已存在。

对抗日益加剧，从暗争转为明斗。

正如前面说过的，七月革命在国外并没受到各国君主的欢迎，在国内有着各种不同的解释。

上帝通过种种事件将其意图告知世人；那是一本晦涩难懂的天书。人们立即着手破译，译得匆匆忙忙，因而错误百出，到处是漏洞，到处是误译。极少有凡人能理解神的语言。最聪慧、最镇静、最深刻的人，破译起来也是很慢很慢，等他们拿出自己的译文时，事情早已成了定局，民众已有了二十种译文。每种译文产生一个政党，每个误译产生一个派别；而每个政党都以为拥有唯一正确的译文，每个派别都以为掌握了光明。

政权本身也常常自成一派。

在革命洪流中，有逆水而游的人，那是些旧政党。

那些旧政党，承蒙上帝恩宠而拥有继承权，认为既然革命产生于造反的权利，他们也就有权造革命的反。错了。因为在革命中，造反者不是人民，而是国王。革命恰恰与造反是对立的。任何革命都是一种正常的完成过程，本身包含着合法性，有时会被假革命者玷污，但是，即使被玷污了，也会坚持下去，即使满身鲜血，也会继续存在。革命并非产生于偶然，而是产生于必然。一场革命，是虚假回归真实。它之所以存在，是因为它应该存在。

可是，那些旧正统派仍然猛烈攻击一八三〇年革命，那是出于错误的推断。谬误是最好的炮弹。那场革命哪里脆弱，他们就巧妙地攻击哪里，在没有护胸的地方，在缺乏逻辑的地方。他们攻击它采用君主政体。他们冲它大叫大嚷："既然是革命，为什么还要国王？"他们是瞎猫碰到了死耗子。

共和党人也这样叫嚷。但他们这样叫是符合逻辑的。正统派是瞎子，但民主派却是心明眼亮。一八三〇年革命，使人民破产。民主派恼羞成怒，于是横加指责。

七月政权在过去和未来的夹攻下苦苦挣扎。它一边和历史悠久的君主政体作战，另一边同永恒的权利搏斗，它代表的不过是瞬间。

此外，一八三〇年既然已不再是革命，变成了君主政体，在国外，它就不得不和欧洲各国步调一致。因为要维持和平，问题就变得更为复杂。曲意谋求融洽，往往比战争付出的代价更大。人们在暗暗较量中，总是封住嘴巴不出声，但也总会发出低沉的怒吼，于是便产生了武装到牙齿的和平，这是一种连文明自身也疑虑重重的劳民伤财的权宜之计。七月王朝尽管有自己的车马，却去和欧洲各国政府一起拉车。梅特涅很想用皮带把它紧紧拴住。它在国内受到进步的推动，但在欧洲它却推动那些行动缓慢的君主各国。它被拖着前进，又拖着别人前进。

然而，国内问题层出无穷：贫困、无产阶级、工资、教育、刑罚、卖娼、妇女的命运、财富、匮乏、生产、消费、分配、贸易、货币、信贷、资本的权利、劳动的权利，等等，所有这些问题悬挂在社会之上，令人望而生畏。

除了严格意义上的政党外，另一个运动正在崛起。哲学也在骚动，与民主的骚动相呼应。精英们和民众一样，感到困惑不解；尽管情况不同，但程度却一样。

思想家们在思索，而作为土壤的人民大众，受到革命潮流的冲击，在思想家们的脚下狂抖乱颤。这些思想家有的孤军作战，有的合成一家，几乎结成团体，平静而深刻地大谈特谈社会问题；这些不动声色的矿工，沉着冷静地把他们的坑道一直挖到火山底下，对沉闷的震荡和隐约可见的火焰几乎不闻不问。

在这动荡的时代，他们仍然如此镇定自若，不能不算是一道美丽的风景。

他们把权利问题留待政党去解决，自己则关注幸福问题。

他们想从社会中提取的，是人类的福利。

他们对物质问题，农业、工业、贸易问题，几乎看得像宗教那样神圣。现存的文明有的是上帝所创造，但大多是人创造的，各种利益按照一种生气勃勃的、经过政治上的地质学家，即经济学家们耐心研究的规律，互相组合、聚合和混合，构成一块无比坚硬的名副其实的花岗石。

他们聚集在不同的名称下，但可以一概称作社会主义者；他们试图凿穿那块花岗石，使之冒出人类幸福的甘泉。

他们的工程包罗万象，从断头台问题做到战争问题。法国革命提出了人权问题，他们又加进妇女的权利和儿童的权利。

出于种种理由，我们在这里对社会主义提出的问题不做理论上的详尽阐述，对此，大家是不会感到奇怪的。我们只是把这些问题提一提。

社会主义者提出的问题，除了天体演化学的空想，除了他们的梦想和神秘主义，可以归结为两大问题：

第一个问题：

生产财富。

第二个问题：

分配财富。

第一个问题包括劳动问题。

第二个问题包括工资问题。

第一个问题涉及劳动力的使用。

第二个问题涉及福利的分配。

公共权力产生于劳力的合理使用。

个人幸福产生于福利的合理分配。

所谓合理分配，不应该理解为平均分配，而是公平分配。最主要的平等，乃是公平。

外在的公共权力和内在的个人幸福相结合，便产生了社会的繁荣。

社会繁荣，意味着个人幸福，公民自由，国家强大。

英国解决了上述两大问题中的第一个。它令人敬佩地创造了财富，但分配不合理。这种片面的解决办法，最终会导致两极分化：富者极富，穷者极穷。少数人拥有一切享受，其他人，也就是人民，则一无所有。特权、例外、垄断、独裁，产生于劳动本身。这是一种虚假而危险的局面，是把公共权力建立在个人贫困之上，将国家强大建立在个人痛苦之上。这样的强大，其结构是不合理的，物质成分应有尽有，精神成分却丝毫没有。

共产主义和土地法以为能解决第二个问题。错了。他们的分配原则会扼杀生产。平均分配会取消竞争。也就取消了劳动。这是屠夫式先宰后分的分配方式。因此，不能满足于这种所谓的解决办法。扼杀财富，并不是分配财富。

这两个问题必须一起解决，才能解决得好。这两个问题应该结合起来，合二而一。

只解决第一个问题，你就会成为威尼斯，成为英格兰。你会有威尼斯的虚假强盛，或英格兰的物质繁荣，会成为可恶的富人。你会被暴力毁灭，就像威尼斯那样，或会破产，像英格兰所面临的那样。世界看着你死亡和倒下而不闻不问，因为对于一切自私自利的东西，对于不能为人类树立美德或思想的东西，世界从来采取不予理睬的态度。

当然，这里所说的威尼斯和英国，是指社会结构，而不是人民；是凌驾于民族之上的寡头政治，而不是民族本身。对于民族，我们始终是尊敬和同情的。人民的威尼斯必将再生；贵族的英格兰必将灭亡，但是，民族的英格兰是永存的。下面，我们继续谈谈。

要解决好这两个问题，鼓励富人，保护穷人，消灭贫困，消灭强者对弱者不公正的剥削，消除途中之人对到达终点之人的极不公道的嫉妒，严密而友爱地调整劳动报酬，实行免费义务教育而有利于儿童成长，将科学作为成年人的基础，既重视开发劳力，又重视开发智力，既要成为强大的民族，也要成为幸福的家庭，实行财产民主化，不是通过取消财产，而是普及财产，使得每个公民无一例外地成为有产者，这不像人们想象的那样难做到。总而言之，既要善于创造财富，也要善于分配财富，这样，就能同时拥有物质的强大和精神的强大，就有资格称作法兰西。

这就是社会主义（几个迷途的派别除外）所宣称的，在实践中所探求的，在头脑中所设想的。

多么可敬的努力！多么神圣的尝试！

这些学说，这些理论，这些阻力，都使路易-菲利普忧心忡忡，甚至感到痛苦。此外，作为政治家，突然要对哲学家予以重视，这是隐约可见的事实，他却始料未及；要制订一项新政策，既要与旧世界相协调，又不要太违背革命理想；不得不利用拉法耶特来为波利尼亚克[①]辩护；从骚乱、议会和街道中，预感到进步显然不可抗拒；周围竞争激烈，需要平衡；他对革命的信念，也许是一种对或然性的逆来顺受，他之所以屈从，是因为模模糊糊地接受了一种最终而最高的权利；他想忠于自己血统的意愿，他的家庭观念，他对人民的真诚尊敬，他的正直，这一切都使他心事重重，尽管他坚强勇敢，但常常被为王者的困难压得喘不过气来。

他感到脚下在可怕地分裂，但不是土崩瓦解，因为法兰西比任何时候更是法兰西。

天边乌云密布。一团奇怪的乌云慢慢飘过来，渐渐蔓延到人、事物和思想；那乌云来自各种愤怒和体系。一切被匆匆扼杀的东西，又在蠢蠢欲动，激昂沸腾。有时，因为空气中真理和诡辩混杂在一起，使人感到极不舒服，正直的人在头脑里重新进行思考。社会焦虑不安，人们胆战心惊，正如暴风雨来临时，树叶会颤抖一样。电压是那样高，有时候，随便哪个人走来，一个陌生人走来，也会带来一道闪光。接下来又是一片昏暗。不时传来隆隆的轰鸣声，从中可以判断出乌云中蓄蕴着多少雷电。

七月革命后差不多二十个月过去了，一八三二年在紧迫危险的气氛下拉开了序幕。人民极度贫困，劳动者忍饥挨饿；最后一位孔代亲王[②]死得不明不白；布鲁塞尔赶走拿骚王族，正如巴黎赶走波旁王族；比利时想让一位法国亲王去执政，却交给了一位英国亲王；尼古拉沙皇的俄罗斯满怀仇恨；我们身后有两个南方恶魔，一个是西班牙的斐迪南，一个是葡萄牙的米格尔；意大利在震荡；梅特涅把手伸向布洛涅；法国在安科纳对奥地利大动干戈；在北方，一种不祥的铁锤声重新把波兰钉进

---

① 波利尼亚克（1780—1847），法国政治家，查理十世王朝的内阁大臣。由于他的过错，导致了一八三〇年七月那场革命和查理十世的下台。后被捕，判处终身监禁，一八三六年获赦免。

② 孔代家族为波旁家族的一个支系。一八三〇年，孔代亲王被人吊死在野外，成为一个疑案。

棺材里，整个欧洲都用愤怒的目光窥视着法国；英国这个不可靠的盟友，随时准备乘人之危，落井下石；贵族院拿贝卡里亚作挡箭牌，拒绝将四个人绳之以法；御车上的百合花被刮掉，圣母院的十字架被拔走，拉法耶特的权力被削弱，拉斐特破了产，邦雅曼·贡斯当死于贫困，卡齐米尔·佩里埃死于过度劳累；政治病和社会病在王国的两个首都同时爆发，一个是思想之都，一个是劳动之都，巴黎是内战，里昂是反奴役战，两个城市都燃起了相同的烈焰；人民的额头上出现了火山爆发的红光；南部狂热，西部动荡，贝里公爵夫人在旺岱煽风点火，阴谋、密谋、起义、霍乱，这一切，在令人不安的闹哄哄的各种思潮之上，又增加了令人忧伤的乱哄哄的种种事变。

五　产生历史并为历史忽略的事实

四月底，局势变得严重了。酝酿正在转为沸腾。一八三〇年以来，这里那里爆发了一些小规模的局部骚动，虽然很快镇压了，但又再次爆发，这说明正潜伏着一场大规模的骚动。一件可怕的事正在酝酿中。一场可能爆发的革命隐约可见，尽管轮廓还模模糊糊，看不清楚。法国盯着巴黎，巴黎盯着圣安托万郊区。

圣安托万郊区暗中已生起火，就要沸腾了。

夏罗纳街上的小酒店笼罩着庄严肃穆、风雨欲来的气氛，虽然将这两个形容词放在一起来形容小酒店显得古怪。

在那些地方，政府成了大家议论的对象。人们公开讨论“战斗还是不战斗的问题”。在小酒店的后间，人们让工人发誓，听到警报，就跑上街头，不管有多少敌人，立即投入战斗。宣完誓，有位坐在角落里的人“扯起响亮的嗓门”说：“你同意了！你宣誓了！”有时，人们到二楼的一个门窗紧闭的房间里，在那里，会出现类似共济会的秘密仪式。人们让新加入的人宣誓，要“像效忠父亲那样效忠组织”。这是程式。

在楼下大厅里，人们阅读“颠覆性”的小册子。当时一份秘密报告说，他们对抗政府。

在那里，常可以听见这样的话：“我不知道头头的名字。我们这些人提前两小时才知道行动日期。”一个工人说：“我们有三百号人，每人出十苏，就是一百五十法郎，用来造子弹和火药。”另一个说：“我不要半年，我不要两个月。不出十五天，我们就可以和政府平起平坐。我们有两万五千人，可以干了。”还有一个说：“我夜里都不睡觉，我在造子弹。”常有“衣着漂亮，有产者模样”的人来到酒店，一副“装腔作势”“发号施令”的样子，同那些“重要人物”握了握手便走了，逗留的时间从不超过十分钟。人们低声交谈，说着意味深长的话：“密谋已成熟，一切准备就绪。”借用一位目击者的说法，“所有在场的人都低声地这样说”。群情是那样激昂，一天，就在小酒店里，一个工人大声嚷道：“我们没有武器！”他的一位同志回答：“士兵们有！”说者全然不知，他这是在模仿波拿巴的《告意大利军团书》。有份报告中说：“他们有什么更机密的事，就不在小酒店里交谈。”叫人难以理解的是，那样的话他们都说了，还有什么可以遮掩的。

那些聚会常常是定期举行的。有些聚会从不超过八到十个人，而且总是那几个。还有些会议谁想来就可以来，大厅里挤得水泄不通，大家只好站着。有的人来，是出于热情和激情，其他人是“因为上班路过”。和大革命时期一样，在这些小酒店里，常有爱国的妇女拥抱新来者。

还有一些生动的事例。

一个人走进一家小酒店，喝完酒，临走时说：“酒家，酒钱革命会付的。”

在夏罗纳街对面的一家小酒店里选举革命服务员，是用鸭舌帽来投票的。

有位剑术教师在科特街上传授剑术，有些工人在他家里聚会。他家有各式各样的武器：木剑、剑杖、木棍和花剑。一天，他们把花剑端的皮套去掉。一位工人说：“我们有二十五人，不过，人家不信任我，认为我是木头。”这个木头就是后来的凯尼赛。

那些正在谋划中的平常事，不知怎么渐渐传得家喻户晓。一位妇女在家门口扫地，对另一个妇女说："人家早就拼命做子弹了。"人们在大街上宣读《告各省国民自卫军书》。其中一份署名"酒商布尔托"。

一天，在勒努瓦市场的一家甜烧酒店的门口，一个络腮胡、意大利口音的人站在一块墙角石上，大声宣读一篇像是出自秘密组织的奇特公告。一群群人围着他，向他鼓掌喝彩。最打动听众的段落搜集并记录如下："……我们的学说受到阻挠，宣言被人撕碎，张贴布告的人遭到监视，被关进监狱……""最近棉花市场崩溃，不少中间派归附我们。""……人民的未来，正在我们这些无名之辈的队伍中酝酿形成。""……摆在面前的问题是：行动还是反动，革命还是反革命。在我们这个时代，不再相信死气沉沉和墨守成规。我们提出的问题是，拥护人民还是反对人民。除此以外，不再有别的问题。""……哪天你们认为我们不合适了，就革我们的职。但在这之前，请帮助我们前进。"这些话都是在光天化日之下说的。

还有些事例更为大胆，正因为其大胆，反而引起民众的怀疑。一八三二年四月四日，一位行人站到圣玛格丽特街拐弯处的墙角石上，大声说："我是巴贝夫分子！"可是，民众从这位巴贝夫身上嗅出吉斯盖[①]的味道。

这个行人还说：

"打倒私有财产！左翼反对派卑鄙无耻，阴险奸诈。他们想显示自己正确时，就主张革命。他们当民主派，是不想被打倒，当保王派，是不想战斗。共和派是长着羽毛的野兽。劳动公民们，不要相信共和派。"

"闭嘴，密探公民！"一个工人喊道。

他一喊，那人就不再往下说了。

还发生了一些神秘的事。

太阳落山时，一个工人在运河附近遇见"一个衣着讲究的人"。那人对工人说："公民，你上哪儿？"工人回答："先生，我怎么不认识

① 巴贝夫（1760—1797），法国大革命的早期政治鼓动家。他提出平分土地和平均分配收入的学说。吉斯盖（1792—1866）曾于一八三一年任巴黎警察局长，镇压过多次民众骚动。

您。”“可我认识你。”接着那人又说：“不要害怕。我是委员会的人。有人怀疑你不可靠。你知道，你要是走漏消息，就会受到监视。”然后，他同工人握了握手，临走时说：“我们很快会再见面的。”

警察偷听谈话，不仅在小酒店里，还在大街上收集到一些奇怪的谈话：“赶快参加吧。”一个织布工对一个细木匠说。

“为什么？”

“就要开火了。”

两个衣衫褴褛的行人在街上交谈，他们的对话引人注目，显然带有雅克起义①的味道：

“谁统治我们？”

“菲利普先生。”

“不，是资产阶级。”

谁要是以为我们用“雅克起义”这个字眼含有恶意，那就错了。“雅克”是指穷人。而饥饿的人是享有权利的。

还有一次，有两个人走过，听见其中一个对另一个说：

“我们有完美的攻击计划了。”

有四个人蹲在宝座城门前圆形广场的一个土坑里密谈，人们只抓住了一句话：

“尽量不再让他在巴黎逛游。”

“他”是谁？不清楚，但“他”构成了威胁。

被圣安托万郊区称为“头目”的那些人，躲在一旁不露面。据认为，他们在圣厄斯塔什角附近的一家小酒店里聚会商议。一个叫奥格的人似乎负责那些头目和圣安托万郊区之间的联系，他是蒙代图尔街缝纫互助会会长。然而，大家对这些头目的情况知之甚少。后来，有位被告在贵族院回答审问时，显得非常傲慢，任何确凿的事实也不能削弱他的傲慢态度：

“谁是你们的头儿？”

---

① 指十四世纪发生在法国北部的大规模的农民起义。封建主轻蔑地把农民起义称为“雅克起义”。

“不知道，也不认识。”

这都不过是一些若明若暗的只言片语，有的则是道听途说。还出现了另一些迹象。

雷伊街的一块空地上正在造房子，有位木匠在给周围的栅栏钉木板，他拾到了一封信的一张碎片，上面的几行字依然清晰可辨：

“……委员会必须立即采取措施，阻止各社团从各分部招兵买马……”

还有附言：

“我们获悉，在鱼贩镇街五号乙，一位兵器商店的院子里，有五六千支步枪。本分部还没有武器。”

令木匠激动的是，在几步路以外，他捡到了另一张碎片，而且更说明问题。他把这张碎片让他的同伴看了。鉴于这些奇怪的资料具有历史价值，我们照葫芦画瓢复制一份：

Q	C	D	E	请将本表背熟。然后撕毁。已加入者，在接到你们传达的命令后，也照此办理。 致以兄弟般的敬礼。 L. u og a fe

当时知道这张碎纸片秘密的人，后来才知道这四个大写字母的含义：Q为五人队长，C为百人队长，D为十人队长，E为侦察队长；而u og a fe这些字母则代表日期，即一八三二年四月十五日。在每个大写字母下面，写着一些名字和富有特征的说明。比如：——Q. 巴纳雷尔，八支步枪，八十三颗子弹，可靠。——C. 布比埃尔，一支手枪，四十颗子弹。——D. 罗雷，一把花剑，一支手枪，一斤火药。——E. 泰西埃，一把马刀，一个子弹匣，守时。——泰勒尔，八支步枪，勇敢，等等，等等。

最后，那个木匠，还是在那个工地上，发现了第三张纸片，用铅笔写着令人费解的像是一张名单的东西：

团结。布朗夏。枯树。六。

巴拉。索瓦兹。伯爵厅。

科丘斯科。屠夫奥布里?

J.J.R.

加伊乌斯·格拉居斯。

审核权。迪丰。富尔。

吉伦特派垮台。代巴克。莫比埃。

华盛顿。潘松。一支手枪。八十六颗子弹。

马赛曲。

人民主权。米歇尔。坎康普瓦。马刀。

奥什。

马尔索。柏拉图。枯树。

华沙。蒂利，《人民报》报贩。

拾到这张名单的那位老实的市民，深知其意义。这张名单好像是人权社第四区各分部的完整的名单，写着各分部负责人的名字和住址。今天，所有这些依然无声无息的事实已成为历史，我们可以公布于众。必须补充的是，人权社好像是在这张纸片发现之后才成立的。那名单可能是初步方案。

不过，在发现上述只言片语和那些字迹之后，一些具体的事开始出现了。

在波潘库尔街一家旧货铺里，从五斗橱的抽屉里搜出了七张灰纸，每张纵里叠成四折；在这些纸下面，还发现了二十六张用同样的灰纸裁成的四方块，全都叠成子弹形状，另外还有一张卡片，写着：

硝　　　　　十二两

硫黄　　二两

炭　　二两半

水　　二两

查封报告上确认，抽屉发出强烈的火药味。

一个泥瓦匠收工回家，将一小包忘在奥斯特里茨桥附近的一张长凳上了。这小包送到了警所。打开后，发现里面有两份署名为拉奥蒂埃的对话印刷品、一首名叫《工人们联合起来》的歌曲和一个装满子弹的白铁盒。

一个工人和一位同伴喝酒，喝得浑身发热，让同伴摸摸他的身上，同伴感到他衣服下面藏着手枪。

在林荫大道上，位于拉雪兹公墓和宝座门之间，有个土坑，那是最荒僻的地方，几个孩子在那里玩耍，在一堆刨花和垃圾下面，发现了一个袋子，装着一个子弹模子、一个做子弹用的木芯棒、一个装着猎枪火药的木碗和一个生铁锅，锅里有熔铅的明显痕迹。

清晨五点，几名警察突然闯进一个名叫帕东的人家里，此人后来是梅里街垒分部的成员，在一八三四年四月的起义中身亡。警察进去时发现他站在床边，手里拿着正在做的子弹。

快到工人们休息的时候，有人在皮克皮斯门和夏朗东门之间的一条城垣巡查道上，看见两个人在碰头，旁边有家小酒店，店门口有人在玩九柱游戏。其中一个人从外衣下面掏出一支手枪，交给另一个。给枪的时候，他发现胸前的汗水将火药弄湿了。于是，他在那支枪的药池里又重新装了些火药。然后，他们便各奔东西。

一个叫加莱的人吹嘘他家里有七百颗子弹，二十四颗火石，四月事件爆发后，那人在博布街被杀了。

一天，政府接到报告，说是最近有人在郊区发放了武器和二十万发子弹。一个星期后，又发了三十万。值得注意的是，警察一颗子弹也未缴获。他们截获了一封信，上面写着：“八万爱国志士四小时内全副武装投入战斗的日子不远了。”

所有这些酝酿都是公开的，甚至可以说是在平平静静中进行的。即将爆发的起义，当着政府的面，在静静地准备着它的狂风暴雨。这场尚在暗中准备，但已隐约可见的大风暴，不乏奇特之处。资产阶级平静地向工人们谈论正在准备的事。他们说“暴动进展如何”时的语气，就像在说“你的太太身体如何”。

莫罗街的一位家具店老板问：

“喂，你们什么时候进攻？”

另一个店主回答：

“很快就要进攻了。这我知道。一个月前，你们有一万五千人。现在你们有两万五千人。”他献出了步枪，一位邻居献出了一支小手枪，他本想卖七法郎的。

此外，革命热情迅速传播。巴黎和法国没有一个地方不受到影响。无论哪里，脉搏都在激烈跳动。秘密组织网，有如人体某些炎症产生并形成的薄膜，开始扩展到全国各地。从半公开半秘密的人民友社，产生了人权社，它在议事日程上标明了如下日期：共和四十年雨月。该社在被重罪法庭勒令解散之后，仍继续活动，并毫不犹豫地用意味深长的名称来命名各个分部：

长矛。

警钟。

警炮。

弗里吉亚帽[①]。

一月二十一日[②]。

乞丐。

流浪汉。

向前进。

---

① 一种红色锥形高帽，帽尖向前倾折，流行于法国资产阶级革命时期。

② 一七九三年一月二十一日，法国国王路易十六被判处死刑。

罗伯斯庇尔。

水平。

《好了》[1]。

人权社产生了行动社。一些激进分子脱离原来的组织，跑在前头，组成了行动社。其他社团也设法从原来所属的大社团中吸收成员。各分部成员抱怨被拉来扯去，左右为难。于是便产生了高卢社和市镇组织委员会。于是便产生了出版自由协会、个人自由协会、人民教育协会、反间接税协会。还有平等主义工人社，它又分为三派，平等主义派、共产主义派、改良主义派。还有巴士底兵团，那是按军队编制组成的队伍，下士领导四人，上士领导十人，少尉领导二十人，中尉领导四十人，互相认识的人从来不超过五个。这是既谨慎又大胆的创举，似乎带有威尼斯的特性。中央委员会是首脑，行动社和巴士底兵团是它的左右臂。一个叫忠诚骑士团的正统主义组织，在这些共和派组织中间活动，结果被揭发并被驱逐了。

巴黎各社团在各大城市里设立了分部。里昂、南特、里尔和马赛都有人权社、烧炭党、自由人社。埃克斯则有一个革命社团，名曰库古尔德社。前面已提到过这个名字。

在巴黎，圣马索郊区不比圣安托万郊区平静多少，学校不比郊区安静多少。圣亚森特街一家咖啡馆和马蒂兰-圣雅克街的“七弹子台”小咖啡馆，是大学生聚集的地方。前面说了，ABC友社在米赞咖啡馆聚会，后来他们并入昂热的互助社和埃克斯的库古尔德社。我们还知道，这伙年轻人也在蒙代图尔街附近一家名叫“科林斯”的小酒馆里碰面。这些聚会都是秘密的。其他一些聚会则尽量公开，这种大胆的做法，可从后来的一次审讯记录中看出来：“会议在哪里开的？”——“和平街。”——“在哪家？”——“大街上。”——“哪些分部参加了？”——“只有一个。”——“哪个？”——“体力劳动分部。”——“头头是谁？”——

① 《好了》是法国一七八九年革命时期的一首歌曲。

“我。”——“你太年轻，不可能独自做出攻击政府的严肃决定。谁给你下的指示？”——“中央委员会。”

军队也和民众一样受到了冲击，贝尔福、吕纳维尔和埃皮纳尔等地发生的运动，都证明了这一点。人们寄希望于第五十二团、第五团、第八团、第三十七团和第二十轻骑兵团。在勃艮第和南方各城市，都竖起了“自由树”，就是一根桅杆，顶上挂一顶红帽子。

这就是当时的局势。

这个局势，正如我们开始时讲的，圣安托万郊区比其他任何地区更敏感，更严重。那里是疼痛的胸部。

这个古老的郊区，像蚂蚁窝那样拥挤，像一窝蜂那样勤劳、勇敢和易怒，等待和渴望着一场骚动，已等得浑身发颤。人人都处在焦虑激动的心情中，但人人依然在勤奋地劳动。这种激奋而又沉闷的现象，是任何语言难以描绘的。在这个郊区，屋顶下的陋室里隐藏着多少辛酸和苦难，但也掩盖着热烈而非同寻常的聪明才智。正因为既穷困，又有才智，这两个极端一旦相撞，就会产生危险。

引起圣安托万郊区震颤的，还有其他原因。它受到了与政治大动荡有关的商业危机、破产、罢工和失业的冲击。在革命时期，贫困既是因也是果。它给予的打击，最后又落到自己头上。那里的民众极其高傲，潜藏着最大的热情，时刻准备拿起武器，一触即发，易怒，深沉，衰弱，仿佛只等一颗火星坠落。每当星星之火被事件的风云驱赶，在天际飘动，人们不由自主地会想起圣安托万郊区，想起可怕的机缘将这个由苦难和思想汇成的火药库，放在了巴黎各个城门口。

圣安托万郊区的那些小酒店，前面不止一次粗略地描写过，它在历史上是享有盛名的。在动荡的岁月里，人们在那里畅饮的，与其说是美酒，不如说是话语。那里涌动着一种预言家的精神和未来的气息，鼓舞和激励着人心。圣安托万郊区的小酒店，与阿芬丁[①]山顶上的小酒店很相像，那些小酒店建在女预言家洞穴上面，与神意暗暗相通，餐桌几乎都

---

① 阿芬丁山为罗马七山岗之一。公元前五世纪，罗马平民起义曾以此山为根据地。

是三条腿，喝的是恩尼乌斯[①]所称的女预言家酒。

圣安托万郊区好比蓄水库，储存着人民。革命震得那里裂了口子，流出人民的绝对权力。这种权力可能用之不当，会像其他权力那样犯错误；但它即使被击垮，也不失伟大。它就像盲目的独眼巨人安根斯[②]。

九三年，根据飘在上空的是好思潮，还是坏思潮，是狂热的日子，还是兴奋的日子，从圣安托万郊区时而产生蛮人军团，时而产生英雄队伍。

蛮人。我们来解释一下这个词。在破天荒第一次发生革命混乱的日子里，那些怒发冲冠的人们，衣衫褴褛，吼声冲天，粗野残暴，举着棍棒和长矛，涌向天翻地覆的古老巴黎，他们想做什么？他们想结束压迫，结束暴政，结束战争，男人有工作，孩子受教育，妇女得到社会的关怀，他们要自由，平等，博爱，人人有饭吃，人人有思想，世界赛乐园，他们要人类进步；他们忍无可忍，不能自已，半裸着身体，手持棍棒，大吼大叫，不顾一切地要求人类进步这一神圣、美好而甜蜜的东西。是的，他们是蛮人，但这是文明的蛮人。

他们狂怒地宣布权利。他们想迫使人类登上天堂，哪怕引起震动和恐慌。他们是蛮人，却又是救星。他们戴着黑夜的面具企求光明。

我们承认，这些人很粗野，也很可怕，但这种粗野和可怕是为了善。还有些人笑容满面，穿锦衣，戴金饰，佩饰带，珠光宝气，脚穿丝袜，头顶白羽，手戴白手套，脚穿漆皮鞋，胳膊支在大理石壁炉旁铺天鹅绒的桌子上，温和地要求维持和保留过去，保留中世纪、神权、宗教狂热、愚昧、奴役、死刑、战争，轻声轻气、彬彬有礼地歌颂大刀、火刑柱和断头台。至于我们，如果非要在文明的野蛮人和野蛮的文明人之间做一选择，我们会选择文明的野蛮人。

但是，多亏上天，还可能有另一种选择。不管是前进，还是后退，都没必要垂直坠落。无论是专制主义，还是恐怖主义。我们希望沿着缓

---

① 恩尼乌斯（前239—前169），拉丁诗人。

② 安根斯为维吉尔长诗《伊尼德》中的巨人魔鬼，即希腊神话中的独眼巨神波吕斐摩斯。

坡向前进。

上帝已做了安排。让坡度变缓，此乃上帝的全部政策。

六　昂若拉及其干将们

大约在这个时期，昂若拉开始神秘地清点队伍，以应付可能发生的事件。

全体人员都在米赞咖啡馆秘密聚会。

昂若拉讲话时，夹杂着一些半明半暗却含义深刻的隐喻。他说：

“应该了解目前的形势，我们能依靠谁。如果需要战士，就应该造就战士。应该拥有打击力量。这没什么不好。路上有牛，人们经过时，总要比没牛的时候更容易被牛角顶伤。因此，我们得数一数牛群里有多少牛。我们有多少人？不应把这件事拖到明天去做。革命者应时刻感到时间紧迫；进步不容拖延。要提防意外。不要到时措手不及。应该把我们缝的线检查一遍，看看有没有脱线。这件事今天该彻底解决了。库费拉克，你去看看综合工科学校的学生们。今天星期三，他们放假。您叫弗伊，是不是？您去看冰库街的人。孔布费尔已答应我去皮克皮斯。那里有一股杰出的力量。巴奥雷去吊刑杆街。普鲁韦，泥瓦工们的热情有所下降，你到格勒内尔-圣奥诺雷街共济会会馆去一趟，探听一下那里的情况。若利去迪皮特朗诊所，探测一下医学院的动向。博絮埃去法院一趟，同见习生们聊一聊。我负责同库古尔德联系。”

“全布置好了。”库费拉克说。

“没有。”

“还有什么？”

“还有一件很重要的事。”

“什么？”库费拉克问道。

“梅恩城门。”昂若拉回答。

昂若拉停顿了一下，若有所思的样子，然后说：

“梅恩城门那里有石匠、画匠、粗坯雕塑工。那是些有热情的人，但热情容易减退。他们近来不知怎么啦。他们的心事不在上面。他们没有热情了。他们把时间消磨在多米诺骨牌上。得赶快去同他们谈一谈，要谈得坚决些。他们在里什弗烟馆里聚会。中午到一点之间能在那里找到他们。得给这些灰烬吹吹气了。我本想把这事交给马里尤斯的，他虽然漫不经心，但毕竟人不错，可他不来了。我需要有个人去梅恩城门，可我手头没人了。”

“还有我呢，”格朗泰说，“我在呀。”

“你？”

“是呀。”

“你，给共和派人做宣传！你，用原则给冷却了的心鼓劲！”

“为什么不能？”

“你能做什么？”

“可我有点雄心。”格朗泰说。

“你什么也不信。”

“我信你。”

“格朗泰，你愿帮我个忙吗？”

“什么都愿意。擦皮鞋也行。”

“那好，别掺和我们的事。你还是去醒醒你的酒吧。”

“昂若拉，你是个薄情寡义的人。”

“你是去梅恩城门的人！你有这个本事！”

“我有本事沿着格雷斯街而下，穿过圣米歇尔广场，斜过亲王先生街，走到沃吉拉街，走过加尔默罗修道院门口，拐进阿萨斯街，走进谢施米迪街，经过军事法庭门口，大步穿过老瓦厂街，跨过蒙帕纳斯林荫大道，沿着梅恩街而下，越过城门，走进里什弗烟馆。我有本事这样做。我的鞋子有本事这样做。”

“去那店里的同志你认识几个吗？”

“不多。我们只是以你相称罢了。”

“你能同他们说什么呢？”

“我当然同他们谈罗伯斯庇尔。谈丹东。谈原则。”

“你！”

“我！你们对我不公平。我只要想做，肯定能做好。我读过《普吕多姆》，了解社会契约，还背得出共和二年宪章。一个公民的自由开始，便是另一个公民的自由终止。你当我是粗人哪？我抽屉里有一张旧信用券。人权，人民主权，见鬼！我甚至还有点信奉埃贝尔主义[①]。我可以手里拿着表，夸夸其谈谈上六小时。”

“严肃点。”昂若拉说。

“我是个粗人。”格朗泰回答。

昂若拉斟酌了几秒钟，做了个下决心的手势。

“格朗泰，”他严肃地说，“我同意你去试一试。你去梅恩城门。”

格朗泰住在米赞咖啡馆附近的一个带家具出租的房间里。他出去后五分钟又回来了。他回去穿了件罗伯斯庇尔式的背心。

“红色的。”他边进屋边说道，眼睛盯着昂若拉。

然后，他用有力的手掌，将背心的两个鲜红的尖角按在胸脯上。

他走近昂若拉，在他耳边说：

“放心吧。”

他坚定地将帽子往下拉了拉，就走了。

一刻钟后，米赞咖啡馆的后厅里已空无一人。ABC友社的朋友们都分头行动了。昂若拉最后一个离开，按照分工，他去联络库古尔德社。

埃克斯的库古尔德社在巴黎的成员，正在伊西平原的一个废采石场里集会，那一带有很多这样的采石场。

昂若拉向约会的地点走去，边走边回顾形势。事态显然非常严峻。当事态步履沉重地向前移动，呈现出一种潜在的社会疾病的征兆时，稍有一点并发症，就会停止前进，陷于混乱。这种现象会产生崩溃或再生。昂若拉隐隐看见在未来昏暗的裙裾下，有一团亮光在升起。谁知道呢？也许时机快到了。人民恢复权利，多么美好的景象！革命再次庄严地拥

---

① 埃贝尔为法国资产阶级革命时期雅各宾派的左翼。

有法国，对世界说：明天再见！昂若拉非常高兴。炉子烧热了。这时候，昂若拉的朋友们犹如导火线正在撒向巴黎。他在脑海里，用孔布费尔敏慧而充满哲理的口才、弗伊四海为家的热情、库费拉克的激情、巴奥雷的笑声、让·普鲁韦的忧郁、若利的学识、博絮埃的讥讽，想象出同时喷向四面八方的闪闪烁烁的电火花。所有的人都在行动。结果肯定不负努力。这很好。这使他想起了格朗泰。“嗨，”他想，“梅恩城门差不多就在我这条路线上。要不我到里什弗烟馆去一趟？看看格朗泰在干什么，进展如何。”

昂若拉到达里什弗烟馆时，沃吉拉的钟楼敲响一点钟。他打开门，走进去，交叉双臂，门弹回来碰着了他的肩膀。他环顾大厅，里面放满了桌子，挤满了人，烟雾腾腾。

烟雾中响起一个声音，被另一个声音猛地打断了。格朗泰在和他的一个对手交谈。

格朗泰坐在一张圣安娜大理石桌子旁，对面还有一张脸。桌上撒满了麸皮和多米诺骨牌。格朗泰用拳头敲大理石桌。下面是昂若拉听到的谈话：

“双六。”

“四点。”

“蠢猪！我没有了。”

“你死定了。两点。”

“六点。”

“三点。”

“老幺。”

“该我出牌。”

“四点。”

“不好办。”

“该你出了。”

“我犯了个大错。”

“出得好。”

“十五点。”

“再加七点。”

“这样我就二十二点了（若有所思）。二十二！”

“你没料到会是双六。我一开始就出的话，情况就大不一样了。”

“还是两点。”

“老幺。”

“老幺！好，五点。”

“我没有。”

“是你出的吧，我想？”

“对。”

“白板。”

“他运气真好！啊！你真有运气（沉思了好一会儿）。两点。”

“老幺。”

“没有五点，也没有老幺。你麻烦了。”

“清了。”

“狗东西！”

第二卷　埃波妮

一　百灵鸟场

马里尤斯目睹了那场陷阱出乎意料的结局。是他把雅韦尔引到现场的。可是，雅韦尔刚离开那幢旧宅，将俘虏押到三辆出租马车上，马里尤斯便悄悄溜出了屋子。才是晚上九点钟。马里尤斯去库费拉克家。库费拉克不再是坚定的拉丁区居民了；“出于政治原因”，他已搬到了玻璃厂街，那是当时容易发生暴乱的街区。马里尤斯对库费拉克说：“我来你这里过夜。”库费拉克把床上的两张床垫抽出一张，摊在地上，说：“睡吧。”

第二天早上七点，马里尤斯回到旧宅，向布贡大妈付了房租，结清账目，雇来一辆手推车，将他的书、床、桌子、五斗橱和两张椅子装到车上，没留地址便走了。上午，雅韦尔来找马里尤斯询问昨晚的事情，只见到布贡大妈，她回答：“搬走了！”

布贡大妈确信，马里尤斯同昨天被抓走的强盗有牵连。“谁能料到？”她对同一街区的女看门人说道。“一个年轻人，看上去像个大姑娘！”

马里尤斯匆忙搬家，有两个理由。首先，他现在对这幢房子深恶痛绝，因为他如此近地看到了最可恶、最凶残一幕的全过程，他感到坏的穷人比坏的富人更是一种可怕的社会丑恶。其次，接下来很可能有一场诉讼案，他不想被牵扯进去，与泰纳迪埃对簿公堂。

雅韦尔认为，这个他没记住姓名的年轻人因为害怕而逃跑了，抑或那件事发生时，他可能没有回家。但他还是想方设法要找到他，却是徒劳。

一个月过去了，接着又是一个月。马里尤斯一直住在库费拉克那里。他从一个常去法院接待室的见习律师那里，了解到泰纳迪埃已关进大牢。每星期一，马里尤斯都去拉福斯监狱的书记室，托人将五法郎转交给泰纳迪埃。

马里尤斯已身无分文，每次都向库费拉克借五法郎。他生平第一次向人借钱。这每星期的五法郎，对被借的库费拉克和收钱的泰纳迪埃，都是个谜。库费拉克这边想："这钱是给谁的？"而泰纳迪埃那边想："这钱是谁给我的？"

此外，马里尤斯心里很难过。一切重又回到了地窖中。他前面什么也看不见，他的生活重又陷入迷雾中，他摸索着在里面徘徊。在这漫漫黑暗中，他心爱的姑娘，还有那位像是她父亲的老人，这两个在这世上他唯一关心和唯一寄托希望的人，在他面前虚晃了一下，就在他以为抓住他们的时候，一阵风把这两个人影吹走了。在这惊心动魄的冲突中，竟没有冒出丁点肯定和真实的火星。无法做任何推测。他原以为知道她的名字，现在连这个也不知道了。她肯定不叫于絮尔。而百灵鸟是外号。对那个老人又该怎么想呢？他躲过警察了吗？马里尤斯在残老军人院附近遇见的那个白发苍苍的工人，现在又浮现在他的脑海里。那工人和白先生很可能是同一个人。那么，他常常乔装打扮吗？这个人既有英勇的一面，又有可疑的一面。他为什么没呼救？为什么要逃跑？他真是那姑娘的父亲吗？还有，他真是泰纳迪埃以为认出来的那个人吗？泰纳迪埃会不会认错人？所有这些问题都找不到答案。而且，所有这一切，都丝毫无损于卢森堡公园那位姑娘天使般的魅力。马里尤斯心中燃烧着爱火，眼前却一片漆黑，他经受着揪心彻骨的痛苦。他被推着，拉着，却不能动弹。除了爱情，一切都消失得无影无踪。即便是爱情，也失却了往日的突然冲动和感悟。通常，在我们心中燃烧的爱火，也能稍微照亮我们的眼前，向我们体外射出一些有用的光辉。马里尤斯再也听不到爱情低沉的建议了。他从来也不想："要不要去那里看看？要不要试试这个？"

那位他从此不能再称作于絮尔的姑娘，肯定会在某个地方，但他却无从知道去哪里寻找。他的整个生命可以归纳成一句话：在茫茫迷雾中，他绝对心中无数。他始终憧憬着与她重逢，却不再抱任何希望。

更糟糕的是，他又陷入了贫困中。他感到他的身边，他的身后，猛刮着刺骨的寒风。他心里极端苦恼，已好久没有工作了。再没有比停止工作更危险的事了，那样会失去工作的习惯。习惯丢起来容易，捡起来难。

进行适量的沉思和服用适量的镇静剂一样，是不无益处的。这可以使不停地运转着的、处在发烧甚至是高烧状态中的头脑镇静下来，产生一种柔和舒爽的雾气，用以修整纯思想那过于粗糙的轮廓，填补这里那里的空隙和裂缝，把各部分弥合起来，使思想的棱角变得模糊。可是，沉思太多又会把人淹死。爱用脑力的人，让自己的思想沉入幻想，此乃他们之一大不幸！他们以为不难上来，心想反正是一码事。错了！

思想是智力的艰苦劳动，幻想是智力的精神满足。用幻想取代思想，无异于将毒药混同于食物。

大家记得，马里尤斯就是从这里开始的。爱的激情突然而至，最终把他推入没有目标、无穷无尽的幻想中。他出门只是为了胡思乱想。这是偷懒的办法。这是喧闹而停滞的深渊。随着工作减少，就会越来越陷入贫困。这是一条规律。耽于幻想的人，势必慷慨大方，萎靡不振。精神松弛了，就经不住紧张的生活。这种生活方式有利也有弊，因为，懒怠固然有害，慷慨却是大有好处。但一个贫穷、慷慨而高尚的人不工作，那就完了。财源枯竭，匮乏就会出现。

这是一条通向绝路的下坡道，无论是最诚实、最坚定的人，还是最软弱、最邪恶的人，都会被拖入这个坡道，最终陷入两个深渊，不是自杀，便是犯罪。一个人出门去胡思乱想多了，不知哪天，便会去投水自尽。过多地胡思乱想，便会变成艾斯库斯和勒布拉[①]。

马里尤斯眼睛盯着看不见的心上人，顺着这道斜坡慢慢往下滑。这

---

① 艾斯库斯和勒布拉为法国当时的两位诗人，七月革命时曾参加巷战。一八三二年，他们合写的一出戏上演失败，自杀身亡。

样说似乎有点怪，但却千真万确。对失踪之人的回忆，会照亮心底的黑暗；那人越是消失得无影无踪，就越是光芒四射；绝望而昏暗的心灵，能望见天边的亮光；那是黑暗内心的一颗明星。马里尤斯心里只想着“她”，不再有别的念头。他模模糊糊地感到，他的旧衣服已无法再穿了，他的新衣服正在变成旧衣服，他的衬衣破了，帽子破了，靴子破了，就是说，他的生命就要耗尽，他想道：“死前能见她一面该多好！”

现在，他只剩下一个甜蜜的想法：她爱过他，这从她的眼神里可以看出来，她不知道他的名字，却了解他的心，现在，她在她所在的地方，不管那里多么神秘，也许仍还爱着他。谁知道呢，也许她像他思念她那样想念着他呢。他像所有热恋中的人，也有令人费解的时刻，明明只有痛苦的理由，却隐隐感到快乐得颤抖，心里想：“是她的思想传到我这里了！”继而又想：“我的思想说不定也会传到她那里。”

接下来，他会对这个幻觉摇头否定，然而，这已在他心田投下了有时类似希望的光辉。他不时地在一个本子上写些什么，尤其是在最令遐思者忧愁的夜晚。在他那本子上，写满了爱情灌注于他脑海中的最纯洁、最客观、最完美的梦想。他把这叫作“给她写信”。

不要认为他理智错乱了。恰恰相反。虽然他不再能工作，不再能坚定地朝一个既定目标前进，但他看问题比任何时候都敏锐和正确。他以奇特的，却又是平静而真实的目光，看待他面前的一切，乃至最无足轻重的事和人。他对一切总以过分的诚实和天真的无私做出公正的评价。他几乎不抱希望，因此可以超脱地做出判断。

在这种思想状态下，什么都逃不过他的眼睛，什么都骗不了他。他每时每刻都能发现人生、人类和命运的实质。上帝赋予了他既无愧于爱情，又无愧于痛苦的灵魂，即使在苦恼焦虑中，也是感到幸福的！没有用这双重光辉观察过这世界的事物和人的心灵的人，就没有见过真实的东西，就会一无所知。

人在热恋和痛苦时，心灵处于最佳状态。

况且，日子一天天过去，没出现任何新的情况。他只觉得剩给他的昏暗的空间在日益缩小。他相信已清楚地看到了无底深渊的边缘了。

“怎么！”他心中常想，“在这之前我真的见不到她了吗？”

上了圣雅克街，走过城门，再沿着左边那条旧林荫大道走了一会儿，便到了健康街，然后便是冰库街，快到戈布兰小河时，可见一片田野，在漫长而乏味的巴黎那几条环城林荫大道的内侧，这是唯一能吸引勒伊斯达尔[①]坐下来作画的地方。

那里，不知什么东西散发出一种优雅的趣味：一片绿草地，拉着几根绳子，迎风晾着几件破衣服，一座古老的菜农庄园，建于路易十三时期，大屋顶上钻出几个怪模怪样的复斜屋顶室，篱笆破烂不堪，白杨树丛中间有水塘，还有女人、欢笑声、说话声。天边是先贤祠、聋哑院的那棵树，还有瓦尔-德-格拉斯军医院，那是一座黑乎乎、矮墩墩、怪模怪样、妙趣横生、美不胜收的建筑物。再往远处，是圣母院塔楼那方方正正、庄严肃穆的屋脊。

有的地方值得一看时，反而没有人来。每隔一刻钟，有一辆人力车或一个赶车的人经过。

一次，马里尤斯独自漫步，不觉来到这个庄园的池塘旁。那天，千载难逢，在那条林荫大道上，有个行人经过。马里尤斯多少有点被这里的荒蛮之美打动，便问那行人：“这地方叫什么名字？”

行人回答：“百灵鸟场。”

接着又补充了一句：“于尔巴克就是在这里杀死伊夫里的那个牧羊女的。”

马里尤斯听到百灵鸟这个词，后面的话就听不见了。人在遐思时，有时一个词就足以产生这种突然的凝固。所有的思想会突然凝聚在一个想法周围，不可能再有别的感觉。在马里尤斯深深的忧郁中，百灵鸟已取代了于絮尔。“咦！”他惊愕地——人在进行这种神秘的内心独白时，常会有这种莫名的惊愕——说道，“这是她的场地。我在这里能搞清楚她的住处。”

这想法是荒唐的，却又不可抗拒。

从此，他天天到百灵鸟场来了。

---

① 勒伊斯达尔（1629—1682），荷兰风景画家。

二　监狱里如何孵育罪恶

雅韦尔在戈博旧宅似乎打了个圆满的胜仗，其实不然。

首先，也是他最忧虑的，他没有抓住那个俘虏。被害人逃跑，比谋害人的人更可疑。这个被强盗们抓住，并视若珍宝的人，说不定对官方也是一个宝贝。其次，雅韦尔没有抓住蒙帕纳斯。

只好等下次机会把这个“花花公子”捉拿归案了。蒙帕纳斯的确遇见了在林荫大道的大树下望风的埃波妮，并把她带走了。他宁愿做她的情夫，也不愿做她父亲的帮凶。幸亏这样。否则，他就不能逍遥法外了。至于埃波妮，雅韦尔又一次把她“钳住”了。这不过是小小的安慰。埃波妮也关进了玛德洛内特监狱，与她的妹妹阿赛玛会合了。

从戈博旧宅到拉福斯监狱的路上，主犯之一的克拉克苏失踪了。谁也不知道他是怎么逃跑的，警探和警察感到“莫名其妙”，他化成一股烟雾，摆脱了拇指铐，从马车的裂缝中溜走了，马车裂着口子，而他逃跑了。谁也解释不清，只知道到达监狱时，已没有克拉克苏的踪影。这里面不是施了魔术，便是警察玩了花样。难道克拉克苏像雪花在水中融化那样，在黑暗中融化了？难道有警探在暗中配合？难道他是黑白两道的神秘人物？难道他集犯法和执法于一身？这个谜一般的人物是不是前脚踩在罪恶中，后脚踩在权力中？雅韦尔是决不会接受这种手段的，面对这种妥协，他会气得怒发冲冠。可是，他手下那帮人里，还有其他一些警探，尽管是他的下属，也许比他更了解警察局的秘密，而克拉克苏是个极有本事的恶棍，可以成为极其出色的密探。他与黑夜关系密切，能隐没在其中，这对偷盗十分有用，对警察来说，也是值得赞赏的。确实有一些双刃歹徒。不管怎样，克拉克苏已销声匿迹，找不到了。雅韦尔与其说惊讶，不如说气恼。

至于马里尤斯，这个“可能吓破了胆的傻瓜律师”，雅韦尔连他的名字都没记住，几乎没把他放在心上。再说，一个律师，迟早会重新出现。

可是，他仅仅是律师吗？

预审开始了。法官认为，“猫露屁股”那帮匪徒中，得有一个人不关进监牢，希望能偷听到他同别人的闲聊。这个人便是布吕戎，小银行家街的那个留长发的人。他被放到查理曼大帝院子里，但有人在监视他。

布吕戎这个名字，在拉福斯监狱是留下记忆的。在监狱所谓的新楼里，有个奇丑无比的院子，监狱当局叫它为圣伯尔纳院子，盗贼们称它为狮子坑，院子的高墙左边与屋顶相齐，墙上布满了鳞片状和麻风病状的斑点，一扇旧铁门锈迹斑斑，通往拉福斯公爵府的小教堂，那里后来改成关押强盗的囚室。就在那堵高墙上，挨着那扇铁门，十二年前，还可看见一个堡垒图形，是用铁钉刻上去的，看上去很粗陋，下面还签了名：

布吕戎，一八一一年。

一八一一年的布吕戎，是一八三二年这个布吕戎的父亲。

在戈博旧宅那场圈套中，我们只提了提小布吕戎。那是个非常狡猾、非常机灵的小伙子，但有一副惊愕哀怨的神态。多亏了这副惊愕的神态，预审法官才决定从轻发落，认为把他放到查理曼大帝院子里，比关到牢房里更有用。

盗贼们不会因为落入法网而就此罢手，不会为这点小事而缩手缩脚。因犯罪而坐了牢，并不妨碍他们再次犯罪。这就像艺术家，画展上正在展出他们的一幅画，他们仍会在画室里创作新画。

布吕戎似乎被监狱吓呆了。在查理曼大帝院子里，有时见他一连几小时站在食堂的小窗子旁，傻呆呆地看着那张脏兮兮的价目表，从第一项“大蒜，六十二生丁”，看到最后一项“雪茄，五生丁”。要不就是浑身发抖，牙齿咬得格格响，他说在发烧，打听发烧病房里的二十八张床有没有空位。

一八三二年二月的下半个月，人们突然获悉，布吕戎这个瞌睡虫，通过牢里几个杂役，不以他自己的名字，而以他的三个同伴的名字，帮他做了三件不同的事，一共花了五十苏。这笔巨大的开销，引起了监狱警卫长的注意。

于是，人们进行了调查，通过贴在囚徒会客室里的佣金价目表，弄清楚这五十苏付了三笔送信的佣金：先贤祠，十苏，瓦尔-德-格拉斯，十五苏，格勒内尔门，二十五苏。在佣金价目表上，最高就是二十五苏。然而，先贤祠、瓦尔-德-格拉斯、格勒内尔门正好是三位极其可怕的城门盗贼居住的地方：一个是克吕德尼埃，又名怪客；另一个是自命不凡者，获释的苦役犯；还有一个是刹车杆。这一下便把警察的目光引到了这三个人身上。警方猜测，这三个人是“猫露屁股”手下的人，“猫露屁股”的两个干将已经落网，一个是巴贝，另一个是格勒梅尔。布吕戎并没叫人把信送到住处，而是有人在街上等候，因此，人们猜想，他们可能在密谋干坏事。还有另一些迹象。于是，警方逮捕了那三个城门盗贼，以为这样就挫败了布吕戎的阴谋。

采取这些措施后大约过了一星期，有天夜里，一个巡夜的狱卒巡查新楼底层的牢房，当他把考勤牌投进箱里时（这是用来检查巡夜狱卒是否尽职的一种办法，每小时都要往钉在牢房门上的箱子里投一块考勤牌），从房门的监视孔里，看见布吕戎坐在床上，借着墙上的灯光，在写着什么。狱卒冲进牢房。布吕戎被关了一个月黑牢，但人们始终没能抓到他写的东西。警察依然一无所知。

有件事可以肯定：第二天，有人从查理曼大帝院子里，将一个“驿车夫”扔进了狮子坑，中间有座六层楼房将两个院子分开。

囚徒们所谓的“驿车夫”，是指一个捏得很巧妙的被扔到“爱尔兰”的面团。所谓扔到爱尔兰，就是越过监狱屋顶，从一个院子扔到另一个院子里。究其词源，即是越过英格兰，从一个陆地到另一个陆地，到达爱尔兰。面团落到院子里。捡到的人打开来，会发现里面有张写给院子里某囚犯的字条。如果是囚犯捡到字条，会把它交给有关人；如果是一个狱卒，或一个被暗中收买、监狱里叫作绵羊、苦役所里称作狐狸的囚徒捡到，字条就会送到档案室，转交给警方。

这次，“驿车夫”到达了目的地，尽管收信人目前正在被“隔离”。这收信人不是别人，正是巴贝，“猫露屁股”的四大金刚之一。

面团内有个小纸卷，只写着两行字：

“巴贝，普吕梅有笔生意。临花园的铁栅栏。”

这就是布吕戎那天夜里写的东西。

尽管有男女搜身员，巴贝还是找到办法将字条从拉福斯监狱，送到了关在硝石库医院的一个“相好”那里。这姑娘又把字条转交给她认识的一个叫玛妮翁的姑娘，后者受到警方的严密监视，但尚未被捕。读者已见过玛妮翁的名字，她与泰纳迪埃家有联系，这在以后还要谈到。她去看埃波妮，从而在硝石库医院和玛德洛内特监狱之间充当联络员。

就在这时候，埃波妮和阿赛玛被释放了，因为预审泰纳迪埃一案时，对他两个女儿的指控缺乏证据。

埃波妮出狱时，玛妮翁在玛德洛内特监狱门口偷偷等她，将布吕戎给巴贝的字条交给了她，让她去“侦察”普吕梅街。

埃波妮去了普吕梅街，侦察铁栅栏和花园，观察那栋房子，窥视和监视了几天后，就去克洛什佩斯街，将一块饼干送到玛妮翁家里，玛妮翁又把饼干转交给硝石库医院巴贝的情妇手中。在监狱的暗号中，一块饼干象征着“没什么可做”。

于是，不到一星期，当巴贝去“受审”，布吕戎受审回来，两人在拉福斯监狱的巡逻道上相遇时，布吕戎问：

“怎么样，普街？”

巴贝回答：“饼干。”

于是，布吕戎在拉福斯监狱策划的罪恶流产了。然而，这次流产还是有结果的，不过，与布吕戎的计划毫不相干。以后我们还会谈到。

人常常这样，以为在接一根线，不料却接了另一根。

三　马伯夫大爷遇见“精灵”

马里尤斯不再同任何人来往，但有时会在路上遇见马伯夫大爷。

当马里尤斯沿着阴森的阶梯缓缓往下走时，马伯夫大爷这边也在往下走。这阴森的阶梯可以叫作地窖之梯，通往不见天日的地方，在那里，可以听见幸福的人在自己头顶上行走。

《科特雷茨地区植物志》绝对卖不出去了。奥斯特里茨的小花园阳光不足，试种靛青植物未获成功。马伯夫先生只能种些喜湿喜暗的稀有植物。可他毫不气馁。他在植物园里弄到了一小块地，阳光充足，“自费”在里面试种靛青植物。为此，他把植物志的铜版送进了当铺。他把午餐减少到两个鸡蛋，并把其中一个给他的老用人，他有十五个月没给她付工钱了。他常常一天只吃这一顿饭。他不再发出孩子般的笑声了，而是变得郁郁寡欢，也不再接待任何人。好在马里尤斯也想不到去看他。马伯夫先生去植物园时，这一老一少有时在医院林荫道上相遇。他们彼此不说话，只是忧郁地点点头。贫困竟使友情变得淡薄，真令人心痛！曾经是两个朋友，如今形同路人。

书商鲁瓦约已谢世。马伯夫先生便只有他的书、花园和靛青植物了。对他而言，这是幸福、快乐和希望所表现的三种形式。有了这些，他就能活下去。他常想：“等我把球状靛青植物种出来，我就发财了，我把铜版从当铺里赎出来，我要大张旗鼓地推销我的《植物志》，在报纸上登广告，我要买（我知道哪里能买到）一部皮埃尔·德·梅迪纳的《航海艺术》，带木刻插图，一五五九年版的。”现在，他白天在那块靛青植物地上劳作，晚上回到家里，给他的花园浇浇水，然后读读书。那时候，马伯夫先生已年近八旬。

一天傍晚，出了件怪事。

他回到家里时，天还很亮。普鲁塔克大妈生病已睡觉。她近来身体不好。他晚饭吃了一块几乎不带肉的骨头，又在厨房的桌子上找到了一块面包。吃完后，他坐到园子里的一块翻倒的界石上，这就算是凳子了。

在那石凳旁，仿照老式果园的习惯，放着一个用木条和木板钉成的破旧不堪的大木箱，下层是兔舍，上层是水果架。兔窝里没有兔子，但水果架上有几只苹果。过冬的剩余食物。

马伯夫先生戴上眼镜，翻阅两本书。他看得兴致勃勃，甚至被深深吸引，这对他这般年纪的人来说，是更为有害的。他生性胆怯，因此很容易接受迷信。一本是德朗克尔院长的名著《论魔鬼的幻变》，另一本是四开本，名为《关于沃韦尔的魔鬼和比埃弗尔的精灵》，穆托尔·德·拉鲁博迪埃著。他的园子从前曾有鬼怪出没，所以后一本书更使他感兴趣。薄暮使天上渐渐变白，地上渐渐变黑。马伯夫先生读着书，并且不时将视线越过手中的书本，朝那些花草望一眼，尤其是那株灿烂夺目的杜鹃花，这是他的一个安慰。接连四天风吹日晒，没下过一滴雨，花枝弯了，花蕾蔫了，叶儿掉了，都需要浇水了。那株杜鹃花更显得楚楚可怜。马伯夫老爹是这样一种人，认为树木花草是有灵魂的。老人在他的靛青植物地里干了整整一天，累得精疲力竭，但他还是站起来，把书放在石凳上，佝偻着腰，步履蹒跚地走到水井旁，可是，当他抓住吊桶的链子时，竟然没有力气把它拉过来一些，好从挂钩上摘下来。于是，他转过身，抬起忧虑的目光，向星罗棋布的天空张望。

夜晚那般宁静，透出一种难以名状的凄凉和永恒的喜悦，这更增加了人们的痛苦。这一夜，将会和白天一样干燥。

“满天星斗。”老人想道。“没有一片云！没有一滴水！”

他的脑袋仰天抬了会儿，又垂到胸前。

他又抬起头，又看了看天空，喃喃地说：

“下点露水吧！可怜可怜吧！”

他又一次试着把吊桶的铁链摘下来，却白费力气。

这时，他听见有个声音在说：

“马伯夫大爷，要我给您浇花园吗？”

随即传来了野兽钻篱笆的声音。他看见一个高高瘦瘦的姑娘从灌木丛中走出来，站到他面前，大胆地看着他。那神态与其说像人，毋宁说像是暮色中刚出现的幽灵。

正如前面说过的，马伯夫大爷生性容易恐惧，动辄便会惊慌。他还没来得及回答一个字，那幽灵已摘下铁链，沉下吊桶，汲满水提上来，将喷壶注满，这一系列动作在黑暗中显得唐突而怪异。老人看见这光着脚丫子、穿着破裙子的幽灵，在花畦中间来回奔跑，将生命洒向她的周围。水洒在叶子上，发出簌簌的声音，马伯夫大爷听了心花怒放。他仿佛感到，那株杜鹃花现在欣喜若狂了。

第一桶水浇完，姑娘又去汲第二桶，接着第三桶。她把园子浇了个遍。

她在小径上走来走去，投下黑色的身影，一条破烂不堪的纱巾在她瘦长的胳膊上飘舞，看上去真像只蝙蝠。

她浇完水，马伯夫大爷热泪盈眶地走到她跟前，将手放到她额头上。

“上帝祝福您，”他说，“您那样爱护花，您是护花天使。”

“不，”她回答，“我是魔鬼，不过，我无所谓。”

老人没等也没听见她回答，他大声说道：

“可惜我太不幸，太穷了，我不能帮您任何忙。”

“您能。”她说。

“什么？”

“告诉我马里尤斯先生住在哪里。”

老人大惑不解。

“哪个马里尤斯先生？”

他抬起无神的目光，仿佛在追索消逝的往事。

“一个年轻人，从前常来这里。”

这时，马伯夫先生已在脑海里搜索了一遍。

“噢！对了……”他大声说道，“我知道您说什么了。等等！马里尤斯先生……马里尤斯·蓬梅西男爵，是他！他住在……或者说，他已不住在……嗨，我不知道。”

他一面说，一面弯下腰，将杜鹃花的一个枝条固定住，接着又说：

“啊，我现在想起来了。他经常从那条林荫大道向冰库街方向走去。克鲁勒巴布街。百灵鸟场。到那里去找他吧。不难碰到他。”

马伯夫先生站起来时，面前已没有人影了。姑娘消失了。

他显然有点害怕。

“真的，”他想，“要不是我的花园已浇了水，我真会以为她是幽灵呢。”

一小时后，他上床睡觉时，又想起了这件事。就快睡着时，在这意识朦胧，思想有如神话中变成鱼儿穿洋过海的鸟儿，渐渐变成梦境穿过睡眠的时候，他含糊不清地说：

“的确，这很像拉鲁博迪埃讲到的精灵。她是精灵吗？”

四　马里尤斯遇见“幽灵”

就在那“精灵”拜访马伯夫几天后的一个早晨，——是个星期一，那是马里尤斯向库费拉克借五法郎送给泰纳迪埃的日子，——马里尤斯将那枚钱币揣进兜里，在去监狱书记室送钱之前，先出去“转一转”，希望回来后好干些工作。他经常这样。起床后，他便立即坐到一本书和一张纸前，随便译一些。那时候，他正在把两个德国人的著名争论，即甘斯和萨维尼之间的论战译成法文。他拿起萨维尼的书，又拿起甘斯的书，读了几行，试着译了一行，但干不下去，总看见有颗星星在他和纸中间闪烁。于是，他从椅子上站起来，说道：“我出去走走。回来就精神饱满了。”

他去百灵鸟场。在那里，他比任何时候更清楚地看见那颗星星，也比任何时候更看不见萨维尼和甘斯。

他回到家，试着继续翻译，还是干不下去。他根本无法把脑袋里断了的线接起来。于是，他说：“明天不出去了。这妨碍我工作。”可他仍然天天出去。

与其说他住在库费拉克家，不如说住在百灵鸟场。他的真正住址是健康林荫大道，克鲁勒巴布街过去第七棵树下。

那天早晨，他离开第七棵树，坐到戈贝兰河岸的护墙上。欢快的阳光射进鲜嫩的树叶中，树叶喜气洋洋，光辉灿烂。

他在思念她。他的思念又变成了自责。他想到自己得了懒病，心灵已然瘫痪，不禁心痛如绞；想到前面越来越黑，连阳光也见不到了。

他艰难而模糊地想着，这甚至算不上内心独白，因为他的内心活动已经衰退，他甚至已无力自艾自怨；然而，尽管他心中怏怏不乐，却仍能感受到外部的活动。他听见戈贝兰河的洗衣妇在他身后，在他下面，在两条河岸上捶打衣裳，鸟儿在他头顶上，在榆树枝头上嘤嘤歌唱。一边是鸟儿自由自在、无忧无虑、悠然自得的声音，另一边是洗衣妇劳动的声音。这两种欢快的声音，使他陷入了沉思，甚至使他思索起来。

他正想得出神，蓦然，他听见一个熟悉的声音在说：

“咦！是他！”

他举目望去，认出是一天早晨闯进他房里的那位不幸的姑娘，泰纳迪埃的大女儿埃波妮；现在他知道她的名字了。奇怪的是，她更穷了，却变得漂亮了；这两步似乎是不可能同时迈出的。她一面朝着光明，一面朝着苦难，同时前进了两步。她仍像那天坚定地走进他的房间里那样，赤着脚，穿着破衣服；不过，这破衣烂衫又多穿了两个月，破洞更大了，烂布更脏了。还是那沙哑的嗓门，那因风吹日晒而失去光泽多了皱纹的额头，那放肆、茫然和闪烁不定的目光。因遭受了牢狱之苦，她的脸上又添了一种难以名状的惊恐悲哀的神态。

她头发上有草屑和碎麦秸，不是像奥菲利亚那样，因受哈姆雷特疯病传染，自己也成了疯子的缘故，而是因为在某个马厩的草堆里过了夜。

可这一切使她变得漂亮了。啊！青春，多么璀璨的星星！

这时，她来到马里尤斯面前，苍白的脸上露出了兴奋，似乎还有一丝笑容。

她一时没有说话，仿佛说不出话来。

“我可找到您了！”她终于说道，“马伯夫大爷说得对，就在这条林荫大道上！我找您找得好苦！您要知道就好了！您知道吗？我坐牢了。十五天！他们放了我！因为没什么好指控我的，再说，我还没到能识别是非的年龄。还差两个月。呵！我找您找得好苦！六个星期。您不住在那里了？”

“不了。”马里尤斯说。

“呵！我明白了。因为那件事。这种虚张声势的事，是让人不愉快。您搬家了。咦！您怎么戴这种破帽子？像您这样的年轻人，应该穿漂亮的衣服。您知道吗，马里尤斯先生？马伯夫大爷叫您男爵先生什么的。您不会是男爵吧？男爵们都是老头，他们去卢森堡公园的城堡前面，那里阳光充足，读一苏钱一份的《每日新闻》。有一次，我给一位男爵送过一封信，他就是这样。他有一百多岁了。告诉我，您现在住在哪里？”

马里尤斯不做回答。

“啊！”她继续说道，“您的衬衫上有个洞。让我给您缝一缝。”

她的神情渐渐阴沉，她说：

“您见到我好像不高兴？”

马里尤斯默不作声。她也沉默了一会儿，而后大声说：

“可是我只要愿意，一定能叫您高兴！”

“什么？”马里尤斯问。“您想说什么？”

“啊！您以前是用‘你’称呼我的！”她又说。

“好吧，你想说什么？”

她咬住嘴唇，犹豫了一会儿，仿佛在做思想斗争。最后她似乎下了决心。

“算了，反正一样。您闷闷不乐，我要您开开心心。您得答应我，您一定要开心。我要看见您开心，听见您说：‘啊！好。’可怜的马里尤斯先生！您知道！您答应过我，我想要什么，您就给我什么……”

“是的！快说吧！”

她盯着马里尤斯，对他说：

“我有地址了。”

马里尤斯脸色刷地变白，全身的血涌回心脏。

“什么地址？”

“您问我要的地址！”

接着，她像是费劲地补充说：

“就是那个……地址，知道吗？”

“知道！”马里尤斯结结巴巴地说。

“那位小姐的！”

说完这句话后，她深深叹了口气。

马里尤斯从他坐着的护河墙上跳下来，发狂似的握住她的手。

“呵！太好了！快带我去！告诉我！随你问我要什么！她住在哪里？”

“跟我来。”她回答。“我不知道街名和门牌号码。不在这边。但我认识那幢房子。我带您去。”

她抽回手，接着又说：“呵！您多高兴啊！”任何人听见她说话的语气会心里难过，可马里尤斯正欣喜若狂，如醉如痴，根本没有感觉。

马里尤斯额头掠过一丝阴云。他一把抓住埃波妮的胳膊。

“我要你发誓！”

“发誓？”她说，“什么意思？呀！您要我发誓？”

说完便笑了。

“你的父亲！答应我，埃波妮！你要发誓不把这个地址告诉你父亲！”

她惊愕地向他转过脸。

“埃波妮！您怎么知道我叫埃波妮的？”

“答应我的要求！”

但她好像没有听见。

“这很好。您叫我埃波妮！”

马里尤斯同时抓住了她的两只胳膊。

“看在老天爷的分上，回答我！听着，我要你发誓，不把你知道的地址告诉你父亲。”

“我父亲？”她说。“啊，对，我父亲！放心吧。他在大牢里。再说，我父亲关我什么事！”

“可你还没答应我。”马里尤斯大声说。

“放开我！”她说，并格格大笑，“别这样晃我！好！好！我答应您！我向您发誓！这同我有什么关系？我不把地址告诉我父亲。行了吧？行了吧？”

“也不告诉任何人！”马里尤斯说。

“不告诉任何人。”

“现在带我去吧。”马里尤斯说道。

“马上？”

“马上。”

“跟我走吧。——啊！他多高兴啊！”她说。

走了几步，她又停下来。

"您挨我太近了，马里尤斯先生。我走在前面，您像这样若无其事地跟着我。不要让人看见一个像您这样的小伙子同我这样的女人在一起。"

"女人"这个词，从这个女孩子嘴里说出，个中含义是任何语言都无法表达的。

她走了十来步，又一次停下来；马里尤斯走到她跟前。她别转脑袋，对他说：

"对了，您知道您曾对我做过许诺吗？"

马里尤斯摸摸口袋。在这世上，他只有那枚准备给泰纳迪埃的五法郎硬币了。他掏出来，放到埃波妮的手里。

她张开手指，硬币掉在地上。她神态忧郁地看着马里尤斯，说道：

"我不要您的钱。"

第三卷　普吕梅街的房子

一　神秘的房子

上世纪中叶，巴黎高等法院一位戴法官帽的院长为了金屋藏娇（在那个时代，大贵族到处炫耀自己的情妇，但有产者却把情妇藏起来），在圣日耳曼城郊荒僻的布洛梅街（如今叫普吕梅街），在从前叫“斗兽场”的地方附近，修建了一座“小楼”。

这是二层楼房。楼下有两间厅室，楼上有两间卧室，楼下有厨房，楼上有小客厅，屋顶下是阁楼，屋子前有花园，临街有一扇大铁栅栏门。花园的面积大约有半公顷。行人看得到的就这些。但在楼后还有个小院子，院子深处，有两间带地窖的平房，以备不时之需，必要时可以藏匿一个孩子或奶妈。平房后面有一道伪装的暗门，连接一条狭长的露天通道，地面铺了石板，弯弯曲曲，夹在两堵高墙中间。这通道设计巧妙，非常隐蔽，顺着墙外的花园和农田，拐弯抹角，向前延伸，直达另一道暗门，离房子有一里路，差不多到了另一个街区，出门便是人迹罕至的巴比伦街的尾端。

那院长先生就是从这道暗门进来的，因此，那些窥视和跟踪他的人，即使发现他每天神秘兮兮地去某个地方，却怎么也猜不到他去巴比伦街，就是去布洛梅街。这个精明的法官，巧妙地购置了田地，就能不受查问地在自己的土地上建造了这一通道。后来，他把高墙两旁的土地，分成小块的花园和农田卖出去，两边的买主们以为他们面前只有一堵共有的墙，丝毫也不怀疑在他们的花坛和果园之间有两堵高墙，蜿蜒着一条铺着石板的长走廊。只有飞鸟才能观赏到这一奇景。上个世纪的莺儿和雀儿们想必没少议论这位院长先生。

这小楼按芒萨尔[①]的风格用石头建成，照华托[②]的风格镶以护壁，饰以家具，里面是洛可可式[③]，外面是古色古香，围着三道花篱，显得审慎、俏丽和庄严，适合于男女偷欢和法官逢场作戏。

这小楼和这通道十五年前还在，现已不复存在。一七九三年，一个锅商买下了房子，准备拆毁，但因没能付清房价，国家宣告他破产。因此，是房子毁了那位锅商。从此，这小楼便无人居住，渐渐毁坏，正如任何没人居住的房子会倒塌一样。楼内仍保留着原来的家具，随时准备出卖或出租，每年有十一二个人经过普吕梅街，能从一块通告牌上得知这房子准备出卖，那牌子一八一〇年就挂在花园的铁栅栏门上了，已经发黄，字迹也看不清了。

复辟王朝末年，那些行人可以发现那块牌子消失了，甚至二楼的百叶窗也打开了。的确，这房子已有人住了。窗户上拉着“小窗帘”，说明里面住着女人。

一八二九年十月，一个上了年纪的男子前来把房子全部租下了，当然包括后院的平房和通达巴比伦街的走廊。他找人把通道两端的暗门修好。刚才说了，房子里差不多仍摆着那位院长的全套家具，新房客只是把房子修了修，添置了几样缺少的家具，把院子里缺的石板铺上，地面缺的方砖添上，楼梯破的梯级修好，地板破的木板补好，窗户破的玻璃装上，最后，他同一个年轻姑娘和一个女用人悄悄搬来安家落户，就像有人偷偷溜进，而不是走进自己家里。邻里们没什么议论，因为压根儿没有邻居。

---

① 芒萨尔（1646—1708），法国建筑家。

② 华托（1684—1721），法国画家。

③ 洛可可式为十八世纪初流行于巴黎的一种精致的装饰艺术风格，比例关系偏于高耸和纤细，造型为C形涡旋线，以不对称代替对称，色彩明快柔美。

这位不引人注目的房客，便是让·瓦让，那姑娘便是珂赛特。女佣是位老姑娘，名叫杜珊，让·瓦让把她从医院和贫困中救了出来。她已年老，外省人氏，说话结巴，这三个特点使让·瓦让下决心把她留在身边。他用福施勒旺的名字，食年息者的名义，租下了这幢房子。在上面叙述的所有事中，读者想必不会比泰纳迪埃晚认出让·瓦让。

让·瓦让为什么要离开小皮克皮斯修道院？发生了什么事？什么事也没发生。

大家记得，让·瓦让在修道院里非常幸福，正因为太幸福了，最后竟于心不安起来。他天天看见珂赛特，感到对她产生了父爱，并且越来越强烈，他用整个心来保护这个孩子。他心里思量，她是属于他的，什么也不能把她从他身边夺走，他们将永远这样生活下去；她在里面耳濡目染，将来一定会当修女，因此，修道院成了他和她的世界，他将在里面渐渐衰老，而她将渐渐长大，然后，她将慢慢衰老，而他将慢慢死去。总之，他怀着美丽的希望：他们永远也不分离。他这样想着，最后陷入了困惑之中。他扰躬自问。他思忖，这一切幸福难道果真属于他，在这幸福里，难道不包括另一个人的幸福，这个孩子的幸福？他这个老头是不是侵夺强占了别人的幸福，这是不是一种偷窃行为？他思忖，这孩子在放弃人生之前，有权了解人生，如果不征求她的意见，借口让她免遭人生厄运，就事先剥夺她的一切快乐，利用她的无知和无援，人为地让她产生一种志向，那么，这便是在摧残人性，对上帝撒谎。谁知道呢？说不定哪天珂赛特会明白这些，悔当修女，转而对他产生仇恨。这是他最后的想法，也可以说是自私的，不如其他想法英勇，但令他寝食不安。他决定离开修道院。

他决定这样做；他悲痛地认为，他必须这样做。而且也没有相反的意见阻挠他下这个决心。五年了，他住在这四堵墙中间，销声匿迹，一些令人恐惧的因素必然被粉碎或驱散了。他可以放放心心地回到社会中去。他已老了，一切也都变了。现在谁会认出他来？退一步说，即使有危险，也只涉及到他自己，他无权以蹲过苦役牢为理由，将珂赛特禁锢在修道院里。再说，在责任面前，危险又算得了什么？况且，他可以处处谨慎，事事小心呀。至于珂赛特的教育问题，差不多快结束了，她的学业就要圆满完成。

他决心一定，便等待时机。机会说来就来。福施勒旺老头死了。

让·瓦让请求尊敬的院长嬷嬷接见，他对她说，他哥哥死后，他继承了一笔遗产，不干活也能生活下去了，他要离开修道院，带走他的女儿；但是，珂赛特没有发愿，不应该免费受教育，因此，他谦恭地恳求尊敬的院长嬷嬷，允许他给修道院捐款五千法郎，作为珂赛特在修道院生活五年的补偿。

就这样，让·瓦让离开了永敬会修道院。

离开修道院时，他亲自拿着那只小手提箱，不愿意交给搬运工。小提箱的钥匙，他从来都揣在身上的。

这手提箱发出一种香料味，珂赛特感到很好奇。

现在就得交待一句，这个箱子，从此不再离开他了。他总把它放在房间里。每次搬家时，他首先带走的就是这个箱子，有时是他唯一带走的东西。珂赛特每次都要取笑一番，给这箱子取名为“形影不离”，还说：“我好嫉妒。”

让·瓦让回到自由的空间，仍然忧虑重重。

他发现了普吕梅街的这座房子，便隐居在里面。从此，他就用于尔蒂姆·福施勒旺的名字。

他在巴黎还同时租了另外两套公寓房，免得老住在一处而引人注目，一有风吹草动，便可到别处待一待，不要像那天夜里侥幸逃脱雅韦尔那样，弄得措手不及。这两套公寓房非常简陋，看上去很寒酸，分别在两个离得很远的街区，一个在西街，另一个在武士街。

他常常带着珂赛特到那两处去住上一个月或一个半月，时而在武士街，时而在西街，女仆杜珊仍留在普吕梅街。他在那两处住的时候，让门房帮他料理家务，装成郊区一位吃年息的人，在城里有临时住所。这个品德高尚的人，为躲避警察，在巴黎有三个住处。

二　让·瓦让——国民自卫军战士

然而，严格地说，他住在普吕梅街。他是这样来安排他的生活的：

珂赛特和女仆住在小楼里。珂赛特拥有窗间墙壁涂漆的大卧室、饰有镀金护条的小客厅和法院院长张着挂毯、摆着大安乐椅的大客厅。她还有花园。让·瓦让在珂赛特的卧室里放了张有天盖的床，天盖由三色古锦缎做成，还铺了一块古老而华丽的波斯地毯，是在圣保罗无花果树街戈什大妈的店里买的。这些精美的老古董过于肃穆，为了缓和气氛，他又配了些少女用的欢快而优雅的小家具：书架、书橱和切口烫金的书籍、文具盒、吸墨纸、嵌螺钿的女红桌、镀金的银针线盒、日本瓷制梳洗用具。楼上挂着红底三色锦缎长窗帘，同床上天盖的颜色一样。楼下则挂着绒绣窗帘。整个冬天，珂赛特的小楼从上到下都生火。让·瓦让则住在后院深处那间类似看门人的小屋里，一张铺着垫褥的帆布床，一张白木桌，两张麦秸垫椅，一个陶瓷水罐，一块木板上摆着几本书，一个角落里放着那只宝贝手提箱，从不生火。他和珂赛特一起吃晚饭，桌上放着一块为他准备的黑面包。杜珊一进他家，他就对她说："小姐是家里的主人。"杜珊目瞪口呆地问："那您呢，先……生？""我嘛，我比主人还要高，我是父亲。"

珂赛特在修道院里学会了料理家务，家里的开支由她掌管，每月的开销很少。每天，让·瓦让挽着珂赛特的胳膊，带她去散步。他带她到卢森堡公园，在那条人迹罕至的小路上走走。星期天，他带她去做弥撒，总是在圣雅克-德-奥巴教堂，因为那里离家很远。教堂所在的街区很穷，他常常给些施舍，在教堂里常被穷人围住，因此，泰纳迪埃给他写信时，称他为"圣雅克-德-奥巴教堂乐善好施的先生"。他常带珂赛特去探望穷人和病人。可他从不让外人进入普吕梅街那座房子里。杜珊采购食物，让·瓦让亲自去林荫大道上离他家很近的水龙头打水。木柴和酒放在巴比伦街那道便门旁的半地下室里，地下室的墙壁镶嵌着贝壳和石块，当年是给那位法院院长当石窟用的：在游乐园和小屋[①]盛行的年代，没有石窟便没有爱情。

在巴比伦街的那道便门上，有个储钱罐式的匣子，用来放信和报纸。不过，住在普吕梅街这座小楼里的三个人，既收不到信件，也收不到报纸，这个信箱，从前曾充当轻浮爱情的传情人和一位风流法官的知心人，现在仅用来放放收税单和国民自卫军通知。因为靠年息生活的福施勒旺先生是国民自卫军战士。他没能逃脱一八三一年人口调查的密网：当时，市政府连小皮克皮斯教堂也调查了，那本是难以进入的神圣的云雾，让·瓦让是从那里出来的，在区政府看来自然是值得尊敬的，因此，也就有资格站岗放哨了。

每年，让·瓦让有两三次穿上军装去站岗。这是他很乐意做的事。这对他是一种正当的伪装，他既可以和大家混在一起，同时又能单独行动。让·瓦让刚满六十岁，这是合法免役的年龄；但他连五十多岁也看不出来；再说，他不想躲避那位上士，也不想找罗博伯爵[②]的麻烦；他没有户籍；他隐瞒名字，隐瞒身份，隐瞒年龄，隐瞒一切；不过，刚才我们说了，他是有诚意的国民自卫军战士。他最大的愿望是做一个纳税人。他的理想是，有天使的心灵，资产阶级的外表。

然而，有个细节要提一提。让·瓦让同珂赛特一起出门时，正如我们看到的，他的穿戴像个退役军官。当他一个人出门时，并且常常在晚上，他总是穿着工人的短上衣和长裤子，戴一顶鸭舌帽，把脸遮起来。是出于谨慎，还是谦卑？二者兼而有之。珂赛特对自己不可捉摸的命运已习以为常，因此，她对父亲的奇怪行为几乎毫无察觉。至于杜珊，她对让·瓦让崇拜有加，认为他做什么事都是对的。肉店老板见过让·瓦让，一天，他对她说："他是个怪人。"她则回答："他是个圣人。"

无论是让·瓦让、珂赛特，还是杜珊，都只从巴比伦街那道门进出。除非从花园的铁栅栏门里看见他们，否则很难猜到他们住在普吕梅街。

---

① 十七至十八世纪，巴黎郊区有豪华的游乐园和小屋，供达官贵人及其情妇们享用。

② 罗博伯爵为当时国民自卫军的司令。

这道铁栅栏门始终关着。让·瓦让故意让花园荒芜，免得引人注目。

他这样想，也许是错的。

三 枝繁叶茂[①]

这个花园已有半个世纪无人问津，变得异乎寻常，妙不可言。四十年前，从这条街上经过的行人会驻足凝望，却不会猜到，在这葱郁繁茂的树木后面深藏着秘密。一道古色古香的铁栅栏门常年挂着锁，弯弯扭扭，摇摇欲坠，嵌在两根长满青苔而发绿的柱子上，顶端是饰有令人费解的阿拉伯装饰图案的三角横楣；当年，一些好遐想的行人，不止一个曾多次贸然将目光和思想穿过那道铁栅栏，向里面张望。

一个角落里有一张石凳，园里有一两尊发霉的雕像，墙上饰有几个木格构架，年代久远，钉子脱落，且已腐烂。此外，既无道路，亦无草坪。到处是绊脚草。既然无人管理，也就恢复了自然风貌。杂草丛生，这对一角荒地来说，是奇妙的意外景象。桂竹香花比比皆是，构成一幅美不胜收的盛会。在这花园里，树木花草繁茂旺盛，什么也不能阻挡这种神圣的努力；这里，万物自由自在，欣欣向荣。树木向荆棘低头，荆棘朝树木伸展，藤蔓攀援，树枝下垂，地上蔓生的竟向在空中怒放的攀援伸展，迎风飘扬的竟向在青苔中爬行的垂头弯腰；树干、树枝、树叶、纤维、花簇、卷须、蔓枝、尖刺，互相混杂、穿插、交织、缠绕；在这三百尺见方的园子里，在造物主满意的目光下，树木花草在亲密而深情的拥抱中，举行并完成了庆祝兄弟情谊的神圣的秘密仪式，这种兄弟情谊象征着人类的友爱。这个花园已不再是花园，而是个硕大无朋的荆棘丛，就是说，变得似森林般难以进入，似城市般摩肩擦背，似鸟窝般微微颤动，似教堂般幽暗沉闷，似花束般芬芳馥郁，似坟墓般孤独寂寞，似人群般生气盎然。

---

① 原文为拉丁语。

春天，这个巨大的灌木丛，在那铁栅栏门后面，在四堵墙中间，自由自在，无拘无束，遵循世界万物的规律，默默地发芽繁殖，在旭日下微微颤抖，就像发情的动物，吸入宇宙爱的气息，感觉到四月的液流在血管里上升、沸腾，迎风摆动着奇妙的绿发，向湿润的大地、剥蚀的雕像、摇摇欲塌的台阶，乃至那条荒街的路面，撒布着繁星般的花朵、露珠、丰裕、美丽、生命、欢乐、芳香。中午，成千上万只白蝴蝶躲进园中，雪花般地在绿荫下飞舞，看见这生机勃勃的夏雪，有如看到了天上的奇景异象。在这欢快的绿荫下，无数天真的声音情意绵绵，倾诉衷肠，啁啾声遗漏的，嗡嗡声加以补充。傍晚，一股梦幻般的雾气从园子里升起，将它包围；一条白雾织成的殓布将它笼罩，那样忧伤、静谧和奇妙；到处飘溢着金银花和牵牛花醉人的芬芳，有如幽香四溢的毒药；可以听见在树枝下昏昏欲睡的旋木雀和鹡鸰发出的最后呼唤；可以感到鸟雀和树木之间的这种神圣的亲密无间；白天，鸟翼愉悦树叶，夜间，树叶保护鸟翼。

冬天，荆棘丛变成了黑色，身上湿漉漉的，枯枝竖立，临风瑟瑟，小楼隐约可见。枝头不再有花儿，花儿不再有露珠，只见黄叶铺成的寒冷的厚地毯上，到处是鼻涕虫留下的长长的银丝带。然而，不管怎样，不论是什么景象，不管是春夏秋冬哪个季节，这个小小的园子，总带着一种惆怅、沉思、孤寂、悠闲，看不到人的存在，却感到上帝的存在；那锈迹斑斑的铁栅栏门仿佛在说：这花园属于我。

尽管周围有巴黎的铺石马路，瓦雷纳街那些典雅华丽的邸宅近在咫尺，残老军人院的圆顶衡宇相望，众议院也离得很近，尽管勃艮第街和圣多米尼克街上的四轮华丽马车在附近招摇过市，黄的、褐的、白的、红的公共马车在附近的十字路口频频相遇，但普吕梅街却门可罗雀，冷冷清清；房子的主人早已去世，一场革命已成为过去，昔日豪门已经崩溃，这房子无人居住，被人遗忘，四十年无人问津，空空如也，这一切足以使得这个曾享有特权的地方，重又长满了凤尾草、毒鱼草、毒芹、蓍草、毛地黄、茅草，以及长着淡绿色宽叶和凹凸不平梗茎的高大植物，到处是蜥蜴、金龟子和各种好动且敏捷的昆虫；一种无比荒蛮的壮观景象从土壤深处生出来，展示在四堵墙中间；大自然惯于破坏人类平庸的安排，不管散布到哪里，在蚂蚁身上也好，在雄鹰身上也罢，都充分表现自己，现在，它终于在巴黎这个小小的可怜的花园里，粗犷而壮丽地充分发展自己，就像在新大陆一个原始森林里那样。

其实，自然界没有大小之分；大凡深入探索自然的人，都知道这一点。尽管哲学在确定原因和后果方面没有得出绝对满意的回答，但是，沉思者看到自然界各种力量分解后总要统一的现象，不禁心醉神迷，乐而忘返。万物都是互相依存的。

代数可运用于云层；阳光的辐射施惠于玫瑰；没有一个思想家敢说，山楂花的芬芳对星辰没有用处。谁能计算出分子运动的行程呢？我们怎能知道星球不是由坠落的沙粒形成的呢？谁又能知道无限大和无限小的相互盛衰起伏，因果在存在的深渊里回响，以及创世时的雪崩呢？一条小虫也很重要；小便是大，大便是小；一切在需要中保持平衡；这对人的思想是不可思议的景象。在人和物之间，存在着奇妙的关系；在这永不枯竭的世界上，从太阳到蚜虫，谁也不能藐视谁，大家都彼此需要。阳光不会无缘无故把地上的香气带上蓝天；黑夜把天体的精华散发给沉睡的花朵。所有飞鸟的爪子上都系有无限世界的丝缕。萌芽是复杂的过程，有流星的产生，燕子的破壳而出，一条蚯蚓的诞生，苏格拉底的降生。望远镜看不见的地方，显微镜便有了用武之地。这二者中间，哪个视野最广呢？随你选择。一个霉点成了一簇鲜花，一团星云成了一群蚂蚁般聚集的星星。精神和物质方面的事，同样错综复杂，并且更是闻所未闻。各种元素和原理彼此混合、组合、结合、繁殖，致使物质世界和精神世界达到同样的光辉。现象永远在反省自己。在宇宙广泛的交汇中，无数的生命来来往往，将一切都卷入看不见的神秘的气息中，同时利用一切，不放过一次睡眠，一场梦，在这里播下一个微小动物，在那里粉碎一个星球，摇摆着，蜿蜒着，将光变成一种力，将思想变成一种要素，散布到四面八方，却又浑为一体，溶解一切，唯独“我”这个几何学上的一个点例外；将一切带回到原子，即灵魂；让一切在上帝那里尽情发展；将上至最高级下至最低级的一切活动，混杂在晦涩难懂、令人目眩的机械运动中；把一只昆虫的飞行，归并于地球的运转，将彗星在天空中的移动，归附于——谁知道呢，哪怕是由于同样的规律——纤毛虫在一滴水中的旋转。这是由精神产生的机器。这是硕大无朋的齿轮，最初动力是小飞虫，最后一个轮子是黄道十二宫。

四　换了栅栏门

当初开辟这个花园，是为了掩蔽纵欲者的秘密，现在似乎改变了初衷，变得适于庇护贞洁者的秘密了。它已不再有摇篮、草坪、棚架和石窟；只见一片葱郁，蓬头散发，仿佛一幅帷幔从四处垂下。帕福斯[①]又重现伊甸园的本来面目。不知是什么悔恨净化了这个幽居。这个卖花女现在只向灵魂奉献鲜花。这婀娜多姿的花园，从前受到莫大的玷污，如今变得洁白无瑕。昔日，一位法院院长在一位园丁的帮助下，一个自以为是拉穆瓦尼翁[②]的继承者，另一个自以为是勒诺特尔[③]的嫡传弟子，将它扭曲、修剪、揉捏、打扮、加工，只为博取美人的欢心；大自然将它收了回来，让它到处郁郁葱葱，使它变成了爱情的庇护所。

在这荒园里，有一颗心已做好了准备。爱情只管降临；这里有它的一座圣殿，由绿树、青草、苔藓、鸟雀的叹息、柔和的林荫、摇曳的树枝组成，还有一个充满柔情、信念、坦诚、希望、憧憬和幻想的心灵。

珂赛特离开修道院时，差不多还是个孩子；她才十四岁多一点，正处于未成熟的青春期。前面说过，除了一双眼睛，她长得与其说漂亮，不如说难看；她倒不是五官不正，但她笨拙、瘦弱，既腼腆，又大胆，总之，是个大孩子的模样。

她的学业已然完成，就是说，人们教给了她宗教，尤其是教会了她

① 帕福斯为塞浦路斯岛的城市，以维纳斯女神庙著称。

② 拉穆瓦尼翁为巴黎法院首任院长。

③ 勒诺特尔（1613—1700），法国最杰出的园林建筑师。

虔信宗教。她还学了“历史”（即修道院里这样称呼的一门课程）、地理、语法、分词、法兰西国王，还学了点音乐，还学会了板着面孔，如此等等。此外，她什么也不懂，这既是可爱之处，也是危险之处。少女的心灵，不应该浑浑噩噩，否则，日后会像照相机的暗箱，出现太突然、太强烈的幻影。它应该慢慢地、渐渐地被照亮，应该接触现实事物的反光，而不是直接的刺目的光。这是一种有益的微光，温和而朴素，能驱散幼稚的害怕心理，防止误入歧途。唯有母亲的本能，才知道这微光是怎样和用什么做成的，那是一种令人钦佩的本能，包含着处女时代的回忆和做女人的经验。这种本能不可替代。要塑造少女的心灵，世上所有的修女加起来，都比不上一位母亲。

珂赛特没有母亲。她只有许多嬷嬷。至于让·瓦让，他心里充满温情和关怀，但他毕竟是个上了岁数的什么也不懂的男人。然而，在这教育事业中，在这为女人进入人生做准备的严肃事业中，需要多少学问，才能同被称作天真的愚昧无知做斗争！

最能使少女将来陷入狂热爱情的，莫过于修道院。修道院把人的思想引向未知的世界。心思自我封闭，不能抒发，便向内发展，不能开放，便向深发展。于是便产生了幻想、假设、猜测、虚构的故事、渴望的奇遇、怪诞的构想，便在内心深处建造琼楼玉宇，那是黑暗而秘密的住所，一旦跨过栅栏门，能够进到里面，狂热的爱情便会立即安营扎寨。修道院对人是一种压制，为了战胜人心，必须终身压制。

珂赛特离开修道院时，不可能找到比普吕梅街这座房子更可爱、更危险的住所了。继续过着孤寂的生活，但开始有了自由；有一个幽闭的花园，但同时有了粗犷、繁茂、妖艳和芬芳的自然景物；仍做着在修道院里时的那些梦，但能瞥见青年男子的身影；有一道铁栅栏门，但门外便是街道。

然而，我们要重复一遍，她来这里时，还是个孩子。让·瓦让把这个荒园子交给了她。他对她说：“你想干什么，就干什么。”珂赛特感到很开心。为了寻找“动物”，她把花园里的每一个草丛、每一块石头都翻了个遍。她现在在里面玩耍，以后能在里面做梦；她现在爱这个花园，是因为能在脚下的草丛里找到虫子，以后爱这个花园，是因为能在头顶上方的树枝中间看见星星。

此外，他爱她的父亲，也就是让·瓦让，爱得全心全意，以一种儿女特有的质朴情感，将老人当作一个渴望的和可爱的伴侣。大家一定记得，马德兰先生喜欢读书，让·瓦让把这爱好坚持下来了；他终于能侃侃而谈；他蕴藏着丰富的学识，具有聪明、谦逊和真诚的人自我培养出来的口才。他的性格还保留着几分粗鲁，刚好用来调剂他的善良；这是一个举止粗鲁，却心地善良的人。在卢森堡公园，父女俩促膝交谈时，他从读过的书本和亲身经历的苦难中汲取谈话内容，对一切给予详尽的解释。珂赛特一边听着，目光却游移不定。

这个纯朴的人足以满足珂赛特的思想，正如荒野的花园足以满足她的眼睛。当她追够了蝴蝶，气喘吁吁地来到他身边，对他说："啊！我跑累了！"他就在她的额头上吻一下。

珂赛特崇拜这位老人。她总是跟在他身后。哪里有让·瓦让，哪里就有安逸。让·瓦让不住小楼，也不到花园里来，于是，她更喜欢待在铺石板的后院里，而不是开满花的园子里，更喜欢待在只有两张草垫椅的小屋里，而不是挂着壁毯、靠墙摆着软垫椅的客厅里。有时，让·瓦让被她缠得脱不开身，心里乐滋滋的，便笑眯眯地对她说："回你自己的屋里去吧！让我一个人待会儿！"

她常常娇憨温柔地嗔怪他，这种女儿对父亲的嗔怪充满了魅力：

"父亲，我在您这里冷死了。为什么不在这里铺张地毯，放个火炉呀？"

"亲爱的孩子，世上有多少人比我有价值，可他们却上无片瓦。"

"那为什么我那里生火，什么都有呢？"

"因为你是个女的，是孩子。"

"算了罢！难道男人就该挨冻受苦吗？"

"有些男人。"

"那好，我以后常来这里，您就得生火了。"

她还对他说：

"父亲，为什么您吃这种黑面包？"

“不为什么，我的女儿。”

“那好，您吃，我也吃。”

为了不让珂赛特吃黑面包，让·瓦让于是便也吃白面包了。

珂赛特对自己的童年，只依稀记得一点。她早晚都要为她不认识的母亲祈祷。泰纳迪埃夫妇在她的记忆中，是梦里出现的两张可怕的面孔。她记得“一天夜里”，她曾到一个树林里去取水。她想那里离巴黎很远。她觉得，她起初生活在一个深渊里，是让·瓦让把她救了出来。在她的印象中，她的童年是一段身边爬满蜈蚣、蜘蛛和毒蛇的岁月。每晚入睡前，她都要想一想，自己怎么会是让·瓦让的女儿，他又怎么会是自己的父亲，因为想不明白，便想象她母亲的灵魂已附在这位好人身上，时刻伴随在她身边。

他坐着时，珂赛特常把脸颊贴在他的白发上，一颗眼泪悄然流下，她说：“这个男人，可能就是我的母亲！”

珂赛特是在修道院里长大的姑娘，对世事一无所知，再说，少女时期对母性是绝对难以理解的，因此——说出来大家会感到奇怪——最后她竟至于认为，她有母亲的可能性很小。那位母亲，她甚至不知其名。她有时也问让·瓦让，但每次他都不做回答。如果她再问，他便一笑了之。有一次，她一定要他回答，他的微笑最后变成了一颗泪水。

让·瓦让始终守口如瓶，芳蒂娜的名字便湮没在黑暗中了。他这样做，是出于谨慎，还是出于尊敬？抑或担心说出这个名字，可能会唤醒别人的记忆？

珂赛特小时候，让·瓦让经常同她谈她的母亲；现在她长大了，让·瓦让反倒认为不能这样做了。他觉得自己不敢了。是因为珂赛特？还是因为芳蒂娜？他非常害怕让这个阴魂进入珂赛特的脑袋里，不想让死去的人作为第三者出现在他们的命运中。这个阴魂在他心中越是神圣，他就越感到可怕。他每每想起芳蒂娜，就会感到只得沉默。他仿佛看到，黑暗中有个手指头按在一张嘴上。这种廉耻心，芳蒂娜原本是有的，在她活着时，却被强制性地赶走了，现在她死了，这廉耻心是不是又回到了她的身上，气愤地不让人干扰死者的安宁，凶恶地守护着她的坟墓？

让·瓦让难道不知不觉地受到了压力？我们相信有鬼魂，我们对这种神秘的解释不会不信。因此，即使对珂赛特，他也不可能提起芳蒂娜的名字。

一天，珂赛特对他说：

“父亲，今天我梦见我母亲了。她长着两个大翅膀。我母亲活着时，想必是个圣女。”

“通过磨难。”让·瓦让回答。

此外，让·瓦让是幸福的。

珂赛特和他一起出门时，总靠在他的臂膀上，心里充满了自豪和幸福。让·瓦让看到这种种温情由他一人独享，并且从他一人那里得到满足，感到其乐融融，心醉神迷。这个可怜的人心花怒放，高兴得浑身颤抖。他激动地想道，但愿他能这样度过一生；他想他受的苦还不够多，没有资格享受这完美无缺的幸福；他由衷地感谢上帝，让他这样一个可怜人，受到这天真的孩子如此真诚的爱戴。

五　玫瑰发现自己成了武器

一天，珂赛特偶然照镜子，惊叹地“哟”了一声。她有点觉得自己漂亮了。这使她感到莫名的惶惑。她从没想过自己的长相。每次照镜子，她都是视而不见。再者，她常听人说她长得丑，只有让·瓦让一人温柔地对她说：“不！一点也不丑！”不管怎样，珂赛特一直认为自己长得难看，这个想法伴着她长大，因为是孩子，倒也认了。现在，她的镜子突然和让·瓦让一样对她说：“不！一点也不丑！”那天，她彻夜未眠。“假如我真的漂亮呢？”她想道，“真滑稽，我也会漂亮！”她想起了她的几个同学，她们长得很美，因而在修道院里引人注目。于是她想：“怎么！我会像某某小姐那样！”

第二天，她又照镜子，这次是有意的。她照着照着，又怀疑起来：“我看走眼了吧！”她说，“不，我不好看。”那是因为她没睡好觉，眼圈发黑，脸色苍白。昨天，她以为自己变漂亮了，并没觉得多么高兴，今天，她不再觉得自己漂亮，却黯然神伤。她从此不再照镜子了，一连半个月，她都是尽量背对着镜子梳头。

吃过晚饭，珂赛特一般都在客厅里做绒绣，或做一些修道院里学会的女红，让·瓦让便在她身边看书。一次，她干着活，突然抬起头，看见让·瓦让神态忧愁地看着她，感到惊讶不已。

还有一次，她走在大街上，似乎听见背后有人说："好漂亮的女人，可惜穿得不好。"她心想："算了！不是说的我。我穿得很好，也不漂亮。"那天，她戴一顶海虎绒帽，穿着美利奴毛呢裙袍。

终于有一天，她在花园里，听见可怜的杜珊大妈说："先生，您注意到了吗？小姐变得漂亮了。"珂赛特没听见她父亲回答什么，但杜珊的话使她大为震惊。她从花园里溜走，回到自己的卧室里，跑到镜子跟前，她有三个月没照镜子了，对镜一看，便惊叫了一声。这次，连她自己也目眩神迷了。

她是那么漂亮，那么俏丽。她情不自禁地赞同杜珊和镜子的看法。她的身材显露出来了，皮肤变白净了，头发有光泽了，碧蓝的眼睛燃起了从未有过的光辉。骤然间，她心明眼亮，对自己的美丽深信无疑了。况且，别人也注意到了，杜珊这样说过，那位行人说的显然也是她。她下楼回到花园里，以为自己成了王后，听见鸟儿在歌唱（可那是冬天），看见天空金光灿灿，树丛中阳光绚丽，灌木丛中鲜花怒放，她心醉神迷，狂喜不已。

让·瓦让心里却有一种说不出的难过。因为一段时间来，他看到珂赛特温顺的小脸蛋变得越来越容光焕发，越来越美丽动人，他怀着恐惧的心情，凝视这张美丽的脸蛋。对于其他人来说，这是明媚的晓色，对于他，却是无比凄恻。

珂赛特在发觉之前，早已变得漂亮了。可是，这缓缓升起、渐渐照亮这位少女全身的突然降临的光辉，从它出现的那天起，就刺伤了让·瓦让忧郁的眼睛。他的生活是那样幸福，他连动也不敢动一下，唯恐带来干扰，可现在，他感到在他的幸福生活中出现了变化。这个人经历了种种苦难，命运的创伤仍在流血，他曾经可以说是坏人，后来可以说变成了圣人，曾经拖过苦役犯的铁镣，现在仍拖着一根无形的但沉重不堪的铁镣，那是模糊不清的耻辱的铁镣；这个人仍被法律紧追不放，随时都可能被抓住，从暗中积德带到光天化日之下当众受辱；这个人接受一切，原谅一切，饶恕一切，祝福一切，想要一切，只求苍天、世人、法律、社会、大自然、世界给他一样东西：让珂赛特永远爱他！

愿珂赛特继续爱他！愿上帝不要阻止这孩子的心靠近他，永远向着他！只要珂赛特爱他，他的伤口就会愈合，他就会精神振作，心境平和，心满意足，就觉得得到了报偿，受到了奖赏。只要珂赛特爱他，他就感到很好。他没有更多的要求。假如有人问他：你想要更好的吗？他会回答："不要。"假如上帝问他："你要天吗？"他会回答："我会得不偿失。"

凡是会危及这种现状的事，哪怕只触及表面，都会使他胆战心惊，仿佛另一种东西来临了。他从来没有弄清楚什么是女性美，但他本能地知道那是非常可怕的东西。

这种女性美，在他身边，在他眼前，在这孩子天真而令人生畏的脸上尽情开放，越来越光辉灿烂，而他又老又丑，悲悲戚戚，意气消沉，常常自责，面对这样的美，他感到惶恐不安。

他想道："她多美呀！我可怎么办？"

这正是他的爱和母爱之间的差别所在。他见了忧心忡忡的东西，一位母亲见了会欣喜若狂。

很快就出现了一些征兆。那天，珂赛特对自己说："不错，我是很美！"第二天，她便注意打扮了。她想起了街上那位过路人的话："好漂亮的女人，可惜穿得不好。"这好比神谕的微风从她身边吹过，转瞬即逝，却在她心里播下了爱俏的种子；女人的一生会装满两颗种子，爱俏是其中一个，另一个是爱情。

她对自己的美貌一旦深信无疑，女性的灵魂便在她心里充分展现。她对那件美利奴毛呢裙袍心生厌恶，为那顶海虎绒帽子感到丢脸。她父亲对她从来有求必应。她很快就掌握了衣着打扮的一套学问，帽子、裙子、短大衣、半筒靴、花边袖口，都变得样样精通，知道哪种衣料、哪种颜色对她合适。这套学问使得巴黎女郎变得那样迷人、深奥和危险。“勾魂摄魄的女人”，这个词是为巴黎女郎创造的。

不到一个月，小珂赛特在巴比伦街这个偏僻的地方，不仅成了最漂亮的女人——这已经够了不起的了——，而且是巴黎“穿着最时髦”的女人，这就更了不起了。她很想再遇见“她那位行人”，看他会说什么，并要“好好教训教训他”。事实上，她无论哪方面都曼妙迷人，她能准确地分辨出哪顶帽子是热拉尔店的，哪顶是埃尔博店的。

让·瓦让忧心忡忡地注视着这灾难性的变化。他感到自己只能在地上爬行，顶多也只能站着走路，可珂赛特却要插翅飞翔了。

此外，只要细看一下珂赛特的衣着打扮，任何一个女人都会发现她没有母亲。一些细微的规矩，一些特殊的习俗，珂赛特都没注意到。比方说，母亲会对她说，女孩子不能穿锦缎。

那天，珂赛特第一次穿着黑缎袍子，披着披肩，戴着白绉纱帽子出门，她挽起让·瓦让的胳膊，兴高采烈，精神焕发，喜不自胜，光彩夺目，感到非常自豪。

“父亲，”她说，“我这样您觉得怎么样？”

让·瓦让回答：“很迷人！”语气听上去带着嫉妒和苦涩。

他像平时一样，散着步。回到家里，他问珂赛特：

“你以后再也不穿那条裙子，不戴那顶帽子了？”

这事发生在珂赛特的房间里。珂赛特转向衣柜，架子上挂着她那套寄宿生服装。

“这套破衣服！”她说，“父亲，您叫我怎么穿它？呵！不，这么难看的衣服我再也不穿了。这玩意儿戴在头上，活像个疯狗太太。”

让·瓦让长叹一声。

从此以后，他发现珂赛特经常想到外面去，可从前总是要求待在家里，并且说：“父亲，和您一起待在家里玩得更开心。”的确，有一张漂亮脸蛋，穿一身漂亮衣服，不到人前去显一显，那有什么用呢？

他还注意到，珂赛特对后院也不像过去感兴趣了。现在，她更乐意待在花园里，乐滋滋地在栅栏门前走来走去。让·瓦让生性孤僻，不涉足花园。他就像一只狗，守着他的后院。

珂赛特知道自己美貌动人后，便失去了往日不知道时的那种妩媚。那是一种妙不可言的妩媚，因为由天真烘托的美貌，是不可言喻的，世上最可爱的东西，莫过于天真烂漫、信心十足、手执天堂的钥匙却全然不知的少女。不过，她虽失去了天真的妩媚，却获得了沉思端庄的魅力。她整个人洋溢着青春的快乐，充满着天真和美貌，因而散发着一种璀璨的忧伤。

就在那个阶段，相隔六个月后，马里尤斯在卢森堡公园又见到了她。

六 战斗开始

和马里尤斯一样，珂赛特过着幽居的生活，随时准备燃起爱的烈焰。命运之神以神秘而无法抵御的毅力，从容不迫地将蓄满爱情之电、情意缱绻、随时都可爆发一场狂风暴雨的两个人互相靠近，这两颗蓄满爱情的灵魂，恰似两朵满载雷电的乌云，只待目光接触，便会互相交融，就像乌云在电光中相撞那样。

在言情小说中，对一见钟情的描写比比皆是，大家都不以为然了。现在，我们简直不敢说两个人相爱是因为目光相遇。然而，人们的确是这样相爱的，而且也只能是这样。其余的不过是其余的，是在目光相遇后发生的。什么也比不上两个心灵在交换目光中产生的强烈震撼更真实。

在珂赛特无意中看了马里尤斯一眼，而使他心慌意乱的那一刻，马里尤斯没有料到，他的目光竟也使珂赛特神魂颠倒。他也给她带来了苦恼和快乐。

好久以来，她在观察他，研究他，和所有的女孩子一样，一面观察，眼睛却看着别的地方。还在马里尤斯觉得珂赛特长得丑时，珂赛特就觉得马里尤斯相貌英俊了。可这个年轻人根本不注意她，她也就不把他当回事。

可她常常情不自禁地想，他的头发、眼睛和牙齿很漂亮，当她听见他和他的同学说话时，她觉得他的声音很有魅力；他走路的姿态可以说不大文雅，但有独特的风度；他看上去一点也不傻，整个人显得高贵、温和、朴素和高傲；还有，他看上去很穷，却举止不俗。

那天，他们目光相遇，初次传递了那若明若暗、不可言传、唯有目光才能传递的东西，起初，珂赛特不明白是怎么回事。她心事重重地回到西街那幢房子里。按照习惯，让·瓦让来这里住了一个半月。第二天一醒来，她就想起了那个陌生的年轻人，他一直对她无动于衷，冷若冰霜，现在似乎开始注意她了，但她丝毫也不觉得高兴。可以说，她对这个漂亮而傲慢的青年有点气愤。她心里涌动着一场战斗。她认为终于可以报复了，就像孩子似的感到很高兴。

当她知道自己长得漂亮时，就感到自己有了武器，尽管这种感觉若明若暗。女人玩弄美色，正如孩子玩弄刀枪，结果是自讨苦吃。

我们还记得马里尤斯的犹豫，他的激动和恐惧。他待在那张长凳上，不敢走过去。珂赛特为此很气恼。一天，她对让·瓦让说："父亲，我们到那边去走走。"既然马里尤斯不到她这边来，她就到他那边去。这种时候，任何女人都像穆罕默德[①]。再者，奇怪的是，一场真正的爱情，在男青年身上的最初表现是胆怯，但在女青年身上则是胆大。这的确不可思议，但却是最简单的事。男女双方试图互相接近时，会汲取对方的优点。

那天，珂赛特的目光使马里尤斯失魂落魄，而马里尤斯的目光则使珂赛特浑身颤抖。马里尤斯走时满怀信心，珂赛特走时却忐忑不安。从那天起，他们相爱了。

珂赛特最初的感觉，是一种说不清楚的深深的忧郁。她感到，一天工夫她就变得忧心忡忡。她认不出自己的心灵了。年轻姑娘的心灵是洁白的，由冷漠和快乐构成，就像白雪。爱情是太阳，遇到爱情，心灵便融化。

珂赛特不知道爱情是什么。她从没听人按尘世的意义说起过这个词。

---

① 穆罕默德（570—632），伊斯兰教和阿拉伯帝国的创立者。据传，他说过："山不过来，我就到山那边去。"

在修道院使用的那些世俗音乐书里，“爱情”是用“鼓声”或“强盗”代替的。这样，就有一些谜一般的句子，诸如：“啊！鼓声多么美妙！”或者：“怜悯不是强盗！”这些哑谜锻炼了大女孩的想象力。可是，珂赛特离开修道院时，年纪尚小，并不太为“鼓声”发愁。因此，她不知道该用哪个词来命名她现在的感受。难道不知道所生病的名称就不生病吗？

她不知道爱是什么，也就爱得更加热烈。她不知道这是好事还是坏事，是有益的还是有害的，必须的还是痛苦的，永恒的还是短暂的，允许的还是禁止的。她恋爱了。如果有人对她说：“您不睡觉？这可不行！您不吃饭？这可不好！您透不过气，心跳加剧？这可不应该！您一看见有穿黑衣服的人在林荫小道上出现，您的脸就会红一阵，白一阵？这可是丑恶的！”她听了会大吃一惊。她根本听不懂，她会回答：“怎么是我的错？我根本无能为力，一无所知。”

她所遇到的爱情，恰好是最适合她的心境的那一种。那是一种远远的爱慕，默默的凝视，是将一个不认识的人神化了。那是青春对青春的显灵，黑夜的美梦变成了传奇故事，但仍然是个梦，终于向往幽灵出现，而那幽灵变得真实了，成了血肉之躯，但还没有名字，也没有过错，没有污点，没有要求，没有缺点，总之，还是个遥远的理想中的情人，一个有形的幻想。珂赛特仍半沉浸在弥漫于修道院的雾气中，在她情窦初开时，任何更实际更亲密的接触，都会使她如惊弓之鸟。她既有少女们的种种恐惧，又有修女们的种种担忧。她在修道院里待了五年，深入她肌体的修道院思想，仍慢慢地从她身上散发出来，使她周围的一切都震颤。在这种情况下，她需要的不是一个情夫，甚至不是一个爱人，而是一个幻影。她开始崇拜马里尤斯，就像崇拜一种可爱的、灿烂的、可望而不可及的东西。

因为极端的天真和极想取悦异性是有联系的，她坦然地向他微笑。

她每天焦急地等待散步的时刻，她看见马里尤斯，感到说不出的高兴。她对让·瓦让说：“这卢森堡公园，是多么美妙的公园啊！”她以为这句话真诚地表达了她的全部思想。

马里尤斯和珂赛特都还处在迷惘阶段。他们彼此不交谈，不致敬，不相识；他们彼此相望，就像天上的星星，相隔千万里，却遥遥相望。

就这样，珂赛特渐渐成长，变成了一个美貌多情的女人，意识到自己的美丽，但对爱情仍懵然无知。由于她天真幼稚，就更想取悦异性。

七 你愁我更愁

人在任何情况下都会有预感。古老而永恒的母亲——大自然悄悄提醒让·瓦让，马里尤斯出现了。让·瓦让感到心惊肉跳。他什么也看不见，什么也不知道，但他锲而不舍地注视着眼前的黑暗，他似乎感到，一方面什么东西正在形成，另一方面什么东西又正在崩溃。马里尤斯也得到了这位大自然母亲的暗示（这是上帝深奥的法则），尽量躲避那“父亲”。但是，让·瓦让有时仍发现他了。马里尤斯的举止很不自然。他谨慎得令人生疑，又鲁莽得冒着傻气。他不像从前那样走到跟前来；他坐得远远的，却又精神恍惚；他拿着一本书，装出读的样子；他在装给谁看？从前，他穿着旧衣服，现在，他天天穿新衣服；他烫没烫发不敢肯定，他的眼神特别古怪，他还戴着手套。总之，让·瓦让打心眼里讨厌这个年轻人。

珂赛特不露声色。她不大清楚自己发生了什么事，但她真切地感到这是件大事，应该把它隐藏起来。

珂赛特喜欢打扮了，而那陌生后生也有了穿新衣服的习惯，让·瓦让认为，这二者之间有一种令人讨厌的对应关系。这也许是巧合，可能是这样，一定是这样，但充满着威胁。他从没向珂赛特提起这个陌生人。可是有一天，他实在憋不住了，感到有点绝望，突然想试探一下他的不幸有多深，便对珂赛特说：

“你看那年轻人，就像个书呆子！”

假如是一年前，她还是个情窦未开的小女孩，她就会回答：“不，他很可爱。”再过十年，她还深深爱着马里尤斯，她会回答：“是个书呆子，真叫人受不了！您说得对！”可当时她已渐省人事，情窦初开，所以她只极其平静地回答：

“那个年轻人！”

好像她生平第一次瞧他。

“我真蠢！”让·瓦让心里想道，“她都还没注意到他。反而是我指给她看了。”

呵！真是老人简单！少年老成！

少女绝不会上当，少男却有当必上，这是青少年初恋时心里苦恼，同初遇的障碍进行激烈斗争的又一条规律。让·瓦让暗中向马里尤斯开战了，可马里尤斯已陷入热恋中，又少不更事，所以愚蠢之至，压根儿没有猜到。让·瓦让给他设了一个个圈套；他改变散步时间，改换坐的石凳，故意丢下手帕，只身一人来卢森堡公园；马里尤斯低着头，钻进一个个圈套；对让·瓦让在他路上画的所有问号，他都天真地回答“是”。可珂赛特始终显得无忧无虑，泰然自若，让·瓦让最后得出结论：那傻小子爱珂赛特已爱得发狂，可珂赛特甚至不知道他的存在。

可他心里仍痛苦得发颤。珂赛特随时都会爱上那个人。什么事不都是从漠不关心开始的吗？

珂赛特只出了一次差错，这使让·瓦让惊慌失措。他们在凳上坐了三个小时后，他站起来准备回家，她说：“都要走啦！”

让·瓦让仍坚持去卢森堡公园散步，一是不想做出异常的举动，二是尤其担心会引起珂赛特的警惕。珂赛特向马里尤斯送去微笑，而心醉神迷的马里尤斯只看见她的微笑；在这世上，除了这张容光焕发、美丽动人的脸外，他什么也看不见了。就在两个恋人备感温馨的时刻，让·瓦让却瞪着发光的眼睛，恶狠狠地盯着马里尤斯。他自以为不会再对人产生敌意了，可现在，只要马里尤斯在场，他有时认为自己又变得野蛮和凶恶了。从前，他的内心深处蓄满了仇恨，现在，他感到内心又翻腾起来，怒火冲向那年轻人。他似乎觉得，他心里正在形成新的火山口。

什么！这家伙在那里！他来干什么？他来转一转，闻一闻，观察一下，试探一下！他来说：“哼！为什么不能？”他来他让·瓦让的命根子身边转悠！他来他的幸福身边转悠！要把他的幸福夺走，带走！

让·瓦让还说："对，就是。他来寻找什么？艳遇！他想干什么？偷香！窃月！而我呢？怎么！我曾是最悲惨的人，也是最不幸的人，我跪着活了六十年，尝遍了人间痛苦，我没经过青年便成了老头，我没有家庭，没有父母，没有朋友，没有女人，没有孩子，每一块石头、每一丛灌木、每一块路碑、每一堵墙下，都留下了我的血迹，尽管人心残酷，我仍报之以温和，尽管人心凶险，我仍报之以善良，不管怎样，我已改邪归正，我忏悔我做过的坏事，原谅别人对我的伤害，眼看我就要得到好报，终于熬到了头，就要达到目的，就要实现我的心愿，好，好，我付出了代价，得到了收获，可这一切全将付之东流，化为乌有，我将要失去珂赛特，失去我的生命，我的快乐，我的灵魂，就因为一个大傻瓜喜欢到卢森堡公园来闲逛！"

想到这里，他的双眸充满了阴郁而异样的凶光。那不再是一个人看着一个人；也不是一个仇人看着一个仇人。而是一条看家狗看着一个盗贼。

以后的事，大家都知道了。马里尤斯继续行为莽撞。一天，他跟踪珂赛特一直到西街。还有一天，他同看门人说了话。那看门人也说话了，他问让·瓦让：

"先生，有个好奇的后生打听您，他是谁呀？"

第二天，让·瓦让瞪了马里尤斯一眼，马里尤斯发觉了。一星期后，让·瓦让搬家了。他发誓再也不去卢森堡公园，也不去西街。他回普吕梅街去住了。

珂赛特没有抱怨，她什么也没说，也没提问题，她并没想问个明白。在她所处的人生阶段，就怕暴露自己，被人识破心事。这种苦恼，让·瓦让一无经验，那是唯一摄人心魄的苦恼，也是他唯一没有经历过的苦恼。因此，他全然不懂珂赛特为什么沉默不语。他只是发觉珂赛特又变得闷闷不乐了，于是他也就变得郁郁寡欢。这是没经验碰到了没经验。

他试探了一次。他问珂赛特：

"想去卢森堡公园吗？"

珂赛特苍白的脸上顿然露出了喜色。

“想去。”她说。

于是他们去了。时隔三月，马里尤斯不再去那里了。马里尤斯不在那里。第二天，让·瓦让又问珂赛特：

“想去卢森堡公园吗？”

她忧愁而温柔地回答：

“不想。”

让·瓦让见她郁郁不乐，心里很不高兴，但又见她那样温顺，心里一阵难过。

珂赛特究竟在想什么？年纪轻轻，就如此难以捉摸。她脑袋里正在酝酿什么？她的心灵出什么问题了？有时，让·瓦让不上床睡觉，而是双手捧着脑袋，坐在破床边，彻夜思考珂赛特在想什么，设想她可能想的事。

呵！在这种时刻，他多少次将痛苦的目光转向修道院，那是贞洁的山峰，天使的圣地，高不可攀的美德的冰川！他用绝望和陶醉的目光，凝视修道院的园子，那里百花菲菲，无人问津，多少处女弃尘绝世，所有的馨香和灵魂都升往天堂！他多么热爱这个伊甸园啊！他一时失去理智，自愿离开了那里，从此那大门永远向他禁闭。他后悔当初不该那样自我牺牲，失去理智，将珂赛特带回到尘世！他这个牺牲自己的可怜英雄，献出了一片忠诚，却落得个作茧自缚，自讨苦吃！他暗自思量：“我做了什么呀？”

而且，所有这一切，都不能让珂赛特察觉。不能露出恶劣的心境，也不能显得粗暴生硬。脸上得始终保持慈祥的神态。让·瓦让的态度比以往任何时候更温和，更慈祥。如果说有什么东西可以让人猜出他不如从前快乐，那就是他比从前更温和。

珂赛特则越来越无精打采。从前，她能见到马里尤斯，心里非常高兴，现在，她见不到马里尤斯，心里万分痛苦，尤其是，她自己都不知道原因何在。让·瓦让一反常态，不再带她去卢森堡公园散步后，女人的本能在心底里隐隐暗示她，不要露出想去卢森堡公园的样子，如果她装得无所谓，父亲可能会带她去。可是，时间一天天、一周周、一月月地过去了。珂赛特始终默不作声，让·瓦让把这当成默许而默默地接受了。她很后悔。但为时晚矣。她重返卢森堡公园时，马里尤斯已不在了。马里尤斯消失了。这下完了，怎么办？她还能见到他吗？她感到心痛欲裂，难以排解，而且痛苦日益加深。她不再知道是冬天，还是夏天，是晴天，还是雨天，不知道鸟儿在不在歌唱，是开大丽花的季节，还是雏菊的季节，卢森堡公园是不是比杜伊勒利宫更美丽，洗衣工送来的衣服浆上得太多还是不够，杜珊去集市买东西贵了还是便宜了。她成天意气消沉，若有所思，心里只想着一件事；她目光茫然呆滞，仿佛是在夜里凝视漆黑幽深的广场，有个幽灵刚从那里消失。

此外，除了面容憔悴外，她也没叫让·瓦让看出什么。她对让·瓦让依然温顺体贴。可这憔悴的面容就足以使让·瓦让揪心了。有时，他问她：

“你怎么啦？”

她回答：

“没什么。”

沉默片刻后，因为她猜到他也在闷闷不乐，于是又说：

“您呢，父亲，您是不是有什么心事？”

“我？没有。”他说。

这两个人彼此爱得那样执着，那样深沉，长久以来相依为命，现在待在一起，彼此都为对方而痛苦，却又不说出来，也不互相抱怨，还要装出笑脸。

八　一队押往苦役牢的犯人

两人中，最不幸的是让·瓦让。年轻人即使愁肠百结，也总有光明的一面。

有时候，让·瓦让由于痛苦不堪，变得幼稚起来。痛苦的一大特点，便是会使人恢复儿时的幼稚。他觉得珂赛特正在从他身边溜走。他想搏一搏，想把她留住，想用外在的夺目的东西唤起她的热情。刚才说了，这是些极其幼稚的想法，也是昏聩糊涂的想法，而且正因为其幼稚，使他正确认识到金银线镶边对姑娘们想象力所起的作用。一天，他看见一个将军戎装骑马从街上经过，那是库塔尔伯爵，巴黎卫戍司令。他见他金光闪闪，极是羡慕。他想，若能穿上这套无可挑剔的军服，那该多么幸福！珂赛特看见他穿上军装，定会赞叹不已，当他让珂赛特挽着胳膊，从杜伊勒利宫门口经过时，卫兵会向他们举枪致敬，珂赛特会感到很满足，就不会再想看年轻人了。

他正愁眉锁眼，悒悒不已，却又受到了一次意外的打击。

他们住到普吕梅街后，在孤独的生活中，养成了一个习惯。有时，他们去看日出，以此作为消遣。这种恬淡的快乐，对步入人生和即将离开人生的人是很适宜的。

大清早就出去散步，对于酷爱孤独的人来说，就等于夜间去散步，还可享受大自然的悦目景色。街上行人稀少，鸟儿放声歌唱。珂赛特自己也是一只鸟，常常醒得很早。这清晨的散步头天就安排好了。他提议，她接受。就像在策划一场阴谋。他们天不亮便动身，这对珂赛特来说，每一次都是小小的赏心乐事。这种天真而古怪的做法，是很讨年轻人喜欢的。

大家知道，让·瓦让喜欢去人迹罕至之地，喜欢去荒僻的角落，被人遗忘的地方。那时候，在巴黎各城门附近，有一些贫瘠的田地，几乎和城市连成一片。夏天，那里长着稀稀疏疏的麦子，秋天，收割完庄稼后，那些田不像是收割过的，倒像是不毛之地。让·瓦让特别喜欢去那里。珂赛特也丝毫不觉厌烦。这对他是清静，而对她是自由。在那里，她又变成了小女孩，她可以奔跑，甚至可以玩耍，她摘下帽子，放在让·瓦让的膝盖上，然后去采野花。她望着花上的蝴蝶，但不去抓它们。人一旦恋爱了，也就会有恻隐之心，女孩子心中有了一个脆弱的、不牢固的意中人，会对蝴蝶的翅膀产生怜悯。她把丽春花编成花环，戴在头上，太阳照得花环红似火焰，好似火炭做成的冠冕，顶在这红润娇嫩的脸蛋上。

即使他们的生活蒙上了愁云，他们仍保持着清晨散步的习惯。

一八三一年的秋天特别晴朗，他们禁不住诱惑，于是，十月的一天早晨，他们早早就出门了，天蒙蒙亮，就走到了梅恩城门附近。曙光尚未显露，还是黎明时分，正是令人害怕又令人陶醉的时刻。深邃惨白的天边，散布着几颗星星，大地黑黢黢，天空白茫茫，草丛微微颤动，到处笼罩着拂晓的神秘。一只百灵鸟，仿佛混在星群中，在高空歌唱，这小生命对无限宇宙的赞歌，抚慰着茫茫穹苍。东边，瓦尔-德-格拉斯修道院在钢青色的天际，显出黑魆魆的身影；耀眼的金星从修道院的圆屋顶后面升起，好似一个灵魂从黑乎乎的建筑物里逃出来。

四周寂静无声。大路上没有行人，两侧小路上偶有几个工人，乘着晓色去上班，他们的身影依稀可辨。

让·瓦让已在小路上一个工地门口的屋架堆上坐了下来。他的脸冲着大路，背朝着太阳；他已忘记太阳就要升起；他陷入沉思，那样全神贯注，就像筑起了四堵墙，连视线也被挡住了。有些沉思默想可以说是垂直的；沉到底下，需要一段时间才能浮上来。让·瓦让已陷入这样的深思之中。他想起了珂赛特，想到如果他们之间不插进什么，他们会很幸福，想到她给他的生活带来了光明，那是他的灵魂赖以呼吸的光明。他在沉思默想时，几乎是幸福的。珂赛特站在他身后，望着天上的云彩渐渐变成玫瑰色。

蓦然，珂赛特大叫道："父亲，那边好像有人来了。"让·瓦让举目张望。

珂赛特说得对。

众所周知，通往旧梅恩城门的大路一直延伸到赛夫勒街，同内林荫大道垂直相交。从大路和林荫大道的拐角处，也就是从岔路口，传来一种声音，在这种时刻，出现这种声音，是很难解释的；同时，隐约可见一团模模糊糊的东西。一个不成形状的东西从林荫大道出来，拐进大路。

那东西渐渐变大，有秩序地向前移动，不过，好像矗立着什么，走起来一颠一颠的，看上去很像一辆车，但看不清装的是什么。有马的嘶叫声，轱辘的滚动声，人的喊叫声，还有鞭子的噼啪声。尽管仍被黑暗包围，但轮廓渐渐分明了。的确是一辆车，刚从林荫大道拐到大路上，径直向让·瓦让所在的城门口驶来。紧接着是第二辆，也是四轮载货车，继而是第三辆，第四辆；一共七辆四轮载货车，相继从那里驶来，马头与车尾相接。车上有人影晃动，晨曦中，可见点点闪光，仿佛是出了鞘的大刀；还能听到叮叮当当的声音，有如铁链的摆动声；车队在前进，人声越来越清楚；就像是从梦窟里钻出来的，真是怵目惊心。

那堆东西渐渐接近，形状也清晰了，在树后显现出来，似幽灵般灰白，继而渐渐变白；旭日冉冉升起，将苍白的微光洒在这堆人非人、鬼非鬼的东西上面，人影的脑袋变成了尸体的面孔。事情是这样的：

七辆车在大路上鱼贯而行。前六辆的形状很奇特，就像运酒桶的平板马车，形似长梯子的东西架在两个轱辘上，前端构成车辕。每辆车，更确切地说，每个长梯由排成一串的四匹马拉套。奇怪的是，梯子上拖着一串人。天色微明，因此看不清楚，只能猜出有人。每辆车上有二十四人，一边十二个，背靠背，脸朝行人，双腿悬空。这些人这样慢慢地向前行。他们身后有样东西在当当响，那是铁锁链，脖子上有样东西在闪光，那是铁颈圈。每个人都套着铁颈圈，但铁链只有一条，将大家拴在一起；因此，这二十四个人如果从车上下来走路，不可避免地要行动一致，有如一条大蜈蚣，铁链便是脊椎，在地上蜿蜒而行。每辆车前后各站着一个背枪的人，脚下各踩着铁链的一端。铁颈圈为四方形。第七辆车是有侧栏的大运货车，但没有顶篷，四个轱辘，六匹马，载着一大堆叮叮当当响的铁锅、生铁罐、铁炉和铁链，还有几个绳绑索捆的人，躺在车上，好像病了。这辆车虽有侧栏，但已破烂，成了栅栏，好像曾经是用来执行古老的酷刑的。

这几辆车走在大路中间。车队两旁，是两队押送人员，看上去猥陋不堪，戴着督政府士兵戴的三角帽，污迹斑斑，破破烂烂，肮脏不堪，穿着滑稽可笑的衣服，上身是残老军人的制服，下身是殡仪人员的长裤，半灰半蓝，破破烂烂，戴着红肩章，挎着黄背带，手执短剑、步枪和棍棒，看上去就像是随军仆役。这些警察似乎既有乞丐的卑劣，又有刽子手的威风。那个像是领头的人手执马鞭。这些细节，在朦胧的晨光下看不清楚，但随着天色渐明，而越来越清晰。车队的前面和后面，走着骑马的宪兵，手握大刀，神态严肃。

队伍拉得很长，第一辆车到达城门时，最后一辆刚从林荫大道上出来。

大路两旁，拥挤着看热闹的人群，也不知是从哪里钻出来的，眨眼工夫就聚拢来了。这在巴黎司空见惯。附近的那些小巷里，响起了人们互相呼唤的声音和跑来看热闹的菜农的木鞋声。

堆在车上的人默不作声，任车颠簸。因为是清晨，他们脸色冻得发青，身体索索发抖。他们都穿着布裤子，光脚穿着木鞋子，至于衣服和帽子，更是随心所欲，寒酸不堪。他们的装束五花八门，丑陋至极；再没有比补丁摞补丁的百衲衣更让人心酸的了。千疮百孔的毡帽，污迹斑斑的鸭舌帽，丑陋不堪的羊绒帽，短工作服挨着肘弯穿洞的黑礼服；有几个人戴着女人的帽子，还有几个顶着篮子；有的露出毛茸茸的胸膛，从衣服的破洞中，可以分辨出各种文身：爱神庙、火焰心、丘比特。还可看见脏兮兮的皮疹和红斑。有两三个人身体下面悬着根草绳，系在车子的横木上，像个马镫，托着他们的脚。有个人手里拿着一块石头样的东西，送到嘴里去啃；他在吃面包。他们的眼睛干涩无神，有的闪着凶光。押送的队伍骂骂咧咧；囚犯们一声不吭；不时地可以听到棍棒打在肩上和头上的声音；有几个人打着呵欠；衣服破得吓人；脚悬空着，肩摇晃着，脑袋相碰着，铁链叮当响着，眼睛冒着凶光，手不是紧握成拳头，便是像死人那样张着不动。车队后面，一群孩子不断地发出嬉笑声。

无论如何，这支车队凄惨不堪。明天，或者再过一小时，显然会有一场大雨，接着会有第二场，第三场，那些破衣服会淋湿，一旦湿了，就不会再干了，一旦冻了，就不会再暖，雨水会把他们的布裤子粘在他们的骨头上，也会灌满他们的木鞋，皮鞭抽打阻止不了牙齿打战，他们的脖子继续拴着锁链，他们的脚继续悬空着；看见这些血肉之躯像这样无可奈何地被拴着，在阴冷的秋云下，就像树木和石头，听凭风吹雨打，任由种种恶劣天气折磨，看到这副悲惨景象，怎不叫人浑身战栗！

就连绳索捆绑着的病人，也免不了挨棍子毒打，他们就像装满不幸的麻袋，被扔到第七辆车上，一动不动地躺着。

蓦然，太阳出来了。东方射出万道光芒，仿佛要把这些野蛮的脑袋点燃。他们张口说话了。笑谑声、咒骂声、歌声，就像是大火，顿然升起。平射的晨光把这支队伍分成上下两半，脑袋和上身沐浴在晨光中，脚和轮子仍处在黑暗中。一张张脸上呈现出思想；这是极其恐怖的时刻；面具揭开，显示出魔鬼的面孔，暴露出凶狠的灵魂。这些人即使被阳光照亮，仍然是黑暗的。有几个人心情很好，嘴里含着根鹅毛管，将虱子吹向人群，尤其吹向妇女。晨光使他们脸上的阴影更加突出，从而变得更加悲惨。这些人中，没有一张脸不被深重的苦难折磨得奇丑无比，丑得可以把阳光变成微弱的闪光。第一辆车上的人用一种野性的快乐，扯着嗓门，唱起德佐吉埃的当时很有名的集成曲《女灶神》；歌声震得树木凄然颤抖；在旁边的小路上，市民们都像傻子，心满意足地倾听幽灵们唱这些淫歌秽曲。

在这车队里，人间所有的不幸都混杂在一起。有各种野兽般的面孔，年老的，年轻的，光头的，花白胡子的，凶残无耻的，恼怒而屈从的，野蛮地咧嘴大笑的，疯疯癫癫的，还有戴着鸭舌帽的猪头脸，鬓角有一缕螺旋形鬈发的女儿脸，格外可怕的娃娃脸，就差没死的骷髅脸。在第一辆车上，有一个黑人，可能当过奴隶，倒是可以将从前的铁链同现在的铁链做比较。这些人跌入社会最底层，蒙受了极大的耻辱；在如此深重的屈辱中，每个人都在最底层完成了最后的变化；愚昧的人变成泥塑，聪明的人陷入绝望，二者毫无区别。这些人在世人眼里都是最卑鄙者，分不出谁高谁低。显而易见，安排这支肮脏的囚车队的人，没有把他们分成等级。这些人被拴在一起，胡乱配成一对，大概也没按照字母顺序，而是随便扔到车上。然而，可怕的东西集中在一起，最后总会产生一种合力；不幸的人相加，会产生一个总和；拴在同一条铁链上的人，会有共同的灵魂，坐在同一辆车上的人，会有共同的面貌。一辆车上的人在唱歌，旁边那辆在吼叫，第三辆在乞讨，还有一辆愤怒得咬牙切齿，另一辆在威胁行人，还有一辆在亵渎上帝，最后一辆像坟墓那样沉默不语。

但丁见了，会以为是七层地狱在行进。

这是被罚入地狱的人去服刑。令人惨不忍睹的是，他们坐的不是《启示录》里所说的那种电光闪闪的吓人的战车，而是更为凄惨，是罪犯尸体示众场用的大车。

有一个押车的，手拿一端带钩的棍棒，不时地挥动一下，吓唬这些人渣。人群中有个老妇，指着那些人，对一个五岁的小男孩说："小坏蛋，这是你的榜样！"

歌声和骂声越来越大，那个像是领头的人啪的一声，挥动起长鞭；信号一发出，七辆车上的犯人同时受到乱棍的鞭打，沉闷的声音冰雹般落下，叫人心惊肉跳。许多犯人发出惨叫，口吐白沫；跑来看热闹的顽童乐不可支，就像一群苍蝇叮在这些伤口上。

让·瓦让的眼睛变得异常可怕。那已不再是眼珠，而是深不可测的玻璃，这是不幸人常有的眼睛，对现实似乎已毫无意识，发出恐惧和灾难的反光。他看到的不是真实的东西，而是幻象。他想站起来，他想逃跑，逃走，却挪不开脚步。有时，我们看到的东西会把我们攫住，使我们动弹不得。他像被钉住，愣在那里，目瞪口呆，心里隐隐感到一种说不出的忧虑，不明白这种阴森可怕的迫害意味着什么，这群跟踪他的魔鬼是从哪里出来的。忽然，他把手放到额头上，这是突然恢复记忆的人习惯的动作。他猛然想起，这是犯人们赴服刑地点的必经之路，这样绕道而行，是为了避免在枫丹白露公路上可能遇见王家的车队。三十五年前，他也是从这道城门出去的。

珂赛特虽然恐惧的理由不同，但恐惧的程度是相同的。她不明白眼前发生的事，她透不过气来，她感到她看见的一切都是不可能的，她终于大声嚷道：

"父亲！这些车子里都是什么？"

让·瓦让回答：

"苦役犯。"

"他们去哪里？"

"苦役船。"

这时，棍棒打得更疯狂了，无数只手拼命挥动，还有人用刀背乱砍，真是暴风骤雨般的鞭抽棍打。苦役犯全都屈服了，他们经不起重刑，一个个令人厌恶地乖乖服从，全都静了下来，目光就像是被拴住的狼。珂赛特全身发抖。她又问：

“父亲，他们是人吗？”

“有时是。”那可怜人回答。

这的确是一队犯人，天亮前就从比塞特监狱出发，为了避开国王所在的枫丹白露，就改走去芒斯的大路。这一绕道，就把可怕的旅程延长三四天。可是，为了不让国王看见去服刑的惨状，多走几天有什么关系。

让·瓦让心情沮丧地回家了。遇见这样可怕的事，无疑是一种打击，留下的记忆会震撼心灵。

可是，让·瓦让和珂赛特回到巴比伦街时，珂赛特对刚才看见的一幕又提了些问题，可让·瓦让根本没有留意。他可能心情太沉重，听不到她说的话，也就无从回答。只是到了晚上，珂赛特离开他去睡觉时，他才听见她像是低声自言自语道：“要是我在路上遇见这样一个人，呵！上帝！我只要从近处看一眼，就可能会死的！”

凑巧，这个惨剧发生后的第二天，不知有什么官方盛典，巴黎举行庆祝活动：练兵场上有阅兵，塞纳河上有比武，香榭丽舍大街上演大戏，星形广场上放烟火，到处张灯结彩，灯火辉煌。让·瓦让一反习惯，带珂赛特去观看庆祝活动，让她散散心，看到巴黎倾城欢笑的场面，她就能忘记前一天在她面前发生的触目惊心的悲剧。因为有点缀节日的阅兵仪式，自然街上有穿军装的人来来往往，于是，让·瓦让穿上了那套国民自卫军的制服，但心里却隐隐有一种避难的感受。尽管如此，这次散步的目的似乎达到了。珂赛特向来以取悦父亲为自己的一个行为准则，再说，任何热闹的场面，对她都是新鲜的，她便以年轻人很容易有的兴致，同意出来散散心；尽管公众的庆祝活动带给人的快乐平淡无奇，她也没有对此轻蔑地撇一撇嘴，因此，让·瓦让以为他成功了，留在她脑海里的可怕情景荡然无存了。

过了几天，一个阳光明媚的早晨，他们俩都在花园的台阶上（这又违背了让·瓦让强加给自己的规定，同时也和珂赛特忧愁时不出房门的习惯背道而驰），珂赛特身穿晨衣，站在那里，晨衣裹着少女楚楚动人的身躯，犹如朝霞裹着太阳。她的脸沐浴着阳光，再者，昨夜睡得很好，因而脸色红润，老人激动不已，温柔地凝视着她；珂赛特一片片地扯着一朵雏菊的花瓣。珂赛特不知道“我爱你，有点儿爱你，发狂地爱你”这类动人的传说；谁会教给她呢？她下意识地、无辜地玩着这花朵，并没意识到，撕一朵雏菊的花瓣，是在剥露一颗心。如果有第四位美惠女神[①]，名叫伤感女神，面带笑容的伤感女神，那珂赛特就像这个女神。让·瓦让望着花上的那几个小指头，心醉神迷，看着这光辉灿烂的孩子，忘记了一切。一只知更鸟在旁边的树丛里嘤嘤鸣叫。几朵白云欢快地穿过天空，仿佛刚刚获得自由。珂赛特继续专心地扯着花瓣。她好像若有所思，想必是令人心荡神摇的事。突然，她像天鹅那样舒缓而优美地从肩膀上转过脑袋，对让·瓦让说：“父亲，苦役船是什么？”

---

① 希腊神话中，有妩媚、优雅和美丽三位女神，合称美惠三女神。

第四卷　人助也许是天助

一　外伤治愈了内伤

他们的生活便这样日趋暗淡。

他们只剩下一种消遣，这曾给他们带来幸福的消遣，便是给挨饿的人送面包，给挨冻的人送寒衣。珂赛特常陪让·瓦让去访贫问苦，他们恢复了一点儿互相谈心的习惯。有时，白天过得很舒畅，救助了许多穷人，温暖了许多孩子，晚上，珂赛特的心情便比较愉快。就在这时候，他们访问了戎德雷特的陋屋。

第二天上午，让·瓦让来到小楼，和以往一样平静，但左胳膊上有一个很大的伤口，又红又肿，流着脓水，像是烫伤的，他随便给了个解释。这个伤口使他发了一个多月的高烧，一直没有出门。他不愿看医生。当珂赛特执意要他看医生时，他说："那就找狗医吧。"

每天早晚，珂赛特为他包扎伤口，她神态无比庄严，能为他效劳，她感到无比幸福，因此，让·瓦让觉得昔日的欢乐又回到他的身边，他的恐惧和忧虑烟消云散，他望着珂赛特，说道："呵！受伤多好啊！呵！痛苦多好啊！"

珂赛特看到父亲病了，就离开小楼，又对小屋和后院恢复了兴趣。她几乎整天待在让·瓦让身边，给他读他想读的书。一般是游记。让·瓦让复活了，他的幸福又焕发出异彩。卢森堡公园，那个在他们身边转来转去的陌生青年，珂赛特的冷淡，所有这些压在他心头的乌云全都消失得无影无踪。他最后想道："这一切都是我想象出来的。我是个疯老头。"

他感到无比幸福，以至于他在戎德雷特家里发现泰纳迪埃这件尽管极其可怕、十分意外的事，也没对他产生多大影响。他顺利脱险了，线索已中断，其他就无关紧要了。他想起这件事时，也只是为了同情那几个恶棍。他们已锒铛入狱，他想，他们再也不能害人了，可是，那家人也着实穷得可怜！至于在梅恩门看到的那场惨剧，珂赛特后来也再没提起。

在修道院时，圣梅克蒂德嬷嬷教过珂赛特音乐。珂赛特的歌喉就像只有灵魂的黄莺。晚上，在让·瓦让养伤的陋屋里，珂赛特有时唱些忧伤的歌，让·瓦让心里乐融融的。

春天来了。每年这个季节，花园姹紫嫣红，美不胜收。让·瓦让对珂赛特说：

"你都不去花园了，去那里走走吧。"

"听您的，父亲。"珂赛特说。

为了服从父亲，她又开始在花园里散步了，但经常是一个人，因为前面说过，让·瓦让大概怕人从铁栅栏门里发现他，几乎从不涉足花园。

让·瓦让受伤，转移了珂赛特的注意力。

看到父亲痛苦减少，伤口慢慢痊愈，心情似乎也好起来，珂赛特也高兴起来，但她自己并没发觉，因为她这种欢畅的心情是悄悄地自然地产生的。再说，已是三月，白天变长，冬天离去，冬天离去时总会带走我们部分忧伤。接着，四月来临，这好比是夏天的黎明，如拂晓般清新，童年般快乐，有时也像新生儿那样会啼哭。四月，大自然会发出迷人的光辉，通过天空、云彩、树木、牧场和花朵，渗透到人的心扉。

珂赛特年纪还太轻，四月的欢乐不可能不透进她的心扉，而她自己就像四月。她心中的忧伤不知不觉地消失了。春天，忧伤的心灵会变得明朗，正如中午地窖会变得明亮一样。珂赛特已不大忧愁了。再说，这是事实，但她并没意识到。那天上午，将近十点，吃完早饭，她终于把父亲拉到花园里待了一刻钟。她扶着他的伤臂，带他在台阶前的太阳下散散步，她一直欢笑着，非常开心，但她自己却毫无发觉。

让·瓦让看见她又变得红润了，生气勃勃了，不由得欣喜不已。

“呵！受伤多好啊！”他喃喃说道。

他感谢泰纳迪埃一家。

伤口痊愈后，他便立即恢复了黄昏独自散步的习惯。

如果认为像这样独自在巴黎偏僻的地区散步不会遇到意外，那就错了。

二　普鲁塔克大妈自有解释

小加弗洛什没吃晚饭。他想起前一天也没吃晚饭。这可成了问题。他决定试着找点东西吃吃。他到硝石库医院一带荒凉的地方去转转。那里会有意外收获；没有人的地方，总能找到些东西。他来到一个居民点，他想可能是奥斯特里茨村。

以前他也来这里闲逛过。有一次，他发现那里有个老园子，有个老头和一个老妇进进出出，园里有棵苹果树，长得还可以。苹果树旁，有个放水果的箱子，关得不严，兴许可以弄到一个苹果。一个苹果，便是一顿晚餐；一个苹果，便能救人一命。使亚当堕落的东西，能救加弗洛什的性命。园子紧挨一条荒僻的小巷，巷子没铺石头，两旁荆棘丛生，尚未盖房子，一道篱笆将园子和巷子隔开。

加弗洛什向园子走去。他找到了小巷，认出了苹果树，看见了水果箱，他仔细看了看篱笆。一道篱笆，一跨就过去了。夕阳西下，巷子里连只猫也没有。时机不错。加弗洛什正欲跨过去，蓦然停下了。园子里有说话声。加弗洛什从一道篱笆缝往里张望。

篱笆里边的脚下，就在他准备跨过去的地方，离他两步远，卧着一块石头，是当凳子用的，凳子上坐着园子里的那个老头，对面站着那老妇。老妇低声抱怨。加弗洛什不礼貌地偷听起他们的谈话。

“马伯夫先生！”老妇说。

“马伯夫！”加弗洛什想道，“这名字好滑稽。[1]”

老头听到吆喝，没有动弹。老妇又喊道：

“马伯夫先生！”

老头决定回答，但眼睛仍看着地面：

“什么事，普鲁塔克大妈？”

“普鲁塔克大妈！”加弗洛什想道，“又一个滑稽的名字。[2]”

普鲁塔克大妈接着往下说，老头也就只好答话了。

“房东不高兴了。”

“为什么？”

“三个季度没付房租了。”

“再过三个月，就欠他四个季度的。”

“他说要把您赶走。”

“走就走。”

“卖水果的女人要我们付钱。她不供给我们木柴了。冬天您用什么取暖呢？我们一点木柴也没有了。”

“有太阳。”

“卖肉的不给赊账了，他不愿再卖给我们肉了。”

“很好嘛。我吃肉不消化。太油。”

“那晚饭吃什么？”

“面包。”

“卖面包的要求清账。他说不付钱，就不给面包。”

“好哇。”

“您吃什么？”

“我们有苹果树结的苹果。”

“可是，先生，没有钱，怎么过日子？”

“我没钱。”

---

① 法语中，马伯夫这个名字的发音类似“我的牛”。

② 古希腊有个著名作家也叫普鲁塔克。

老妇走了，老头独自留下。他陷入沉思。加弗洛什也陷入沉思。天几乎黑了。

加弗洛什沉思的第一个结果，是蹲在篱笆脚下，而不是跨过去。绿篱下部的枝条比较稀疏。

“哇，”加弗洛什心想道，“一个凹室！”他便蜷缩在里面。他几乎背靠着马伯夫老爹的石板凳。他听见八旬老人的呼吸声。

于是，他竭力睡觉，以此代替晚餐。

猫儿打盹，一个眼睁，一个眼闭。加弗洛什一边打盹，一边窥视。

黄昏的天空白蒙蒙，染得大地白皑皑，小巷呈灰白色的带子，夹在两排黑乎乎的绿篱中间。

忽然，在这惨白的带子上，出现了两个人影。一前一后，相隔一段距离。

“有两个人过来了。”加弗洛什说。

第一个人影看上去像是上了岁数的资产者，弯腰曲背，若有所思，衣着朴素，因年事已高，步履缓慢，披着夜晚的星光散步。

第二个腰板笔直，步履矫健，身材瘦长。他按照前面那个人的步伐，调整自己的步伐。但是，尽管他故意放慢了脚步，仍可看出他的机灵和敏捷。这个身影说不出的粗野和令人不安，他的整个姿态很像当时所谓的风雅之士：戴一顶式样漂亮的帽子，穿一件剪裁合体的黑紧腰大衣，可能是上等呢料的，紧紧裹在身上。头昂着，显得刚健优美；暮色中，依稀可见帽子下面露出一张年轻苍白的脸。嘴里衔着朵玫瑰花。这第二个身影，加弗洛什非常熟悉。是蒙帕纳斯。

至于另一个，除了是个老头，他就说不上什么了。

加弗洛什立即开始观察。

显然易见，这两个行人中，有一个想打另一个的主意。加弗洛什所处的位置很便于观察。那凹进去的一块，恰好成为隐蔽所。

蒙帕纳斯在这个时候，在这个地方跟踪一个人，是很有威胁性的。加弗洛什感到自己的五脏六腑都涌动着对那老头的怜悯。

怎么办？出面干涉？一个弱者帮助另一个弱者？蒙帕纳斯肯定会笑

掉大门牙。加弗洛什不想骗自己，面对这十八岁的凶残可怕的强盗，他们一老一少，两口就被他吃掉了。

加弗洛什还在慎重思考，袭击已经开始，那样突然，那样丑恶。那是猛虎袭击野驴，蜘蛛袭击苍蝇。蒙帕纳斯突然吐掉玫瑰花，一个箭步扑到老头身上，揪住他的衣领，紧紧抓住他，牢牢抱住他，加弗洛什差点喊出声来。过了一会儿，这两个人中，有一个被另一个压在身下，一只膝盖有如大理石压在他胸口上，压得他无力招架，喘着粗气，拼命挣扎。不过，完全出乎加弗洛什的意料，被压在底下的，是蒙帕纳斯；上面的是那老头。

这一切发生在离加弗洛什几步远的地方。

老头遭到了袭击，他给予还击，而且凶猛异常，转眼间，进攻者和被进攻者之间互换了角色。

“这老家伙真厉害！”加弗洛什想道。

他情不自禁地拍手鼓掌。但拍也是白拍。两个人打得全神贯注，双方都喘着粗气，听不见他的掌声。

接着没有声音了。蒙帕纳斯停止挣扎。加弗洛什在一旁想道：“他死了？”

那老头一直没说话，也没喊叫。他站起来，加弗洛什听见他对蒙帕纳斯说：

“起来吧。”

蒙帕纳斯爬起来，但老头仍抓着他。蒙帕纳斯恼羞成怒，就像被绵羊逮住的恶狼。

加弗洛什睁眼细看，侧耳细听，竭力用耳朵来代替眼睛。他开心极了。

他是个有良心的替弱者担心的旁观者，因而得到了补偿。他听清楚了他们的对话；他们是在黑暗中说的，有一种说不出的悲凉。老头提问。蒙帕纳斯回答。

“多大了？”

“十九岁。”

“身强力壮的，为什么不干活？”

“我讨厌干活。”

“你是干什么的？”

“懒汉。”

“严肃点。我能为你做些什么？你想干什么？”

“小偷。”

接下来一阵沉默。老头似乎在沉思。他一动不动，但仍紧紧抓住蒙帕纳斯。

那年轻的强盗，身强力壮，动作敏捷，不时地挣扎一下，就像跌入陷阱的野兽。他抖动一下身子，试着来了个钩腿，拼命扭动身子，企图从老头手中挣脱出去。那老头似乎没有发觉，仅用一只手抓住他的两只胳膊，无动于衷，至高无上，仿佛拥有绝对的力量。

老头沉思了一会儿，然后，他眼睛注视着蒙帕纳斯，稍稍提高嗓门，在黑暗中，语重心长地对他发表了一番谈话，加弗洛什听得真真切切：

“孩子，你因为懒惰而步入了最艰辛的人生。啊！你自称是懒汉！那你还是准备干些事吧！你见过一种可怕的机器吗？它叫轧钢机。得提防着它，那是一种阴险凶恶的东西。被它抓住衣角，你整个人都会被卷进去。这个机器，便是游手好闲。别这样了，还来得及，自己救自己吧！否则就完了。不用多久，你就会被卷进齿轮里。一旦卷进去，那就毫无希望了。那你就受苦受累吧，懒虫！再也不会有休息。劳动是铁面无私的，它的铁掌已紧紧抓住你。你不愿挣钱养活自己！不愿做份工作，尽份义务！你讨厌和大家一样！好吧，你会和别人不一样的。劳动是法则；谁讨厌劳动而拒绝劳动，谁就会被强制接受劳动。你不想做工人，那就会当奴隶。劳动在这边放开你，会在另一边再抓住你；你不愿做它的朋友，就会做它的奴隶。啊！你不愿像别人那样诚实地劳动，你就将像罪人那样流血流汗吧。在别人唱歌的地方，你将累得喘不过气。你将从下面远远看着别人劳动；你会觉得他们在休息。种地的、收割的、水手、铁匠，将披着光辉出现在你面前，就像是天堂里受降真福的人。铁砧发出万丈光芒！拉犁，捆麦穗，其乐无穷！小船自由自在，乘风破浪，多么欢乐！而你，懒鬼，你去挖吧，拉吧，推吧，走吧！勒紧你的笼头，你是在地狱里拉车的畜生！啊！你什么也不想做，是不是？好吧！那你没有一个星期，没有一天，没有一个小时不腰酸背疼。你搬任何东西都焦虑不安。每一分钟你都会筋骨开裂。别人觉得轻如鸿毛，你会觉得重如岩石。最简单的事，也会变成悬崖峭壁。你的生活会变成恶魔。来去，呼吸，都成为可怕的事。你的肺部像压着百斤重负。走这边，还是走那边，都成了难题。别人想出去，只要把门推开，就到了街上。可你，你想出去，就得在墙上打洞。别人要上街是怎么做的？从楼梯上下去。而你呢，你得撕你的床单，一条条接起来，做成绳子，然后从窗子里出去，你拉着这根绳子，悬在深渊上面，而且还是在深夜，刮着狂风，下着暴雨，假如绳子太短，你只有一个办法下去，那就是掉下去。身处深渊，从一定的高度，没有目的地往下掉，会掉在什么上面？下面有什么，便掉在什么上面，掉在未知的东西上面。要么从壁炉的烟囱里爬出去，那样会活活烧死；要么从茅坑的粪道里爬出去，那样会活活淹死。且不说还要把在墙上打的洞遮掩住，每天无数次地把石头搬开又放上，把凿下的灰泥藏在草褥里。遇到一把锁，一般人口袋里揣着锁匠做的钥匙。而你，你想往前走，就不得不做一个吓人的东西；你拿一枚大铜币，把它劈成两个薄片；用什么工具？得由你创造。这是你的事。然后，得把这两个薄片挖空，还要当心不损坏外表；再沿着边上刻一圈螺纹，使两块薄片一个做底，一个做盖，严密地合上。上下两面这样拧紧后，谁也看不出破绽。对于监工们（因为你可能被监视），这是个大铜币，对于你，将是个小盒子。你在这盒里装什么？一个小钢片。那是钟表的发条，你在上面刻些齿，做成锯子。这个锯子只有别针那么长，藏在一枚铜币里，你用它锯断锁舌、门闩、挂锁，以及窗上的铁条、腿上的铁镣。这东西做好后，这个奇物完成后，这一系列艺术的、灵巧的、巧妙的奇迹告成后，如果人家知道你是这作品的作者，你会有什么报偿呢？关进黑牢。这就是前途。懒惰，好逸恶劳，那是无底深渊！游手好闲，这是可悲的决定，你知道吗？好逸恶劳，靠社会养活自己！对人没有用，便是对人有害！这直接通向贫困。想做寄生虫的人注定倒霉！他将成为蛀虫。

啊！你讨厌劳动！啊！你只想喝得好，吃得好，睡得好。那你就只能喝水，吃黑面包，睡在一块木板上，戴着脚镣，夜里，你感到铁镣贴在你肉上冰冰冷！你想砸碎这铁镣逃跑。很好。那你将在荆棘丛中爬行，像树林里的野兽那样吃草。你又会被抓住。那样，你将在地牢里待上几年，被铁链拴在墙上，摸索着喝水罐里的水，啃连狗都不愿啃的黑面包，吃虫子吃过的蚕豆。你将是地窖里的土鳖。啊！可怜可怜你自己吧，可怜的孩子，你那么年轻，不到二十年前，你还在吃奶哩，你母亲可能还活着！我奉劝你听我的话。你想穿上等黑呢衣服、薄底漆皮鞋，你想烫头发，上香喷喷的发油，讨女人喜欢，打扮得漂漂亮亮。结果你会被剃成光头，穿一件红囚衣，套一双木鞋子。你想戴戒指，结果是脖子上套枷锁。你要是看一眼女人，就要挨一下棍子。你二十岁进去，五十岁出来！你进去时年轻力壮，脸色红润，精神饱满，明眸皓齿，头发秀美，出来时弯腰曲背，满脸皱纹，缺牙少齿，面目丑陋，满头白发！啊！可怜的孩子，你走了一条歧路，游手好闲会让你干坏事。最艰辛的工作是偷窃。相信我，不要干懒汉这种苦活。当无赖并不舒服。做一个正直人容易多了。现在你走吧，好好想想我说的话。对了，你刚才想要我的什么来着？我的钱包。给你。”

老头松开蒙帕纳斯，把钱包放在他手里。蒙帕纳斯用手掂了掂，然后，就像是偷来似的，下意识地将钱包小心翼翼地放进紧身礼服的后兜里。

这一切说完和做完之后，老头转过身，不慌不忙地继续散步了。

“傻瓜！”蒙帕纳斯咕哝了一句。

这老头是谁？读者想必猜到了。

蒙帕纳斯愣愣地看着他消失在暮色中。这一看不要紧。

老头渐渐远去，加弗洛什走了过去。

加弗洛什往旁边瞧了一眼，看见马伯夫先生还坐在石凳上，可能是睡着了。然后，这流浪儿走出藏身的绿篱，摸着黑向一动不动的蒙帕纳斯身后爬去。他这样一直爬到蒙帕纳斯身边，没被看见，也没被听见，他将手悄悄伸进那件黑细呢紧身礼服的后兜里，抓住钱包，抽出手，又开始爬行，像一条蛇似的消失在黑暗中。蒙帕纳斯没有理由提防什么，而且有生以来第一次陷入思考，所以毫无觉察。加弗洛什回到马伯夫大爷所在的地方，将钱包从绿篱上扔过去，然后拔腿就跑。钱包落在马伯夫大爷的脚边，他被惊醒。他弯腰捡起钱包。他不知道是怎么回事，便把钱包打开。这钱包分成两层；在其中一层里，有一些零钱；在另一层里，有六枚拿破仑金币。

马伯夫先生张皇失措，把钱包交给他的女管家。

“这是天上掉下来的。”普鲁塔克大妈说道。

第五卷　结尾不像开头

一　荒园和兵营相结合

四五个月前，珂赛特还沉浸在揪心彻骨的痛苦中，现在不知不觉地进入了恢复期。大自然、春天、青春、对父亲的爱、鸟儿和花儿的快乐，这一切，都一天天一点点地逐渐在这个年轻纯洁的心灵里注入了一种类似遗忘的东西。她心里的爱情之火全熄灭了吗？还是仅仅留下灰烬？事实上，她几乎不再有心痛如灼的感觉了。

一天，她突然想起了马里尤斯："呀！"她说，"我都不再想他了。"

就在那个星期，她注意到有个英俊漂亮的枪骑兵军官从花园的铁栅门前经过。他穿着迷人的军装，腰身束得很细，脸蛋长得像姑娘，胳膊下挂着军刀，胡子涂了蜡，戴着波兰式军帽。还有，他长着一头金发，蓝眼睛凸出来，漂亮的圆脸显出自负和傲慢，恰与马里尤斯形成鲜明的对照。他嘴上叼着雪茄。——珂赛特寻思，这个军官想必是驻扎在巴比伦街的枪骑兵团的。

翌日，她又看见他从门口经过。她留意他经过的时间。从这一刻起，不知是不是巧合，她几乎天天都看见他经过。

那军官的同事们发现，在这个"荒芜"的花园里，在丑陋的洛可可式铁栅门后面，有个相当漂亮的姑娘，每天英俊的中尉经过时，她几乎都站在那里。那中尉叫泰奥迪尔·吉诺曼，读者对他并不陌生。

“哟！”他们对他说，“有个小妞在向你送秋波呢。你瞧。”

“看我的小妞多着呢，”枪骑兵说，“我看得过来吗？”

那个时候，马里尤斯正在痛不欲生，他说：“我死前能再见她一面就好了！”如果他真能再见珂赛特一面，看见她此刻正在注视一个枪骑兵，他会一句话也说不出来，痛苦得一命呜呼。

这要怪谁？谁也不能怪。

马里尤斯生来多愁善感，有了忧愁就难以化解；珂赛特也会忧愁，但沉下去后能浮上来。

此外，珂赛特正处在想入非非的危险阶段，在这个阶段，孤独少女的心，有如葡萄的卷须，会随意攀附在一根大理石柱头上，或缠绕在一家小酒馆的木柱上。

这是短暂而决定性的阶段，对任何孤女，不分贫富，都是至关重要的，因为财富挡不住不好的选择；大家闺秀下嫁穷小子；但真正错误的结合，是彼此心灵上的悬殊；正如不止一个默默无闻的青年，没有显赫的姓氏，没有高贵的出生，家徒四壁，缺衣少食，却似大理石柱头，支撑着伟大情感和伟大思想的殿堂，同样，一个上流社会的青年，家赀巨万，心满意足，脚穿锃亮的皮靴，说话哗众取宠，假如不看外表，只看内心，即看他留给妻子的东西，便只是一个庸碌无能的酒囊饭袋，被强烈、肮脏和发狂的种种欲望死死缠住，不过是小酒店的一根木柱。

珂赛特的心灵深处有什么？是平静下来的，抑或是沉睡的激情；是摇摆不定的爱情；是一种晶莹清澈，在某个深度变得混浊，在更深的地方变得灰暗的东西。那位漂亮军官的形象反映在表面。在心灵深处，在最深处，还留有某个记忆吗？也许吧。但珂赛特不知道。

这时，发生了一件怪事。

二　珂赛特害怕了

四月的上半个月，让·瓦让出了趟门。大家知道，他常常隔一长段时间，就要出去一次。他走一两天，最多三天。他去哪里？无人知道，连珂赛特也不知道。只有一次，珂赛特乘出租马车，一直陪他到一个死胡同，胡同口上写着：小木板死胡同。他在那里下了车，马车又把珂赛特送回巴比伦街。通常是家里缺钱花时，让·瓦让才这样出门几天。

因此，让·瓦让不在家。他说：“我过三天回来。”

晚上，珂赛特独自在客厅里。为了解闷，她打开管风琴，开始边弹边唱《欧里安特》[①]中的合唱《森林中迷路的猎人》，这可能是世上最美的音乐。弹完后，她陷入沉思。

突然，她好像听见花园里有人走动。不可能是她父亲，他不在家。也不可能是杜珊，她已睡了。那是晚上十点。她走到客厅的百叶窗旁，将耳朵贴在紧闭的窗子上。听上去好像是男人的脚步声，走得很轻很轻。

她赶快上楼，到了闺房，连忙打开百叶窗上的一扇气窗，向花园里张望。望月当空，园里亮如白昼。一个人也没有。

她打开窗。花园里寂静无声，街上也和平时一样荒凉。

珂赛特心想自己听错了。她以为听见了声音。其实是韦伯这首凄清神奇的合唱曲使她产生的幻觉；这首曲子在人的思想上展示了幽深恐怖的意境，使人看见令人眼花缭乱的颤抖的森林，听见猎人们不安的脚步踩得枯叶喀嚓喀嚓响，暮色中隐约可见他们的身影。

她不再想这件事了。

况且，珂赛特生来不大知道害怕。她的血管里流淌着赤着脚到处冒险的那类女人的血。大家记得，她与其说是鸽子，不如说是百灵鸟。她本质上是个粗野而勇敢的姑娘。

第二天，比昨天早一些，天刚黑，她在园中散步。她脑袋里东想西想，但不时地仿佛听见和昨天一样的声音，似乎有人在黑暗中，在离她不太远的树林下行走，但她又想，没有比两根树枝相互摩擦的声音更像草地上的脚步声了，于是，她没加理会。再说，她什么也看不见。

---

① 《欧里安特》为一部歌剧，一八三一年四月六日在巴黎歌剧院首次上演。由德国著名作曲家韦伯（1786—1826）谱曲。

她走出“灌木丛”，只要穿过一个绿油油的小草坪，便可到达台阶了。月亮刚刚从她身后升起，珂赛特走出树丛时，月光将她的身影投到前面的草坪上。

珂赛特吓得停住脚步。

月光把另一个极其可怕的人影清晰地投到草坪上，同她的影子肩并肩。那人影戴一顶圆帽子。好像是一个男人的影子，就站在树丛边上，离珂赛特身后几步远。

她吓得一时不能说话，不能叫喊，不能动弹，不能回头。最后，她鼓足勇气，毅然回过头来。没有人。她再看看地上。那影子消失了。

她返回灌木丛，大胆地在角落里搜索，一直走到铁栅栏门前，仍一无所获。

她感到自己浑身冰凉。难道又是幻觉？怎么！连续两天？出现一次幻觉，倒也罢了，怎么会连续两次？令人担忧的是，那影子肯定不是幽灵。幽灵一般不会戴圆帽子。

翌日，让·瓦让回来了。珂赛特同他讲了她以为听见和看见的事。她本以为父亲会宽慰她，会耸耸肩对她说：“你是个小疯丫头。”可让·瓦让却露出担忧的神情。

“可能有问题。”他对她说。

他找了个借口离开她，到园子里去了。她远远见他仔细地察看铁栅栏门。

夜里，她醒了。这次，她十分肯定，她清楚地听见有人在她窗下的台阶附近走动。她奔到气窗旁，打开窗。花园里果然有个人，手里拿着粗木棍。她正要叫喊，月光照亮了那人的脸。是他的父亲。她又去睡了，一面想：“他真的很担忧！”

让·瓦让在花园里守了一夜，接着又守了两夜。珂赛特从气窗里看得清清楚楚。

第三夜，月亮升得较晚，月光变得暗淡，大概是凌晨一点，她听见有人大笑一声，又听见父亲喊她：

“珂赛特！”

她跳下床，穿上晨袍，打开窗子。

她父亲在下面的草坪上。

“我喊醒你，是为了让你放心，”他说，“你看。这就是你看见的戴圆帽的人影。”

他边说，边指给她看月光投到草坪上的一个影子，还真像一个戴圆帽男人的幽灵。原来，那是邻居屋顶上有圆罩的铁皮烟囱的投影。

珂赛特也笑了，她所有的担心烟消云散。第二天，她和父亲一起用早餐时，还拿这个闹烟囱鬼魂的阴森可怕的花园开玩笑。

让·瓦让又恢复了平静。至于珂赛特，她没去理会那烟囱是不是在她看见或以为看见的方向，月亮是不是在天空同一个位置上。她也丝毫没有问问自己，这根烟囱怎么这样奇怪，竟怕被当场抓住，一有人看它的影子，就立即躲开，因为，那天晚上，当珂赛特回头看时，那影子不见了，对此，珂赛特是深信无疑的。珂赛特完全放心了。她觉得父亲的演示无懈可击，至于晚上或夜里会不会有人到花园里来，她再也不去想了。

然而，过了几天，又发生了一件事。

三　杜珊信口开河

在花园临街的铁栅栏门附近，有张石凳，一排绿篱挡住了好奇人的目光，不过，必要时，路人从栅栏门和绿篱伸过胳膊，便能摸到石凳。

四月的一天晚上，让·瓦让出门了。太阳落山后，珂赛特坐在这张石凳上。树林里晚风习习，珂赛特陷入沉思，一种莫名的愁绪涌上她的心头。这不可克服的愁绪来自夜晚，也可能——谁知道呢——来自此刻微微张开的坟墓般的神秘。

芳蒂娜说不定就躲在这冥茫的黑暗中。

珂赛特起身，绕花园漫步。她走在浸满露水的草丛中，一边像梦游似的，忧郁地想道：“这个时候在花园里散步，真应该穿木鞋。否则会着凉的。”

她回到石凳旁。她正要坐下，发现她坐过的位置上，有一块相当大的石头，刚才她离开时肯定还没有。

珂赛特打量这块石头，思索着是怎么回事。她突然想到，这石头不会自己跑到石凳上，是有人把它放上去的，有只胳膊从栅栏门里伸了过来，想到这些，她感到很害怕。这次，她可是真的害怕了。事实不容怀疑，石头就在那里。她没有碰一下就逃跑了，也不敢向后面看一眼。逃回屋里，她立即将通台阶的落地窗的门板关上，并且插上门闩。她问杜珊：

"我父亲回来了吗？"

"还没有，小姐。"

（我们曾指出过，杜珊说话口吃。这里不再重复了。我们不喜欢像记乐谱那样，记下别人的生理缺陷。）

让·瓦让喜欢沉思，又喜欢夜间散步，常常夜里很晚才回来。

"杜珊，"珂赛特又说，"您晚上要不要把门窗都关好？至少临花园的窗子要关好，上好门闩，把那些小铁玩意儿插进小铁环里。"

"呵！放心吧，小姐。"

杜珊不会忘记的，这点珂赛特很清楚，但她禁不住又说：

"这一带非常荒凉！"

"这倒是真的。"杜珊说，"还没来得及哼一声，就被杀了！再说，先生又不住在这楼里。不过，您不必害怕，小姐，我把窗户关得严严实实。只有女人在家！我觉得，光这个就让人心惊肉跳了。您能设想吗？夜里看见男人闯进房间，对你说：'不许喊！'然后，把你的脑袋割下。死倒没什么，人人都会死的，算了，谁都知道人早晚要死，可是，感到这些人在碰你，实在叫人厌恶。再说，他们的刀可能割不动！啊，上帝！"

"别说了，"珂赛特说，"把门窗都关紧。"

珂赛特被杜珊即兴胡编的情节剧吓坏了，但也可能想起了上星期看见的人影，因此，她都不敢对杜珊说："有人在石凳上放了块石头，您去看看！"害怕一打开去花园的门，"那些人"会冲进来。她让杜珊把所有的门窗关严，叫她把整个屋子，从地窖到顶楼，都巡视一遍，她躲到自己的卧室里，插上门闩，看了看床下，便躺下睡觉，却睡不着。整整一夜，她都看见那块石头，就像一座大山，到处都有岩洞。

旭日东升，——旭日的特点，便是使我们感到夜里的恐惧实在荒唐可笑，越是恐惧，便越感到可笑，——旭日东升，珂赛特醒来，她觉得夜里的惊恐，不过是一场噩梦，她对自己说："我胡思乱想些什么呀？就像上星期的夜里我以为听见了脚步声！就像我看见了烟囱的投影！我现在是不是变成胆小鬼了？"夺目的阳光从百叶窗的缝隙里射进来，将锦缎窗帘染成紫红色，她感到放心了，一切恐惧的想法都从她的头脑里消失了，连那块石头也抛到了脑后。

"石凳上根本没有石头，就像花园里根本没有戴圆帽的男人。那块石头和其他东西一样，都是我梦里看见的。"

她穿好衣服，下楼来到花园里，跑到石凳旁，吓得一身冷汗。石头还在那里。不过，她很快镇定下来了。夜里会感到恐怖，白天却会产生好奇。

"啊！"她说，"看看再说。"

她掀开石头，石头相当沉。下面好像有封信。是一个白信封。珂赛特一把抓起信封。正面没有地址，反面没有盖印。可是，信封虽没封口，却不是空的。可见里面有纸头。

珂赛特将手伸进信封里。这不再是恐惧，也不再是好奇，而是有点忧虑了。

珂赛特把信封里的东西取出来。是个小本子，每一页都编了号，并且都写了几行字。"字迹好漂亮！"珂赛特想道，"非常隽秀。"

珂赛特看看有没有名字，没有找到。没有人署名。这是给谁的？可能是给她的，既然有人把信封放到凳子上。可又是谁写的呢？她好像受到了一种不可抗拒的诱惑，那些纸在她手里颤抖，她试图将目光从信纸上移开，她望了望天空、大街、浸透了阳光的刺槐、在邻居屋顶上飞翔的鸽子，突然，她猛地低头看那手稿，心想她得知道里面写的是什么。

下面是她读到的——

四　石头下面有颗心

将宇宙缩小成一个人，将一个人扩大到上帝，这便是爱。

爱是天使对星辰的致意。

灵魂因爱而悲伤，那是多大的悲伤！

当一个充满天地的人不见了，该是多么空虚！呵！被爱的人会变成上帝，这千真万确！假如万物之父不是为了灵魂而创造了人，为了爱而创造了灵魂，那么，不难理解，他对这个被爱的人会嫉妒的。

只要远远望见飘着淡紫色绸带的白绉纱帽下粲然的一笑，灵魂就能进入梦幻的殿堂。

上帝在万物后面，但万物遮住了上帝。物体是黑色的，人是不透明的。爱一个人，就是使他变得透明。

有时思想在祈祷。不管躯体是何姿态，灵魂却是跪着。

相爱而不能相见的人，可用无数虚幻而真实的东西，来排解离别的惆怅。人们阻挠他们相见，他们不能通信，但能找到许多神秘的方法进行沟通。他们为对方送去鸟儿的歌唱，花儿的芬芳，孩子的欢笑，太阳的光芒，风儿的叹息，星星的光辉，送去天地万物。为什么不呢？上帝的一切创造，都是为爱服务的。爱的力量足以使整个大自然为它传递信息。

啊，春天！你是我写给她的一封信。

未来与其说属于思想，不如说属于心灵。爱是唯一能占据和充满永恒的东西。无穷需要无尽。

爱是灵魂的组成部分。爱和灵魂的本质相同。和灵魂一样，爱是神圣的火星；和灵魂一样，爱不可腐蚀，不可分割，不会枯竭。它是在我们心中燃烧的一把火，它是不朽的，无穷的，什么也不能限制它，熄灭它。人们感到它烧到骨髓，看见它光照苍穹。

啊，爱情！互相爱慕！两个人彼此相悦，两颗心彼此相契，两个目光彼此交融！幸福啊，你会降临于我，是吧！两个人在幽静的地方散步！多么幸福灿烂的日子！我有时梦见，天使常常从他们生命中分出一些时间，来到尘世间伴随凡人的命运。

上帝唯有使相爱的人长相守，才能增加他们的幸福。经历了一场爱，能爱到永远，这的确能增加幸福；但是，要增加尘世间爱情施予灵魂的无上幸福的程度，那是不可能的，连上帝也做不到。上帝代表整个天，爱情代表整个人。

你凝望一颗星星，出于两个动机，一是因为它发光，二是因为它不可捉摸。在你身边，有更灿烂的光辉，更莫测的神秘，那就是女人。

所有的人，不论是谁，都有可呼吸的东西。少了这些东西，就等于少了空气，我们就会窒息。就会死亡。没有爱而死，是可怕的。那是灵魂的窒息。

当爱情将两个人融为完美神圣的一体，他们就找到了人生的真谛。他们成了同一个命运的两个载体，同一个精灵的两个侧翼。爱吧，飞吧！

哪一天有个女人从你身边经过，边走边放出光芒，你就完了，你就爱上了。你只有一件事好做，那就是心里老思念她，致使她也不得不思念你。

爱情所开始的，只能由上帝来完成。

真正的爱情，为丢失一只手套或找到一块手帕而忧伤，而狂喜。它的忠诚和希望需要永恒。它同时由无限大和无限小组成。

如果你是一块石头，就应该是吸铁石；如果你是一棵小草，就应该是含羞草；如果你是一个人，应该是爱。

爱永无满足的时候。人有了幸福，还想要乐园；有了乐园，还想要天堂。

啊！热恋中的人，一切都融于爱中。要善于从爱中找到一切。爱和天堂一样，令你神往，但爱比天堂更使你快乐。

——她还到卢森堡公园来吗？——不，先生。——她是到这个教堂做弥撒的吗？——现在不来了。——她还住在这幢房子里吗？——已搬走了。——她搬到哪里了？——她没说。

不知道心上人的住址，多么凄惨！

爱情有其幼稚的东西，其他情感有其渺小的东西。使人变得渺小的情感可耻！让人变得幼稚的情感光荣！

有一件奇怪的事，您知道吗？我生活在茫茫黑夜里，因为有个人离开时把天带走了。

呵！肩并肩，手牵手，躺在同一个坟墓里，在黑暗中，不时地轻抚一根手指头，这就足以使我永生。

如果你因为爱而痛苦，那就更狂热地爱吧。为爱而死，便是在爱中永生。

爱吧。在这苦刑中，也有闪烁星光的凄楚的变容。人在临终时，也会乐在其中。

啊！鸟儿多么快乐！它们歌唱，是因为他们有窝。

爱便是愉快地呼吸极乐世界的空气。

深邃的心灵，聪慧的思想，按照上帝的旨意生活吧。这是一种漫长的考验，是对未知命运的难以理解的准备。这个命运，这个真正的命运，对人来说，要从跨进坟墓的第一步才开始。那时，他面前会出现某些东西，他会开始分辨最终的东西。最终的东西，请想一想这个词吧。活着的人看见无限，死去的人才看得见最终。在这期间，你就爱吧，痛苦吧，你就希望吧，冥想吧。只爱过肉体、形体、外表的人活该不幸！人一死，什么都没了。努力去爱灵魂吧，那样你才会在冥间与之重逢。

我在街上遇见了一个很穷的年轻人，他正在热恋中。他的帽子很旧，衣服很破，肘部有窟窿，雨水渗透他的鞋子，星辰照透他的灵魂。

被人爱是多么伟大！爱一个人更伟大！心因为爱而变得勇敢。它只以纯洁为内容，以崇高和伟大为支柱。任何邪恶的思想不可能在有爱的心里萌生，正如荨麻不能在冰川上萌芽。高贵而宁静的心灵，不会有庸俗的欲念和冲动，它俯视着尘世间的乌云和黑暗，俯视着疯狂、谎言、仇恨、虚荣和苦难，它高踞蓝天之上，却能感觉到命运深层和底部的震动，正如高山之巅能感觉到地震一样。

世上若没有爱，太阳便会熄灭。

五　珂赛特读完信之后

珂赛特读信时，渐渐沉入了遐想。当她读完最后一行抬起头来时，恰好是那位英俊的军官从栅栏门前经过的时刻，看到他耀武扬威的样子，珂赛特觉得他十分讨厌。

珂赛特又看着那本子出神。字迹真漂亮，她心里想道，出自同一只手，但墨水有深有浅，时而很黑，时而泛白，像是在墨水瓶里掺了水，可见不是同一天写的。这是在纸上倾诉衷肠，一声声叹息，没有规则，没有次序，没有选择，没有目的，信手写来。珂赛特从没读过这类东西。这份手稿，对她仿佛是一个微微启开的神殿，看懂的地方比看不懂的地方多。这神秘莫测的文字，字字句句在她眼前大放光芒，在她心里洒满异彩。她所受的教育从来只对她讲灵魂，不讲爱情，就好比只谈火种，不谈火苗。这十五页手稿，突如其来地、和风细雨地向她揭示了整个爱情、痛苦、命运、生死、永恒、开始、结束。仿佛有只手猛然张开，向她抛出一把光线。在这寥寥数行中，她感到展示了一种热情、炽烈、慷慨、诚实的性格，一种神圣的意志，一种无尽的痛苦和无限的希望，一颗悲痛的心，一种心醉神迷。这手稿是什么呢？一封信。一封没有地址、没有姓名、没有日期、没有署名的信，一封情真意切、坦荡无私的信，一个饱含真理的谜语，一封由天使送来给童女阅读的情书，是在订后世的约会，是一个幽灵向一个亡灵表白爱意。这个不在场的、平静而又绝望的、好像准备到死亡中寻求避身之处的男子，向一个销声匿迹的女子送来命运的奥秘、生命的钥匙和爱情。他在写这信时，脚踩在坟墓里，手伸在天国里。这一句句、一行行落在纸上，可以称作灵魂的一点一滴。

这几页纸是从哪里来的？是谁写的？现在，珂赛特肯定无疑。只有一个人。

他！

她心里又有了光明。一切重现了。她感到前所未有的快乐，并深感忧虑。是他！是他给她写的！他在这里！他的胳膊从栅栏门里伸进来过！就在她把他遗忘的时候，他又找到了她！不过，她难道真忘了吗？不！从没忘过！她太傻了，一度曾以为忘了。她一直爱着他，崇拜着他。那爱火一度曾被盖住了，在灰下闷燃着，现在，她清楚地看见了，它不过是钻到了深处，现在，复又燃起来，把她全身都烧得炽热。这个本子有如一颗火星，从另一个灵魂落进她的灵魂，她感到又在燃起熊熊大火。这手稿的每一句话都深入她的心田："呵！是的！"她说，"这一切，我多么熟悉啊！我从他的眼睛里看到过。"

她正要看完第三遍，泰奥迪尔中尉再次经过栅栏门，马刺碰得铺石路面当当响。珂赛特不得不抬头看他。她觉得他俗不可耐，傻里傻气，一如废物，同时自命不凡，令人生厌，鲁莽冒失，奇丑无比。那军官以为得向她微笑。她恼羞成怒，别转脑袋。她真想朝他脑袋上扔些东西。

她逃走了，回到屋里，关进房里，为了重读手稿，为了记住背熟，为了沉思默想。当她读熟后，她在手稿上吻了一下，把它揣进怀里。

这下完了。珂赛特又坠入了纯洁的爱河中。伊甸园的深渊再次打开。

珂赛特一整天都晕晕乎乎。她难以进行思维，脑子乱作一团，她想做些推测，却无能为力，她在颤颤巍巍中期盼着，可是期盼什么，却若明若暗。她什么也不敢指望，什么也不敢拒绝。她脸色苍白，浑身颤抖，有时感到恍若梦境。她不时地问自己："这是真的吗？"于是，她摸摸怀里那心爱的本子，把它紧紧按在胸口，她感到纸角抚摸自己的肌肤，假如让·瓦让此刻在她身边，见她眸子里流溢出从未有过的灿烂的喜悦，会惊得浑身哆嗦。"呵！是的！"她想道，"是他！是他给我的！"

她思忖，多亏天使干预，天公作美，她才能失而复得。

呵！爱情的变容！呵！梦幻！这天公作的美，这天使的干预，不过是一个强盗从查理曼大帝院子里，经过拉福斯监狱的屋顶，扔进狮子沟，扔给另一个强盗的面包团。

六 老人生来为了及时走开

夜幕降临，让·瓦让出门了。珂赛特梳妆打扮。她把头发梳成最适合她的式样，穿上一件连衣裙，上身的领口多剪了一刀，露出了颈窝，就像姑娘们说的，“有点不庄重”。其实根本不是不庄重，恰恰比高领更漂亮。她这样精心打扮，却不知道为了什么。

她想出门吗？不。有人来访吗？没有。傍晚时分，她下楼来到花园。杜珊在朝后院的厨房里忙着做饭。

她从树下走过去。有的树枝很低，她不时用手撩开。

她来到石凳跟前。那块石头仍在上面。她坐下来，把白嫩的手放在石头上，仿佛要爱抚它，感谢它。

蓦然，她有一种难以名状的感觉，甚至不用看，就知道后面站着一个人。她转过脸，倏地站了起来。

是他。

他光着脑袋。看上去苍白消瘦。几乎辨不出他穿着黑衣服。暮色使他俊美的面孔变得灰白，给他的眼睛蒙上了黑影。在无比温柔的外表下，他身上似乎透着一种死亡和黑暗。他的脸上照着正在消逝的落日余晖，和一颗正在死亡的灵魂的思想。他似乎还不是幽灵，但已不再是人。

他的帽子扔在几步路以外的灌木丛里。

珂赛特随时都会晕倒，但她没有喊叫。她慢慢向后退，因为她感到要被吸引过去了。他则一动不动。她看不见他的眼睛，却从裹住他的难以形容的忧愁中，能感觉到他的目光。

珂赛特退缩着，碰到了一棵树，便靠在上面。没有这棵树，她恐怕摔倒了。

这时，她听到了他的声音，这个声音，她从没真正听到过，现在，它冲破树叶的簌簌声，喃喃地说：

“请原谅，我来了。我非常苦闷，不能再这样生活下去了，于是我来了。您读了我放在这石凳上的东西了吗？您有点知道我是谁了吧？不要怕我。已经很久了，您还记得您回眸看我的那一天吗？在卢森堡公园，那尊古斗士雕像旁。您从我身边经过的那一天。六月十六日和七月二日。快一年了。很久没见到您了。我问过公园里出租椅子的妇人，她说也没见到您。那时，您住在西街的一座新房子里，临街的四楼上，您看，我知道吧。我，我跟在您后面。我还能做什么？后来，您消失了。有一次我在奥德翁剧院的柱廊下读报，以为看见您经过那里。我跑去追您。原来不是您。是一个跟您戴一样帽子的姑娘。夜里，我来这里。不用担心，谁也看不见我。我来近处看看您的窗子。我脚步很轻，不想让您听见，怕您害怕。有天晚上，我站在您后面，您回过头来，我赶紧逃跑了。有一次，我听见您唱歌。我开心极了。我隔着百叶窗听您唱歌，您不会不高兴吧？您不会不高兴的。不会的，是不是？您知道，您是我的天使，让我来看您吧。我感到我要死了。您要是知道就好了！我，我爱慕您！原谅我，我跟您说话，却不知道在说什么，您可能生气了，您生气了吗？”

“呵！母亲！”她说。

她瘫了下去，仿佛要死了。

他扶住她，她仍然往下瘫，他抱住她，抱得紧紧的，却不知道自己在做什么。他扶着她，身子摇摇晃晃。他仿佛在腾云驾雾，双眸炯炯发光，大脑停止转动；他觉得自己在做一件虔诚的事，却又在亵渎神灵。不过，尽管他感到这个可爱的女人靠在自己怀里，却对她毫无欲望。他已爱得神魂颠倒。

她抓住他的一只手，放到自己胸口上。他感觉到那个本子藏在她胸口。他结结巴巴地问：

“这么说，您爱我？”

她低声地回答，低得就像是几乎听不见的呼吸声：

“不要问！你知道的！”

她把羞得通红的脸，埋进这位漂亮而如醉如痴的年轻人的怀里。

他跌坐到长凳上，她靠在他身旁。他们不再说话。星星开始放出光芒。他们的嘴唇怎么会相遇的？想一想鸟儿怎么会歌唱，白雪怎么会融化，玫瑰怎么会开放，五月怎么会鲜花怒放，拂晓怎么会在颤抖的山丘顶上树林后面泛起白光，就会知道了。

一个吻，一切尽在其中。

两人激动得打战，炯炯的目光在黑暗中互相凝视。他们感觉不到夜晚的阴冷，石头的阴凉，地面的潮气，野草的露水，他们互相凝视着，他们心潮澎湃。不知不觉中，他们的手已握在了一起。

她没有问他，甚至没想到问他是从哪里进来，又是怎样进来的。她感到他在这里是很自然的事。

马里尤斯的膝盖不时地与珂赛特的膝盖相碰，每一次都引起他们一阵颤栗。珂赛特时而结结巴巴地吐出一句话。她的灵魂在唇上颤抖，有如一滴露珠在花上颤抖。

他们渐渐交谈起来。继完全的沉默之后，是热烈的互诉衷肠。在他们上空，夜色宁静而灿烂。这两个似精灵般纯洁的年轻人，把心里的一切全倒了出来，他们有什么梦想，如何狂热，如何狂喜，如何心醉神迷，如何想入非非，如何心灰意冷，如何远远爱慕，如何遥相祝愿，见不到面时又如何痛不欲生。他们的亲密已到了登峰造极的程度，互诉着心中最隐秘、最神秘的想法。他们幻觉丛生，真诚而坦率地把爱情、青春和残余童年使他们产生的想法，全都倾诉出来。他们把心里话都倾注到对方心中，一小时后，那少男便有了少女的灵魂，而那少女也有了少男的灵魂。他们彼此渗透，彼此诱惑，彼此迷恋。

当他们谈完了，诉尽了，她把头靠在他肩上，问道：

“您叫什么名字？”

“马里尤斯。”他说。“您呢？”

“珂赛特。”

第六卷　小加弗洛什

一　风的恶作剧

一八二三年，蒙费梅那家小客栈渐渐衰败，虽没跌进破产的深渊，但已陷入零星债务的泥潭。从那以后，泰纳迪埃夫妇又生了两个孩子，都是男孩。这样，他们就有了五个孩子，两个女孩，三个男孩。孩子太多。

晚生的两个还在很小的时候，泰家婆娘就把他们摆脱了，而且还感到莫名的高兴。

“摆脱”一词用在这里恰如其分。这个女人很少有人性。这种现象并非只此一例。和德·拉莫特-乌当库尔元帅夫人[①]一样，她只给两个女儿尽母亲的责任。她的母爱到此为止。她对人类的仇恨是从儿子开始的。她对儿子的凶恶垂直而下，她的心在这里有一道陡壁。正如我们看到的，她讨厌大儿子，憎恨另外两个儿子。为什么？不为什么。最可怕的理由和最无可争辩的回答，是“不为什么”。这位母亲说：“我可不需要一窝孩子。”

我们来说说泰纳迪埃夫妇是如何摆脱两个小儿子，甚至从中捞到好

---

① 德·拉莫特-乌当库尔元帅夫人（1623—1708），法兰西儿童会总管，有三个女儿，都是公爵夫人。

处的。

前面提到过一个叫玛妮翁的姑娘，她曾从吉诺曼老头那里敲得赡养费，扶养她的两个孩子。她住在则肋司定修士沿河马路，那条古老的小麝香街的拐角处。那条街取名小麝香，是为了尽量把它的坏名声改变成香气。大家记得，三十年前，巴黎塞纳河沿岸地区曾流行过白喉病，科学家利用此次机会，大规模试验明矾吹入法的疗效，如今，这一疗法已被碘酒外搽法有效地取代了。在那次流行病期间，玛妮翁姑娘一天之内痛失两个年幼的儿子，一个是早晨，一个是晚上。这是个打击。这两个孩子，对于他们的母亲非常宝贵，意味着每月八十法郎的收入。这八十法郎，每月都由吉诺曼先生的年金代理人巴热先生按时代付。巴热先生是位退休执行员，住在西西里王街。孩子们一死，年金便泡汤了。玛妮翁姑娘得设法应付。她是黑社会的成员，在这个组织里，谁有事，大家都会知道，但保守秘密，互相帮助。玛妮翁需要两个孩子；泰纳迪埃家则有两个孩子。性别相同，年龄相仿。一方正愁没处打发，对另一方，则是很好的投资。小泰纳迪埃，变成了小玛妮翁。玛妮翁离开则肋司定修士沿河马路，搬到了克洛什佩斯街。在巴黎，一个人换了住处，身份也可改变。

身份登记处没接到通知，也就没有过问，因此，孩子冒名顶替轻而易举办成了。只有一点，泰纳迪埃在出借孩子时，要求每月付十法郎，玛妮翁答应了，而且也付了。不言而喻，吉诺曼先生继续付钱。他半年来看一次孩子。他没发现孩子换了。“先生，”玛妮翁姑娘说，“他们多像您啊！”

对泰纳迪埃来说，改名换姓是家常便饭，他乘机变成了戎德雷特。他的两个女儿和加弗洛什几乎没来得及发现他们还有两个小弟弟。人贫困到一定程度，就会像鬼魂那样冷漠，会把活人看作亡灵。最亲近的人常常成了模糊不清的影子，勉强从云雾迷蒙的人生深处显现出来，而且很容易同看不见的世界混为一体。

泰家婆娘把两个小儿子交给玛妮翁的那天晚上，她尽管很想永远遗弃他们，但也曾迟疑过，抑或装出迟疑的样子。她对丈夫说：

“这可是遗弃亲生骨肉呀！”

泰纳迪埃威严而冷静地说：“让-雅克·卢梭做得更好！”以此打消了她的顾虑。

母亲由迟疑转为不安：

“要是警察找我们麻烦呢？我们这么干，泰纳迪埃先生，你说是不是允许？”

泰纳迪埃回答：

“没有不允许的事。谁也不会看出问题。再说，穷得光屁股的孩子，谁也不会有兴趣细看的。”

玛妮翁是一个爱俏的坏女人，她喜欢打扮。她屋里的摆设既矫饰，又寒酸。她和一个入了法国籍的本领高强的英国女贼住在一起。值得称道的是，这个成了巴黎人的英国女郎，同有钱人过从甚密，与图书馆的勋章和玛尔斯小姐的钻石这两件失窃案有密切关系，后来在刑事犯罪档案中是个有名人物。大家叫她“密斯小姐”。

那两个孩子归了玛妮翁后，倒也没什么可抱怨的。因为有八十法郎的赡养费，就像所有被利用的东西一样，他们受到了照顾。他们穿得不赖，吃得不坏，几乎被当作“小先生”对待，同假母亲在一起，比同真母亲在一起更好。玛妮翁装出贵妇人的派头，在他们面前不说俚话。

他们这样生活了几年。泰纳迪埃还真有预见。一天，玛妮翁给他付十法郎的月钱时，他对她说：“他们的‘父亲’该让他们受教育了。”

至此为止，这两个可怜的孩子，虽然命不好，还算受到不错的照顾，不料突然被抛入人生，不得不开始自食其力。

像在戎德雷特家那种大规模的逮捕坏人，必然会导致一连串的搜查和拘捕，这对生活在社会底层的令人憎恶的黑社会势力，是一场名副其实的灾难。这样一场灾难，会使这个黑暗世界发生形形色色的崩溃。泰纳迪埃家的灾难，也殃及到玛妮翁。

就在玛妮翁把有关普吕梅街的那张纸条交给埃波妮后不久，一天，克洛什佩斯街上突然来了帮警察，玛妮翁被捕了，密斯小姐也被捕了，一家人都是嫌疑分子，一一落网。那两个男孩恰好在后院玩耍，没有看见搜捕。他们想回家时，发现大门关着，屋里空无一人。对面一家铺子的鞋匠把他们叫过去，将“他们母亲”留下的一张纸条交给他们。纸上写着一个地址：西西里王街八号，年金代理人巴热先生。鞋匠对他们说：“你们不能再住在这里了。去那里吧。很近。左边第一条街。拿着这纸去问路。”

两个孩子走了，大的领着小的，手里拿着那张引路的纸条。他很冷，手指冻僵，拿不住纸。在克洛什佩斯街转弯处，一阵风刮走了他手中的纸，天色已黑，孩子没能找到它。

于是，他们开始在街上流浪。

二　小加弗洛什借拿破仑大帝的光

巴黎的春天常常刮起凛冽的朔风，虽不会把人冻冰，却会把人冻僵。这种朔风，正如从不严实的门窗缝里钻进温暖房间里的冷空气，即使是最晴朗的大白天，也会使人心情忧郁。冬天阴森的大门仿佛依然半开着，吹出一阵阵冷风。一八三二年春天，爆发了本世纪欧洲第一场大瘟疫，那年的寒风比以往更凛冽，更刺骨。那场瘟疫的大门比半开的冬天的大门更寒冷。那是坟墓的大门。在这寒风中，闻到了霍乱的气息。

从气象学观点看，这样凛冽寒风的特点，是毫不排除强压电。因此，那年的春天常有雷电交加的暴风雨。

一天晚上，朔风呼呼地吹着，仿佛又回到了隆冬，有钱人又穿上了大衣，小加弗洛什还是那身破衣烂衫，冻得索索发抖，却仍然快快乐乐，站在圣热尔韦榆树街附近一家理发店门口出神。他不知从哪里弄了条女用羊毛披巾，当作围巾，围在脖子上。加弗洛什似乎对橱窗里的一个蜡像新娘十分欣赏，那新娘袒胸露肩，头戴橙花，在两盏煤油灯之间旋转着，向行人展示着笑容。其实，他是在观察店铺，看看能不能从橱窗里“偷”到一条肥皂，拿去同郊区的“剃须匠”换一苏钱。他常常以这种方式混一顿饭吃。他干这事很拿手，他把这叫作“给剃须的人剃胡须”。

他凝视新娘，又斜眼看看那条肥皂，一边嘴里喃喃咕咕：“星期二……不是星期二……是星期二吗？……可能是星期二……就是星期二。”

他这番自言自语是说什么，谁也无从知道。如果是指上一顿晚饭，那他就有三天没吃饭了，因为那天是星期五。

店里生着旺旺的火炉，暖烘烘的，剃须匠在给一位顾客剃胡须，不时地转过头来看一看这个敌人，这个冻僵了的厚脸皮的流浪儿，他双手插在兜里，心里显然在打坏主意。

加弗洛什正在端详那蜡像新娘、橱窗和温莎肥皂，只见两个孩子畏畏缩缩地转动门把，走进店里。他们一高一矮，衣着比较整齐，比他还要小，看上去一个七岁，一个五岁。他们进去后，不知道问了什么，可能要求施舍，低声哀求，与其说像在恳求，不如说像在呻吟。他们同时说话，听不清他们说什么，因为小的那个呜呜咽咽，断断续续，大的那个冻得牙齿格格响。剃须匠愤怒地转过脸来，右手仍拿着剃须刀，用左手推大的，膝盖推小的，把他们推到街上，关上店门，并且说：

“无缘无故把冷风带进屋里！”

两个孩子边哭边走了。不料空中飘来一片乌云，下起雨来。小加弗洛什追上去，和他们攀谈起来：

“你们怎么啦，小鬼？”

“我们没地方睡觉。”大的说。

“就为这个？”加弗洛什说，“这有什么？为这点事就哭？你们多傻！”

接着，他显出居高临下、略带揶揄的神态，用既怜惜又专横，既温和又以恩主自居的口吻说道：

“小鬼，跟我来。”

“好的，先生。”大的说道。

两个孩子跟着他，就像跟着一个大主教。他们不哭了。加弗洛什带他们上了圣安托万街，向巴士底广场的方向走去。

加弗洛什边走，边回头朝理发店愤愤瞪了一眼。

“这老鳕鱼[①]，心肠真狠！”他咕哝道，“像是个英国佬。”

---

① 法语俚语中把理发匠叫作鳕鱼。

他们三人排着队，由加弗洛什打头，向前走着；一个姑娘见状，哈哈大笑。这笑声是对他们的不恭。

“您好，公共马车小姐。”加弗洛什对她说。

过了一会，他又想起了那位理发匠，又说：

“我把动物弄错了。他不是鳕鱼，是毒蛇。理发匠，我去找个铜匠来，给你的尾巴装一个铃铛。”

那理发匠使他变得好斗了。在跨一道阳沟时，看见一个长着胡须，拿着扫把，够资格去布洛肯山[①]会浮士德的女看门人，呵斥她说：

“太太，您骑着您的马出门哪？”

话音刚落，他一脚又把脏水溅到一位行人的漆皮鞋上。

“小赤佬！”那行人愤怒地喊道。

加弗洛什从围巾中抬起鼻子。

“先生要告状吗？”

“告你！”行人说。

“关门了，”加弗洛什说，“我不接状子了。”

然而，当他继续顺着这条街往前走，突然看见一个十三四岁的女乞丐，在一座通马车的大门下瑟瑟发抖，衣服很短，膝盖露在外头。她已是大姑娘了，穿这样短的裙子不雅观。身体发育，常给人开这种玩笑。在不宜露出身体的时候，偏偏裙子变短了。

“可怜的姑娘！”加弗洛什说，“连裤衩都没有。喏，把这拿去吧。”

他把围在脖子上的羊毛披肩解下来，扔到女乞丐瘦削发紫的肩膀上，于是，围巾又变成了披肩。姑娘愣愣地看着他，默默地接受了披肩。穷人穷到一定程度，就会傻头傻脑，受痛苦不会呻吟，受恩惠不会感谢。

拿走了披肩，加弗洛什冻得“嗞”了一声，浑身打起颤来，抖得比圣马丁还要厉害，至少圣马丁还留着半件大衣[②]。

---

① 布洛肯山在德国，相传是女巫与魔鬼相会的地方。每年四月三十日到五月一日，女巫骑着扫把，去那里聚会。浮士德为德国民间传说故事中的巫师。

② 传说图尔主教圣马丁（约 316—397）把自己的袍子割下一半送给穷人。

听到这“嗞”的一声，雨下得更猛了。这可恶的天公专门惩罚善行。

“呀！”加弗洛什嚷道，“什么意思嘛？又下雨了！仁慈的上帝！还要下的话，我可要退缩啦。”

他继续赶路。

“不管怎样，”他看了一眼缩在披肩下的女乞丐又说道，“这一个总算有御寒的衣服了。”

接着，他看了看乌云，喊道：

“上当了！”

那两个孩子紧跟在后面。

他们经过一个装铁栅栏的橱窗前，一看便知是面包铺，因为面包就像金子，总是放在铁栅栏后面的。加弗洛什转身问道：

“喂，小鬼，咱们吃过晚饭了吗？”

“先生，”大的回答，“差不多从今天上午起就没吃过饭。”

“那你们既没父亲，也没母亲吗？”加弗洛什庄重地问。

“请原谅，先生，我们有爸爸和妈妈，但不知道他们在哪里。”

“有时候，不知道反倒更好。”加弗洛什说，俨然像个思想家。

“我们走了两个钟头，”大的继续说，“凡是有墙角石的地方都找过了，但什么也没找到。”

“我知道，”加弗洛什说，“全让狗吃光了。”

他沉默了一会，又说：

“我们丢失了生养我们的人。我们不知道把他们怎么了。不应该这样，小家伙。像这样把老人们丢了，实在太傻。啊！得吃点东西了。”

他再没有向他们提问题。无家可归嘛，这不是再明白不过的吗？大的那个几乎马上又回到了童年的无忧无愁，惊呼道：

“真好笑。妈妈还说，圣枝主日，要带我们去摘祝过圣的黄杨枝呢。”

“唔！”加弗洛什回答。

那大的接着又说：

“妈妈是个夫人，和密斯小姐住在一起。”

“见鬼！”加弗洛什说道。

不过，他已停下不走了。他在口袋里摸了几分钟了，搜遍了破衣服的角角落落。最后，他抬起头，本来只想显出满意的样子，但让人看到的却是得意扬扬。

“可以放心了，小娃娃。我们三人有晚饭吃了。”

他从一个兜里拿出一枚苏。那两个孩子还没来得及表示惊讶，他就把他们推到了那家面包店里，将那枚苏放在柜台上，喊道：

“伙计！给我来五生丁面包。”

烤面包的师傅也是店主，他拿了个面包和一把刀。

“切成三份，伙计！”加弗洛什又说，接着又郑重地补充说：

“我们是三个人。”

面包师仔细看了看这三个顾客，拿了块黑面包。加弗洛什见状，便把指头深深塞进鼻孔里，猛吸一口气，仿佛大拇指上有腓特烈大帝的鼻烟，然后冲着面包师的脸，气愤地呼喊道：

“Keksekça?”

读者中若有人想把加弗洛什对面包师喊的这句话，当成俄语或波兰语，抑或约维斯人或博托库多斯人[①]对着荒寂的江面向对岸发出的野蛮呼喊，我们就要告诉他们，这是他们（我们的读者）天天说的一句话，那就是：qu’est-ce que c’est que cela？[②]面包师听得明明白白，回答说：

“怎么啦！面包呗，极好的二级面包。”

“您是说黑面包吧。”加弗洛什镇静、冷淡而轻蔑地说，“要白面包，伙计！白白的面包！我要请客。”

面包师忍俊不禁，他一面切白面包，一面怜悯地打量他们，加弗洛什很反感。

“啊！小伙计！”他说，“干吗这样丈量我们？”

其实，他们三个接起来，还不到一丈呢。

面包师切好面包，收了钱，加弗洛什对那两个孩子说：

---

① 美洲印第安人的两个部族。

② 法语：这是什么？

“塞吧。”

两个孩子瞠目结舌地看着他。加弗洛什笑了：

“啊！对，他们太小，听不懂。”

于是，他又说：

“吃吧。”

同时，他递给他们每人一块面包。

他觉得那大的更有资格同他交谈，认为应该给他一点特别的鼓励，让他毫无顾虑地吃饱肚子，于是拣最大的一块递给他，并对他说：

“把这塞进你的枪膛吧。”

他把最小的一块留给自己。

可怜的孩子们饿坏了，加弗洛什也不例外。他们大口大口地啃着面包，仍挤在店里没出去，店主既已收了钱，便对他们直眉瞪眼。

“我们回街上去吧。”加弗洛什说。

他们继续朝巴士底广场方向走去。

当他们经过亮着灯光的店铺橱窗时，最小的那个不时停下来看看钟点。他有一块铅表，用一根细绳挂在脖子上。

“真是个大傻瓜。”加弗洛什说。

而后，他若有所思地咕哝道：

“这没什么。假如我有孩子，我会比这更好地照顾他们。”

他们吃完面包的时候，已到了芭蕾街的拐角处。这条街郁郁寡欢，街尽头，可以望见拉福斯监狱那低矮敌对的边门。

“喂，加弗洛什，是你？”有个人说。

“喂，蒙帕纳斯，是你？”加弗洛什说。

刚才同加弗洛什说话的是个男人，正是蒙帕纳斯，他已乔装打扮，戴着蓝色圆框眼镜，但加弗洛什还是一眼认出来了。

“乖乖！”加弗洛什说，“你穿了件亚麻籽糊剂色的衣服，戴了副医生戴的蓝眼镜。还真派头，我发誓！”

“嘘！”蒙帕纳斯说，“别这样大声！”

说完，他赶快把加弗洛什拽到店铺灯光照不到的地方。

两个孩子手牵着手，机械地跟在后面。

他们来到一家通马车大门的黑拱顶下，那里没人看见，也淋不到雨：

“你知道我去哪里吗？”蒙帕纳斯问道。

“勉强登修道院[①]。”加弗洛什说。

“别胡扯！”

蒙帕纳斯接着又说：

“我去会巴贝。”

“啊！”加弗洛什说，“她叫巴贝。”

蒙巴纳斯压低嗓门说：

“不是她，是他。”

“啊，巴贝！”

“对，巴贝。”

“我还以为他被扣了。”

“他把扣解开了。”蒙帕纳斯回答。

接着，他简要地向加弗洛什叙述说，今天上午，巴贝在被押送巴黎裁判所附属监狱的路上，没向右拐进“预审走廊”，而是向左拐，逃跑了。

加弗洛什对巴贝的机灵不胜佩服。

“好一个牙科医生！”他说。

蒙帕纳斯又讲了些巴贝逃跑的细节，最后还说：

“呵！还不止这些。”

加弗洛什一边听着，一边抓过蒙帕纳斯手中的拐杖，机械地把拐杖的上半截拔掉，露出一把锋利的匕首。

“啊！”他赶紧把匕首推回去，说道，“你还带了你的便衣警察哪。”

蒙帕纳斯眨了眨眼。

“啊唷！”加弗洛什又说，“你准备同雷子干一仗吗？”

“不知道。”蒙帕纳斯满不在乎地说，“有备无患嘛。”

---

① 这里指断头台。——原注

加弗洛什非要问个水落石出：

“今天夜里你到底要干什么？”

蒙帕纳斯再次压低嗓门，含含糊糊地说：

“干点事。”

说完，马上换了话题：

“对了！”

“什么？”

“那天发生了一件事。你不会想到的。我遇见了一个有钱人。他赏给我一顿教训和一个钱包。我把它放在兜里。过了一分钟，我摸摸衣兜，钱包不在了。”

“只剩下教训。”加弗洛什说。

“你呢，”蒙帕纳斯又说，“你现在去哪儿？”

加弗洛什指了指两个受他保护的孩子，说道：

“我带这两个孩子去睡觉。”

“睡觉，哪里？”

“我家里。”

“你有住处了？”

“是的，我有住处。”

“那你住在哪儿？”

“大象肚子里。”加弗洛什说。

蒙帕纳斯尽管生来不会大惊小怪，也禁不住惊呼了：

“大象肚子里！”

“没错，大象肚子里！”加弗洛什说。“Kekçaa？”

这又是一个人人都这么说，却不这么写的词。Kekçaa，即 Qu’est-ce que cela a（这有什么）？

流浪儿这一深刻的看法，使得蒙帕纳斯恢复了平静和理性。他对加弗洛什的住处，似乎有了好的看法。

“这倒是！”他说，“对，大象……在里面待得舒服吗？”

“很舒服，”加弗洛什说，“那里，真的，很舒服。不像桥下面有穿堂风。”

“那你怎么进去？”

“就这么进去。”

“有个洞？”蒙帕纳斯问道。

“当然！这可不该说的。在大象的两条前腿之间。密探没发现。”

“那你是爬上去的？没错，我知道。”

“噌噌，一转眼，就进去了，没有人影了。”

停了一会儿，加弗洛什又说：

“这两个孩子，我会给他们弄个梯子。”

蒙帕纳斯笑了。

“你从哪里弄到这两个娃娃的？”

加弗洛什毫不做作地回答：

“是一个理发匠送给我的礼物。”

这时，蒙帕纳斯好像若有所思。

“你一眼就认出我来了。”他咕哝道。

他从兜里拿出两件小东西，是两根裹着棉花的羽毛管，他把它们分别插进两个鼻孔里。于是，他的鼻子就完全变样了。

“这让你变了个模样，”加弗洛什说，“不那么丑了，就让它们待在里面吧。”

蒙帕纳斯是个漂亮的小伙子，但加弗洛什却爱开玩笑。

“说真的，”蒙帕纳斯问道，“你觉得我现在怎么样？”

他说话的声音也变了。转眼工夫，蒙帕纳斯变得认不出来了。

“呵！你给我们扮个小丑吧！”加弗洛什大声说道。

两个小家伙只顾挖鼻孔，没注意听他们说话，听到“小丑”两个字，便走过来，看着蒙帕纳斯，脸上露出喜悦和钦佩的神色。

可惜蒙帕纳斯心事重重。

他把手搭在加弗洛什肩上，一字一顿地对他说：

“听我说，小伙子，如果我和我的多格、我的达格和我的迪格在广场上，你给我十个大苏，我不会拒绝干的，可今天不是狂欢节。”

这番古怪的话，对流浪儿产生了奇特的效果。他赶紧回过头，两只闪光的小眼睛全神贯注地四下张望，发现几步路外，有个警察背对着他们。加弗洛什不禁“啊”了一声，立即把话咽回去，他晃了晃蒙帕纳斯的手，说道：

“那好，晚安，我和我的孩子们上我的大象那里去。假如哪天夜里需要我，就到那里来找我。我住在夹层。没有门房。找加弗洛什先生就行。”

“好的。”蒙帕纳斯说。

说完，他们分手了。蒙帕纳斯朝河滩广场那个方向，加弗洛什朝巴士底广场。加弗洛什拉着哥哥的手，哥哥又拉着弟弟的手，五岁的弟弟几次回头看那“小丑”远去。

蒙帕纳斯用来告诉加弗洛什有警察的那句晦涩难懂的话，没包含什么特别的符咒，只是把“迪格”的半谐音以不同的方式重复五六次。而“迪格”这两个音，不是孤立地说出来，而是巧妙地夹杂在一句话中，意思是说：当心，不能随便说话。此外，在蒙帕纳斯的这句话中，包含着一种文学美，这是加弗洛什领会不到的。至于“我的多格、我的达格和我的迪格”，这是神殿街的俚语，意思是“我的狗、我的刀和我的女人”，这是莫里哀写剧本，卡洛[①]画画那个伟大世纪里，那些丑角们常用的词。

二十年前，在巴士底广场东南角上，靠近运河码头，也就是靠近城堡监狱的旧壕沟的地方，还可以看见一个奇异的纪念性建筑物，现在已从巴黎人的记忆中消失了，但它值得留下一点痕迹，因为那是“法兰西研究院院士，埃及远征军司令”想出来的。

虽说那只是个模型，但我们仍说是纪念性建筑物。不过，这个模型本身，就是拿破仑一个思想的宏伟草图，是这种思想的巨大尸体，接二连三吹来的劲风把它刮走，每次都把它扔到离我们更远的地方，如今，它已成了历史，原本是临时的，现在却具有一种说不出的永久性。这是一头大象，四十英尺高，由木架和砖石砌成，背上驮着一座塔，形似一

① 卡洛（1592—1635），法国版画家和画家。

座房屋，当初，被某个刷墙工刷成绿色，由于年代已久，风吹雨打，已成了黑色。广场那一角空旷荒凉，巨象那宽宽的额头，它的鼻子，它的獠牙，它的宝塔，它的巨大的臀部，它的圆柱般的四条腿，在星光闪烁的夜空，形成巨大而可怖的黑影。世人不知道这大象的含义。这是人民力量的一种象征。它忧郁，神秘，庞大。它是强大的看得见的幽灵，矗立在巴士底狱这个看不见的幽灵身旁。

外地人很少来参观这个建筑物，本地人经过也不看它一眼。它已渐渐毁坏，一年四季，身上的灰泥剥落下来，形成一个个丑陋的伤疤。一八一四年以来，风雅语言中所称的“市政官员”，已把它忘到九霄云外。它站在那个角落里，忧容满面，病病恹恹，摇摇欲坠，围着一圈栅栏，木头已经腐烂，随时被醉醺醺的马车夫弄得肮里肮脏；它的肚子上裂痕累累，尾巴上露出一根木板条，大腿之间杂草丛生。由于大城市的地面总在不知不觉地缓缓上升，三十年来，广场的地面也渐渐升高，而这大象却处在一个凹地里，仿佛它身下的地面下陷似的。它污秽不堪，被人蔑视，令人生厌，却傲然挺立，在资产阶级看来奇丑无比，在思想家看来郁郁寡欢。它像一堆垃圾，将被清扫干净，又像一位君主，将被砍头斩首。

前面说过，到了夜里，大象的面貌就和白天不同了。黑夜是所有阴暗之物真正的生活环境。夜幕降临，那头老象便改变面貌。周围一片黑暗，一片宁静，它则变得肃穆可怕。它属于过去，因而属于黑夜；这黑暗与它的威严相得益彰。

这个纪念性建筑物粗犷，矮壮，笨重，粗糙，朴素，近乎丑陋，但不失雄伟，显得既威严又野蛮，如今它已不复存在，让一个高耸着烟囱的特大炉子①平静地占山为王，取代阴森森的有九层塔的堡垒，好比资产阶级取代封建主义。在锅子涵容着力量的时代，炉子自然成了这个时代的象征。这个时代行将成为过去，而且已经在成为过去；人们开始懂得，

---

① 为纪念七月革命，路易-菲利普政府在巴士底广场建造了一座高五十米的紫铜圆柱，底座为方形，柱顶有一尊自由女神像。

如果锅炉可能产生力量，那么只有人的脑袋才能产生威力；换句话说，带动世界前进的，不是火车头，而是思想。可以将火车头挂在思想上，但千万别把马当作骑士。

现在仍回到巴士底广场上。不管怎样，那位用灰泥建造了大象的建筑师，终于完成了一件伟大的作品，而用青铜制造烟囱的建筑师，只是制作了一件渺小的作品。

这根烟囱，人们给起了个响亮的名字，叫作七月柱，是一场流产革命的失败之作，一八三二年，它还裹着一层脚手架（对此，我们深感遗憾），还围了一圈木板栅栏，终于与大象完全隔绝了。

那流浪儿带着两个“小鬼”所去的地方，正是广场的这个角落，远处有盏路灯将这里微微照亮。

讲到这里，请允许我们停一停，提醒大家，我们讲的是事实：二十年前，有个孩子因为在巴士底广场的大象肚里睡觉而被抓住，指控为流浪和破坏公共建筑，轻罪法庭对他进行了判决。交代完这件事后，我们继续往下讲。

到了大象附近，加弗洛什明白无限大可能对无限小产生强烈的印象，于是说道：

“小鬼们！别害怕。”

说完，他从一个缺口钻进大象的围篱内，然后，帮助两个小家伙跨过缺口。那两个孩子有点害怕，但一声不吭地跟着加弗洛什，把自己托付给这个给过他们面包、答应给他们住处、衣衫褴褛的小保护人。

沿着围篱，躺着一把梯子。是附近建筑工地的工人白天使用的。加弗洛什使出吃奶的劲儿把它举起来，靠到大象的一条前腿上。紧挨梯子顶端，依稀可见一个黑洞，就在大象的肚子上。加弗洛什指了指梯子和洞口，对他的小客人说：

“上去，进去。”

两个孩子吓得面面相觑。

“你们害怕了，小鬼！”加弗洛什喊道。

接着又说：

“瞧我的。”

他抱住大象粗糙的大腿，转眼工夫，也不用梯子，就爬到了洞口旁。他像水蛇钻缝般地钻了进去。过了一会儿，两个孩子依稀看见他苍白的面孔，好似一团惨白的东西，出现在漆黑的洞口。

“喂，”他喊道，“小家伙们，上来呀！你们会看到，这里多么舒服！”接着，他对大的说：“你，上来！我拉你一把。”

两个孩子用肩你推我，我推你。那流浪儿既使他们害怕，又让他们放心，再说，雨下得很大。大的决定冒一下险。小的看见哥哥上去了，自己一人待在这巨兽的大腿间，欲哭而不敢。

大的摇摇晃晃，爬着梯子；加弗洛什一路呼喊着鼓励他，就像击剑教师鼓励学生，骡夫鼓励骡子：

“别怕！”

“就这样！”

“继续！”

“脚踩在那里！”

“手放在这里！”

“加油！”

当他爬到洞门口，加弗洛什用力一把抓住他的胳膊，把他拉向身边。

“进来！”他说。

那孩子已钻进洞里。

“现在，你在这里等我。”加弗洛什说，“先生，请坐。”

说完，他像进来时那样，钻出裂口。像猴子那样，哧溜一声，沿着象大腿滑了下去，双脚落在草丛中，拦腰抱住那五岁的孩子，把他送到梯子中央，然后，跟在他后面往上爬，一面对大的嚷道：

“我推你拉。”

转眼间，那小的还没明白过来，就被连推带拉，拽进了洞里，随后，加弗洛什也进去了，他脚后跟一蹬，梯子摔倒在草地上，他高兴得连连拍手，喊道：

“我们到家了！拉法耶特将军万岁！”

欢呼完毕，他又说：

“小娃娃，你们到我家了。”

这的确是加弗洛什的家。

啊！这是废物的意外用途！是庞然大物的恩赐！是巨人的慈悲！这个宏大的建筑物，曾体现了拿破仑皇帝的一个思想，现在成了一个流浪儿的栖身之地。巨象收容了这个孩子，给了他藏身之处。穿节日盛装的有产者，从巴士底广场的大象前面经过，常常会鼓起金鱼眼，轻蔑地打量它，并且说：“这东西有什么用？”它的用处，就是庇护一个没爹没妈、缺衣少食、无家可归的孩子，使他免遭寒冷、严霜、冰雹、风雨的袭击，免得睡在烂泥里而发烧，睡在雪地上而冻死。它用来收容被社会抛弃的无辜孩子。它用来减轻公众的罪过。它是一个向被所有人拒之门外的孩子敞开的洞穴。这头穷困潦倒的老象，被虫侵袭，遭人遗忘，满身疣瘤、苔藓和溃疡，摇摇晃晃，千疮百孔，为人抛弃，病入膏肓，有如一个巨人乞丐，站在十字街头，徒劳地向行人乞求仁慈的目光，却对另一个乞丐产生了怜悯，那个穷小子脚上无鞋，头上无瓦，冻得直呵手指，穿着破衣烂衫，吃着残羹剩饭。这便是巴士底广场这头大象所派的用场。拿破仑的这个主意，为世人所鄙视，但被上帝采纳了。原本辉煌的东西，现在变得令人肃然起敬。皇帝要用斑岩、青铜、铁、金子和大理石，来实现自己想做的事，而上帝只要用木板、椽条和灰泥拼凑而成。皇帝做了一个天才的梦，他想用这个大而无当的巨象来象征人民，让它全副武装，威风凛凛，高扬着鼻子，背驮着宝塔，向四周喷出欢快爽人的水花，上帝却把它变成了更伟大的东西，使它成为一个孩子的栖身之地。

加弗洛什出入的那个洞口，其实是一个裂口，外面几乎看不见，因为前面说过，它藏在大象的腹部，又非常狭小，只有猫儿和孩子才勉强进得去。

“首先得告诉门房我们不在家。”加弗洛什说。

他熟门熟路地一头扎进黑暗中，拿了块木板，堵住了窟窿。

加弗洛什又钻进黑暗中。孩子们听见火柴插进磷瓶，嗤拉一声响。那时，化学火柴尚未问世，伏马德点火器代表着那个时代的进步。

突然出现的火光，耀得他们眯起了眼睛。刚才，加弗洛什点着了一根在松脂里浸过，叫作“地窖老鼠”的细绳。地窖老鼠与其说在发光，不如说在冒烟，照得大象肚内朦朦胧胧。

加弗洛什的两位客人举目四顾，他们的感觉仿如被关进了海德堡的大啤酒桶里[①]，更确切地说，和《圣经》里的约拿被吞进鲸鱼肚里的感觉完全一样。一个硕大无朋的骨架出现在他们面前，将他们团团包围。上方是一道褐色的长梁，隔一段距离，便伸出两根椽条，从而形成脊梁和肋骨；钟乳石似的石膏吊在梁上，仿佛是五脏六腑；肋骨之间，布满了蜘蛛网，就像沾了一层灰尘的横膈膜。四周的旮旯里，可见一个个会动的黑点，仿佛受了惊吓，倏地从这里窜到那里。

从大象背上落到肚子上的灰泥，填平了凹处，走在上面，如履地板。

最小的那个偎依在哥哥身边，低声对他说：

“真黑。”

听到这句话，加弗洛什嚷了起来。见两个孩子在那里发愣，他觉得有必要让他们震惊一下。

“你们这是在干什么？”他嚷道。“想开玩笑吗？想挑三拣四吗？你们想住杜伊勒利宫吗？你们是不是不懂道理？说呀！告诉你们，我可不是傻瓜团的傻瓜。啊，你们是教皇的子孙吗？”

对恐惧的人，给点厉害是有好处的。这可以让他们镇定下来。两兄弟向加弗洛什靠了靠。

加弗洛什见他们信赖自己，便慈父般地软了下来，“由严厉转为温和”，对最小的说：

“小傻瓜！”他把这句骂人的话说得非常温柔，“外面才黑呢。外面下雨，这里不下。外面冷，这里没有一点风。外面人多，这里没有一个人。外面甚至没有月亮，这里有我的蜡烛，见鬼！”

两个孩子不像刚才那样害怕了，开始端详这个住处。可是，加弗洛什不让他们有更多的时间欣赏。

---

① 德国古城海德堡的宫殿废墟内，有两只巨大的啤酒桶，其中一只可装十三万升啤酒。

“快。”他说。

说着，他把他们推向我们有幸能称作房间的深处。那里是他的床。加弗洛什的床可是应有尽有。也就是说，有一个床垫、一条被子和一个有帐帏的凹室。床垫是草席，被子像是非洲人用的相当宽大的缠腰布，灰色，粗羊毛，八成新，非常暖和。

凹室里面有：

三根相当高的支柱，稳稳地插在地面，也就是插在象肚子的石灰渣堆里，两根在前，一根在后，顶上由一条绳子绑在一起，构成三角支架。这支架上有个黄铜丝网，非常随便地放在上面，但用铁丝极其艺术地绑着，把三根支柱完全罩起来。周围贴地面的网边，又压着一圈大石头，任何东西也钻不进来。这铜丝网不过是动物园里用来罩大鸟笼的铜纱。加弗洛什的床就在这铜丝网里面，有如在鸟笼里一样。整个网架有如爱斯基摩人的帐篷。正是这个铜丝网，充当了帐帏的角色。

加弗洛什把压在前面铜丝网上的石头挪开，两面相重叠的铜纱便打开了。

“小家伙们，爬进去！”

他小心翼翼地把两位客人推进鸟笼，随后自己也爬了进去，又把那些石头放回原处，床帏就又合上了。

他们三人躺在草席上。虽然都很矮小，却谁也不能在里面站着。加弗洛什手里一直拿着那根“地窖老鼠”。

“现在困觉吧！”他说。“我要吹蜡烛了。”

“先生，”大的那个指着铜丝网问道，“这是什么？”

“这个嘛，”加弗洛什严肃地回答，“是用来防老鼠的。快困吧！”

但是，他觉得有必要再说几句，教导教导这两个孩子，于是继续说道：

“这是植物园里的东西，用来圈猛兽的。仓库里堆满了这些东西。只要翻过一道墙，爬过一扇窗，走进一道门，想拿多少就可以拿多少。”

他边说，边把被子的一角裹住那小的，只听见那小的喃喃地说：

“哇！真舒服！真暖和！”

加弗洛什满意地看着被子。

“这也是动物园里的。”他说，“是从猴子那里弄来的。”

说完，他又指着身下厚厚的编得很精致的草席，对那大的说：

“这个是长颈鹿的。”

他停顿了一下，又说：

“这些都是动物的。我从它们那里拿来了。它们没有生气。我对它们说：‘是拿给大象的。’”

他停了停，又说：

“从墙上翻过去，管他政府不政府的。就这样。”

两个孩子敬畏而惊愕地看着这个无所畏惧、足智多谋的人，他同他们一样到处流浪，一样孤独无援，一样身体瘦弱，虽然悲悲惨惨，却无所不能，简直不可思议，他的脸上像街头老艺人那样做着种种怪相，还洋溢着最天真迷人的笑容。

“先生，”大的怯生生地说，“那您不怕警察？”

加弗洛什只回答了一句：

“小鬼！不说警察，要说雷子。”

那小的睁大眼睛，但什么也没说。他睡在边上，大的睡在中间，加弗洛什像母亲那样给他掖好被子，并在他头部的草席下垫了些破布做枕头。然后，他转过脸对大的说：

“怎么样？这里很舒服吧！”

“太舒服了！”大的看着加弗洛什，神情活像个得救的天使。

两个可怜的孩子已被雨水淋成了落汤鸡，现在开始暖和了。

“怎么！”加弗洛什继续说道，“刚才你们干吗要哭鼻子？”

他又指着小的，对大的说：

“他是个娃娃，我就不说什么了，可你是大人了，哭鼻子实在太傻，就跟小牛犊似的。”

“是啊，”那孩子说，“我们找不到住处啊。”

“小鬼！”加弗洛什说，“不说住处，要说小酒吧。”

“再说，我们也害怕夜里只有我们两个人。”

“不说夜里，要说漏夜。”

“谢谢，先生。”那孩子说。

“听我说，”加弗洛什接着又说，“以后不要动不动就唉声叹气。我照顾你们。你看吧，我们会很开心的。夏天，我们和萝卜，我的一个朋友，一起去冰库街，到码头那边游泳，到奥斯特里茨大桥前面，光着身子，在船队上跑来跑去，那些洗衣妇看见了会气得发疯。她们大嚷大叫，火冒三丈，别提有多可笑！我们去看那个骷髅人。他还活着。在香榭丽舍大街。这家伙瘦得皮包骨头。我还要带你们去看戏。带你们去看弗雷德里克·勒梅特尔的戏。我有票，我认识演员。有一回，我自己还演过一出戏呢。我们一伙小鬼，在一块布下面跑来跑去，做出大海的样子。我让我的剧院雇用你们。我们去看野人。不是真的野人。他们穿着皱巴巴的肉色紧身衣，胳膊肘上可以看见缝的白线。我们还要去看歌剧。跟着捧场的人一起进去。歌剧院里捧场的都是有身份的人。我不跟大街上捧场的人混在一起。在歌剧院，你想想，有人花二十苏买票进去，这太傻了。我们管那些人叫洗碗布。我们还要到断头台去看杀人。带你们去看刽子手。他住在沼泽街。桑松先生。他家门上有个信箱。啊！别提多开心了！”

这时，一滴烛油落在加弗洛什的手指上，使他回到了现实中。

“哎呀！”他说，“灯芯快烧完了。注意！我每月的灯钱不超过一苏。躺下了，就得睡觉。我们没空读保尔·德·科克先生的小说。灯光还会从大门缝里泻出去，雷子会发现的。”

“并且，”那大的怯生生地说，只有他敢同加弗洛什说话并搭腔，“火星会落到草席上，小心别烧了房子。”

“不说烧了房子，要说毁了咖啡馆。”

暴风雨愈下愈大。雷声隆隆，听得见瓢泼大雨打在大象背上。

“冲吧，大雨！”加弗洛什说。“我很喜欢听雨水顺着房子大腿往下淌的声音。冬天是个大傻瓜，白白往外甩货物，它这是白费劲儿，它淋不湿我们，只好嘀嘀咕咕，这个挑水的老头！”

这些话是影射雷电，加弗洛什以十九世纪哲人的度量，接受雷公的一切后果。他话音刚落，天空闪过一道宽宽的电光，那样耀眼刺目，只见什么东西从裂缝中钻进了象肚子里。几乎同时，雷声大作，凶猛异常。两个孩子惊叫一声，倏地坐起来，差点将铜纱帐掀开。可是，加弗洛什将了无惧色的脸转向他们，并趁着雷声放声大笑。

“别慌，孩子们。别把房子掀翻了。这声雷打得真漂亮！不是一钱不值的闪电。太棒了，仁慈的上帝！妈的！差不多和昂比古剧院的雷电一样棒。”

说完，他把铜纱帐整了整，轻轻将两个孩子推到床头，把他们的膝盖拉拉直，然后喊道：

“既然上帝点着了他的蜡烛，我就可以吹灭我的了。孩子们，我的小伙子们，必须睡觉。不睡觉可不好。那样会发出走廊的臭味，拿上流社会的话来说，就是口臭。把皮裹好！我吹了。好了吗？”

“好了，”那大的小声说，“舒服极了。脑袋就像枕在鸭绒枕头上。”

“不说脑袋，”加弗洛什说，“得说树墩。”

两个孩子挤在一起，加弗洛什在草席上把他们安顿好，将被子拉到他们耳朵上，然后，第三次用做圣事般的语言命令道：

“困觉吧。”

他吹灭了蜡烛。

烛光刚刚熄灭，三个孩子睡的铜纱帐就奇怪地震颤起来。只听见一片低沉的金属摩擦声，仿佛有爪子和牙齿在抓咬铜丝。还伴有各种尖细的叫声。

那五岁小男孩听见头顶上发出声音，吓得魂不附体，用胳膊肘推推哥哥，但他哥哥已照加弗洛什的命令“困”着了。于是，那小家伙怕得忍不住了，壮大胆子，但却是低声地、屏息敛气地喊加弗洛什：

“先生？”

“嗯？”加弗洛什说道。他刚刚闭上眼睛。

“是什么呀？”

“老鼠。”加弗洛什回答。

他把脑袋放回草席上。

的确，大象肚子里繁殖了成千上万只老鼠，正是前面提到的会动的黑点，只要烛光不灭，它们就不敢乱窜乱动，可是，这个被它们当作城池的洞窟一旦回归黑暗，当它们嗅到那位卓越的童话作家佩罗称作“鲜肉”的味道，便会成群结队拥向加弗洛什的铜纱帐，一直爬到帐顶上，啃咬网纱，仿佛要把这个新玩意儿咬穿。

可是，那小的睡不着。

“先生！”他又说道。

“嗯？”加弗洛什说。

“老鼠是什么？”

“就是耗子。”

这个解释多少使孩子放了些心。他生平也曾见过白耗子，他没有害怕。可是，他又提高嗓门说：

“先生？”

“嗯？”加弗洛什说。

“您为什么不养只猫？”

“我有过一只，”加弗洛什说，“我抱来过一只，但被它们给我吃掉了。”

这第二个解释把第一个解释的效果抵销了，那孩子又哆嗦起来。他和加弗洛什开始第四轮交谈。

“先生！”

“嗯？”

“谁被吃了？”

“猫。”

“谁吃了猫？”

“老鼠。”

“耗子？”

“是的，老鼠。”

孩子被这些吃猫的耗子吓坏了，接着又问：

“先生，这些耗子会吃我们吗？”

“当然！”加弗洛什说。

孩子吓得魂飞魄散。可是加弗洛什又说：

"别害怕！它们进不来。再说有我在！喏，握住我的手。别说话，困觉吧！"

加弗洛什边说边从他哥哥身上伸过手去。孩子把这只手贴在胸口，心里感到踏实了。勇气和力量能像这样神秘地传递。四周恢复了寂静，人的说话声惊跑了老鼠。几分钟后，它们又回来造反，但三个孩子已进入梦乡，什么也听不见了。

黑夜在流逝。黑暗笼罩寥落的巴士底广场，朔风夹杂着冷雨，呼呼地吹着，巡逻队搜索各处的门户、小路、围场、暗角，寻找夜间的流浪汉，从大象前面悄然而过。那大象有如妖魔，屹立不动，睁大眼睛凝视黑暗，一副沉思的样子，仿佛对自己做的好事心满意足，保护这三个熟睡的可怜孩子免遭风吹雨淋，世人欺侮。

为使下面发生的事容易理解，这里要提醒一句，那时候，巴士底广场的哨所位于广场的另一端，大象附近有什么情况，哨兵看不见，也听不到。

拂晓前一刻，有个男人从圣安托万街奔跑而来，穿过广场，绕过七月柱的大围栏，溜进大象的围篱内，一直钻到大象肚子下。如有亮光照着这个人，从他浑身湿透的样子，可以猜到他在雨中过了一夜。到了大象底下，他发出一种古怪的呼叫。这呼叫不属于任何人类语言，只有鹦鹉才能模仿。他连呼了两次，我们把音记录下来，也恐怕无济于事：

"叽里叽叽乌！"

呼第二遍时，象肚子里有个清脆、快乐和年轻的声音应答：

"来了。"

几乎同时，遮住洞口的木板移开，一个孩子从象腿上滑下来，轻捷地落在那人身旁。那孩子是加弗洛什。那男人是蒙帕纳斯。

至于那"叽里叽叽乌"的喊声，想必是加弗洛什与蒙帕纳斯分手时说的"找加弗洛什先生"的暗号。

听见这个喊声，他猛地醒来，掀开一点铜纱帐，爬出"凹室"，随后又小心合上，然后移开木板，滑了下来。

黑暗中，那男人和孩子没有说话，就彼此认了出来。蒙帕纳斯只说了句：

“我们需要你，来帮我们一下。”

那流浪儿没问是什么事。

“走吧。”他说。

两人朝蒙帕纳斯刚才出来的圣安托万街走去，匆匆穿行于清晨去菜市场卖菜的车队中。

这些菜农坐在车上，挤在蔬菜中间打瞌睡。天下着大雨，他们把脑袋蒙在罩衣里，连眼睛也遮住了，根本没有瞧一瞧这两个奇怪的过路人。

三　越狱波折

下面是那天夜里在拉福斯监狱里发生的事：

巴贝、布吕戎、格勒梅尔商量好要越狱。泰纳迪埃关在单人囚室里，但也参与了策划。巴贝已逃跑成功，我们从蒙帕纳斯对加弗洛什的叙述中已经知道。

蒙帕纳斯应该在外面接应他们。

布吕戎在惩戒室里待了一个月，这期间他做了两件事，一是搓了根绳子，二是酝酿了一个计划。从前，按照监狱的规定，单独关押囚犯的地方叫作“黑牢”，这些森严的地方，由石头墙壁、石头天花板、铺砖地面、一张行军床、一个装铁栅栏的气窗、一扇由铁皮加固的门构成。可是，黑牢听起来太可怕，因而现在叫“惩戒室”，仍由一个铁门、一个装铁栅栏的气窗、一张行军床、铺砖地面、石头天花板和石头墙壁构成。中午照进来一缕阳光。这些正如我们看到的不叫黑牢的惩戒室，有一个弊端：本来应该强迫劳动的人，就可以在里面琢磨逃跑的办法。

因此，布吕戎动了番脑筋，用一根绳子逃出了监狱。在查理曼大帝大院里，他被认为是危险分子，关进了新楼。关进新楼后，他首先找到了格勒梅尔，后来又找到了一颗铁钉；格勒梅尔，即是犯罪，一颗钉铁，即是自由。

对于布吕戎，现在是全面介绍的时候了。布吕戎外表弱不禁风，蓄意装出无精打采的样子，是一个文质彬彬、足智多谋的小伙子，一个目光温柔、笑里藏刀的盗贼。温柔的目光来自意志，残忍的笑容来自本性。他是先从屋顶开始研究他的偷盗技艺的；他采用所谓“剥牛肚”的方法来剥去屋顶和檐槽，从而大大发展了扒铅屋顶的技艺。

正当他酝酿越狱的时候，真是天赐良机，监狱的部分石板屋开始翻修和填缝。这样，圣伯尔纳大院同查理曼大帝大院、圣路易大院不再完全隔离了。屋顶上架起了脚手架和梯子，换句话说，已搭好了通往自由的桥梁和楼梯。

新楼是这个监狱最薄弱的地方，从没见过如此裂缝累累、满目疮痍的房屋。墙壁已被硝酸钾腐蚀，拱顶经常掉下石块，砸着躺在床上的囚犯，因而不得不加了层木板。尽管新楼破旧不堪，监狱当局仍把最危险的犯人，用监牢里的行话来说，把“重案犯”关押在里面。

新楼有上下四层牢房和一个名曰“雅间”的顶楼。一根大概是拉福斯公爵们厨房里用的大烟囱从底层出发，穿过四个楼层，将所有的囚房一分为二，有如一根扁平的柱子，冲破屋顶。

格勒梅尔和布吕戎关在同一间牢房里。出于谨慎，人们把他们关在一楼。凑巧他们的床头都靠着壁炉的烟囱。泰纳迪埃正好关在他们头顶上方叫作“雅间”的顶楼上。

行人来到圣卡特琳文化街，走过消防队驻地，在浴室的大门前驻足，便能看见一个摆满盆栽花木的院子，院子深处有一个白色双翼圆亭，镶着绿色护窗板，显得轻松活泼，体现了卢梭牧歌式的梦想。大约十年前，在这个圆亭背后，在它的上方，矗立着一堵又黑又丑、毫无遮掩的高墙。这是拉福斯监狱巡逻道的大墙。

这圆亭后面有这样一堵大墙，使人不免想到贝尔甘[①]后面有弥尔顿[②]。

---

① 贝尔甘（1747—1791），法国作家。

② 弥尔顿（1608—1674），英国诗人和散文家。

这墙再高，也高不过一个比它更黑、隐约可见的屋顶。那是新楼的屋顶。有四个装了铁条的屋顶窗，那就是“雅间”的窗户。一根烟囱穿透屋顶，那就是贯通四层牢房的烟囱。

这个“雅间”，即新楼的顶层，是一个大屋顶室，安了三重铁栅门，以及三扇包了铁皮、布满特大铁钉的木门。若从北端进入，左边便是那四扇屋顶窗，右边，对着这些铁窗，是四个相当大的方笼子，由狭窄的过道隔开，下部齐胸高是砌墙，上部直到屋顶是铁条。

从二月三日那天夜里起，泰纳迪埃就关进了其中一个铁笼里。他怎样并且同谁勾结而弄到并藏下了一瓶药酒的，这始终是个谜。据说，那种药酒是德吕[①]发明的，内含麻醉药，因“迷魂”帮用它来作案而声名大震。

在许多监狱里，都有一些吃里扒外的看守，半是狱卒，半是盗贼，他们帮助犯人越狱，又向警方虚报情况，从中获利。

就在加弗洛什收留两个流浪儿的那天夜里，布吕戎和格勒梅尔得知巴贝早晨已逃跑成功，并同蒙帕纳斯一起在街上等他们，于是，他们悄悄起床，用布吕戎找到的钉子挖通靠他们床头的烟囱。碎片落在布吕戎的床上，因此听不见声音。骤雨夹杂着雷声，震得铁门在铰链上晃动，监狱里响起一片可怕的声音，这更有利于他们的行动。有些犯人被惊醒，但都佯装睡着，让布吕戎和格勒梅尔干他们的活。布吕戎灵巧敏捷，格勒梅尔身强力壮。看守睡在单间里，一道铁栅栏门与牢房相通；他还没听见声音，两个可怕的犯人就已把墙壁挖了个洞，爬上烟囱，撕掉烟囱出口的铁丝罩，到了屋顶上了。这时雨更大，风更猛，屋顶上很滑。

“真是个颠号的好漏夜！[②]”布吕戎说。

从他们这里到巡逻道，有一个宽六英尺、深二十四英尺的深渊。他们看见哨兵的步枪在黑暗的渊底闪闪发光。他们刚把烟囱上的铁条扭弯，并把布吕戎在牢房里搓的绳子一头拴在铁条上，另一头从巡逻道的墙上

---

① 德吕（1745—1777），赫赫有名的罪犯，犯有多次投毒罪，后被捕，处以车轮刑。

② “真是个越狱的好夜晚！”

他们刚把烟囱上的铁条扭弯，并把布吕戎在牢房里搓的绳子一头拴在铁条上，另一头从巡逻道的墙上扔过去，一跃逃过深渊，抓住墙头，跨过高墙……（P918）

扔过去，一跃逃过深渊，抓住墙头，跨过高墙，顺着绳子相继滑到一个与浴室相连的小屋顶上，收回绳子，跳到浴室的院子里，穿过院子，推开门房的小窗，旁边悬着一根绳子，他们拉了拉绳子，打开大门，到了街上。

从他们手里拿着钉子，脑袋里装着越狱计划，黑暗中摸索着起床到行动结束，还不到三刻钟。

不一会儿，他们就与在附近溜达的巴贝和蒙帕纳斯会合了。

那绳子收回时拉断了，还有一截拴在屋顶的烟囱上。另外，他们除了手上的皮几乎全磨破外，其他没有一处受伤。

那天夜里，泰纳迪埃知道要越狱，但不知道怎么个越法，便没有睡觉。凌晨一点，天黑得伸手不见五指，他看见狂风暴雨中，在他铁笼对面的屋顶窗前面，闪过两个黑影。其中一个在他窗口停了停，仅一眨眼工夫。那是布吕戎。泰纳迪埃认出是他，也就明白了。这对他足够了。

泰纳迪埃以夜间手持凶器、设置陷阱谋财害命罪被拘捕，受到严密的看押。两小时换一个哨兵，荷枪实弹，在他的铁笼前巡逻。“雅间”被一盏壁灯照亮。犯人脚上有一副重达五十斤的脚镣。每天下午四点，一个狱卒按照当时的规矩，带着两条狗走进铁笼，在床旁边放一块两斤重的黑面包、一罐水和一满碗只漂着几颗大蚕豆的素汤，然后看看他的铁镣，敲敲窗子的铁条。哨兵带着狗每天夜里来巡视两次。

泰纳迪埃获准保存一个挂物用的铁销钉，用来把面包钉在墙上的一个缝缝里，他说，“以防老鼠偷吃面包”。泰纳迪埃受到严密看守，所以没人觉得他留下钉子有什么不妥。后来大家回想起当时有个狱卒说过：“最好还是给他留个木钉子。”

凌晨两点换岗，老兵换了个新兵。过了一会儿，狱卒带着狗来巡视，没发现异常情况，看了看就走了，只是觉得那位新兵“丘八”太嫩，“农民气十足”。两小时后，即四点钟，来换岗的人发现那新兵倒在泰纳迪埃囚笼附近的地上，像石头那样睡得死沉死沉。至于泰纳迪埃，他已不知去向。砸断的铁镣扔在方砖地上。囚笼的天花板上有个洞，上面的屋顶上也有个洞。床上的一块木板已拆掉，无疑带走了，因为没有再找着。

在囚笼里，还搜出半瓶迷魂酒，那新兵就是喝了这药酒睡着的。他的刺刀不见了。

这事发现时，人们以为泰纳迪埃已逃之夭夭。其实，虽然他已逃离新楼，但处境仍很危险。他的越狱行动远远没有完成。

泰纳迪埃爬上新楼的屋顶后，发现布吕戎扯断的绳子挂在烟囱罩的铁条上，但绳子太短，他未能像布吕戎和格勒梅尔那样，从巡逻道上逃走。

从芭蕾街拐到西西里国王街，几乎立即会遇见一个肮脏的洼地。上个世纪，那里有一座房子，现在只残留后墙，一堵真正的残垣断壁，四层楼高，矗立在相邻的房屋中间。这堵断壁一眼便能认出，有两扇方形大窗子，现在还能望见；位于正中央，离右边山墙最近的那扇窗子，横钉着一根蛀孔累累的小梁，作为支撑的椽子。从这两扇窗子里，从前可以看见一道阴森森的大墙，那是拉福斯监狱巡逻道的一段围墙。

那房子拆毁后，临街留下一块空地，半边围着腐烂不堪的木篱笆，由五根条石扶撑着。围篱里面，隐藏着一个小木屋，靠在那堵尚未塌倒的高墙上。围篱有道门，几年前，只用一个襻儿扣住关闭。

凌晨三点后不久，泰纳迪埃来到了这堵墙头上。

他是怎样走到那里的？谁也说不清楚，也无法理解。天上电光闪闪，这既对他不利，又有助于他的行动。他是不是利用了修屋顶工人的梯子和脚手架，经过一个个屋顶，一道道围墙，一个个院子，先到了查理曼大帝大院，然后是圣路易大院，然后是巡逻道高墙，再从那里到了西西里国王街的那座废墟上？可是，这样走有一连串难以解决的问题，看来不大可能。那么，他是用他的床板当作桥梁，架在“雅间”屋顶和巡逻道高墙之间，然后，在围绕监狱的巡逻道墙头上爬行，一直爬到那座废墟上？可是，拉福斯监狱巡逻道的大墙筑有雉堞，高低不平，时上时下，在消防队营地那里低下去，到了浴室那边又高起来，中间被一个个建筑物切断，在拉莫尼翁公馆那一段的高度，和帕韦街那一段的高度不一样，随时都会突然下降，形成直角；再说，哨兵也会看见逃犯的黑影；因此，泰纳迪埃走的是哪条路，依然是个谜。上述两种逃跑方式，都是不可能的。那么，泰纳迪埃是不是因为强烈渴望自由，急中生智，临时发明了第三种办法，将深渊变成小坑，铁栅栏变成柳条篱笆，缺腿人变成运动员，足痛病人变成飞鸟，愚笨化作本能，本能化作智慧，智慧化作才能呢？这一直没能搞清楚。

越狱的奇迹，是永远也不可能弄清楚的。越狱的人，我们再说一遍，总是受神灵的启示；在照亮逃跑的神秘微光中，会出现星星和闪电；为获得自由而做的努力，同朝着崇高振翼高飞一样，都是令人惊异的；人们谈起一个越狱的盗贼时，会说："他怎么能爬上那屋顶的？"正如人们谈起高乃依时会说："他怎么会想出'让他死吧'这句台词的？"

不管怎样，泰纳迪埃终于走到了那座断壁的——拿孩子们形象的话来说——"刀口"上，他汗流涔涔，雨水淋淋，衣衫褴褛，双手磨掉了皮，肘头流满了血，膝头撕裂了肉，他伸直身子躺在断壁上，已然精疲力竭，动弹不得了。那堵墙直上直下，离铺石的街面有四层楼高。

他手中的绳子太短。

他等待着，脸色苍白，力竭精疲，怀抱的希望化为泡影，虽然仍披着夜色，但他一想到很快就要天亮，附近圣保罗教堂的钟楼就要敲响四点，那时就有人来换哨，就会发现那个哨兵已经睡着，屋顶捅了个大窟窿，想到这些，不禁心惊肉跳，张皇失措。他借着朦胧的路灯光，呆呆地往下瞧，简直是无底深渊，铺石地面黑黢黢，湿漉漉，这个他所渴望却又异常可怕的地面，可以带给他死亡，也可以带给他自由。

他寻思，他的三个同谋越狱是不是成功了，等没等他，会不会来搭救他。他侧耳细听。从他来到断壁上，除了巡逻队，街上没有人经过。从蒙特勒伊、夏罗纳、樊尚和贝尔西到中央菜市场去的菜农，几乎都要经过圣安托万街。

四点钟敲响了。泰纳迪埃吓得一激灵。不久，监狱里便发现有人逃跑，顿时沸反盈天，乱作一团。他听见不停地开门关门，铁门吱吱呀呀，警卫队吵吵嚷嚷，看边门的狱卒扯着嘶哑的嗓门大呼大叫，枪托碰在院子的石板地上乒乒乓乓。灯光在牢房的铁窗口忽上忽下，一把火炬在新楼的屋顶上来回奔跑，隔壁消防队的人也调来了。大雨中，他们的钢盔被火炬照亮，在屋顶上来回移动。就在这时，泰纳迪埃看见，在巴士底广场那边，微微泛起阴惨惨的灰白色。

而他，趴在这十寸宽的墙头上，上面是倾盆大雨，左右是两个深渊，不能动弹，想到可能会摔下去而头晕目眩，可能会再遭逮捕而心惊肉跳，而他的思想则像钟摆，在两个想法之间来回摆动：摔下去，无疑是死亡，待在墙上，肯定被抓住。

他正在发愁，蓦地看见——尽管街上仍然很黑——有个人从帕韦街那边沿着墙根溜过来，停在泰纳迪埃悬着的那堵残墙下面的凹地上。后面还跟着一个人，也是小心翼翼的样子，接着是第三个，接着是第四个。这些人到齐后，其中一个拉开篱笆门上的襻儿，四个人进入有木屋的围篱里。他们正好停在泰纳迪埃的身下。这些人在这块空地碰头，显然是为了避开街上行人和几步以外拉福斯监狱边门哨兵的耳目。还要指出的是，因为下雨，那哨兵躲在岗亭里不出来。泰纳迪埃看不清他们的脸，只得像身陷困厄认为生机已绝的可怜人那样，竖起耳朵集中精力听他们说话。

泰纳迪埃听见这些人说的是俚语[①]，便看到了一线希望。第一个低声而清晰地说：

“颠吧。我们在这块经营什么？”[②]

第二个回答：

“戟下得会把鬼火戳灭。再说，条子就要来了，那头有个丘八在巡风，在这搭里我们等着被人打包吧。”[③]

“这块”和“这搭里”都表示“这里”的意思，前者是城门一带的俚语，后者是圣殿街一带的俚语，泰纳迪埃看到了光明，听到“这块”这个词，他知道是布吕戎，因为他是城门一带的盗贼，说“这搭里”的是巴贝，他干过种种行当，在圣殿街卖过旧货。

伟大世纪[④]的古老俚语，只有在圣殿街还有人说，巴贝是唯一说得地

---

① 本书出现的俚语很多，有的只能按意思译出。

② “我们走吧。我们在这里干什么？”——原注

③ “雨大得会把鬼火浇灭。再说，警察就要来了，那里有个兵在站岗，我们在这里等着让人抓吧。”——原注

④ 伟大世纪指十七世纪。

道的人。要不是听到了“这搭里”这个词，泰纳迪埃根本就认不出他来，因为他的嗓音完全变了。

这时，第三个说话了：

“不急，再等等。谁能说他不需要我们呢？”

这人说的是法语，泰纳迪埃一听，便知是蒙帕纳斯，他的高雅之处，是他能听懂各种俚语，但一种也不说。

至于第四个人，他一声不吭，但从他宽宽的肩膀，一看便知是谁。泰纳迪埃肯定他是格勒梅尔。

布吕戎几乎是激烈地，但依然低声地说：

“你瞎诌什么呀？店主不可能溜出来。他不懂道！撕衬衣，割床单，来做绳子，在门上挖洞，造假证件，做假钥匙，弄断脚镣，把绳子挂到窗外，躲藏起来，乔装打扮，机灵的人才干得来！那老头干不了，他不懂这一行！”[①]

接着是巴贝说话，仍然用的是普拉耶和卡图什创造的古典而智慧的俚语，不过布吕戎说的俚语大胆、新奇、生动、冒险，二者之间的区别，好比是拉辛的语言同安德烈·谢尼埃[②]的语言之间的区别：

“你的店主恐怕当场逮住了。得机灵才行。他还嫩了点。他可能上了一个密探的当，甚至上了一个冒充同行的眼线的当。你好好听听，蒙帕纳斯，你听见监狱里有喊声了吗？你看见那些蜡烛了。他又被抓住了。他要判二十年刑。我不是害怕，我不是孬种，这你们知道，但没有办法了，要不就等着逮住。别生气，跟我们走吧，一道去喝瓶陈酒。”[③]

“朋友有难，不能不管。”蒙帕纳斯咕哝道。

“我跟你吹他病了。这早晚那地毯商一个布洛克也不值！我们无能为力。颠吧。我时刻感到雷子会把我逮住。”[④]

---

① 原文是俚语。译文根据原著的注释译出。

② 谢尼埃（1762—1794），法国诗人，创造了一种新诗，深得雨果赞赏。

③ 原文是俚语。译文根据原著的注释译出。

④ “我对你说他又被逮住了。现在，那客栈老板分文不值！我们无能为力，溜吧。我时刻感到警察会把我抓住。”——原注

蒙帕纳斯仍然坚持，但有气无力。事实上，这四个人出于盗贼之间互不抛弃的江湖义气，冒着风险，已在拉福斯监狱周围转悠了整整一夜，希望能看见泰纳迪埃出现在哪个墙头上。但是这天夜里实在太妙，滂沱大雨把街上浇得阒无一人，他们冷得发抖，衣服湿透，鞋子开口，监狱里发出令人忧虑的喧哗，时间一点点消逝，巡逻队从他们面前经过，希望越来越小，害怕越来越大，这一切，都促使他们打退堂鼓。蒙帕纳斯自己也退缩了，而从某种意义上讲，他还是泰纳迪埃的女婿哩。再有一会儿，他们就走了。泰纳迪埃待在墙头上直喘粗气，就像墨杜萨号船上的遇难者，在木筏上眼看着天边有条船渐渐消失，急得直喘气。

他不敢喊他们，被人听见便一切都完了。他急中生智，从兜里拿出从新楼烟囱上解下来的布吕戎的那半截绳子，扔到围篱中。

绳子落在他们脚边。

“一个寡妇。”[①]巴贝说。

“是我的麻筋！”[②]布吕戎说。

“客店老板在上面。”蒙帕纳斯说。

他们抬起头。泰纳迪埃探出一点脑袋。

“快！”蒙帕纳斯说，“布吕戎，另外半截绳子还在吗？”

“在。”

“把两截绳子结起来，抛给他，他把绳固定在墙上，够得着下来了。”

泰纳迪埃冒险提高了一些嗓门：

“我冻僵了。”

“会让你暖和的。”

“我动不了。”

“你滑下来，我们接住你。”

“我的手冻麻了。”

“只要把绳子结在墙上就行。”

---

① “一条绳子。”——原注

② “是我的绳子。”——原注

"我结不了。"

"得有个人上去。"蒙帕纳斯说。

"四层楼高!"布吕戎说。

一个涂灰泥的管道贴墙向上延伸，几乎直达泰纳迪埃所在的地方，这原是木屋从前生火炉用的烟囱。那管道到处是裂缝，灰泥已脱落，但仍看得见痕迹。管道很窄。

"可以从那里上去。"蒙帕纳斯说。

"从这管道?"巴贝大声说，"一个管风琴! [①]不可能! 得有个娃子。"

"得有个伢子。"布吕戎说。

"到哪里去找娃儿?"格勒梅尔说。

"等一等，"蒙帕纳斯说，"我有办法。"

他把篱笆的门微微打开，确证街上没有行人，便蹑手蹑脚地走出去，随手关上门，向巴士底广场跑去。

七八分钟过去了，泰纳迪埃却觉得仿佛过了八十万年。巴贝、布吕戎和格勒梅尔一句话也不说。门终于又开了，蒙帕纳斯带着加弗洛什，气喘吁吁地出现在门口。雨不停地下着，街上依然渺无人迹。

小加弗洛什走进围篱，泰然自若地看看这几张强盗面孔。雨水从他头发上滴下来。格勒梅尔对他说:

"小鬼，你是条汉子吗?"

加弗洛什耸耸肩，回答道:

"像我自格这样的伢子是管风琴，像你们萨伊这样的管风琴是伢子。"[②]

"这娃子真会耍痰盂!"[③]巴贝大声说。

"庞丹的伢子不是戟的肥草做的。"[④]布吕戎附和道。

"要我做什么?"加弗洛什说。

蒙帕纳斯回答:

---

① "一个大人!"——原注

② "像我这样的孩子是大人，像你们这样的大人是孩子。"——原注

③ "这孩子真会耍嘴皮子。"——原注

④ "巴黎的孩子不是湿草做的。"——原注

“从这烟囱里爬上去。”

“用这个寡妇。”巴贝说。

“把这麻筋拴住。”布吕戎继续说。

“拴在柱顶上。”[1]巴贝又说。

“拴在轩的脚上。”[2]布吕戎补充说。

“还有吗？”加弗洛什说。

“就这些！”格勒梅尔说。

流浪儿看了看绳子、烟囱、断壁、窗户，嘴唇咂吧一下，发出难以形容的轻蔑的声音，好像在说：

“就这！”

“上头有个人，你得救他下来。”蒙帕纳斯说。

“干不干？”布吕戎接着说。

“傻帽！”孩子回答，好像这个问题不值得一提。他脱掉鞋子。

格勒梅尔抓住加弗洛什的一只胳膊，把他举到木棚顶上，棚顶的朽木板被孩子压得弯了下来。接着，格勒梅尔递给他那根绳子，蒙帕纳斯不在时，布吕戎已把断绳接好了。流浪儿向烟囱走去，那烟囱与棚顶接触的地方有个大裂口，不难钻进去。他正要往上爬，泰纳迪埃看见有救了，就把脑袋探出墙头，一缕曙光照着他汗水淋淋的脑门、灰乎乎的颧骨、细长粗野的鼻子、乱蓬蓬的花白胡子，加弗洛什认出是谁了。

“哇！”他说，“是我父亲！……哈！管他是谁。”

他用牙齿咬住绳子，坚定地开始攀登。

他终于爬到断壁高头，骑在老墙上，将绳子牢牢拴在窗子的上横档上面。

过了一会，泰纳迪埃已到了街上。

他双脚一着地，感到自己已脱离险境，便不再觉得疲劳，也不再发僵和发抖了。刚才那场噩梦烟消云散，他那怪异凶残的智慧苏醒过来，

---

① “墙顶。”——原注

② “拴在窗子的横木上。”——原注

恢复了自由，准备向前冲杀了。他说的第一句话便是：

“现在，我们去吃谁？”

这个透明而可怕的“吃”字，意义毋庸解释，包含“杀人、谋害和抢劫”多种意思。“吃”的真正含意是“吞”。

“靠拢点。”布吕戎说，“三句话就说清楚了。我们马上分手。普吕梅街有桩好生意，街很荒凉，有座孤零零的房子，有个破破烂烂的铁栅栏门，门后是花园，只有两个女人。”

“好哇！干吗不干？”泰纳迪埃问。

“你的仙女[①]埃波妮去看过了。”巴贝回答。

“她给玛妮翁送去一块饼干，”格勒梅尔补充说，“没什么油水。”

“那仙女不笨。”泰纳迪埃说，“不过，还是去看看。”

“对，对，”布吕戎说，“得去看看。”

这时，这些人似乎谁也不再注意加弗洛什了。他们在商量时，加弗洛什坐在围篱的一根石柱上。他等了一会儿，也许等他父亲回头看他一眼，然后，他穿上鞋，说：

“完了吗？你们的事干完了吧，大人们？不需要我了吧。那我走了。我得去叫我的娃娃起床了。”

说完，他就走了。那五个人也鱼贯地走出围篱。

当加弗洛什拐进芭蕾街消失不见时，巴贝把泰纳迪埃拉到一旁，问他道：

“你看清楚那伢子了吗？”

“哪个伢子？”

“爬烟囱给你送绳子的那个。”

“没看清。”

“嗯，我也不知道，好像是你的儿子。”

“唔！”泰纳迪埃说，“你认为？”

说完他就走了。

---

① “女儿。”——原注

第七卷 俚语

一 来源

PIGRITIA[①] 是个可怕的字眼。它孕育着一个世界——la pègre，即“盗窃”，和一个地狱——la pégrenne，即“饥饿”。

因此，懒惰是母亲。它有一个儿子——盗窃，和一个女儿——饥饿。现在我们讲到哪里了？讲到俚语了。

俚语是什么？它既是民族，又是方言；它是人民和语言这两个种类下的盗窃行为。

三十四年前，这个凄凉故事的叙述者，出于同一目的，将一个讲俚语的小偷引进了一部著作中[②]，当时，人们惊讶失色，大叫大嚷。——“什么！怎么！俚语！俚语是丑恶的语言！它是划船苦役犯说的话！是蹲苦役牢、蹲监狱的人说的话！是社会上所有可恶的人说的话！”诸如此类，不一而足。

我们始终也没弄明白，他们为什么要如此反对。

后来，又有两位才华横溢的小说家，一个是对人心进行深刻观察的巴尔扎克，另一个是人民无畏的朋友欧仁·苏，他们也像《囚徒末日记》

---

① 拉丁语，即“懒惰”。

② 指《死囚末日记》(1829)。——原注

的作者那样，在他们的作品中让强盗讲他们平时讲的语言，也遭到了同样的抗议。人们反复说："这些作家用这种污浊的语言，把我们当成什么人了？俚语实在丑恶！俚语叫人毛骨悚然！"

谁否定俚语？那是可想而知的。

从什么时候起，当需要探测一个伤口，一个深渊，一个社会时，下得深一些，深探到底，反倒错了？我们一直以为，这样做有时是勇敢的行为，至少是朴实而有益的行为，就像接受和完成任务那样，值得同情和关注。为什么就不能把一切都探索得清清楚楚，研究得彻彻底底，却要半途而废呢？探头可以半途停下，探测的人却不能。

当然，深入社会底层，到土壤消失、污泥开始的地方去探测，到这些稠厚的浊浪里去搜寻，对这卑鄙下流、泥浆直流的方言，对这满身脓包，每个词都像是深藏在污泥和黑暗之中的妖魔鬼怪身上的一个肮脏环节的语汇紧追不放，把它抓起来，活生生地扔到阳光下，大街上，这既非一件诱人的工作，亦非一件容易的事情。像这样在思想的光辉下，赤裸裸地凝视可怕的俚语如何乱挤乱爬，那是最凄凉不过的事了。的确，它就像一种见不得阳光，刚从污泥浊水中拉出来的怪物。我们仿佛看见一个有生命的、满身长刺的可怕荆棘丛在颤动、移动、摇动，想要回到黑暗中，气势汹汹，虎视眈眈。这个词像只利爪，那个词像只失去光辉、淌着鲜血的眼睛，这个句子像螃蟹的一只螯在乱舞。这一切犹如杂乱有序的事物，充满着可怕的生命力。

现在我们要问，从什么时候起，对可怕的事物不能研究了？从什么时候起，生了病不能求医了？难道能设想一个自然科学家可以拒绝研究毒蛇、蝙蝠、蝎子、蜈蚣、毒蜘蛛，要把它们扔回黑暗中，嘴里还说着："呵！真是奇丑无比！"思想家若是扭头不敢正视俚语，无异于外科医生不敢正视溃疡或疣子。就好像语言学家不敢研究语言现象，哲学家不敢探究人类的实际问题。因为，我们必须向不明真相的人指出，俚语大体上可以说是一种文学现象，是社会的一种产物。俚语究竟是什么？俚语是贫困使用的语言。

说到这里，人们可以打断我们，可以把事实推而广之，这样有时能起到缓和事实的作用；人们可以对我们说，一切行业，一切职业，甚至可以加上社会等级的各个阶层，知识界的各种形态，全都有他们自己的俚语。商人说："蒙贝利埃备用"，"马赛优质"；证券经纪人说："延期交割"，"溢价"，"本月底"；玩牌的人说："三张同花顺"，"重开黑桃"；诺曼底诸岛的执行员说："在对放弃继承权者的不动产进行扣押时，无封地者停止租用，不得要求享受该地产的收成"；通俗笑剧作家说："观众逗熊了"①；喜剧演员说："我演砸锅了"；哲学家说："现象的三重性"；骨相学家说："业余性，好斗性，分泌性"；步兵说："我的单簧管"②；骑兵说："我的小火鸡"③；剑术师说："第三架式，第四架式，后退"；所有的人，剑术师、骑兵、步兵、骨相学家、哲学家、喜剧演员、通俗笑剧作家、法院执行员、玩纸牌的人、证券经纪人、商人，人人都讲俚语。画家说："我的徒儿"，公证人说："我的跳小溪的人"④，假发匠说："我的伙计"，鞋匠说："我的帮手"，这些也都是俚语。关于左边和右边，水手说"右舷"和"左舷"，舞台置景员说"院子一侧"和"花园一侧"，教堂差役说"使徒书信一边"和"福音书一边"，所有这些说法，必要时，如果非要这样说的话，都可算做俚语。有装腔作势的女人说的俚语，正如从前有假才女说的俚语。朗布依埃公馆⑤说的话和圣迹区⑥说的话有相似之处。有公爵夫人们说的俚语，王朝复辟时期一位极高贵、极美丽的夫人在一封情书中写的一句话便是明证："您从那些嚼舌头的话中，能找到我放荡的大堆理由。"外交密码是俚语；罗马教廷用二十六代替罗马，grkztntgzyal 代替特使，abfxustgrnogrkzu tu XI代替莫代纳公爵，这些都是俚语。中世纪的医生称胡萝卜、红皮小萝卜和白萝卜为 opoponach, perfroschinum, reptitalmus, dracatholicum, angelorum, postmegorum，这些

---

① "观众嘘我了。"——原注

② "我的步枪。"——原注

③ "我的马。"——原注

④ "跳小溪的人"为俚语，即律师、公证处的送信员。

⑤ 朗布依埃公馆是十七世纪有名的贵族沙龙，有其独特的语言。

⑥ 圣迹区是中世纪巴黎乞丐的集中地。

也是俚语。制糖商说："劣质砂糖，大头糖，透明糖，精制糖，清糖，蜜糖，花式块糖，普通糖，焦糖，片片糖"，这位老实的厂主说的也是俚语。二十年前，评论界的一个流派常说："莎士比亚有一半是在玩文字游戏和双关语。"这也在说俚语。假如德·蒙莫朗西先生不通韵文和雕刻，诗人和艺术家就会意味深长地称他为"市侩"了，这"市侩"一词也是俚语。传统的科学院院士称花为"福罗拉"，果为"波莫那"，海为"尼普顿"，爱情为"火焰"，美色为"魅力"，马为"坐骑"，白帽徽或三色帽徽为"柏洛娜的玫瑰"，三角帽为"玛尔斯的三角区"①，这些都是俚语。代数、医学、植物学都有自己的俚语。船上使用的语言，那种无比完整、绚丽多彩、令人赞叹的语言，昔日让·巴尔、迪凯斯纳、絮弗朗和迪佩雷讲过的，伴随着船具的呼啸声、扬声器的哇哇声、攻击敌船时刀斧的搏击声、船体的晃动声、风声、枪声和炮声的语言，绝对是一种英勇而响亮的俚语，它与盗贼们粗野俚语之间的差别，无异于狮子同豺狼之间的差别。

这是毫无疑问的。可是，不管怎么说，如此理解俚语，总是一种广义的理解，不是人人所能接受的。至于我们，我们只保留这个词旧时精确的、有限的、确定的意义，把俚语限定在俚语的范围内。真正的俚语，卓越的俚语（假如这两个词能搭配的话），自古就有且自成一国的俚语，我们再说一遍，那不过是贫穷使用的语言，丑陋，惶惑，阴恶，奸险，狠毒，残忍，暧昧，卑鄙，深奥，不祥。堕落和苦难走到尽头，便会揭竿造反，决定同所有幸福的事情和占统治地位的法律进行斗争；这是一场可怕的斗争，时而诡诈，时而激烈，既有害，又残酷，它用恶行来针刺和用犯罪来棒打社会秩序。为了斗争的需要，贫穷创造了一种战斗的语言，那就是俚语。

让人类使用过的，可能会消亡的一种语言，哪怕是将其一个残片，也就是说，将构成人类文明并使之复杂化的一种不管是好是坏的成分，

---

① 罗马神话中，福罗拉是女花神，波莫那是果树女神，尼普顿是海神，柏洛娜是女战神，玛尔斯是战神。

从遗忘的深渊中浮上来，让它永远浮在上面，乃是为观察社会提供资料，是为文明本身效劳。普劳图斯就有意无意地效过劳，他让两个迦太基士兵说腓尼基语。莫里哀也效过劳，他让笔下众多人物讲东方语言和形形色色的方言。说到这里，有人又要提出异议：腓尼基语，好极了！东方语，妙极了！哪怕是方言，也还说得过去！那是一些民族或一些省份说的语言，可是，俚语？保存俚语有什么好处？让俚语“浮在面上”有什么必要？

对此，我们只回答一句话。当然，如果说一个民族或一个省份说的语言值得关注的话，那么，还有一件事更值得关心和研究，那就是一个穷苦阶层说的语言。

这种语言，比如说，在法国就讲了四个多世纪了，不仅一个穷苦阶层说，而且整个穷苦阶层，人类可能有的穷苦阶层都说。

此外，我们还要强调，研究社会的丑陋和残疾，加以揭露和治疗，是丝毫不容选择的事。研究民俗和思想的历史学家，同研究重大事件的历史学家一样，都负有严肃的使命。后者研究人类文明的表面，如王位争夺、王子诞生、国王婚娶、战役、会议、著名人物、光天化日之下的革命，即一切浮在外表的东西；前者则研究内部和底层的东西，如受苦受累翘首等待的人民、不堪重负的妇女、奄奄一息的儿童、人与人的暗斗、隐秘的暴行、偏见、约定俗成的不公平、暗中对法律的反击、心灵秘密的演变、民众细微的颤抖、快饿死的人、赤脚的人、裸臂的人、贫苦的人、没有父母的人、不幸的人、卑贱的人，即一切在黑暗中游荡的鬼魂。研究民俗的历史学家要满怀同情，一身正气，既像兄弟，又像法官，一直深入到难以进入的暗道秘穴，去接近那些乱哄哄爬行着的芸芸众生，那些流血的人、殴打的人、哭泣的人、诅咒的人、挨饿的人、吞噬的人、逆来顺受的人、为非作歹的人。研究心灵的历史学家，难道就不如研究外部事件的历史学家责任重大吗？但丁要说的东西，难道不如马基雅弗利要说的东西多吗？人类文明的底层，难道因其更深陷、更黑暗，就不如上层重要吗？不了解洞穴，能了解大山吗？

顺便提一下，根据上面所说的那些话，可以推断出这两类历史学家有着明确的分界线，但这种断然的划分，在我们思想上却不存在。一个研究民众那一望而知、一目了然的生活的历史学家，如若不在一定程度上了解他们内心隐秘的生活，就不算是优秀的历史学家；同样，一个研究人民内心生活的历史学家，如在需要时，不善于研究人民的外部生活，也不能算是优秀的历史学家。民俗和思想的历史，会渗透到大事件的历史中，反之亦然。这两种不同范畴的事实，彼此呼应，互相贯穿，并且常常互为因果。上苍在一个民族的表面刻下的线条，在深层都有暗淡而清晰的平行线条与之对应，底下的痉挛，会导致表面的动乱。真正的历史参与一切，因此，真正的历史学家也应介入一切。

人类不是一个圆圈，只有一个中心，而是一个椭圆形，有两个中心。一个是事实，另一个是思想。

俚语不过是一个更衣室，语言要干坏事时，在里面乔装打扮，戴上词语的面具，穿上隐喻的烂衣。

这样，它就变得面目狰狞。

于是，人们几乎认不出它来了。难道这是法语——人类伟大的语言吗？它准备粉墨登场，与罪恶一唱一和，适于扮演罪恶的所有角色。它不再是走路，而是一瘸一拐；它撑着乞丐王国的拐杖，一拐一瘸地走着，那拐杖可以变成大头棒；它自称为丐帮；所有的幽灵都是它的服装师，为它勾脸上装；它既能爬行，也能直立，这是爬行动物的两种姿势。从此，它能扮演各种角色：当伪造者时，它鬼鬼祟祟；当投毒者时，它长满铜绿；当纵火者时，它满身熏黑；当杀人犯时，它抹上胭脂。

当我们站在社会的门边，听上流社会有教养的人说话，会听到门外人的对话。我们能分辨出问话和答话。尽管不知所云，但能听到一种丑恶的窃窃私语，好像是人的声音，但与其说是人在说话，不如说狗在吠叫。那就是俚语。那些话丑陋无比，有一种难以名状的怪诞不经的野兽特点。我们以为听到七头蛇在说话。

那是黑暗中的鬼话。它吱吱嘎嘎，叽叽咕咕，用谜语补充黄昏。人在不幸中，一片黑暗，犯罪则更是黑暗；这两种黑暗相混杂，便构成了俚语。周围是黑的，行动是黑的，声音是黑的。那是一种可怕的癞蛤蟆的语言，它在由雨、夜、饥饿、恶习、谎言、不公正、裸体、窒息和严冬组成的漫无边际的灰雾中来来往往，跳跳爬爬，嘴里流着口水，可怕地移动着身体；那是不幸人的中午。

让我们给这些受惩罚的人一点怜悯吧。唉！我们自己是谁？同你说话的我是谁？听我说话的你是谁？我们从哪里来？我们出世前肯定没做过什么吗？人间和监狱不是毫无相似之处的。谁知道人是不是冒犯神法的累犯呢？

请仔细观察一下人生。它天生这样，让人感到到处有惩罚。

你是一个所谓幸福的人吗？唉！你每天愁眉苦脸。天天都有大烦恼，或小忧愁。昨天，你为一个亲人的健康担忧，今天又为你自己的身体犯愁；明天怕没有钱，后天怕遭人诽谤，大后天又怕一个朋友遭不幸；还要操心天气如何，什么东西碎了，什么东西丢了，寻欢作乐，又怕受到良心和脊梁骨的谴责；下一次，又要操心公务的进展情况。还不算内心的种种痛苦。如此等等，不一而足。一片乌云驱散了，另一片乌云又出现。一百天，只有一天充满欢乐和阳光。你还算是享有幸福的少数人！至于其他人，黑夜始终笼罩着他们。

审慎的人很少使用“幸福的人”和“不幸的人”这两个词语。这个世界显然是另一个世界的前厅，这里没有幸福的人。

人类的真正区分，是“光明的人”和“黑暗的人”。

减少黑暗人的数量，增加光明人的数量，此乃我们的目的。因此，我们大声疾呼：大办教育！普及科学！读书识字，就是点亮明灯；每拼读一个音节，便会闪烁一颗火星。

不过，光明不一定意味着欢乐。人在光明中也会痛苦；过分光明，会把人烧伤。火焰是翅膀的大敌。翅膀着了火，仍不停地飞翔，那是神创造的奇迹。

当你认识了，爱上了，还会有痛苦。光明是在泪水中诞生的。享受光明的人会哭泣，哪怕是为黑暗中的人哭泣。

二　基础

俚语是黑暗人的语言。

思想在其最深最黑的地方骚动，面对这备受谴责、愤愤不平、神秘莫测的方言，社会哲学需要做沉痛的深思。那里，惩罚的迹象显而易见。每一个音节似乎都打上了烙印。通俗语言的词语像是被刽子手的红烙铁烫得皱眉蹙额，萎缩干瘪。有的词似乎还在冒烟。有的句子很像一个盗贼突然脱光衣服，露出了烙有百合花[①]的肩膀。人们几乎拒绝用这些屡受法律惩罚的词汇来表达思想。那里的隐语有时极为厚颜无耻，仿佛戴过枷锁。

此外，尽管如此，也正因为如此，这奇特的方言，在被称作文学的、不偏不倚的，不论是锈迹斑斑的铜币，还是金光闪闪的勋章都有其位置的大柜子里，理所当然占一席之地。不管我们愿不愿意，俚语有它自己的句法和诗律。那是一种语言。如果说从某些词的畸形上，可以辨出那是芒德林[②]讲过的语言，那么从有些换喻的辉煌上，还可以感到维永也曾使用过。

Mais où sont les neiges d'antan ?[③]

这绝妙的著名诗句，便是用俚语写成的。Antan（ante annum）是乞丐王国流行的俚语中的一个词，意为"去年"，引申为"从前"。三十五年前，也就是一八二七年，大批犯人押去苦役船上服刑的时代，在比塞特监狱的一间牢房里，还可以看到一句名言，是一位被判到苦役船上服刑

① 百合花是法国王室的徽记。法国古时候有种刑罚，在罪犯右肩上烙一个百合花，以示羞辱。

② 芒德林是十八世纪法国著名的强盗。

③ "往年的雪今在何方？"

的乞丐王国的大王用钉子刻在墙上的：Les dabs d’antan trimaient siempre pour la pierre du Coësre。这句话的意思是：从前的国王总是去接受加冕。在这个大王的思想上，加冕便是服苦役。

Décarrade 是指一辆大马车飞奔起来，据说是维永创造的，他受之无愧。这个词使人想见四蹄下火星飞溅，在气势磅礴的拟声中，概括了拉封登的脍炙人口的诗句：

> 六匹壮马拉着一辆大车。

从纯文学观点看，也很少有比研究俚语更趣味盎然、丰富多彩的研究了。这是语言中的语言，一种病态的赘生物，一个长出赘瘤的不健康的接枝，一棵扎根于高卢这棵老树身上、凶险的枝叶爬满法语整整一个方面的寄生树。这可以称作俚语的第一个方面，即通俗的方面。但是，对于那些以应有的态度，也就是像地质学家研究地球那样研究语言的人来说，俚语好比一个名副其实的冲积层。根据向下挖的深浅，可以发现，在俚语中，在古老的法兰西通俗语言的下面，有普罗旺斯语、西班牙语、意大利语、地中海各港口使用的那种东方语、英语和德语、罗曼语的三个分支（法兰西罗曼语、意大利罗曼语、罗马罗曼语）、拉丁语，最后还有巴斯克语和凯尔特语。这是深入地下的离奇的结构，是由所有不幸的人共同营造的地下建筑。每一个被诅咒的种族沉淀出了自己的一层，每一种痛苦投下了自己的石块，每一颗心献出了自己的石子。无数邪恶、卑鄙或愤怒的人，在结束人生后便消失在永恒中，却几乎完整地保存在俚语中，可以说，仍以一个怪词的形式出现在其中。

要谈谈西班牙语吗？西班牙语的词在古老的哥特俚语中俯拾即是。例如，boffette（风箱），源自 bofeton；vantane（窗子），后来变成 vanterne，源自 ventanam；gat（猫），源自 gato；acite（油），源自 aceite。要谈谈意大利语吗？例如，spade（剑），源自 spada；carvel（船），源自 caravella。要谈谈英语吗？例如，bichot（主教），源自 bishop；raille（密探），源自 rascal、rascalion（无赖）；pilche（套子），源自 pilcher（剑鞘）。要谈谈

德语吗？例如，caleur（男孩），源自 kellner；hers（主人），源自 Herzog（公爵）。要谈谈拉丁语吗？例如，frangir（打碎），源自 frangere；affurer（偷窃），源自 fur；cadène（链子），源自 catena。有一个词以一种神秘的力量和权威，出现在欧洲大陆所有的语言中，那就是 magnus：在苏格兰语中，它成了 mac，意思是族长，Mac-Farlane（伟大的法拉纳），Mac-Callummore（伟大的卡吕莫尔）①；在俚语中，它则成了 meck，后来又演变成 meg，即上帝。要谈谈巴斯克语吗？例如，gahisto（魔鬼），源自 gaïztoa（坏人）；sorgabon（夜安），源自 gabon（晚安）。要谈谈凯尔特语吗？例如 blavin（手帕），源自 blavet（喷泉）；ménesse（坏女人），源自 meinec（满身宝石）；barant（小溪），源自 baranton（泉水）；goffeur（锁匠），源自 goff（铁匠）；guédouze（死亡），源自 guenn-du（黑白）。最后，还要谈谈历史吗？俚语中，埃居银币叫作 maltaise，是为了纪念在马耳他苦役船上流通的钱币。

除了上述语文学方面的来源，俚语还有更为自然的基础，可以说直接出自人的头脑。

首先是直接造词。语言的神秘就在于此。用一些不知怎么，也不知为什么会有形象的词进行描绘。这是人类任何语言最原始的基石，可以称作花岗岩。这种词在俚语中比比皆是，是一些直接的词，凭空造出，不知来自何方，出自何人，没有词源，没有类同词，没有派生词，是一些孤立的、不规范的词，有的奇丑无比，却具有奇特的表现力和生命力。例如 taule（刽子手），sabri（森林），taf（害怕，逃跑），larbin（仆人），pharos（将军，省长，部长），rabouin（魔鬼）。再没有比这些既掩饰又表露的词更奇特的词了。有几个词，如 rabouin，既怪诞，又可怕，使人想起独眼巨魔的鬼脸。

其次是隐喻。一种既想什么都表达，又想什么都掩饰的语言，其特点就是比喻数不胜数。隐喻是个谜，盗贼躲到里面策划偷窃，囚徒躲到里面策划越狱。任何方言都不如俚语富有隐喻。例如，dévisser le coco

---

① 必须指出的是，mac 在凯尔特语中作“儿子”解。——原注

（拧脖子）[①]，tortiller（吃）[②]，être gerbé（被审判）[③]，un rat（偷面包者）[④]，il lansquine（下雨）。这最后一个比喻非常古老，形象生动，多少带有它那个时代的特征，它把又长又斜的雨条，比作长矛队斜扛着的稠密的长矛，仅用一个词便淋漓尽致地表达了"下戟（下倾盆大雨）"这个换喻的意思。有时，随着俚语从第一阶段转入第二阶段，有的词会跟着从不规范的原始的状态转入隐喻意义。"魔鬼"不再是 rabouin，而变成了 boulanger，把面包放进炉子的人；后者比前者更风趣，但不如前者有气派，颇似高乃依之后，出现拉辛；埃斯库罗斯之后，出现欧尔庇得斯。俚语中的有些句子，脚跨两个时期，兼有不规范和隐语两种特点，犹如魔术幻灯里的幻影。例如，Les sorgueurs vont sollicer des gails à la lune（夜间出没的强盗夜里要去盗马）。听到这句话，人们脑海里掠过一群幽灵，却不知道看见了什么。

第三是权宜之计。俚语凭借语言而生存。它随意利用，信手拈来，必要时，只满足于简单粗暴的歪曲。有时，它把有用的词加以歪曲后，加上纯俚语词，组成色彩绚丽的短语，让人感到是直接造词和隐喻这两种因素的混合。例如：Le cab jaspine, je marronne que la roulotte de Pantin trime dans le sabri（狗在狂吠，我怀疑巴黎开来的公共马车从树林里经过）；Le dabe est sinve, la dabuge est merloussière, la fée est bative（老板傻头傻脑，老板娘老奸巨猾，女儿美若天仙）。最常见的是，为了迷惑听众，俚语不加区别地给所有的词加上一个丑陋的尾巴，如词尾 aille, orgue, iergue，或 uche。如：Vousiergue trouvaille bonorgue ce gigotmuche（你觉得这羊腿好吃吗）？这是卡图什对一位狱卒说的一句话，为了知道狱卒对帮他逃跑可得的报酬是不是满意。词尾 mar 最近才出现。

俚语作为讹用的方言，很快也被讹用了。此外，它一旦感到已被听懂，总要千方百计逃避，因此，它不停地改头换面。与其他任何植物不

---

① 本意是"拧下椰子"。

② 本意是"扭来绞去"。

③ 本意是"像麦子那样捆起来"。

④ 本意是"老鼠"。

同，它一接触阳光，便会死亡。因此，俚语不断地分解和重组；这项工作神秘莫测，瞬息万变，从不停止。它十年走的路程，比语言十个世纪走的还要多。例如，larton（面包）变成 lartif；gail（马）变成 gaye；fertanche（麦秸）变成 fertille；momignard（小孩）变成 momacque；siques（破衣服）变成 frusques；chique（教堂）变成 égrugeoir；colabre（脖子）变成 colas。“魔鬼”先是 gahisto，后来相继成了 rabouin, boulanger；“神甫”先是 ratichon，然后是 sanglier（野猪）；“匕首”先是 vingt-deux（二十二），后来相继成为 surin, lingre；“警察”先是 railles，后来是 roussins，再后来是 rousses，后又成为 marchands de lacets, 接着是 coqueurs, 再后来是 cognes；“刽子手”先是 taule，后来相继变成 Charlot, atigeur, becquillard。十七世纪，“打架”是 se donner du tabac（互敬烟丝），到了十九世纪，成了 se chiquer la gueule（互嚼嘴巴）。在这两端之间，经历了二十个变体。卡图什说的俚语，拉斯内尔听来简直是希伯来语。这种语言的每一个词，同讲这种语言的人一样，总是在逃避。

然而，正由于不停地变化，旧的俚语才又会再次出现，变成新的俚语。俚语有其保存自己的据点。圣殿街保存十七世纪的俚语；比塞特在作为监狱时，保存乞丐王国的俚语。在那里，可听到两个老乞丐用词尾 anche 说话。Boyanches-tu（你喝不喝）？ il croyanche（他相信）。不过，不停地变化仍是法则。

哲学家若能将一个时刻固定下来，以便观察这个不停变化的语言，会陷入痛苦而有益的沉思。任何研究都不像这样富有成效，富有教益。俚语的每一个隐喻，每一个词源，都是一堂课。在那些人中间，battre（打）的意思是 feindre（伪装）；那么“装病”就成了“打病”。狡诈是他们的力量所在。

在他们看来，人的概念同黑暗的概念密不可分。“黑夜”叫作 sorgue，“人”叫作 orgue。“人”是“黑夜”的派生词。

他们习惯于将社会视作一种杀人的环境，一种致命的力量。他们谈论自由，如同人们谈论身体。一个被捕的人是病人，一个判死刑的人是死人。

对于葬身在四堵石墙中间的囚犯来说，最可怕的莫过于一种冰冷的贞洁。他把黑牢叫作 castus[①]。在这阴森凄凉的地方，外界的生活总是以最快乐的面貌出现。囚犯拖着脚镣；你也许以为，他想象脚是用来走路的。错了，在他的想象中，脚是用来跳舞的；因此，一旦他能锯断铁镣，第一个念头便是现在可以跳舞了，他把锯子叫作“小酒馆的舞厅”。——一个名字便是一个中心；多么深刻的同化。——强盗有两个脑袋，一个为他的行动说理，一生都在指挥他，另一个在他被处死那天扛在肩上。他把唆使他犯罪的那颗脑袋叫作“索邦神学院”，把替他抵罪的那颗脑袋叫作“树墩”。当一个人身上只剩下破衣服，心里只剩下恶念头，当他物质和精神上都已堕落到“gueux”这个词所包含的双重含义[②]，他就要犯罪了；他像一把锋利的刀，有两个刃，穷困和凶恶；因此，俚语中不说 gueux，而说 réguisé。苦役牢是什么？是炼狱的火堆，是地狱。苦役犯叫作“柴捆”。——最后，歹徒们给监狱起了什么名字呢？学府。从这个词，可以产生整整一套惩罚制度。

盗贼也有炮灰，那是可偷的物质，是你，我，任何一个经过的人；是 pantre。（pan 者，大家也。）

你想知道苦役牢里的歌谣，那些在专门词汇里叫作 lirlonfa 的叠句，大都是在哪里孵出来的吗？听我来告诉你。

在巴黎夏特莱城堡[③]，有一个又长又大的地牢。

这个地牢比塞纳河的水平面低八尺。一无窗子，二无通风口。唯一的洞口便是门；人进得来，空气却进不来。地牢的天花板是石头拱顶，地板是六寸厚的烂泥。地面当初铺了石板，由于河水渗漏，石板腐烂了，龟裂了。离地八尺高的地方，一根又粗又长的大梁横贯地窖，隔一段距离，便垂下一根三尺长的铁链，铁链末端吊着铁枷。这地牢用来关押被判到苦役船上服刑的囚犯，直到被押往土伦。他们被推到横梁下，每人

---

① 拉丁语，意为“贞洁”。

② 法语中，gueux 的两个含义是：乞丐和无赖。

③ 巴黎塞纳河两岸，曾有两个城堡，一个是大夏特莱，在右岸，为巴黎王家法院所在地。另一个是小夏特莱，在左岸，用作监狱。这里指大夏特莱。

都有一副在黑暗中摇摆着的铁枷等着他们。铁链犹如垂下的铁臂，铁枷好比张开的铁爪，抓住这些可怜人的脖子。他们被铆在铁枷上，扔在那里。铁链太短，他们无法躺下来。他们一动不动，待在这地牢里、黑夜中、横梁下，几乎是吊着的，得花九牛二虎之力，才够得着地上的面包或水罐，头上是拱顶，半截腿陷在烂泥中，大便顺着双腿往下淌，累得像四马分尸，弯腰屈膝，双手抓住铁链，才能休息一下，只能站着睡觉，铁枷扼住喉咙，随时都会醒来，有些人干脆醒不来了。吃东西时，用脚后跟将扔在烂泥里的面包勾过来，再顺着胫骨慢慢移到手中。他们这样要待多久呢？一个月，两个月，有时半年，其中一个待了一年。这里是苦役船的前厅。偷了国王一只野兔，就被关进这里。他们在这地狱般的坟墓里干什么呢？他们等死，这是在坟墓里可能做的；他们唱歌，这是在地狱里可能做的。在不再有希望的地方，歌声依然存在。在马耳他的大海上，当一只苦役船靠近时，总是先闻歌声，后闻桨声。那位因违禁打猎而蹲过大夏特莱地牢的苏樊尚说："是那些韵脚支撑我挺下来的。"诗都无用，韵又有何用？几乎所有的俚语歌都是在这个地牢里产生的。蒙戈梅里号苦役船上唱的那首凄凉的副歌 Timaloumisaine, timaloumisaine, 便来自大夏特莱这个地牢。那些歌大都非常凄凉，有几首比较欢快，有一首挺温柔：

这儿是小弓箭手[①]的

舞台

你怎么做都是徒劳，你消灭不了爱情，它在人的心中永存。

在这行为隐蔽的世界里，人人都严守秘密。秘密人皆有之。对于这些可怜人而言，秘密便是一致，这是共同体的基础。泄露秘密，就是从这个野蛮共同体的每个成员身上夺走一点东西。在这充满活力的俚语中，

① 小弓箭手指希腊神话中的小爱神丘比特。

用“吃那块肉”来表达“告发”的意思。这仿佛在说，告发者从大家身上夺取一点东西，用每个人身上的一块肉来养活自己。

“挨耳光”是什么滋味？通俗的隐喻回答：“看见三十六支蜡烛。”而俚语对此做了纠正，用 camoufle 取代 chandelle（蜡烛）。因此，日常的语言将 camoufle 作“耳光”的同义词。这样，俚语在隐语这一难以估计的轨道帮助下，通过自下而上的渗透，从地穴升到了科学院；伏尔泰根据普拉耶说的“我点燃我的 camoufle（蜡烛）”，写下了：“朗格勒维尔·拉·博梅尔该挨一百个 camouflets（耳光）。”

对俚语进行发掘，每一步都有新的发现。深入研究这个奇特的方言，就可以到达正常社会和被诅咒社会神秘的交叉点。

俚语是苦役犯的语言。

令人惊愕的是，人的思维竟然可以被压到如此低的地方，可以被命运的黑暗专制拖来绑在那里，可以被捆在这万丈深渊中的不知什么东西上面。

啊！不幸人的可怜的思想！

唉！难道没有人来拯救这黑暗中的人类灵魂吗？难道他们命中注定要在黑暗中无尽地等待，等待天神，那位骑着飞马、鹰狮马的巨神，那位披着曙光、鼓着双翼、从天而降的斗士，那位代表未来、光芒四射的骑士来拯救他们吗？难道他们将永远徒劳地呼唤理想的光明之矛来解救他们吗？难道他们将永远囚禁在黑暗的深渊中，胆战心惊地听着恶魔向他们走来，望着那魔头张牙舞爪，口吐白沫，在污泥浊水下，鼓胀着环身，越来越向他们逼近吗？难道他们必须待在那里，没有光明，没有希望，隐约感到恶魔气势汹汹地逼近，却无可奈何，浑身打颤，蓬乱着头发，搓绞着胳膊，永远被拴在黑夜这块岩石上，就像洁白无瑕、赤裸身体、郁郁寡欢的安德洛墨达[1]那样绑在黑暗中？

---

① 安德洛墨达是希腊神话中埃塞俄比亚公主，被绑在海边一块岩石上，献给海怪，以平息海怪的骚扰。后被珀耳修斯救出。

三　哭的俚语和笑的俚语

正如我们看到的，整个俚语，不管是四百年前的，还是今天的，无不渗透着晦涩的象征意义，所有的词时而神态痛苦，时而面目狰狞。从中可以感到当年圣迹区的乞丐们在纸牌游戏中的那种愤世嫉俗的忧伤。他们有独特的纸牌游戏，至今还保留着几种。例如，那张梅花八，画着一棵有八片大梅花瓣的大树，怪诞地象征着森林。这棵树的脚下，有一个火堆，三只野兔在用铁钎烤一个猎人，后面还有一堆火，火上有个热气腾腾的锅子，锅里露出一个狗头。这是用纸牌游戏来表示对烧死走私犯和煮死造假币犯的不满情绪，这种在纸牌上画画的报复方式，是最阴暗可怕的了。在俚语王国里，表达思想的种种形式，歌谣也好，讥讽也好，威胁也好，都带有这种无可奈何、意气消沉的特点。所有的歌曲都是低声下气，悲悲切切，催人泪下，有的曲调已被收集起来。盗贼称作可怜的盗贼，永远是躲藏的野兔，逃命的耗子，惊飞的小鸟。他们几乎不敢提出要求，只会唉声叹气。我们就听到过这样的哀诉："我不明白，人类的父亲上帝怎么会折磨他的子孙，听见他们哭喊，会无动于衷。"①不幸人每当有时间思考，就会在法律面前显得渺小，在社会面前显得无力。他们匍匐在地，苦苦哀求，转过脑袋，乞求怜悯，让人感到他们自知不对。

上世纪中叶，情况有了变化。监狱里的歌曲，盗贼们翻来覆去唱的歌曲，可以说，变得有点傲慢和欢快了。拉里弗拉曲取代了哀怨的马吕雷曲。在十八世纪，苦役船、苦役牢和苦役犯的歌曲，几乎又有了一种疯狂而神秘的欢快情绪。可以听到这样一首尖厉跳跃的副歌，仿佛被磷光照着，被吹笛子的鬼火扔进了森林里：

① 原文为俚语。这里仅把意思译出。

米尔拉巴比，苏尔拉巴波，

米尔利通　里朋　里贝特，

苏尔拉巴比，米尔拉巴波，

米尔利通　里朋　里波。

在地窖或树林里杀人时，就唱这首歌。

这是严重的征兆。这些愁苦阶层的古老忧伤，到了十八世纪便云消雾散。他们开始放声大笑。他们嘲笑伟大的meg（上帝）和伟大的dab（国王）。举路易十五为例，他们把这位法兰西国王叫作“庞丹[①]侯爵”。他们几乎是快乐的。从这些可怜人的思想上，透出一道淡淡的光辉，仿佛他们不再感到良心不安了。这生活在黑暗中的悲惨世界，不再是只有不顾一切的行动，而且开始无忧无虑地大胆思考了。这说明他们不再有犯罪感了，而是觉得甚至从思想家和幻想家那里，得到了一种不自觉的支持。这表明偷盗和抢劫已渗入到一些学说和诡辩中，使得那些学说和诡辩变得丑恶起来，而使自己丑恶的程度有所减轻。这还表明，假如这种情绪得不到排解，不久将会发生什么惊天动地的事。

说到这里，我们要停一下。我们在谴责谁呢？是十八世纪，还是哲学？当然不是。十八世纪的事业是健康而有益的。以狄德罗为首的百科全书派，以杜尔果为首的重农学派，以伏尔泰为首的哲学家派，以卢梭为首的乌托邦派，是四大神圣军团。多亏他们，人类得以向着光明大踏步前进。这是人类向四个方位前进的四个先锋队，狄德罗奔向美好，杜尔果奔向实用，伏尔泰奔向真理，卢梭奔向公正。但在哲学家的旁边和下面，存在着诡辩者，他们是混在香花中的毒草，原始森林中的毒芹。当刽子手在最高法院的主楼梯上，焚烧那个世纪拯救人类的伟大著作的时候，另一些今天已被遗忘的作家，在国王的特许下，出版了一些莫名其妙的、极具破坏性的作品，而穷苦人却读得津津有味。说来也怪，在这些出版物中，有些还得到了一位亲王的支持，出现在“秘密图书馆”

① 俚语中称巴黎为庞丹（Pantin）。庞丹侯爵即巴黎侯爵。

里。这些事实埋得很深，不为人知，面上是看不出来的。有时，一件事之所以危险，恰恰因为其黑暗。它之所以黑暗，是因为它在地下。在这些作家中，雷斯蒂夫·德·拉·布列东[①]也许是把民众引到最不健康邪路上去的人。

整个欧洲都这样，德国遭受的危害比任何地方都严重。德国在某个阶段，也就是席勒在他的名剧《强盗》中所概括的时代，偷窃和抢劫以对财产和劳动的抗议而自居，吸收了某些粗浅的、似是而非的思想，用这些虚假的、貌似公正其实荒诞的思想把自己包起来，几乎藏在里面，起了个抽象的名字，上升到理论高度，在勤劳、痛苦和老实的群众中广为流传，甚至瞒过不慎配制这种合剂的化学家，甚至瞒过接受这种合剂的广大民众。这种事只要发生，便非常严重。痛苦孕育愤怒。当昌盛的阶级闭上眼睛，抑或睡觉（那也是闭着眼睛）的时候，受苦阶级的仇恨，便在郁郁不乐，或缺乏理智并在某个角落里胡思乱想的人心里点燃火炬，开始审视社会。仇恨审视社会，那是多么可怕的事！

因此，如果灾难不可避免，就会爆发从前称作“扎克雷起义”的大动乱，与这种可怕的大动乱相比，纯政治性骚乱不过是小巫见大巫。那已不是受压迫者反对压迫者的斗争，而是苦恼对于安逸的暴动。那时一切都会崩溃。

扎克雷起义是民众的震颤。

十八世纪末年，欧洲也许正面临这种危险，却被光风霁月、规模巨大的法国大革命阻断了。

法国这场革命，是用利剑武装了的理想，它挺身而起，猛然一击，关闭了恶门，同时也打开了善门。

它指出了问题，宣布了真理，驱走了瘴气，净化了时代，给人民戴上了桂冠。

可以说，这场革命赋予人类第二个灵魂，即权利，从而第二次创造了人类。

---

① 布列东（1734—1806），法国作家，其作品多以性倒错和妓女为内容。

十九世纪继承并利用它的业绩，刚才谈到的那场社会灾难，今天绝对不会发生。瞎子才会揭露！傻子才会害怕！革命是预防扎克雷起义的疫苗。

多亏这场革命，社会状况有了改善。在我们的血液里，不再有封建制度和君主制度的疾病。在我们的机体里，不再有中世纪的东西。我们这个时代，不再会爆发可怕的内乱，不再会听到脚下暗流涌动，不再会有鼹鼠坑道在文明的表层隆起，不再会看到地面开裂，岩洞顶端开口，突然冒出妖魔鬼怪的脑袋。

革命感是一种道德感。权利感一经发扬，责任感就会得以加强。自由是每个人的法律，罗伯斯庇尔曾下过令人赞叹的定义，他说，别人的自由开始之地，便是自己的自由终结之处。一七八九年以来，全体人民在变得崇高了的个人中膨胀；穷人获得了权利，人人都享有阳光；快要饿死的人感到身上有法兰西的正直；公民的尊严是内心的盔甲；自由的人，也是审慎的人；有选举权的人，也是统治的人。这样，就不会有腐败；这样，就不会觊觎别人的东西；这样，在引诱面前就会勇敢地垂下脑袋。革命使人的心灵变得如此纯洁，到了解放的一天，如某个七月十四日，某个八月十日，就不再有贱民了。觉悟了的、越来越壮大的群众，发出的第一个呼声便是：处死盗贼！进步能造就正直的人；理想和绝对能使人心明眼亮。一八四八年将杜伊勒利宫的财宝运走时，是谁押的车？是圣安托万郊区捡破烂的人。穿破衣者护卫着财宝。道德使这些衣衫褴褛的人熠熠生辉。当时，这些运宝物的车子，有的没有关严，有的甚至微微开着，里面装着无数灿烂夺目的首饰盒，其中有一顶法国古老的钻石王冠，价值三千万法郎，顶上镶有代表王权和摄政王的红宝石。他们赤着脚，护卫着这顶王冠。

因此，再也不会有扎克雷起义了。为此，我替那些策士感到遗憾。那是古老的害怕在作祟，它的作用已经完成，从此不会再用于政治上。红色幽灵的大弹簧已断裂。这是众所周知的。稻草人再也吓不了人了。鸟儿已同稻草人混熟，贼鸥停在它身上，资产者发出欢笑。

四　双重责任：关心与期望

这么说，社会危险是不是全消除了？当然不是。扎克雷起义倒不会再发生了。在这方面，社会尽可以放心。血不会再涌向它的脑袋。但它得当心自己的呼吸。脑溢血不会发生，但肺痨依然存在。社会的肺痨叫作贫困。

慢性病和急性病一样置人于死地。

我们不胜其烦地重申，应该首先想到受苦受难的民众，减轻他们的痛苦，给他们空气，给他们光明，给他们爱，给他们打开广阔的前景，给他们各种形式的教育，为他们树立勤劳而不是懒散的榜样，减轻个人的重负，加强对共同目标的认识，限制贫穷，但不限制财富，创造公众和民众活动的广阔场所，像布里亚柔斯①那样拥有一百只手，伸向四面八方受苦和弱小的人，动用集体力量，为所有能劳动的人开办工厂，为各种资质的人开办学校，为所有聪明的人开办实验室，增加工资，减少辛劳，平衡借方和贷方，也就是说，按劳获得享受，按需获得满足，总之，要使社会机器为受苦的人和无知的人发出更多的光，提供更多的福利：这是——但愿富有同情心的人牢牢记住——博爱的首要义务；这是——但愿自私自利的人不要忘记——政治的第一需要。

还要指出的是，这一切还只是开头。真正的问题是：劳动若不成为权利，就不能成为法则。

这里不是探讨这个问题的地方，就不再多说了。

如果大自然叫作天意，那么社会应该称作远见。

发展才智和道德，同改善物质一样不可或缺。知识是成功的手段；思想是第一需要；真理和小麦一样是食粮。缺乏科学和智慧的理性瘦弱无力。不吃不喝的头脑，和不吃不喝的胃一样值得可怜。如果说有比濒

---

① 布里亚柔斯为希腊神话中的百手巨人，有五十个头，一百只手，帮助宙斯顺利统治奥林匹斯山。

临饿死的躯体更悲惨的东西，那就是因得不到光明而憔悴致死的灵魂。

整个进步是为了解决问题。有朝一日，人们会惊得目瞪口呆。人类在往高处走，处于深层的阶级自然会走出贫困地区。通过从低处升到高处的简单做法，就能消灭贫困。

这个神圣的办法，我们没有理由怀疑。

诚然，在现阶段，过去的势力仍很强大。它要死灰复燃。这具僵尸在还魂，这确实令人吃惊。你看，它能走了，它过来了。它仿佛是胜利者。这具僵尸是征服者。它开过来了，率领着迷信军团，挥舞着专制主义利剑，高举着愚昧无知大旗。近来，它打了十次胜仗。它前进着，威胁着，狂笑着，它来到了我们家门口。至于我们，千万不要气馁。让我们把汉尼拔的扎营地卖了。

我们有的是信心，还能怕什么呢？

思想如同江河，不能倒流。

不要未来的人们，好好思考一下吧。他们否定进步，所判处的不是未来，而是他们自己。他们染上了暗疾；他们给自己接种了过去这个疫苗。拒绝明天只有一种办法，那就是死亡。

然而，我们渴望不死，肉体的死亡尽量推后，灵魂永生不灭。

是的，谜底终将揭开，斯芬克司终将开口，问题终将解决。是的，十八世纪，人民崭露头角，十九世纪，他们将变得完美。白痴才会对此怀疑！将来，不久的将来，人人都会过上安逸的生活，这是神圣而必然的现象。

巨大的推力作用于人间的事物，在一定时间内，将它们一一引到合乎逻辑的状态，也就是引向平衡，也就是引向公正。一种由天地合成的力量，产生于人类，又统治着人类。这力量能够创造奇迹，它不仅能轻而易举地安排跌宕的情节，还能不费力气地安排美妙的结局。凭借人类发明的科学和上天安排的事件，面对提出问题的种种矛盾，它不会惊慌失措，而一般人却会束手无策。它既善于通过比较各种事实，从中得出教训，也善于通过比较各种思想，从中找到解决办法。对进步的这种神秘的力量，我们可以期待一切，有朝一日，它能让东方和西方在墓穴里对质，让伊斯兰教教长和拿破仑在大金字塔里对话。

眼下，在思想大规模的进军中，不要停步，不要犹豫，不要间歇。社会哲学本质上说是和平的科学。它的目的是通过研究对抗来平息愤怒，这也应该是结果。它进行研究、探索、分析，然后重新组合。它采用切削的办法，凡是仇恨就切掉。

一阵狂风袭击人类，一个社会便毁于一旦，这是屡见不鲜的事。历史载满了人民和帝国的灭亡。习俗、法律、宗教，不知哪天，会被前所未有的飓风卷得无影无踪。印度、迦勒底、波斯、亚述、埃及等国的文明，都相继消亡了。为什么？不知道。这些灾难是怎么引起的？不知道。这些社会当时能不能拯救？它们有没有过错？它们是不是沉沦于某种致命的恶习，结果遭到了灭顶之灾？在一个国家和一个民族的灭亡中，自杀的成分占多少？这些问题都没答案。黑暗笼罩着这些覆灭的文明。它们既已沉入海底，就化作了水，再没什么可说的了。我们透过悠悠世纪的滔天巨浪，看见巴比伦、尼尼微、塔尔索斯、底比斯、罗马等巨轮，在黑风暗浪的猛烈袭击下，一一沉入被称作过去的汪洋大海中，不禁心惊胆战。可是，那边笼罩着黑暗，这边却一片光明。我们不知道古代文明的疾病，却了解现代文明的残疾。我们有权让阳光照遍它全身，瞻仰它的美，也揭露它的丑。它哪里有病痛，就到哪里诊查。一旦查出病情，就研究病因，对症下药。我们的文明是二十个世纪的成果，既是妖魔，也是奇迹。它值得拯救。它一定能救活。减轻它的病痛，这已够不简单了；给它照路，就更了不起。现代哲学的一切研究，都应集中到这个目标上。当今的思想家肩负着一个重任，那就是给我们的文明诊病。

我们再说一遍，给我们的文明诊病是鼓舞人心的。我们正是想通过强调这种鼓舞作用，来结束插进这悲惨故事中的这几页严肃的叙述。透过社会的消亡，可以感到人类是不会灭亡的。尽管到处有如同伤口的火山，如同糠疹的硫气孔，尽管火山化脓，流出脓血，地球却不会死亡。人民的疾病杀不死人类。

可是，谁给社会诊断，都会不时地摇摇头。再强壮、再温柔、再有逻辑的人，也有虚弱的时候。

会有未来吗？当我们看见到处是黑暗时，似乎可以提出这个问题。一边是自私的人，另一边是贫困的人，这种对峙让人觉得前途渺茫。自私的人，是有偏见的人，受过很多教育，却愚昧无知，贪欲越来越大，利令智昏，有的人害怕受苦，竟至于嫌弃受苦人，千方百计想满足自己的欲望，自我膨胀到了关闭心灵的地步。至于贫困的人，他们见别人享受，便羡慕、嫉妒、愤恨，他们追求满足，内心不时有种兽性的冲动，心里笼罩着迷雾、忧愁、需要、厄运、不纯正的和单纯的无知。

要继续仰望天空吗？天上看到的那个光点，是不是属于要熄灭的天体？理想象这样消失在深邃的天穹，那样渺小，那样孤独，几乎看不见，闪烁着光芒，但周围堆满了黑沉沉的巨大威胁，可它的处境不比被乌云吞没的星星更危险。

第八卷　狂喜与悲痛

一　心中充满阳光

读者已经知道，埃波妮被玛妮翁派到普吕梅街打听情况，透过铁栅栏，认出了住在那条街上的姑娘，于是她先把那伙强盗从普吕梅街上引开，然后把马里尤斯带来了。读者还知道，马里尤斯在这铁栅栏门前出神地张望了好几天，他被那种将铁引向磁石，情郎引向心上人住所的力量所推动，最后走进了珂赛特的花园里，就像罗密欧走进朱丽叶的花园里。他做起来甚至比罗密欧更容易；罗密欧要翻过一道墙，马里尤斯只需用力将铁栅栏的铁条移出一根；那栅栏年久失修，就像老年人的牙齿，在生了锈的臼槽里摇摇晃晃。马里尤斯身材瘦长，不费力就钻过去了。

那条街上人迹罕至，马里尤斯又只在夜里钻进花园，不会被人发现。

自从在那神圣幸福的时刻，他们一吻订终身以来，马里尤斯每天晚上都来这里。在生命的这一关头，假如珂赛特爱上的是个不认真的放荡男子，那她就完了，因为宽宏大度的女子容易以身相许，而珂赛特正是这种女子。女性宽宏大度的一种表现便是让步。爱情到了这种绝对阶段，不知怎么就会双目失明，忘了贞操。可是，高贵的人儿啊，你要冒多少风险！你往往捧上一颗心，我们却取走你的肉体。你痴心不变，暗地里望着它发抖。爱情绝对没有中间道路：要么使你完蛋，要么救你一命。人的整个命运都处在这种两难的境地。这种非祸即福的两难境地，最无情的莫过于爱情为我们所设置的了。爱情不是死，便是生。它是摇篮，也是棺材。同一种感情在人的心中可以做出截然相反的决定。在上帝创造的万物中，人的心能释放出最多的光明，唉！也能释放出最多的黑暗。

上帝要珂赛特邂逅施福的爱情。

一八三二年五月的每个夜晚，在这荒芜的小园子里，在这日益芬芳茂盛的灌木丛下，都可以看到两个一尘不染、天真无邪的人，心中洋溢着天国的幸福，不似人间情侣，更似天上神仙，纯洁，诚实，心醉神迷，心花怒放，在黑暗中相互辉映。珂赛特仿佛看见马里尤斯头上有顶桂冠，马里尤斯仿佛觉得珂赛特头上有圈光环。他们互相接触，互相凝视，手握着手，偎依在一起，但有段距离尚未跨越。他们不是不敢，而是不知道。马里尤斯感到有道屏障，那是珂赛特的贞洁；珂赛特感到有个依靠，那是马里尤斯的正直。最初的一吻，也是最后的一吻。从那以后，马里尤斯最多只用嘴唇轻吻一下珂赛特的玉手，抑或她的头巾，她的一缕鬓发。珂赛特对于他是一种香气，而不是一个女人。他呼吸着她。她什么也不拒绝，而他什么也不要求。珂赛特感到幸福，马里尤斯感到满足。他们处在可谓一个灵魂对另一个灵魂赞叹的令人陶醉的状态中。这是两颗纯洁的心在理想境界中不可言说的初次拥抱。两只天鹅在瑞士的少女峰上邂逅。

在爱情的这个阶段，相爱者的互相陶醉是至高无上的，情欲绝对是沉默不语，因而马里尤斯，天使般纯洁的马里尤斯，宁愿去找一个妓女，也不会把珂赛特的裙子掀到踝骨高度。有一次，在月光下，珂赛特弯腰去捡地上的什么东西，她的衣领微微张开，稍稍露出了胸脯，马里尤斯赶紧别过眼睛。

在这两个人中间发生了什么？什么也没发生。彼此爱慕罢了。

夜晚，有他们在，花园仿佛成了生气勃勃、无比神圣的地方。所有的花儿在他们周围怒放，送来阵阵芳香；而他们敞开心灵，撒向花丛。四周的植物浆汁饱满，茁壮健旺，春心荡漾，在他们周围兴奋得颤动；而他们说着情话，树木听了激动得颤抖。

他们说的话是什么？是气息。仅此而已。这气息足以使整个大自然骚动兴奋。这是一种神奇的力量，如果在一本书中读到这种生来就像烟雾，会被风儿吹散在树叶下的谈话，是难以理解的。从两个情人的悄悄话中，去掉这发自灵魂深处的有如竖琴伴奏的旋律，就只剩下阴影了；你会说："怎么！不过如此！"是的，那只是充满稚气的话，翻来覆去的话，无缘无故的笑，是一堆废话，傻话，但又是世界上最崇高、最深刻的话！是唯一值得说、值得听的话。

这些傻话，这些平庸的话，从没听过或说过的人，都是些傻瓜和坏人。

珂赛特对马里尤斯说：

"你知道吗？……"

（他们怀着这超凡脱俗的纯洁，说着说着，便亲昵地以"你"相称了，连他们自己都说不清楚是怎么回事。）

"你知道吗？我叫欧弗拉齐。"

"欧弗拉齐？不会吧，你叫珂赛特。"

"呵！珂赛特这个名字太难听了，是我小时候人家给起的。我的真名是欧弗拉齐。你不喜欢欧弗拉齐这个名字吗？"

"喜欢……不过，珂赛特并不难听。"

"你是不是更喜欢珂赛特？"

"嗯……是的。"

"那我也就更喜欢它吧。的确，珂赛特，很美。叫我珂赛特吧。"

说完，她脸上绽开笑容，使他们的谈话变成了一曲在天堂的树林里方能听到的牧歌。

还有一次，她目不转睛地看着他，大声说：

"先生，你好美，好漂亮，好聪明，你一点也不笨，你比我有知识，但是，在'我爱你'这句话上，我敢向你挑战。"

马里尤斯此刻仿佛已到了天国，以为听见了一颗星星在歌唱。

有时，她见他咳嗽，会轻轻地拍拍他，对他说：

"别咳嗽，先生。我不想别人不经我的同意，在我家里咳嗽。咳嗽很不好，还叫我担忧。我要你健健康康，因为，首先，如果你身体不好，我会很痛苦。你叫我怎么办呢？"

这简直是太妙了。有一次，马里尤斯对珂赛特说：

“你想想，有段时间，我还以为你叫于絮尔呢。”

为这句话，他们笑了整整一个晚上。

在另一次谈话中间，他竟大声说：

“呵！有一天，在卢森堡公园，我都想痛打一个残废军人！”

可他戛然而止，不再往下讲了。他本想对珂赛特提起她的吊袜带的故事，但他说不出口。这里面有他尚未接触过的肉体，一涉及到肉体，这天真的巨大的爱就会诚惶诚恐地向后退缩。

在马里尤斯的想象中，他和珂赛特的生活应该是这个样子，而不是别的样子：每天晚上来普吕梅街，扳开法院院长家铁栅栏门那根乐于助人的铁条，同珂赛特并肩坐在石凳上，透过树木，仰望夜晚闪烁的星光，让他长裤膝头的褶裥紧贴着珂赛特宽大的裙子，抚摸她的大拇指甲，对她用“你”相称，轮流闻同一朵花，天长地久，无止无境。这时，云儿从他们头上掠过。每当微风轻拂，吹走人间的梦幻多于天上的白云。

若说这近乎拙朴的纯洁爱情中绝无献媚的意味，那就错了。向心上人说“甜言蜜语”，是温存的最初形式，是试探性的半进攻举动。奉承心上人，好比隔着面纱接吻。情欲躲躲闪闪，伸出它温柔的指尖。在情欲面前，心后退了，以便爱得更深。马里尤斯的甜言蜜语充满了幻想，可以说是天蓝色的。鸟儿在上空同天使并肩飞过，应该听见这类情话。不过，他们的谈话中混杂着生命和人性，以及马里尤斯可能有的所有积极的东西。这是岩洞里的情话，是洞房情话的前奏曲，是感情的抒发，歌与诗的合流，鸽子咕咕求偶声的亲切夸张，是表达爱慕之情、扎成花束发出醉人芬芳的文雅言词，心对心的难以描绘的嘤嘤细语。

“呵！”马里尤斯喃喃地说，“你太美了！我都不敢看你。因此，我只敢瞻仰你。你是美惠女神。我不知道怎么啦。看到你的鞋尖从你裙子下面露出来，我就会心慌意乱。你的思想微微敞开，就会发出美妙的光芒。你讲的话句句在理，令人惊讶不已。有时，我觉得你是个梦。说话吧，我听着，我太佩服你了。呵！珂赛特！这太奇妙了，太迷人了！我都疯了。小姐，您确实令人敬佩。我用显微镜研究你的脚，用望远镜研究你的灵魂。”

珂赛特回答：

“从今天早晨到现在，我一刻比一刻更爱你了。”

在他们的谈话中，一问一答，十分自然，总和爱情协调一致，正如小木雕像和钉子水乳交融一样。

珂赛特浑身显得天真、淳朴、透明、纯洁、诚实、明亮，可以说，清澈得一眼望底。谁见了她，都会像见到了春天和黎明。她的双眸饱含露水。珂赛特是曙光凝聚而成的女人。

马里尤斯因爱慕而生敬意，那是很自然的事。不过，事实上，这个刚从修道院里出来的小寄宿生，说话精辟优雅，不时会道出一些真知灼见。她絮絮叨叨，却都是正经的交谈。她不会出任何错，问题看得很准。女人是凭温柔的天性这一正确无误的本能来感觉和说话的。唯有女人才会说出既温柔又深刻的话语。温柔和深刻，这是整个女人，这是整个天空。

在这无比幸福的时刻，他们随时都会热泪盈眶。一只虫子被踩死了，一片羽毛从鸟窝掉下来，一根山楂树枝折断了，他们都会产生怜悯，他们心醉神迷，但又微感惆怅，似乎只求哭一场。爱情最突出的征兆，便是动不动就产生怜悯，有时几乎让人无法忍受。

除此之外——这些矛盾的现象，都是爱情的闪电游戏——他们动辄放声大笑，笑得无拘无束，妙不可言，笑得那样亲密无间，有时看上去就像是两个男孩子。然而，尽管沉醉的童心无所顾忌，但性别的差异却是忘不了的。它始终存在着，固守着自己粗犷而崇高的目的；不管情人的心灵如何纯洁，在这种最贞洁的促膝密谈中，仍可感到能区分是情人还是朋友的神秘而可敬的细微差别。

他们互相崇拜。

永恒和不变会继续存在。人们相爱，微笑，大笑，亲昵地撅起唇尖，互相拉着手指，互相用“你”相称，但都不能阻止永恒的存在。傍晚，两个恋人藏在暮色中，躲在看不见的地方，由鸟儿和玫瑰做伴，在黑暗中互相着迷，眼睛里流露出深深的爱意，他们喁喁私语，细声交谈，这时候，永恒的太空渐渐充满了不停运动的天体。

二　完美的幸福使人昏昏然

他们幸福得乱了方寸，糊里糊涂地过日子。恰恰在那个月，巴黎流行霍乱，夺走了无数生命，他们却毫无察觉。他们尽量互吐衷肠，但也没超过自己的身世。马里尤斯告诉珂赛特他是孤儿，叫马里尤斯·蓬梅西，是律师，靠给出版商写些东西度日子，他父亲是上校，是个英雄，他，马里尤斯，已同他有钱的外祖父闹翻了。他还对她提了提他是男爵，但珂赛特却毫无反应。马里尤斯，男爵？她听不明白。她不知道这个词是什么意思。马里尤斯就是马里尤斯。她则对他说，她是在小皮克皮斯修道院里长大的，和他一样，母亲也死了，她父亲叫福施勒旺先生，他心地善良，常常接济穷人，可他自己也很穷，什么也舍不得花，却让她应有尽有。

奇怪的是，自从见到珂赛特以来，马里尤斯仿佛生活在交响乐里，过去的事，哪怕是刚过去的，也都变得模糊不清，远在天边，因此，他对珂赛特同他讲的事，感到心满意足。他甚至没想到同她讲述他在那座破屋里的惊遇，没有讲泰纳迪埃一家，以及她父亲怎样烧伤自己的胳膊，他的古怪的态度，他的奇怪的逃跑。这一切，马里尤斯暂时都忘记了。他甚至晚上记不得早晨干的事，也记不清在哪里吃的午饭，谁同他说过话。他耳朵里只听见歌声，对其他想法充耳不闻，他只是在见到珂赛特的时候活着。因此，既然他生活在天堂里，对尘世间的事也就忘得一干二净了。非物质快感难以形容的重力，压得他们终日晕头转向。被称作恋人的梦游人，就是这样生活的。

唉！谁没有经受过这一切呢？为什么这天蓝色要有结束的时候？为什么这之后生活还要继续？

爱情几乎可以代替思想。热恋中的人可以忘却其余一切。去问狂热的爱讨个逻辑吧。人的心中很少有绝对的逻辑联系，正如宇宙中很少有完美的几何图形。对于珂赛特和马里尤斯来说，除了马里尤斯和珂赛特，不再存在别的东西。他们周围的世界，已掉进一个深洞。他们生活在金光灿烂的时刻。前面什么也没有，后面也是什么也没有。马里尤斯几乎不去想珂赛特还有个父亲。在他脑海里，一片耀眼的光芒遮住了一切。这一对恋人谈些什么？我们看到了，无非是花呀，燕子呀，太阳落山呀，月亮升起呀，所有重要的东西。他们什么都谈了，但又什么都没谈。恋人的一切，便是乌有。谈父亲，谈发生过的事，谈那幢破屋、那些强盗、那场惊险的奇遇，这有什么用？再说，那场噩梦真的确有其事吗？他们是两个人，他们彼此相爱，除此之外，其余皆不存在。我们感到，进入天堂，必然将地狱抛置脑后。见过魔鬼吗？真有魔鬼吗？发过抖吗？受过苦吗？这一切，都不再知道了。一朵玫瑰色的云彩飘浮在上空。

这两个人就这样生活在高空，仿佛不生活在尘世；不是在天底，也不是在天顶，而是在人和天使之间，在污泥上面，太空下面，云雾之中；几乎没有了骨和肉，从头到脚只有灵魂和神迷；已经升华，不能再在地上行走，但又人味太重，还不能融入蓝天，有如悬浮着等待沉淀的原子；表面上看已超越命运；不知道还有昨天、今天、明天的惯常循环；惊叹不已，如醉如痴，飘飘悠悠；有时轻盈得可以飞向无限；似乎已准备做永久的飞翔。

他们在这轻轻的摇动中醒着睡觉。呵！真实载负着太多的理想，患了超凡脱俗的嗜眠症！不管珂赛特多么美丽，有时，马里尤斯在她面前却闭上眼睛。闭着眼，是观察灵魂的最好方法。

马里尤斯和珂赛特不顾眼下他俩会被带到哪里，他们以为已走到了目的地。奇怪的是，人们总奢望被爱情带到某个地方。

三　初现阴影

让·瓦让却毫无察觉。

珂赛特不像马里尤斯那样爱胡思乱想，而是成天快快乐乐，这就足以使让·瓦让感到满足了。尽管珂赛特有心事，有让她感动的烦恼，尽管马里尤斯的形象充满了她的心灵，但她美丽、清纯和开朗的脸上，依然洋溢着无可比拟的纯洁。她正处在贞女怀抱爱情，天使怀抱百合花的妙龄。因此，让·瓦让很放心。再者，当情人彼此默契融洽，一切都会顺顺利利，他们会像所有情侣那样小心翼翼，将可能干扰他们爱情的第三者蒙在鼓里。因此，珂赛特对让·瓦让百依百顺。他想散步吗？好的，亲爱的父亲。他想待在家里吗？很好。他想和珂赛特共度夜晚吗？她显得兴高采烈。因为他总是晚上十点回房，这样，马里尤斯便在十点过后，当他从街上听到珂赛特打开通往台阶的落地窗时，再来到花园里。不用说，白天，马里尤斯从不露面。让·瓦让甚至不再想起马里尤斯的存在。只有一次，一天早晨，他对珂赛特说："瞧你，背上怎么有白灰！"头天晚上，马里尤斯一时冲动，将珂赛特挤到了墙上。

老女仆杜珊每天早早就睡了。一干完事，她就想睡觉。她和让·瓦让一样，也一无所知。

马里尤斯从没踏进家里。他和珂赛特在一起时，总是躲在台阶旁的凹角里，不让街上的人看见和听见。他们坐着，眼睛望着树枝，满足于一分钟握二十次手，就算是交谈了。在这种时刻，哪怕三十步以内落下响雷，他们也不会发现，因为一个人的梦幻已深深沉入和消失在另一个人的梦幻里。

这是清澈见底的纯洁。这是洁白纯净的时光。总之几乎都一样。这种爱情，是百合花瓣儿和白鸽羽毛的收藏品。

他们和大街之间，隔着整个一座花园。马里尤斯每次进出，总要将栅栏门的那根铁条复归原状，不让人看出有丝毫移动的痕迹。

他一般都到近午夜时离开，回到库费拉克那里。库费拉克对巴奥雷说：

"你信不信？马里尤斯现在总到凌晨才回来。"

巴奥雷回答：

"这有什么！神学院的学生总会做出点丑事来的。"

有时，库费拉克叉起胳膊，一本正经地对马里尤斯说：

"年轻人，你神经出毛病了吧！"

库费拉克是很实际的人，他对一个看不见的天堂映在马里尤斯身上的反光并不看好。他不习惯这种别出心裁的热恋。他有点不耐烦了，不时地告诫马里尤斯回到现实中来。

一天早晨，他警告马里尤斯说：

“亲爱的，我觉得你现在好像在月亮上，那是梦想的王国，幻觉的省份，肥皂泡的首都。喂，乖一些，告诉我，她叫什么名字？”

可是，马里尤斯就是不“开口”。他宁可让人拔掉指甲，也绝不将珂赛特这个美妙的名字吐出一个字来。真正的爱情似晨曦般明亮，坟墓般沉寂。不过，库费拉克看出，马里尤斯身上有一种变化，他的沉默寡言光彩夺目。

在春光明媚的五月，马里尤斯和珂赛特经历了无边无际的幸福：

争争吵吵，以“您”相称，仅仅是为了更好地用“你”相称；

长时间地、不胜其烦地谈论同他们不相干的人，这再次证明，在这名曰爱情的引人入胜的歌剧中，脚本几乎不起作用；

马里尤斯听珂赛特谈论穿戴；

珂赛特听马里尤斯谈论政治；

促膝倾听马车在巴比伦街上滚动；

凝望天上同一颗星星，抑或草丛中同一只萤火虫；

彼此沉默不语，此时无声胜有声；

等等，等等。

这时，各种复杂的事正在逼近。

一天晚上，马里尤斯前往赴约，途经残老军人院林荫大道。他照例低着头走路。他正要拐进普吕梅街，忽听身旁有人对他说：

“晚上好，马里尤斯先生。”

他抬起头，认出是埃波妮。

他颇感奇怪。自从那天这个姑娘把他带到普吕梅街后，他从没想起过她，也再没见到她，他已把她抛到九霄云外了。他对她只有感激之情，多亏了她，他才有今天的幸福，可是，遇见她，却感到很尴尬。

如果认为幸福而纯洁的爱情能使人变得完美无缺，那就错了。我们已看到了，它只能把人带到遗忘的境地。人在这种情况下，会忘记做坏事，但也会忘记做好事。感激、责任都会置之脑后，那些重要的令人讨厌的记忆，也会抛到九霄云外。在其他时候，马里尤斯对埃波妮决不会这样。他的心思都在珂赛特身上，他甚至没有明确意识到，这个埃波妮叫埃波妮·泰纳迪埃，她的姓写进了父亲的遗嘱中，几个月前，他对这个姓氏还那么忠心耿耿。我们如实展示马里尤斯的心态。在爱情的光辉下，连他的父亲也在他心中变得黯然失色了。

他略有点尴尬地回答道：

“啊！埃波妮，是您呀？”

“为什么用“您”同我说话？我什么地方得罪您了吗？”

“没有呀。”他回答。

当然，他对她并没有什么不满。丝毫也没有。他只是觉得，现在他对珂赛特用“你”相称，对埃波妮就只能用“您”了。

见他沉默不语，她便大声说：

“喂……”

她戛然而止。这个姑娘，从前多么无忧无愁，敢想敢说，现在却似乎找不出话来了。她试图微笑，却笑不出来。她又说：

“怎么？……”

她再次停住，并且低下了头。

“晚安，马里尤斯先生。”她突然说道，说完就走了。

四　Cab[①] 在英语中“滚动”，在俚语中“吠叫”

第二天是六月三日，一八三二年六月三日。这个日期值得一提，因为那时期，一些严重的事件，好似沉沉乌云，悬挂在巴黎的天际。傍晚时分，马里尤斯仍然走在昨夜走过的那条林荫道上，心里仍然想着那些令他陶醉的事，蓦然，他从路旁的树木中，看见埃波妮向他走来。接连

① Cab 在英语中是驾驶座在后面的双轮马车，在俚语中是狗。

两天，太过分了。他连忙转身，离开林荫道，改变路线，而从王兄街去普吕梅街。

于是，埃波妮一直跟他到了普吕梅街头，她还从没这样做过。以前，她只在他经过的林荫道上远远望他一眼，想都没想上去同他见面。只是那天晚上，她才试图同他说话。

因此，埃波妮跟在他后面，他却毫无察觉。她看见他扳开那根铁条，钻进花园里。

“哇！”她说，“他进家里了！”

她走近铁栅栏，挨根摸着铁条，很快就发现马里尤斯扳动过的那根。她阴郁地低声说：

“这可不行！”

她坐到铁栅栏的石基上，紧挨着那根铁条，仿佛在守卫它。那恰好是铁栅栏挨着围墙的地方。那里有个幽暗的角落，埃波妮藏在里面看不见。

她这样待了一个多小时，一动不动，大气不出，心烦意乱。普吕梅街上只有两三个行人，快到十点时，其中一个晚归的老先生，匆匆从这荒凉而声名狼藉的地方经过，沿着铁栅栏门，来到门旁的那个墙角下，听见有个沙哑的声音忿忿地说：

“我敢肯定，他每天晚上都来！”

行人瞧瞧周围，未见有人，又不敢朝那黑暗的角落里看，吓得魂飞魄散。他加快脚步走了。

这个行人幸亏走得快，因为不久普吕梅街上来了六个人，他们沿墙壁而行，一个接一个，彼此相隔一段距离，就像是喝得醉醺醺的巡逻队。

走在前头的来到花园的栅栏门旁，停下来等后面几个。不一会，六个人都到齐了。他们开始低声交谈。

“就是这搭里。”其中一个说。

“花园里有马车[1]吗？”另一个说。

---

① “马车”即狗。——原注

"不知道。不管怎样，我闹来一个小肉丸，待会儿给它偏[①]。"

"你有擂[②]玻璃用的油灰吗？"

"有啊。"

"这栅栏门朽了。"第五个人用腹音说。

"好极了。"刚才第二个说话的人又说道。"在家什[③]下，就不会那样噪噪[④]，也不难收割[⑤]了。"

第六个人一直没说话，这时，他像埃波妮一小时前所做的那样，开始察看铁栅栏，逐根握住铁条，小心地摇摇。最后，他来到被马里尤斯拔出的铁条跟前。他正要伸手去抓，蓦然黑暗中伸出一只手，猛地抓住他的胳膊，他感到当胸被狠狠推了一下，接着，一个沙哑的声音轻轻对他说：

"有马车。"

与此同时，他看见一个脸色苍白的姑娘站在他面前。

就像遭到意外袭击可能发生的那样，那人一下愣住了。他骤然竖直身子，样子十分可怕；最可怕的东西，莫过于受惊的野兽，它们惶遽的神色会吓得人毛骨悚然。他往后退了一步，结结巴巴地说：

"这家伙是谁？"

"您女儿。"

的确是埃波妮在同泰纳迪埃说话。

埃波妮一出现，其余五人，即克拉克苏、格勒梅尔、巴贝、蒙帕纳斯和布吕戎，都悄没声响、不慌不忙、一声不吭地围过来，这慢悠悠、阴森森的劲儿为夜间干坏事的人所特有。

可以辨出，他们手中都拿着不知什么丑恶的工具。格勒梅尔有一把弯弯的铁钳，夜贼管这叫"方头巾"。

---

① "偏"即"吃"。——原注

② "擂"即"敲碎"。用油灰贴在窗玻璃上，不让碎片掉地，以免发出声音。——原注

③ "家什"即"锯子"。——原注

④ "噪噪"即"叫"。——原注

⑤ "收割"即"截断"。——原注

“是你！你来干什么？你要怎么样？”泰纳迪埃尽量压低嗓门吼道，“你干吗来妨碍我们干活？”

埃波妮格格大笑，扑上去搂住他的脖子。

“亲爱的父亲，因为我在，所以我在。难道现在不准人坐在石头上吗？不该在这里的倒是你们。这里是块‘饼干’，你们还来干什么？我告诉过玛妮翁了。这里没什么油水。拥抱我呀，亲爱的好父亲！好久没看见您了！您放出来了？”

泰纳迪埃试图挣脱埃波妮的胳膊，嘟哝道：

“好了。你拥抱过我了。是的，我放出来了。我不在牢里了。现在你好走了吧。”

可是，埃波妮就是不松手，反而搂得更紧了。

“亲爱的父亲，您是怎样出来的？您一定动了很多脑筋，才出来的吧。给我讲讲嘛！我母亲呢？我母亲在哪里？给我讲讲妈妈的情况。”

泰纳迪埃回答：

“她很好，我不知道，放开我，听话，快走吧。”

“我就是不想走嘛，”埃波妮像个宠坏了的孩子撒娇道，“我都四个月没见您了，才拥抱您一会儿，您就赶我走啦。”

说完，她又搂住父亲的脖子。

“怎么这样，太蠢了！”巴贝说。

“快点！”格勒梅尔说，“条子可能要来了。”

说腹语的人按音节朗诵了两句诗：

今天不是过新年，
不用去吻爹和娘。

埃波妮转身对另外五个歹徒说：

“呀，是布吕戎先生。——您好，巴贝先生。您好，克拉克苏先生。——您不认得我啦，格勒梅尔先生？——您好吗，蒙帕纳斯先生？”

“当然，他们都认出你啦！”泰纳迪埃说，“问完就行了，快走吧！让我们清静些。”

“现在是狐狸，而不是母鸡活动的时候。”蒙帕纳斯说。

“你看见了，我们在这搭里有活忙呢[①]。”巴贝补充说。

埃波妮握住蒙帕纳斯的手。

“当心割着手！”他说，“我这刀儿没套套子。”

“亲爱的蒙帕纳斯，”埃波妮极其温柔地回答道，“应该相信人。我也许是我父亲的女儿。巴贝先生，格勒梅尔先生，当初是你们派我来侦察这桩买卖的。”

值得注意的是，埃波妮没讲俚语。从她认识马里尤斯以来，她感到不可能再讲这可怕的语言了。

她用瘦骨嶙峋、没有力气的小手握住格勒梅尔粗硬的手指，继续说：

“您知道我不是笨蛋。平时大家都信任我。我多次帮助过你们。听着，我已调查过了，你们看，你们会白冒险的。我向你们发誓，这座房子里没什么油水。”

“里面只住着女人。”格勒梅尔说。

“没有。人家搬走了。”

“蜡烛可没搬走。”巴贝说。

说完，他让埃波妮透过树梢，看有个灯光在顶楼上移动。那是杜珊的灯光，她还没睡觉，正在晾衣服。

埃波妮试图做最后一次努力。

“好吧，”她说，“可他们很穷，住在破房子里，一分钱也没有。”

“见你的鬼去吧！”泰纳迪埃吼道，“等我们把屋子翻个个儿，把地窖翻上来，阁楼翻下去，再来告诉你里面有什么，究竟是圆脸、圈圈还是丁丁[②]。”

说完，他把她推开，要进里面去。

“我的老朋友蒙帕纳斯先生，”埃波妮说，“我求您了，您是好孩子，

---

① “我们在这里有事做哩。”

② “圆脸、圈圈、丁丁”即“法郎、苏、小钱”。——原注

别进去！”

“当心，别把手割破了！”蒙帕纳斯回答道。

泰纳迪埃用他特有的果断口吻说：

“走开，小妖精！别妨碍男人们做事。”

埃波妮松开她再次抓起的蒙帕纳斯的手，说道：

“你们一定要进这房子？”

“有点儿！”说腹语的人冷笑道。

于是，她靠在铁栅栏上，准备抵挡六个武装到牙齿、夜色下显得面目狰狞的强盗，并且低声却又坚定地说：

“那好，可我不愿意。”

他们惊愕得停住了。说腹语的人也不再冷笑了。她又说：

“朋友们！好好听着。不要这样。现在听我说。首先，你们敢进这个园子，敢碰一碰这个栅栏，我就叫喊，我就去敲住户的门，把大家喊醒，让他们把你们六个人都抓进去，找警察来。”

“她做得出来的。”泰纳迪埃悄声对布吕戎和说腹语的人说。

她晃晃脑袋，又说：

“从我父亲开始！”

泰纳迪埃走近她。

“别过来，老家伙！”她说。

他只好后退，嘴里嘟囔道：“她怎么啦？”接着骂道：

“狗杂种！”

她发出可怖的笑声。

“随你们的便，你们别想进去。我不是狗的女儿，而是狼的女儿。你们有六个人，这又能把我怎么样？你们是男人。可我是女人。你们吓不倒我。告诉你们，你们进不了这屋子，因为我不愿意。你们靠近我，我就像狗那样大叫。我跟你们说过有狗，那就是我。我才不在乎你们呢。你们快走吧，我讨厌你们！去哪里都可以，就是别上这里来，我不许你们来！你们用刀，我用鞋踢，这对我都一样，上来呀！”

她向盗贼们迈出一步，气势吓人。她又大笑起来。

“不错！我不害怕。今年夏天，我会挨饿，今年冬天，我会挨冷。这些蠢男人，真是可笑！以为能让一个女孩子害怕！害怕！怕什么！哦！怕极了！因为你们有爱吵架的情妇，听见你们一吼，就会吓得钻到床底下，不是吗！我可是天不怕，地不怕！”

她盯着泰纳迪埃看了看，说道：

“甚至不怕您！”

接着，她用幽灵般血红的眸子，将匪徒扫视了一遍，又说：

“我什么都不在乎，哪怕我父亲用刀子捅死我，明天有人在普吕梅街头发现我的尸体，或者，一年后，在圣克卢的渔网中，或在天鹅岛的烂瓶塞堆和溺水的死狗堆里，发现我的尸体！”

说到这里，她不得不停住，因为她干咳起来，从她狭窄而虚弱的胸部，发出临终病人般嘶哑的喘气声。

她接着又说：

“我只要一喊，就会有人来，啪嗒一声，就全完了。你们有六个人，可我有所有的人。”

泰纳迪埃朝她走前一步。

“别过来！”她喊道。

他停下来，温和地对她说：

“好吧，我不过去，但你说话不要那么大声。我的女儿，你非要妨碍我们干活不可，是吧？可我们总得谋生啊。你对你父亲就不再讲交情了吗？”

“我讨厌您。”埃波妮说。

“可我们要生活，要吃饭……”

“那就去死吧。”

说完，她坐到铁栅栏门的石基上，低声唱了起来：

> 我的胳膊圆又圆，
> 我的大腿美又美，
> 可惜误了好时光。

她用腿支着胳膊肘，手托着下巴颏，满不在乎地摇晃着腿。她的连衣裙破破烂烂，露出嶙峋的锁骨。附近的一盏路灯照亮她的侧影和姿态。像这样坚定而令人惊讶的神态，真是见所未见。

那六名歹徒见被一个姑娘挡住，不禁目瞪口呆，又气又恼，跑到路灯的阴影下去商量对策，羞愤不已，却又无可奈何，只得连连耸肩。

可她却平静而粗野地看着他们。

“她一定有什么事。”巴贝说，“一定有原因。难道她爱上这里的狗了？可是，不干又太可惜。两个女人，一个老头，而且老头住在后院里；窗子上挂着很不错的帘子。老头可能是个老犹①。我相信这是笔好生意。”

“你们几个进去。”蒙帕纳斯大声说，“你们去干。我和这丫头留下来，她要是动一动……”

他把藏在袖管里的那把刀，在路灯光下晃了晃。

泰纳迪埃一言不发，似乎大家想做什么，他就准备做什么。

布吕戎还没说话，他多少是个权威人物，而且，正如大家知道的，是他“提议”干这事的。他若有所思。他被视作在任何危险面前都不后退的人。大家知道，有一天，仅仅为了逞能，他洗劫了一个警察分局。此外，他还会赋诗作歌，这大大提高了他的威望。

巴贝问他。

“布吕戎，你不说说？”

布吕戎又沉默了一会儿，接着，他摇完头后又点头，反复了几次，最后才提高嗓门说：

“是这样：今天早晨，我遇到两只麻雀打架，晚上，我又碰到一个女人吵架。这都是不吉利的兆头。我们走吧。”

他们都走了。

蒙帕纳斯边走边嘀咕：

“无所谓。刚才大家愿意的话，我就掐她的脖子了。”

巴贝回答说：

---

① “犹太人。”——原注

“我可不。我不打女的。”

走到街角处，他们停下来，压低嗓门，交换了几句令人费解的话：

“今天去哪里过夜？”

“庞丹地下。”①

“泰纳迪埃，你带着栅栏门的钥匙吗？”

“当然。”

埃波妮盯着他们，望见他们从原路走了。她站起来，贴着大墙和房屋，跟在他们后面。她跟着他们来到林荫大道上。他们在那里分手了。她见那六人隐没在黑暗中，仿佛同黑暗融为一体。

五　夜间出没的东西

歹徒们走后，普吕梅街恢复了平静的夜景。

刚才发生在这条街上的事，森林见了不会大惊小怪。大树林、小丛林、灌木林、千纽百结的树枝、高深茂盛的草丛，构成一幅阴沉凄迷的景象；蚁聚在荒野里的生物，能隐隐看见看不见的东西突然显现；比人低级的东西，透过迷雾，能看见超人的东西；我们活着的人所不知的东西，夜间在那里相见对照。布满树木和野兽的大自然，感到有超自然的东西接近，会感到惊慌失措。黑暗中的力量彼此熟悉，相互间有着神秘的平衡。锐牙和利爪惧怕抓不到的东西。野兽嗜血成性，贪婪地窥视着猎物，武装着爪子和牙齿，生来只以满足肚子为根源和目的，却惴惴不安地望着和嗅着那幽魂鬼影，见它披着殓衣，裹着朦胧微颤的袍子在徘徊游荡，感到它过的是一种毫无生气的可怕生活。这些纯物质的野兽，朦胧地惧怕同凝聚成一个未知东西的无际黑暗打交道。一张黑暗的脸挡住了去路，野兽戛然止步。巢穴里出来的东西，见了坟墓里出来的东西，会吓得魂飞魄散，张皇失措；残暴的东西害怕阴险的东西；恶狼遇见食

---

① “巴黎下水道里。”

尸鬼，会逃之夭夭。

六 马里尤斯回到现实中，把地址告诉了珂赛特

当那个人面母狗坚守铁栅门，六匪徒在一位姑娘面前落荒而逃的时候，马里尤斯就在珂赛特身边。

天空从没像这样星光灿烂，妩媚迷人，树木从没像这样震颤抖动，野草从没像这样沁人心脾，枝头的鸟儿从没听着像这样轻柔的声音进入梦乡，宇宙的宁静和谐从没像这样应答爱情心声的乐曲，马里尤斯从没像这样钟情，这样幸福，这样心醉神迷。可他却感到珂赛特闷闷不乐。珂赛特哭过。她的眼睛红红的。

在这令人赞叹的美梦中，出现了第一片乌云。

马里尤斯说的第一句话便是：

“你怎么啦？”

她回答：

“有件事。”

说完，她坐到台阶旁的长凳上，当他哆嗦着在她身边坐下时，她继续说：

“今天上午，我父亲叫我做好准备，说他有事要办，我们可能要走了。”

马里尤斯浑身战栗。

人生快结束时，死，即是走；人生刚开始时，走，即是死。

六个星期来，马里尤斯慢慢地，一点一点、一天一天地逐步占有了珂赛特。纯属是理想的占有，但却情深意笃。我们前面说过，人初恋时，占有灵魂先于肉体；到后来，先要肉体，后要灵魂，有时则根本不要灵魂。福布拉斯[①]和普律多姆之流更是说：“因为不存在灵魂。”幸而这种挖苦话只是亵渎神明。因此，马里尤斯对珂赛特的占有，犹如精神的

① 福布拉斯为法国作家库夫雷的小说《福布拉斯骑士的爱情》中的主人公。

占有。但他用整个灵魂裹住她，满怀信心却又是小心翼翼地抓住她。他占有她的微笑、她的气息、她的体香、她蓝眸里闪出的幽深的光辉、他触摸她手时感到的肌肤的柔润、她脖子上的迷人的斑记、她的全部思想。他们说好，睡觉时必须梦见对方，他们没有食言。因此，他占有珂赛特所有的梦。他目不转睛地看着她颈后可爱的头发，有时还用气息去轻拂，他还对自己说，她这些可爱的头发，没有一根不属于他。她穿戴的东西，她的缎带蝴蝶结、她的手套、她的袖口、她的短筒靴，他把这一切视作自己的圣物，深情地凝视和崇拜。她头发上插着漂亮的玳瑁梳，他想他是这些梳子的主人。他甚至念叨（那都是情欲初萌时模糊不清的嗫嚅），她裙子上的每一根带子，袜子上的每一个网眼，胸衣上的每一个褶裥，全都是属于他的。在珂赛特身旁，他感到是在他的财产旁边，在他的财物旁边，在他的专制君主和奴隶旁边。他们觉得，他们的灵魂已合二为一，若想收回各自的灵魂，已很难分清彼此。——这一个是我的。——不，是我的。——你肯定错了。这分明是我。——你把我当成是你了。——马里尤斯已是珂赛特的组成部分，而珂赛特也已是马里尤斯的组成部分。马里尤斯感到珂赛特就活在他的身上。拥有珂赛特，占有珂赛特，对他而言，同呼吸没有两样。正当他这样信心百倍、如醉如痴，为这纯洁、空前和绝对的占有，以及为这至高无上的权力心花怒放的时候，“我们可能要走了”这句话如当头一棒突然落下，现实那粗暴的声音对他嘶叫：“珂赛特不是你的。”

马里尤斯骤然醒了。刚才说了，六个星期来，马里尤斯一直生活在云里雾里；“走”这个词残酷地将他拉回到现实中。

他一句话也说不出来。珂赛特只觉得他手冰凉。这回轮到她问了：

“你怎么啦？”

他低声回答，珂赛特几乎听不见他说的是什么：

“我不明白你的意思。”

她又说了一遍：

“今天上午，我父亲叫我收拾衣物，做好准备，他把他的衣服给了我，叫我放进箱子里，他必须出一趟远门，我们就要走了，我需要个大箱子，他需要个小箱子，一星期之内做好准备，我们可能去英国。”

“这太可怕了！”马里尤斯大声说。

此时此刻，可以肯定，在马里尤斯的思想上，任何滥用职权，任何粗暴行径，哪怕最残暴君王的行为再残暴，布里西斯、提比略、亨利八世的行为再凶狠，都不如福施勒旺以有事为由，将他女儿带到英国来得残酷无情。

他有气无力地问：

“你什么时候动身？”

“他没说什么时候。”

“你什么时候回来？”

“他没说什么时候。”

马里尤斯站起来，冷冷地说：

“珂赛特，您去吗？”

珂赛特将饱含忧虑的漂亮眼睛转向他，神态惶然地回答：

“去哪里？”

“英国？您去吗？”

“为什么你用‘您’称呼我？”

“我问您，您去不去？”

“你叫我怎么办？”她双手合十，回答道。

“这么说，您是要去喽？”

“要是我父亲去呢？”

“这么说，您是要去喽？”

珂赛特抓住马里尤斯的手，紧紧地握着，没有回答。

“那好。”马里尤斯说，“我就去别的地方。”

珂赛特与其说听明白了，不如说感觉到了这句话的含义。她脸色刷地变白，黑暗中，她的脸变成了白色。她结结巴巴地说：

“你想说什么？”

马里尤斯看了看她，然后，将目光慢慢转向天空，回答道：

“没什么。”

当他垂下眼睛时，发现珂赛特在朝他微笑。一个心爱女人的微笑，是一道亮光，黑夜里看得见。

“我们真笨！马里尤斯，我有个主意。”

“什么主意？”

“我们走的话，你也走呀！回头我告诉你去哪里！你到我去的地方来找我！”

马里尤斯现在完全清醒了。他又回到了现实中。他大声对珂赛特说：

“同您一起走！你是不是疯了？得有钱，可我没钱！到英国去？我现在，我不知道，还欠着库费拉克十几个金路易哩！他是我的一个朋友，你不认识。我只有一顶不值三法郎的破帽子，一件前面缺扣子的礼服，我的衬衣破烂不堪，袖肘上穿了洞，鞋子里能进水。六个星期来，我把这一切忘得一干二净，我没把这些告诉你。珂赛特！我是个穷光蛋。你只在夜里看见我，把你的爱给了我；假如你在白天看见我，你会给我一个苏！去英国！嘿！我连付护照的钱都没有！”

他扑到旁边的一棵树上，双臂抱住头，前额抵着树干，既不感到树皮在划破他的肌肤，也不觉得热血在敲击他的太阳穴，站着一动不动，随时准备倒下，就像一尊绝望的雕像。

他这样待了很久很久。人处在这样的深渊中，就会永无出头之日。他回过头，因为他听见身后传来轻柔凄楚的呜咽声。

是珂赛特在哭泣。

她已哭了两个多小时了，而她身边的马里尤斯却一直在沉思。

他来到她跟前，跪下来，慢慢俯下头，捧起她露在裙摆外的足尖亲吻起来。她默默地任他这样做。有时候，女人就像个忧郁顺从的女神，接受爱的膜拜。

“别哭了。”他说。

她喃喃地说：

“我可能要走，可你又不能同我一起走！”

他又说：

“你爱我吗？”

她呜咽地说了句天堂里的话，而这句话唯有透过眼泪，才更动人心弦：

“我崇拜你！”

他用一种无限爱抚的声音继续说：

“别哭了。你能不能为了我，别再哭了？”

“你爱我吗，你？”她说。

他抓住她的手：

“珂赛特，我从没向任何人发过誓，因为我害怕发誓。我感到我的父亲就在我身旁。好吧，我向你发最神圣的誓言：如果你走，我就去死。”

他说这些话时，语调那样忧伤，但又十分庄严和平静，珂赛特听了浑身战栗。她感到了一股阴气，仿佛有个阴森而真实的东西经过。她打了个寒战，便停止了哭泣。

“现在你听我说，”他说，“明天不要等我了。”

“为什么？”

“后天再等我。”

“呵！为什么？”

“到时候你就知道了。”

“得有一天见不着你！这怎么行！”

“牺牲一天，也许能换来一生。”

接着，马里尤斯又喃喃自语道：

“这个人绝不会改变习惯，他只是晚上才会客。”

“你说的是哪个人？”珂赛特问。

“我？我什么也没说呀。”

“那你希望什么？”

“等到后天再说。”

“你一定要这样？”

“是的，珂赛特。”

她双手捧起他的脑袋，踮起足尖以便够着他的脸，想从他的眼睛里看出他希望什么。

马里尤斯又说：

"对了，我想，你应该知道我的地址，说不定会有什么意外，这很难说。我住在一个叫库费拉克的朋友家里，玻璃厂街，十六号。"

他摸摸口袋，掏出一把小折刀，用刀尖在石灰墙上刻了"玻璃厂街十六号"。这时，珂赛特又开始注视他的眼睛了。

"把你的想法告诉我。马里尤斯，你肯定在想什么。告诉我。呵！告诉我吧，否则我睡不好觉。"

"我的想法是：上帝不可能要拆散我们。后天等我。"

"那这之前我做什么呢？"珂赛特说，"你在外面，你走来走去。男人们多幸福！可我得一个人待着。呵！我会多么忧愁啊！你明天晚上做什么，告诉我？"

"我要试着去办件事。"

"那从现在起，我就向上帝祷告，心里时刻想着你，希望你成功。既然你不愿告诉我，我就不问了。你是我的主人。明天晚上，我就唱你喜爱的，有天晚上你在我窗下听过的那首《欧利安特》。不过，后天你得早点来。晚上九点，我准时等你，我事先告诉你了。天哪！日子长得真叫人发愁！听好了，九点一到，我就在花园里。"

"我也是。"

他们俩在同一个思想推动下，在使情人不断交驰的电流驱动下，甚至在痛苦中仍被爱欲所陶醉，不约而同地扑入彼此的怀里，仰望星空，热泪盈眶，心醉神迷，嘴唇不知不觉凑到了一起。

马里尤斯离开时，街上荒无人影。正好是埃波妮尾随盗贼们到林荫大道的时候。

刚才，当马里尤斯头抵树干沉思的时候，一个念头闪过他的脑海，一个——唉！——在他看来是荒唐而不可能的念头。他决定硬着头皮去试试。

七　年老的心和年轻的心对峙

那时，吉诺曼老爹已是九十一岁高龄。他仍同吉诺曼小姐住在髑髅地修女街六号自家的老房子里。大家记得，他是个站着等死的老古董，年龄压不弯他，忧愁折不断他。

可是，近来他女儿说："我父亲不如从前了。"他不再打女用人的耳光了；当巴斯克开门稍慢一些时，他用拐杖敲楼梯平台也不如从前有劲了。七月革命几乎没把他惹恼，且只持续半年时间。当他在《箴言报》上看到恩布洛-孔泰先生的名字同贵族院议员连在一起时，他也几乎无动于衷。事实上，老人已是意气消沉。他不会屈服，也不会投降，无论是身体还是精神，他都不会这样；但他感到自己的心力日渐衰退。四年来，他坚定不移地（这样说毫不夸张）等待马里尤斯回来，深信这个混账小子迟早会来叩家里的门；现在，当他心情忧郁时，他甚至会想，要是马里尤斯还不来……——他难以忍受的不是死亡，而是想到可能再也见不着马里尤斯了。以前，他从没想过会再也见不到马里尤斯；现在，这个想法开始出现了，一想到这个，他就感到心寒。正如自然和真挚的感情中常有的那样，马里尤斯不在身旁，反令外公对这忘恩负义、一去不归外孙的爱有增无已。人在十二月的夜里零下十二度的气温下，最思念太阳。此外，吉诺曼先生是长辈，他不可能，或者说自认为不可能向外孙主动迈出一步。他说："我宁死也不这样做。"他认为自己没错，可是，当他思念马里尤斯时，就像一个行将就木的老人，总是非常怜悯他，又觉得无可奈何。

他开始掉牙了，这使他雪上加霜。

吉诺曼先生从没像爱马里尤斯那样爱过一个情妇，可他不敢对自己承认，因为他会感到愤怒和羞愧。

他叫人在他卧室床头挂他另一个女儿的旧画像，以便醒来第一眼就能看到。那是他已故女儿蓬梅西夫人十八岁时的画像。他经常看这张画像。一天，他看着看着，竟说：

"我觉得他像她。"

"像我妹妹？"吉诺曼小姐接茬说，"是很像。"

老人又说：

"也像他。"

一次，他双膝合拢，双眼微闭，呆呆地坐着，一副沮丧的样子，他女儿斗胆问他：

“父亲，您还记恨吗？……”

她戛然而止，没敢往下说。

“记恨谁？”他问道。

“可怜的马里尤斯？”

他抬起苍老的脑袋，把枯瘦起皱的拳头放到桌上，以极其气愤和颤抖的声调吼道：

“您说是可怜的马里尤斯！这个人是混蛋，无赖，是个忘恩负义、爱慕虚荣的家伙，没心没肺，没有灵魂，是个妄自尊大的坏蛋。”

他别过脑袋，不想让女儿看见他眼里滚动着泪珠。过了三天，继连续四小时的沉默不语后，他突然打破沉默，开门见山地对女儿说：

“我早就请求过吉诺曼小姐，永远不要对我提起他。”

吉诺曼姨妈只好放弃一切努力，并做了深刻的断言：

“从我妹妹做了那件蠢事后，我父亲就不大爱她了。很清楚，他恨马里尤斯。”

“做了那件蠢事后”，就是说，从她嫁给了蓬梅西上校后。

吉诺曼小姐曾想让她所宠爱的枪骑兵军官取代马里尤斯，但如大家能猜到的，她这个企图惨遭失败。泰奥迪尔想取而代之，却没有成功。吉诺曼先生不接受以伪代真。心里的空缺，不是随便弄个人就能填上的。而泰奥迪尔这边，尽管嗅到了遗产的气味，却又讨厌曲意奉承。枪骑兵见到老人就厌烦，老人见到枪骑兵就反感。不错，泰奥迪尔中尉生性快乐，但过于健谈；他轻薄浪漫，但平庸粗俗；他乐天随和，但乱交朋友；他确有许多情妇，也确实常常谈论她们，但谈得没有趣味。他所有的优点都有一个缺憾。吉诺曼先生一听到他吹嘘他在巴比伦街驻地附近的艳遇，他就心生厌烦。再说，吉诺曼中尉有时穿着军装，戴着三色绶带来看望老人，这确实叫他难以忍受。吉诺曼老爹最后只得对女儿说：“这个泰奥迪尔，我对他真是忍无可忍了。你愿意的话，你接待他吧。我对和平时期的军人不感兴趣。比起抡大刀的军人来，我不知道是不是更不喜欢拖大刀的军人。战场上刀剑相击的声音，总比在街上刀鞘拖地的声音好听些。再说，像假勇士那样挺着胸膛，可又把腰身束得像瘦女人一样细，铠甲下面穿一件紧身衣，显得不伦不类，荒唐可笑。一个真正的男人，不能虚张声势，也不能矫揉作态，不能假充好汉，也不能投人所好。留着你的泰奥迪尔自己享用吧。”

她女儿对他说：“他总是你的侄孙呀。”可却是徒费口舌，吉诺曼先生绝对是个外公，而不是个叔祖父。

其实，他是有头脑、善比较的人。泰奥迪尔所起的作用，只是使他更加思念马里尤斯。

一天晚上——已是六月四日了，吉诺曼老爹的壁炉里仍生着旺火——他已打发女儿到隔壁屋里去做针线活了。他独自待在壁上挂有牧羊图的卧室里，两只脚踩在柴架上，身后围着科罗曼德尔[①]出品的半圆形九折大屏风，身体埋在绒绣安乐椅里，胳膊肘撑在桌子上，桌上点着两支罩有绿色灯罩的蜡烛，手里拿着一本书，却不在读。他按照自己的嗜好，穿着督政府时期“纨绔子弟”穿的奇装异服，看上去活像加拉[②]的旧画像。他这身打扮上街，肯定会招来人群围观，所以，他每次出门，他女儿总是给他罩一件宽大的棉袍，好把他的衣服遮住。在家里，除了起床和睡觉，他从不穿睡袍。他说：“这会使人显老。”

吉诺曼先生怀着爱意和痛苦思念马里尤斯，通常痛苦占主导地位。他那变得苦涩的柔情，最后会激奋，进而转成愤怒。他目前正准备死了那份心，接受痛苦的现实。他正在劝说自己，现在已没有理由认为马里尤斯还会回来，他要回来早就回来了，应该放弃这个念头。他努力让自己习惯“无可挽回”的想法，死前再也见不到“那位先生”了。可他的本性却在反抗，他的老外公身份决不同意。他说（这是他痛苦的口头禅）：“什么！他不会回来了！”他的秃脑袋耷拉在胸前，用悲哀而气愤的目光，茫然盯着壁炉里的灰烬。

---

① 科罗曼德尔位于孟加拉湾印度东海岸。古时以转口销售中国漆到欧洲而闻名。

② 加拉（1749—1833），法国政客，当过内政部长。督政府时期，他是衣着奇特的风云人物。

他正在沉思默想，老仆人巴斯克进来问他：

“先生能接见马里尤斯先生吗？”

老人脸色苍白，就像挨了电击的尸体，霍地坐直身子。全身的血涌回心脏。他结结巴巴地说：

“哪个马里尤斯先生？”

“不知道，”巴斯克被主人的神色吓得不知所措，回答道，“我没见到人。是妮珂莱特刚才对我说：有个年轻人求见，就说是马里尤斯先生。”

吉诺曼老爹含糊不清地低声说：

“叫他进来。”

他仍那样坐着，头摇晃着，眼睛望着门口。房门打开。走进一个年轻人，是马里尤斯。

马里尤斯停在门口，好像等人叫他进去。

灯罩遮住了烛光，昏暗中，他那身破衣服看不清楚。只能看见他的脸，那张脸平静而严肃，但却愁容满面。

吉诺曼老爹又惊又喜，一时间只看见一团亮光，就像有个鬼魂出现在他面前。他几乎要晕倒了。他透过炫目的亮光，依稀看见马里尤斯。真的是他！真的是马里尤斯！

他终于回来了！走了整整四年！他抓住他了，可以说，一眼就把他整个儿抓住了。他觉得他好英俊，好高贵，好出众。他长大了，成人了。他态度得体，神态可人。他想张开双臂，叫他过来，冲上前去，他的五脏六腑全化成了狂喜，深情的话语涨满胸腔，快要溢出来了，最后，这满腔柔情直往外冲，已到了他的唇际，可他的本性使他说出口的，竟是一句冷酷无情的话。他粗暴地说：

“您来这里做什么？”

马里尤斯局促不安地回答：

“先生……”

吉诺曼先生本想要马里尤斯扑到他怀里。他对马里尤斯不满，也对自己不满。他觉得自己太粗暴，马里尤斯太冷淡。这老人感觉到了自己满腔的温柔和哀愁，可外表却只能表现得冷酷无情，这使他忧虑气恼，难以忍受。他又觉得痛苦了。他语气粗暴地打断马里尤斯说：

“那么您为什么要来？”

“那么”的意思是：“如果您不是来拥抱我”。马里尤斯看了看他的外公，见他脸色苍白得像块大理石。

“先生……”

老人又声色俱厉地说：

“您是来请求我原谅的吗？您认错了吗？”

他以为这给马里尤斯指明了方向，这“孩子”就要屈服了。马里尤斯打了个寒战；人家要他否认他的父亲。他低下头，回答道：

“不，先生。”

“那您干吗来找我？”老人心痛欲裂，激昂而愤怒地嚷道。

马里尤斯双手合十，上前一步，用微弱颤抖的声音说：

“先生，求你可怜我。”

这句话打动了吉诺曼先生，如果早一点说，他会软下来的，但为时晚矣。外公站起来，双手撑着拐杖，双唇没有血色，额头不停颤动，可他高大的身躯却俯视着低垂脑袋的马里尤斯。

“可怜您，先生！竟然是年轻人来求九十一岁的老人可怜！您正在步入人生，而我就要退出人生！您跑戏院、舞厅、咖啡馆、台球房，你有才情，讨女人喜欢，是个漂亮小伙子；而我大夏天还要对着火炉吐痰！您拥有世界上唯一的财富；而我却有老年人的所有贫困，也就是残疾和孤独！您有三十二颗牙，健康的肠胃，明亮的眼睛，您有力气，有胃口，健康，快乐，满头乌发；而我连白头发也掉光了，牙齿没了，腿劲没了，记忆力不好了，常常把三条街的名字搞混，分不清夏洛街、肖姆街和圣克洛德街，我已到了这般地步！您阳光灿烂，前程似锦；而我面前一片漆黑，因为我行进在黑夜里！您在恋爱，这是不言而喻的；而我世上已不再有人爱我，您却来求我可怜您！当然，莫里哀都没想到这个。律师先生们，如果你们在法庭上开这种玩笑，我倒真要衷心祝贺你们了。你们实在可笑。”

接着，九旬老人又用愤怒而严肃的口吻说：

“喂！您干吗找我？”

“先生，”马里尤斯说，“我知道您不高兴我来，不过，我来只是要求您一件事，说完我就会走的。”

“您是个傻瓜！”老人说，“谁叫您走了？”

这句话表达了埋在他心底的那句深情的话：“快求我原谅你！上来搂住我的脖子！”吉诺曼先生感到马里尤斯就要离开他了，他的不友好的接待令他失望，他的生硬态度会把他赶跑，他心里这样想着，痛苦陡然增加，而这痛苦马上又转为愤怒，因此，他的态度就愈加生硬。他想要马里尤斯明白他的心意，可马里尤斯就是不明白，老人火冒三丈。他继而又说：

“怎么！您辜负了我——您的外公，您离开我的家，不知跑到了哪里，害得您的姨妈悲伤不安，您去过——这是可想而知的，这样更方便——单身生活，当花花公子，想什么时候回家，就什么时候回家，吃喝玩乐，我不知道您是死是活，负了债也不叫我替您还，您打打闹闹，胡作非为，过了四年，您来我家里，你要对我说的，却只是这个！”

他本想用这种粗暴的方式，促使外孙说些温柔话，没料到反使马里尤斯沉默不语了。吉诺曼先生交叉起双臂，这一动作在他是极其急躁的表现。他痛苦地斥责马里尤斯道：

“谈正题吧。您说您有事求我。什么事？求我什么？说吧。”

“先生，”马里尤斯用就要掉进深渊的目光望着老人说道，“我来求您同意我结婚。”

吉诺曼先生摇了摇铃。巴斯克微微打开门。

“叫我女儿来。”

不一会儿，门又打开，吉诺曼小姐出现在门口，却没进屋。马里尤斯立在那里，沉默不语，双臂下垂，就跟犯了罪似的。吉诺曼先生在房里来回踱步。他转向女儿，对她说：

“没什么事。马里尤斯先生来了。向他问个好。先生想结婚。就这个。您走吧。”

老人说话的声音短促而沙哑，这说明他愤怒到了极点。姨妈惊慌失措地看着马里尤斯，仿佛刚刚认出他，连一个手势也没做，一句话也没说，父亲的话音未落，她就像根麦秸，已被狂风刮得无影无踪了。

这时，吉诺曼老爹已回来背靠着壁炉。

“您要结婚？二十一岁！您都安排好了！只剩下征得同意了！走一走过场！坐下，先生。好啊，自从我不能荣幸地见到您以来，您搞了场革命。雅各宾派占了上风。您想必很得意。您当上男爵后，不就是共和党人了吗？您倒会左右逢源。共和国成了男爵爵位的调料。先生，您获得七月荣誉勋章了吗？是不是抢了卢浮宫？在这附近，在安托万街，诺南-迪埃尔街对面，有颗炮弹嵌在一幢房子的四楼墙上，上面刻着：一八三〇年七月二十八日。您去看看吧。会长见识的。啊！您那帮朋友，尽干好事！对了，他们不是在贝里公爵先生纪念碑的原址，修建了一个喷泉吗？这么说，您想结婚了？同谁？能问问是同谁吗，这不算冒昧吧。”

他停住了话头，马里尤斯还没来得及回答，他又激烈地说：

“喂，您有地位吗？发财了吗？您当律师挣多少钱？”

“一分也不挣。”马里尤斯以一种几乎是粗野的、坚定而果断的口吻说道。

“一分也不挣？您只靠我给您的一千二百利弗过日子？”

马里尤斯没有回答。吉诺曼先生继续说：

“那我明白了，那女孩子很有钱？”

“和我一样。”

“什么？没有嫁妆？”

“没有。”

“没有遗产可继承？”

“我想没有。”

“身无分文！父亲是干什么的？”

“不知道。”

“她叫什么？”

“福施勒旺小姐。”

“福施什么？”

“福施勒旺。”

“噗！”老人说。

“先生！”马里尤斯喊道。

吉诺曼先生喃喃自语般地打断他的话头。

“对，二十一岁，没有地位，每年一千二百利弗，蓬梅西男爵夫人只好到菜摊上去买两苏钱的芹菜。”

“先生，”马里尤斯见最后的希望已破灭，张皇失措地说，“求求您！先生，我以上天的名义，合上双手，求您开开恩，我跪在您脚下，准许我娶她吧。”

老人发出尖厉凄凉的笑声，边笑边咳边说道：

“哈！哈！哈！您心里想：当然！我要去找那个老顽固，那个可笑的老傻瓜！遗憾的是，我还不到二十五岁！否则，我只要扔给你，扔给您，扔给他一份结婚意见征求书[①]就行了！我就可以不去求他！不过没关系，我就去对他说：老蠢货，你看见我一定很高兴，我想结婚，我想娶随便哪位小姐，随便哪位先生的女儿，我没有鞋穿，她没有衣穿，这没什么，我想把我的职业、前途、青春、生活统统抛进水中，我想在脖子上绑一个女人一同跳进贫困中，这是我的想法，你得同意！那老顽固会同意的。去吧，我的孩子，随你的便，绑上你那块石头，去娶你那位普斯勒旺，库普勒旺吧……——不同意，先生！决不！”

“我的父亲！”

“决不！”

听到他说“决不”的语气那么坚决，马里尤斯感到毫无希望了。他缓步穿过房间，瞧他低着脑袋、摇摇晃晃的样子，与其说像一个要走的人，毋宁说像一个要死的人。吉诺曼先生看着他离去，马里尤斯打开房门，正要出去，这位专横任性的老人，以这种个性的老人特有的敏捷，

① 按十九世纪法国法律，男子二十五岁，女子二十一岁，结婚可以不用家长同意，但须通过公证人向家长发一份结婚意见征求书，名为征求意见，实是通知。

向前跨了四步，抓住马里尤斯的衣领，用劲把他拽回房间里，将他抛到一张安乐椅上，对他说：

“给我详细说一说！”

是马里尤斯脱口喊了声“我的父亲”，局面才改变的。马里尤斯茫然地看着他。吉诺曼先生那张变幻无常的脸上，出现了一种难以描绘的粗野而淳厚的表情。严厉的老祖宗变成了慈祥的老外公。

“哦，来吧，说吧，把你的风流事儿说给我听听，说吧，把一切都告诉我！见鬼！年轻人真蠢！”

“我的父亲！”马里尤斯又喊了声。

老人顿时喜形于色，整个脸放出难以形容的光芒。

“对，就这样！喊我父亲，你会满意的！”

此刻，在老人粗暴生硬的态度中，流露出极大的亲切、温柔、坦率和慈祥，马里尤斯突然从绝望转入希望，不由得目瞪口呆，但又喜不自胜。他坐在桌子旁，烛光照亮了他的破衣裳，吉诺曼老爹惊讶地端详他。

“嗳，我的父亲。”马里尤斯说。

“怎么这副样子，”吉诺曼先生打断他说，“你真的是身无分文吗？穿得跟小偷似的。”

他在一只抽屉里翻了翻，找出一只钱包，放在桌上：

“拿着，这里有一百金路易，给你买顶帽子。”

“我的父亲，”马里尤斯接着说，“我的好父亲，您要知道就好了！我爱她。您想象不到，我第一次见她，是在卢森堡公园，她常去那里。开始时，我不大注意她，后来，不知怎么的，我就爱上了她。啊，我是多么苦恼啊！现在好了，我每天能见到她，我去她家里，她父亲不知道，您想想，他们要走了，我们每天晚上在花园里会面，她父亲要带她去英国，于是，我心里想，我要去见外公，把事情告诉他。我会发疯的，我会死的，我会生病，我会投河自尽。我一定得娶她，否则我就会发疯。这就是全部真相。我想没漏掉什么。她住在普吕梅街的一个花园里，有一扇铁栅栏门。靠近残老军人院。”

吉诺曼老爹眉开眼笑，已坐到马里尤斯身旁。他一边听他说话，品味他的声调，一边深深吸着鼻烟。听到提起普吕梅街，他戛然停止吸鼻烟，剩下的烟丝撒落到膝头上。

“普吕梅街！你是说普吕梅街？——等等！那里是不是有个兵营？——对，不错。你的表哥泰奥迪尔同我说起过。就是那个枪骑兵，那个军官。——有个小姑娘，我的好朋友，是有个小姑娘！——没错，普吕梅街。从前叫布洛梅街。——我全想起来了。普吕梅街铁栅栏门里头的小姑娘，我听说过。在一座花园里。一个帕梅拉。你品味不错。听说她清清爽爽的。我们私下里说说，那个枪骑兵小傻瓜好像追过她。我不知道到了什么程度。不过，这没关系。再说，没必要相信那是真的。他爱吹牛。马里尤斯！我觉得，像你这样的青年应该谈恋爱，这是好事情。这正是你这个年龄的人做的事。我宁愿你谈恋爱，也不愿你当雅各宾分子。我宁愿你爱上一个姑娘，见鬼！哪怕爱二十个，也不愿你爱上罗伯斯庇尔先生。至于我，我要为自己说句公道话，说到不穿短裤的人[①]，我从来只爱女人。漂亮姑娘就是漂亮姑娘，见鬼！这是没什么可说的。至于那个小姑娘，她瞒着爸爸同你幽会。这也在情理之中。我也有过这样的故事。还不止一个。你知道该怎么做吗？不要凶猛。不要一头栽进悲剧中。不要结婚，不要去见挎肩带的市长先生。只是傻呵呵地做个聪明小伙子。这才是理智的做法。人哪，在爱情上滑行吧，但不要结婚。你来找外公，他其实是个好老头，在他的旧抽屉里，总有几卷金路易。你对他说：‘外公，是这么回事。’外公会说：‘这很简单。’人都会有年轻的时候，也都会有年老的时候。我有过年轻的时候，你也会有年老的时候。去吧，我的孩子，这些经验将来你要告诉你的孙子。这是二百皮斯托尔。尽情地玩乐吧，见鬼！没有比这更快乐的事了。事情就该这样来做。决不要结婚，但这毫无妨碍。你听明白了吗？”

马里尤斯瞠目结舌，一句话也说不出来，只是摇了摇头。老人哈哈大笑，眨了眨老眼，拍拍马里尤斯的膝盖，神秘而兴奋地看着他，极其

---

① 法语 sans-culotte 指不穿短外裤的穷人，通常译做“长裤汉”，这是十八世纪末年法国资产阶级大革命时期对广大革命群众流行的称呼。这里是文字游戏，因为女人也不穿短外裤。

温柔地耸耸肩，对他说：

“傻小子！让她做你的情妇。”

马里尤斯脸色刷地白了。他外公的这席话，他一点也没听懂。什么布吕梅街、帕梅拉、兵营、枪骑兵，所有这些啰里啰唆的话语，犹如幻象，从马里尤斯面前经过。所有这一切，与珂赛特这朵百合花毫无关系。老人在胡言乱语。但这番胡言乱语最后归结为一句话，马里尤斯可听得明明白白，那是对珂赛特的莫大污辱。“让她做你的情妇”这句话，仿如一把利剑，刺进了这位严肃青年的胸膛。

他站起来，从地上捡起帽子，迈着坚定而自信的步伐，朝门口走去。到了门口，他转过身，向外公深深鞠一躬，抬起头，说道：

“五年前，您侮辱了我的父亲，今天，您又侮辱我的女人。我没什么可再求您的了，先生。永别了。”

吉诺曼老爹一下愣住了，他张开嘴巴，伸出双臂，想站起来，还未能说话，房门又合上，马里尤斯不见了。

老人像挨了雷击，一时动弹不得，既不能说话，也不能呼吸，仿佛有个拳头紧紧卡住他的喉咙。他终于从椅子上站起来，以九十一岁老人可能有的最快速度，跑到门口，打开门，喊道：

“救命啊！救命啊！”

他女儿闻声跑来，接着是用人们。他哀怨怨、气喘喘地说：

“快去追他！把他追回来！我有什么对不起他呀？他疯了！他走了！啊！我的上帝！啊！我的上帝！这下他再也不回来了！”

他走到临街的窗口，用颤巍巍的老手打开窗子，当巴斯克和妮珂莱特从后面把他拦住时，他已将大半个身子探出窗外，大声喊道：

“马里尤斯！马里尤斯！马里尤斯！”

可是，马里尤斯听不见了，此刻，他正拐进圣路易街。

九旬老人惶恐不安，他两三次将双手放到太阳穴上，踉踉跄跄地往后退，瘫坐在一张安乐椅上，没有脉搏，没有声音，没有眼泪，傻乎乎地晃动着脑袋，颤动着嘴唇，双眸和内心只剩下忧郁和深似黑夜的东西。

第九卷　他们去哪里?

一　让·瓦让

就在同一天下午，将近四点钟，让·瓦让独自坐在练兵场最偏僻的一个斜堤坡上。不知是出于谨慎，还是想一个人静思，抑或因为不知不觉——人人都会这样——改变了习惯的缘故，他现在很少同珂赛特一起出来。他穿着一件工人上装、一条灰布长裤，头戴一顶宽檐鸭舌帽，遮住了半边脸。现在，他对珂赛特感到放心又高兴，过去曾一度使他惊恐不安的事，现已烟消云散。不过，一两个星期来，他又有了另一种性质的忧虑。一天，他在林荫大道上散步，远远看见了泰纳迪埃；幸亏他乔装打扮得好，泰纳迪埃没认出他来。可是，此后，让·瓦让又看见他好几次，现在可以肯定，泰纳迪埃常在这一带游荡。这就足以使他做出重大的决定。只要泰纳迪埃在，就会后患无穷。

此外，巴黎很不平静。政治动乱会给隐瞒身世的人带来麻烦：警察变得紧张不安，疑神疑鬼，他们在搜索某个佩潘或莫雷[1]的时候，很可能会发现某个让·瓦让。

鉴于这些原因，他忧虑万分。

---

[1] 佩潘（1800—1836），圣安托万郊区的食品杂货店老板，黑社会成员；莫雷是马具商，两人在一八三五年参加了暗杀路易-菲力浦的行为，后被捕处决。

最后，刚才又发生了一件令人费解的事，现在他仍心惊肉跳，因此，他也就更加警惕了。就在那天早晨，全家只有他一人已起床，珂赛特房里的窗板尚未打开，他独自在花园里散步，突然发现墙上有行字：玻璃厂街十六号，大概是用钉子刻上去的。

这是刚刻上去的，因为石膏涂层年久发黑，而那几个字却是雪白雪白，墙脚下的一丛荨麻上，还有新落下的白粉末。这行字很可能是夜里写上的。这是什么？是地址？给别人的信号？给他的警告？不管怎样，显然花园被人践踏过，陌生人进来过。他回忆起曾使全家人惊慌不安的那些怪事。他一直在思考这件事。但他只字不向珂赛特提起用钉子刻在墙上的那行字，怕引起她的恐慌。

让·瓦让经过反复思考和掂量，决定离开巴黎，甚至远离法国去英国。他已向珂赛特提起过了。他想一个星期内启程。他坐在练兵场的斜堤上，脑海里思绪纷乱：泰纳迪埃，警察，刻在墙上的那行奇怪的字，这次远行，以及弄到护照的困难。

他正在全神贯注地思索，突然，他从阳光投射的一个影子上，发现有人刚刚来到了他身后的斜坡顶上。他正要回头，不料一张四折的纸落在他膝头上，像是有只手从他头顶上扔过来的。他拾起纸，把它展开，上面写着两个粗粗的铅笔字：

搬家。

让·瓦让赶紧站起来，可是斜堤上已没有人了。他向四周张望，看见一个比孩子高，但比成人矮的，穿一件灰布工作服、一条土色棉绒裤的人正跨过护墙，向练兵场的沟里滑去。

让·瓦让忧心忡忡，赶紧回家。

二　马里尤斯

马里尤斯伤心地离开了吉诺曼先生家。他进去时，抱着一线希望，出来时彻底绝望了。

此外——大凡对人的情感世界认真观察过的人，都明白这一点——，那位枪骑兵，军官，小傻瓜，泰奥迪埃表哥，没有在他思想上留下任何阴影。丝毫都没有。剧作诗人听了外祖父向外孙直截了当泄露的情况，就会根据表面现象，编出一些复杂的情节。可是，增加了戏剧性，也就损害了真实性。马里尤斯所处的年龄，不相信人会干坏事；以后，到了一定年龄，就会相信一切。猜疑是人脸上的皱纹。人在少年时代是没有皱纹的。使奥赛罗心烦意乱的事，对老实人[①]毫无影响。怀疑珂赛特！马里尤斯可以犯许多罪，却决不会怀疑珂赛特！

他开始在街上乱走，这是痛苦的人减轻痛苦的办法。他把一切烦恼抛置脑后。凌晨两点，他回到库费拉克那里，和衣一头倒在床上。当他带着满脑子的忧虑，昏昏沉沉入睡的时候，太阳已升得老高了。他醒来时，看见库费拉克、昂若拉、弗伊和孔布费尔站在房间里，已戴好帽子，急匆匆准备出门。

库费拉克对他说：

“去不去参加拉马克将军[②]的葬礼？”

他以为库费拉克在说中国话。

他们走后不久，他也走了。二月三日那次惊险事件中，雅韦尔给过他两支手枪，至今仍在他手中，他把这两支枪揣进兜里。枪里仍上了子弹。很难说清楚他带枪有什么隐蔽的想法。

他漫无目的地在街上逛了一整天。断断续续地下着雨，他全然不知。他在一家面包铺里，买了一苏钱的长条面包当晚餐，放进兜里，却忘了吃。他好像在塞纳河里洗了澡，却没有印象。有时，人的头盖下面仿佛有个火炉。马里尤斯就处在这种时刻。他不再有任何希望，也不再害怕什么；昨晚他就迈出了这一步。他心焦地等待夜晚到来，他只有一个明

---

① 奥赛罗是莎士比亚同名悲剧中的主人公，生性多疑；老实人是伏尔泰同名小说的主人公，生性单纯老实。

② 拉马克（1770—1832），法国政治家和将军，拥护共和政体，反对七月王朝。他葬礼的那天，共和党人借机举行了起义。

确的念头：九点钟要和珂赛特见面。现在，这最后的幸福是他的全部未来；以后便是黑暗。他走在最荒僻的林荫大道上，不时听到市区传来奇怪的声音。他从沉思中伸出脑袋，说道："是不是哪里打起来了？"

黑夜来临。九点整，他按照同珂赛特的约定，来到了普吕梅街。当他走近铁栅栏门时，便把一切烦恼抛置脑后。四十八小时没见珂赛特了，他就要看见她了，其他一切想法烟消云散，只感到一种空前的、无比的快乐。这种生活几分钟却恍若几个世纪的时刻，总有一种至高无上、妙不可言的意味：这种时刻一旦来临，会占据我们整个心。

马里尤斯拨开那根铁条，冲进花园里。珂赛特不在她平时等他的地方。他穿过矮树丛，向台阶旁的凹角走去。他说："她肯定在那里等我。"可珂赛特不在那里。他抬起头，看见屋里的窗板全都关着。他在花园里转了一圈，里面空无一人。于是，他又回到楼前。他已爱得失去理智，一副醉态，神色恐惧，被痛苦和忧虑扰得怒火中烧，他就像在不适当时刻回家的主人，拼命敲打护窗板。他敲了又敲，全然不管窗子可能会打开，珂赛特父亲阴沉的脸可能会出现在窗口，问他："您想干什么？"这些与他预感到的相比，算不了什么。敲完窗，他又大声呼叫珂赛特。

"珂赛特！"他喊道。"珂赛特！"他又一次急切地喊道。

没有人答应。这下完了。花园里没有人。屋子里没有人。

马里尤斯绝望地凝视这座阴森凄凉的房子，它似坟墓般漆黑、寂静，但比坟墓更空落。他看了看那张石凳，他和珂赛特并肩坐在那里，度过了多少美妙的时光啊！于是，他坐到石头台阶上，心中充满了温情和决心，他在心里默默为他的爱情祝福，他想，既然珂赛特走了，他就只有一死。

蓦然，他好像听见有人从街上，从路边的树林里喊他：

"马里尤斯先生！"

他站起来。

"嗯？"他说。

"马里尤斯先生，您在吗？"

"在。"

"马里尤斯先生，"那人又说，"您的朋友们在尚弗里街的街垒那里等您。"

这个声音对他并不陌生。哑哑的，粗粗的，很像是埃波妮的声音。马里尤斯向铁栅栏门奔去，扳开那根活动的铁条，伸出脑袋，看见一个人，好像是一个小伙子，奔跑着消失在夜色中。

三　马伯夫先生

让·瓦让的钱包，对马伯夫先生毫无意义。马伯夫先生那孩子般的严肃认真令人肃然起敬，他根本没有接受天降的礼物，根本不相信一颗星星可能变成金路易。他没有猜到这只从天而降的钱包，是加弗洛什送给他的礼物。他把它送到街区的警所，作为失物让人认领。这钱包可真的成了失物。不言而喻，谁也不会来认领，而它丝毫没帮上马伯夫的忙。

此外，马伯夫每况愈下。

在植物园里试种靛青植物，也和在奥斯特里茨的园子里一样，没有获得成功。前一年，他没钱付女管家的工钱，而现在，正如大家看到的，他连房租也拖着没付。那本《植物志》的铜版，在当铺里当了十三个月，他没钱去赎，当铺把它卖了。几个锅匠买去制成了锅子。铜版没了，他手头那几套七零八落的《植物志》也就无法补全，他只好把插图和文字说明当成多印的散页，廉价出售给一个旧书商。他毕其一生完成的著作，现在一无所剩。他开始靠卖这几册书的钱过日子。当他看到这微薄的收入也快耗尽时，他干脆连园子也不管了，园里野草丛生。从前，他一天还吃两个鸡蛋，有时还吃吃牛肉，可是很久以来，他就不再吃鸡蛋和牛肉了。现在，他晚上只吃面包和土豆。他卖掉了最后几件家具，接着，又把凡有双份的东西，如卧具、衣服和被子等卖掉一份，然后又卖掉了植物标本和铜版画。不过，他仍保存着最珍贵的书籍，如一五六〇版的《圣经故事四行诗》，皮埃尔·德·贝斯的《圣经名词索引》，让·德·拉海尔所著的，卷首印有给纳瓦尔王后题词的《玛格丽特的宝石》，德·维利埃-奥特曼先生编著的《使者的职责和尊严》，一本一六四四年版的《犹太教士诗选》，一本一五六七年版的印有“威尼斯，曼奴香书局”漂亮铭文的提布卢斯诗集，最后，还有一本一六四四年在里昂印刷的第欧根尼·拉尔修[①]的著作，里面收录了十三世纪梵蒂冈第四一一号手抄本的著名异本，以及威尼斯第三九三和三九四号手抄本的著名异本，这两个异本，亨利·埃蒂安曾卓有成效地查阅过，另外还收录了用利多安方言写的所有段落，这些段落只能在那不勒斯图书馆的十二世纪的著名手抄本里才有。马伯夫先生从不在房间里生火取暖，为节约蜡烛，天一黑便睡觉。他好像没有邻居了，他发现，他每次出门，大家都躲着他。一个穷孩子，能引起一位母亲的关注，一个穷青年，会引起一位姑娘的关心，一个穷老头不会使任何人感兴趣。贫穷是所有不幸中最大的不幸。但是，马伯夫先生并没有完全丧失孩子般的安详。当他注视他那些藏书时，双眸中会射出炯炯的光芒，当他端详那本第欧根尼·拉尔修的著作时，脸上会绽开甜蜜的笑容，因为这是世上独一无二的珍本。除了必不可少的家具外，他的玻璃书柜是他留下的唯一家具。

一天，普鲁塔克大妈对他说：

“我没钱买晚饭了。”

她所说的晚饭，不过是一块面包和四五个土豆。

“能不能赊账？”马伯夫先生说。

“您是知道的，人家不给赊。”

马伯夫先生打开书柜，一本挨一本地久久凝望他那些书，就像不得不杀死亲生孩子的父亲，在选定之前，将孩子们久久凝望，然后猛地抓出一本，夹在胳膊下就出去了。两小时后，他回到家里，胳膊下什么也没有了。他把三十苏放在桌上，说道：

“拿去准备晚饭吧。”

从那时起，普鲁塔克大妈看见老人单纯的脸上笼罩一层阴云，从此再没散去。

---

① 第欧根尼·拉尔修，公元三世纪希腊作家，编纂了《名哲人言行录》。

第二天，第三天，这情形每天都重演一次。马伯夫夹着一本书出门，回来时带着一枚银币。旧书商见他穷到了卖书的地步，只出二十苏买下他花二十法郎买的书。有时买他书的人，正是从前卖给他书的人。一卷接一卷，他的藏书全部卖光了。有时他说：反正我是八十岁的人了，仿佛他内心模模糊糊地希望在书卖光之前，他的生命就已结束。他越来越忧心忡忡。不过，有一次，他很开心。他带着罗贝·埃蒂安出版商印的一部书出门，在马拉凯沿河马路卖了三十五苏，可又在格雷街花四十苏，买了本阿尔德印书商出版的书带回来。

"还欠人家五苏呢。"他喜形于色地对普鲁塔克大妈说。

那天他没吃晚饭。

他是园艺学会会员。人家知道他生活拮据。学会会长来看望他，答应他同农业和贸易部长谈谈他的情况。他确实这样做了。

"怎么搞的！"部长惊叹道，"真不敢相信！一个老科学家！一个植物学家！一个不会伤害人的老头！得为他做点什么！"

翌日，马伯夫先生收到一张去部长家赴宴的请柬。他高兴得颤抖，将请柬拿给普鲁塔克大妈看。

"我们有救了！"他说道。

到了约定的日子，他去部长家。他戴着皱巴巴的领带，穿一件肥大得成正方形的旧礼服和一双用蛋清擦过的皮鞋，他发现，部长家的听差对他这身打扮大为惊讶。没有人同他说话，连部长也不理睬他。他一直等人家同他说句话，快到晚上十点时，他听见部长夫人，一位袒胸露肩、美若天仙，吓得他不敢接近的女人问道："这位老先生是谁呀？"半夜，他冒着大雨步行回家。他卖掉了埃尔泽维尔印的书，才有钱乘马车去赴宴。

每天睡觉前，他总习惯拿出第欧根尼·拉尔修的书来读几页。他的希腊语相当不错，能品味出这本书的妙处。除此以外，他再没有别的乐趣了。这样又过了几星期。普鲁塔克大妈突然病倒了。有件事比没钱到面包店买面包更令人忧愁，那就是没钱去药店买药。一天晚上，医生开了一副很贵的合剂。而且，普鲁塔克大妈的病情越来越重，得请一个看护。马伯夫先生打开他的书柜，柜中空空如也。最后一部书也已卖掉。只剩下第欧根尼·拉尔修的书了。

他把这孤本夹在腋下便出门了。那是一八三二年六月四日。他去圣雅克门找鲁瓦奥尔书店的继承人，回来时怀里揣了一百法郎。他把一摞五法郎的硬币放在老女佣的床头柜上，一言不发便回自己的卧室了。

翌日，天蒙蒙亮，他便坐到花园里那张倒在地上的石凳上。从绿篱上面，可以望见他一上午都呆呆地坐着，低垂着脑袋，神思恍惚地看着那些凋败的花坛。天断断续续地下着雨，老人似乎全然不知。下午，巴黎响起了不寻常的声音。很像是枪声和人群的喧嚣声。

马伯夫老爹抬起头。他看见一个园丁经过，便问道：

"怎么回事？"

园丁扛着锄头，用极其平静的语气回答：

"暴乱了。"

"什么！暴乱了？"

"是的。打起来了。"

"为什么？"

"啊！谁知道！"园丁回答。

"在哪边？"马伯夫先生又问。

"兵工厂那边。"

马伯夫老爹回到屋子，拿起帽子，下意识地想找一本书夹在腋下，但没找到，他说："啊！真的！"然后，神思恍惚地出门了。

第十卷　一八三二年六月五日

一　问题的表象

暴乱是由什么组成的？什么也没有，什么都有。一种慢慢释放的电，一股突然迸发的火，一种漂泊不定的力，一阵突然吹过的风。这股风遇到正在沉思的人、做梦的脑袋、受苦的灵魂、燃烧的激情、咆哮的苦难，便把它们卷走。

卷到哪里？

漫无目的。穿过国家，穿过法律，穿过别人的成功和傲慢。

被激怒了的信念，被激发了的热情，被煽动了的愤慨，被压抑了的好斗本能，幼稚而狂热的勇敢，轻率，好奇，爱好变化，渴望意外，爱读新剧目的海报，爱听置景员吹口哨；模糊不清的仇恨，怨恨，失望，怨天尤人的虚荣心；烦闷，空想，难以攀登的野心；大楼崩塌时希望能找到一条出路；最后，位于最底层的泥炭，这个着了火的污泥：这些都是暴乱的因素。

既有比较伟大的，也有比较卑微的；闲荡在一切之外、等待时机的人们，流浪汉，无赖，游民，夜宿偏僻之地、以寒冷的天空当屋顶的人，每天四处要饭、不务正业的人，贫困卑微默默无闻的人，光脚赤膊的人：这些人都是暴乱的参加者。

谁内心深处对国家、生活或命运中的某件事，暗暗产生了强烈的反感，就到了造反的边缘，暴乱一发生，就会浑身颤动，感到被旋风卷了起来。

暴乱是一种社会大气层的龙卷风，会在某种气温下突然形成，它旋转着上升、奔腾，轰轰隆隆，将一切拔掉、铲平、压碎、摧毁、连根拔起，一路上将强大的和弱小的、坚强的和软弱的、树干和草屑统统卷走。

谁碰到它，或被它卷走，都会遭殃！它让它们互相撞击而粉身碎骨。

谁被它抓住，它就会传递给谁异乎寻常的威力。它撞到谁，就让谁充满制造事件的力量。它把一切都变成投射物。它将砾石变成炮弹，挑夫变成将军。

如果相信某些主张阴险政治的权威人士的说法，从政权角度看，偶尔暴乱一次是可喜的。他们的理论体系是：暴乱推翻不了政府，却能巩固政府。它可以考验军队，团结资产阶级，锻炼警察的肌肉，验证社会结构的力量。这是一种体操运动，几乎可说是一次卫生运动。政权经历暴乱后，会更加健旺，正如人经过按摩后，会更加健康。

三十年前，人们对暴乱的看法与现在是不一样的。

对任何一件事，都有一种自命“合情合理”的理论；菲兰特与阿尔塞斯特[①]针锋相对；那是介于真理和谬误之间的折中主义；解释，训诫，有点傲慢的缓和，这种缓和因其混有谴责和原谅，便自以为是明哲的化身，却只是卖弄学问罢了。任何一种所谓折中的政治派别，盖出于此。在冷水和热水之间，有温水派。温水派貌似深刻，其实浅薄，他们剖析结果，却不追溯原因，站在半科学的高度，斥责民众的动乱。

据这一学派说：“暴乱使一八三〇年的事件变得复杂化，使这一伟大事件丧失了部分纯洁性。七月革命是人民刮起来的一阵有益的风，接踵而来的是蓝蓝的天。而暴乱又使天空阴云密布。那场革命起初以团结一致而引人注目，可暴乱使它转变为争吵。跟任何跳动着前进的进步一样，那场革命有其隐秘的断裂，而暴乱使那些断裂更加敏感。人们可以说：‘啊！这里断了！’七月革命后，人们有解放的感觉；可那场暴乱后，人

---

① 菲兰特和阿尔塞斯特是莫里哀剧作《愤世嫉俗》中的两个人物。前者为调和主义者，后者则是非分明。

们则感到遭受了灾难。

“每每发生暴乱，店铺会关门，资金会衰竭，证券市场会惊慌，商业会停顿，生意会遇阻，破产会加速；不会再有钱；私人财产惶恐不安，国家信贷动摇不定，企业狼狈不堪，资本连连后退，劳动遭到贬值，到处人心惶惶，影响波及所有的城市。国家就会面临险境。有人做过统计，暴乱的第一天，法国会损失两千万法郎，第二天四千万，第三天六千万。暴乱三天，要损失一亿两千万，就是说，哪怕只考虑财政上的损失，也是一场大灾难，或是海上遇难，或是打了一场大败仗，一支拥有六十艘战舰的舰队被彻底歼灭。

“不错，从历史角度看，暴乱有其美丽之处；论宏伟和悲壮，街垒战不亚于丛林战；一个具有森林的灵魂，另一个具有城市的灵魂；一个有让·朱安[①]，另一个有贞德姑娘。暴乱将巴黎人最突出、最独特的性格照得鲜红鲜红，又灿烂壮丽：慷慨，忠诚，豪放；大学生证明勇敢是智慧的组成部分，国民自卫军不屈不挠，店主在外面露营，流浪儿坚守堡垒，行人蔑视死亡。学校与宪兵团发生冲突。在战士之间，归根结底，只有年龄的悬殊；他们属于同一类，都是坚忍不拔的勇士，二十岁为理想而死，四十岁为家庭而死。在内战中，军队总是忧容满面，面对敢说敢干的人，显得畏首畏尾。暴乱在显示人民群众的大无畏精神的同时，也培养了资产阶级的勇敢精神。

“这样很好。可是，值得流血吗？除了要流很多血外，前途变得暗淡了，进步受到了影响，最优秀的人忧心忡忡，正直的自由主义者悲观失望，外国专制主义看到革命造成许多伤口，感到兴高采烈，一八三〇年的失败者幸灾乐祸，他们说：‘我们早就说过！’此外，巴黎也许壮大了，法国却变小了。此外——我们必须言无不尽——变得凶残的社会秩序虽然战胜了变得疯狂的自由，可大规模的屠杀却给这一胜利的脸上抹了黑。总而言之，暴乱必定祸国殃民。”

---

① 让·朱安（1757—1794），原名让·科特罗，为一七九三年在法国西部造反的农民运动朱安党人的领袖。他们造反并非出于对君主制的忠诚，而是由于新的共和政府干涉朱安党人的旧习惯。

这些近乎明哲的人就是这样说的，而资产阶级，这些差不多是人民的人，却对此心满意足。

至于我们，我们不同意用“暴乱”这个太笼统，因而也就太方便的字眼。对于人民运动，我们是要做区别的。我们不想问，一次暴乱的代价是不是和一场战役一样多。我们首先要问，为什么要打仗？这里，就提出了战争问题。暴乱是灾难，难道战争就不是灾难吗？况且，难道所有的暴乱都是灾难吗？七月十四日这场革命，哪怕耗费一亿二千万法郎，那又怎样？让菲利普五世[①]当西班牙国王，法国就花了二十个亿。即使花同样多的钱，我们也宁愿要七月十四。再说，我们讨厌用这些数字，它们貌似有理，其实都是空话。一场暴乱爆发了，我们就好好进行分析。上述持不同观点的理论只谈及结果，而我们却要研究原因。

下面我们来详细谈一下。

二　问题的实质

有暴乱，也有起义；这是两种不同性质的愤怒；一个无理，一个有理。在唯一以公平为基础的民主国家里，有时会发生部分人篡权的情况；于是全体起而反抗，要求恢复自己的权利，这样做是必要的，但会发展到拿起武器。在所有属于集体主权的问题中，全体反对部分的战争，便是起义，而部分攻击全体，便是暴乱；要看杜伊勒利宫住着国王还是国民公会，才能判断进攻杜伊勒利宫是正义的，还是非正义的。同样一门炮，在八月十日[②]瞄准民众是错误的，但在葡月十四日[③]这样做，便是正

---

① 菲利普五世为法国国王路易十四的孙子。十八世纪初，西班牙国王驾崩，路易十四乘机派其孙子去继承西班牙王位。

② 一七九二年八月十日，革命群众第二次武装起义，向路易十六所在的杜勒伊利宫发起进攻，保卫王宫的瑞士雇佣兵向群众开炮。经过几小时的流血战斗，逮捕了国王。

③ 葡月十四日为公元一七九五年十月六日。那天，保王党人在巴黎暴动，武装进攻国民公会驻地杜伊勒利宫，拿破仑指挥军队击退了保王党人的进攻。

确的了。表面一样，实质不同；瑞士雇佣兵捍卫的是错误，拿破仑捍卫的是正确。普选在自由和自主的情况下选出的政权，暴乱是推翻不了的。纯文明的东西也一样；群众的本能昨天是英明的，今天可能会糊涂。同样是愤怒，用来反对泰雷[①]是合法的，但对杜尔哥[②]便是荒唐的了。毁坏机器，抢劫仓库，拆毁铁轨，捣毁船坞，聚众闹事，不公正地对待进步的人民，学生杀死拉缪[③]，卢梭被用石块赶出瑞士，这是暴乱。以色列反对摩西，雅典反对福基翁[④]，罗马反对西庇阿[⑤]，这是暴乱。巴黎攻打巴士底狱，这是起义。士兵反对亚历山大，水手反对哥伦布，是同样性质的叛乱，大逆不道的叛乱。为什么？因为亚历山大用宝剑对亚洲所做的，正是哥伦布用罗盘对美洲所做的；亚历山大和哥伦布一样，都发现了一个新世界。向文明馈赠一个世界，大大增加了光明，任何对抗都是有罪的。有时人民会歪曲对自己的忠诚。群众背叛人民。比如，私盐贩子曾进行过长期流血反抗，那是长期的合法的反抗，可到了决定性时刻，到了得救的那一天，人民胜利的那一刻，却忽然归附朝廷，变成了保王党叛乱，从反对朝廷的起义，转变为拥护朝廷的暴乱，还有比这更奇怪的事吗？愚昧无知的可悲杰作！私盐贩子逃过了王室的绞刑架，脖子上还套着一截绳子，头上就戴上了白帽徽。“打倒盐税”的口号，一下变成了“国王万岁”。圣巴泰勒米节大屠夫，九月大屠杀[⑥]，阿维尼翁大屠杀[⑦]，杀害科利尼，杀害德·朗巴尔夫人，杀害布律纳[⑧]，米克莱，绿徽章，辫子兵，

---

① 泰雷（1715—1778），法国路易十五时代最后四年的财政总监，推行财政改革，遭贵族反对。

② 杜尔哥（1727—1781），法国经济学家，重农学派主要代表人物之一。

③ 拉缪（1515—1572），法国学者，唯理论的创导者，参加宗教改革，在圣巴泰勒米大屠杀中遇害。

④ 福基翁（前 402—前 318），古希腊雅典将军、政治家，因主张和平政策而被处死。

⑤ 西庇阿（前 185—前 129），古罗马共和时代将军，曾任过罗马执政官。

⑥ 一七九二年九月二日至六日，巴黎和各地群众屠杀狱中囚犯。

⑦ 阿维尼翁大屠杀发生在滑铁卢战役之后，阿尔图瓦伯爵为首的保王党，在阿维尼翁杀死布律纳元帅、前雅各宾派和拿破仑派分子。

⑧ 科利尼为法国海军将领，胡格诺派首领之一，死于巴泰勒米惨案中。德·朗巴尔夫人是玛丽-安托瓦内特王后的女管家，于九月屠杀中死于拉福尔监狱。布律纳为法国元帅，死于阿维尼大屠杀中。

热胡帮，臂章骑士[①]，这些都是暴乱。旺岱叛乱是天主教的一次大暴乱。

人权运动的声音一听便知，不一定总是惊慌不安的群众的颤抖声；有狂怒的声音，有破钟的声音；不是所有的警钟都能发出紫铜的声音。狂热和无知的声音不同于前进的声音。起义吧，那好，但这是为了成长。指给我看看你要去的方向。起义只能是向前的。其他任何起义都是不好的。任何猛烈倒退都是暴乱；倒退是对人类的一种暴行。起义是真理发怒的表示；起义掀起的铺路石，迸发出权利的火星。这些铺路石给暴乱留下的是泥泞。丹东反对路易十六是起义；埃贝尔反对丹东是暴乱。

因此，正如拉法耶特所说的，在特定的情况下，起义可以是最神圣的责任，而暴乱可以是最灾难性的暴行。

在热量强度上也有差别：起义常常是火山，暴乱往往是草火。

我们说过，有时，政权内部也会造反。波利尼亚克是在搞暴乱；卡米耶·德穆兰是在治理国家。

有时，起义是死而复生。

用普选来解决一切问题，绝对是现代的做法。在普选问世前四千年的历史中，人权被蹂躏和民不聊生的事实比比皆是，因此，每个时代都可能有相应的反抗。古罗马皇帝时期没有起义，但有讽刺诗人尤维纳利斯[②]。

愤怒的诗歌代替了格拉古兄弟[③]。

古罗马皇帝时期有流放到西埃纳的人[④]，也有写《编年史》的人[⑤]。

还不算流放到帕特莫斯岛的伟人圣约翰[⑥]，他也以理想世界的名义，

---

① 米克莱为西班牙匪帮，一八〇八年由拿破仑改编成西班牙雇佣兵，用以对付西班牙游击队。绿徽章为阿尔图瓦伯爵保王党的标志，一七九四年七月二十七日，保王党在法国南方实行白色恐怖。辫子兵原指留发辫的榴弹兵和轻骑兵，一七九四年热月政变后，发辫成为年轻的保王党的时髦。热胡帮为热月政变后，在法国南方活动的反革命团体。臂章骑士指一八一四年伴随昂古莱姆公爵进入波尔多的贵族扈从，因其左臂戴绿袖章而得名。

② 尤维纳利斯（约 60—约 140），古罗马讽刺诗人，著有《讽刺诗集》，抨击罗马的腐化风俗。

③ 格拉古兄弟提比略和盖约是古罗马的保民官，建议制定土地法，限制罗马贵族的贪欲，在暴乱中被杀害。

④ 西埃纳为埃及地名。流放西埃纳的人指古罗马讽刺诗人尤维纳利斯。

⑤ 写《编年史》的人指古罗马著名政治家和作家塔西佗。

⑥ 帕特莫斯岛位于爱琴海上。传说使徒圣约翰曾被流放到该岛，他是《约翰福音》的作者。

向现实世界提出抗议，将梦想变成巨大的讽刺，将《启示录》的烈焰洒向罗马-尼尼微、罗马-巴比伦、罗马-索多姆[①]。

约翰站在他的悬岩上，犹如斯芬克司蹲在它的基石上；世人可能不明白他说的是什么，因为他是犹太人，说的是希伯来语；可是，写《编年史》的人是拉丁人，更确切地说，是罗马人。

尼禄式的暴君实行黑暗的统治，对他们的描写也应该是黑暗的。光用凿子雕凿的作品，一定苍白无味，必须在刻痕里倾入辛辣的散文。

暴君有助于思想家思索。受束缚的言论会变成激烈的言论。当君主不给人民言论自由，作家就会使他的笔调变得更加尖锐。在人民的沉默中，会产生极其神秘的东西，渗透到思想中，凝固成青铜。历史上的压制，造就了史学家简练的文笔。有些举世闻名的散文坚如磐石，其实是暴君压出来的。

暴政使作家缩小了篇幅，却增加了力度。西塞罗时期[②]对威勒斯[③]的谴责还算有力，但对卡利古拉[④]的批评却没有力度。句子越简练，力度越大。塔西佗思考问题简明扼要。

伟人的真诚，浓缩成正义和真理，具有雷霆万钧之力。

顺便提一下，从历史上看，塔西佗和恺撒皇帝并不处于同一时代。提比略时代的历史是塔西佗所写。恺撒和塔西佗是相继出现的两个俊杰，历史舞台的设计者似乎神秘地不让他们同时出现，分别安排了他们的登台和下场。恺撒是伟人，塔西佗是伟人；上帝不让这两个伟人互相碰撞。伸张正义的人抨击恺撒时，可能会过火，因而也会不公正。上帝不愿这样。伟大的非洲战争和西班牙战争，消灭西里西亚地区[⑤]的海盗，把文明

---

① 尼尼微为古亚述国（今伊拉克境内）首都，公元六一二年被毁，标志亚述帝国的灭亡。巴比伦为西亚文明古城，公元前三二三年以后衰落。索多姆为历史古城，位于死海南岸，公元前十九世纪毁于灾难。《启示录》中对这些事都有记载，将它们的毁灭归于上帝的惩罚。

② 西塞罗时期指公元前七〇至前四三年拉丁文学第一个伟大的时期，与奥古斯都时期（公元前四三至公元十八年）一起构成拉丁文学的黄金时代。

③ 威勒斯（约前 115—前 43），罗马行政长官，因在西西里岛贪赃枉法而出名。

④ 卡利古拉（12—41），古罗马暴君。

⑤ 西里西亚地区位于土耳其南部，濒临地中海。

引入高卢、布列塔尼和日耳曼，所有这些光荣业绩，使恺撒在鲁比孔河[①]的背信弃义行为瑕不掩瑜。这里面有公正上帝的巧妙安排，他迟迟不愿放出那位威力无比的历史学家来对抗这位举世闻名的篡权者，让恺撒避开了塔西佗，为这位英才提供了可减轻罪责的情节。

当然，独裁统治总归是独裁统治，哪怕独裁者是个英才。在杰出的独裁者统治下，会有腐败现象，但在卑鄙的独裁者统治下，道德上的瘟疫更令人发指。在这种独裁统治下，是谈不上廉耻的。像塔西佗和尤维纳利斯那样树立榜样的人，比较有裨益的做法，便是在人类面前给这种无可辩驳的卑鄙行径一记耳光。

罗马在维特利乌斯统治时期，比在苏拉统治时期更臭气熏天。在克洛狄和图密善当政时，政权的卑鄙无耻，与当政者的丑恶面貌相辅相成。奴隶的卑劣，是独裁者一手造成的；这些沉沦的良心，反映了主人的丑恶，散发出一股瘴气；政权卑鄙无耻；人心猥劣，良心平庸，灵魂发出臭气；卡拉卡拉时期是这样，康茂德时期是这样，埃拉加巴卢斯时期也是这样，而在恺撒统治时期，从罗马元老院发出的气味，只是鹰巢里特有的粪便味儿。

于是，就产生了——尽管姗姗来迟——塔西佗们和尤维纳利斯们；这种进行示范讲解的人，出现在显著的时刻。

可是，和圣经时代的以赛亚和中世纪的但丁一样，尤维纳利斯和塔西佗还是个人行为；暴乱和起义是群体行为，有时是错的，有时则是对的。

在最普遍的情况下，暴乱是由物质因素引起的，而起义却总是一种精神现象。暴乱是马萨尼埃罗[②],起义则是斯巴达克斯[③]。起义与精神有关，暴乱与肚子有关。肚子发怒了；当然，肚子也不总是无理取闹。在饥饿

---

① 鲁比孔河为古时候意大利和高卢边界的一条小河。双方相约不得跨过此河，以避免冲突。公元前四三年，恺撒率部跨过此河，进入意大利，违背了将军不得领兵越过他所派驻的行省的法律，从而引发了三年内战。

② 马萨尼埃罗（1620—1647），意大利那不勒斯的起义领袖。一六四七年，当地贵族为向西班牙纳贡而横政暴敛，他领导人民向贵族表示抗议。

③ 斯巴达克斯（?—前 71），抗击罗马的“角斗士战争”的领袖。

问题上，比如，比藏塞一带的暴乱[1]，出发点还是真实的、感人的和正确的。可它仍然是一场暴乱。为什么？因为尽管它实质是对的，但形式却是错的。它虽然有理，却过于凶残，虽然强大，却过于猛烈，乱打一气；它像只瞎眼大象，一路压死许多人，身后留下老人、女人和孩童的尸体；它无缘无故让弱小和无辜的人流了许多血。让人民吃饱肚子，目的是好的，滥杀无辜，却不是好办法。

一切武装的抗议，即使是最合法的抗议，即使是一七九二年八月十日的革命，即使是一七八九年七月十四日的革命，开始时难免有混乱。权利的障碍清除前，总有喧嚣和浮渣。起义始于暴乱，正如江河始于湍流。通常，起义最终会汇入革命的大海洋。俯视正义、明智、理性和权利等道德地平线的起义，由纯洁如雪的理想组成的起义，从高山出发，长途跋涉，从一个个岩石向下倾泻，透明的清水映照出天空，最后成为汇入百川的大江，浩浩荡荡，气势磅礴，然而，有时却突然消失在资产阶级的洼地里，正如莱茵河消失在沼泽地里。

这些都已成为过去，未来是另一番景象。普选令人赞美之处，便是在暴乱之初，它就消除了暴乱，它给起义者以选举权，从而解除了他们的武装。战争化解了，无论是街垒战，还是边境战，这是必然的进步。不管今天怎么样，明天一定是和平。

还有，起义和暴乱，二者究竟有何细微的区别，地道的资产阶级是不大清楚的。在他们看来，这一切皆是叛乱，是地地道道的造反，是看门狗对主子的叛逆，它想咬主人，因此必须严加惩罚，用铁链锁起来，关进笼子里，是大狗小狗在狂吠乱叫；直到有一天，狗的脑袋突然变大，变成了狮子脸，隐约显现在黑暗中。

于是，资产阶级高呼：人民万岁！

关于起义和暴乱的差别，我们做了一番阐述，那么，对于历史来说，一八三二年六月的运动究竟是什么呢？究竟是暴乱，还是起义？

是起义。

---

① 比藏塞位于法国中部的安德省。一八四七年，因粮食危机，这里发生了暴乱。

从这一可怕事件的场面来看，有时我们会说是暴乱，但这只是为了说明表面事实，而仍会认为形式上是暴乱，实质上是起义。

一八三二年这场运动来势凶猛，结束时凄惨不堪，但自始至终显得威严壮丽，连那些只认为它是暴乱的人，谈起来也肃然起敬。在他们看来，这场运动可以说是一八三〇年的余波。他们说，想象力一旦被激发，不是朝夕之间就能平息。一场革命不可能一刀垂直切断。就像一座高山伸向平原，在恢复平静之前，一定会有起伏不平。有阿尔卑斯山脉，必然有汝拉山，有比利牛斯山脉，必然有阿斯图里亚斯山。

当代史上这场悲怆动人的、被巴黎人称为“暴乱时期”的危机，肯定是本世纪最具特点的暴风雨时期。

在展开叙述之前，还有一件事要讲。

将要叙述的事件，是悲壮而生动的现实，却常被历史学家借口没有时间和空间所忽略。可我们要强调指出，那里面有人类的生活、心悸和震颤。前面好像已讲过，小事情可以说是大事件的枝叶，渐渐消失在历史的长河中。在所谓的“暴乱”时期，这类小事数不胜数。司法部门的调查，由于历史以外的原因，没有全部披露，也可能没做深入调查。因此，在已知和已公布的特殊事实中，我们要把不为人知的东西，把那些已被忘却或埋没的事实，讲出来让世人知道。这些大舞台上的演员大多已去世，从第二天起，他们就沉默了；不过，我们要叙述的事，可以说是我们亲眼所见。我们将更改几个人名，因为历史重在叙述，而不是披露，但我们描写的肯定是真事。鉴于本书篇幅有限，我们只把一八三二年六月五日和六日这两天的一个侧面，一个片段讲一讲，不过，肯定是鲜为人知的。但是，我们要揭开黑暗的面纱，使读者能瞥见这场惊心动魄的群众运动的真面目。

三　葬礼：再生的机会

一八三二年春，尽管三个月来，霍乱使人们失去了活力，变得精神萎靡，不再容易躁动，但是，巴黎早就在准备一场动荡。我们说过，大城市好比一门大炮，当它装上火药，只要落下一颗火星，炮弹就会射出。一八三二年六月落下的火星，便是拉马克将军逝世。

拉马克将军是位深孚众望的活动家。他在帝国时期和王朝复辟时期，先后表现出了两个时代需要的两种勇敢，一种是战场上的勇敢，另一种是讲坛上的勇敢。他雄辩的口才，不亚于当年的骁勇；在他的言谈中，可以感到有把利剑。他和他的先驱者富瓦一样，继高居指挥官要位之后，又高举起捍卫自由的旗帜。他居于左派和极左派之间，因能抓住未来的契机，而深受人民的爱戴，又因为拿破仑效过劳，而深受群众的爱戴。他同热拉尔伯爵和德鲁埃伯爵一样，是拿破仑"心目中"的元帅。一八一五年的条约使他怒不可遏，好像是对他个人的污辱。他对威灵顿恨之入骨，这正是群众所喜欢的；十七年来，他对世事几乎漠不关心，始终铭记滑铁卢的惨败，郁郁寡欢，又不失威严。他在弥留之际，仍紧紧抱住百日帝政的军官们颁给他的那把宝剑。拿破仑临终时说的是"军队"，拉马克说的是"祖国"。

他的去世在预料之中，人民害怕他死，因为这是巨大的损失，政府害怕他死，因为这可能带来危机。他的逝世，使人悲痛万分。和任何痛苦一样，悲痛会转成暴动。这正是那天发生的事。

六月五日确定为拉马克的安葬日。前一天和六月五日那天上午，送殡队伍必须经由的圣安托万郊区，变得面貌可怕起来。纵横交错的街道平日人来人往，如今更是人声鼎沸。人们尽可能武装起来。有的细木匠取下刨床的铁夹，"以便用来砸门"。其中一个敲断鞋锥的钩子，将锥磨尖，做成匕首。另一个因要"进攻"而焦躁不安，三天来一直和衣而睡。有个叫隆比埃的粗木匠遇见一个同事，那同事问他："你去哪里？""咳！我还没有武器。""那又怎样？""我去工地取我的圆规。""干什么用？""还不知道。"隆比埃说。

一个叫雅克林的男人，是送货的，看见有工人过来，便对他说："喂！你过来！"他花十苏钱请他们喝酒，并对他们说："你们有活干吗？""没有呀。""那你们去费斯皮埃尔那里，在蒙特勒伊城门和夏罗纳城门之间，你们会找到活干的。”

在费斯皮埃尔那里，有子弹和武器。有些知名头头四处“串门”，就是挨家奔走，把他们的人集中起来。在宝座城门附近的巴泰勒米酒店，在小帽子街的卡佩尔酒店，酒客们神色严肃地交谈着。只听见他们说：“你把手枪放哪了？”“外衣下面。你的呢？”“衬衣下面。”在吊锚索具街，罗朗车间前面，以及在焦屋大院，贝尼埃钳工的车间前面，好几堆人聚在一起，窃窃私语。在他们中间，有一个叫马沃的人谈得最激烈，他在一个车间待不到一个星期，就会被老板辞退，“因为天天都得和他吵架”。第二天，马沃就死在梅尼蒙唐街的街垒战中了。普雷托也在战斗中牺牲，他是马沃的助手。有人问他：“你的目标是什么？”他回答：“起义。”一群工人聚在贝西街角，等待一个叫勒马兰的人，那人是圣马索郊区的革命联络员。对口令几乎是公开的。

六月五日那天，时而下雨，时而出太阳，拉马克将军的送殡队伍，以官方军葬的气派，浩浩荡荡穿过巴黎。为谨慎起见，送殡的军人还增加了一些。护送灵柩的有两个营的官兵，军鼓蒙着黑纱，步枪倒背着，还有腰挂军刀的一万名国民自卫军战士，以及国民自卫军的炮队。柩车由年轻人拉着。残老军人院的军官们手拿桂枝，紧随其后。后面跟着不可悉数的群众，个个情绪激动，怪模怪样，有人民友社的社员，有法学院和医学院的师生，有各国的流亡者，举着西班牙、意大利、德国、波兰等国的国旗，还有横条三色旗，以及形形色色的旗帜，有挥动青树枝的孩子们，有正在罢工的石匠和木匠，有头戴纸帽，一眼便可认出的印刷工人，他们二人或三人并排而行，高呼着口号，几乎人人挥动棍子，有些人挥动军刀，时而拥在一起，时而排成队伍，毫无秩序，却万众一心。有的队伍自行选出了头头。有一个人，公然别着两支手枪，像是在检阅其他人，见他过来，队伍给他让道。在林荫大道的平行侧道上，在树丛中，在阳台上，在窗口，在屋顶上，只见人头攒动，挤满了男女老少，眼睛里充满了焦虑。一群武装的人经过，另一群人惶恐不安地观望。

政府也在密切注意。它手握剑柄，虎视眈眈。在路易十五广场上，可见四个卡宾枪骑兵连，号手在前，挎着装满子弹的弹盒，背着子弹上膛的步枪和短统火枪，时刻准备出发。在拉丁区和植物园一带，每条街上都有保安警察在站岗。在酒市，有一个连的龙骑兵。第十二轻骑兵团一分为二，一半在河滩广场，另一半在巴士底广场。在则肋司定会修士街，有第六龙骑兵团。卢浮宫的院子里，布满了大炮。剩下的部队留在兵营里，还不算在巴黎郊区布防的各个团。政府坐立不安，动用两万四千名市区士兵和三万名郊区士兵，来对付磨刀霍霍的人群。

在送殡队伍中，种种谣传不胫而走。有的谈论正统派的阴谋，有的谈论赖希施塔特公爵①，人民正指定他重振帝国，上帝却要他死去。一个不知其名的人士宣布，在约定的时刻，两个被争取过来的工头，将向人民打开一个军工厂的大门。大多数不戴帽子的送葬者，脸上流露出略带郁闷的兴奋。在这无比激昂，且又十分高尚的人群中，也夹杂着一些分明是歹徒的面孔，卑鄙地狂呼："抢呀！"有些暴动可以搅混池塘，将塘底的污泥一团团翻到水中。这种现象，对于"训练有素"的警察，是司空见惯的。

送殡行列从死者家里出发，沿着林荫大道，激昂而缓慢地向巴士底广场走去。雨不时地下着，但人们全不理会。其间发生了几件意外：灵柩在绕旺多姆铜柱走一圈时，有人发现费茨-詹姆斯公爵头戴帽子，站在阳台上，就向他扔了石块；一面旗帜上的高卢雄鸡②被人扯了下来，扔在污泥里；在圣马丁门，一名警察挨了一剑；第十二轻骑兵团的一个军官大声说：我拥护共和国；巴黎综合工科学校的学生，不顾禁令，加入送殡行列，一路高呼：综合工科学校万岁！共和国万岁！到了巴士底广场，从圣安托万郊区前来看热闹的人，排着长长的队伍，与送殡行列汇合，群情开始沸腾。

人们听见，有个人对另一个人说："你瞧那个蓄红山羊胡的人，什么

---

① 赖希施塔特公爵（1811—1832），拿破仑一世和玛丽·路易丝皇后的独生子。

② 高卢雄鸡为法兰西一个国徽，首先出现在大革命的旗帜上，拿破仑帝国时期被取消，一八三〇年后又被采用。

时候开枪，得由他下命令。”在后来的另一次暴动中，即在凯尼赛事件[①]中，似乎也是他下令开的枪。

柩车穿过巴士底广场，沿着运河前进，越过小桥，来到奥斯特里茨桥头的广场上，停了下来。此时，若从天空鸟瞰，这群人流就像颗彗星，头在桥头广场上，尾巴沿着波旁沿河马路展开，盖住了巴士底广场，从林荫大道一直延伸到圣马丁门。柩车围着一圈人。嘈杂的人群顿时鸦雀无声。拉法耶特开始致悼词，向拉马克告别。这是动人心弦的庄严时刻，每个人都脱帽致敬，每颗心都怦怦跳动。突然，一个穿黑衣的人，骑着骏马，举着红旗，出现在人群中间，有人说，那红旗其实是长矛挑着的一顶红帽子。拉法耶特转过头来。埃克赛曼[②]离开队伍。

这面红旗掀起一阵风暴后，就消失在暴风雨中了。从波旁林荫大道到奥斯特里茨桥，人声喧嚣，好似汹汹波涛。人们听到两个令人惊讶的呼声：拉马克去先贤祠！拉法耶特去市政厅！年轻人说干就干，在群众的欢呼声中，将灵柩中的拉马克从奥斯特里茨桥拉走，将出租马车中的拉法耶特从莫朗沿河马路拉走。

在簇拥并欢呼拉法耶特的人群中，人们发现有个德国人，便互相指着看，那人叫路德维格·斯尼德，他也参加过一七七六年的战争，参加过华盛顿指挥的特伦顿战役、拉法耶特指挥的布兰迪瓦恩战役，活到一百岁才去世。

这时，在塞纳河左岸，巴黎市的骑兵队正在出动，前来堵住奥斯特里茨桥头，而在右岸，龙骑兵正从则肋司定会修士街出来，向莫朗沿河马路散开。拉着拉法耶特马车的群众，突然见他们出现在沿河马路的拐弯处，大声喊道：“龙骑兵！龙骑兵！”龙骑兵默默地齐步前进，手枪仍装在马鞍旁的皮套里，马刀仍插在刀鞘里，马枪仍放在马鞍上的皮套里，他们神色阴沉地等待着。

---

① 凯尼赛是个锯木工人，“平等劳动者”组织的成员。一八四一年九月十三日，他埋伏在圣安托万郊区，开枪袭击一上校。

② 埃克赛曼（1775—1852），法国元帅。曾是拿破仑部下，屡建战功。王朝复辟时期流亡德国，一八二九年回到法国，一八五一年被授予元帅称号。

离小桥二百步，他们停了下来。拉法耶特的马车缓步走到他们跟前，他们向两旁散开，让马车过去，随后又合拢。这时，龙骑兵和群众短兵相接。妇女们吓得四下逃跑。

在这灾难性时刻，究竟发生了什么？没有人能说清楚。这是两团乌云相混的黑暗时刻。有些人说，听见兵工厂那边响起了军乐声，另一些人说，有个孩子用匕首捅了一个龙骑兵。事实是，突然有人开了三枪，第一枪打死了骑兵队长肖莱，第二枪打死了孔特雷斯卡普街的一个正在关窗的聋婆婆；第三枪烧坏了一个军官的肩章。有位妇女高喊："动手太早了！"这时，在莫朗沿河马路对面，一支留在兵营里的龙骑兵，挥动马刀，突然从巴松皮埃尔街和波旁林荫大道猛冲过来，沿途横扫一切。

这时，一切已成定局，暴风雨骤起，石块雨点般落下，枪声从四面八方响起，许多人冲下陡峭的堤岸，从如今已填平的那段小河湾涉水过去；卢维埃岛上的工地成了现成的大堡垒，到处是战士；有的拔木桩，有的举枪射击，形成了一个街垒，那群被迫后退的年轻人带着柩车跑步冲过奥斯特里茨大桥，边跑边向警察开枪，卡宾枪骑兵队冲过来，龙骑兵挥舞马刀，人群逃向四面八方，战斗的吼声响彻整个巴黎，人们高呼："拿起武器！"有的奔跑，有的跌倒，有的逃跑，有的抵抗。愤怒引起了暴动，如同大风煽起了烈火。

四　当年激奋的场面

暴动开始时万头攒动的场面，最令人惊奇了。一切在四面八方同时爆发。是不是有所预料？是的。是不是有所准备？不是。从哪里冒出的？从街上。从哪里落下的？从云端。在这里，起义具有密谋性，在那里，起义具有即时性。随便哪个人可以抓住一股群众，把他们带到想带去的地方。起初是一片恐慌，却又欣喜若狂。首先听见人声喧嚣，店铺关门，货摊撤离。然后便听见零星的枪声；人们四下逃跑；枪托撞击大门；女仆们在院子里笑嚷："这下有热闹看了！"

不消一刻钟，巴黎二十个不同的地方，几乎同时发生了这样的事。

在布列托纳里圣十字架街，二十来个蓄胡须和长发的青年，走进一家小咖啡馆，一会儿又从里面出来，举着一面蒙了黑纱的横条三色旗，带头的是三个手拿武器的人，一个是军刀，另一个是步枪，还有一个是长矛。

在诺南-迪埃街，一个有产者公开向行人散发子弹。此人衣着考究，大腹便便，声如洪钟，秃头高额，蓄着黑须，硬撅撅的八字胡向上翘起。

在圣皮埃尔-蒙马特尔街，一些光着胳膊的人举着黑旗走在街上，旗上有几个白字：不是共和，便是死亡。守斋者街，卡德朗街，蒙奥格伊街，芒达尔街，都有挥动旗帜的人群，旗上的金字可以辨出是“分部”加数字。其中一面旗帜是红蓝二色，中间夹着一道难以分辨的白色。

在圣马丁林荫大道，一个兵工厂遭抢劫，另外，在博布街、米歇尔伯爵街和圣殿街，各有一个兵器店被抢劫。几千只手，在几分钟内，就抢走了二百三十支几乎全是两响的步枪、六十四把军刀、八十三支手枪。为了武装更多的人，就分别让一个人拿步枪，另一个人拿刺刀。

在河滩沿河马路对面，一些拿火枪的青年，到妇女家里去准备射击。其中一支是转轮火枪。他们按一下门铃，进去后就开始做子弹。有个妇女后来叙述说：“我都不知道子弹是什么，是我丈夫给我解释的。”

在圣母升天会老修女街，一群人冲进一家古玩店，拿走了几把土耳其弯刀和其他兵器。

一个泥瓦匠被步枪击毙，横尸珍珠街头。

还有，河的右岸，河的左岸，沿河马路，林荫大道，拉丁区，中央菜市场区，都有一些工人、大学生和分区居民，气喘吁吁地阅读告示，大声呼喊：拿起武器！他们砸毁路灯，将驾车的马放跑，把铺路的石挖走，将房屋的门卸下，把路旁的树连根拔起，搜索地窖，把酒桶滚到街上，将铺路石、块石、家具、木板堆起来，筑成街垒。

人们强迫有产者一起动手。人们闯进住家，让主妇把不在家的丈夫的马刀和步枪交出来，并用白粉在门上写道：“武器已交。”有人还在收据上签下自己的名字，并且说：“明儿到市政府去取。”在街上，人们解除单独站岗的哨兵和去市政府的国民自卫军战士的武装。人们扯掉军官们的肩章。在圣尼科拉公墓街，一名国民自卫军军官，在一群持枪执剑的人追赶下，好不容易躲进一座房子，天黑了才乔装后出来。

在圣雅克区，大学生成群结队地从公寓里出来，上坡来到圣亚森特街的进步咖啡馆，下坡来到马蒂兰街的七台球咖啡馆。在那里，有些年轻人站在门口的石桩上分发武器。为了构筑街垒，特朗斯诺南街的建筑工地被抢劫一空。只有一处的居民起来抵抗：在圣阿瓦街和西蒙-勒弗朗街的拐角处，他们动手拆除了街垒。只有一处的起义者屈服：他们在圣殿街开始建筑街垒，在同一小队国民自卫军交火后，便丢下街垒，从科德里街逃跑了。国民自卫军在那里缴获了一面红旗、一包弹药和三百发手枪子弹。他们撕破红旗，将碎片挑在刺刀尖上带走了。

这里我们从容叙述的一件件事，是在城市各地，在一片喧嚣声中同时发生的，就像无数闪电在同一声霹雳的轰鸣中同时发光一样。

不到一小时，在中央菜市场一带，就有二十七个街垒拔地而起。位于中心的，是那座赫赫有名的五十号，那是让纳[①]及其一百零六名战友坚守的堡垒。这房子一侧有圣梅里街的街垒，另一侧有莫比埃街的街垒，从而控制着三条街：阿西街、圣马丁街，以及对面的奥布里屠夫街。还有两个成直角的街垒，一个在蒙奥格伊街和大丐帮街的拐角处，另一个在若弗鲁瓦和朗热万街的拐角处。还不算巴黎其他二十个区，如沼泽区、圣热纳维埃芙山等地的无数街垒；梅尼蒙唐街上有一个，那里有一扇门板，是从一道通马车的大门上卸下来的；在天主医院的小桥附近也有一个，是由卸了马并翻了个的苏格兰马车筑成的，离巴黎警察局只有三百步。

在乡村乐师街的街垒那里，有个衣着考究的男人在给工人们发钱。在格勒内塔街的街垒那里，来了一个骑马的人，将一卷像是钱的东西交给像是头目的人。他说："喏，拿去用吧，买点酒什么的。"一个不结领带的金发青年，挨个向街垒传达口令。还有个年轻人，手拿一把军刀，

---

① 让纳为起义工人，在那次街垒战中，指挥圣马丁街和圣梅里街拐角处的街垒。

头戴一顶蓝警察帽，在布置岗哨。小酒店和门房变成了街垒的哨所。此外，暴动是按照最地道的军事战术组织的。令人赞叹的是，人们选择的都是狭窄不平、曲曲弯弯、布满转弯和拐角的街道。尤其是中央菜市场周围，那里的街道就像一张网，比森林还要扑朔迷离。据说，是人民友社领导圣阿瓦区的起义。蓬索街上杀死了一个人，从他身上搜到了一张巴黎地图。

这场暴动的真正领导，是弥漫空间的从未有过的冲动。突然间，起义一只手建起了街垒，另一只手抢占了军队的几乎全部驻地。起义者像根点燃的导火线，不到三小时，就侵入并占领了塞纳河右岸的兵工厂、王家广场的市厅、整个沼泽区、波潘库兵工厂、加利奥特、水塔、中央菜市场的所有街道；在左岸，占领了老兵兵营、圣佩拉吉监狱、莫贝尔广场、双磨坊火药库、所有的栅栏城门。傍晚五点，他们占领了巴士底广场、内衣店街和白大衣街；他们的尖兵已到了胜利广场，威胁着银行、小神父兵营、邮车旅馆。巴黎三分之一的地方发生了暴动。

各处的战斗大规模地展开；解除武装，搜查住宅，抢劫兵器店，结果，战斗以石块开始，却以步枪继续下去。

傍晚六点，鲑鱼巷成了战场。暴动者在巷子的一端，军队在另一端。双方从一个铁栅栏门向另一个铁栅栏门射击。一个观察者，一个爱幻想的人，即本书作者，曾去就近观看火山，碰巧来到这个小巷，受到两面火力的夹攻，只得躲在店铺之间的半圆柱旁，以防子弹打到自己身上。他在这危险处境中待了将近半小时。

这时，响起集合的号声，国民自卫军急忙穿上制服，拿起武器，宪兵团离开区公所，部队离开兵营。铁锚小巷对面，一名鼓手挨了一刀。在天鹅街，另一名鼓手遭到三十来个青年围攻，军鼓被砸烂，军刀被夺走。还有一个在圣拉扎尔粮库街被杀死。在米歇尔伯爵街，三名军官相继丧命。在隆巴尔街，好几名保安警察受伤，弃甲而逃。

国民自卫军的一个小分队，在巴塔夫大院前发现了一面红旗，上面有“共和革命，第 127 号”的字样。这果真是一场革命吗？

这场起义将巴黎中心变成了一个错综复杂、迂回曲折、庞大无比的堡垒。那里就是火源，那里显然是问题所在。其余的不过是小交锋。那里尚未打起来，这证明那里是决策的地方。

在有些部队里，士兵们态度暧昧，使得这场危机变得更加难以预料。他们还记得，一八三〇年七月，第五十三步兵团保持中立，人民群众曾报之以热烈的欢呼。担任指挥的，是两个久经沙场、勇敢无畏的人，一主一副，德·洛博元帅和比若将军。几个步兵营，在国民自卫军的几个连护卫下，组成大规模的巡逻队，由一名挎着绶带的警察分局长的带领，到发生起义的各条街上去侦察。起义者在十字路口布置岗哨，大胆派人到街垒外面去巡逻。双方在互相观望。政府手握军队，却迟迟不敢下决心。黑夜即将来临，圣梅里教堂响起了警钟。当时的陆军部长，参加过奥斯特里茨战役的苏尔特元帅，忧心忡忡地观望着事态的变化。

这些老水手只习惯于正规的操作，只有战术——这是战斗的指南针——作为方法和指南，现在，面对被称作民众愤怒的汪洋大海，便不知所措了。革命的风是难以操纵的。

郊区的国民自卫军急急匆匆、毫无秩序地赶来，第十二轻骑兵团的一个营从圣德尼奔来，第十四步兵团从库贝瓦跑来；军官学校的炮队在骑兵竞技场进入阵地，从樊尚运来了一些大炮。

杜伊勒利宫冷冷清清。路易-菲利普不动声色。

五　巴黎的与众不同

我们说过，两年来，巴黎有过多次起义。在暴乱期间，除了起义的几个地区外，巴黎的面貌比平时更平静。巴黎对一切都适应得很快，——不过是场暴乱罢了，——况且，巴黎要做的事很多，才不为这区区小事费心呢。只有这种大城市，才能出现这种景象。只有这种硕大无朋的城池，才能一边在打内战，一边却不知怎么依然平静得让人深以为异。通常，当起义开始，鼓声、集合号声、紧急集合号声响起时，店老板只是说：

“圣马丁街好像闹起来了。”

或者说：

“圣安托万郊区好像闹起来了。”

还常常漫不经心地加上一句：

“那边的什么地方。”

过了一会儿，传来了火枪或步枪齐射的凄厉的声音，那店老板会说：

“闹得凶了？呀！闹得凶了！”

再过一会儿，暴乱蔓延，已迫近他的店铺，他便赶紧关门，穿上制服，也就是说，他把货物藏好，自己要去冒险了。

在十字路口，在小巷子里，在死胡同里，人们互相射击；街垒夺得了，又失去，复又夺得；血流遍地，霰弹将房屋的门面打得千疮百孔，有人被子弹杀死在床上，街上遍地尸体。然而，离这里几条街的地方，咖啡馆里传出打台球的声音。

离这些硝烟弥漫的大街不远的地方，看热闹的人仍在说说笑笑，剧院依然敞开大门，上演各式闹剧。马车依然来来往往，人们依然进城赴宴。有时，去的地方恰好是打仗的街区。一八三一年，有一个地方正在对射，突然停下来，让一支婚礼队伍过去。

在一八三九年五月十二日的起义中，在圣马丁街上，一个残废的小个子老头，推着一辆小车，装着盛满某种饮料的长颈瓶，盖着一面破三色旗，在街垒和部队之间来回走动，不偏不倚，将装椰奶的杯子一会儿送给政府军，一会儿送给无政府主义者。

再没有比这更奇怪的事了。这是巴黎暴乱的特点，其他任何国家的首都都不会这样。要做到这点，必须具备两样东西：巴黎的伟大和巴黎的快乐。必须是伏尔泰和拿破仑的城市。

可是这一次，在一八三二年六月五日的动武中，这个大城市感到有什么东西比它更强大。它害怕了。只见大白天各处门窗紧闭，哪怕是距离最远，最“漠不关心”的街区。勇敢的人拿起武器，胆小的人躲藏起来。无忧无虑、忙忙碌碌的行人不见了。许多街道就像凌晨四点那样阒无一人。人们传播着令人恐慌的细节，人们散布着灾难性的消息。——

他们抢银行了；——仅仅在圣梅里教堂里，就有六百人，他们在教堂里挖战壕，筑雉堞；——防线并不牢固；——阿尔芒·卡雷尔[①]去见克洛泽尔元帅[②]了，元帅对他说：先得搞一个团；——拉法耶特病了，但他仍对他们说：我听从你们的吩咐，哪里能放下一张椅子，我就跟你们到哪里；——必须严阵以待；夜里，有人会在巴黎偏僻的地方抢劫散居的民房（从这里，可以看出警察——这个插手政府事务的安娜·拉德克利夫[③]——的想象力何等丰富）；——奥布里屠夫街上部署了大炮；——洛博和比若正在磋商，半夜，最晚黎明时分，将有四路纵队同时向暴乱中心开拔，第一路从巴士底广场，第二路从圣马丁门，第三路从河滩广场，第四路从中央菜市场；——军队也有可能从巴黎撤退到练兵场；——谁也不知道会发生什么事，但可以肯定，这一次非常严重；——苏尔特元帅迟疑不决，引起人们的忧虑；——为什么他不立即发起进攻？——可以肯定，他在苦苦思索。这头老狮子似乎嗅出，在这黑暗中有一个从没见过的怪物。

夜晚来临，可剧院都没开门。巡逻队气势汹汹地在街上巡逻，搜行人的身，逮捕形迹可疑的人。九点钟，就有八百多人遭逮捕，警察局、巴黎裁判所附属监狱、拉福斯监狱都塞满了被捕的人。尤其是巴黎裁判所附属监狱，那条被称作巴黎街的长地道铺满了麦秸，上面堆满了囚犯，里昂人拉格朗日[④]在勇敢地发表演说。囚犯们躺在麦秸上，动一动都会发出暴雨般的哗啦声。在别的地方，囚徒们一个挨一个，躺在风雨操场上。到处忧虑不安，人心惶惶，这在巴黎史无前例。

人们躲在家里不敢出门，妻子和母亲提心吊胆，只听见她们说："啊，天哪！他还没回来！"远处，难得听到车轮的滚动声。人们站在门口谛听，只听见各种沉闷而模糊的声音，喧哗声、叫喊声、嘈杂声，他

---

① 卡雷尔（1800—1832），法国记者。起初不赞成暴动，后目睹起义者遭镇压，便同情起义。

② 克洛泽尔（1772—1842），法国元帅，拉马克将军的好友。

③ 安娜·拉德克利夫（1764—1823），英国女作家。她的小说描写秘密罪行。

④ 拉格朗日（1804—1857），里昂工人组织《进步社》的创始人之一，代表人民参加制宪会议和立法会议。一八三四年，里昂工人大起义，他做出了重要贡献，因而被称作"里昂人"。

们说："是骑兵"，或者说："是弹药车在奔跑"；人们听见号声、鼓声、枪声，特别是圣梅里教堂凄凉的警钟声。人们等待打响第一炮。手拿武器的人出现在街角，喊着"快回家"，转眼便不见了。于是，人们赶紧回家插上门闩。人们说："这会闹到什么地步？"天色越来越黑，而巴黎也似乎越来越凄恻地被暴乱的烈焰染红。

第十一卷　原子同风暴和睦相处

一　关于加弗洛什那些歌谣来源的说明，一位法兰西院士对这些歌谣的影响

在兵工厂前面，民众和军队发生了冲突，于是就爆发了起义，使得跟在柩车后面、连绵不断于几条林荫大道，可以说以此压迫着送殡队伍的人群，像海水落潮一般从前往后退，形成十分可怕的景象。杂乱的人群开始后退，队伍乱作一团，大家奔跑起来，赶快离开，赶快溜走，有的高喊着往前冲，有的吓得面如土色，逃之夭夭。铺满林荫道的人流，犹如江河，转眼间改变方向，向左右溢出，就像打开了闸门，分成一股股湍流，同时涌进二百来条大街小巷。此刻，一位衣衫褴褛的男孩，正从梅尼蒙唐街下来，手里拿着一枝刚从贝尔维尔高地摘来的金雀花，来到一个女旧货商铺子的橱窗前，发现有支旧骑兵手枪，就扔掉花枝，嚷道：

“某某大妈，我想借您那玩意儿用用。”

说完，他抓起枪，撒腿就跑。

两分钟后，一群惊慌失措，从阿默洛街和巴斯街仓皇逃命的有产者，遇见了这个孩子，只见他挥动手枪，一面高唱：

黑夜漆黑看不见，
白天明亮看得清，

说完，他抓起枪，撒腿就跑。（P1016）

老板收到匿名信，
周章失措心发慌，
劝君多多修修德，
罗纱短裙尖尖帽。

这男孩正是加弗洛什，他赶去参加战斗。

在林荫大道上，他发现那支手枪没有击铁。

他用来调节步伐的这首歌，以及他常常随口唱出的那些歌，是谁编的呢？说不上来。谁知道呢？说不定是他自己编的。再说，加弗洛什对民众哼唱的流行歌曲了如指掌，他唱时加上他特有的鸟儿般的鸣叫。他是个小精灵，小顽童，他把天籁的声音和巴黎的声音凑成一个曲子，将鸟儿的保留节目和工场的保留节目组合在一起。他认识几位画室的艺徒，这是同他趣味相近的一伙。他好像在印刷厂当过三个月学徒。有一天，他为法兰西学院四十院士之一的巴乌尔-洛米安跑过一次腿。加弗洛什是个有文学修养的流浪儿。

此外，加弗洛什万万没想到，在那凄风苦雨的黑夜，他把两个小家伙带到大象肚里过夜，竟然是在为自己的亲弟弟而替天行善。晚上他帮助了两个弟弟，凌晨又救了自己的父亲；那一夜他就是这样度过的。天蒙蒙亮时，他离开芭蕾街，急忙赶回大象那里，熟练地从里面拽出两个小家伙，同他们一起分享了他发明的早餐，然后离开大象，把他们托付给大街这位善良的母亲，他自己差不多就是这位母亲拉扯大的。分手时，他约他们晚上在老地方见面，还向他们做了告别演说："我要折断手杖了，换句话说，我要颠了，按宫里的说法，我要溜了。小家伙，你们要是找不到爸爸妈妈，晚上回这里来。我给你们吃的，我让你们睡觉。"两个孩子没再回来，或许被警察抓住，送进拘留所了，抑或被哪个跑江湖的拐走了，或者只是在巴黎这个大迷宫里迷失方向了。在当今社会的底层，失踪的人比比皆是。加弗洛什没再见到他们。十来个星期过去了。他不止一次搔搔脑袋说："那两个孩子跑到哪里去了？"

这时，他握着枪，来到了白菜桥街。他发现这条街上只有一家店铺还开着门，而且值得考虑的是，那是家糕饼店。这真是天赐良机，他在投入未知的世界之前，还能吃上一块苹果馅饼。加弗洛什停下来，摸摸裤子口袋，搜搜背心口袋，将口袋兜底翻出来，什么也没找到，一个子儿都没有，他便大声呼叫："救命！"

人生最后一块点心没有吃成，的确是很痛苦的。

加弗洛什仍然赶自己的路。

两分钟后，他来到圣路易街。穿过御花园街时，他感到需要为那块可望而不可得的苹果馅饼做个补偿，就在大白天痛快淋漓地将剧院的海报撕个粉碎。

他往前走了一会，看见一群脑满肠肥、财主模样的人经过，他耸了耸肩，随口朝前吐出富有哲理的恼怒：

"这帮吃利息的，养得好肥唷！他们大吃大喝。每天大鱼大肉。问问他们钱都是怎么花的。他们肯定答不上来。他们是吃钱哪！全都用来填肚子了。"

二　加弗洛什向前进

拿着一支没有击铁的手枪，挥舞着招摇过市，无疑具有示威作用，加弗洛什越走情绪越高涨。他大叫大嚷，不时地唱出一句《马赛曲》中的歌词：

"一切都很好。我的左蹄子痛得要命，风湿病把我害苦了，但是，公民们，我很开心。资产阶级当心了，我要给他们喷颠覆歌。密探是什么？是狗！他娘的！对狗不要不尊敬。我真想让我的手枪里有条狗[①]。我从林荫大道来，朋友们，汤已经烧热，汤溢出来一点了，汤正在炖着。该清除锅里的浮渣了。男人们向前进！让肮脏的血淹没我们的农田！我要为祖国而献身，我再也见不到我的姘妇了，妮——妮，完了，是的，妮妮！但这没什么，快乐万岁！战斗吧，他妈的！我讨厌专制主义！"

---

① 法语中，"狗"和"手枪击铁"是同一个词。

这时，国民自卫军的一个枪骑兵从一旁经过，忽然他的马跌倒了，加弗洛什把枪放在地上，上前扶起骑兵，又帮他扶起马。然后，他从地上捡起枪，继续往前走。

托里尼街非常平静。这种死气沉沉，是沼泽区特有的，与周围的沸反盈天形成鲜明的对照。四个饶舌妇在一家门口聊天。苏格兰有巫婆的三重唱，巴黎则有长舌妇的四重唱；在苏格兰的阿米尔灌木丛里，三个女巫阴沉地对麦克佩斯[①]说：“你将当国王”，而在法国的博杜瓦埃十字路口，也可能有人对波拿巴说同样的话。这几乎都是老鸦聒噪。

托里尼街的饶舌妇关心的，只是她们自己的事。那是三个看门的和一个捡破烂的，那捡破烂的背着篓子，拿着带柄的铁钩。

她们四个人似乎守在暮年的四个角上，那就是衰老、衰弱、衰朽和凄惨。

那捡破烂的态度谦恭。在这站在风中的这圈人里，捡破烂的尊敬看门的，看门的关照捡破烂的。这跟墙角石的那个角落有关，那里垃圾堆的肥瘦，全凭堆垃圾的门房一时的兴致。扫帚里面可能有仁慈。

这个捡破烂的老妇，是个知恩图报的背篓，她向三位看门人微笑。多么可掬的笑容！她们说着闲话，比如：

“啊！您的猫还那么凶吗？”

“我的上帝，您是知道的，猫天生是狗的冤家对头。叫苦的总是狗。”

“人也一样。”

“不过，猫身上的跳蚤是不跟人走的。”

“这倒没什么，狗却很危险。记得有一年，狗多得不得了，报纸上也不得不谈论了。那时候，杜伊勒利宫里养着大绵羊，给罗马王[②]拉小车。你还记得罗马王吗？”

“我呀，我喜欢波尔多公爵。”

---

① 麦克佩斯（?—1057），一译麦克白，苏格兰国王。莎士比亚同名戏剧中的主人公。三个女巫在他出征归来途中，预言他将做国王。后来他弑君后自封为王。

② 罗马王指拿破仑的儿子。

"我呀，我见过路易十七。我更喜欢路易十七。"

"帕塔贡太太，肉贵死了。"

"呀！别跟我提这个了，肉店可恶极了，实在太可恶，总给你搭骨头。"

这时，捡破烂的老妇插话了：

"各位太太，现在生意不好做。垃圾堆里捡不到什么。人们什么也不扔了，全都吃下去了。"

"瓦古莱姆太太，还有比您更穷的哪。"

"这倒是真的，"捡破烂的恭恭敬敬地说，"我总算有个职业。"

谈话停顿片刻。那捡破烂的遏制不住炫耀自己的需要（此乃人类之本质），继续说：

"早上回家，我就清理篓子，进行分辨（大概想说分拣）。我房间里有好多堆。我把破布放到篮子里，菜帮子放到小木桶里，内衣放到壁橱里，毛衣放到五斗橱里，废纸放到靠窗的角落里，能吃的放到碟子里，碎玻璃放到壁炉里，旧鞋放到门后面，骨头放到床下面。"加弗洛什已停在她们后面，在听她们说话：

"老太婆，"他说，"你们干吗要谈论政治？"

四个人异口同声地骂他，犹如在放排枪。

"又是一个小无赖！"

"他的破爪子里拿着什么？手枪！"

"这成什么体统，这个小叫花子！"

"他们不推翻政府，就不会安宁。"

加弗洛什不屑反驳，只是张开手，用大拇指顶在鼻尖上，以示蔑视。

捡破烂的大声骂道：

"赤脚的小坏蛋！"

那位叫帕塔贡太太的老妇，气愤地拍着巴掌说：

"要出乱子了，我敢肯定。附近有个留山羊胡的小无赖，每天早晨，我都见他从这里经过，搂着一个戴粉红帽子的姑娘，今天我又见他过去了，搂着一支步枪。巴舍太太说，上星期，在……在……在……——什么地方来着？——对了，在蓬托瓦兹发生了一场革命。再说，你们看，这个可恶的无赖手里拿着枪！据说，则肋司定会修士街上到处是大炮。这些捣蛋鬼，只知道弄出点花样来，不让世界安宁，你叫政府怎么办！我们经历了多少不幸！仁慈的上帝，那可怜的王后，我看见她坐着囚车从这里经过！现在刚过上点安宁的日子！这样一来，烟价还要往上涨。太无耻了！你这个坏蛋，我一定要去看你上断头台！”

“你鼻子发臭，我的老前辈。”加弗洛什说，“把你的鼻筒揩揩吧。”

说完，他扬长而去。当他来到铺石街，又想起了那捡破烂的老妇，喃喃自语道：

“墙角大妈，你不该侮辱革命。这支枪是用来保护你的，为使你的背篓里有更多好吃的东西。”

蓦然，他听见身后有声音，是看门的帕塔贡太太跟在后面，远远地朝他扬拳头，并大声嚷道：

“你是个小杂种！”

“这个嘛，”加弗洛什说，“我才不在乎呢！”

不一会儿，他经过拉莫瓦尼翁公馆。在那里，他发出号召：

“奔向战斗！”

说完，他感到一阵忧闷。他用责备的目光望望手枪，仿佛想使它感动似的。

“我要出发了，”他对手枪说，“可你却出发不了。”

一只狗可以排解另一只狗（手枪击铁）带来的苦恼。一只皮包骨头的狗走过来。加弗洛什对它顿生怜悯。

“可怜的狗狗，”他对它说，“你身上桶箍看得清清楚楚，一定是吞了一只大酒桶了。”

说完，他就朝圣热尔韦榆树街走去了。

三　理发匠有理由愤怒

曾撵走过加弗洛什后来收容在大象慈母怀抱里的两个孩子的可敬理

发师，此刻正在店里给一个为帝国效过劳的外籍军团老兵刮胡子。他们边理发边聊天。理发匠免不了同老兵谈起这场暴动，继而又谈到拉马克将军，后又转到拿破仑皇帝的话题上。于是，就有了理发匠和士兵的一场谈话。假如普律多姆在场，就会进行艺术加工，将此谈话命名为《剃刀同军刀的对话》。

“先生，”理发匠说，“皇帝马骑得怎么样？”

“不怎么样。他没有本事从马上摔下来。因此，他从来没有摔下来过。”

“他有许多骏马吗？他想必有许多骏马吧？”

“他给我授十字勋章那天，我注意到他的马了。是一匹跑得很快的母马，浑身雪白。两只耳朵分得很开，马鞍落得很深，机灵的脑袋上有一颗黑星，脖子很长，膝关节很灵活，肋骨突出，肩部倾斜，臀部强壮。身高十五掌尺[①]多一点。”

“真漂亮。”理发匠说。

“那是皇帝陛下的马。”

理发匠觉得，听见“皇帝陛下”这个词，应该肃静一会儿，他就停了停，才继续说：

“皇帝只受过一次伤，是不是，先生？”

老兵就像亲眼见过那样，以平静而至高无上的口吻回答：

“脚后跟。在拉蒂斯博纳。我从没见他像那天那样穿得好。干干净净，像枚新币。”

“那您呢，老兵先生，您大概经常受伤吧？”

“我？”老兵说，“啊！也没什么。在马伦戈，后颈挨了两刀，在奥斯特里茨，右胳膊吃了一枪，在耶拿，左屁股又吃了一枪，在弗里德兰，挨了一刺刀，刺在……这里，在莫斯科，被长矛捅了七八下，到处是伤口，在吕岑，一颗炮弹爆炸，炸掉了一根手指头……啊！后来，在滑铁卢，大腿上被一颗火铳枪弹击中。就这么多。”

“能死在战场上多好！”理发匠用夸张的口吻大声说，“真的，我宁愿

---

① 掌尺为意大利古长度单位，约合 0.25 米。

肚子上挨一炮弹，也不愿慢慢地死在病床上，几乎每天都在打针，吃药，贴膏药，和医生打交道！”

“您倒不挑剔。”老兵说。

他话音刚落，只听见哐当一声，震得理发店颤抖。橱窗的一块玻璃突然开了花。理发匠脸色刷地白了。

“啊，上帝！”他喊道，“当真来了一颗！”

“来了什么？”

“炮弹。”

“在这里。”老兵说。

他弯腰把在地上滚动的一样东西捡起来。是块石子。

理发匠跑到破玻璃跟前，看见加弗洛什正拼命朝圣约翰市场逃去。加弗洛什心里还惦记着两个孩子，经过理发匠的铺子时，忍不住想向他问个好，便朝他的橱窗扔了块石头。

“瞧！”理发匠的脸色由白转青，他声嘶力竭地吼道：“他这是恶作剧。我什么地方得罪他了，这个流浪儿？”

四　孩子看见老人，十分吃惊

圣约翰市场的哨所已被缴械。这时，加弗洛什已来到市场，刚加入昂若拉、库费拉克、孔布费尔和弗伊带领的一群人中。他们几乎都有武器。巴奥雷和让·普鲁韦已来同他们会合，队伍壮大了。昂若拉有一支两响的猎枪，孔布费尔有一支步枪，写着国民自卫军部队的番号，此外，他的紧腰中大衣没扣扣子，可以看到他的腰里还别着两支手枪，让·普鲁韦有一支旧骑兵火枪，巴奥雷是一支卡宾枪，库费拉克挥舞一根出了鞘的剑仗。弗伊手握一把不带套的军刀，一面向前，一面高呼：“波兰万岁！”

他们从莫朗沿河马路来，不结领带，不戴帽子，气喘吁吁，被雨淋湿了衣服，双眸炯炯发光。加弗洛什镇静地同他们攀谈。

“咱们上哪？”

“跟着走吧。”库费拉克说。

弗伊后面，走着，更确切地说，蹦着巴奥雷，他在暴动中如鱼得水。他穿着一件鲜红的背心，说着肆无忌惮的话。一位行人看见他的红背心，惊得狂喊：

“红党！”

“红党，红党！”巴奥雷针锋相对道，“资产者，有什么好怕的。我看见红丽春花就不发抖，看见小红帽，我也不害怕。资产者，相信我，还是把恐红症留给长角的动物吧。”

他发现一个墙角上贴着世界上最和平的一张纸，那是巴黎的大主教给他的“绵羊[①]”们下的封斋期训谕，允许他们在封斋期吃鸡蛋。

巴奥雷喊道：

“绵羊，是蠢鹅的文雅说法。”

他从墙上揭下训谕。这一举动征服了加弗洛什。从这一刻起，他便开始观察巴奥雷了。

“巴奥雷，”昂若拉说，“你这就不对了。你不该去碰这训谕的，我们要对付的不是它，你发火毫无用处。留着你的力气吧。不到时候不开火，不管是用枪，还是用心。”

“各有所好，昂若拉，”巴奥雷反驳说，“这篇主教文告让我看着不舒服，我吃鸡蛋，用不着人家允许。你的性格冷得烫手，而我喜欢闹着玩。再说，我又不花力气，我是冲动。我撕这张训谕，赫拉克勒斯！是为了开开胃口。”

“赫拉克勒斯”这个词，引起了加弗洛什的注意。他从来不放过学习的机会，这位撕文告的老兄已让他钦佩得五体投地了。他问他道：

“赫拉克勒斯是什么意思？”

巴奥雷回答：

“这在拉丁语中，是该死的意思。”

---

① Ouaille 在法语中既有“绵羊”的意思，又可作“基督教徒”解释。

这时，巴奥雷看见有个脸色苍白、蓄着黑须的青年站在一个窗口，看他们经过。他认出这可能是ABC友社的人。他向他喊道：

“快，子弹！**准备战斗**[①]。”

“美男子！名副其实。”加弗洛什说。他现在也懂拉丁语了。

一群乱哄哄的人跟在他们后头，有大学生、艺术家、埃克斯库古尔德社的年轻人、工人、港口员工，拿着棍棒和刺刀，还有几个像孔布费尔那样，腰里别着手枪。一个看上去很老很老的老头，也走在这群人中间。他没有武器，尽管他若有所思，但他加快步伐，唯恐落在后头。加弗洛什发现了他，就问库费拉克：

“那是谁？”

“一位老人。”

那是马伯夫先生。

五　老人

我们来讲讲事情的经过。

龙骑兵开始进攻时，昂若拉和他的朋友们正在布东林荫大道的粮仓附近。昂若拉、库费拉克和孔布费尔，正是走巴松皮埃尔街，边走边喊“到街垒去”的那伙人。在莱迪吉埃尔街，他们遇见一位老人正慢慢地走着。

引起他们注意的是，这老头像喝醉酒似的，脚步趔趄。此外，尽管上午一直下雨，而且当时雨下得很大，他却把帽子拿在手里。库费拉克认出是马伯夫老爹。他多次陪马里尤斯到过他家门口，所以认识他。他知道这位当过教堂财产管理员、喜欢藏书的老人，习惯于清静的生活，且胆小怕事，因此，见他出现在这嘈杂声之中，离冲锋的骑兵队两步之遥，几乎置身在枪林弹雨之下，不顾大雨打下帽子，迎着枪弹蹒跚而行，

---

① 原文为拉丁语，与法语中的美男子谐音。

感到十分惊讶，于是上前同他攀谈，就有了二十五岁的暴乱分子和八旬老人之间的一段对话。

“马伯夫先生，回家去吧。”

“为什么？”

“待会儿会很乱。”

“好啊。”

“会动刀动枪，马伯夫先生。”

“好啊。”

“还会开炮。”

“好啊。你们上哪里去呀？”

“我们去推翻政府。”

“好啊。”

于是，他开始跟在他们后面。从此，他再没有说过一句话。突然，他迈的步子坚定了，有的工人伸手搀他，他摇摇头拒绝了。他差不多走在队伍的最前列，他的动作是在走路，但他的神情却像在睡觉。

“这老头真是疯了！”大学生们窃窃私语。队伍中传出，他当过国民公会议员，投票赞成过处死国王。

人群拐进玻璃厂街。小加弗洛什勇往直前，扯着嗓门唱着一首歌，就像在吹军号。他唱道：

月亮出来了，
我们何时去森林？
夏洛问夏洛特。

嘟嘟嘟，
去夏都，
我只有一个上帝，一个国王，一个铜板，一只靴子。

两只小麻雀，

喝了百里香上的朝露，
醉得稀里又糊涂。

吱吱吱，
去帕西，
我只有一个上帝，一个国王，一个铜板，一只靴子。

两只小狼崽，
醉醺醺像两只小斑鸫，
洞里老虎哈哈笑。

咚咚咚，
去默东，
我只有一个上帝，一个国王，一个铜板，一只靴子。

我发誓你赌咒，
我们何时去森林？
夏洛问夏洛特。

叮叮叮，
我们去庞丹，
我只有一个上帝，一个国王，一个铜板，一只靴子。

他们朝圣梅里教堂走去。

六　新加入者

队伍越来越壮大。快到比埃特街时，一个高头大马、头发花白的人，加入他们的行列，库费拉克、昂若拉和孔布费尔注意到他粗犷而无畏的脸，但谁都不认识他。加弗洛什忙着唱歌，吹口哨，哼曲子，向前进，用没有击铁的手枪托敲店铺的窗板，因而没有注意这个人。

在玻璃厂街，他们正好从库费拉克的家门口经过。

“太好了，”库费拉克说，“我忘带钱包了，帽子也丢了。”他离开队伍，三步并作两步地跑上楼。他取了顶旧帽子和钱包。他还从脏衣服堆下，拿出一只大行李箱般大小的方箱子。当他跑下楼时，门房太太叫住他。

“德·库费拉克先生！”

“看门的，您贵姓？”库费拉克回击道。

门房张口结舌。

“可您知道的，我是门房，我叫弗凡大妈呀。”

“那好，如果您还叫我德·库费拉克先生，我就叫您德·弗凡大妈。现在，说吧，什么事？怎么啦？”

“有人要同您说话。”

“谁？”

“不知道。”

“在哪？”

“在我的小屋里。”

“见鬼！”库费拉克说。

“他等您回来等了一个多小时了。”门房太太又说。

这时，一个工人模样的小伙子走出门房，他又瘦又矮，脸色苍白，长着雀斑，穿着一件破工作服和一条两侧缝了补丁的丝绒长裤，看上去更像个穿男孩装的女孩子，而不是男人，可说起话来，却一点不像女人。他对库费拉克说：

“请问马里尤斯先生在吗？”

“不在。”

“晚上回来吗？”

“不知道。”

库费拉克接着又说：

“不过，我不回来。”

年轻人凝眸看他，问道：

“为什么？”

“不为什么。”

“您去哪里？”

“关您什么事？”

“要不要我给您拿箱子？”

“我上街垒去。”

“要不要我跟您一起去？”

“随您便！”库费拉克回答，“街上谁都可以去，马路是属于大家的。”

说完他就跑开，去追他的朋友们了。当他赶上他们后，便把箱子交给其中一个人。过了足足一刻钟，他才发现那年轻人果然跟来了。

临时聚集的人群不一定是去想去的地方的。我们前面说了，他们是被一阵风吹着跑的。我们的这群人走过圣梅里教堂后，不知道怎么，来到了圣德尼街。

第十二卷　科林斯酒店

一　科林斯酒店的历史

今天，巴黎人走进中央菜市场这边的朗比托街，会发现在他们右边，蒙代图尔街对面，有一家藤柳编制品店，招牌是一个拿破仑大帝模拟像的筐子，上面写着：

拿破仑是用柳条编成的

但他们不大会猜到，三十年前，这里曾发生过可怕的事。

这里就是尚弗里街（旧时写成尚韦里街）和著名的科林斯酒店。

大家一定还记得，这地方曾筑过一座街垒，与圣梅里教堂的街垒相比，则是黯然失色。尚弗里街的街垒，如今已被人深深遗忘，而我们要稍加阐述的，正是这座有名的街垒。

为叙述方便，我们仍采用叙述滑铁卢战役时用过的简单方式。当年，在圣厄斯塔什教堂所在的尖角附近，菜市场的东北角，如今的朗比托街的入口处，有着鳞次栉比的房屋，读者若想对这些房屋有个比较清晰的概念，不妨设想一个N，上端是圣德尼街，下端是菜市场，左右两竖是大丐帮街和尚弗里街，斜杠是小丐帮街。古老的蒙代图尔街曲曲弯弯，横穿两条竖杠和一条斜杠。因此，这四条迷宫般扑朔迷离的街道，在东起圣德尼街，西至菜市场，北起天鹅街，南至布道兄弟会修士街这二百平方米左右的土地上，鳞次栉比地分布着七片房屋群，大小不一，形状不规，方向各异，就像建筑工地上的石堆，随意堆来，几乎连成一片，中间只有窄窄的缝隙。

对于这些阴暗、密集、弯曲、高楼夹道而立的街道，只能用窄窄的缝隙来形容，实在找不出更确切的表达方式。这些九层破楼房，实在破旧不堪，以至尚弗里街和小丐帮街上，房屋的正面，屋与屋之间，都用一根粗木做支撑。街道很窄很窄，但街上的阳沟却很宽很宽，行人走在终年湿漉漉的街上，两旁是地窖般阴暗的店铺，门前竖着包铁的石桩，垃圾堆积如山，小巷路口有年代悠久的铁栅栏大门。这一切在建造朗比托街时，全都给毁了。

蒙代图尔[①]这个街名，绝妙地反映了这些街道的迂回曲折。过去不远，便是汇入蒙代图尔街的陀螺街，这个街名将街道的曲折表达得更淋漓尽致。

行人从圣德尼街进入尚弗里街，便见前面的街面越来越窄，仿佛钻进了长长的漏斗里。尚弗里街很短。在街的尽头，行人会发现，在菜市场那边，有一排高高的楼房挡住去路，如果他没有发现左右各有一条壕沟似的黑乎乎的通道，会以为进入了死胡同。那就是蒙代图尔街，它一头通到布道兄弟会修士街，另一头通到天鹅街和小丐帮街。在这条所谓的死胡同深处，可见一座比周围矮一些的房子，仿佛形成一个岬角。

就在这座只有三层楼的房子里，三百年来，开着一家轻松愉快、遐迩闻名的小酒店。这个小酒店，常常笑声盈盈，而这里也正是泰奥菲尔[②]在他的两句诗中提到的地方：

> 可怜情郎悬梁尽，
> 尸骨摇晃吓死人。

---

① Mondétour（蒙代图尔）由 mon 和 détour 两个成分构成，détour 的意思是“弯曲”。

② 泰奥菲尔（1590—1626），法国诗人和剧作家。

酒店身处善地，店主世代相传。

在马蒂兰·雷尼埃[①]时代，这酒店叫“玫瑰花盆”，那时人们喜欢玩画谜游戏，因此，它的招牌是一根漆成玫瑰色的柱子[②]。上个世纪，可敬的纳图瓦[③]，一位受当今僵化画派蔑视的幻想画派大师，曾在这家酒店里，就在当年雷尼埃醉倒的桌子上，多次喝得酩酊大醉，为示感谢，他在玫瑰色柱子上，画了一串科林斯[④]葡萄。店主欣喜若狂，把招牌改了改，在那串葡萄下面，写了几个金字：科林斯葡萄酒家。这便是“科林斯”名称的来历。在醉汉们看来，没有比省略更自然的事了。句子省略，好比醉汉踉跄而行。“科林斯”渐渐将“玫瑰花盆”赶下宝座。酒店最后一代老板于施卢大爷，已不知道这个传统，将柱子漆成了蓝色。

楼下有间大厅，设有柜台，二楼有间大厅，放着台球桌，一道螺旋式木楼梯穿透天花板，桌上放着酒，墙上布满烟尘，大白天点着蜡烛，这便是酒店的概貌。楼下那间厅里，有个翻板活门，一道楼梯通往地窖。于施卢一家住在三楼。二楼的大厅里有扇暗门，门后有道楼梯，更确切地说有个梯子，通到三楼。屋顶下，有两间顶楼室，是女用人的窝。厨房和柜台在一楼。

于施卢大爷可能生来是化学家，事实上，他是个厨师。到他酒店里来的人，不只是喝酒，还要吃饭。于施卢大爷发明了一道特色菜，那就是肚子里塞肉的鲤鱼，他称之为塞肉鲤鱼。酒客们坐在钉有漆布以代替桌布的餐桌上，凑着羊脂蜡烛或路易十六时代带罐油灯的微光，吃着塞肉鲤鱼。一天上午，于施卢大爷认为该提醒行人注意他的“特色菜”了，便拿起排笔，在颜料罐里蘸了点黑颜料，信手在墙上写了几个醒目的大字：

CARPES HO GRAS[⑤]

---

① 马蒂兰·雷尼埃（1573—1613），法国讽刺诗人。

② 法语中，玫瑰花盆（pot-aux-roses）和玫瑰色柱子（poteau rose）发音相同。

③ 纳图瓦（1700—1777），法国油画家和木刻家，洛可可派的代表人物。

④ 科林斯为希腊古代名城。

⑤ ho gras 是白字，正确的拼写是 Carpes au gras，即塞肉鲤鱼。二者读音一样。

正如他有独特的烹饪法那样，他也有独特的拼写法。

某年冬天，阵雨和夹雪的骤雨突发奇想，冲掉了第一个词的结尾S和第三个词的首字母G，于是只剩下：

CARPE HO RAS

年深日久，再加上雨水的作用，一个普通的美食广告，最后变成了含义深刻的劝告。

于是，于施卢大爷不懂法语，竟然懂拉丁语，做菜做出了哲理，仅从想取消封斋节这一点，他可与贺拉斯[1]相匹敌。令人吃惊的是，那句话也可理解为：请进我的店。

这一切已不复存在。从一八四七年起，蒙代图尔迷宫被开肠剖肚，大片拆除，现在也许已不复存在。尚弗里街和科林斯小酒店，也已消失在朗比托街的铺路石下面了。

我们说过，科林斯小酒店，对库费拉克及其朋友们来说，即使不是集结，也可说是聚会的地点。是格朗泰发现科林斯的。他看到Carpe horas，便进去了，后来，又因塞肉鲤鱼再次光顾。他们在那里又喝又吃，大叫大嚷；他们有时少付，有时欠账，有时不付，但始终受到欢迎。于施卢大爷是个大大的好人。

上面说了，于施卢是个大好人。这个酒店老板蓄着八字胡，是个很有意思的人。他总是板着面孔，似乎想吓唬顾客，顾客一进门，他便嘟囔，那神情更像要同他们吵架，而不是侍候他们吃喝。不过，我们还是这句话，顾客在这里始终受欢迎。他的怪脾气使小店顾客盈门，吸引了不少年轻人，他们说：去看看于施卢大爷“嘟囔”吧。他当过击剑教师。他常常突发大笑。嗓门很粗，心地很善。外表在演悲剧，内心在演喜剧；他巴不得你害怕他，有点像形如手枪的鼻烟盒。大笑声犹如喷嚏声。他

---

[1] 拉丁诗人贺拉斯（前65—前8）在颂歌里有Carpe diem的提法，意思是“欢度节日”，“抓住今天”，因此，上文说，“一个普通的美食广告，最后变成了含义深刻的劝告”。

的妻子是于施卢大妈，一个长着胡子、奇丑无比的女人。

一八三〇年，于施卢大爷去世。塞肉鲤鱼的秘诀也随之失传。他的遗孀悲痛难忍，但仍继续经营酒店。可是，饭菜质量下降，让人无法下咽，酒从没好过，现在则更差。可是，库费拉克及其朋友们仍光顾科林斯。“出于怜悯。”博絮埃如是说。

于施卢寡妇说话气喘，模样丑陋，念念不忘从前在乡下的生活。她发音很特别，这样，她对乡村生活的回忆也就少了些平淡。她说起这些事来，有她独特的方式，这使她对青年时代和农村的模糊记忆，变得趣味盎然。她说，从前她的一大乐趣，是听到“冯（红）喉雀在三（山）楂林里歌唱”。

二楼的大厅是“餐厅”，一间长方形的大屋子，放满了圆凳、矮凳、椅子、长凳和桌子，还有一张歪歪扭扭的台球桌。从一楼到二楼，要走一道螺旋式楼梯，大厅角上，有个形似舱口的方洞，便是楼梯的入口处。

这间大厅很像楼顶室，十分简陋，只有一扇小窗透进阳光，整日点着一盏煤油灯。所有四条腿的家具，都摇摇晃晃，好似只有三条腿。刷了石灰的墙上，唯一的装饰，便是一首献给于施卢大妈的四行诗：

十步吃一惊，两步吓一跳。
鼻里长肉瘤，摇摇又欲坠。
时刻怕她把肉瘤擤给你，
哪天鼻子掉进她嘴巴里。

是用木炭涂在墙上的。

诗中的描写简直惟妙惟肖，但于施卢太太从早到晚，若无其事地在它前面走来走去。两个女仆，只知道一个叫玛特洛特，一个叫吉贝洛特[①]，帮于施卢太太把劣酒壶摆到桌上，将淡而无味的杂碎羹盛进盆里，端给

---

① 在法语中，玛特洛特（matelote）是水手爱吃的洋葱加酒烹煮的鱼；吉贝洛特（gibelote）是白葡萄酒烩兔肉。

饥饿的顾客。玛特洛特又胖又圆，一头红发，叽叽喳喳，模样寝陋，比神话中的妖怪还要难看，却是已故于施卢大爷的宠妾。不过，女仆应该排在女主人后面，她的丑陋比起于施卢太太，则是小巫见大巫。吉布洛特个儿瘦长，身体娇弱，肌肤苍白，属淋巴体质，眼圈发黑，眼皮下垂，总是疲惫不堪，萎靡不振，仿佛得了慢性疲劳症，第一个起床，最后一个睡觉，侍候所有的人，甚至侍候另一个女仆，不声不响，性格温和，充满倦容的脸上总带微笑，那是睡眠中的朦胧笑容。

柜台上方有一面镜子。

进入二楼餐厅前，在门上可见库费拉克用粉笔写的一句诗：

可能就请客，有胆就大吃。

二 暴动前喝酒取乐

我们知道，墨城的莱格尔常常住在若利家。人有个住处，正如鸟有根树枝。两个朋友住在一起，吃在一起，睡在一起。他们一切都是共同的，甚至有点不分彼此。照不受神品的戴帽修士的说法，**他们是一对儿**[①]。六月五日上午，他们去科林斯吃中饭。若利伤风鼻塞，患了严重的鼻炎，莱格尔也开始传染上了。莱格尔的衣服已经破旧，但若利却衣着整齐。

他们推开科林斯店门时，大约是上午九点钟。他们上了二楼。玛特洛特和吉贝洛特接待他们。

“牡蛎，奶酪，火腿。”莱格尔说。

他们在餐桌旁坐下来。店里还是空的，只有他们两个顾客。吉贝洛特认出是若利和莱格尔，把一瓶酒放到桌子上。

他们刚开始吃牡蛎，有个脑袋出现在楼梯口，一个声音说：

---

① 原文为拉丁语。

“我路过这里。在街上就闻到了布里奶酪的香味，我就进来了。”

来者是格朗泰。他拿了张圆凳，坐到桌子上。吉贝洛特见是格朗泰，又拿来了两瓶酒。桌上就有三瓶酒了。

“这两瓶酒你全喝完吗？”莱格尔问格朗泰。

格朗泰回答：

“人人都有天资，唯独你有天真。男子汉从没被两瓶酒惊倒过。”

别人是先吃东西，他是先喝酒。半瓶酒一口就喝下去了。

“你胃上有洞吗？”莱格尔问。

“你胳膊肘上倒有一个。”格朗泰说。

他喝完一杯酒，又说：

“呀，祭文大师莱格尔，你的衣服旧了。”

“这正是我希望的。”莱格尔回答，“这样，我和衣服就能和睦相处了。它随我伸屈，丝毫也不妨碍我，我是什么怪模样，它也是什么怪模样，我做什么动作，它也做什么动作，我只在身上暖和时，才感觉到它的存在。旧衣服和老朋友是一回事。”

“千真万确，”若利加入谈话说，“一件旧衣服是一个老崩（朋）友。”

“尤其在伤风塞鼻人的嘴巴里。”格朗泰说。

“格朗泰，”莱格尔问，“你是从林荫大道那边来的吗？”

“不是。”

“我和若利刚才看见送殡队伍的头经过了。”

“那场面真叫人轻（惊）异。”若利说。

“这条街多清静！”莱格尔嚷道，“谁会猜到，巴黎现在已乱了套？从前这一带可到处是修道院。杜布勒尔和索瓦尔，还有勒勃夫神甫都列过清单。这周围从前有修道院，到处是修士，穿鞋的，不穿鞋的，头顶剃光的，留胡子的，灰头发的，黑头发的，白头发的，方济各会的，最小兄弟会的，嘉布遣会的，加尔默罗会的，小奥古斯丁会的，大奥古斯丁会的，老奥古斯丁会的……满街都是。”

“别讲修士了，”格朗泰打断他说，“一听到修士，我就想搔痒痒。”

接着，他惊呼道：

“哎呀！我刚才吞了只坏牡蛎。我的疑病症又犯了。牡蛎是坏的，女仆又太丑。我恨人类。刚才我在黎塞留街，从公共大书店[①]前经过。那个叫作图书馆的一大堆牡蛎壳，叫我想起来都恶心。用了多少纸！多少墨水！乱涂了多少东西！写了那么多东西！哪个粗野的家伙说过，人是没有羽毛的两脚动物[②]？还有，我遇见了一个我认识的漂亮女孩子，像春天一样美丽，应该叫花神。这个可怜的姑娘，她心花怒放，欣喜若狂，乐不可支，因为昨天，一个满脸麻子、奇丑无比的银行老板竟相中了她！唉！女人窥伺老财，像窥伺小白脸那样热忱；雌猫既追逐耗子，也追逐小鸟。这个小妞，不到两个月前，还老老实实待在阁楼里，将一个个小铜圈缝在胸衣的扣眼上，这叫什么来着？这叫缝衣服。她睡的是帆布床，旁边有一盆花，感到心满意足。现在，她成了银行老板娘。这一转变是昨天夜里完成的。今天上午，我遇见了这个受害人，一副兴高采烈的样子。令人恶心的是，这个姑娘今天和昨天一样漂亮。她的银行家没在她脸上留下任何痕迹。玫瑰花比女人多那么一点，或少那么一点，那就是毛毛虫爬过后，会留下看得见的痕迹。啊！尘世间无道德可言；象征爱情的爱神木，象征战争的月桂树，象征和平的傻瓜——橄榄树，果仁差点卡死亚当的苹果树，衬裙的祖宗——无花果树，都可以用来做证。至于权利，你们想知道什么是权利吗？高卢人觊觎克鲁兹[③]，罗马保护克鲁兹，并问高卢人，克鲁兹对你们做了什么错事。布雷努斯回答：‘就像阿尔布对你们做的错事，费代纳对你们做的错事，埃克人、沃尔斯克人和沙班人对你们做的错事。他们从前是你们的邻邦。克鲁兹人现在是我们的邻邦。对邻邦的理解，我们同你们是一样的。你们过去占领了阿尔布，现在我们要占领克鲁兹。’罗马说：‘你们占领不了克鲁兹。’于是，布雷努斯攻占了罗马。布雷努斯高呼：**让战败者遭殃**[④]！这就是权利。啊！在

---

① 应理解为国家大图书馆。

② 古代欧洲人用羽毛管做成笔。在法语中，“羽毛”和“笔”是同一个词。柏拉图说过，人是没有羽毛的两脚动物。

③ 克鲁兹，即克鲁西奥姆，为古代伊特鲁里亚地名，在今意大利半岛西北部。

④ 原文为拉丁语。

这世界上，有多少猛禽！多少秃鹰！有多少秃鹰啊！一想起这些，我就浑身起鸡皮疙瘩。”

他向若利递过酒杯，若利给他斟满酒，他一饮而尽，接着又说下去，几乎没被打断，谁都没注意到他又倒了酒，连他自己也没觉察：

“布雷努斯占领罗马，是雄鹰；那位银行老板占据那青年女工，也是雄鹰。二者都没有廉耻心。所以，我们什么也不要相信。只有喝酒才是真实的。不管你们是什么观点，像于里州那样站在瘦公鸡一边也罢，像格拉里州[1]那样站在肥公鸡一边也罢，都没关系，喝酒最要紧。你们同我谈林荫大道、送殡队伍，等等。啊，这个，是不是又有一场革命了？仁慈的上帝山穷水尽了，真让我感到吃惊。他随时都要在事件的槽沟里涂抹润滑油才行。这里卡壳了，这里不运转了。那就赶快来场革命。仁慈上帝的双手总是沾满这种黑乎乎的污油。我要是他，我会更简单，我不会时时刻刻上紧发条，我会带领人类轻快地前进，像织毛衣那样，一针针地把一个个事件编织起来，决不把毛线弄断。我不搞什么应急措施，也没有什么特别节目。你们这些人所说的进步，有两个发动机，一个是人，一个是事件。不过，可悲的是，常常需要例外。普通的部队会不够用，不管对人，还是对事件；在人中间，需要天才，在事件中间，需要革命。出现大事变是规律，正常秩序不能没有大事变；只要看看彗星的出现，就会相信连天宇也需要演员来表演。在人们最不期望的时候，上帝会在穹苍的壁上，贴一颗流星的布告。一颗形状怪异的星星出现了，后面拖着一条长尾巴。恺撒就死于彗星。布鲁图斯捅了他一刀，上帝用彗星扫了他一下。噼啪一声，出现了一片北极光，出现了一场革命，出现了一个伟人；九三年写成大写，拿破仑放在醒目的位置上，一八一一年的彗星位于布告的上端。啊！美丽的天蓝色的布告，意想不到的火焰星罗棋布！嘣！嘣！美妙绝伦的景象！逛街的闲人，抬头看看吧！一切都离奇古怪，无论是天上的星星，还是地上的戏剧。仁慈的上帝，这太过分了，可这又不够。这些办法，作为例外，既太华丽，又太平庸。朋

① 于里州和格拉里州是瑞士的两个州。

友们，上帝已是一筹莫展。一场革命，这能说明什么？这说明上帝无能为力了。他发动一场政变，因为要解决现在和过去之间的衔接问题，因为上帝自己也没能把两头连接起来。事实上，这证明我对耶和华财富状况的推测是正确的；当我看到上界和下界有那么多的贫困，天上和人间有那么多的鄙吝、悭吝、吝啬和穷困，从吃不到一粒粟子的小鸟，到没有十万利弗年金的我；当我看到人类命运已是衣不蔽体，王室的命运已是捉襟见肘——被绞死的孔代亲王便是明证；当我看到冬天不过是天顶上吹进寒风的一条裂缝；当我看到清晨，山顶披上了崭新的霞光，可其中有数不清的破衣烂衫；当我看到露水这些假珍珠，雾凇这些假宝石，看见人类穿着破衣，事件打着补丁，太阳上有那么多黑点，月亮上有那么多窟窿，看见到处是贫穷贫困，我就猜想上帝并不富裕。当然，他有富丽的外表，可我觉得他手头拮据。他发动一场革命，正如银箱空空的商人举行一次舞会。不应该从外表来判断神祇。在金晃晃的天空下，我看见了贫困的世界。上帝在创世时，也有不足的地方。因此，我不满意。你们看，今天是六月五日，天黑沉沉的，好像是夜里。从早晨起，我就等着白天到来。白天没有来，我敢打赌，今天它不会来了。老天爷像个薪水少的伙计不守时。是的，一切都乱糟糟的，什么和什么都不协调，这个旧世界已弯腰曲背，我站在对立面。一切都歪歪扭扭，宇宙在作弄人。就和孩子一样，想得到的人得不到，不想得到的人却得到了。总之，我心里很恼火。还有，墨城的莱格尔，这个秃头，我一见到他，心里就难过。我一想到我和这秃头同岁，就觉得受了凌辱。此外，我批评人，但不侮辱人。世界就是这个样子。我这样讲，并无恶意，是为了问心无愧。永恒之父，请接受我最崇高的敬意。啊！我以奥林匹斯山众圣的名义，和天堂诸神的名义发誓，我生来不适合做巴黎人，不能像羽毛球在两只球拍之间飞来飞去那样，总在闲逛者和喧闹者之间来回摆动！我生来适合做土耳其人，终日观看东方傻妞跳淫荡而绝妙的埃及舞，就像正人君子梦中看到的那样，或当个博斯地区的农民，或做个簇拥着贵妇的威尼斯贵族，或做个德国小王公，将半个步兵提供给日耳曼联邦，自己闲来无事，就在篱笆上，也就是国境线上晾袜子！这才是我与生俱来的命运！是的，我说我是土耳其人，我决不改口。我不明白，为什么人们总从坏的方面看土耳其人。穆罕默德也有可取之处；对创造后宫和姬妾乐园的人，应该尊敬！不要侮辱伊斯兰教，它是唯一配有鸡窝的宗教！说到这里，我坚持主张喝酒。尘世是个大傻瓜。那些傻瓜们，好像要打起来了，在这盛夏，在这牧月，本该挽着个美人，到田野里去，到刚割下来的牧草中去，呼吸这杯无边无际的浓茶发出的清香，可他们偏要去互相厮杀，打得脸肿鼻青！说真的，人尽干蠢事！刚才，我在一个旧货店里，看见一盏破提灯，引起了我的思考：现在是给人类照亮道路的时候了。是的，我又忧愁了！囫囵吞下一个牡蛎和一场革命，真叫人难受！我又变得忧郁了。呵！可怕的旧世界！人们在这世上折腾，互相倾轧，互相出卖，互相残杀，却习以为常！"

格朗泰慷慨陈词了一阵之后，便大咳了一阵，活该。

"说到革命，"若利说，"巴（马）里尤斯看来肯挺（定）在谈念（恋）爱了。"

"知道和谁吗？"莱格尔问。

"普（不）几（知）道。"

"不知道？"

"普（不）几（知）道，就是普（不）几（知）道！"

"马里尤斯和谁谈恋爱？"格朗泰嚷道，"一猜就知道。马里尤斯是一团雾，他找的人肯定是一团水汽。马里尤斯是诗人的种。诗人是疯子。Timbroeus Apollo[①]。马里尤斯和他的玛丽，或玛丽亚，或玛丽埃特，或玛丽翁，肯定组成一对可笑的情人。我知道是怎么回事。他们心醉神迷，却忘记了接吻。他们在尘世间玉洁冰清，在无限中成双成对。他们是有感官的灵魂。他们一起躺在星星中间。"

格朗泰开始喝第二瓶酒，可能要开始发第二次议论了，这时，从楼梯口的方洞里，钻出了一个陌生人。是个不到十岁的男孩，衣衫褴褛，个子矮小，面色蜡黄，尖嘴猴腮，目光炯炯，头发很长，衣服淋湿，神

---

① 格朗泰创造的拉丁语，意思是说：阿波罗有点疯疯癫癫。

情快活。

那孩子显然不认识这三个人，但他毫不犹豫地做了选择，上前同莱格尔说话。

“您是博絮埃先生吗？”他问道。

“这是我的别名。”莱格尔回答，“有什么事吗？”

“是这样的。林荫大道上有个金头发高个子的人对我说：‘你认识于施卢大妈吗？’我说：‘认识，尚弗里街那个老头的寡妇。’他对我说：‘快去那里一趟。去找博絮埃先生，以我的名义对他说：A—B—C。’他是在同您开玩笑，是吧？他给了我十苏。”

“若利，借我十苏，”莱格尔说，接着又转向格朗泰：“格朗泰，你也借我十苏。”

莱格尔把借的二十苏给了孩子。

“谢谢，先生。”那小男孩说。

“你叫什么？”莱格尔问。

“萝卜，加弗洛什的朋友。”

“和我们一起待着吧。”莱格尔说。

“和我们一起吃饭吧。”格朗泰说。

孩子回答：

“我不能，我是送葬的，我得去喊：打倒波利尼亚克！”

他一只脚往后拉了一大步，——这是可能有的最高敬意——，然后转身走了。

孩子一走，格朗泰又打开了话匣子：

“这是个纯种童工。童工族中，品种繁多。公证人类童工叫小跑腿，厨师类童工叫小学徒，面包师类童工叫小伙计，仆人类童工叫小厮，水手类童工叫小水手，士兵类童工叫小军鼓，画师类童工叫小艺徒，商人类童工叫外勤，弄臣类童工叫侍从，国王类童工叫太子，神仙类童工叫小精灵。”

莱格尔却在沉思。他低声嘀咕：

“A—B—C，也就是说拉马克的葬礼。”

“金头发，高个子，”格朗泰提醒道，“是昂若拉，是他派来的人。”

“我们去不去？”博絮埃说。

“天下着雨。”若利说，“我发过誓要去火中，但没发誓去水中。我普（不）想得干（感）冒。”

“我待在这里。”格朗泰说，“午饭和柩车相比，我更喜欢午饭。”

“结论：我们待在这里。”莱格尔说，“那我们就喝吧。再说，可以不去送葬，但不错过暴动。”

“啊！泡（暴）动，我可要参加。”若利嚷道。

莱格尔搓着手：

“这回可要修正修正一八三〇年的革命了。那场革命确实叫人民心中不安。”

“你们的革命，在我看来，也无关紧要。”格朗泰说，“对现在的政府，我并不反感。那是套了棉软帽的王冠。是顶端安了把雨伞的权杖。事实上，因为今天下雨，我想，路易-菲利普可以利用他的王权达到两个目的，伸出权杖的一头对付老百姓，伸出雨伞的一头对付老天爷。”

大厅里黑乎乎的，大片乌云遮住了阳光。酒店里，大街上，都没有人，大家都去“看热闹”了。

“现在是中午还是半夜？”博絮埃嚷道，“一点也看不见。吉贝洛特，拿灯来！”

格朗泰郁郁不欢，继续喝酒。

“昂若拉瞧不起我。”他喃喃自语，“昂若拉说：若利是病号，格朗泰是酒鬼。他派萝卜来找博絮埃。他要是来找我，我就跟他去了。昂若拉活该倒霉！我就不去他的葬礼。”

这样决定后，博絮埃、若利和格朗泰就没离开酒店。下午两点时，他们支着臂肘的桌子上，已扔满了空酒瓶。桌上点着两支蜡烛，一支插在生满绿锈的铜烛台上，另一支插在有裂纹的长颈瓶瓶口里。格朗泰拉着若利和博絮埃狂喝滥饮，博絮埃和若利则使格朗泰恢复了快乐。

至于格朗泰，从中午起，他已不再喝葡萄酒了。葡萄酒是梦幻的平凡源泉。对于认真的醉汉，葡萄酒只受到行家的赏识。关于酒醉，有妖术和神术之分。葡萄酒只有神术。格朗泰是个贪恋醉乡、喜欢冒险的酒徒。当醉酒的妖魔向他张开血盆大嘴时，他非但不停止喝酒，反而被魔力吸引过去。他早已放下葡萄酒瓶，拿起了大啤酒杯。大啤酒杯，是个无底洞。他手上既没鸦片，也没大麻，要想麻醉大脑，只好求助于烧酒、黑啤酒和苦艾酒的可怕混合物，这能使人昏昏欲睡，迷迷糊糊。麻醉心灵的东西，就是由啤酒、烧酒和苦艾酒这三种酒气构成的。这是三重黑暗，天国的蝴蝶也会淹死在里面；这三重黑暗，布满了像是凝固成蝙蝠翅膀的薄膜状烟雾，化成三个沉默不语的复仇女神——噩梦、黑夜和死亡，在酣睡的普绪喀[①]头上盘旋。

格朗泰尚未醉到这种凄惨的地步，远远没有。他非常开心，博絮埃和若利同他一唱一和。他们频频碰杯。格朗泰不仅大谈特谈奇想怪论，而且手舞足蹈。他领带解开，跨坐在圆凳上，庄重地将左手握成拳头，顶在膝盖上，左臂弯成直角，右手拿着一满杯酒，庄严地向胖女仆玛特洛特发号施令：

“把宫门打开！让所有的人都是法兰西学院院士，有权拥抱于施卢太太！喝！”

接着，他又转向于施卢太太，说道：

“墨守成规的老式女人，过来，让我瞻仰瞻仰你！”

若利大声嚷道：

“巴（玛）特洛特和吉贝洛特，别再个（给）格朗泰喝了。他是在乞（吃）钱。从角（早）上起，他已挥霍了两法郎九十六兴（生）丁了。”

格朗泰继续说：

“谁没经我同意，就把星星摘下来，放在桌上充蜡烛了？”

博絮埃已酩酊大醉，却仍保持冷静。

他已坐到敞开窗子的窗台上，让雨淋到后背上，目光却注视着两个朋友。

---

① 普绪喀在希腊神话中是人类灵魂的化身。她以少女形象出现，与爱神厄洛斯相恋，每天晚上相会，但爱神不准她看他的脸。一夜，普绪喀趁厄洛斯熟睡，点起蜡烛偷看，蜡油落在厄洛斯脸上，厄洛斯惊逃，从此消失不见。经历种种苦难，普绪喀终于和他重聚，结为夫妇。

突然，他听见背后有喧哗声、急促的脚步声、“拿起武器！”的喊叫声。他转过脸，看见昂若拉手握步枪，从圣德尼街同尚弗里街的路口经过。还有加弗洛什，拿着手枪；弗伊，拿着军刀；库费拉克，拿着宝剑；让·普鲁韦，拿着短铳火枪；孔布费尔，拿着步枪；巴奥雷，拿着卡宾枪，他们后面，跟着一大群带着武器、骚动不安的人。

尚弗里街差不多只有卡宾枪的射程长。博絮埃双手放在嘴上，做成喇叭，大声喊道：

“库费拉克！库费拉克！喂！”

库费拉克听见呼喊声，看见了博絮埃，向尚弗里街上走了几步，喊了声：“什么事？”而博絮埃也同时大声问道：“你去哪里？”

“去筑街垒。”库费拉克回答。

“在这里筑！这里位置好！在这里筑！”

“这里是不错，鹰。”库费拉克说。

库费拉克一挥手，队伍就拥进尚弗里街。

三　格朗泰开始酩酊大醉

这个地方确实不错，街口开阔，街身越往里越窄，是个死胡同，科林斯小酒店卡住咽喉，蒙代图尔街左右两侧很容易堵住，敌人只能从圣德尼街，也就是从正面一无遮掩地发起进攻。喝醉了酒的博絮埃，和挨饿的汉尼拔一样，有敏锐的目光。

人群拥进来时，街上一片恐慌。行人赶紧溜之大吉。转眼工夫，街两侧和深处的商店、铺面纷纷关门，小巷口的门也全都关上，从一楼到屋顶，所有的窗户、百叶窗、老虎窗、大大小小的护窗板，也全都关闭。一位老妇吓得魂不附体，用两根晾衣竿将一张床垫固定在窗口。唯有科林斯小酒店还开着门，道理很简单，因为人群已冲了进去。

“啊，上帝！啊，上帝！”于施卢大妈哀叹道。

博絮埃下楼迎接库费拉克。

若利来到窗口，大叫大嚷道：

“库费拉克，你该打把伞。这样会干（感）冒的。”

这时，仅几分钟工夫，酒店的橱窗就有二十根铁条被拔走，街上有二十米长街面的铺路石被挖走。加弗洛什和巴奥雷经过时，拦住一个叫安索的石灰商的平板马车，将车推倒，把车里装的三满桶石灰，撒到铺路石堆下面。昂若拉掀开地窖的翻板活门，将于施卢寡妇的空酒桶，统统搬到街上，用来支撑石灰桶。弗伊用他习惯给精致扇面上色的手指头，在石灰桶和马车旁，堆起了两大堆砾石作支撑。和其他东西一样，这些砾石也是临时不知从哪里弄来的。从邻近一座房子的正面，拆下了几根立柱，横放在空酒桶上面。当博絮埃和库费拉克回头时，只见半条街已筑起了一人多高的街垒。要在拆毁中建造，什么也比不上人民群众的一双手。

玛特洛特和吉贝洛特已加入构筑街垒的队伍。吉贝洛特来回搬运拆下的铺路石。她的倦容有助于构筑街垒。她像给客人送酒那样，睡眼惺忪地给筑街垒的人递送铺路石。

一辆两匹白马拉的公共马车驶过街口。

博絮埃跨过石堆，跑过去拦住车夫，让旅客下车，见是“女士”就扶她们一把，打发走马车夫后，便将车和马都弄了回来。

他说：“公共马车不从科林斯前面过。Non licet omnibus adire Corinhum[①]。”

过了一会儿，那两匹马卸套后，就信步离开了蒙代图尔街。马车侧卧在地，就把这条街完全堵死了。

于施卢太太惊慌不安，早就躲到楼上去了。

她目光茫然，视而不见，低声叫喊，恐惧的喊声憋在喉咙里不敢出来。

“这是世界末日。”她低声嘟囔。

若利在于施卢太太又红又皱的粗脖子上吻了一下，对格朗泰说：

“亲爱的，我向来认为女人的脖子是无限美妙的东西。”

这时，格朗泰的赞美词已到达顶点。玛特洛特回到楼上，格朗泰一

---

① 拉丁语：公共马车不从科林斯前面过。

把搂住她的腰，在窗口大笑不止。

“玛特洛特是丑八怪！”他喊道。“玛特洛特是梦里的丑女人！玛特洛特是怪物。我给你们讲讲她的身世秘密：一位专门雕刻教堂檐槽滴水嘴怪物头像的哥特工匠，一天早晨爱上了其中最丑的一个。他恳求爱神赐给它生命，于是就有了玛特洛特。公民们，好好看看她吧！和提香[①]的情妇一样，她的头发是铅铬酸盐色。她是个好姑娘。我向你们保证，她一定会英勇战斗的。任何一个好姑娘，都有一颗英雄的心。至于于施卢大妈，她是个勇敢的老太太。瞧她嘴上的小胡子！是从她丈夫那里继承来的。一个匈牙利骑兵！她也会英勇战斗。光她们俩，就能威震郊区。同志们，我们一定能推翻政府，这千真万确，就跟十七烷酸和蚁酸中间，存在着十五种酸那样。不过，这同我毫不相干。先生们，我父亲一直讨厌我，因为我弄不明白数学。我只懂爱情和自由。我是好孩子格朗泰！我从没有过钱，对没有钱习以为常，因此，我从来不缺钱。但是，如果我有钱，世上就没有穷人了！这是明摆着的！呵！要是心肠好的人都有很多钱该多好！那样一切都会比现在好！我常想象耶稣-基督像罗德希尔德[②]那样富有！他能做多少善事啊！玛特洛特，拥抱我！您好淫乐，却又害羞！您的脸蛋呼唤姐妹的吻，您的嘴唇要求情人的吻！”

“住嘴，酒桶！”库费拉克说。

格朗泰回答：

“我是图尔兹市长，百花诗赛的主持人！”

昂若拉手握步枪，昂起漂亮严峻的脸，站在街垒顶上。大家知道，昂若拉既像斯巴达人，又像清教徒。他可以和列奥尼达斯一道战死在温泉关[③]，也可以和克伦威尔一起烧毁德罗赫达[④]。

---

① 提香（1490—1576），意大利著名画家。他有一幅画，题名为《提香的情妇》。

② 罗德希尔德（1743—1812），德国银行家。

③ 温泉关在希腊东部爱琴海沿岸。公元前四八〇年希波战争中，波斯王薛西斯率海陆军侵入中希腊，斯巴达王列奥尼达斯率军扼守温泉关，与三百名壮士一起战死。

④ 德罗赫达为爱尔兰东部港口。在英国资产阶级革命时期，这里是保王党抵抗中心。一六四九年，克伦威尔率军攻占该城，下令焚烧城市并屠杀居民。

这时，仅几分钟工夫，酒店的橱窗就有二十根铁条被拔走，街上有二十米长街面的铺路石被挖走。（P1045）

"格朗泰！"他喊道，"滚到别处去醒酒吧。这里是酣战的地方，不是酗酒的地方。不要玷污了街垒！"

昂若拉说的这番气话，对格朗泰产生了奇特的作用。他好像当头泼了杯冷水，仿佛突然清醒了。他坐下来，胳膊肘支在靠窗的桌子上，以难以描绘的温柔目光望着昂若拉，对他说：

"你知道我是信赖你的。"

"快滚！"

"让我睡在这里吧。"

"上别处去睡。"

可格朗泰仍用温柔而朦胧的目光看着他，对他说：

"让我睡在这里，——直到我死。"

昂若拉轻蔑地打量他：

"格朗泰，你不可能信，不可能思，不可能想，不可能活，也不可能死。"

格朗泰严肃地反驳：

"走着瞧！"

他又含含糊糊地咕哝了几句，脑袋沉沉地倒在桌子上。这是醉酒的第二阶段常见的状态，是被昂若拉粗暴而生硬地推进去的。不一会儿，他就睡着了。

四　设法安慰于施卢寡妇

巴奥雷望着街垒，狂喜不已。他喊道：

"瞧这街，露出胸脯了！太棒了！"

库费拉克一面从酒店拆下点东西，一面设法安慰寡妇老板娘。

"于施卢大妈，那天您不是抱怨说，吉贝洛特在窗口抖了抖毯子，人家就给您送来一张违禁罚款单吗？"

"是啊，我的好先生库费拉克。啊！上帝，您要把我这张桌子也放到那堆东西中去吗？不只是抖毯子，一盆花从顶楼掉到街上，政府也罚了我一百法郎。实在太可恶了！”

“那好！于施卢大妈，我们替您报仇。”

于施卢大妈在这个补救办法中，似乎看不到对自己有什么好处。如果说她感到满足的话，那也只是和那位挨丈夫打的阿拉伯妇女相仿：那妇女被丈夫打了个耳光，跑去向父亲诉苦，嚷着要报仇，她说：“父亲，我丈夫侮辱了我，你也得侮辱他。”父亲问她：“你哪边脸挨的打？”“左边。”父亲在她右脸上扇了一巴掌，说道：“这下你满意了吧。去对你丈夫说，他打了我女儿，我打了他妻子。”

雨停了。又来了一些人。有些工人用工作服作遮掩，带来了一桶火药、一篮子劣酒、两三个狂欢节用的火把、一筐子“国王节用剩的”灯笼。国王节刚过不久，五月一日才举行。据说，这些物品是从圣安托万郊区一个叫佩潘的食品商那里弄来的。人们将尚弗里街上唯一的路灯砸碎，对面圣德尼街上的路灯，周围蒙代图尔街、天鹅街、布道兄弟修士街、大小乞帮街上的所有路灯，也全都砸毁了。

昂若拉、孔布费尔和库费拉克担任总指挥。两座街垒正在同时建造，都挨着科林斯酒店，形成一个直角。大的那座堵住尚弗里街，另一座封住靠天鹅街那边的蒙代图尔街。这后一座街垒很窄，是酒桶和铺路石筑成的。那里大约有五十名工人，其中三十人武装着步枪，他们来这里的路上，把一家武器店里的步枪全部借用了。

没有比这支队伍更古怪、更杂乱的东西了。有个人穿着礼服上装，带一把骑兵马刀和两支骑兵手枪，另一个只穿衬衫，头戴圆帽，腰际吊着火药壶，还有一个用九层灰色过滤纸作护胸，拿一把做鞍具用的锥子当武器。有个人在大叫大嚷：“把他们全部消灭，让我们死在自己的刺刀尖上！”此人并没有刺刀。另一个将国民自卫军的牛皮带束在大衣外面，露出子弹盒，盒套上用红毛呢标着“治安”字样。许多步枪标有宪兵团的番号。很少有人戴帽子，没有人结领带，许多人露着胳膊，有几支长矛。此外，年龄参差不齐，面貌形形色色，有面色苍白的少年，肤色黝黑的码头工。人人加紧干活，互相帮助，一边闲聊着各种可能性，什么凌晨三点会有人来援助啦，一定会有一个团来啦，巴黎将会暴动啦。这些令人毛骨悚然的话题，谈起来却不乏乐观和热忱。他们亲如兄弟，却互相连名字都不知道。巨大的危险，美就美在能唤起陌生人之间的手足之情。

厨房里生起了火。酒店里所有诸如壶、匙、叉等锡制品，都放到子弹模子里熔化。大家边干活，边喝酒。酒瓶盖、霰弹、酒杯，乱七八糟，散在桌上。于施卢太太、玛特洛特和吉贝洛特，全都吓得变了样，一个呆若木鸡，一个喘着粗气，一个不再睡眼惺忪，她们待在台球房里，把旧布撕成包扎伤口的绷带。三名起义者帮她们一起做，他们留着长发，蓄着胡须和唇髭，性格快活热情，他们用洗衣妇般的手指头挑拣布条，吓得她们心惊肉跳。

库费拉克、孔布费尔和昂若拉曾在比埃特街的拐弯处，看见一个身材高大的人加入他们的队伍，此刻，那人正在参加构筑小街垒，卖力地干着活。加弗洛什在大街垒上忙个不停。至于那个上家里来找库费拉克，向他打听马里尤斯先生的青年，在推倒公共马车前不久就不知去向了。

加弗洛什就像生了翅膀，容光焕发，精神抖擞，主动承担鼓舞士气的工作。他一会儿去，一会儿来，一会儿上，一会儿下，叽叽喳喳，光彩夺目。他来这里，好像就是为给大家鼓劲儿。他有鼓劲的东西吗？当然有，那就是贫困；他有翅膀吗？当然有，那就是快乐。加弗洛什是一股旋风。人们不停地看见他的身影，听见他的声音。他充满了空间，因为他无所不在。这种无所不在，有点让人气恼；同他在一起，就不可能停下来。那硕大无朋的街垒，感到他就在自己的臀部。他打扰闲逛的人，激励懒惰的人，振奋疲劳的人，惹恼沉思的人，使一些人心中喜欢，另一些人喘不过气，还有些人恼羞成怒，让所有的人行动起来，在一个大学生身上戳一下，一个工人身上咬一口，落下来，停下来，又出发，在嘈杂和忙碌的人群头上飞过去，从这一群人跳到另一群人，叽叽咕咕，嗡嗡嘤嘤，骚扰着全体人马。他是革命大马车上的一只苍蝇。

他瘦小的胳膊不停地运动，弱小的肺部不停地呼喊：

“加油！还要石块！还要酒桶！还要那东西！哪里有啊？拿一筐石灰来，给我把这洞堵上。太小了，你们的街垒。得加高。把所有的东西都搬上去，扔上去，放上去。把那房子拆了。一座街垒，就是吉布大妈家的茶水。喏，这里有扇玻璃门。”

干活的人惊讶得叫了起来。

“玻璃门？小土豆，你要我们拿一扇玻璃门来干什么？”

“你们这些大力士！”加弗洛什反击道，“街垒上有扇玻璃门，是非常有用的。虽不能阻止进攻，但也能增加点障碍。你们就没从插满玻璃渣的墙头翻过去偷过苹果吗？一扇玻璃门，可以把国民自卫军脚上的老茧割破，假如他们想爬上街垒的话。当然！玻璃是有危险的。嘿！同志们哪，你们太没有想象力啦！”

另外，加弗洛什因为自己的手枪没有击铁，非常气恼。他到处要枪：

“给我步枪！我想要步枪！为什么不给我支步枪？”

“给你步枪？”孔布费尔说。

“是啊！”加弗洛什反驳道，“为什么不？一八三〇年，同查理十世干架的时候，我就有过一支。”

昂若拉耸了耸肩。

“等大人们都有了，再给孩子们。”

加弗洛什骄傲地朝他转过脸，回答说：

“假如你死在我前头，我就拿你的。”

“野小子！”昂若拉说。

“毛头小伙子！”加弗洛什回敬道。

有个衣冠楚楚的人走错了路，在街那头闲逛，转移了加弗洛什的注意力。

他向那人大喊道：

“来和我们一起干吧，年轻人！怎么，你不为古老的祖国做些什么吗？”

那漂亮小伙子撒腿逃跑了。

五　准备工作

当时的报纸声称，尚弗里街的路障有一层楼高，是一座“不可攻克的建筑”。这样说并不正确。事实上，它的平均高度不超过六七尺。这个街垒建好后，战士们能随意行动，可以躲在后面，可以把脑袋探出街垒，甚至街垒里头有一道用石块砌成的四级台阶，可以从那里爬出去。街垒的正面，由石块和酒桶垒成，中间由木梁和木板连起来，木梁和木板杂乱无章地堆在石灰商的平板车和翻倒的公共马车的轮子之间，外观石块耸立，犬牙交错。在小酒店对面的房屋和这街垒之间，留了可供一人通行的豁口，可以从这里进出。公共马车的辕木竖在那里，用绳子绑住，一面红旗固定在车辕上，在街垒上飘扬。

蒙代图尔街的小路障，隐蔽在科林斯酒店后面。两个街垒合在一起，构成了名副其实的堡垒。昂若拉和库费拉克认为，没有必要堵住蒙代图尔街的另一头，从那里，经过布道兄弟会修士街，可以去中央菜市场，大概想保留一条同外面联系的通道。再说，布道兄弟会修士街是个小巷子，危机四伏，难以通过，敌人不大可能从这里进攻。

这个未设路障的通道，福拉尔[①]在他的兵法书中可能会称作交通壕。如果不考虑这个通道和尚弗里街的那个豁口，这座街垒的内部，呈现出四面封闭的不规则四边形，而酒店则构成这四边形的一个突角。大街垒同最靠里的那排高楼只相距二十来步，可以说背靠着这些房子，房子里都住着人，但从上到下门窗紧闭。

不到一小时，街垒顺利筑成，而这伙胆大包天的人未见一顶毛皮高帽和一把刺刀出现。在这暴动时刻，偶尔也有资产者冒险走到圣德尼街，朝尚弗里街望一眼，看见街垒，便加快步伐走了。

筑完街垒，插上红旗，有人从小酒店里拖出一张桌子，库费拉克爬

---

① 福拉尔（1669—1752），法国军事学家，著有多部有关战争战略的作品。

到桌子上。昂若拉搬来方箱子，库费拉克把它打开。箱子里装满了子弹。大家看见子弹，最勇敢的人也打了个颤，顿时鸦雀无声。库费拉克笑眯眯地把子弹发给大家。

每人发到三十颗子弹。许多人有火药，便用熔化的弹壳又做了些子弹。至于那桶火药，则放在大门旁的一张桌子上，留作备用。

军队集合的鼓号声连续不断，响彻巴黎，最后成了一种单调的声响，没有人再注意了。这鼓声时远时近，此起彼伏，好不凄凉。

他们给步枪和卡宾枪装上子弹，大家齐心协力，不慌不忙，神态庄严。昂若拉在街垒外面部署了三个岗哨，一个在尚弗里街，第二个在布道兄弟会修士街，第三个在小丐帮街的拐角处。

街垒建成了，岗位设好了，子弹上膛了，岗哨派出去了，于是，他们等待战斗时刻的到来。那几条街让人望而生畏，已不再有行人，就他们还待在那里，周围的房屋寂静无声，毫无生命的迹象，天色越来越暗，这黑暗和寂静有一种难以描绘的凄凉和可怕，他们感到什么东西在向他们逼来，他们孤立无援，他们全副武装，他们坚定而平静地等待着。

六　等待

在等待的时候，他们做些什么？

我们要说一说，因为这是历史。

当男人们做子弹，女人们做绷带的时候，当一口大锅装满熔化了的准备注入子弹头模子的锡和铅，还在一炉烈火上冒热气的时候，当哨兵拿着武器，为街垒站岗放哨的时候，当昂若拉心事重重，巡视各处岗哨的时候，孔布费尔、库费拉克、让·普鲁韦、弗伊、博絮埃、若利、巴奥雷，还有另外几个人，互相找到一起，聚集在已变成掩蔽所的酒店的一个角落里，离他们的街垒只有两步远，将装了子弹的卡宾枪靠在椅背上，这些英俊漂亮的青年，不顾最后时刻迫在眉睫，仍像太平日子里大学生聊天那样，开始吟咏爱情诗：

是什么爱情诗呢？请看：

你可记得我们甜美的生活？
那时我俩多么年轻，
心中没有别的奢望，
只想衣着漂亮，卿卿我我！

那时你的年龄我的年龄，
加在一起还不足四十岁，
在我们简陋的小家里，
即使寒冬也春意融融。

日子多美！马尼埃骄傲又明智，
帕里斯坐在神圣的宴席上，
富瓦放出惊雷，而你的胸衣上
有枚饰针轻轻扎了我一下。

大家凝望你，我这个无人
问津的律师，当我带你到
普拉多去吃饭，你美艳夺目，
连玫瑰花也禁不住扭头望你。

我听见它们说：她多么美丽！
她香气扑鼻！头发卷似波涛！
在短斗篷下，藏着一副翅膀；
迷人的帽子，恰似蓓蕾初开。

我挽着你柔臂徜徉于街头，
看见我们这对幸福的情侣，

行人们以为爱神受到了迷惑，
将明媚四月嫁给了艳丽五月。

我们闭门不出我们心花怒放，
贪尝甜蜜的禁果爱情的滋味，
我还没开口说话，
你的心已做回答。

索邦大学充满田园诗意，
我崇拜你从天黑到天明。
就这样啊，一颗热恋的心，
将爱情国地图贴在拉丁区。

啊莫贝广场！啊太子妃广场！
你在我们春意盎然的陋室里，
将长袜穿在你纤细的玉腿上，
我望见陋室里升起一颗星星。

我读遍柏拉图，什么也没记住。
你送我一朵花，向我显示
上苍的慈爱，马勒伯朗士
和拉梅尼，与你相比望尘莫及。

我对你百依百顺，你对我言听计从。
呵，金光灿烂的陋室！我给你系
胸衣的带子，清晨我见你身穿睡衣
走来走去，旧镜中映出你的玉容！

晨曦，星空，饰带，鲜花，

绉纱，绫罗，这好景良辰，
怎能忘啊？坠入爱河的人
喁喁私语动人心弦的情话！

我们的花园开满了郁金香，
你用一条衬裙遮住玻璃窗；
我拿起一只白瓷碗，
我给你一只日本杯。

还有可发一噱的大灾难！
你烧了手笼丢失了围巾，
一天为了有钱吃晚饭，
卖掉了珍爱的沙翁①像！

我是乞丐，你是施主，
我偷吻你圆润的玉臂。
但丁的书给我们当桌子，
愉快地分享一百个栗子。

在我充满快乐的陋室里，
初次亲吻你灼热的嘴唇，
你走时头发散乱面红耳赤，
我面色苍白，开始信上帝！

你一定记得我们无穷的幸福，
和变成了破布的头巾！

① 指莎士比亚。

呵！多少叹息，从我们无限
阴郁的心里飞向穹苍！

这样的时刻，这样的环境，这些对青年时代的追忆，空中初现的星辰，荒凉阴森的街巷，正在酝酿的不可避免且迫在眉睫的骚乱，这一切给让·普鲁韦在暮色中低吟的诗句，平添了一种哀婉动人的魅力。我们说过，让·普鲁韦是个温柔多情的诗人。

这时，小街垒点起一盏灯笼，大街垒点燃一支蜡火把。我们知道，这些火把是从圣安托万郊区弄来的；每年封斋期前的星期二，马车送戴面具的人去库尔蒂伊狂欢，前头举着的就是这种火把。

为了避风，火把放在三面用石块围起来的笼子里，光线正好集中照射在红旗上。街道和街垒漆黑一团，只看见那面红旗，像是被一盏巨型暗灯照得通亮。

这灯光给红色的旗帜，平添了一种难以描绘的令人毛骨悚然的紫红色。

七　在比埃特街加入队伍的人

天完全黑了，什么也没发生。只隐约听见喧嚣声，有时，远处传来零星的枪声。这暂缓状态延续下去，说明政府在从容地调集部队。这五十个人在等待六万人。

昂若拉急不可耐，正如硬汉子在可怕的事发生前感到的那样。他去找加弗洛什。加弗洛什在楼下厅里幽暗的光线下做子弹；桌上撒满火药，怕引起火灾，两支蜡烛搁在柜台上。烛光一点也泄漏不到外面。起义者还特别当心，不在楼上点灯。

加弗洛什此刻心事重重，但不是因为子弹。在比埃尔街加入队伍的那个人，刚才走进楼下厅里，坐到最暗的桌子上。他拿到一支大步枪，他把步枪夹在两腿中间。在这之前，加弗洛什被许多“有趣”的事分心，一直没看见这个人。

那人进来后，加弗洛什下意识地抬头望他，对他的步枪不胜羡慕。那人坐下后，流浪儿蓦地站起来。如若有人一直在监视这个人，就会发现，他曾特别专心地观察过街垒和起义者。可是，当他进入大厅后，似乎陷入了沉思，对周围的事视若不见。流浪儿走近这沉思的人，踮起足尖围着他转了几圈，好像怕惊醒他似的。同时，在他既厚颜又严肃，既轻率又深沉，既快活又悲惨的幼稚的脸上，出现了老年人的各种表情，好像在说：——唔！——不可能！——我眼花了吧！——我在做梦吧！——他难道是……？——不，不是！——就是！——不是！等等，等等。加弗洛什脚跟着地，晃动身子，将两只手放在衣兜里握成拳头，像小鸟似的摆动脑袋，集中了下嘴唇的全部智慧，做了一个特大的撇嘴动作。他惊愕不已，犹豫不定，不敢确信，最后深信不疑，扬扬得意。他那时的神态，就像太监总管在奴隶市场的一堆胖女人中发现了一个维纳斯，也像字画收藏家在一堆破画中发现了一幅拉斐尔的真迹。他身上的一切，他的嗅觉本能，他的组织才能，都在紧张地工作。显然，加弗洛什有什么大心事。

昂若拉来找他时，正是他苦苦思索的时候。

“你个儿小，”昂若拉说，“不会被发现。到街垒外面去走一趟，悄悄沿着墙根走，到各条街上去看看，回来把情况告诉我。”

加弗洛什挺直身子。

“孩子也派上用场了！好极了！我这就去。眼下，请您相信孩子，不要相信大人……”

加弗洛什抬起头，压低嗓门，指着比埃特街的那个人，又说：

“您看见那个大人了吗？”

“怎么？”

“是个密探。”

“你能肯定？”

“大约半个月前，我在国王桥的石栏上乘凉，他揪住我耳朵，把我从上面拖了下来。”

昂若拉赶紧离开孩子，对身旁一个酒码头工人悄声说了几句话。那工人出去一会儿，带着三个人回来了。这四个挑夫，四个彪形大汉，去坐到那人坐着的桌子后面，丝毫也没惊动他。他们随时准备扑到他身上。

这时，昂若拉走到那人身边，问他道：

“您是谁？”

听到这突如其来的问话，那人吓得一激灵。他将目光直插昂若拉坦诚的眸子深处，似乎洞察了他的想法。他以最轻蔑、最有力、最坚决的笑容微笑着，傲慢而严肃地说：

“我知道您想问什么了……是的！”

“您是密探？”

“我是政府官员。”

“您叫什么？”

“雅韦尔。”

昂若拉向那四人递了个眼色。转眼间，雅韦尔还没来得及回头，就被抓住领子，按倒在地，捆了起来，并且被搜了身。

从他身上搜到一张小小圆圆的证件，贴在两片玻璃中间，一面刻着法兰西纹章及“监视和警惕”的铭文，另一面写着：雅韦尔，警探，五十二岁，还有当时巴黎警察局长M. 吉斯盖的签名。

此外，还有一只怀表和一个钱包，内有几枚金币。表和钱包都没拿走。他们又在放怀表的兜里摸了摸，摸到一张信封，内有一张字条。昂若拉打开字条，上面有巴黎警察局长亲笔写的几行字：

“政治任务完成后，雅韦尔警员立即执行特殊的监视任务，前往塞纳河右岸耶拿桥附近的河滩上，查明是否确有歹徒滋事。”

搜完身，他们把雅韦尔拉起来，将他反绑在大厅中央那根有名的柱子上。当年这酒店的名字，就得自于这根柱子。

加弗洛什目睹整个过程，默默点头表示赞许，走到雅韦尔跟前，对他说：

“耗子逮住猫了。”

这事干得很利落，等酒店周围的人发现时，一切都已结束。雅韦尔一声也没喊叫。

看见雅韦尔绑在柱子上，库费拉克、博絮埃、若利、孔布费尔，以及分散在两个街垒里的人，都跑了过来。

雅韦尔背靠柱子，身上的绳子缠了又缠，动也动不了。他昂着头，就像从没撒过谎的人，神态安详而无畏。

“他是密探。”昂若拉说。

然后转向雅韦尔：

“街垒攻克前两分钟枪毙您。”

雅韦尔急躁地反驳道：

“为什么不立即动手？”

“为了节省弹药。”

“那就给我一刀。”

“密探，”漂亮的昂若拉说，“我们是法官，不是凶手。”

说完，他招呼加弗洛什：

“你哪！快去干你的事！按我说的去做。”

“这就去。”加弗洛什喊道。

他正要走，又站住了：

“对了，把他的步枪给我吧！”

接着又说：“我把乐师留给您，但我要那根单簧管。”

流浪儿行了个军礼，高高兴兴地从大街垒的豁口出去了。

八　关于一个可能是化名的勒卡比克的几个疑点

加弗洛什走后，差不多马上就发生了一件凶残而壮丽的事件；如果对这事略去不谈，我们所描绘的悲壮画面就会不完整，读者对于社会和革命在分娩时要经历多少阵痛、付出多少努力的伟大时刻，就不会有准确和真实的立体感。

大家知道，骚乱的队伍就像滚雪球，将各种喧闹的人汇集在一起。

他们彼此不问各自的来历。昂若拉、孔布费尔和库费拉克率领的队伍，也汇入了不少行人，其中有个穿挑夫衣服、双肩已磨破的人，他正在手舞足蹈，大骂大叫，看上去像个野蛮的酒鬼。此人名叫或外号叫勒卡比克，那些自称认识他的人，其实根本不认识他。他和另外几个人从酒店搬出一张桌子，坐在那里已是喝得酩酊大醉，或佯装酩酊大醉。这个勒卡比克，一面向同他对饮的人劝酒，一面似乎若有所思，注意观察街垒背后那幢俯视整条尚弗里街，与圣德尼街遥遥相望的六层楼房。突然，他惊叫道：

“朋友们，知道吗？应该从这座房子里向外开枪。假如我们守住那些窗口，谁也别想在街上走动。”

“对，可门关着进不去呀。”其中一个喝酒的人说。

“去敲门！”

“不会开门的。”

“那就砸门！”

勒卡比克跑到门口，大门上有个笨重的门环，他敲了敲。门没打开。他又敲了敲。没人开门。他敲了第三下。仍然没有声音。

“有人吗？”勒卡比克喊道。

没有动静。

于是，他抓起一支步枪，开始用枪托砸门。这是扇古老的拱形甬道门，又矮又窄，全是橡木的，用铁件加固，里面包了铁片，真是固若金汤。枪托敲上去，房屋都震动，那门却岿然不动。

然而，楼里的居民可能害怕了，因为四楼一扇小方窗终于亮起了灯光，窗子打开，一支蜡烛和一个头发花白、惊慌失措、目瞪口呆的老头出现在窗口。那是门房。

砸门的人停下来。

“先生们，”门房问，“有什么事？”

“开门！”勒卡比克说。

“先生们，这可不行。”

“一定得开。”

看见雅韦尔绑在柱子上，库费拉克、博絮埃、若利、孔布费尔，以及分散在两个街垒里的人，都跑了过来。（P1059）

"不行，先生们！"

勒卡比克拿起步枪，瞄准门房。可是，他站在下面，天又很黑，门房根本看不见他。

"开不开？"

"不开，先生们！"

"你说不开？"

"我说不开，我的好……"

门房还没说完，枪声便响了。子弹从他下巴底下进去，穿过喉部，从颈背飞出。老头没哼一声便倒下了。蜡烛掉在地上熄灭了，只见一个脑袋一动不动地耷拉在窗沿上，一缕淡淡的白烟升向屋顶。

"解决了！"勒卡比克说道，枪托重新落到地上。

他话音刚落，就觉得一只手像鹰爪似的，重重落在他的肩头，并且听见有人对他说：

"跪下！"

那杀人凶手回过头来，昂若拉惨白冷峻的面孔出现在他面前。昂若拉手里有支手枪。

听到枪声，他就跑来了。他左手揪住勒卡比克的衣领、上衣、衬衣和背带。

"跪下！"他又说了一遍。

这个二十岁的弱不禁风的年轻人一使劲儿，便威风凛凛地将矮壮结实的挑夫像折芦苇似的弯成两截，跪倒在地。勒卡比克试图反抗，但仿佛被一只超人的巨掌攫住了。

昂若拉面容惨白，衣领敞开，头发散乱，加上一张女性的脸，此时此刻，真像是古代的忒弥斯[①]。他鼓着鼻翼，垂着眼睛，这使他铁面无私的富有希腊人特点的脸上，出现了愤怒和圣洁的表情，从古代的观点看，很适合主持公正。

街垒里的人全跑来了，远远地围成半圈，面对即将发生的事，感到

① 忒弥斯是希腊神话中执掌法律和正义的女神。

一句话也说不出来。

勒卡比克被彻底制服，不再挣扎，吓得浑身颤抖。昂若拉松开手，掏出怀表。

“静静心吧。”他说，“祈祷也好，默想也好。给你一分钟。”

“饶命！”凶手咕哝道，然后低下头，含糊不清地诅咒了几声。

昂若拉目不转睛地看着表。等一分钟过去，他又把表放回兜里。然后，他抓住勒卡比克的头发，将枪口对准他的耳朵。勒卡比克缩成一团，大吼大叫。这些无所畏惧的人，都是十分平静地投入这场最可怖的冒险的，此刻许多人都别过脑袋不敢目睹。

砰的一声，那凶手一头栽倒在地上，昂若拉站起来，自信严肃的目光环视四周。

然后，他用脚踢了踢尸体，说道：

“把这扔出去。”

三个男人抬起还在最后抽搐的恶棍，从小街垒上面扔到蒙代图尔街上。

昂若拉若有所思。一种壮丽无比的忧郁，渐渐笼罩在他令人生畏的镇静上面。突然，他大声说话了。全场顿时鸦雀无声。

“公民们，”昂若拉说，“那人做的事，是可怕的，我做的事，是可憎的。他开枪杀了人，因此，我把他杀了。我不得不这样做，因为起义是有纪律的。在这里杀人，比在其他地方罪过更大；我们受革命的监督，我们是共和的神甫，为责任献身的圣体，不应留下话柄，让人诽谤我们的战斗。因此，我审判并处死了这个人。至于我，我被迫做了这件事，我深恶痛绝，我对我自己也进行了审判，待会儿你们会看到我给自己定了什么罪。”

听众打了个哆嗦。

“我们和你共命运。”孔布费尔喊道。

“好吧。”昂若拉又说，“我再说几句。在处决这个人时，我服从了需要；但需要这东西，是旧世界的一头妖怪；需要又叫命运。然而，进步的法则是，妖怪在天使面前消失，命运在博爱面前消逝。现在不是谈论爱的时候。管它呢，我要谈爱，我要颂扬爱。爱，你拥有未来。死，我利用你，但我憎恨你。公民们，在未来的社会，没有黑暗，没有霹雳，没有残忍的愚昧，没有血腥的报复。既然不再有撒旦，也就不再有天使。未来不会再有杀戮，大地阳光灿烂，人类充满爱心。公民们，总有一天，到处会充满和谐、融洽、光明、欢乐和生机。这一天一定会到来。就是为了这一天早日到来，我们将战死疆场。”

昂若拉停住话头。他那童贞的嘴唇合上了。他泥塑木雕般地在他杀人的地方站了一会儿。他两眼发呆，引得周围人低声议论。

让·普鲁韦和孔布费尔默默地手握着手，肩并肩地站在街垒的角落里，怀着深深的同情和敬意，凝视这个正直的，既是刽子手，又是祭司，似水晶般光亮、岩石般坚硬的青年。

这里，我们要讲一件事：后来，整个事件结束后，尸体送到陈尸所，进行了检查，从勒卡比克身上搜出一张警察证件。一八四八年，本书作者手里掌握了一份有关这件案子的调查报告，是写给一八三二年的巴黎警察局长的。

还要说的是，如果相信警方一则离奇的，但也许是有根据的传说，勒卡比克就是克拉克苏。事实上，勒卡比克死后，就再没人见过克拉克苏。克拉克苏失踪没留下任何痕迹，他仿佛融入看不见的世界了。他活着时被黑暗包围，死时被黑夜笼罩。

这件惨案的预审和结束迅雷不及掩耳，起义者们都还沉浸在激动之中，这时，库费拉克看见上午去他家打听马里尤斯消息的小伙子出现在街垒里。

这个无所畏惧、无所忧虑的小伙子，夜里来投奔起义者了。

第十三卷　马里尤斯走进黑暗

一　从普吕梅街到圣德尼区

在暮色中喊马里尤斯去尚弗里街街垒的声音，在他听来，像是命运的召唤。他正想死，机会便来了；他敲坟墓的门，冥冥之中，便有只手向他递来了钥匙。人在绝望时，黑暗中突然出现一条阴森的出路，那是极具诱惑力的。马里尤斯扳开无数次让他进出的铁条，走出花园，说了声："去吧！"

他痛不欲生，脑海里一片混乱。两个月来，他一直陶醉于青春和爱情中，无法再接受任何别的命运，被绝望的种种妄想所压垮，此刻他只有一个愿望：赶快了结自己。他迈开大步前进。他身上恰好带着武器，是雅韦尔的两支手枪。

他以为看见的那个青年，到了街上，就不见了。

马里尤斯出了普吕梅街，走上林荫大道，穿过残老军人院前面的广场和大桥、香榭丽舍大街、路易十五广场，来到里沃利街。商店尚未关门，连拱廊下点着煤气灯，妇女们在店铺里买东西，有人在莱泰咖啡馆里吃冰淇淋，在英式糕点铺里吃小点心。只有几辆邮车从王子旅馆和默里斯旅馆飞速出发。

马里尤斯经由德洛姆巷，进入圣奥诺雷街。商店都已关门，店主们在虚掩着的门前聊天，行人来来往往，路灯已经点燃，各层楼的窗口和平时一样亮着灯光。王宫广场上有一些骑兵。

马里尤斯沿着圣奥诺雷街往前走。他离王宫越来越远，窗口的灯光越来越少；店铺门户紧闭，没有人在店门口聊天，他越往前走，街上越来越黑，人群却越来越密——现在行人已形成人群了。人群中不见有人在说话，却传出低沉的嗡嗡声。

在枯树街的喷池旁，站着“几伙人”，黑乎乎的，有如流水中的石头，伫立在来来往往的行人中。

在普鲁韦街街口，人流停滞不动了。人们挤在一起，似石头般坚固、坚实、坚韧、密集，几乎水泄不通。他们低声交谈着。这里穿丧服、戴圆帽的人很少。大都穿罩衫或工作服，戴鸭舌帽，蓬头垢面。这杂乱的人群，在暮霭下似波浪起伏。他们的窃窃私语声，犹如树叶的沙沙抖动声。尽管都停在那里，却能听到脚踩泥浆的声音。在这密集人群的另一头，在鲁尔街、普鲁韦街，以及圣奥诺雷街的延伸部分，没有一扇窗户亮着灯光。那些街上，可见一溜溜路灯，孤孤单单，越往前越少。那时候的路灯，宛若巨大的红星吊在绳子上，投到街上的影子，好似大蜘蛛。那些街上是有人的。可以看见一堆堆架着的步枪，看到刺刀在晃动，士兵在露营。没有一个好奇的人敢越过这个界限。那里交通中止，人群止步，那是军队的地盘。

马里尤斯不再有什么企望，因而无所畏惧。有人召唤他，他就得去。他设法穿过人群，穿过露营街头的部队，躲过巡逻队，避过岗哨。他绕道来到贝蒂齐街，朝中央菜市场走去。拐进波旁街，就没有路灯了。

他穿过人群区后，便越过部队区的边界，就置身于一种可怕的环境中。不见一个行人，不见一个士兵，不见一点灯光；一个人影也没有。孤独，寂静，漆黑；一股寒气袭来。走进一条街，恍若走进地窖。

他继续往前走。他走了几步。有人从他身边跑过。是一个男人？还是一个女人？或是好几个人？他说不清楚。那人过去了，消失了。

他转来转去，最后来到一个小巷里，他觉得是陶器厂街。快走到中段时，他碰到了什么障碍。他伸手摸了摸。是一辆翻倒了的运货马车。他的脚触到了一个个水坑、泥坑，一块块或一堆堆铺路石。那里有个半途而废的街垒。他跨过石堆，到了街垒的另一边。他沿着墙角石，摸着房屋的墙壁往前走。过街垒不远，看见前面有团白乎乎的东西。他走过去，看清楚是什么了。原来是两匹白马。正是上午博絮埃从公共马车上解下来的两匹马，在街上游荡了一天，最后流落到这里，虽已疲惫不堪，依然保持畜生的不急不躁，全然不懂人类的行动，正如人类不懂上帝的行动。

马里尤斯丢下马，继续往前走。他走进一条街，好像是社会契约街。忽然，他听见一声枪响，不知是从哪里射来的，子弹盲目穿越黑暗，从他身边呼啸而过，将他头顶上方一家理发店的招牌——剃胡子用的铜盘打了个窟窿。一八四六年，在社会契约街，在中央菜市场那排柱子的角上，仍可看见这个有窟窿的铜盘。

这记枪声，表明周围还有生命。这以后，他就再没有遇到什么。

这一路，他就像在从漆黑的楼梯往下走。

马里尤斯依然继续往前走。

二　鸟瞰巴黎

这时候，如果有人像蝙蝠或猫头鹰那样张开翅膀，在巴黎上空飞翔，就会看到一种凄凉的景象。

他会看到，这个古老的中央菜市场区，这个被圣德尼街和圣马丁街剖膛而过，小街窄巷纵横交错，被起义者变成堡垒和防地的城中之城，就好像是在巴黎市中心挖的一个黑咕隆咚的大窟窿。那里，他看到一个无底深渊。那里，路灯全部砸烂，窗户全都关闭，因此，没有任何灯光，任何生命，任何声音，任何动静。暴动好比无形的警察，监视着四面八方，维持着秩序，也就是维持着黑夜。起义不可或缺的战术，便是将数量很少的人融入茫茫黑暗中，借助黑暗，使一个战士变成几个战士。天黑后，凡有烛光的窗口，都挨了一颗子弹。烛光熄灭了，有时，居民也饮弹而亡。因此，谁也不敢发出动静。屋子里只有恐惧、悲哀和惊愕；

大街上笼罩着神圣的恐怖。就连一排排窗子、一层层楼房、参差不齐的烟囱和屋顶、在泥泞和潮湿街面上的朦胧反光，也都看不见了。从天空往下俯视这黑黢黢的一堆，这里，那里，每隔一段距离，可以看到一些模糊不清的亮光，显示出一些支离破碎、古里古怪的线条，一些奇形怪状的建筑物侧影，犹如在废墟中来回游移的微光：那里就是街垒。剩下的便是茫茫黑暗，迷雾沉沉，阴森凄凉，上面高耸着静止可怕的黑影，圣雅克塔楼、圣梅里教堂，还有两三座高大的建筑物，人使它们成为巨人，夜使它们成为幽灵。

在这荒凉而令人不安的迷宫周围，在那些交通尚未中断，仍有几盏路灯在闪烁的街区内，这位空中观察者，可以看到军刀和刺刀闪着银光，炮车辘辘滚动，部队默默集合，人数越来越多，在暴动地点周围，渐渐形成了一个可怕的包围圈。

被包围的街区，成了可怕的洞穴；里面，一切都已沉睡，或静止不动，正如我们所看到的，每一条可以去的街道，除了黑暗，什么也没有。

黑暗中充满了凶险，到处是陷阱，到处有未知的可怕的袭击。走进里面，会感到毛骨悚然，待在里面，会吓得魂不附体；进攻的人会在守卫的人面前颤抖，守卫的人会在进攻的人面前颤栗。每条街的角落里，埋伏着看不见的战士；幽深的夜幕，隐蔽着坟墓般的陷阱。一切都完了。那里，除了步枪的闪光，别指望能看到其他任何亮光；除了死神的突然来临，不会再遇到其他任何东西。在哪里遇见？怎样遇见？什么时候遇见？不得而知，但这是肯定的，不可避免的。在那里，在标明为战斗的地方，政府一方和起义一方，国民自卫军和群众团体，资产阶级和暴动分子，将摸索着互相靠近。双方都有同样的需要。要么战死，要么战胜，这是唯一可能有的结局。情况那样紧急，黑暗那样幽深，最胆小的人都感到决心已定，最大胆的人都感到胆战心惊。

此外，战斗双方都一样狂怒，一样顽强，一样坚定。对一方来说，前进便意味着死亡，但没有人想到后退；对另一方来说，坚守便意味着死亡，但没有一个人想到逃跑。

一切都必须在天明前结束，不管哪一方取得胜利，不管起义是一场革命，还是一次鲁莽行动。无论是政府，还是各派别，都明白这一点，连最普通的资产者也意识到了。因此，在这一切即将解决的地方，在这无法穿透的黑暗中，夹杂着一种焦虑不安的情绪；因此，在这即将发生一场灾难的死一般的寂静中，人们的惶恐情绪有增无减。这里，只听见一个声音，圣梅里教堂的警钟，如临终者的喘息，让人撕心裂肺，又似人的诅咒声，叫人心惊肉跳。那口钟，在黑暗中发出疯狂和绝望的哀鸣，没有比这更骇人的声音了。

正如常有的那样，大自然似乎赞同人要做的事。自然界与人类这种不幸的和谐，是什么也阻挡不了的。星星消失了；天边堆满了乌云，重重叠叠，阴阴沉沉。漆黑的天空笼罩这充满死亡的街巷，仿佛一块无边的裹尸布，盖在这无垠的坟墓上。

当一场还只限于政治的战斗，即将在这历经革命风暴的场所发生的时候，当为原则而斗争的年轻人、各秘密团体、各学校学生，同为自身利益而斗争的中产阶级彼此靠近，准备互相冲击、扭打、厮杀的时候，当在这不祥街区以外及远离这个街区的地方，在这被繁华幸福的巴黎淹没的老巴黎深不可测的密楼暗室里，每个人都在呼唤最后解决危机的时刻，并促使其尽快到来的时候，可以听见郁愤的人民在发出低沉的怒骂声。

这声音神圣而可怕，既有猛兽的咆哮，又有上帝的圣言，它使弱者受惊吓，智者得启示，既像人间的狮吼，又像天上的雷鸣。

三　边缘

马里尤斯到了中央菜市场。

这里比邻近的街道更宁静，更黑暗，更静止不动。坟墓中的寒气和宁静，似乎从地下钻了出来，弥漫在空中。

然而，一团红光，将圣厄斯塔什教堂那边，横在尚弗里街末端的那排高楼的屋脊，映照在黑暗的天空中。那是科林斯街垒里的火把发出的反光。马里尤斯朝红光走去。他被引到甜菜市场，隐约看见布道兄弟会修士街黑乎乎的街口。他走进这条街。起义者的哨兵守在另一头，没有发现他。他感到已靠近要寻找的东西，他踮起足尖往前走。他来到蒙代图尔街的拐角处，大家记得，这条短街，是昂若拉留作与外界联系的唯一通道。走到最后一座房子角上，他向左边探出脑袋，朝蒙代图尔街张望。

蒙代图尔街和尚弗里街的路口一片漆黑，马里尤斯被这黑暗紧紧裹住。前方稍远的地方，他看见路上有微弱的亮光，还看见酒店的一角，后面，一堵奇形怪状的墙里面，有盏油灯在眨眼，几个男人蹲在地上，步枪靠在膝上。这一切离他只有二十米。那是街垒的内部。

街右侧有房屋挡着，他看不见小酒店的其余部分，以及大街垒和那面红旗。

马里尤斯再跨一步就到了。这时，这个不幸的青年却坐到一块墙角石上，交叉双臂，思念起他的父亲来。

他想起了英勇的蓬梅西上校，他是个勇猛的士兵，共和时期，守卫过法兰西边境，皇帝时期，到过亚洲边境，他去过热那亚、亚历山大、米兰、都灵、马德里、维也纳、德累斯顿、柏林、莫斯科，在每一个战果辉煌的欧洲战场，他都抛洒过热血，那是和他马里尤斯血管里流的同样的血，他努力维护军纪，指挥军队打仗，未老就已白头，他束着武装带，戴着垂到胸口的肩章、被硝烟熏黑了的帽徽，让额头被钢盔压出了深痕，生活在木棚里，军营中，帐篷下，担架上，南征北战，二十年后回到故里，面颊上伤痕累累，脸上却泛着笑容，普普通通，心境恬静，可敬可佩，像孩子般纯洁，为法兰西尽了最大的努力，从没做过对不起祖国的事。

他思忖，现在轮到他了，报效祖国的时刻到了，他要像父亲那样勇敢、无畏、大胆，冒着子弹冲锋陷阵，挺起胸膛迎击刺刀，不怕流血，寻找敌人，寻找死亡，他也要去参加战争，奔赴战场，而他要奔赴的战场，是大街，他要参加的战争，是内战！

他看见内战像个深渊，在他面前张着大嘴，他就要跌进这深渊里。

他不禁打了个寒战。

他想起了他父亲的那把宝剑，被他外祖父卖给旧货商了，为此，他曾痛苦过，惋惜过。他思忖，那把英勇而圣洁的宝剑，不愿意落入他的手中，气恼地隐遁在黑暗中，这实在是明智的做法；它这样逃跑，是因为它很聪明，有先见之明，预感到会有暴动，会在路边水沟里打仗，在街头打仗，会从地窖的出气孔里开枪，从后面向人袭击，或在背后被人击中；它因为在马伦戈和弗里德兰打过仗，所以不愿来尚弗里街，因同他父亲一起战斗过，因此不愿和他儿子一起战斗！他想，假如这把剑此刻在这里，他在父亲临终前收下了这把剑，他现在敢于拿着它，来参加法国人的街头夜战，他肯定会觉得烫手，就像天使的宝剑，在他面前发出烈焰！他想，那把剑不在这里，已消失匿迹，他感到很高兴，觉得这样很好，这样是对的，他的外祖父真正捍卫了他父亲的荣誉，上校的这把剑，与其说今天拿来教祖国流血，不如被拍卖，卖给旧货商，扔进废铁堆里。

想着想着，他痛苦地哭泣起来。

这太可怕了。可怎么办呢？没有珂赛特，他是活不下去的。既然她走了，他就应该死。他不是对她发过誓要死的吗？她明明知道，还是走了，这就是说，她愿意马里尤斯死。再说，她既然这样走了，明明知道他的住址，却没有通知他，没留一句话，没留一封信，显然是不爱他了！这样活着有什么意思？为什么还要活着？再说，来都已经来了，怎么能后退！已经接近危险，却要临阵逃脱！已经看见了街垒，却要逃之夭夭！一面哆嗦着逃跑，一面还振振有词："事实上，我这样够了，我看见了，这就够了，这是打内战，我得走开！"抛弃等着他的朋友！他们也许需要他！他们人很少，却要对付一支军队！背弃一切：爱情，友谊，诺言！拿爱国主义为自己的胆怯作借口！这是万万不能的！假如他父亲的幽灵就在这黑暗中，看见他往后退，会用剑背抽打他的腰，大声吼他："上，胆小鬼！"

他思绪纷乱，低下了脑袋。

蓦然，他又抬起头。刚才，他的思路有了根本的矫正。人在坟墓旁，思想会膨胀；临死的人，能看到真实。他觉得，他可能要投身的那个行动所产生的幻象，不再那样凄惨，而是变得壮丽了。不知出于什么样的内心活动，街垒战在他思想的目光前，顿时改变了模样。他思绪中的种种疑问，汹汹涌回进他的脑海，但他却心静如水。他都一一做了回答。

瞧，他父亲怎么会气愤呢？难道起义就不能上升到神圣职责的高度？在这场正在进行的战斗中，有什么可以贬低蓬梅西上校儿子的身份呢？这不再是蒙米拉伊战役和尚波贝尔战役[①]，而是另一回事。这里要捍卫的不再是神圣的领土，而是神圣的思想。就算祖国会抱怨，但人类会欢呼。再说，祖国就一定会抱怨吗？法兰西会流血，但自由却会微笑。面对自由的微笑，法兰西会忘却创伤。再者，若从更高的角度来看，为什么要说这是内战呢？

内战？怎么说呢？难道有外战吗？人与人之间的战争，不都是兄弟间的战争吗？战争的性质，只取决于它的目的。既没有外战，也没有内战；只有非正义的战争和正义的战争。在人类尚未进入大同世界之前，战争可能是不可避免的，至少，未来反对过去的战争可能是必不可少的，未来急速地前进，过去却迟迟不退。这种战争有什么可谴责的？战争和剑，只有在扼杀权利、进步、理智、文明、真理的时候，才成为耻辱和匕首。那时，无论是内战还是外战，都是非正义的，都可以称作犯罪。除了正义这一神圣的东西外，一种形式的战争有什么权利蔑视另一种形式的战争？华盛顿的剑有什么权利否认卡米耶·德穆兰[②]的长矛？莱奥尼达斯[③]反抗外族侵略，提莫莱昂[④]反抗暴君统治，哪个更伟大？一个是保家卫国，另一个是解放民众。难道能不问青红皂白，凡是国内的武装斗争，就一概指责吗？那么布鲁图斯、马赛尔、阿尔努·德·布兰肯海姆、科利尼都可称作无耻之徒了。丛林战吗？街垒战吗？为什么不可以？这

---

① 蒙米拉伊和尚波贝尔为法国村镇。一八一四年，拿破仑在这里击败普俄联军，是以少胜多的典范。

② 德穆兰（1760—1794），法国政治家。

③ 莱奥尼达斯（?—前 480），斯巴达国王。

④ 提莫莱昂（约前 410—前 336），希腊政治家。参与除掉两个暴君，其中一个是他的兄长。

是昂比奥里克斯、阿特韦德、马尼克斯、佩拉日进行过的战争。可是，昂比奥里克斯是反抗罗马，阿特韦德是反抗法国，马尼克斯是反抗西班牙，佩拉日是反抗摩尔人；他们都是为反抗外族而战斗。要知道，君主制就是外族；剥削就是外族；神权也是外族。专制主义是侵犯精神边境，正如外族人入侵，是侵犯地理边境。不管是赶走暴君，还是赶走英国人，都是收复国土。有时候，光抗议是不够的；用过哲学之后，必须采取行动；思想开始的事业，由武力来完成；《被缚的普罗米修斯》作开场，阿里斯托吉通[①]作结尾；百科全书派启示心灵，八月十日[②]激励心灵。埃斯库罗斯之后，有色拉西布洛斯[③]；狄德罗之后，有丹东。芸芸众生有服从主子的倾向。他们人数众多，会麻木不仁。一群人在一起，很容易服从。必须摇动他们，推动他们，用他们自身解放的利益来鞭策他们，用真理的光芒来刺激他们的眼睛，将大把强烈的光辉投到他们身上。他们自己也应该让拯救自己的雷电猛击一下；这电光会将他们惊醒。因此，就需要警钟和战争。伟大的战士应该挺身而出，以大胆的行动启迪各国民族，使悲惨的人类从神权、武功、武力、宗教狂热、不负责任的政权和君主专制的黑暗统治下摆脱出来。这些芸芸众生浑浑噩噩，只顾留恋苍茫暮色，欣赏落日余晖！什么？你在说谁？你把路易-菲利普称为暴君？他不是！他不比路易十六更是暴君。他们两个是历史上通常称作好国王的人；但原则是不容分割的，真实的逻辑是条直线，真理的特点是不会阿其所好；因此决不能让步；对人的任何侵犯都应该制止；路易十六的身上有神权，路易-菲利普的身上有“波旁血统”；在一定程度上，他们二人都代表着对权利的侵犯；为了全面清除侵权行为，就应该同他们做斗争；必须这样，因为法国从来是开路先锋。法国的统治者垮台了，其他地方的统治者也会垮台。总之，恢复社会真相，恢复自由，使人民成为真正的人民，使人恢复主权，使法国重新戴上紫金冠，充分恢复理智和公正，

① 阿里斯托吉通是古雅典青年，刺杀暴君希帕尔克，后被处死。《被缚的普罗米修斯》是古雅典三大悲剧作家之一埃斯库罗斯的名著。

② 指一七九二年八月十日，巴黎公社成立后发动的一场革命，立法国民议会宣布中止国王的权力。

③ 色拉西布洛斯（？—前 388），雅典将领和民主派领袖，为恢复雅典的民主政治做出了贡献。

消灭形形色色的对立，使人人恢复自主，摧毁君主制对世界大同设置的障碍，使人类充分享受权利，还有比这更正确的事业吗？既然如此，还有比这更伟大的战争吗？这样的战争能创建和平。现在，世界上还矗立着由偏见、特权、迷信、谎言、敲诈、越权、暴力、不公正、愚昧等筑成的巨大堡垒，高耸着仇恨之塔。应该把这堡垒彻底摧毁。应该让这庞然大物土崩瓦解。在奥斯特里茨获胜，固然伟大，攻占巴士底狱，更加伟大。

谁都有过这样的体会：灵魂的奇妙之处，便是既具有单一性，又是无处不在，它有一种奇特的性能，即使陷入绝境，它也能保持冷静，从容思考。往往有这样的情况，在爱情遭挫，陷入深深绝望之中，灵魂一面能极其悲伤地进行剧烈的思想斗争，一面仍可以分析事理，探讨问题。逻辑和痛苦混杂在一起，三段论的思路连绵不断地飘荡在思想的狂风暴雨中。这正是马里尤斯当时的精神状态。

他这样冥思苦想，内心万分痛苦，但已下定决心，虽然仍有些犹豫，简言之，想到自己要做的事，不免有点胆寒，目光朝街垒东张西望。街垒里，起义者在低声交谈，没有人走动，这半沉寂的状态，使人感到已到了等待的最后时刻。马里尤斯依稀看见，在他们头顶上方，四楼的一个小窗口，站着一个旁观者，或曰目击者，他觉得那人在聚精会神地窥视什么。那是被勒卡比克杀死的看门人。借助围在石头中的火把的反光，从下朝上望去，只能模模糊糊地看见那人的脑袋。他脸色惨白，一动不动，露出惊讶的神色，头发蓬乱，眼睛睁着，目光呆滞，嘴巴张着，好奇地向街上探出脑袋，就像已死的人在注视将死的人。他的脑袋上流出的血，凝成长长的血迹，好似一条条红线，从四楼窗口挂下来，到二楼才止住。

第十四卷　绝望的壮举

一　红旗——第一幕

什么情况也没有。圣梅里教堂已敲过十点钟，昂若拉和孔布费尔拿着卡宾枪，已去坐到大街垒的豁口旁。他们不说话，只是侧耳细听，竭力听出最远处可能有的脚步声。

突然，在这阴森的岑寂中，响起了年轻、清脆、快乐的歌声，好像是从圣德尼街传来的，那人用《月光下》这首古老的民间小调，配上一首诗，清晰地唱着，末尾还像公鸡那样一声啼鸣：

我的鼻子在落泪。
我的朋友啊比若，
把你的宪兵借给我
我要同他们说句话。
母鸡[①]头戴圆筒帽，
身披蓝色军大衣，
已经来到了郊区！
喔喔——喔！

① 法语中，la poule 的意思是“母鸡”，俗语中有“警察”的意思。

他们握了握手。

“是加弗洛什。”昂若拉说。

“他在给我们报信。”孔布费尔说。

一阵急速的跑步声，惊扰了苍凉的大街，接着，一个比马戏团丑角还要敏捷的人，从翻倒的公共马车身上爬过来，加弗洛什跳进街垒，气喘吁吁地说道：

“我那支步枪呢！他们来了。”

一阵电击般的颤抖掠遍街垒。大家伸手去摸武器。

“你拿我的卡宾枪，怎么样？”昂若拉对孩子说。

“我要那支大步枪。”加弗洛什回答。

说完，他拿起了雅韦尔的那支步枪。

两名哨兵撤退下来，几乎和加弗洛什同时回到街垒。他们是在这条街的另一头及在小丐帮街上站岗的哨兵。兄弟布道会修士街上的哨兵仍在岗位上，说明大桥和中央菜市场那边没有情况。

尚弗里街在映照红旗的微弱火光反射下，只有几块铺路石依稀可见。在起义者看来，尚弗里街宛若开在蒙蒙烟雾中的黑洞洞的大门廊。

每个人都站到了自己的战斗岗位上。

昂若拉、孔布费尔、博絮埃、若利、巴奥雷和加弗洛什等四十三名起义者，跪在大街垒里，脑袋微微探出路障，枪管搁在街垒的石块上，就像放在碉堡的枪眼中，瞄准着前方，个个聚精会神，沉默不语，准备射击。另外六人，在弗伊的指挥下，分守在科林斯小酒店二楼和三楼的窗口，步枪瞄准着目标。

又过了些时候，接着，圣勒那边传来了整齐而沉重的脚步声，听上去有很多人。这声音起初很弱，渐渐清楚，后又变得沉重而响亮，慢慢靠近，没有停顿，没有中断，这种连续不断的声音，显得既平静，又可怕。除此以外，什么声音都没有。仿佛是骑士的石像[1]，沉默不语，却

---

① 隐射莫里哀的喜剧《唐璜》中的一个情节。唐璜杀死了一个骑士，又邀请他坟前的石像吃晚饭。那石像不说话，但发出可怕的脚步声。

发出可怕的脚步声；不过，这次，那石像的脚步声听上去既响亮，又众多，仿佛有千军万马，又好像是个幽灵。人们以为有支可怕的石像大军在行进。这声音向这边靠近；它继续靠近，最后停了下来。街口好像有许多人，听得见他们的呼吸声。但是什么也看不见，只看到在街的尽头，在浓厚的黑暗中，无数道细如银针、几乎看不见的金属光在晃动，就像快要睡着时，在迷迷糊糊的状态下，紧闭的眼前出现的难以描绘的一张张荧光网。这是在火把的微光照耀下，远处的刺刀和枪管发出的反光。

又是一阵沉寂，似乎双方都在等待。忽然，从黑暗深处，响起一声喊话，因为看不见人，这声音显得更加可怖，仿佛是黑暗本身在说话：

“谁？”

同时，传来了举枪的声音。

昂若拉高傲而响亮地回答：

“法兰西革命！”

“开枪！”那人下令道。

一道闪光，映红了街两旁的房屋，仿佛一个火炉开了一下门，旋即又合上。

巨大的爆炸声在街垒上空响起。红旗应声倒下。子弹射来极其猛烈，极其密集，将那根旗杆，也就是公共马车的辕杆顶端打断了。有些子弹从周围房屋的挑檐上反弹回来，钻入街垒，打伤了好几个人。

这第一次齐射使人毛骨悚然。攻势十分凌厉，就是无所畏惧的人也胆战心惊。显然，他们要对付的，至少是整整一个团。

“同志们，”库费拉克喊道，“不要浪费弹药。等他们到了这条街上再还击。”

“先得把红旗竖起来。”昂若拉说。

那红旗就落在他脚边，他捡了起来。

外面传来推子弹的声音；敌人又在装子弹了。昂若拉又说：

“这里谁有胆量？谁敢把这面旗重新插到街垒上？”

没有人应答。此刻，敌人也许又在瞄准街垒，爬上去，就等于送死。

再勇敢的人，也难下送死的决心。就是昂若拉也不寒而栗。他又说了一遍：

“没人愿意？”

二　红旗——第二幕

起义者来到科林斯小酒店。他们开始构筑街垒以来，就再没怎么注意马伯夫大爷。可马伯夫先生并没离开队伍。他进了酒店的楼下，坐在柜台后面。他可以说是万念俱灰。他似乎不看也不想。库费拉克和其他人两三次上前同他说话，告诉他很危险，要他避开，他却像是没听见。没有人同他说话时，他的嘴巴一张一合，好像在回答谁的问话；可有人同他说话时，他的嘴唇却闭上，眼睛好像失去了生命。从街垒遭进攻前几小时以来，他一直是同一个姿势，双手捏成拳头，放在膝上，脑袋前倾，好像在俯视深渊。不管发生什么，他都不改变姿势。他的思想似乎不在街垒里。各就各位后，楼下的大厅里只剩下雅韦尔、一名起义者和马伯夫；雅韦尔绑在木柱上，起义者手握军刀，监视着雅韦尔。敌人开始进攻时，听到枪声，他身体一震，像惊醒似的，霍地站起来，穿过大厅，当昂若拉第二次问“没人愿意”时，老头已出现在酒店门口。

他的出现，在起义队伍中引起了震动。有人高喊：

“是那个投票人！是那个国民公会代表！是那个人民代表！”

他大概没听见。

他径直朝昂若拉走去，起义者们敬畏地给他让路，他从惊得后退的昂若拉手中夺过红旗。这个八旬老人，摇晃着脑袋，迈着坚定的步伐，慢慢地爬上大街垒的那个石阶，竟没有人敢阻拦他，也没有人敢帮助他。这场面多么悲壮，多么伟大，他周围的人异口同声地高喊：“脱帽！”他每爬一级，都非常吓人；他那雪白的头发，衰老的面孔，爬满皱纹的光秃秃的宽额头，凹陷的眼睛，惊愕地张着的嘴巴，擎着红旗的枯臂，都从黑暗中显现出来，在火把血红的光亮中逐渐变大，仿佛是九三年的幽灵，高擎恐怖的旗帜，从地下徐徐升起。

当他爬上最后一级，当这颤抖着的可怕幽灵，面对一千二百个看不见的枪口，面对死亡，毫无惧色地屹立在铺路石堆成的街垒上，这时，整个街垒在黑暗中呈现出一种超自然的巨人形象。顿时鸦雀无声，只有奇迹出现时，才会这样寂静。

在这寂静中，老人挥动着红旗，高呼：

“革命万岁！共和国万岁！博爱！平等！死亡！”

从街垒里，听到一阵轻微而急促的声音，好似一个神甫在急急诵读祷告文。很可能在街的另一头，警长在催促他的部队。接着，那曾喝问过“谁？”的洪亮声音喊道：

“下去！”

马伯夫先生脸色惨白，神色凶悍，眼睛中闪动着失去理智的悲怆火焰，将红旗高举在头顶上，又一次高呼：

“共和国万岁！”

“开枪！”那人喊道。

第二次齐射，犹如炮弹轰击，落在街垒上。

老人一下跪倒，马上又站起来，红旗从他手中掉下，他自己仰天摔下，像块木板，直挺挺地躺在地上，双臂交叉在胸前。他身下血流成河。他那惨白忧伤的衰老面孔，好像在凝望苍穹。

起义者感到无限悲愤，甚至忘记了保护自己，惊恐而敬畏地走近尸体。

“这些投票赞成判处路易十六死刑的人，真是好样的！”昂若拉说。

库费拉克在昂若拉耳边悄悄地说：

“我只是对你说说，我不想给大家泼冷水。他根本不是投票人。他叫马伯夫大爷。我不知道他今天是怎么回事。但他是一个正直的傻瓜。好好看看他的脸。”

“傻瓜的脸，布鲁图斯的心。”昂若拉回答。

接着，他抬高嗓门吼道：

“公民们！老一辈给年轻人做出了榜样。我们犹豫时，他挺身而出！

我们后退时，他勇往直前！这就叫老得哆嗦的人教育怕得发抖的人。这位老前辈在祖国面前显示了威严。他活得很久，死得壮烈！现在，我们要掩护好他的遗体，就像掩护自己活着的父亲那样掩护这个已经死去的老人，但愿他在我们中间的存在，能使我们的街垒不被攻破！”

大家听完这番话，发出了低沉而有力的共鸣。

昂若拉弯下腰，托起老人的脑袋，神色凶野地吻了吻他的脑门，然后将他的双臂掰开，就像怕弄痛他似的，轻轻地小心地摆弄着，把他的外衣脱掉，让大家看血淋淋的枪洞，说道：

“现在，这就是我们的旗帜！”

三　加弗洛什不该拒绝昂若拉的卡宾枪

有人将于施卢寡妇的黑色长披巾盖在马伯夫大爷身上。六名壮士用他们的步枪，做成一副担架，将遗体放在上面，脱下帽子，庄严而缓慢地把他抬到楼下厅里，放在大桌子上。

这几个人全身心投入这庄严而神圣的事，竟忘掉了他们的危险处境。

遗体从始终泰然自若的雅韦尔身旁经过，昂若拉对这密探说：

“你！待会再收拾你。”

这期间，只有小加弗洛什一人没有离开岗位，仍在原地观察，他好像看见有人蹑手蹑脚地向街垒走来。他突然高喊：

“有情况！”

库费拉克、昂若拉、让·普鲁韦、孔布费尔、若利、巴奥雷、博絮埃等人，乱哄哄地冲出酒店。差点来不及。只见密密麻麻、闪闪烁烁的刺刀在街垒顶上晃动。几个高头大马的保安警察正在侵入街垒，有的从公共马车身上跨进来，有的从缺口里走进来，正在扑向流浪儿；加弗洛什直往后退，但不逃跑。

真是千钧一发之际。就像洪水即将泛滥，水已涨到堤岸，开始从缺口中漫出来，景象十分可怕。再有一秒钟，街垒就要被攻破。

巴奥雷扑向第一个进来的保安警察，用卡宾枪口顶住他胸膛，一枪结果了他。第二个保安警察一刺刀戳死了巴奥雷。另一个已把库费拉克打倒在地，库费拉克呼喊："快来救我！"一个个头最高的警察，一个庞然大物，端着刺刀，逼向加弗洛什。流浪儿的小胳膊拿起雅韦尔的大步枪，瞄准那巨人放了一枪。没有打响。雅韦尔没有给枪装子弹。那保安警察放声大笑，举起刺刀，刺向孩子。

那刺刀还没来得及刺中加弗洛什，步枪已从警察的手中掉下来，一颗子弹击中他的额头，他仰天倒在地上。第二颗子弹打中袭击库费拉克的那个警察的胸膛，将他打倒在地。

是马里尤斯，他刚进入街垒。

四　火药桶

马里尤斯一直躲在蒙代图尔街的拐角处，目击了战斗的第一阶段，却仍然犹犹豫豫，哆哆嗦嗦。但他无法抵御那神秘莫测、至高无上的诱惑，这种诱惑可以称作深渊的召唤。看到危险迫在眉睫，马伯夫先生谜一般的惨死，巴奥雷被杀，库费拉克呼救，加弗洛什受到威胁，他的朋友们需要援救或报仇，他所有的犹豫便烟消云散，于是手握两支手枪，冲进混战之中。第一枪救了加弗洛什，第二枪救了库费拉克。

当枪声响起，被子弹击中的保安警察大声嚎叫的时候，进攻者已爬上街垒，只见许多人端着步枪，半截身子矗立在街垒顶上，有保安警察、正规部队的士兵、郊区国民自卫军。他们已占据了三分之二的垒壁，但不往里面跳，似乎还在犹豫，怕有陷阱。他们注视着黑洞洞的街垒里面，就像注视着狮子的巢穴。火把的微光只照见敌人的刺刀、毛皮高帽和他们气恼不安的上半部脸。

马里尤斯扔掉两支空手枪，因而没有武器了，但他发现大厅门旁有只火药桶。

正当他侧过脸，向那边张望时，一个士兵举枪瞄准了他。那士兵正要射击，一只手伸过去，堵住了枪口。有人冲了过来，正是那个穿天鹅绒长裤的青年工人。子弹发出，穿过他的手心，也可能穿过了他的身体，因为他倒下了，但马里尤斯却没中弹。街垒里一片烟雾，这一切只是模模糊糊地显现的。

马里尤斯正在走进楼下厅堂，对发生的事几乎没有意识。不过，他还是隐隐约约看见了瞄准他的那个枪管，和堵住枪管的那只手，他也听见了枪声。但是，在这样的时刻，所见的事物，都是摇摇晃晃，匆匆而过，人们不会因此而停下来。人们朦胧感到在被推向更黑暗的地方，一切都模模糊糊。

起义者们又聚集起来，他们深感惊讶，却并不恐惧。昂若拉喊道："再等等！不要乱开枪！"的确，在最初的混乱中，他们可能会伤着自己人。大部分人都上了楼，守着二楼的窗口和顶楼，居高临下，监视着进攻的敌人。最坚定的人，同昂若拉、库费拉克、让·普鲁韦和孔布费尔一起，勇敢地背靠街尾那排房子，毫无掩护地迎击矗立在街垒上的一排排士兵和警察。

这一切，是在不急不忙中进行的，就像混战发生前那样，气氛肃穆，预示着危险临头。敌我双方都互相瞄准枪口，彼此离得很近，可以互相对话。正在这箭在弦上的时刻，一个佩颈甲和大肩章的军官，伸出佩剑，喊道：

"放下武器！"

"开枪！"昂若拉说。

两边的枪声同时爆发，硝烟淹没了一切。那是刺鼻而令人窒息的烟雾，伤员和奄奄一息的人低声呻吟，在烟雾中爬行。

硝烟消失后，只见双方战士变得稀疏了，但仍待在原地，默默地重新给枪装子弹。忽然，一个雷鸣般的声音吼道：

"快滚开，不然，我就炸掉街垒！"

大家都把脸转向发出声音的地方。

马里尤斯走进大厅，拿起火药桶，乘着街垒里硝烟弥漫，沿着街垒，溜到火把所在的石笼旁。他拔出火把，放到火药桶上，将火药桶下面的石块推开。火药桶极其顺从地往下一沉，瞬间就撞破了。这一切，对马里尤斯只是弯腰和起立的工夫。现在，国民自卫军、保安警察、部队官兵，全都蜷缩在街垒的另一端，目瞪口呆地看着他。他脚踩石头，手擎火把，骄傲的脸孔被与敌人同归于尽的决心照亮，他将火把伸向依稀可辨是破火药桶的那堆可怕的东西，令人惊心掉胆地喊道：

“快滚开，不然，我就炸掉街垒！”

继八旬老人之后，马里尤斯屹立在这街垒上，这是革命继往开来的形象。

“炸掉街垒！”一个警察说，“那你也会炸死的！”

马里尤斯说：

“我当然也炸死。”

说完，他将火把凑近火药桶。

可是，垒壁上的人都走光了。进攻者丢下死者和伤员，乱哄哄地拥回街的另一头，又一次隐没在黑夜中。一片狼狈溃逃的景象。

街垒得救了。

五　让·普鲁韦的绝唱

大家围住马里尤斯。库费拉克扑上去搂住他的脖子。

“你来了！”

“太好了！”孔布费尔说。

“你来得正是时候！”博絮埃说。

“没有你，我早死了！”库费拉克又说。

“没有您，我早给逮住了！”加弗洛什补充说。

马里尤斯问道：

“头头在哪里？”

“就是你。”昂若拉说。

整整一天，马里尤斯头脑里像有个火炉，现在刮起了一阵旋风。这旋风在他体内，他却觉得在他体外，正在把他卷走。他感到，他离生活已十分遥远。两个月充满欢乐和爱情的灿烂日子，突然通到这可怕的峭壁，珂赛特不知去向，面前是这个街垒，马伯夫为共和国捐躯，自己成了起义军的头头，这一切对他来说，简直是一场可怕的噩梦。他不得不集中心思，想一想周围的一切是不是真的。马里尤斯少不更事，不知道不可能的事，正是最紧迫的事；应该预料的事，正是难以预料的事。他在观看自己的戏，正如在观看一出看不明白的戏。

他神思恍惚，没有认出雅韦尔。雅韦尔绑在木柱上，街垒遭袭击时，他连头都没动一动，他以殉道者的顺从和法官的威严，注视着周围发生的暴动。马里尤斯甚至没看见他。

这时，进攻的敌人没再进攻，只听见他们在街的另一头乱走乱挤，不敢再冒险行动，也许在等候命令，或者在等待救兵，然后再向这个不可攻克的堡垒发起进攻。起义者部署了岗哨，有几个医科大学生，开始给伤员包扎伤口。

除了两张做绷带和子弹的桌子，以及一张安放马伯夫大爷遗体的桌子，其余的全都扔到酒店外面，用来加固街垒了。于施卢寡妇和两位女佣的床垫，被搬到楼下的大厅里，用来代替桌子。他们让伤员躺在床垫上。至于住在科林斯酒店里的三个可怜女人，没有人知道她们的情况。但后来发现，她们躲在地窖里。

大家正为街垒得救而高兴，不料，有件事使他们心如刀割。

起义者点了次名。缺了一个。是谁？一个最可亲、最英勇的人。让·普鲁韦。在伤员里寻找，没有找到。在死者中寻找，也没找到。显然，他被捕了。

孔布费尔对昂若拉说：

“他们抓走了我们的朋友，可我们有他们的密探。你一定要处死这个密探吗？”

“是的，”昂若拉回答，“但让·普鲁韦的生命更重要。”

他们是在楼下厅里绑着雅韦尔的木柱旁谈话的。

“那好，”孔布费尔又说，“我就在拐杖上绑条手绢，去和他们谈判，用他们的人去换我们的人。”

“你听。”昂若拉把手按住孔布费尔的胳膊，说道。

街的那一头，传来了意味深长的扳步枪的声音。

同时，他们听见一个男人高呼：

“法兰西万岁！未来万岁！”

他们听出是普鲁韦的声音。

火光一闪，枪声响了。

接着恢复了寂静。

“他们把他给杀了。”孔布费尔喊道。

昂若拉望着雅韦尔，对他说：

“刚才，你的朋友们把你枪毙了。”

六　生也痛苦，死也痛苦

这种战争有个独特之处，几乎总是从正面进攻街垒。攻者可能担心有埋伏，抑或害怕陷入扑朔迷离的街巷中，一般避免采用包抄战术。因此，起义者把注意力都集中在大街垒，显然，这里时刻受到威胁，也必定是再次争夺的地方。马里尤斯却想起了小街垒，便去那里了。小街垒里阒无一人，只有一个灯笼守卫着，在石头中间颤动。此外，蒙代图尔街，以及小丐帮街和天鹅街的交叉路口，也是一片岑寂。

马里尤斯巡视完毕，正想离开，忽听见黑暗中有人轻呼他的名字：

“马里尤斯先生！”

他打了个颤：他听出两小时前，隔着普吕梅街的铁栅栏门，呼喊他名字的也是这个声音。不过，现在这声音听上去弱得像喘息声。

他四下张望，一个人也没看见。马里尤斯以为听错了，他周围异乎寻常的现实互相冲突，因而产生了幻听。他迈前一步，准备离开小街垒所在的凹角。

“马里尤斯先生！”那声音又喊道。

这次，他听得清清楚楚，不能再怀疑了。他环顾四周，仍然什么也没看见。

“就在您的脚边。”那声音说。

他弯下腰，看见黑暗中有个东西向他爬来。它在地上艰难爬行。同他说话的正是它。

灯笼的微光照出一件工作服，一条已撕烂的粗绒长裤，一双赤脚，还有像是一摊血似的东西。马里尤斯依稀看见一张惨白的面孔，抬起来对他说：

“您不认识我了？”

“不认识。”

“埃波妮。”

马里尤斯赶紧俯下身子。果然是那个不幸的孩子。她穿着男人的衣服。

“您怎么会在这里的？您在这里干什么？”

“我快死了。”她对他说。

有些话，有些事，可以使绝望的人变得清醒。马里尤斯蓦地惊叫道：

“您受伤了？等一等，我把您抱到大厅去。让人给您包扎一下。严重不？怎样抱才不会弄疼您呢？伤在哪里？快来救人啊！上帝！您来这里干什么？”

他试着将胳膊放到她身下，把她抱起来。

在抱她的时候，碰到了她的手。

她轻轻叫了一声。

“我弄疼您了？”马里尤斯问。

“有点。”

“可我只碰了一下您的手呀。”

她抬起手让马里尤斯看，马里尤斯看见她手心里有个黑窟窿。

“您的手怎么啦？”他问。

“打穿了。”

“打穿了！”

“对。”

“被什么？”

“一颗子弹。”

“怎么？”

“您没看见一支步枪瞄准您吗？”

“看见啦，还看见有只手堵住了枪管。”

“是我的手。”

马里尤斯身子抽搐了一下。

“您太傻了！可怜的孩子！还好，如果只是手受伤，就不要紧了。让我把您抱到一张床上去。给您包扎一下，一只手穿了洞，是不会死的。”

她虚弱地说：

“子弹穿过手，却是从我背上出去的。没有必要把我从这里抱走。我来告诉您怎样给我包扎，肯定比外科医生包扎得好。坐到我身边的这块石头上。”

他照她说的做了。她把脑袋放到马里尤斯的膝盖上，眼睛看着别处道：

“呵！这样多好啊！这样多舒服！就这样！我不痛了。”

她沉默片刻，然后，费力地转过脸来，望着马里尤斯。

“知道吗，马里尤斯先生？您到那个花园里去，我好难过，我太傻了，是我指给您那座房子的。不过，我应该明白，像您这样的年轻人……”

她戛然停下，她心里肯定有许多伤心话要说，但她惨然一笑，改变话头说道：

“您觉得我丑，是不是？”

继而她又说：

“您瞧，您完了！现在，谁也走不出街垒了。是我把您引到这里的！您快要死了。这是我所希望的。可是，当我看见有人瞄准您时，我就用手堵住了枪管。这太可笑了！可我是想死在您前头。我挨了这一枪后，就爬到了这里，没有人看见我，没有人把我抬走。我在等着您，我说：他怎么还不来呀？呵！您要知道，我疼得咬我的衣服！现在我好了。您还记得吗？那天，我进了您的房间，我对着您的镜子照了又照。还有一天，我在林荫大道上遇见您，旁边有不少女工。鸟儿唱得多欢哪！就在不久前！您给我五法郎，我对您说：我不要您的钱。那枚钱您至少捡起来了吧？您不富裕。我忘了叫您把它捡起来。那天，阳光明媚，不感到冷。这些您还记得吗，马里尤斯先生？呵！我太高兴了！大家都要死了！”

她看上去像是失去了理智，却神情严肃，让人看了心里难过。她的工作服已撕裂，露出了胸脯。她说话时，用被子弹射穿的手捂住胸口的另一个伤口，那里，不时地流出一股鲜血，犹如拔掉木塞的桶口流出酒来。

马里尤斯怀着深深的同情，凝望这不幸的姑娘。

“呵！”她突然又说，“又来了。我堵得慌！”

她拽起衣服，用力咬住，她的腿僵直地伸在地面上。

这时，加弗洛什小公鸡般的嗓门在街垒里响了起来。孩子已爬到一张桌子上，在给他的枪装子弹，开心地唱着当时的一首流行歌曲：

看见拉法耶特，
宪兵连声高喊：
“快逃！快逃！快逃！”

埃波妮抬起身子，听了听，喃喃地说：

“是他。”

接着，他又转向马里尤斯：

“我弟弟在这里。不要让他看见我。他会骂我的。”

“您弟弟？”马里尤斯想起他父亲要他好好照顾泰纳迪埃一家的遗言，心里万分痛苦，问道，“您弟弟是谁？”

“那个孩子。”

“唱歌的那个？”

“对。”

马里尤斯欠了欠身子。

“呵！别走！”她说，“不用多久了！”

她差不多坐了起来，但她的声音极其微弱，不时被临终的呃声打断。

她说话时，常常停下来，嘶哑地喘喘气。她让自己的脸尽量靠近马里尤斯的脸，神情古怪地继续往下说：

“听我说。我不想作弄您。我衣兜里有您的信。昨晚，人家就嘱咐我把它投进邮筒里。我没有投出。我不愿您拿到信。可是，待会儿我们再见面时，您会埋怨我的。我们还会见面的，是不是？把信拿去吧。”

她用那只伤手，使劲抓住马里尤斯的手，但她似乎感觉不到痛苦了。她把马里尤斯的手拉进她的工作服兜里。马里尤斯果然感觉到有张纸。

“拿去吧。”她说。

马里尤斯拿了信。她心满意足地点了点头。

“现在，为了感谢我，答应我……”

她停住话头。

“答应什么？”马里尤斯问。

“答应我！”

“我答应您。”

“答应等我死了之后，在我的额头上吻一下。——我会感觉到的。”

她的脑袋又落到马里尤斯的膝盖上，眼睛也合上了。他以为这个可怜的姑娘已走了。埃波妮一动不动。就在马里尤斯以为她从此长眠不醒的时候，她却慢慢睁开眼，露出死亡时的幽深阴沉的神态，她用看似来自另一个世界的温柔语气对他说：

“听我说，马里尤斯先生，我想我是有点爱上您了。”

她又尽力笑了笑，便断气了。

七　加弗洛什计算距离深谋远虑

马里尤斯履行诺言，在她惨白的淌着冷汗的额头上吻了一下。这不是对珂赛特的背叛，而是向一个不幸人做深切而温情的告别。

他在埃波妮的兜里拿到那封信时，哆嗦了一下。他当即感到事关重大，急于打开看看。人心便是这样。可怜的孩子刚合上眼睛，马里尤斯就想看信。他把她轻轻放在地上，就走了。他有一种感觉，不能当着这遗体的面读这封信。

他走到楼下大厅的一支蜡烛旁。这封短笺折得仔细，封得也仔细，透着女性的雅致。地址出自女性的笔迹，写着：

“玻璃厂街十六号，库费拉克先生转马里尤斯·蓬梅西先生。”

他拆开信，读道：

“亲爱的，唉！我父亲要我们立即动身。今晚我们住在武夫街七号。一星期后，我们将去英国。珂赛特。六月四日。”

马里尤斯连珂赛特的笔迹都不认识，说明他们的爱情多么纯洁无瑕。

事情的经过，可以用几句话概括。一切都是埃波妮造成的。六月三日那天晚上，她看见马里尤斯进入花园，又见她父亲和那伙强盗要抢劫普吕梅街那户人家，便产生了两个念头，一是挫败他父亲和那伙强盗的计划，二是拆散马里尤斯和珂赛特。她遇见一个古怪的小伙子，同他交换了破衣服，那人觉得自己穿女人的衣服，而埃波妮打扮成男人挺好玩。是埃波妮在练兵场明确提醒让·瓦让快“搬家”的。让·瓦让回到家里，果然就对珂赛特说：“我们今晚上就动身，带着杜珊去武夫街。下星期就去伦敦。”珂赛特被这突如其来的决定吓呆了，便匆匆给马里尤斯写了两行字。可怎样把信送到邮局呢？她从不独自出门，可若叫杜珊去送，她一定会大惊小怪，会把信拿给福施勒旺先生看。珂赛特正焦急不安，却透过铁栅栏门，看见了女扮男装的埃波妮。近来，埃波妮常到花园周围转悠。珂赛特把这“青年工人”叫来，给他五法郎和这封信，对他说：“快把这封信按这个地址送去。”埃波妮将信揣进兜里。第二天，也就是六月五日，她到库费拉克家找马里尤斯，不是去交信，而是——所有嫉妒和恋爱的人都能理解——去“看看”。她在那里等马里尤斯，抑或至少等库费拉克——也还是为了看看。当库费拉克对她说“我们去街垒”时，她脑海里闪过一个念头。她想，反正都是死，不如去死在街垒里，同时把马里尤斯也推进去。她跟在库费拉克后面，弄清楚在哪里筑街垒。同时，她确信既已把信截住，马里尤斯无从得到消息，一定会像平时那样，天黑后就去普吕梅街同珂赛特相会，于是，她就去普吕梅街等马里尤斯，并以他朋友的名义，向他发出了召唤。她想，这一定会把他引到街垒的。她相信马里尤斯看不见珂赛特，肯定会绝望。她没猜错。她又回到尚弗里街。她在那里所做的事，刚才我们都看见了。她就像嫉妒的人那样，将自己心爱的人拖进死亡后，说声："谁也别想得到他！"便悲壮而快乐地死去了。

马里尤斯将珂赛特的信吻了又吻。她还爱他！他一度曾想自己不该去死了。可转念又想，她要走了。她父亲要带她去英国，而他外祖父又不同意他们结婚。他的命运毫无改变。像马里尤斯这种爱胡思乱想的人，有时会消沉到极点，从而做出极端的决定。活得太累，难以忍受，倒不如趁早死了更好。

于是，他想到还有两件事要做：一是把他死的消息告诉珂赛特，向她做最后的告别；二是将埃波妮的弟弟，泰纳迪埃的儿子，从迫在眉睫的灾难中救出来。

他身上有个活页夹。当初记下他对珂赛特多少缠绵情话的本子，就是用这活页夹的纸做成的。他从中撕了一页，用铅笔写了下面几行字：

"我们结婚无望。我向外祖父请求过，他拒绝了。我没有财产，你也一样。我去你家了，但没找到你。你知道我对你发的誓，我恪守诺言。我要死了。我爱你。你读这封信时，我的灵魂将会出现在你身边，向你发出微笑。"

没有信封，他只好把信纸一折为四，然后写上地址：

武夫街七号，福施勒旺先生转珂赛特小姐。

折好信，他沉思片刻，又拿出活页夹打开，用同一支铅笔，在首页写了几行字：

"我叫马里尤斯·蓬梅西。请把我的尸体送到沼泽区髑髅地修女街六号，我外祖父吉诺曼先生家里。"

他把活页夹放回外衣兜里，便大声呼喊加弗洛什。流浪儿听见马里尤斯喊他，跑了过来，脸上露着快乐和忠诚。

"你愿意为我做件事吗？"

"愿为您做任何事。"加弗洛什说，"上帝的上帝！没有您，说真的，我早就完了。”

“看见这封信了吗？”

“看见了。”

“拿着它。马上离开街垒（加弗洛什显出不安，搔起耳朵来），明天早晨，你照这个地址，把它交给珂赛特小姐。武夫街七号，福施勒旺先生家。”

英勇的孩子回答道：

“啊！可是，在这段时间里，人家会来攻打街垒，我就不在场了。”

“根据种种迹象，拂晓前，街垒不会再受攻击，明天中午前拿不下来。”

进攻者再次给予街垒的喘息时间果然在延长。这种间歇，在夜间的战斗中是常有的，而接下来的战斗会更激烈。

“好吧，”加弗洛什说，“那我明天早晨去送，怎么样？”

“那就太晚了，街垒很可能被封锁，所有的街都有人把守，你就出不去了。马上就去。”

加弗洛什找不出话反驳，但还在犹豫不决，发愁地搔着耳朵。蓦然，他像鸟儿那样一跳，抓过信来，说道：

“那好。”

说完，他就从蒙代图尔街跑出去了。

加弗洛什想出了个主意，这才下了决心，他怕马里尤斯反对，就没有说出来。

这个主意便是：

“现在刚到半夜，武夫街离这里不远，我马上把信送去，回来正好能赶上。”

第十五卷　武夫街

一　吸墨纸成了泄密纸

与心灵的骚动相比，一座城市的骚动算得了什么？人心比人民还要高深莫测。此时此刻，让·瓦让内心波涛汹涌。他身上所有的深渊又全都张开。他和巴黎一样在战栗，也正面临一场惊心动魄、凶吉莫测的革命。才几个小时。他的命运和意识突然笼罩了黑暗。他和巴黎一样，可以说，两个原则正在对峙。白天使和黑天使正在深渊的桥上互相扭打。究竟哪一个会把另一个推下去？谁会取得胜利？

六月五日这天的前夕，让·瓦让带着珂赛特和杜珊，住到了武夫街。一件意想不到的事在等待他。

珂赛特离开普吕梅街之前，曾试图反对过。从他们相依为命以来，珂赛特和让·瓦让的想法第一次出现分歧，即使不说是冲突，至少发生了矛盾。一个不愿搬，另一个坚持要搬。那位陌生人唐突地劝让·瓦让"搬家"，这使他惊慌不安，因而变得专横了。他以为有人发现了自己的踪迹，正在追捕自己。珂赛特只好让步。

他们到了武夫街，一路上两人沉默不语，各想各的心事。让·瓦让忧虑不安，没有注意到珂赛特的忧愁，珂赛特愁肠百结，也没有注意到让·瓦让的忧惧。

让·瓦让带走了杜珊。他以前离家从没这样过。他隐隐感到，可能回不了普吕梅街了，他既不能扔下她不管，也不能把秘密告诉她。此外，他感到她这人忠实可靠。仆人背叛主人，始自好奇。可杜珊从不好奇，似乎天生是给让·瓦让当女仆的。她说话结巴，一口巴纳维尔农妇的方言。她常说："我这样这样的。我做我的生活，剩下的不是我的活。(我就是这样。我干我的活，其余的不关我的事。)"

这次离开普吕梅街，就像是仓皇逃跑。除了那只散发着香气，被珂赛特称作"形影不离"的小手提箱外，让·瓦让什么都没带走。如果带走装满东西的箱子，就得雇人搬运，而这些人就成了见证人。他们把出租马车叫到巴比伦街的那个门口，乘车走了。

杜珊费了很大的劲儿，才获准包了一些衣服和洗梳用品带走。珂赛特只带了文具盒和吸墨纸。

为遮人耳目，让·瓦让故意等太阳落山后才离开普吕梅街，这样，珂赛特便有时间给马里尤斯写了那封信。他们到达武夫街时，天已全黑。他们便悄悄地睡觉了。

他们在武夫街的住房，位于后院的三楼，有两间卧室、一间餐室和一间与餐室相连的厨房，还有一间阁楼，放着一张帆布床，杜珊睡在那里。餐室也是会客室，位于两间卧室中间。屋里日用器具一应俱全。

人容易忧惧不安，也容易高枕无忧。这是人的本性所使然。让·瓦让一到武夫街，忧虑就减轻许多，最后渐渐消失了。有些地方好比是镇静剂，能使人不由自主地平静下来。武夫街光线幽暗，居民安详，让·瓦让身处老巴黎的这条小巷里，不知怎么，他也受到了这宁静气氛的感染。这条小巷不通马车，因为两旁各有一根木桩，中间横着一块厚木板。它地处闹市，却又聋又哑，太阳高挂，恰似暮色般昏暗，两旁矗立着老人般沉默不语的百年高楼，不可能有喜怒哀乐。在这条街上，有停滞不动的遗忘。在这里，让·瓦让呼吸畅快。在这里，谁也没有本事找到他。

他第一关心的，是把那"形影不离"的小提箱放在身旁。

他睡得很香。俗话说，黑夜带来主意，还可以加一句：黑夜带来平静。翌日清晨，他醒来时，可以说心情愉快。就连简陋无比的餐室，他也觉得很漂亮。有一张旧圆桌，一个矮碗橱，橱上放着一面倾斜的镜子，还有一张虫蛀的安乐椅，以及几张椅子，椅子上摆满了杜珊带来的包袱。其中一个包袱开了个缝，露出让·瓦让那件国民自卫军的制服。

至于珂赛特，她叫杜珊送了碗肉汤到她房里，傍晚才露面。

杜珊为这次小搬家，走来走去，忙得不亦乐乎。快到五点时，她在餐桌上摆了盘凉鸡。出于对父亲的尊敬，珂赛特才瞧了一眼那盘鸡。

这之后，珂赛特借口头痛难忍，同让·瓦让道了声晚安，便躲进卧室了。让·瓦让津津有味地吃了只鸡翅膀，然后，将胳膊支在桌子上，渐渐恢复了平静，也恢复了安全感。

他在吃这顿简单的晚餐时，两三次模模糊糊地听见杜珊结结巴巴地说："先生，外面有喧闹声，巴黎打起来了。"但他心事重重，根本没有注意。说实话，他根本没有听见。

他站起来，在窗和门之间来回踱步，心境越来越平静。

随着心情平静下来，他又想起了珂赛特，这是他唯一的牵挂。他倒不是担心珂赛特的偏头痛，这种神经上的小毛病，女孩子生气时便会有，就像过眼烟云，一两天就会好的。他是在考虑未来，同往常一样，他想到未来，心里就甜丝丝。

不管怎样，他看不出会有什么障碍，使他不能继续过幸福的生活。有些时候，一切都变得不可能，但其他时候，一切都唾手可得。让·瓦让就处在这种乐观阶段。通常，继悲观阶段之后，便会出现乐观阶段，正如黑夜过后是白天；这种黑白对照和交替出现的法则，是自然界的本质，而肤浅之辈则叫作反衬法。让·瓦让躲进这静谧安宁的小巷，便摆脱了近来一直困扰他的种种烦恼。正因为见过太多的黑暗，现在他开始望见了一点蓝天。这次能平安无事地离开普吕梅街，这已是顺利迈出了一大步。

离开故乡去伦敦，哪怕去待上几个月，也许是明智的做法。好吧，那就去吧。只要珂赛特在他身边，留在法国，或去英国，都一样。珂赛特便是他的国家。珂赛特一人就足以使他幸福。从前，他常想，光他自己，也许不足以使珂赛特幸福。这想法曾使他食不甘味，夜不成寐。可现在，他甚至想都不去想了。他从前的种种痛苦，都已烟消云散，现在心里充满了乐观。在他看来，珂赛特既在他身边，就是属于他的；这种错觉，任何人都经历过。他自己在心里盘算着和珂赛特一起去英国，而且顺顺当当。他在梦中展望未来，看见他的幸福是无往而不美好。

他在餐室里缓步来回走着，目光突然触及某个奇怪的东西。他从对面碗橱上倾斜的镜子里，清楚地看到了四行字：

“亲爱的，唉！我父亲要我们马上动身。今晚，我们住在武夫街七号。一星期后，我们将去英国。——珂赛特。六月四日。”

让·瓦让一下愣住了。

珂赛特到这里后，便把吸墨纸簿放在碗橱上的镜子前，她因为忧心如焚，忘记把它拿走，甚至没注意到它摊开着，正巧摊开在她昨天写信用的那一页。信已托路过普吕梅街的那位青年工人送去了，字迹却印在吸墨纸上。镜子又映出了字迹。

结果就产生了几何学上所谓的对称图像：吸墨纸上的倒字映在镜子里正了过来，让人看到的是正字。于是，让·瓦让便看到了珂赛特头天写给马里尤斯的信。这很简单，却使让·瓦让震惊不已。

让·瓦让走到镜子前。他又把那四行字读了一遍，却怎么也不相信是真的。他觉得，那几行字是在电光中闪现的。那是错觉。那是不可能的。那是不存在的。

他的视觉渐渐清晰。他看着珂赛特的吸墨纸，恢复了对现实事物的感觉。他拿起吸墨纸，说了句：“是这玩意儿。”他焦躁不安，将印在吸墨纸上的四行字看了又看，倒着的字迹使它们变成了离奇古怪的涂鸦，实在看不懂是什么意思。于是，他想：“这不是字，上面什么也没写。”他顿感如释重负，深深吸了口气。人处在可怕的时刻，谁不曾有过这种愚蠢的欣喜呢？幻想尚未全部破灭时，心灵是不会向绝望屈服的。

他手拿吸墨纸，看来又看去，傻乎乎地感到很高兴，觉得自己受了幻觉的愚弄，差点放声大笑。忽然，他目光又落到镜子上，又看到了幻象。那四行字出现在里面，清清楚楚，不容置疑。这次不再是海市蜃楼了。一种幻象反复出现，便是真实，是看得见摸得着的。字迹在镜子里正了过来。他明白了。

让·瓦让打了个趔趄，吸墨纸掉了下来。他瘫倒在碗橱旁的那张破安乐椅上，垂下脑袋，目光呆滞，茫然若失。他想，这是显而易见的事，世上的阳光永远消失了，肯定是珂赛特给某个人写的信。这时，他心里又翻江倒海起来。他听见他的灵魂在黑暗中低沉地咆哮。那就去狮笼把困着的爱犬夺回来吧！

奇怪而又令人伤心的是，此时此刻，马里尤斯还没拿到珂赛特的信。命运背信弃义，在马里尤斯拿到信之前，先教让·瓦让看到了。

让·瓦让从没被苦难击败过。他经历过多少严酷的考验，遭受过多少噩运的折磨！残酷无情的命运，以形形色色的社会制裁和偏见为武器，把他作为目标，穷凶极恶地向他扑来。他从没有后退和屈服。必要时，他接受过各种极端的暴行，牺牲过重新获得的人身不可侵犯性的权利，放弃过自由，冒过杀头的危险，丧失过一切，忍受过一切。他一直大公无私，清心寡欲，以至于有时候，他简直像个殉道者，从来不想自己。他的良知在噩运的万般折磨中千锤百炼，仿佛永远攻不破，打不垮。可是，假如有人此刻洞察他的心灵，就不得不看到，他的良知在减退。

这是因为，在命运对他的长期拷问中，他遭受过种种酷刑，而这一次的酷刑是最为可怕的。他从没经历过这样的钳刑。他觉得，他身上潜藏的所有感觉都在神秘地骚动。他感到一种从未有过的撕心裂肺的剧痛。唉！人生最严峻的考验，更确切地说，人生唯一的考验，是失去心爱的人。

当然，可怜的老让·瓦让，他对珂赛特的爱不过是父爱。但是，我们前面说过，他一生从没结过婚，他把各种各样的爱，带进了这种父爱中。他爱珂赛特，就像爱他的女儿，爱他的母亲，爱他的姐妹。而且，他从没有过情人和妻子，而人的天性是个债权人，从不接受拒付证书，因而在其他感情中，也掺杂着一种爱情，这是所有感情中最不会败诉的感情，朦朦胧胧，不知不觉，纯之又纯，盲目轻率，无意无识，美妙非凡，是天使的感情，神的感情。与其说是感情，不如说是本能，与其说是本能，不如说是魅力，不可感知，不可看见，但却真真实实。这种狭义的爱，蕴藏在他对珂赛特的无限柔情中，好比金矿脉蕴藏在深山中，深藏不露，未经开采。

请大家回忆一下这种心境，我们在前面谈到过。他们之间是不可能结合的，连灵魂的结合也不可能。然而，可以肯定，他们的命运已结合在一起了。在漫长的岁月中，除了珂赛特，也就是说，除了一个孩子，让·瓦让从没有过可以爱的人。大凡过了五十岁的男人，已从激情转变为爱情，正如越冬的树叶从嫩绿转成了暗绿，可是，让·瓦让从没经历过这种转变。总之，而且我们不止一次强调过，这种内心感情的融合，这种已凝聚成高贵品质的整体，最终使让·瓦让变成了珂赛特的父亲。这是一个奇特的父亲，他融祖父、儿子、兄弟和丈夫于一身。在这个父亲身上，甚至还有母亲的影子。他热爱珂赛特，崇拜珂赛特，这孩子是他的光明，他的住所，他的家庭，他的祖国，他的天堂。

因此，当他看见一切都完了，她要摆脱他，要从他手里溜走，要从他身边躲开，要像云彩那样飘走，流水那样逝去；当他看到一个十分明显的事实，另一个人成了她心爱的目标，另一个人成了她生活的期望，她已有了心上人，我不过是父亲，我已不再存在；当他不再怀疑，对自己说："她要离我而去！"；当他看到这些，他内心的痛苦已超过可忍耐的限度。他付出了一切，竟落得这个下场！到头来什么也不是！于是，如前面所说，他气得浑身颤抖。他的个人主义彻底苏醒了，连头发根里都能感觉到。自我在这个人的心灵深处怒吼。

人的精神是会崩溃的。人一旦确定自己身陷绝境，心灵上的某些要素就会被排斥和摧毁，而这些东西，有时恰恰是人的本质所在。痛苦到这种程度，良知的力量便会四散溃逃。这是致命的危险时刻。从里面出来，仍能保持本色、恪守天责的人寥寥无几。痛苦超过了极限，最坚定的道德也会困惑。让·瓦让又拿起吸墨纸，再次得到了证实。他低着头，仿佛变成了石头，愣愣地看着那不容置疑的几行字。他心里乌云密布，他的精神仿佛完全崩溃。

他审视这吸墨纸泄露的秘密，任自己胡思乱想。但他外表十分平静，那是很骇人的，因为，当一个人平静到塑像般冷峻的程度，是十分可怕的。

他衡量命运在他毫无察觉的情况下迈出的可怕一步。他想起了去年夏天费了很大劲儿才赶跑的恐惧。他又看到了悬崖峭壁，还是那个样子。不同的是，这次让·瓦让不是站在崖边，而是跌进了渊底。

令人心碎，且闻所未闻的是，他跌进了深渊，却毫无觉察。他生命的光辉已消失，可他还以为天天都看到太阳。

本能使他一下猜到是谁。他把一些情况、一些日期、珂赛特的几次脸红和脸白，联系起来比较对照，最后想道："是他。"绝望中的猜测是一种神箭，从来弹无虚发。他一箭中的，一下就猜到是马里尤斯。他不知道名字，但马上就想到了那人。他无情地搜索记忆，清楚地看见了那个在卢森堡公园闲逛的陌生人，那个寻花问柳的无耻之徒，那个唱情歌的浪荡公子，那个蠢货，那个无赖，因为不顾身旁还有父亲，来向他爱女挤眉弄眼，暗送秋波，就是无赖行为。

让·瓦让，这个脱胎换骨的人，这个下了极大工夫改造灵魂的人，这个做了巨大努力，将一生的苦难和不幸都化作爱心的人，当他确认这件事背后有这么个年轻人，一切都是由他而引起时，他再反视内心，便看见了一个幽灵——仇恨。

巨痛包含着消沉。它会使人一蹶不振。人一旦陷入巨痛深悲，会感到有些东西在离开自己。年轻时有了痛苦，会郁郁不欢；晚年有了痛苦，会一蹶不振。唉！当血是热的，发是黑的，脑袋像火焰竖在火炬上那样竖在肩上的时候，当命运的纺锤几乎原封未动，心里充满了可望的爱，心脏搏动还能引起共鸣的时候，当还有时间弥补，可以拥有所有的女人，所有的微笑，前程似锦，大有可为，生命旺盛的时候，绝望都是件十分可怕的事；那么，当岁月飞逝，黄昏渐至，人已到了垂暮之年，已开始看见坟墓上的星星的时候，绝望又会是什么呢？

他正想得出神，杜珊进来了。让·瓦让起身问她：

"在哪边？您知道吗？"

杜珊莫名其妙，只能回答：

"什么？"

让·瓦让又说：

“刚才您不是说打起来了吗？”

“哦！是的，先生。”杜珊回答。“在圣梅里教堂那边。”

有时，我们在不知不觉中，受最幽深思想的驱使，会有一些无意识的冲动。此时此刻，让·瓦让可能就处在这样的冲动下，却浑然不知。五分钟后，他就到了大街上。

他光着脑袋，坐在家门口的护墙石上。他好像在侧耳细听。夜幕已降临。

二　与路灯作对的流浪儿

他这样坐了多久？在这阴郁的沉思中，有过哪些起伏反复？他振作起来了吗？还是仍被压得直不起腰？他被压垮了吗？他还会站起来，在良知上找回坚实的立足点吗？恐怕连他自己也未必能回答。

街上冷冷清清。几个心神不安的市民匆匆回家，几乎没看见他。危难时刻，人人只顾自己。同平时一样，路灯工前来把正对七号大门的路灯点着就走了。在这黑暗中，如有人观察让·瓦让，会以为他不是活人。他坐在门口的护墙石上，犹如凝固的幽灵，一动不动。人在绝望时，是会凝固的。远处传来了警钟声，以及隐约可闻的暴风雨般的喧嚣声。在与骚乱声相混的猛烈的警钟声中，圣保罗教堂的时钟庄严而从容地敲响了十一点。警钟是人的声音，时钟是上帝的声音。时间流逝与让·瓦让毫无关系，他依然僵坐不动。可是，几乎与此同时，中央菜市场那边突然响起一阵枪声，接着又是一阵，比第一次更猛烈。可能是进攻尚弗里街街垒的枪声，后来正如我们看到的，这次进攻被马里尤斯击退了。由于是在寂静的夜里，这两阵枪声似乎格外激烈，让·瓦让惊得一激灵。他站起来看了看传来枪声的方向，随即重又坐到护墙石上，交叉双臂，脑袋又慢慢垂到胸口。

他继续同自己进行阴郁的对话。

他蓦地抬起头，街上有行人，他听见附近有脚步声。他定睛看了看，借着幽暗的路灯光，望见通往档案馆的街那边，有一张年轻、惨白、快乐的脸。

加弗洛什刚走到武夫街。他扬头张望，好像在寻找什么。他分明看见了让·瓦让，但却视而不见。

加弗洛什向上看过后，又向下看看。他踮起足尖，挨个儿摸摸楼下的门窗。门窗都插了销，上了锁，关得严严实实。当他看到五六个门面都像这样关闭着，便耸了耸肩，自言自语道：

“见鬼！”

接着，他又抬头张望。

要是在刚才，让·瓦让处在那种心境下，是不可能同人说话和回答问题的，现在却忍不住同孩子搭起话来。

“孩子，”他说，“有什么事？”

“我饿了。”加弗洛什干脆地回答。接着他又回敬了一句：“您才是孩子呢。”

让·瓦让在背心兜里摸了摸，摸出一枚五法郎银币。可加弗洛什就像是白鹡鸰鸟，动作十分敏捷，他已从地上拾起一块石头，因为他看见了那盏路灯。

“咦！”他说，“你们这里还点着路灯。朋友们，你们不守规矩。这是破坏秩序。给我砸了。”

他向路灯扔去石头，灯罩哐当一声掉下来，对面房子里的市民躲在窗帘下直呼：“又像九三年了！”

那路灯猛地摇晃几下，熄灭了。街上骤然一片漆黑。

“你这条老街，就得这样，”加弗洛什说，“戴上你的睡帽吧。”

他转向让·瓦让：

“街那头的那座大楼叫什么？叫档案馆，对不对？那些大傻瓜柱子，得给我扒下几根来，乖乖地拿去筑街垒。”

让·瓦让走到加弗洛什身边。

“可怜的孩子，”他咕哝道，仿佛在自言自语，“他饿了。”

他把那五法郎硬币塞到他手里。

加弗洛什抬起头，看见这样大的硬币，大吃一惊。他在黑暗中看了又看，硬币的白光耀得他睁不开眼。他听说过五法郎的硬币，久仰大名，现在亲眼看见，不由得心醉神迷。他说："我们来好好瞧瞧老虎。"

他出神地看了一会，然后转向让·瓦让，将钱递给他，庄重地对他说：

"资产阶级，我更喜欢砸路灯。把您的野兽拿回去吧。我才不受腐蚀呢。它有五个爪子，但抓不伤我。"

"你有母亲吗？"让·瓦让问。

加弗洛什回答：

"也许比你还多。"

"那好，"让·瓦让又说，"留给你的母亲吧。"

加弗洛什受了感动。再说，他发现这个人没戴帽子，对他产生了好感。

"真的，"他说，"不是想让我不砸路灯吧？"

"你想砸什么，就砸什么。"

"您这人很正直。"加弗洛什说。

他把那枚硬币放进一只兜里。他对老人更信任了，便又问：

"您就住在这街上吗？"

"是啊，问这干吗？"

"能告诉我哪个是七号吗？"

"你问七号干什么？"

这时，孩子怕说得太多，便住口了。他用力将指甲插进头发里，只是回答：

"啊！没什么。"

让·瓦让闪过一个念头。人在焦虑时，会有清醒的时候。他对孩子说：

"你是给我送信的吗？我正等着呢。"

"您？"加弗洛什说，"您又不是女人。"

"信是给珂赛特小姐的，对不对？"

"珂赛特？"加弗洛什咕哝道，"对，我想是这个怪名字。"

“那好，”让·瓦让说，“信得由我转交。给吧。”

“这么说，您想必知道我是街垒那边派来的吧？”

“当然。”让·瓦让说。

加弗洛什将手放进另一只兜里，拿出一张四折的纸。

然后，他行了个军礼。

“向这信致敬。”他说，“它是临时政府发出的。”

“给吧。”让·瓦让说。

加弗洛什将纸举过头。

“别以为是情书。是写给一个女人的，但也是写给人民的。我们这些人，我们在战斗，但我们尊重女性。我们不像是上流社会，我们那里没有把小鸡派去见骆驼的狮子。”

“给吧。”

“事实上，”加弗洛什说，“我觉得您很正直。”

“快给吧！”

“喏！”

他把信给了让·瓦让。

“快送去，那什么先生，那什么小姐正等着呢。”

加弗洛什因造了这个词而扬扬得意。

让·瓦让又说：

“回信是不是送到圣梅里街？”

“那您就是在做黄油小面包，太蠢了。”加弗洛什说，“这封信是从尚弗里街的街垒送来的。我回那里去。晚安，公民。”

加弗洛什说完便走了，更确切地说，他像逃出笼子的鸟儿，飞回原来的地方。他像颗炮弹，飞速地直冲黑暗，仿佛冲出了一个洞。武夫街又恢复了寂静和冷清。眨眼工夫，这个笼罩着阴影和梦幻的古怪孩子，已钻进两排黑乎乎的房屋中间，消失在迷雾中了，就像一缕轻烟消失在黑暗中。要不是几分钟后，那些气愤的市民又一次听见“砰”的一声砸破玻璃以及“哐当”一声碎片落地的声音，会以为他已消散了，消失了。那时，加弗洛什正经过茅屋街。

三　珂赛特和杜珊睡觉的时候

让·瓦让拿着马里尤斯的信回家了。

他摸黑上楼，就像抓住猎物的猫头鹰，庆幸自己在黑暗中。他轻轻开门关门，听听有没有动静。从种种迹象看，珂赛特和杜珊都已睡觉。他往富马德打火瓶里放了四五根火柴，才打出火星，因为手抖得厉害，大概是做贼心虚吧。蜡烛终于点着，他把臂肘支在桌子上，打开纸，读了起来。

人极其激动的时候，是读不了信的，简直会把手中的纸当作敌人打倒在地，把它当作受害者，扼住脖子，使劲搓揉，将狂怒或狂喜的指甲掐进肉里；会直奔信的末尾，然后又跳到开头；注意力就像发着高烧，只能明白个大概，知道个差不多和主要的；抓住一点，其余的全部漏掉。在马里尤斯给珂赛特的信中，让·瓦让只看见这几个字：

"……我要死了……当你读到这封信时，我的灵魂将在你的身边……"

看到这两行字，他顿感头晕目眩，一时间，仿佛被内心情绪的变化压垮了。他惊喜交集地读着马里尤斯的信，眼前出现了仇人死去的灿烂景象。

他内心高兴得大吼一声。——事情就这样结束了。结局来得如此之快，这是他不敢指望的。他命运的克星就要消失，是自觉自愿离开的。"这个人"就要死了，他让·瓦让没有做任何事，没有任何过错。说不定他现在就已经死了。——想到这里，他发烧的脑袋计算了一下。——不会，他还没有死。信显然是写给珂赛特明天早晨读的。从十一点到半夜响过两次枪声以后，再没听见枪声。天快亮时，街垒才会真正受到进攻。不过都一样，"这个人"从加入这场战争起就完了。他已卷了进去。——让·瓦让感到如释重负。他又可以独自和珂赛特相守了。竞争已然消失，未来又有了希望。只要把这封信藏在兜里。珂赛特永远也不会知道"这个人"的下落。"听其自然就行。这个人在劫难逃。即使他现在还没死，也一定会死的。真是太幸福了！”

他心里这样想着，但又感到忧虑不安。然后，他又下楼去，叫醒看门人。

大约一小时后，让·瓦让穿着国民自卫军的制服，拿着武器，出去了。看门人不费吹灰之力，在附近就给他配齐了装备。他有一支上了子弹的步枪，一个装满子弹的弹盒。他朝中央菜市场那边走去。

四　加弗洛什过于热忱

然而，加弗洛什遇到一件惊险的事。

加弗洛什一丝不苟地砸烂了茅屋街的路灯后，来到老圣母升天会修女街。那里，连个“猫”影也没有，觉得是个好机会，可以把他会唱的歌尽情唱一唱。他的步伐并没因为唱歌而放慢，反而加快了。他沿着入睡了的或吓坏了的房屋，一路撒播煽动性的歌曲：

鸟儿在林中造谣，
非说阿塔拉昨天
跟一个俄国佬跑了。
　美丽的姑娘去哪里，
　隆啦。

我的朋友皮埃罗，
你瞎说，那天米拉
敲她家的玻璃窗喊我了。
　美丽的姑娘去哪里，
　隆啦。

姑娘们既美丽又温柔，

她们的毒药使我心醉，
也使奥菲拉先生[①]神迷。
　　美丽的姑娘去哪里，
　　隆啦。

我喜欢爱神，打情又骂俏，
我爱阿涅斯，我爱帕梅拉，
丽斯点燃我欲火烧了自己。
　　美丽的姑娘去哪里，
　　隆啦。

当年我看见苏赛特
和赛依拉的丝头巾，
我的灵魂与之相缠绕。
　　美丽的姑娘去哪里，
　　隆啦。

你在黑暗中闪光，啊爱神！
给洛拉戴上玫瑰花，
我为爱她，愿遭天罚。
　　美丽的姑娘去哪里，
　　隆啦。

你对镜打扮，啊让娜！
那天我的心已飞走；
相信是让娜得到了它。

---

① 奥菲拉（1787—1853），毒药家，巴黎医学院的化学教授。

美丽的姑娘去哪里，
隆啦。

晚上，跳完四对舞，
我让星星看看斯泰拉，
对它们说：好好看看她。
美丽的姑娘去哪里，
隆啦。

加弗洛什边唱边表演。动作是叠句的支点。他脸上的表情变幻无穷，扮的怪相多么夸张，多么虚幻，在大风里飘扬的破被单上的窟窿眼也望尘莫及。可惜只有他一人在场，且又是夜里，没有人看见，也看不见。世上有些财富就这样被埋没了。

他戛然不唱了。

“情歌暂停。”他说。

他那双猫眼发现在一个门洞里，有一幅在绘画中称作协调的画面，就是说有一个人和一件物，物便是一辆手推车，人便是睡在车里的奥弗涅人。

车把着地，奥弗涅人的脑袋枕在车挡板上，身体蜷缩在倾斜的车身上，两只脚挨着地面。

加弗洛什见多识广，一眼便看出那人喝醉了酒。这是在这一带送货的工人，喝得太多，睡得太沉。

“这就是夏天黑夜的好处。”加弗洛什思忖。“奥弗涅人在他的车里睡着了。这辆车拿去送给共和国，奥弗涅人留给王朝。”

刚才，他脑海里闪过一个念头：

“将这辆车弄到我们的街垒去，那才妙呢。”

奥弗涅人鼾声如雷。

加弗洛什将车子轻轻往后拉，又抓住奥弗涅人的两只脚轻轻向前拖。不一会儿，奥弗涅人就安安稳稳地平躺在地上了。小车卸去了负担。

加弗洛什习惯应付各种意外，身上什么都带着。他在一只口袋里掏了掏，掏出一张破纸和一段红铅笔头。铅笔是从一个木匠那里偷来的。

他写道：

> 法兰西共和国
>
> 收到你的车子一辆。

他还署上名字："加弗洛什。"

写毕，他把字条塞进依然鼾声如雷的奥弗涅人的天鹅绒背心兜里，双手抓起车把，推着小车，朝中央菜市场奔去，胜利而自豪的辘辘声响彻一路。

这是很危险的。王家印刷局那里有个哨所。加弗洛什没有想到。郊区国民自卫军的一个班守在那里。士兵们被惊醒，脑袋从行军床上抬起来。加弗洛什接连砸碎两盏路灯，再加上声嘶力竭地唱歌，足以使胆小怕事的居民胆战心惊；他们太阳落山就想睡觉，早早就熄灭了蜡烛。一小时来，这流浪儿有如瓶里的苍蝇，将这宁静的街区搞得鸡犬不宁。国民自卫军的班长侧耳细听。他等待着。他是个小心谨慎的人。

咕隆隆的车行声，使班长坐不住了，决定去侦察一番。

"他们有一伙人！"他说，"我们得轻一点。"

显然，无政府主义的七头妖蛇已钻出巢穴，在这街区兴风作浪了。班长壮着胆，蹑手蹑脚，走出哨所。

加弗洛什推着车，正要走出老圣母升天会修女街，突然迎面遇到一身制服、一顶筒状军帽、一撮翎毛和一支步枪。他又一次戛然停下。

"咦！"他说，"是他。您好，治安。"

加弗洛什的惊讶转瞬即逝。

"你去哪，流氓？"班长吼道。

"公民，"加弗洛什说，"我还没喊您资产阶级呢。干吗侮辱我？"

"你去哪，无赖？"

"先生，"加弗洛什又说，"昨天您也许挺幽默，可今天早晨被撤职了。"

"我问你去哪里，坏蛋！"

加弗洛什回答：

"您说话很文雅。真的，我看不出您的年纪。您应该把您的头发卖了，一根一百法郎。可以卖五百法郎。"

"你去哪？你去哪？你去哪，强盗？"

加弗洛什接着说：

"这些话太难听。第一次喂您奶时，得好好擦擦您的嘴巴。"

班长要拼刺刀了。

"你到底说不说去哪里，恶棍？"

"我的将军，"加弗洛什说，"我老婆快生了，我去找医生。"

"杀！"班长喊道。

用害你的东西救自己，这是强者的高招。加弗洛什一眼便认清了形势。是小车给他带来了麻烦，现在救他的还是小车。

班长正要扑向加弗洛什，小车就成了炮弹，嗖地发出，冲向班长。班长当肚挨了一撞，仰天摔倒在阳沟里，开了一枪，子弹却飞到了天上。

听见班长的喊声，哨所里的人乱哄哄地出来了；听到枪声，他们也乱放了一通，然后装上子弹再放了一通。这种捉迷藏般的乱放枪，足足持续了一刻钟，击破了几块窗玻璃。

加弗洛什拼命往后跑，跑过五六条街才停下，气喘吁吁地坐到红孩子街拐角的护墙石上。他屏息静听。

他喘了一会儿气，转脸朝枪声大作的地方看了看，将左手举到鼻子高度，向前伸了三次，又用右手拍拍后脑勺。这一至高无上的动作，是巴黎流浪儿们创造的，浓缩着法国式的讥讽，显然卓有成效，因为已流传半个世纪了。

可这快乐的心情，被一个痛苦的想法一扫而光。

"呀，"他说，"我只顾大笑，笑痛了肚子，开心得不得了，可我耽误了路，得绕个大弯。但愿我能及时赶回街垒！"

说完，他又奔跑起来，边跑边说：

"啊，刚才唱到哪里了？"

他接着刚才那支歌往下唱，同时飞快钻进街巷，歌声渐渐消失在黑暗中：

现在还有巴士底狱，
我要把现存的社会秩序
彻底砸烂，彻底捣碎。
　　美丽的姑娘去哪里，
　　隆啦。

有谁想玩九柱戏？
大球一滚谁都怕，
旧世界砸了个稀巴烂。
　　美丽的姑娘去哪里，
　　隆啦。

古老而善良的人民，
举起拐杖，彻底砸碎了
展示君主政体的卢浮宫。
　　美丽的姑娘去哪里，
　　隆啦。

我们攻破了卢浮宫；

查理十世害了怕，
丧魂落魄下了台。
　　美丽的姑娘去哪里，
　　隆啦。

哨所里的人展示武力，不是一无所获。他们缴获了那辆车，逮捕了那个醉汉。车子送到警察局物品扣押处，醉汉后来被当作同谋，交付军事法庭。当时的检察部门，在这次案件中，对维护社会安全，表现了不懈的热忱。

加弗洛什这次险遇，在圣殿街一带传为佳话，但在沼泽区老资产阶级们的记忆中，却是件十分可怕的事，他们把这命名为：夜袭王家印刷局哨所。

第五部

让·瓦让

第一卷　四堵墙内的战争

一　圣安托万郊区的旋涡，圣殿郊区的岩礁

社会弊病观察家可能提及的两座最难忘的街垒，不在本书故事发生的年代。那两座外观迥异，但都象征着险恶局势的街垒，是在一八四八年六月那场不可避免的起义，即有史以来最大的巷战中冒出来的。

有时，绝望透顶的下层人民，出于焦虑、气馁、贫困、狂热、苦恼、愚昧和无知，甚至会对原则，对自由、平等和博爱，对普遍的进步，对大家选出来管理大家的政府提出抗议，有时贱民会向人民开战。

乞丐会攻击普通法，贱民会反对人民。

这种日子是很凄惨的。因为在这疯狂的行动中，总还有一定的权利，在这决斗中，总有点自杀的意味，而乞丐、刁民、贱民、群氓等骂人字眼，唉！恰恰证明了这是统治者，而非受苦者，特权者，而非贫困者的过错。

至于我们，我们每每用这些字眼，总怀着苦楚和敬意，因为哲学在探索与这些词有关的事实时，发现贫困的人常常做出许多伟大的事来。雅典便是贱民统治，穷人建立了荷兰，贱民屡次拯救罗马，刁民追随耶稣-基督。

大凡思想家，都瞻仰过下层人民的壮观场面。

“世界的法律，出自城市的污泥”[①]。圣热罗姆如是说。他在说这句深奥

---

① 原文为拉丁语。

莫测的话时，可能就想到了这些贱民，这些产生众使徒和殉道者的穷苦人、流浪汉、可怜人。

这些受苦流血群众的激愤情绪，他们违背自身生存原则的暴力行为，违反法律的粗暴行为，乃民众之政变，应加以制止。正直的人对他们赤胆忠心，正因为热爱他们，才同他们做斗争。可是，在对抗他们时，又觉得他们多么情有可原！在抵制他们时，又觉得他们多么可尊可敬！一面做着应该做的事，一面却又觉得有些东西使人感到困惑，不愿做得太过分。当然还必须继续做下去。可是，良心满足了，却感到惴惴不安，职责履行了，却感到心里难过。

长话短说。一八四八年六月发生的事，是个例外，几乎无法归入历史的哲学中。在谈及这场非同寻常的暴动时，我们尽管从中感到劳动人民争取权利天经地义，但是，上面提到的那些字眼，却不适合用在这里。这场暴乱应该镇压，这是责任，因为它攻击共和国。那么，一八四八年六月的这场暴乱，归根结底是什么呢？是人民在造人民的反。

只要紧扣主题，就不会离题。因此，请允许我们将读者的注意力暂时引到前面提到的那两座街垒上。它们标志着这场起义，绝对是独一无二。

其中一座街垒堵住了圣安托万郊区的入口，另一座挡住了进入圣殿郊区的通道。这两个内战的杰作，高耸在六月蔚蓝明朗的天空下，谁亲眼目睹了，会永生难忘。

圣安托万郊区的街垒硕大无朋，有四层楼高，七百尺宽。它从这一边延伸到另一边，堵住了郊区宽阔的入口处，即堵住了三条街口。它忽高忽低，忽凹忽凸，曲曲折折，断断续续，一片缺口裂缝构成一排雉堞，一个个起加固作用的大土堆，各自形成堡垒，突伸出一个个岬角，背后有两排高楼作坚强后盾，因此这座街垒有如庞大的护堤，突显在目击过七月十四日革命风暴的令人望而生畏的广场上。在这主街垒身后的各条街上，还层层排列着十九个街垒。只要看一看这个主街垒，就能感觉到圣安托万郊区人民的巨大痛苦已到了绝望的地步，即将转化为一场灾难。这个街垒是由什么构成的呢？有人说，为构筑这个街垒，专门拆了三幢七层楼房。还有人说，是广大民众的愤怒创造的奇迹。它就像由仇恨筑成的房屋，面容凄惨，形同废墟。有人会问："这是谁造的？"还有人会说："这是谁拆的？"这是人愤怒时的即兴之作。瞧！这个门！这个铁栅栏！这个披檐！这个门框！这个破火炉！这个烂铁锅！把什么都拿来吧！把什么都扔上去吧！推吧！滚吧！挖吧！拆吧！翻倒吧！毁坏吧！这是街石、碎石、大梁、铁条、破布、瓷砖、破椅子、白菜茎、破衣烂衫以及诅咒鼎力合作的产物。它既伟大，又渺小。是混乱的人群在现场对地狱的滑稽模仿。是庞然大物在原子旁；是连根拔出的墙和摔破的盆；是一切残渣碎片的可怕结合；西绪福斯[①]抛下他的巨大岩石，约伯[②]扔下他的破坛烂罐。总之十分可怕。这是赤脚汉的城堡。一些翻倒的小车使斜坡高低起伏；一辆大车横在那里，车轴朝天，仿佛在这乱哄哄的坡壁上砍了一刀；一辆公共马车，靠人力乐滋滋地搬到了街垒顶上，将卸了套的辕杆伸向天空，不知在迎候哪个行空的天马，这使人想到，这座野蛮堡垒的建筑师们，似乎有意想给恐怖添上些许顽皮。这堆庞然大物，民众暴乱的冲积层，使人联想到这是一次次革命摞起来的，有如奥萨山摞在皮利翁山[③]上，九三年摞在八九年上，热月九日摞在八月十日上，雾月十八日摞在一月二十一日上，葡月摞在牧月上，一八四八年摞在一八三〇年上。[④]这个广场受之无愧，而这座街垒，也完全有资格出现

---

① 西绪福斯为《圣经》中人物，科林斯暴君，死后被罚在地狱将一块巨石推到山顶，未到山顶那巨石又滚回山下，又得重新再推，永无止境。

② 约伯为《圣经》中人物。很有钱，且具忍耐精神。神为了考验他，夺走了他的全部财产和女儿，他都能忍受，最后神把一切都还给了他。

③ 奥萨山和皮利翁山是希腊的两座相邻的山峰。据希腊神话记载，海神波塞冬的儿子试图把奥林匹斯山、奥萨山和皮利翁山摞起来，以攀缘到天上。

④ 一七九三年，法国资产阶级大革命达到高潮；一七八九年，法国资产阶级大革命开始。热月九日指一七九四年七月二十七日，吉伦特派与保王党勾结，组织反革命叛乱，处死罗伯斯庇尔等二十二人；八月十日指一七九二年八月十日巴黎人民起义，推翻了君主政体。雾月十八指一七九九年十一月九日，拿破仑从埃及返法，推翻督政府；一月二十一日指一七九三年一月二十一日，法王路易十六被处死。葡月指一七九五年十月五日，保王党暴动分子进攻国民公会，拿破仑指挥共和军击败了保王党人；牧月指一七九五年五月二十日，人民起义反对国民公会，要求肃清自热月九日以来一直存在的反动势力。一八三〇年七月革命推翻了波旁王朝；一八四八年巴黎二月革命，宣布成立第二共和国。

在巴士底狱消失的地方。海洋造堤，也会像这样造的。汹涌的波涛在这奇形怪状的堆积物上留下了印记。是什么波涛？民众。人们仿佛看见化为石头的喧嚣。人们仿佛听见一群激进而神秘的大蜜蜂，在街垒上空有如在蜂窝上方嗡嗡营营。这是一丛荆棘？一次酒神节狂欢？一座堡垒？这仿佛是由眩晕鼓翅而建造的。这堡垒中有污秽，这乱物堆里有威严。在这充满绝望的乱物堆中，可以看见人字屋架、糊着墙纸的屋顶室碎块、竖在瓦砾之中保留着全部玻璃等待着炮轰的窗框、拆下来的壁炉、衣橱、桌椅板凳，所有这些乱七八糟、杂乱无章、寒酸得连乞丐都不屑一顾的破烂，无不蕴含着愤怒和虚无。这仿佛是一群民众的破衣烂衫，一堆破木头、破铁片、破铜片、破石头，圣安托万郊区人民用一把大扫帚，把它们扫出了门外，用自己的贫困筑成了街垒。酷似砍头用砧的木块、断链、支撑着小铁条形似绞刑架的木构件、露在乱物堆上平卧的车轮，使这座无政府主义的建筑，像镇压人民的古老刑具那样阴森狰狞。一切都成了圣安托万郊区街垒的武器。内战中一切可能用来砸烂社会脑袋的东西，都从这里发射出去。这不是战斗，而是极度愤怒的发泄。在保卫街垒的卡宾枪中，有几支喇叭口短铳枪，射出去的便是破瓷片、小骨头、纽扣，甚至还有床头柜的小轮子。这些小轮子是铜的，十分危险。街垒就像疯了似的，在乱物堆中发出难以形容的嚎叫。有时，为了向军队挑衅，暴怒的人群堆在街垒上，冒着怒火的脑袋露在外面，挤得水泄不通。步枪、军刀、棍棒、斧头、长矛和刺刀竖在上面，尖刺林立。一面巨幅红旗迎风招展，噼啪作响。只听见指挥官的喊声，出击的歌声，隆隆的鼓声，女人的哭泣声，以及饿汉们的狞笑声。这街垒硕大无朋，生气蓬勃，犹如带电的野兽，背上雷电闪烁。革命的思想将乌云笼罩街垒，人民的声音，宛若上帝的声音，在街垒顶上咆哮，从这泰坦巨神的乱石背篓里，散发出奇异的威严。这是一堆垃圾，也是西奈半岛[①]。

正如前面说的，它以革命的名义进攻……革命。它，街垒，即冒险，混乱，恐慌，误会，未知，却与制宪会议、人民主权、普选、民族、共

① 西奈半岛在埃及。据《圣经》记载，上帝在西奈向摩西传授十戒。

和国对抗，无异于《卡马尼奥拉歌》①向《马赛曲》挑战。

这场挑战虽是鲁莽之举，却不乏英雄气概，因为这个老郊区是一位英雄。

圣安托万郊区和它的堡垒互相支援。郊区肩靠着堡垒，堡垒背靠着郊区。巨大的街垒有如悬崖峭壁，曾在非洲战斗过的将军，把他们的战略搬到这里，却是一败涂地。它的岩洞、瘿瘤、赘疣、驼峰，可以说在硝烟中做着怪相，并在冷嘲热讽。向乱物堆开炮有什么用？霰弹落进去，如同消失在怪物体内。炮弹打进去，便被吞噬，沉入深渊。圆炮弹只能冲出一些窟窿。那些军队，对最残酷的战争场面习以为常，可是，面对这似野兽般凶恶，像野猪般竖着鬃毛，如大山般高大的堡垒，却惶恐不安，心惊肉跳。

离这儿一法里是圣殿街，在水塔附近汇入林荫大道。在圣殿街的拐角处，坐落着达勒马尼商店。如果你胆子大，敢从那家商店的突角探出脑袋，远远可见在运河的另一边，在沿贝勒维尔山坡而上的那条街的最高点，有一堵奇怪的墙，有三层楼高，好像把左右两排房子连了起来。那条街仿佛把它最高的墙合拢，陡然堵住了自己。这堵墙用街石垒成。它挺拔，规范，冷峻，垂直，是用角尺测量，墨线拉直，铅锤排齐的。当然没用水泥，但是，正如古罗马有些墙那样，不用水泥，照样不会变形。凭它的高度，便可猜出厚度。顶端与地基是完全平行的。在灰糊糊的墙面上，隔一段距离，便有一个枪眼，远看不大清楚，有如一条条黑线。枪眼之间的距离相等。放眼望去，那条街冷冷清清。所有的门窗都关着。街尽头矗立着街垒，那街便成了死胡同。那墙一动不动，平平静静。看不见一个人影，听不到一点声音。没有喊叫声，没有说话声，没有喘息声。就像一座坟茔。

六月耀眼的阳光，洒满了这可怕的高墙。

这便是圣殿郊区的街垒。

一旦到了现场，一旦看见它，面对这神秘的东西，连胆子最大的人，

---

① 《卡马尼奥拉歌》为法国资产阶级大革命时期流行的歌曲。

也免不了陷入沉思。这街垒准确校正过，接缝严密，鳞次栉比，笔直对称，却阴阴森森。既有科学，又有黑暗。人们感到，这街垒的首领是个几何学家，抑或是个幽灵。看着这街垒，说话会放低声音。

有时，假如有人，或士兵，或军官，或人民代表，冒险穿越这僻静的马路，会听见一声尖细的呼啸，行人不是受伤，便是丧命，假如没被击中，就会看到，在某个关着的百叶窗上，或在一堵墙的石缝或灰泥涂层中嵌着一颗子弹。有时是火铳炮弹：街垒里的人将两段生铁煤气管的一头，用麻絮和耐火土堵死，做成两门小炮。绝不会浪费弹药。几乎弹无虚发。街上好几个地方躺着尸体，还有一摊摊鲜血。我记得，有只白蝴蝶在街上飞来飞去。可见夏天是不会认输的。

街垒附近的几个大门洞里堆满了伤员。

人们感到，有个看不见的人在瞄准自己，人们明白，整条街都在枪口的瞄准下。

运河的拱桥在圣殿郊区的入口处形成驴背样的地形，进攻队伍的士兵躲在拱桥后面，严阵以待，注视这阴森的堡垒，这屹立不动、泰然自若、喷出死亡的街垒。几个士兵爬到拱桥顶上，但小心翼翼，不敢露出军帽。

英勇的蒙泰纳上校胆战心惊，对这街垒赞叹不已。他对一位人民代表说："造得太棒了！没有一块街石突出来。就像瓷器一样平滑。"这时，一颗子弹击中他胸前的十字勋章，他应声倒下。

"胆小鬼！"有人骂道。"他们倒是露出脑袋来呀！让我们看见呀！他们不敢！他们躲起来！"圣殿郊区的街垒由八十人守卫，受到一万人攻击，坚持了三天。到了第四天，进攻者采取曾在扎阿恰和君士坦丁[①]采用过的办法，将房屋拆个洞，从屋顶攻进去，才把街垒攻克。八十个"胆小鬼"中，没有一个想逃跑，除了首领巴泰勒米，全都被杀。关于巴泰勒米，待会儿再做介绍。

圣安托万街垒沸反盈天，圣殿街垒寂寂无声。这两个街垒迥然不同，

① 扎阿恰和君士坦丁均为阿尔及利亚地名，曾被法军占领过。

一个气势汹汹，一个阴阴森森。一个有如虎口，一个恰似面具。

假如说这场巨大而可怖的六月起义是由愤怒和神秘组成，那么，我们感到，第一个街垒里面有条龙，第二个街垒后面是斯芬克司。

这两个街垒分别由两个人建成，一个叫库尔内，一个叫巴泰勒米。库尔内建造了圣安托万街垒，巴泰勒米修筑了圣殿街垒。它们都像自己的建造者。

库尔内高头大马，肩膀宽阔，脸膛通红，手劲很大，胆量超人，心地正直，目光真诚而犀利。他勇猛，刚毅，暴躁，易怒。他是最真挚的男人，最可怕的战士。战争、斗争、混战是他呼吸的空气，一上场就心情舒畅。他曾是海军军官，他的动作和声音教人猜到他出自海洋，来自风暴。他把暴风雨的作风带进了这场战斗中。库尔内有点像丹东，只是没有丹东的天赋，正如丹东有点像赫拉克勒斯，只是没有赫拉克勒斯的神性。

巴泰勒米长得瘦弱，面色苍白，沉默寡言，是个悲惨的流浪儿。他曾被一个警察扇过耳光，他就窥伺他，等候他，最后把他杀了，因此十七岁就蹲了监狱。从监狱里出来，他就建造了这座街垒。

后来，他们俩都流放到伦敦。像是命中注定似的，巴泰勒米杀死了库尔内。一场悲惨的决斗。不久，巴泰勒米卷入一桩神秘的情杀案中。对于这种灾难，按照法国法律可以减刑，但英国司法却认为是死罪，因此，巴泰勒米被绞死了。社会的结构就是这样黑暗，因此，这个悲惨不幸的人，尽管非常聪明，也许足智多谋，但因物质匮乏，精神贫乏，终于以在法国坐牢为开始，在英国上绞刑架为结束。在这种情况下，巴泰勒米只举了一面黑旗。

二　在深渊中，不聊天干什么？

暴动经历了十六年的秘密教育，一八四八年六月比起一八三二年六月来要高明许多。因此，尚弗里街的街垒，与刚才谈到的那两座庞大无比的街垒相比，还只是张草图，仅是个雏形，可在当时，算是很了不起了。

起义者在昂若拉——因为马里尤斯已甩手不管——的监督下，利用黑夜加固阵地。街垒不仅进行了修补，而且加高了两尺。铁条插进石缝，宛若静止不动的长矛。又从四面八方搬来各种杂物，使街垒杂乱的外观显得更杂乱。这街垒经过巧妙的加工，里面成了一堵墙，外面是一排荆棘。

他们修好了街石搭成的台阶，爬上台阶，好似在攀登堡垒的一面墙。

他们收拾了街垒，清理了楼下厅堂，把厨房改做战地医院，包扎了伤员，把散在地上和桌上的火药收拢起来，熔铸成子弹，整理了破布条，把掉地的武器分发给大家，将街垒内部打扫了一遍，把残片捡走，将尸体抬走。

尸体堆在蒙代图尔巷子里，这条街仍在他们的控制下。血染红了铺路石，久久不褪。有四具尸体是郊区国民自卫军战士。昂若拉叫人把他们的制服放到一旁。

昂若拉建议大家睡两个钟头。昂若拉的建议，便是命令。可只有三四个人真正睡了。弗伊利用这两小时，在酒店对面墙上刻了：

人民万岁！

这几个字是用铁钉刻在墙石上的，一八四八年还清晰可见。

小酒店的三个女人趁夜间休战，逃之夭夭，这样，起义者们就更随便了。她们设法逃到了一个邻居家里。

大部分伤员还能够，也愿意继续战斗。在改做战地医院的厨房里，五个重伤者躺在床垫和麦秸做的病床上，其中两个是保安警察。他们最先得到包扎。

在楼下厅堂里，只剩下马伯夫和雅韦尔，前者身上盖着黑布，后者绑在木柱上。

“这里是停尸间。”昂若拉说。

厅堂里点着一支蜡烛，光线幽暗。里首，停尸的桌子就像根铁杆，横放在木柱后面，于是，站着的雅韦尔和躺着的马伯夫便构成一个朦胧的大十字架。

公共马车的辕杆虽被子弹击断，但依然挺立，还可以挂一面旗帜。

昂若拉具有领袖风范，从来说到做到，他把马伯夫那件被子弹打了窟窿，染了鲜血的外衣挂到这根杆子上。

吃饭是不可能了。既没有面包，也没有肉。五十个人已在街垒里待了十六小时，很快就将酒店里有限的食品扫光了。任何街垒，即使现在还能挺住，到一定时刻，不可避免地会变成墨杜萨号的木筏。大家只得忍饥挨饿。在六月六日这个斯巴达式日子的凌晨，在圣梅里街垒，起义者们围着让纳要吃的，战士们对他说："给我们吃的！"他回答："干吗还要吃？都三点了。四点我们就死了。"

因为没有食品，昂若拉便禁止大家喝酒。葡萄酒绝对不让喝，烧酒则定量供应。

他们在地窖里找到十五满瓶酒，封口完好无损。昂若拉和孔布费尔一瓶瓶做了检查。孔布费尔上来时说："这是于施卢大爷的老底，他起初是开食品店的。"博絮埃说："那这葡萄酒肯定是真的。幸亏格朗泰睡着了。否则，这几瓶酒就要遭殃了。"昂若拉不顾别人窃窃私语，就是不让大家喝。为了不让人碰，也是为了把它们当作圣物，他把它们藏到停放马伯夫大爷的桌子底下。

将近凌晨两点，清查了一遍人数。还有三十七人。

天色渐明。刚才，他们熄灭了重又插进石笼里的火把。街垒内部，这座像是在街上围起来的小院子，依然黑咕隆咚，透过朦胧可怖的曙色，仿佛可见一艘破船的甲板。战士们走来走去，就像是鬼影在移动。在这幽暗可怕的巢穴上方，寂寂无声的房屋显现出灰蒙蒙的楼层，屋顶上的烟囱变成了灰白色。天空似白若蓝，缥缈悦目。鸟儿在天空中飞翔，发出欢快的啼鸣。街垒背后的那座高楼面朝东方，屋顶上映射出粉红色的反光。在四楼的小窗口，晨风吹拂那死者花白的头发。

"火把灭了，我很高兴。"孔布费尔对弗伊说，"这火把被风吹得直颤悠，让我好生厌烦。它就像害怕似的。火把的光焰，好比懦夫的智慧，因为颤悠，所以光线暗淡。”

黎明唤醒了鸟儿，也唤醒了人们。大家聊起天来。

若利见一只猫在一个屋檐上徘徊，引发出一番哲理的思考：

“猫是什么？”他惊叹道，“它是用来矫正的。上帝造了老鼠后说：‘呀，我干了件蠢事。’于是他又造了猫。猫是老鼠的勘误表。老鼠加上猫，便是审阅和纠正后的造物清样。”

孔布费尔身边围了一群大学生和工人。他在谈论死去的人，让·普鲁韦、巴奥雷、马伯夫，甚至谈到了勒卡比克，还有昂若拉内心的忧虑。他说：

“哈莫荻奥斯和阿里斯托吉斯、布鲁图斯、切雷阿斯[①]、斯泰法努斯、克伦威尔、夏洛特·科黛[②]、桑得[③]，他们事后都有过一阵惶恐。我们的心容易激动，人的生命神秘莫测，即使谋杀是为了公民利益，是为了拯救人类——假如真有这样的谋杀——杀死一个人带来的内疚，远远超过为人类谋利益带来的快乐。”

这是一种东拉西扯的闲聊。孔布费尔谈起了让·普鲁韦做的诗，一分钟后，他话锋一转，又将《农事诗》的译者进行比较，先将罗克斯同库南相比，后又将库南同德利勒相比，还点了马菲拉特尔译的几个段落，特别是恺撒死时出现的奇观。谈话又从恺撒回到布鲁图斯身上。

“恺撒是该死。”孔布费尔说，“西塞罗对恺撒态度严厉，这也是对的。这种严厉并不是猛烈抨击。佐伊尔辱骂荷马，梅维乌斯辱骂维吉尔，维泽辱骂莫里哀，蒲柏辱骂莎士比亚，弗雷隆辱骂伏尔泰，那是遵行了嫉妒和仇恨这一古老法则。天才总会招来凌辱，伟人难免遭受谩骂。可是，佐伊尔和西塞罗却是两回事。西塞罗用思想伸张正义，正如布鲁图斯用利剑伸张正义。至于我，我谴责后一种，即用剑伸张正义的

---

① 切雷阿斯为古罗马法官，杀死暴君卡利古拉而被处死。

② 夏洛特·科黛，法国大革命时期刺死马拉的女刺客。

③ 桑得（1795—1820），德国狂热的爱国者，一八一九年谋杀科采布部长而被处死。

做法，但在古代是允许的。恺撒违反法律，跨过鲁比孔河，把来自人民的高位，当作自己的显位授予别人，元老院议员进入会场他也不起立，正如欧特罗庇厄斯[①]所说，他以国王自居，几乎像暴君那样行事，regia ac poene tyrannica[②]。他是伟人，这是坏事，或者说是好事，但教训更大。他身上有二十三处伤疤，还不如耶稣-基督脸上遭唾沫令我感动。恺撒被元老院议员刺死，基督则挨了奴仆的耳光。受凌辱越多，越是受人尊敬。”

博絮埃手握卡宾枪，站在一堆街石上，俯视那些闲聊的人。他大声喊道：

“啊，西达特诺姆！啊，米里努斯！啊，普罗巴林特！啊，厄安提德的美惠三女神！呵！请允许我能像劳里厄姆或埃达泰翁的希腊人那样，朗诵荷马的诗句！”

三　情况明朗，前途阴暗

昂若拉出去侦察了。他是沿着房屋，拐弯抹角，从蒙代图尔巷出去的。

可以说，起义者满怀希望。他们轻而易举地击退了敌人夜间的进攻，于是，对拂晓的进攻有点掉以轻心。他们微笑地等待着，对自己的事业和成功满怀信心。再说，肯定会有人来援助。他们寄希望于此。法兰西战士的一种战斗力，便是轻易预料胜利。凭着这种信念，他们把即将开始的一天分成三个明确的阶段：早晨六点，“他们做过工作”的一个团将倒戈；中午，全巴黎将起义；傍晚，革命爆发。

圣梅里教堂的警钟还在响着，从昨日起一刻也没停止。这说明另一座街垒，那座大街垒，让纳的街垒仍没失守。

---

① 欧特罗庇厄斯为公元前四世纪拉丁历史学家。

② 拉丁语：他以国王自居，几乎像暴君那样行事。

所有这些希望，在各小组之间互相传递。那是愉快而可怕的窃窃私语，有如一窝蜜蜂打架时发出的嗡嗡声。

昂若拉回来了。刚才，他像老鹰那样，心情忧郁地在黑咕隆咚的外面进行了侦察。他交叉双臂，一只手按在嘴上，听着这欢快的议论。越来越明亮的晨曦，照得他脸色鲜艳红润。他听了一会，便说道：

“巴黎所有军队都出动了。三分之一兵力压在你们所在的街垒。还有国民自卫军。我认出了正规军第五团的军帽和第六宪兵队的军旗。一小时后，你们就要遭到攻击。至于人民，昨天他们情绪高涨，但现在却没有动静。什么也不要等待，什么也不要希望。没有一个团会倒戈，没有一个郊区会来支援你们。你们被抛弃了。”

这番话落在窃窃私语的人群中，不啻暴风雨的第一滴雨打在一群蜜蜂身上，所有的人顿时闭口不语。一时间鸦雀无声，静得可以听见死神在飞翔。

但这一时刻非常短暂。在最里面黑得看不见的人群中，有人对昂若拉嚷道：

“好啊。那我们把街垒加高到二十尺，大家坚守不走。公民们，让我们用尸体作抗议。我们做个样子让人看看，即使人民抛弃共和党人，共和党人也不抛弃人民。”

这番话，使大家的思想摆脱了焦虑不安的阴云。大家报之以热烈的欢呼。

讲这番话的人叫什么名字，始终无人知道。这是一个穿工装的无名之辈，一个默默无闻的人，一个被遗忘的人，一个过路英雄。在人类遇到危机和新的社会诞生时，总会出现这种伟大的无名英雄，在一定时刻，以至高无上的方式，说出决定性的话，当他们在闪电般的一刹那间代表上帝的人民说过话之后，便消失在茫茫黑暗中。

在一八三二年六月的空气中，弥漫着这种不可动摇的决心，因此，差不多同一时刻，在圣梅里街垒那里，起义者也发出了可以载入史册的喊声：“有没有人支援，有什么关系！我们要战斗到最后一个人。”

由此可见，这两座街垒尽管分处两地，但心灵是相通的。

四　减了五个，加了一个

那个无名氏代表大家的心声，下了“以尸体作抗议”的命令之后，众人异口同声，发出极其满足和可怕的吼声，话语悲惨不已，声调异常热烈：

“死亡万岁！全都留下！”

“为什么要全留下？”昂若拉说。

“全留下！全留下！”

昂若拉又说：

“这里地势有利，街垒坚固。三十个足够。为什么要牺牲四十个呢？”

大家反驳道：

“因为没有一个想离开。”

“公民们，”昂若拉大声说，他有点气恼，声音发颤，“共和国的人还不多，不能做无谓的牺牲。图虚荣是一种浪费。假如有些人的责任是走，那这个责任和其他责任一样要履行。”

昂若拉是个讲原则的人，他对同道者有一种来自绝对的无上权力。不过，他的权力再绝对，大家仍然低声议论。

昂若拉是个彻头彻尾的领袖，见大家窃窃私语，仍坚持己见。他高傲地问道：

“谁为留下三十人担心，请讲。”

议论声有增无已。

“再说，”人群中有人指出，“也不容易走得出去。街垒被包围了。”

“菜市场那边还没有。”昂若拉说，“蒙代图尔街畅通无阻，从布道兄弟会修士街，能走到圣婴市场。”

“到了那里就会被抓住。”另一个人说，“会遇到正规军或郊区自卫军的前哨。他们看见穿工作服、戴鸭舌帽的人过去，就会问你是从哪里来的，是不是街垒里的人。还要看你的手。你身上有火药味儿。你会被枪毙。”

昂若拉没有回答，碰了碰孔布费尔的肩膀，二人进了楼下厅堂里。

一会儿，他们就出来了。昂若拉双手托着他保留下来的四套军装。孔布费尔拿着腰带和军帽跟在后头。

昂若拉说："穿上这军装，混进队伍中，就可以逃走了。总可以逃出四个人吧。"

说完，他把四套军装扔到挖掉了铺路石的地上。

视死如归的听众无一人动摇。孔布费尔发言了。

"好了，"他说，"大家得有点同情心。你们知道这关系到谁吗？关系到女人。好了。有妻子存在，是不是？有孩子存在，是不是？有用脚摇摇篮，身边围着一堆孩子的母亲存在，是不是？你们中间有谁没见过女人喂奶的人请举手。啊！你们想战死，告诉你们，我也想，可我不想感到女人的阴魂在我周围痛苦欲绝。你们可以死，但不要让别人也死。这里就要进行的自杀是崇高的，可自杀是有限度的，不允许扩大。一旦关系到你们的亲人，自杀便成了谋杀。想一想金发的孩子，想一想白发的老人。听着，刚才昂若拉对我说，他在天鹅街的拐角上，看见六楼的一个窗口有亮光，一扇可怜的窗口点着蜡烛，窗玻璃上映出一位老妇晃来晃去的头影，她可能彻夜未眠，一直在等待。她可能是你们中间哪一位的母亲。那就请这个人快走吧，快去对他母亲说：'母亲，我回来了！'请他放心，这里的事照样进行。要挣钱养家糊口的人，就没有权利牺牲自己。这是在背弃家庭。有女儿的人，有姐妹的人！你们想到她们了吗？你们牺牲了，你们死了，很好，可明天呢？女孩子没有面包，这是很惨的。男人要饭，女人卖身。啊！这些人多么可爱，多么迷人，多么温柔，帽子上插着鲜花，嘴里唱着歌儿，叽叽喳喳，她们使家里纯洁无垢，她们像是有生命的香水，她们以尘世间童女的纯洁，证明天上确有天使。这个让娜，这个丽丝，这个咪咪，这些可爱而诚实的人，她们是你们的骄傲，是你们要祝福的人。啊，上帝，她们要挨饿了！叫我说什么好呢？世上有个出卖肉体的市场，不要等成了鬼魂后，再用你们颤抖的手来阻止她们进去！想一想那些大街，想一想熙熙攘攘的马路，想一想那些店铺，一些袒胸露肩、身陷泥淖的女人在店门前走来走去！这些女人也曾有过纯洁。有姐妹的人，要想一想你们的姐妹。这些娇柔美丽的姑娘，这些脆弱、贞洁、可爱、美丽，比五月的丁香还要鲜润的女孩，她们就要贫穷，卖淫，落入警察手中，关进圣拉扎尔监狱！啊！你们牺牲了！啊！你们死了！很好。你们想让人民摆脱王权，却把自己的姐妹交给了警察。朋友们，当心啊，得有点怜悯心。对女人，对不幸的女人，我们不习惯为她们着想。我们对女人没受过男人受的教育感到心安理得，不让她们读书，不让她们思想，不让她们关心政治，可是，你们能阻止她们今晚上去停尸场认领你们的尸体吗？好了，有家室的人听话，同我们握握手走吧，这里的事留给我们干吧。我知道，走也是需要勇气的，这很难。但是，越难就越值得做。有人说：'我有一支枪，我已在街垒了，算了，我就待着吧。'算了，说得倒轻巧。朋友们，还有明天，明天你们不在了，可你们一家老小还在。他们要忍受多少痛苦啊！瞧，一个健康漂亮的孩子，脸圆圆的像苹果，叽叽喳喳，喋喋不休，笑声不断，吻他时感到沁人心脾，一旦被父亲抛弃后，你们知道他会变成什么吗？我见过一个，一点点大，只有这么高。他父亲死了。一家穷人好心收留了他，可他们自己也没有面包。孩子经常饿肚子。那是在冬天。他不哭。有人见他走到火炉跟前，可火炉里从来不生火。你们知道，烟筒上嵌着黄泥。那孩子用小手指抠下黄泥，放进嘴里吃。他呼吸不畅，脸色发青，双腿发软，肚子鼓鼓的。他一声不吭。问他话，他也不回答。他死了。他死的时候，被送到内克救济院。我是在那里看见他的。我是这救济院的住院医生。现在，请你们中间当了父亲的人，星期天用自己粗壮的手拉着孩子的小手去散步，并以此为幸福的人，想象一下这孩子是他自己的孩子。这个可怜的孩子，我还记忆犹新，仿佛就在眼前，他赤条条躺在解剖台上，皮下一根根肋骨突出来，就像公墓草丛下的一个个坟坑。在他胃里，发现了泥巴样的东西。牙缝里有灰渣。好了，我们扪心自问一下。据统计，被遗弃的孩子死亡率为百分之五十五。我再说一遍，这关系到妻子，关系到母亲，关系到女孩子，关系到男孩子。是不是也要同你们谈谈你们自己？我们知道你们是什么样的人。我们知道你们都很勇敢，当然！我们知道，你们都把为伟大的事业献身当作快乐和光荣。

我们知道，你们都觉得已被选定去做有益而壮丽的牺牲，都想为胜利尽一份力量。这很好。可你们在世上不是孤身一人。还要为别人着想。不应该自私。”

大家神态忧郁，低下了头。

在最后时刻，人的心理状态多么奇怪，多么矛盾！孔布费尔这样说，可他自己并不是孤儿。他想起了别人的母亲，却忘了自己的母亲。他就要牺牲自己。他是“自私”的。

马里尤斯饥肠辘辘，焦躁不已，希望一一破灭，受到人生最大的灾难——痛苦的折磨，内心激动不安，感到末日来临，越来越陷入惊愕和幻觉中。自愿牺牲的人最后时刻来到之前都会这样。

生理学家可以对他这种焦躁不断加剧的症状进行研究。对于这种焦躁情绪，科学早已做了揭示和归类，认为痛苦时产生的焦躁，可同作乐时产生的快感相比较。人在绝望时，也有心醉的时候。马里尤斯就处于这种状态。他像个局外人那样观看一切。正如我们所说的，他眼前发生的事，似乎离他很远很远。他只看见整体，却看不到细节。他通过火光，看见人们来来往往。他听见人说话，却觉得声音来自深渊。

可是，这使他激动。在这情景中，有一根针直刺他身上，把他刺醒了。他只有一个念头，那就是死。他不想摆脱这个想法。可他在神思恍惚中忽然转念，自己死并不妨碍救别人。

他抬高嗓门说：

“昂若拉和孔布费尔说得对。不要做无谓的牺牲。我赞成他们的意见，得赶快行动。孔布费尔对你们说的，是决定性的话。你们中间有的人有家庭、母亲、姐妹、妻儿。这些人请出列。”

没有人动弹。

“结过婚的人和要养家糊口的人出列！”马里尤斯又说了一遍。

他的威望是很高的。昂若拉是街垒的头头，马里尤斯是街垒的救命恩人。

“我命令你们！”昂若拉喊道。

“求求大家了。”马里尤斯说。

孔布费尔的话打动了他们，昂若拉的命令震撼了他们，马里尤斯的恳求感动了他们，于是，这些英勇的人们开始互相揭发。

“对了，”一个年轻人对一个壮年人说，“你家里有孩子，快走吧。”

“该走的是你，”那人回答，“你要扶养两个妹妹。”

于是，一场闻所未闻的斗争爆发了。大家争着不被逐出坟墓。

“赶快，”孔布费尔说，“再过一刻钟，就来不及了。”

“公民们，”昂若拉接着说，“这里是共和国，实行普选制。你们自己选定谁该走。”

大家服从了。几分钟后，大家一致选定的五个人走出行列。

“有五个人！”马里尤斯惊叫道。

只有四套军服。

“那好，”那五个人说，“得有一个留下。”

于是他们争着留下来，争着说别人不能留下的理由。一场高尚的争执又开始了。

“你有一位爱你的妻子。”

“你有老母亲。”

“你没有父母，三个年幼的弟弟怎么办？”

“你有五个孩子。”

“你得活着，你才十七岁，现在死太早。”

这些伟大的革命街垒，是英雄主义的聚集地。不可思议的事，在这里习以为常。这些人不会为彼此的行为感到惊讶。

“快呀。”孔布费尔又说。

人群中有人对马里尤斯喊道：

“谁留下，你指定吧。”

“对，”那五个人说，“您选吧。我们服从您。”

马里尤斯以为自己再也不会激动了。可是，听到叫他来选一个人去死，全身的血都涌回心脏。如果他的脸还能变得更白的话，就可以说他的脸色骤然变白。

他朝那五人走去。他们向他微笑，眼睛里都冒着烈火，就像在遥远的历史上，在温泉关战役[①]中所见到的那样。他们对他喊道：

“我！我！我！”

马里尤斯傻乎乎地数了数。还是五个！然后，他低头看了看那四套军服。这时，第五套军服好似从天而降，落到这四套上面。第五个人得救了。

马里尤斯抬头一看，认出是福施勒旺先生。让·瓦让刚走进街垒。

或许已探明情况，或许出于本能，抑或出于偶然，他是从蒙代图尔巷来这里的。他身上穿着国民自卫军的制服，所以一路顺利。

起义者设在蒙代图尔街上的岗哨，看见只有一个国民自卫军战士，就没发出警报。他放他进入这条街，一面暗自思忖：“可能是来增援的，最糟也不过是个俘虏。”当时情况非常严重，哨兵是不可能玩忽职守的。

让·瓦让进街垒时，谁都没看见他，因为所有的眼睛都盯着选出来的五个人和四套军服。让·瓦让都看见和听见了。他默默脱下军服，扔到那堆军服上。

当时激动的场面是难以描绘的。

“这人是谁？”博絮埃问道。

“一个救别人的人。”孔布费尔回答。

马里尤斯用低沉的嗓音说：

“我认识他。”

由他担保，大家就放心了。昂若拉转向让·瓦让。

“公民，欢迎您。”

他接着又说：

“您知道，我们就要死了。”

让·瓦让没作回答，而是帮被他救的起义者穿上他的制服。

---

① 温泉关为古希腊地名。公元前四八〇年，人数很少的希腊军队在此抵抗波斯大军达三天。此战役作为勇对强敌的战例载入史册中。

五　从街垒顶上展望未来

在这严峻的时刻，在这严酷的地方，众人的处境，导致昂若拉极度忧郁，而昂若拉极度忧郁，又是众人处境的顶峰。

昂若拉是个彻头彻尾的革命者，但并不完全，正如绝对可能不完全一样。他太像圣茹斯特①,不大像阿纳卡西斯·克洛斯②。不过,在ABC友社，他的思想最终被孔布费尔某些思想所同化，最近以来，他渐渐摆脱了教条主义的狭隘形式，走向人类进步的广阔大道。他甚至承认，把法兰西大共和国变成全人类的大共和国，是最终而辉煌的发展过程。至于眼下采用的办法，他认为，既然暴力局面已产生，就应该采用暴力手段。这一点，他是至死不变的。他仍属于“九三年”一词所概括的壮丽而可怕的那一派。

昂若拉站在街石垒成的阶梯上，一只臂肘撑着卡宾枪管。他在沉思。他不时打个寒战，仿佛有阵风吹过。在死亡笼罩的地方，都会产生这种像坐三脚椅的感觉。他的眸子发出即将闷熄的火光，充分反映了他的内心世界。蓦然，他头一扬，金发往后一甩，就像天使披着长发，站在由星辰组成的四马拉套的黑色战车上，又像头惊慌的狮子，竖起火焰般光环的鬃毛。昂若拉大声说道：

“公民们，你们能想象出未来吗？城市的街道洒满阳光，门前绿树成荫，各民族情同手足，人人公正无私，老人祝福孩子，过去热爱现在，思想家有充分的自由，信教的人完全平等，上天作为宗教，上帝是直接的神甫，人的良心变成祭坛，不再有仇恨，工厂和学校充满友爱，赏罚晓之于众，人人有工作，人人有权利，人人安居乐业，不再有流血，不

---

① 圣茹斯特（1767—1794），法国革命家。残酷无情。

② 克洛斯（1755—1794），号称阿纳卡西斯，流亡到法国的普鲁士人，法国大革命时期的激进民主派。

再有战争，天下的母亲幸福快乐！征服物质，这是第一步，实现理想，这是第二步。好好想一想人类的进步。在原始时代，人类看见七头蛇在水上喘气，火龙喷出火焰，鹰翼虎爪的怪鸟从天上飞过，无不惊恐万状。那是些胜过人类的可怕野兽。然而，人类设下陷阱，智慧的神圣陷阱，最终捕获了这些怪兽。

“我们降服了七头蛇，它叫汽船。我们降服了火龙，它叫火车头。我们就要降服怪鸟，已把它抓在手中，它叫气球。当普罗米修斯的这一事业完成之日，人类能随心所欲地驾驭古代的三大怪物——七头蛇、火龙和怪鸟，也就是说，人类成了水、火和天空的主人，那么，人对于其他生物所处的地位，就相当于古代的神对于人所处的地位。鼓起勇气，勇往直前！公民们，我们往哪里走？我们要让科学成为政府，让事物的必然趋势成为唯一的警察，让自然法则有赏有罚，晓之于众，让真理像太阳那样升起。我们朝着各国人民的团结前进，朝着人类的统一前进。不要再有空想，不要再有寄生虫。我们的目的是，让真实统治现实。文明将在欧洲之巅举行会议，之后是在各大陆的中心，在由智慧组成的大议会里。类似的事曾经有过。古希腊每年两次召集城邦联盟议员开会，一次在得尔福斯，那是众神聚集之地，另一次在温泉关，那是群英聚集之地。将来，欧洲也要有城邦联盟会议，全球也要有城邦联盟会议。法兰西正在孕育这一灿烂的未来。这是十九世纪的构思。古希腊初创的事业，应由法兰西来完成。你，弗伊，英勇的工人，法兰西人民的一员，世界人民的一员，请听我说。我崇敬你。是的，你清楚地看到了未来世界，你是对的。弗伊，你没有父亲，也没有母亲。你把人类当作母亲，权利当作父亲。你就要死在这里，就是说，你就要获得胜利。公民们，不管今天发生什么，胜利也罢，失败也罢，我们要进行的是一场革命。大火能照亮全城，革命能照亮全人类。我们进行的是一场怎样的革命呢？我刚才说了，是求真实的革命。从政治上看，只有一个原则：人类对自己行使主权。这种我对我自己行使主权，就叫作自由。两个或几个这种主权联合的地方，便产生了国家。但这种联合绝不意味着弃权。每个主权者让出一定数量的权利，组成普通法。每个人让出的数量是相同的。这种人人为大家做出等量的让步，就叫作平等。普通法不是别的，而是大家对每个人权利的保护。这种大家对每个人的保护，就叫作博爱。所有主权的聚合点，便是社会。这种聚合便是连接，这个点便是结。于是就有了所谓的社会联系。有人称之为社会契约。这是一回事，从词源上说，契约这个词就有联系的意思。对平等的含义，我们要统一一下看法，如果说自由是顶峰，平等便是基础。公民们，平等不是说所有的植物都一样高，高草和矮橡树结成一个群落，相邻的石竹互相去雄。而是从公民角度看，各种才干都有同样的出路；从政治上看，各种选票都有同样的分量；从宗教上看，所有的信仰都有同样的权利。平等有个手段：免费和义务教育。应该从识字的权利开始。每个人都必须上小学，每个人都可以上中学，这就是法律。相同的教育，便会产生平等的社会。是的，教育！光明！光明！一切皆来自光明，一切都回到光明。公民们，十九世纪是伟大的，但二十世纪更幸福。到那时，一切都和过去不一样。不必像今天这样怕这怕那。不必害怕征服、侵略、篡夺。不必害怕民族间会有武力对抗，王室通婚会造成文化中断，世袭专制会产生新的暴君，一次会议会导致民族分裂，王朝崩溃会引起国家解体，两种宗教就像两只黑暗中的山羊，在无限的独木桥上相遇相斗。不必再怕饥饿、剥削、因穷困而卖淫、因失业而潦倒，也不必害怕断头台、利剑、战争，以及在无数事件中，遭受各种意外的劫难。几乎可以说，不会再有事变。人人都会很幸福。人类履行自己的法则，正如地球遵循自身的运行规律。人类和天体之间，又会恢复和谐。人类绕着真理运转，正如星星绕着太阳运转。朋友们，我们所处的时刻，我同你们说话的时刻，是天昏地暗的时刻，但这是为未来付出的巨大代价。搞一场革命，是付一次过路税。呵！人类就要获得解放，就要重新站起来，并得到安慰！我们站在这街垒上，向人类做这个断言。如果不是从牺牲的高度，还能从哪里发出爱的呼唤呢？啊！我的弟兄们，这里，就是有思想的人和受痛苦的人会合的地方。这个街垒不是用街石、大梁、废铁，而是由思想和痛苦这两堆东西筑成的。苦难在这里邂逅理想。白昼在这里拥抱黑夜，对它说：‘我将和你一起死亡，你将同我一起再生。’所有的痛苦相拥抱，就会迸发出信念。痛苦带来的是垂危，思想带来的是永生。垂危和永生将混合，组成我们的死亡。弟兄们，谁死在这里，便是死在未来的光辉中，我们要进入的坟墓，深深透进了曙光。”

昂若拉停住了，更确切地说，他暂时停了下来。他的嘴唇不出声地翕动，仿佛在自言自语。大家凝望着他，想继续听他讲下去。没有人鼓掌，但大家低声议论了很久。话语有如微风，智慧的颤动犹如树叶抖动。

六　马里尤斯惊恐不安，雅韦尔言简意赅

现在来谈谈马里尤斯的思想活动。

不妨回忆一下他的精神状态。刚才说过，一切对他都成了幻觉。他的判断已模糊不清。要强调的是，马里尤斯处于冥府向临终者张开的巨大翅膀的阴影下。他感到已进入坟墓，已在大墙的另一边。他在用死人的目光观望活人的脸。

福施勒旺先生怎么会在这里的？为什么他在这里？他来做什么？这些问题，马里尤斯连想都没想。况且，人在绝望时，会以为别人也和自己一样绝望，因此，他认为来这里的人，自然都是为了死在这里。

只是他一想到珂赛特，便心痛欲裂。

再说，福施勒旺先生不同他说话，也不看他一眼，甚至当马里尤斯提高嗓门说“我认识他时”，他似乎也没听见。

至于马里尤斯，他见福施勒旺这般态度，倒是松了口气，甚至可以说很高兴，如果能用这个词形容这种感觉的话。这个谜一般的人，在他看来既可疑，又可敬，他向来觉得绝不可能同他说话。再说，他已很久没见到他了，自己又生性腼腆谨慎，就更不可能同他说话了。

那五个选定的人从蒙代图尔巷出了街垒。他们和国民自卫军一模一样。有一个走时还哭了。临行前，他们和留下来的人一一拥抱。

被放生的五个人一走，昂若拉想到判死刑的那个人。他走进酒店。雅韦尔绑在柱子上，一副沉思的样子。

"你需要什么吗？"昂若拉问他。

雅韦尔回答：

"什么时候杀我？"

"等着吧。我们现在需要子弹。"

"那给我点喝的。"雅韦尔说。

昂若拉亲自给他端来一杯水。雅韦尔手绑着，他就把水送到他嘴边。

"没别的了？"昂若拉问。

"我绑在这柱子上很不舒服。"雅韦尔说，"你们让我这样过了一夜，心肠也太硬了。随你们怎样捆我，可也得让我和那个人一样，躺在桌上呀。"

他动了一下头，指了指马伯夫的尸体。

大家记得，厅堂里首有一张大长桌，在上面熔铸过子弹。子弹全已做好，火药全已用完，那桌子现在空着。

遵照昂若拉的命令，四名起义者把雅韦尔从柱子上解了下来。在解他的时候，另一名起义者将刺刀抵在他胸口。他的手始终反绑着，人们又在他的脚上缚了根结实的细鞭绳，只让他像上断头台那样，迈十五寸小步，一直走到最里头的那张长桌旁，让他躺到上面，再拦腰紧紧捆住。

为了保险起见，又在他脖子上缚了根绳子，除了捆得他无法逃跑外，还采用大牢里叫作马颌缰的捆法，从颈部绑起，在腹部交叉，再从两脚间经过，绕回来把双手捆住。

在绑雅韦尔的时候，有个人站在门口，目不转睛地看着他。雅韦尔看到那人的影子，掉过头来。他抬起头，认出是让·瓦让。他甚至都没有抖一下，高傲地垂下眼睛，只说了句："这不奇怪。"

七　形势严峻

天色越来越亮。可是，没有一扇窗打开，没有一扇门微微开启。这是黎明时刻，不是醒来时分。正如我们所说，街垒对面尚弗里街尽头的部队已经撤走，那里似乎畅通无阻，行人可以自由出入，但寂静之中透着阴森。圣德尼街就像底比斯城的斯芬克司街，寂寂无声。晨曦照得各街口微微发白，却不见一个人影。没有比渺无人迹的大街上的这种熹微晨光更凄恻的了。

什么也看不见，但能听得见。不远的地方，响起了神秘的运动声。显然，危急时刻到了。又像昨晚那样，哨兵撤了回来，但这次是全部。

街垒比第一次进攻时坚固多了。那五人走后，又加高了一些。

有个哨兵察看了中央菜市场一带，根据他的意见，怕背后遭到袭击，昂若拉做了重大决定。他下令，在一直畅通无阻的蒙代图尔巷构筑街垒。为此，又将几幢房屋前的街石挖了出来。于是，这座街垒堵住了三条街，前面是尚弗里街，左边是天鹅街和小丐帮街，右边是蒙代图尔街，这样，它就真可谓固若金汤了。当然，他们也就不可避免地被困在里头。街垒三面受敌，但不再有出口。

库费拉克笑着说："是堡垒，也是捕鼠笼。"

昂若拉叫人在酒店门口堆了三十来块街石。博絮埃说，这是"多挖的"。

现在，可能发动进攻的那个方向寂寂无声，昂若拉便命令各人回到战斗岗位上。

然后，分给每人一定量的烧酒。

没有比准备迎击袭击的街垒更奇妙的事了。每个人就像看戏那样，选好自己的位置。有的斜靠着，有的用肘撑着，有的用肩抵着。有人用街石垒成单座。那里有个墙角碍事，就避开；这里突出一块可作掩护，便躲进去。左撇子非常宝贵，可以挑别人不顺手的地方。许多人设法让自己能坐着战斗。杀敌时要舒舒服服，死的时候也要舒舒服服。在一八四八年六月那场伤亡惨重的街垒战中，有个百发百中的起义者，在一个屋顶平台上战斗，弄来了一张伏尔泰式的安乐椅，一阵枪弹射来，他饮弹而亡。

首领一发出准备战斗的号令，所有嘈杂声戛然而止。不再你争我执，不再结成圈子，不再窃窃私语，不再三五一伙各处一方。大家都集中注意力，等待敌人的进攻。危险降临前，街垒里一片混乱；身处危险中，街垒里秩序井然。危险便是命令。

昂若拉拿起双响卡宾枪，站到留给自己的一个颇似雉堞的缺口前，大家顿时鸦雀无声。沿着这堵街石墙，微微响起一阵噼啪声。那是在给枪装子弹。

此外，他们的态度比任何时候更自豪，更自信。反正要牺牲，也就义无反顾了；没有了希望，但还有绝望。绝望是最后的武器，有时能带来胜利。维吉尔就这样说过。拼死一搏，也许能绝处逢生。登上死亡之船，有时能免遭灾难；棺材盖可以变成救命板。

和昨晚一样，大家的注意力都转向，也可以说都压在街的另一头。那里已被晨光照亮，看得清了。

等待的时间不长。圣勒那边传来清楚的骚动声，但与第一次进攻的声音不一样。那是链条的喀啦声，一个庞然大物令人不安的颠簸声，青铜在铺石路上跳动的叮当声，一种庄严的撞击声，这说明有个凶险的铁家伙正在逼近。这些古老而宁静的街道，五脏六腑都在战栗。当初开辟和修建这些街道，原是为了沟通利益和思想，而不是让战车巨轮在上面滚动。

战士们紧盯街另一端的目光变得凶狠了。一门大炮出现了。

炮手们推着炮车。大炮已进入射击状态，拖车已脱开，两人扶着炮架，四人走在车轮旁，其余的推着弹药车，跟在后头。只见点燃的导火线冒着烟。

“打！”昂若拉喊道。

整个街垒一齐射击，枪声震耳欲聋。硝烟弥漫，淹没了大炮和人。几秒钟后，烟消雾散，大炮和人复又显现。副炮手们慢慢悠悠，堂堂正正，不慌不忙，继续将大炮推到街垒对面。没有一人被击中。接着，炮长用力压下大炮后座，抬高射角，然后将炮口瞄准街垒，神情严肃，有如天文学家在将望远镜瞄准星星。

“精彩，炮手们！”博絮埃高呼道。

整个街垒掌声雷动。过了一会儿，大炮脚跨水沟，稳坐在大街中央，准备射击了。它向街垒张开血盆大嘴。

“好！真叫开心！”库费拉克说，“那家伙上阵了！弹完手指头，就要挥拳头了。军队向我们伸出了粗爪子。街垒可真要剧烈震动了。火枪探路，大炮进攻。”

“这是八厘米口径的新式青铜炮。”孔布费尔接过话头说，“这种大炮，锡和铜的比例只要超过百分之十，就容易爆炸。锡含量太高，大炮就会变软。因此，火门内可能有砂眼和气孔。为了预防这种危险，也为了增加装弹量，恐怕要回到十四世纪装箍圈的做法，在炮的外面，从炮闩到炮耳，加上一套无缝钢管。目前，只能尽量弥补缺陷。可用钩子检查出火门内的砂眼和气孔。但有更好的办法，也就是格里博瓦尔的流动星探测法。”

博絮埃说：“十六世纪，炮膛内刻有来复线。”

“是的，”孔布费尔回答，“这可以增加弹道的威力，但却降低了命中率。此外，在短程射击中，弹道的直度不尽人意，抛物线过大，弹道不够直，就不能击中射程内的所有目标，而击中目标是战斗的需要，离敌人越近，射击越仓促，也就越有必要。十六世纪的来复炮射出的炮弹，曲线张力不足，是因为装药量小。这种大炮，装药量小是由弹道决定的，比如要保持炮架的稳固。总之，大炮这个暴君，还不能为所欲为，威力不够是个很大的缺陷。一颗炮弹的射速每小时只有六百里，而光速每秒钟就达七万里。这就是耶稣-基督胜过拿破仑的地方。”

“重装子弹！”昂若拉说。

炮弹打来时，街垒会怎样呢？会不会被轰开缺口？这是个问题。起义者重新给枪装子弹时，炮手们也在给炮装炮弹。

堡垒内，人们忧心忡忡。炮弹射出了，只听见轰的一声巨响。

“中了！”一个欢快的声音喊道。

炮弹击中街垒时，加弗洛什跳进了街垒。他是从天鹅街那边过来的，他敏捷地跨过面对小丐帮街迷宫的小街垒。

加弗洛什在街垒里引起的反响比炮弹还要大。

炮弹消失在街石垒起的破墙内，充其量也就炸毁了公共马车的一只轮子，给了安索那辆破车致命一击。看到这个，起义者们敞怀大笑。

“再打呀！”博絮埃向炮手们喊道。

八　得认真对待炮手了

大家围住加弗洛什。但他没来得及叙述。马里尤斯战栗着把他拉到一旁。

“你来这里干什么？”

“呀！”那孩子说，“那您呢？”

加弗洛什放肆地盯着他看，那种神态简直不可思议。他的双眸闪着自豪的光，因而变得更大了。马里尤斯用严肃的口吻继续说：

“谁叫你回来的？我那封信你按地址送去了吧？”

对这封信，加弗洛什感到有点内疚。他急着赶回街垒，与其说把信交给人家，不如说匆匆脱了手。他心里不得不承认，他把信交给那位陌生人，有失谨慎，他连模样都没看清。那人的确没戴帽子，但光凭这点是不够的。总之，他为这事暗暗自责，害怕马里尤斯会怪他。为了摆脱困境，他采取了最简单的办法，可耻地撒了个谎。

“公民，我把信交给门房了。那位女士正在睡觉。她一醒就会拿到信的。”

马里尤斯派他送信有两个目的，一是同珂赛特告别，二是救加弗洛什。他的心愿只满足了一半，只好认了。

先是加弗洛什去送信，跟着福施勒旺先生出现在街垒，马里尤斯在脑海里把这两件事联系了起来。他指着福施勒旺先生问他：

“你认识这人吗？”

“不认识。”加弗洛什说。

刚才说了，加弗洛什是在夜里看见让·瓦让的。

马里尤斯头脑里产生的混乱而病态的臆测，顿时烟消云散。再说，他了解福施勒旺先生的政见吗？福施勒旺先生说不定是共和派。这样，他来参加战斗就不足为怪了。

这时，加弗洛什已走到街垒的另一端，大叫大嚷道：“我的枪呢！”库费拉克叫人把枪还给了他。

加弗洛什按照习惯的称呼，告诉“同志们”街垒已被包围。他费了很大的劲才走到这里。正规军的一个营监视着天鹅街那边，枪支架在小丐帮街；保安部队把守着另一边的布道兄弟会修士街。街垒正面是主力部队。

说完，加弗洛什又补了一句：

“我准许你们狠狠揍他们一顿。”

昂若拉则站在他的枪眼旁，伸长耳朵，密切监视。

进攻者没有再发射，可能对第一发炮弹不满意。

一个步兵连来到大炮后面，占领了街的另一端。士兵们挖出街石，在起义者的街垒对面，筑起一堵矮墙，约有一尺八寸高，像是用做掩体的。在这掩体左侧的角上，可见集中在圣德尼街的郊区国民自卫军一个营的排头。

昂若拉密切监视着，他似乎听见从弹药箱内取出霰弹的与众不同的声音，他看见炮长改变了射击点，将炮口微微侧向左边。接着，炮手们开始装炮弹。炮长亲自抓起点火棒，凑近火门。

“低头！快回这里来！”昂若拉喊道，“都沿街垒跪下！”

刚才，起义者见加弗洛什回来，都离开战斗岗位，分散在酒店门口，听见昂若拉的喊声，一窝蜂地朝街垒奔去。可是，昂若拉的命令还没来得及执行，敌方已经开炮，只听见霰弹发出惊心掉胆的呼啸声。的确是一发霰弹。

那霰弹朝着街垒的缺口飞来，射到墙上，又弹了回来。这一弹不要紧，造成两亡三伤。照这样下去，街垒要招架不住了。霰弹打得进来。大家惊得大声呼叫。

“得阻止他们开第二炮。”昂若拉说。

说完，他压低卡宾枪，瞄准此刻正俯在炮闩上，作最后瞄准的炮长。

炮长是位漂亮的炮兵中士，年纪很轻，一头金发，相貌温和，透着与这武器相得益彰的智慧。这种命定的可怕武器，在可怖性上日臻完善，应该最终能消灭战争。

孔布费尔站在昂若拉身旁，打量着那个年轻人。

“真可惜！”孔布费尔说，“这样子杀人，是很丑恶的！得了，等没有国王时，就没有战争了。昂若拉，你瞄准这个中士，却不看着他。你想象一下，他是个可爱的年轻人，大胆勇猛，看得出很有头脑，这些年轻的炮兵，都很有知识。他有父亲、母亲、家庭，可能正在恋爱，最多二十五岁，可以做你的兄弟。”

“他是我兄弟。”昂若拉说。

“对，”孔布费尔说，“也是我的。算了，别杀他了。”

“你别管。该做的事就该做。”

一滴眼泪在昂若拉冷漠的脸颊上慢慢滚下。

与此同时，他扣动卡宾枪的扳机。一道光射出。那炮手转了两下，双臂伸向前方，脑袋昂起，像是要呼吸空气，然后，侧身倒在大炮上不动了。一股鲜血从他背中间往下淌。子弹穿透了他的胸部。他死了。

得把他抬走，还得有人替他。这样就争取到了几分钟。

九　运用影响一七九六年判决的偷猎者的才能和百发百中的枪法

街垒里众说纷纭。大炮又开始轰击了。遇上这种霰弹，不消一刻钟就会完蛋。无论如何要削弱大炮的轰击力。昂若拉发出了命令：

“得在那里放张床垫。”

“没有了，”孔布费尔说，“全躺着伤员哪。”

让·瓦让独自待在一旁，坐在酒店拐角处的护墙石上，两腿夹着步枪，直到此刻，尚未介入战斗。战士们在他周围议论说：“那儿有支枪闲着。”他似乎也没听见。

可是，昂若拉刚发出命令，他就站了起来。

大家一定记得，起义者来到尚弗里街时，一个老婆婆为预防子弹，用床垫挡住了窗口。那是顶楼上的一个窗子，在一座七层楼房的屋顶上，有点在街垒的外面了。那床垫横放着，下端搁在两根晾衣杆上，上端吊在两根绳子上，远远看去，那两根绳子就像两根细线，挂在窗框的两个钉子上。那两根绳子看得清清楚楚，有如两根头发悬在空中。

“谁能借我一支双响的卡宾枪？”让·瓦让说。

昂若拉将刚装好子弹的卡宾枪递给让·瓦让。让·瓦让瞄准顶楼，射了一枪。吊着床垫的一根绳子打断了。床垫只剩一根绳子拉着了。让·瓦让又射第二枪。第二根绳子打断时，抽了一下窗玻璃。床垫从两根晾衣杆中间落下来，掉在街上。街垒里掌声雷动。大家异口同声地高喊：

“有床垫了！”

“对，”孔布费尔说，“可谁去把它弄来呢？”

的确，床垫落在街垒外面，位于围困者和被围困者之间。然而，那炮兵中士被子弹射死后，部队恼羞成怒，步兵们都趴在街石垒起的掩体后面，为了弥补大炮被迫缄默、需要重新组织的空当，向街垒开枪射击。为节省弹药，起义者对敌人的齐射置之不理。街垒挡住了密集的子弹，可街上却是枪林弹雨，十分危险。

让·瓦让走出豁口，冲到街上，冒着枪林弹雨，奔到床垫跟前，拾起来背着，又返回街垒。他亲自用床垫堵住豁口，把它固定在墙上，不让炮手看见。

放好床垫，大家等候霰弹轰击。没等多久。

大炮一声吼叫，吐出一包霰弹。没有出现反弹。霰弹遇到床垫闷住了。预期的效果达到了。街垒保住了。

“公民，”昂若拉对让·瓦让说，“共和国感谢您。”

博絮埃赞叹不已，纵声大笑。他惊叹道：

“一个床垫竟有这么大的威力，太邪门了。这是以柔克刚。不管怎样，这个床垫抵销了一门大炮，光荣应该属于它！”

十　晨曦

这时，珂赛特醒了。

她的卧室窄小、清洁、幽静，东面有一扇长窗朝向后院。

珂赛特对巴黎发生的事一无所知。白天她还没来这里，而当杜珊说“好像有喧闹声”时，她早已回房了。

珂赛特没睡多少时间，但睡得很香。她做了甜美的梦，可能与她洁白的小床有点关系。一个人出现在光亮中，好像是马里尤斯。她醒来时满目阳光，还以为仍在梦境中。

她梦醒后，第一个感觉是愉快的。珂赛特感到踏实了。和几小时前的让·瓦让一样，她的内心绝对不想有不幸的事发生。她竭力使自己产生希望，却又不知是为什么。接着，她黯然神伤起来。——已有三天没见到马里尤斯了。不过，转念又想，他应该收到她的信，知道她在哪里了，他很聪明，会有办法找到她的。——肯定在今天，说不定就在上午。——天已大亮，但光线是平射的，她寻思时间还早，但也该起床了。为了迎接马里尤斯。

她感到，没有马里尤斯，她是无法活下去的，因此，光凭这点，马里尤斯也一定会来。任何相反的看法都不可接受。这一切肯定无疑。她已痛苦了三天，已够可怕的了。马里尤斯三天没来，这是上帝开的可怕玩笑。现在，上帝的这场残酷考验已然过去。马里尤斯就要来了，他会带来好消息。年轻人就是这样，他们会很快擦干眼泪，他们觉得痛苦毫无用处，也就不接受痛苦。青春就是未来向一个陌生人的微笑，而这个陌生人便是未来的自己。年轻人认为幸福是很自然的。他们的呼吸是由希望构成。

另外，珂赛特记得，马里尤斯说好只有一天不来看她，却怎么也想不起来他说了什么，为什么不来。谁都注意到过一种现象：一枚硬币落在地上，会多么巧妙地躲起来，让你无法找到。有时，思想也会开同样的玩笑，躲到我们大脑的一个角落里；这样就完了，它们消失得无影无踪，无法回忆得起来。珂赛特努力想了想，没有想起来，感到有点气恼。她想，她竟然忘了马里尤斯同她说的话，这样很不好，这是有罪的。

她下了床，做了祷告，洗了脸，也就是净了净自己的灵魂和身体。

必要的话，可以把读者带进一个洞房，但不能带进一个闺房。诗歌勉强敢这样，散文就不应该了。

闺房是含苞未放的花儿的内室，是黑暗中的白色，是未开放的百合花的花心，只要太阳没看过，男人就不该窥视。含苞未放的女人是神圣的。那裸露的纯洁无瑕的小床，那连她自己都不敢正视的半掩半露的美妙玉体，那藏进拖鞋里的洁白的秀脚，那视镜子为眼睛，在它面前也遮遮藏藏的酥胸，那听见家具爆裂的声音和车辆驶过的声音，也要赶紧往上拉一拉以便遮住玉肩的衬衣，那些打了结的缎带，那些扣住的搭扣，那些拉紧的束带，那些颤动的声音，那些因为怕冷怕羞而发出的微微颤抖的声音，那些因为受惊受吓而做出的妙不可言的动作，那有如插了翅膀、动辄就有的不安，那如晨曦中的云彩千变万化、楚楚动人的服饰，这一切都是不该细述的，点一下还嫌太多。

男人的目光，面对一位少女起床，要比面对一颗星星升空更虔诚。一旦可能触及，当即倍加尊敬。桃子的茸毛，李子的白霜，雪花的晶体，蝴蝶的粉翅，比起纯洁无垢却毫无意识的少女来，就成了俗物。少女只是梦幻中的一道微光，尚不是一尊雕像。她的闺房隐蔽在理想的阴影部分。目光不慎触及，是对这阴影的冒犯。如若凝视，便是亵渎了。

因此，对于珂赛特醒来时那种赏心悦目的忙乱情景，我们不做描绘了。

东方有个故事中说，上帝创造的玫瑰原本是白色的，可是，它在开放时，被亚当瞅了一眼，便羞得变成了玫瑰色。我们认为，少女和花儿值得崇敬，在她们面前感到诚惶诚恐。

珂赛特很快就穿好了衣服，梳好了头发，戴好了头饰（那时候，女人的发式很简单，不用小垫块和小卷筒把发卷和中间分开的两股头发鼓起来，也不在头发里加硬衬）。梳妆完毕，她打开窗子，环顾四周，希望能看到一段街道，一个屋角，一截路面，便于她窥视马里尤斯。但外面什么也看不见。后院围着高墙，空隙处是几座花园。珂赛特声言这些花园奇丑无比，她生平第一次觉得花儿不好看。十字路口的一段水沟也比花园中看。她决定仰望天空，仿佛马里尤斯会从天而降。

忽然，她泪如雨下。并非她情绪多变，而是从希望转入了沮丧，这便是她当时的心境。她隐隐感到一种莫名的恐惧。的确，一切都是过眼云烟。她觉得对什么都没有把握。互不见面，便是互相失去。刚才她想，马里尤斯可能从天而降，现在她觉得这个想法不再是美好，而是凄凉了。

继而雨过天晴，她恢复了平静，也恢复了希望。她莞尔而笑，那是一种无意识的，但对上帝深信不疑的微笑。

那幢房子里的人都还在睡觉，就像乡下那样静得出奇。没有一扇窗板打开。门房的小屋依然关着。杜珊尚未起床，珂赛特自然以为父亲仍还在睡觉。她夜里一定很痛苦，现在也仍然很痛苦，否则她心里不会埋怨父亲。但她寄希望于马里尤斯。这样亮的光肯定是不会消失的。她开始祈祷。远处不时传来沉闷的震动声，她说："真奇怪，这么早就有车辆出入大门。"其实是大炮在轰击街垒。

在珂赛特窗下几尺远的墙上，有个黑黑的旧飞檐，里面有个雨燕窝，稍为突出在飞檐之外，从上面可以看见这个小天堂的内部。燕妈妈在窝里，张开扇状的翅膀，护着一群儿女；燕爸爸飞来飞去，用嘴衔回来食物和亲吻。朝阳将这幸福的一幕染得金光灿灿，"繁衍生息"的伟大法则，在这里发出庄严的微笑，这充满温馨的神秘，在晨曦中笑逐颜开。珂赛特的头发沐浴在朝晖中，灵魂陷入幻想中，心里照着爱情，躯体照着晨光，她仿佛无意识地俯下身子，却不敢承认心里在思念马里尤斯，怀着处女见到鸟窝时的激动心情，开始注视这些鸟儿，这个家庭，这只雄燕和这只雌燕，这个母亲和这些幼子。

十一　弹无虚发，却不伤人

围困者继续使用火力。排枪和霰弹轮番发射，但并没造成多大的损失。唯有科林斯酒店上半部门面损失惨重：二楼的窗户和屋顶室的小窗被霰弹和枪弹射得千疮百孔，渐渐变得面目全非。守在那里的战士只好躲开了。这是攻打街垒的一种战术；长时间频频射击，以耗尽起义者的弹药，假如后者错误地还击的话。当发现起义者火力减弱，便知道他们弹药已尽，这时就可以发起进攻了。昂若拉没有上当，街垒丝毫没有还击。

每次射来枪弹，加弗洛什便用舌头鼓起腮帮子，以示极大的蔑视。

"好啊，"他说，"把布撕烂吧，我们需要绑带。"

库费拉克看见霰弹不起作用，便吆喝大炮：

"我的乖乖，你射散了。"

打仗跟在舞会上一样，也要施些计谋。街垒的沉默可能使围攻者不安起来，他们担心会发生意外，感到需要透过这堆街石摸清情况，了解这无动于衷的大墙后面发生了什么，为什么挨了打不还击。起义者们突然发现，旁边的屋顶上有个头盔在阳光下闪烁。一个消防队员背靠在高烟囱上，好像在站岗放哨。他的目光垂直落到街垒里。

"那人在监视我们，太碍事。"昂若拉说。

让·瓦让已把卡宾枪还给昂若拉了，但他还有自己的步枪。

他一声不吭，却瞄准那消防队员。转眼间，那人的头盔中了子弹，当啷一声掉到街上。那士兵惊慌失措，赶快逃走。

另一个人来接替他观察。是个军官。让·瓦让又装上子弹，瞄准新来的，砰的一声，那军官的头盔便去和士兵的头盔会合了。军官不敢坚持，赶快溜走。这次他们可明白是什么意思了。没有人再出现在屋顶上，他们放弃了对街垒的侦察。

"您为什么不把人打死？"博絮埃问让·瓦让。

让·瓦让不做回答。

十二　拥护秩序的人却无秩序

博絮埃在孔布费尔耳边嘀咕说：

“他没回答我的问题。”

“这是用枪行善的人。”孔布费尔说。

对那个相当遥远的年代尚有记忆的人，都知道郊区国民自卫军镇压起义可是英勇顽强。在一八三二年六月那几天，他们尤其英勇顽强，不屈不挠。例如，庞坦、韦图、居内特等酒店的好老板，看到骚乱使他们的“机构”无人问津，舞厅无人光顾，便都变成了小狮子，拼命也要挽救小酒店所代表的秩序。在这既市侩又英勇的年代，各种思潮都有自己的骑士，各种利益都有自己的侠士。虽动机平庸，但行动英勇。钱堆的减少，使得银行家们唱起了《马赛曲》。为了捍卫钱柜，人们满腔激情，不怕流血，以斯巴达式的热忱，来保卫小店这个祖国的缩影。

其实，可以说，这里面没什么了不得的事。不过是社会各个成分发生了冲突，直到彼此平衡的那一天。

那时期的另一个特征是，无政府主义和政府中心主义（正统派的野蛮称呼）搅和在一起。

人们拥护秩序，自己却不讲纪律。某个国民自卫军上校心血来潮，一道命令，战鼓就突然擂响了集合令；某个上尉灵机一动，就上了火线；某个国民自卫军战士凭一时“念头”，为了自身的利益，就去参加战斗。在那些“日子”里，在危急关头，人们不大征求首长的意见，而是凭本能行事。在维持秩序的军队里，有真正的游击战士，有法尼科之类拿剑的人，也有像亨利·丰弗雷德那样拿笔的人。

不幸的是，在那个年代，代表文明的与其说是一组原则，不如说是一组利益；因此，文明处境危险，或自以为处境危险，便大声惊呼；人人各自为中心，站在文明的前面，守卫它，救援它，保护它；谁都把拯救社会视为己任。

有时，这种热忱竟走到杀人的地步。国民自卫军的某个排，擅自建立军事法庭，五分钟就判决和枪毙了一名被捕的起义者。让·普鲁韦正是这样被随兴而杀害的。这是残酷的林奇法[①]，任何派别都无权指责别人

① 林奇法由美国上尉林奇（1742—1820）推行。抓到人，不经司法途径，私自判决及执行。

这样做，因为这种私刑，美国的共和政体实行，欧洲的君主政体也实行。这个林奇法常因出错而使事情变得复杂。暴动的某一天，一个叫保尔-埃梅·加尼埃的青年诗人，在王家广场被一个端着刺刀的人追杀，躲到六号门洞里才逃脱。那追在后面想杀他的人高喊："又一个圣西门分子！"原来他腋下夹着圣西门公爵的回忆录。一个国民自卫军战士看见书上写着圣西门，便高喊："打死他。"

一八三二年六月六日，郊区国民自卫军的一个连，在上面提到的法尼科上尉的率领下，一时心血来潮，冲到尚弗里街上找死，造成惨重伤亡。这件事不管多么奇特，在一八三二年起义后进行的司法预审中得到了证实。法尼科上尉，急躁而大胆的资产阶级，像是维持秩序的雇佣兵，具有上面描绘过的特点，是个狂热的无法无天的政府中心论者，无法抵御提前开火的诱惑，野心勃勃，想独自，即靠他一连的兵力攻占街垒。他先看见红旗升起，后又看见黑旗——其实是一件旧衣服升起，又气又恼，大声谴责部队的将领们按兵不动，而那些将领们正在磋商，认为进攻的决定性时刻尚未来到，拿他们中一个人的名言来说，要让"起义者在自己的汤里好好煮一煮"。而他却认为街垒已到了瓜熟蒂落的时候，于是他要试一试。

他手下的人都和他一样坚定，据一位目击者说，是一群"疯子"。他那个连，即枪毙诗人让·普鲁韦的连，是部署在街角那个营的第一连。在大家意想不到的时候，上尉率部发起进攻。这个光凭愿望而缺乏策略的行动，使法尼科连惨遭伤亡。他们刚走了三分之二路程，街垒就向他们开枪射击。四个胆子最大的人冲在前头，就在街垒脚下被枪口顶着胸膛击毙了。这群国民自卫军战士，个个都很勇敢，但缺少军人的坚韧不拔，犹豫了一会，便丢下十五具尸体撤退了。趁他们犹豫之际，起义者抓紧时间，又给枪装上子弹。第二次射击杀伤力很强，法尼科连还没撤到街角的掩蔽所，子弹就打到他们身上了。有一刻，他们受到两面夹攻，一阵排炮打在他们身上：因为没有秩序，大炮仍在轰击。无畏而莽撞的法尼科上尉也惨死在炮火下。他是被大炮打死的，也就是说，他是秩序的牺牲品。

这次凶猛有余、严肃不足的进攻，把昂若拉激怒了。

“这帮蠢货！”他说，“他们让自己人白白送死，也让我们白耗子弹。”

昂若拉说话，俨然像真正的暴动将领。起义和镇压之间的战斗，是在武力不等的情况下进行的。起义一方弹药不多，战士有限，很快就会弹尽人绝。一盒子弹打光了，一个人打死了，不可能再有补充。镇压一方有数不尽的人，因为有军队，有数不尽的弹药，因为有樊尚兵工厂。他们拥有的团的数目，和街垒的人数相等，兵工厂的数目，和街垒的子弹盒一样多。因此，这是以一当百的战斗，总是以街垒的毁灭而告终，除非革命突然爆发，将天神那把火焰熊熊的利剑扔到天平上。这迟早会发生的。那时，一切都会奋起反抗，大街会沸腾起来，民众会纷纷建造街垒，巴黎会受到强烈震撼，那**神奇的东西**[①]会显示出来，某个八月十日会酝酿出来，某个七月二十九日会孕育出来，奇异的光辉会出现，张牙舞爪的武力会后退，军队这头狮子，会看见法兰西这个预言家平静地屹立在前面。

十三　闪过希望之光

在保卫一座街垒时，存在着形形色色的情感和激情：无畏、活力、荣誉感、热情、理想、信念、赌徒的执迷，尤其是断断续续的希望。

这种时断时续、微微颤动的希望，在最出乎意料的时刻，突然掠过尚弗里街垒。

“你们听，”一直没放松戒备的昂若拉突然惊喊道，“我感到巴黎醒来了。”

六月六日上午，有一两个小时，起义的热情无疑有了回升。圣梅里教堂不停地敲响警钟，唤醒了一些人的战斗愿望。梨树街和格拉维利埃街也筑起了街垒。在圣马丁城门前，一名青年端起卡宾枪，单枪匹马攻

---

① 原文为拉丁语。

击一个骑兵队。他就在大马路上，一无掩护，单膝跪地，枪抵着肩，开枪杀死了骑兵队长，然后回过头来说："又一个不能再对我们作恶了。"他被马刀砍死了。在圣德尼街，有位妇女从垂下的遮光帘后向保安警察开枪。只见她每放一枪，遮光帘的叶片就颤动一次。在科索内里街，一个十四岁的孩子被抓走了，口袋里装满了子弹。好几处敌人岗哨遭袭击。在贝坦-普瓦雷街口，卡韦尼阿·德·巴拉尼将军率领的一个重骑兵团，突然遭到猛烈的扫射。在普朗施-米布雷街，有人从屋顶上向军队扔破盆烂碗和日常用具。这是不祥之兆。有人向苏尔特元帅做了汇报，这位拿破仑的老副将陷入沉思，他回忆起德·絮歇[①]在萨拉戈萨说的一句话："当老婆婆往我们头上泼尿壶时，我们就完了。"

在人们认为骚乱已得到控制的时候，各处又出现了这些征兆，民众复又燃起怒火，在称作巴黎郊区的这些干柴堆上，到处飞舞着火星，这一切，使得军队的将领们忧从中来。他们急于扑灭这些刚燃起的火星。他们推迟攻打莫贝埃、尚弗里和圣梅里等街垒的时间，先着手扑灭那些火星，以便全力以赴，将街垒一举歼灭。他们向蠢蠢欲动的街道派出步兵，扫荡大街，搜索小巷，左面的街看看，右面的街探探，时而小心翼翼，慢步前进，时而迈开大步，向前冲锋。遇到放冷枪的房屋，便破门而入。与此同时，骑兵扫荡林荫大道，驱散人群。军队镇压时，不会不引起喧哗，军队和民众冲突时，不会没有叫嚷。这便是昂若拉在炮轰和射击间歇之际听到的声音。此外，他还看见街那头有担架抬着伤员经过，他对库费拉克说：

"那些伤员不是我们打伤的。"

希望转瞬即逝，微光稍纵即灭。不到半个小时，飘在空中的希望烟消云散，就像没有雷声的闪电。起义者们感到，冷漠的民众惯于向被抛弃的不屈不挠者扔出的铅袍，再次落到他们身上。

普遍暴动似乎稍有显露，便告流产了。现在，陆军部长可以把注意

---

① 絮歇（1772—1826），法国军人，从普通一兵最后升为法国元帅，是拿破仑的一员干将。一八〇八到一八〇九年，他率法军在西班牙作战，夺取了萨拉戈萨要塞。

力，将领们可以把策略全都集中在三四个尚未被摧垮的街垒上了。

太阳从地平线上升起。

一个起义者质问昂若拉：

"我们都饿了。我们真要空着肚子去死吗？"

昂若拉依然支在枪眼上，眼睛监视着街的另一端，点了下头。

十四　这里可看到昂若拉情人的名字

库费拉克坐在昂若拉身旁的一块街石上，继续笑骂大炮，每当被叫作霰弹的黑压压一片弹丸咆哮着飞过来时，他便以冷嘲热讽迎接它们。

"可怜的老畜牲，你叫得舌敝唇焦了。真叫我替你难过。你吼也是白吼。这哪里是雷鸣。几声咳嗽罢了。"

他周围的人哄然大笑。

随着危险越来越大，库费拉克和博絮埃越来越勇敢，心情也越来越好。他们学斯卡隆夫人[①]的样，以玩笑代替食物，既然没有酒，就给大家的酒杯里斟入快乐。

"我真佩服昂若拉。"博絮埃说，"他既镇定，又大胆，叫我赞叹不已。他独自一人生活，这使他有点郁郁寡欢。他秉性高贵，这使他过着鳏居生活，他自己也不无抱怨。我们这些人，都或多或少有几个情妇，她们使我们发狂，就是说使我们变得勇敢。一个人恋爱起来像老虎，战斗起来至少会像头狮子。这是向背叛我们的娘儿们报复的一种方式。罗兰[②]设法战死，就是为了让安杰丽克不高兴。我们的英雄主义全都来自女人。没有女人的男人，好比没有扳机的手枪。是女人拨动我们男人。唉！昂若拉没有女人。他没有恋人，可他却有办法让自己勇猛无畏。一

---

① 斯卡隆夫人是法王路易十四的情妇。

② 罗兰是意大利诗人阿里奥斯托（1474—1533）的长诗《疯狂的罗兰》中的主人公，安杰丽克是他的恋人。

个人既能冷若冰霜，又能勇猛如火，真是不可思议。”

昂若拉好像不在听，可是，他身旁有人，就会听见他喃喃念着“祖国”。

博絮埃还在说笑，库费拉克却喊道：

“又来一个！”

接着，他以传达的口吻通报：“我叫八厘米口径大炮。”

果然，一个新角色登场了。这是第二门大炮。炮手们全力操作，不一会儿，这第二门大炮便在第一门旁边架好了。结局显示出来了。

两门大炮很快上好炮弹，立即向街垒正面发起攻击。正规军和国民自卫军用齐射配合炮兵。

不远处也响起了炮声。就在两门大炮向尚弗里街垒发起猛轰之时，另外两门大炮，一门在圣德尼街，另一门在奥布里屠户街，一齐瞄准圣梅里街垒，将它轰得千疮百孔。四门大炮彼此呼应，好不凄凉。

阴沉的军犬也互相响应，狂吠不停。

正在轰击尚弗里街垒的两门大炮，一门射的是霰弹，另一门射的是圆炮弹。

射圆炮弹的大炮瞄得稍为高一些，算好炮弹打在街垒顶端，把它削平，将起义者头顶上方的街石炸成霰弹。

这样射击，旨在迫使起义者离开垒顶，退缩到街垒里面去。也就是说，宣告进攻开始了。

战士们一旦被圆炮弹轰得离开街垒顶端，被霰弹打得离开酒店窗口，进攻的部队就可以冒险冲到街上，不会被瞄准，甚至不会被发现，就像昨晚那样，可以突然爬上街垒，谁知道呢？也许能出其不意，把街垒攻下来。

“这两门炮太讨厌，得杀一杀它们的威风。”昂若拉说。随即又喊道：“向炮兵开火！”

大家早已做好准备。沉默了很久的街垒猛烈射击，狂怒而欢快地连续发出七八次排射。街上硝烟弥漫，刺得人睁不开眼。几分钟后，透过这火光闪闪的烟雾，依稀可见三分之二的炮兵倒在大炮的轮子旁。没有倒下的炮兵，严肃而镇静地给炮装炮弹。但是发射的速度减缓了。

“干得好。”博絮埃对昂若拉说，“成功了。”

昂若拉摇了摇头，回答说：

“这样的成功还能维持一刻钟，接下来，街垒里就只剩不到十发子弹了。”

加弗洛什似乎听见了这句话。

十五　加弗洛什到了街垒外面

蓦然，库费拉克发现在街垒下面，在外面，在街上，在枪林弹雨下有个人。

加弗洛什在酒店里拿了一只装酒瓶的篮子，从豁口出去，不慌不忙，将倒在街垒斜面上的国民自卫军弹盒里的子弹倒进篮子里。

“你在那里干什么？”库费拉克说。

加弗洛什抬起头：

“公民，我在装篮子。”

“你没看见霰弹吗？”

加弗洛什回答：

“嘿，下雨罢了。那又怎样？”

库费拉克喊道：

“回来！”

“待会儿。”加弗洛什说。

说完，他一跃跳到街上。

大家还记得，法尼科连退却时，一路留下了许多尸体。整条街上，东一个，西一个，躺着二十来具尸体。对加弗洛什来说，便是二十来个弹盒。对街垒来说，便是备用子弹。

街上硝烟弥漫。谁见过一大片白云飘落到两个悬崖之间的情景，就能想象得出，这硝烟被两排阴森的高楼挤压，仿佛变得更浓更厚了。它缓缓升起，不断更新，以至光线越来越暗，连白天也变得灰蒙蒙了。这条街很短，可是，街这头的人几乎看不见街那头的人。

这种朦胧模糊的状态，可能是袭击街垒的指挥官有意布下的，但也给加弗洛什提供了方便。

多亏这浓厚的烟雾，也多亏他个子矮小，他可以走得相当远而不会被发现。他倒空了七八个弹盒，没遇到多大的危险。

他时而匍匐前进，时而撒腿奔跑，用牙齿咬着篮子，扭动着，滑行着，起伏着，从这个尸体蜿蜒爬到另一个尸体，将弹盒或弹袋倒空，有如猴子打开核桃将它掏空。

他离街垒还相当近，街垒里的人不敢喊他回来，生怕把敌人的注意力引到他身上。

他在一个下士的尸体上，发现一只梨形火药壶。

“留梨待渴。”他说，并把它装进兜里。

他越走越远，最后来到硝烟稀薄的地方。排成行埋伏在街石掩体后面的正规军射手，以及集结在街角的国民自卫军射手，突然发现有个东西在烟雾中蠕动。

在一块墙角石旁，躺着一个中士的尸体；加弗洛什正在掏他身上的子弹，不料一颗子弹击中了尸体。

“啊唷！”加弗洛什说，“他们在杀我的死人了。”

第二颗子弹打得他身旁的石头路面迸出火星。第三颗子弹打翻了他的篮子。加弗洛什看了看，发现是国民自卫军那边打来了。

他直起身子，站着不动，头发随风飘动，双手叉在胯部，眼睛盯着射击的国民自卫军，唱起歌来：

楠泰尔人太丑，
这怪伏尔泰，
巴莱索人太蠢，
这要怪卢梭。

然后，他拾起篮子，将翻出来的子弹一颗不漏，捡回篮里，又迎着射击前进，去倒另一只子弹盒。第四颗子弹仍没击中他。加弗洛什唱道：

我不是公证人，
这怪伏尔泰，
我是一只小鸟，
这要怪卢梭。

第五颗子弹射来，也只打出他的第三段歌：

我生性快乐，
这怪伏尔泰，
我囊空如洗，
这要怪卢梭。

这样又延续了一段时间。

这景象惊心动魄，却又令人陶醉。加弗洛什挨了射击，却还戏弄敌人。他看上去很开心。他像麻雀在啄猎人。每射来一发子弹，他便回敬一段歌。敌人不断瞄准他，却回回都打不中。国民自卫军和正规军的士兵们边瞄准，边嬉笑。他时而卧倒，时而直立，躲到一个门角里，霍地又跳出来，时而消失，时而出现，时而躲开，时而回来，用拇指顶着鼻尖，扇动其他四指，以示对射击的蔑视，可他仍然不停地捡子弹，掏空弹盒，装满篮子。起义者们急得直喘气，目光紧紧地跟着他。街垒在颤抖；他却在唱歌。这不是孩子，也不是大人，而是个神奇的小精灵。简直是混战中刀枪不入的矮神。子弹在他后面追赶，他却比子弹更敏捷。他在与死神玩可怕的捉迷藏游戏。每当塌鼻子的死神向他靠拢，他就用手指把他弹开。

然而，有颗子弹比其他子弹瞄得更准，抑或更加阴险，终于击中了如磷火般忽隐忽现的孩子。加弗洛什踉跄了一下，倒在地上。街垒里的人惊得大叫一声。可这孩子身上有安泰俄斯[①]的神力，他接触大街，正如巨人接触大地。他倒下是为了站起来。他坐在地上，一股鲜血从脸上淌下，他举起双臂，眼睛望着子弹飞来的方向，又唱起歌来：

我倒在地上，
这怪伏尔泰，
脸冲着水沟，
这要怪……

他没有唱完。同一个枪手的第二颗子弹使歌声戛然而止。这一次，他脸朝地倒下，再也不动了。这颗伟大的小灵魂飞走了。

十六　兄长如何变成父亲

与此同时，有两个孩子——我们的目光应注视各处的悲剧——手挽着手，走在卢森堡公园里。一个可能七岁，另一个五岁。他们走在有阳光的林间小道上，因为他们全身都被雨水淋湿了。大的领着小的。他们衣衫褴褛，面无血色，神态就像两只野禽。小的那个说："我饿坏了。"

哥哥已有点保护人的架势，左手牵着弟弟，右手拿着一根小棍。

公园里冷冷清清，只有他们两人。因为有暴动，警方采取措施，将公园的门全关闭了。在里面露营的部队，也因战斗需要，全都撤走了。

这两个孩子怎么会在这里的？难道是从某个看守不严的哨所里逃出来的？抑或在附近，在地狱城门口，或在观象台广场上，或在被写着**捡到一个裹着破布的孩子**[②]的门楣俯视的十字路口，有一间江湖艺人的小

① 安泰俄斯是利比亚巨人。海神波塞冬和地神该亚的儿子。在格斗时，只要身不离地，就能从大地母亲身上汲取力量。

② 原文为拉丁语。

屋，他们是从那里逃出来的？也可能头天晚上公园关门时，他们瞒过看守，在一个阅报亭里过了一夜？事实上，他们到处流浪，看上去自由自在。一个人到处流浪，看上去自由自在，便是无家可归。的确，这是两个无家可归的孩子。

读者想必还记得，他们正是加弗洛什牵肠挂肚的两个孩子。他们本是泰纳迪埃的儿子，出租给了玛妮翁，充当吉诺曼先生的私生子，现在就像无根断枝的两片落叶，被风吹得在地上打滚。

玛妮翁管他们的时候，他们穿得干干净净，因为要摆出样子给吉诺曼先生看，现在那些衣服已破烂不堪。

这两个孩子已被警察确认，列入流落巴黎街头，多次收容多次逃跑的“弃儿”名册中了。

得碰上暴乱的一天，这些可怜的孩子才能混进公园里。若被看公园的人发现，这些衣衫褴褛的孩子肯定会被赶出去。穷孩子是不准进公园的。不过，也应该想一想，作为孩子，他们是有权赏花的。

多亏公园大门关闭，他们才能待在里面。他们违反了规定。他们溜进公园，待在里面没有走。园门关闭后，看守人员是不休息的，仍要在园中巡视，但会松懈一些，会有停顿。而那天，恰好民众暴动，看守人员受到影响，对园外的事比对园内的事更关心，不再在公园里巡视，所以没看见这两个犯有轻罪的孩子。

昨天下了雨，甚至今天早晨还下了一点。但是，六月的骤雨无关大局。暴雨过后一小时，就看不出这个金灿灿的艳阳天曾流过泪。夏日的地面好像孩子的脸蛋，泪水干得很快。

在这夏至时节，中午的阳光可以说火辣辣的。它无所不喝。它紧贴地面，与大地重合，吮吸地里的水分。太阳仿佛渴了。一阵大雨是一杯水，下了一场雨，很快就被太阳喝干了。那天，早晨还满地淌水，到了中午，就尘土飞扬了。

被雨水洒洗后又被阳光拭干的树木花草，最赏心悦目了。那是既炎热又凉爽的感觉。雨水滋润了根儿，阳光照射着花儿，花园和绿茵成了香炉，香气四溢。万物欢笑，歌唱，都在奉献自己的芬芳。人们感到陶醉了。春天是昙花一现的天堂，阳光培养人的忍耐精神。

有些人没有更高的要求，活着时，只要有蓝天，便会说："这够了"；他们沉湎于奇异的幻想，崇拜大自然，漠视善与恶；他们瞻仰宇宙，对人类漠不关心，不理解既然可以在树下沉思，为什么还要操心这些人饿了，那些人渴了，这个穷人冬天没有衣裳，那个小孩患了淋巴性脊椎弯曲，这些人睡的是破床，住的是阁楼，那些人关在地牢里，姑娘们衣不遮体，索索发抖；他们心境恬静，冷酷无情，心满意足。不可思议的是，他们只满足于无限。他们对有限漠不关心，而有限承认博爱，这是人类的极大需要。他们对有限不闻不问，而有限承认进步，这是一个崇高的任务。对于无限和有限，即神和人结合所产生的不确定，他们同样也看不到。只要面对无限，他们就笑容满面。那已不是快乐，而是心醉神迷。沉溺其中，便是他们的生活。对他们而言，人类的历史不过是一个小小的镜头，宇宙万物不包容于历史之中，真正的宇宙万物存在于历史之外，何必为人类这件琐事操心呢？人类可能在受苦，可是你看，金牛星座的那颗红星升起来了！我对母亲没有奶水，婴儿濒临死亡一无所知，可你好好瞧瞧杉树断面在显微镜下显示的玫瑰形奇妙图像。你拿最美的花边同这图像比一比！这些思想家忘记了对人类的爱。他们沉湎于黄道十二宫，就看不见孩子在啼哭。上帝遮住了他们的灵魂。这是由一群既渺小又伟大的人组成的大家庭。贺拉斯是其中一员，歌德是其中一员，拉封登也可算一个。他们是无限世界中的非凡的利己主义者，是人类痛苦无动于衷的旁观者。晴天时，他们看不见尼禄，因为太阳遮住了火刑柴堆；他们看着有人被斩首，却偏要在里面寻找光的效应；他们听不见呼喊声，嚎哭声，喘息声，丧钟声；在他们看来，既然有五月，就一切太平，只要头顶上有彩云，就心满意足，决心永远快乐，直至天体的光辉穷竭，鸟儿的歌声消失。

这些人既光辉灿烂，又暗淡无光。他们并不觉得自己可怜。其实他们是一群可怜虫。不会哭的人，是看不见的。对他们既要钦佩，也要怜悯，正如对眉毛底下不长眼睛，额头中间有颗星星，既是黑夜，又是白昼的人，既要表示怜悯，又要表示敬佩一样。

这些思想家对人类的漠不关心，在有些人看来，是高等哲学。就算是吧，可在这高级当中，也有缺陷。人既可以永存，同时也可是瘸子。火神伏尔甘[①]便是明证。人可以高人一截，同时也可低人一截。大自然中有着无穷无尽的不完善。谁知道太阳是不是瞎子？

你说什么！这样还能相信谁？**谁敢说太阳是假的**[②]？照这样说，有些天才，有些站得很高的人，与日月同辉的人，也会出错了？那个在高处、在屋顶上、在山顶上、在蓝天上的东西，把无穷光辉洒向大地的东西，会只看见很少，看得不清楚，一点也看不见吗？这样不太令人绝望了吗？这不可能。那么太阳上面有什么呢？上帝。

一八三二年六月六日，上午十一点不到，卢森堡公园空落无人，但景色醉人。阳光下，林荫道和花坛互送芳香，相映生辉。在正午的阳光照射下，树枝心醉神迷，仿佛想互相拥抱。埃及无花果树丛中莺声呖呖，雀鸟啁啾，声压群芳，啄木鸟爬上栗树，不停地啄树皮上的窟窿。花坛拥戴百合花为合法花王，最尊贵的馨香，是白百合花的芬芳。人们呼吸着石竹花刺鼻的香味。玛丽·德·美第奇宠爱的小嘴老鸦，在大树丛中谈情说爱。太阳照得郁金香金灿灿，紫莹莹，使它们火光闪闪，成了由火焰组成的千姿百态的花朵。蜜蜂在郁金香花坛周围飞舞，恰似这些火焰般花朵迸发的火星。一切都那样妩媚，那样快乐，哪怕就要下的雨，也沁人心脾。那雨停了又下，丝毫也不令人不安，这会给铃兰花和忍冬带来好处。燕子低飞，来势汹汹，却赏心悦目。置身其中，会感到无限幸福。生活多么美好。这一片大自然散发着纯真、救援、帮助、慈爱、抚慰和曙光。上天赐给的思想，有如被亲吻的孩童的小手，给人以温馨。

大树下面，那些裸露而洁白的雕像，披上了布满光斑的黑袍；这些女神被阳光照得衣衫褴褛，身上挂着一缕缕光线。大水池周围，地面已晒干，快要烧焦了。天刮着风，这里那里扬起一团团灰尘。去年秋天残留的几片枯叶，欢快地相互追逐，就像淘气的孩童在嬉戏。

---

① 伏尔甘为罗马神话中火与锻冶之神，即希腊神话中的赫淮斯托斯。天生瘸腿，相貌丑陋。

② 原文为拉丁语。

阳光充盈，给人以莫大的慰藉。到处流溢着生命、浆液、热气和芳香。我们感到，在天地万物下，有着巨大的源泉。在这洋溢着爱的气息中，在这往复无穷的反照和反射中，在这阳光惊人的消耗中，在这金光无尽的流溢中，我们感到用之不竭的物质在挥霍。在这火一般瑰丽的帷幔后面，我们隐隐望见拥有无穷星辰的上帝。

因为是沙地，公园里没有一点泥浆；因为下了雨，公园里没有一粒尘埃。树丛花簇刚洗过澡，各种丝绒、绸缎、清漆、金箔，以花的形态从地里冒出，简直无懈可击。这种富丽堂皇无与伦比。公园充满了大自然祥和的幽静。这天宫的幽寂，可同千万种乐声，同鸟巢的咕咕声、蜂群的嗡嗡声、风儿的瑟瑟声和谐并存。这个季节所有悦耳的声音，合成了一曲妙不可言的协奏。春来春去，井然有序；丁香凋谢，茉莉开放；有些花儿迟开，有些昆虫早来；六月红蝴蝶的先锋，与五月白蝴蝶的后卫友爱相亲。梧桐树焕然一新。和风将大片茂盛的栗树林吹得波浪起伏。多么瑰丽！附近兵营的一个老兵，透过栅栏门往里张望，禁不住说：“春天持枪荷戟，披上戎装了。”

整个大自然都在进餐，天地万物已在餐桌上就坐。午餐时间到了。大蓝桌布铺在天上，大绿桌布铺在地上，太阳照得一片光明。上帝在侍候全宇宙用餐。每个生灵都有一份食物或饲料。野鸽找到了大麻籽，燕雀找到了小米，金翅鸟找到了鹅肠菜，红喉雀找到了虫子，蜜蜂找到了花朵，苍蝇找到了纤毛虫，翠雀找到了苍蝇。大家都有点互相吞食，这是善恶混杂的奥秘。但是，没有一个动物空着肚子。

两个被遗弃的孩子已来到大水池旁，明晃晃的阳光照得他们不大舒服，想找个地方躲一躲。这是穷人和弱者面对华丽场面的本能反应，哪怕这华丽是上帝安排的。于是他们躲在天鹅棚后面。

这里那里，断断续续，顺风的时候，能隐隐听到叫嚷声、喧闹声、嘈杂的枪声、沉闷的炮声。菜市场一带屋顶上烟雾笼罩。远处，有口钟不停地敲响，仿佛在向人召唤。

这些喧闹声，两个孩子似乎没听见。那小的不时低声重复：“我饿了。”

还有两个人，差不多和两个孩子同时走到水池旁。那是一个五十岁的老头，牵着一个六岁的孩童。可能是父子俩。那六岁的孩子拿着一大块奶油蛋糕。

那时候，夫人街和地狱街的有些房屋的居民，拥有卢森堡公园的钥匙，公园关门后，他们可以用它来开公园的大门，这个特权后来取消了。这父子俩可能就住在这样一幢房子里。那两个穷孩子望着那“先生”走来，便藏得更深了。

那是个有产者。也许正是马里尤斯热恋那会儿，在这大水池旁听见告诫儿子“不要过分”的那个人。他神情和蔼而高傲，嘴巴从不合上，时刻发出微笑。这机械的微笑，是因为颌骨过大皮过少而致，因此，露出的是牙齿，而不是心。那孩子好像已吃饱，手里抓着吃剩的蛋糕。因为暴动，孩子穿着国民自卫军的制服，父亲出于谨慎，仍然一身有产者装束。

父子俩在水池旁停下，水池里有两只天鹅。这个有产者似乎对天鹅情有独钟。他走路的姿势都像天鹅。此刻，天鹅在游水，这是它们的专长，简直美不胜收。

假如那两个穷孩子在听他们谈话，并且到了听懂别人谈话的年龄，就能搜集到一位严肃人说的话。父亲对儿子说：

“哲人满足于寡欲清淡的生活。你看我，儿子，我不喜欢奢侈。别人绝不会看见我披金挂银，珠光宝气，我把这浮华让给灵魂不端的人。”

这时，中央菜市场那边传来了沉闷的喊叫声，伴随着更为激烈的钟声和喧嚣。

“怎么啦？”孩子问父亲。

父亲回答：

“有人在胡闹。”

蓦然，他瞥见两个衣衫褴褛的孩子一动不动地站在绿色的天鹅棚后面。

“瞧，开始了。”他说。

沉默片刻，他又说：

“无秩序进到公园里来了。”

这时，儿子咬了口蛋糕，却又吐出来，突然哭了。

“怎么哭了？”父亲问。

“我不饿了。”孩子说。

父亲笑得更明显了。

“不一定饿了才吃蛋糕。”

“我不爱吃这蛋糕。不新鲜。”

“你不要吃了？”

“对。”

父亲指着天鹅对他说：

“那就扔给这些蹼足鸟类吧。”

孩子犹豫不决。不想吃蛋糕，不等于说要送人。

父亲又说：

“人道一点。对动物要有同情心。”

说完，他从儿子手中夺过蛋糕，扔进水池中。蛋糕落在池边的水中。天鹅远在水池中央，正忙着捕食，没看见有产者，也没看见蛋糕。

有产者感到蛋糕有白扔的可能，对这无谓的损失感到心疼，便拼命挥手，向天鹅发信号，终于引起了它们的注意。

它们发现水上漂着什么东西，就像船儿那样掉头，向蛋糕慢慢游来，那怡然庄重的神态，正是白天鹅所特有的。

“天鹅懂人的手势。”有产者说，并为自己的风趣扬扬得意[①]。

这时，远处城里的喧嚣突然加剧了。这次很可怖。有时候吹来的阵风，会比其他阵风更说明问题。此刻刮起的阵风，清晰地带来了擂鼓声、喧闹声、枪声以及警钟和大炮凄恻的呼应声。突然一片乌云遮住了太阳。

天鹅还没游到蛋糕那里。

“回去吧，”父亲说，“有人在攻击杜伊勒利宫。”

他抓起儿子的手，然后说：

---

① 法语中天鹅（cygne）和手势（signe）同音。这位有产者玩了个同音异义的谐语。

"从杜伊勒利宫到卢森堡公园，只有王位和爵位之间的距离。[①] 离这里不远。子弹就要雨点般落下了。"

他看了看乌云。

"再说，可能要下雨了。上天也介入了。王室旁系[②] 死定了。快回去吧。"

"我想看天鹅吃蛋糕。"那孩子说。

父亲回答：

"这是不谨慎的。"

他把小有产者带走了。儿子恋恋不舍，回头向水池张望，直到梅花形树丛的一个角遮住了水池。

这时，两个流浪儿与天鹅同时走到蛋糕旁。蛋糕漂在水面上。小的那个盯着糕点，大的望着有产者走远。

父子俩走进迷宫般的小径，向夫人街那边树丛中的大台阶走去。

等他们消失后，哥哥赶紧趴在圆水池边上，左手抓住池边，身子俯向水面，低得几乎要掉进水里，同时，用右手将小棍子伸向蛋糕。天鹅看见敌人，便加快游速，这样对捞蛋糕的小孩产生了有利的前胸效应：天鹅前方的水往前荡去，形成一个个同心圆，将蛋糕轻轻推向孩子的小棍。当天鹅游到时，小棍已触到蛋糕。孩子赶紧一拉，便把蛋糕拉到身边，再把天鹅吓跑，抓住蛋糕，直起身子。蛋糕泡湿了。但他们又饿又渴。哥哥把蛋糕分成大小两份，自己留下小的，大的给了弟弟，对他说：

"用这去填肚子吧。"

十七　亡父等待将死的儿子[③]

马里尤斯冲出街垒。孔布费尔跟着冲了出去。但为时已晚。加弗洛

---

① 杜伊勒利宫为王宫，卢森堡公园附近有卢森堡宫，为贵族院所在地，一八一四年到一八四八年间，法国上议院称为贵族院。

② 当时的国王路易-菲利浦是波旁家族的旁系。

③ 原文为拉丁语。

什已经死了。孔布费尔捡回子弹篮子，马里尤斯抱回孩子。

唉！马里尤斯心想，这孩子的父亲为他父亲所做的，他已回报给了儿子。只是泰纳迪埃背回来的是活的，而他抱回来的是死的。

马里尤斯抱着加弗洛什回到街垒时，他和孩子都是满脸鲜血。当他弯腰抱加弗洛什时，一颗子弹从他头顶掠过，擦破了皮，但他全无感觉。

库费拉克解下领带，绑在马里尤斯头上。

人们将加弗洛什放到马伯夫的桌子上，并用黑披巾给两人盖上。披巾很大，足够盖住一老一少。

孔布费尔把他带回的一篮子弹分给大家。这样，每个人可射十五枪。

让·瓦让一直坐在墙角石上，一动也不动。孔布费尔发给他十五发子弹，他摇了摇头。

"这个人怪死了。"孔布费尔悄悄对昂若拉说，"在街垒里待着，却有本事不战斗。"

"可这不妨碍他捍卫街垒。"昂若拉说。

"英雄主义会出一些怪人。"孔布费尔接着又说。

库费拉克听到议论，接过话茬：

"他和马伯夫大爷不是同一类人。"

有一点必须指出，炮火轰击街垒，几乎不影响到街垒内部。没有经历过这类战争旋风的人，是无法想象那种宁静而紧张的奇特时刻的。人们走来走去，谈天说地，开开玩笑，无所事事。我们认识的一个人，在枪林弹雨之下，曾听到过一个战士对他说："我们这里好像是单身汉在聚餐。"我们再说一遍，尚弗里街的堡垒内部似乎异常平静。事情的各个转折、各个阶段，已经全部或者将要全部完成，处境已从紧急转入危急，可能很快要转入绝望。随着情势越来越暗淡，英雄主义的光辉也越来越映红街垒。昂若拉神态严肃，指挥若定，俨然像一个斯巴达青年在将出鞘的利剑，奉献给忧郁的守护神埃比托达斯。

孔布费尔围着围裙，包扎伤员。博絮埃和弗伊用加弗洛什从那位中士尸体上搜来的一壶火药造子弹。博絮埃对弗伊说："我们就要乘驿车去另一个星球了。”库费拉克就像少女整理梳妆台那样，将他的全部兵器——一根剑杖、一支步枪、两支马枪和一个指节防卫器[①]，仔细地排在昂若拉身旁那几块他为自己准备的铺路石上。让·瓦让一声不响，望着他对面的墙壁。有个工人用细绳将于施卢大妈的宽边草帽扣在头上，说是“怕中暑”。艾克斯的库古尔德社的青年们快乐地聊着天，仿佛急于用家乡话做最后一次交谈。若利摘下于施卢大妈的镜子，仔细察看自己的舌头。几个战士在一个抽屉里翻出几块发霉的面包皮，狼吞虎咽地吃起来。马里尤斯忧心忡忡，不知道他父亲会对他说什么。

十八　秃鹫成了猎物

这里，我们要说一说街垒特有的一种心理状态。凡与这场惊人巷战有关的特点，都不该遗漏。

刚才说了，街垒内部出奇的平静，可是，不管怎样，对于里面的人来说，街垒仍然是一种幻象。

内战中有世界末日的意味，未知世界的迷雾，同这猛烈火焰混在一起，革命是斯芬克司，凡是到过街垒的人，仿佛置身于梦境。

人在这种地方的感受，我们在谈马里尤斯时，就指出过了，待会儿我们会看到后果。那是一种又像活着，又像死去的感受。一出街垒，就忘了里面看到的东西了。你不知道你在里面时变得非常可怕。你被具有人的面孔的战斗思想团团包围，你的脑袋沐浴着未来的光辉。那里有躺着的尸体，站着的幽灵。时间漫长，仿佛是永恒。你生活在死亡中。幽灵走过去了。那是什么？你看见鲜血淋淋的手，你听见震耳欲聋的可怖声音，却又是令人毛骨悚然的沉寂；有的张着嘴在喊叫，有的嘴张着却不出声；你在烟雾中，也许在黑夜里。你以为在里面触到了未知深渊那凶险的渗出物。你看着指甲里的红兮兮的东西，却什么也回想

① 指节防卫器是指拳斗时用以保护手指并加强打击力的凶器。

不起来。

言归正传，继续谈尚弗里街。在两次射击的间隙中，忽听得远处传来了报时钟声。

“到中午了。”孔布费尔说。

没等十二下敲完，昂若拉就站起来，从街垒顶上大声吼道：

“把街石搬到屋里，放到二楼和屋顶室的窗台上。一半人持枪守卫，另一半人去搬石头。快！”

一支消防队扛着斧头，排成战斗队形，出现在街尽头。

肯定是一支纵队的排头。什么纵队？当然是突击纵队。消防队负责拆除街垒，应该走在攀登街垒的步兵前头。

现在，显然快到德·克雷蒙-托内尔①先生在一八二二年所说的“加油”的时候了。

昂若拉的命令被迅速而准确地执行了。这是战舰和街垒的特点，因为唯有这两个战场没有退路。不到一分钟，先前昂若拉命人堆在科林斯酒店门口的街石，三分之二都已搬到了二楼和屋顶室，第二分钟尚未结束，那些石块都艺术地垒起来，将二楼的窗户和屋顶室的老虎窗封住了半截。这事主要由弗伊负责，他精心安排了一些缝隙，能让枪管伸出去。敌方已停止发射霰弹，堵窗就更容易了。现在，两门大炮都发射圆炮弹轰击街垒中心，想轰出窟窿，可能的话，轰出一个缺口，以利于袭击。

用来作最后防御的街石就位后，昂若拉命人将放在马伯夫桌子底下的酒瓶搬到二楼。

“给谁喝的？”博絮埃问他。

“他们。”昂若拉回答。

接着又把楼下的窗户堵上，并将夜间闩门用的铁门闩准备好。堡垒装备齐全。街垒是壁垒，酒店是主塔。

剩下的街石，用来堵街垒那个豁口。

---

① 德·克雷蒙-托内尔（1776—1865），法国贵族。一八二二年，任海军部长，一八二三年至一八二七年，任陆军部长。

守卫街垒的人，不得不节省弹药，进攻者深知这点，因此，他们组织进攻时，会过于从容不迫，往往提前暴露在火力下，其实这更多的是表象。总之，他们显得悠然自得，进攻的准备工作总是慢条斯理地进行，然后是雷电交加。

进攻者如此不慌不忙，昂若拉就有时间把一切都考虑得非常周到，完美无缺。他觉得，既然这些人都要牺牲，不如让他们的死成为一部杰作。

他对马里尤斯说：

“我们俩是头头。我到里面去做最后的指示。你留在外面观察。”

马里尤斯站在壁垒顶上瞭望。昂若拉将厨房门钉死。大家记得，厨房已成了战地医院。

“别让弹片落到伤员身上。”他说。

他到楼下大厅里做了最后的指示，语气生硬，但极其平静。弗伊听着，并代表大家做回答。

“二楼的人准备好砍楼梯的斧子。有斧子吗？”

“有。”弗伊回答。

“多少把？”

“两把斧子，一把砍柴刀。”

“好。活着的战士还有二十六个。有多少支步枪？”

“三十四支。”

“多八支。把这八支也装上子弹，放在手边。腰里别上大刀和手枪。二十人守卫街垒。六人埋伏在屋顶室和二楼的窗口，从街石垒成的枪眼里向进攻的敌人射击。一个也不能闲着。待会儿，冲锋的鼓声响起时，楼下的二十人就冲到街垒里。先到的人占据最好的位置。”

吩咐完毕，他转向雅韦尔，对他说：

“我不会忘记你的。”

他把一支手枪放到桌上，又说：

“最后离开这里的人，开枪打烂这密探的脑袋。”

“在这里？”一个人问。

“不，不要把他的尸体和我们的混在一起。蒙代图尔巷的小街垒一跨就过去了。只有四尺高。这人捆得很牢。把他带到那里去枪毙。”

此刻，有个人比昂若拉还要镇静。那就是雅韦尔。就在这时，让·瓦让出现了。他一直和起义者混在一起。他站出来，对昂若拉说：

“您是指挥？”

“对。”

“刚才您感谢过我。”

“以共和国的名义。街垒有两个救命恩人：马里尤斯·蓬梅西和您。”

“您是不是认为我该得到奖赏？”

“当然。”

“那好，我要求给我个奖赏。”

“什么样的？”

“让我亲手敲碎这个人的脑袋。”

雅韦尔抬起头，看见是让·瓦让，不易觉察地抖了一下，说道：

“这是公正的。”

至于昂若拉，他正在给卡宾枪装子弹。这时，他环视周围，问道：

“有没有不同意的？”

随即转向让·瓦让：

“这密探就交给您了。”

果然，让·瓦让坐到桌子的另一头，看管起雅韦尔来了。他抓起手枪，喀嚓一声，说明子弹上了膛。几乎在同时，响起了军号声。

“当心敌人！”马里尤斯从街垒顶上喊道。

雅韦尔以他特有的笑法，不出声地笑了笑，目光紧盯着起义者，对他们说：

“你们的处境不比我好多少。”

“大家都出去！”昂若拉喊道。

起义者乱哄哄地冲出酒店。他们出去时，背上挨了——请允许这样说——雅韦尔的一句话：

“回头见！”

十九　让·瓦让以德报怨

大厅里只剩下让·瓦让和雅韦尔了。让·瓦让把拦腰捆住囚徒，在桌子底下打结的绳索解开，然后示意他站起来。雅韦尔服从了，依然带着那难以描绘的浓缩着受束缚的至高无上权力的笑容。

让·瓦让像揪住驮畜的胸带似的，揪住雅韦尔的后腰带，把他慢慢拖出酒店，因为雅韦尔双脚捆着，只能小步走路。

让·瓦让握着手枪。就这样，他们穿过梯形状的街垒。起义者背朝他们，全神贯注于敌人即将开始的攻击。

马里尤斯守在壁垒的最左侧，就他一人看见他们经过。他内心阴森的微光，照亮了这一对受刑者和刽子手。

雅韦尔双脚捆着，让·瓦让费力地，但一刻也没松手地把他拖过蒙代图尔巷的小街垒。他们跨过小街垒后，就只有他们两人在小巷里。谁也看不见他们。房屋的拐角挡住了起义者的视线。从街垒里拖出来的尸体，可怕地堆在几步路以外。

在这堆死人中，有一张惨白的脸，一丛散乱的头发，一只穿了洞的手，和一个半裸的女人胸脯。那是埃波妮。

雅韦尔侧目凝视这具女尸，异常平静地低声说：

“我好像认识这个女孩子。”

然后，他向让·瓦让转过脸。

让·瓦让将手枪夹在腋下，眼睛盯着雅韦尔，那目光在说：“是我，雅韦尔。”

雅韦尔回答：

“你报复吧。”

让·瓦让从口袋里取出一把刀，将它打开。

“刀！”雅韦尔惊叫道，“你做得对。你用这个更合适。”

让·瓦让割断雅韦尔脖子上的马颔缰，又割断他手腕上的粗绳，接着弯下腰，割断了他脚上的细绳，然后起身对他说：

“你自由了。”

雅韦尔是不易惊讶的人。可是，不管他多么善于克制，也禁不住大吃一惊。他张口结舌，呆若泥塑。

让·瓦让接着又说：

“我想我是出不去了。不过，万一我能出去，我住在武夫街七号，名叫福施勒旺。”

雅韦尔像老虎那样皱了皱眉，嘴角微微张开，咕哝了一句：

“当心。”

“走吧。”让·瓦让说。

雅韦尔又说：

“你刚才是说福施勒旺，武夫街？”

“七号。”

雅韦尔低声重复：“七号。”

他扣好紧腰中大衣，双肩威武地一挺，向后一转，交叉双臂，用一只手托住下巴，向中央菜市场走去。让·瓦让目送他离开。雅韦尔走了几步，又转过身，对让·瓦让嚷道：

“您让我讨厌。还不如杀了我。”

雅韦尔自己也没发觉不再用“你”称呼让·瓦让了。

“走吧。”让·瓦让说。

雅韦尔缓步走了。不一会，他就拐进布道兄弟会修士街。

等雅韦尔消失后，让·瓦让向空中放了一枪。然后，他回到街垒里，说：

“办完了。”

不过，还有件事要讲一讲。

马里尤斯主要忙外面的事，一直没仔细看绑在大厅幽深处的密探。

当他大白天看见雅韦尔跨过街垒去死的时候，一眼认出了他。脑子里立即闪过一个记忆。他想起蓬图瓦兹街的那个警探，以及警探给他的两支手枪。这两支枪，他，马里尤斯，甚至在这街垒里还使用过。他不仅回忆起了面孔，还记起了名字。

然而，这和他头脑里的所有想法一样，是朦朦胧胧、模模糊糊的。他不是肯定，而是提出一个问题。——“他是不是那个对我说叫雅韦尔的警探？”

也许还来得及为他说说情？但先得弄清楚是不是那个雅韦尔。

马里尤斯吆喝昂若拉。昂若拉刚到街垒另一头就位。

“昂若拉！”

“什么事？”

“那人叫什么名字？”

“哪个人？”

“那个密探。你知道他的名字吗？”

“当然。他对我们说了。”

“他叫什么？”

“雅韦尔。”

马里尤斯倏地站起来。

就在这时，枪声响了。让·瓦让回来了，并喊道：

“办完了。”

一股冷气穿透马里尤斯的心。

二十　死者有理，生者无过

街垒就要进入临终状态。

空中回荡着的无数神秘的爆裂声、荷枪的人在看不见的街上行走的喘息声、骑兵部队断断续续的马蹄声、炮兵部队行进的咕隆声、巴黎迷宫里交织的枪声和炮声、屋顶上空升起的金色硝烟、远处隐约传来的不知什么可怖的喊声、四面八方危险的闪光、圣梅里教堂此刻如同哭泣的警钟声、温煦的初夏、飘着白云却阳光灿烂的天空、美丽的白天，以及死一般寂静的房屋：这一切都使得这最后时刻变得既悲惨又壮丽。

因为，从昨天起，尚弗里街两侧的房屋已变成了两排高墙，两排凶险莫测的高墙。大门紧闭，窗户紧闭，窗板紧闭。

那年代和现在迥然不同。那时候，只要人民想结束一种持续太久的局面，或国王恩赐的宪章，或享有的政治权利，只要天怒人怨，巴黎同意揭起街石，只要起义者在资产阶级耳边悄传口令，而资产阶级发出会心的微笑，那么，居民就会接受暴动的思想，成为起义战士的助手，房屋就会同临时搭成、傍依在它身上的街垒亲密无间。然而，只要时机尚未成熟，民众不赞成起义，群众谴责暴动，那起义者们就完了，暴动的地方变成了荒漠，民众的心冷若冰霜，可避难的地方门户紧闭，大街变成了帮助军队夺取街垒的掩蔽所。

不能出其不意，让人民超出自己意愿加速前进。谁强迫他们，谁就倒霉！人民是不任人摆布的。否则，他们会抛弃起义者，会像躲避瘟疫那样躲避他们。一座房屋便是一个峭壁，一道门便是一种拒绝，一幢楼的正面便是一堵高墙。这堵墙看得见，听得见，但不愿意。它可以开道缝救你。可它不愿意。这堵墙是法官。它审视着你，把你置于死地。这些门户紧闭的房屋，多么阴森可怕！它们仿佛死了，但却还活着。里面的生命仿佛中止了，其实仍在延续。二十四小时没人出来，但里面一个也不少。在这块岩石里面，人们走来走去，睡觉起床；人们过着家庭生活；人们喝着吃着；可人们担惊受怕，这是极其可怕的事！这种害怕心理，使他们对起义者的冷漠变得情有可原，而这冷漠中还带点惊慌，也就更情有可原了。有时，我们也曾见过，害怕会变成狂热，惊慌会转成狂暴，正如谨慎会转成狂怒一样，由此就产生了一个含义深刻的词：“温和派的忿激派。”有一种极其可怕的烈焰，会冒出一股怒火，犹如冒出一股凄恻的黑烟。“这些人想要什么？他们从不知足。他们不让安静的人过安静的日子。好像革命还不够多似的！他们来这里做什么？让他们自己对付吧！活该他们倒霉。这是他们的错。他们自作自受。不关我们的事。瞧我们这条可怜的街，被子弹打得到处是窟窿。他们是一帮无赖。可不能开门。”于是，房屋变成了坟墓。起义者在门前奄奄一息，看见霰弹射来，大刀砍来。他们知道，如果他们叫喊，人家耳朵在听，却不来救他们。那里有墙可以保护他们，有人可以救他们，但这些墙长着人的耳朵，却是一副铁石心肠。

这要怪谁？

谁也不能怪，可谁都要怪。

只怪我们生活在不完善的时代。

乌托邦变成起义，哲学抗议变成武装抗议，密涅瓦变成帕拉斯[①]，一切后果都由自己承担。乌托邦迫不及待，变成了暴动，对结局是非常清楚的。它总是操之过急。于是，它逆来顺受，泰然接受灾难，而不是胜利。它为否定它的人服务，毫无怨言，甚至为他们辩解。它的高尚在于能接受遗弃。它遇到障碍不折不挠，对忘恩负义却宽容温和。

再说，这真是忘恩负义吗？

从人类角度看是的。

但从个人角度看却不是。

进步是人类的生活方式。人类普遍的生活叫进步。人类集体迈出的步伐叫进步。进步是不断前进的。它带领人类在尘世间长途跋涉，向着奇妙而神圣的境界前进。它有时也停下来，等一等落伍的人群。它有歇脚的地方，面对豁然展现在天边的光辉灿烂的迦南[②]陷入沉思。它有沉睡不醒的长夜，而使思想家忧心如焚的，便是看到人的心灵笼罩着阴影，在黑暗中触摸到酣睡的进步，却又无力将它唤醒。

一天，热拉尔·德·内瓦尔[③]对本书作者说："上帝可能死了。"他把进步和上帝混为一谈，将运动的暂停，当作上帝的死亡。

谁要是绝望那就错了。进步必定会苏醒的。不管怎样，即使进步睡着了，也可以说在前进，因为它长大了。当它重新站起来时，就会发现它长高了。进步如同江河，不可能永远风平浪静。千万不要在里面筑堤坝，千万不要往里面扔巨石，障碍物会使河水泛起泡沫，使人类沸腾激奋。那样会发生骚动。不过，骚动之后，我们会看到又前进了一步。在

---

① 密涅瓦为罗马神话中的智慧女神和战神，即希腊神话中的雅典娜。她误杀了海神特里同的女儿帕拉斯，为了纪念她，改名为帕拉斯。

② 迦南是《圣经》中上帝赐给以色列人的圣地。

③ 内瓦尔（1808—1855），法国诗人和文学家。

天下太平的秩序建立起来之前，在和谐统一主宰世界之前，进步将以革命作为发展阶段。

那么，进步究竟是什么呢？刚才我们说了，是人民永恒的生活。

然而，个人暂时的生活，有时会与人类永恒的生活相对抗。

让我们愉快地承认，个人有其不同的利益，他可以谋求和捍卫自己的利益，而不会有叛逆之嫌。眼前利益有一定程度的自私自利性，这是可以原谅的；暂时的生活有自己的权利，不一定不断地为未来做牺牲。当前在尘世间旅行的一代人，并不非得为后代而缩短自己的旅程，不管怎样，他们同后代是平等的，以后会轮到他们。有个名叫“大家”的人低声埋怨：“我活在世上。我正年轻，我在恋爱，我老了，我想休息，我是一家之长，我在工作，我事业有成，我生意兴隆，我有房屋租赁，我有钱给国家投资，我很幸福，我有妻儿，我热爱这一切，我想活下去，让我安静些吧。”因此，在某些时候，民众会对高尚的人类先驱，表示出极端的冷漠。

此外，我们得承认，乌托邦因为动用武力，而离开了自己光辉灿烂的领域。它，明日的真理，却向昨日的谎言借来战斗的手段。它，代表着未来，却像过去一样行动。它，纯洁的思想，却变成了暴力行为。它在自己的英雄主义中掺杂了暴力，它理应为这种暴力负责。使用暴力是权宜之计，是违背原则的，必定会受到惩罚。起义的乌托邦战斗时，手中握着古老的军事法。它枪毙密探，处决叛徒，残杀活人，把他们抛入闻所未闻的黑暗中。它利用死亡，这是非常严重的事。乌托邦似乎对光明丧失了信心，而光明却是它不可抗拒和不可腐蚀的力量。它挥剑砍杀。可是，没有一把剑是单刃的。任何剑都有双刃，这个刃伤别人，另一个刃会伤着自己。

除了这一点我们要，而且是严肃地表示要保留之外，我们对为未来而战的光荣斗士，这些乌托邦的信徒，不得不表示由衷的钦佩，不管他们成功还是失败。即使失败了，也是值得尊敬的，或许在失败时，更显得崇高。符合进步的胜利，值得人民鼓掌喝彩，但是英勇的失败，却值得人民同情。一个是壮丽的，另一个是崇高的。我们喜欢成功者，但更崇拜殉难者。在我们看来，约翰·布朗[①]比华盛顿伟大，比萨康纳[②]比加里波第[③]伟大。

总得有人为失败者说话。

这些伟大的尝试未来的人，当他们失败时，世人的态度是不公正的。

人们指控革命者散布恐惧。任何一座街垒都像在谋杀。人们指责他们的理论，怀疑他们的目的，担心他们有隐蔽的动机，揭露他们的信仰。人们谴责他们不该为了对抗现存的社会制度，而筑起、垒起、堆起一大堆贫困、痛苦、罪恶、怨恨和绝望，不该从底层挖出黑暗的石块，在上面构筑雉堞，进行战斗。人们对他们大叫大嚷："你们在拆地狱的铺路石。"他们可能会回答："正因为如此，我们的街垒是由良好愿望建成的。[④]"

当然，最好用和平的方式解决问题。总之，我们得承认，人们看见铺路石，便会想起熊的故事[⑤]，那是一种令社会担忧的良好愿望。不过，社会应该自己救自己，我们呼吁的正是社会自己的良好愿望。不要用烈药。要以友善的态度诊病，查明病情，然后对症治愈。我们就是要敦促社会这样做。

不管怎样，这些人散布在世界各地，目光注视着法兰西，胸怀理想，不屈不挠，为伟大的事业而奋斗，即使倒下去了，尤其在倒下去时，更使人感到敬畏。他们为了人类进步，甘愿献出生命。他们在完成上帝的旨意，他们在进行一次宗教行动。到一定时候，他们就无私地进入坟墓，就像演员服从神圣的剧本，到时就接台词。他们接受这个无望的战斗，这种英勇的牺牲，为使一七八九年七月十四日开创的壮丽而不可抗拒的人类运动，在全世界取得最后辉煌的胜利。这些战士就是神甫。法兰西

---

① 布朗（1800—1859），美国废奴主义领袖，但他的主张未获得奴隶们的普遍响应。后以叛乱罪受审，并被处绞刑。

② 比萨康纳（1818—1857），意大利爱国主义者，工兵部队军官，参加多次革命运动。在一次反对那不勒斯王权的斗争中牺牲。

③ 加里波第（1807—1882），意大利民族统一的著名领袖，杰出的游击战专家。

④ 法语中有句谚语："地狱的路面是由良好愿望铺成的。"喻好心往往没有好结果。

⑤ 这只熊为拉封丹寓言《熊和园艺爱好者》中的主角。他想赶走朋友鼻子上的苍蝇，便用石头去砸，结果砸死了自己的朋友。

革命是上帝的一个行动。

再说，除了前面一章提到的区别外，有必要补充另一个区别：有被人接受的叫作革命的起义，也有被人拒绝的叫作暴乱的革命。一场起义爆发，有如一种思想在民众面前接受考验。如果民众任其黑果掉下，思想便成了干果，起义便成了轻举妄动。

人民不会听从乌托邦摆布，不会一声令下就进入战斗。民族不会时时刻刻都有英雄和殉道者的气质。

人民是讲究实际的。他们尚未实践，就已经厌恶起义。首先，起义的结果常常是一场灾难，其次，起义的出发点总是一个抽象的概念。

因为，勇于献身的人——这是壮美的事——总是为了理想，且仅仅为了理想而献身。一场起义是一股热情。热情可以转化为愤怒。于是就会拿起武器。但是，任何指向政府或政体的起义，会瞄准更高的目标。比如，我们强调一下，一八三二年这场起义的领袖们，尤其是尚弗里街这群热血青年，要打倒的不完全是路易-菲利普。大多数人坦率交谈时，对这位介乎君主政体和革命之间的国王的优点，都不会否认，也没有人憎恨他。可是，他们在路易-菲利普身上攻击的，是他所代表的神权的旁支，正如在查理十世身上攻击的，是他所代表的神权的嫡系。他们推翻法国王朝时所要推翻的，正如前面指出的，是世界上人对人的篡夺，特权对权利的篡夺。巴黎没有了国王，世界上也就会没有独裁者。他们是这样辩解的。当然，他们的目标很遥远，也许还是模糊的，遇到阻力会后退，但却是伟大的。

事物就是这样。人们为这些梦想而献身，对于献身者来说，这些梦想几乎总是幻梦，但不管怎样，里面包含着人类的整个信念。起义者美化起义，给它涂上一层金光。他们投身于这些悲壮的事业中，陶醉于将要从事的事业。谁知道呢？也许会成功呢？他们人数不多，面对着整整一支军队，但他们保卫的是权利、自然法则，是每个人不能放弃的主权，是正义和真理，必要时，就像那三百名斯巴达壮士那样战死。他们想的不是堂吉诃德，而是莱奥尼达斯。他们奋勇向前，一旦投入了，就决不退却，低着头往前冲，希望获得史无前例的胜利，革命更加完善，进步恢复自由，人类变得更高尚，世界获得解放，最糟也不过落到温泉关的地步。

这种为了进步的武装斗争，常常遭遇失败，其原因我们刚才讲了。民众是不愿让勇士们拉着走的。这些沉重的民众，这些芸芸众生，正因为沉重而十分脆弱，害怕做冒险的事。而理想恰恰是有险要冒的。

此外，大家别忘了，还有个利益问题。利益同理想，同多愁善感是不大能友好相处的。有时，肚子饿了，心就会麻木。

法兰西之伟大和美丽，在于它不像其他国家那样大腹便便。它在腰上捆绳子比别人容易。它第一个醒来，最后一个睡着。它勇往直前。它是探索者。

因为它是艺术家。

理想无非是逻辑的最高点，正如美是真的最高峰。艺术的民族，也是前后一致的民族。爱美便是寻求光明。因此，欧洲的火炬，即文明的火炬，首先是希腊举起的，传给了意大利，又传给了法国。这些民族是神圣的侦察兵。**他们在传递生命的火炬**①。

奇妙的是，一个民族的诗歌，是其进步的因素。文明的程度是以想象力的程度来衡量的。只是一个文明的民族，应该保持阳刚之气。科林斯②是这样，西巴利斯③则不是。谁软弱，谁就会衰退。既不要当业余的，也不要做高手，而是要成为艺术家。在文明方面，不应该精雕细琢，而是要使它变得高尚。这样，就能给人类树立理想的楷模。

现代理想的典型存在于艺术中，手段存在于科学中。要通过科学，来实现诗人的崇高梦想——社会的美。通过 A+B 来重建伊甸园。文明已到了这个阶段，精确便成了辉煌的必要成分，科学手段不仅有助于，并且能充实艺术家的感觉。梦想是应该计算的。艺术是征服者，科学是坐骑，艺术应以科学为支点。坐骑的结实程度尤为重要。现代的精神，就是骑着印度神的希腊神，骑着大象的亚历山大。

---

① 原文为拉丁语。

② 科林斯为古希腊的一个城邦，曾与雅典和斯巴达对抗。人民性格刚强。

③ 西巴利斯是古意大利城市，市民性格柔弱。

墨守成规或利欲熏心的民族，不适合做文明的带头人。拜倒在偶像或金钱面前，会使活动的肌肉萎缩，活跃的意志衰退。沉湎于圣事或商业，会使一个民族的光辉减弱，水平降低，视野缩小，使它对世界的目标不再理解，而这人和神共有的对世界目标的理解，能使各民族负起实现这个目标的使命。巴比伦没有理想，迦太基没有理想。雅典和罗马拥有文明的光环，甚至经过多少世纪的漫长黑夜，仍保存了下来。

法兰西和希腊、意大利有着同样的民族素质。它有雅典人的美，罗马人的伟大。此外，它非常善良。它勇于献身。它比其他民族更忠心耿耿，更乐于牺牲。只是这种心情时续时断。这对于那些当法国想走时却想跑，或当法国想停时却想走的人来说，这是莫大的危险。法国重复犯过唯物主义的错误。有时候，塞满这个超凡脱俗头脑的思想，没有一点能使人想起法兰西的伟大，而只有一个密苏里州或南卡罗莱纳州那样大。它在干什么？巨人在扮演侏儒，伟大的法国突发奇想，变得渺小起来。如此而已。

这一点无可非议。民族和星辰一样，有权暂时隐没。只要光明复现，暂时黯淡不转为黑夜，就一切都正常。黎明和复活是同义词。光明的复现和自我的延续是一致的。

让我们心平气和地看待这些事实。死于街垒，或死于流放，对于献身来说，必要时都是可以接受的。献身的真正名字是无私。被遗弃的人就被遗弃吧，流放的人就流放吧，我们只是恳求伟大的人民后退时不要退得太远。切莫以恢复理智为借口，在下坡时滑得太远。

物质客观存在，时间客观存在，利益客观存在，肚子客观存在。但肚子不应该是唯一的真谛。我们承认，短暂的生命有它的权利，但永恒的生命也有它的权利。唉！爬到高处，免不了会掉下来。这在人类历史上屡见不鲜。一个民族显赫一时，它品尝理想，后又陷入污泥中，它觉得这样不错。假如有人问他们为何抛弃苏格拉底，而信奉法斯托夫[①]，他

① 法斯托夫为莎士比亚剧作中最伟大最有名的喜剧人物，是一个军官和外交家，既粗鲁，又爱吹嘘。

们会回答："因为我喜欢政治家。"

回来谈这场鏖战之前，还要再啰唆几句。

我们此刻叙述的战斗，不过是向理想迈进的一场骚动。进步遇到阻碍，病病恹恹，患了可悲的癫痫症。进步所患的这种疾病，即内战，我们在前进道路上无奈遇到了。这是这出戏中不可避免的一个阶段，既是一幕，也是幕间休息。这出戏的主角，是社会的受苦人，戏的真正名称是：进步。

进步！

我们经常发出的这一呼声，是我们整个思想。这出戏演到这一步，它所包含的思想还要经受不止一次的考验，我们即使不能拉开帷幕，至少可以让它的微光清晰地透出来。

读者此刻手上的这部书，从头到尾，从整体到细节，不管多么断断续续，不管有什么例外或缺陷，它总是在叙述从恶走向善，从不公正走向公正，从虚假走向真实，从黑夜走向白天，从贪欲走向良心，从腐朽走向生活，从兽性走向责任，从地狱走向天堂，从虚无走向上帝。出发点是物质，终点是灵魂。始为妖怪，终为天使。

二十一　英雄

突然，冲锋的战鼓擂响了。

攻势犹如暴风骤雨。昨夜，在黑暗中，街垒就像遭到蟒蛇的悄悄袭击。现在，在光天化日之下，在这敞开的大街上，显然无法突然袭击，再说主力部队已暴露，大炮已开始吼叫，于是，军队向街垒猛冲过来。现在，猛烈进攻是明智的做法。一支强大的步兵纵队，中间等距离地穿插着国民自卫军和保安队，并有只闻其声不见其人的部队作后盾，擂着鼓，吹着号，端着刺刀，工兵开道，跑步涌入尚弗里街，尽管枪林弹雨，仍然沉着镇定，径直冲上街垒，有如一根青铜大柱，沉甸甸地压到一堵墙上。

这堵墙岿然不动。

起义者猛烈射击。进攻者爬上街垒，形成一簇闪光。攻势异常激烈，一时间，垒壁上爬满了进攻者。但它像狮子抖落猎狗那样，将那些士兵抖落下去；进攻者涌上街垒，正如浪花拍击悬崖，不一会儿，就又露出黑乎乎的可怕峭壁。

军队被迫后退，但仍堆在街上，没有掩护，却异常可怖，向街垒猛烈开火。见过放烟火的人，想必还记得压轴烟火，那是一束交叉的火花。不妨想象一下这种烟火，但不是纵向的，而是横向的，每一束火花的尖顶有一颗子弹，或一颗猎用铅弹，或一颗火铳弹，一串串雷电撒布着死亡。街垒就在这烟火下面。

双方的决心都很大。在这里，勇敢近乎野蛮，带有一种英雄主义的残酷，其出发点是自我牺牲。那时候，国民自卫军战斗起来像朱阿夫兵[①]。部队想结束战斗，起义者想继续战斗。年轻力壮，却要接受死亡，这使无畏变成了疯狂。在这场鏖战中，每个人在最后时刻都变得高大了。街上遍地尸体。

街垒的一端有昂若拉，另一端有马里尤斯。昂若拉头脑里装着整个街垒，他要保护好自己，因此隐蔽得很好；三名士兵连看都没看见他，就相继倒在他枪眼下了。马里尤斯作战时却不加隐蔽，大半截身体露在街垒上面，成了敌人瞄准的对象。吝啬鬼发起狂来，比谁都会挥霍，同样，爱沉思的人行动起来，比谁都可怕。马里尤斯在沉思默想，显得十分可怕。他在战斗中，仿若在梦中。他像一个幽灵在射击。

被围者快弹尽粮绝了，但依然冷嘲热讽。他们身处坟墓的旋涡，却仍然嘻嘻哈哈。

库费拉克光着脑袋。

“你的帽子到哪里去了？”博絮埃问他。

库费拉克回答：

“他们老开炮，把它给轰跑了。”

---

① 朱阿夫兵是法国轻骑兵。朱阿夫团原来都是阿尔及利亚人，一八四一年起全部由法国人组成。

或者，他们傲慢地评头论足。

“那些人是怎么回事！”弗伊尖刻地大声说（他列举了名字，有的众所周知，甚至赫赫有名，有几个是旧军队的），“他们答应同我们会合，发誓帮助我们，并以名誉作保证，他们是我们的将军，却把我们抛弃了！”

孔布费尔严肃地笑了笑，只是回答：

“有些人遵循荣誉规则，就像观察星星，离得远远的。”

街垒里满地弹片，就像下了场雪。

攻者人多势众，起义者占据着阵地。士兵们在死人和伤员中间磕磕撞撞，在陡峭的垒壁上磕磕绊绊，起义者居高临下，面对面地将他们击毙。这个街垒建得如此坚固，还用柱子牢牢撑住，不愧为以一当百的阵地。然而，在枪林弹雨下，进攻的部队不断补充，越来越壮大，无情地向街垒靠拢，现在，他们慢慢地，一步一步地，但却满怀信心地逼近街垒，就像螺丝旋紧压榨机一样。

进攻接连不断。气氛越来越恐怖。

于是，在这堆铺路石上，在这条尚弗里街上，展开了一场堪与攻打特洛伊城墙相媲美的战斗。而这些面容苍白、衣衫褴褛、筋疲力尽的人，二十四小时没有吃饭，没有睡觉，只剩下几颗子弹，口袋里空无一弹，几乎全都受了伤，脑袋和胳膊上包着红兮兮、黑乎乎的布条，衣服上满是窟窿，鲜血直流，只剩些破枪和破刀，一个个都成了泰坦巨人。街垒已被袭击、被进攻、被攀登了十次，但一次也没攻下。

要对这场战斗有个概念，不妨想象有把火投到一堆勇士身上，再来观看那大火。这不是一场战斗，而是一个大炉膛；每个人都口吐火焰，每张脸都异乎寻常，似乎不再有人的模样，战士身上冒着火焰，看见这些战斗的蝾螈[①]在这红色的烟雾中走来走去，真叫人心惊胆战。关于这连续而同时进行的杀戮场面，我们就不去描绘了。唯有史诗才有权用一千二百行诗来叙述一场战役。

---

① 据中世纪传说，蝾螈能生活在火中。

这简直是被《吠陀》[1]称作剑林的那个地狱，那是婆罗门教十七个地狱中最可怕的一个。

双方用身体、用脚进行肉搏，用手枪、用大刀、用拳头进行混战，从远处，从近处，从高处，从低处，从四面八方，从房屋顶上，从小酒店窗口，到处射出子弹，有几个人溜进了地窖里，就从地窖的出气孔里往外开枪。他们以一当六十。小酒店的正面已拆了一半，惨不忍睹。窗户弹痕累累，已没有了玻璃和窗框，只剩下难看的黑洞，乱七八糟地堆着铺路石。弗伊战死了，库费拉克战死了，若利战死了，孔布费尔在扶起一个伤员时，胸口挨了三刺刀，只来得及望了下天空，便一命呜呼了。

马里尤斯不停地战斗，他遍体鳞伤，尤其是头部，脸上鲜血淋淋，仿佛遮了块红手帕。

唯有昂若拉没有受伤。武器没了，他就向左或右伸出手，一个起义者便递给他一把刀。他用的四把剑只剩下断片，比弗朗索瓦一世在马里尼亚诺战役[2]中还多用坏一把。

荷马说："狄俄墨得斯杀死了透特拉尼斯的儿子，家住乐土阿里斯巴的阿希勒；墨西斯泰的儿子欧律亚杀死了德瑞索斯，俄菲提俄斯杀死了厄赛普，以及溪水女神阿巴巴莱同无懈可击的布科利翁生的儿子佩达绪斯；乌利西斯推翻了佩科斯的皮迪特；安提罗科斯推翻了阿布莱尔；波吕佩忒斯推翻了阿斯提亚勒；波吕达马斯推翻了西兰的俄托斯；透克洛斯推翻了阿瑞塔翁。墨冈提俄斯死在欧律皮勒的长矛下。众英雄之王阿伽门农打垮了厄拉托斯，后者生于悬崖峭壁的城市，在涛声震天的萨特诺以斯河畔。"在古代的武功诗歌中，埃斯普朗迪安[3]用喷火的斧头，攻打巨人斯旺蒂博尔侯爵，后者为了自卫，连根拔起城堡，扔到骑士身上。古代的壁画向我们展示了布列塔尼公爵和波旁公爵的格斗场面，他们全副武装，戴着纹章和战盔，骑着战马，手握战斧，套着铁面罩，穿着铁

---

① 《吠陀》是印度最古老的宗教文献和文学作品的总称，用梵文写成。

② 马里尼亚诺是米兰东南的一个村庄。一五一五年，法国弗朗索瓦一世首次出征意大利，在这里打败瑞士雇佣军。

③ 埃斯普朗迪安为西班牙骑士小说中的英雄。

靴子，戴着铁手套，一个身披白鼬皮战袍，另一个身穿蓝呢战袍，布列塔尼公爵战盔的两只角之间有一头狮子，波旁公爵的帽檐上有一朵大百合花。其实，要干得漂亮，无须像伊冯那样戴着公爵的高顶盔，像埃斯普朗迪安那样握着火斧，或像波吕达马斯的父亲菲莱斯那样，从埃菲尔[①]带回欧菲特王的礼物——一副漂亮的甲胄，而是只须为了一个信念或一片忠心献出自己的生命。这个昨日还是博斯或里摩日农民的天真小兵，腰间挂着短剑，在卢森堡公园，围着看孩子的保姆转来转去；这个埋头于解剖尸体或读书的面色苍白的大学生，用剪刀修胡子的金发青年，若把这两个人弄到一起，给他们鼓吹一点责任，再将他们面对面放到布施拉街口，或普朗什-米布雷死胡同，让其中一个为他的旗帜而战，另一个为他的理想而战，并让他们都想象自己在为祖国而战，那战斗一定十分激烈，这两个互相拼杀的士兵和医科学生，投在人类搏斗的大战场上的影子，可与遍布老虎的吕基亚国的君王梅加里翁，同与神明平起平坐的大埃阿斯[②]搏斗时所投的影子相媲美。

二十二　短兵相接

街垒的首领，除守在两端的昂若拉和马里尤斯外，全都已战死，库费拉克、若利、博絮埃、弗伊和孔布费尔坚持了很久的中间部分坚持不住了。大炮虽没轰出可通行的缺口，却在堡垒中段炸出个大凹口。垒顶被炮弹炸塌，碎片有的落在里面，有的落在外面，在街垒两侧堆成两道斜坡。外面的斜坡为进攻街垒提供了方便。

敌人发起最后的进攻，结果成功了。突击纵队摆出战斗序列，黑压压一群人举着刺刀，冲了上来，势不可挡，前面几排已爬上硝烟笼罩的街垒。这次真的完了。守在中段的起义者乱糟糟地往后退。

---

① 埃菲尔是科林斯的旧称。

② 希腊神话中，埃阿斯是特洛伊战争的英雄。

这时，求生的欲望在有些人的头脑中苏醒了。好几个人被如林的步枪瞄准，不愿意就此死去。这种时候，保命的本能会发出嗥叫，兽性会回到人的身上。他们退到位于街垒后部的那座七层楼房跟前。这座房子可以救他们一命。它从上到下门窗紧闭，好像堵死了似的。在部队冲入街垒之前，一扇门还来得及打开又合上，眨眼的工夫就够了。这座房子的门突然微微启开又随即合上，对这些走投无路的人来说是一条生路。房后有大街，有逃跑的可能，有广阔的空间。于是，他们用枪托砸门，用脚踢门，又呼又喊，合掌哀求。没有人开门。那死者的脑袋从四楼的小窗口俯视他们。

但是，昂若拉和马里尤斯，以及重新集合起来的七八个人，冲过去保护他们。昂若拉向士兵们高喊："别过来！"有位军官没有听从，昂若拉把他杀了。现在，他在街垒的小院里，背靠着小酒店，一只手拿剑，另一只手拿枪，让酒店的门开着，不让进攻者靠近。他对那几个走投无路的人喊道："只有一扇门开着。就是这扇。"然后，他用身体掩护他们从自己的身后过去，自己独自对付一个营。大家冲进酒店。这时，昂若拉挥舞卡宾枪，舞出耍棍棒的人称作"隐玫瑰"的动作，将周围和前面的刺刀压下去，最后一个进了酒店。士兵们想进去，起义者想关门，于是出现了惨不忍睹的一刻。大门猛地关上，结果，门板与门框嵌合时，只见一个抓住门板的士兵五个手指头被轧断，黏在门框上。

马里尤斯还在外面。刚才，一枪打来，打断了他的锁骨。他觉得要晕倒了。他已闭上眼睛，忽然，他感到被一只有力的手抓住，接着便昏了过去。他勉强来得及闪过珂赛特的形象，同时闪过一个念头："我被抓住了。我要被枪毙了。"

昂若拉在逃进酒店的人中没发现马里尤斯，也想他可能被捕了。可在那个时刻，每个人只来得及考虑自己的生死。昂若拉插好门闩，又将暗锁明锁一并锁好，而外面的人一个劲儿砸门，士兵们用枪托，工兵们用斧子。进攻者群集在门前。开始围攻酒店了。

可以说，士兵们怒火冲天。

最初死了一位炮兵中士，他们就被激怒了。后来，更糟糕的是，在进攻前几个小时，他们中间传说，起义者将俘虏的手脚砍断，酒店里有一具无头的士兵尸体。内战一般都会有这种可怕的谣传。正是这种无中生有的谣传，后来导致了特兰斯诺南街那场灾难。

大门关死后，昂若拉对大家说：

“我们要卖个好价钱。”

然后，他走到躺着马伯夫和加弗洛什的桌子旁。黑布罩着两个僵直的形体，一大一小，裹尸布阴冷的皱纹下，依稀显出两张脸的轮廓。一只手从裹尸布下露出来，垂向地面。那是老人的手。

昂若拉俯身吻这只可敬的手，正如昨日吻他的额头一般。他生平只吻过这两次。

长话短说。这街垒已像底比斯城门那样战斗过，现在，轮到酒店像萨拉戈萨[①]的民房那样战斗了。这种抵抗是非常暴躁的。没有宽恕。没有谈判的可能。只要能杀人，死了也甘心。絮歇说：“投降吧！”帕拉福克斯[②]回答：“炮战之后，还要拼刺刀。”攻打于施卢酒店，无所不有：街石从窗口和屋顶雨滴般落到进攻者身上，士兵们伤亡惨重，恼羞成怒；地窖和阁楼里射出冷枪；攻得激烈，守得顽强，最后门被攻破，接着便是疯狂地斩尽杀绝。进攻者冲进酒店，被倒塌的门板绊倒，却找不到一个起义战士。螺旋楼梯已被斧子砍断，横在底楼厅堂的中间，几个伤员已然断气，没有被打死的全上了二楼。原先是楼梯的入口，如今成了天花板上的一个窟窿，里面射出猛烈的子弹。这是最后的子弹了。子弹射完后，这些面临死亡的可怕勇士，在没有火药和子弹的情况下，每人拿起两个酒瓶，用这易碎的酒瓶作棍棒，抵抗企图爬上二楼的进攻者；这些酒瓶前面提到过，是昂若拉保存下来的，里面装有硝镪水。我们将这场可怕的杀戮如实描绘下来。唉，被围者什么都可作为武器。希腊的火硝并没影响阿基米德的声誉，滚烫的树脂并没损害巴亚尔[③]的威望。任何战

① 萨拉戈萨为西班牙东北部城市。一八〇八年，法军攻打这里，人民为抵抗侵略者而进行过巷战。

② 帕拉福克斯（1780—1847），西班牙公爵，一八〇八到一八〇九年间，为保卫萨拉戈萨英勇战斗过。

③ 巴亚尔（约1475—1524），法国军人，以勇猛著称，屡建战功。

争都是恐怖的，没有选择的余地。进攻者从下向上开枪，不大方便，但仍有很大的杀伤力。天花板那个洞口的边缘上，很快围了一圈死人的脑袋，冒着热气的鲜血，形成长长的血流往下注。爆炸声震耳欲聋。灼热的硝烟散不出去，形成浓浓的夜色，笼罩着这场鏖战。恐怖的景象难以诉诸笔墨。这已成了地狱里的战斗，不再是人的战斗。不再是巨人同巨神的战斗。不再是荷马的英雄诗史，而是弥尔顿[①]和但丁笔下的地狱。魔鬼在进攻，幽灵在抵抗。

这是顶天立地的英雄主义。

二十三　俄瑞斯忒斯腹中空空，皮拉得斯烂醉如泥[②]

最后，二十来个士兵、国民自卫军和保安警察，搭成人梯，利用断梯，爬上墙壁，抓住天花板，就在翻板活门的洞口，用刀砍伤最后几个负隅顽抗的起义者，大部分人在可怕的攀登中脸部受伤，血流满面，视线模糊，个个狂怒不已，野性大发，乱哄哄地涌入二楼的大厅。那里，只有一个人还站着。是昂若拉。他已没有子弹，没有刀剑，手里只握着卡宾枪的枪管，枪托已在来犯者的脑袋上砸断了。他让弹子台挡住进攻者。他退到屋角，目光高傲，昂首挺立，手握断枪，依然令人悚然，谁也不敢靠近。突然有人嚷道：

“他是头。那位炮手就是他杀死的。既然他选了那里，想必待着很舒服。让他待着吧。就地把他毙了。”

“开枪吧。”昂若拉说。

说完，他扔掉断枪，交叉双臂，挺起胸膛，等待敌人开枪。

---

① 弥尔顿（1608—1674），英国伟大的诗人，地位仅次于莎士比亚，以长诗《失乐园》闻名于世。他对撒旦形象的塑造为世界文学最高成就之一。

② 俄瑞斯忒斯和皮拉得斯为希腊神话中的人物。俄瑞斯忒斯的父亲阿伽门农被其母亲及奸夫谋杀，俄瑞斯忒斯被姐姐送到父亲的好友那里避难，长大后，与姐姐共谋，在好友皮拉得斯的帮助下，杀死了母亲及其奸夫，替父亲阿伽门农报了仇。为此，受到复仇女神的惩罚，变成疯子。

视死如归的胆量向来是震撼人心的。昂若拉刚交叉双臂，迎接死亡，大厅里震耳欲聋的搏斗声便戛然而止，混乱状态立即平息，出现了坟墓般的肃静。昂若拉手无寸铁，岿然不动，令人望而生畏的威严似乎压住了混乱。这个唯一没有受伤的年轻人，满身沾满了血，那样高傲，那样迷人，无动于衷，就像刀枪不入似的，单凭沉着而威严的目光，就能迫使这群凶恶的人得怀着敬意才把他杀死。他那俊美的面孔，此刻因高傲的神态而更显得漂亮。他容光焕发，面色红润，仿佛经过了触目惊心的二十四小时之后，仍不会受伤，不知疲劳似的。后来，在军事法庭上，有个证人谈到的可能就是他："有个暴动分子，我听见人们喊他阿波罗。"有个国民自卫军瞄准了昂若拉，又把枪放下，说道："我觉得我在枪毙一朵花。"

十二个人组成了行刑队，站在昂若拉对面的角落里，默默地做着准备工作。

一个中士喊道："瞄准。"

一个军官介入说：

"等一等。"

他对昂若拉说：

"要不要蒙上眼睛？"

"不要。"

"是您杀死炮兵中士的吗？"

"是的。"

格朗泰已醒来一会儿了。

大家还记得，格朗泰昨天就在二楼大厅里，坐在一张椅子上，趴在一张桌子上睡着了。

他名副其实地体现了那条古老的比喻：烂醉如泥。那可恶而迷魂的苦艾酒-黑啤酒-烧酒，使他像患了嗜眠症似的昏睡不醒。他那张桌子太小，对街垒一无用处，就给他留下了。他一直是同一个姿势，胸口俯在桌上，脑袋平伏在胳膊上，周围杯瓶狼藉。他睡得沉沉的，有如冬眠的狗熊和吸足血的水蛭。什么也没能把他惊醒，无论是齐射，还是炮轰，还是从他所在大厅的窗子里钻进来的霰弹，还是进攻时震耳欲聋的喧嚣。有时，他则以鼾声应答炮声。他好像在等一颗子弹，使自己免于一醒。他周围躺着几具尸体。猛一看，他和这些沉睡的死人没有两样。

声音唤不醒一个醉汉，寂静却能把他惊醒。这种怪事屡见不鲜。周围天翻地覆反使格朗泰的昏睡有增无已，倒塌的声音晃得他睡得更沉。面对昂若拉，那喧闹声戛然而止，使这沉睡的人受到震动。这就像一辆飞驰的车子骤然停下，车中熟睡的人会被震醒。格朗泰倏地直起身子，伸出胳膊，揉了揉眼睛，看了看周围，打了个哈欠，终于明白是怎么回事。

醉意消失，如同帷幕撕破，一眼就大体看清了隐藏在幕后的一切。于是，一切都立即浮现在脑海里。那醉汉对二十四小时发生的事一无所知，可是一睁眼，就明白一切了。他的意识突然清醒，恢复了思想。人在沉醉时，好像有股雾气使大脑变得迷迷糊糊，醉意一旦消失，接踵而来的是清楚真切、难以摆脱的现实。

格朗泰被甩在一个角落里，似乎被弹子台遮住，而士兵们只顾盯着昂若拉，所以没看见他。那中士正准备再喊“瞄准”，忽听见身旁有人高呼：

“共和国万岁！我也有份。”

格朗泰已站了起来。

他错过了这场战斗，自始至终没有参加，此刻，整场战斗的光辉，全都集中在这面目一新的醉汉那炯炯有神的眼睛中。

他又一次高呼：“共和国万岁！”然后，迈着坚定的步伐，穿过大厅，走到昂若拉身边，挡住那排枪。

“一枪打两个吧。”他说。

然后温柔地转向昂若拉，对他说：

“你允许吗？”

昂若拉微笑着握住他的手。这微笑还没从他脸上消失，枪声便响了。昂若拉中了八枪，仍背靠墙壁，仿佛子弹把他钉在墙上了似的。只是他垂下了脑袋。格朗泰饮弹而亡，倒在昂若拉脚边。

过了一会儿，士兵们开始把躲在顶楼上的起义者赶出来。他们隔着木板栅壁开枪。双方在顶楼上搏斗，将尸体从窗口扔下去，有几个甚至还活着。两个轻步兵，正试着把打坏的公共马车扶起来，却被顶楼射出来的两发子弹击毙。一个穿工作服的人从顶楼被人抛下来，肚子上挨了一刺刀，倒在地上呻吟。一个士兵和一个起义者扭打着，从瓦屋顶的斜坡向下滑，双方都不愿松手，抱在一起摔了下去。地窖里也是一场鏖战。喊声，枪声，野蛮的践踏声。接着一片沉寂。街垒攻下了。

士兵们开始搜索周围的房屋，追捕逃跑者。

二十四　俘虏

马里尤斯的确成了俘虏。让·瓦让的俘虏。

他倒下时，有只手从后面把他抱住，而在他失去知觉时，感到有只手抓住了他。那便是让·瓦让的手。

让·瓦让没有参加战斗，而是冒险待在街垒里。在这临终的最后时刻，除了他，恐怕没有人会顾及伤员。在这场残杀中，他就像个保护人，无处不在。多亏了他，倒下的人被扶起来，背到楼下大厅里包扎好。他利用空隙修理街垒。可凡是与开枪、攻击，甚至自卫有关的事，他都不做。他默不作声，只顾救人。此外，他身上只有几处擦伤。子弹不要他。如果说他当初来这个坟墓时，有寻死的念头，那么，从这个角度看，他根本没有成功。不过，自杀是反宗教的行为，他是不是想过自杀，我们表示怀疑。

在浓厚的硝烟中，让·瓦让似乎没有看见马里尤斯。其实，他的眼睛一刻也没离开他。当一颗子弹击倒马里尤斯时，让·瓦让猛虎般敏捷地跳过去，就像扑向猎物那样扑到他身上，并把他带走了。

当时，进攻的旋风猛烈集中在昂若拉身上和酒店门口，没有人看见让·瓦让带走马里尤斯。他双臂托着昏迷的马里尤斯，穿过揭去街石的街垒内院，躲进科林斯酒店的拐角处。

大家记得，这个拐角好似海岬伸向大街，为一块几尺见方的场地挡住了子弹和霰弹，也挡住了目光。有时，在火灾中，会有一个房间没有着火；在波涛汹涌的大海上，在一个海岬的这一边，或一片暗礁脚下，会有一个角落风平浪静。埃波妮临终时，就是在街垒这个梯形内院的隐蔽处藏身的。

到了那里，让·瓦让停下来，让马里尤斯滑到地上，自己背靠墙壁，环视四周。处境十分危险。

暂时来说，可能在两三分钟之内，这堵墙还可作隐蔽所。可是，如何逃出这场屠杀呢？他回想起八年前，他在波隆索街如何忧虑不安，又是如何得以脱险的。当年是很难逃脱，今天却是不可能。他前面是那幢冷酷无情、装聋作哑的七层楼房，仿佛只住着那个俯身窗口的死人。右侧是封锁小丐帮街的小街垒，跨过去似乎不难，可是街垒顶上刺刀林立。那是正规部队，守在这街垒外面，正虎视眈眈地窥伺呢。跨过街垒，显然是引敌射击，谁敢从街垒顶上探出脑袋，就会成为六十支枪的靶子。左侧是战场。墙角后是死亡。

怎么办？只有鸟儿才能逃出去。

得当机立断，想出办法，做出决定。几步路外正在酣战。幸而所有的人都在激烈争夺一个点，也就是酒店的大门。可是，万一有个士兵，哪怕是一个，突然想绕房子走一走，或攻其侧面，那一切都完了。

让·瓦让望了望对面的房子，望了望旁边的街垒，又以绝望而发狂的目光望了望地面，仿佛想用目光在地上挖出个洞来。

看到最后，在这走投无路的时刻，还真有个什么东西在他脚边隐隐显露，并渐渐成形，仿佛目光有种威力，能使想要的东西出现似的。他发现几步路外，在外部受到严密监视的小街垒脚下，一堆倒塌的街石下面，露出一截平铺在地上的铁栅栏。那铁栅栏大约二尺见方，横着一根根粗铁条。石砌的框架已挖走，铁栅栏也就像是拆开了。透过铁条的空隙，依稀可见一个黝黯的洞洞，有点像壁炉的烟囱管，或蓄水池的进水管。让·瓦让冲向那里。多次越狱的技巧似一道光，闪过他的脑海。他搬开石头，掀起栅盖，扛起尸体般一动不动的马里尤斯，背着他，凭借臂肘和膝盖的力量，爬下这幸亏不深的井里，让沉重的栅盖重新盖上，被移动的街石重新坍到栅盖上，他则踏在离地三尺的铺石地上：这一系列动作，就像在谵妄中那样，是以巨人的力量，雄鹰的敏捷完成的，前后不到几分钟。

让·瓦让背着始终昏迷不醒的马里尤斯，来到一个地下走廊里。这里，一片安宁，一片岑寂，一片黑暗。

他又有了昔日从街上跳进修道院里的那种感觉。不过，今天带的不再是珂赛特，而是马里尤斯。

现在，他头顶上攻打小酒店的喧嚣声，在下面只能隐隐听见，就像是窃窃私语声。

第二卷　利维坦的肠子①

一　大海使土地贫瘠

巴黎每年抛入水中两千五百万法郎。这样说并非是隐喻。怎样抛，以什么方式？日日夜夜。什么目的？没有目的。什么想法？没有想法。为什么？不为什么。通过什么器官？通过它的肠子。它的肠子是什么？下水道。

两千五百万，这是专门科学最保守的估算。

科学经过长期摸索，今天知道肥效最高的肥料是人的粪便。说来令我们惭愧，中国人比我们知道得早。埃克勃就说过，中国农民进城，总要在扁担两头挑回满满两桶我们所谓的污物。多亏人粪，中国的土地至今仍像亚伯拉罕时代那样富有生命力。中国一粒麦种，能产一百二十粒小麦。鸟粪的肥力，与首都的粪肥不可同日而语。一座大城市是最大的粪源。利用城市来给田野施肥，肯定会获得成功。如果说黄金如粪土，那么，反过来说，我们的粪便就是黄金。

这些肥料黄金都干什么用了？被扫进了深渊。

我们花很多很多钱，派出船队，到南极去收集海鸥和企鹅的粪便，却把唾手可得、不计其数的肥料抛进大海。世上浪费的人畜粪，若用到

---

① 利维坦是《圣经》中提到的海上怪兽，象征邪恶。这里暗喻巴黎的下水道。

地里，而不是抛入水中，足能养活世界上的居民。

这堆在墙角的一堆堆垃圾，这夜里颠簸在大街上的一车车淤泥，这垃圾场一辆辆令人掩鼻的大车，这在路面下流动着的臭烘烘的粪水，你们知道是什么吗？是鲜花盛开的牧场，是碧绿的青草，是百里香、麝香草和鼠尾草，是野味，是家畜，是傍晚肥牛心满意足的欢叫，是香喷喷的牧草，是黄澄澄的小麦，是你们餐桌上的面包，是你们血管中的热血，是健康，是欢乐，是生命。这是改天换地、神秘莫测的造物主所希望的。

将这些东西回归大熔炉，就会丰衣足食。原野肥沃，人也就有了食粮。

你们可以抛弃这些财富，也可以笑话我。这正说明你们愚昧无知。

据统计，就法国一家，各大河口每年向大西洋抛进五亿法郎。请注意：这五亿法郎可以支付四分之一的国家预算。人真是精明，宁愿让五亿法郎白白抛进水中。由我们的下水道一点一滴吐进江河，再由江河大口倾注大海的，正是人民的养分。下水道每打一次嗝，就要耗费我们一千法郎。这带来双重恶果：土地贫瘠，河流污染。耕地带来饥馑，江河带来疾病。

譬如，人所共知，泰晤士河给伦敦带来了毒害。至于巴黎，近来，大部分下水道的出口，不得不移到下游最后一座桥下面。

英国好几个市镇采用了一种双管道设施，配有阀门和排放闸门，既能引水，又能排水。这种基本的排灌系统，和肺的呼吸一样简单，可以把田里的清水引进城市，又把城里的肥水送往田里。这最简单不过的一来一往的做法，便可将扔到海里的五亿法郎留住。可人们却不这样想。

目前的做法，是好心办坏事。用心是好的，结果却不好。以为在净化城市，却给人民带来饥饿。下水道是一种误会。当全国各地都采用这吸收后又排出的双功能装置，取代单纯排水使土地贫瘠的下水道，再加上新的社会经济体系，土地的产量便会大大增加，贫困问题便可大大减轻。若再能消灭各种寄生虫，贫困问题便能得到解决。

目前，公共财富流进江河，造成财富流失。“流失”一词用在这里恰如其分。欧洲就这样在流尽财富，自取灭亡。

至于法国，刚才已讲过数字了。而巴黎占法国总人口的二十五分之一，巴黎的粪肥又是最丰富的，因此，在法国每年扔掉的五亿法郎中，若把巴黎的浪费估计为两千五百万，也还是低于实际数字。两千五百万法郎若用于救济和享受，会使巴黎更具光彩。可它们却都挥霍在下水道中了。因此，可以说，巴黎的下水道是它的最大的挥霍，它的奇异的节日，它的“疯狂的博戎[①]”，它的盛宴，它的挥金如土，它的豪华，它的奢侈，它的富丽。

就这样，因为法国推行一种盲目而恶劣的政治经济，公众福利便付之流水，落入万丈深渊。必须用圣克鲁的网[②]，将这公共财富拦住。

从经济上讲，可以把这概括为：巴黎是个漏筐。

巴黎是个模范城市，是世界各大首都的楷模，各国人民力图模仿的样板，是理想的大都市，首创精神、冲力和尝试的发祥地，英华俊才的中心，是国中之国，孕育未来的摇篮，巴比伦和科林斯的奇妙结合，可是，在刚才谈到的问题上，却让一个福建农民感到不可思议。

仿效巴黎，只会自取灭亡。再说，尤其是在这种历史悠久、失去理智的浪费上，巴黎自己也是在模仿别人。

这种不可思议的荒唐事，不是新的创造，绝非最近才有。古代人的做法和现代人一样。李比希[③]就曾说过：“罗马的下水道耗尽了罗马农民的全部福利。”当罗马的乡村被罗马的下水道毁灭后，罗马又将意大利耗得一干二净，它把意大利倒进下水道之后，继而又将西西里扔了进去，接着是撒丁，然后是非洲。罗马的下水道吞噬了整个世界。这下水道向罗马和世界张开大嘴。**罗马和世界**[④]。万古流芳的城市，深不可测的下水道。

在这件事上，也和在其他事上一样，罗马做出了榜样。巴黎亦步亦趋，以文明城市特有的傻劲，仿效这个榜样。

---

① 疯狂的博戎曾是投机商尼科拉·博戎（1708—1796）的宅第，有一个很大的花园。后来变成了娱乐场所。

② 圣克鲁为塞纳河要塞，位于巴黎西郊。那里的人在河上置网，用以拦住漂流物。

③ 李比希（1803—1873），德国化学家。

④ 原文为拉丁语。教皇祝福时的用语。

出于上面解释过的排污水的需要，巴黎下面还有另一个巴黎。下水道的巴黎。那里也有街道、十字路口、广场、死胡同、动脉和循环系统。那是污泥浊水的循环系统，只是没有人的形状。

对什么都不要恭维，哪怕是一个伟大的民族。在无所不有的地方，可耻的与崇高的并肩存在。如果说巴黎具有雅典城的光明，提尔城[①]的强盛，斯巴达城的道德，尼尼微城[②]的奇迹，那么，它也有吕代斯城[③]的污泥。

此外，那也正是巴黎强盛的特征。巴黎庞大的下水道，在纪念性建筑物中间，体现了既宏伟又卑劣的奇特理想，那正是在人类历史上，由马基雅弗利、培根和米拉波等人所体现的理想。

如果目光能穿透地面，就会看到，巴黎的地下像一个巨大的石珊瑚。一只海绵有再多的孔穴，也不如上面矗立着这座古老大城市、周长为六法里的这片土地所含有的孔穴多。不算地下墓穴——那是与众不同的地下室，不算错综复杂的煤气管道，以及通向水龙头的庞大无比的饮用水管道系统，单单那些下水道，就在塞纳河两岸的地下，形成了一个黑暗的、奇异的网络。这个迷宫是以斜坡作为引线的。[④]

在那里，在潮湿的雾气中，出现了老鼠。它们似乎是巴黎分娩出来的。

二　下水道的古老历史

请大家想象一下巴黎揭去盖子后的样子，鸟瞰下去，河两岸的下水道，有如硕大无朋的树枝，嫁接在塞纳河上。在右岸，环城下水道是树干，次下水道是树杈，死胡同是细枝。

这不过是简单的比喻，并不确切，因为这种地下分支经常出现直角，

---

① 提尔为亚洲古国腓尼基的港城。在今黎巴嫩境内。历史上曾强极一时。

② 尼尼微为古代亚述帝国最古老、人口最多的城市，以奇迹著称，公元前六一二年灭亡。

③ 吕代斯为巴黎的古称。

④ 暗喻阿里阿德涅线团。在希腊神话中，阿里阿德涅用小线团帮助雅典英雄忒修斯逃离迷宫。

这在植物界是罕见的。

假如将巴黎想象为一个奇形怪状、乱七八糟的东方字母表，平放在黑暗的背景上，怪模怪样的字母杂乱无章、随心所欲地衔接起来，有的弯沟嵌连，有的末端相接，这样一个奇异的几何平面图，与巴黎的下水道网更相像。

在中世纪，在东罗马帝国，在古老的东方，污水井和下水道起着重要的作用。瘟疫在那里产生，暴君在那里死亡。芸芸众生几乎以宗教式的敬畏，看待这腐烂的温床，死神的可怕摇篮。贝拿勒斯[①]的蚊蝇坑，其骇人听闻的程度不亚于巴比伦的狮子坑。据犹太士师书记述，泰格拉特-法拉查[②]以尼尼微的污水坑发誓。让·德·莱德[③]是从明斯特的阴沟里引出他的假月亮的。与他相似的东方人莫卡那，霍拉桑[④]的蒙面先知，也是从盖许勃的污水井里引出他的假太阳的。

人类的历史反映在下水道的历史中。古罗马的罪犯暴尸场讲述着罗马的历史。巴黎的下水道是个古老而不同凡响的东西。它当过坟场，也当过避难所。罪恶、智慧、社会抗议、信仰自由、思想、盗窃等人类法律追究或追究过的东西，都在这个洞里藏过身：十四世纪有铅锤党人[⑤]，十五世纪有拦路抢劫的强盗，十六世纪有胡格诺教派，十七世纪有莫兰[⑥]的幻象派，十八世纪有烧足匪徒[⑦]。一百年前，夜里会从那里刺出一刀，扒手遇到危险就在那里藏身。林中有洞穴，巴黎有阴沟。有高卢无赖之称的乞丐帮，以下水道作为圣迹区的一部分，这些狡诈而凶狠的乞丐，一到晚上，就从莫比埃街的排水口回到阴沟洞里，就像回到卧室一样。

日常出没于掏包死胡同或割喉街的人，以绿径街或于尔普瓦街的涵

---

① 贝拿勒斯为印度古城，印度教圣地。今称瓦拉纳西。根据印度教教义，贝拿勒斯是最神圣的城市，死在该城便能升天。

② 泰格拉特-法拉查为古亚述国的国王。

③ 让·德·莱德（1510—1536），荷兰宗教改良者，明斯特再浸礼教派首领之一。

④ 霍拉桑为西南亚古地区名。现为伊朗东北部省名。

⑤ 铅锤党人指一三八二年以铅锤为武器起义的巴黎人。

⑥ 西蒙·莫兰（约1623—1663），法国幻象派巫师，自称“上帝的儿子”，被处火刑。

⑦ 指法国大革命时期以烧足逼取钱财的匪徒。

洞作为夜间的栖身地，这是最自然不过的事。那里留下过无数记忆。形形色色的幽灵，出没于这些僻静的长廊；到处是腐烂和瘴气；隔不多远有一个通风口，洞里的维永和洞外的拉伯雷在聊天。

老巴黎的下水道，是所有走投无路和铤而走险的人汇聚的地方。在这里，社会经济看到的是垃圾，社会哲学看到的是渣滓。

下水道是城市的意识。一切在这里会聚，一切在这里对证。在这灰蒙蒙的地方，有黑暗，但不再有秘密。一切都露出了真面目，至少是最终的面目。垃圾堆的特点是不撒谎。纯朴把这里当作藏身地。这里有巴西尔[①]的假面具，但可以看到纸板和线绳，里外一目了然，上面涂了层诚实的烂泥。旁边是司卡班[②]的假鼻子。文明社会的一切污秽之物，一旦不再有用，便掉进这个真实的坑里，即掉进社会大规模向下滑的归宿地，沉入里面，但又漂浮出来。这乱七八糟便是一种供认。不再有假象，毫无粉饰，垃圾脱去衬衫，赤身裸体，错觉和幻影逃之夭夭，只剩下了真实，显出行将灭亡者的凶恶嘴脸。真实和灭亡。这里，一个酒瓶底就供认出酗酒，一个篮子提手便道出仆役身份。这里，对文学发表过看法的苹果核，又变成了苹果核；铜钱上的雕像长满铜锈，该亚法咳出的痰，与法斯塔夫呕出的污物邂逅，赌场出来的金币，与挂着半截上吊绳的钉子相遇；惨白的胎儿，裹着去年狂欢节在歌剧院跳舞穿的饰有闪光片的衣服滚来滚去，一顶审判过人类的法官帽，慵懒地躺卧在玛格东[③]腐烂的裙子旁；这不只是友爱，而是亲密无间了。从前涂脂抹粉的东西，现在都肮脏不堪。最后一张面纱揭掉了。一条下水道，是一个厚颜无耻的人。它泄露一切。

污秽之物的这种坦诚使我们感到愉悦，使灵魂得到休憩。我们活在世上，整天看到的是诸如国家利益、誓言、政治明哲、人类正义、职业道德、苦行、不可腐蚀的法袍等等装腔作势的表演，现在进入下水道，

---

① 巴西尔是十五世纪传说中的人物，炼金术士。

② 司卡班原为意大利喜剧中一个奸诈狡猾的仆人，后由法国喜剧作家莫里哀借用此名，写成《司卡班的诡计》。

③ 玛格东指生活腐化的女人。

看见污泥浊水的真面目，会备感轻松。

同时也给人以教益。刚才说了，下水道反映了历史。圣巴泰勒米惨案[①]的鲜血一滴滴从路面的石缝渗入下水道。大量的暗杀，政治和宗教的屠杀，穿过这文明的地道，留下一具具尸体。在爱思索的人看来，历史上所有的杀人凶手都在这里，跪在这丑恶的幽暗中，用他们作为围裙的裹尸布的一个角，阴险地抹去他们所干的罪恶勾当。路易十一和他的特里斯坦[②]在这里，弗朗索瓦一世和他的杜普拉[③]在这里，查理九世和他的母亲在这里，黎塞留和路易十三在这里，卢夫瓦、勒泰利埃[④]在这里，埃贝尔、马亚尔[⑤]在这里，他们刮着石头，试图消除他们罪行的痕迹。在这些拱顶下面，可以听见这些幽灵的扫帚声，可以闻到社会灾难的恶臭味，可以看到一些角落里闪着红光。这里流淌着一条可怕的河，凶手们在里面洗过血手。

社会观察家应该进到这黑暗的地方看一看。这是他们实验室的一部分。哲学是思想的显微镜。一切都想避开哲学，但什么也逃不脱。搪塞是毫无用处的。这样做会暴露自己什么呢？可耻的一面。哲学用正直的目光追踪罪恶，不许罪恶逃之夭夭。不管什么东西，正在消失也罢，变小也罢，它一眼便能识别。它根据破衣服，可以重现王朝，根据破布片，可以重现女人。它通过下水道，可以重现城市；通过污泥，可以重现习俗。它凭破碎片，可以推断是瓮还是罐；根据羊皮纸文稿上的一个指甲印，可以识别是犹当加斯的犹太人，还是犹太集居区的犹太人。它根据残片，可以看出过去的样子，是善，是恶，是假，是真，是宫殿中的血迹，是匪穴中的墨迹，是妓院脂烛的滴痕，经受过的考验，受欢迎的诱

① 圣巴泰勒米惨案发生在一五七二年八月二十四日圣巴泰勒米节的夜里，查理九世国王在其母亲卡特琳·梅第奇的怂恿下，突然武装袭击胡格诺派，致使二千余人丧生。

② 特里斯坦（？—1475），路易十一的谋臣。

③ 杜普拉（1463—1553），弗朗索瓦一世的掌玺大臣。

④ 卢夫瓦（1639—1691），路易十四的大臣；勒泰利埃（1648—1719），路易十四的忏悔师。

⑤ 埃贝尔（1757—1794），法国大革命时期激进党人，被罗伯斯庇尔清除；马亚尔（1763—1794），参加过一七九二年九月二日至六日的大屠杀。

惑，呕出来的盛宴，降低人格的印记，灵魂粗俗到卖淫的痕迹，以及在罗马挑夫褂子上留下的梅萨利娜[①]的肘印。

三　布律纳索

巴黎的下水道在中世纪极富传奇色彩。到了十六世纪，亨利二世试图探测，但没成功。将近一百年来，巴黎的下水道放任自流，任其变化，关于这点，可从梅西埃的著作中得以证实。

昔日的巴黎就是这样，不停地争斗、犹豫、摸索。它长期稀里糊涂。直到一七八九年，人们才看到城市是如何变得有思想的。可在古时候，首都几乎是没有头脑的，精神和物质上都不善管理，既不善治理弊病，也不善扫除垃圾。到处是障碍，到处是问题。比如，下水道各走各的路。城市里意见不一，下水道里难辨方向。地上难以沟通，地下难以理清。上面是语言混乱，下面是水道混乱。代达罗斯给巴别塔[②]加了个地下迷宫。

有时，巴黎的下水道会漫溢泛滥，仿佛这个被人瞧不起的尼罗河勃然大怒了。下水道常常泛滥成灾，这是十分讨厌的事。这人类文明的肠胃常常消化不良，污泥浊水倒流进巴黎的喉咙里，到处是它的余味。阴沟倒流很像人的内疚，倒也不无益处；这是在提出警告，但人们不加理会；巴黎看到污泥如此大胆，愤慨之至，绝不允许垃圾重新回来。它要把它们赶走。

一八〇二年泛滥过一次，现在八十岁的巴黎人还记忆犹新。污泥浊水在矗立着路易十四雕像的胜利广场呈十字向外漫溢，从香榭丽舍大街的两个下水道口漫入圣奥诺雷街，从圣弗洛朗丹下水道漫入圣弗洛朗丹

① 梅萨利娜（约22—48），罗马皇帝克劳狄的第三个妻子，以淫乱和阴险出名。

② 代达罗斯是希腊神话中的建筑师和雕刻家，曾为克里特王弥诺斯建造迷宫。巴别塔是《圣经》中挪亚的子孙没有建成的通天塔。巴别塔暗喻可以听到各种不同语言的大城市。

街，从钟声街的下水道漫入鱼石街，从绿径街的下水道漫入波邦古尔街，从拉普街的下水道漫入罗盖特街。泥水淹没了香榭丽舍大街的阳沟，水深达三十五厘米。在南边，塞纳河岸的出水口倒流回来，污水流进了马萨林街、松糕街、沼泽街，在沼泽街漫溢了一百〇九米才停下，就差几步便是拉辛的故居，这说明在十七世纪，这污水敬重诗人胜过国王。圣皮埃尔街的水最深，高出排水沟的盖板三尺，圣萨班街的水漫得最广，长达二百三十八米。

本世纪初，巴黎的下水道还是个神秘的地方。污泥从来都是声名狼藉，可在巴黎，其名声坏到了谈虎色变的程度。巴黎隐约知道它下面有一个可怕的地窖。谈起它，就像在谈底比斯可怕的烂泥坑，可以给比希莫特[①]当澡盆，里面爬满了十五尺长的蜈蚣。下水道工人的大靴子只敢在几个熟悉的地方干活，从不敢越过一步。那时，离清道夫将垃圾车的垃圾直接倒入阴沟的时代不远，圣富瓦在垃圾车上同克雷基侯爵亲如兄弟。至于疏通下水道，这个任务就交给大雨。可大雨与其说疏通，不如说堵塞。罗马使它的下水道带点诗意，称它为罪犯尸体示众场。巴黎对它的下水道肆意污辱，称它为臭洞洞。科学和迷信都认为这是可怕的东西。这臭洞洞，卫生厌恶它，传说也不喜欢它。穿修道服的幽灵产生于穆夫塔街阴沟洞臭烘烘的拱顶下；马穆塞们[②]的尸体扔进了木桶街的阴沟里；一六八五年，可怕的恶性高烧病蔓延，法贡[③]归咎于沼泽区的阴沟洞敞着大口，圣路易街的这个大口，差不多就在“风流使者”这块招牌的对面，直到一八三三年还敞开着。莫特勒里街的下水道口因传播瘟疫而赫赫有名，它的铁栅盖竖起一排尖杆，有如竖着一排尖牙，它在这条倒霉的大街上，就像龙张大的嘴巴，将地狱的苦难吹向人间。在巴黎人的想象中，巴黎的排污水沟是无穷丑恶的大杂烩。下水道是无底洞。下水道是巴拉特卢姆[④]。警察从没想过探测这些麻风病区。谁敢冒险涉足这陌生的地方，

① 比希莫特是《圣经》中提到的食草猛兽。有人认为可能是河马。

② 马穆塞指查理五世或查理六世的顾问团，被勃艮第公爵处死或流放。

③ 法贡（1638—1718），路易十四的御医。

④ 巴拉特卢姆是雅典城西弃置罪犯的山谷。

探测这黑暗，探索这深渊？这太可怕了。然而有人这样做了。下水道终于有了自己的克利斯托夫·哥伦布。

一八〇五年的一天，拿破仑皇帝难得在巴黎逗留。内务大臣，不知是德克雷还是克雷泰，前来侍候主子起床。骑兵竞技场传来伟大共和国和伟大帝国的全体非同凡响的士兵拖军刀的声音。拿破仑的卧室门口挤满了英雄：有从莱茵河、埃斯科河、阿迪杰河和尼罗河等部队来的将士；有茹贝尔、德泽、马索、奥什、克莱贝尔诸将军的战友；有弗勒律斯汽艇驾驶员、美因茨的榴弹兵、热那亚的架桥兵、金字塔目睹过的轻骑兵、茹诺的炮弹溅污过的炮兵、袭击过停泊在须德海[①]的舰队的装甲兵；有的曾随拿破仑到过洛迪桥，有的伴随缪拉到了曼图亚[②]的战壕，还有的比拉纳先到蒙特贝洛[③]的洼路。当时的军队全都在场，在杜伊勒利宫的院子里，由一个班或一个排当代表，守卫拿破仑安寝。那时候，伟大的军队正处在辉煌时期，后面有马伦戈战役，前面有奥斯特里茨战役。“陛下，”内务大臣对拿破仑说，“昨天我见到了您的帝国的最勇敢的人。”“是谁？”皇帝急切地问，“他做了什么？”“陛下，他想做一件事。”“什么事？”“视察巴黎的下水道。”

确有其人。他叫布律纳索。

四　无人知道的细节

视察真的进行了。这是一次十分可怕的行动，一场不怕瘟疫和窒息的夜间战斗。同时，这也是一次探险旅行。在参加这次探险的尚存的人中，有个聪明的工人，当时他很年轻，几年前还讲起一些有趣的细节，布律纳索认为这些细节在公文中提到不合适，就没有写进他给巴黎警察

---

① 须德海在荷兰，今称艾瑟尔湖。

② 曼图亚为意大利城市，今称曼托瓦。

③ 蒙特贝洛为意大利一村庄。一八〇〇年六月九日，法军在此与奥地利军作战，大获胜利。

局长的报告中。那时候，消毒方法很简单。布律纳索刚越过下水道网的几条支道，二十个工人中，就有八人不愿再往前走了。这次行动十分复杂，视察必然要疏通，因此，必须清除污泥，同时还得测量：记下入水口，数清铁栅门和出水口，摸清支道，标明水流的分岔点，探明各贮水池的范围，探查连在主水道上的支道，测量各水道从拱顶石到地面的高度，以及拱底石处和底部的不同宽度，最后，确定与各入水口，即与沟底或与街面成直角的水位坐标。他们步履维艰。下去的梯子常常陷进三尺深的污泥中。提灯在疫气中奄奄一息。不时有阴沟工人晕倒而被抬走。有些地方是深潭。地面下陷，石板崩塌，下水道变成了暗井，找不到结实的地面，有个人突然陷进去，费了很大劲才把他拉出来。根据福克卢瓦[①]的建议，在清理得差不多的地方，隔一段距离，便用大笼子装满浸透树脂的废麻，将它们点燃。有些地方，壁上长满奇形怪状的蕈，就像一个个毒瘤。在这令人窒息的地方，连石头也生病了。

布律纳索在探险时，采用了从上游到下游的方法。在大吼者街的两条水道分岔口，他在一块突出的石头上辨出一五五〇年的日期。该石头指明了菲利贝尔·德洛姆，奉亨利二世之命，探查巴黎下水道的最终点。这块石头是十六世纪留在下水道里的标记。在蓬索街和圣殿老街的下水道，布律纳索发现了十七世纪的工程，是一六〇〇年到一六五〇年间盖的拱顶；在污水干道西段，他还发现了十八世纪的工程，是一七四〇年开凿并修建的拱顶。这两个拱顶下水道，尤其是一七四〇年开凿的那条，比环城下水道的裂缝更多，更加破烂。这环城下水道建于一四一二年，当时，梅尼蒙唐区的活水阳沟升到了巴黎大阴沟的地位，好比一个农民提升为国王的第一侍从，一个傻瓜变成了军官。

他们认为，在不少地方，尤其是法院下面，发现了建在下水道里的旧地牢的洞穴，犹如修道院的地牢，丑恶不堪。在一间地牢里，还挂着一副铁枷。这些地牢全都封死了。还有一些非常奇怪的发现。最奇怪的莫过于一只猩猩的骸骨，那是一八〇〇年动物园失踪的猩猩。这只猩猩

① 福克卢瓦（1755—1809），法国化学家。

的失踪，可能同十八世纪最后一年，在圣伯尔纳修士街出现的魔鬼有关。当年，圣伯尔纳修士街出现魔鬼这件事无人不知，确凿无疑。可怜的魔鬼最后淹死在下水道里了。

在通往玛里翁拱桥的拱顶下水道内，有一个捡破烂的背篓，保存得很好，行家见了赞叹不已。阴沟工人终于敢清除污泥了，他们到处发现贵重物品，有金银首饰、宝石、钱币。假如有个巨人用筛子来过滤这些污泥，筛子里会留下世世代代的财宝。在圣殿街和圣阿瓦街的两条支道的交叉口，捡到一枚稀奇古怪的胡格诺教派铜质纪念章，一面是头猪，戴着红衣主教帽，另一面是只狼，戴着罗马教皇的三重冕。

最惊人的发现，是在大下水道的入口处。这里，从前由铁栅栏门关闭，如今只剩下铰链了。在其中一个铰链上，挂着一片丑陋污秽的破布片，在黑暗中飘荡，想必有人经过时挂下来的，年深日久而变得破烂不堪了。布律纳索将提灯凑近，细看这破布。这是非常精细的麻布，有一个角不像其他地方破得厉害，可以辨出一个绣了纹章的冠冕，下方有七个字母：LAVBESP。这是一顶侯爵冠冕，那七个字母的意思是Laubespine。布律纳索认出，眼前的东西，是马拉[①]裹尸布的一块破片。马拉年轻时，有过风流韵事。那是在他给阿图瓦伯爵府当兽医的时候。他同一位贵妇私通（这是经过历史考证的），他们的爱情就剩下这条床单了。是残留物，抑或是纪念物。他死后，因为那是他家里唯一比较精细的床单，一些老太太们就拿它来给他裹尸了。她们用这块有过情欢的床单，来给这位就要进入坟墓的悲惨的人民之友裹身。

布律纳索没去管它，让这块破布留在原地，没把它毁掉。出于蔑视还是尊敬？对这两种态度，马拉都受之无愧。况且，在这块破布上，命运留下了相当明显的印记，人们不敢下决心碰它。再说，既是坟墓的东西，应让它留在它所选定的地方。总之，这个遗物是很奇特的。一位侯

① 马拉（1743—1793），法国政治家、医生和新闻工作者，大革命时期最激进一派的主要代表人物。一七七七年任路易十四的幼弟阿图瓦伯爵（后为查理十世）的私人卫队医生。一七九三年，一位来自诺曼底的吉伦特派年轻的支持者，以请求保护为名，进入马拉房间，把正在为治疗皮肤而沐浴的马拉刺死。

爵夫人在上面睡过觉，马拉裹着它腐烂，它穿过先贤祠，最后落入下水道这个老鼠的藏身地。这块留着男女情爱印记的破布，要是在从前，华托会兴致勃勃地画出它的所有褶裥，最后却只配得到但丁的垂顾。

对巴黎下水道的全部探查历时七年，始于一八〇五年，结束于一八一二年。布律纳索边探查，边确定工程，领导施工，完成了许多大工程。一八〇八年，他把蓬索街的下水道加深。他还到处开辟新路线：一八〇九年，圣德尼街的下水道加延到圣婴喷泉，一八一〇年，下水道延伸到冷大衣街和硝石库医院街，一八一一年，延伸到小神父新街、槌球场街、披巾街、王家广场街，一八一二年，延长到和平街和昂坦大道。同时，他还对整个下水道网进行消毒和净化。从第二年起，他让他的女婿纳戈当了他的助手。

就这样，在本世纪初，旧巴黎对它的双重底进行了疏通，给它的下水道进行了梳妆。这一次，总算是清扫了一下。

弯弯曲曲，裂缝累累，沟底铺石残缺不全、坑坑洼洼，拐角处崎岖不平，毫无逻辑的忽上忽下，臭气熏天，野蛮，凶恶，黑暗，铺石上满是伤痕，墙壁上满是刀痕，令人毛骨悚然，这便是追溯以往，巴黎旧下水道的真实写照。

支道伸向四面八方，纵横交错，支支岔岔，形如鹅掌，有如坑道里的星形岔道，盲肠，死胡同，拱顶起硝，渗井发出恶臭，墙壁像患了湿疹渗出脓水，沟顶往下滴水，黑咕隆咚：没有比这古老的排泄污水的地下室，这巴比伦的消化道，这洞穴，这墓穴，这联结各条街的深渊，这巨大的鼬鼠洞更可怖的东西了。透过黑暗，人们仿佛看见，过去这只瞎眼大鼬鼠，在曾经辉煌过的垃圾里踯躅。我们再说一遍，这就是昔日的下水道。

五　今天的进步

如今的下水道干净、阴凉、笔直、规范。它几乎达到了理想的程度，即英国所谓的“雅观”。它浅灰色，非常得体，都用墨线拉直，可以说笔直笔直。它就像一个供货人变成了参事。里面几乎能看得见。污水举止得体。猛一看，很像是在遥远的“人民爱戴国王”的时代，供君王和王公逃跑用的那种常见的地下长廊。如今的下水道美观漂亮，风格纯正，被逐出诗坛的古板而典雅的亚历山大体诗，似乎躲进了这座建筑中，融进了这阴暗灰白长拱廊的每一块石头中。每个排水口都是一个拱孔。里沃利街连它的下水道也开创了新风。此外，如果说几何线条在什么地方适得其所的话，那肯定是在一个大城市的排粪沟里。那里，一切都臣服于最短的路线。今天，下水道已有某种官方性质了。就连警方的报告有时提及时，也不敢对它出言不恭。公文中对它用的词是高雅严肃的。从前叫肠子，现在叫长廊，从前叫洞，现在叫观察口。维永恐怕认不出他的临时故居了。这个坑道网仍住着自古就有的啮齿类居民，比以往任何时候都繁殖得快。常有一只长着胡须的老鼠将脑袋探出阴沟洞外，审视巴黎。可是，这个寄生虫也已适应了，对它的地下宫殿非常满意。这下水道已不像原来那样凶恶。从前下雨，下水道变得更脏，现在下雨，下水道被冲得干干净净。不过，也不要过分信任。里面仍然有疫气。与其说它无可指责，不如说它是伪君子。巴黎警察局和卫生委员会做了努力也无济于事。尽管采取了种种消毒措施，它仍散发出淡淡的可疑气味，就像做过忏悔的伪君子达尔杜弗一样。

应该承认，清扫下水道不管怎样是对文明的尊敬，在这点上，达尔杜弗的忏悔较之奥革阿斯①的牛圈是一大进步。所以，肯定地说，巴黎的下水道有了改善。

何止是进步。简直是改变。在过去的下水道和现在的下水道之间，有过一场革命。这场革命是谁搞的？是被世人遗忘的我们前面谈到的布律纳索。

① 奥革阿斯是希腊神话中的厄利斯国王，养有三千头牛，三十年没打扫，粪秽堆积如山。大英雄赫拉克勒斯引河水，一天内就把牛圈冲洗打扫干净。

六　未来的进步

挖掘巴黎下水道可不是小工程。挖了十个世纪，也未能挖完，正如巴黎建了十个世纪，也未能建完。的确，巴黎不停地发展，势必影响到下水道。这是地下一种长着无数触角的深色珊瑚虫，随着上面城市的长大而长大。城市每开辟一条新街，下水道便长出一条胳膊。在旧君主政体时期，只建造了两万三千三百米下水道，这是一八〇六年一月一日以前的情况。关于那个时代的情况，一会儿我们还要谈到。从那时候起，修挖下水道工程继续进行，抓得有力，效果明显。拿破仑修建了四千八百零四米——真是个奇怪的数字；路易十八，五千七百零九米；查理十世，一万零八百三十六米；路易-菲利普，八万九千零二十米；一八四八年的共和国，两万三千三百八十一米；现政府，七万零五百米。目前，下水道总长度为二十二万六千六百一十米，约六十法里。这是巴黎庞大的肠子。不停施工的黑暗分枝，不为人知的巨大建筑。

正如有目共睹的，今天巴黎的地下迷宫，比起本世纪初来扩大了十倍。要使这地下水道达到现在这样相对完善的程度，所付的恒心和所做的努力，是很难想象的。一八〇六年以前建成的五法里长的下水道，旧君主政体的巴黎总督和十八世纪最后十年的革命政府，花了很大的劲才挖成。工程遇到了种种障碍，有的是土质问题，有的是勤劳的巴黎人民的偏见。巴黎的地层结构复杂，镐头刨不动，锄头挖不动，探头钻不动，难以进行人工操作。没有比这更难开凿、更难深入的地质结构了，而上面就矗立着被称为巴黎的绝妙的历史结构。一旦工程以某种形式进行，冒险在这冲积层上挖掘，就会遇到无穷无尽的地下阻力。那是稀黏土，活水泉，硬岩石，被专门科学称作芥子泥的又软又深的淤泥。十字镐在石灰岩层挖掘步履维艰，因为它是由细黏土层和镶嵌着史前牡蛎壳的页状岩层交替构成的。有时，一股水流突然冲塌刚开始建的拱顶，淹死在那里作业的工人。有时，一股泥石流如狂暴的瀑布，急速奔泻，就像砸烂玻璃那样，冲毁粗大的支柱。最近，在维耶特，因为要让污水干道从圣马丁运河下面经过，而又不中断航运，没有抽干运河，不料运河底出现裂缝，地下工地突然灌满了水，排水泵无能为力。于是，只好派一名潜水员寻找裂缝，费了很大劲才把它堵住。在其他地方，在塞纳河附近，甚至在离塞纳河相当远的地方，例如，在贝尔维尔，在格朗德街和吕尼埃通道下面，则会遇到无底流沙，人可能会陷进去，眼睁睁地看着一个人消失在里面。还有，疫气能使人窒息，塌方会把人埋住，地面会突然下陷。还有，工人们会慢慢染上斑疹伤寒。副工程师莫诺参加过许多工程：他挖了克利希地下长廊，在地下十米处施工，砌筑坡道以承受乌尔克运河主输水管的压力；他经历过多次塌方，常常得顶着恶臭挖沟，用撑条作支撑，为医院大道的比埃尔河到塞纳河的下水道建造了拱顶；为使巴黎免遭蒙马特尔的湍流冲击，并使滞留在殉道者城门附近九公顷的水塘得以排水，他从白门到奥贝维利埃大路修筑了一条下水道，在地下十一米处，不分昼夜地干了整整四个月；他还做了件史无前例的事，他在没挖壕沟的情况下，在鸟喙闩街地下六米处挖成了一条下水道，他指挥完成这些工程后，就去世了。迪洛工程师给三千米的下水道建了拱顶，遍及从圣安托万横街到鲁辛街的巴黎各个地方；他在弓弩街建造了一条支道，用来排泄收租者街和穆夫塔街十字路口的雨水；他在流沙上先灌注防冲碎石和混凝土，修筑了圣乔治下水道；他指挥了纳扎雷圣母院支道可怕的底槽加深工程；他在完成这些工程后，离开了人间。这些英雄业绩不会发布战报，却比战场的大屠杀更有用。

一八三二年，巴黎的下水道远不是现在的样子。布律纳索起了推动作用，但要等到那场霍乱爆发，才下决心大修下水道，后来确实大修了。说来令人惊讶，比如，一八二一年，那条称作大运河的环城下水道，在葫芦街上有一部分像威尼斯那样，是让污水暴露在外面的。直到一八二三年，巴黎才在自己的口袋里，找到二十六万六千零八十法郎六生丁，用来遮住这不光彩的露天污水沟。战斗门、库内特门和圣芒代门的三个吸水井，及其排水口、机械装置、排污水渗井和净化支道，直到一八三六年才齐备。四分之一个世纪以来，巴黎的下水道整修一新，而且，如前面所说，扩大了十倍。

三十年前，六月五日和六日起义的时候，许多地方仍然是旧下水道。现在大街的路面是隆起的，那时候，许多马路中间还有阳沟。在一条街或一个街口斜面的最低部位，常常能看到粗铁条的方形大栅盖，被行人踩得亮光光，滑溜溜，车行在上面十分危险，马也会失足。这些斜面的最低部位和铁栅盖，在桥梁和道路的正式用语中，有一个生动的名字，叫“横向水沟”。一八三二年，许多街道，如星星街、圣路易街、圣殿街、圣殿老街、纳扎雷圣母院街、梅利古游乐场街、花堤、小麝香街、诺曼底街、牡鹿桥街、沼泽街、圣马丁郊区街、胜利圣母院街、蒙马特尔郊区街、船婆仓街、香榭丽舍大街、雅各布街、图尔农街，等等，还是古老的哥特式下水道，厚颜无耻地张着大嘴。那是懒汉们出没的大石头裂口，有时围着界石，嚣张到了极点。

一八〇六年巴黎下水道的数字，和一六六三年五月统计的数字相差无几：五千三百二十八图瓦兹[①]。布律纳索扩修后，据一八三二年一月一日统计，已有四万零三百米。从一八〇六年到一八三一年，平均每年修建七百五十米。此后，每年建造八千米，最多达一万米，用混凝土作基础，以碎石加水泥灰浆砌成。以一米二百法郎计，现在巴黎六十法里长的下水道，共耗费四千八百万法郎。

除了开头指出的经济方面的进步外，许多严重的公共卫生问题，也与巴黎下水道这个大问题有关。

巴黎夹在两层东西之间，一层是水，一层是空气。水层位于地下相当深的地方，但已有过两次勘测，是由夹在白垩纪层和侏罗纪石灰岩层的绿砂岩层供给的，可用半径为二十五法里的大圆盘表示。许多河流和溪水往那里渗水。我们可在格勒内尔的一杯井水中，喝到塞纳河、马恩河、荣纳河、瓦兹河、埃纳河、歇尔河、维也纳河和卢瓦尔河里的水。这水层是卫生的，首先来自天空，再从地里渗下去。空气层却不卫生，它来自下水道。污水道的所有疫气，混在城市呼吸的空气中，也就有了

① 一图瓦兹相当于 1.949 米。

臭味。经科学方法证实，从肥料堆上抽取的空气，比在巴黎上空抽取的空气纯净。到一定时候，随着进步，随着机械的不断完善，事情明朗了，就可以用水层来净化空气层。也就是冲洗阴沟。大家知道，“冲洗阴沟”，就是将污泥归还大地，将粪便送给土地，肥料送给耕地。通过这简单的做法，整个社会便可减少贫困，改善健康。就目前来说，若将卢浮宫作为传播瘟疫的中心，巴黎的疾病可辐射到方圆五十法里。

可以说，十个世纪来，污水沟是巴黎的疾病，下水道是巴黎血液中的缺陷。在这方面，人民的本能从没搞错过。从前，阴沟工的职业，几乎同屠夫的职业一样危险，一样为人民厌恶；而屠夫的职业可怕之极，早已扔给刽子手来干了。要让泥水工下到臭气熏天的下水道作业，得付很高的工钱。掘井工也不愿将梯子放下去。有条谚语说得好：下阴沟，好比进坟墓。前面说了，各种骇人听闻的传说，给这庞大无比的污水道蒙上了恐怖的色彩。这个人人畏惧的臭水沟，有着地球变迁和人类革命的痕迹，从中可以发现各种灾难的遗迹，从太古洪荒的贝壳，到马拉的破床单。

第三卷　身陷污泥，却心灵高尚

一　下水道及其意想不到的事

让·瓦让就在巴黎的下水道中。

巴黎还有一点和大海相像。进入下水道的人，和潜入海里的人一样，能消失得无影无踪。

转折是异乎寻常的。让·瓦让就在市中心，却已经出了城。就在揭开和合上盖子的工夫，他已从白天进入黑暗，中午进入半夜，嘈杂进入宁静，雷电的旋涡进入静止的坟墓，极端危险进入极端安全，而这次情节的突变，比在波隆索街跳进修道院更令人吃惊。

突然落进一个地窖里，消失在巴黎的地牢里，离开死亡笼罩的那条街，进入这有生命的坟墓里，这真是奇特的一刻。他一时间晕头转向。他目瞪口呆，侧耳谛听。救命的陷阱突然在他身下打开。可以说，上苍用背叛的方式对他大发慈悲。上帝安排的可爱的陷阱！

只是那受伤的人一动不动。让·瓦让不知道背到这坟坑里来的是活人还是死人。

他第一个感觉便是眼睛瞎了。他突然什么也看不见。他似乎还感到，他骤然成了聋子。他什么也听不见。狂风暴雨般的屠杀，正在他头上几尺远的地方进行着，可是，我们说过了，因为隔着厚厚的土层，传到他这里已经没有声音，或模糊不清了，仿佛是从地层深处传来的响声。他觉得脚下的地很坚实。仅此而已。可这就够了。他伸出一只胳膊，接着又伸出另一只，两边都触到了墙壁，明白走廊很窄。他滑了一下，明白地面很湿。他小心翼翼地迈出一步，生怕遇到一个洞，一个渗井，一个深坑。他发现石板地向前伸展。一阵恶臭使他明白身处哪里。

过了一会儿，他眼睛看得见了。从他滑下来的通风口，投进来一缕亮光。他的视觉对这地窖也开始适应。他能辨认出一些东西了。他藏身——任何别的词都不能更好地表达他的处境——的这条走廊，后面被墙堵死了。这是条死巷，专业用语称作支道。前面还有一堵墙，一堵黑夜之墙。通风口射进来的亮光，在让·瓦让前面十一二步的地方就消失了，勉强在下水道潮湿的墙上投下几米长惨白的光。再往前是一片昏暗。钻进去似乎十分吓人，进去即意味着被吞噬。然而，这雾蒙蒙的大墙还是能钻进去的，而且必须这样做。甚至得赶快。让·瓦让思忖，这个埋在石头下的铁栅盖，既然他能发现，士兵们也能发现，一切都取决于偶然。他们也能下到这井里来搜查。刻不容缓。他已把马里尤斯放到地上，现在，他把他捡起来（这又是一个贴切的字眼），背起他，向前走去。他坚定地钻进黑暗中。

其实，他们获救的可能性不像让·瓦让认为的那样大。另一种仍然很大的危险可能在等待他们。先前是刀光剑影的战斗，现在是充满疫气和陷阱的洞穴；先前是混乱，现在是污水道。让·瓦让从地狱的这一层落入了另一层。

他刚走了五十步，就不得不停下来。遇到了一个问题。这条下水道尽头，横着一条羊肠小道。面前摆着两条路。走哪条呢？往左拐还是往右拐？在这黑黢黢的迷宫，如何辨别方向？前面讲了，这迷宫有一根引路的线，那就是坡道。顺着坡道，就能走到塞纳河。让·瓦让马上明白了这个道理。

他想，他很可能在中央菜市场的下水道里。假如他选择左边，沿着坡道下去，不消一刻钟，就能走到塞纳河上兑换桥和新桥之间的一个排水口，也就是说，就可能大白天出现在巴黎居民最多的地方。可能会是某个十字路口供人晒太阳避风雨的地方。行人如看见两个浑身是血的人，从他们脚下的地里钻出来，一定会吓坏的。警察会突然降临，附近的哨所会举枪示威。还没出来就可能被抓住。倒不如钻入这迷宫，信赖这黑暗，至于结局如何，只好听天由命了。他向右拐，溯坡道而上。

他向右拐了后，远处通风口的亮光完全消失，黑幕又落下，他又变成了瞎子。但他继续前进，尽量加快步伐。马里尤斯的两条胳膊垂在他脖子周围，两条腿荡在他身后。他一只手抓住他的两条胳膊，另一只手摸着墙壁。马里尤斯的脸贴着他的脸，因为还在流血，便黏住了。他感到，一股温温的血流，滴到他身上，渗透他的衣服。然而，他的耳朵挨着受伤者的嘴巴，感觉到一种湿润的热气，说明马里尤斯在呼吸，也就是说，还活着。现在，让·瓦让走的坑道，比前面宽一些。让·瓦让走得相当艰难。昨天的雨水尚未泄完，沟槽中央形成一股小小的湍流。他只好紧贴着墙，以免踩进水里。他就这样摸着黑前进。就像夜间活动的人，在看不见的黑夜里摸索，秘密地消失在黑暗的脉管里。

然而，也许远处的通风口给这浓雾送进一点浮动的亮光，抑或他的眼睛已适应黑暗，他又恢复了模糊的视觉，时而隐约看见他手摸着的墙壁，时而朦胧看到他上方的拱顶。人的瞳孔在黑夜会扩张，最后能找到一点亮光，正如人的灵魂在不幸中会扩大，最后能找到上帝。

要辨清方向是很难的。下水道的路线，可以说反映了与之重叠的街道的路线。那时候巴黎有两千二百条街。请想象一下这个星罗棋布、被称作下水道的一条条黑暗的沟道。那时候就已有下水道网了，一条条接起来，可能有十一法里长。前面说了，现在的下水道网，由于最近三十年的特别努力，长度已不少于六十法里。

让·瓦让一开始就搞错了。他以为在圣德尼街下面。遗憾的是并不是这样。圣德尼街下面，有一条建于路易十三时代的石砌老下水道，直通称作大下水道的污水干道，只有向右一个拐弯，就在旧圣迹区下面，那里只有一条支道，即圣马丁下水道，它的四条臂交叉成十字。可是，入口在科林斯小酒店附近的小丐帮街的支下水道，从没同圣德尼街的下水道接通过，而是通达蒙马特尔下水道，这是让·瓦让所在的地方。这里，随时随地都会迷路。蒙马特尔下水道是老下水道网中最复杂的迷宫。

所幸让·瓦让已将菜市场的下水道抛在后面了；那一带下水道的实测平面图，有如帆船顶桅的桅杆，错综复杂。可是，他前面会遇到不止一个困难，会碰见不止一条街道——因为确实是街道——的拐弯，它们会像问号，出现在黑暗中。首先，在他左侧，是石膏窑街的大片下水道，像拼板游戏那样错综复杂，将邮政大楼和小麦市场圆形大楼下面呈T形和Z形展开的乱七八糟的下水道网，一直推向塞纳河，最后以Y形注入。其次，在他右侧，是钟面街曲曲弯弯的巷道，及其三条死胡同的岔道。第三，在他左侧，是槌球场街的支道，几乎入口处就是一条岔道，错综复杂，三弯九转，最后通达卢浮宫下面的大排污槽，这排污槽枝枝杈杈，伸向四面八方。最后，在右侧，有守斋者街的死胡同，还不算进入环城下水道之前遍布各处的小下水道。唯有这环城下水道，才能把他带到遥远的，因而也是可靠的出口。

假如让·瓦让对我们说的情况有点概念，只要摸一摸墙壁，立即会发现他不在圣德尼街的下水道里。他手下就会感到不是雕琢过的老石块，不是连下水道也高傲堂皇的古式建筑，以常用的花岗石拌浓石灰浆为基础，一图瓦兹的造价要八百利弗，而是用现在的便宜材料砌成，是经济的应付性手段，是以一层混凝土垫底、嵌有砂浆的磨石，一米造价只有二百法郎，是所谓“小材料”的资产阶级泥水工程。可是，他对此一无所知。

他忧心忡忡地往前走，但依然很镇静，什么也看不见，什么也不知道，听凭运气的，也就是上天的安排。

我们要说，他渐渐产生了一种恐怖的感觉。周围的黑暗渐渐侵入他的思想。他在一团谜中行走。这污水道真是可怕之极，曲曲弯弯，令人目眩。陷入这黑暗的巴黎，是很凄惨的事。让·瓦让看不见前面有路，却不得不找出一条路，甚至闯出一条路来。在这陌生的地方，每冒险前进一步，都可能是最后一步。怎么出去？能找到出路吗？能及时找到吗？这个长着石孔的硕大无朋的地下海绵，让人进入和穿透吗？会遇到什么意想不到的难题吗？会不会陷入错综复杂、不可跨越的绝境？马里尤斯会因流血过多而死去吗？他会饿死吗？他们会不会迷路，在这黑夜的一个角落里变成两具骷髅？他无从知道。他给自己提出这些问题，却回答不了。巴黎的肚肠是无底深渊。他像先知那样，已在魔鬼的肚子里。

突然，他有了意外的发现。他径直往前走，在最料想不到的时候，他发现不再是上坡了。污水不是冲到脚尖上，而是打在他的后跟上。现在，下水道在往下走了。怎么回事？难道他突然就要到塞纳河了吗？这样太危险了，但是，后退更危险。他继续前进。

其实，他去的方向根本不是塞纳河。在塞纳河右岸，巴黎的地面呈驴背形，其一侧斜坡的水流入塞纳河，另一侧流入大下水道。决定污水分流的驴背脊，是一条起伏不平的直线。最高点是分流的地方，位于米歇尔伯爵街那头的圣阿瓦下水道、林荫大道附近的卢浮宫下水道和中央菜市场附近的蒙马特尔下水道。让·瓦让正是走到了这个最高点。他在向环城下水道走去。路线是对的。但他自己却全然不知。

每遇到一条支道，他就伸手摸一摸拐角，若发现开口比他所在的下水道窄，他就不进去，继续往前走。他很有道理地认为，任何一条更窄的路可能通往死胡同，只能使他远离目的，也就是远离出口。这样，他就避开了黑暗中向他张开的四个陷阱，即刚才提到的四个迷宫。

有一刻，他感到他在走出被暴动吓呆了的、被街垒堵塞了的巴黎，而回到充满生气的正常的巴黎。可是，他突然听到头顶上响起了雷声，远远的，但持续不断。那是车轮的滚动声。

他走了有半小时了，至少按他的估计是这样，可他没想到要歇一歇脚，只是换了只手抓住马里尤斯。下水道里更黑了，不过，这反倒使他放心了。

突然，他看见前面有他的影子。那影子出现在几乎难以分辨的淡淡的红光中，那红光将他脚下的沟底和头上方的拱顶微微染成紫色，并射到阴沟两侧黏乎乎的墙上。他骤然一惊，回头张望。

在他身后他刚走过的阴沟里，在他觉得离他很远的地方，闪烁着一颗可怕的星星，划破沉沉黑暗，好像瞪着眼在看他。

在这下水道里升起的，是警察昏暗的星星。在这星星后面，依稀晃动着八九十个黑影，挺得笔直，模模糊糊，让人胆战心惊。

二　情况说明

六月六日白天，警方下令搜索下水道。他们担心战败者将下水道作为避难所。当比若将军扫荡公开的巴黎时，警察局长吉斯凯负责搜索隐蔽的巴黎。这是有关联的双重行动，要求警察力量采取双重战略，上面由军方代表，下面由警方代表。警察和下水道工人分成三个巡逻队，负责搜索巴黎的地下沟道，第一组负责右岸，第二组负责左岸，第三组负责城岛。警察配有卡宾枪、棍棒、剑和匕首。

此刻射向让·瓦让的光线，正是右岸巡逻队的手提灯。

刚才，这支巡逻队搜查了钟面街下面那条弯弯曲曲的下水道和三条死胡同。当他们用手提灯探照死胡同尽头时，让·瓦让已路过那条下水道口了，发现它比主下水道窄，就没进去，继续往前走了。警察从钟面街的下水道出来，好像听见环城下水道那边有脚步声。那的确是让·瓦让的脚步声。巡逻队长举起提灯，大家向发出声音方向的雾气中张望。

对让·瓦让来说，这真是难以名状的一刻。

幸亏他看得见提灯，提灯却照不见他。提灯是明的，而他是暗的。他离得很远，且同黑暗融为一体。他贴在墙上，停止往前。

再说，他并不知道在他身后移动的是什么东西。缺少睡眠、没有吃饭、神经紧张，也使他产生了幻觉。他看见一团火光，围着一群幽灵。这是什么？他弄不清楚。

让·瓦让一停下来，脚步声便没有了。巡逻队的人侧耳细听，却什么也没听见，举目张望，却什么也没看见。于是就商量起来。

那时候，在蒙马特尔下水道这一段，有一个叫“勤务处”的十字路口，后来取消了，因为下暴雨时，湍急的雨水排不出去，会在里面形成小湖泊。巡逻队可以蹲在这个十字街口。让·瓦让看见这些幽灵围成一圈。那些看门狗的脑袋靠到一起，低声商量起来。

看门狗商量后，认为他们听错了，根本没有声音，也没有人，不必钻进环城下水道，那是白费时间，得赶快去圣梅里教堂那边，如果说有什么事要做，有什么“布桑戈”[①]要追，也是在那个区。

各党派不时地给他们骂人的话换上新装。一八三二年，“布桑戈”在“雅各宾”已经过时，而“代马戈格”[②]尚未风行的情况下，暂时填补一下空缺，这以后，“代马戈格”大效其劳。

队长下令向左拐，朝塞纳河的斜坡前进。假如他们想到分成两个组，分别去两个方向，就能抓住让·瓦让了。就差这么一点。可能警方预料会有战斗，怕起义者人多，下过指示，不让巡逻队分散行动。巡逻队继续前进，将让·瓦让抛在后头。巡逻队的这些行动，让·瓦让一无所知，他只看见灯光猛然掉头，消失不见了。

离开前，作为警察，为了做到问心无愧，队长朝放弃搜索的方向，也就是让·瓦让所在的方向鸣了一枪。枪声在这墓窖里连锁回响，有如巨人的肠鸣声。一大块灰泥啪嗒一声掉进污水沟里，离让·瓦让只有几步路，这提醒让·瓦让，子弹击中了他脑袋上方的拱顶。

沟底响起了缓慢而有节奏的脚步声，越来越远，越来越轻，过了一会儿，便消失了。与此同时，那群黑影钻进深处，一团微光悠悠忽忽，在拱顶形成淡淡的弧形红光，越来越弱，最后也消失了。于是，又恢复了沉寂和黑暗，耳聋和眼瞎又成为黑暗的主人。让·瓦让仍不敢动弹，久久靠在墙上，伸长耳朵，睁大眼睛，望着这群幽灵巡逻队渐渐消失。

三　被跟踪的人

应该为当时的警察说句公道话：社会局势再严重，他们仍坚定不移地履行道路管理和治安监督的职责。在他们看来，决不能借口暴乱，而让坏人为所欲为，不能因政府处境困难，而忽略社会秩序。日常公务通

---

① 布桑戈（bousingot）指法国一八三〇年革命后鼓吹民主的青年。

② 代马戈格（démagogue）指鼓动人心的政客。

过执行特别任务得以正常进行，而不因此受到干扰。在业已开始的难以估量的政治事件中，在可能发生一场革命的压力下，一名便衣警察不会因发生起义和街垒战而分心，仍会“跟踪”一个小偷。

六月六日下午，在塞纳河右岸的河滩上，残废军人院过去不远的地方，就发生了这样一件事。

今天，那里的面貌有了改变，河滩已不复存在。

在这段河滩上，两个男人相隔一段距离，好像在互相观察，其中一个在躲避另一个。走在前面的竭力想拉开距离，跟在后面的拼命想缩短距离。

这就像在远远地、默默地下一盘棋。双方都不慌不忙，慢慢地走着，似乎怕走得太快，对方会加快步伐。仿佛一个想饱食的猎犬跟踪一个猎物，却装作若无其事的样子。那猎物阴险狡诈，有所防备。

猎犬和被追踪的石貂，个头也合乎比例。想逃脱的那个人脖子很细，面容瘦弱；想抓捕的那个人身材魁伟，相貌凶悍，看来很难对付。

前面那个觉得强弱悬殊，竭力躲避后面那个，但露出愤怒的神情。若有人观察，就会发现，他的目光闪着逃跑者的阴沉敌意，恐惧中透着威胁。

河堤上冷冷清清，没有行人，连停泊在这里那里的驳船上，也不见船夫和装卸工。

只有从对面码头上才望得见这两个人。从这样远的距离望去，会发现前面那个似乎头发耸立，衣衫褴褛，歪着身子，神情不安，穿着破工作服，身子索索发抖。另一个是传统的公务人员，穿着官方礼服，扣子一直扣到下巴。读者若是走近去看他们，也许会认出这两个人。

后面那个人的目的是什么？可能想让前面那个穿得暖和一些吧。

一个由国家发给衣服的人，跟踪一个衣衫褴褛的人，便是要让他也变成由国家提供衣服的人。只是颜色不同罢了。穿蓝衣服光荣，穿红衣服可耻。有一种底层的红色。前面那个可能就想逃避这种耻辱和红色。

如果说后面那个人让他走在前面而还没抓他，从表象看，是希望看见他去赴意味深长的约会，去同一群是好猎物的人碰面。这一艰难的行动叫作“跟踪”。

这个推测是完全可能的，因为那位纽扣扣到下巴的人，看见一辆空出租马车从沿河马路经过，给车夫做了个手势，车夫心领神会，显然明白谁在同他打交道，便掉转车头，从沿河马路上慢慢跟着这两个人。前面那个衣衫褴褛、形迹可疑的人毫无察觉。

马车沿着香榭丽舍大街的树荫前进。从河滩上，可见车夫挥动马鞭，半截身子在河岸护墙上方移动。

警局给密探们的秘密指示中有一条：“得有一辆出租马车跟在附近，以备不时之需。”

那两个人按照各自无懈可击的战略各行其是，慢慢走近沿河马路通向河滩的一条坡道。从帕西来的出租马车夫们可从这条坡道到河里给他们的马饮水。后来为了两岸对称，这条坡道取消了，于是，拉车的马渴坏了，但眼睛却愉悦了。

穿工作服的人可能想从这条坡道上去，企图从香榭丽舍大街上溜走，因为路两旁树木成荫，可是，街上到处是便衣警察，跟踪的人很容易得到协助。

沿河马路的这一处，离所谓弗朗索瓦一世公馆很近。那公馆是一八二四年布拉克上校从莫雷移来的。附近有一个哨所。

令监视者大吃一惊的是，被跟踪的人根本没上那条饮水的斜坡。他继续顺着河滩往前走。显然，他的处境非常危险。除非跳进塞纳河，否则他该怎么办呢？

从此，他再也没法上马路了。不会再有坡道和台阶了。前面就是河的拐弯处，再过去便是耶拿桥，那里，河滩越来越窄，最后变成一条细带，渐渐没入水中。那里，他必然走投无路，右边是陡峭的护堤墙，左边和前方是塞纳河，后面有警察跟踪。

的确，河滩在那里消失，行人是看不见的，因为被一堆七八尺高的垃圾挡住了视线。那是拆房子拆下来的瓦砾。那人是不是真想躲到这堆建筑垃圾后面去？只要绕过去就行了。可是，这个权宜之计恐怕是幼稚的。他肯定不会这样做。盗贼不会幼稚到如此地步。

这堆垃圾在河边形成一个小丘，有如海岬，一直延伸到护堤墙。

被跟踪的人走到小丘跟前，绕了过去，另一个人便看不见他了。

后面的人看不见前面的人，也就不会被前面的人看见，他便趁机抛开伪装，加快步伐。不一会儿，他便走到那堆垃圾跟前，绕了过去。他惊得戛然止步。他追踪的人不在那里。穿工作服的人消失得无影无踪。

从这堆垃圾起，河滩只延伸三十来步，然后消失在塞纳河中，水浪拍打着护堤墙。逃跑者不可能跳进塞纳河，也不可能攀越护堤墙，否则，跟在后面的人会发现。他到哪里去了？

穿紧腰中大衣、扣子扣到下巴的人一直走到河滩尽头，沉思片刻，捏紧双拳，举目四顾。蓦然，他拍了拍脑门。原来，他发现在河滩消失、河水开始的地方，有一个宽宽矮矮的拱形铁栅栏，装着一把厚实的大锁和三个粗铰链。这个铁栅栏，有点像是开在河堤下方的一扇门，面向河滩和塞纳河。门下面流出一股黑水，注入塞纳河。

栅栏门粗重的铁条都已生锈。透过栅栏，可见一条黑洞洞的拱顶长廊。

那人交叉双臂，以责备的神态望着铁栅门。

光这样望一下是不够的，他试着推了推，又使劲儿摇了摇，但它坚如磐石。尽管没听见任何响声，铁栅门刚才很可能打开过。锈得这样厉害，打开时不发出声音，这实在叫人纳闷。但可以肯定它打开后又关上了。这说明打开这门的人有钥匙，而不是用的撬锁钩。

使劲摇铁栅门的人恍然大悟，他愤慨地说：

“真让人难以相信！居然有一把政府的钥匙！”

他随即恢复了镇静，一口气吐出几个不无讽刺意味的单音节词，表达了他内心的诸多想法：

“啊！啊！啊！啊！”

说完，也不知是希望什么，或者希望看到那人出来，或者希望看到别人进去，反正他躲在那堆垃圾后面监视起来，犹如一只发现猎物便站住的猎犬，怒不可遏，却又耐心等待。

至于那辆与他步调一致的出租马车，也在他上面的护堤墙旁停了下来。车夫预料要停很长时间，便把底下的湿燕麦袋套在马嘴上。这种燕麦袋，巴黎人是很熟悉的。顺便说一句，历届政府有时也给巴黎人套上嘴套。个别行人走过耶拿桥，在离开前，还扭过头来，朝这两个静止不动的景观——河滩上的人和沿河马路上的车——看一会儿。

四　他也背着十字架

让·瓦让又继续往前走，没有再停下。

往前走越来越艰难。拱顶高矮不一，平均高度约五尺六，是按人的身高设计的。让·瓦让不得不弯下腰，怕马里尤斯撞着拱顶。他得不停地弯腰又直腰，不停地触摸墙壁。石壁潮湿，水沟黏滑，这对手和脚都是不利的支撑点。他在巴黎污秽的粪水中踉跄而行。阳光从通风口中照下来，但隔很长距离才有一个通风口，且光线十分暗淡，大白天的阳光仿佛成了月光。剩下的便是雾气、疫气、昏暗、黑暗。让·瓦让又饥又渴，尤其是口渴难忍，这就像在海上，到处是水，却不能喝。大家知道，他力大无比，尽管年事已高，但他生活俭朴圣洁，体力不减当年，可此刻他渐感不支了。他筋疲力尽，越是感到没有力气，就越觉得包袱沉重。马里尤斯可能死了，就像无活动力的躯体，死沉死沉的。让·瓦让小心翼翼地背着他，不让他胸口受到挤压，让他呼吸尽可能通畅。他感到老鼠在他腿间逃窜。有只老鼠惊慌失措，还咬了他一口。从阴沟洞的栅盖中，不时吹来一阵清爽的风，给他增添一些力气。

他走到环城大下水道时，可能是下午三点了。首先，他发现下水道忽然变宽，大吃一惊。他突然来到一条伸手触不到两壁，抬头碰不到拱顶的长廊中。的确，这条大下水道有八尺宽，七尺高。

在蒙马特尔下水道与大下水道汇合的地方，另有两条下水道，即普罗旺斯街和屠宰场街的下水道汇入这里，形成一个十字路口。判断力差一点的人，遇到这四条路，恐怕会举棋不定。让·瓦让选择了最宽的一条，也就是环城下水道。可这里又出现了老问题：往上走还是往下走？他想情况紧急，现在不管冒多大危险，也要尽快到达塞纳河。换句话说，就是往下走。他向左拐。

幸好这样。假如认为这条环城下水道有两个出口，一边通向贝西，另一边通向帕西，并从它的名称望文生义，认为它是巴黎右岸的环城下水道，那就大错而特错了。应该记得，这条大下水道，就是从前梅尼蒙唐街的阳沟，倘若往上走，就会走到一个死胡同，即它从前的出发点，在梅尼蒙唐小丘脚下，那是它的源头。它同汇集波潘库尔区流出的污水，经由原卢维埃岛的阿麦洛下水道，最后流入塞纳河的支道不直接相通。这条支道是污水干道的辅助管道，就在梅尼蒙唐街下面被一块高地同污水干道分开，那高地是上游和下游的分水岭。假如让·瓦让迎着黑暗往上走，经过千辛万苦，累得精疲力竭，奄奄一息，最后却会碰到一堵墙。那样他就完了。

必要时，他也可以退回几步，进入髑髅地修女街的下水道，只要在布什拉十字路口下面的鹅掌形岔道上不犹豫，果断地进入圣路易甬道，然后向左拐进圣吉尔羊肠小道，再向右拐，避开圣塞巴斯蒂安长廊，就能到达阿麦洛下水道，只要在巴士底广场下面的F形沟道里不迷失方向，就能走到兵工厂附近的塞纳河出口。要做到这点，必须对巴黎下水道这个巨型珊瑚的所有支道和通道了如指掌。然而，我们要指出的是，他走在这条可怕的路上，却对它一无所知。假如有人问他身在何处，他会回答在夜里。

他的直觉帮了他忙。的确，往下走就可能得救。

他没有向右拐进拉菲特街和圣乔治街那两条似爪子般分岔的沟道，也没走进昂坦大街下分岔的长甬道。

走过一条支道，可能是马德莱娜教堂的下水道，他歇了歇脚。他实在累坏了。那里有个挺大的通风口，可能是昂儒街的检查孔，射进可说是明亮的光线。让·瓦让就像对待受伤的兄弟那样，将马里尤斯轻轻放到沟坡上。马里尤斯血淋淋的面孔，出现在检查孔射进来的苍白的光线下，就像出现在墓穴里。他双眸紧闭，头发黏在太阳穴上，好似干画笔放在红颜料里，双手下垂，一动不动，四肢冰冷，唇角凝血。他的领结上凝着血块，衬衣陷进伤口中，呢外套磨擦着皮开肉绽的伤口。让·瓦让用手指尖撩开衣服，将手放在他胸口上：心脏还在跳动。让·瓦让从自己的衬衣上撕下布片，尽量包扎好伤口，止住了流血。然后，他俯下身子，凑着朦胧的光线，以难以名状的仇恨目光，看着昏迷不醒、几乎断气的马里尤斯。

他在撩开马里尤斯的衣服时，在他的口袋里发现了两样东西，昨天忘了吃的面包和马里尤斯的活页簿。他吃着面包，打开活页簿。在首页上，他发现了马里尤斯写的四行字。大家一定还记得：

"我叫马里尤斯·蓬梅西。把我的尸体送到沼泽区髑髅地修女街六号，我的外祖父吉诺曼先生家里。"

让·瓦让凑着通风口射进来的亮光，读了这四行字，沉思片刻，喃喃重复：髑髅地修女街，六号，吉诺曼先生。他把活页簿放回马里尤斯的口袋里。吃完面包，他恢复了体力。他又背起马里尤斯，小心地将他的脑袋放到自己的右肩上，继续往下走。

大下水道是沿着梅尼蒙唐的谷底线修建的，将近两法里长，大部分都铺了石板。

我们将巴黎的街名当作火炬，给读者照亮让·瓦让在地下的行进路线，可让·瓦让自己却没有这把火炬。他无从知道现在他在穿过哪个城区，走的是什么路线。他仅知道不时出现的亮光越来越暗淡，于是他明白，阳光正在撤离街道，黄昏即将来临；他头顶上方的车轮滚动声变得断断续续，最后几乎停止了，于是他得出结论，他已不再在巴黎市中心下面，而是到了某个偏僻的地区，靠近外马路，或到了沿河马路的尽头。房子和街道越少，下水道的通风口也越少。让·瓦让四周越来越黑，但他仍然摸着黑往前走。

突然，这黑暗变得十分可怖了。

五　流沙像女人，也会背信弃义

他感到自己在进入水中，脚下不再是石板，而是淤泥。

在布列塔尼或苏格兰海边的有些地方，当一个旅行者或渔夫在退潮后的沙滩上行走，远离海岸，会突然发现，几分钟下来走路便吃力了。脚下的海滩犹如沥青，鞋底黏在上面；那已不再是沙子，而是黏胶。沙滩干干的，可每走一步，刚抬起脚，脚印里尽是水。可眼睛却没发现任何变化，无垠的沙滩平坦而宁静，沙地到处一个样，看不出哪里是坚实的，哪里已不再坚实，一群群快乐的海蚜虫，仍在行人的脚上欢跳。那人继续赶路，朝前走去，脚踏向大地，努力走近海岸。他无忧无虑。有什么可忧虑的呢？只是他觉得每走一步，脚的重量增加一分。忽然，他陷了下去。他陷下去两三寸。他一定是走错路了。他停下来辨明方向。他突然朝自己的脚看了看。脚看不见了，已埋进沙里。他从沙里拔出脚，想往回走，他向后转，却陷得更深了。沙子盖住了他的踝骨。他拔出脚，向左转，沙子一直没到腿肚子。他又向右转，沙子一直没到膝盖上。他不禁惊恐万状，明白自己走进了流沙里，他身下是鱼不能游、人不能走的可怕地带。假如他有重负的话，便扔下重负，就像遇难的船只卸去货物。可为时晚矣，沙子已没过膝盖了。

他大声呼叫，他挥动帽子或手帕，他在沙里越陷越深。如果海滩上没有人，陆地离得很远，而这沙滩又出名的险恶，附近又没有英雄来相救，那他就完了，注定会埋入沙中。那是可怕的埋葬，十分缓慢，不可避免，毫不容情，既不可能减缓，也不可能加速，要持续几个小时，没完没了，你好端端地站着，自由自在，身体健康，却被沙抓住，被沙拖着脚往下拉，你每挣扎一次，每喊叫一次，只会使你陷得更深，仿佛要把你搂得更紧，来惩罚你的反抗，你慢慢地沉入地下，却有充分的时间观看天边、树木、绿野、平原上村庄的炊烟、海上船只的风帆、歌唱的飞鸟、太阳、天空。陷入泥沙，便是陷入变成海潮的坟墓，这坟墓从地下朝一个活人升上来。每一分钟都是一个铁面无情的埋尸人。那可怜人试图坐下、躺下、趴下；他的每个动作都在将他埋葬；他直起身子，却埋得更深；他感到已被沙子淹没；他嚎叫、哀求、对天呼喊、扭动双臂、绝望地挣扎。沙没到了他的肚子。沙没到了他的胸口，只剩半截上身露在外面了。他举起手，发出愤怒的呻吟，用指甲拼命抠沙子，想在这灰烬般的沙土上站住脚，用胳膊肘撑着，想从这软套子里拔出身子。他号啕大哭。沙子继续上升。沙子没到了肩膀。沙子没到了脖子，只剩下脸露在外面了。嘴还在叫，沙子将它填满；没有声音了。眼睛还在看，沙子把它闭上；一片漆黑。接着，额头渐渐下沉，一绺头发在沙面上颤动，一只手伸出来，穿过沙面，摇动着，挥舞着，最后不见了。一个人就这样凄惨地消失了。

有时，骑马的同马一起陷下去。有时，赶车的和车一道沉下去。一切都沉入流沙中。这种海上遇难不是在水中。是陆地将人淹没。陆地被海洋浸入，变成了陷阱。它似平原展现在你面前，却会像海涛张开大嘴。深渊会以这种方式背叛你。

这种在这个或那个海滩上发生的悲惨灾难，三十年前，在巴黎的下水道里也会发生。巴黎一八三三年才开始修建重大的下水道工程，在这之前，巴黎的下水道常会突然塌陷。

水渗入某些特别松散的地下层，无论是铺石板的旧下水道，还是铺混凝土的新下水道，沟底一旦失去支点，便会弯曲变形。这种基础，一旦弯曲，便会形成裂缝，出现裂缝，便会引起崩塌，沟底便会很长一段下陷。这种裂缝，即泥潭中出现的间隙，专业用语称为地陷。地陷是什么？是地下突然遇见海边的流沙。是下水道中出现圣米歇尔的沙滩。土地被水渗透，像在溶化似的，所有的分子都悬浮在稀软的介质中。那已不是土，也不是水。有时很深很深。没有比这更可怕的遭遇了。若是水多，人就会被水淹没而很快溺死；若是土多，人则陷入泥沙而慢慢死去。

能想象得出这种死亡吗？如果说在海滩上沉陷令人恐怖，那么，在下水道里又会怎样呢？那不是在露天，没有亮光，没有太阳，没有明亮的天际，没有嘈杂的声音，没有洋溢着生命、自由自在的云彩，没有远远可望的小船，没有各种各样的希望，不可能有行人，不可能在最后一刻还有得救的希望，不可能有这一切，却是有耳听不见，有眼看不见，上面是黑黑的拱顶，里面是现成的坟墓，死在有顶盖的泥淖中，在污秽物中慢慢窒息，在一个石椁中，污泥张牙舞爪，扼住你的喉咙，临终喘息夹杂着恶臭，淤泥取代了沙滩，硫化氢取代了飓风，垃圾取代了海洋！呼天唤地，咬牙切齿，扭动身子，拼命挣扎，奄奄一息，而在你头上是整个偌大的城市，却对你的遭遇一无所知！

这样死去，真是可怕得难以形容！有时，死亡以一种巨大的尊严弥补其残酷性。人在处火刑或遭海难时，可以显得高贵；在大火中，在浪花里，可以显出傲骨；在沉入大海或被火烧死时，会面貌一新。可在这里却不能。这种死是不光彩的。这样断气是莫大的耻辱。临终时眼前漂浮的景象是卑鄙龌龊的。污泥是耻辱的同义词。那是渺小的，丑陋的，可耻的。像克拉朗斯[①]那样死在一桶美酒里，倒还说得过去，可像埃斯库布洛那样死在泥潭里，那是极其可怕的。在淤泥中挣扎令人厌恶。一面垂死挣扎，一面陷入泥坑。里面一团漆黑，因而像地狱，可又是一团污泥，因而只是泥潭，垂死者不知道自己将变成鬼还是癞蛤蟆。别处的坟墓阴森凄惨，这里的坟墓丑陋不堪。

地陷的深度、长度和宽度，随土质的好坏而异。有时，地陷三四尺，有时八到十尺，有时深不见底。淤泥在这里接近固体，在那里接近液体。在吕尼埃，地陷时吞没一个人要一天，而在菲利波的泥潭里只消五分钟。淤泥的承重力，随其密度大小而不同。成人丧命的地方，孩子也许能幸免。保命的首条法则，是扔掉身上一切重负。任何下水道工人，一旦感到脚下地陷时，首先要做的，便是扔掉工具袋，或背篓，或搅拌石灰的木槽。

造成地陷的原因各种各样：土壤稀松，在人所不能及的地下出现崩塌，夏季下大暴雨，冬季不断下骤雨，长时间绵绵细雨。有时，在泥灰土或沙土地段，由于房屋的重压，使得下水道的拱顶下塌变形，或沟底断裂。一个世纪前，先贤祠发生地陷，堵塞了圣热纳维埃芙山的部分下水道。当一条下水道在房屋的重压下坍塌时，有时，在街面上，在铺路石中间，会出现锯齿状的裂缝。下水道拱顶的裂缝有多长，街面上这条裂缝就有多长，蜿蜒曲折。因此，毁坏显而易见，可以立即抢修。可有

---

① 克拉朗斯（1449—1478），因背叛其兄英格兰王爱德华四世而判死刑，当人们让他选择哪种极刑时，他要求淹死在葡萄酒桶里。

时下面出现毁坏，外部却不露痕迹。这样，下水道工就会遭灭顶之灾。他们毫无防备地进到塌陷的下水道里，进去后就可能出不来。据旧档案记载，几名掘井工就这样在地陷中被埋葬。档案中列了几个名字，特别提到了一个叫布莱兹·普特兰的工人，当卡莱姆-普勒南街下面发生塌陷时，他被埋在了里面。这位布莱兹·普特兰是尼科拉·普特兰的兄弟，后者是圣婴公墓最后一个掘墓人。这个所谓的圣婴藏骸所，是一七八五年取缔的。

还有前面谈到过的那位年轻俊美的埃斯库布洛子爵，他是围攻雷里达城的英雄之一。当年他们进攻时，穿着丝袜，用小提琴开道。一天夜里，埃斯库布洛同他的表妹德·苏蒂公爵夫人幽会，在她家里被当场抓住。为了逃避公爵追踪，他躲到博特雷伊街下水道的一个水坑里，结果淹死了。德·苏蒂夫人得知他淹死的消息时，叫人给她拿来她的盐瓶，拼命嗅盐而忘记了哭泣。在这种情况下，是不存在牢固的爱情的，污水沟把它淹没了。海洛[①]拒绝给利安得清洗尸体。西斯贝[②]在皮拉姆斯面前掩住鼻子说：“呸！”

六　地陷

让·瓦让面临的正是地陷。

那时候，这一类塌陷在香榭丽舍大街的地下屡见不鲜。在那里修建下水道很艰难，地层极不稳定，下水道建好后也不容易保存。那里地层

---

① 海洛是希腊神话中爱神阿佛洛狄特的女祭司，与利安得相爱。每次夜里利安得游过河来同她幽会时，她都在塔上高举火炬为他引路。一天，大风吹灭火炬，利安得溺水而死。海洛悲痛万分，坠塔自杀身亡。

② 西斯贝和皮拉姆斯是罗马诗人奥维德在《变形记》中讲述的一对恋人。因父母不同意他们结合，他们决定私奔，约定在桑树下相会。西斯贝先到，却被母狮的吼声吓跑，慌乱中丢掉了面纱。面纱被狮爪撕碎，狮爪上恰好沾有牛血，皮拉姆斯见状，认定她已被母狮吞吃，便举刀自刎。西斯贝也自杀身亡。

的不稳定性，与圣乔治区的流沙层相比，与殉道者区散发恶臭的沼气黏土层相比，都有过之而无不及；圣乔治区的流沙，是用混凝土加防冲乱石构筑基础后才得以战胜，而在沼气黏土层建下水道时，因为土层太稀薄，只好用铸铁管连通。一八三六年，圣奥诺雷郊区的石砌下水道（正是让·瓦让此刻进入的地方）拆除重建，从香榭丽舍大街到塞纳河，地底下到处是流沙，给施工造成巨大障碍，以致工程持续了六个月，沿河的居民吵吵嚷嚷，吵得最凶的是住公馆和有马车的人家。工程不仅艰难，而且危险。事实上，当时下了四个半月雨，塞纳河涨了三次水。

让·瓦让遇到的地陷，是头天晚上下暴雨所致。铺路石下面是沙地，不坚实，便下陷了，这样雨水就积了起来。雨水下渗，随之而来的是下水道塌陷。下水道底部四分五裂，于是陷进淤泥里。塌陷处有多长？说不清楚。那里比其他地方更黑。那是黑洞里的泥坑。

让·瓦让感到脚下的地面在下沉。他走进这泥浆中。上面是水，下面是淤泥。但得过去。返回是不可能的。马里尤斯已奄奄一息，让·瓦让已精疲力竭。再说到哪里去呢？让·瓦让继续前进。再说，开始几步，他觉得泥坑并不深。可是，越往前走，他的脚陷得越深。不久，淤泥陷到他的腿肚子，水没过了他的膝盖。他继续往前走，用两只胳膊尽量把马里尤斯举出水面。现在淤泥已陷到膝盖，水则没到腰际。后退已是不可能了。他越陷越深。这淤泥的密度可以承受一个人的重量，但显然承受不了两个人。马里尤斯和让·瓦让若分开走，兴许能走过去。让·瓦让举着这个垂死的人继续往前走，那垂死者可能已是具尸体。

水已没到他腋下。他感到自己在往下沉。在这样深的淤泥中，真是步履维艰。密度既是支撑，也是障碍。他仍举着马里尤斯，使出难以想象的力气往前走，但他在继续往下沉。只剩脑袋露出水面了，双臂仍举着马里尤斯。在表现洪水的古画中，一位母亲就是这样举着她的孩子的。

他继续下沉。他仰起头，避开水面好呼吸。谁要是在这黑暗中看见他，会以为有个面具在黑暗中漂浮。他模模糊糊地看见上面马里尤斯倒垂的头和青灰的脸。他拼足力气，向前迈了一步。他的脚触到了什么坚硬的东西。一个支点。恰是时候。

他直起身，用腰一使劲，猛地在这支点上站稳脚。他感到踏上了绝处逢生阶梯的第一级。

在千钧一发之际遇到的这个支点，是沟底另一个坡面的开端。就像一整块木板，沟底折而未断，在水下弯曲着。铺砌得好的石头沟底，形成拱形时，仍然很结实。这一段沟底，部分淹在水中，但很坚固，是一个名副其实的坡道，一旦踏上这坡道，便能得救。让·瓦让沿着这坡道前进，终于到了泥潭的另一边。

他走出水时，碰到一块石头，就势跪了下来。他觉得这样正好，在上面歇了一会儿，心中默默祈祷上帝。

他又站起来，索索发抖，全身冰凉，臭气熏人，背着这个垂死的人，被压得弯下了腰，泥浆直流，却心里明亮。

七　有时功败垂成

他又开始往前走。

不过，他虽没葬身泥潭，但力气已消耗殆尽。这最后的努力使他精疲力竭，以至于每走三四步，都要靠在墙上喘口气。有一次，他不得不坐到护坡道上，将马里尤斯换个姿势。他真以为自己站不起来了。可是，即使他力气耗尽，毅力却完好未损。他又站了起来。

他拼足力，往前走，走得还相当快。他像这样走了百来步，不抬头，几乎不呼吸。忽然，他撞到了墙上。原来是个拐弯处，因为他只顾低头往前走，便撞到了墙上。他抬起头，隐隐看见前面很远很远的地方，在下水道的尽头有亮光。这次可不是凶险的红光，而是祥和的白光。是日光。让·瓦让看见了出口。

让·瓦让此时此刻的感受，和一个罚入地狱的灵魂从大火炉中，突然看见地狱出口时的感受并无二致。那灵魂拼命扇动烧残的翅膀，向光辉灿烂的大门飞去。让·瓦让不再感到疲劳，不再觉得马里尤斯的重量，他恢复了钢铁般的腿力，向前走去，更确切地说，向前奔去。他越走越近，出口也越来越清晰。那是个拱形出口，比越来越矮的拱顶还要矮，比随着拱顶变矮而越来越窄的地道还要窄。这地道最后成了漏斗状。这种越来越窄的收口，实在令人厌恶，监狱的小门就是这样，这对监狱合乎逻辑，但对下水道就不合理了。这种情况后来纠正了。

让·瓦让到了出口处。他停下来。的确是出口，但出不去。

那拱门关着，是粗铁条的栅栏门。看来，这铁栅门很少转动，铰链已经生锈。一把大锁将它牢牢锁在石头门框上，那锁锈得像大红砖。看得见锁孔和深深插入横头的锁栓。这锁显然是转了两圈才锁上的。这是一把城堡用的锁。旧巴黎到处都用这种锁。

铁栅门外，便是野外、塞纳河、日光、很窄很窄但可以过人的河滩、遥远的河堤、巴黎这个极易藏身的深渊、无尽的天际、自由。在右边，在下游，可以看见耶拿桥，在左边，在上游，可以看见残老军人院桥。这地方适于等到天黑再逃跑。这是巴黎最偏僻的一个角：河岸对面是粗石子滩。苍蝇从栅门的铁条之间飞进飞出。

大概是傍晚八点半了。天快黑了。

让·瓦让沿着墙壁，将马里尤斯放在沟底干的地方，然后走到铁栅门边，双手紧握铁条，使劲摇晃，却无济于事。铁栅门岿然不动。让·瓦让又挨根抓住铁条，希望有一根是活动的，能拔下来做杠杆，用来撬门或砸锁。没有一根活动。就是虎牙也没这样牢固。没有杠杆，也就不可能撬门。障碍无法排除。门无法打开。

难道要死在这里？怎么办？结果会怎样？他已没有力气退回去，把刚才走过的可怕路线再走一遍了。再说，怎样才能重新蹚过那个泥潭呢？他是靠了奇迹才走出来的呀！即使能再次蹚过那泥潭，不是还有警察的巡逻队吗？第二次肯定逃不过去了。再说，能去哪里呢？往哪个方向呢？沿斜坡下去，决不意味着在走向目的地。即使到了另一个出口，也会被一个铁盖板或铁栅门挡住。无可怀疑，所有的出口都会像这样关着。他进来的那个铁栅盖侥幸打开了，可其他下水道的出口显然是关着的。

他只在监狱里越狱成功过。这次可完了。让·瓦让所做的一切努力都要付之东流。上帝不要他了。

他俩被死亡那张阴暗的巨网紧紧缠住。让·瓦让感到可怖的蜘蛛在巨网上奔跑，黑网丝在黑暗中抖动。

他转身背朝铁栅门，跌倒在地，与其说坐在，不如说倒在地上，挨着一动不动的马里尤斯，脑袋耷拉在两膝中间。没有生路。他沮丧到了极点。

在这万分忧闷中，他想到了谁？既不是他自己，也不是马里尤斯，而是珂赛特。

八　撕下一片衣角

他正垂头丧气，有只手放到他的肩头，有个声音轻轻对他说：

“对半分。”

难道这黑暗中有人？没有比绝望更像梦境了。让·瓦让以为在做梦。他根本没听见脚步声。这怎么可能？他抬起头。一个男子站在他面前。

这人穿一件工作服，光着脚，左手拎着鞋子。显然，为了能悄悄走到让·瓦让跟前，他把鞋脱了。

让·瓦让没有片刻犹豫。尽管突然相遇，但他认识此人。他是泰纳迪埃。

让·瓦让对危险处境习以为常，对意外打击久经锻炼，所以尽管可说是突然惊醒，却即刻恢复了镇静。况且，处境已坏到极点，不可能再变坏了。困境到了一定程度，就不可能再增加，就是泰纳迪埃也不可能使这黑暗变得更黑。

他等了一会儿。

泰纳迪埃将右手举到额头，做成帽舌以遮住光线，接着皱起眉头，眨眨眼睛，微微撇了撇嘴，这表明一个敏锐的人集中注意力想认出另一个人。他没有认出来。刚才说了，让·瓦让背对着光，再说，他满脸污泥和鲜血，已是面目全非，即使在大中午，也未必能认出来。相反，泰纳迪埃面对铁栅门，光线照在他脸上，尽管是地窖里的光，惨淡无力，但仍照得清清楚楚，让·瓦让看泰纳迪埃却是——正如一个有力而平凡的隐喻所说的那样——一目了然。这一不平等的情况，足以使让·瓦让在这即将在两种处境、两个男人之间展开的神秘决斗中占优势地位。这场较量在戴着面纱的让·瓦让和揭去面纱的泰纳迪埃之间展开。

让·瓦让立刻发现泰纳迪埃没认出他来。

他们在昏暗的光线中对视了一会，仿佛在互相打量。泰纳迪埃首先打破沉默：

"你怎么出去？"

让·瓦让不做回答。泰纳迪埃继而又说：

"这门用撬锁钩是打不开的。可你得从这里出去呀。"

"不错。"让·瓦让说。

"那好，对半分。"

"什么意思？"

"你杀了这个人。很好。而我有钥匙。"

泰纳迪埃用手指了指马里尤斯。他接着说：

"我不认识你，但我想帮你。我们可以交个朋友。"

让·瓦让开始明白了。泰纳迪埃以为他是杀人凶手。泰纳迪埃又说：

"听着，伙计。你不会不看衣袋就把这个人杀了。分一半给我。我给你开门。"

说完，他将一把大钥匙从破烂不堪的工作服下面抽出一半，又说：

"你想看看田野的钥匙[①]是什么样的吗？瞧吧。"

让·瓦让像老高乃依说的那样，惊得"目瞪口呆"，以至怀疑自己看到的不是真的。上帝以可怕的面貌出现，而善良的天使却扮成泰纳迪埃从地里冒了出来。

泰纳迪埃将手插进工作服下面的大兜里，拿出一根绳子，递给让·瓦让。

---

① 法语中有个短语：la clef des champs，本义为"田野的钥匙"，引申义为"行动自由"。

“拿着，”他说，“我外加你一根绳子。”

“绳子？干吗？”

“你还需要一块石头，不过，外面能找到。那里有一堆瓦砾。”

“石头？干吗？”

“真蠢，你既然要把这个傻瓜扔进河里，就得有一块石头和一根绳子，否则他会漂起来的。”

让·瓦让接过绳子。谁都会下意识地这样做。

泰纳迪埃打了个响指，好像突然想起了一件事：

“对了，老兄，你是怎样从那边的泥坑里跑出来的？我都没敢去冒险。呸！你身上好臭。”

他停了会儿，又说：

“我问你问题，你不回答是对的。这是个学习的机会，将来就能对付预审法官发问的难熬时刻了。再说，一句话也不说，也就不会冒说话太大声的风险。没关系，反正我也看不见你的脸，不知道你的名字。不过，你要是认为我不知道你是谁，你想做什么，那就错了。我知道得一清二楚。你把这个先生弄死了，现在你想把他藏到哪个地方。你需要塞纳河来掩饰你做的坏事。我来帮你摆脱困境。我很乐意帮一个遇到难处的好小伙子。”

他一面赞成让·瓦让不说话，一面却明显地想引他说话。他推推他的肩膀，想看清他的侧面，并用一直保持的不高不低的声音嚷道：

“说到那个泥坑，你是个十足的笨蛋。干吗不把这人扔进坑里？”

让·瓦让依然缄口不语。泰纳迪埃把充当领带的破布条提到喉结处，以使他更像个正经人的样子，一面又说：

“不过，你这样做也许是明智的。明天工人来填坑，肯定会发现扔在那里的巴黎佬的，那样顺藤摸瓜，一点一点，就会发现你的踪迹，最后找到你。有人经过这条下水道。是谁？从哪里出去的？有人看见他出去了吗？警察可聪明呢。下水道会出卖你，告发你。在下水道里很少发现死人，这很引人注目，很少有人利用下水道干那种事，而河却是人人可以利用的。河是真正的坟坑。一个月后，圣克鲁的渔网就会把死人捞上来。捞上来就捞上来吧，有什么关系？一具腐尸罢了！谁是凶手？巴黎。法院连问都不问。你做得对。”

泰纳迪埃越是喋喋不休，让·瓦让便越沉默不语。泰纳迪埃又摇了摇他的肩膀。

“现在来把事情做个了断吧。两人平分。你看见我的钥匙了，让我看看你的钱。”

泰纳迪埃凶悍、野蛮、鬼鬼祟祟、咄咄逼人，但却挺友好。有一点很奇怪：泰纳迪埃的态度不很爽快，神色不很自然，虽没装出神秘兮兮的样子，说话时声音却很低，不时地把手指放到嘴上，轻轻“嘘”一声。但很难猜出个中原因。只有他们两人在场。让·瓦让寻思，可能在不远的某个角落里，还藏着几名歹徒，泰纳迪埃不想和他们分赃。

泰纳迪埃接着说：

“快点。这傻瓜兜里有多少钱？”

让·瓦让摸了摸口袋。

大家记得，他身边总习惯放点钱。他过着随时都要应付困难的凄惨生活，这使他不得不这样做。可这一次搞得他措手不及。昨晚上，他心烦意乱，魂不守舍，在穿国民自卫军制服时，忘记带钱夹了。他背心兜里只有一些零钱。总共三十来法郎。他把浸透污泥的衣袋翻过来，把一枚金路易、两枚五法郎的硬币和五六个苏摊到沟底的护坡道上。

泰纳迪埃伸出下嘴唇，意味深长地扭了下脖子，说道：

“为这么点钱，你就把他杀了。”

他放肆地摸起让·瓦让和马里尤斯的口袋来。让·瓦让只想背对光线，就任他这样做了。在翻马里尤斯的衣服时，泰纳迪埃像变戏法似的，敏捷地撕下一块，藏在自己的工作服里，让·瓦让却毫无察觉。泰纳迪埃想必生出一个念头，也许这块布日后能帮他认出被害者和凶手。此外，除了那三十法郎，他没找到一个子儿。

“不错，”他说，“一个背着另一个，也就这些。”

说完，他把钱全部装进腰包，全然忘了他说的“对半分”了。

他在那几苏钱面前犹豫了一下，想了想，也拿走了，一面还嘟囔道：

“管他呢！这样杀人也太便宜了。”

接着，他从工作服下面拿出钥匙。

“朋友，现在你得出去了。这里和集市一样，付了钱才能走。你已付钱，你走吧。”

说完，他笑了起来。

他用钥匙帮助一个陌生人，让一个外人从这门里出去，难道真的是为了救一个杀人凶手，动机就真的那样纯洁而无私吗？这是值得怀疑的。

泰纳迪埃帮让·瓦让将马里尤斯重新放到肩上，然后光着脚，踮起脚尖，向铁栅门走去，并示意让·瓦让跟在后面。他朝外面看了看，将手指放到嘴上，停了几秒钟。察看完毕，他把钥匙放进锁孔里。锁栓拨开，门转动了。既没有咿哑声，也没有嘎吱声。声音很轻很轻。显然，这铁栅栏和铰链都仔细上过油，打开的次数远比人们想象的要多。门如此轻地打开，是很阴森可怕的，使人感到夜间出没的人在这里偷偷地来来去去，悄悄地进进出出，让人听到罪犯轻轻的脚步声。显而易见，这下水道与某个秘密团伙狼狈为奸。这沉默不言的铁栅门是藏污纳垢的窝主。

泰纳迪埃微微打开门，刚好能让让·瓦让通过，随后又关上门，将钥匙在锁孔里转了两圈，便一头钻进黑暗中，声音轻如喘息，仿佛在用毛茸茸的虎爪走路。一转眼，这个丑恶的上帝又回到神秘的世界里了。让·瓦让到了外面。

九　在行家看来，马里尤斯已死了

他把马里尤斯放到河滩上。他们终于到了外面！疫气、黑暗、恐怖已统统抛在身后。周围充满了健康、纯净、流通、欢快、可随意呼吸的空气。四周一片沉寂，但这是碧空落日后的令人陶醉的寂静。暮色苍茫，黑夜来临；对于需要夜幕来排忧解愁的人来说，黑夜是大救星，是朋友。天穹平静安详。他脚下河水潺潺，声如亲吻。在香榭丽舍大街的榆树丛中，归巢的鸟儿在空中对话，互道晚安。寥寥几颗星星，隐隐插在浅蓝的穹苍上，在无垠的天空中形成难以捕捉的点点光辉，只有好幻想的人才看得见。暮色在让·瓦让的头顶上展开无限的种种温柔。

这是朦朦胧胧、是非莫辨的美妙时辰。天已黑到数步路外便看不清楚，但仍有足够的亮光可辨眼前的东西。

让·瓦让有好几秒钟不禁被这庄严而温柔的宁静所陶醉。不幸人都有这种忘我的时刻，痛苦暂时不再纠缠他，一切烦恼从头脑里悄然溜走，宁静像夜色那样笼罩着沉思者，在星光闪烁的暮色下，心灵模仿明亮的穹苍，也布满了星星。让·瓦让情不自禁地瞻望他头上广袤而皎洁的暮色。他陷入沉思，面对庄严肃穆的永恒穹苍，他悠然神往，静静祈祷。蓦然，他仿佛又想起了责任似的，向马里尤斯俯下身子，用手心捧了些水，在他脸上轻轻洒了几滴。马里尤斯没有睁眼，但他微张的嘴却在呼吸。

让·瓦让正要把手再次放进河里，突然感到莫名的不安，就像虽没看见，却感到身后有人似的。这种感觉人皆有之，我们在别处提到过。他回过头。

就像刚才那样，果然他身后有人。一位身材高大的人站在让·瓦让身后几步远的地方，让·瓦让则蹲在马里尤斯身旁。那人穿着礼服，双臂交叉在胸前，右手拿着一根短棍，铅头露在外面。

天色昏暗，那人看上去像幽灵。普通人会因为是黄昏而魂飞魄散，审慎的人会因为那根棍子而魄散魂飞。让·瓦让认出是雅韦尔。

读者想必已猜到，跟踪泰纳迪埃的不是别人，正是雅韦尔。雅韦尔出乎意料地离开街垒后，就赶到警察局，向警察局长本人做了口头汇报。短短的接见后，他又继续去执行任务了。大家一定还记得从他身上搜出的字条，他的任务是监视右岸香榭丽舍大街一带的河滩，近来，那里已引起警方的注意。他在那里看见了泰纳迪埃，就跟踪他了。后来的事大家都知道了。

此外，大家也明白，泰纳迪埃如此殷勤地为让·瓦让打开铁栅门，是在耍诡计。泰纳迪埃感到雅韦尔还没走。被监视者的嗅觉万无一失。

他感到得扔根骨头给这密探。没想到一个杀人凶手自己送上门来，这可是意外的收获！丢车保帅，何乐而不为。泰纳迪埃将让·瓦让当替罪羊送出门外，也就将一个猎物送给警察，使他们不再追踪自己，而是去追捕更大的罪犯，而雅韦尔也就等而有得，这对密探总是件高兴的事，而自己还挣了三十法郎，还可以用来转移视线，逃脱追捕。

让·瓦让才脱离一个暗礁，又撞上了另一个暗礁。

接连两次触礁，从泰纳迪埃跌到雅韦尔身上，真叫人难以置信。

我们说了，让·瓦让已面目全非，雅韦尔没认出来。雅韦尔仍交叉着胳膊，不易觉察地动了一下，将手中的短棍握得更紧，用生硬而平静的语气说：

“您是谁？”

“我。”

“谁，您？”

“让·瓦让。”

雅韦尔用牙咬住短棍，屈膝躬身，两只大手用力抓住让·瓦让的双肩，像把老虎钳子，把他牢牢夹住，然后仔细打量，终于认出是他。

让·瓦让任雅韦尔抓住肩膀，一动不动，就像狮子屈服于猞猁的爪子。

“雅韦尔警探，”他说，“您逮住我了。其实从今天上午起，我就认为是您的囚犯了。我既然给了您地址，就丝毫也不想躲开您。您把我抓走吧。只是答应我一件事。”

雅韦尔似乎没有听见，双眸紧紧盯着让·瓦让。他耸起下巴，将嘴唇推向鼻子，表明他在进行激烈的思考。最后，他松开让·瓦让，猛地直起身，一把抓住短棍，梦呓般地喃喃问道：

“您在这里干什么？这人是谁？”

他继续用“您”尊称让·瓦让。

让·瓦让回答他的问题：

“我正要同您谈他。随您怎样处置我，但您先帮我把他送回家。我只求您这件事。”

他说话的声音仿佛把雅韦尔从梦中惊醒。

雅韦尔的脸抽搐了一下。每当他可能让步时，都会有这个表情。他没有说不。

他再次弯下腰，从兜里掏出一块手帕，在水里浸了浸，给马里尤斯擦额头上的血迹。

“这是街垒里的人。”他低声说道，仿佛自言自语，“他们叫他马里尤斯。”

真是个一流密探，认为自己必死无疑，却仍然拭目观察，侧耳细听，将一切听得清清楚楚，把一切都搜集起来，临死还在侦察，胳膊肘撑着坟墓的第一个梯级，还在做记录。

他抓住马里尤斯的手，给他把脉。

“他受伤了。”让·瓦让说。

“他死了。”雅韦尔说。

让·瓦让回答：

“不，还没死。”

“您是从街垒把他带到这里的？”

他想必心事太重，才对从下水道救人这件令人不安的事没有强调，甚至没有注意到他提了这个问题后，让·瓦让没做回答。

而让·瓦让似乎只有一个念头。他又说：

“他住在沼泽区髑髅地修女街他外祖父家里……姓什么记不清了。”

让·瓦让在马里尤斯的口袋里摸了摸，掏出一个活页簿，翻到马里尤斯用铅笔写的那一页，递给雅韦尔。

天空中还飘浮着夕晖，足能看清字迹。再说，雅韦尔眼睛像夜鸟，有猫眼那样的磷光。他辨清了马里尤斯写的几行字，喃喃说道：“吉诺曼，髑髅地修女街，六号。”

接着他喊了一声：

“车夫！”

大家一定记得那辆待命的出租马车。

雅韦尔留下了马里尤斯的本子。

不一会儿，那辆马车从马饮水的斜坡下到河滩上。马里尤斯被安置在后座长凳上，雅韦尔挨着让·瓦让，坐到前座长凳上。

车门关上，马车沿着河岸，向巴士底广场方向飞驰而去。

他们离开河岸，驶入大街。车夫的黑影坐在他的座位上，不断鞭打他的瘦马。马车里静得叫人打寒战。马里尤斯一动不动，上身靠在后座角上，脑袋耷拉在胸前，双臂下垂，双脚僵直，仿佛只等一口棺材了。而让·瓦让像个幽灵，雅韦尔像尊雕像。车内一片漆黑，每次经过路灯，仿佛有道时断时续的闪光射来，将车内照成青灰色。命运把这三个一动不动的悲剧性人物偶然聚在一起，仿佛要让这个尸体、这个幽灵、这个雕像进行凄惨的对质。

十　不要命的孩子回来了

车子在铺石路上颠一次，马里尤斯的头发里便滴下一滴血。马车驶达髑髅地修女街六号时，天已完全黑了。

雅韦尔第一个下车，朝大门上方看了一眼，确定是要找的门牌，便提起饰有公山羊和林神角斗像的沉甸甸的老式锻铁门锤，使劲敲了一下。门微微开启，雅韦尔推了一下。门房露出半个身子，打着哈欠，睡眼惺忪，手里拿着蜡烛。

楼里的人全都睡了。沼泽区的人睡觉都很早，尤其在暴动的日子里。这个风气良好的老区，被革命吓得惊恐不安，便早早躲进睡梦中，就像孩子们听说妖怪来了，赶快把脑袋缩进被窝里。

这时，让·瓦让搂住马里尤斯的胸部，车夫抱住他的双腿，将他从车上抬下来。

让·瓦让一面搂着马里尤斯，一面将手伸进撕破的衣服下面，摸摸他的胸口，确信心脏仍在跳动，甚至跳得稍为有力一点了，仿佛马车的颠簸使他恢复了一点生命。

雅韦尔拿出政府人士对叛乱者门房说话的口吻，大声质问那门房：

“有个叫吉诺曼的人住在这里吗？”

“是这里。您找他有事吗？”

“我们把他的儿子送回来了。”

“他的儿子？”门房瞠目结舌。

“他死了。”

让·瓦让来到雅韦尔身后，他衣衫又破又脏，门房嫌恶地看着他。让·瓦让朝他摇摇头。那门房似乎既没听懂雅韦尔的话，也没看懂让·瓦让摇头的意思。

雅韦尔继续说：

“他去了街垒，现在回来了。”

“街垒！”门房惊叫道。

“他是去送死的。快去叫醒他父亲。”

门房没动弹。

“去呀！”雅韦尔又说。

接着，他又补了一句：

“明天这里要办丧事了。”

对雅韦尔而言，大街上日常发生的事都有明确的归类，这是预见和监督的第一步。他认为，每件意外情况都有各自的格子，所有可能发生的事可以说都存放在抽屉里，到时它们就出来，情况不同，数量也不同。大街上有喧闹，有暴乱，有狂欢，有丧葬。

门房只喊醒巴斯克。巴斯克喊醒妮珂莱特。妮珂莱特喊醒吉诺曼姨妈。至于外祖父，人们没有喊醒他，心想他迟早会知道这件事的。

他们把马里尤斯抬到二楼，楼里其他住户都没发觉。他们把他抬进吉诺曼先生的候见室，放在一张旧沙发上。当巴斯克去找医生，妮珂莱特打开衣橱时，让·瓦让感到雅韦尔碰了碰他的肩膀。他明白他的意思，便下楼去了，雅韦尔跟在后面。

门房就像刚才看着他们来时那样，以惊恐万状、似醒非醒的神态看着他们离去。他们上了马车，车夫坐到自己的座位上。

“雅韦尔警探，”让·瓦让说，“我还有件事相求。”

“什么事？”雅韦尔生硬地问。

“让我回趟家。然后，随您怎样处置我。”

雅韦尔沉默片刻，下巴缩进大衣的领子里，然后垂下前面的玻璃窗。“车夫，”他说，“武夫街七号。”

十一　绝对信念发生了动摇

一路上，他们一句话也没说。

让·瓦让想做什么？把他开始做的事做完，通知珂赛特，告诉她马里尤斯在哪里，或许还要给她一些有用的指示，可能的话，做些最后的安排。至于他自己，至于涉及他本人的事，一切都已结束。他已被雅韦尔抓住，他不反抗。若是换个人，在这种情况下，可能多少会想起泰纳迪埃给他的绳子，想到他将蹲的第一个黑牢的铁窗。可是，自从邂逅那位主教后，出于对宗教的虔诚，我们要强调说，面对任何形式的谋杀，哪怕是自杀，让·瓦让内心深处都会采取拒绝态度。

自杀，这是对未知世界的暴行，这一神秘的暴行，某种程度意味着灵魂的死亡，让·瓦让是不可能为的。

来到武夫街口，马车停了下来，因为街面太窄，车子过不去。雅韦尔和让·瓦让下了车。

车夫谦恭地提醒“警探先生”，他车上的乌德勒支丝绒，被遇害人身上的血和凶手身上的泥弄脏了。他是这样理解的。他说得赔偿他损失。同时，他从口袋里拿出记事本，请警探先生写上“一点证明什么的”。

雅韦尔推开车夫递给他的记事本，说：

“算上等候和跑车的钱，一共是多少？”

“一共是七小时零一刻钟，”车夫说，“再说，我的丝绒是新的。八十法郎，警探先生。”

雅韦尔从口袋里掏出四枚金拿破仑，将车夫打发走了。

让·瓦让寻思，雅韦尔是想步行把他带到白大衣街或档案街的警所去。两处都很近。他们走进武夫街。和平时一样，这里行人稀少。雅韦尔跟在让·瓦让后面。他们来到七号。让·瓦让敲敲门。门打开。

“很好，”雅韦尔说，“上去吧。”

接着，他又表情古怪地、仿佛很费劲地补充说：

“我在这里等您。”

让·瓦让看了看雅韦尔。这种做法，不符合雅韦尔的习惯。不过，让·瓦让并没感到太意外：既然他已决定就范，一了百了，雅韦尔也就对他表示一种高傲的信任，就像猫那样，在爪子能及的范围内，给予耗子一点儿自由。他推开门，走进屋里，对已经睡觉，从床上给他拉绳开门的门房喊了声：“是我！”便上楼去了。

到了二楼，他歇了歇。所有痛苦的道路都有歇脚点。楼梯平台上的窗子开着，那是扇吊窗。和许多旧式楼房一样，楼梯上有窗子，看得见大街。街上的路灯就在街对面，向楼梯射来一点光，倒也省得点灯了。

让·瓦让把脑袋探出窗口，可能想呼吸一下空气，也可能是下意识的行为。他低头看看街上。街很短，路灯把它从头到尾都照亮。让·瓦让惊得头晕目眩：街上一个人也没有。

雅韦尔已经离去。

十二　外祖父

巴斯克和门房将马里尤斯抬到客厅里。他仍躺在那张旧沙发上，一动也不动。医生赶来了，有人去请的。吉诺曼姨妈已经起床。

吉诺曼姨妈惊恐万状，双手合十，走来走去，只会说：“上帝，这怎么可能！”还不时地加一句：“会弄得到处是血的！”一阵恐惧过后，她脑海里出现了一条应景的哲理，感叹地说：“结果必定是这样！”但她到底没说：“我早就说过！”这是这种场合人们习惯说的一句话。

按照医生嘱咐，在沙发旁架起了一张帆布床。医生检查马里尤斯，确证他脉搏还在跳动，胸部没有深伤，嘴角的血来自鼻腔，便将他平躺在床上，不用枕头，头与身子处于同一平面，甚至稍稍低一些，上身光着，以利呼吸。吉诺曼小姐看到他们给马里尤斯脱衣服，便退了出去。

她回房里念经去了。

马里尤斯上身没有任何内伤，一颗子弹遇到活页簿缓冲了一下，偏离方向，绕肋骨转了圈，撕裂了皮肉，但伤口并不深，因而没有危险。锁骨已打碎，下水道里的长途跋涉又使它脱了臼，那里问题严重。两条胳膊有刀伤。脸上没有伤口，可头上似乎刀伤累累。脑袋上的这些伤口会有什么后果？仅仅伤着头皮吗？伤及头盖骨了吗？现在还说不清楚。但有个严重症状：这些伤口引起了昏迷，不是人人都能从昏迷中醒来的。此外，流了那么多血，伤者已是极度衰弱。腰部以下受到街垒的保护，没有受伤。

巴斯克和妮珂莱特撕衣衫做绷带，妮珂莱特负责缝，巴斯克负责卷。因为没有裹伤的布条，医生只好暂时用棉团来给伤口止血。床旁有张桌子，点着三支蜡烛，摆着手术用具。医生用冷水给马里尤斯洗脸和洗头发。满满一桶水即刻变成了红水。门房擎着蜡烛给照亮。

医生好像在沉思，忧容满面。他不时地摇摇头，仿佛在回答内心提出的问题。这种医生同自己的神秘对话，对病人来说是不祥之兆。

医生正在给伤者擦脸，用手指轻触他始终紧闭的眼睛，这时，客厅里侧的一扇门打开，一张苍白的长脸出现在门口。是外祖父。

两天来，吉诺曼先生被暴动弄得心绪不安，又气愤，又忧虑。昨夜他彻夜未眠，今天一天激动不已。晚上，他早早就睡了，叮嘱家人把门窗关严。他实在太疲劳，就昏昏沉沉地睡着了。

老年人睡觉容易惊醒。吉诺曼先生的卧室与客厅相邻，尽管大家尽量少出声，仍然把他惊醒了。

他从卧室的门缝里看见了烛光，很感惊讶，便起床摸着黑来到门口。

他站在门口。门半开半合，他一只手抓住门把，脑袋摇晃，微微前倾，身体裹着殓衣般笔挺而无皱的白睡袍，脸上露出惊讶的神情，有如幽灵在窥视坟墓。

他看见了床，床垫上躺着满身鲜血的年轻人，脸色惨白，双目紧闭，嘴巴张开，唇无血色，上身赤裸，到处是鲜红的伤口，一动不动，照着明亮的烛光。

外祖父骨瘦如柴的躯体从头到脚最大限度地颤抖起来，因高年而角膜发黄的眼睛，此刻蒙上了一层无神的闪光，整张脸刹那间显出骷髅般土灰色的棱角，双臂耷拉下来，仿佛断了弹簧似的，两只老手不停颤抖，手指叉开，说明他惊愕不已，双膝向前弯曲，睡袍张开，露出长满白毛、可怜兮兮的光腿。他喃喃地说：

“马里尤斯！”

“先生，”巴斯克说，“刚才有人把先生送回来了。他去了街垒……”

“他死了！”老人用可怕的声音喊道，“啊！强盗！”

这时，这位百岁老人忽然像年轻人那样挺直身体，脸部表情变得非常阴森可怕。

“先生，”他说，“您是医生。先告诉我一件事。他死了，是不是？”

医生忧心忡忡，缄口不言。

吉诺曼先生绞着双手，发出可怕的笑声。

“他死了！他死了！他是去街垒寻死的！他恨我！他是恨我才这样做的啊！吸血鬼！他就这个样子回来！他死了！真是我一生的不幸！”

他走到窗口，把窗打开，仿佛透不过气来。他面对黑暗伫立，向着大街同黑夜说起话来：

“被子弹打穿，被军刀砍伤，被割断喉咙，让人杀死，让人撕烂，让人切成碎片！你们瞧，这个无赖！他明明知道我等他回来，他的房间早已收拾好，我的床头放着他小时候的肖像！他明明知道只要回来就行，多少年来，我一直召唤他，晚上我待在火炉旁，手放在膝盖上，不知道干什么好，变得傻头傻脑！你明明知道这个，你只要回来，对我说声‘是我’，你就会成为一家之主，我就会服从你，你就能随意支配你的傻瓜外公！你知道得清清楚楚，可你却说：‘不，他是保王派，我不回去！’你却去了街垒，恶毒地去寻死！就因为我对你说了关于贝里公爵的那些话，你要进行报复！这太卑鄙了！您就睡吧，安静地睡吧。他死了。我也醒悟了。”

医生开始为两边都担忧了。他暂时离开马里尤斯，走到吉诺曼先生跟前，抓住他的胳膊。老人回过头，睁大了充血的眼睛瞅着他，平静地对他说：

"先生，谢谢您。我很镇静，我是男人，我见过路易十六砍头的场面，什么事变我都能承受。有一件事想起来就感到可怕，就是你们的报纸尽干坏事。你们有拙劣的作家、耍嘴皮子的人、律师、演说家、法庭、辩论、进步、学问、人权、出版自由，现在可看到人家是怎样把你们的孩子送回家了吧！啊！马里尤斯！真是可恶之极！被人杀了！死在我之前！街垒！啊！强盗！大夫，我想，您就住在这街区吧？呵！我认得您。我经常从窗口看见您的马车经过。我要告诉您。您以为我生气就错了。对死人是不能生气的。这样太愚蠢。这孩子是我养大的。当他一点点大时，我就已老了。他带着小铲子和小椅子，在杜伊勒利宫花园里玩耍，为了不挨便衣警察的骂，他用铁铲挖一个坑，我就用拐杖把它填平。一天，他喊：'打倒路易十八！'喊完就溜走了。这不是我教的。他脸蛋粉嘟嘟的，满头金发。他母亲死了。您注意到了吗，所有的孩子都是金发？这是什么原因？他是卢瓦尔河一个强盗的儿子。父亲有罪，孩子却是无辜的。我还记得，他这么高的时候，带 d 的音都发不清楚，说话轻声柔气，含含糊糊，就像一只小鸟。记得有一次，在法尔内斯宫的赫丘利雕像前，他身边围着一圈人，对他惊叹不已，赞不绝口。他太漂亮了，这个孩子！他的面孔像画中人那样漂亮。我大声吼他，用拐杖吓唬他，但他知道是同他闹着玩的。早晨，他到我房里来，我低声抱怨他，但他给我带来了阳光。对这样的孩子，简直毫无办法。他们抓住你，缠住你，就是不松手。确实，没有比这更可爱的孩子了。是你们的拉法耶特们、邦雅曼·贡斯当们和蒂尔居尔·德·科塞勒们杀死了我的孩子，现在你们对他们还有什么话说？可不能像这样下去了。"

他走近马里尤斯，又拧起自己的胳膊来。医生早已回到马里尤斯身边了。只见他仍然脸色惨白，一动不动。老人苍白的嘴唇似乎在机械地翕动，就像临终喘息那样，发出难以听清的话语："啊！没良心的！啊！俱乐部分子[①]！啊！无赖！啊！九月大屠杀[②]分子！"那是一个临终者对一

① 俱乐部分子指法国大革命时期，经常出入政治俱乐部的人。

② 九月大屠杀为法国资产阶级大革命时期，反动派对一七九二年九月二日至五日巴黎群众处死狱中反革命分子的革命行动的蔑称。

具尸体的低声谴责。

渐渐地，正如内心的火山终要爆发那样，他又开始没完没了地诉说起来，只是好像没有力气说话了，声音那样沙哑，那样微弱，仿佛来自深渊的另一边：

“我无所谓，我反正也快死了。可以说，巴黎所有的女孩子都会为使这个无赖幸福而感到高兴！这个坏蛋，不去玩乐，不去享受生活，却偏要去打仗，像没有教养的人那样被机枪杀死！为了谁？为了什么？为了共和国！不像年轻人该做的那样，去茅屋舞场跳舞！真是枉为二十岁。共和国，一派胡言！可怜的母亲们，你们生漂亮的孩子吧！瞧，他死了。大门下将会有两个葬礼。你弄成这个样子，就为了讨拉马克将军喜欢！这个拉马克将军，他给了你什么！一介武夫罢了！信口雌黄！为一个死人去送命！真叫人要疯了！你们想想！才二十岁！也不回头看看，身后还留下什么！这下可怜的老头们只好孤孤单单地死去。老家伙，就在你的角落里等死吧！其实，这样更好，我求之不得，这可以让我一死了之。我太老了，都一百岁了，十万岁了，早就该死了。这样一来就成了。我要死了，多么幸福！何必还要让他闻阿摩尼亚，吃那么多的药呢？傻瓜医生，您这是白费劲儿！算了，他已死了，确实死了。我可是内行，因为我也死了。他没有半途而废。是的，这年代太丑恶，太丑恶，太丑恶！这就是我对你们，对你们的思想，对你们的制度，对你们的主子，对你们的预言，对你们的医生，对你们的无赖作家，对你们的乞丐哲学家，以及对你们六十年来将杜伊勒利宫的乌鸦吓跑的一场场革命的想法！既然你无情无义，故意去送死，我对你的死也就不难过了，听见没有，杀人凶手！”

这时，马里尤斯慢慢睁开眼睛。他的目光仍蒙着一层从昏迷中醒来时的惊讶，最后停留在吉诺曼先生身上。

“马里尤斯！”老人喊道，“马里尤斯！我的小马里尤斯！我的孩子！我亲爱的儿子！你睁开眼了，你在看我，你还活着，谢谢你！”

说完他就晕了过去。

第四卷　雅韦尔灵魂出轨

雅韦尔缓步离开了武夫街。

他生平第一次低着头走路，也是第一次背着手。至今，雅韦尔在拿破仑的两种姿势中，只采取表示决心的一种，即双手交叉在胸前，而双手放在背后表示犹豫的一种，他从未感受过。现在却有了变化。他步履缓慢，面色阴沉，整个人都显得焦虑不安。

他走进寂静的街道。他朝着一个方向走去。他抄近路走向塞纳河，到了榆树沿河马路，便顺着塞纳河往前走，过了河滩广场，在离夏特莱广场警所不远的地方，在圣母院桥的拐角处停了下来。塞纳河在这里，也就是在圣母院桥和兑换桥、鞣革沿河马路和花市沿河马路之间，形成一个水流湍急的方湖。

船员们最怕走塞纳河的这一段了。当年，桥头磨坊的木桩（如今已拆除）插在水中，使河面变窄，水流更急，因此，这里的湍流十分危险。那两座桥又离得很近，也就更增加了危险，河水凶猛地流经桥拱，掀起可怕的巨浪，并在那里积聚、暴涨，巨浪冲击桥墩，仿佛要用粗大的水绳将桥墩连根拔起。掉进这湍流中的人，就别想出来。最谙水性的人也会沉没。

雅韦尔双肘撑在护堤墙上，双手托着下巴，指甲在浓密的颊须里下意识地乱抠，一副沉思默想的神态。

他内心深处出现了从未有过的变化，发生了一次革命、一场灾难。

他很有必要审视一下自己。雅韦尔非常痛苦。几个小时来，雅韦尔头脑变得复杂了。他乱了方寸。他的头脑在盲目的时候是那样清澈，现在却混浊了，水晶中已出现了云雾。雅韦尔意识到，他的责任已一分为二，这一点，他无法再骗自己了。当他在河滩上意外遇见让·瓦让时，他的感觉就像狼重新抓住了猎物，又像狗重新找到了主人。

他看见前面有两条都是笔直的路，可他的确看见有两条直路，这使他惊慌失措，因为他生平从来只有一条直路。使他忧惧不安的是，这两条路方向相反，互相排斥。哪一条是正确的？他真是进退维谷。

一个坏人救了他的性命，他接受了这笔债便要偿还，违心地和一个惯犯平起平坐，他帮了自己的忙便要回报，他说了："你走吧"，就要对他说："你自由了"，为了个人理由而牺牲职责这个普遍的义务，甚至感到在这些个人理由中，也包含着普遍的、也可能是高尚的东西，为了忠于良心，而要背叛社会：所有这些荒诞的事都已成为现实，堆积在他心头，这就使他惊慌失措，乱了方寸。

使他惊讶不已的是，让·瓦让竟放了他；使他不胜茫然的是，他，雅韦尔，竟放了让·瓦让。

他到底怎么啦？他在寻找自己，却找不到。

现在怎么办？把让·瓦让交出去，这样做是不对的；给让·瓦让自由，这样做也不对。把他交出去，会使执法人员比苦役犯更卑鄙；给他自由，会使一个苦役犯凌驾于法律之上，将法律踩在脚下。这两种情况对他雅韦尔都是不光彩的。不管做什么决定，都意味着堕落。命运也有不能跨越的悬崖峭壁，跨过悬崖峭壁，生命就成了一个深渊。此刻，雅韦尔正面临这样一个峭壁。

使他苦恼的一件事，就是他不得不思索。所有这些互相矛盾的忧虑是那样强烈，使他不得不这样做。对他来说，思索是很不习惯的，也是异常痛苦的。

人在思索时，总会遇到一些内心的反抗。他此刻正遇到了反抗，因而感到恼火。

对他狭隘公职以外的任何事进行思考，在他都是无益而累人的。而对刚过去的一天进行思考，更是一种折磨。不过，经历了这些震撼之后，他确实得好好审视自己的良心，对自己得有个交代。

他的所作所为，使他不寒而栗。他，雅韦尔，背离一切警章警规，背离整个社会和司法机构，背离整部法典，竟然认为决定放让·瓦让是对的，这样做是合适的，竟然用私事取代公务，这是不是很卑鄙？他一想到他做了一件莫名其妙的事，就浑身颤抖。怎么办？只有一个办法：立即回武夫街，逮捕让·瓦让。显然应该这样做。可是却不能。

在这一边，有样东西挡住了去路。一样东西？什么？世上除了法庭、应执行的判决、警察和权力外，难道还有别的东西？雅韦尔心烦意乱。

一个囚犯，竟然神圣不可侵犯！一个苦役犯，法律竟然无可奈何！这都是雅韦尔一手造成的！

雅韦尔和让·瓦让，一个生来惩罚人，另一个生来被人惩罚，这两个都与法律有关的人，到头来都凌驾于法律之上，这难道不令人骇然吗？

什么！发生了如此可怕的事，却谁也不受到惩罚？让·瓦让将自由自在，竟比整个社会秩序还厉害。而他，雅韦尔，还继续吃政府的饭！

他越想越感到可怕。

关于把暴动分子送回髑髅地修女街这件事，他在思索中，本来也该自责的，但他连想都没有想。小错被大错掩盖了。再说，这个暴动分子显然已死了。按照法律，人死就不予追究了。

让·瓦让是压在他心头的石头。

让·瓦让使他狼狈不堪。他平生作为依靠的所有原则，在这个人面前土崩瓦解了。让·瓦让对他雅韦尔的宽宏大量使他难以承受。他回想起其他一些事，当初以为都是谎言和荒唐，现在感到真实可信了。马德兰先生出现在让·瓦让后面，两张面孔重叠起来，合二而一，成了一张令人尊敬的面孔。雅韦尔感到，一种可怕的东西钻进了他的心里，那就是对一个苦役犯产生了敬意。尊敬一个苦役犯，这怎么可能？他不寒而栗，却又无法逃避。他再挣扎也是徒劳，他心里不得不承认，这个卑鄙的人确实品德高尚。这真可怕。

一个行善的坏人，一个富有同情心、和蔼仁慈、乐于助人的苦役犯，以善报恶，以德报怨，宁愿给予怜悯，也不愿报复仇人，宁愿自己毁灭，也不愿毁灭敌人，挨了打，还要救打他的人，尊崇高尚的道德，与其说是人，不如说是神！雅韦尔不得不承认，的确存在着这样的怪物。这种状况不能再延续下去了。

当然，我们要强调的是，他不是毫无抵抗地向这个怪物，向这个卑劣的天使，向这个丑恶的英雄投降的，他几乎既感到惊愕，又感到愤慨。他同让·瓦让面对面地坐在出租马车上的时候，法律这只老虎在他心里吼叫。多少次他想扑到让·瓦让身上，抓住他，吞掉他，也就是逮捕他。的确，没有比这更简单的事了。经过第一个警所，喊一声："这里有个在逃惯犯！"把警察喊来，对他们说："这个人交给你们了！"然后转身就走，把这罪犯留在那里，剩下的事不闻不问。这个人永远是法律的囚徒，法律想怎样处置，就怎样处置。还有比这更公正的事吗？雅韦尔反复想着这些事。他想马上行动，把这个人抓住，可那时和现在一样，他做不到。他的手每每哆嗦着伸向让·瓦让的衣领，总是像被一个重力压下去，同时听见思想深处有个声音，一个奇怪的声音对他嚷道："很好。把你的救命恩人交出去。然后叫人拿来彼拉多[①]的木盆，洗洗你的爪子。"

接着，他开始反省自己，在变得高大的让·瓦让面前，他觉得他雅韦尔脸面丢尽。一个苦役犯居然是他的救命恩人！

他还想，他为什么允许这个人放自己一条生路？在街垒里，他有权被杀死。他本该使用这个权利。把其他暴动分子喊来，帮他对付让·瓦让，强迫他们把自己杀死，这样更有价值。

他最感恐慌的，是他丧失了信心。他感到自己被连根拔起。法典在他手里只剩下断株残桩。他顾虑重重，这是前所未有的。他发现自己身上有一种与法律背道而驰的感悟，而法律从来都是他衡量事物的唯一尺子。停留在以前的正直上已经不够了。一件件意外的事相继出现，并将他征服。他的心里出现了一个崭新的世界：以德报德，忠心耿耿，慈悲

① 彼拉多（？—36以后），罗马皇帝提比略在位时，任犹太巡抚，主持对耶稣的审判，并下令把耶稣钉死在十字架上。在下令前，叫人端来木盆给他洗手，表示对此事不负责任。

为怀，宽容大度，为怜悯一个人而违背严酷的法规，不秉公执法，不再有最终的判决，不再有罚入地狱，法律的眼睛里可以有一滴眼泪，一种莫名的上帝的正义，正在同人类的正义背道而驰。他看见一个陌生的道义太阳，在黑暗中可怕地升起。他胆战心惊，眼花缭乱。猫头鹰被迫换上雄鹰的目光。

他想，确实是这样，例外是存在的，当局可能有窘迫的时候，规则在一个事实面前可能不知所措，法规条文不可能包容一切，意外的情况会迫使人服从，一个苦役犯的品德，可能向一个公务员的品德设下陷阱，可怕的可能成为神圣的，命运有时会设下这些圈套。他绝望地思忖，他自己就未能躲过一件意料不到的事。

他不得不承认，仁慈是存在的。那位苦役犯仁慈过。自己刚才也仁慈了一回，这是前所未有的。因此他在堕落。他觉得自己很卑鄙。他厌恶自己。

对雅韦尔而言，理想不是讲人道，不是追求伟大，追求崇高，而是做到无可指摘。然而，他刚才却犯了错误。

他怎么会走到这一步的？这一切是怎么发生的？他自己也稀里糊涂。他双手捧着脑袋，但无济于事，他怎么也找不到答案。

可以肯定，他从来都想将让·瓦让绳之以法。让·瓦让是法律的俘虏，他雅韦尔是法律的奴隶。他一刻也不认为，当他逮住让·瓦让时，有过放他走的念头。可以说，他是不知不觉地松开手，放他走的。

各种谜一般的闻所未闻的事，隐隐展现在他眼前。他给自己提出问题，给自己做出回答，可他的答案使他心惊肉跳：这个苦役犯，这个走投无路的人，我一直追捕他，甚至于迫害他，我已落到他的脚下，他可以报仇，为了泄恨，也为了他的安全，他都应该这样做，可他放了我，饶了我的命，他在做什么？尽他的责任？不是。不止这个。那我呢，我也放了他，我在做什么？尽我的责任？不是。不止这个。那么，除了责任，还有别的东西？想到这里，他害怕了，他的天平散了架，一个秤盘掉进了深渊，另一个升上了天空。不管对升上天空的，还是对掉进深渊的，雅韦尔都一样感到恐惧。他丝毫也不是所谓的伏尔泰分子、哲学家或不信神者，相反，出于本能，他对现有的教会非常尊敬，他把教会看作社会整体的一个庄严的部分；社会秩序是他的信条，这对他足够了；他成年后，当了公务人员，从此，警察几乎成了他的全部信仰，我们前面说过，他当了——这样说毫无讽刺的意思，而具有最严肃的意义——密探，就像有人做神甫一样。他有个上司，是吉斯凯先生；迄今为止，他从没想到过另一个上司——上帝。

这个新上司——上帝，他突然感觉到了，因而心慌意乱。

上帝突然出现，他感到不知所措。他不知道如何对待这个上司，可他清楚地知道，下级对上级应该俯首听命，不能违背，不能批评，不能争辩，如果上级的行为令你过分吃惊，作为下级，除了辞职，别无他法。可是，怎样向上帝提出辞呈呢？

不管怎样，他认为有一个事实至关重要，他刚才做了一件可怕的违法的事。他脑袋里转来转去，最后总回到这个问题上。刚才，他对一个在逃惯犯视而不见。刚才，他释放了一个苦役犯。刚才，他从法律那里抢走了一个应受法律制裁的人。他做了这些事。现在，他对自己也不了解了。他怀疑他已不再是自己。他不明白为什么要这样做，只觉得头晕目眩。他一生只奉行盲目的信念，而盲目的信念产生盲目的正直。这种信念一旦失去，这种正直也就不复存在，他所信仰的一切也就烟消云散。他不想接受的真相，无情地纠缠着他。今后，他必须成为另一个人。他的良心就像突然摘除了白内障，感到从未有过的痛苦。他看见了讨厌看见的东西。他感到内心空虚，变得毫无用处，同过去的生活已脱节，被革了职，感到自己被毁了。权力在他心中已死亡。他没有理由再活在世上了。他被感动了，多么可怕的处境！

他是花岗岩，却产生了动摇！他是法律模子里整块铸造出来的司惩罚的铜像，却突然发现铜乳房下，有个形似一颗心的荒诞而不顺从的东西！竟然以善报善，可他从来认为这种善便是恶！他是看门狗，却在舔人！他是块冰，却在融化！他是钳子，却变成了手！突然感到手指张开！松开猎物，多么可怕！他是炮弹，却迷失了方向，正在往后退！

他不得不承认，正确的东西不见得绝对没错，信条也可能有错，一部法典说话时，不可能说全，社会不可能完美无缺，权力可能会动摇，永恒的东西可能会爆裂，法官是人，法律可能会出错，法庭可能会搞错！在无垠穹苍的蓝玻璃上，出现了一条裂缝！

在雅韦尔身上发生的，是正直的良心出现了方布[①]式的震动，是灵魂出了轨，是一种不可抗拒地只会直来直往的正直撞到了上帝，被撞得粉身碎骨。当然这是很奇怪的事。驾驭治安的司炉，驾驭权力的司机，骑着瞎眼的铁马，行驶在僵直的铁轨上，竟会被一道亮光照得跌下马来！不可转移的、直线的、正确的、严密的、被动的、完美的东西竟会屈服！对于火车头来说，有一条通往大马士革[②]的路。

上帝永远存在于人的心里，它是真正的良心，与假的良心水火不容，它不让闪光熄灭，命令光线不要忘了太阳，指示心灵在真正的绝对与虚假的绝对对峙时，要认出真正的绝对，人性不可战胜，人心不可探测：这一光辉灿烂的现象，恐怕是人心最美的奇迹，雅韦尔能明白吗？雅韦尔能了解吗？雅韦尔能领悟吗？显然不能。不过，在这不可理解、不容置疑的事实的压力下，他感到他的脑袋开裂了。

这个奇迹与其说使他面目一新，不如说使他受到了伤害。他极其恼火地忍受着。在这一切中，他只看到自己很难活下去。他感到从此他的呼吸遇到了阻碍。他不习惯头上有个陌生的东西。

在这之前，他感到头顶上的一切是一个清晰、简单、清澈的平面，没有未知的模糊的东西，一切都是确定的、协调的、连贯的、准确的、正确的、有范围的、有限制的、封闭的，一切都是可预见的；权力是一个平面，它本身不会塌落，在它面前不会头晕目眩。雅韦尔从来只在下面遇见过未知的东西。越规的行为、意外的事情、无秩序和混乱的东西、滑入深渊的可能性，这一切，是下层人、叛乱者、坏人、卑鄙者们干的。

---

① 方布为法国地名。一八四六年七月八日，在此发生了火车出轨事件，引起了很大的震动。

② 大马士革是叙利亚首都。据《圣经·新约》记载，圣保罗为犹太人，曾十分敌视基督教会。一次，他将一群信奉耶稣的基督徒捆绑着带往耶路撒冷。行至大马士革，忽然天上发光，四面照着他，他听到有个声音对他说："我就是你所逼害的耶稣。"此后，保罗三天看不见东西。在大马士革，他皈依了基督教，视力也得以恢复。后来他成了耶稣的门徒。

现在，雅韦尔仰起头，看到一个闻所未闻的东西，顿感惊慌失措：他上面有个深渊。什么！难道他彻底摧毁了！茫然不知所措了！相信什么好呢？过去的信念已然土崩瓦解！

什么！社会的薄弱环节，竟被一个宽容的卑鄙者找到了！什么！法律的忠实奴仆，竟突然发现自己困在两种罪行中间，放走一个人是犯罪，逮捕他也是犯罪！国家给公务员的命令，竟然并非什么都是确切的！履行职责中竟会遇见死胡同！什么！这一切竟然是真的！昔日被刑罚压得弯腰曲背的强盗，竟可以直起腰来，变得理直气壮？这能相信吗？难道在有些情况下，法律应该在脱胎换骨的罪犯面前后退，还要低声道歉！

是的，确实如此！雅韦尔看见了，雅韦尔触及了！他不仅不能否认，而且参与了。这是事实。可恶的是，这些事实竟会如此丑陋。

假如事实履行自己的职责，那就只限于充当法律的证据；事实是上帝派到人世间的。那么，无政府主义是不是也将从天而降呢？

就这样——他的苦恼无限扩大，他因惊愕而生幻觉，本来可用来限制和纠正其印象的一切东西皆已消失，在他眼里，社会、人类、宇宙，从此都化为简单而丑恶的轮廓，——就这样，刑罚、既决案件、法律赋予的羁束力、最高法院的判决、法官、政府、拘押和镇压、官方的明智、司法的正确无误、权力的原则、政治和公民所依据的所有信条、主权、司法、法典产生的逻辑、社会的绝对性、公众真理，所有这一切，都成了废墟、垃圾堆、混乱的东西；而他，雅韦尔，秩序的监视者，廉洁的警务人员，社会的保护者和看门狗，却被战胜了，打败了；在这废墟上，站着一个人，头戴绿囚帽，额上有一轮光环。他已到了如此慌乱的地步！他的内心产生了如此可怕的幻觉！

这必须忍受。可他忍受不了。

他处在最激烈的状态下。只有两条出路：一条是下决心去找让·瓦让，将这个苦役犯送进监狱。另一条……

雅韦尔离开护堤。这一次，他仰起头，迈着坚定的步伐，向夏特莱广场一角照着一盏提灯的警所走去。

到了那里，他透过玻璃窗看见一个警察，便推门进去。只要从推开警所大门的方式，警察们便可认出是自己人。雅韦尔报了姓名，将证件拿给那警察看，然后坐到点着蜡烛的桌子上。桌上有一支笔、一个铅墨水瓶和一些纸，是为可能要做笔录和夜巡队寄存物品备用的。

按规定，这张桌子还配了一张草垫椅子。在所有警所里，都有一张桌子，桌上总放着一个装满木屑的黄杨木碟，一个装满封信用的红面团的硬纸盒。在这张桌上写的是最低档的公文。国家文献就是从这里开始的。

雅韦尔拿起那支笔和一张纸，写了起来。内容如下：

改进工作的几点意见：

第一，请局长先生过一下目。

第二，被拘留者从预审处来后，在接受搜身时，要脱掉鞋子，光着脚站在石板地上。有些人回牢房就咳起嗽来。这增加了医疗开支。

第三，跟踪可疑人时，隔一段路有警员接应，这样做是对的。但是，遇到重要情况，至少要有两名警员在互相的视线之内，万一其中一个出于某种原因在执行公务中不坚定时，另一个便可监视他，替换他。

第四，为什么马德洛内特监狱特别规定禁止犯人有椅子，哪怕付钱也不行，对此很不理解。

第五，在马德洛内特监狱，饭堂的小窗口只有两根铁条，犯人可以触到厨娘的手。

第六，被叫作传唤者的囚犯在传唤其他犯人会客时，让他们付两苏钱才传清楚他们的名字，这是抢劫行为。

第七，在织布车间，断一根纱，要扣犯人十苏。这是工头滥用职权，其实，断纱无损于布的质量。

第八，有人来拉福斯监狱探监，要经过少女院，才能进入埃及圣马利亚探监室，这样很不妥当。

第九，可以肯定，在警察局的院子里，每天可以听到法警谈论法官审问嫌疑犯的情况。警察应该是神圣的，把在预审室里听到的事讲给别人听，这是严重的违纪行为。

第十，亨利太太是个正派女人，她管理的饭堂非常干净。但让一个女人掌管看守所的食堂是不合适的。这与极其文明的巴黎裁判所附属监狱很不相称。

雅韦尔用最稳健、最工整的字迹写下了这几行字，一个逗号都没漏掉，有力的笔尖在纸上发出沙沙的声音。在最后一行下面，他签上：

一级警探雅韦尔
一八三二年六月七日凌晨一点
于夏特莱广场警所

雅韦尔吸干纸上的墨迹，像信那样折起来，封好口，在背面写上：呈政府的报告。然后把信留在桌上，便走出警所。镶有玻璃和铁栅栏的门在他身后重又关上。

他再次斜穿夏特莱广场，回到沿河马路，机械而准确地来到一刻钟前离开的地方。他双肘撑在护堤墙上，还是那个姿势，还是那块石板，仿佛没有动弹过。

夜黑得伸手不见五指。半夜已过，正是阴森凄凉的时刻。云层遮住了星星。天空黑沉沉，阴惨惨。城岛没有一所房屋还有灯光，没有一条街道还有行人。从街上和岸边举目张望，只见一片荒凉。圣母院和司法宫的钟楼仿佛是黑夜的轮廓。一盏路灯映红了河岸的石栏。一座座桥的黑影，一个接一个，在雾霭中变了形。因为下雨，河里涨满了水。

大家记得，雅韦尔凭倚的地方，正好在塞纳河那股湍流的上方，下面便是可怕的漩涡，就像螺丝钉，不停地旋开又拧紧。

雅韦尔低头望了望。一片漆黑。什么也分不清。只闻波浪声，但看不见河水。有时，在这令人目眩的深渊中，会出现一线微光，朦朦胧胧，蜿蜒曲折，因为流水在漆黑的夜里，能从什么地方采得亮光，并把它变成水蛇。亮光消失，一切又难以分辨。无限的宇宙仿佛在这里张开。我们身下已不再是水，而是深渊。陡峭、朦胧、雾气笼罩的护岸墙，就像无限的一道悬崖峭壁，旋即隐而不见。

什么也看不见，但能感到河水的冰冷和敌对，以及被河水浸湿的石头那淡淡的气味。一阵阴风从这深渊升起。能猜到却不能看到的河水上涨，悲鸣的波涛，高大阴森的桥拱，想象中的坠入黑暗深渊的情景，这一切阴影令人毛骨悚然。

雅韦尔凝视这黑暗的深渊，一动不动地待了几分钟，仿佛在用专注的神态凝视看不见的世界。河水汩汩地流着。突然，他摘掉帽子，放在护岸墙上。不一会儿，一个高大幽黑的身影出现在护岸墙上，此刻若还有晚归的行人，远远看去，会以为是幽灵。他向塞纳河弯下腰，继而又挺起身，垂直地坠入黑暗中。只听见扑通一声。唯有黑暗才知道这消失在水中的黑影是怎样挣扎的。

不一会儿，一个高大幽黑的身影出现在护岸墙上，此刻若还有晚归的行人，远远看去，会以为是幽灵。（P1256）

第五卷　外孙和外公

一　又见到了钉锌皮的栗树

上述事件过后不久，布拉特吕埃尔先生遇到了一件事，使他激动不已。

布拉特吕埃尔先生是蒙费梅的养路工，在前面阴霾的章节里隐约出现过。

读者大概记得，布拉特吕埃尔干着各种不可告人的勾当。他在碎石公路上养路，同时又拦路抢劫。这位养路工和强盗做着黄粱美梦，相信蒙费梅的森林里藏有财宝。他盼望有一天，能在一棵树脚下找到金银财宝。眼下，他常在行人的腰包里找钱。

可是，他现在非常小心。前不久，他侥幸脱险。我们知道，他和其他几名歹徒在戎德雷特的陋屋里一起被抓走了。一种恶习也有其用处：酗酒救了他一命。警方始终未能查明，他在那里是盗贼，还是被盗者。鉴于设圈套的那天晚上他喝得烂醉如泥，警方便不予追究，把他释放了。他恢复了自由，又回到加尼到拉尼的路段上，在政府的监督下，替国家给公路铺石子。他垂头丧气，常常沉思默想，对抢劫的热情有所降低，因为这使他险些丧命，可对酒却更是爱不释手，因为这救了他一命。

至于他回到养路工茅屋后发生的那件使他激动不已的事，我们这就来讲一讲。

一天，拂晓前不久，他像平时一样去干活，也可能去伺机拦路抢劫。在树林里，他看见有个人，虽只见其后背，且有段距离，晨色朦胧，但仍感到那人的背影似曾见过。布拉特吕埃尔虽是酒鬼，记性倒还可以，这清晰的记忆，对同合法秩序作对的人来说，是必不可少的自卫武器。

“我好像在哪里见过这个人？”他暗暗思量。

他无法回答，只是觉得这人同他模糊记得的一个人有点像。

布拉特吕埃尔怎么也想不起来是谁，但他做了比较和估计。这人不是本地人。他刚到这里。显然是步行来的。这样早，不会有驿车经过蒙费梅。他走了一整夜。他是从哪来的？从不远的地方。因为他既无背囊，亦无行李。可能是从巴黎。他为什么到这林子里来？为什么在这个时辰来？他来干什么？

布拉特吕埃尔想到了财宝。他搜索记忆，模模糊糊地想起几年前，也曾有个人引起过他的注意，很可能就是这个人。

他想着想着，便低下了脑袋；沉思时低头是很自然的，但对他却不明智。当他再抬头时，就不见人影了。那人已消失在森林里，晨色中。

“见鬼！”布拉特吕埃尔说，“我会找到他的。我会发现这家伙的巢穴的。这人黎明出来闲逛，总有个道理。我会知道的。在我的林子里，没有我不插手的秘密。”

他拿起尖尖的十字镐，咕哝道：

“这是掘地和搜身的家伙。”

他钻进密林，仿佛把一根线接到另一根线上似的，沿着那人可能走的路线，尽量紧跟而去。

他走了百来步，这时，天有些亮了，这帮了他的忙。沙地上留下的鞋印；被践踏的草丛、踩断的欧石南、荆棘丛中弯下的嫩枝像美丽女人醒来时伸出胳膊那样优美地慢慢直起，这些都给他指出了踪迹。他跟着这踪迹走，跟到后来就没有了。时间消逝。他深入树林，来到一个山包上。有个早起的猎人，吹着吉约利[①]小曲的口哨，从远处的一条小径经

① 吉约利为民歌中的英雄。

过，这使布拉特吕埃尔产生爬树的念头。他虽然上了年岁，却依然手脚灵便。旁边恰好有棵高大的山毛榉树，正适合蒂蒂尔[①]和布拉特吕埃尔攀登。布拉特吕埃尔爬上山毛榉，尽量爬得高一些。

这主意不错。他极目搜索那边杂乱无章、荒荒凉凉的树林，蓦地，他发现了那个人。

他刚看见，又突然没影了。

那人走进，更确切地说溜进一个离得相当远的林间空地。那空地被一片大树挡住视线，可布拉特吕埃尔对那里非常熟悉，他曾注意到，在一大堆磨盘石附近，有一棵病栗树，包着一块锌皮，是用钉子直接钉在树皮上的。这块空地从前叫布拉吕林地。那堆石头，不知是派什么用场的，三十年前就有了，现在可能还在。除了木板栅栏外，哪个东西的寿命都比不上一堆石头长。本来是临时堆一堆的。有什么理由要堆那么久！

布拉特吕埃尔心头一喜，倏地下了树，与其说是爬下来的，不如说是跌下来的。巢穴找到了，现在要抓住野兽。他朝思暮想的财宝，很可能藏在那里。

走到那块空地可不是容易的事。若走羊肠小道，要拐令人恼火的千道弯，足足要走一刻钟。若走直路，就要穿过稠密的、利刺伤人的荆棘丛，要走大半个钟头。布拉特吕埃尔不明白这一点，就犯了个错。他相信直路，这种视觉的错觉无可非议，但使很多人坐失良机。荆棘丛尽管密密匝匝，在他看来却是条捷径。

“还是走狼走的里沃里大街[②]吧。”

布拉特吕埃尔从来都走斜路，这次却错误地走了直路。

他坚定地钻进杂乱无章的荆棘丛。

他要和冬青、荨麻、山楂、野蔷薇、大蓟和一触即怒的黑莓打交道。他被划得到处是伤。

---

① 蒂蒂尔是拉丁诗人维吉尔牧歌中的牧羊人。第一首第一句便是“蒂蒂尔躺在山毛榉树上”。

② 里沃里大街是巴黎的一条有名的街。此处喻直路。

到了谷底，他遇到小溪，得涉水过去。

他终于来到布拉吕空地，用了四十分钟，汗流浃背，气喘吁吁，浑身是伤，似野兽般凶恶。

那空地连个人影也没有。

布拉特吕埃尔朝石堆跑去。石堆还在。没有被搬走。

至于那个人，他已消失在森林里，逃得无影无踪了。他逃到哪里去了？朝哪个方向？躲进哪个荆棘丛里了？无法猜到。

使人痛心疾首的是，在石堆后面，包着锌皮的栗树前面，有一堆新挖的土、一把被遗忘或抛弃的十字镐和一个土坑。

坑里空空如也。

“强盗！”布拉特吕埃尔朝天边举起双拳，大声喊道。

二　马里尤斯走出内战，又准备向家里开战

马里尤斯很长时间不死不活。持续几周高烧，神志昏迷，还有相当严重的脑部症状。造成这些症状的，与其说是伤口本身，不如说受伤引起的脑震荡。

他在高烧呓语中，以临终者特有的固执，有时整夜不停地呼唤珂赛特的名字，情景十分凄惨。有几处伤口腐烂面大，这是极其危险的，因为大伤口化脓，在某些气候影响下，常会外毒内侵，导致病人死亡。每当天气变化，哪怕稍有暴风雨，医生便忧心忡忡，一再叮嘱：“千万不要让病人激动。”包扎伤口是件复杂而困难的事。那时候，用胶布固定夹板和纱布的办法尚未发明。妮珂莱特将一条如她说的“和天花板一样大的”床单，撕成包伤口的绷带。好不容易用氯化物洗剂和硝酸银止住了伤口溃疡。每次出现危险，吉诺曼先生就不知所措，守在外孙的床头，也和马里尤斯一样，不死不活。

每天，有时甚至一天两次，如门房描绘的那样，有个白发苍苍、衣着讲究的老头，前来打听病人的情况，并放下一大包旧纱布团。

从把垂死的马里尤斯抬回外祖父家那个痛苦的夜晚以来，整整四个月过去了，九月七日，医生终于宣布，马里尤斯已脱离危险。康复期开始了。不过，马里尤斯因锁骨断裂，引起了偶发症状，只得在长沙发上又躺了两个多月。常常会有一个伤口迟迟不愈合，没完没了地要包扎，促使病人心烦意乱。

不过，他病得这么久，恢复期又长，使他逃过了警方的追捕。在法国，任何愤怒，哪怕是公愤，不出半年就平息了。在当今社会的现状下，发生暴动，匹夫有错，暴动过后，有必要睁一眼闭一眼。

再说，巴黎警察局长吉斯凯明令医生们揭发受伤者，这一可耻的指令激怒了舆论，非但是舆论，而且首先触怒了国王，因此，伤员便受到了义愤的庇护和保护。除了在战斗中当场被捕者外，军事法庭不敢找任何伤员的麻烦。马里尤斯也就相安无事。

吉诺曼先生起初忧心如焚，继而又欣喜若狂。他不顾人阻拦，每天夜里都陪伴在病人身旁。他叫人抬来大安乐椅，和马里尤斯的床并排而放。他叫女儿把家里最漂亮的床单做成敷布和绷带。吉诺曼小姐是长女，又是个理智的人，她设法把漂亮的床单留下来，又让老人相信照他的吩咐办了。有人向吉诺曼先生解释，做绷带细麻布不如粗布，新布不如旧布，他就是不听。每次换绷带他总要在场，而吉诺曼小姐则害羞地躲开。看到医生用剪刀剪掉死肉，他便“啊唷啊唷”地直叫。最令人感动的，莫过于看见他颤巍巍地给病人端汤药。他不停地向医生问这问那，却没发觉问来问去都是同样的问题。

医生宣布马里尤斯已脱离危险的那天，老人欣喜若狂。他赏给门房三个金路易。晚上，他回到卧室，用大拇指和食指打响儿，跳起加沃特舞，唱起一首歌：

让娜生在野蕨丛，
牧羊女真正的窝；
我爱她撩拨人心的
　　短裙。

爱神你活在她心中，
因为你在她明眸里
放进了你那嘲讽人的
　　箭筒！

我歌颂她，我爱她
胜过爱猎神狄安娜，
我爱让娜和她坚硬的
　　乳峰。

然后，他跪在一张椅子上，巴斯克从虚掩的门缝里观察，深信他在祈祷。

以前，他可是不大相信上帝的。

在马里尤斯病情好转的过程中，每到一个新的阶段，外祖父都有怪诞的行为。他下意识地做出许多喜不自胜的举动。他莫名其妙地来回上下楼梯。有个长得挺漂亮的女邻居，一天早晨惊讶地收到一大束鲜花。是吉诺曼先生送的。她丈夫大吃其醋，大闹了一场。吉诺曼先生还试图让妮珂莱特坐到他的腿上。他叫马里尤斯男爵先生。他高呼："共和国万岁！"

他时时刻刻都问医生："真的没危险了，是不是？"他用外祖母的目光凝视马里尤斯。马里尤斯吃饭时，他目不转睛地看着他。他完全变了个人，不再把自己当回事，马里尤斯是一家之主，他高兴得让了位，他成了他外孙的外孙。

他在快乐的时候，便成了最令人尊敬的孩子。他怕累着或打搅正在康复的病人，便待在他后面，对着他微笑。他心满意足，他快乐、喜悦、可爱，变成了年轻人。满头银发给他脸上的喜悦平添了几分温柔和威严。满脸皱纹加上优雅的风度，会使人显得更加可爱。垂暮之年心情快乐，就会闪出难以形容的曙光。

至于马里尤斯，他任人包扎治疗，可他心里只想着一个人：珂赛特。

自从他烧退后不再说胡话以来，就不再说这个名字了，仿佛不再想她了。他缄口不提这个名字，恰恰是因为他心里只想着她。

他不知道珂赛特现在的情况。在他的记忆中，尚弗里街发生的事就像一团云雾，模糊不清的人影在他脑海里漂浮：埃波妮、加弗洛什、马伯夫、泰纳迪埃一家，还有他那些朋友，阴惨惨地混在街垒的硝烟中；福施勒旺先生奇怪地出现在这场血淋淋的冒险中，他感到这好像是暴风雨中的一个谜；他弄不清楚自己怎么还活着，不知道是怎样得救的，被谁救的，他身边的人也都不知道；他们能告诉他的，就是那天夜里一辆马车把他送到了髑髅地修女街；过去、现在、将来，在他脑海里只剩下模糊的概念，笼罩着一团迷雾，但在这迷雾中，有一个静止不动的点，一条清晰而准确的线，一种花岗岩般的东西，一个决心，一种愿望：重新找到珂赛特。对他而言，生命和珂赛特是不可分开的。他下定决心，没有另一个，决不接受这一个，不管谁想强迫他活下去，外公也罢，命运也罢，地狱也罢，先得给他重建失去的乐园。

他也知道障碍重重。

这里，让我们强调一点：外祖父对他关怀备至，体贴有加，但他不理不睬，不为所动。首先，他对这些关怀并不都了解。其次，生病的人爱胡思乱想，也可能仍处在焦躁不安中，对这些温情心存疑惑，认为这种从未有过的新奇事，不过是为了使他屈服。因此他冷若冰霜。外祖父的老脸上再是堆满可怜的笑容，却于事无补。马里尤斯心想，只要自己不说话，任人摆布，就一切都好，一旦提起珂赛特，就会看到另一副面孔，外祖父就会原形毕露，于是，就会出现严峻的局面，家庭问题又会重新提出来，两种立场又会重新较量，他又得领教种种讥笑和反对，什么福施勒旺、库普勒旺，什么财产、穷困、苦难、脖子上的石头、未来。他会遇到激烈的反对，结论是拒绝。于是，马里尤斯干脆事先就采取强硬态度。

后来，他渐渐恢复健康，宿怨便复又出现，记忆中的老伤疤便复又开裂，他重又想起了过去，蓬梅西上校重又出现在吉诺曼先生和他马里尤斯之间，他想，一个对他父亲如此不公、如此冷酷的人，是不可能有真正的善心的。随着健康的恢复，他对外祖父又变得像从前那样粗暴了。老人则逆来顺受。

吉诺曼先生虽不表现出来，但注意到，马里尤斯被送回家中，到后来恢复了知觉，从没叫过他一声父亲。事实上，他也不称他先生，但他字斟句酌，有意避开这两个称呼。显然，一场战争快要爆发了。

正如常有的那样，为了试试实力，在战争开始前，马里尤斯先搞了些小冲突。这叫探探虚实。一天早晨，吉诺曼先生提起偶尔看到的一份报纸，信口谈起了国民公会，对丹东、圣茹斯特和罗伯斯庇尔发表了一通结论性的看法。

“九三年的人都是伟人。”马里尤斯严肃地说。老人便缄口不语了，一整天都没再说一句话。

外祖父头几年的顽固不化，马里尤斯记忆犹新，因此，当他看到外祖父一声不吭，以为他已愤怒之极，预示着就要爆发一场激烈的争吵，便在思想深处加强了战备。

他下了决心，一旦遭到拒绝，他就扯掉夹板，让锁骨脱臼，将尚未愈合的伤口暴露在外，拒绝一切饮食。他的伤口便是他的炮弹。要么得到珂赛特，要么一死。

他以病人特有的阴险和耐心，等待有利时机的到来。这个时机终于来到了。

三　马里尤斯发起进攻

一天，吉诺曼小姐整理五斗橱大理石面上的瓶瓶杯杯，吉诺曼先生弯下腰，极其温柔地对马里尤斯说：

“瞧，我的小马里尤斯，我要是你，现在宁愿多吃肉，少吃鱼。在康复初期，吃油煎鳎鱼是极好的，但病人要站起来，得多吃排骨。”

马里尤斯的体力几乎完全恢复，他集中全力，坐了起来，双拳使劲按在床单上，双目直视外祖父，恶狠狠地说：

“这倒使我想起要对您说件事。[①]”

“什么事？”

“我想结婚。”

“早料到了。”外祖父说。说完大笑起来。

“什么？早料到了？”

“是的，早料到了。你可以娶她，你那个小姑娘。”

马里尤斯张口结舌，头晕目眩，全身颤抖起来。

吉诺曼先生继而又说：

“是的，你那个漂亮俏丽的小姑娘，你可以娶她。她每天让一位老先生来打听你的消息。你受伤后，她整天哭泣，做绷带。我全都知道了。她住在武夫街七号。啊，果然不出所料！啊，你想娶她！好吧，你就娶她吧。你爱上她了。你搞了个小小的诡计，你心想：‘我要把这事直截了当地告诉这个老外公，这个摄政时期和督政府时期的僵尸，这个昔日的美男子，这个变成了惹隆特[②]的多朗特[③]。他自己也曾轻浮过，也有过风流艳史，也有过他的轻佻女工，也有过他的珂赛特。他也曾张扬过，展翅飞翔过，也吃过春天的面包，他应该好好想想这些。’我们瞧吧。开战。啊！你倒是从难处着手。很好。我给你一块排骨，你却回我一句：‘我想结婚。’你倒真会转话题！啊！你打算同我吵架！你不知道我是个胆小的老头。你还有什么话可说？你心里冒火。你发现你的外祖父比你还笨，这你始料未及。你原准备发表一篇演说，没想到没机会说，律师先生，这让你感到气恼。你想发火就发吧。你想要我干什么，我就干什么。这让你大吃一惊，傻瓜！听着。我都打听清楚了，我也是挺鬼的。她很迷人，她很乖巧，枪骑兵的事不是真的，她做了许多绷带，她是个小宝贝，她崇拜你。你死了，就会死三个人。她的棺材将伴着我的棺材。我曾想，等你伤好一些，干脆把她叫到你床前来，可是，只有在小说中，才会把

---

① 隐射《圣经》中上帝造人的故事：上帝造了一个男人，取名亚当。他又取亚当的一根肋骨造了一个女人，取名夏娃，让她做了亚当的妻子。

② 惹隆特是古典喜剧中常遭家人和仆人愚弄的可笑老头。

③ 多朗特为风流男子的代名词。

女孩子直接带到她们感兴趣的受伤的漂亮小伙子身边。这样不行。你姨妈会怎么说呢？我的孩子，你四分之三的时间都光着身子。你问问妮珂莱特，她没离开过你一分钟，你问问她，女人能不能待在你身边。况且，医生会怎么说呢？漂亮姑娘治不了发烧呀。总之，这很好，别多讲了，这事就说定了，决定了，确定了。你就娶她吧。这就是我的残暴。你瞧，我看到你不爱我，我说：'我该怎么做，才能让这个畜生爱我？'我说：'嗨，我手里不是有我的小珂赛特吗？我把她送给他，他就得给我一点爱，否则就要说出个道理来。'啊！你以为我这个老头子会大发雷霆，大吼大叫不同意，向早晨的太阳举起拐杖。我才不呢。珂赛特，好吧。爱情，好吧。我求之不得。先生，请你结婚吧。祝你幸福，我亲爱的孩子。"

说完，老人呜呜咽咽哭了起来。

他捧起马里尤斯的头，紧紧搂在年迈的胸前，祖孙二人哭了起来。人在最幸福时就会这样。

"我的父亲！"马里尤斯喊道。

"啊！你爱我！"老人说。

这是难以描绘的一刻。他们激动得透不过气，说不出话。

最后，老人结结巴巴地说：

"好！他终于开窍了。他喊我'我的父亲'了。"

马里尤斯把头从外祖父的胳膊中挣脱出来，轻声地说：

"不过，我的父亲，现在我身体很好，我觉得我可以见她了。"

"这我也料到了，你明天见她。"

"我的父亲！"

"什么事？"

"为什么不今天呢？"

"好吧，今天。今天就今天。你喊了我三声'我的父亲'，这值。我来安排。会有人把她带来的。我跟你说，这早料到了。诗里就这样写的。这是安德烈·谢尼埃的《年轻的病人》这部悲歌的结局。就是被那群恶……被九三年的伟人们杀了头的那个安德烈·谢尼埃。"

吉诺曼先生以为看见马里尤斯微微皱了皱眉。其实，应当指出，马里尤斯此刻已不在听老人说话，他已心驰神飞，他在想珂赛特，而不是一七九三年。外祖父因为不合时宜地提到了安德烈·谢尼埃而胆战心惊，急忙又说：

“杀头这个词用得不对。事实上，那些伟大的革命天才们，——他们不是坏人，这点无可否认，他们是英雄，当然！——认为安德烈·谢尼埃有点碍事，就把他送上了断头……也就是说，热月七日那天，为了拯救国民，这些伟人们请安德烈·谢尼埃上了……”

吉诺曼先生这句话卡在喉咙里，说不下去了。他说完也不是，收回又不能，激动得不知该怎么办，就在他女儿站在马里尤斯身后整理枕头的时候，他以尽其年龄所能的最快速度冲出卧室，随手关上房门，面色通红，喘不过气，怒不可遏，眼睛突出，与正在候客室里擦靴子的忠诚老仆巴斯克撞了个满怀。他一把揪住巴斯克的衣领，冲着他的脸怒吼：“我以十万个泼妇的名义发誓，是那些强盗把他杀死的！”

“谁，先生？”

“安德烈·谢尼埃！”

“是的，先生。”巴斯克诚惶诚恐地说。

四　吉诺曼小姐终于认为福施勒旺先生夹着东西来没什么不好

珂赛特和马里尤斯又相见了。见面的情况就不描述了。世上有些事是不应该描绘的，太阳便是其中之一。

珂赛特进来时，全家人，包括巴斯克和妮珂莱特，都集中在马里尤斯的卧室里。她出现在房门口，头上仿佛罩着光环。这时，外祖父恰好要擤鼻涕，便骤然停住了，用手帕捂着鼻子，从手帕上方向珂赛特望去：

“可爱极了！”他喊道。

说完，他才大声擤鼻涕。

珂赛特犹如进了天堂，心醉神迷，心花怒放，诚惶诚恐。她幸福得惊慌失措。她结结巴巴，面色一阵白，一阵红。她想扑到马里尤斯怀里，却又不敢；当着众人的面示爱，她觉得难为情。人们对幸福的情人是无情的，当他们最需要单独相处时，人们却待着不走。可他们根本不需要有人在场。

跟在珂赛特后面陪她进来的，是一位满头银发的老人。他神态庄重，可面带笑容，一种淡淡的令人心醉的微笑。那是“福施勒旺先生”。那是让·瓦让。

正如看门人所说，他“衣着讲究”，一身黑色的新衣服，系着白领带。

门房丝毫也没认出，这个衣冠楚楚的有产者，这位很可能是公证人的先生，就是六月六日那天夜里抬着尸体，突然出现在门口的那个人；那天，他抬着昏迷不醒的马里尤斯，衣衫褴褛，满身泥浆，面目可憎，神色惊慌，满脸鲜血和污泥。可是，他那门房的嗅觉却是清醒的。当福施勒旺先生带着珂赛特来到时，门房禁不住悄悄对他妻子说：“不知怎么回事，我总觉得这人面熟。”

在马里尤斯的房间里，福施勒旺待在门口，仿佛故意要离人一段距离。他腋下夹着个小包，像是一部八开本书，外面包着一层纸。那层纸呈暗绿色，像是发了霉。

“这个先生是不是总夹着一本书？”吉诺曼小姐悄悄问妮珂莱特。她最讨厌书了。

“这是位学者。”吉诺曼先生听见了她的话，也同样悄声地回答，“那又怎么样？难道这是他的错？我认识一位布拉尔先生，走路也总带本书，也像这样抱在胸口。”

然后，他抬高嗓门，寒暄道：

“特朗施勒旺先生……”

吉诺曼先生不是故意喊错名字的。不过，不注意别人的名字，在他是一种贵族派头。

“特朗施勒旺先生，我不胜荣幸地替我的外孙马里尤斯·蓬梅西男爵先生向令爱求婚。”

“特朗施勒旺先生”鞠躬致答。

“那就说定了。”外祖父说。

然后，他转向马里尤斯和珂赛特，举起双臂表示祝福，大声说：

“你们可以相爱了。”

不等说第二遍，他俩便喁喁私语开了。他们顾不得了。他们低声细语，马里尤斯的臂肘撑在躺椅上，珂赛特站在他身旁。

“呵！上帝！”珂赛特喃喃说道，“我又看见您了。是你！是您！竟然去打仗！为什么呀？多么可怕。我死了整整四个月。啊！您太坏了，竟然去打仗！我哪里得罪您了？这次我原谅您，以后可不能这样了。刚才，有人到我们家叫我们来这里，我又以为我要死了，不过这次是因为高兴。我一直忧心忡忡！我衣服都没来得及换，一定很难看。您父母看到我的衣领皱巴巴的，会怎么说？您说话呀！怎么让我一个人说。我们一直住在武夫街。我听说您的肩膀伤得很厉害，能放进去一只拳头。还听说用剪刀剪肉了。这太可怕了。我哭了，哭得眼睛都肿了。真奇怪，人竟能如此痛苦。您的外祖父看上去很慈祥！别动，别这样撑着，当心，这样会不舒服的。呵！我多么幸福！不幸的事结束了！我真傻。我把要同您说的话全忘了。您还爱我吗？我们住在武夫街。没有花园。我一天到晚做绷带。您瞧，先生，全怪您，我指头上都长老茧了。”

“天使！”马里尤斯说。

“天使”是语言中唯一百用不滥的词。其他任何一个词都经不住恋人们反复使用。

接着，因为有人在场，他们便停下来，一句话也不说了，只是互相轻轻地摸摸手。吉诺曼先生转过身，对在场的所有人嚷道：

“你们大声说话呀。后台弄出点声音来呀。快呀，快喧闹起来呀，见鬼！让这两个孩子无拘无束地说说话呀。”

他走近马里尤斯和珂赛特，低声对他们说：

“用‘你’相称吧。不必拘束。”

吉诺曼姨妈看见光明突然涌入她这守旧的家里，不禁目瞪口呆。但这惊愕并不咄咄逼人，绝不是猫头鹰看野鸽子的气恼而嫉妒的目光，而是一位五十七岁的可怜而幼稚的老妇傻呆呆的目光，是没有享受过人生的人在旁观爱情的胜利。

“吉诺曼大小姐，”他父亲对她说，“我早对你说过，你会这样的。”

他静默片刻，又说：

“好好看看别人的幸福吧。”

然后，他转向珂赛特：

“她真美！真美！简直是格勒兹[①]的一幅画！你这个坏蛋，你要一人独占了！啊！你这个混蛋，我这一关你可逃过去了。你真幸福。我要是小十五岁，我们可要用格斗来决一雌雄了。听着，小姐，我爱上您了。这很简单。这是您的权利。啊！这下要办一个漂亮迷人的小婚礼了！这里属于圣体圣德尼教区。但我可以弄到许可证，让你们在圣保罗教堂举行婚礼。那座教堂更好一些。是耶稣会造的。更雅致。就在比拉格红衣主教喷泉对面。耶稣会建筑的杰作在那慕尔。叫圣路教堂。你们结婚后，应该去那里看看。值得去一趟。小姐，我完全赞成您的看法。我希望女孩子们都结婚。她们生来就为了这个。有一个圣卡特琳，但愿她永远也不戴帽子。[②]终身不嫁是不错，但太冷清。《圣经》上说：繁衍子孙吧。要拯救人民，需要贞德姑娘。但要人丁兴旺，却需要吉戈妮大妈[③]。因此，美丽的姑娘们，结婚吧。我真的看不出终身不嫁有什么好处。我知道，她们在教堂里拥有一间单独的小礼拜堂，不得已而选择了圣母修会。可是，见鬼，嫁一个英俊的丈夫，一个正直的小伙子，一年后，生一个金发胖娃娃，快乐地吃你的奶，胖得大腿上尽是沟沟，粉嘟嘟的小爪子乱抓你的乳房，笑得像朝霞，这总比晚祷时举着蜡烛唱**象牙塔**[④]要强！”

外祖父以九旬高龄的脚跟转了个身，像上足了的发条，继续往下说：

---

① 格勒兹（1725—1805），法国风俗画和肖像画家。

② 在法国，有一个圣卡特琳节。这一天，年满二十五岁的未婚女子要戴“圣卡特琳帽”，以示已进入老处女之列。

③ 吉戈妮大妈为法国木偶戏中的角色，高头大马，从她的裙子里会走出一群孩子。

④ 原文为拉丁语。为赞颂圣母马利亚的祈祷文。

因此，别再胡思乱想了，阿西帕，
真的，你马上结婚吧。

噢，对了！”

“什么事，我的父亲？”

“你有知心朋友吗？”

“有啊，库费拉克。”

“他现在怎么样？”

“他死了。”

“那好。”

他坐到他们身边，让珂赛特坐下，用爬满皱纹的老手握住他们的四只手。

“她美不可言，这个小妞。真是个尤物，这个珂赛特！她是个很小很小的姑娘，却是个很大很大的夫人。可她只能是男爵夫人，太委屈她了！她生来是侯爵夫人。她的睫毛多美啊！我的孩子们，请相信你们是对的。好好相爱吧。爱得如痴如狂吧。爱情反映了人的愚蠢，上帝的智慧。互相爱慕吧。只是，”忽然，他忧形于色，继续说道，“太不幸了！我怎么才想到！我财产的一大半是养老金。只要我还活着，不会有问题，可我死后，二十来年后，啊！我可怜的孩子，你们就一文不名了！男爵夫人，你这双美丽洁白的纤手，到时候可就要操劳了。”

这时，只听见一个严肃而平静的声音说道：

“欧弗拉齐·福施勒旺小姐有六十万法郎。”

说话人是让·瓦让。

他来后还没说过一句话，大家甚至已忘记他在这里了。他站在这些兴高采烈的人后面，一动也不动。

“欧弗拉齐小姐是谁？”外祖父惊愕地问。

“是我。”珂赛特回答。

“六十万法郎！”吉诺曼先生说道。

“可能差一万四五千法郎。”让·瓦让说。

说完，他把吉诺曼姨妈以为是一本书的纸包放在桌上。让·瓦让亲自把包打开，是一沓钞票。人们一张张翻，一张张数，五百张一千法郎的，一百六十八张五法郎的。一共是五十八万四千法郎。

“真是一本好书。”吉诺曼先生说。

“五十八万四千法郎！”姨妈低语道。

“吉诺曼大小姐，这解决大问题了，是不是？”外祖父说，“马里尤斯这个小魔头，他在梦乡树上给你们觅到了百万富妞！现在，对年轻人的谈情说爱可要相信了！男大学生可以找到六十万法郎的女大学生！谢吕班[①]比洛特希尔德[②]干得还要好。”

“五十八万四千法郎！”吉诺曼小姐低声重复道，“五十八万四千！等于是六十万哪！”

至于马里尤斯和珂赛特，他们只管你看着我，我看着你，几乎没注意这个细节。

五　把钱埋在森林里，比放在公证人那里更合适

无须详述，读者想必已知道，尚马蒂厄案件后，让·瓦让利用他第一次逃出监狱的那几天，赶到巴黎，及时从拉斐特银行取出了他以马德兰先生的化名在滨海蒙特勒伊市赚的钱。他怕再次被捕——不久后果然如此——就来到蒙费梅森林，将这笔钱埋藏在布拉吕林间空地里。共有六十三万法郎，都是现钞，体积不大，放在一只匣子里。为防受潮，他又将匣子放进一只塞满栗树木屑的小橡木箱里。他还把另一件宝贝——主教的银烛台——也放进了小木箱。大家一定记得，他逃离滨海蒙特勒伊时，带走了这对银烛台。布拉特吕埃尔一天傍晚第一次看见的那个人，正是让·瓦让。后来，每当让·瓦让需要钱时，就到布拉吕林间空地来

① 谢吕班为法国剧作家博马舍的剧作《费加罗的婚姻》中情窦初开的少年。

② 洛特希尔德（1743—1812），德国籍犹太银行家。

取钱。于是就有了我们曾提到过的几次外出。他有一把十字镐，藏在灌木丛的某个地方，只有他一个人知道。他看到马里尤斯逐渐康复，感到这笔钱派用场的时候快到了，便去拿了回来。布拉特吕埃尔在树林里看见的还是他，不过这次是清晨，不是傍晚。布拉特吕埃尔继承了那把十字镐。

其实，那笔钱共有五十八万四千五百法郎。让·瓦让自己留下五百法郎。“以后看情况吧。”他想道。

这笔钱和从拉斐特银行里取出来的六十三万法郎之间的差额，便是他从一八二三到一八三三这十年中的开支。他在修道院里待了五年，只花了五千法郎。

让·瓦让将那对银烛台放在壁炉上，它们闪闪发光，杜珊见了赞叹不已。

此外，让·瓦让知道，他已永远摆脱雅韦尔了。有人在他面前讲过，同时，他也在《箴言报》上——此报登载了这条消息——得到了证实，有个叫雅韦尔的警探淹死了，在兑换桥和新桥之间的一条洗衣船下发现了他的尸体。这个品行无懈可击、深受上司器重的人留下一封遗书，人们猜测，他是因神经错乱而自杀的。

“可能吧，”让·瓦让想道，“既然他抓了我又放我，想必是疯了。”

六　为了珂赛特的幸福，两位老人各尽所能

于是开始张罗婚礼了。征询了医生的意见，医生宣布婚礼可在二月举行。现在是十二月。几个星期过去了，那是无比幸福、令人陶醉的日子。

外祖父也感到很幸福。他常常久久凝望珂赛特。

“多可爱多漂亮的姑娘！”他惊叹道，“看上去多温柔，多善良！我的心肝宝贝，没什么可说的，您是我生平见到的最可爱的姑娘。将来，您的美德会像紫罗兰那样香气四溢。您魅力无穷！和这样一个人在一起，只能过贵族式的生活。马里尤斯，我的孩子，你是男爵，你是富翁，求

求你，别做律师了。”

珂赛特和马里尤斯一下子从地狱升到了天堂。这一转折来得太突然，他们即使没有目眩神迷，也是晕头转向了。

“你明白是怎么回事吗？”马里尤斯问珂赛特。

“不明白，”珂赛特回答，“但我感到上帝在看我们。”

让·瓦让不遗余力，铺平道路，协调一切，使一切顺顺利利。他和珂赛特一样，急切地盼望大喜的日子，表面上看，也和她一样快乐。

珂赛特身世的秘密，只有他一人知道。他当过市长，知道如何解决这一棘手的问题。如果直截了当说出她的身世，谁知道呢，珂赛特就可能结不成婚。他为珂赛特排除一切困难。他给她安排了一个父母双亡的家庭，这样，就不可能有任何申诉。珂赛特家只剩下她一个人。珂赛特不是他的女儿，而是另一个福施勒旺的女儿。福施勒旺兄弟俩都在小皮克皮斯修道院里当过园丁。人们到修道院做了调查，得到了许多有利的情况和证据；善良的修女们不善于，也不喜欢打听谁是父亲，看不出其中有什么蹊跷，从来也没弄清楚这两个福施勒旺中，究竟哪个是小珂赛特的父亲。她们说了人们想要她们说的话，而且说得很热诚。还写了份证明。在法律面前，珂赛特便成了欧弗拉齐·福施勒旺小姐。她被宣布为父母双亡的孤儿。让·瓦让设法让自己以福施勒旺的名字，被指定为珂赛特的监护人，吉诺曼先生则是监督监护人。

至于那五十八万四千法郎，那是一位不愿留名的死者给珂赛特的遗赠。原本是五十九万四千法郎，欧弗拉齐小姐上学花去了一万法郎，其中五千法郎付给了修道院。这笔遗赠交给第三者保管，等珂赛特成年后或结婚时再交还给她。正如大家看到的，这一切编得合情合理，尤其还有五十多万的附加收入。有些地方尚不能自圆其说，但人们视而不见。当事人中，一个被爱情蒙住了眼睛，其他人则被六十万法郎挡住了视线。

珂赛特现在知道，这个她叫了这么多年父亲的老人，原来不是自己的父亲。他不过是亲戚，另一个福施勒旺才是她真正的父亲。换个时候，她肯定会很伤心。可是，在现在这样无比幸福的时刻，她心头只掠过一点阴影、一丝忧郁罢了，她是多么快乐，阴云很快便消失了。她有马里尤斯。年轻人来了，老人便隐退。这就是人生。

再说，多少年来，珂赛特已习惯看见周围充满谜团。大凡有过神秘童年的人，随时准备对有些事不去刨根究底。但她继续叫让·瓦让父亲。

吉诺曼老爹使珂赛特欣喜若狂，心花怒放。事实上，他不停地恭维她，不断地给她送礼物。当让·瓦让忙于给珂赛特营造一个正常的社会地位和无可指摘的财产状况清单时，吉诺曼先生则忙于准备新郎送给新娘的结婚礼物。没有比华丽更使他开心的事了。他送给珂赛特一件饰有班什[①]镂空花边的连衣裙，那是他祖母传下来的。

“这些式样又时兴了，”他说，“老古董又风行了。我老年时代的少妇，穿得像我少年时代的老妇。”

他有几个相当漂亮的漆有科罗曼德尔漆的凸肚式五斗橱，多少年没打开了，他来了个大抢劫。“让这些老贵妇们招供吧。”他说道，“我们来看看这些大肚子里有什么。”他乒里乓啷，把挺胸凸肚的抽屉打开，里面装满了他所有的妻子、情妇和老祖宗的服饰。宽条绸、花缎、锦缎、云纹绸、用图尔烧毛横棱绸做的衣裙、用可洗金线绣的手帕、不分正反面的王妃绸、热那亚和阿朗松的针钩花边、旧式项链、刻有微型战斗场面的象牙糖果盒、服饰、绸带，他把这一切全给了珂赛特。珂赛特惊叹不已，她对马里尤斯爱得发狂，对吉诺曼先生感激不尽，憧憬着披绸戴绒的无限幸福。她感到，她的结婚礼品篮被天使们托着。她的心灵拍打着用马林花边做的翅膀，向着蓝天飞翔。

前面说过，这对恋人的陶醉，只有外祖父的狂喜才可与之比拟。在髑髅地修女街，仿佛有支军乐队在吹奏。

每天早晨，外祖父都要给珂赛特送老古董衣服。各种服饰在她身边争艳斗丽。

马里尤斯在幸福中经常谈一些严肃的问题。一天，也不知道是一件什么事，引起了他一番议论：

“大革命时代的人太伟大了，就像加图和福基翁，他们的芳名仿佛已

---

① 班什为比利时城市，以出产镂空花边著称。

经流传多少世纪了。他们每个人似乎都是古老的回忆。”

“古云纹绸[1]！”老人喊道，“谢谢，马里尤斯。这正是我要寻找的主意。”

翌日，珂赛特的礼品篮里，多了一件华丽的茶色古云纹绸衣裙。外祖父从这些古董中引出一番哲理：

“爱情是很好，但得有陪衬。幸福也需要无用的东西。幸福不过是必需品。得加许多无用的东西来调味。有了宫殿，还要有爱情。有了爱情，还要有卢浮宫。有了爱情，还要有凡尔赛宫的喷泉。把我的牧羊女给我，让她成为公爵夫人。把头戴矢车菊花冠的菲利丝带给我，再给她十万利弗的年金。在大理石柱廊下，向我展示一望无垠的田园诗境。我赞成田园诗境，也赞成大理石和金色的仙境。干巴巴的幸福好比干面包。是在吃饭，但不是正餐。我需要多余的东西，无用的东西，荒诞的东西，过分的东西，一无用处的东西。我记得在斯特拉斯堡的大教堂里，见过一只有四层楼高的时钟，它乐于报时，但又不像生来就为了报时的，它报过正午和午夜，也就是太阳的时辰和爱情的时辰，或其他什么时辰之后，便向你展示月亮和星星、大地和大海、鸟儿和鱼儿、福玻斯[2]和福贝[3]，还有一大群从一个窝里钻出来的东西，耶稣十二个门徒、查理五世、爱波妮和沙比纽斯[4]，还有一大堆吹喇叭的镀金小人。还不算时时刻刻、无缘无故撒向空中的优美乐声。一个仅仅用来报时的毫无装饰、微不足道的钟盘能与之媲美吗？我欣赏斯特拉斯堡的大时钟，不喜欢仿黑森林杜鹃叫声的小时钟。”

吉诺曼先生尤其在婚礼问题上大放厥词，他颠三倒四，对十八世纪的所有丑妇大加赞扬。

“你们不懂行乐的艺术。”他大声说道，“在当今这个时代，你们不会

---

① 外祖父把 mémoire（回忆）错听成 moire（云纹绸）。

② 福玻斯为希腊神话中太阳神阿波罗的别名。

③ 福贝是希腊神话中的月神，后与猎神阿耳忒弥斯相混淆。

④ 沙比纽斯和爱波妮是古时候高卢的一对民族英雄夫妇，为争取高卢独立，率领人民反抗罗马人统治。失败后，先后被处死。

过一天快乐的日子。你们的十九世纪萎靡不振。它缺少放纵。它无视奢华，无视高贵。一切都是光秃秃的。你们的第三等级平庸、平淡、乏味、丑陋。你们那些要结婚的资产阶级妇女只有一个梦想，就是她们所说的，有一个用红木和细布重新装饰的漂亮小客厅。借光！借光！吝啬鬼娶了个守财妇。金路易贴在蜡烛上，豪华又富丽！这就是你们的时代。我要求逃到比沙马特人[①]更远的地方去。啊！一七八七年，当我看到罗安公爵（即莱翁亲王）、夏博公爵、蒙巴宗公爵、苏比兹侯爵、法兰西封臣图阿尔子爵，乘坐双座马车去隆尚[②]时，我就预言一切都完了！这些都产生了后果。当今这个世纪，人们忙着做生意、玩股票、赚钱，却都是守财奴。他们注意仪表，衣服穿得笔挺，他们洗呀，用肥皂擦呀，刮呀，剃呀，梳呀，上蜡呀，捋呀，揉呀，刷呀，外表清理得无可指摘，像卵石那样光滑，谨小慎微，清清爽爽，可是，我以我情妇的贞操发誓！他们的内心却堆满了粪土，积满了污水，用手擤鼻涕的放牛女见了都会连连后退。我给这个时代献上一条座右铭：肮脏的清洁。马里尤斯，不要生气，让我说一说。我不说人民的坏话，你瞧，我张口闭口都是你的人民，不过，我拳打脚踢一下资产阶级，没有什么不可以。我也是资产阶级。爱之深，责之严嘛。关于这个问题，我要明确地说，如今人们结婚，却已不会结婚。啊！说实话，我为失去的优雅习俗感到惋惜。我为失去的一切感到惋惜。当年，人人都文文雅雅，彬彬有礼，具有骑士风度，享有悦目的豪华，婚礼有音乐伴奏，楼上有交响乐，楼下有鼓乐，大家尽情地跳舞，筵席上喜气洋洋，对女人的奉承雕字琢句，唱歌，焰火，欢笑，如此等等，不胜枚举，还有巨大的缎带结。我还为新娘子不再用松紧吊袜带感到遗憾。新娘子的吊袜带好比维纳斯的腰带。特洛伊战争怎么会发生的？当然与海伦的吊袜带有关。为什么会打仗？为什么神圣的狄俄墨得斯要打烂墨里俄纳头上戴的有十个尖角的青铜巨盔？为什么阿喀琉斯和赫克托耳用长矛互相刺来刺去？因为海伦让帕里斯拿走了她的吊袜

---

① 沙马特人是古代伊朗的一支游牧民族，后散居大西洋一带，与日耳曼族同化。

② 隆尚是巴黎西郊的一座女修道院，因屡出丑闻，一七九〇年取缔。

带。荷马以珂赛特的吊袜带为题，还可以写一部《伊利亚特》。在这部史诗中，可以放进我这个爱唠叨的老头，起名为涅斯托耳。朋友们，从前，在那可爱的从前，结婚是很讲究的。先要订婚约，还要办丰盛的筵席。居雅斯[①]前脚出去,加马什[②]后脚就进来。当然！人的胃是个可爱的家伙，它要求属于它的一份，它也要参加婚礼。人们大吃大喝，身旁坐着不披肩巾、袒胸露肩的女郎！哦！张着嘴巴大笑，那个时代的人真快活！青春是一束鲜花，每个年轻人手里都拿着一枝丁香或一束玫瑰。哪怕是士兵，也都是牧羊人。有人碰巧当了龙骑兵队长，也设法取名弗洛里安[③]。人人都想自己漂亮。人人都修饰自己，穿红戴绿。资产阶级花团锦簇，侯爵珠光宝气。谁也不穿扣绊鞋，不穿长筒靴。一个个漂漂亮亮，亮光闪闪，波光闪闪，金光闪闪，飞来飞去，风情万种，但这并不妨碍腰间佩剑。那是有喙有爪的蜂鸟。那是《风雅印度》[④]的时代。上个世纪的一个特点是精美，另一个特点是豪华。以上帝的名义发誓！从前大家活得很开心。今天大家都一本正经。资产阶级男的是守财奴，女的是假正经。你们这个世纪太不幸了。美惠三女神若袒胸露肩会被赶走。唉！美的东西被当作丑的东西遮遮掩掩。那场革命后，人人都穿长裤，连跳舞的女演员也不例外。一个跳幕间舞的女演员得一本正经。你们的里戈多舞[⑤]也是一本正经。非得装出庄重的样子。下巴不埋进领带里，说不定会感到懊丧呢。一个二十岁的小伙子结婚时，他的理想就是要像罗耶-科拉尔[⑥]。你们知道吗？这种庄重会带来什么结果吗？会使你变得渺小。请记住：快乐不光要快乐，还要隆重。你们快快乐乐地恋爱吧，见鬼！你们结婚时，就要有幸福的样子，搞得热热闹闹，晕头转向，蜩螗沸羹，天翻地覆！在教堂里就一本正经吧。但是，弥撒一结束，管他呢！得让梦幻绕

---

① 居雅斯（1522—1590），法国著名法学家。

② 加马什为西班牙名著《堂吉诃德》中的人物，以丰盛的婚礼筵席著称。

③ 弗洛里安（1755—1794），法国作家，他的作品充满了田园风味。

④ 《风雅印度》是十八世纪法国音乐家拉莫的歌舞剧，一七三五年首次在巴黎上演。

⑤ 里戈多舞是流行于十七和十八世纪的一种轻快活泼的舞蹈。

⑥ 罗耶-科拉尔（1763—1845），法国哲学家。

着新娘旋转。结婚应该既隆重，又充满幻想。婚礼应该从兰斯大教堂一直办到尚特卢宝塔[①]。我讨厌小里小气的婚礼。他娘的！你们应该到神山去，至少是这一天。应该当当神仙。啊！你们可以当空气之神、娱乐之神和欢乐之神，可以当亚历山大的银盾士兵。你们是小精灵。朋友们，新郎应该是阿陀勃朗第尼[②]王子。好好利用人生这个唯一的时刻，同天鹅和雄鹰一起飞向九重天，哪怕第二天又跌回到青蛙资产阶级。结婚时千万不要节约，切莫削弱它的光辉，在你们兴高采烈的那天，切莫小里小气。婚礼不是家常过日子。哦！如果按我的意愿操办，一定会办得很雅致。树林里奏起小提琴。我的要求是：天蓝色和银白色。我将邀请田野仙女来参加婚礼，还要把山林仙女和海洋仙女统统请来。就像安菲特里特[③]的婚礼，有一片玫瑰色的云彩，一群梳着漂亮发式、赤身露体的仙女，一位向女神献四行诗的法兰西学院院士，一辆海怪拉套的二轮马车：

> 特里同[④]疾步走在最前面，
> 海螺吹出妙不可言的仙乐！

这才是婚礼节目单，这才是真正的一个，不然我就是外行了，见鬼！”

外祖父激情满怀，自讲自听，而珂赛特和马里尤斯却只顾陶醉于互相凝视。

吉诺曼姨妈冷眼旁观这一切。五六个月来，她也有过不少激动：马里尤斯回来了，马里尤斯血淋淋地送了回来，马里尤斯被人从街垒送了回来，马里尤斯死了，继而又活了，马里尤斯与家里言归于好了，马里

---

① 尚特卢是法国昂布鲁瓦兹森林里的一个小村庄，曾有一座城堡，现已毁坏，只剩下一座四十米高的东方式样的宝塔。

② 阿陀勃朗第尼为佛罗伦萨一个享有盛名的大家族。当皮埃特罗·阿陀勃朗第尼（1572—1621）当红衣主教时，在罗马附近建造了阿陀勃朗第尼别墅，收藏了罗马开国时期的古壁画，其中有《阿陀勃朗第尼的婚礼》，描绘了亚历山大大帝的婚礼。

③ 安菲特里特为希腊神话中海之女神，海神波塞冬的妻子。

④ 特里同为希腊神话中波塞冬和安菲特里特的儿子。下半身像鱼。他有一个海螺，吹出的声音传遍全世界。

尤斯订婚了，马里尤斯要和一个穷女孩结婚了，马里尤斯要和一个百万小姐结婚了。最后那六十万法郎又使她大吃一惊。接着，她又像初领圣体者那样，变得无动于衷了。她按时去做弥撒，拨她的念珠，读她的祈祷书，在一个屋角里轻声念诵《圣母颂》，而在另一个屋角里，有人在轻声诉说**我爱你**[①]。她看马里尤斯和珂赛特就像雾里看花，只见两个影子。其实她自己才是影子。

世上有一种死气沉沉的苦修状态，这时，人的心灵会变得麻木迟钝，对人们所谓的生活漠不关心，没有常人的任何感觉，既没有快乐，也没有痛苦，除非发生地震和大灾大难。“这种虔诚，”吉诺曼大爷对女儿说，“好比脑袋得了感冒。对生活毫无感觉。既闻不到臭味，也闻不到香味。”

此外，那六十万法郎促使老姑娘拿定了主意。她父亲从不把她放在眼里，在马里尤斯的婚事上根本没征求她的意见。他照自己的方式凭热情行事，现在从暴君一下变成奴隶，一心想使马里尤斯满意。至于吉诺曼姨妈，她存不存在，有没有想法，他连想都没有想一下，尽管她温顺得像绵羊，但这件事可把她惹恼了。她内心愤愤不平，但外表依然镇定。她暗自思量：“父亲没同我商量就决定了婚事，那我就在遗产问题上自作主张。”事实上，她很有钱，而她父亲却没钱。因此，在这个问题上，她保留了决定权。如果这门婚姻是穷婚姻，她可能就让它穷到底了。活该我的侄儿先生倒霉！他娶了个穷光蛋，那就让他也当穷光蛋吧。可是，珂赛特的六十万法郎使姨妈很高兴，这对情人在她心中的地位改变了。六十万法郎可不能忽视，既然两个年轻人不再需要钱了，那她的财产只有留给他们了。

新婚夫妇住在外祖父家里，一切已安排停当。吉诺曼先生坚持把卧室让出来，那是家里最漂亮的房间。“这会使我变得年轻。”他说，“这是一个夙愿。我一直想在我的卧室里举行婚礼。”他在房里布置了一大堆雅致的老古董。他用他认为是乌德勒支产的金色缎底、伴有毛茸茸樱草图案的成匹名贵缎料装饰天花板和墙壁。他说：

---

① 原文为英语。

“当年昂维尔公爵夫人在罗什-居荣时，就用这种缎子做的床罩。”

他在壁炉上放了一个萨克森小瓷人，赤裸的肚子上捧着一个手笼。

吉诺曼先生的书房，则改成马里尤斯需要的律师事务所。大家记得，律师公会规定，从事律师行业必须有事务所。

七　梦境萦绕幸福

这对恋人天天相见。珂赛特同福施勒旺先生一起来。吉诺曼小姐说：“未婚妻上门来让未婚夫求爱，真是本末倒置。”可是，马里尤斯在恢复期中已养成了这个习惯，再者，髑髅地修女街的沙发椅，比武夫街的草垫椅更利于情人窃窃私语，便使这个习惯扎下了根。马里尤斯也和福施勒旺先生见面，但不交谈。这就像是商量好的。女孩子去哪里都需要长者陪同。珂赛特没有福施勒旺先生相伴，便不可能来这里。对马里尤斯来说，福施勒旺先生是珂赛特来看他的条件。他只好接受。有时，谈话中会泛泛谈及政治问题，当谈到普遍改善民众命运时，他们就不再限于“是”或“不是”，而会多说几句。有一次谈到了教育问题，马里尤斯主张实行免费和义务教育，形式多样，人人享受空气和阳光，一句话，要让全民受到教育。在这个问题上，他们的意见完全一致，几乎交谈了起来。这时，马里尤斯发现，福施勒旺先生很能说话，谈吐也不失高雅。但他总是少点什么。同上流社会的人相比，福施勒旺先生少了点什么，也多了点什么。

在马里尤斯的内心和思想深处，对这位福施勒旺先生有许多疑问。福施勒旺先生对他客客气气，却又冷若冰霜。有时，马里尤斯对自己的记忆会产生怀疑。在他的记忆中有一个空白，一个黑点，一个因四个月的病危而造成的深渊。许多事都回忆不起来了。他问自己，他在街垒里，是不是真的见过福施勒旺先生这样一个极其严肃而镇静的人。

此外，往事的闪现和消失，在他的脑海里留下的不只是惊愕。不要以为他已完全摆脱了往事的困扰；即使在幸福和满足的时候，往事也会迫使我们忧郁地往后看。不回眸看往事的人，是没有思想和爱心的。有时，马里尤斯双手捧着脸，那已成为往事的模糊不清的暴动场面，就会在他昏暗的脑海里闪过。他又看见马伯夫倒了下去，听见加弗洛什在枪林弹雨下唱歌，嘴唇又感到了埃波妮冰冷的额头；昂若拉、库费拉克、让·普鲁韦、孔布费尔、博絮埃、格朗泰，所有的朋友全都出现在他面前，继而又全都消失。所有这些亲爱的、痛苦的、英勇的、可爱的或可悲的人，难道都是梦中之影吗？他们确实存在过吗？暴动的硝烟卷走了一切。这些伟大的热情，会有伟大的梦想。他不断地问自己；他不断地思索；他被那些消逝的往事弄得头晕目眩。那些人现在在哪里？难道全都死了？除他以外，一切都坠入黑暗中了。他感到，所有这一切，仿佛都消失在一块幕布后面。生活中，有些幕布是会降落的。上帝进入下一幕。

他自己呢？他还是原来那个人吗？他过去是穷人，现在成了富人；过去无家可归，现在有了一个家；过去走投无路，现在就要和珂赛特共结连理。他觉得自己穿过了一个坟墓，进去时是黑的，出来时是白的。其他人全都留在这个坟墓里了。有时候，过去的这些人全都会回来，出现在他面前，围在他身边，他的心情会变得十分忧郁。于是，他就想一想珂赛特，便会恢复平静。唯有这个幸福能驱散这些不愉快的事。

福施勒旺先生差不多也在这些消逝的人之列。马里尤斯迟迟不敢相信，街垒里的那个福施勒旺，和眼前这个有血有肉的、正襟危坐在珂赛特身旁的福施勒旺是同一个人。前一个福施勒旺很可能是他在昏迷中做的一个噩梦。而且，他们俩的性格都很暴躁，马里尤斯不可能向他提任何问题。他甚至想都没有想。这一特点，我们已指出过了。

两个人拥有同一个秘密，出于某种默契，双方都缄口不提，这种情况不像人们想象的那样罕见。马里尤斯只有一次试探了一下。他在谈话中提到了尚弗里街，他转身对福施勒旺先生说：

"您很熟悉那条街吧？"

"哪条街？"

"尚弗里街？"

“我对这个街名毫无概念。”福施勒旺先生回答得十分自然。

回答只涉及街名，没提到那条街，这在马里尤斯看来更能做出结论。

“那肯定是个梦。”他想道，“我产生了幻觉。有个人长得像他罢了。福施勒旺先生没去那里。”

八　两个无法找到的人

马里尤斯即便沉浸在狂喜中，也难抹去内心的忧虑。在准备婚礼和等待佳日的过程中，他雇人对他往事中的两个人进行艰苦而审慎的查寻。

他欠了许多情，有他父亲欠下的，也有他自己欠下的。有欠泰纳迪埃的，也有欠送他回吉诺曼先生家里的那位陌生人的。马里尤斯一心想找到这两个人，不想自己结婚过幸福的日子而把他们忘记，害怕这些人情债没有偿还，会给他今后光辉灿烂的生活投下阴影。他决不能让自己身后痛苦地拖着这个没有偿还的债务，他想在快乐地进入未来之前，先同过去做一了结。

泰纳迪埃虽是个恶棍，却不能抹杀他救过蓬梅西上校的事实。对所有的人来说，泰纳迪埃是强盗，但对马里尤斯却不是。马里尤斯不了解滑铁卢战役的真实情况，不知道泰纳迪埃虽救了他父亲的命，却不是他父亲的恩人这个特殊情况。

马里尤斯雇了不同的侦探去寻找，都未能发现泰纳迪埃的踪迹。泰纳迪埃似乎销声匿迹了。泰家婆娘在预审时死在牢里了。泰纳迪埃和他的小女儿阿赛玛，是这个悲惨家庭仅存的两个人，都已沉入黑暗。社会这个未知世界的深渊，在他们身后已悄悄合拢。在水面上，甚至丝毫没有颤动、震动和黑暗的同心圆表明有东西掉进去，可以投入探头进行探测。

泰家婆娘死了，布拉特吕埃尔与本案无关，克拉克苏销声匿迹，几个主要被告已越狱逃跑，戈博旧宅预谋案的审理也就不了了之。案情始终不清不楚。刑事法庭只好满足于两个从犯，一个是庞肖，别名春天，又名比格纳耶，另一个是半文钱，又名二十亿，通过对席审判，判处他们十年苦役。越狱逃跑的同谋缺席判处终身苦役。主犯泰纳迪埃则缺席判处死刑。这个判决是关于泰纳迪埃唯一留下的东西，犹如棺材旁的一支蜡烛，将微弱的光线投在这裹着殓尸布的名字上。再说，这个判决使怕被抓住的泰纳迪埃深藏起来，这就使他被笼罩在更厚的黑暗中。

至于另一个人，即救马里尤斯的那个陌生人，最初寻找时还有些蛛丝马迹，后来就找不下去了。人们找到了六月六日那天晚上，将马里尤斯送到髑髅地修女街的出租马车。车夫说，六月六日那天，他奉一位便衣之命，将马车“停”在香榭丽舍沿河马路大下水道的出口处，从下午三点一直等到天黑；晚上九点，面朝河滩的铁栅门打开，里面走出一个人，肩上背着另一个人，好像已死了；那便衣一直守在那里，最后逮住了活的，抓住了死的；按照便衣的命令，他，马车夫，让“那伙人”上了车，先到髑髅地修女街，把那个死的撂下；那个死的就是马里尤斯先生，尽管“这次”他是活人，他，马车夫，还是认出来了；接着，他们又上了他的车，他扬鞭策马，到了档案馆的门口，他们叫他停下来，给他付了钱就分手了，便衣带走了另一个人；其他事他就不知道了，那天夜很黑。

我们说了，马里尤斯什么也回忆不起来了。他只记得他在街垒里仰天倒下时，一只有力的手从后面把他抓住，后来的事他毫无印象。等他苏醒过来，已在吉诺曼先生家了。

他越推测越糊涂。他不可能怀疑自己的身份。可是，他明明是在尚弗里街倒下的，怎么会在残老军人院桥附近的河滩上被那便衣警察抓住呢？有人把他从中央菜市场区，背到了香榭丽舍大街。从哪里呢？从下水道。这种舍己救人的事闻所未闻！有人？那么是谁呢？

马里尤斯要找的就是这个人。这个人是他的救命恩人，可他对他一无所知。没有一点踪迹，没有一点线索。

尽管不得不谨慎行事，但马里尤斯还是一直打听到巴黎警察局。从那里得到的情况不比其他地方更清楚。警方还不如马车夫知道的情况多。他们根本不知道六月六日在主下水道的铁栅门前抓过人，也没收到任何便衣关于这件事的汇报，在警方看来，这简直是天方夜谭。他们认为这是马车夫胡编的。一个车夫，为了挣点小费，什么事都干得出来，甚至会无中生有。可这件事的确是真的，马里尤斯不可能怀疑，除非像刚才指出的那样，怀疑自己的身份。在这谜一般的奇事中，一切都无法解释。

这个被车夫看见背着昏迷的马里尤斯从主下水道的铁栅门里走出来的人，这个被监视在铁栅栏门口的便衣发现救了一个暴动分子而当场逮捕的神秘人物，现在怎么样了？那便衣又在何方？为什么保持沉默？那人逃跑了吗？是不是买通了便衣？他救了马里尤斯，为什么不给任何信息？这种无私的精神和献身精神一样令人钦佩。他为什么再也不露面了？可能是不图回报吧，可是谁会拒绝别人的感激呢？他难道死了？他是谁？他的脸是什么样的？没有人说得出来。车夫回答说："那天夜很黑。"巴斯克和妮珂莱特那天慌手慌脚，只顾看满身鲜血的少爷了。唯独门房注意到了那个人，因为马里尤斯来时，是他用蜡烛照着那凄惨的场面的。他提供的体貌特征是："那人十分可怕。"

为了有利于寻找，马里尤斯吩咐，将他被送回外祖父家时穿的血衣保存起来。在检查衣服时，发现有个角奇怪地撕破了。缺了一块。

一天晚上，马里尤斯当着珂赛特和让·瓦让的面，谈起了这场奇遇，说他做了无数调查，却一无所获。"福施勒旺先生"表情冷淡，马里尤斯不耐烦起来。他冲动地，因生气而声音有点颤抖地嚷道：

"是的，这个人不管是怎样一个人，他做了一件高尚的事。您知道他做了什么吗，先生？他像大天使那样突然降临。他得冲进战火中，把我偷偷救出来，打开下水道的盖子，把我拖进去，背着我在下水道里走！他得弯着腰，曲着背，摸着黑，在污水道里，在可怕的地下长廊里，背着个死人走一里半多的路！一里半哪，先生！为了什么？就为了救这个死人。这个死人就是我！他想：'可能还有一丝存活的希望。为了这可怜的一点希望，就冒一次生命危险吧！'他的生命，不是冒一次危险，而是二十次！每一步都是危险。他一出下水道就被逮捕便是证明。先生，您知道这个人所做的这一切吗？而且不可能有任何回报。我是谁？

一个暴动分子。我是谁？一个战败者。哦！要是珂赛特的六十万法郎是我的……”

“它们是你的。”让·瓦让插话道。

“我将不惜这笔钱，只要能找到这个人。”马里尤斯接着自己的思路说。

让·瓦让沉默不语。

第六卷　不眠之夜

一　一八三三年二月十六日

一八三三年二月十六日这一夜，是上帝降福之夜。夜幕上头是敞开的天空。这是马里尤斯和珂赛特的新婚之夜。

白天过得愉快极了。

这并不是外祖父憧憬的神话般的喜庆，既没有一大群小天使和小爱神出现在新婚夫妇的上空，也没有可以装饰门楣的图景，可却充满了温馨和欢笑。

一八三三年结婚的时尚与今天不同。英国那种抢走新娘、一出教堂就逃走、羞答答地将快乐掩饰起来、将破产者的举止和《雅歌》[①]的狂喜融为一体的细腻复杂的做法尚未传到法国。人们还不懂得，让自己的天堂在驿车上颠簸、让心中的秘密被咯吱声打断、把小旅馆的床当作婚床、将一生中最神圣的掺和着车夫和旅店侍女幽会的回忆留在按夜计费的房间里，这一切做法是多么贞洁，多么美妙，多么雅致。

我们生活在十九世纪下半叶，已不再满足于市长及其绶带、神甫及其祭披、法律和上帝了，还需要隆朱莫驿站的车夫做补充；他身穿红翻边、饰有铃铛纽扣的蓝上衣，戴着金属片袖章，穿着绿皮裤，嘴里吆喝

① 《雅歌》为《圣经·旧约》中的一篇。

着扎起尾巴的诺曼底马，还有假饰带、漆布帽子、扑了白粉的浓发、粗大的马鞭、结实的靴子。法国尚未像英国贵族那样，风雅到将破鞋烂鞋下冰雹般地扔到新郎新娘乘坐的驿车上。这一习俗源自丘吉尔[1]（后称马尔伯勒或马尔布勒），他新婚那天，他姑妈对他大发雷霆，将破鞋扔到他的马车上，这给他带来了好运气。破鞋烂鞋尚未成为我们婚礼的一部分，不过别着急，高雅的情趣会继续传播，不久就会传到这里的。在一八三三年，回溯到一百年前，人们结婚不乘驿车。

说来也怪，在那个年代，结婚还被认为既是私人的喜事，也是社会的庆节，家长设宴无损于小家庭的庄严，哪怕欢乐得过分，只要诚心诚意，不会妨碍新婚夫妇的幸福；再说，两个命运结合成一个家庭在父母的屋里开始，新房从此成为两人喜结连理的见证，这是值得称道的好事。于是，人们有失庄重地在家里结婚。

因此，按照现已过时的习俗，马里尤斯和珂赛特的婚礼便在吉诺曼先生家里举行。

尽管结婚是极其自然和平常的事，可是要发结婚预告，办结婚证明，要去市政府，去教堂，办起来也还是挺复杂的。二月十六日之前，这些事是办不完的。

纯粹是为了准确，我们要指出一点，二月十六日碰巧是星期二，狂欢节的最后一天。大家犹豫不决，顾虑重重，尤其是吉诺曼姨妈。

“狂欢节的最后一天！”外祖父喊道，“好极了！有个谚语这样说：

> 狂欢节最后一天结婚，
>
> 　　不会出不孝儿孙。

管不了那么多了。就定在十六日！马里尤斯，你想往后推吗？”

“当然不想！”热恋中的人说。

---

① 丘吉尔（1650—1722），即马尔伯勒公爵，英国历史上最伟大的军事将领，曾战胜过法王路易十四。

“那就在那天结吧。”外祖父说。

于是，尽管普天同庆狂欢节，婚礼仍在十六日举行了。那天下着雨，不过，哪怕天地万物都撑雨伞，情人们眼里也总能看到天上有一方蓝天在为他们贺喜。

头天，让·瓦让当着吉诺曼先生的面，将五十八万四千法郎交给了马里尤斯。财产夫妻共有，所以手续很简单。

让·瓦让从此不再需要杜珊了，珂赛特继承过来，提升她当了贴身女仆。至于让·瓦让，吉诺曼家专为他准备了一间家具齐全的漂亮房间，珂赛特苦苦哀求他说：“父亲，求求您了。”让·瓦让感到难以拒绝，几乎答应搬来住了。

就在佳日到来的前几天，让·瓦让出了点意外，右手的大拇指受了点伤。伤势并不重，他不让任何人操心，也不让别人包扎，连看都不让看，珂赛特也不例外。不过，他不得不用布把手包起来，并且用三角巾把手臂吊着，这样，他就不能签字了。吉诺曼先生是珂赛特的监督监护人，便代替他签了字。

我们不想把读者带到市政府和教堂去。人们一般不跟新人去那里的，习惯上，等到新郎的饰纽孔插上鲜花，人们就转身不看了。因此，我们只想讲一讲从髑髅地修女街到圣保罗教堂的路上发生的一件事，参加婚礼的人都没瞧见。

当时，圣路易街北端正在重铺路面。从御花园街起就不能通行。婚礼的彩车不能直驶圣保罗教堂。于是只好改道，最简便的路线是从林荫大道绕过去。宾客中有人指出，这是狂欢节的最后一天，可能会堵车。“为什么？”吉诺曼先生问。“因为假面行列要从那里过。”“妙极了，”外祖父说，“就走那里。这两个年轻人一结婚，就要步入严肃的生活。看一看假面行列，可让他们对以后的生活有思想准备。”

于是，婚礼行列就走林荫大道了。第一辆婚车坐着珂赛特和吉诺曼姨妈、吉诺曼先生和让·瓦让。马里尤斯坐第二辆，按照惯例，他还不能和未婚妻在一起。婚礼行列出了髑髅地修女街，便加入到前望不到头，后望不见尾的车队中，那车队仿佛是没完没了的长链，一条从马德莱娜教堂延伸到巴士底广场，另一条从巴士底广场延伸到马德莱娜教堂。

林荫大道上到处是戴假面的人。尽管雨停停下下，那些帕亚斯、庞塔隆和吉依[1]们仍坚持表演。在这心情舒畅的一八三三年冬天，巴黎装扮成威尼斯。这样的狂欢节如今已见不到了。狂欢节扩展到了整个生活，也就没有狂欢节了。

街道两边挤满了行人，窗口堆满了看热闹的人。剧院柱廊顶端平台的边缘，也都挤满了观众。除了观看假面人，还在观看狂欢节特有的车队，就像在隆尚驿站那样，五花八门的车子川流不息，出租马车、公共马车、游览马车、有篷小推车、有篷双轮马车，它们秩序井然，按照治安条例，一辆接一辆，仿佛行进在轨道上。坐在这些车上的人，既是观众，又是演员。两列平行的络绎不绝的车队相向而行，警察在林荫大道的两侧维持秩序，不让它们遇阻而停滞不动。这两列车队犹如两条流动的小溪，一列在上游，一列在下游，一列驶往昂坦大街，另一列驶向圣安托万郊区。标有法国贵族院议员和公使纹章的马车，在马路中间来来往往，通行无阻。有些豪华而欢乐的行列，尤其是肥牛[2]车队，也享有同样的特权。在这巴黎倾城狂欢的时刻，英国也扬鞭策马，西摩爵士坐着有下等人绰号的驿车招摇过市。

保安警察就像牧羊犬，顺着这两列车队来回奔跑。车队里，有正派人家的单排座轿式马车，满载着老姑婆、老祖母，车门口站着化了装的面色红润的孩童，七岁的皮埃罗们，六岁的皮埃罗特[3]们，这些讨人喜欢的小家伙，感到自己正式参加了公众的狂欢，既有所扮滑稽角色的庄重，又有为官者的严肃。

车队中不时出现阻塞，这两列各据一侧的车队，有一列就会停下不走，直到堵塞消除。一辆车遇阻，就会使整个队伍瘫痪。堵塞消除，队伍又继续前进。

---

① 帕亚斯、庞塔隆和吉依为意大利喜剧中的丑角和傻角。

② 狂欢节中，有些城市将肥牛装饰后参加游行，表示吃荤的最后一日。

③ 皮埃罗和皮埃罗特是意大利喜剧中的小丑人物。

婚礼的四轮华丽马车，夹在驶往巴士底广场的车队中，沿着林荫大道的右侧前进。行至白菜桥街，队伍停了一会儿。几乎在同时，另一侧驶往马德莱娜教堂的行列也停了下来，有一辆车上坐着戴假面具的人。

这些马车，更确切地说，这一车车假面人，巴黎人是非常熟悉的。假如哪次狂欢节或封斋节的狂欢中看不见他们，人们就会以为有什么问题，有人就会说："这里面有文章。内阁要易人了。"卡桑德、阿勒甘、高隆比娜[①]们堆在一起，在行人头上方颠簸，滑稽人物从土耳其到野人应有尽有，有扛着侯爵夫人的大力士，有满口秽言的泼妇，拉伯雷听了会捂住耳朵，正如阿里斯托芬见了荡妇会捂住眼睛；有麻丝假发、粉色紧身衣、卖嘴皮子的人戴的帽子、扮鬼脸的人戴的眼镜、有只蝴蝶在逗引的雅诺[②]式三角帽，他们冲着行人怪叫，双手叉腰，肆无忌惮，袒胸露肩，戴着面具，厚颜无耻，一个头戴花冠的车夫拉着一车没羞没臊、乱乱哄哄的人：这便是这种习俗的具体情况。

希腊需要泰斯庇斯[③]的四轮马车，法国需要瓦代[④]的出租马车。

一切都可被滑稽地模仿，就连滑稽模仿的东西也可被模仿。农神节的纵情狂欢，这种表现古典美的鬼脸，也变本加厉地加入到狂欢节中。在古希腊的酒神节，人们头戴葡萄蔓，沐浴着阳光，半露着妙不可言的玉体，展示着大理石般的双乳，而如今的狂欢节，人们却穿着北方人湿漉漉的破衣烂衫，显得没精打采，狂欢节最终叫作狂欢乱舞的假面具。

在狂欢节戴着假面、乘着马车在街头狂欢的传统，可以追溯到最古老的王朝时代。路易十一的账簿上就有这样的记载：拨给司法宫大法官"二十图尔苏，作为三辆假面大马车在十字路口演出的费用"。今天，这些喧闹的人群，一般乘坐老式双轮出租马车，堆挤在顶层上，抑或乱哄哄地乘坐官方双篷四轮马车，将车篷放下。可容纳六人的马车，挤了

① 卡桑德、阿勒甘和高隆比娜为意大利喜剧中的滑稽人物。

② 雅诺为意大利喜剧中的丑角。

③ 泰斯庇斯（公元前六世纪），古希腊雅典诗人，希腊悲剧的鼻祖，因在戏剧中首创演员角色而闻名。常乘车巡回演出，以马车作为戏台。

④ 瓦代（1720—1757），法国滑稽歌曲作家、戏剧家。

二十个人。座位上，可折叠的加座上，车篷的两侧，车辕上，到处都是人。甚至有人骑在车灯上。有的站着，有的躺着，有的坐着，有的蜷着腿，有的垂着腿。女的坐在男的膝上。远远望去，他们攒动的脑袋堆成了狂舞的金字塔。这一车车假面人，在嘈杂的人群中，形成一个个欢乐的小山。科莱、巴纳尔和皮龙①从这里汲取俚语，丰富了自己。坐在车上的人，向民众喷出粗俗语入门教程。这辆出租马车因超员装载，变得硕大无朋，像征服者那样，得意扬扬。车头乱哄哄，车尾闹嚷嚷，大声号着、唱着、吼着、笑着，开心得前俯后仰。欢乐在咆哮，讥讽在燃烧，快乐就像一件红袍铺开来。两个干瘪的妇人拖着这车演闹剧的人，正演到高潮处。这是欢笑的凯旋之车。

这欢笑太厚颜无耻，因而有失真诚。这欢笑的确令人怀疑。这欢笑肩负着使命。它要向巴黎人证明这是狂欢节。

这些粗俗的马车，让人感到一种难以名状的愚昧，能引起哲学家的深思。这里面可以嗅出官方的味道。从中可以触摸到，公职人员和公娼之间有一种神秘的相似。

为了逗人开心，便拼凑出种种丑态，用卑鄙加无耻来吸引民众；给卖淫充当支柱的侦探与这喧嚣的人群对抗，逗得他们直乐；民众喜欢看这群穿着破衣裳、戴着假首饰、半是垃圾半是光明、大吼大唱、像怪物一样可怕的人坐着马车经过，并为这些厚颜无耻的光荣鼓掌喝彩；若是警察不让这些长着二十个脑袋的快乐蛇妖从人群中经过，人们就会认为不是在过狂欢节：凡此种种，的确让人感到忧愁。可有什么办法呢？这一车车饰着缎带、戴着花儿的垃圾，使一旁的观众笑声不绝，这笑声对他们既是凌辱，又是宽恕。民众的笑声是普遍堕落的帮凶。有些不健康的欢庆会瓦解民众，使之成为群氓；群氓和暴君都需要小丑。国王有罗克洛②，人民有帕亚斯。巴黎每每丧失卓绝大城市的风采，便沦落为疯狂的大城邦。巴黎的狂欢节是政治的组成部分。必须承认，巴黎乐意让卑

---

① 科莱（1709—1783）、巴纳尔（1674—1765）和皮龙（1689—1773）均为法国民谣戏剧作家。

② 罗克洛（1544—1625），法国元帅。

鄙的东西装腔作势。它只求它的大师们——如果有大师的话——做一件事："替我给污泥抹些脂粉吧。"罗马也是这个脾气。它喜欢尼禄。尼禄是个巨型装运工。

正如刚才说的，当婚礼行列在林荫大道的右侧停下来时，一辆满载奇形怪状假面男女的四轮轿式马车碰巧停在了马路左侧。假面马车隔着大街，看见了新娘的彩车。

"哇！"一个假面人说，"婚礼行列。"

"他们是假的，"另一个说，"我们才是真的。"

因为离得太远，不便同婚礼行列打招呼，又怕警察干涉，他们就看别处了。

过了一会儿，这一车假面人就忙碌起来了，群众开始嘲骂他们，这是群众对假面人的爱抚。刚才说话的那两个假面人，得和同伴们一起对付在场的群众，将中央菜市场卖鱼婆的所有粗言秽语全部用上，也还不够应付民众的唇枪舌剑。假面人和观众你一言，我一语，隐语层出不穷。

这时，同一辆马车上的另外两个假面人，一个是长着大鼻子、大黑胡子、老人模样的西班牙人，另一个是戴着半截面具、个子瘦小、讲话粗俗的女孩子，也看见了婚礼行列，当他们的同伴和行人互相谩骂时，他们在低声交谈。

他们的窃窃私语被喧嚣声盖住，淹没在其中。几阵大雨淋湿了这辆敞篷马车，加之二月的风仍然很冷，使得正在和那西班牙人交谈的袒胸露肩的粗俗女孩冻得索索发抖，她边笑边咳嗽。

下面是他们的对话：

"呀！"

"什么，大龙[①]？"

"你看见那老头了吗？"

"哪个老头？"

"那边，第一辆婚车上，靠我们这边。"

① "大龙"即"父亲"。——原注

“手臂吊在黑领带里的那个？”

“对。”

“怎么啦？”

“我肯定认识他。”

“啊！”

“我要是不认识这个庞坦佬[①]，就让人割我的脖子，算我一辈子没说过‘您’、‘你’和‘我’。”

“巴黎今天本来就是庞坦嘛。”

“你弯下腰能看得见新娘吗？”

“看不见。”

“新郎呢？”

“这辆车里没有新郎。”

“算了。”

“除非是另一个老头。”

“你尽量弯下腰去看看新娘嘛。”

“看不见嘛。”

“反正那个爪子上吊着个什么的老头我认识，我敢肯定。”

“认识他又怎么样？”

“不知道。万一呢！”

“我，我对老头不感兴趣。”

“我认识他！”

“认识就认识吧。”

“他怎么会在婚礼队伍中的？”

“我们不也在吗？”

“这婚礼队伍是从哪里来的？”

“我怎么知道？”

“听我说。”

---

① “庞坦佬”即“巴黎佬”。本句全是俚语，根据原文注释译出。

“什么？”

“你得做件事。”

“什么事。”

“从这车里下去，跟在那队人后面。”

“干什么？”

“搞清楚他们去哪里，是什么人。快下车，跑过去，我的仙女[①]，你年轻。”

“我不能离开车子。”

“为什么？”

“我是雇来的。”

“见鬼！”

“是警察雇我当一天粗俗女孩的。”

“这倒是的。”

“我要是下车，便衣看见就会抓我。这你知道。”

“我知道。”

“今天我是被法罗斯[②]雇用的。”

“不管怎样，那老头教我心烦。”

“老头教你心烦。你又不是年轻姑娘。”

“他在第一辆车里。”

“那又怎样？”

“在新娘的车里。”

“这有什么？”

“那他就是父亲。”

“这和我有什么关系？”

“我告诉你，他是父亲。”

“又不是只有他一个父亲。”

---

① “仙女”即“女儿”。——原注

② “法罗斯”即“政府”。——原注

“听我说。”

“什么？”

“我，我不戴面具不能露面。我在这里得把脸遮住，没有人知道我在这里。明儿就不能再戴面具了。明儿是星期三，封斋期的第一天。我要是出来，会栽跟斗[①]的。我得回我的洞里去。而你是自由的。”

“不太自由。”

“总比我自由。”

“那又怎样？”

“你得设法搞清楚婚礼队伍去哪里。”

“他们去哪里？”

“对。”

“我知道。”

“去哪里？”

“蓝钟盘街。”

“首先，方向不对。”

“那就是去拉佩街。”

“或者其他地方。”

“他们是自由的。结婚是自由的。”

“还不止这个。我跟你说，你得设法给我弄清楚，那老头参加的这场婚礼是怎么回事，他们住在哪里。”

“我不干！这太可笑了。一个星期后，要找到狂欢节最后一天经过巴黎街头的婚车谈何容易！草堆里找别针！找得到吗？”

“那也得试一试。听见了吗，阿赛玛？”

两列车队又开始在林荫大道两侧相向移动。假面人的车看不见新娘的车了。

---

① “栽跟斗”即“被捕”。——原注

二　让·瓦让一直吊着胳膊

实现自己的梦想。让谁实现？上天大概有所选择。我们都是候选人，只是不知道罢了。由天使进行表决。珂赛特和马里尤斯被选中了。

在市政府和教堂里，珂赛特光彩夺目，楚楚动人。是杜珊替她梳妆打扮的，妮珂莱特给杜珊当助手。

珂赛特穿一件班什产的镂空花边连衣裙，下面是白塔夫绸衬裙，披一条英格兰针钩面纱，戴一串精美的珍珠项链和一顶橙花花冠，一切都是洁白的，珂赛特裹在白色中，显得容光焕发。这妙不可言的纯真，在光亮中膨胀和转化，简直是一位贞女正在变成仙女。

马里尤斯的秀发闪闪发光，香气扑鼻。从浓密的鬈发下，可见散布着浅色线条，那是街垒战留下的伤痕。

外祖父昂着头，领着珂赛特。他神采飞扬，衣着和举止比任何时候更显出巴拉斯[①]时代的优雅。他是代替让·瓦让行使职责的，因为让·瓦让仍吊着胳膊，不能搀扶新娘。

让·瓦让身穿黑礼服，笑眯眯地跟在后面。

“福施勒旺先生，”外祖父对他说，“今天是良辰吉日。我投票赞成结束一切悲痛和忧伤。从此哪里也不应有忧愁。当然！我发布快乐法令。痛苦没有权利存在。世上要是还有不幸的人，那是上苍的耻辱。痛苦不是人造成的，人的本性是善良的。人类一切苦难的首府和中央政府是地狱，换句话说，是魔鬼的杜伊勒利宫。好，我现在也说起蛊惑人心的话来了！至于我，我已没有政治观点了。我只有一个想法，就是人人都富有，也就是人人都快乐。”

马里尤斯和珂赛特在市长和神甫面前说了无数次的“是”，在市政府和教堂的登记簿上签了字，彼此交换了戒指，在香烟缭绕中，双双罩着

① 巴拉斯（1755—1829），法国贵族和政治家。督政府时期当过执政官。

白婚纱并肩而跪，待这一切仪式结束后，一袭黑礼服的新郎和一身洁白的新娘手挽着手，在挂着上校肩章、用戟击响石板的教堂侍卫引导下，在惊叹不迭、羡慕不已的观众夹道欢送下，来到敞开的教堂双扉门下。当一切都已结束、他们准备上车时，珂赛特还不相信是真的。她看看马里尤斯，看看众人，看看天空，仿佛害怕从梦中醒来，惊讶而不安的神情给她平添了一种不可言喻的魅力。返回时，马里尤斯和珂赛特并肩坐在同一辆车上，吉诺曼先生和让·瓦让坐在对面。吉诺曼姨妈退居次要地位，坐在第二辆车上。"孩子们，"外祖父说，"现在你们是享有三万利弗年金的男爵先生和男爵夫人了。"珂赛特则靠紧马里尤斯，天使般地在他耳畔轻声细语："这么说是真的了。我叫马里尤斯。我是'你'夫人。"

这两个人容光焕发。他们正处在一去不再复返的时刻，处在整个青春和快乐绝妙的相交点上。他们使让·普鲁韦的那句诗成了现实：他们相加不到四十岁。这是理想化的结合，这两个孩子是两朵百合花。他们不是相互注视，而是相互瞻仰。珂赛特看见马里尤斯罩着光环，马里尤斯看见珂赛特在祭坛上。在这祭坛上和在这光环中，这两种神化不知怎么交融在一起，珂赛特在一片云彩后面，马里尤斯在一片光焰之中，这里面有着理想的东西，真实的东西，有亲吻和梦幻的约会，有新婚的枕席。

他们经历过的苦难，回首起来也令他们陶醉。他们感到，一切悲伤、失眠、泪水、忧虑、恐惧、绝望，都已变成爱抚和光辉，使正在来临的可爱时光更加可爱。他们觉得，忧愁也是为欢乐梳妆打扮的女仆。经受过苦难多好啊！他们的不幸为他们的幸福罩上了光环。他们的爱情经过长期的磨难，最终得到了升华。

两人都心醉神迷，稍有不同的是，马里尤斯情欲绵绵，珂赛特羞羞答答。他们悄悄私语："我们去普吕梅街看看我们的小花园。"珂赛特衣裙的褶裥落在马里尤斯的身上。

这一天是梦幻和坚信的难以形容的混合。既拥有，也做着假设。还有时间做猜测。这一天，人在中午，心却想着午夜，心里有说不出的激动。这两颗心快乐得溢了出来，行人也跟着欢欣雀跃起来。

在圣安托万街的圣保罗教堂前，行人驻足观望，透过彩车的玻璃窗，观看橙花冠在珂赛特头上抖动。

然后，他们回到髑髅地修女街的家里。马里尤斯得意扬扬，容光焕发，同珂赛特并肩登上楼梯，马里尤斯生命垂危时，就是被人从这楼梯抬上楼的。穷人们聚在门口，接受他们的施舍，并为他们祝福。到处是鲜花。屋里和教堂里一样香气四溢；教堂里是香火，这里是玫瑰花。他们仿佛听见无限中有歌声；他们心里有上帝；他们的命运犹如满天星斗；他们看见头上升起了曙光。蓦然钟声响起。马里尤斯看了看珂赛特裸露的迷人的玉臂，以及上衣花边下面隐隐显露的粉红的酥胸。珂赛特发现马里尤斯的目光，羞得面红耳赤。

吉诺曼家族的许多老朋友都邀请了，他们围在珂赛特身边，争先恐后地叫她男爵夫人。

已升任上尉的泰奥迪尔·吉诺曼，也从夏尔特尔驻地赶来，参加蓬梅西堂弟的婚礼。珂赛特没有认出他来。

而泰奥迪尔本人，这个习惯被女人称作美男子的年轻人，就像对其他女人一样，早把珂赛特忘到九霄云外了。

“我幸亏没有相信这个长矛兵的谎话！”吉诺曼老头暗自说道。

珂赛特对让·瓦让从没像今天这样温柔。她和吉诺曼先生也协调一致；吉诺曼先生把快乐当作箴言警句，珂赛特则像香水，散发着爱和善。幸福的人希望人人都幸福。

珂赛特同让·瓦让说话，又恢复了小时候的音调。她用微笑爱抚他。

喜宴摆在饭厅里。亮如白昼的照明，是巨大欢乐所不可缺少的。幸福的人绝不能忍受朦胧和昏暗。他们不允许自己身处黑暗。黑夜可以。黑暗不行。没有太阳，就造一个。

饭厅里摆满了快乐的物品。正中央是一张洁白耀眼的餐桌，餐桌上方，悬挂着一盏威尼斯金属片多枝大吊灯，蓝、紫、红、绿各种彩鸟，栖息在烛丛中。在吊灯四周，有许多多枝烛台，在墙上，镶着三折和五折反光镜。镜子、水晶器皿、玻璃器皿、餐具、瓷器、陶器、金银器皿，一切都闪闪发光，欢天喜地。烛台之间的空隙中摆满了花束，以至没有亮光的地方，便有鲜花。候见室里，三把小提琴和一管笛子压低声音，在演奏海顿[①]的四重奏。

让·瓦让坐在客厅门后的一张椅子上，门扉向后开着，几乎把他遮住。入席前，珂赛特像是心血来潮，走过来双手展开婚纱，向他行了个屈膝礼，带着温柔而调皮的目光问他：

"父亲，您高兴吗？"

"高兴。"让·瓦让说。

"那您笑呀。"

让·瓦让笑了笑。

不一会，巴斯克宣布晚宴开始。

吉诺曼先生挽起珂赛特的胳膊，领着宾客走进饭厅。宾客按指定的位置，在餐桌周围入座。

新娘左右摆着两张大安乐椅，右边那张是吉诺曼先生的，左边是让·瓦让的。吉诺曼先生入了座。另一张椅子还空着。

大家用目光寻找"福施勒旺先生"。他不见了。吉诺曼先生问巴斯克：

"你知道福施勒旺先生在哪里吗？"

"知道，先生。"巴斯克回答，"福施勒旺先生要我转告先生，他右手有点疼，不能同男爵先生和男爵夫人一起用餐了。他请大家原谅。他明天上午来。他刚走。"

这张椅子空着，喜宴的热情一时有所冷却。不过，福施勒旺先生不在，吉诺曼先生却在，外祖父能发出两个人的光。他明确表示，福施勒旺先生不舒服，早点睡觉也好，还说那不过是"小痛"。这么一说，就没问题了。再者，饭厅里充满了快乐，有这么阴暗的一隅有什么关系？珂赛特和马里尤斯正处于自私和受祝福的时刻，除了能感受到幸福，已不再有其他官能。再说，吉诺曼先生灵机一动，有了个主意。

"这张椅子空着。马里尤斯，你坐过来。你姨妈会同意的，尽管按理她应该坐在你旁边。这张椅子归你。这是合法的，而且这也很好。幸福

---

① 海顿（1732—1809），奥地利作曲家，被尊为交响乐和弦乐四重奏之父。

的男人坐在幸福的女人身边。”

全桌人一致鼓掌。于是，马里尤斯坐到珂赛特身旁那个让·瓦让的座位上。珂赛特本来见让·瓦让缺席而快快不乐，这样一来，她也高兴起来了。既然有马里尤斯代替，哪怕上帝缺席，珂赛特也不会遗憾。她将穿着白缎鞋的可爱小脚，放在马里尤斯的脚上。

椅子一有人坐，福施勒旺先生就被忘记了。什么都不缺了。五分钟后，全桌的人都欢笑起来，刚才的事已抛到九霄云外。

到上甜品时，吉诺曼先生站起来，举起半杯香槟酒，祝新婚夫妇身体健康。杯里的酒没有斟满，是怕九十高龄的手发抖而洒出酒来。

“你们免不了听两次说教。”他大声说道，“上午你们听了神甫的，晚上要听听外祖父的。好好听着，我要给你们一个忠告：你们要相亲相爱。我不想装腔作势，我开门见山，愿你们幸福。天地万物没有比年轻情侣更聪明的了。哲学家说：‘要节制快乐。’可我说：‘要尽情地快乐。’愿你们爱得如醉如痴。爱得发狂。哲学家总是那套老调。我要把他们的哲学塞回他们的喉咙里去。难道能嫌香气太多，开花的玫瑰太多，唱歌的黄莺太多，绿叶太多，生命中晨曦太多吗？相爱会有过头吗？相悦会有过分吗？当心，爱丝特尔，你美得过分了！当心，内莫兰，你帅得过分了！一派胡言乱语！难道彼此迷恋、彼此爱抚、彼此陶醉能嫌过分吗？活着能嫌过分？幸福能嫌过分？要节制快乐！去他的！打倒哲学家！明智，便是欢欢乐乐。你们欢乐吧。我们欢乐吧。我们幸福是因为善良，还是善良是因为幸福？桑西钻石所以叫桑西，是因为它属于哈勒·德·桑西，还是因为它重一百零六克拉[①]？这我不知道。生活中这类问题有的是，重要的是拥有桑西，拥有幸福。让我们人人都幸福，这无须争辩。让我们盲目地服从太阳。太阳是什么？是爱情。爱情就是女人。哈！哈！女人便是至高无上的权力。你们问问这个蛊惑人心的马里尤斯，他是不是珂

---

① 哈勒·德·桑西（1546—1629），法国政治家，曾任法国财政总监。有一颗重达五十三克拉的大钻石，名为桑西钻石。法语中，Sancy（桑西）和 cent six（一百〇六）谐音，故作者在这里玩了个同音异义文字游戏，将这块桑西钻石说成有一百〇六克。

赛特这位小暴君的奴隶。这个懦夫，他可心甘情愿呢！女人！罗伯斯庇尔是长久不了的，女人才是主宰。我现在只是女人这个王国的保王党人。亚当是什么？是夏娃的王国。对夏娃来说，没有一七八九年。曾有过冠以百合花的国王权杖，曾有过冠以地球的帝国权杖，曾有过铁制的查理曼大帝权杖，曾有过金制的路易大帝权杖，可是，革命用大拇指和食指把它们捏弯了，就像捏两分钱的麦秆一样。现在都完了，碎了，扔到地上了，再也没有权杖了。可是，你们倒是对这块香罗帕来场革命呀！我倒想看看。你们试试呀。为什么这样结实？因为那是块碎布。啊！你们不是十九世纪吗？那又怎样？我们，我们是十八世纪！和你们一样愚蠢。别以为你们把散发性霍乱叫作流行性霍乱，把奥弗涅舞曲叫作卡朱夏舞曲，就大大改变了宇宙。说到底，总是要爱女人的。我就不信你们能出得去。这些魔女是我们的天使。是的，爱情、女人、亲吻，这是一个圈子，我不信你们能出得去。至于我，我很想再进去。你们有谁见过维纳斯星①从无限中升起？这位无底深渊的大美人，海洋里的赛丽曼②，安抚脚下万物，像女人那样俯视波涛。海洋是一个粗暴的阿赛斯特③。它喜欢嘟囔也没用，维纳斯一出现，它就得换上笑容。这头野兽即刻变得服服帖帖。我们大家都这样。愤怒也罢，咆哮也罢，大发雷霆、怒气冲天也罢，有个女人登台，一颗星星升起，我们就俯首帖耳了。六个月前，马里尤斯还在打仗，今天却结婚了。这很好。对，马里尤斯，对，珂赛特，你们做得对。你们大胆地为对方而存在吧，你们互相亲热吧，让我们因不能像你们这样而气得发疯吧，你们互敬互爱吧。用你们的嘴巴衔起世上所有的幸福小草，为你们的生活营造一个安乐窝。当然，爱，被爱，这是年轻时的美丽的奇迹！别以为这是你们发明的。我也梦想过，憧憬过，追求过。我也有过月光般的灵魂。爱情是六千岁的孩童。爱情可以有长长的白胡子。玛土撒拉与丘比特相比，是个小孩子。六千年来，男人和

① 维纳斯星即汉语中的金星。维纳斯是希腊神话中的爱神。

② 赛丽曼是莫里哀喜剧《愤世者》中的年轻寡妇，漂亮、聪明、风流。

③ 阿赛斯特是莫里哀喜剧《愤世者》中的男主角，爱上了赛丽曼，坦率，具有高度的判断力。

女人就是通过相爱而摆脱困境的。魔鬼很聪明，他恨起了男人，男人更聪明，他爱起了女人。这样，男人得到的好处，比魔鬼带给的坏处多。人间天堂存在以来，就找到这一聪明的做法了。朋友们，这个发明很古老，但又完全是崭新的。好好利用吧。在成为菲利门和巴乌希斯[①]之前，先做个达夫尼斯和克洛埃[②]。你们两个在一起，就要做到什么也不缺少，珂赛特就是马里尤斯的太阳，马里尤斯就是珂赛特的世界。珂赛特，你的晴天就是你丈夫的微笑。马里尤斯，你的雨天就是你妻子的泪水。在你们夫妻之间永远也不要下雨。你们抽签抽了个上上签，你们的爱情得到了上帝的祝福。你们中了头彩，要好好保存，把它锁起来，要爱惜它。你们要互敬互爱，其余的不去管它。请相信我说的话。这是常识。合乎常识的话就不是谎言。希望你们各自成为对方的信仰。

“各人都有自己崇拜上帝的方式。见鬼！崇拜上帝最好的方式是爱自己的女人。我爱你！这是我的信条。谁爱女人，谁就是正统派。亨利四世诅咒时，把神圣放在筵席和酒醉之间。Ventre-saint-gris[③]！我不赞成这个咒语的信仰。里面没有提到女人。令我吃惊的是，这个咒语竟出自亨利四世之口。朋友们，女人万岁！照大家的说法，我老了；可令人惊讶的是，我感到自己正年轻。我想去树林里听风笛。这两个孩子既漂亮又高兴，他们的成功使我飘飘然。如果有人愿意嫁给我，我一定会结婚的。很难想象上帝创造我们是为了别的。生活的目的就是要狂热地爱女人，就是要卿卿我我，打扮得漂漂亮亮，像鸽子，像公鸡，从早到晚啄你的爱人，对着妻子顾盼自雄，趾高气昂，扬扬得意，喁喁私语。这就是生活的目的。请别见怪，这就是我们这些人在我们年轻时，在我们那个时代所想的。啊！我发誓！那时候有的是可爱的女人，可爱的脸蛋，可爱的姑娘！我把她们弄得神魂颠倒。因此，好好相爱吧。如果不相爱，我

---

① 菲利门和巴乌希斯是希腊神话中一对老夫妇，因款待了微服巡访的宙斯而受到神的赏赐，小房变成了宫殿，两人同时寿终。是生死与共恩爱夫妻的象征。

② 《达夫尼斯和克洛埃》是希腊的一部小说，叙述了一对少男少女的爱情故事。

③ Ventre-saint-gris 是亨利四世常用的咒语，直译为“肚子–圣人–微醉”。故作者前面说，亨利四世诅咒时，把神圣放在筵席和酒醉之间。

不知道还要春天干什么。至于我，我请求仁慈的上帝把向我们展示的一切美好东西拿回去收藏起来，将鲜花、鸟儿和漂亮姑娘重新放进他的匣子里。孩子们，请接受老人的祝福吧。”

晚宴的气氛轻松、快乐、祥和。外祖父极其愉快的心情，为整个喜庆定了调子，人人都以百岁老人为榜样，显得诚恳而真挚。大家跳跳舞，笑声四溢。这是一个充满童贞的婚礼。仿佛把“昔日这位好好先生”请来了。再说，吉诺曼大爷本人就是这位老人。

接着是欢闹，然后便安静了。新婚夫妇去了洞房。半夜一过，吉诺曼家便成了圣殿。

到此我们也该止步。有个天使将一根手指按着嘴巴，笑眯眯地站在洞房门口。面对这欢庆爱情的圣殿，人们赞叹不已。

在有新婚喜庆的屋子上空，想必会有微光在闪烁。屋里的快乐想必会化作亮光，从墙壁的石头缝里透出去，微微划破黑暗。这种神圣的命中注定的喜事，不可能不向无限发出光芒。爱情是男人和女人融合的绝妙的熔炉。单个的人，三位一体的人，最终的人，人的三位一体便从这里产生。两颗灵魂合二而一，一定会感动黑暗。情人是神甫，贞女狂喜不已，又惊恐万状。这种快乐多少会传到上帝那里。哪里有真正的婚姻，也就是有爱情，哪里就有理想的介入。一张新婚之床，在黑暗中构成一角曙光。假如凡胎肉眼能看见上界可怕而迷人的景象，就可能看见一群黑夜的天使，长着翅膀的陌生人，无形世界的蓝色过客，围着发光的屋子，俯下脑袋，心满意足，为新婚夫妇祝福，将童贞的新娘指给同伴看，微微有点惊慌，在他们神圣的脸上映出人间的幸福。在这至高无上的销魂时刻，以为房内无旁人的新婚夫妇假如侧耳细听，就会隐隐听见新房里有翅膀的振动声。完美无缺的幸福，必然引来天使。这个小小的黑暗的新房，是以整个天空为顶棚。当两个被爱圣化了的嘴相互靠近而创造新生时，在这难以描绘的亲吻上面，在这繁星闪烁的广袤而神秘的天空，不可能不发出震颤。

这至高无上的幸福是真正的幸福。除此之外，不可能有别的快乐。唯独爱情令人心醉神迷。其余一切都在哭泣。

只要有爱或曾经爱过，这就够了。其他什么都不必希求。在人生黑暗的皱褶里，没有别的珍珠可寻觅。爱便是完美。

三　形影不离[1]

让·瓦让干什么去了？

在珂赛特的恳切命令下，让·瓦让笑了。接着，他乘众人不备，立即起身，悄悄来到候见室。八个月前，就是在这里，他满身污泥、血迹和尘土，把外孙带回给了外祖父。旧护壁板上枝叶和鲜花琳琅满目，乐师坐在躺过马里尤斯的沙发椅上。穿着黑礼服、短裤子、白长袜，戴着白手套的巴斯克，正在给每盘要上席的菜肴周围放上玫瑰花环。让·瓦让指了指自己吊着绷带的胳膊，请巴斯克向大家解释他不参加婚宴的原因，便离开了。

饭厅的窗户朝向大街。让·瓦让来到灯火辉煌的窗下，在黑暗中一动不动地站了几分钟。他听着。喧闹声传到他的耳朵里。他听见外祖父高昂而威严的讲话声、小提琴的演奏声、杯盘的叮当声、人们的欢笑声。在这欢快的喧闹声中，他听出了珂赛特温柔而愉快的声音。

他离开髑髅地修女街，回到武夫街。

他回家时，走的是圣路易街、圣卡特琳田园街和白大衣街。这条路线远一些，可是三个月来，为了避开拥塞泥泞的圣殿老街，他每天和珂赛特从武夫街到髑髅地修女街，都习惯走这里。这是珂赛特走过的路，也就排除其他路线了。

让·瓦让回到家里。他点亮蜡烛，上了楼。人去屋空。连杜珊也不在了。让·瓦让走在房里，脚步声比平时更响。所有的衣橱全都敞着。他走进珂赛特的卧室。床上没有床单。既无套子亦无花边的斜纹布枕头摞在叠好的毯子上，一起放在床垫脚下。还可看见床垫的布套，却再也

[1] 原文为拉丁语。

没人睡在上面了。珂赛特珍爱的女人小用品全都带走了，只剩下笨重的家具和四面墙。杜珊的床上也搬空了。只有一张床是铺好的，仿佛在等候一个人。那是让·瓦让的床。

让·瓦让看了看四壁，把衣橱的门关上，在几个房间里来回走了走。然后，他回到自己的卧室，将蜡烛放在桌子上。

他手臂上的三角巾已解掉了，使用右手似乎毫无痛苦。

他走近床，目光停在——是偶然还是有意？——珂赛特曾吃过醋的那件形影不离的东西上，即那只同他寸步不离的小箱子上。六月四日那天，他搬到武夫街，就把它放在床头的一张独脚小圆桌上了。他敏捷地走到小圆桌旁，从兜里掏出钥匙，打开箱子。

他把十年前珂赛特离开蒙费梅时穿的衣服，慢慢地从箱内取出来。先是一件小黑连衣裙，然后是一条黑头巾，然后是一双完好无损的粗笨童鞋（珂赛特的脚很小，现在几乎还能穿进去），然后是一件粗斜纹布内衣，然后是一条针织短裙，然后是一件带兜的背后扣扣的罩衫，然后是一双毛袜。这双仍显出小腿优美形状的毛袜，比让·瓦让的手掌长不了多少。这些衣物全都是黑的。是他带到蒙费梅给她穿的。他边取出衣服，边放在床上。他沉思着，回忆着。那是冬天，一个很冷很冷的十二月，她半裸的身体在破衣烂衫里冻得发抖，可怜的小脚在木鞋里冻得发紫。他，让·瓦让，让她脱下破衣裳，换上了这身孝服。母亲在坟墓里见女儿为自己服孝，尤其是见她有衣服穿，穿得暖暖和和，一定很高兴。他想起了蒙费梅的森林；他们一起穿过森林，珂赛特和他。他想起了当时的天气，想起了没有叶儿的树木、没有鸟儿的树林、没有太阳的天空，尽管如此，仍然赏心悦目。他把这些衣服摊在床上，头巾放在短裙旁，毛袜放在鞋子旁，内衣放在连衣裙旁，一件一件地凝视。她只有一点点高，怀里抱着个大布娃娃，她把那枚金路易放进罩衫兜里，笑得合不拢嘴。他们手牵着手往前走，她在世上只有他一个亲人。

于是，这位白发苍苍、可敬可崇的老人一头倒在床上。他那年老而坚毅的心破碎了，他的脸可以说埋在珂赛特的衣服里。此刻，倘若有人从楼梯上经过，就会听见凄恻的哭泣声。

四　不死的心[1]

以往那场惊心动魄的内心搏斗，现在又开始了，我们曾目睹过几个回合。

雅各同天使只搏斗了一宵。唉！我们却多少次看见让·瓦让在黑暗中被良心紧紧抓住，同它进行激烈的搏斗！

闻所未闻的搏斗！有时脚下打滑，有时则地面崩塌。热衷于行善的良心多少次把他抱紧压弯！铁面无私的真理多少次将膝盖按在他的胸口！他多少次被光明打翻在地，大声求饶！主教在他身上和心中点燃的毫不容情的光明，多少次当他想闭目不看时，却照得他头晕目眩！在这场战斗中，他多少次重新站起来，抓住岩石，依仗诡辩，在尘土中艰难行走，时而把良心压在身下，时而又被良心打翻在地！在经过模棱两可的诡辩后，在经过背信弃义、似是而非的推论后，他多少次听见良心大发雷霆，对着他耳朵大叫大嚷："玩花招！卑鄙！"他那倔强的思想多少次在义不容辞的责任面前发泄不满！抗拒上帝。吓得他一身冷汗。多少暗伤，只有他一人感到在流血！在他悲惨的生活中，有多少伤痛！他多少次重新站起来，满身鲜血，遍体鳞伤，精疲力竭，却豁然开朗，心里感到绝望，灵魂却十分安宁！他虽被击败，却感到是胜者。他的良心使他四肢脱臼、骨折筋断、历尽折磨后，矗立在他上面，无比威严，光芒四射，平静地对他说："现在你可以安宁了！"

可是，一旦走出这场阴惨的斗争，唉！又是多么凄凉的宁静啊！

然而，这一夜，让·瓦让却感到在进行最后的战斗。一个揪心裂肺的问题摆在他面前。

天命不是笔直的，不会为命定的人展开一条阳关大道，会有死胡同、盲肠、黑暗的拐弯、令人担忧的多岔道口。此刻，让·瓦让停在一个最

---

① 原文为拉丁语。

险恶的十字路口。

他来到善与恶的最后一个交叉点。他眼前是一个黑暗的交叉口。就像前几次遇到痛苦波折时那样，这次仍有两条路展现在他眼前，一条很有诱惑力，另一条令人心惊肉跳。走哪一条呢？

可怕的那条路，是一个神秘的手指头指引的；每当我们注视黑暗时，都能看得见。

让·瓦让再次要在可怕的港口和微笑的陷阱中做抉择。有人说，灵魂能治愈，命运则不能，果真如此吗？多么可怕！一个不可治愈的命运！

他面临的问题是：

让·瓦让应该怎样对待珂赛特和马里尤斯的幸福？这个幸福，是他想要的，是他促成的，是他亲手把它插进自己心里的。此刻，当他望着这个幸福，就像一个铸剑匠从胸口拔出热气腾腾的刀剑，认出有自己铸造的标记时那样，可能有一种满足感。

珂赛特有了马里尤斯，马里尤斯占有了珂赛特。他们有了一切，甚至财富。而这是他的杰作。

可这个幸福，此刻木已成舟，就在那里，他让·瓦让该如何对待呢？介入这幸福中去吗？把它看成是自己的吗？诚然，珂赛特已属于另一个人了。但他让·瓦让还能保持他同珂赛特所能保持的全部关系吗？还能像以前那样做她的父亲，偶尔见见面，但仍受到她的尊敬吗？他能心安理得地进入珂赛特家吗？他将只字不提自己的过去，把他的过去带给这未来吗？他能像这样理所当然地、遮着面纱地到这个光明的家里来坐一坐吗？他能笑眯眯地用自己悲惨的手，握住这两个天真无邪的孩子的手吗？他能把拖着受法律惩罚阴影的可耻双脚，搁在吉诺曼家客厅壁炉那安宁的柴架上吗？他能分享珂赛特和马里尤斯的好运吗？难道他要让自己额头的黑暗加深，让他们额头的乌云加厚吗？他要以第三者身份出现，将自己的灾难掺进他们的幸福中去吗？他能继续保持沉默吗？一句话，他能待在这两个幸福的人儿身边，心怀叵测地隐瞒自己的命运吗？

只有对厄运，对同厄运的遭遇习以为常的人，当某些问题赤裸裸地摆在面前时，才敢于正视这些问题。在这严厉的问号后面是善与恶。你打算怎么办？斯芬克司问道。

让·瓦让已习惯这种考验。他凝视斯芬克司。他从各个方面审视这个无情的问题。

珂赛特，这个可爱的生命，是海上遇难者的木筏。怎么办？紧紧抓住，还是松开手？如果抓住不放，他就能脱离灾难，回到太阳底下，让衣服和头发上的苦水淋干净，他就能得救，就能活下去。假如松手呢？那就会跌进深渊。

他就这样痛苦地同自己的思想商量。更确切地说，同思想做斗争。他内心的斗争异常激烈，时而向他的意愿发起攻击，时而朝他的信念猛扑过去。

让·瓦让大哭了一场，这对他是件好事。哭一哭，也许使他清醒了。可开始时来势凶猛。他内心掀起了风暴，比从前把他推向阿腊斯的那场风暴还要猛烈。往事又回来同现在做比较。他进行比较，他号啕大哭。泪水的闸门一经打开，这绝望的人便哭得死去活来。

他感到遇到了障碍。

唉，在这私心同责任的激烈搏斗中，当我们像这样在不可转让的理想面前步步后退时，我们会心神错乱，奋力拼搏，为后退而感到恼火，仍在寸土必争，希望能逃出去，在我们寻找出口的时候，唉！身后却突然撞到了一堵墙，这是多么可怕的障碍啊！感到神圣的黑暗挡住了退路！无情的神秘世界，无论如何也摆脱不了的！

因此，同良心的战斗从未结束过。逆来顺受吧，普鲁图斯！逆来顺受吧，加图！良心是上帝，它是没有底的。我们把一生的工作投进这个井里，把家产投进去，财富投进去，成功投进去，自由或祖国投进去，安逸投进去，休息投进去，快乐投进去。还投进别的！别的！别的！把坛倒空！将瓮倾倒！最后不得不把心投进去。在古老地狱的迷雾中，某个地方就有这样一个无底大桶。

最后采取拒绝态度，难道就不可原谅吗？不能汲尽的水就有一种权利吗？无穷无尽的铁链就能凌驾于人的力量之上吗？假如西绪福斯和让·瓦让说："够了"，谁会责备他们呢？物质的服从受到摩擦的限制，那心灵的服从就没有限度吗？既然不可能有永恒的运动，难道能要求永恒的忠诚吗？

第一步算不了什么，最后一步才是最难最难的。与珂赛特的出嫁及其后果相比，尚马蒂厄案件算什么？同化为乌有相比，再进监牢算什么？

要走下的这第一个梯级啊，你是多么昏暗！要走下的这第二个梯级啊，你是多么黑暗！这次怎能不掉过头去？

折磨是一种升华，一种破坏性的升华。这是一种祝圣的酷刑。开始还能忍受，坐到烧得通红的铁宝座上，戴上烧得通红的铁王冠，接过烧得通红的铁地球，拿起烧得通红的铁权杖，还要穿上火焰王袍，可怜的肉体难道就不能有反抗的时候？这酷刑就不能有放弃的时候？

让·瓦让意气消沉，但最后平静下来了。他权衡着，思考着，将光明和黑暗这个神秘的天平反复掂量。是把自己的苦役强加给两个绚烂夺目的孩子，还是让自己无法挽回地被吞没？一边是牺牲珂赛特，另一边是牺牲自己。

他采取了什么办法？做了什么决定？他内心里对命运不可动摇的审问最后做了什么回答？他决定打开哪扇门？他决定关闭封死生命的哪一边？他在周围深不可测的悬崖峭壁中，决定选哪一个？他决定接受哪一头？他向哪个深渊点了头？

他一整夜都在苦苦思索，想得头晕目眩。

一直到天亮，他在床上都是同一个姿势，身子折成两段，被命运的重力压弯了腰，唉！也许已压得粉身碎骨，他捏紧拳头，双臂伸成直角，就像刚从十字架上解下来那样，脸朝下扔到了地上。他整整待了十二个小时，寒冬腊月，漫漫长夜，冻得像结了冰，不抬头，也不说话。他像尸体那样一动不动，但却思潮翻腾，时而像七头蛇妖在地上打滚，时而像雄鹰升上天空。假如有人在场，见他一动不动的样子，会以为是死人；突然，他抽搐了一下，贴在珂赛特衣服上的嘴巴亲吻起来。这时，人们才发现他原来是个活人。

人们？是谁？明明只有让·瓦让一个人，没有任何人在场。

那是在黑暗中的“人们”。

第七卷　最后一口苦酒

一　第七层地狱和第八重天

婚礼后的第二天比较冷清。人们想让幸福的人静静心，也想让他们多睡一会儿。乱哄哄地登门道贺要晚些时候。二月十七日午时刚过，巴斯克夹着抹布和鸡毛掸帚，正忙着“整理候见厅”，忽听见轻轻的敲门声。来人没按门铃，在这样的日子不按门铃是得体的。巴斯克开了门，见是福施勒旺先生，把他领进客厅。客厅里一片狼藉，仍是昨日快乐战场的样子。

“天哪，先生，”巴斯克说，“我们起得晚了。”

“您的主人起床了吗？”让·瓦让问。

“先生的手臂怎样了？”巴斯克答道。

“好些了。您的主人起床了吗？”

“是哪个？老的还是新的？”

“蓬梅西先生。”

“男爵先生？”巴斯克挺直身子问。

男爵的称号尤其对仆人们有用。其中有些东西是属于他们的，他们可以像哲学家所谓的那样沾爵位之光，这使他们感到自豪。顺便说一下，马里尤斯这个以实际行动证明了的共和派战士，现在身不由己地当起男爵来了。关于这个爵位，家里曾有过一场小小的风波，现在是吉诺曼先生坚持，马里尤斯反倒不在乎了。可是，蓬梅西上校遗嘱上写着“我儿继承我的爵位”，马里尤斯只好服从。再说，珂赛特已开始露出女人的特点，很愿意当男爵夫人。

“男爵先生？”巴斯克重复了一遍。“我去看看。我去告诉他福施勒旺先生来了。”

“不。不要说是我。只对他说有人想同他单独谈一谈，不要告诉名字。”

“啊！”巴斯克说。

“我要给他个惊喜。”

巴斯克又“啊”了一声。他说这第二声“啊”，像是为第一声“啊”做解释。

他离开客厅。让·瓦让一个人待着。

刚才说了，客厅里乱七八糟。如果侧耳谛听，似乎还能隐约听见婚礼的喧闹声。地板上有各种各样的花，是从花环和头发上掉下来的。燃尽的蜡烛给水晶吊灯增添了蜡质的钟乳石。没有一件家具待在原位。有几个角落里，三四张安乐椅紧挨着围成一圈，仿佛还在继续聊天。一切仍都在欢笑。已逝的婚庆，仍会留下某种优雅。这是曾有过的欢乐。从这些狼藉的椅子上，枯萎的花朵中，已熄的灯光下，可以看到人们曾快乐过。太阳接替吊灯，将欢乐的光辉洒进客厅。

几分钟过去了。让·瓦让一动不动，仍待在巴斯克走时他所在的地方。他面色惨白，眼睛因一宵未眠而深陷，几乎看不见了。黑礼服皱皱巴巴，想必是穿着过夜的。臂肘上有床单和呢子摩擦而生的白绒毛。让·瓦让望着脚下地板上太阳照出来的窗影。

门口响起声音。他抬起头。马里尤斯进来了。他昂着头，嘴上挂着笑意，脸上闪着光辉，额上喜气洋洋，目光得意扬扬。他也一宵未睡。

“是您，父亲！”他见是让·瓦让，喊道。“巴斯克这个傻瓜，一副神秘的样子！可您来得太早了吧。才十二点半。珂赛特还睡着呢。”

马里尤斯对福施勒旺先生喊了声“父亲”，这意味着最大的幸福。大家知道，在他们之间就像是隔着峭壁，关系一直很冷淡，很拘束，存在着冰山需要打碎或融化。马里尤斯正在狂喜之中，峭壁开始降低，冰山开始融化，福施勒旺先生对他像对珂赛特那样成了父亲。

他继续往下说，话语滔滔不绝，极度快乐的人就会这样：

“见到您真高兴！要知道，昨天您不在，我们都感到很遗憾！您好，父亲！您的手怎么样了？好点了，是不是？”

他为很好地回答了自己的提问而沾沾自喜，接着他又说：

“我们俩一直在谈您。珂赛特非常爱您。别忘了这里给您留着房间。我们用不着武夫街了，根本用不着了。您怎么能搬到这样一条街上？就像个病人，阴沉沉的，非常丑陋，一头还有栅栏堵着，而且很冷，怎么走得进去？您住到这里来，今天就来。否则，珂赛特要找您算账的。我告诉您，她想牵着我们大家的鼻子走。您见过您的卧室了，就在我们的隔壁，窗户面对花园。门锁修好了，床铺好了，一切都准备好了，就等您来了。珂赛特在您的床边放了张包着乌德勒支天鹅绒的安乐椅，并对它说：‘张开你的双臂迎接他吧。’您窗前有个刺槐树坛，每年春天飞来一只黄莺。再过两个月，它就要飞来了。您的左边是它的窝，右边是我们的窝。夜里它唱歌，白天珂赛特说话。您的卧室朝南。珂赛特会把您的书，一本是《库克船长游记》，另一本是《旺库韦游记》，以及您的衣物放好。我想还有您珍爱的小提箱，我为它安排了一个荣誉角。您征服了我的外祖父，您很合他的意。我们一起生活。您会打惠斯特牌吗？您会打的话，我外祖父一定很高兴。我去法院办公时，您带着珂赛特去散步，您让她挽着您的胳膊，您知道，就像从前在卢森堡公园里那样。我们下了决心，一定要生活得很幸福。您是我们幸福的组成部分，听见吗，父亲？对了，您今天和我们一起吃午饭。”

“先生，”让·瓦让说，“我有件事要告诉您。我从前是苦役犯。”

可以听到的尖音对耳朵来说有一个限度，对思想也一样。“我从前是苦役犯”这句话从福施勒旺先生嘴里出来，传进马里尤斯的耳朵里，就超过了这个限度。马里尤斯听不见。他觉得刚才有人对他说了一件事，但不知道是什么。他张口结舌。

这时，他发现同他说话的人脸色极其可怕。他因喜悦冲昏了头脑，一直没发现那人的脸色苍白得吓人。

让·瓦让解下吊着右臂的黑领带，解开缠在手上的绷带，露出大拇指给马里尤斯看。

“我的手什么事也没有。”

马里尤斯看了看他的大拇指。

“什么事也没有。”让·瓦让重复道。

的确他手上什么伤也没有。让·瓦让继续说：

“我不参加你们的婚礼是对的。我能躲则躲。我装成受伤，是为了避免作假，为了不让结婚证书无效，为了避免签字。”

马里尤斯期期艾艾地说：

“这是什么意思？”

“这就是说我服过苦役。”让·瓦让回答。

“我都要疯了！”马里尤斯恐慌地说。

“蓬梅西先生，”让·瓦让说，“我服了十九年苦役，因为偷窃。后来改判无期徒刑。因为偷窃，因为累犯，现在我是在逃犯。”

马里尤斯在事实面前想后退，想拒绝，想反抗，但不得不屈服。他开始明白了，而且，就像在这种情况下常发生的那样，他明白得过了头。他内心闪过一道可怕的光，一个念头掠过他的脑海，他打了个寒战。他隐隐看到自己的前程有了阴影。

“告诉一切！告诉一切！”他喊道，“您是珂赛特的父亲！”

他朝后退了两步，显出难以形容的恐惧。

让·瓦让威严地昂起头，仿佛变得高大了，一直顶到了天花板。

“您必须相信我，先生。尽管我们这些人的誓言，法律不予承认……”

说到这里，他沉吟片刻，然后用一种至高无上而又是阴沉凄惨的口吻，慢慢地一个一个音节地继续说：

“……您会相信我的。珂赛特的父亲，我！我对上帝发誓，我不是。蓬梅西男爵先生，我是法弗罗勒的农民。我靠修剪树枝谋生。我不叫福施勒旺，我叫让·瓦让。我和珂赛特什么关系也没有。您尽管放心。”

马里尤斯结结巴巴地说：

“谁能证明？……”

“我。既然我这样说了。”

马里尤斯望着这个人。他忧郁而平静。从这样平静的人嘴里，不可能吐出谎言。冰冷的东西是真诚的。在这坟墓般的冷静中，可以感觉到真实。

“我相信您。”

让·瓦让点了点头，像为了表示记下来了。他继续往下说：

“我是珂赛特的什么人？一个过路人。十年前，我还不知道她的存在。不错，我爱她。看见一个小孩子，而自己已老了，就会爱她。一个人老了，会觉得自己对所有的孩子都是祖父。我觉得，您不妨设想我也是有心肠的人。她是孤儿，没有父母，她需要我。这就是我为什么爱她。孩子们很弱小，任何一个人，即使像我这样的人，也会保护他们。我对珂赛特尽了这个责任，我不认为这件区区小事可以称作善举。不过，假如这是个善举，那您就算我做了吧。请您记下这个可以减罪的情节。今天珂赛特已离开我的生活，我们也就分道扬镳了。从今以后我和她不再有任何关系。她是蓬梅西夫人，她已换了保护人。这一换对她是有利的。一切顺利。至于那六十万法郎，您没有提起，但我猜得到您的想法。这是一笔存款。这笔存款是怎么到我手里的？这无关紧要，是不是？我把它拿出来。人们再没有什么可要求我的了。我交出这笔钱，并说出我的真名实姓。这也是我个人的事。我一定要您知道我是什么人。”

让·瓦让直视马里尤斯。

马里尤斯感到心里波涛汹涌，茫无头绪。命运有时会骤起狂风，在我们心里掀起这种汹涌的波涛。

我们谁都有过这种心乱如麻的时刻。我们最先想到什么，就说什么，而这些恰恰不总是应该说的。有些事突然泄露出来，会让人受不了，就好比是劣酒，使人晕头转向。马里尤斯被这个新的情况弄得不知所措，竟至于同这个人说话时，似乎埋怨他泄露了真情。

“可您为什么要把这一切告诉我？”他嚷道，“是什么迫使您这样做的？您本可以守住这个秘密的。没有人告发您，跟踪您，追捕您吧？您主动泄露这样一个秘密，总是有原因的。说完它吧。还有什么。为什么向我泄露这个秘密？是什么动机？”

“是什么动机？”让·瓦让回答道，声音低沉，像在自言自语，而不是对马里尤斯说话，“是啊，这个苦役犯来这里说‘我是个苦役犯’，究竟是什么动机？是有动机！动机很怪。出于诚实。听着，使我感到痛苦的是，我心里有根线把我捆住了。尤其是人老了以后，这些线仍很结实。周围的生命都松开了，但它们却不松开。假如我能扯开、拉断、解开或斩断这根线，走得远远的，我就得救了。我一走，就一了百了。布洛瓦街上有的是驿车。你们幸福你们的，我走我的。我试过，想把这根线拉断，我拉过，但它很结实，没有拉断，我是在扯我的心。于是，我说：‘我只能生活在这里。我得留下来。’是这样，您问得对，我是个傻瓜，为什么不就这样待下去呢？您的家里给了我一个房间，蓬梅西夫人很爱我，她对这张安乐椅说：‘张开你的双臂迎接他吧！’您的外祖父巴不得我来陪他，我很合他的意，我们大家住在一起，吃在一起，我让珂赛特……对不起，说惯了，让蓬梅西夫人挽着我的胳膊，我们同住在一个屋檐下，在同一张桌子上吃饭，用同一炉火取暖，冬天围着同一个壁炉，夏天一同散步，这便是快乐，这便是幸福，这便是一切。我们生活得像一家人。一家人！”

在说“一家人”时，让·瓦让变得粗野起来。他交叉起双臂，凝视脚下的地板，仿佛要挖出个无底深洞，声音也突然响亮起来：

“一家人！不。我不属于任何家庭。我不属于您的家庭。我不属于人的家庭。在一家人的家里，我是多余的。世上有多少家庭，但不是我的。我是不幸的人，我是没有家的人。我有过父亲和母亲吗？我真有些怀疑。我把这孩子嫁出去的那天，一切也就结束了。我见她很幸福，她和她爱的男人在一起，在这个家里，有一个慈祥的老人，有一对天使，有说不尽的快乐，这很好，我对自己说：‘你别进去。’是的，我可以撒谎，可以欺骗你们，继续当福施勒旺先生。以前是为了她，我可以撒谎；但现在是为了我，就不应该了。不错，只要我不说就行了，一切照常。您问我是什么迫使我说的吗？一个奇怪的东西，是我的良心。闭口不说，很容易做到。我整整一夜都在说服自己不要说。您要我说出一切，我来对您说的事非同寻常，您有权利知道。是的，我整整一夜都在给自己找理由，我找到了很有说服力的理由，我尽力而为了，真的。可是，有两件事我没有成功：一是我没能把那根将我的心捆在、拴在、嵌在这里的线扯断，二是我没能让那个当我独处时常常同我低声说话的人不说话。因此，今天上午我就来向您招供一切了。一切，或者说几乎一切。有些事只关系到我个人，没必要说，就留给我自己了。主要的事您已知道了。就这样，我拿了我的秘密，给您送来了。我在您面前把我的秘密剖开了。这个决心不是容易下的。我思想斗争了一夜。啊！您以为我没想过，这和尚马蒂厄案件不一样，我隐姓埋名，对任何人都不构成伤害，福施勒旺这个名字，是福施勒旺本人为了报恩而给我的，我完全可以保留，我住在你们给我的房间里会很幸福，我不会妨碍任何人，我待在我的角落里，您拥有珂赛特，而我则感到和她生活在同一个屋子里。各人都会有相应的幸福。继续当我的福施勒旺先生，大家都会满意。是的，除了我的灵魂。从前，我的身上充满了快乐，但我的灵魂是黑暗的。光感到幸福还不够，还得感到满意。好吧，我就继续当福施勒旺先生，我把真面目隐藏起来，那样，你们快乐幸福，我却藏着秘密，你们生活在阳光中，我却生活在黑暗中。那样，没有打声招呼，我就把苦役牢引进你们的家，我坐在你们的餐桌上，心里却在想，假如你们知道我是谁，你们会把我赶走，我让用人侍候我吃饭，假如他们知道了，就会说：真可怕！我可能用我的臂肘碰你们，你们本来是有权拒绝的，我可以握你们的手，就像偷件东西那样！在你们家里，一个可敬的白发老人和一个可耻的白发老头分享你们的尊敬。在你们最亲密的时刻，当每个人都以为敞开了心扉的时候，当你们的外祖父、你们俩和我在一起的时候，就会有一个陌生人！我可以在你们的生活中同你们肩并肩，心里却时刻想着不要把深藏我秘密的井盖揭开。那样，我这个死人就要强加给你们这些活人。你们的生活就会被我判处无期徒刑。您、珂赛特和我，我们三个人都会戴上绿囚帽！难道您不怕得发抖吗？我现在不过是最绝望的人，那样我就会成为最可怕的人。这个罪行，我每天都要重犯！这个谎言，我每天都要重复！这张黑夜的面孔，我每天都要挂在脸上！我的耻辱，我让你们每天都要分担！每天！让你们，我心爱的人，我的孩子，我的清白无辜的人！隐瞒真相真的没关系吗？保持沉默真的那么容易吗？不，很不容易。有一种沉默是说谎。我的谎言，我的欺骗，我的可耻，我的卑鄙，我的背叛，我的罪孽，我就要一滴一滴地喝下去，再吐出来，再喝下去，一直喝到半夜，第二天中午重又开始，我道早安是在说谎，我道晚安也是在说谎，我就要睡在谎言上，将谎言和着面包一起吃下去，我就要面对珂赛特，我就要用入地狱者的微笑回答天使的微笑，我就要做一个十恶不赦的骗子！为什么这样做？为了幸福！为了幸福，我！我有权幸福吗？我已无权生活了，先生。”

让·瓦让停下来。马里尤斯还在听。像这样连贯的思绪和苦恼是不可能中断的。让·瓦让再次压低嗓门，继续往下讲，但不再是低沉的，而是阴郁的声音了。

“您问我为什么要说出来？您说，又没有人告发我，跟踪我，追捕我。不！有人告发我！不！有人跟踪我！不！有人追捕我！谁？我。是我挡住了自己的去路，我拖着我自己，推着我自己，抓住我自己，处决我自己。当一个人被自己抓住时，便再也逃不掉了。”

说着，他一把揪住自己的衣领，把它拉向马里尤斯：

“您瞧瞧这个拳头。”他继续说道，“您不觉得它揪住这衣领就不会松开吗？唉！良心也是只拳头。先生，一个人如果想幸福，就决不要懂得责任；因为一旦懂得了，它就会毫不容情。看起来，它是因为你明白了而在惩罚你，其实它是在奖赏你；因为它把你打入地狱，你却感到上帝在你身边。你刚觉得撕心裂肺，你的良心却安宁了。”

接着，他又用令人心碎的声调说：

“蓬梅西先生，我是个诚实的人，这不合常理。我在您面前贬低自己，可只有这样，我才会在自己眼里变得高大。这样的事我曾有过一次，可没像这样痛苦，那对我无关紧要。是的，一个诚实的人。假如因为我的错，您还继续尊敬我，我就不是诚实的人了。现在要您鄙视我，我却是诚实的人。因为我只能骗取别人的尊敬，这种尊敬对我是种侮辱，使我内心感到不安。为使我尊敬自己，别人就得鄙视我。那样我就能重新站起来。我是个服从良心的苦役犯。我知道这与众不同，可我有什么办法？事情就是这样。我给自己许了诺言，就得履行诺言。有时偶然相遇，会让我们受到约束，让我们承担起责任。您瞧，蓬梅西先生，我一生中可遇到了不少事。”

让·瓦让又停了停，用力咽下口水，仿佛他这番话留下了苦味。他接着又说：

“一个人有这样可怕的经历，就无权瞒着别人却又让别人分担，无权把他的瘟疫传给他们，无权让他们沿着他的峭壁滑下去却毫无觉察，无权让他们身上拖着他的红囚衣，无权偷偷用自己的不幸妨碍别人的幸福。自己身上带着看不见的痈疽，却在黑暗中接近和接触健康人，这是卑鄙无耻的。尽管福施勒旺借给了我名字，但我无权使用；他可以给我，但我不可以接受。一个名字，便是一个我。您瞧，先生，虽然我是个农民，但也想过一些事，读过一些书，我也知书达理。您看见了，我的表达还是不错的。我自己教育过自己。是的，骗取一个名字据为己有，是不光彩的。字母表上的字母，也像钱包和表一样可以骗取。一个有血有肉的假签名，一把有生命的假钥匙，撬开锁进入正派人家里时，就再也不能正视，而只能斜视了，内心会感到自己很卑鄙，这样可不行！不行！不行！不行！我宁愿痛苦、流血、哭泣，用指甲抠下自己的皮肉，夜里在忧虑中受煎熬，让肉体和灵魂受折磨。这就是我来告诉您这一切的原因。正如您说的，自觉自愿。”

他喘着气，吐出了最后一句话：

“从前，为了生活，我偷了一块面包；今天，为了生活，我不愿偷一个名字。”

“为了生活！”马里尤斯打断他说，“您不需要这个名字生活了？”

“嘿！必须这样认为。”让·瓦让回答道，并连续几次慢慢抬起头又低下头。

接着是一阵沉默。双方都默默无言，各自都陷入了沉思。马里尤斯已坐到一张桌子旁，屈着一根手指头顶着嘴角。让·瓦让来回踱步。他在一面镜子前停下来，待了一会儿。他看着镜子，却视而不见。接着，仿佛在回答内心的说理似的，他说：

"现在，我感到很轻松！"

他又踱起步来。他走到客厅的另一头。就在他转身的时候，他发现马里尤斯在看他走路。于是，他用一种难以形容的声调对他说：

"我走路有点拖腿。现在您知道为什么了。"

接着，他把尚未转完的身体转向马里尤斯。

"现在，先生，您想象一下：我什么也没说，我仍是福施勒旺先生，我在您家里住了下来，我成了您家的人，我在我的卧室里，早晨我穿着拖鞋来吃饭，晚上我们三个一起去看戏，我陪蓬梅西夫人去杜伊勒利宫和王家广场散步，我们在一起，您把我当成和您一样的人，可是，有一天，我在这里，您在这里，我们说说笑笑，突然，您听见一个人在喊让·瓦让的名字，警察这只可怖的手从黑暗中伸出来，把我的假面具突然扯掉！"

他又停了一会儿。马里尤斯打了个寒噤，站了起来。让·瓦让又说：

"对此您有什么想法？"

马里尤斯默不作答。让·瓦让继续说：

"您看，我说出来是对的。啊，祝你们幸福，就像生活在天堂里，做天使的天使，生活在阳光下，有这一切就够了，别去管一个被罚入地狱的苦命人如何袒露心扉，尽其责任。先生，您面前是一个可耻的人。"

马里尤斯慢慢穿过客厅。当他走近让·瓦让时，向他伸出手去。可让·瓦让却不伸出手来，马里尤斯只好走过去握他的手。让·瓦让任他这样做，马里尤斯感到他握住的手像大理石般冰冷。

"我外祖父有一些朋友，"马里尤斯说，"我设法让您赦免。"

"不必了。"让·瓦让回答，"人们以为我死了，这就够了。死人是不受监视的。人们以为他们在静静地腐烂。死亡和赦免是一回事。"

他把手从马里尤斯手中抽回来，一面极端尊严地说：

"再说，尽我的责任，这是我求助的朋友。我只需要一种赦免，那就是我的良心的赦免。"

这时，在客厅的另一头，门轻轻打开一条缝，露出了珂赛特的脑袋。

只看得见她温柔的面孔，头发动人地蓬乱着，眼皮仍带着睡意。她就像小鸟将脑袋探出鸟窝，先瞧瞧她丈夫，又瞧瞧让·瓦让。她笑吟吟地喊他们，仿佛一朵玫瑰花在微笑。

“我打赌，你们在谈政治！不跟我在一起，真是太傻了！”

让·瓦让哆嗦了一下。

“珂赛特！……”马里尤斯期期艾艾地说道。

他没往下说。他们就像是两个罪人。

珂赛特喜形于色，继续来回瞧他们两人。她的眼睛里似乎有天堂的闪光。

“我可把你们逮个正着。”珂赛特说，“刚才，我在门外听见我父亲福施勒旺说‘良心’‘尽责任’什么的。这就是政治嘛。我不想听。不能在新婚第二天就谈政治。这不公正。”

“你听错了，珂赛特。”马里尤斯说，“我们在谈生意，在谈你的六十万法郎如何投资最好……”

“不光是这些。”珂赛特打断他说，“我来了。你们这里要我吗？”

说完，她毫不犹豫地从门口进入客厅。她穿一件肥大的宽袖百褶白晨衣，从脖子一直垂到脚头。在哥特式古油画的金光灿烂的天空中，就能看到这种装进天使的迷人宽袍。

她对着一面大镜子，从头到脚欣赏了一遍。然后突然狂喜地大喊道：

“从前有一个国王和一个王后。呵！我多么高兴！”

说完，她向马里尤斯和让·瓦让行了个屈膝礼。

“好了。”她说，“我就坐在你们旁边的一张椅子上，半小时后开饭，你们想谈什么就谈什么，我知道男人们是要说话的，我会很乖的。”

马里尤斯握住她的胳膊，情意绵绵地对她说：

“我们在谈生意。”

“对了，”珂赛特回答，“我把房里的窗子打开了。刚才，花园里飞来了一群“皮埃罗”①。是小鸟，不是戴假面具的小丑。今天是封斋的第一

① 法语中，“皮埃罗”可作“丑角”和“麻雀”解。这里是双关语，暗指麻雀。

天，可鸟儿却不管这些。”

“我跟你说我们在谈生意。去吧，我的小珂赛特，让我们待一会儿。我们谈的尽是数字。你会厌烦的。”

“你今天上午戴的领带很漂亮，马里尤斯。你很会打扮，我的老爷。不，我不会厌烦的。”

“我敢肯定，你会厌烦的。”

“不会的，因为是你们。我听不懂你们谈什么，但我愿意听你们说话。听喜欢的人说话，用不着听懂他们说什么。我就想大家待在一起。我和你们在一起嘛！”

“你是我的宝贝珂赛特！这可不行。”

“不行？”

“对。”

“那好。”珂赛特说，“我是有事来告诉您的。我本来要对您说，我的外祖父还在睡觉，您的姨妈去教堂了，我父亲福施勒旺房里的壁炉生火了，妮珂莱特喊来了通烟囱的工人，杜珊和妮珂莱特吵了一架，妮珂莱特讥笑杜珊说话结巴。好吧，我什么也不告诉您了。啊！您说这不行？那您瞧吧，我也会说：‘这不行！’看谁会上当。求求你了，我的小马里尤斯，让我留下来和你们两个在一起吧。”

“我向你发誓，我们得单独待着。”

“那我是外人吗？”

让·瓦让一声不吭。珂赛特转向他说：

“首先，父亲，您，我要您过来吻我。您怎么啦，不帮我说句话，一声不吭的？谁给了我这样一个父亲？您瞧，我在家里多么不幸。我丈夫打我。好了，马上过来吻我吧。”

让·瓦让走过去。珂赛特转向马里尤斯。

“您呢，我就冷待您。”

说完，她向让·瓦让递过额头。让·瓦让向她走了一步。珂赛特却往后退。

“父亲，您脸色苍白。是胳膊疼吗？”

"已经好了。"让·瓦让说。

"没睡好觉？"

"不是。"

"因为伤心？"

"不是。"

"那就吻我吧。如果您身体很好，睡觉很好，心情愉快，我就不责怪您了。"

她又一次向他递过额头。让·瓦让在她亮晶晶的妙不可言的额头上吻了一下。

"笑一笑呀。"

让·瓦让笑了笑。那是幽灵的微笑。

"现在，您帮我对付我丈夫。"

"珂赛特！……"马里尤斯说。

"生气呀，父亲。告诉他我得留下来。你们可以当着我的面谈。你们认为我很笨。你们谈的事就那样惊人！生意，把钱存入银行，这是什么了不起的事？男人们什么事都神秘兮兮的。我要留下来。今天我很美。马里尤斯，看看我嘛。"

她可爱地耸了耸肩，以一种美妙动人的赌气神态看着马里尤斯。他们之间仿佛通了一下电。有人在场也顾不得了。

"我爱你！"马里尤斯说。

"我崇拜你！"珂赛特说。

两人不可抗拒地拥抱在一起。

珂赛特扯了扯晨衣上的一道皱纹，得意扬扬地撅起嘴巴说："现在我可得留下来了。"

"这个，不行。"马里尤斯用哀求的口吻说，"我们有件事还没讲完。"

"还是不行？"

马里尤斯转而语气严肃地说：

"珂赛特，我向你保证，这不行。"

"啊！你拿出男人的腔调说话了，先生。好，我走。您，父亲，您没有支持我。我的丈夫先生，我的爸爸先生，你们是暴君。我要去告诉外祖父。你们要是以为我会回来，向你们屈服，那就错了。我是很骄傲的。现在我等你们求我。你们会看到，没有我，你们会厌烦的。我走，你们活该。”

说完她便走了。

两秒钟后，门又打开，那张鲜艳红润的面孔又一次从门缝里探进来。她喊道：

“我气死了。”

门又合上，屋里又变得黑暗了。这就像一道迷途的阳光，无意中突然穿过黑夜。马里尤斯看看门确实关上了。

“可怜的珂赛特！”他喃喃地说，“她要是知道了……”

听到这句话，让·瓦让打了个寒战。他目光迷惘地看着马里尤斯。

“珂赛特！啊，对，您会把这事告诉她的。这样做是对的。瞧，我都没想到。一个人有勇气做一件事，却没勇气做另一件事。先生，我恳求您，我哀求您，请给我许个最神圣的诺言，不要把这事告诉她。您知道了还不够吗，您？我能主动地不是被迫地说出来，我就可以告诉全世界，告诉大家，这我无所谓。可是她，她不知道是怎么回事，她会吓坏的。苦役犯是什么！还得给她做解释，对她说：苦役犯是蹲过苦役牢的人。她曾见过一队押往苦役牢的犯人。呵！天哪！”

他瘫在安乐椅上，双手捂住脸。虽听不见声音，但从他抽动的双肩，可以看到他在哭泣。无声的哭泣，是可怕的哭泣。

人在哭泣时，会喘不过气来。只见他浑身抽搐，像是为了喘口气似的，仰天靠在安乐椅上，双臂下垂，让马里尤斯看见了他满是泪水的面孔。马里尤斯听见他喃喃自语，声音很低很低，仿佛来自无底深渊：

“呵！我真想死！”

“请放心，”马里尤斯说，“我一定不把您的秘密说出去。”

他受感动的程度也许还没达到应有的程度，可是，一个小时来，他不得不忍受一个意外的可怕的打击，看见一个苦役犯在他眼前慢慢地同福施勒旺先生重叠，渐渐相信了这个凄惨的现实，顺着事情的自然坡道，看见了这个人和他之间刚刚出现的距离。马里尤斯接着说：

“关于您如此忠心如此诚实地转交的那笔款子，我不能不对您提一下。您这样做，说明您很正直。应该酬谢您。您自己定个数吧，我一定会如数给您的。别怕定高了。”

“谢谢您，先生。”让·瓦让温和地回答。

他沉思了会儿，下意识地将食指尖放到大拇指的指甲上，然后抬高嗓门说：

“差不多全说完了。就剩下一件事……”

“什么事？”

让·瓦让似乎最后犹豫了一下，然后，哑着嗓门而且几乎是没有气息地含含糊糊地说：

“现在您知道了一切，您，先生，您是主人，您认为我不该再见珂赛特了吗？”

“我认为这样更好。”马里尤斯冷冷地说。

“我再也见不到她了。”让·瓦让喃喃地说。

他朝门口走去。他将手放在门把上，锁舌动了，门微微打开，让·瓦让把门开到过得去身子的程度，停了一会儿，又把门关上，身子转向马里尤斯。

让·瓦让的脸色已不是苍白，而是青灰了。他眼中已没有泪水，而是一种悲惨的火光。他的声音又变得出奇的平静。

“听着，先生，”他说，“如果您愿意，我就来看她。我明确地告诉您，我非常想来看她。假如我不想看珂赛特，我就不会告诉您这一切了，我就会一走了之。可是我想待在珂赛特所在的地方，继续能看见她，我就不得不把这一切都告诉您。您能听懂我讲的道理，是不是？这是可以理解的事。您看，她在我身边生活了九年。我们先是住在林荫大道那幢破房子里，后来住到了修道院里，后来又搬到卢森堡公园附近。您就是在那里第一次见到她的。您一定还记得她的蓝绒帽。后来我们又搬到了残废军人院区，有一道铁栅栏门和一座花园。普吕梅街。我住在后院，那里听得见她弹钢琴。这就是我的生活。我们从没分开过。我们在一起待了九年零几个月。我就像是她的父亲，她是我的孩子。我不知道您能不能理解我，蓬梅西先生，但是，要我现在离开这里，不再见她，不再同她说话，变得一无所有，这是很困难的。您认为可以的话，我就有时来看看珂赛特。我不会常来。我不会待很久。您可以安排在楼下那间小屋子里接待我。在底层。我可以从仆人们出入的后门进来，不过，这样会让人说闲话的。我想，最好从大门进来。先生，真的。我还想来看看珂赛特。次数多少由您定。您设身处地为我想想，我只剩下这个了。再说，还得注意一件事。假如我再也不来，会有很坏的后果，大家会感到很奇怪。比如，我可以做的，是晚上天快黑的时候来。”

“您每天晚上来吧，”马里尤斯说，“珂赛特会等您的。”

“您真好，先生。”让·瓦让说。

马里尤斯向让·瓦让鞠了一躬，幸福的人把绝望的人送到门口，两人就分手了。

二　泄露的秘密中会有疑点

马里尤斯心烦意乱。

对珂赛特身边的这个男人，他从来都有一种疏远感，现在总算找到答案了。他的本能告诉他，这个人的身上有一个难以猜透的谜。这个谜便是最难启齿的耻辱——蹲过苦役牢。这位福施勒旺先生，是苦役犯让·瓦让。

在幸福之时，突然发现这样一个秘密，无异于在鸟窝里发现一只蝎子。马里尤斯和珂赛特的幸福，从此就得和这件事连在一起了吗？这已是既成事实了吗？接受这个人是这完美婚姻的组成部分吗？无可挽回了吗？马里尤斯难道同时娶了这个苦役犯？

尽管戴着光明和快乐的桂冠，品味着人生的光辉时刻和幸福的爱情，可是，遇到这样大的震撼，就连心醉神迷的大天使，无上荣光的半神半人也会不寒而栗。

正如遇到这种突变常发生的那样，马里尤斯扪心自问，他是不是也有可自责的地方？是不是缺乏预见？不够谨慎？是不是无意中做了件傻事？可能吧。他是不是不够小心，没弄清情况，就一头扎进这场导致他和珂赛特结婚的爱情冒险中？他看到——事情就是这样，经过一系列的自我观察，发现生活在慢慢地矫正着我们——他看到了他性格上爱幻想、爱梦想的一面，这是许多人机体的内在云雾，当狂热或痛苦到了极点时，这些云雾就会膨胀扩展，弥漫到全身，内心的温度就会改变，把人变成一种漂浮在云雾中的意识。我们不止一次指出过马里尤斯个性的这个特点。他回想起，当他沉湎于爱情的时候，在普吕梅街神魂颠倒的六七个星期中，他甚至没向珂赛特提起他在戈博旧宅目睹的神秘一幕，那天，受害者的表现非常古怪，在搏斗中一直沉默不语，而且最后逃跑了。他怎么就没对珂赛特讲这件事呢？而且又刚刚发生，十分可怕！他怎么连泰纳迪埃的名字都没提起，尤其是遇见埃波妮的那一天？他现在几乎难以解释当时的沉默。然而他明白了。他回想起他当时已晕头转向，忘乎所以，爱情占据了一切，两人在理想的境地中互相陶醉，也许，在这狂热而醉人的心境中，尚有一点儿难以觉察的理智，朦胧而本能地感到要隐瞒和忘记这一可怕的奇遇，害怕提起这件事，不想在这件事中担当任何角色，他想逃避，假如他叙述或证明了这件事，势必就成了揭发者。再说，这几个星期一晃而过，他们只顾相爱，没时间做别的事。在权衡了一切，检查、考虑了一切之后，他感到，即使把戈博旧宅发生的事告诉珂赛特，并对她提起泰纳迪埃一家，又会有什么后果？即使他发现让·瓦让是苦役犯，他马里尤斯会有改变吗？珂赛特会有改变吗？他会退缩吗？他对珂赛特的爱会减少吗？他会不娶她吗？不会。这对已发生的事有丝毫改变吗？不会。因此，用不着后悔，用不着自责。一切都很好。这些被称作恋人的醉汉，有一个上帝。马里尤斯闭着眼，却走了一条他睁着眼时也会选择的道路。爱情蒙住了他的双眼，把他带到了哪里？天堂。

可是，这个天堂从此要与地狱相伴了。

马里尤斯对这个人，对这位已变成让·瓦让的福施勒旺，从来都有一种疏远感，现在又掺进了厌恶感。在这厌恶中，可以说，夹杂着些许同情，甚至是惊讶。

这个小偷，这个惯犯，却把一笔存款交了出来。六十万法郎。只有他一人知道这笔存款。他本可以全部留下，却全部交出了。

此外，他主动泄露了自己的身份。没有人强迫他。假如有人知道他是谁，那也是他告诉的。他泄露自己的身份，不仅意味着要接受凌辱，还要接受风险。对犯人来说，一副面具不是面具，而是避难所；他却放弃了这个避难所。一个假名意味着安全；他却放弃了这个假名。他，一个苦役犯，从此可以隐藏在一个正派的家庭里，他却抵制了这个诱惑。出于什么动机？为了良心的安宁。刚才他已做了解释，语气真切，让人不能不相信。总之，不管让·瓦让是什么样的人，不可否认的是，他的良心正在觉醒。这里面有一种神秘的东西，他已想重新获得尊重。根据种种迹象，长久以来，良心的不安主宰着这个人。如此正义和善良的举动，非是一般人所能为的。良心觉醒，意味着心灵的高尚。

让·瓦让是真诚的。这真诚看得见，摸得着，不容置疑，甚至可以从这真诚给他带来的痛苦中感受到，因此没有必要再做调查，他说的一切都是可信的。想到这里，马里尤斯感到位置奇怪地颠倒了。福施勒旺给人的印象是什么？不可信任。让·瓦让给人的印象是什么？可以信任。

马里尤斯思索着，给这个神秘的让·瓦让进行总结，他看到了他的功和过，他力图使之平衡。可是，这一切仿佛处在一场暴风雨中。马里尤斯力图对这人有个清楚的概念，可以说，他在头脑里追踪让·瓦让，时而失去了线索，时而又在阴惨的迷雾中找到了他。

诚实地交出存款，正直地供认身份，这很好。这好比云雾中露出一片晴空，继而云雾又变成漆黑。不管马里尤斯的记忆多么混乱，仍能模糊地回想起一些事。

在戎德雷特的破屋里发生的事怎么那么奇怪？为什么警察一来，那人非但没申诉，反而逃跑了？现在，马里尤斯找到了答案。原来那人是在逃的惯犯。

还有个问题：为什么那人到街垒里来？因为此刻这件事又清楚地浮

现在马里尤斯眼前，就像隐显墨水靠近火那样，他一激动，往事就又重现了。那人在街垒里。不参加战斗。他来干什么？一个幽灵出现了，对这个问题做了回答。雅韦尔。马里尤斯清楚地回忆起让·瓦让将五花大绑的雅韦尔拖到街垒外面的凄惨情景，他仿佛又听见蒙代图尔巷角响起的可怕枪声。在这密探和这苦役犯之间似乎有深仇大恨。一个妨碍着另一个。让·瓦让是为了复仇而到街垒里来的。他来得很晚。可能知道雅韦尔被抓住了。科西嘉式的复仇已深入到某些社会底层，并具有法律效力。这种复仇极其普通，连那些近乎改邪从善的人，也不会感到吃惊。这些人就是这样，一个走上悔改之路的罪犯，在偷盗上可能有所顾忌，但对于复仇却不会犹豫。让·瓦让杀死了雅韦尔。至少，看上去是显然的。

最后还有个问题，但找不到答案。马里尤斯感到这个问题像把钳子钳住了他。让·瓦让怎么会和珂赛特生活了那么久？上天开了场什么样的可悲玩笑，让这个孩子遇到了这个人？难道天上也铸造了双人链，上帝想把天使和魔鬼拴在一起？罪恶和纯洁难道能在悲惨而神秘的苦役牢里同室为伴？在所谓人类命运的犯人行列中，两张面孔可以并肩而行，一个天真，另一个可怕，一个披着晨曦神圣的清辉，另一个永远被无尽的闪光照得惨白，这不可理解的配搭是谁决定的？这个圣洁的孩子和这个罪恶的老头是以怎样的方式，通过怎样的奇迹，共同生活在一起的？谁能把羔羊和狼连在一起，更令人不可思议的是，把狼拴在羊身上？因为这只狼爱这羊羔，因为这个粗野的人深爱这个弱者，因为整整九年，天使以魔鬼作为依靠。珂赛特的童年和少年，她的出世，她的向着生活和光明的健康成长，都受到了这畸形忠诚的庇护。这里，问题有如无数个谜，一层层地剥开，无数个深渊下面又出现了深渊，马里尤斯每次俯视让·瓦让，都会头晕目眩。这个悬崖般的人究竟是怎么回事？

《创世记》中的古老信条是恒久不变的。在现实的人类社会中，除非有更大的光明将它改变，否则永远存在着两种人，一个在天上，一个在地下，一个是从善的亚伯，一个是从恶的该隐。那么，这个温情的该隐是怎么回事？这个虔诚地崇敬一个圣女，照顾、扶养、呵护着她，尽管自身肮脏，却使她变得高尚圣洁的强盗是怎么回事？这个自己是垃圾，却崇拜一个纯洁的少女，并使之一尘不染的人是怎么回事？这个负责教育珂赛特的让·瓦让是怎么回事？这个以不让黑暗和乌云遮住一颗星星升起为唯一宗旨的黑暗面孔是怎么回事？

这是让·瓦让的秘密，也是上帝的秘密。

在这双重秘密前，马里尤斯退却了。可以说，其中一个使他对另一个放了心。在这场奇遇中，上帝和让·瓦让一样看得见。上帝有自己的工具。他随心所欲地加以使用。他在人类面前不负有责任。我们知道上帝是怎样干的吗？让·瓦让为珂赛特付出了心血。他多少塑造了她的灵魂。这是无可置疑的。结果呢？工匠很可怕，但作品却令人赞叹。上帝随心所欲地创造奇迹。他创造了楚楚可怜的珂赛特，却是利用了让·瓦让。他乐意选择这个奇特的合作者。这有什么可责问的呢？粪土又不是第一次帮助春天开出玫瑰花。

马里尤斯就这样自问自答，并自认为答案是正确的。在刚才指出的所有问题上，他没敢深究让·瓦让，但又不承认自己不敢。他深爱着珂赛特，他拥有了珂赛特，珂赛特既纯洁又出众。他已心满意足。他还需要澄清什么呢？珂赛特是光明。光明还需要澄清吗？他拥有了一切，还能要什么呢？一切，难道还不够吗？让·瓦让个人的事同他无关。每当他俯视这个人的不祥阴影时，他就紧紧抓住这个不幸人的庄严声明："我同珂赛特毫无关系。十年前，我还不知道她的存在。"

让·瓦让是个过路客。这是他自己说的。那么，就让他过吧。不管他是什么样的人，他的作用已结束。从今以后，将是马里尤斯待在珂赛特身边充当保护人。珂赛特已来到蓝天，同她的同类、她的情人、她的丈夫、她在天上的男人相逢了。珂赛特长出翅膀变作蝴蝶飞向天空时，将她丑陋的空蛹壳——让·瓦让留在了她身后的尘世间。

不管马里尤斯想什么，他对让·瓦让总有些反感。也许是神圣的反感，因为刚才指出了，他感到在这个人身上有**某种神圣的东西**[①]。可是，

---

① 原文为拉丁语。

不管怎么做，不管怎么想减轻情节，最后总要回到一个问题上：这是个苦役犯。就是说，他在社会等级中没有一席之地，处在最后一个等级下面。末等人之后才是苦役犯。可以说，苦役犯已不是人的同类。在苦役者身上，法律已把人的资格全部剥夺了。马里尤斯崇尚民主，但在刑事问题上，仍拥护无情的司法制度，对于法律打击的对象，他与法律的观点完全一致。可以说，他尚未完成彻底的进步。他还不能分清什么是人写的，什么是上帝写的，什么是法律，什么是权利。对于人有权掌握不可改变和不可弥补的事，他根本没有思考和斟酌过。他对“社会制裁”这个词并不反感。他认为违背成文法的行为，应该受到永久的惩罚，他把社会的惩罚看作是文明的做法。他还停留在这一步，当然以后必定会进步，因为他的本质是好的，天生具有进步的潜力。

在这些思想中，让·瓦让在他看来是丑恶的，令人讨厌的。他是受社会排斥的人。他是苦役犯。这个字眼对他来说，好比是宣布判决的号角。反复审视让·瓦让后，他最后一个动作便是别过头去。**离开吧**①。

应该承认，甚至应该强调，马里尤斯尽管向让·瓦让提过问题，以至于后者回答：“您在逼我招供”，但他并没提出两三个关键问题。不是没有想到，而是不敢提。戎德雷特家的破屋？街垒？雅韦尔？谁知道会有什么意想不到的回答。让·瓦让不像是个畏缩不前的人，在逼得让·瓦让说了后，谁知道马里尤斯想不想不让他说下去？我们不是都有过这样的经历，在提了一个问题后，有时到了最后关头，反而会捂上耳朵，不想听到答复吗？尤其当爱上一个人时，会有这种懦弱的表现。对不祥的境况过分追究是不明智的，尤其是牵连到我们生活中不可割舍的部分。在让·瓦让绝望的解释中，可能会冒出可怖的光，谁知道这亮光会不会波及珂赛特？谁知道这天使的额头上会不会留下地狱的光？闪电散发的光仍是闪电。命运就是有这种连带关系，由于染色反光的可悲规律，无辜本身也会打上罪恶的烙印。身旁有个可怕的人，最纯洁的面孔也会永远留下他的反光。不管是对是错，马里尤斯心里害怕。他已知道

① 原文为拉丁语。耶稣对诱惑者讲：“撒旦，离开我吧。”见《圣马可书》。

得太多。他宁愿糊里糊涂，也不想问个水落石出。在狂乱中，他闭眼不看让·瓦让，而将珂赛特抱走。

这个人属于黑夜，属于有生命的可怕的黑夜。怎么敢对他追根问底。向黑暗提问是可怖的。谁知道它会回答什么？晨曦可能从此染上黑色。

在这种思想状态下，一想到这个人今后还要同珂赛特接触，马里尤斯便茫然不知所措。那些可怕的问题本来可使他做出最终的无情的决定，他却退缩了，现在他简直要责怪自己没有提出来。他觉得自己太善良，太温和，也可以说太软弱。由于自己的软弱，才做了不谨慎的让步。他禁不住受了感动。他错了。他本该断然抛弃让·瓦让。让·瓦让是火灾中应该牺牲的部分，他本该丢车保帅，把他从自己家里赶走。他埋怨自己，埋怨这股冲动的旋风来得太猛烈，骤然间他变成了聋子、瞎子，被卷走了。他对自己很不满意。

现在怎么办？他对让·瓦让来家里极端厌恶。这个人到他家来有什么用？他来干什么？想到这里，他晕头转向，他不愿深入思考，他不愿深究自己。他已经答应了，他是被迫答应的；让·瓦让有了他的承诺；哪怕是对苦役犯，而且尤其是对苦役犯，做了承诺不应该食言。可是，他首先要对珂赛特负责。总之，他心里产生了压倒一切的厌恶情绪。

这些想法在马里尤斯的头脑里翻江倒海，乱作一团。他时而想想这个，时而想想那个，心里烦躁不安。要向珂赛特掩饰这纷乱的心绪，是不容易做到的，但爱情是天才，马里尤斯做到了。

此外，他装作无心的样子，问了珂赛特几个问题。珂赛特就像鸽子的洁白，非常单纯，竟毫无察觉。他同她谈起她的童年和青少年，他越来越相信，这个苦役犯把一个男人可能有的善良、慈爱和尊严，都倾注到了珂赛特身上。马里尤斯隐隐看到和猜到的是真实的。这棵可悲的荨麻，确实疼爱和呵护过这朵百合花。

第八卷　暮色渐浓

一　楼下的屋子

翌日，夜幕降临时，让·瓦让来敲吉诺曼家的大门。迎候他的是巴斯克。巴斯克恰好在院子里，好像奉命等候似的。有时，主人会对仆人说：“某某先生要来，您去迎候一下。”

巴斯克没等让·瓦让走过来，便对他说：

“男爵先生吩咐我问问先生，是想上楼还是待在楼下？”

“待在楼下。”让·瓦让回答。

巴斯克倒是毕恭毕敬，他打开楼下那间屋子，说道：“我去禀报夫人。”

让·瓦让进去的，是底层一间潮湿的拱形屋子，有时用做贮藏食物，朝向大街，地面铺有红方砖，光线幽暗，只有一扇安了铁条的窗户。

这间屋不是拂尘、长柄掸帚和扫帚经常骚扰的地方。灰尘安静地待在里面。蜘蛛也没受到过迫害。一张点缀着死苍蝇的、很黑很黑的、漂亮的蜘蛛网，孔雀开屏般地展现在一块窗玻璃上。屋子又小又矮，在一个墙角里，堆着许多空酒瓶。刷成赭黄色的墙壁，灰皮大片大片地剥落。内里有一个台面窄小、漆成黑色的木架壁炉，里面生了火。这些说明家人已料到让·瓦让会回答“待在楼下”。

壁炉的两个角上各放了一把安乐椅。椅子中间铺了一块床前踏脚垫作为地毯。垫子又破又旧，羊毛几乎已磨光，露着细绳。房间的照明全靠炉火和从窗口透进来的暮色。

让·瓦让面有倦容。他几天不吃不睡了。他倒在一张安乐椅上。巴斯克又来了，他把一支点燃的蜡烛放在壁炉上后就退下去了。让·瓦让低着头，下巴垂到胸口，没有看见巴斯克，也没看见蜡烛。

他倏地站起来。珂赛特已来到他身后。他没看见她进来，但感觉到了。他转过身。他凝视她。她美极了。但是，他用深邃的目光注视的，不是她的美貌，而是她的心灵。

"啊！太好了，"珂赛特惊叫道，"这主意不错！父亲，我知道您很怪，但我从没想到会这样。马里尤斯对我说，是您要我在这里见您的。"

"是的，是我。"

"我料到会这样回答。您可得当心。我事先告诉您，我是准备来同您吵架的。从头开始吧。父亲，吻吻我。"

她递过脸颊。让·瓦让没有动弹。

"您动也不动。我都看到了。这种态度是有罪的。不过没关系，我原谅您。耶稣-基督说过：'送上另一边脸。[①]'给您。"

她递过另一边脸颊。让·瓦让仍不动弹，仿佛他的脚钉在砖地上了。

"这可严重了。"珂赛特说，"我什么地方对不住您了？我宣布我生气了。您得同我和解。您在我们这里吃晚饭。"

"我吃过了。"

"这不是真的。我让吉诺曼先生来训您。外祖父是可以训父亲的。行了。跟我一起到楼上的客厅去吧。这就上去。"

"不行。"

珂赛特只得后退一步。她不再用命令的口吻说话，而是转为提问。

"为什么？您选最寒酸的屋子同我见面。这里太可怕了。"

"你知道……"

让·瓦让改口说：

"您知道，夫人，我很特别，我常有古怪的想法。"

---

① 耶稣说，如果有人打了你右边的脸，你就送上左边的脸。

珂赛特拍拍小手。

“夫人！……您知道！……又一个新花样！这是什么意思？”

让·瓦让冲她苦笑了一下。他常求助于这种苦笑。

“您想当夫人。现在当上了。”

“对您不是，父亲。”

“不要再叫我父亲了。”

“叫什么？”

“叫我让先生。如您愿意，叫让也行。”

“您不再是父亲了？我不再是珂赛特了？让先生？这是什么意思？在闹革命哪？出什么事了？看着我的脸。您不愿和我们住在一起！您不要我给您准备的房间！我什么地方对不住您了？我什么地方对不住您了？出什么事了？”

“没有。”

“那怎么这样？”

“一切如旧。”

“那您为什么要改名？”

“您也改了嘛，您。”

他又苦笑了一下，接着说：

“既然您是蓬梅西夫人，我就可以是让先生。”

“我一点也不明白。这一切太蠢了。我会请示我的丈夫，同意我叫您让先生。我希望他不同意。您使我太难过了。您可以有怪念头，但不应该让您的小珂赛特难受。这不好。您没有权利这么坏，您一向都很好的。”

他不做回答。她猛地抓住他的两只手，使劲拉向自己的脸，把它们紧紧按在颏下的脖子上，这是一种极其深情的动作。

“呵！”她对他说，“好一点嘛！”

她又接着说：

“我说的好一点，是指乖一点，住到这里来，恢复我们惬意的散步，这里和普吕梅街一样也有鸟，和我们一起生活，离开武夫街的破屋，不要让我们猜字谜，和大家一样，同我们一起吃晚饭，一起吃午饭，做我的父亲。”

他抽出手。

“您有了丈夫，不需要父亲了。”

珂赛特生气了。

“我不需要父亲了！对于这种不近情理的话，真不知道该说什么好！”

“要是杜珊在这里，”让·瓦让就像要找个权威，遇到什么便抓住不放，继续说道，“她会第一个承认我向来举止怪异。并没有什么新花样。我从来都喜欢我的黑暗的角落。”

“可这里太冷，又看不清楚。竟然想当让先生，这太可恶了！我不要您用‘您’称呼我。”

“刚才来的路上，”让·瓦让回答，“我在圣路易街看到一件家具。在一家木器店。假如我是个漂亮女人，我就买下这件家具。一张很好的梳妆台，款式时新。我想是你们所谓的巴西香木，镶嵌着饰物。有一面相当大的镜子，有抽屉，很漂亮。”

“呸！真是个怪人！”珂赛特回敬道。

说完，她咬着牙，咧着嘴，极其俏皮地向让·瓦让吹了口气。这是美惠女神在模仿猫吹气。

“我气疯了。”她又说，“从昨天起，你们一个个让我气得发疯。我火冒三丈，真不明白。您不帮我对付马里尤斯，马里尤斯又不支持我对付您。我孤军奋战。我好心布置了一个房间。假如我能请来仁慈的上帝，我也会把他安置进去的。可人家把我的房间甩给我。我的房客不给我面子。我让妮珂莱特做了顿丰盛的晚餐。‘人家不用您的晚餐，夫人。’我父亲福施勒旺要我称他让先生，他要我在一间可怕的发霉的破地窖里接待他，那里，墙上长了胡子，那里，空酒瓶代替水晶灯，蜘蛛网代替窗帘！您是古怪，这我承认，您喜欢这样，可是，人家结婚了，您总该暂停一下吧。您不应该马上就又古怪起来。您在那可憎可恨的武夫街过得很满意，可我在那里都绝望死了！您有什么同我过不去？您让我感到很难过。呸！”

接着，她突然变得严肃起来，双眸凝视让·瓦让，又说：

“是因为我幸福，您怨恨我了吗？”

天真的人无意中会说出极为深刻的话。这个问题，对珂赛特非常简单，但对让·瓦让却击中了要害。珂赛特只想刺他一下，不料却是撕心裂肺。

让·瓦让唰地白了。他一时哑口无言，然后，他用难以形容的声调，像是自言自语道：

“她的幸福，是我生活的目的。现在，上帝可以签字让我离开了。珂赛特，你现在幸福了，我也到期了。”

“啊！您刚才用‘你’了！”珂赛特惊叫道。

她扑过去搂住他的脖子。让·瓦让一时冲动，把她紧紧搂在怀里。他感到又把她夺回来了。

“谢谢，父亲！”珂赛特对他说。

这情不自禁的冲动，对让·瓦让来说，会变得难以忍受。他轻轻推开珂赛特的胳膊，拿起帽子。

“怎么？”珂赛特说。

让·瓦让回答：

“我要走了，夫人，他们在等您。”

走到门口，他又说：

“我刚才用‘你’了。跟您的丈夫说，以后再也不会了。原谅我。”

让·瓦让走了，留下珂赛特为这莫名其妙的告别目瞪口呆。

二　又退了几步

第二天同一时刻，让·瓦让又来了。

珂赛特没向他提问，不再表示惊讶，不再喊冷，不再提楼上的客厅。她避免喊父亲或让先生。她任他用您相称，任他称自己夫人。不过，她不再那样快乐了。假如她可能忧愁的话，她还会显出忧愁的。

她可能同马里尤斯谈过一次，心爱的男人说了他想说的话，但没做任何解释，心爱的女人得到了满意的回答。情人们除了爱，对别的事不会太感兴趣。

楼下这间屋子稍稍整理过了。巴斯克拿走了空酒瓶，妮珂莱特清除了蜘蛛网。

此后，让·瓦让每天这个时候来。他每天都来，没有勇气不按字面理解马里尤斯的话。马里尤斯则设法在让·瓦让来的时候不在家。家里人已习惯了福施勒旺先生的新做法。杜珊帮着做解释。“先生从来都这样。”她反复说。外祖父下结论说：“这是个怪人。”这就成了定局。再说，一个九旬老人不可能再有什么交往，一切都是并列的，来一个新人会有所不便。一切习惯均已养成，不再有空位置了。福施勒旺先生也罢，特朗施勒旺先生也罢，吉诺曼先生巴不得“这个先生”不来。他还说：“这种怪人司空见惯。他们做出种种怪事。动机呢？没有。卡纳普尔侯爵更怪。他买了座豪华住宅，自己却住在谷仓里。这都是那些人的古怪表现。”

谁都没有觉察个中隐情。再说，这样的事谁又能猜到呢？印度有些沼泽地，那里的水很奇怪，难以解释，无风会泛起涟漪，该平静的地方却波浪翻滚。人们看着水面无故起的波浪，却不见七头蛇在水底爬行。

许多人都像这样有一头秘密的妖怪，有一种坏毛病要维持，有一条恶龙在咬他们，有一件绝望的事使他们夜不成寐。这些人和别人一样来来去去。人们不知道长着无数牙齿的痛苦寄生在这些不幸人身上，会把他们折磨而死。人们不知道这些人是一个深潭。他们静止不动，却深不可测。水面不时会出现莫名的骚动。一个神秘的涟漪忽而出现，忽而消失，忽而复现。一个气泡升上来后又破裂。这微不足道，却十分可怕。这是不为人知的野兽在呼吸。

有一些古怪的习惯，比如说，别人走时他来，别人炫耀时他躲开，任何场合都穿着所谓墙色的外套，寻找偏僻的小道，喜爱僻静的街道，不参与任何交谈，避开人群和热闹，看上去有钱，却过着清贫的生活，尽管很富有，却把钥匙揣在衣兜里，蜡烛放在门房里，从小门进来，暗梯上楼，所有这些微不足道的古怪举动，水面上的涟漪、气泡、转瞬即逝的波纹，往往来自一个可怕的深处。

几个星期过去了。一种新的生活渐渐征服了珂赛特：结了婚，便有许多交往，要访客，要操持家务，要娱乐，这些都是大事。珂赛特的娱乐不用花钱，只有一项，就是同马里尤斯厮守一起。同他一起出门，一起待在家里，这是她生活中最重要的事。两人手挽着手出门，迎着太阳，走在大街上，不遮遮掩掩，当着众人的面，却以为就他们俩，这对他们永远是常新不厌的快乐。珂赛特只有一件事不愉快。杜珊与妮珂莱特合不来而走了：两个老处女在一起是不可能处好的。外祖父身体很好。马里尤斯不时有案子要辩护。吉诺曼姨妈在新婚夫妇身边，过着自己平静而满足的生活。让·瓦让每天都来。

不再用“你”，而是用“您”“夫人”“让先生”相称，使得让·瓦让在珂赛特眼里变成了另一个人。他设法使她疏远自己的做法成功了。她越来越快乐，对他越来越不亲热。然而她仍很爱他，他感觉得到。一天，她突然对他说：“您曾是我的父亲，现在已不再是我的父亲，您曾是我的叔父，现在已不再是我的叔父，您曾是福施勒旺先生，现在是让。您究竟是谁？要不是我知道您非常善良，我会怕您的。”

他仍住在武夫街，下不了决心离开珂赛特住过的地方。

起初，他在珂赛特身边只待几分钟。后来，他养成习惯，待的时间长了一些，仿佛白天变长，就允许他多待一会儿似的。他到得早一些，走得晚一些。

一天，珂赛特脱口叫了他一声“父亲”。让·瓦让阴郁苍老的脸上闪过一道喜悦的光。但他纠正她说：“叫让。”

“啊！真的，”她大笑着答道，“让先生。”

“很好。”他说。

他转过身，不让她看见自己擦眼睛。

三　他们回忆起普吕梅街的花园

这是最后一次。这道微光闪过后，光就完全熄灭了。从此，再也没有亲近的表示，再也不用亲吻作问候，再也听不到“父亲”这一无比温柔的称呼！在他自己的请求和策划下，他一步一步丧失了自己所有的幸福。使他痛苦的是，他在一天之内从整体上失去珂赛特之后，又不得不在具体细节上一点一点地失去她。

眼睛最终习惯了地窖的光线。总之，每天能见上珂赛特一面，这对他足够了。他的全部生命都集中在这一时刻。他坐在她身边，默默地看着她，或者同她谈谈过去的岁月，她的童年、修道院、她当年的小朋友。

一天下午，——那是四月初的一天，天气已经转暖，但仍有凉意，阳光灿烂，马里尤斯和珂赛特窗外的花园里呈现出复苏的激动，山楂树即将开花，紫罗兰在老墙上展示宝石般的花朵，粉红的金鱼草在石头缝里微微张开嘴巴，小白菊和金毛茛开始在绿草中搔首弄姿，白蝴蝶也已开始露面，风，这个亘古不歇的婚礼的乐师，在树丛里开始演奏古代诗人称作大地回春的晨曦大交响曲，——马里尤斯对珂赛特说：

“我们说过要去看我们在普吕梅街的花园的。我们去吧，不应该忘恩负义。”

于是，他们就像两只燕子向春天飞去。对他们而言，普吕梅街的花园就像是黎明。在他们的生活中，在他们的身后，已留下了一种东西，可叫作爱情的春天。普吕梅街那座房子是租的，现在仍属于珂赛特。他们去了那座花园和那幢房子。他们故地重游，悠然忘返。晚上，在惯常的时间，让·瓦让来到髑髅地修女街。

“夫人同先生出门了，还没有回来。”巴斯克对他说。

他默默地坐下，等了一个小时。珂赛特还是没回来。他低着头走了。

珂赛特因重游“他们的花园”而心醉神迷，因“整整一天重温过去”而兴奋不已，第二天，她一个劲儿地谈这件事，根本没发觉昨天没看见让·瓦让。

“你们是怎么去的？”让·瓦让问道。

“走去的。”

“怎么回来的？”

“雇了马车。”

让·瓦让早已发现这对年轻夫妇过着拮据的生活。他为此心头不悦。马里尤斯非常节约，而这个字眼对让·瓦让来说具有特殊的意义。他试着提了个问题：

“为什么你们自己没有车？包一辆漂亮的轿车，一个月才五百法郎。又不是没钱。”

“我不知道。”珂赛特回答。

“就像杜珊。”让·瓦让说，“她走了。您也不再找个人。为什么？”

“有妮珂莱特就够了。”

“可您需要一个贴身女仆呀。”

“我不是有马里尤斯吗？”

“你们应该有你们自己的房子，自己的仆人，有一辆车，戏院里有你们的包厢。对你们来说，有再漂亮的东西也不过分。你们很有钱，为什么不享用呢？财富能让人过得更幸福。”珂赛特没吭声。

让·瓦让探望的时间丝毫没有缩短。恰恰相反。如果想沿着斜坡下滑，是停不下来的。

当让·瓦让想延长探望时间，让珂赛特忘记时间时，就称赞马里尤斯。他觉得他相貌英俊，气质高贵，勇敢，风趣，口才好，心地好。珂赛特便添枝加叶。让·瓦让又从头开始。总有谈不完的话。马里尤斯这个名字，是永不枯竭的话题。这六个字母包含着许多卷书。这样，让·瓦让就能待得长一些。看见珂赛特，在她身边忘记一切，是多么愉快啊！这是在给他的伤口敷药。有好几回，巴斯克不得不第二次来说：“吉诺曼先生叫我提醒男爵夫人晚饭准备好了。”

在那些日子，让·瓦让回家时总是满腹心事。

马里尤斯在头脑里，曾把让·瓦让比作蝶蛹，这个比喻是不是有其真的一面？让·瓦让难道真是个蝶蛹，将坚持不懈地来看望他的蝴蝶？

一天，他待的时间比平时更长。第二天，他发现壁炉里没生火。“怎么！”他想道，“没生火。”可他给自己找了个解释：“这很简单。现在是四月了。天不冷了。”

“上帝！这里真冷！”珂赛特一进来就嚷道。

“不冷呀。”让·瓦让说。

“是您叫巴斯克不生火的吗？”

“对。快到五月了。”

“可是到六月还生火呢。在这个地窖里，一年到头都需要。”

“我想生火是多余的。”

“这又是您的一个怪想法。”珂赛特又说。

第二天，屋里生火了。但两张扶手椅却放到了屋子的另一头，靠着门。

“这是什么意思？”让·瓦让思忖。

他把两张椅子搬回壁炉旁原来的地方。因为又生了火，他有了勇气。他和珂赛特聊的时间比平时更长。他起身告辞时，珂赛特对他说：

“昨天我丈夫同我谈了一件奇怪的事。”

“什么事？”

“他对我说：‘珂赛特，我们有三万利弗的年金。你有二万七，我外祖父给我三千。’我回答：‘一共三万。’他又说：‘你有勇气只靠这三千利弗生活吗？’我回答：‘当然，没钱也行。只要和你在一起。’我又问他：‘你为什么同我讲这个。’他回答说：‘随便问问。’”

让·瓦让不知道该说什么。珂赛特可能想听听他的解释，可他只是听着，忧郁地一言不发。他回到武夫街，可他只顾想心事，竟走错了门，他没有回自己的家，进了隔壁的房子，爬到三楼才发现，只好再下去。

他陷入各种猜测。显然，马里尤斯对这六十万法郎的来历有所怀疑，他担心它们来路不正，谁知道呢？他甚至可能发现这笔钱是他让·瓦让的，他拿不定主意，是否要这笔可疑的钱；他不愿意把它占为己有，他和珂赛特宁可清贫度日，也不愿要这笔不义之财。

此外，让·瓦让隐隐感到已不受欢迎了。

第二天，他进入楼下那间屋子时，全身一震。两张扶手椅不见了。连张椅子也没有。

“怎么回事！”珂赛特进屋时说，“扶手椅怎么没了！放到哪里了？”

“不在了。”让·瓦让回答。

“太过分了！”

让·瓦让吞吞吐吐地说：

“是我叫巴斯克拿走的。”

“理由呢？”

“今天我只待几分钟。”

“待的时间短，也没有理由站着呀。”

“我想巴斯克需要把椅子拿到客厅去。”

“为什么？”

“晚上你们家可能有客人。”

“一个也没有。”

让·瓦让答不上来了。珂赛特耸了耸肩。

“这次又叫人把椅子拿走！上次您让人家不生火。您太怪了！”

“再见。”让·瓦让喃喃地说。

他没说：“再见，珂赛特。”但也没勇气说：“再见，夫人。”

他垂头丧气地走了。这次他全明白了。第二天，他没有来。珂赛特到晚上才发现。

“咦！”她说，“让先生今天没来。”

她心里有点难过，但她刚有感觉，就被马里尤斯的一个吻排解了。

第三天，他还是没有来。珂赛特没注意，仍像平时那样过她的夜晚，睡她的觉，只是翌日醒来时才想起来。她太幸福了！她马上让妮珂莱特到让先生家去看看他是否病了。妮珂莱特替让先生捎了话回来。他没有生病，他很忙，他很快就会去看她的。会尽快去的。另外，他要做一次短途旅行。夫人应该记得，他隔段时间就要出趟门，这是他的习惯。让她不要担心。不要惦记他。

妮珂莱特进让先生家时，向他转告她的女主人的话。说她的主人派她来问问让先生为什么昨天没去她家。

“我有两天没去了。”让·瓦让温和地说。

但这句话，妮珂莱特忽略了，没向珂赛特汇报。

四　引力与熄灭

在一八三三年春夏之交，沼泽区稀少的行人，店铺的老板，站在门口的闲人，注意到有个穿着整洁黑衣服的老头，每天傍晚同一时刻，从靠布雷托内里圣十字架街那边的武夫街出来，经白大衣街，到圣卡特琳田园街，然后到披巾街，在那里向左拐，进入圣路易街。

到了圣路易街，他头冲着前方，慢慢地走着，什么也看不见，什么也听不见，眼睛死死地盯住同一个地方，仿佛那里闪烁着星光，那不过是髑髅地修女街的拐角处。他越走近那拐角，眼睛就越发亮，一种喜悦之情有如内心的一道曙光，使他的双眸发出光芒，他仿佛深受诱惑，深受感动，双唇神秘地翕动，像在对一个看不见的人说话，脸上隐隐出现微笑，脚步尽量放慢。仿佛他既盼望早点走到，又害怕走到的那一刻。再过几幢房子，就到似乎吸引他的那条街了，这时，他走得更慢了，有时好像不走了。他脑袋摇晃，目光凝滞，好似磁针在寻找地极。他再怎么拖延时间，最终也还是会走到的。到了髑髅地修女街，他就停下来，浑身发抖，忧郁而胆怯地从最后一幢房子的拐角探出脑袋，向那条街张望，在他悲惨的目光中，仿佛有不可得的东西引起的惊叹，有关闭的天堂反射的光辉。接着，一滴眼泪，慢慢地蓄在眼角，聚成一大滴泪珠落下来，沿着脸颊往下淌，有时淌到嘴角便停下来。老人感到了眼泪的咸味。他就这样像石雕似的待上几分钟，然后，他又以同样的步伐从原路返回。他离那条街越来越远，他的目光也越来越黯淡。

渐渐地，这个老人不再走到髑髅地修女街的拐角处了。他在圣路易街的中途停下来，有时多走一些，有时少走一些。一天，他到了圣卡特琳田园街就驻足不前，远远眺望髑髅地修女街，然后默默摇摇头，仿佛在拒绝自己做一件事，然后就往回走了。

不久，他连圣路易街也不去了。他只走到铺石街，在那里摇摇头，便往回走。接着，他不超过三亭街，再接着，不超过白大衣街；就像不再上发条的钟摆，摆动的幅度越来越小，只等最后停下来。

每天同一时刻他从家里出来，走着同一条路线，但不再走到底，可能连他自己也没意识到在不断缩短行程。他脸上整个表情都表达了这唯一的念头：何苦呢。他眼神黯淡，不再有光。眼泪已枯竭，不再积蓄在眼角上；这沉思的眼睛已干涸。老人的脑袋始终向前伸，下巴不时地动一动，瘦脖子上的皱纹让人看了心里难受。有时天气不好，他夹着把雨伞，却不打开。同一街坊的老太太说："这人真傻。"孩子们跟在后面嬉笑。

第九卷　最后的黑暗，最后的曙光

一　同情不幸人，宽宥幸福者

幸福是件可怕的事！幸福的人感到非常满足！感到不需要别的！掌握了幸福这个人生的虚假目的，就会把义务这个真正的目标抛置脑后！

不过，平心而论，这样指责马里尤斯是不公正的。

前面说过，马里尤斯结婚前，没向福施勒旺先生提过问题，结婚后，却又怕向让·瓦让提问题。他对一时心软做出的承诺后悔莫及。他经常想，他不该向绝望的人做此让步。他只好慢慢地将让·瓦让从他家里赶走，尽量使珂赛特将他淡忘。可以说，他一直让自己插在珂赛特和让·瓦让中间，深信这样做，珂赛特不会发现，也根本不会多想。这比使淡忘更进了一步，这是在使遗忘。

马里尤斯做他认为必须做的正确的事。他用不硬也不软的方式将让·瓦让赶走，他认为自己有正当的理由，有的前面已说过，还有的下面要说。一次偶然的机会，他在为一件诉讼案做辩护时，遇到了拉斐特银行从前的一个职员，不找便得到了一些秘密材料。说实话，他没能深究，一是要遵守保密的诺言，二是不想使让·瓦让处境危险。就在那个时候，他认为要履行一个重要责任，正在极其审慎地寻找一个人，想把六十万法郎还给他。眼下，他绝不动用这笔钱。

至于珂赛特，她对这些秘密一无所知，不过，对她责备，也一样是苛刻的。马里尤斯对她有一种强大的磁力，这使她本能地，几乎是下意识地做马里尤斯希望她做的事。她感到马里尤斯对“让先生”有一种意愿，她便努力适应。她丈夫什么也没对她说，但他心照不宣的意图，给她隐隐地但又是明显地造成了压力，她便盲目地服从。这里所说的服从，是不去回忆马里尤斯想忘却的东西。她这样做无须做任何努力。她自己也不知道为什么，而且也没有必要谴责她，她的灵魂已完全变成她丈夫的灵魂，马里尤斯的思想出现阴影，她的思想也会变得黯淡。

不过，我们也不要言过其实。珂赛特对让·瓦让的遗忘和淡忘仅仅是表面的。与其说是遗忘，毋宁说是晕头转向。其实她很爱这位她久称父亲的人。但她更爱丈夫。这样，她内心的天平便失去平衡，向一边倾斜了。

有时，珂赛特会提起让·瓦让，对他不来看她表示惊讶。这时，马里尤斯便安慰她：

“我想他不在家。他不是说要去旅行吗？”

“这倒是的。”珂赛特想道，“他从前常常这样走掉的。可从没这么久。”

也有过两三次，她叫妮珂莱特到武夫街去打听让先生旅行回来没有。让·瓦让关照说没有。

珂赛特也没多问，她在世上只有一个需要，那就是马里尤斯。顺便提一句，马里尤斯和珂赛特也离开过巴黎。他们去了趟韦农。马里尤斯带珂赛特去给他父亲上坟了。

马里尤斯渐渐使珂赛特摆脱了让·瓦让。珂赛特则听其摆布。

此外，人们有时过于严厉地指责孩子们忘恩负义，其实，他们的做法并非总像人们认为的那样应受指责。这种忘恩负义是大自然特有的。我们在别处说过，大自然“眼睛看着前方”。大自然把生物分成到来者和离开者。离开者面朝黑暗，到来者面向光明。这样就产生了差距，这对老人来说，是致命的；而对年轻人来说，是不由自主。这种差距，始而感觉不到，渐渐地越来越大，有如树枝分杈。小树枝不脱离树干，但离得越来越远。这不是它们的错。年轻人哪里有快乐，就去哪里。他们奔向欢乐，奔向光明，奔向爱情。老人走向终点。仍然相见，却不再拥抱。

年轻人感觉到生活的寒冷，老年人感觉到坟墓的寒冷。不要责怪这些可怜的孩子。

二　无油之灯的最后闪烁

一天，让·瓦让下了楼，在街上走了几步，就坐到一块护墙石上，六月五日那天夜里，加弗洛什就是见他坐在这块护墙石上沉思默想的。他坐了几分钟就上楼了。这是钟摆最后一次摆动。第二天，他没出门。第三天，他没起床。

女门房每天给他准备简单的饭菜，一点儿白菜或一点儿土豆，外加几片肥肉。这天，她看了看褐色的陶盘，惊叫道：

“您昨天没吃饭，亲爱的可怜人！”

“吃了。”让·瓦让回答。

“盘里还是满的。”

“您看水罐，空了。”

“这证明您喝水了，但不证明您吃饭了。”

“那要是我饿得只想喝水呢？”让·瓦让说。

“这叫渴。如果只想喝水不想吃饭，这叫发烧。”

“我明天吃。”

“干脆说三圣节吃算了。为什么今天不吃？怎么能说我明天吃呢！我做的饭动也不动！我烧的土豆可好吃呢！”

让·瓦让握住门房老太太的手：

“我答应您吃掉。”他和蔼地说。

“我对您可不满意。”女门房说。

除了这个老太太，让·瓦让几乎见不到任何人。在巴黎，有些街道无人涉足，有些房子无人看望。他就在这样的一条街上和这样的一幢房子里。

在他还能出门的日子里，花几苏钱，从一个锅匠那里买了个小铜十字架，挂在床对面的钉子上。这个钉耶稣的十字架值得一看。

一个星期过去了，让·瓦让没有在房间里走一步。他一直卧床不起。女门房对她丈夫说：

“楼上的老头不起床，也不吃饭，他活不久了。他心里愁闷。我总想，他女儿的婚没结好。”

门房老头以丈夫的权威口吻回敬说：

“他要是有钱，就请个医生。要是没钱，就不请医生。要是没医生来，他就会死。”

“要是请来医生呢？”

“他也会死。”门房老头说。

女门房拿了把旧刀，给她所谓的“她的铺石路”刮草，一面刮，一面嘀咕：

“真可惜。多干净的老头！像童子鸡一样清白。”

她看见本区的一个医生从街口走过，就自作主张把他请上楼。

“在三楼。”她对他说，“您只管进去。老头起不了床，钥匙就插在门上。”

医生看了看让·瓦让，问了问情况。他下楼时，女门房喊住他：

“怎么样，大夫？”

“您的病人病得很重。”

“什么病？”

“什么病都有，什么病也没有。看来这个人失去了最心爱的人。他会因此而送命。”

“他对您说了什么？”

“他对我说他身体很好。”

“您还来吗，大夫？”

“要来的。”医生回答，“不过，不是我，而是另一个。”

三　昔日抬得起福施勒旺的车子，如今连笔都拿不动

一天傍晚，让·瓦让吃力地用臂肘撑起身子，拿起手给自己号脉，

却找不到脉搏。他呼吸短促，不时喘息。他承认比前些日子更弱了。可能受最后一桩心事的驱使，他强打精神坐起来，穿上衣服。他穿的是那套旧工装。既然出不了门了，就又穿起它来，再说，这是他最喜欢的衣服。他穿的时候，中间停了好几回。仅仅把手伸进衣袖，就累得他满头是汗。

他一个人生活后，就把床搬到了前厅，以便尽量少占这套空荡荡的房间。他打开那只手提箱，把珂赛特的衣服拿出来，摊到床上。

主教的那对银烛台仍放在壁炉上。他在一个抽屉里拿了两支蜡烛，插在烛台上。然后，他将蜡烛点燃，尽管这是夏天，天还亮着。在停放死人的房间里，有时会看到大白天也点着蜡烛。

他从这个家具走到另一个家具，每走一步，都使他筋疲力尽，不得不坐一坐。这绝非是消耗了体力还能恢复的一般疲劳，而是可能做的最后几个动作，是耗尽的生命在不能复始的不堪承受的努力中一点一滴地消失。

他瘫倒在一张椅子上，这椅子就在镜子前。这镜子对他来说是不祥之物，但对马里尤斯却是天赐之物，就是在这镜子里，他看见了珂赛特吸墨纸上反向的字迹。他在镜子里看见了自己，却认不出来了。他像有八十岁，可马里尤斯结婚前，他看上去勉强五十岁，这一年抵得上三十年。他额头上显示的，已不是年岁留下的皱纹，而是死亡刻下的神秘印迹，可以感到无情的指甲在上面抠挖过。他脸颊下垂，脸色如土，仿佛已盖上了一层土，两边的嘴角下拉，就像古人刻在陵墓上的脸谱。他用责备的神态凝望空中，就像悲剧中的主角，正在抱怨某个人。

他正处于郁闷的最后阶段，痛苦已不再流动，可以说已经凝固，绝望在心灵上已凝结成块。

夜幕降临。他拼足力气，把桌子和那张破安乐椅拖到壁炉旁，又将笔、墨水和纸放到桌上。

做完这些，他就昏过去了。醒来时，他感到口渴。他已没有力气将水罐提起来，只好费力地把它斜过来，凑近嘴边，喝了一口。

然后，他把身子转向床，因为站不动，就一直坐着凝视那条小黑裙和所有心爱之物。他这样凝视了好几个小时，却恍若只有几分钟。突然，他打了个寒噤，感到身上发冷。他用臂肘撑着桌子，拿起笔。主教的烛台照着桌子。

笔和墨水长久未用，笔尖弯了，墨水也干了，他只得站起来，放几滴水到墨水里，这样，他又不得不停下和坐下两三次，并且只好用笔尖的背面来写字。他不时地擦擦额头。

他的手发抖。他慢慢地写了下面几行字：

珂赛特，祝福你。我要向你做些解释。你丈夫让我明白我该离去是有道理的。但他所想的有些是错的，不过他这样想也有道理。他非常优秀。我死后，你要永远爱他。蓬梅西先生，望您永远爱我亲爱的孩子。珂赛特，你会发现这张纸的。下面是我要对你说的话，如果我有力气回忆起来的话，你将看到一些数字。好好听着，那笔钱确实是属于你的。我把事情经过说一说。白玉产自挪威，黑玉产自英国，黑玻璃产自德国。玉更轻，更珍贵，但价钱更高。法国也可像德国那样搞一些仿制品。只需一个两寸见方的铁砧和一盏酒精灯，便可将蜡熔化。从前，蜡是用树脂和炭黑做的，四法朗一斤。我发明了用虫胶和松节油做蜡。一斤只要三十苏，而且质量更好。扣环是用这种蜡将一块紫玻璃粘在一个黑铁小圈上做成的。黑铁首饰要用紫玻璃，金首饰要用黑玻璃。这类首饰，西班牙购买量很大。那是玉之乡……

写到这里，他停下了，笔从他手里掉下来。他再次从心底里发出绝望的哭泣。可怜的人双手捧住脑袋，陷入沉思。

“呵！”他心里号叫着（这悲哀的叫声，唯有上帝听得见），“完了。我再也见不到她了。她是在我身上掠过的一道微笑。我就要进入黑夜，却不能再见她一面。呵！哪怕是一分钟，一会儿，让我听见她的声音，摸摸她的衣裙，看看她，这个天使！然后就死去！死倒无所谓，可怕的是，死前见不到她。她会向我微笑，她会对我说句话。难道这妨碍谁吗？不。完了，永远完了。我孤苦伶仃。上帝啊！我的上帝啊！我再也见不到她了。”

就在这时，有人敲门了。

四 水落石出

就在这一天，更确切地说，就在这一晚，马里尤斯吃完饭，就回办公室，有一份案卷要研究。不一会儿，巴斯克送来一封信，并说：“写信的人就在候见室。”

珂赛特挽着外祖父的胳膊，在花园里散步。

一封信，如同一个人，也可能有难看的外表。有的信纸粗糙，折得马虎，让人一见就不舒服。巴斯克送来的信就属于这一类。

马里尤斯接过信。信上有股烟叶味。什么也比不上一种气味更能唤醒人的记忆。马里尤斯感到这气味很熟悉。他看了看写的字：“呈先生，蓬梅西男爵先生。他的公馆。”因为辨出了烟味，也就认出了字迹。惊讶似乎会发出闪光。马里尤斯仿佛被这样一道闪光照亮。

嗅觉这个神秘的备忘录，使他回想起了许多事。对！就是这种纸，这种折信的方式，这种淡淡的墨水，这熟悉的笔迹，尤其是这烟草味。戎德雷特家的陋室浮现在他眼前。

这真是踏破铁鞋无觅处，得来全不费功夫！他一直在苦苦寻找两条线索，这是其中之一，最近，他还费了很大劲去寻找，以为永无踪迹了，现在却自己送上门来。

他迫不及待地打开信读道：

男爵先生：

如果上帝赐我才能，我本可以成为泰纳男爵、（可学院）院士，但我不是。我只是和他同名，如果提及这件事能使我得到阁下的关照，我将非常高兴。如蒙您恩赐，必定有回报。我掌握着一个关余某人的秘密。这个人余您有关。我想把这个秘密告诉您，能对您有用不生荣幸。我要给您一个最简单的办法，把这个无权留在贵府的人干出去，因为男爵夫人出生高贵。道德的圣地如果再和罪恶同居下去，就要让位了。

我在候客室里等待男爵先生的命令。

此致敬礼。

信上署名“泰纳”。

这次署名不是假的，只是缩短了些。

此外，内容不知所云，拼写错误连篇，这就将写信人暴露无遗。这是一张完备的身份证。不可能有任何怀疑了。

马里尤斯激动不已。惊讶过后，便是喜不自胜。假如现在能找到他想找的另一个人，也就是救他马里尤斯的那个人，那他就别无他求了。

他打开写字台的一只抽屉，取出几张钞票，揣进口袋里，关上抽屉，然后按了铃。巴斯克微微推开门。

“让他进来。”马里尤斯说。

巴斯克通报：

“泰纳先生。”

一个男人走进来。马里尤斯又是一惊。来人他根本不认识。

这是个老头，大鼻子，下巴埋在领带里，戴着一副绿眼镜，上面有双层绿绸遮光罩，光溜溜的头发贴在额头，直达眉梢，就像英国**上流社会**[①]车夫戴的假发。头发已花白。从头到脚一身黑衣服，衣服很旧，却干干净净。背心的兜里露出带小饰物的表链，里面可能装着怀表。手里拿着一顶旧帽子。走起路来驼着背。他深深鞠了一躬，背就驼得更厉害了。

第一眼的深刻印象是，这个人衣服过于肥大，尽管扣子扣得整整齐齐，仍不像是量体裁的衣。

---

① 原文为英语。

这里有必要扯一扯题外话。那时候，在巴黎兵工厂附近，在博特雷利街上，有一幢臭名昭著的老房子，住着一位精明的犹太人，他的职业是把一个坏蛋化装成好人。时间不能太长，否则那坏蛋会不自在。化装当场进行，就是穿上一套尽量像正派人的服装，为期一两天，一天付三十苏。这出租服装的人叫“换装师”。这是巴黎的扒手们给他起的名字，除此之外，不知道他叫别的名字。他的化妆间里服装齐全。那些用来给人乔装打扮的旧衣服基本上还可以用。他有各种专业、各种类别的衣服。在他店铺的每个钉子上，都挂着一件某一社会地位的服装，又旧又皱。这里是法官的，那里是神甫的，另一处是银行老板的，在一个角落里是退伍军人的，在另一个角落里是文人的，再过去是政界人士的。这家伙是骗子在巴黎演出的大型悲剧的服装师。他的破屋是盗贼和骗子们进进出出的后台。一个衣衫褴褛的坏蛋走进这个更衣室，放上三十苏，根据当天他要扮演的角色，选择适合的衣服，下楼时，那坏蛋便是个人物了。第二天，旧衣服又原物送回，这个“换装师”把一切都交给小偷们，却从来没有挨过偷。这些衣服有一个缺点，穿着“不合身”。因为不是为穿衣者量身定做的，穿着不是包在身上，便是晃里晃荡，谁穿都不合适。凡是高矮超过中等个儿的骗子，穿着这“换装师”的服装，都会感到不舒服。必须长得不胖也不瘦。“换装师”只考虑到一般身材。每一类的衣服，都是按先上门来的不胖不瘦、不高不矮的无赖量体裁衣的。这样，有时就很难穿着合身，“换装师”的顾客只好尽量将就了。身材特殊的人便活该倒霉！比如政界人士的服装，上下一身黑，那倒是恰当的，可是皮特[①]穿了可能嫌肥，加特尔西卡拉穿了就嫌小。政界人士的服装在“换装师”的目录里是这样写的，我们抄录如下：“一件黑呢上衣、一条黑呢皮裤、一件丝绸背心、一双皮靴、一件衬衣。”白边上还注明：从前的大使。还有一条备注，我们也抄录下来：“在另一个盒子里，有一副干净的假鬈发、一副绿眼镜、一条带小饰物的表链、两根大拇指长的裹着棉花的羽毛管。”这些是前大使这样的政界人物穿的服装。这套行头，如

① 皮特（1708—1778），英国政治家。下文的加特尔西卡拉为那不勒斯驻巴黎大使。

果可这样说的话，已经精疲力竭：线缝已发白，在一个臂肘上依稀可见一个小洞，此外，胸前缺了个扣子，但这问题不大，政界人物的手总是插在胸口的衣服里，就是为了不让人看见少了个扣子。

马里尤斯假如熟悉巴黎这些隐秘的习俗，便会一眼看出，巴斯克带来的客人穿的政界人物的衣服，是从“换装师”的估衣店里租来的。

马里尤斯见来者不是他所等的人，大失所望，态度便变得不友好了。当那人向他深深鞠躬时，马里尤斯从头到脚打量他，以生硬的口气问道：

“有事吗？”

那人咧着嘴假笑着回答，那鳄鱼般温和的假笑使人感到笑里藏刀：

“我觉得在社交界不可能没有幸会过男爵先生。我相信几年前，在巴格拉西翁亲王夫人府上，在法兰西封臣当布雷子爵大人的沙龙里见过面。”

装出认识一个根本不认识的人，这是无赖的策略。马里尤斯专心地听那人说话，琢磨他的口音和手势，他更觉失望了。那人说话带着鼻音，与他等待的尖利干涩的声音有天壤之别。他困惑不解。

“我既不认识巴格拉西翁夫人，”他说，“也不认识当布雷先生。我从没去过这两个人的府上。”

回答非常粗暴。那大人物依然和蔼可掬，并坚持道：

“那就可能在夏多布里昂府上见过先生。我和夏多布里昂很熟。他很和气。他有时对我说：‘泰纳，我的朋友……您不和我喝一杯？’”

马里尤斯的神色越来越严肃：

“我从没这个荣幸被夏多布里昂接见。直说了吧。您有什么事？”

面对更生硬的语气，那人腰弯得更低。

“男爵先生，请听我说。在美洲巴拿马那边有个地区，那里有个村庄叫若耶。这村庄只有一座房子。一座四层的方形大楼房，用太阳烤干的砖砌成。每边长五百英尺，每上一层就缩进十二英尺，这样，每层都有一圈平台。中间有个内院，堆放粮食和武器。没有窗户，而有枪眼，没有门，而有梯子，从地面上二楼，二楼上三楼，三楼上四楼，都是通过梯子，从楼上下到内院，也是通过梯子。进房间不是通过门，而是翻板，不是通过楼梯，而是梯子。晚上关上翻板活门，抽走梯子，枪眼里架上火枪和卡宾枪，瞄准外面，根本无法进入。白天是一座房子，夜里是一座堡垒，全村八百个居民。这就是那个村庄的情况。为什么如此小心？因为那是个危险的地方，到处有吃人的人。那么，为什么有人要去那里呢？因为那是个奇妙的地方，那里有黄金。”

“您到底想说什么？”马里尤斯打断他说。他已由失望转为不耐烦了。

“是这样，男爵先生。我是一个疲惫不堪的前外交官。古老的文明使我精神高度紧张。我想试着过过野蛮人的生活。”

“还有吗？”

“男爵先生，自私是人世间的法则。无田的农妇按日为别人干活，看见驿车驶过，便回头去看，有田的农妇在自己的田里干活，就不会回头。穷人的狗跟在富人后面叫，富人的狗跟在穷人后面叫。人人为自己。利益是人追求的目的。金子是磁石。”

“还有吗？做结论吧。”

“我想到若耶去定居。我们一家三口。我的太太和小姐。一个漂亮姑娘。旅途很长，要很多钱。我需要些钱。”

“这和我有什么关系？”马里尤斯问。

陌生人从领带里伸出脖子，活像秃鹫的动作，满脸堆笑地回答：

“男爵先生没读我的信吗？”

这话可以说是对的。事实上，马里尤斯没有注意信的内容。他只顾看字迹，忽略了内容。他几乎想不起是什么了。刚才，一个新的细节引起了他的警惕。他注意到他说“我的太太和小姐”。他用锐利的目光盯着陌生人。一个预审法官也不会这样看人。他差不多是在窥视他。他只是回答：

“说明确些。”

陌生人将两只手插进背心兜里，抬起头，但没直起腰，却用眼镜的绿色目光观察马里尤斯。

“好吧，男爵先生。我说明确些。我有个秘密要卖给您。”

“一个秘密？！”

“一个秘密。”

“与我有关？”

“有点关系。”

“什么秘密？”

马里尤斯一边听着，一边越来越仔细地打量他。

“我先免费提供点情况。”陌生人说，“您会看到是很有意思的。”

“说吧。”

“男爵先生，您家里有个盗贼和杀人犯。”

马里尤斯打了个战。

“我家里？不可能。”他说。

陌生人非常冷静，他用臂肘擦擦帽子，继续说：

“杀人犯和盗贼。请注意，男爵先生，我讲的不是未了的、失效的旧事，不是在法律面前已过了刑事时效，在上帝面前忏一下悔，就可一笔勾销的事。我讲的是最近发生的事，现在的事，目前司法部门还不知道的事。我往下说。这个人用假名骗取了您的信任，几乎混进了您的家里。我把他的真名告诉您。不要报酬。”

“我听着。”

“他叫让·瓦让。”

“我知道。”

“我要告诉您他是谁，仍然不要报酬。”

“说吧。”

“他从前是个苦役犯。”

“我知道。”

“那是因为我有幸同您说了您才知道的。”

“不。我早就知道了。”

马里尤斯语气冷淡，两次回答“我知道”，话语简短，不愿交谈，这些都使陌生人心中暗生怒气。他用愤怒的目光偷偷盯了马里尤斯一眼，但怒色随即消失了。虽然瞬间即逝，但这目光只要见过一次，下次再见，一眼便能认出。马里尤斯认出来了。某些火光只能出自某些灵魂，眼睛是心灵的窗口，会因此而燃烧起来，戴着眼镜也遮掩不住。不信你给地狱装块玻璃试试。

陌生人又微笑着说：

“我不敢揭穿男爵先生的谎言。不管怎样，您应该看到我是知情的。现在，我要告诉您的只有我一人知道。这涉及到男爵夫人的财产。这是一个非同寻常的秘密，是要花钱买的。我首先要把它卖给您，不贵，两万法郎。”

“和其他一样，我也知道这个秘密。”

那大人物感到有必要压低些价码：

“男爵先生，给一万法郎吧，我这就讲。”

“我再说一遍，您没什么可告诉我的。您想说的我全知道。”

那人的眼睛又闪过一道光。他大声说：

“可我今天得吃饭哪。听我说，这是一个非同寻常的秘密。男爵先生，我马上就讲，我现在就讲。给我二十法郎。”

马里尤斯眼睛盯着他：

“我知道您非同寻常的秘密是什么。就像我知道让·瓦让的名字，也像我知道您的名字。”

“我的名字？”

“对。”

“这不难，男爵先生。我有幸给您写了，也给您说了。泰纳。”

“迪埃。”

“嗯？”

“泰纳迪埃。”

“谁？”

在遇到危险时，箭猪会竖起箭刺，金龟子会装死，老卫队会摆出阵势，而这人却哈哈大笑。接着，他用手指弹掉衣袖上的一粒灰尘。马里尤斯继续说：

“您也是工人戎德雷特、喜剧演员法班图、诗人让弗洛、西班牙人唐·阿尔瓦雷，还是女人巴利扎尔。”

“什么女人？”

“您在蒙费梅开过小客栈。”

“小客栈！绝对没有。”

“我知道您是泰纳迪埃。”

“我否认。”

“我还知道您是个无赖。拿着吧。”

马里尤斯从口袋里拿出一张钞票，扔到他脸上。

“谢谢！对不起！五百法郎！男爵先生！”

那人大惊失色，连连鞠躬，抓住钞票，左看右看。

“五百法郎！”他惊愕地说。接着，他又低声嘀咕：“五百法郎钞票哪！”

然后突然又说：

“算了，”他大声说，“还是自在些吧。”

说完，他猴子般敏捷地把假发往后一推，摘掉眼镜，从鼻孔里取出刚才提到过的、在本书另一页上见到过的两根羽毛管，变戏法似的将它们藏了起来。他取掉面具，就像人摘帽一样方便。

他的眼睛闪光了，一个凹凸不平、布满沟壑、有的地方疙瘩丛生、额头上有丑陋皱纹的面孔露了出来，鼻子又尖得像鹰钩，他骤然又恢复了猛禽般凶恶机敏的面目。

“男爵先生明察秋毫，”他用清晰的不带鼻音的声音说，“我是泰纳迪埃。”

他驼着的背也直了起来。

泰纳迪埃——因为的确是他——大吃一惊；假如他会慌乱的话，那他现在该慌乱了。他是来让人大吃一惊的，不料自己吃了一惊。他受了凌辱，但得到五百法郎的回报，不管怎样，他还是认了。但他仍然惊讶不已。

他是第一次见到这男爵先生，尽管他已乔装改扮，但这位蓬梅西男爵仍认出了他，而且认了个彻彻底底。这男爵不仅了解泰纳迪埃，好像也了解让·瓦让。这个乳臭未干、既冷酷又慷慨的年轻人究竟是谁？他知道人家的名字，知道人家所有的名字，对人家慷慨解囊，像法官一样粗暴地对待骗子，却又像受骗的傻瓜那样赏给钱。

大家一定记得，泰纳迪埃尽管是马里尤斯的邻居，却从没见过他，这在巴黎屡见不鲜。以前，他隐约听到过两个女儿说起，有个叫马里尤斯的穷后生住在同一幢房子里。他不认识他，却给他写过信，这我们是知道的。在他的头脑里，那个马里尤斯和这个蓬梅西男爵不可能扯到一起。

至于蓬梅西这个名字，大家记得，在滑铁卢战场上，他只听到最后两个音节，对于这两个音节，他就像光听到一声谢谢[①]那样，一直理所当然地不屑一顾。

此外，二月十六日那天，他让他女儿阿赛玛跟踪那对新婚夫妇，他自己也做了搜索，最后了解到许多情况；他从黑暗深处，抓住了不止一条秘密线索。他用尽歪门邪道，发现了，至少通过归纳推理，猜到了那天他在大下水道里遇到的那个人是谁。知道了是谁，他便轻而易举地弄清了其人的名字。他知道蓬梅西男爵夫人就是珂赛特。但在这方面，他打算谨慎行事。珂赛特是谁？他自己也不清楚。他依稀感到她是个私生女。他一直觉得芳蒂娜来历可疑。可是说这些有什么用？是要人家付他一笔钱，让他保守这个秘密吗？他有，或者说他认为有更值钱的东西可卖。而且，从种种迹象看，无凭无据地来向蓬梅西男爵泄露“您的妻子是私生女”，只会使告密者招来丈夫的拳打脚踢。

在泰纳迪埃的思想上，同马里尤斯的谈话尚未开始。刚才，他不得不后退一步，改变策略，放弃阵地，更换战线。不过，主要的东西没有损失，他口袋里已装进五百法郎了。此外，他还有决定性的东西没有说，蓬梅西男爵再知情，再全身披甲，他感到自己也有办法对付。对泰纳迪埃这种本性的人来说，任何谈话都是战斗。在将要进行的战斗中，他的处境如何呢？他不知道在同谁说话，但他知道要讲什么。他在心里很快衡量了自己的力量，在说了“我是泰纳迪埃”后，就等着对方开口了。

马里尤斯在沉思。他终于抓住泰纳迪埃了。他一直多么想找到这个人，此刻就在面前。他终于能履行蓬梅西上校的遗嘱了。这位英雄还欠

---

① 蓬梅西（Pontmercy）的最后两个音节是 mercy，与法语中的 merci（谢谢）同音。

着这强盗一笔人情，他父亲从坟墓里开的让他兑付的汇票，至今尚未兑付，他感到很丢人。此刻，面对泰纳迪埃，他的思想非常复杂，他也感到，上校不幸被这样一个恶棍所救，自己应为他洗雪耻辱。不管怎样，他很高兴。他终于要把上校的亡灵从这个可耻的债权人手中解救出来了，他感到他父亲身后的名声终于将摆脱债务的牢狱了。

除此之外，他还有另一个责任：如有可能，他要澄清珂赛特那笔钱的来源。似乎有机会了。泰纳迪埃也许知道些什么，也许有必要探探这个人的底细。他就从这里着手。

泰纳迪埃将那“五百法郎钞票”揣进腰包后，用一种几乎是温柔的目光望着马里尤斯。马里尤斯打破沉默。

“泰纳迪埃，我说了您的名字。现在，您来告诉我的那个秘密，要不要我说给您听听？我也有情报，我。您会看到我知道得比您多。让·瓦让，正如您说的，是个杀人犯和盗贼。说他是盗贼，因为他偷了一个有钱的厂主马德兰先生，并使他破了产。说他是杀人犯，因为他杀了便衣警察雅韦尔。”

“我不明白，男爵先生。”泰纳迪埃说。

“那我就说得明白些。听着。大约在一八二二年，在加来海峡的一个区，有个人同司法部门有过纠纷，后来，以马德兰先生的名字，改过自新，恢复了声誉。此人成了一个名副其实的大善人。他创建了制造黑玻璃的工业，使全城的人富了起来。他本人也发了财，但那是附带的，可以说是偶然的。他要养活穷人。他创建医院，创办学校，探望病人，赠送嫁妆，资助寡妇，收养孤儿。他成了那地方的保护人。他拒领十字勋章，大家选他当了市长。一个被释放的苦役犯知道这个人从前服过刑的秘密，将他告发了，使他遭到了逮捕，并利用此人被捕的机会来到巴黎，用假签名，从拉斐特银行——我是从出纳员本人那里获悉的——提取了属于马德兰先生的五十多万法郎存款。这个窃取马德兰先生存款的苦役犯，便是让·瓦让。至于另一件事，您也没什么可告诉我的。让·瓦让杀死了雅韦尔密探。他是用一把手枪把他杀死的。我告诉您，当时我就在场。”

泰纳迪埃至高无上地瞪了马里尤斯一眼，那神情就像一个转败为胜，转眼间就收复了所有失地的人。但他旋即恢复笑容，下级胜利了，在上级面前应显得温顺。泰纳迪埃只对马里尤斯说：

“男爵先生，我们说的不是一回事。”

他还故意把那串表链转了一圈，以示对这句话的强调。

“什么？”马里尤斯又说，“您对此有异议？这是事实。”

“这都是凭空想出来的。男爵先生对我如此信任，我觉得有责任指出来。最重要的是真实和公正。我不爱看到别人受到不公正的指控。男爵先生，让·瓦让根本没有盗窃马德兰先生，让·瓦让根本没有杀死雅韦尔。”

“这太过分了！怎么可能？”

“有两条理由。”

“哪两条？说吧。”

“第一，他没有盗窃马德兰先生，因为让·瓦让本人就是马德兰先生。”

“您在跟我胡说什么呀？”

“第二，他没有杀死雅韦尔，因为杀死雅韦尔的人是雅韦尔。”

“您说什么？”

“雅韦尔是自杀的。”

“证据呢！拿出证据来！”马里尤斯气得大叫大嚷了。

泰纳迪埃就像在朗诵十二音节的古诗那样，一字一顿地说：

“雅韦尔——便衣——警察——被——发现——溺死——在——兑换桥——的——一条——船下。”

“拿出证据来呀！”

泰纳迪埃从一侧的口袋里拿出一个大灰纸袋，里面好像装着一叠折成大小不一的纸张。

“我有材料。”他平静地说。

接着他又说：

“男爵先生，为了您，我曾对让·瓦让做过深入调查。我说让·瓦让和马德兰是同一个人，我说杀死雅韦尔的凶手是雅韦尔，我这样说，是因为我有证据。不是手写的证据，手写的字不可信，手写的字曲意迎合，而是印刷的证据。”

泰纳迪埃边说边从纸袋里取出两期发黄的、褪了色的、发出浓郁烟草味的报纸。其中一份似乎比另一份更旧，折叠的地方已破裂，变成了一块一块了。

“两件事，两个证据。”泰纳迪埃说。一面将两份报纸打开，递给马里尤斯。

这两期报纸，读者是知道的。最旧的那份是一八二三年七月二十五日的《白旗报》，在本书第三卷第一百四十八页[①]可以读到那篇文章，证实马德兰和让·瓦让是同一个人。另一份是一八三二年六月十五日的《箴言报》，证明雅韦尔是自杀的，还说，从雅韦尔给巴黎警察局长的一份口头报告中得知，雅韦尔被囚禁在尚弗里街的街垒里，一位暴动分子宽宏大量，救了他一命，那人用手枪押着他，没有朝他的脑袋，而是朝天开了一枪。

马里尤斯读那两篇文章。事实明摆着，日期确实无疑，证据不容置疑，这两份报纸不是专门为证明泰纳迪埃说的话而印刷的。《箴言报》上公布的消息，是巴黎警察局的官方通报。马里尤斯不可能怀疑。那位银行出纳员提供的情况不属实，马里尤斯自己弄错了。让·瓦让突然变得高大，从云雾中冲了出来。马里尤斯高兴得禁不住叫了一声：

“这么说，这个不幸的人值得敬佩！这笔财产的确是他的！他是马德兰，一个地区的保护人！他是让·瓦让，雅韦尔的救命恩人！他是英雄！他是圣人！”

“他不是圣人，他也不是英雄。”泰纳迪埃说，“他是杀人犯和盗贼。”

他像是感到自己有了点权威，以威严的口气说：

“冷静一点。”

马里尤斯以为“盗贼”“杀人犯”等字眼不会再听到了，不料复又出现，不啻一盆凉水浇在身上。

---

① 这里指本书初版的页数。详见本译本第二部第二卷第一章。

“还是！”他说。

“没有变。”泰纳迪埃说，“让·瓦让没有偷马德兰，但他是盗贼。他没杀雅韦尔，但他是杀人犯。”

“您是指四十年前那件可悲的偷窃案？”马里尤斯说，“这也是您的报纸上说的，他已通过终身的忏悔、忘我和行善而赎罪了。”

“我是说杀人和盗窃，男爵先生。我再说一遍，我指的是现行罪。我要向您泄露的事，您肯定不知道。从没有人说过。也许，您能从中发现，让·瓦让巧妙地送给男爵夫人的那笔财产是从哪里来的。我是说巧妙地，因为，通过这样的赠送，他就可以钻进一个体面的家庭，分享他们富裕的生活，同时掩盖自己的罪行，享受自己偷来的钱，隐姓埋名，为自己建立一个家庭，这不能说是笨拙的做法。”

“我本可以在这里打断您的，”马里尤斯说，“不过，继续说吧。”

“男爵先生，我把一切都告诉您，不过要多给些报酬。这个秘密价值连城。您会对我说：‘为什么你没有找让·瓦让？’理由很简单：我知道他放弃这笔钱了，把它给了您，我觉得他的手段很高明。他现在已一文不名，他会让我看到他两手空空，可我需要去若耶的盘缠，所以我宁愿来找您，您有一切，而他一无所有。我有些累了，让我坐下吧。”

马里尤斯坐了下来，同时示意他也坐下。泰纳迪埃坐到一张软垫椅上，拿起那两张报纸，塞进纸袋里，边用指甲敲敲《白旗报》，边咕哝道：“这个我可是花了吃奶的力气才找到的。”说完，他翘起二郎腿，靠在椅背上，一副对自己说的话有充分把握的样子，然后进入正题，严肃而强调地说：

“男爵先生，一八三二年六月六日，也就是一年前，巴黎暴动的那一天，有个人躲在大下水道里，就在下水道流入塞纳河的出口处，残废军人院和耶拿桥之间。”

马里尤斯突然把椅子向泰纳迪埃挪了挪。泰纳迪埃注意到了这个动作，于是，他就像演说家觉得已抓住听众，并感觉到对方的心脏突突跳动那样，继续慢条斯理地说：

“这个人出于政治以外的原因，被迫躲起来，以下水道为家，并且有一把下水道的钥匙。我再说一遍，那天是六月六日，大概是晚上八点。那人听见下水道里有响声。他大吃一惊，便蹲下来，窥视着。是脚步声，有人在黑暗中走路，向他这边走来。真是怪事，下水道里除他之外，还有另外一个人。不远处便是下水道的出口。从铁栅门里射进一点光线，他辨清了来人，那人还背着什么东西。他弯着腰往前走。那弯腰走路的人曾是个苦役犯，他背着的是一具尸体。这是一起十足的现行杀人罪。至于盗窃，这是不言而喻的，杀一个人总要有利可图。这苦役犯要把尸体扔进河里。有一点值得注意，这苦役犯是从很远的下水道过来的，在走到铁栅栏门出口之前，必须经过一个可怕的大水坑，他完全可以把尸体扔在里面，可是，第二天，下水道工到那里作业，就会发现被害人，凶手不想这样。他宁愿背着沉重的包袱涉过水坑，他做的努力是难以想象的，没有比这更危险的了。我弄不清楚他是怎样活着走出来的。”

马里尤斯又把椅子挪近了些。泰纳迪埃乘机深呼吸了一下。他继续往下说：

“男爵先生，下水道不是练兵场。那里什么也没有，甚至没有空间。两个人在里面，总会狭路相逢。这事就发生了。以下水道为家的人和过路的人虽不情愿，却不得不互打招呼。过路人对那住户说：‘你看见我背着什么了，我得出去，你有钥匙，给我。’这个苦役犯力大无比，是不能拒绝他的。不过，有钥匙的人同他讲价钱，是为了赢得时间。他仔细看了看那个死人，但什么也看不清，只看出是个年轻人，衣着讲究，看上去很有钱，脸上血肉模糊。他一面同他说话，一面偷偷从被害人背后撕下一片衣服。要明白，这是物证，这样就可重新抓住线索，向罪犯证实罪行。他把物证揣进衣兜里。然后，他打开门，让那人和他背上的包袱出去，关上门就逃开了，他不想被牵连进去，尤其不想在凶手将被害人扔进河里的时候在场。您现在明白了吧。背尸体的那个人是让·瓦让，有钥匙的人就是现在同您说话的人，而那片衣服……”

泰纳迪埃边结束句子，边从口袋里掏出那块布满暗斑的黑呢布片，用两只手的大拇指和食指捏着，举到眼睛的高度。马里尤斯站起来，脸色苍白，呼吸急促，一句话也不说，眼睛盯着那块黑呢布片，一步步退到墙边，右手伸到身后，在墙上摸索着找一把钥匙。钥匙就插在壁炉旁的壁橱的锁孔里。他找到钥匙，打开壁橱，将手伸进壁橱，惊慌的目光仍盯着泰纳迪埃手中的布片。

这时，泰纳迪埃继续说：

“男爵先生，我有充分的理由认为，被害的年轻人是个非常富有的外国人，身上带着巨款，被让·瓦让拖进了圈套。”

“那年轻人是我，这就是衣服！”马里尤斯大声说道。说完，他把一件血衣扔到地上。

然后，他从泰纳迪埃手中夺过那块布，蹲到衣服前，将布片放到下摆的缺口上。撕口完全吻合，布片补全了衣服。

泰纳迪埃惊得目瞪口呆。他想道：“真让我惊讶！”

马里尤斯站起来，浑身哆嗦，又失望又高兴。他掏了掏口袋，愤怒地走到泰纳迪埃跟前，将抓满五百和一千法郎的拳头伸给他，差点按到他的脸上。

“您是个卑鄙的家伙！您是个撒谎专家，诽谤者，恶棍！您来诬告一个人，反而还了他清白。您想毁他的声誉，结果却在对他歌功颂德。您自己是盗贼！您自己是杀人凶手！我在医院林荫大道的破屋里看见过您，泰纳迪埃·戎德雷特。我知道您很多事，足以把您送进苦役牢，甚至判更重的刑，如果我愿意的话。拿着，这是一千法郎，您这个恶棍！”

他把一张一千法郎的钞票扔到泰纳迪埃脸上。

“啊！戎德雷特·泰纳迪埃，无赖！但愿您能吸取教训，您这个贩卖秘密的旧货商，兜售秘密的小贩子，搜索秘密的家伙，无赖！拿着这几张五百法郎，从这里滚出去。滑铁卢保护了您。”

“滑铁卢！”泰纳迪埃嘀咕着，将那几张五百法郎和一千法郎的钞票装进兜里。

“是的，凶手！您在那里救了一位上校的性命……”

“一位将军。”泰纳迪埃抬起头来说。

“一位上校！”马里尤斯愤怒地说，“我不会为一个将军给您一个子儿。您竟然来这里败坏别人的声誉！听着，您恶贯满盈。滚开！永远消失！不过，但愿您能幸福，这是我所希望的。啊！魔鬼！再给您三千法郎。拿着。明天就和您女儿去美洲。您妻子死了，可恨的骗子！我要监视您动身，强盗，到时我再给您两万法郎。滚到别处去吊死吧！”

“男爵先生，”泰纳迪埃回答说，一面把脑袋鞠到了地上，“不胜感激。”

泰纳迪埃出去了，他感到莫名其妙，成袋的金子甜蜜地压在他身上，霹雳化做钞票在他头上轰隆隆响，他简直又惊又喜。

他遭了雷击，却又非常高兴。假如有根避雷针使他不挨雷击，他反倒会感到遗憾。

让我们立即把这个人的事做一了结。上述事件过后两天，在马里尤斯的关心下，他改名换姓，带着一张到纽约兑付的两万法郎的汇票，和女儿阿赛玛启程去了美洲。泰纳迪埃这个失败的资产者，他的道德的贫乏是不可救药的。到了美洲，他依旧如故。同一个恶人打交道，有时可能毁掉一件善事，最后善事会变成坏事。泰纳迪埃用马里尤斯给的钱，干起贩卖黑奴的勾当。

泰纳迪埃一走，马里尤斯赶紧跑到花园。珂赛特还在那里散步。

“珂赛特！珂赛特！”他大声喊道，“快来！快！我们出去。巴斯克，叫马车！珂赛特，快来。啊！我的上帝！是他救了我的命！一分钟也别耽误了！围上披巾。”

珂赛特以为他疯了，但还是服从了。

他喘不过气来，将手按到胸口，想压住心跳。他大步来回走着，他拥抱珂赛特：

“啊！珂赛特！我真可耻！”他说。

马里尤斯欣喜若狂。在他眼里，让·瓦让开始变成一个高大而可悲的形象。一种闻所未闻的美德出现在他面前，崇高，温和，伟大而卑微。苦役犯正在变成基督。马里尤斯被这奇迹弄得眼花缭乱。他并不确切知道看到了什么，只知道很伟大。

不一会，一辆出租马车到了门口。

马里尤斯把珂赛特扶上车，随后自己一跃而上。

“车夫，”他说，“武夫街七号。”

马车出发了。

“啊！多么幸福！”珂赛特说，“武夫街，我一直不敢在你面前提起。我们去看让先生。”

“你的父亲，珂赛特！比任何时候更是你的父亲。珂赛特，我猜到了。你对我说过，你从没收到我让加弗洛什给你送的信，信可能落到他手里了。珂赛特，他去街垒是为了救我。因为他需要当天使，他还顺便救了别人。他救了雅韦尔。他把我从这深渊中拉出来，是为了将我送给你。他把我背到了可怕的下水道里。啊，我真是个忘恩负义的人。珂赛特，他当了你的保护人之后，又当了我的保护人。你想想，有一个极其可怕的水坑，能让人淹死一百次，让人陷入泥淖，珂赛特！他背着我走过了那里。我那时不省人事。我什么也看不见，什么也听不见，我对自己的遭遇什么也不可能知道。我们去接他回来，让他和我们一起生活，不管他愿不愿意，不再让他离开我们。但愿他在家！但愿我们能找到他！我会永远敬重他。是的，必须这样，明白吗，珂赛特？加弗洛什肯定把信交给他了。全都清楚了。你明白吗？”

珂赛特如堕云雾。

“你说得对。”她对他说。

这时，马车向前行驶。

五　黑夜后面是白天

让·瓦让听见有人敲门，便转过头去。

“进来。”他无力地说。

门开了，珂赛特和马里尤斯出现了。珂赛特冲进屋里。马里尤斯站在门口，倚着门框。

“珂赛特！”让·瓦让说。他从椅子上直起身子，颤巍巍地张开双臂，神色惊慌，面色惨白，双眸显出无限的喜悦。

珂赛特激动得说不出话来，扑到让·瓦让的胸口。

“父亲！”她说。

让·瓦让激动不已，结结巴巴地说：

“珂赛特！是她！是您，夫人！是你！啊，我的上帝！”

珂赛特紧紧拥抱他。他大声喊道：

“是你！你来了！你宽恕我了。”

马里尤斯低下头，不让眼泪流出来，他向前跨了一步，使劲抿住嘴，以免哭出声来，喃喃地说：

“我的父亲！”

“您也宽恕我了！”让·瓦让说。

马里尤斯一句话也说不出来。让·瓦让又说：

“谢谢！”

珂赛特扯下披肩，同帽子一起扔到床上。

“戴着不舒服。”她说。

她坐到老人的膝上，以娇柔的动作，将他的白发撩开，吻了吻他的额头。让·瓦让不知所措，任她摆布。

珂赛特模模糊糊地明白了一点，于是，对让·瓦让加倍亲热，仿佛想替马里尤斯还债似的。让·瓦让结结巴巴地说：

“我真傻！我以为再也见不到她了。您想想，蓬梅西先生，当您进来时，我还在想：‘完了。这是她的小裙子，我真悲惨，再也见不到珂赛特了。’就在你们上楼时，我还这样说呢。我有多傻！人真是太傻了！总想不到仁慈的上帝。仁慈的上帝说：‘傻瓜！你想象你要被抛弃了。不，不会的，不会这样的。瞧，那里有个可怜的老头需要一位天使。’于是天使来了！于是，我又看见我的珂赛特了！于是我又看见我的小珂赛特了！啊！前些时候，我太痛苦了！”

他说不出话来，停了一会才又说：

“我确实需要经常见到珂赛特。一颗心是要有点事做的。可是，我确实又感到我是多余的人。我给自己摆道理：他们不需要你，你就待在你的角落里吧。你无权久留不走。啊！感谢上帝，我又见到她了！你知道吗，珂赛特？你的丈夫很英俊。啊！你的绣花领子漂亮极了。我喜欢这个图案。是你丈夫选的，是不是？还有，你应该有几条开司米披肩。蓬梅西先生，让我用‘你’称她吧。不会很久了。”

这时，珂赛特跟着说：

“您真坏，把我们这样丢下！您上哪里去了？为什么去这么久？从前，您外出从不超过三四天。我让妮珂莱特来打听，总是回答：他不在。您回来多久了？为什么不让我们知道。您知道您变化很大吗？啊！坏父亲！他病了，可我们不知道！喂，马里尤斯，你摸摸他的手，冰凉冰凉的！”

“你们总算来了！蓬梅西先生，请您原谅我！”让·瓦让又说。

让·瓦让刚说完这句话，马里尤斯满腹的话儿找到了出口，便爆发出来：

“你听见没，珂赛特？他还这样说！他还请求我原谅他。珂赛特，你知道他为我做了什么吗？他救了我的命！还不止这个。他把你给了我。他救了我以后，他把你给了我以后，珂赛特，他又怎么对待自己的呢？他牺牲了自己。他就是这样的人。可他还对我这个忘恩负义的人，这个健忘的人，这个无情的人，这个有罪的人道谢！珂赛特，即使我这辈子为他做牛做马，也报答不了他的恩情。那街垒，那下水道，那激烈的战场，那污水坑，他都经历了，为了我，为了你，珂赛特！他冒着一次次生命危险把我背走，使我免遭死亡，却把死亡留给自己。一切勇敢，一切美德，一切英雄气概，一切尊严，他都具备！珂赛特，这个人是天使！”

“嘘！嘘！”让·瓦让低声说，“为什么说这些？”

“那您呢！”马里尤斯既生气又崇敬地大声说，“您为什么没说？您也有错。您救了别人的命，却还瞒着他们！更有甚者，您借口揭露自己，却在诽谤自己。这太可怕了。”

“我讲的是真话。”让·瓦让回答。

“不是，”马里尤斯说，“要讲真话，就得全讲出来，而您没有全讲。您是马德兰先生，为什么不说？您救了雅韦尔的命，为什么不说？您救了我的命，为什么不说？”

“因为当时我和您的想法一样。我觉得您是对的。我应该走开。假如我讲了下水道的事，您就要我留在你们身边，因此我只得不提这事。假如我说了，谁都会不方便。”

“什么不方便！谁不方便！”马里尤斯又说，“您难道还想待在这里吗？我们要把您接走。啊！我的上帝！一想到我偶然才知道这一切，心里就不安！我们要把您接走。您和我们是一家人。您是她的父亲和我的父亲。您一天也不能待在这可怕的屋子里了。您别想明天还在这里。”

“明天我不会在这里了，”让·瓦让说，“但也不会在你们那里。”

“您想说什么？”马里尤斯反驳道，“啊，我们不再让您出去旅行了。不再让您离开我们。我们不放您走。”

“这次可是真的。”珂赛特也跟着说，“下面有辆马车。我要把您劫走。必要的话，我会使用武力。”

说完，她笑着做出用胳膊抱老人的动作。

“家里还给您留着房间呢。”她接着又说，“要知道，这时候的花园漂亮极了！杜鹃花正在盛开。小径铺上了河沙，沙里还有小紫贝壳。我要给您吃我的草莓。是我给它们浇的水。不要再称‘夫人’‘让先生’了，现在是共和国，大家都以‘你’相称，马里尤斯，你说是不是？纲领变了。要知道，父亲，我有过一件伤心事。有只红喉雀在墙上做了个窝，一只残忍的猫把它吃了。我那可怜的美丽的小红喉雀，它把脑袋放在它的窗子上，瞪着眼睛看着我！我哭了。我真想杀死那只猫！不过，现在没有人再哭了。大家都在笑，大家都很幸福。您和我们一起回去。外祖父会很高兴！花园里您会有一块地，您种上些东西，我们倒要看看，您的草莓会不会有我的漂亮。还有，我会什么都依您，还有，您要好好听我的话。”

让·瓦让在听她说话，却没听见说什么。他听见的是美妙的音乐，而不是她说的话。一颗巨大的泪珠，来自心灵的悲伤的泪珠，在他眼睛里慢慢形成。他喃喃地说：

“她来了，这证明上帝是仁慈的。”

“父亲！”珂赛特说。

让·瓦让继续说：

“能生活在一起的确令人神往。他们那里树上停满了鸟。我能和珂赛特一起散步。像人们一样活着，互相问安，在花园里互相呼唤，这多么愉快。一清早大家就见面。每个人都种一块地。她给我吃她的草莓，我让她采我的玫瑰。这的确令人神往。只是……”

他顿了一下，又轻声说道：

“可惜。”

那颗泪珠没有落下来，而是缩了回去，让·瓦让代之以微笑。珂赛特握住老人的两只手。

“上帝！”她说，“您的手更冷了。您病了吗？您不舒服吗？”

“我？没有，”让·瓦让回答，“我很好。只是……”

他戛然而止。

“只是什么？”

“我马上要死了。”

珂赛特和马里尤斯浑身一震。

“要死了！”马里尤斯惊叫道。

“是的，不过没什么。”让·瓦让说。

他喘了口气，微笑着说道：

“珂赛特，刚才你在同我说话，继续说，往下说，你那只小红喉雀死了，往下说呀，让我听见你的声音！”

马里尤斯愣在那里，看着老人。珂赛特惨叫一声。

“父亲！我的父亲！您会活下去的。您要活下去。我要您活下去，听见没有！”

让·瓦让充满爱意地向她抬起头。

“呵！是的，命令我不要死吧。谁知道呢？我可能会服从的。你们来时，我正在死去。你们一来，我就停下了。我感到我复活了。”

“您充满了力量和生命，”马里尤斯大声说，“您认为这样的人会死吗？您曾有过忧虑，以后不会再有了。我求您原谅我，我还要跪下来求您！您要活下去，和我们一起活下去，活很久很久。我们接您回去。我们俩从此只有一个念头：让您幸福！”

“您看，马里尤斯说您不会死的。”珂赛特眼泪汪汪地说。

让·瓦让继续在微笑。

“蓬梅西先生，你们把我接回去，我就不是现在的我了吗？不，先前，上帝想的同您我一样，他不会改变想法，我应该离去。死是一种妥当的安排。我们该做什么，上帝比我们更清楚。他要你们幸福，要蓬梅西先生拥有珂赛特，年轻人拥有早晨，你们身边有孩子、丁香花和黄莺，你们的生活是沐浴阳光的美丽草坪，你们的心中充满上天的魅力，而我现在已毫无用处，他要我死去，他相信这样安排是对的。你们看，我们得通情达理，现在一切都无可挽回了，我真的感到我要死了。一小时前，我昏厥过一次。还有，昨天夜里我把那罐水喝完了。珂赛特，你丈夫真好！你同他在一起比同我在一起好。”

门响了。医生进来了。

“你好，大夫，永别了。”让·瓦让说，“这是我两个可怜的孩子。”

马里尤斯走近医生。他对他只说了一个词：“先生？……”但语气足以构成一个完整的问句。

作为回答，医生意味深长地看了他一眼。

“不能因为这是不愉快的事，就对上帝不公正。”让·瓦让说。

一阵沉默。大家都心情沉重。让·瓦让把脸转向珂赛特。他开始凝视她，仿佛想把她印在心里带到永生。他已沉入深深的黑暗中，但还能望着珂赛特出神。他那温和的面容发出闪光，照亮了苍白的脸孔。坟墓也能使人目眩。

医生把了把他的脉搏。

“啊！他需要的是你们！”他看着珂赛特和马里尤斯，咕哝道。

接着，他凑到马里尤斯的耳边，悄悄对他说：

“太晚了。”

让·瓦让几乎不停地望着珂赛特，神态安详地看了马里尤斯和医生一眼。只听见他嘴里发出一句模糊不清的话：

“死算不了什么，可怕的是不能活着。”

蓦地，他站了起来。这种体力的恢复有时是回光返照。他步伐有力地向墙走去，推开马里尤斯和医生，不让他们扶他，摘下挂在墙上的耶稣受难铜十字架，用自如得就像健康人的动作，回来坐到椅子上，将十字架放在桌上，大声说：

“这就是伟大的殉道者。”

接着，他的背弯了下来，脑袋晃了一下，仿佛陶醉于坟墓的快乐中，放在膝上的两只手开始抠起裤子来。

珂赛特扶着他的双肩哭泣，想同他说话，却说不出来。从她伴着泪水、含着悲伤口水说的话中，可以听出：

“父亲！不要离开我们。怎么可能刚找回您，就又失去您呢？”

可以说，临终的路是蜿蜒曲折的。它来来去去，时而向坟墓前进，时而又走回头路。死亡的过程包含着摸索。

让·瓦让半昏迷了一阵，继而稳定了一些。他晃了晃脑袋，仿佛要抖掉头上的黑暗。他几乎又清醒了。他拉起珂赛特的袖口，吻了一下。

“他醒过来了！大夫，他醒过来了！”马里尤斯喊道。

“你们都是善良的孩子。”让·瓦让说，“我要告诉你们，我痛苦的是什么。使我感到痛苦的，蓬梅西先生，是您不愿碰那笔钱。那笔钱的确是您妻子的。孩子们，我给你们解释一下，甚至就为了这件事，我很高兴能见到你们。黑玉来自英国，白玉来自挪威。这些我全都写在那张纸上了，你们自己看吧。至于手镯，我发明了搭接的金属扣环，取代焊接的金属扣环。这样更美观，物美价廉。你们应该明白这能挣多少钱。珂赛特的钱确实是她的。我给你们讲这些细节，是想让你们心安理得。”

女门房上楼来了，从虚掩的门缝往里瞧。医生叫她离开，但未能阻止这个热心的老太太离开前对临终者大声问：

“您要不要请神甫？”

“我有一个了。”让·瓦让说。

他边说，边用手指往头上方指了指，仿佛看见什么地方有个人似的。在他弥留之际，那位主教也许真的来看他了。

珂赛特在他背后轻轻塞了个枕头。让·瓦让继续说：

“蓬梅西先生，不必害怕，我恳求您。那六十万法郎的确是珂赛特的。如果您不享用这笔钱，那我就白活了。我们非常成功地制造了那些玻璃饰物。我们同所谓的柏林首饰进行竞争。现在，我们可是竞争不过德国的黑玻璃了。一罗共计一千二百颗磨得圆滚滚的玻璃珠，只要三法郎。”

当我们的亲人即将去世时，我们会用目光牢牢盯着他，仿佛想把他留住。珂赛特让马里尤斯握住手，双双站在让·瓦让面前，焦急得说不出话来，不知道该对死亡说什么，悲痛欲绝，浑身颤抖。

让·瓦让越来越衰弱。他像夕阳西斜，渐渐接近黑暗的天边。他的呼吸断断续续，嘶哑的喘息不时造成呼吸中断。他的胳膊已抬不起来，他的脚已不能动弹。随着肢体渐渐衰竭，灵魂的全部威严，全都上升并展现在额头上。从他的眸子里已能看到未知世界的光辉。

他的脸渐渐灰白，却同时带着微笑。生命不再存在，却有其他东西。他呼吸逐渐停止，眼睛逐渐睁大。可以感到，这是一具长了翅膀的尸体。

他示意珂赛特，然后又示意马里尤斯靠近他。这显然是临终时刻的最后一分钟，他用极其微弱的声音同他们说话。那声音仿佛来自远方，从此有一堵墙把他和他们隔开。

“过来，两个人都过来。我很爱你们。呵！这样死太好了！你也是，我的珂赛特，你也爱我。我知道你对我这个老头一直很好。你真会体贴人，在我腰后塞了这个坐垫！我死后你会哭的，是不是？别哭得太厉害。我不想让你真的伤心。孩子们，你们应该多多娱乐。我忘记告诉你们了，不用扣针的扣环，赚的钱比其他的更多。一罗，即十二打扣环的成本只有十法郎，卖出去是六十法郎。这确实是好买卖。因此，蓬梅西先生，不要为这六十万法郎感到奇怪。这钱是清白的。你们可以心安理得地当富翁。应该有一辆车，时不时地订个包厢，去剧院看戏，我的珂赛特，要有几套参加舞会的盛装，还有，经常宴请你们的朋友，开开心心地过日子。刚才我给珂赛特写了封信。她会看到那封信的。壁炉上有两个烛台，我把它们留给珂赛特。它们是银的，但在我看来，是金的，钻石的。它们把插上的蜡烛变成圣烛。我不知道送我烛台的人在天之灵对我是不是满意。我已尽力而为了。孩子们，不要忘记，我是个穷人，把我葬在随便哪块地里，上面放块石头做记号。这便是我的愿望。石头上不要刻我的名字。假如珂赛特偶尔来看我一次，我会很高兴的。您也是，蓬梅西先生。我得向您承认，我并不是一直都喜欢您，请您原谅。现在，她和您，对我来说已成为一个人。我感谢您。我感到您会使珂赛特幸福的。您可知道，蓬梅西先生，她的漂亮而红润的脸蛋，是我的快乐，每次我看见她脸色苍白，我都很难过。在五斗橱里，有一张五百法郎的钞票。我没动用过。这是给穷人的。珂赛特，你看见那边床上你的小裙子了吗？你认出来了吗？离现在才十年！时间过得真快！我们一直很幸福。现在结束了。孩子们，不要哭，我不会走得很远。我从那里看着你们。天黑了，你们只要朝那里瞧一瞧，就会看到我在微笑。珂赛特，你还记得蒙费梅吗？你在树林里，你很害怕。你还记得我帮你提水桶的时候吗？那是我第一次接触你可怜的小手。它冰凉冰凉！啊！小姐，那时候你的手冻得通红，现在你的手雪白雪白的。那个大布娃娃！你还记得吗？你叫她卡特琳。你没把她带进修道院很后悔！我可爱的天使，你常常使我开怀大笑！下雨时，你把麦秆放到水沟里，看着它们漂走。一天，我给了你一把柳条球拍，还有一个黄蓝绿三色羽毛球。瞧，这事你都忘了。你小时候可淘气呢！你爱玩，你把樱桃放进耳朵里。这都是过去的事了。同孩子一起走过的树林、散过步的树荫、藏过身的修道院、玩过的游戏、童年的欢乐笑声，都是虚幻的。我曾想，这一切是属于我的。我蠢就蠢在这里。泰纳迪埃们曾经很坏。应该原谅他们。珂赛特，现在该告诉你母亲的名字了。她叫芳蒂娜。记住芳蒂娜这个名字。每次你说这个名字，都得跪下。她吃了很多苦。她很爱你。你有多少幸福，她就有多少不幸。这是上帝分配的。他在天上，他看着我们大家，他清楚在星星中间该干什么。我就要走了，我的孩子。你们要永远相爱。世上除了相爱，几乎没有别的了。你们偶尔也可怀念一下在这里去世的老头。呵！我的珂赛特！前段时间我没去看你，不是我的错，我那时心如刀割，每天都走到你那条街的拐角处，见我经过的行人，一定觉得我很怪，我就像个疯子，有一次，我没戴帽子就出门了。孩子们，我看不大清楚了，我还有许多话要说，算了。有时思念思念我。你们是上帝降福的人。我不知道怎么啦，我看见光了。再过来些。我在幸福地死去。把你们可爱的脑袋给我，让我把手放在上面。”

珂赛特和马里尤斯悲伤不已，泣不成声，赶紧跪下，将头分别埋在让·瓦让的一只手上。这两只庄严的手不再动弹了。他向后仰着，两束烛光照着他，灰白的面孔仰望穹苍。珂赛特和马里尤斯亲吻他的手。他死了。

夜空没有星光，一片漆黑。在黑暗中，也许站着一个大天使，展开双翼，在等候这个灵魂。

六　荒草掩埋，雨水刷尽

在拉雪兹神甫公墓，公共墓穴附近，离这墓城的豪华区很远的地方，离那些面对永恒还要展示死亡各种陋习的陵墓很远的地方，在一个偏僻的角落里，沿着一道老墙，在一棵爬满牵牛花的大紫杉树下，绊脚草和青苔中间，有一块墓石。这块墓石和其他墓石一样，日子一长，免不了受腐蚀，布满了霉斑，长满了苔藓，堆满了鸟粪。雨水使它变绿，空气使它变黑。附近没有一条小路，人们不爱到这边来，因为野草很高，容易湿鞋。稍为照到一点太阳，壁虎便会爬出来。周围的野燕麦沙沙作响。春天，鸟儿在树上歌唱。

这块墓石上一无所有。当年凿这块墓石时，只考虑墓穴的需要，将长度和宽度凿成刚好能盖住一个人。

上面没有刻名字。

只是过了许多年，有人用铅笔在上面写了四行诗，在雨水的冲刷和尘土的掩埋下，渐渐变得模糊不清，如今可能字迹难辨了：

他睡了。尽管命乖运蹇，
却依旧活着，失去天使便离去。
他的死如同昼去夜来，
普普通通，自然而然。